〔清〕錢謙益 著
〔清〕錢曾 箋注
錢仲聯 標校

牧齋有學集

上

王蘧常

上海古籍出版社

圖書在版編目(CIP)數據

牧齋有學集/(清)錢謙益著;(清)錢曾箋注;錢仲聯標校.—上海:上海古籍出版社,1996.9(2021.1重印)
(中國古典文學叢書)
ISBN 978-7-5325-1854-8

Ⅰ.牧… Ⅱ.①錢… ②錢…③錢… Ⅲ.古典文學—作品集—中國—清代 Ⅳ. I214.92

中國版本圖書館CIP數據核字(2009)第025570號

本書由國家古籍整理出版規劃小組資助出版

中國古典文學叢書
牧齋有學集
(全三册)
[清]錢謙益 著 [清]錢曾 箋注
錢仲聯 標校
上海世紀出版股份有限公司
上海古籍出版社 出版、發行
(上海瑞金二路272號 郵政編碼200020)
(1)網址:www.guji.com.cn
(2)E-mail:gujil@guji.com.cn
(3)易文網網址:www.ewen.co
新華書店上海發行所發行經銷 常州市金壇古籍印刷廠有限公司印刷
開本850×1168 1/32 印張53.375 插頁15 字數956,000
1996年9月第1版 2021年1月第6次印刷
印數:3,901-4,700
ISBN 978-7-5325-1854-8
I·944 精裝定價:258.00元
如有質量問題,請與承印公司聯繫

出版說明

錢謙益詩文，在明亡以前所作爲初學集一百十卷，業已出版。有學集是錢謙益入清以後所作的詩文，共五十卷。

錢謙益生平和他的政治、學術、文學等方面的簡介，已見于初學集出版説明，不復贅述。本書數量上超過初學集，内容也較爲豐富，不僅可以進一步看到錢謙益晚年在經學、史學、子學、文學、佛學、版本目録等各方面的見解和成就，如對李贄、公安派以及民間文學的看法，對清初著名詩人吳偉業、宋琬、施閏章、王士禛、屈大均、錢秉鐙、邢昉諸家的評價、獎借和影響，從而看到錢謙益在清初文學史和文學理論批評史上的地位；而且作品中還大量保存了南明時期的史料，從中可以看到錢謙益進行的抗清活動、宣傳和其他有關人物的事迹，也可以看到他對自己身仕兩朝的自慚自悔與深刻責備，這在不少詩文中及與友朋的信札中，甚至爲婦女們所作的壽序、墓誌一類作品中都大量存在，並不如人們所説「自諱失節，反託于遺民故老」，「借陵谷滄桑之感，以揜其一身兩姓之慚，其人已無足觀」（趙翼甌北詩話卷九）。因此，我們如果掌握了這些資料，對于分析錢謙益晚年政治生活的複雜性，從而作出全面的、公允的評價，是有好處的。

有學集五十卷，起自順治二年乙酉（即南明福王弘光元年），盡康熙二年癸卯。我們用清宣統二年庚戌邃漢齋排印本（校記中簡稱邃本）爲底本，因爲這個本子較爲完備，還收入錢曾的詩注在內。卷首刊有康熙十三年甲寅梁溪鄒式金的序文。鄒式金之子漪爲錢謙益弟子，邃漢齋根據的應爲鄒式金這個本子，是較早的。同時還有一些本子，如舊鈔牧齋有學集文鈔補遺簡端校語中提到的周本等，今已無法看到，不詳其原委。商務印書館四部叢刊影印的本子，前有鄒鎡序文，該序用的是鄒式金文，而删改了若干字句，甲寅改爲甲辰（康熙三年），署陽月（十月），離錢謙益逝世才五個月，序稱錢謙益易簀時以手訂有學集授錢曾，舊時版刻極費時日，豈有僅短短五個月內即刻成此巨帙之理。式金改稱爲鎡，梁溪改稱范陽，書中很多剜改缺漏之處。這一版本，是極壞之本，但也有邃本誤而此本不誤的，則可資校勘（校記中簡稱爲鄒鎡序本）。此外，又有康熙二十四年乙丑金匱山房五十一卷本（校記中簡稱金匱本），多出一卷，爲題易箋以下雜文十七篇。各本詩文篇數，多寡不同。金匱本有而鄒鎡序本、邃本俱無的計二十七篇，金匱本有而鄒鎡序本無的詩二十九首、文九十篇，也有邃本有而鄒鎡序本、金匱本俱無的文三篇。詩的部分，邃本參據箋注本，補入本集所遺的數首，也有金匱本有而箋注本、邃本俱缺的三首。今用金匱本、春暉堂箋注本以爲鈔本有學集文鈔補遺殘本、有學集文集補遺、牧齋外集、牧齋先生尺牘、邃漢齋印有學集補遺、黄孝舒輯牧齋有學集佚稿等作校勘，擇善而從，并保存各本異文于校記中，宋人方崧卿韓集舉正、朱熹韓文考異，均有先例可循。邃本是排印本，個別明顯誤植的字，都逕行改正，不另出校記。

由于掌握版本及其它材料的限制，現在校印的這個本子，雖然已較完備，但仍恐不免疏漏。不逮之處，懇切希望讀者們指正。

錢謙益的作品除初學集、有學集外，還有投筆集、苦海集、牧齋晚年家乘文、錢牧齋先生尺牘、牧齋有學集文鈔補遺、有學集文集補遺、牧齋外集、牧齋集補、牧齋集再補等。由于卷帙浩大，只能待諸以後了。

本書標校、整理由蘇州大學錢仲聯教授擔任。

上海古籍出版社

一九九四年四月

牧齋有學集目錄

第一卷 秋槐詩集 起乙酉年，盡戊子年

【校記】

〔一〕〔二〕〔三〕此三題鄒鎡序本無。金匱山房重定本有。康熙乙丑邃本乃據箋注本補詩並增目。

第二卷　秋槐詩支集　起己丑年，盡庚寅四月

【校記】

〔一〕「祥」，遂本作「詳」，據鄒鎡序本改正。〔二〕〔三〕此二題鄒鎡序本無。金匱山房重定本有。遂本乃據箋注本補詩並增目。〔四〕遂本、鄒鎡序本缺此題，據卷內詩題補。

第三卷　夏五詩集　起庚寅五月，盡一年

第四卷　絳雲餘燼詩〔一〕　起辛卯，盡一年

【校記】

〔一〕「詩」字後鄒鎡序本有「上」字。　〔二〕「口」，遼本作「石」，據鄒鎡序本改正。

第五卷　敬他老人詩〔一〕　起甲午年，盡乙未秋

【校記】

〔一〕「敬他老人詩」，鄒鎡序本作「絳雲餘燼詩下」。

〔二〕〔三〕〔四〕〔五〕此四題鄒鎡序本無。金匱山房本有，其中題作青田子五十。邃本乃據箋注本補詩並增目。

第六卷　秋槐詩別集　起乙未冬，盡丙申春

【校記】

〔一〕此題鄒鎡序本無。金匱山房本有，題作追悼劉生。邃本乃據箋注本補詩並增目。

第七卷　高會堂詩集　起丙申，盡一年

【校記】

〔一〕此題鄒鎡序本無。邃本據箋注本補詩並增目。

第八卷　長干塔光詩集　起丙申年，盡丁酉年

【校記】

〔一〕〔二〕〔三〕〔四〕此四題鄧鎡本無。金匱山房本有。遂本乃據箋注本補詩並增目。

第九卷　紅豆詩初集　起戊戌，盡一年

【校記】

〔一〕〔二〕此二題鄒鎡序本、邃本俱無。據金匱山房本補。

第十卷　紅豆詩二集　起己亥，盡一年

【校記】

〔一〕〔二〕此二題鄒鎡序本無。金匱山房本有。邃本乃據箋注本補詩並增目。

第十一卷　紅豆詩三集　起庚子年，盡辛丑年

【校記】

〔一〕〔二〕〔三〕此三題鄒鎡序本無。金匱山房本有。遂本乃據箋注本補詩並增目。

第十二卷　東澗詩集上　起壬寅，盡一年

【校記】

〔一〕〔二〕此二題鄒鎡序本無。邃本據箋注本補詩並增目。

〔三〕鄒鎡序本、邃本俱無。據金匱山房本補。

第十三卷　東澗詩集下　起癸卯，盡一年

第十四卷　序

【校記】

〔一〕鄒鎡序本、邃本俱無。據金匱山房本補。

第十五卷　序二

【校記】

〔一〕鄒鎡序本目錄中無此題，題爲錫山重修宗譜序，但卷內無宗譜序，有瞿留守賻引，金匱山房本編在卷四十一，題爲爲瞿稼軒集賻疏。

第十六卷　序二

【校記】

〔一〕〔二〕鄒鎡序本、遂本俱無。據金匱山房本補。

第十七卷　序四

【校記】

〔一〕鄒鎡序本此題後有四照堂文集序一目，但卷內無其文。〔二〕鄒鎡序本、遼本俱無。據金匱山房本補。

第十八卷　序五

第十九卷 序六

【校記】

〔一〕鄒鎡序本、邃本俱無。據金匱山房本補。

第二十卷 序七

第二十一卷　序八

【校記】

〔一〕鄒鎡序本此目列在本卷末，卷内編次與邃本同。

〔二〕邃本無此目，卷内亦無此文，玆據鄒鎡序本補目並補文。

〔三〕〔四〕〔五〕〔六〕〔七〕〔八〕此六題金匱山房本、邃本俱有。鄒鎡序本無。

第二十二卷　贈序一

【校記】

〔一〕鄒鎡序本、邃本俱無。據金匱山房本補。

第二十三卷　壽序一

第二十四卷　壽序二

【校記】

〔一〕鄒鎡序本、邃本俱無。據金匱山房本補。

第二十五卷　壽序三

【校記】

〔一〕鄒鎡序本、遂本俱無。據金匱山房本補。

〔二〕金匱山房本、遂本俱有。鄒鎡序本無。〔三〕金匱山房本、遂本俱有。鄒鎡序本有此目，卷內無此文。

第二十六卷 記一

【校記】

〔一〕金匱山房本、遂本俱有。鄒鎡序本無。

第二十七卷 記二

【校記】

〔一〕〔二〕此二題邃本有，鄒鎡序本、金匱本俱無。

第二十八卷　墓誌銘一

第二十九卷　墓誌銘二

【校記】

〔一〕鄒鎡序本、金匱本俱無，邃本有文無目，今補。

〔二〕鄒鎡序本無。〔三〕金匱山房本、邃本俱有，鄒鎡序本無。

第三十卷　墓誌銘三

【校記】

〔一〕「君」，遂本作「昌」，據鄒鎡序本改正。

第三十一卷　墓誌銘四

第三十二卷　墓誌銘五

【校記】

〔一〕金匱山房本、邃本俱有。鄒鎡序本無。

第三十三卷　墓誌銘六

【校記】

〔一〕金匱山房本、邃本俱有。鄒鎡序本無。

〔二〕鄒鎡序本本卷末有顧貢士妻陸氏墓誌銘一題，有目無文。

第三十四卷　神道碑一

【校記】

〔一〕鄒鎡序本、金匱山房本俱無此目及文。

第三十五卷　神道碑二　墓表

【校記】

〔一〕鄒鎡序本此目列于卷三十四之末，而文則載於卷三十五。

第三十六卷　塔銘一

【校記】

〔一〕〔二〕〔三〕〔五〕〔六〕此五題金匱山房本、邃本俱有。鄒鎡序本無。〔四〕此題鄒鎡序本有文無目。

第三十七卷　傳　祭文　哀詞

【校記】

〔一〕〔二〕鄒鎡序本、遂本俱無。據金匱山房本補。

〔三〕金匱山房本題作角黍詞哀東皋氏。鄒鎡序本無。

第三十八卷　書一

【校記】

〔一〕金匱山房本有，遂本、鄒鎡序本無。

〔二〕〔三〕〔四〕此三題金匱山房本、遂本俱有。鄒鎡序本無。

第三十九卷　書二

【校記】

〔一〕〔二〕〔三〕邃本無目有文，據鄒鎡序本補。鄒本「烟」作「燕」，誤，據卷內題及金匱山房本改正。

〔四〕〔五〕〔六〕鄒鎡序本、邃本俱無。據金匱山房本補。

第四十卷　書三

【校記】

〔一〕〔二〕〔三〕〔九〕金匱山房本、邃本俱有。鄒鎡序本無。〔四〕金匱山房本、邃本俱有。鄒鎡序本無。金匱本題作三答靜涵張司農書。先有一篇再答張靜涵書，鄒鎡序本、邃本俱無，茲依金匱本釐正。〔五〕考詳〔四〕。〔六〕〔七〕鄒鎡序本無。金匱山房本、邃本卷內次第兩題顛倒。當依邃本目釐正。〔八〕金匱山房本、邃本俱有。卷內題「昰」作「昱」。鄒鎡序本有目無文，作「昰」。〔一〇〕邃本卷內題作復靈巖老和尚書，金匱山房本同。鄒鎡序本無。

第四十一卷　疏

【校記】

〔一〕〔二〕〔三〕〔四〕〔五〕以上五題，金匱山房本、邃本俱有。鄒鎡序本無。　〔六〕邃本卷內有此題，缺目，今補。鄒鎡序本卷內題同，目錄題「地疏」二字作「引」。金匱山房本題作書柳敬亭冊子，編在卷五十一。

第四十二卷　贊偈頌

【校記】

〔一〕〔二〕〔三〕〔四〕〔五〕〔六〕〔七〕〔八〕〔九〕〔一〇〕金匱山房本、遼本俱有。鄒鎡序本無。

第四十三卷　雜文一

第四十四卷　雜文二

第四十五卷　雜文三

【校記】

〔一〕〔二〕各本目次第俱顛倒，茲據卷內文正。「募」，遂本作「墓」，據鄒鎡序本及卷內題改正。

第四十六卷　題跋一

【校記】

〔一〕據瞿氏藏牧齋有學集文鈔補遺，此有「序」字。

【校記】

〔一〕「季」，遂本、鄒鎡序本作「少」，茲據鄒鎡序本卷中題校正。

第四十八卷　題跋三

【校記】

〔一〕鄒鎡序本、邃本俱有文無目，兹據卷內題補。
〔二〕鄒鎡序本、邃本俱無。據金匱山房本補。
〔三〕〔四〕〔五〕〔六〕〔七〕〔八〕金匱山房本、邃本俱有。鄒鎡序本無。

第四十九卷　題跋三

【校記】

〔一〕邃本有。鄒鎡序本無。

第五十卷　題跋四

【校記】

〔一〕〔二〕〔三〕此三題金匱山房本、遂本俱有。鄒鎡序本無。〔四〕〔五〕此二題金匱山房本、遂本俱有。遂本有文無目，茲據卷內次第補目。〔六〕金匱山房本、遂本卷內題俱無「沈」字，「頌莊」作「洞書」。〔七〕〔八〕〔九〕〔一〇〕〔一一〕此五題金匱山房本、遂本俱有。鄒鎡序本無。金匱本編在卷五十一之首。〔一二〕至〔二二〕此十一題鄒鎡序本、遂本俱無。金匱山房本編在卷五十一，茲據補於卷五十之末，不另列卷。

有學集卷一

秋槐詩集

詠同心蘭四絶句

新粧才罷採蘭時，忽見同心吐一枝。珍重天公裁剪意，粧成斂拜喜盈眉。

獨蔕攢花簇一心，紫莖緑葉枉成林①。花神幻出非無謂，應與如蘭比斷金。

【箋注】

①屈原九歌：「秋蘭兮青青，緑葉兮紫莖。」

並頭容易共心難，香草眞當目以蘭①。不似〔一〕西陵凡草木，漫將啼眼引郎看②。

【校記】

〔一〕康熙乙丑金匱山房本「似」作「比」。

【箋注】

①樂府臨高臺曲：「江有香草目以蘭。」

②李賀蘇小小歌：「幽蘭露，如啼眼。無物結同心，烟花不堪剪。」

花發秋心賽合歡，秋蘭心好勝春蘭。花前倒挂紅鸚鵡，恰比西方共命看①。

【箋注】

① 翻譯名義集：「雜寶藏經云：『雪山有鳥，一身二頭，名曰共命。』」

觀管夫人畫竹幷書松雪公修竹賦敬題短歌〔一〕

仲姬寫竹如作書，八分篆籀相扶疎。金刀屈鐵應手出①，頭白蕭郎爭得如②？仲姬作書如寫竹，雨葉風枝披簡牘③。況復追趨松雪翁，兔起鶻落誰能逐④？白蓮花莊風日暘，鷗波亭子翰墨香⑤。仲姬放筆自斂衽，文敏展玩爲徬徨。天上人間此佳〔二〕耦，齊牢共命兼師友。祇應贊歎復頂禮，豈問〔三〕榮〔四〕華論妍醜。多生願力然燈時，世人豔妬徒爾爲！却笑吹簫吾瞎子⑥，諸謔空傳倒好嬉⑦。

【校記】

〔一〕邃本校：箋注本有注云：「丙戌六月書于燕山桂邸行館。」　〔二〕邃本校：箋注本「佳」作「嘉」。

〔三〕「問」，金匱山房本作「向」。　〔四〕邃本校：箋注本「榮」作「容」。

【箋注】

① 陶宗儀書史會要：「南唐主作大字，不事筆，卷帛而書，皆能如意，世謂撮襟。復喜作顫掣勢，人又目其狀爲金錯刀。」僧適之金壺記：「舒元輿曰：長安會同里客有得李陽冰眞跡，遺在六幅素上者，遂請歸家堂張之，見蟲

蝕鳥步，痕迹若屈鐵。」

②白樂天畫竹歌：「蕭郎蕭郎老可惜，手戰眼昏頭雪色。」

③見山谷題子瞻畫竹石詩。

④見東坡文與可畫竹記。

⑤吳原博題子昂重江疊嶂圖：「苕溪影落鷗波亭，王孫弄筆何曾停。」

⑥宋潛溪吾衍傳：「衍，字子行，杭人也。居生花坊一小樓，客至，童輒止之，通姓名，使其登乃登。衍左目眇，又跛右足，一俯一仰，嫵媚可觀。畜兩鐵如意，日持弄之。咸倚樓吹洞簫數曲，超然如忘世者。」

⑦葉盛水東日記：「吾子行嘗作一小印曰好嬉子。蓋吳中有言魏國夫人作馬圖，傳至子行，爲題詩後，倒用此印，坐客莫曉。他日，文敏見之，罵曰：箇瞎子，他道倒好嬉子耳。」

丙戌南還贈別〔一〕故侯家妓人冬哥四絶句

繡嶺灰飛金谷殘①，內人紅袖淚闌干②。臨觴莫恨〔二〕青娥老，兩見仙人泣露盤③。

【校記】

〔一〕遂本校：鳳昌按：箋注本「別」下有「武安」二字。　〔二〕「恨」，箋注本、金匱本俱作「悵」。

【箋注】

①南部新書：「繡嶺宮，明慶二年置，在硤石縣西三里，亦有御湯。」水經注：「金谷水出河南太白原東南，流歷金

谷，謂之金谷水，東南流經石崇故居。」

② 崔令欽教坊記：「伎女入宜春苑，謂之內人，亦曰前頭人，常在上前頭也。其家猶在教坊，謂之內人家。」闌干，淚連續不斷貌。

③ 李賀金銅仙人辭漢歌序：「魏明帝青龍元年八月，詔宮官牽車西取漢武帝捧露盤仙人，欲立置前殿。宮官既拆盤，仙人臨載，乃潸然淚下。」

天樂荒涼禁苑傾①，教坊淒斷舊歌聲②。臨岐只合懵騰去，不忍聽他唱渭城。

【箋注】

① 長安志：「禁苑在宮城之北，隋曰大興苑，開皇元年置。」

② 崔令欽教坊記：「西京右教坊在光宅坊；左教坊在延政坊。東京兩教坊多在明義坊，而右在南，左在北也。」

虹氣橫天易水波，卷衣秦女淚痕多①。吹篪賸有侯家伎②，記得邯鄲一曲歌〔一〕③。

【校記】

〔一〕此三句從箋注本。邃本、鄒鎡序本、金匱本俱作「烏頭馬角事如何，卷衣秦女知多少，誰記邯鄲一曲歌」。

【箋注】

① 樂府解題：「秦王卷衣，言咸陽春景及宮闕之美，秦王卷衣以贈所歡也。」唐李白有秦女卷衣。

② 洛陽伽藍記：「河間王琛有婢朝雲，善吹篪。琛爲秦州刺史，諸羌外叛，屢討不降。琛令朝雲假爲貧嫗，吹篪而泣。諸羌聞之流涕，相率歸降。秦民語曰：快馬健兒，不如老嫗吹篪。」

③ 太白邯鄲南亭觀妓詩：「把酒顧美人，請歌邯鄲詞。」

師師垂老杜秋哀①，金縷歌殘盡此杯〔一〕。惆悵落花時候別〔二〕，江南花發遲君來。

【校記】

〔一〕遼本校：此句箋注本作「暫別長離盡此杯」。〔二〕遼本校：箋注本「別」作「去」。

【箋注】

① 劉屏山汴京絶句：「輦轂繁華事可傷，師師垂老過湖湘。縷衣檀板無顔色，一曲當時動帝王。」杜牧之杜秋詩序：「杜秋，金陵女也。年十七，爲李錡妾。後錡叛滅，籍之入宮，有寵于景陵。穆宗卽位，命秋爲皇子傅姆。皇子壯，封漳王。鄭注用事，誣丞相欲去己者，指王爲根。王被罪廢削，秋因廢歸故鄉。」

丙戌七夕有懷

閣道垣墻總罷休①，天街無路限旄頭〔一〕②。生憎銀漏〔二〕偏如舊，横放天河隔女牛③。

【校記】

〔一〕箋注本、遼本俱作「限旄頭」。鄒鎡序本作「接清秋」。金匱本作「望樓頭」。〔二〕遼本校：箋注本「漏」作「漢」。

【箋注】

① 史記天官書：「紫宮後六星，絶漢抵營室，曰閣道。」三氏星經：「長垣四星，在少微西。南北列，主界城域邑牆，防胡夷入之，卽今長城是也。」

② 漢書天文志：「畢、昴間，天街也。街北，胡也；街南，中國也。」史記天官書：「昴曰旄頭，胡星也。」

③小雅大東詩：「維天有漢。」漢，水之精也。氣發而著，精華浮上，宛轉隨流，名曰天河，一曰雲漢。

燕市別惠房二老

白駒未縶又離筵，北斗南箕信可憐①。璧馬朝周才信宿②，金人辭漢已千年。房公鵝爲淸池好③，惠子騾因空谷傳④。龍漢劫中期後會⑤，灞陵回首重依然⑥。

【箋注】

①古詩：「南箕北有斗，牽牛不負軛。良無磐石固，虛名復何益？」

②一宿曰宿，再宿曰信。

③少陵賦房公池鵝詩：「房相西亭鵝一羣，眠沙泛浦白于雲。鳳凰池上應回首，爲報籠隨王右軍。」

④少陵聞惠二過東溪詩：「惠子白騾瘦，歸溪惟病身。皇天無老眼，空谷滯斯人。」

⑤張君房雲笈七籤：「靈寶略記云：『過去有劫，名曰龍漢。龍漢一運，經九萬九千九百九十九劫。氣運終極，天淪地崩，四海冥合，乾坤破壞，無復光明。經一億劫，天地乃開，劫名赤明。』」

⑥王仲宣七哀詩：「南登灞陵岸，回首望長安。」

丁亥夏〔一〕題海客釣鰲圖四〔二〕首

海客垂綸入淼茫，新添水檻攬扶桑①。崆峒仗與羲和杳〔三〕②，安得乘槎漾日〔四〕旁③。

【校記】

〔一〕邃本校：箋注本及外集「夏」下有「爲清河公」四字。〔二〕邃本校：箋注本「四」作「三」。〔三〕「杳」，鄒鎡序本作「沓」，誤。〔四〕「日」，邃本、鄒鎡序本俱作「水」，誤，茲據箋注本、金匱本改。

【箋注】

① 屈原九歌：「暾將出兮東方，照吾檻兮扶桑。」王逸曰：「東方有扶桑之木，日以扶桑爲舍檻，故曰照吾檻兮扶桑。」

② 少陵洗兵馬：「常思仙仗過崆峒。」山海經：「東南隅之外，甘水之間，有羲和之國。有女子名曰羲和。」郭璞曰：「羲和，蓋天地始生，主日月者也。故堯因此而立羲和之官，以主四時。」

③ 王子年拾遺記：「皇娥倚瑟而清歌曰：天清地曠浩茫茫，萬象迴薄化無方。浛天蕩蕩望滄滄，乘桴輕漾著日旁。」

貝闕珠宮不可窺①，六鰲風浪正參差②。釣竿莫拂珊瑚樹，珍重鮫人雨泣時〔一〕③。

【校記】

〔一〕此詩邃本、鄒鎡序本、金匱本俱作「貝闕珠宮不可尋，六鰲風浪正陰森。桑田滄海尋常事，罷釣何須歎陸沉」，茲改從箋注本，則注③方有着落。

【箋注】

① 屈原九歌：「魚鱗屋兮龍堂，紫貝闕兮朱宮。」

② 列子湯問篇：「龍伯之國有大人，一釣而連六鰲。」

③ 任昉述異記：「南海中有鮫人室，水居如魚，不廢機織，其眼能泣則出珠。」

陰火初銷黑浪遲①，投竿錯餌自逶迤②。探他海底珠如月，恰是驪龍晝睡時。

【箋注】

① 木玄虛海賦：「陽冰不冶，陰火潛然。」

② 說苑政理篇：「陽晝曰：夫扱綸錯餌，迎而吸之者，陽鱎也。其爲魚薄而不美。若存若亡，若食若不食者，魴也。其爲魚也博而厚味。」

老馬爲駒氣似虹，行年八十未稱翁。勞山拂水雙垂釣，東海人稱兩太公〔一〕。

【校記】

〔一〕此首各本有，箋注本無，亦收于外集卷上。

別惠老兩絕句〔一〕

一別三千里，相看七十年。明朝數行淚，沾灑各山川。

頭白此爲別，忍聽班馬鳴。但餘雙涕淚，零亂似平生。

【校記】

〔一〕邃本校：此兩詩爲箋注本所無。

和東坡西臺詩韻六首　并序

丁亥三月晦日，晨興禮佛，忽被急徵。鋃鐺〔一〕拖曳①，命在漏刻。河東夫人沉痾臥蓐，蹶然而起，冒死從行，誓上書代死，否則從死。慷慨首塗②，無剌剌可憐之語。余亦賴以自壯焉。獄急時，次東坡御史臺寄妻詩，以當訣〔二〕別。獄中遏〔三〕紙筆，臨風闇誦，飲泣而已。生還之後，尋繹遺忘，尚存六章。值君三十設〔四〕帨之辰，長筵初啓，引滿放歌，以博如皋之一笑③，并以傳眎同聲，求屬和焉。

朔氣陰森夏亦淒，穹廬四蓋破〔五〕天低④。青春望斷催歸鳥⑤，黑獄聲沉報曉雞。慟哭臨江無壯子，徒〔六〕行赴難有賢妻。重圍不禁還鄉夢，却過淮東又浙西。

【校記】

〔一〕「鐺」，鄒鎡序本作「璫」。　〔二〕「訣」，鄒鎡序本作「決」。　〔三〕邃本校：箋注本「遏」下有「絕」字。
〔四〕邃本校：箋注本「設」作「懸」。　〔五〕「破」，箋注本、金匱本俱作「覺」。　〔六〕邃本校：箋注本作「從」。

【箋注】

① 後漢書崔駰傳：「董卓收烈付郿獄錮之，鋃鐺鐵鎖。」說文曰：「鋃鐺，鎖也。」
② 沈休文齊安陸昭王碑：「威令首塗。」李善曰：「首塗，猶首路也。」
③ 左傳昭公二十八年：「叔向曰：昔賈大夫娶妻而美，三年不言不笑，御以如皋，射雉獲之，其妻始笑而言。」
④ 史記匈奴傳：「匈奴父子乃同穹廬而臥。」漢書音義曰：「穹廬，旃帳。」

⑤昌黎贈同遊絶句：「喚起窗全曙，催歸日未西。無心花裏鳥，更與盡情啼。」

陰宮窟室晝含凄①，風色蕭騷白日低。天上底須論玉兔②，人間何物是金雞③？肝腸迸裂題襟友④，血淚模糊織錦妻⑤。却指恆雲望家室，滹沱河北太行西⑥。

【箋注】

①史記吳太伯世家：「光伏甲士于窟室。」杜預曰：「掘地爲室也。」

②通鑑唐紀二十：「武承嗣使人誣李孝逸自云名中有兔，兔，月中物也，當有天分。太后以孝逸有功，十一月戊寅，減死除名，流儋州而卒。」

③封氏見聞記：「國有大赦，則命衛尉樹金雞于闕下。雞以黄金爲首，建之于高橦之下。宣赦畢則除之。」

④文獻通考：「漢上題襟集三卷。陳氏曰：唐段成式、溫庭筠、崔皎、余知古、韋蟾、徐商等唱和詩什，往來簡牘，蓋在襄陽時也。」

⑤晉書竇滔妻蘇氏傳：「蘇氏名蕙，字若蘭。滔苻堅時爲秦州刺史，被徙流沙。蘇氏思之，織錦爲迴文旋圖詩以贈滔，宛轉循環，凡八百四十字。」

⑥樂史寰宇記：「滹沱河，源出代州繁峙縣東南孤阜山。後漢書註：在今代州繁峙縣東，流經定州深澤縣東南，即光武所渡處，今俗猶謂之危渡口。」

紂絶陰天鬼亦凄①，波吒聲沸柝鈴低②。不聞西市曾牽犬③，浪說東城再鬬雞。並命何當同石友④，呼囚誰與報章妻⑤？可憐長夜歸俄頃，坐待悠悠白日西。

【箋注】

①眞誥闡幽微：「羅酆山有六宮，第一宮名爲紂絕陰天宮，人初死，皆先詣紂絕陰天宮中受事。」

②首楞嚴經：「二習相陵，故有吒吒波波羅羅青赤白蓮寒冰等事。」長水疏曰：「吒波羅等，忍寒聲也，卽入寒地獄。」

③史記李斯傳：「斯論斬，顧謂中子曰：『吾欲與若復牽黃犬，俱出上蔡門逐狡兔，豈可得乎？』」

④晉書潘岳傳：「岳被收，石崇已先在市，岳後至，曰：『可謂白首同所歸。』岳金谷詩：『投分寄石友，白首同所歸。』乃成其讖。」

⑤劉向列女傳：「王章爲鳳所陷，收繫下獄。章有小女，年十二，夜號哭曰：『平日坐獄上，聞呼囚數常至九，今八而止，我君素剛，先死者必我君也。』明日問之，果死。妻子皆徙合浦。」

三人貫索語酸淒①，主犯災星僕運低。溲溺關通眞並命②，影形絆縶似連雞③。夢回虎穴頻呼母④，話到牛衣並念妻⑤。尙說故山花信好，紅闌橋在畫樓西。余與二僕，共梏拲者四〔一〕十日。

【校記】

〔一〕「四」，鄒鎡序本作「二」。

【箋注】

①隋書天文志：「貫索九星，賤人之牢也。」

②國語：「少溲于豕牢。」韋昭曰：「溲，便也。」史記范雎傳：「賓客飲者醉更溺雎。」索隱曰：「溺卽溲也。」酈生傳：

「諸客冠儒冠來者，沛公輒解其冠，溲溺其中。」

③戰國策：「猶連鷄之不能俱止于栖。」

④漢書尹賞傳：「賞治長安獄，穿地方深各數丈，以大石覆其口，名爲虎穴。」史記屈原傳：「疾痛慘怛，未嘗不呼父母。」

⑤漢書王章傳：「章爲諸生，學長安，獨與妻居。章疾病，無被，臥牛衣中，與妻訣，涕泣。妻曰：疾痛困阨，不自激昂，乃反涕泣，何鄙也！」

六月霜凝倍〔一〕慴悽①，骨消皮削首頻低。雲林永絕〔二〕離羅雉②，砧几栢鄰待割雞。

墮落刧塵悲宿業，皈依法喜媿山妻③。西方西市原同觀，縣鼓分明落日西④。

【校記】

〔一〕邃本校：箋注本「倍」作「信」。　〔二〕邃本校：鳳昌按：箋注本「絕」作「繞」。

【箋注】

①論衡感虛篇：「傳書言鄒衍無罪，見拘于燕，當夏五月，仰天而嘆，天爲隕霜。」

②國風兔爰詩：「雉離于羅。」毛萇傳曰：「鳥網爲羅。」

③維摩詰經：「有菩薩問維摩詰言：居士，父母妻子親戚眷屬爲是誰？維摩詰以偈答曰：知度菩薩母，方便以爲父。一切衆導師，無不由是生。法喜以爲妻，慈悲必爲女。善心成實男，畢竟空寂舍。肇法師曰：法喜，謂見法生內喜也。世人以妻色爲悅，菩薩以法喜爲悅。」

④觀經：「當起想念，正坐西向，諦觀于日欲沒之處，令心堅住，專想不移。見日欲沒，狀如懸鼓。既見日已，閉目

開目，皆令明了。是爲目想，名曰初觀。」

梏拲扶將獄氣淒，神魂剌促語言低。心長尚似拖腸鼠①，髮短渾如禿幘雞②，後事從他攜手客，殘骸付與畫眉妻。可憐三十年來夢，長白〔一〕山東遼水西③。

【校記】

〔一〕「白」，鄒鎡序本作「向」。

【箋注】

① 許眞君八十五化錄：「祖師昇舉，雞犬亦隨逐飛騰，墜下藥臼車轂各一，又墜一雞籠于宅之東南十餘里，幷鼠數枚墜地，雖拖腸而不死，意其嘗得竊食仙藥也。」

② 搜神記：「安陽城南有一亭，不可宿。有書生過住此，夜半後，有一皂衣人來戶外，呼亭主曰：亭中何人？答曰：書生。既而又有冠赤幘者來，問答如前。既去寂然。書生卽起問亭主：黑衣來者誰？曰：北舍母猪也。冠赤幘來者誰？曰：西舍老雄雞也。汝復誰？曰：老蝎也。天明殺此三物，亭遂安靜。」

③ 葉隆禮契丹國志：「長白山在冷山東南千餘里，蓋白衣觀音所居。其山禽獸皆白，人不能入。黑水發源于此，舊云粟末河，太宗破晉，改爲混同江。」

金壇〔一〕逢水榭故妓感歎而作凡四絕句

黃閣青樓盡可哀①，啼粧墮髻尚低徊〔二〕②。莫欺鳥爪麻姑老〔三〕③，曾見滄桑前度來。

【校記】

〔一〕遂本校：箋注本「壇」下有「客座」二字。　〔二〕遂本校：箋注本「徊」作「垂」。　〔三〕「老」，金匱本作「少」。

【箋注】

①宋書：「朱門洞啓，當陽之正色。三公與天子禮秩相亞，故黃閣以示謙也。」曹子建美女篇：「青樓臨大路，高門結重關。」

②後漢書梁統傳：「冀妻孫壽，色美而善爲妖態，作愁眉啼粧、墮馬髻、折腰步、齲齒笑。」

③葛洪神仙傳：「麻姑手爪不如人爪形，皆似鳥爪。」

剩水殘山花信稀，瑣窗鸚鵡舊籠非。儂家十二珠簾外，可有尋常燕子飛①？

【箋注】

①劉禹錫烏衣巷詩：「舊時王謝堂前燕，飛入尋常百姓家。」

身輕渾欲出鸚籠，巾袖低徊光景中。還似他家舊樓館，吹簫解珮下屏風①。

【箋注】

①楊太眞外傳：「玄宗以隋文帝所造屏風賜貴妃，屏上刻前代美人之形，才三寸許。妃歸國忠家，安于高樓上。國忠日午偃息，纔就枕，而屏風諸女悉皆下床前，各通所號，有曰：解珮人也，吹簫人也。」

春病春心自攬持，道家裝束也相宜。知君恰比仙人子〔一〕①，腸斷宮花欲嫁時〔二〕。

【校記】

〔一〕邃本校：此句箋注本作「因緣莫話仙人子」。〔二〕邃本校：箋注本作「花宮」。

【箋注】

①白樂天龍化寺主家小尼詩：「應似仙人子，花宮未嫁時。」註曰：「郭代公愛姬薛氏，幼嘗爲尼，小名仙人子。」

籠鵝曲四首示水榭舊賓客

午夜宮花〔一〕絕命詞①，鎖〔二〕籤聲急漏聲遲。書生一霎懵騰夢，恰似鵝籠酒醒時②。

【校記】

〔一〕邃本校：箋注本「宮花」作「花宮」。〔二〕邃本校：箋注本「鎖」作「銅」。

【箋注】

①漢書息夫躬傳：「息夫躬待詔，數危言高行，自恐遭害，著絕命辭。」

②吳均續齊諧記：「陽羨許彥於綏安山行，遇一書生，求寄鵝籠中，都不覺重。前行息樹下，書生出籠，謂彥曰：爲君薄設。乃于口中吐一銅盤奩子，具諸肴饌。酒數行，又于口中吐一女子，共坐宴。俄而書生醉臥，女子曰：向亦竊將一男子同行，暫喚之，願君勿言。于口中吐出一男子，仍與彥敍寒溫。書生臥欲覺，女子吐一錦行障遮書生，書生留女子共臥。男子又于口中吐一女子，共燕酌甚久，聞書生動聲，男子取所吐女人還內口中，須臾書生處女出曰：書生欲起。乃更吞向男子。然後書生起，謂彥曰：暫眠遂久，日已晚，便當與君別。還復吞此女子，諸銅器悉內口中。留大銅盤可廣二尺餘與彥。張散看其題，云是漢永平三年所作也。」

籠窗啼絶夜烏聲①，珠履蕭條〔一〕翠袖行。惟有昔時陽羨路，鵝籠猶識舊書生。

【校記】

〔一〕邃本校：箋注本「條」作「疏」。

【箋注】

①樂府烏夜啼曲：「籠窗窗不開，蕩戶戶不動。歡下葳蕤籥，交儂那得往。」

氍毹月冷畫堂空①，浪蘂飄花一瞬中。錦帳金盤何處所？可憐贏得舊鵝籠。

【箋注】

①風俗通：「織毛褥謂之氍毹。」

淺絳衣衫蓮葉巾，近前丞相不〔一〕須嗔。書生未省長眠去，只爲鵝籠別有人。

【校記】

〔一〕「不」，箋注本、金匱本俱作「莫」。

吳門春仲送李生還長干

闌風伏雨闇江城①，扶病將愁起送行。烟月揚州如夢寐，江山建業又清明②。夜烏啼斷門前柳③，春鳥銜殘花外櫻④。尊酒前期君莫忘⑤，藥囊吾欲傍餘生。

【箋注】

① 少陵秋雨嘆：「闌風伏雨秋紛紛。」趙次公曰：「闌珊之風，沉伏之雨。」

② 王象之輿地紀勝：「建康府，禹貢揚州之域。楚置金陵邑。秦改曰秣陵，漢改爲丹陽郡。吳帝自丹陽徙此，因改爲建業，遂定都焉。」

③ 太白楊叛兒：「何許最關情？烏啼白門柳。」

④ 王摩詰敕賜百官櫻桃詩：「纔是寢園春薦後，非關御苑鳥銜殘。」

⑤ 謝玄暉別范安成詩：「生平少年日，分手易前期。」

贈項目禪人

曉日穹窿法鼓鳴①，山茶樹上鵲鴝聲。渾身是眼原非眼②，有眼〔一〕何須頂上生。

【校記】

〔一〕遂本校：箋注本「眼」作「目」。

【箋注】

① 朱長文吳郡圖經續記：「穹窿山，在吳縣西六十里。舊傳赤松子嘗于此山採赤石脂。」

② 五燈會元：「道吾問雲巖曇晟禪師曰：大悲千手眼，那箇是正眼？師曰：如人夜間背山摸枕子。吾曰：我會也。師曰：作麽生會？吾曰：遍身是手眼。師曰：道也太煞道，祇道得八成。吾曰：師兄作麽生？師曰：通身是手眼。」

廣陵舟中觀程端伯畫册戲爲作歌

大癡仙人不肯人間住①，萬里軍持入烟霧②。少年結隱虞山麓，把酒看山每日暮。西圖華岳通箭括③，南寫匡廬掛瀑布。千山萬壑擁現十指端，盤礴皴染仍是家山釣遊處。平生熏〔一〕習老不忘，一重一掩自吞吐④。雪浪參差劍門石，烟嵐晻靄石城樹。我昔讀書此山中，丙舍連山抱丘墓⑤。每指虞山誇似人，此是大癡眞畫具。自從喪亂走塵埃，抛擲家山比行路。風窗雲戶歸渺茫，蟹舍漁莊傍沮洳。今日何日見此本，紙上烟巒忽盤互。重山複嶺看不足，浮嵐煖翠喜重寤⑥。嗟君如椽大手筆，閑却詞頭理毫素。厭看河陽玉堂壁⑦，夢落龍圖楚江渡。游戲丹青學子久，意匠經營有神遇。疊山恐被葵丘嘲⑧，臨本應爲石田妬。得非一峯老人今再生⑨，不然虞山粉本誰與交手付⑩？是時薄游廣陵歲云暮，邗江漠漠愁寒〔二〕沍。蕃釐花殘但禾黍⑪，隋堤柳禿無飛絮。笊籬灣頭萬樹鴉，夏國墳荒何處駐⑫？竹西歌吹又喧闐⑬，對畫沉吟感情愫。歸與歸與勿猶豫，掃除茅茨守場圃。金鰲夜半左股已失却⑭，還愁君家畫笥又〔三〕捲虞山去。

【校記】

〔一〕遼本校：箋注本「熏」作「薰」。　〔二〕「寒」，遼本、鄒鎡序本作「江」，從箋注本、金匱本改。　〔三〕「又」，鄒鎡序本作「又」。

【箋注】

① 海虞文苑張應遴虞山記云：「黄子久號大癡，隱居山中。時攜酒浩飲湖橋上，瓶罄，即投之水中，至礙行舟。」

② 軍持，僧人舀水器也。

③ 少陵望嶽詩：「車箱入谷無歸路，箭括通天有一門。」

④ 少陵岳麓山道林二寺行：「一重一掩吾肺腑，山鳥山花吾友于。」

⑤ 王羲之墓田丙舍帖。

⑥ 大癡有浮嵐暖翠圖。

⑦ 東坡郭熙秋山平遠詩：「玉堂晝掩春日閒，中有郭熙畫春山。」

⑧ 謝晉，字孔昭，號葵丘，吳縣人。工畫山水，嘗自戲爲謝疊山。吳原博有詩嘲之云：「風流前輩杳難扳，謔語空傳謝疊山。」

⑨ 陶九成輟耕錄：「黄子久，自號大癡，又號一峯，本姓陸，世居平江之常熟，繼永嘉黄氏。畫山水宗董、巨。」

⑩ 畫斷：「玄宗天寶中，忽思蜀中嘉陵江山水，遂假吳生驛遞，令往寫，回奏云：臣無粉本，並記在心。遣于大同殿圖之，一日而畢。」

⑪ 王象之輿地紀勝：「后土祠，今改蕃釐觀，有瓊花擅天下无雙之名，香如蓮花，清馥可愛。」

⑫ 公故人顧大猶，字所建，夏國公成之裔孫也，墓在笊籬灣。

⑬ 杜牧之題禪智寺詩：「誰知竹西路，歌吹是揚州？」

⑭ 沈周移席茅山東頂嘲徐永年避酒歌：「憑我裁截筆竹蒻，信我包括詩爲胎。請君急急還來看怪事，金鰲左股昨夜安在哉？」東坡白水山佛迹巖詩：「何人守蓬萊？夜半失左股。浮山若鵬蹲，忽展垂天羽。」

次韻林茂之戊子〔一〕中秋白門寓舍待月之作

空堦荇藻影沉浮①，管領清光兩白頭。條戒〔二〕山河原一點②，平分時序也中秋。風前偏照千家淚，笛裏橫吹萬國愁。無那金昌〔三〕今夜月，雲鬟香霧更悠悠。

【校記】

〔一〕「子」，邃本、鄒鎡序本俱作「申」，誤。茲據箋注本、金匱本改。〔二〕「戒」，邃本、鄒鎡序本俱作「界」，茲據箋注本、金匱本改。〔三〕「昌」，箋注本、金匱本俱作「閶」。

【箋注】

① 臥游錄：「東坡記承天夜游云：『元豐六年十月十二夜，解衣欲睡，月色入戶。欣然起行，步至承天寺尋張懷民。相與步于中庭，庭中如積水空明，水中藻荇交横，蓋竹柏影也。』」

② 書禹貢：「導岍及岐。」正義曰：「地理志：『舊有三條之說。』」新唐書天文志：「一行以爲天下山河之象，存乎兩戒。」少陵翫月詩：「關山同一點。」

次韻茂之戊子秋重晤有感之作

殘生猶在訝經過，執手衹應喚奈何①。近日理頭梳齒少，頻年洗面淚痕多。神爭六博其如我②？天醉投壺且任他③。歎息題詩垂白後〔一〕，重將老眼向關河。

【校記】

〔一〕「垂白後」，遼本、鄒鎡序本作「垂句後」，箋注本作「誰白叟」。茲從金匱本。

【箋注】

①世說任誕篇：「桓子野每聞清歌，輒喚奈何。」

②姚寬西溪叢語：「古樂府陸瑜有仙人覽六著篇：『九仙歡會賞，六著且娛神。戲石聞餘地，銘山憶舊秦。避敵情思巧，論兵勢重新。問取南皮夕，還笑拂棋人。』初不曉何戲。西京雜記云：『許博昌，安陵人。善六博，竇嬰好之，嘗與居處。法用六著，或謂之究，以竹爲之，長六分。』王逸解楚辭云：『投六著，行六棋，故爲六博，以箟簬作著，象牙爲棋，麗而且好也。』說云六著，十二棋也。」

③仙傳拾遺：「玉女投壺，每一投百二十梟，設有入不出者，天爲噫噓。梟而脫悞不接者，天爲之笑。」

再次茂之他字韻

覆杯池畔忍重過①，欲哭其如淚盡何②！故鬼視今眞恨晚③，餘生較死不爭多。陶輪世界寧關我④？針孔光陰莫羨他⑤。遲暮將離無別語，好將髮白〔一〕喻觀河⑥。

【校記】

〔一〕「髮白」，邃本、鄒鎡序本、金匱本俱作「白髮」。茲從箋注本。

【箋注】

① 六朝事迹：「覆盃池今城北三里，西池是也。晉元帝中興，頗以酒廢政。丞相王導奏諫，帝因覆盃于池中以爲誡。」

② 庾子山哀江南賦：「蔡威公之淚盡，加之以血。」

③ 左傳文公二年：「吾見新鬼小，故鬼大。」

④ 維摩詰經：「斷取三千大千世界如陶家輪，著右掌中，擲過恒沙世界之外。」

⑤ 古文苑宋玉小言賦：「經由針孔，出入羅巾。 飄眇翩綿，乍見乍泯。」

⑥ 首楞嚴經：「波斯匿王言：我生三歲，慈母攜我謁耆婆天，經過此流，爾時卽知是恒河水。佛言：汝今自傷髮白面皺，則汝今時觀此恒河，與昔童時觀河之見，有童耄不？王言：不也。佛言：皺者爲變，不皺非變。變者受滅，彼不變者，原無生滅。」

殘書繙罷刧灰過，汗簡崔鴻奈史何①！貢矢未聞虞服少②，專車長誦禹功多③。荒唐浪說程生馬④，譌謬眞成字作它⑤。東海揚塵今幾度⑥？錯將精衞笑塡河⑦。

【箋注】

① 北史崔鴻傳：「鴻弱冠便有著述志，撰爲十六國春秋，勒成百卷，因其舊記，時有增損褒貶焉。」

② 說苑辨物篇：「有隼集于陳侯之庭而死，楛矢石砮貫之，矢長尺有咫。陳侯使問孔子。孔子曰：隼之來也遠矣，此肅愼氏之矢也。昔武王克商，肅愼氏貢楛矢石砮，長尺有咫。先王欲昭令德所致，故銘其括曰：肅愼氏貢楛

矢。以勞大姬，配胡虞公而封諸陳。分同姓以塑，展親也。分別姓以遠方職貢，使無忘服也。故分陳以肅愼氏之矢。試求之故府，果得焉。」

③ 家語：「吳伐越，隳會稽，獲巨骨一節，專車焉。使問孔子：骨何爲大？孔子曰：昔禹致羣臣於會稽山，防風後至，禹殺而戮之，其骨專車。」

④ 列子天瑞篇：「久竹生青寧，青寧生程，程生馬，馬生人。」

⑤ 羅願爾雅翼：「蛇字古但作它，上古草居患它，故相問無它乎。」

⑥ 葛洪神仙傳：「方平曰：聖人皆言海中行復揚塵也。」

⑦ 左太冲吳都賦：「精衛銜石而過繳。」李善曰：「北山經：『發鳩之山，有鳥，狀如烏，而文首白喙赤足，名精衛。其鳴自呼。赤帝之女，姓姜，遊于東海，溺而死，常取西山木石以塡東海。』」

風輪火刼暮年過①，未死將如朽骨〔一〕何？逐鹿南公車乘少②，操蛇北叟子孫多③。地更區脫〔二〕徒爲爾④，天改撐犂〔三〕可耐〔四〕他⑤？李賀漫歌辭漢淚，不知鉛水已成河⑥。

【校記】

〔一〕「骨」，邃本、鄒鎡序本作「貫」。茲從箋注本、金匱本。〔二〕「區脫」，鄒鎡序本作「侯甸」。〔三〕「撐犂」，鄒鎡序本作「星辰」。〔四〕「耐」，鄒鎡序本作「任」。

【箋注】

① 首楞嚴經：「九情一想，下洞火輪，身入風火二交過地。」長水疏曰：「二交過地者，風火二輪交際之處。」

② 漢書蒯通傳：「秦失其鹿，天下共逐之，高材者先得。」史記項羽紀：「南公，楚人也，善言陰陽。」左傳宣公十二年：

「欒武子曰：其君之戎爲二廣。」杜預曰：「十五乘爲一廣。」

③列子湯問篇：「北山愚公年且九十，面山而居。懲山北之塞，出入之迂也，牽子孫荷擔叩石墾壤，箕畚運于渤海之尾。河曲智叟笑而止之。愚公曰：我死有子，子又生孫，孫又生子，子又有子，子又有孫，子子孫孫，無窮匱也，而山不加增，何若而不平？智叟無以應。操蛇之神聞之，告于帝。感其誠，命夸娥氏二子負二山，一厝朔東，一厝雍南。自此冀之南漢之陰無隴斷焉。」

④見史記匈奴傳。甌脫，土穴也。正義曰：「按境上斥堠之室爲甌脫。」

⑤漢書匈奴傳：「單于姓攣鞮氏，其國稱之曰撑犁孤塗單于。」匈奴謂天爲撑犁，子爲孤塗，單于者，廣大之貌也。

⑥李賀金銅仙人辭漢歌：「空將漢月出宮門，憶君清淚如鉛水。」

涼風摵摵凜秋過，枯樹婆娑奈爾何！遼鶴定知同伴少①，楚囚剛道一身多②。茫茫禹跡今如此③，憒憒天公莫怨他④。惆悵渡頭桃葉女，板橋猶說舊〔一〕秦河。

【校記】

〔一〕遼本校：箋注本「舊」作「是」。

【箋注】

①續搜神記：「遼東城門華表，一日有白鶴歌曰：有鳥有鳥丁令威，去家千歲今始歸。城郭猶是人民非，何不學仙冢纍纍？」

②晉書王導傳：「導曰：當共戮力王室，克復神州，何至作楚囚相對泣耶？」

③左傳襄公四年：「虞人之箴曰：『茫茫禹跡，畫爲九州。』」

④晉書天文志：「元帝建康二年，歲星犯天關。安西將軍庾翼與兄冰書曰：歲星犯天關，古云關梁當分。比來江東無他故，江道亦不艱難，而石季龍頻年再閉關不通信使，此復天公憒憒，無皂白之分也。」

秋燈暖〔一〕壁暗蛩過，長夜漫漫復幾何？騎雀〔二〕張翁羅網少①，豢龍劉累牧芻多②。問天辭畢誰酬我？罵鬼書成孰致他③。夢噩酒悲頻慟哭，不因除館泣西河④。

【校記】

〔一〕「暖」，金匱本作「煖」。　〔二〕「雀」，遂本、鄒鎡序本、金匱本作「鶴」，誤。茲從箋注本。

【箋注】

① 段柯古酉陽雜俎：「天帝姓張，名堅，字刺渴，漁陽人。嘗張羅得一白雀，愛而養之。夢天劉翁責怒，每欲殺之，白雀輒以報堅。堅設諸方待之，終莫能害。天翁遂下觀之，堅盛設賓主，乃竊騎天翁車，乘白龍，振策登天。天翁乘餘龍追之不及。堅既到玄宮，易百官，杜塞北戶，封白雀爲上卿侯，改白雀之胤不産于下土。劉翁失治，徘徊五岳作災。堅患之，以劉翁爲太山太守，主生死之籍。」

② 左傳昭公二十九年：「陶唐氏既衰，其後有劉累，學擾龍于豢龍氏，以事孔甲，能飲食之。夏后嘉之，賜氏曰御龍，以更豕韋之後。」

③ 古文苑王延壽夢賦：「臣弱冠嘗夜寢，見鬼物與臣戰，遂得東方朔與臣作罵鬼之書。」

④ 左傳昭公十三年：「叔魚見季孫曰：聞諸吏將爲子除館于西河，其若之何？且泣。平子懼，先歸，惠伯待禮。」

見盛集陶次他字韻詩重和五首

槍口刀尖取次過，鋃鐺其奈白頭何！壯心不分殘年少，悲氣從來秋士多①。帝〔一〕欲屠龍愁及我②，人思畫虎笑由他③。端居每作中流想④，坐看衝風起九河⑤。

【校記】

〔一〕「帝」，鄒鎡序本作「世」。

【箋注】

① 淮南子繆稱訓篇：「春女思，秋士悲。」

② 莊子列御寇篇：「朱泙漫學屠龍于支離益，殫千金之家，三年技成，而無所用其巧。」

③ 後漢書馬援傳：「效季良不得，陷爲天下輕薄子，所謂畫虎不成反類狗者也。」

④ 晉書祖逖傳：「逖爲豫州刺史，渡江，中流擊楫而誓曰：不能清中原而復濟者，有如大江。」

⑤ 屈原九歌：「與汝遊兮九河，衝風起兮水揚波。」

敗壁疎帷朔氣過，夢長休問夜如何。天心〔一〕象緯依躔少①，地角龍蛇起陸多②。楚奏鍾儀能忘舊，越吟莊舄忍思他③。西隣象戲秋燈外④，抵几喧呶競渡河。

【校記】

〔一〕「心」，邃本、鄒鎡序本作「星」，玆從箋注本、金匱本。

【箋注】

① 晉書張華傳：「豫章人雷煥，妙達緯象。」

② 陰符經：「天發殺機，龍蛇起陸。人發殺機，天地反覆。」

③ 王粲登樓賦：「鍾儀幽而楚奏兮，莊舄顯而越吟。」李善曰：「左氏傳：『晉侯觀于軍府，見鍾儀，問曰：南冠而縶者誰也？有司對曰：鄭人所獻楚囚也。使脱之。問其族，對曰：伶人也。使與之琴，操南音。公曰：樂操土風，不忘舊也。』史記：『陳軫適楚，秦惠王曰：子去寡人之楚，亦思寡人否？軫對曰：昔越人莊舄仕楚執珪，有頃而病。楚王曰：亦思越不？對曰：凡人之思故，在其病也。彼思越則越聲，不思越則且楚聲。人往聽之，猶尙越聲也。今臣也雖棄逐之楚，豈能無秦聲者哉！』」

④ 藝文：「周武帝造象戲。」

秋衾銅輦夢頻過①，四壁陰蟲聒謂何！北徙鵬憂風力少②，南飛鵲恨月明多③。杞妻崩雉眞憐汝④，莒婦量城莫惎他⑤。却笑玉衡無定準⑥，天街仍自限星河。

【箋注】

① 太子車也。李賀還自會稽歌：「臺城應教人，秋衾夢銅輦。」

② 莊子逍遙遊篇：「鵬之徙于南冥也，水擊三千里，摶扶搖而上者九萬里。」

③ 魏武帝短歌行：「月明星稀，烏鵲南飛。遶樹三匝，無枝可依。」

④ 劉向列女傳：「杞梁戰死，其妻枕其夫之屍于城下而哭，十日，城爲之崩。」

⑤ 左傳昭公十九年：「齊伐莒，莒有婦人，莒子殺其夫，已爲嫠婦。及老，託於紀鄣，紡焉以度而去之。及師至，投諸

外城，夜縋而登。莒共公懼，啓西門而出。」

⑥三氏星經：「石申氏曰：北斗七星，天之諸侯，亦爲帝車。魁四星爲璇璣，柄三星爲玉衡，以齊七政者也。」

白翎雀斷海青過①，蜀魄啼如來路何②！肅愼矢楛天棓少〔一〕③，支祈神鎖地維多④。周占墨食寧欺我⑤，楚尹狐疑莫問他⑥。漫道張騫能鑿空⑦，終將一葉到天河。

【校記】

〔一〕此句遼本作「肅愼矢棓天柱少」，茲從箋注本。

【箋注】

①陶九成輟耕錄：「白翎雀者，國朝教坊大曲也。雀生于烏桓朔漠之地，雌雄和鳴，自得其樂。世皇因命伶人碩德閭製曲以名之。曲成，上曰：何其末有怨怒哀嫠之音乎？時譜已傳矣，故至今莫能改。」元楊允孚灤京雜詠：「爲愛琵琶調有情，月高未放酒杯停。新腔翻得涼州曲，彈出天鵝避海青。」注曰：「海青拏天鵝，新聲也。海東青出于女眞，遼國極重之，因是起變，而契丹以亡。」

②庚申外史：「己亥至正十九年，居庸關子規啼。」

③史記天官書：「紫宮左三星曰天槍，右五星曰天棓。」

④李肇國史補：「楚州有漁人，忽于淮中釣得巨鐵鎖，挽之不絕，以告官。刺史李陽冰大集人力引之，鎖窮，有青獮猴躍出水，復沒而逝。後有驗山海經云：水獸，好爲害，禹鎖之軍山之下，其名曰無支祈。」列子湯問篇：「共工氏與顓頊爭爲帝，怒而觸不周之山，天柱絕，地維缺。」

⑤書洛誥：「乃卜澗水東，瀍水西，惟洛食。孔氏曰：卜必先墨畫龜，然後灼之，兆順食墨。」

⑥屈原卜居：「往見太卜鄭詹尹曰：余有所疑，願因先生決之。」

⑦漢書張騫傳：「騫鑿空。」蘇林曰：「鑿，開也。空，通也。騫始開通西域道也。」師古曰：「空，孔也，猶言始鑿其孔穴也。」

八翼摧殘六鷁過①，呼鷹躍馬意如何？天迴鶉火三精在②，地長龍沙一柱多③。鵰識北來仍喚汝④，梟謀東徙莫知他⑤。夜闌挹〔一〕酒朝南極，箕尾芒銷爛絳河⑥。

【校記】

〔一〕「挹」，金匱本作「把」。

【箋注】

①晉書陶侃傳：「侃少時夢生八翼，飛而上天。見天門九重，已登其八，惟一門不得入。閽者以杖擊之，因墮地，折其左翼。」左傳僖公十九年：「六鷁退飛過宋都。」

②爾雅釋天：「柳，鶉火也。」疏曰：「鶉火，柳之次名也。鶉即朱鳥也。火屬南方，其次爲鶉火。」後漢光武紀贊：「九縣飇回，三精霧塞。」注曰：「三精，日月星也。」

③樂史寰宇記：「龍沙在州北七里一帶，江沙甚白而高峻，左右居人，時見龍跡。按雷次宗豫章記云：『北有龍沙，堆阜逶迤，潔白高峻，而似龍形，連亙五六里。』」寰宇記：「石柱，在豫章郡分寧縣北二百里郁江口。風俗相承，呼爲南山神石，周圍二百五十步，四面如削成。柱下有神，頗靈驗。」

④邵氏聞見錄：「康節治平間與客散步天津橋上，聞杜鵑聲，慘然不樂。客問其故，公曰：天下將治，地氣自北而南。將亂，自南而北。今南方地氣將至，禽鳥得氣之先者也。」

⑤說苑談叢篇：「梟逢鳩，梟曰：我將東徙。鳩曰：何故？梟曰：鄉人皆惡我鳴，以故東徙。鳩曰：子能更鳴可矣；不能更鳴，東徙猶惡子之聲。」

⑥新唐書天文志：「箕尾，析木津也。箕與南斗相近，爲遼水之陽，盡朝鮮三韓之地，在吳、越東南。」王摩詰秋宵寓直詩：「月迴藏珠斗，雲消出絳河。」

觀棋絶句六首〔一〕

當局休論下子遲，爭先一着有人知。由來國手超然處，正在推枰斂手時。

【校記】

〔一〕箋注本、金匱本「六首」下俱有「爲汪幼青作」五字。

一局分明甲子〔一〕期①，餘尊尚湛日初移。局中敵對神仙手，輸與樵夫會看棋〔二〕。

【校記】

〔一〕「甲子」，邃本、鄒鎡序本、金匱本俱作「小劫」。玆從箋注本。〔二〕此二句邃本、鄒鎡序本、金匱本俱作「人間多少樵薪子，努目仙人爲看棋」。玆從箋注本。

【箋注】

①許渾送宋處士歸山詩：「世間甲子須臾事，逢着仙人莫看棋。」

黑白相持守壁門，龍拏虎攫賭侵分①。重瞳尚有烏江敗，莫笑湘東一目人②。

【箋注】

① 元遺山楚漢戰處詩：「虎擲龍拏不兩存，昔年曾此賭乾坤。一時豪傑皆行陣，萬古山河自壁門。」

② 黄山谷弈棋詩：「湘東一目誠甘死。」青神史容曰：「南史：王偉爲侯景謀主，偉作檄云：『項羽重瞳，尚有烏江之敗；湘東一目，寧爲赤縣所歸？』」

涓津老子〔一〕解論兵，半局偏能讓後生。弈到將殘休戀殺，花陰漏日轉楸枰①。

【校記】

〔一〕遂本校：箋注本「子」作「手」。

【箋注】

① 蘇鶚杜陽雜編：「大中中，日本王子來朝，善圍棋。上敕顧師言爲對手。王子出如楸玉棋局，冷暖玉棋子，云本國之東三萬里，有集眞島，島上有凝霞臺，臺上有手談池，池中生玉棋子，不由製度，自然黑白分明，冬暖夏冷，故謂冷暖玉。更產如楸玉，類楸木，琢之爲局，光潔可鑑。師言與之敵手，至三十三下，王子瞪目縮臂，以伏不勝。」

冠鷸巾鵾趁刼灰①，西園諸價笑喧豗②。白身誰似〔一〕羊玄保？賭得宣城太守迴③。

【校記】

〔一〕「似」，鄒鎡序本作「以」。

【箋注】

① 左傳僖公二十四年：「鄭子華之弟子臧出奔宋，好聚鷸冠。」杜預曰：「鷸，鳥名。聚鷸羽以爲冠，非法也。」周煇北

韃錄：「金人所頂之巾，謂之踢鵊巾。」

② 後漢書宦者張讓傳：「當之官者，皆先至西園諧價，然後得去。」注曰：「諧謂平論定其價也。」

③ 南史羊玄保傳：「玄保善弈棋，品第三。文帝亦好弈，與賭郡。玄保戲勝，遂補宣城太守。」

疎簾淸簟楚江秋，剝啄叢殘局未收①。四句乘除老僧在②，看他門外水西流③。

【箋注】

① 東坡觀棋詩：「小兒近道，剝啄信指。勝固欣然，敗亦可喜。」

② 段柯古酉陽雜俎：「一行本不解弈，因會燕公宅，觀王積薪棋一局，遂與之敵。笑謂燕公曰：此但爭先耳。若念貧道四句乘除語，則人人爲國手。」

③ 酉陽雜俎：「一行至天台國淸寺，見一院古松數十步，門有流水。聞院中僧布算，謂其徒曰：今日有弟子求吾算法，門前水合西流，弟子當至。一行承言而入，受其術，門前水舊東流，忽改爲西流。」

後觀棋絕句六首〔一〕

客舍蕭辰看弈棋①，秋風卷籜響枯枝。空庭落葉聲如掃，爭似盤中下子遲？

【校記】

〔一〕 邃本校：箋注本作「金陵後觀棋絕句六首」。

【箋注】

① 殷仲文南州桓公九井詩：「哲匠感蕭辰。」李善曰：「蕭辰，秋辰也。」

一枰犖确競秋風，對局旁觀意不同。眼底三人皆國手，莫將鼎足笑英雄①。是日周老、姚生對弈，汪幼清旁看。

【箋注】

① 孫子荆爲石仲容與孫皓書：「自謂三分鼎足之勢。」

寂寞枯枰響泬漻〔一〕，秦淮秋老咽寒潮。白頭鐙影涼宵裏，一局殘棋見六朝。

【校記】

〔一〕 邃本校、箋注本「漻」作「遼」。

飛角侵邊刼正闌，當場黑白尚漫漫。老夫袖手支頤看，殘局分明一着難。

霜落鍾山物候悲，白門楊柳總無枝①。殘棋正似烏棲候，一角斜飛好問〔一〕誰？

【校記】

〔一〕「問」，金匱本作「向」。

【箋注】

① 樂府讀曲歌：「暫出白門前，楊柳可藏烏。」

閱江樓下草迷離①，江水遙連泗水湄。傳語八公閑草木②，謝公無事但圍棋。

【箋注】

① 太祖御製閱江樓記：「宮城去大城西北將二十里，抵江干曰龍灣，有山蜿蜒如龍，連絡如接翅飛鴻，號曰盧龍，趨江而飲水，末伏于平沙，一峯突兀，凌烟霞而侵漢表。遠觀近視，實似狻猊之狀，故賜名曰獅子山。洪武七年甲

寅春，命工因山爲臺，構樓以覆山首，名曰閱江樓。」

② 晉書：「苻堅寇，會稽王道子求助於鍾山之神。及堅北，望八公山草木皆類人形，神若有助。」

題沈朗倩石厓秋柳小景〔一〕

刻露巉巖山骨愁①，兩株風柳曳殘秋。分明一段荒寒景，今日鍾山古石頭。

【校記】

〔一〕 邃本校：箋注本無「沈朗倩」三字。

【箋注】

① 石鼎聯句詩：「巧匠琢山骨。」

觀閩中〔一〕林初文孝廉畫像讀徐興公傳書斷句詩二首示其子遺民古度

抗疏捐軀世所瞻①，裳衣戌削貌清嚴②。可知酌古陳同甫③，應有承家鄭所南④。

【校記】

〔一〕 鄒鎡本序、金匱本無「中」字。

【箋注】

① 林章，字初文，福清人。世宗末，倭寇犯闕，章年十三，上書督府，求自試行間。萬曆元年舉于鄉，累上春官不第，僑寓金陵。南曹曲法斷梗陽之獄，君奮臂直之，繫獄三年，始得出。關白亂，上書請出海上用奇兵勦賊，報聞而已。戊戌、己亥間，礦使四出，君抗疏請止，兼陳立兵行鹽之策。四明當政，希中上旨，密揭請逮治，卽日下獄，暴疾而死。徐興公爲立傳傳之。興公名𤊹，閩縣人。初字惟起，後更字興公。性喜蓄異書，每見一奇文，輒典衣購之。或道旁小肆，蠹簡半殘，觸目卽繙檢鬻去。居在鰲峯下，客從竹間入，環堵蕭然，而縹囊緗帙，盈箱插架，如在蓬山、芸閣也。

② 相如子虛賦：「揚袘戌削。」張揖曰：「戌，鮮也。削，衣刻除貌也。」

③ 宋史陳亮傳：「亮，字同父，永康人。嘗考古人用兵成敗之跡，著酌古論。隆興初，與金人約和，獨亮持不可，上中興五論，奏入不報。」

④ 宋遺民錄鄭所南傳：「所南，字思肖，宋末太學生也。凡平日所作詩，多寓於宋，若題鄭子封塾曰：天垂古色映柴門，千古傳家事具存。此世只除君父外，不曾重受別人恩。譏宋之臣子復仕于元也。」

文甫爲人陳亮是，興公作傳水心同。永康不死臨安在①，千古江潮恨朔風。

【箋注】

① 公贈別施偉長序：「宋行都在臨安，陳同父訪辛稼軒，酒酣，抵掌縱談東南形勝。同甫霑醉，解廐中駿騎馳去，不復執別。英雄聚首，歷落俊邁之氣，可以想見。」

題金陵三老圖①

三老衣冠彼一時，畫圖省識起遐思。青鞵布襪唐賢像②，修竹淸流晉代詩③。鳳去梧桐還有樹，烏啼楊柳已無枝。秦淮烟月經遊處，華表歸來白鶴知。

【箋注】

① 金陵三老者，一爲閩中黄先生海鶴，諱居中；一爲越中薛先生千仞，諱岡；一爲吳中張先生玄箸，諱肇黄。罷牧伯，讀書談道，僑居金陵。兩先生各爲其師友而來。按圖之作在壬午，而薛先生之自序，書年在甲申。夫甲申之金陵，異於壬午之金陵，六代風流吐内之地，前朝衣冠遊冶之鄉，生則詠歌于斯，沒而魂氣無不之也。高山流水，乘雲化鶴，故冠以金陵，書感也。

② 見少陵劉少府新畫山水障歌。

③ 見蘭亭序。

贈濮老仲謙

滄海茫茫换刼塵，靈光無恙見遺民①。少將楮棄供遊戲②，晚向蓮花結淨因③。杖底青山爲老友，窗前翠竹似閒身。堯年甲子欣相並④，何處桃源許卜鄰？君與余同壬午。

【箋注】

① 王延壽魯靈光殿賦序云：「魯靈光殿者，漢景帝程姬之子恭王餘之所立也。遭漢中微，盜賊奔突，自西京未央、建章之殿，皆見隳壞，而靈光巋然獨存。」

② 列子說符篇：「宋人有爲其君以玉爲楮葉者，三年而成，鋒殺莖柯，毫芒繁澤，亂之楮葉中而不可別也。此人遂以巧食宋國。」

③ 道誠釋氏要覽：「慧遠招賢士爲會，修西方淨業。因彌陀佛國以蓮花分九品次第接人，故稱蓮社。」

④ 元遺山題劉紫微堯年野醉圖詩：「仙老曾經甲子年。」註曰：「堯甲子年，仙人張果事。」

題丁家河房亭子 在青溪笛步之間。

小闌干〔一〕外市朝新，夢裏華胥自好春①。夾岸麯塵三月柳，疏窗金粉六朝人。小姑溪水爲鄰並②，邀笛風流是後身③。白首吳鈎仍借〔二〕客④，看囊一笑豈〔三〕長貧。

【校記】

〔一〕「小闌干」，金匱本作「小闌花」，邃本、鄒鎡序本作「花邊柳」。茲從箋注本。 〔二〕「借」，邃本作「惜」。茲從箋注本、鄒鎡序本。 〔三〕「豈」，邃本、鄒鎡序本作「是」。茲從箋注本、金匱本。

【箋注】

① 列子黃帝篇：「黃帝晝寢，而夢遊于華胥氏之國。」

② 樂府青溪小姑曲。異苑曰：「蔣侯第三妹也。」

③ 王象之輿地紀勝：「邀笛步在上元縣，乃王徽之遇桓伊吹笛之處。」

④吳曾能改齋漫錄：「予按吳越春秋，闔閭命吳中作金鈎，吳作鈎者甚衆，吳鈎始于此。左太沖吳都賦云：『吳鈎越棘，純鈎湛盧。』鮑照結客少年行云：『錦帶佩吳鈎。』」

和盛集陶落葉詩二首

寒林萬樹怨蕭騷，只爲中庭一葉凋。波下洞庭齊颯沓，風高榆塞總漂搖①。平原縱獵埋狐窟②，空谷虛弦應鳥巢③。最是風流殷太守④，不堪惆悵自攀條。

【箋注】

①水經注：「榆林塞，又謂之榆林山，即漢書所謂榆溪舊塞也。自溪西去，悉榆柳之藪。王恢云樹榆爲塞，謂此矣。」

②史記信陵君傳：「公子與魏王博，而北境傳舉烽，言趙寇至，且入界。魏王釋博，欲召大臣謀。公子止王曰：趙王田獵耳，非爲寇也。」

③戰國策：「更嬴與魏王處京臺之下，雁從東方來，更嬴以虛發下之，曰：此瘡未息而驚心未去也。」

④庾子山枯樹賦：「殷仲文風流儒雅，出爲東陽太守，常忽忽不樂，顧庭槐而嘆曰：此樹婆娑，生意盡矣！」

秋老鍾山萬木稀，凋傷總屬刦塵飛。不知玉露涼風急，只道金陵王氣非。倚月素娥徒有樹①，履霜青女正無衣②。華林慘澹如沙漠③，萬里寒空一雁歸。

【箋注】

① 謝希逸月賦：「集素娥于後庭。」

② 淮南子天文訓：「至秋三月，青女乃出，以降霜雪。」高誘曰：「青女，青霄玉女，主霜雪也。」

③ 魏志文帝紀註：「臣松之按：芳林園，即今華林園，齊王芳即位，改爲華林。」

寒夜夢醒忽得二十八字似是早春宮詞

小闌修竹綻〔一〕官梅，淑氣先從御柳回。二十五家春宴罷，不知何處是蓬萊？

【校記】

〔一〕「綻」，邃本、鄒鎡序本俱作「綰」。茲從箋注本。

次韻答皖城盛集陶見贈二首盛與林茂之鄰居皆有目疾故次首戲之

枯樹婆娑隕涕攀，祇餘蕭瑟傍江關。文章已入滄桑錄①，詩卷寧留天地間？汗史血書讐故簡②，烟騷魂哭怨空山③。終愁商頌歸玄鳥④，麥秀殘歌詎忍删⑤。

【箋注】

① 吳萊桑海遺錄序：「龔開，字聖予，所作文宋瑞、陸秀夫二傳，類司馬遷、班固所爲，陳壽已下不及也。予故私列二傳，以發其端，題曰桑海遺錄，以待太史氏採擇。」

②公羊春秋註何休曰：「得麟之後，天下血書魯端門。子夏明日往視之，血書飛爲赤鳥，化爲白書。孔子仰推天命，俯察時變，却觀未來，預解無形，知漢當繼大亂之後，故作撥亂之法以授之。」

③宋遺民錄任士林謝翶傳：「晚登子陵西臺，以竹如意擊石，歌招魂之詞。歌闋，竹石俱碎，失聲哭，何其情之悲也！」

④商頌玄鳥詩：「天命玄鳥，降而生商。」傳曰：「玄鳥，鳦也。」箋云：「天生鳦，下而生商者，謂鳦遺卵，娀氏之女簡狄吞之而生契，爲堯司徒，有功封商。」

⑤史記宋微子世家：「箕子朝周，過殷故墟，感宮室毀壞生禾黍，欲哭則不可，欲泣爲其近婦人，乃作麥秀之詩以歌詠之。其詩曰：『麥秀漸漸兮，禾黍油油兮。彼狡童兮，不與我好兮。』」

有瞽鄰牆步屧親，摩挲〔一〕攬鏡笑看人。青盲恰比曈曨日①，象罔聊爲示現身②。並戴小冠希子夏③，長懸內傳配師春④。徐州好士今無有⑤，書尺何當代爾申。

【校記】

〔一〕「挲」，鄒鎡序本作「抄」。

【箋注】

①後漢書李業傳：「是時犍爲任永、周業，同郡馮信，並好學博古。公孫述連徵命，待以高位，皆託青盲以避世難。」

②張平子思玄賦：「潏汨飂淚，沛以罔象兮。」李善曰：「皆疾貌。罔象，卽彷像也。」

③漢書杜欽傳：「欽，字子夏，家富而目偏盲。茂陵杜鄴與欽同姓字，故衣冠謂欽爲盲子夏以相別。欽惡以疾見詆，乃爲小冠，高廣才二寸，由是京師更謂欽爲小冠杜子夏，鄴爲大冠杜子夏。」

④左傳集解後序：「又別有一卷，純集疏左氏傳卜筮事，上下次第，及其文義，皆與左傳同，名曰師春。」

⑤梁書江淹傳：「淹起家南徐州從事，轉奉朝請。宋建平王景素好士，淹隨景素在南兗州。廣陵令郭彦文得罪，辭連繫淹，淹獄中上書。」

歲晚過茂之見架上殘帙有感再次申字韻

地闊天高失所親，淒然問影尚爲人。呼囚獄底奇餘物①，點鬼場中雇賃身②。先祖豈知王氏臘③，胡兒〔一〕不解漢家春④。可憐野史亭前叟⑤，掇拾殘叢話甲申。

【校記】

〔一〕「胡兒」，遼本、鄒鎡序本、金匱本俱作「邊人」。兹從箋注本。

【箋注】

①呼囚，見前章妻註。

②張鷟朝野僉載：「世傳王、楊、盧、駱。楊之爲文，好以古人姓名連用，號爲點鬼。」

③後漢書陳寵傳：「寵曾祖父咸，成、哀間爲尚書。及莽篡位，閉門不出入，猶用漢家祖臘。人問其故，曰：我先祖豈知王氏臘乎？」

④樂府蔡琰胡笳十八拍：「東風應律兮煖氣多，漢家天子兮布陽和。」

⑤金史元好問傳：「構亭于家，著述其上，因名曰野史。」

有喜三次中字韻示茂之〔一〕

忠驅義感爲君親，袒臂横呼掃萬人。顛倒裳衣徒有淚，飛騰骨肉已無身①。三秦駟驖先諸夏②，九廟櫻桃及仲春③。硯北老生欣草檄④，腐毫拳指一齊申。

【校記】

〔一〕此詩遂本、箋注本、金匱本有，鄒鎡序本無。

【箋注】

① 吳越春秋：「慶忌之勇，萬人莫當。走追北獸，手接飛鳥，骨騰肉飛。」

② 國風駟驖詩：「駟驖孔阜，六轡在手。」

③ 記月令：「仲夏之月，天子乃羞以含桃，先薦寢廟。」

④ 張邦基墨莊漫錄：「晁以道感事詩：『干戈難作牆東客，疾病猶存硯北身。』蓋言凡案南面，人坐硯之北也。」

四次韻贈茂之〔一〕

髡鉗木索見交親①，乞食盤飧仰故人。怪我頭顱頻離頸，憐君目睫不謀身②。秦城北斗迴新臘③，庾嶺南枝放早春④。共笑腐儒鑽故紙⑤，兔園册底頌生申⑥。

【校記】

【一】此詩邃本、箋注本、金匱本有，鄭鎡序本無。

【箋注】

①漢書刑法志：「當黥者髡鉗爲城旦舂。」子長報任少卿書：「其次關木索，被箠楚受辱。」

②史記勾踐世家：「齊使者曰：幸也越之不亡也，吾不貴其用智之如目見毫毛而不見其睫也。」後漢班固傳論：「固博物洽聞，不能以智免極刑，此古人所以致論于目睫也。」

③三輔黄圖：「初置長安城，本狹小。至惠帝更築之，高三丈五尺，上闊九尺，下闊一丈五尺，雉高五板，周迴六十五里。城南爲南斗形，城北爲北斗形。至今人呼漢舊京爲斗城。」

④少陵元日詩：「秦城迴北斗，郢樹發南枝。」

⑤傳燈錄：「古靈禪師一日在窗下看經，蜂子鑽窗子求出。師曰：世界如許廣闊，不肯出，鑽他故紙。」

⑥孫光憲北夢瑣言：「劉岳與任贊偶語，見馮道行而復顧。岳曰：定是忘持兔園册來。北中村墅多以兔園册教童蒙，以是譏之。然兔園册乃徐、庾之體，非鄙樸之談，但家藏一本，人多賤之也。」大雅崧高詩：「維嶽降神，生甫及申。」

禪關策進詩有示

漫天畫地鬼門同，禪板蒲團在此中。遍體鋃鐺能說法，當頭白刃解談空①。朝衣東市三生定②，懸鼓西方一路通。大小肇師君會否？莫將醒眼夢春風③。

【箋注】

①孔德璋北山移文："談空空于釋部。"

②史記鼂錯傳："上令錯衣朝衣斬東市。"

③傳燈錄："僧肇法師遭秦王難，臨刑說偈曰：『四大原無主，五蘊本來空。將頭臨白刃，猶似斬春風。』玄沙云："肇法師臨死猶寱語。"

次韻邢子偶成之作

妙湛終歸不動尊①，大無空現〔一〕轉輪身②。神焦鬼爛人何有③？地老天荒我亦貧④。春日田園新甲子，用謝皋羽月泉詩社事。歲寒燈火舊庚申⑤。明年定酌桃花酒，慶爾平頭七十人。

【校記】

〔一〕遂本校：箋注本作"大空無現"。

【箋注】

①首楞嚴經："妙湛總持不動尊。"長水疏曰："佛有三身，謂法報應，今皆具嘆。妙湛，法身也。法身無相，湛然常寂，無作無爲，徧一切處，不生滅故。總持，報身也。謂無量劫修行諸度之所顯發，總攝一切無漏功德，盡未來際，任中不失，無有壞滅，酬彼因故。不動尊者，應身也。謂隨機感，厭求勝劣，衆生心持之，顯現眞如，用相名

之，謂應佛體不動，無有作意，如月不降，百水不升，慈善根力，法爾如此。亦如鏡像，隨形所現，鏡且不動，故以不動爲應身也。又妙及尊字，通上通下，謂三身一體，不三而三體相用，法具一切義，故名爲妙，是最究竟極證所顯，故名爲尊。」

②首楞嚴經：「如是乃至經微塵刧，相食相誅，猶如轉輪，互爲高下，無有休息。」

③昌黎陸渾山火歌：「神焦鬼爛無逃門。」

④李長吉致酒行：「天荒地老無人識。」

⑤葉石林乙卯避暑錄：「道家言三尸，或謂之三彭。人身中皆有是三蟲，能記人過失，至庚申之日，乘人睡起，而讒之上帝。故學道者至庚申日輒不睡，謂之守庚申。」

顧與治五十初度〔一〕

松下淸齋五十時，道心畏路凛相持。全身惟有長貧好，避俗差於小病宜。靈谷梅花成昔夢①，蔣山雲物起新思②。開尊信宿嘉平臘，雒誦傳家德靖詩。與治曾祖英玉公與其兄東橋先生並有集傳世。

【校記】

〔一〕此詩邃本、箋注本、金匱本有，鄒鎡序本無。

【箋注】

①皇明寺觀志：「靈谷寺在應天府鍾山東南，晉建。宋改太平興國寺。洪武年徙建于此。」

②王象之輿地紀勝：「鍾山在上元縣東北十八里。漢末，秣陵尉蔣子文死事于此，吳大帝爲立廟。子文祖諱鍾，因改蔣山。」

有學集卷二

秋槐詩支集

己丑元日試筆二首

春王正月史仍書，上日依然芳草初①。白髮南冠聊復爾②，青陽左个竟何如③？三杯竹葉朝歌後④，一枕槐根午夢餘⑤。傳語白門楊柳色，桃花春水是吾廬。

【箋注】

①書舜典：「正月上日。」孔氏曰：「上日，朔日。」

②左傳成公九年：「晉景公見鍾儀，問之，曰：南冠而縶者誰也？有司曰：鄭人所獻楚囚也。」

③記月令：「孟春之月，天子居青陽左个。」

④張景陽七命：「乃有荆南烏程，豫北竹葉。」五臣曰：「烏程、竹葉，酒名。」

⑤異聞集：「淳于棼家住廣陵，宅南有古槐樹一株，淳于生日與羣豪大飲其下。因沉醉致疾，歸家就枕，夢二紫衣使者曰：槐安國王奉邀。扶生上車，指古槐穴而去。夢中倏忽，若度一世。」

頻煩襆被卷殘〔一〕書①，顧影頹然又歲初。自笑羈囚牢戶熟②，人憐留滯賈胡如③。

淵明弱女呷嗄〔二〕候④，孺仲賢妻涕淚餘⑤。爲問烏衣新燕子，銜泥何日到寒廬？

【校記】

〔一〕「殘」，邃本、鄒鎡序本作「殊」。茲從箋注本、金匱本。　〔二〕「嗄」，金匱本作「嗄」。

【箋注】

①白氏六帖：「晉魏舒襆被而出。」

②後漢書耿恭傳贊：「耿亦終塡牢戶。」

③後漢書馬援傳：「伏波類西域賈胡，到一處輒止。」

④淵明和劉柴桑詩：「弱女雖非男，慰情良勝無。」

⑤淵明告子儼等疏：「余嘗感孺仲賢妻之言，敗絮自擁，何慚兒子。」仲孺，漢王霸字。

次韻盛集陶新春東懷之作

暈碧裁紅記往年①，春盤春日事茫然②。澗瀍雒下今何地③？鄠杜城南舊有天④。

夢裏士師多訟獄⑤，醉中國土少崩騫⑥。金陵見說饒新詠，佳麗長懷小謝篇⑦。

【箋注】

①元遺山春日詩：「里社春盤巧欲爭，裁紅暈碧助春情。」

②四時寶鏡：「立春日，春餅生菜，號春盤。」

③ 書洛誥：「我乃卜澗水東，瀍水西，惟洛食。」

④ 東坡贈杜輿詩：「如今尺五城南杜，欲問東坡學種松。」施宿曰：「韋曲杜鄠近長安。諺曰：城南韋、杜，去天尺五。」

⑤ 列子周穆王篇：「鄭人薪于野，遇駭鹿，擊斃之，藏諸隍中，覆之以蕉。俄而遺其所藏之處，以爲夢焉，順塗詠其事。旁有聞者，用其言而取之。薪者歸，其夜眞夢藏之之處，又夢得之之主，且案所夢而尋得之，遂訟而爭，歸之士師。士師請二分之，以問鄭君。鄭君曰：嘻！士師將復夢分人鹿乎？」

⑥ 王無功醉鄉記：「醉之鄉，去中國不知其幾千里也。其土曠然無涯，無丘陵坂險。」

⑦ 謝氏家錄云：「康樂每對惠連，輒得佳語。」

林那子七十初度

孟陬吾以降①，七十古來稀。南國遺民在，東京昔夢非。夜烏啼〔一〕舊樹，春燕語新衣。一醉滄桑裏，麻姑有信歸。

【校記】

〔一〕「啼」，邃本、鄒鎡序本、金匱本俱作「題」，茲從箋注本。

【箋注】

① 出離騷。王逸曰：「孟，始也。正月爲陬。」

寄題廣陵菽園

架構平臨邗水涯①，隋堤迎却俯塵沙。南塘路識將軍第②，東閣梅如水部衙③。十里珠簾叢腐草④，二分明月冷烟花⑤。輕軒奉母承平事⑥，會有新詩補白華⑦。

【箋注】

① 左傳哀公九年：「吳城邗溝，通江、淮。」杜預曰：「今廣陵邗江是。」

② 少陵遊何將軍山林詩：「不識南塘路，今知第五橋。」

③ 少陵詩：「東閣官梅動詩興，還如何遜在揚州。」

④ 杜牧之題贈詩：「春風十里揚州路，捲上珠簾總不如。」

⑤ 徐凝詩：「天下三分明月夜，二分無賴是揚州。」

⑥ 潘安仁閒居賦：「太夫人乃御板輿，升輕軒。遠覽王畿，近周家園。」

⑦ 王隱晉書：「束晳，字廣微，嘗覽古詩，惜其不備，故作詩以補之。」

題朱玉耶畫扇①

斷月抛雲去不還，舊圖小扇落人間。依稀記得前塵事②，愁絕雙蛾傍〔一〕遠山③。

【校記】

〔一〕遂本校：箋注本「傍」作「似」。

【箋注】

① 郭天中，字聖僕，其先莆田人。購畜古法書名畫，尤精篆隸之學。有姬名朱玉耶，工山水，師董北苑。

② 首楞嚴經：「若分別性，離塵無體。斯則前塵，分別影事。」長水疏曰：「若離六塵，無此分別。足顯分別，宛是妄想。自性本無，屬于前塵，故可名爲分別影事。」

③ 伶玄飛燕外傳：「合德爲薄眉，號遠山黛；施小粉，號慵來粧。」

次韻答何寤明見贈 寤明與孟陽交，故詩及之〔一〕。

桃李何曾怨不言①，沅湘憔悴自蘭蓀②。刲灰蕩掃文章貴，星緯消沉處士尊。江左風流餘汝在③，襄陽耆舊幾人存④？新詩攜去誇春社，一字須傾酒一樽。

【校記】

〔一〕注文十字，各本無。茲據箋注本補。

【箋注】

① 史記李廣傳贊：「諺曰：桃李不言，下自成蹊。」

② 離騷：「濟沅湘以南征兮，就重華而敶詞。」

③ 南史謝晦傳：「謝琨風華，爲江左第一。」

④ 少陵遺興詩：「昔者龐德公，未曾入州府。襄陽耆舊間，處士節獨苦。」

馮研祥金夢蜚不遠千里自武林唁我白門喜而有作

踰冬免死又經旬①，四海相存兩故人。吳淛各天如嶺嶠，干戈滿地況風塵。燈前細認平時面，坐久頻驚亂後身。詹尹朝來傳好語②，可知容易有斯晨。

【箋注】

① 漢書劉向傳：「僞鑄黃金，繫當死。上奇其材，得踰冬減死論。」

② 詹尹，見屈原卜居。

疊前韻送別研祥夢蜚三首

愁霖震電苦踰旬，況復懵騰送故人。瀕死心懸舂碓杵，望歸目斷客車塵。殘生握別無多淚，亂世遭逢有幾身？從此前期知不忘①，雞鳴如晦記茲晨。

【箋注】

① 前期，見前注。

青春聚首不多旬，作伴還鄉恨少人。不分行時俱涕淚，正憐別後各風〔二〕塵。關心憔悴無過死，執手叮嚀要此身。傳語故人應歎息，對牀風雨亦佳晨〔三〕。

【校記】

〔一〕「風」，遂本、鄒鎡序本、金匱本作「烟」。茲從箋注本。　〔二〕「晨」，鄒鎡序本作「辰」。

少別千年近隔旬①，勞勞〔一〕亭畔盡勞人②。誰家窟室能逃世③？何處巢車可望塵④？
自顧但餘驚破膽〔二〕⑤，相看莫是〔三〕意生身⑥。童初近有登眞約⑦，爲我從容扣侍晨⑧。

【校記】

〔一〕「勞勞」，遂本、鄒鎡序本、金匱本作「勞人」。茲從箋注本。　〔二〕此句遂本、鄒鎡序本、金匱本作「問字總歸沙數劫」。茲從箋注本。　〔三〕「莫是」，遂本、鄒鎡序本、金匱本作「已屬」。茲從箋注本。

【箋注】

①江淹別賦：「暫遊萬里，少別千年。」

②太白勞勞亭詩：「天下傷心處，勞勞送客亭。」

③窟室，見前註。

④漢書陳勝傳注：「師古曰：巢車者，亦于兵車之上爲樓以望敵也。」

⑤南史王融傳：「太學生會稽魏準以才學爲融所賞。既欲奉子良而準鼓成其事。及融誅，召準入舍人省詰問，遂懼而死，舉體皆青，時人以準膽破。」

⑥翻譯名義集：「楞伽經明三種意生身。山家法華玄、淨明疏、輔行記伸明此義，具名互出。不揆庸淺，輒開二門，初釋通號，次辨別名。通號意生者，意謂作意，此顯同居之修因。生謂受生，此彰方便之感果。故曰安樂作空意，三昧作假意，自性作中意。又意者如意，故魏譯入楞伽經云：『隨意速去，如念卽至，無有障礙，名如意身。』」

⑦ 眞誥稽神樞：「又有童初、蕭閑堂二名，以處男子之學也。」

⑧ 松陵集陸龜蒙上元日道室焚修詩：「執蓋冒花香寂歷，侍晨交珮響闌珊。」註曰：「執蓋、侍晨，皆仙之貴侶。」

戲爲天公惱林古度歌〔一〕

己丑春王近寒食，陽和黯黮〔二〕春無力。嚴霜朔風割肌〔三〕骨，愁霖累月天容墨。撒空飛霰響飄颻，殷雷闐闐電光激。須臾冰雹交加下，亂打軒窗攢矢石。老人擁被向壁臥，如蠶縮蠒鳥塌翼。金陵城中有一老生林〔四〕古度，目眵頭暈〔五〕起太息。摩娑箱架繙玩占，彳亍鄉鄰卜〔六〕著筴①。對飯失箸寢失席，如魚吞鈎挂胸臆②。蛙怒鼓腹氣彭彭③，蚓悲穴竅音唧唧④。吟成五言〔七〕四十字，字字酸寒句結轖。一吟啼山魈，再吟泣木客。三吟四吟天吳罔兩紛來下，鍾山動搖石城仄。山神社鬼不敢寧居號咷愬上帝，帝遣六丁下搜獲。天公老眼慵識字，趣呼巫陽召李白。李白半醉心膽麤，曼聲吟誦帝座側⑤。天公傾聽罷，拍手笑啞啞。女媧弄黃土⑥，摶作兩笨伯⑦。盧仝下賤臣，扣頭詛月蝕。林生韋布士，雨雹恣訶〔八〕斥。天壤之間奡兀產二儒，使我低頭掩耳受鐫責。唐堯爲天子，倦勤而禪息。穆滿八駿歸，髦期乃登格。我爲天帝元會運世八萬六千歲⑧，安能老而不耄長久精勤勿差忒。二十八宿糾連炁孛羅計四餘氣，控訴西曆頻變易。四餘刊一四氣孤，列宿失躔紊營室。籲呼眞宰乞主張〔九〕⑨，我爲一笑付閔默。由來世界怕刧塵，寧保穹蒼免黜陟。我甘名號改撐犂〔一〇〕⑩，女輩紛呶復奚恤？女勿苦霖雨，不見修羅宮中雨下成戈戟⑪。女勿苦雪霰，不見堯年牛目雪三尺⑫。雹胡爲而作？乃是玉女投壺失笑天眼折⑬。雷胡爲而作？乃是東方小兒作使阿香掉雷車而扇霹靂⑭。電胡爲而作？乃是女媧〔一一〕補天之餘石，碎爲磤車任騰擲。春秋請高閣，鴻範仍屋壁⑮。仲舒繁露誠大愚⑯，劉向五行徒懇惻⑰。鯫生捉鼻苦〔一二〕吟縛衣帶⑱，何用撼鈴伐鼓置〔一三〕天馹。天公支頤倦欲臥，金童玉女擎觴進金液。此翁霑醉毷氉騎白雀，遙觀金陵城中吟詩之人夜分鼾睡殊燕適。擂鼓忽坐通明殿⑲，號召玄冥豐隆諸神齊受職⑳。火速趨赴金陵城，雪霰重飛雹再射。推敲蓬門穿甕牖，惱亂吟魂攪詩魄。是時午夜正昏黑，大家小戶眠不得。眠不得，勿驚嚇，乃是天公弄酒發性故與吟詩老生作戲劇。

此詩得之於江上丈人，云是東方曼倩來訪李青蓮於采石，大醉後放筆而作，青蓮激賞而傳之也。或云青蓮自爲之。未知然否？

【校記】

〔一〕鄒鎡序本無「歌」字。〔二〕邃本校：箋注本「黮」作「黯」。〔三〕邃本、鄒鎡序本「肌」作「肥」。茲從箋注本、金匱本。〔四〕邃本、鄒鎡序本「老」字下無「生林」二字，茲從箋注本、金匱本。〔五〕邃本校：箋注本「暈」作「運」。〔六〕遂本校：箋注本「卜」作「占」。〔七〕「言」，遂本、鄒鎡序本作「八」。兹從箋注本、金匱本。〔八〕「訶」，遂本、鄒鎡序本作「訴」。兹從箋注本、金匱本。〔九〕遂本校：箋注本作「張主」。〔一〇〕「撐犂」，鄒鎡序本□□。〔一一〕遂本、鄒鎡序本、箋注本俱作「女媧」。金匱本作「媧皇」。〔一二〕「苦」，遂本、鄒鎡序本作「善」。兹從箋注本、金匱本。〔一三〕「置」，遂本、鄒鎡序本作「張皇」，兹從箋注本。

【箋注】

①潘安仁射雉賦：「彳亍中輟。」五臣曰：「彳亍，行貌。」

②昌黎赴江陵詩：「歸舍不能食，有如魚掛鉤。」

③韓非子內儲說上篇：「越王出，見怒蛙，乃爲之式。」

④石鼎聯句：「時于蚯蚓竅，微作蒼蠅鳴。」

⑤葛洪西京雜記：「東方生曼聲長嘯，輒塵落瓦飛。」

⑥御覽：「風俗通曰：『俗說天地開闢，未有人民。女媧摶黃土作人，力不暇供，乃引繩于泥中，舉以爲人。故富貴者，黃土人也；貧賤者，縆人也。』」

⑦晉書羊聃傳：「豫章太守史疇以肥大爲笨伯。」

⑧邵康節皇極經世書：「日爲元，月爲會，星爲運，辰爲世。一元統十二會，一會統三十運，一運統十二世，一世統三十年。故一元之數得三百六十運，千三百二十世，一十二萬九千六百年也。」

⑨莊子齊物篇：「若有眞宰，而特不得其朕。」

⑩撐犂，見前註。

⑪華嚴經賢首品：「修羅宮中雨兵仗，摧伏一切諸怨敵。」

⑫葛洪西京雜記：「董仲舒曰：雩至牛目，陰陽相蕩，而爲祲氛之妖也。」

⑬東方朔神異經：「東荒山中有大石室，東王公居焉。與一玉女投壺，設有投不出者，天爲之笑。」

⑭續搜神記：「義興人姓周，永和中出都。日暮，道旁有一新草小屋，一女子出門，周求寄宿。一更中，門外有小兒喚阿香：官喚汝推雷車。女乃辭去。夜半大雷雨。明朝視宿處，乃一新冢耳。」

⑮魯恭王壞孔子宅，欲以爲宮，而得古文于壞壁之中，逸禮有三十九篇，書有十六篇。

⑯漢書董仲舒傳：「遼東高廟、長陵高園殿災，仲舒居家推說其意，草藁未上，主父偃竊其書而奏焉。上召視諸儒，仲舒弟子呂步舒不知其師書，以爲大愚。」

⑰漢書劉向傳：「向集洪範五行傳論奏之，天子心知向忠精，故爲鳳兄弟起此論也。然終不能奪王氏權。」

⑱史記項羽紀：「張良曰：誰爲大王爲此計者？曰：鯫生。」徐廣曰：「鯫，音士垢反。」服虔曰：「鯫，小人貌也。」世說排調篇：「謝安捉鼻曰：但恐不免耳。」

⑲王欽若翊聖保德傳：「張守眞朝玉皇大殿，觀其扁曰通明，不曉其旨，因焚香祈教。眞君曰：上帝常升金殿，殿之光明，照于帝身，身之光明，照于金殿，光明通徹，無所不照，故爲通明殿。」

⑳山海經：「北方彊禺，人面鳥身，珥兩青蛇，踐兩青蛇。」郭璞曰：「字玄冥，水神也。」離騷：「吾令豐隆乘雲。」王逸曰：「豐隆，雲師，一曰雷師。」

新安汪氏收藏目錄歌

新安汪宗孝收藏金石古文法書名畫彝器古玉甚富。歿後散落人間，獨手書目錄猶在。其子權奇裝潢成帙。余方有滄桑之感，爲作歌以識之。宗孝，字景純，富而任俠。萬曆間常臥病，夢〔一〕授命於文廟，遣治水江、淮間，七日而寤。楚人王同軌作耳譚，載其事焉。

鴻朗八百應壽昌，斗匡天府垂文章①。東壁圖書躔南〔二〕極，光晶下薄天子鄣②。金錢積氣久盤鬱，化爲羣玉紛璆琅。羽陵宛委吐靈異③，瑤函〔三〕雲笈差縹緗。晉書唐畫出秘閣，永和淳化羅墨莊。昭陵玉匣誇購取④，宣和金書矜弆藏⑤。鄴侯萬籤曾未觸⑥，桓玄一廚今不亡⑦。東觀詞人著跋尾⑧，奎章學士書右方⑨。軒轅丹鼎借光氣⑩，天都草木增輝光。人間墨繪汗牛馬⑪，敢與列宿分焜煌〔四〕。清閟之閣蕭閒堂⑫，充棟插架聞古香。錯列几案峙彝鼎，鎮壓卷帙塡珪璋。疎窗眼明見倉籀⑬，棐几日煖流丹黃。主人好古復好事，千金豪取如鍼芒。彈琴煑茗自欣賞，高僧詞客同平章。青娥摩挲辨款識⑭，紅袖拂拭焚都梁⑮。淒涼不解雲烟錄〔五〕⑯，寒儉笑彼書畫航⑰。一之帝所夢不返，高冠長劍從文皇。平泉花木旋改易⑱，衞公器物非故〔六〕常。雷劍一往誰取去⑲，楚弓人得知何方⑳？茂先室有殘機杼㉑，長吉家看古錦囊㉒。一生嗜好存譜錄，十載鐫鍥勞肺腸。遺墨宛然網塵篋，厥子繙得重裝潢㉓。鄭重有如獲拱璧，再三示我涕泗滂。君不見甲申〔七〕以來百六殃㉔，飈迴霧塞何茫茫。昆明舊灰鑠銅狄㉕，陸渾新火炎崑岡㉖。乘輿服御委糞土，武庫劍履歸昊蒼㉗。礮火蕩拋琬琰字，馬牛蹴踏金玉相㉘。南城叢殘餘煨燼，北門曚瞽徒看詳〔八〕。神焦鬼爛偏泯滅，國亡家破同盡傷。寶玉大弓魯史在㉙，玉魚金盌唐天長㉚。漫云遺山譜器什㉛，更與淵穎論滄桑㉜。還君此册三太息，謁帝吾欲招巫陽㉝。

【校記】

〔一〕「夢」字據金匱本補。〔二〕遼本校：箋注本「南」作「西」。〔三〕「函」，鄒鎡序本作「菡」，誤。〔四〕遼本校：箋注本「焜煌」作「寒芒」。〔五〕「錄」，遼本、鄒鎡序本、金匱本作「綠」。兹從箋注本。〔六〕「故」，遼本、鄒鎡序本作「古」。兹從箋注本、金匱本。〔七〕「甲申」，遼本、鄒鎡序本作「滄桑」。兹從箋注本、金匱本。〔八〕遼本校：箋注本「詳」作「祥」。

【箋注】

① 史記天官書：「斗魁戴匡六星，曰文昌宮。」索隱曰：「文昌宮爲天府。」三氏星經：「石申氏曰：東壁二星，文章圖書。星暗，王道衰，小人得用。」

② 山海經：「三天子障山，在閩西海北。」郭璞曰：「今在新安歙縣東，今謂之三王山，浙江出其邊也。」張氏土地記曰：「東陽永康縣南四里，有石城山，上有小石城，云黃帝曾遊此，即三天子都也。」

③ 穆天子傳：「天子東遊，次于雀梁，綦蠹書于羽陵。」吳越春秋：「禹思聖人所記，在于九山東南天柱，號曰宛委，因

夢見玄衣蒼水使者，登山發金簡之書。」

④尚書故實：「太宗酷好書法，寶惜者大王蘭亭爲最。一日語高宗曰：吾千秋萬歲後，與吾蘭亭將去。及奉諱之日，用玉匣貯之，藏于昭陵。」

⑤趙希鵠洞天清錄：「徽宗御府所儲書，其前必有御筆金書小楷標題，後有宣和玉瓢御寶。」禮部韻略：「弆，藏也，丘呂反。」

⑥昌黎送諸葛覺詩：「鄴侯家多書，插架三萬軸。一一懸牙籤，新若手未觸。」

⑦晉書顧長康傳：「愷之嘗以一廚畫糊題其前寄桓玄，皆其深所珍惜者。玄發其廚後，竊取畫，緘閉如舊以還之。愷之見封題如舊，但失其畫，直云妙畫通靈，變化而去。」

⑧陸友硯北雜志：「王著，字知微，一字成象，太祖同時人，即模閣帖者。」

⑨曹士冕法帖譜系：「大觀中，奉旨刻石太清樓，凡標題皆蔡京所書。」

⑩黄山圖經：「軒轅黄帝獲靈丹于浮丘翁，遂思超溟渤，遊蓬萊。浮丘公曰：煉金爲丹，必假于山水。山秀水正，其藥乃靈。惟江南黟山，據得其中，神仙止焉。黄帝遂命駕，與容成子、浮丘公同遊此山。」

⑪柳子厚陸文通墓志：「其爲書，處則充棟宇，出則汗牛馬。」

⑫雲林遺事：「雲林有清閟閣、雲林堂。清閟閣尤勝，客非佳流不得入。嘗有夷人聞瓚名，欲見之，以沉香百斤爲贄。瓚密令人開雲林堂使登焉，四周列奇石，東西設古玉器古鼎尊罍法書名畫。夷人方驚顧間，謂其家人曰：聞有清閟閣，能一觀否？曰：此閣非人所易入，且吾主已出，不可得也。夷人望閣再拜而去。」虞集題李溉之蕭閒堂絶句：「受業蕭閒老，令人憶稼軒。高堂何處是？湖曲長蘭蓀。」

⑬ 朱長文墨池編：「韋續五十六種書曰：『字有五易，倉頡變古文，史籀製大篆，李斯製小篆，程邈隸書，漢作草是也。』」

⑭ 漢書郊祀志：「掊地得鼎，鼎大異于衆鼎，文鏤無欵識。」韋昭曰：「欵，刻也。」師古曰：「識，記也。」

⑮ 段公路北戶錄：「都梁香。荆州記曰：『都梁縣有小山，山上水清淺，中生蘭草，俗謂之都梁，卽以縣名焉。』」

⑯ 周密雲煙過眼錄一卷。

⑰ 山谷戲贈米元章詩：「滄江靜夜虹貫月，應是米家書畫船。」

⑱ 康駢劇談錄：「李德裕東都平泉莊，去洛城三十里，卉木臺榭，若造仙府。遠方之人，多以異物奉之。有題平泉詩曰：『隴右諸侯供語鳥，日南太守送名花。』」

⑲ 樂史寰宇記：「雷煥爲豐城令，掘獄地得二劍，煥留一，其一進與張華。華遇害，劍飛入襄城水中。煥死，其子常以自隨。後經淺瀨溪，劍忽于匣中躍出，入水則爲龍。視之，二龍相隨而逝。」

⑳ 家語：「楚恭王出遊，亡烏號之弓。左右請求之，王曰：止。楚王失之，楚人得之，吾何求之？」

㉑ 張茂先博物志：「近世有人居海上，每年八月，見槎來不違時，齎一年糧。乘之，到天河，見婦人織，丈夫飮牛。還問嚴君平。云：某年某月某日，客星犯牛斗。卽此人也。後人相傳，云得織女支機石。」

㉒ 陸龜蒙書李賀小傳後：「長吉長時且日出遊，從一小奚奴，背一古錦囊，遇有所得，卽書投囊中。」

㉓ 芥隱筆記：「裝潢，染黃紙修治之名。唐百官志註：熟紙裝潢匠八人。」

㉔ 劉淵林註易無妄曰：「災氣有九，陽阨五，陰阨四，合爲九。一元之中，四千六百一十七歲，各以數至陽阨，故云百六之會。」

㉕三輔黃圖：「武帝初穿昆明池，得黑土，帝問東方朔，朔曰：西域胡人知。乃問胡人。胡人曰：刼燒之餘灰也。」

㉖昌黎有和皇甫湜陸渾山火歌。

㉗晉書張華傳：「武庫火，累代之寶及漢高斬蛇劍、王莽頭、孔子履等盡焚焉。」

㉘東坡仇池筆記：「唐太宗購晉人書，自二王以下僅千軸，皆在秘府。武后時，爲張易之兄弟所竊，遂流落，多在王涯、張延賞家。涯敗，軍人刼奪金玉軸而棄其書。」

㉙左傳定公九年：「陽虎歸寶玉大弓。」

㉚少陵諸將詩：「昔日玉魚蒙葬地，早時金盌出人間。」

㉛元遺山有故物譜。

㉜淵穎，見前注。

㉝宋玉招魂：「帝告巫陽曰：有人在下，我欲輔之。魂魄離散，汝筮與之。」

徐元歎六十

飄然領鶴駐高閒，石戶雲房處處關。萬事總隨靑鬢去，此身留得翠微間。隱將佛土逃三刼①，貧爲詩人鍊九還。若問少微星好在②，鈎簾君自看西山。

【箋注】

①法苑珠林刼量篇：「夫刼者，大小之內，各有三焉。大則水火風而爲災，小則刀饉疫以成害。」

②少微四星，在太微西，主處士儒學之官。

次前韻代茂之〔一〕

誰於斯世得蕭閒？兩版衡門許閉關。老去風懷消淨業，窮來詩卷滿人間。花深野老尋春至，月白林僧破夏還①。莫道靈光容易在，刼灰不盡有青山。

【校記】

〔一〕此詩邃本、箋注本、金匱本有，鄒鎡序本無。金匱本題作「用原韻代茂之壽元歎六十」。

【箋注】

① 五燈會元：「義玄禪師半夏上黃檗山，住數日，乃辭。檗曰：汝破夏來，何不終夏去？」

句曲逆旅戲爲相士題扇〔一〕

赤日紅塵道路窮〔二〕，解鞍一笑〔三〕柳莊翁①。誰知夭矯猶龍貌，但指摧頹喪狗容。運去英雄成畫虎，時來老耄〔四〕應非熊②。人間天眼應難值③，看取吾家石鏡中〔五〕④。

【校記】

〔一〕此詩邃本、箋注本、金匱本有，鄒鎡序本無。亦收于邃漢齋印有學集補遺中。〔二〕各本作「道路窮」，補遺作「旅店中」。〔三〕各本作「解鞍一笑」，補遺作「黃昏笑遇」。〔四〕各本作「耄」，補遺作「禿」。〔五〕末二句各本如此。邃本、箋注本作「應」，金匱本作「原」。外集此二句作「塵埃物色須天眼，還訪張家白崔公。」

【箋注】

① 袁琪，字廷玉，鄞縣人。得相法于別古厓。洪武間，識長陵于潛邸。登極後，召拜太常寺丞，人稱爲柳莊先生。

② 六韜：「文王將田，史編布卜曰：田于渭陽，將大得焉。非龍非彲，非熊非羆。兆得公侯，天遺汝師。以之佐昌，施及三王。」

③ 翻譯名義集：「眼有五種，一肉眼，二天眼，三慧眼，四法眼，五佛眼。」

④ 王象之輿地紀勝：「石鏡山，郡國志云：『徑二尺七寸，其光照如鏡之鑑物，分毫不差。』圖經云：『武肅王幼時遊此，顧其形，服冕旒如王者狀。唐昭宗沒，賜今名。』」

己丑歲暮讌集連宵於是豪客遠來樂府駢集縱飲失日追懽忘老即事感懷慨然有作四首

風雪塡門噪晚鴉，翛翛書劍到天涯。何當錯比揚雄宅，恰似相逢劇孟家。夜半壯心迴起舞，酒闌清淚落悲笳。流年遒盡那堪餞①，却喜飛騰暮景斜②。

【箋注】

① 宋玉九辨：「歲忽忽而遒盡兮，恐余壽之弗將。」

② 少陵守歲詩：「四十明朝過，飛騰暮景斜。」

送客留髡促席初①，履交袖拂樂方舒。酒旗星上天猶醉，燭炬風欹歲旋除。霜隔簾衣春盎盎②，月停歌板夜徐徐。觥船莫惜頻煩勸③，已是參横斗轉餘。

【箋注】

① 史記滑稽傳：「日暮酒闌，合尊促坐，男女同席，履舄交錯。杯盤狼藉，堂上燭滅，主人留髡而送客。羅襦襟解，微聞薌澤。當此之時，髡心最歡，能飲一石。」

② 草堂詩餘周美成浣溪沙詞：「風約簾衣歸燕急，水搖扇影戲魚驚。」

③ 杜牧之題禪院絶句：「觥船一棹百分空。」

風光如夢夜如年，如此歡娱但可憐。曼衍魚龍徒瞥爾①，醉鄉日月故依然②。漏移警鶴翻歌吹，霜壓啼烏殺管絃。曲晏未終星漢改，與君堅坐看桑田。

【箋注】

① 漢書西域傳贊：「作巴渝都盧海中碭極曼衍魚龍角抵之戲，以觀視之。」

② 唐詩紀事：「皇甫松著醉鄉日月三卷，自敍也。」

扶風豪士罄追歡①，楚舞呉歈趁歲闌②。銀箭鼓傳人惝怳③，金盤歌促淚汍瀾④。杯銜落日參旗動，炬散晨星刼火殘。明發昌門相憶處，兩〔一〕牀絲竹夜漫漫⑤。

【校記】

〔一〕鄒鎡序本作「雨」，誤。

【箋注】

①太白有扶風豪士歌。

②史記留侯世家：「上召戚夫人曰：爲我楚舞，我爲若楚歌。」宋玉招魂：「吳歈蔡謳。」王逸曰：「歈、謳，皆歌也。」

③太白烏棲曲：「銀箭金壺漏水多。」

④金盤，見前註。

⑤才調集曹唐敍邵陵舊宴詩：「今日却懷行樂處，兩牀絲竹水樓中。」

蜡日大醉席上戲示三王生三生樂府渠帥吳門白門人也

美人雜坐酒盈觴，雪虐風饕避畫堂①。卒歲世猶存八蜡②，當場我自看三王。蘭膏作樹昏如晝③，竹葉生花醉〔一〕亦狂。大笑吳歈愁失日④，漫漫長夜復何妨。

【校記】

〔一〕箋注本、金匱本作「醒」。茲從遂本、鄒鎡序本。

【箋注】

①昌黎祭河南張員外文：「歲弊寒兇，雪虐風饕。」

②禮郊特牲：「天子大蜡八。」

③楚辭宋玉招魂：「蘭膏明燭。」王逸曰：「以蘭香煉膏也。」

④韓非子說林上篇：「紂爲長夜之飲，俱以失日，問左右，盡不知。使問箕子，箕子曰：爲天下而一國皆失日，天下

其危矣。一國皆不知而我獨知之，我見其危矣。辭以醉而不知。」

賜蘭堂壽讌詩四首 有序

金壇虞憲使兄來，初與余同舉丙午，少壯論交〔一〕，忽焉七十。呴濡相存①，衰榮無間。於其初度之日，爲長句以稱壽焉。閥閱箕裘之盛，園林讌賞之樂，鋪陳揚扢，略盡一斑。而要歸於家恩國恤，迴翔頫仰，感慨係之，蓋庶幾頌禱之義具焉。其不獨以比於彈絲竹考鐘鼓而已，亦或以望吾兄從容燕喜之餘，爲停杯而三歎也。夫虞之先世大理公謙，爲永、宣名臣，常拜宣廟禊帖之賜，賜蘭，其堂名也。

【校記】

〔一〕 邃本、鄒鎡序本、金匱本作「文」。兹從箋注本。

【箋注】

① 莊子大宗師篇：「泉涸，魚相與處于陸，相呴以濕，相濡以沫，不如相忘于江湖。」

綠髮朱顏卻杖扶，行年七十似兒駒。一夔端許諧虞樂①，虞一子跛，故有一夔之戲。羣鳳紛看集帝梧②。天漾酒旗星海動，地蟠燈樹月輪孤。華陽大有登眞宴〔二〕③，得似長筵此會無？

〔一〕 邃本校：箋注本「宴」作「處」。

【箋注】

① 呂氏春秋：「哀公問孔子曰：夔一足，信乎？孔子曰：舜令重黎舉夔進之，以爲樂正。正六律，和五音，而通八風，天下大服。重黎又欲益求人，舜曰：若夔者，一而足矣。故曰夔一足。非一足也。」

② 韓詩外傳：「黃帝致齋于宮，鳳乃蔽日而至，止帝東國，集帝梧桐，食帝竹實，沒身不去。」

③ 眞誥稽神樞：「大天之內，有地中之洞天三十六所。其第八是句曲山之洞，周迴一百五十里，名曰金壇華陽之天。」

兩牀羅列十眉俱①，秉燭追歡似逐逋。句曲園林藏地肺②，茅家供饌出天廚③。經年摒擋春燈賞，排日〔一〕規模夜燕圖④。樂土居然塵刦外，良常日月未應誣⑤。

【校記】

〔一〕 邃本校：箋注本「排日」作「按籍」。

【箋注】

① 陶穀清異錄：「瑩姐，平康妓也。畫眉日作一樣，雖數十而未窮。唐斯立戲之曰：西蜀有十眉圖，布之四方。汝眉癖若是，今可作百眉圖。更假以歲年，當率同志爲修眉史矣。」

② 眞誥稽神樞：「句曲山，其間有金陵之地，地方三十七八頃，是金陵之地肺也。」

③ 葛洪神仙傳：「茅君得道當去，衆皆來送。賓客既集，君言笑延接，一如常時。不見指使之人，但見金盤玉杯，自到人前，美酒珍饌，賓客皆不能識。」

④宣和畫譜：「韓熙載多好聲伎，專爲夜飲。李氏惜其才而不問，然欲見尊俎燈燭間觥籌交錯之態，乃命顧閎中夜至其第竊窺之，目識心記，圖繪以上，故世有韓熙載夜燕圖。」

⑤眞誥稽神樞：「始皇登句曲北垂山，會羣臣，饗從駕，嘆曰：巡狩之樂，莫過于山海。自今以往，良爲常也。乃改句曲北垂曰良常之山。」

玉雪風流奕葉垂，大理公自號玉雪。丹青人物永宣時。蘭亭金匱先朝賜①，竹房銀鉤往喆詒②。祝京兆東山竹屋記爲大理之子來鳳作也。見祝氏集。畫省〔一〕堆牀傳祖笏，高門列戟閟宗彝③。知君拜手稱觴日，輟舞停歌有所思。

【校記】

〔一〕鄒鎡序本作「雀」，誤。

【箋注】

①漢書高帝紀：「金匱石室。」師古曰：「以金爲匱，以石爲室，重緘封之，保慎之意。」

②少陵陳拾遺故宅詩：「灑翰銀鉤連。」

③南部新書：「張介然天寶中爲衛尉卿，因入奏曰：臣今三品，合列棨戟。若列於帝城，鄉里不知。臣河東人也，請列戟于故鄉。」

英妙才名京雒傳，黑頭兄弟兩皤然。夔龍兕虎看誰在①，猿鶴沙蟲劇可憐②。金爵觚稜紅燭裏③，玉杯繁露綠尊前④。停斟〔二〕却笑人間事，龍漢魚河復幾年⑤？

【校記】

〔一〕「斟」，金匱本作「杯」。

【箋注】

① 書舜典：「伯拜稽首，讓于夔龍。」小雅：「匪兕匪虎，率彼曠野。」

② 抱朴子：「周穆王南征，一軍皆化，君子爲猿爲鶴，小人爲蟲爲沙。」

③ 班孟堅西都賦：「上觚稜而棲金爵。」李善曰：「漢書音義：『觚，八觚有隅者也。音孤。』說文：『稜，柧也。』三輔故事：『建章宮闕上有銅鳳凰。』金爵卽銅鳳也。」

④ 漢書董仲舒傳：「說春秋事，得失間舉，玉杯繁露清明竹林之屬，復數十篇。」

⑤ 龍漢，見前註。魚河，禹觀于河，有長人白面魚身，出曰：吾河精也。授禹河圖，言治水之事。

奉贈太傅崇明侯弢武杜公詩四首

光嶽貞符河雒形①，扶桑弧矢射青冥②。三秦地塞留元老，太白芒寒護將星。起陸龍蛇爭渾沌③，握奇魚鳥叶神靈④。衞公舊有金天約〔一〕⑤，戴斗崆峒佇勒銘⑥。

【校記】

〔一〕鄒鎡序本「金天約」作「鈞天樂」。

【箋注】

① 沈休文齊故安陸昭王碑文：「公含辰象之秀德，體河嶽之上靈。」

②襄王遊蘭臺，謂左右曰：能爲大言賦乎？宋玉曰：方地爲輿，圓天爲蓋。彎弓掛扶桑，長劍倚天外。

③陰符經：「天發殺機，龍蛇起陸。」

④風后握奇經：「天地之後，衝爲飛龍，雲爲鳥翔，突擊之義也。龍居其中，張翼以進，鳥掖兩端，向敵而翔以應之。」

⑤國史異纂：「衛公李靖，始困于貧賤。因過華山廟，訴于神，且告以官位所至。辭色抗厲，觀者異之。佇立良久，乃出廟門，百步許，聞後大聲曰：李僕射好去。顧之不見人，後竟至端揆。」

⑥爾雅釋地：「北戴斗極爲崆峒。」郭璞曰：「戴，值也。」

辛勤百戰爲山河，束馬懸鋒鬢已皤①。吳下諸生推杜預〔一〕，關西老將憶廉頗②。揮毫爛熳頭風檄③，擊缶蒼茫耳熱歌④。記取鷹揚非少壯，莫將芒角自鐫磨。

【校記】

〔一〕 邃本校：箋注本下有注云：「公時教授昆山。」

【箋注】

① 後漢書段熲傳贊：「段追兩狄，束馬縣鋒。紛紜騰突，谷靜山空。」

② 通鑒漢紀四十卷：「虞詡言于張禹，喭曰：關西出將，關東出相。」

③ 魏志王粲傳：「典略曰：『陳琳作諸書及檄草成，呈太祖。太祖先苦頭風，是日疾發，臥讀琳所作，翕然而起曰：此愈我病。』」

④ 漢楊惲傳惲報會宗書：「酒後耳熱，仰天拊缶，而呼嗚嗚。」

申丹刑白誓書垂，俄及山河帶礪期①。熊耳峯前馘〔一〕耳日②，馬鞍山下據鞍時③。閒園種菜分戎壘，曲宴催花樹酒旗。春草青絲調伏櫪④，識途終許刜令支〔二〕⑤。

【校記】

〔一〕遂本校：箋注本「馘」作「俘」。　〔二〕鄒鎡序本「刜令支」作「是良眉」。

【箋注】

① 漢書功臣表：「封爵之誓曰：使黃河如帶，泰山若礪，國以永存，爰及苗裔。于是申以丹書之信，重以白馬之盟。」

② 水經注：「洛水之北，有熊耳山，雙巒競舉，狀同熊耳，在宜陽西也。」

③ 高德基平江紀事：「崑山在松江華亭縣治西北二十三里，崑山州以此得名。後割山爲華亭縣，移州北馬鞍山之陽，孤峯特秀，歷年久遠，人不知其故，卽呼此爲崑山，而亡馬鞍山之名矣。」後漢馬援傳：「援據鞍顧盼，以示可用。」

④ 樂府碣石篇：「老驥伏櫪，志在千里。」

⑤ 韓非子說林上篇：「桓公伐孤竹，春往冬返，迷失道路。管仲曰：老馬之智可用也。乃放老馬而隨之，遂得道。」漢書郊祀志：「齊桓公曰：寡人北伐山戎，過孤竹西伐，東馬懸車，上辟耳之山。」應劭曰：「伯夷國也，在遼西令支。」

能以三明並四夔①，惇詩說禮古人爲。定襄行卷經年富②，魏國奚囊鎮〔一〕日隨③。插架綠槍依筆格④，銜韡霜刃挂書帷⑤。車攻願嗣淸風頌，自拓岐陽石鼓碑⑥。

【校記】

【一】邃本校：箋注本「鎭」作「盡」。

【箋注】

①後漢書段熲傳：「熲與皇甫威明、張然明並知名顯達，京師稱爲涼州三明。贊曰：山河多猛，三明儷蹤。」南部新書：「崔造、韓會、盧東美、張正則爲友，皆僑居上元，好談經濟之略，嘗以王佐自許，時人號爲四夔。」

②懷麓堂詩話：「國朝武臣能詩者，莫過定襄伯郭元登，有聯珠集行于世。」

③杜弢武全集序：「徐中山白馬之盟，蔚爲宗臣。每朝會，輒令人囊書自隨。」

④少陵重過何氏詩：「雨抛金鎖甲，苔臥綠沉槍。」

⑤新唐書李光弼傳：「光弼將戰，內刀于鞾曰：戰危事，吾位三公，不可辱于賊。萬一有不捷，當自刎以謝天子。」左太沖吳都賦：「剛鏃潤，霜刃染。」

⑥程大昌雍錄：「岐陽石鼓文，元和志曰：『在鳳翔府天興縣南二十里，石形如鼓，其數盈十，蓋記周宣王田獵之事，即史籀迹也。』」

庚寅人日小集即事

縷金圖勝總無情①，佩劍衡星黯未平②。刼末乾坤餘七日，刀兵刼末，度七日，方留人種。見法苑珠林。行間兵火已三生③。梅花北戶將春發，菜甲東風與歲更④。强欲登高難舉目，草堂吟望淚縱橫。

【箋注】

① 荆楚歲時記：「正月七日爲人日，剪綵爲人，或鏤金箔爲人，以貼屏風，亦戴之頭鬢。賈充李夫人典戒云：『人日造華勝相遺，像瑞圖金勝之形，又象西王母戴勝也。』」

② 少陵人日詩：「佩劍衝星聊暫拔。」

③ 漢書吳王濞傳：「諸賓客皆得爲將校尉行間候司馬。」師古曰：「在行伍間。」

④ 荆楚歲時記：「人日以七種菜爲羹，今北人猶有至人日諱食故歲菜食新菜者。」元遺山春日書懷呈劉濟川詩：「流年又見東風菜。」註曰：「東風菜，見本草菜部。」

蓂莢依然七葉齊①，文王喻復此應稽。李義山人日詩：「文王喻復今朝是。」亦知是日妨晴昊，是日陰霾竟日。未省爲人學犬雞②。嶺海風烟迴玉笛，羅浮春色應金閨③。開尊遺老忻談笑，明日看梅可杖藜。

【箋注】

① 竹書紀年註：「沈約曰：堯在位七十年，有草莢階而生，月朔始生一莢，月半而生十五莢。十六日以後日落一莢，月晦而盡。月小則一莢焦而不落，名曰蓂莢，一曰曆莢。」

② 荆楚歲時記：「董勛問禮俗曰：正月一日爲雞，二日爲狗，三日爲羊，四日爲猪，五日爲牛，六日爲馬，七日爲人，以陰晴占豐耗。」

③ 龍城錄：「隋開皇中，趙師雄遷羅浮。一日天寒日暮，在酒肆旁舍，見一女人，淡粧素服，與之語，但覺芳香襲人。因扣酒家，得數杯，相與飲。少頃，有一綠衣童來，笑歌戲舞，亦自可觀。頃醉寢，師雄亦懵然。久之，東方

已白，師雄起視，乃在大梅花樹下，上有翠羽啾嘈，月落參横，但惆悵而已。」

人日示內二首〔一〕

夢華樂事滿春城①，今日淒涼故國情。花熸舊枝空帖燕②，柳燔新火不藏鶯。銀幡頭上銜愁陣③，柏葉尊前放酒兵。憑仗閨中刀尺好④，剪裁春色報先庚⑤。

【校記】

〔一〕金匱本有「庚寅」二字側注。

【箋注】

① 夢華，見前註。

② 左傳襄公二十六年注。杜預曰：「吳楚之間，謂火滅爲熸，子潛反。」荆楚歲時記：「立春日剪綵爲燕以戴之，帖宜春二字。綵燕即合歡羅勝。」

③ 東坡和子由除夜元日詩：「頭上銀幡笑阿咸。」韓偓殘春旅舍詩：「禪伏詩魔歸淨域，酒衝愁陣出奇兵。」

④ 宋之問立春日侍宴內殿詩：「今年春色早，應被剪刀催。」

⑤ 易巽卦：「九五，先庚三日，後庚三日。」

靈辰不共刼灰沉①，人日人情泥故林。黄口弄音嬌語澀，綠窗停梵佛香深。圖花却喜同心蒂，學鳥應師共命禽。夢向南枝每西笑②，與君行坐數沉吟。

【箋注】

① 李嶠人日清暉閣應制詩：「三陽偏勝節，七日最靈辰。」

② 桓譚新論：「人聞長安樂，則出門西向而笑。」

依韻奉和二首〔一〕附〔二〕

柳如是

春風習習轉江城，人日于人倍有情。帖勝似能欺舞燕，粧花眞欲坐流鶯。銀旛囡戴忻多福，金剪儂收喜罷〔三〕兵。新月半輪燈乍穗，爲君酹酒祝長庚。

【校記】

〔一〕依韻奉和二首及下贈黄若芷大家四絕句邃本及鄒鎡序本均未署作者姓名。按依韻奉和第二首落句及景印鐵如意館鈔本湖上草，和作作者當爲柳如是。茲補予署名。〔二〕鄒鎡序本無側注「附」字。〔三〕金匱本「罷」作「辟」。

佛日初輝人日沉，綵旛清曉供珠林。地於刧外風光近，人在花前笑語深。洗罷新松看沁雪，行殘舊藥寫來禽。香燈繡閣春常好，不唱卿家緩緩吟。

贈黄若芷大家四絕句　附〔一〕

柳如是

節比青陵孝白華，齋心況復事毘耶。丹鉛點染從遊戲，只似諸天偶雨花。

【校記】

〔一〕鄒鎡序本無側注「附」字，目錄有。

旃檀雲氣溽香臺，蓮漏初殘貝葉開。丈室掃除容寶座，散花天女故應來。

暈碧圖黃謝物華，香燈禪板道人家。中庭只有寒梅樹，邀得仙人綠蕚〔一〕華。

【校記】

〔一〕金匱本「綠蕚」作「蕚綠」。

鷗波亭向絳雲開，沁雪虛庭絕點埃。墨竹數枝香一縷，小窗留遲仲姬來。

閩中徐存永陳開仲亂後過訪各有詩見贈次韻奉答四首

拂水分攜手共招①，依然陳迹已前朝。空傳父老摩銅狄②，無復宮人記洞簫③。攬鏡頭憎三寸幘④，看花眼詫一重綃⑤。憑君話我餘生在，萬事叢殘爲領腰⑥。

【箋注】

① 李商隱飲席戲贈同舍詩：「洞中屐響省分攜。」

② 後漢書蓟子訓傳：「人于長安東霸城見子訓與一老翁共摩挲銅人，相謂曰：適見鑄此，而已近五百歲矣。」

③ 漢書王褒傳：「太子喜褒所爲甘泉及洞簫頌，令後宮貴人左右皆誦讀此頌。」

④ 御覽：「蔡邕獨斷曰：『古幘無巾，王莽頭禿，乃始施巾。』應劭漢官儀曰：『幘半無巾，如今半幘而已。王莽無髮，

因爲施巾。故里語曰：「王莽頭禿施幘屋。」」

⑤ 樂天眼病詩：「蒙籠物上一重紗。」

⑥ 記檀弓：「文子曰：是全要領以從先大夫於九京也。」

休嗟小別似千年，坐膝將車〔一〕事顯然①。契闊共循頭上髮②，延緣猶記葦間船③。高人有福先歸地，野老無謀但詛天。最是臨分多苦語④，相期把卷白雲邊。存永侍其尊人興公訪余拂水，屈指十二年矣。興公〔二〕別時有山中讀書之約。

（右答徐）

【校記】

〔一〕鄒鎡序本「車」作「軍」。　〔二〕邃本無「興公」二字，據鄒鎡序本補。

【箋注】

① 世說德行篇：「陳太丘詣荀朗陵，貧儉無僕役，乃使元方將車，季方持杖從後。長文尚小，載著車中。既至，荀使叔慈應門，慈明行酒，餘六人下食，文若亦小，坐著膝前。」

② 漢書李陵傳：「任立政等三人至匈奴招陵，以言微動之。陵默不應，熟視而自循其髮，曰：吾已胡服矣。」

③ 莊子漁父篇：「延緣葦間，刺船而去。」

④ 東坡送歐陽推官詩：「臨分出苦語，願子書之笏。」

交白鬚眉學刺船①，漁灣蒙密舊山川。櫻桃寢薦無消息②，楊柳車攻有注箋③。南國歌闌皆下泣〔一〕④，山陽詩讖倩誰傳⑤？繙君家集眞三歎，遺策猶存表餌〔二〕篇⑥。開仲〔三〕

鄉人磐生遺集中多籌邊語。

【校記】

〔一〕邃本校：箋注本「泣」作「淚」。〔二〕「表餌」，邃本作「六月」，鄒鎡序本作「忠孝」。玆從箋注本。

〔三〕鄒鎡序本「仲」作「重」。

【箋注】

①莊子漁父篇：「有漁父者，下船而來，鬚眉交白，被髮揄袂。」

②少陵收京詩：「歸及薦櫻桃。」

③采薇詩：「昔我往矣，楊柳依依。」小雅車攻詩：「我車既攻，我馬既同。」

④雲溪友議：「李龜年曾于湘中採訪使筵上唱『紅豆生南國，秋來發幾枝？願君多採擷，此物最相思』。歌闋，合坐莫不望行幸而慘然。」

⑤晉書向秀傳：「秀經山陽舊廬，隣人有吹笛者，發聲寥亮。秀乃作思舊賦。」淵明述酒詩：「山陽歸下國，成名猶不勤。」湯東澗曰：「按晉元熙二年六月，劉裕廢恭帝爲零陵王。明年，以毒酒一罌授張偉使酖王，偉自飲而卒。繼又令兵人踰垣進藥，王不肯飲，遂掩殺之。此詩所爲作，故以述酒名篇。詩辭盡隱語，觀者弗省。獨韓子蒼以山陽下國一語，疑是義熙後有感而賦。予反覆詳考，而後知決爲零陵哀詩也。」

⑥漢書賈誼傳贊：「施三表五餌以係單于。」

論文嵇呂更誰如①？兵燹間關問索居。沁雪摩挲新拜石②，殺青論勘舊藏書③。卻看人世同巢幕④，共笑殘生出篋輿〔一〕⑤。莫訝和詩多讔謎，老來詼謾比虞初⑥。

（右答陳）

【校記】

【一】此聯遂本、鄒鎡序本、金匱本作「共嗟昔夢連銅輦，自笑殘生出箯輿」。茲從箋注本。

【箋注】

① 世說簡傲篇：「嵇康與呂安善，每一相思，千里命駕。」

② 沈石田圖琴川錢氏沁雪石詩序：「吳興趙文敏鷗波亭前有二石，一曰沁雪，一曰垂雲。垂雲流落雲間，已不可考。沁雪在海虞縣治中，錢允言氏購得之，白石翁爲作圖，系之以詩。石上勒『沁雪』二字，是松雪翁八分書。」石林燕語：「米芾恢諧好奇，知無爲軍，初入州廨，見立石頗奇，喜曰：此足以當吾拜。遂命左右取袍笏拜之，每呼曰石丈。」

③ 劉向列子序：「皆定以殺青，書可繕寫。」殷敬順釋文曰：「謂汗簡刮去青皮也。」

④ 左傳襄公二十九年：「吳公子札自衛如晉，將宿于戚，聞鐘聲焉，曰：夫子之在此也，猶燕之巢于幕上。文子聞之，終身不聽琴瑟。」

⑤ 史記張耳傳：「廷尉以貫高事辭聞。上使泄公持節問之箯輿前。」韋昭曰：「如今輿牀，人輿以行。」

⑥ 張平子西京賦：「小說九百，本自虞初。」

夏日讌新樂小侯於燕譽堂林若撫徐存永陳開仲諸同人並集二首①

寶玦相逢溝水頭②，長衢交語路悠悠。西京甲觀論新樂③，南國丁年說故侯④。春燕歸來非大廈⑤，夜烏啼處似延秋⑥。曾聞天樂梨園裏，忍聽吳歈不淚流！

【箋注】

① 天啓七年八月，上卽位。上聖母劉賢妃爲孝純淵靜慈肅毗天鍾聖皇后，封孝純弟和陽衛正千戶劉效祖爲新樂伯，劉繼祖授錦衣衞都指揮同知，姪劉文炳、劉文燿授錦衣衛指揮同知。

② 少陵哀王孫：「腰下寶玦青珊瑚，可憐王孫泣路隅。」

③ 漢書武帝紀：「生甲觀畫堂。」三輔黄圖云：「太子宫有甲觀。」師古曰：「甲者，甲乙丙丁之次也，應氏以爲在宫之甲地，謬矣。」

④ 李少卿答蘇武書：「丁年奉使，皓首而歸。」

⑤ 淮南子說林訓：「大廈成而燕雀相賀。」

⑥ 少陵哀王孫：「長安城頭頭白烏，夜飛延秋門上呼。」

軟脚筵開樂句和①，濯龍吐鳳客駢羅②。雖無法部仙音曲③，也勝陰山敕勒歌〔一〕④。絲竹凝〔二〕風腰鼓急⑤，釭花蕩影舞衫多。老夫苦憶平生事，腸斷西遊趙李過⑥。

【校記】

〔一〕鄒鎡序本「陰山敕勒」作「巴人下里」。　〔二〕金匱本「凝」作「迎」。

【箋注】

① 新唐書楊國忠傳：「帝臨幸，必徧五家，賞賚不貲計。出有賜曰餞路，返有勞曰軟脚。」張端義貴耳集：「韓愈、皇

甫湜一世龍門，牛僧孺攜所業謁之。其首篇說樂，韓見題，即掩卷而問曰：且道拍板喚作甚？牛曰：樂句。二公大稱賞之，因此名振京師。」

② 後漢書馬后傳：「太后過濯龍門上，見親戚事如流水馬如龍，甚不悅。」葛洪西京雜記：「揚雄著太玄經，夢吐鳳凰，集玄之上。」

③ 樂府法曲：唐會要曰：「文宗開成三年改法曲爲仙韶曲。」按：法曲起于唐謂之法部。白居易傳曰：「法曲雖似失雅音，蓋諸夏之聲也，故歷朝行焉。」

④ 樂府敕勒歌：樂府廣題曰：「北齊神武攻周玉璧，士卒死者十四五，恚憤疾發，勉坐以安士衆，悉引諸貴使斛律金唱敕勒歌，神武自和之。其歌本鮮卑語，易爲齊言，故其短長不齊。」

⑤ 樂府雜錄：「荅鼓，即腰鼓也。」

⑥ 阮嗣宗詠懷詩：「平生少年時，輕薄好絃歌。西遊咸陽中，趙李相經過。」

有學集卷三

庚寅夏五集

歲庚寅之五月，訪伏波將軍於婺州。以初一日渡羅刹江。自睦之婺，憩於杭，往返將匝月。漫興口占，得七言長句三十餘首，題之曰夏五集。春秋書「夏五」，傳疑也。疑之而曰夏五，不成乎其爲月也。不成乎其爲月，則亦不成乎其爲詩。繫詩於夏五，所以成乎其爲疑也。易曰：「或之者，疑之也。」作詩者其有憂患乎？

早發七里灘

曈曈初旭麗江干，淰淰浮烟羃瀨灘。此地無風才七里，諺曰：無風七里，有風七十里。吾廬有日正三竿。釣壇不爲沉灰改①，丁水猶餘折戟寒②。欲哭西臺還未忍〔一〕，唳空朱噣響雲端。謝皋羽西臺慟哭記，即釣臺也。其招魂之詞曰：「化爲朱鳥兮，有噣焉食？」

【校記】

〔一〕鄒鎡序本、金匱本「忍」作「得」。

【箋注】

① 樂史寰宇記：「嚴子陵釣壇，在桐廬縣南大江側。壇下連七里瀨富陽縣赤亭里，即嚴陵釣于此，有臺基存。」

② 杜牧睦州詩：「疊嶂巧分丁字水。」

五日釣臺舟中

緯劃〔一〕江山氣未開①，扁舟天地獨沿洄。空哀故鬼投湘水②，誰伴新魂哭釣臺？五日纏絲仍漢縷③，三年灼艾有秦灰。吳昌此際癡兒女，競渡讙呶盡室迴。

【校記】

〔一〕「劃」，遂本、鄒鎡序本、金匱本俱作「繣」，兹從箋注本。

【箋注】

① 離騷：「忽緯劃其難遷。」王逸曰：「緯劃，乖戾也。」

② 史記屈原傳：「賈生爲長沙王太傅，過湘水，投書以弔屈原。」

③ 吳均續齊諧記：「漢建武中，長沙區曲白日忽見三閭大夫謂曰：聞君當見祭，但常年所遺，恒爲蛟龍所竊。今君有惠，當以楝葉塞其上，以綵絲纏之，此二物蛟龍所憚也。曲依其言。今世人五月五日作粽，并帶楝葉及五花絲，皆汨羅水之遺風也。」

五日夜泊睦州

客子那禁節物催，孤篷欲發轉徘徊。晨裝警罷誰驅去？暮角飄殘自悔來。千里江山殊故國，一坏〔一〕天地在西臺①。遙憐弱女香閨裏，解潑蒲觴祝我迴。

【校記】

〔一〕「坏」，鄒鎡序本、金匱本作「抔」。

【箋注】

①漢書張釋之傳：「假令愚民取長陵一坏土，陛下且何以加其法乎？

婺州懷古

礮車猶並日車紅①，當道空傳一老熊②。謂故開府沛國〔一〕公。野鳥淒涼啼廢壘，纖兒啁哳笑行宮③。開府謀改宋公署爲行宮，未就而罷，人多笑之。中天赤字開皇〔二〕祖④，皇〔三〕祖開省于婺，黃旗榜署，有山河日月之聯。午夜朱旗閃越公⑤。見宋太史〔四〕胡越公新廟碑。獨有鸕鷀如夙〔五〕昔，雙溪省識釣魚翁⑥。

【校記】

〔一〕「沛國」，鄒鎡序本、金匱本作「朱」。〔二〕〔三〕「皇」，鄒鎡序本、金匱本作「明」。〔四〕「太史」，鄒鎡序本、金匱本作「公」。〔五〕邃本、鄒鎡序本、金匱本作「夙」，箋注本作「宿」。

【箋注】

①魏志袁紹傳：「太祖發石車擊紹樓，皆破，紹衆號曰霹靂車。」潘安仁閒居賦：「礮石雷駭。」李善曰：「礮石，今之拋石也，皆四孝切。」莊子徐無鬼篇：「若乘日之車，而遊于襄城之野。」

②北史王羆傳：「神武遣韓軌、司馬子如襲羆，軌衆乘梯入城，羆袒身露髻徒跣，持一白棒，大呼而出，謂曰：老熊當道臥，貉子那得過？敵見驚退。」

③晉書陸納傳：「望闕嘆曰：好家居，纖兒欲撞壞之耶？」

④劉辰國初事蹟：「太祖克婺州，于城南豎大旗，上寫『山河奄有中華地，日月重開大統天』。」

⑤宋景濂胡越公新廟碑：「公既薨，敵人數擾我邊陲。公降祥異，或見夢于人，或覩靈火滿野，洶洶聞人馬聲。洎出師，輒大捷，似實有陰兵來助者。是則公之英魂烈爽，下上于星辰之間，固未嘗亡也。」

⑥大明一統志：「雙溪在金華府城南，其源有二，一出東陽縣大盆山，一出處州縉雲縣，與東陽義烏二溪合流，故名。」

歸舟過嚴先生祠下留別

雙臺離立釣魚壇①，香火空江五月寒。林木猶傳唐慟哭②，皐羽記云「故人唐開府」，謂宋爲唐也。故從之。溪雲常護漢衣冠。蒼厓辣闌春山老③，白鳥襹褷夏雨殘④。有約重來薦蘋藻，謹將心跡愬魚竿。

【箋注】

① 祝穆方輿勝覽：「釣臺在桐廬西南二十九里，東西二臺，各高數百丈。」

② 謝翶西臺慟哭記：「有雲從西南來，渰浥勃鬱，氣薄林木，若相助以悲者。」

③ 項安世題釣臺絕句：「辣闌山頭破草亭，只須此地了生平。崎嶇狹世纔伸足，又被劉郎賣作名。」

④ 韓偓訪虞部李郎中詩：「門庭野水襹褷鷺，隣里垣墻咿喔雞。」

桐廬道中

定〔一〕山雲霧眇〔二〕天涯①，信宿廻舟興已賒。作客有詩頻削草②，涉江無事但尋花。蘭溪載花盈舟，越人笑之。蘭舟是處皆湘水，釣渚於今屬漢家。寄謝〔三〕桐君莫相笑③，因君轉自愛蒹葭。

【校記】

〔一〕邃本、鄒鎡序本作「空」，金匱本、箋汻本作「定」。〔二〕「眇」，金匱本作「渺」。〔三〕邃本、鄒鎡序本作「謝」，金匱本、箋注本作「語」。

【箋注】

① 樂史寰宇記：「定山在錢塘縣西四十七里，突出浙江數百丈，濤至此輒抑聲，過此便雷吼霆怒。上有可避濤處，

行者賴之，云是海神婦家。」

②漢孔光傳：「輒削草藁。」

③祝穆方輿勝覽曰：「桐君山，在嚴州，有人採藥結廬桐木下，指桐爲姓，故山得名。」

留題湖舫　舫名不繫園。

園以舟爲世所稀，舟名不繫了無依①。諸天宮殿隨身是，大地烟波瞥眼非。淨掃波心邀月駕②，平鋪水面展雲衣。主人欲悟虛舟理③，只在紅粧與翠微。

【箋注】

①莊子列禦寇篇：「汎若不繫之舟。」

②水經漾水注：「秦岡山嶺紆曦軒，峯枉月駕。」

③莊子山木篇：「方舟而濟于河，有虛船來觸舟，雖有惼心之人不怒。」

湖上堤邊艤櫂時①，菱花鏡裏去遲遲②。分將小艇迎桃葉③，徧采新歌譜竹枝④。楊柳風流烟草在，杜鵑春恨夕陽知。憑闌莫漫多回首，水色山光自古悲。

【箋注】

①漢書項籍傳：「烏江亭長艤船待羽。」如淳曰：「南方人謂整船向岸曰艤。」

②樂天湖上招客詩：「慢牽好向湖心去，恰似菱花鏡上行。」

③ 樂府桃葉歌：「桃葉復桃葉，渡江不用楫。」桃葉，王子敬妾名也。

④ 樂府竹枝，本出於巴渝。唐貞元中，劉禹錫在沅、湘，依騷人九歌，作竹枝新辭九章，教里中兒歌之。由是盛于貞元、元和之間。

西湖雜感 有序〔一〕

浪迹山東，繫舟湖上。漏天半雨①，夏月如秋。登登版築，地斷吳根；攘攘烟塵，天分越角②。岳于雙表，綠字猶存；南北兩峯③，青霞如削。想湖山之佳麗〔二〕，數都會之繁華〔三〕。舊夢依然，新吾安往④？況復彼都人士，痛〔四〕絶黍禾；今此下民，甘忘桑椹〔五〕⑤。侮食相矜，左〔六〕言若性⑥。何以謂之？噫其甚矣！昔日〔七〕南渡行都，憖遺南市〔八〕；西湖隱跡⑦，追抗西山。嗟地是而人非，忍憑今而弔古。叢殘長句，淒絶短章。酒闌燈灺，隔江唱越女之歌⑧；風急雨淋，度峽下巴人之淚⑨。敬告同人，勿遺下體。敢附采風，聊資剪燭云爾。庚寅夏五，憩湖舫凡六日，得詩二十首。是月晦日，記於塘棲道中。

【校記】

〔一〕鄒鎡序本、金匱本無「有序」二字。 〔二〕「佳麗」，鄒鎡序本、金匱本作「繁華」。茲從邃本、箋注本。
〔三〕「繁華」，鄒鎡序本、金匱本作「佳麗」。茲從邃本、箋注本。 〔四〕「痛」，鄒鎡序本、金匱本作「感」。茲從邃本、箋注本。 〔五〕鄒鎡序本作「情深桑海」。茲從邃本、金匱本、箋注本。 〔六〕「左」，鄒鎡序本作

「方」。茲從遼本、金匱本、箋注本。　〔七〕遼本、鄒鎡序本、箋注本作「日」，金匱本作「者」。　〔八〕遼本、鄒鎡序本、箋注本作「市」，金匱本作「士」。

【箋注】

① 樂史寰宇記：「邛都縣漏天，秋夏常雨。僰道有大漏天、小漏天。」

② 杜牧之詩：「溪山侵越角，封壤盡吳根。」

③ 祝穆方輿勝覽：「北高峯，在靈隱山後。南高峯，在南山石塢烟霞洞後。」

④ 莊子曰：「子方雖忘乎故吾，吾有不忘者存。」郭象曰：「雖忘故吾，而新吾已至，吾何患焉？」

⑤ 魯頌泮水詩：「翩彼飛鴞，集于泮林。食我桑椹，懷我好音。」

⑥ 王元長三月三日曲水詩序：「侮食來王，左言入侍。」李善曰：「漢書匈奴傳：『壯者食肥美，老者食其餘，貴壯健，賤老弱也。』古本作晦食。周書曰：『東越侮食。』揚雄蜀王本紀：『蜀之先，人民椎髻左言。』」

⑦ 歐陽公歸田錄：「處士林逋，居于杭州西湖之孤山。逋卒，湖山寂寥，未有繼者。」

⑧ 吳越春秋：「越之婦人，傷越王用心，乃作若何之歌曰：『嘗膽不苦味若飴，令我采葛以作絲。』」

⑨ 樂府巴東三峽歌：「巴東三峽巫峽長，猿鳴三聲淚沾裳。」

板蕩凄涼忍再聞①，烟巒如赭水如焚②。白沙堤下唐時草③，鄂國墳邊宋代雲④。樹上黃鸝今作友⑤，枝頭杜宇昔爲君⑥。昆明刦後鐘聲在⑦，依戀〔一〕湖山報夕曛。

【校記】

〔一〕謙益手寫西湖雜感詩横卷「戀」作「舊」。

【箋注】

① 劉孝標辨命論：「自金行不競，天地板蕩。」

② 史記始皇紀：「伐湘山樹，赭其山。」

③ 樂天錢塘湖春行詩：「最愛湖東行不足，綠楊影裏白沙堤。」

④ 陶九成輟耕錄：「岳武穆墓，在杭州栖霞嶺下，王之子雲祔焉。」

⑤ 羅願爾雅翼：「倉庚，齊人謂之摶黍，秦人謂之黄流離，幽、冀謂之黄鳥，一名黄鸝留，或謂之黄栗流，一名黄鶯，性好雙飛，故鸝字從麗。」

⑥ 李商隱井絡詩：「堪嘆故君成杜宇，可能先主是眞龍？」

⑦ 昆明刦，見前注。

瀲灩西湖水一方，吳根越角兩茫茫。孤山鶴去花如雪，葛嶺鵑啼月似霜①。油壁輕車來北里②，梨園小部奏西廂③。而今縱會〔一〕空王法④，知是前塵也斷腸⑤。

【校記】

〔一〕 手寫卷作「百思縱有」。

【箋注】

① 輿地紀勝：「葛塢，晏公類要云：『在靈隱山。圖經：在武林山，吳葛孝先偕葛洪居此。』」

② 樂府蘇小小歌：「我乘油壁車，郎乘青驄馬。何處結同心？西陵松柏下。」

③ 楊太眞外傳：「小部者，梨園法部所置，凡三十人，皆十五以下。在長生殿奏新曲，未有名。會南海進荔枝，因以

曲名荔枝香。」

④觀佛三昧經：「過去久遠，有佛出世，號曰空王。」

⑤前塵，見前注。

楊柳桃花應刦灰，殘鷗〔一〕剩鴨觸舷〔二〕迴。鷹毛占斷聽鶯樹，馬矢平填放鶴臺①。北岸奔騰潮又到②，南枝零落鬼空哀③。爭憐柳市高樓上，銀燭金盤博局開④。

【校記】

〔一〕邃本作「漚」，鄒鎡序本、金匱本、箋注本、手寫本作「鷗」。「漚」、「鷗」義通，茲從箋注等本。　〔二〕邃本、鄒鎡序本、金匱本、箋注本作「舷」，手寫卷作「船」。

【箋注】

①左傳文公十八年：「仲以君命召惠伯，殺而埋之馬矢之中。」

②傅芳集：「吳越王築捍海塘，繫箭射潮詩：『天分浙水應東溟，日夜波濤不暫停。千尺巨堤衝欲壞，萬人力禦勢難平。吳都地窄兵師廣，羅刹名高海衆獰。爲報龍神幷水府，錢塘借我作錢城。』」

③西湖岳王墳樹枝皆南向。

④列子說符篇：「虞氏者，梁之富人也。登高樓，臨大路，設樂陳酒，擊博樓上，俠客相隨而行。樓上博者射，明瓊張中，反兩𢯱魚而笑，飛鳶適墜其腐鼠而中之。俠客相與言曰：虞氏富樂久矣，乃辱我以腐鼠。請與若等戮力一志，必滅其家。皆許諾，至期日之夜，積衆聚兵，以攻虞氏，大滅其家。」

先王祠廟枕湖濆，墮淚爭看忠孝文。垂乳尙傳天目讖①，射潮空〔一〕望水犀軍②。千年肸蠁燃〔三〕陰火③，盡日靈旗捲暮雲④。雙淚何辭濕堦墄⑤，羅平怪鳥正紛紜⑥。

【校記】

〔一〕遂本校、箋注本「空」作「猶」。 〔三〕箋注本作「肸蠁燃」。「燃」金匱本作「然」，字通；遂本作「傳」。鄒鎡序本作「蠁響傳」。

【箋注】

① 吳越備史：「郭璞臨安地志云：『天目山前兩乳長，龍飛鳳舞到錢塘。海門山起橫爲案，五百年生異姓王。』」

② 吳越備史：「始築捍海塘，王因江潮衝激，命強弩以射潮頭，遂定其基。後建候潮、通江等城門。」東坡觀潮詩：「安得夫差水犀手，三千強弩射潮低。」

③ 左太沖蜀都賦：「景福肸蠁而興作。」

④ 漢書郊祀志：「以牡荆畫幡，日月北斗。登龍以象太一，三星爲太乙鋒旗，命曰靈旗。」

⑤ 張平子西京賦：「右平左墄。」薛綜曰：「墄，限也，謂堦齒也。」

⑥ 吳越備史：「董昌議立國號。倪德儒曰：中和辰、巳間，越嘗有聖經云：有羅平鳥，主越人禍福，敬則福，慢則禍。于是民間悉圖其形以禱之。今觀大王署名，與當時鳥狀相類。乃圖示昌。昌欣然，還以爲號。僭立之際，年月日時皆用卯，從妖言也。」

宰樹豐碑一水湄①，金牌終古事參差②。于公被禍，亦有金牌迎立事。欑宮麥飯無寒食③，賜廟〔一〕椒漿有歲時④。歌舞夢華前代恨，英雄復漢〔二〕後人思⑤。青城反復如償博⑥，只恨幽蘭一燼遲〔三〕⑦。

【校記】

〔一〕「廟」，遂本、鄒鎡序本作「墓」；兹從金匱本、箋注本。　〔二〕「漢」，鄒鎡序本作「楚」。兹從箋注本。　〔三〕此二句遂本作「興亡反復如償博，可惜冬青綠滿枝」；鄒鎡序本與遂本同，惟「反復」作「今古」。兹從箋注本。金匱本與箋注本同，惟「只」作「莫」。

【箋注】

① 東坡潘推官母挽詞：「暮雨連山宰樹春。」記檀弓：「公室視豐碑。」正義曰：「豐，大也，謂用大木爲碑。」

② 土木之難，景皇帝監國，憲宗仍居儲位。即眞後，廢爲沂王，立景帝子見濟爲皇太子，未幾卒，儲位久虛。英宗南還，景帝疾不視朝，于公與羣臣屢疏奏立東宮，蓋請復憲宗也。羣小希富貴者，譌議騰起，有白太后，請金牌迎立襄王世子之論。南內復辟，徐有貞等嗾言官劾王文等迎立外藩，并陷于公，俱下詔獄。所司勘得金牌符勅見存禁中，別無徵。有貞、石亨言：「即無顯跡，意有之。」法司乃以「意欲」二字成獄辭。奏上，英宗曰：「于謙于社稷有大功。」有貞曰：「不殺謙，今日之事無名。」上意乃決。公與王文及都督范廣、太監王誠等俱被禍。

③ 王明清揮麈前錄：「紹興初，昭慈聖獻皇后升遐，朝論欲建山陵。外祖曾公議以謂帝后陵寢今存伊、洛，不日復中原，即歸祔矣，宜以攢宮爲名。僉以爲當，遂用之。」劉後村寒食詩：「漢寢唐陵無麥飯，山谿野逕有梨花。」

④ 湖山一覽錄：「旌功祠，故少保于肅愍公墓也，勅賜此祠，并春秋祀禮。」屈原九歌：「奠桂酒兮椒漿。」

⑤ 少陵謁先主廟詩：「復漢留長策，中原仗老臣。」

⑥ 劉祁歸潛志：「大梁城南五里，號青城，乃今國初粘罕駐軍，受宋二帝降處。當時后妃王族皆詣焉，因盡俘而北。天興末，二帝東遷，崔立以城降，北兵亦于青城下寨，而后妃內族復詣此地，多戮死，亦可怪也。」

⑦宇文懋昭大金國志：「哀宗傳位承麟之後，即閉閣自縊。遺言奉御絳山，使焚之。其自縊之所曰幽蘭軒，火方熾，子城陷，近侍皆走，獨絳山留撥其餘燼，聚以敝衾，瘞于汝水之傍。」

昔叩于公拜綠章①，擬徵楛矢靖〔一〕東〔二〕方②。鴟夷靈爽眞如在③，銅狄災氛實告祥④。地戛龍吟翻水窟⑤，天迴電笑閃湖光⑥。殘燈彷彿朱衣語，夢斷潮聲夜殷牀⑦。萬曆己未歲，余肅謁于廟，以東事告哀。踰年，夢示靖康之兆，相抱慟哭。有祭廟文，在初學集〔三〕。

【校記】

〔一〕遼本、鄒鎡序本、金匱本作「靜」，茲從箋注本。　〔二〕鄒鎡序本作「諸」，金匱本作「遐」。茲從遼本、箋注本。　〔三〕此小注，「肅謁于廟」，從鄒鎡序本及金匱本，遼本作「謁于肅廟」。「以東事告哀」以下十七字及「在初學集」四字，遼本有，鄒鎡序本、金匱本無。

【箋注】

①李長吉有綠章封事詩，爲吳道士夜醮作。

②家語：「昔武王克商，肅愼氏貢楛矢石砮，其長尺有咫。」

③吳越春秋：「子胥伏劍而死，吳王乃取子胥屍盛以鴟夷之器，投之江中，斷其頭置高樓上。」

④銅狄，見前注。

⑤馬融長笛賦：「龍吟水中不見已。」少陵灩澦詩：「風雨時時龍一吟。」

⑥白氏六帖：「玉女投壺，天爲之笑則電。」

⑦少陵大雲寺贊公房詩：「鐙殘仍殷牀。」

佛燈官燭古珠〔一〕宮，二十年前兩寓公①。謂程孟陽、李長蘅。畫筆空濛山過雨，詩情淡蕩水微風。斷橋春早波〔二〕吹綠，靈隱秋深葉染紅。白鶴即看城郭是，歸來華表莫怱怱。

【校記】

〔一〕遂本、鄒鎡序本、金匱本、手寫卷俱作「珠」，箋注本作「殊」。　〔二〕各本俱作「波」，手寫卷作「苔」。

【箋注】

①記郊特牲：「天子不臣寓公。」鄭氏曰：「寓，寄也。」

西泠雲樹六橋東①，月姊曾閒下碧空②。楊柳長條人綽約，桃花得氣句〔一〕玲瓏。「桃花得氣美人中」，西泠佳句，爲孟陽所吟賞。筆牀研匣芳華裏，翠袖香車麗日中。今日一燈〔二〕方丈室，散花長侍淨名③翁。

【校記】

〔一〕各本俱作「氣句」，手寫卷作「句氣」。　〔二〕各本俱作「燈」，手寫卷作「來」。

【箋注】

①武林舊事：「孤山有西泠橋，又名西村。」大明一統志：「六橋在西湖蘇堤，曰映波、鎖瀾、望山、壓堤、東浦、跨虹，凡六。」

②李商隱槿花詩：「月裏寧無姊，雲中亦有君。」

③維摩詰經：「時維摩詰室有一天女，見諸大人，聞所說法，便現其身，即以天花，散諸菩薩。」僧肇維摩經註：「維摩

詰，華言淨名也。」

堤走沙崩小封移，桃花勢面柳攢眉。青山無復呼猿洞①，綠水都爲飲馬池②。鸚鵡改言從靺鞨③，獼猴換舞學高麗〔一〕④。祇應鷲嶺峯頭石⑤，却悔飛來竺國時。

【校記】

〔一〕從箋注本。金匱本「從」作「重」。遼本此二句作「善舞獼猴徒跳盪，能言鸚鵡學侏僸」，鄒鎡序本同，惟「學侏僸」作「亦支離」。

【箋注】

① 王象之輿地紀勝：「呼猿洞，在武林山，有僧長嘯，呼猿卽至。」

② 孫子荆爲石仲容與孫皓書：「思復翰飛，飲馬南海。」吳志甘寧傳注：「江表傳曰：『曹公出濡須口，號步騎四十萬，臨江飲馬。』」

③ 洪皓松漠紀聞：「女眞，卽古肅愼氏國也。東漢謂之挹婁，元魏謂之勿吉，隋、唐謂之靺鞨。」

④ 新唐書楊再思傳：「易之兄司禮少卿同休請公卿宴，酒酣戲曰：公面似高麗。再思欣然。翦穀綴巾上，反披紫袍爲高麗舞。舉動合節，滿坐鄙笑。」

⑤ 十三州記：「靈隱山青巖，晉咸初中有僧登之，嘆曰：此是中天竺國靈鷲山之小嶺，不知何年飛來？」

方袍瀟灑角巾偏①，纔上紅樓又畫船。修竹便娟調鶴地②，春風蘊藉養花天③。蝶過柳苑迎丹粉，鶯坐桃堤〔二〕候管絃④。不〔三〕是承平好時節，湖山容易著神仙。

【校記】

〔一〕各本作「堤」，箋注本、手寫卷作「蹊」。　〔二〕各本作「不」，鄒鎡序本作「可」。

【箋注】

①郝天挺鼓吹詩註：僧袈裟，以方帛爲之，故曰方袍。

②楚辭東方朔七諫：「便娟之修竹兮，寄生于江潭。」

③唐釋仲休花品：「牡丹開月，多有輕陰微雨，謂之養花天。」

④少陵遺悶呈洛曹長詩：「黃鶯並坐交愁濕。」

匼匝湖山錦繡窠，腥〔一〕風殺氣入偏多。夢兒亭裏屯蛇豕〔二〕①，教妓樓前掣駱駝②。粉蝶作灰猶似舞，黃鶯避彈不成歌。嘶風朔〔三〕馬中流飲，顧影相蹄〔四〕怕綠波③。

【校記】

〔一〕邃本、箋注本作「腥」，鄒鎡序本、金匱本作「血」。　〔二〕邃本、箋注本作「蛇豕」，鄒鎡序本、金匱本作「戈甲」。　〔三〕邃本、鄒鎡序本、箋注本作「渡」，玆從金匱本。　〔四〕邃本、箋注本作「相蹄」，鄒鎡序本、金匱本作「趦趄」。

【箋注】

①王象之輿地紀勝：「夢兒亭在錢塘縣。按：謝靈運晉時會稽人，世不宜子息，乃于錢塘杜明師舍寄養。時師夜夢東南有賢人相訪，及曉，靈運至，故有夢謝亭，亦曰寄兒亭。」

②白樂天餘杭形勝詩：「夢兒亭古傳名謝，教妓樓新道姓蘇。」

③莊子馬蹄篇：「怒則分背相踶。」

豈獨湖山笑〔一〕突如，珠林寶網亦丘墟①。消沉泡幻〔二〕看金鯽②，六和塔池金鯽魚，滄浪、東坡詩所記也。池久涸不復存。警策浮生聽木魚③。藕孔刀兵三刧熾④，今說禪者皆波旬，說刀兵刧所種也。蓮花刻漏六時疎⑤。於今頂禮雲棲老，擁衞人天五百餘⑥。宗鏡開堂，余以彌陀疏抄一部爲施。此詩申明之。

【校記】

〔一〕遂本、鄒鎡序本作「笑」，金匱本、箋注本作「焚」。 〔二〕各本作「泡幻」，箋注本作「幻泡」。

【箋注】

①沈佺期遊少林寺詩：「長歌遊寶地，徙倚對珠林。」華嚴經入法界品：「摩尼寶網，彌覆其下。」

②東坡復遊西湖詩：「我識南屏金鯽魚，重來拊檻散齋餘。」

③東坡宿海會寺詩：「木魚呼粥亮且清。」施宿曰：「劉斧摭遺：『有一白衣問天竺長老曰：僧舍悉懸木魚，何也？答曰：用以警衆。白衣曰：必刻魚，有何因地？長老不能答，遣僧問琅山悟卞師，師曰：魚晝夜未嘗合目，亦欲修行者晝夜忘寐，思所以至于道也。』」

④觀佛三昧經：「阿修羅王往攻帝釋，于虛空中有刀輪自然而下，當阿修羅上，耳目手足，一時盡落。時阿修羅即便驚怖，遁走無處，入藕絲孔中。」法苑珠林刼量篇：「夫刼者，大小之內，各有三焉。大則水火風而爲災，小則刀饉疫以爲害。」

⑤李肇國史補：「越僧靈徹，得蓮花漏于廬山，傳江西觀察使韋丹。初，惠遠以山中不知更漏，乃取銅葉製器，狀如

蓮花，置盆水之上，底孔漏水，半之則沉。每晝夜十二沉，爲行道之節。雖冬夏短長，雲陰月黑，亦無差者。」西域記：「六時合成一日。」

⑥傳燈錄：「道潛禪師，河中府人，姓武氏。初詣臨川謁淨慧。慧曰：子向後有五百毳徒，而爲王侯所重。後忠懿王命入府受菩薩戒，署慈化定慧禪師，建大伽藍，號曰永明，請居之。師坐永明大道場，常五百衆。」

天地爲籠信可哀①，南屏舊隱謫仙才②。遺廬尚有孤花在，弔客徒聞獨鶴廻③。漬酒青鞵褰宿莽〔一〕，題詩紅袖拂荒苔。草衣道人有詩弔太初，爲時所傳。太平宰相曾招隱，矯首雲霞海上來。記費鉛山南屏訪太初事。

【校記】

〔一〕各本作「莽」，手寫卷作「草」。

【箋注】

①莊子：「以天下爲籠則雀無所逃。」

②王元美藝苑巵言：「孫太初寓居武林，費文憲罷相東歸訪之，值其晝寢，孫故臥不起，久之乃出，又了不謝。送之及門，第矯首東望曰：海上碧雲起，直接赤城，大奇大奇。文憲出，謂馭者曰：吾一生未嘗見此人。」

③張浩祭太白山人文：「山人若雞羣之鶴，獨立昂昂，將凌風以軒舉，聊斂翮而徬徨。」

東海桑田事豈誣①，藏舟夜壑本良圖②。摸金山欲移三竺③，蒸土陂應決兩湖④。西湖有裏外湖，得云兩湖。地媼荒涼憂〔一〕竭澤⑤，波神刺促怨投珠⑥。不知繫纜江頭石⑦，曾見秦人築塞無？

【校記】

〔一〕 各本作「憂」，箋注本作「愁」。

【箋注】

① 葛洪神仙傳：「麻姑自說接待以來，已見東海三爲桑田。」

② 莊子大宗師篇：「藏舟于壑，藏山于澤，可謂固矣。然而夜半有力者負之而趨，昧者不知也。」

③ 陳孔璋爲袁紹檄操云：「特置發丘中郎將、摸金校尉，所過隳突，無骸不露。」

④ 晉書載記：「赫連勃勃以叱干阿利領將作大匠營起都城，阿利性殘忍，蒸土築城，錐入一寸，即殺作者而并築之。」

⑤ 漢書禮樂志：「郊祀歌：『媼神蕃釐。』」李奇曰：「媼神，地也。」

⑥ 呂氏春秋八覽：「宋桓司馬有寶珠，抵罪出亡。王使人問珠之所在，曰：投之池中。于是竭池而求之，無得，魚死焉。此言禍福之相及也。」

⑦ 王象之輿地紀勝：「武林山記云：『自錢塘門至秦王纜船石，俗呼爲西石頭也。』」

冷泉淨寺可憐生，雨血風毛作隊行①。羅刹江邊人飼虎②，女兒山下鬼啼鶯③。漏穿夕塔烟峯影〔一〕，飄瞥晨鐘鼓角聲。夜雨滴殘舟淅瀝，不須噩夢也心驚④。

【校記】

〔一〕 各本作「影」，箋注本作「焰」。

【箋注】

① 班孟堅西都賦：「風毛雨血，灑野蔽天。」

② 王象之輿地紀勝：「秦望山近東南，有大石崔嵬，橫接江濤，商船海舶經此，多爲風浪所傾，因呼爲羅刹石，五代時爲沙所沒。」

③ 樂史寰宇記：「靈隱山南有一石，狀似人形，兩髻分明，俗謂之女兒山。」

④ 周禮春官宗伯：「以日月星辰占六夢之吉凶，二曰噩夢。」杜子春云：「噩當爲驚愕之愕，謂驚愕而夢。」

建業餘杭古帝丘①，六朝南渡盡風流。白公妓可如安石②，蘇小湖應並莫愁③。戎馬南來皆故國，江山北望總〔一〕神州④。行都宮闕荒煙裏，禾黍叢殘似石頭⑤。有人問建業云：吳宮晉殿，亦是宋行都矣。感此而賦。

【校記】

〔一〕各本作「總」，手寫卷作「控」。

【箋注】

① 左傳襄公三十一年：「衛遷于帝丘。」杜預曰：「古帝顓頊之墟，故曰帝丘。」

② 樂天候仙亭同諸客醉詩：「謝安山下空攜妓，柳惲州邊只賦詩。爭及湖亭今日會，嘲花詠水贈蛾眉。」

③ 應天府志：「莫愁湖，在三山門外。」

④ 世說輕詆篇：「桓公登平乘樓，眺矚中原，慨然曰：遂使神州陸沉，百年丘墟，王夷甫諸人不得不任其責。」

⑤ 樂史寰宇記：「石頭城，楚威王滅越，置金陵邑，即此城也。後漢建安十七年，吳大帝乃加修理，改名石頭城，用

貯軍糧器械。」

珠衣寶髻燕湖濱①，翟茀貂蟬一樣新。南國元戎皆使相②，上廳行首作夫人③。紅燈玉殿催旌節④，畫鼓金山壓戰塵⑤。粉黛至今驚毳〔一〕帳，可知豪傑不謀身。見周公謹、羅大經諸書，亦南渡西湖盛事。

【校記】

〔一〕遼本、金匱本、箋注本作「毳」，鄒鎡序本作「夜」。

【箋注】

①宋史韓世忠傳：「秦檜收三大將權，世忠上表乞骸，自此杜門謝客，絕口不言兵。時跨驢攜酒，縱飲西湖，平時將佐，罕得見其面。」

②朱弁曲洧舊聞：「凡以節度使兼中書令侍中同平章事，並謂之使相。唐制皆簽勅。五代以來，不預政事，勅尾存其銜而不簽，但註使字。漢初有假左丞相，曹參之徒，悉嘗爲之，皆以將軍有功，無以復賞，故假以宰相之名，而不得居其位，是亦唐以來使相之比也。」

③羅大經鶴林玉露：「韓蘄王之夫人，京口娼也。嘗五更入府，伺候賀朔，忽于廟柱下見一虎蹲臥，驚駭急走出。已而人至者衆，復往視之，乃一卒也。因蹴之起，問其姓名，爲韓世忠。心異之，告其母，約爲夫婦。蘄王後立殊功，爲中興名將，遂封梁國夫人。蘄王嘗邀兀朮黃天蕩，幾成擒矣，一夕鑿河遁去。夫人奏疏言世忠失機縱賊，乞加罪責。擧朝爲之動色。其明智英偉如此。」

④宋史韓世忠傳：「世忠妻梁氏及子亮，爲苗傅所質，朱勝非紿傅白太后，召梁氏入，封安國夫人，俾迓世忠，速其

勤王。梁氏疾驅出城，一日夜會世忠于秀州。」

⑤宋史韓世忠傳：「及金兵至，世忠軍已屯焦山寺，約日大戰。梁夫人親執桴鼓，金人終不得渡。」

冬青樹老六陵秋①，慟〔一〕哭遺民總〔二〕白頭。南渡衣冠非故國，西湖煙水是清流。早時朔漠翎彈怨②，它日居庸宇喚休③。白翎、杜宇，事具元史及草木子諸書。苦恨嬉春楊鐵史④，故宮詩句詠紅兜〔三〕。鐵崖嬉春詩，用錦兜押韻。○瞿佑詩話云：「元廢宋故宮爲佛寺，西僧皆戴紅兜帽。故楊廉夫宋故宮詩，用紅兜爲韻。」

【校記】

〔一〕各本作「慟」，手寫卷作「痛」。〔二〕各本作「總」，手寫卷作「撫」。〔三〕此二句從箋注本及手寫卷。遂本、鄒鎡序本作「苦恨嬉春鐵崖叟，錦兜詩報百年愁」，金匱本同，惟「百年」作「故宮」。

【箋注】

①金華張孟兼唐珏傳：「珏，字玉潛，會稽人。至元戊寅，浮圖總統楊璉眞伽利宋攢宮金玉，發之。珏獨懷痛憤，陰召諸惡少，夜往收貯遺骸，瘞蘭亭山後，上種冬青樹爲識。翱與珏友善，爲作冬青樹引，讀者莫不洒泣。」

②楊鐵崖宮詞：「開國遺音樂府傳，白翎飛上十三絃。大金優諫關卿在，伊尹扶湯進劇編。」

③葉奇草木子：「至正十九年，元京子規啼。昔邵康節在洛陽天津橋聞之，已知宋室將亂，況元京視洛陽尤遠，非南方之鳥所至，地氣自南而北，又符康節天下將亂之語，豈非天歟也哉？」

④顧阿瑛曰：「鐵崖嬉春體，即以老杜「江上誰家桃李枝？春寒細雨出疎籬」爲新體也。先生自謂元代之詩人爲宋體所梏，故作此詩變之。

東風依舊起青蘋①，不爲紅梅滯北塵〔一〕。鼓篋〔二〕儒生陳〔三〕玉曆②，開堂禪子祝金輪③。青衣苦效侏離語④，紅粉欣看回鶻人⑤。他日西湖志風土，故應獨少宋遺民〔四〕。

【校記】

〔一〕此二句從箋注本，金匱本「紅」作「江」。遂本、鄒鎡序本作「茫茫禹跡有風塵，最喜杭州士俗淳」。

〔二〕從箋注本、金匱本。遂本、鄒鎡序本作「閉戶」。〔三〕從箋注本。遂注本、鄒鎡序本、金匱本作「推」。

〔四〕此二句從箋注本、金匱本。遂本作「底事兩朝崇少保，高墳綽楔尙嶙峋」。鄒鎡序本同，惟「綽」作「棹」，誤。

【箋注】

①宋玉風賦：「起于青蘋之末。」

②莊子人間世：「鼓篋播精，足以食十人。」鼓篋，揲蓍鑽龜也。文獻通考：「玉曆通政經三卷。陳氏曰：李淳風撰。亦天文占也。唐志無之。」

③東坡夜至永樂文長老院詩：「病不開堂道益尊。」道宣續高僧傳：「奘師謝表：『玉毫降質，金輪御天。』」

④後漢書南蠻傳：「衣裳斑斕，言語侏離。」

⑤新唐書回鶻傳：「德宗御延喜門見回紇使者。時可汗上書恭甚，請易回紇曰回鶻，言捷鷙猶鶻然。」

罨畫西湖面目非①，峯巒側墮水爭飛。雲莊歷亂荷花盡〔一〕②，月地傾頹桂子稀〔二〕③。鶯斷音短麯裳思舊樹，鶴髡丹頂悔初衣。今愁古恨誰消得？只合騰騰放棹歸。

【校記】

〔一〕遂本、鄒鎡序本、金匱本作「荷花盡」，箋注本作「青荷盡」，手寫本作「青荷老」。〔二〕遂本、鄒鎡序本、金匯本作「桂子稀」。箋注本作「金粟非」，手寫卷作「金粟稀」。

【箋注】

① 張師正倦遊錄：「罨畫，乃今之生色也。」

② 東坡玉津園詩：「斜陽寂歷鎖雲莊。」

③ 樂天桂華曲：「月中若有閒田地，何不中央種兩株？」

東歸漫興六首

經旬悔別絳雲樓，衣帶眞成日緩憂①。入夢數驚嬌女大，看囊長替老妻愁②。碧香茗葉青磁碗③，紅爛楊梅白定甌④。此福天公知客與，綠章陳乞莫悠悠。

【箋注】

① 古詩：「相去日以遠，衣帶日以緩。」

② 少陵空囊詩：「囊空恐羞澁，留得一錢看。」

③ 曹昭格古要論：「磁好者與定相類，但無淚痕，亦有畫花素者，價低于定器。」

④ 格古要論：「白定器，土脈細，色白而滋潤者貴，有淚痕者是眞，劃花爲佳，素者亦好，繡花次之。宣和、政和者窰最好。」

警枕殘燈對小舟①，鬧將心曲語江流。昔遊歷歷歸青史，老眼明明貫白頭。鳩聚鵲喧憑博局②，龍拏虎擲〔一〕倚神謀③。長年似與更籌約④，啼絕荒雞發櫂謳。

【校記】

〔一〕各本作「擲」，金匱本作「攫」。

【箋注】

①程大昌續演繁露：「吳越王在軍中，夜未嘗寢，倦極則就圓木小枕，或枕大鈴，寐熟則欹而寤，名曰警枕。」

②羅隱題潤州妙善寺前石羊詩：「還有市前沽酒客，雀喧鳩聚話蹄涔。」

③龍拏虎擲，見前注。

④少陵夔州歌：「長年三老長歌裏，白晝攤錢高浪中。」陸游入蜀記：「長讀如長幼之長，長年三老，梢工是也。」

棨戟森嚴禮數寬①，轅門風靜鼓聲寒。據鞍老將三遺矢②，分閫元戎一彈丸③。戲海魚龍呈變怪，燈山烟火報平安④。腐儒篋有英雄傳，細雨孤舟永夜看。

【箋注】

①後漢書杜詩傳：「世祖召見，賜以棨戟。」漢雜事曰：「漢制，假棨戟以代斧鉞。」崔豹古今註：「棨戟，前車之器也，以木爲之。後代刻僞，無復典型，以赤韜，謂之油戟，亦曰棨戟，王公以下，通用之以前驅也。」

②史記廉頗傳：「趙王使使者視廉頗尚可用否。郭開多與使者金，令毁之。使者既見廉頗，頗爲之一飯斗米、肉十斤，被甲上馬，以示可用。趙使還報王曰：廉將軍雖老，尚善飯。然與臣坐，頃之三遺矢矣。王以爲老，遂不召。」

③庾子山哀江南賦：「地唯黑子，城猶彈丸。」

④東京夢華錄：「元宵紋縛山棚，奇巧異能，鱗鱗相切。更有猴呈百戲，魚跳刀門，面北悉以綵結山，沓上皆畫神仙故事，横列三門左右。門上各以草把縛成戲龍之狀，用青幕遮籠草上，密置燈燭數萬盞，望之蜿蜒如雙龍飛走。」通鑑隋紀：「初齊溫公之世，有魚龍、山車等戲，謂之散樂。」

林木池魚灰燼寒①，鴛湖恨水去漫漫②。西華葛帔仍梁代，南史：任昉子西華流離不能自振，冬月著葛帔練裙。東市朝衣尙漢官③。白鶴端歸無表柱〔一〕，金雞旋放少綸竿④。招魂倘有巫陽在⑤，歷歷殘棋忍重看〔二〕。過南湖，望勺園，悼延陵君而作⑥。其子貧薄，故有任西華之嘆。

【校記】

〔一〕「表柱」，遂本作「石表」，茲從箋注本。　〔二〕遂本此二句作「舊棋解覆惟王粲，東閣西園一罫看」。茲從箋注本。

【箋注】

①五色線：「火禍池魚。」風俗通：「城門失火，禍及池魚。按百家書曰：『宋城門失火，因汲水以沃之，池中空竭，魚悉露死。喻惡人之滋，並中傷善良也。』」

②王象之輿地紀勝：「鴛鴦湖，在嘉興郡南湖，多鴛鴦，故以名之。」少陵題鄭十八著作丈詩：「第五橋東流恨水。」

③東市，見前注。

④金雞，見前注。

⑤巫陽，見前注。

⑥勺園，吳來之之園也，故有延陵子之嘆。

水跡雲蹤少滯留，拖煙抹雨一歸舟。雖無桃葉迎雙槳，婦囑買婢不得。恰有蘭花載兩頭。

古錦裹將唐百衲①，買得張老頌琴，蓋唐製也。行宫拾得宋羅睺②。宋景靈宫以七夕設摩羅睺，今市上猶鬻之。孺人稚子相勞苦，一握歡聲萬事休③。

【箋注】

① 劉賓客嘉話録：「李汧公勉取桐絲之精者雜綴爲之，謂之百衲琴。」左傳襄公二年，杜預註：「頌琴，琴名，猶言雜琴。」

② 武林舊事：「七夕前，修内司例進摩羅睺十卓，每卓三十枚，大者至高三尺，或用象牙雕鏤，或用龍涎佛手香製造，悉用鏤金珠翠衣帽，金錢、釵鋜、環珮、真珠、頭鬚及手中所執器具，皆七寶爲之，各護以五色鏤金紗廚。制閫貴臣及京府等處，至有鑄金爲貢者。」

③ 易萃卦：「初六，一握爲笑。」

不因落薄滯江干，那得歸來盡室歡。巷口家人呼解帶，牆頭鄰姥問加餐。候門栗里天將晚①，秉燭羌村夜向闌②。簷鵲噪乾燈穗結，笑憑兒女話團圞。

【箋注】

① 淵明歸去來辭：「童僕歡迎，稚子候門。」

② 少陵羌村詩：「鄰人滿墻頭，感嘆亦歔欷。夜闌更秉燭，相對如夢寐。」

感歎勺園再作

曲池高館望中賒，燈火迎門笑語譁。今舊人情都論雨①，暮朝天意總如霞②。園荒金谷花無主，巷改烏衣燕少家。惆悵夷〔一〕門老賓客③，停舟應不是天涯。

【校記】

〔一〕各本作「夷」，鄒鎡序本作「彝」。

【箋注】

① 少陵秋述：「杜子臥病長安，常時車馬之客，舊雨來，今雨不來。」

② 范石湖占雨詩：「朝霞不出門，暮霞行千里。」

③ 史記魏公子傳：「公子從車騎虛左，自迎夷門侯生，坐上坐，遍贊賓客，賓客皆驚。」

婺歸以酒炙餉韓兄古洲口占爲侑

好事何人問子雲？一甘逸少與誰分①？酒甜差可稱歡伯〔一〕②，炙美眞堪遺細君。大嚼底〔二〕須回白首③？淺斟猶憶醉紅裙④。兄高年好談風懷舊事。晴〔三〕窗飯罷摩雙眼，硬紙黃庭向夕曛⑤。兄家藏楊許黃庭楷書，日橅數紙。

【校記】

〔一〕此句從箋注本、金匱本。邃本、鄒鎡序本作「酒甜未許輸香蜜」。〔二〕箋注本、金匱本作「底」，邃本、鄒鎡序本作「可」。〔三〕各本作「晴」，鄒鎡序本作「暗」。

【箋注】

① 晉書王羲之傳：「率諸子，抱弱孫，有一味之甘，割而分之。」

② 焦氏易林坎卦之兌曰：「酒爲歡伯，除憂來樂。」

③ 見曹子建與吳季重書。

④ 胡仔苕溪漁隱叢話：「陶穀買得党太尉故姬，命掃雪烹茶，謂曰：党家有此風味乎？姬曰：彼麄人，但知銷金帳內淺斟低唱，飲羊羔酒耳。」

⑤ 東坡和秦觀見贈詩：「硬黃小字臨黃庭。」施宿曰：「唐法帖用硬黃紙臨。」

書夏五集後示河東君

帽簷欹側漉囊新①，乞食吹簫笑此身②。南國今年仍甲子，西臺昔日亦庚寅。皋羽西臺慟哭，亦庚寅歲也。聞雞伴侶知誰是③？畫虎英雄恐未眞。詩卷叢殘芒角在，綠窗剪燭與君論。

【箋注】

①李商隱代官妓贈兩從事詩：「舊主江邊側帽簷。」

②伍子胥橐載而出昭關，夜行晝伏，無以餬其口，鼓腹吹簫，乞食于吳市。

③晉書祖逖傳：「逖與劉琨同寢，中夜聞荒雞鳴，蹴琨覺曰：此非惡聲也。因起舞。」

有學集卷四

絳雲餘燼集

湖上送孟君歸甘州二首

刮面寒風掠鬢絲，湖千尊酒不堪持。豈應滄海揚塵日，重話蓬萊獻賦時。君好談余制舉文字，故及之。玉笋班行空點鬼①，金甌將相總輿尸②。靈光一老頭如雪，映帶麻衣泣路歧。

【箋注】

① 孫光憲北夢瑣言：「唐末朝士中有人物者，時號玉笋班。」點鬼，見前注。

② 唐語林：「玄宗將命相，皆先以御札書其名于案上。會太子入侍，上以金甌覆其名以告之，此宰相名也，汝庸知其誰？射中，賜若巵酒。肅宗曰：非崔琳、盧從愿乎？上曰：然。因舉甌以示。」易師卦：「九三，師或輿尸，凶。」

才歌伐木又驪駒，執手懵騰雜涕洟。奔赴見星仍漢法①，送歸臨水亦湘纍②。別筵忍唱甘州曲③，故國誰看原廟碑④？爲我因風謝高掌，莫隨河曲漫遷移⑤。

【箋注】

① 記：「奔喪，唯父母之喪見星而行，見星而舍。」

② 宋玉九辨：「登山臨水兮送將歸。」揚雄反騷：「欽弔楚之湘纍。」李奇曰：「諸不以罪死曰纍。屈原赴湘死，故曰湘纍。」

③ 大唐傳載：「天寶中，樂章多以邊地爲名，若涼州、甘州、伊州之類。」

④ 三輔黃圖：「孝惠更于渭北建高帝廟，謂之原廟。」

⑤ 張平子西京賦：「綴以二華，巨靈贔負，高掌遠蹠，以流河曲，厥跡猶存。」

故司禮盧太監　盧舊官司禮，神宗時屬鄭貴妃名下。今管織造於杭。

列宿由來帝座旁，星移斗轉却輝煌。每餐絳雪朝金母①，曾捧紅雲侍玉皇。西北篚筐新組織，東南杼軸舊輸將。知君補袞心千縷〔一〕，拼與山龍貢上方。

【校記】

〔一〕箋注本、金匱本作「縷」，邃本、鄒鎡序本作「里」。

【箋注】

① 漢武內傳：「其次藥有玄霜絳雪。」眞誥甄命授：「漢初，有四五小兒畫地戲，一兒歌曰：『著青裙，入天門。揖金母，拜木公。』金母者，西王母也。木公者，東王公也。」

方菴詩爲心函〔一〕長老作

方菴云何方？將無與圓耦？方菴如方器，方空體非有①。見方復見空，方空相雜糅。譬如眼中花，發青瞪視久。方菴空堂宇，方器空尊卣。方以大小別，空有舒縮否？又如隙中人，窺日在戶牖。築牆限虛空，虛空了不受。方器規作圓，圓方不相守。空體無方隅，逐彼方圓走。方空定何方？圓空向誰取？方空與圓空，天眼豈能剖？大地浮空水，浮沉判高厚。人生玄黃中，方圓互擊掊。顛倒生分別，鼠穴銜窶藪②。佛言頻伽瓶，塞空擎以手③。持空餉遠國，擕取還相扣。貯空豈非愚？顛倒徒抖擻。瓶空一切空，君其問瓶口。我作方菴詩，用告方菴叟。無將大虛空，迷方貯瓶缶④。

【校記】

〔一〕邃本、鄒鎡序本作「函」，箋注本作「閑」，金匱本作「閒」。

【箋注】

① 首楞嚴經：「佛告阿難：一切世間，大小內外，諸所事業，各屬前塵，不應説言，見有舒縮。譬如方器，中見方空。吾復問汝：此方器中，所見方空，爲復定方？爲不定方？若定方者，別安圓器，空應不圓。若不定者，在方器中，應無方空。」

② 漢書楊惲傳：「眞人所謂鼠不容穴銜窶藪者也。」師古曰：「窶藪，戴器也。」

③首楞嚴經：「譬如有人，取頻伽瓶，塞其兩孔，滿中擎空，千里遠行，用餉他國。識陰當知，亦復如是。」

④少陵遠遊詩：「賤子何人記？迷方著處家。」

讀梅村宮詹豔詩有感書後四首　有序

余觀楊孟載論李義山無題詩，以爲音調清婉，雖極穠麗，皆託於臣不忘君之意，因以深悟〔一〕風人之旨。若韓致堯遭唐末造，流離閩、越，縱浪香奩，亦起興比物，申〔二〕寫託寄，非猶夫小夫浪子沈湎流連之云也。頃讀梅村宮詹豔體詩，見其聲律妍秀，風懷惻愴，於歌禾賦麥之時，爲題柳看花之句。徬徨吟賞，竊有義山、致堯〔三〕之遺感焉。雨窗無俚①，援筆屬和。秋蛩寒蟬，吟噪啁哳。豈堪與間關上下之音②，希風說響乎？河上之歌③，聽者將同病相憐，抑或以爲同牀各夢④，而輾爾一笑也？時歲在庚寅玄冥之小春十五日。

【校記】

〔一〕各本作「深悟」，鄒鎡序本作「笑語」。　〔二〕各本作「申」，鄒鎡序本作「中」。　〔三〕各本作「堯」，金匱本作「光」。

【箋注】

①漢書季布傳贊：「其畫無俚之至耳。」晉灼曰：「揚雄方言曰：『俚，聊也。』許慎曰：『賴也。』此其爲計畫無所聊也。」

②國風燕燕詩：「下上其音。」

③吳越春秋：「子胥曰：子不聞河上歌乎？同病相憐，同憂相救。」

④山谷翠岩語錄序：「各夢同床，不妨殊調。冷灰爆豆，聊爲解嘲。」

上林珠樹集啼烏①，阿閣斜陽下碧梧②。博局不成輸白帝③，聘錢無藉貰黄姑④。投壺玉女和〔一〕天笑，竊藥姮娥爲月孤⑤。淒斷禁垣芳草地，滴殘清淚到〔二〕蘼蕪。

【校記】

〔一〕各本作「和」，金匱本作「知」。　〔二〕箋注本、金匱本作「到」，邃本、鄒鎡序本作「殺」。

【箋注】

①李商隱碧瓦詩：「碧瓦銜珠樹，紅輪結綺寮。」

②竹書紀年註：「沈約曰：黄帝坐玄扈洛水之上，有鳳凰集，或止帝之東園，或巢于阿閣。」

③韓非子外儲說左上篇：「秦昭王令工施鈎梯而上華山，以松柏之心爲箭，長八尺，棋長八寸，而勒之曰：昭王常與天神博于此矣。」洞天記：「華山名太極摠仙之天，即少昊，爲白帝，治西嶽。」

④荆楚歲時記：「牽牛娶織女，借天帝二萬錢下禮，久不還，被驅在營室中。牽牛謂之河鼓，河鼓聲轉而爲黄姑。」玉臺集歌辭：「黄姑織女時相見。」

⑤淮南子覽冥訓篇：「羿請不死之藥于西王母，姮娥竊以奔月。」高誘曰：「姮娥，羿妻，奔入月中爲月精也。」

靈璅森沉宫扇迴①，屬車轣轆殷輕雷②。山〔一〕長水闊欺魚素③，地老天荒信鴆媒④。

袖上唾看成〔二〕紺碧⑤，夢中泣忍作〔三〕瓊瑰⑥。可憐銀燭風前〔四〕淚，留取胡〔五〕僧認刦灰⑦。

【校記】

〔一〕各本作「山」，箋注本作「江」。　〔二〕遂本、金匱本、箋注本作「看成」，鄒鎡序本作「成看」。　〔三〕遂本、鄒鎡序本作「作」，金匱本、箋注本作「化」。　〔四〕箋注本作「前」，遂本、鄒鎡序本、金匱本作「添」。　〔五〕箋注本作「胡」，遂本、鄒鎡序本、金匱本作「高」。

【箋注】

①離騷：「欲少留此靈瑣兮，日忽忽其將暮。」王逸曰：「靈，以喻君。瑣，門鏤也，文如連瑣，楚王之省閤也。」

②相如長門賦：「雷殷殷而響起兮，象君王之車音。」

③古詩云：「呼兒烹鯉魚，中有尺素書。」

④離騷：「吾令鴆爲媒兮，鴆告余以不好。」

⑤趙飛燕外傳：「后與婕妤坐，后誤唾婕妤袖。婕妤曰：姊唾染人紺碧，正如石上華。」因號石華廣袖。

⑥左傳成公十七年：「聲伯夢涉洹，或與己瓊瑰食之，泣而寤，瓊瑰盈其懷。從而歌之曰：『濟洹之水，贈我以瓊瑰。歸乎歸乎！瓊瑰盈我懷乎！』」

⑦胡僧刦灰，見前注。

撾〔一〕鼓吹簫罷後庭①，書幃別殿冷流螢②。宮衣蛺蝶晨風舉③，畫帳梅花夜月停。蝶衣梅帳，皆寓天寶近事。銜壁金缸憐旖旎④，翻堦紅藥笑娉婷。水天閒話天家事⑤，傳與人間總淚零。

【校記】

〔一〕各本俱作「撾」，箋注本作「摘」。

【箋注】

① 漢書史丹傳：「元帝好音樂，或置鼙鼓殿下，天子自臨軒檻上，隤銅丸以撾鼓，聲中嚴鼓之節。後宮及左右習知音者莫能爲。」漢書元帝紀贊：「元帝多材藝，善史書，鼓琴瑟，吹洞簫。」

② 漢書東方朔傳：「孝文皇帝之時，集上書囊以爲殿帷。」

③ 開元天寶遺事：「開元末，明皇每至春時，旦暮宴于宮中，使妃嬪輩爭插豔花，帝親捉粉蝶放之，隨蝶所止幸之。後因楊妃專寵，遂不復此戲。」

④ 班孟堅三都賦：「金缸銜璧，是爲列錢。」李善曰：「漢書：趙昭儀居昭陽舍，其壁帶往往爲黃金缸，函藍田璧，明珠翠羽飾之。」

⑤ 李商隱水天閑話舊事詩。楊太眞外傳：「玉妃曰：天寶十載，侍宴避暑驪山宮。秋七月，牽牛織女相見之夕，上憑肩而望，因仰天感牛女事，密相誓心，願世世爲夫婦。言畢，執手各嗚咽。此獨君王知之耳。」

銀漢依然戒玉清①，竹〔一〕宮香燼露盤傾②。石碑銜口誰能語③？棋局中心自不平④。

禊日更衣成故事⑤，秋風紈扇又〔二〕前生⑥。寒窗擁髻悲啼夜⑦，暮雨殘燈識此情。

【校記】

〔一〕各本作「行」，箋注本作「竹」。茲從箋注本。

〔二〕各本作「是」，箋注本作「又」。茲從箋注本。」

【箋注】

獨異志：「秦并六國時，太白星竊織女侍兒梁玉清逃入小仙洞，十六日不出。天帝怒，命五丁搜捕太白歸位。玉清有子名子休，配于河北行雨，每至小仙洞，恥母淫奔之所輒回，故其地少雨。」

② 漢書禮樂志：「正月上辛，用事甘泉圜丘，天子自竹宮而望拜。」韋昭曰：「以竹爲宮。」漢書郊祀志：「其後又作柏梁銅柱承露盤仙掌之屬。」蘇林曰：「仙人以手掌擎盤承甘露。」師古曰：「三輔故事云：『建章宮承露盤，高二十丈，大七圍，以銅爲之，上有仙人承露，和玉屑飲之。』蓋張衡西京賦所云『立修莖之仙掌，承雲表之清露，屑瓊蕊以朝餐，必性命之可度』也。」

③ 樂府讀曲歌：「石闕生口中，啣碑不得語。」

④ 陸游筆記：「呂進伯考古圖云：『古彈棋局，狀如香爐，蓋謂其中隆起也。』李義山詩：『玉作彈棋局，中心自不平。』今人多不能解。以進伯之説，則粗可見，然恨其藝之不傳也。」

⑤ 漢書外戚傳：「帝祓霸上還，過平陽主，既飲，謳者進，帝獨悦子夫。帝起更衣，子夫侍尙衣軒中，得幸，還坐驩甚，賜平陽主金千斤。主因奏子夫送入宮。」

⑥ 樂府解題：「班婕好，徐令彪之姑，況之女，美而能文。初爲帝所寵愛，後幸趙飛燕姊弟，婕好見薄，退居東宮，作賦及紈扇詩，以自傷悼。」

⑦ 伶玄趙飛燕外傳自序：「通德占袖顧視燭影，以手擁髻，淒然泣下。」

京口渡江有寄

春陰和雨黯孤舟，歷歷津亭抵夢遊。芳草未知爲客意，暮雲偏領渡江愁。驚沙望裏蕪城賦①，畫角飄來萬歲樓②。寄語平〔一〕山堂上客③，壺觴還似舊風流。

【校記】

〔一〕遼本、箋注本作「平」，鄒鎡序本、金匱本作「半」。

【箋注】

①鮑照蕪城賦：「驚沙坐飛。」

②樂史寰宇記：「萬歲樓。京口記云：『晉王恭爲刺史，改創西南樓爲萬歲樓。』」

③祝穆方輿勝覽：「平山堂，在揚州城西北大明寺側。慶曆八年二月，歐陽公來牧是邦，爲堂于大明寺庭之坤隅。江南諸山，拱立簷下，若可攀取，因目之曰平山堂。」

廣陵登福緣佛閣四首

危樓切太空，塵壒俯冥濛。度世香燈裏①，降魔應器中②。上方三界在③，八表一雲同④。鈴鐸人天語，如聞替戾風⑤。

【箋注】

①劉禹錫嘉話錄：「江寧縣寺有晉長明燈，歲久火色變青而不熱。隋文帝平陳，已訝其古。至今猶在。」

②翻譯名義集：「鉢多羅，此云應器。發軫云：『應法之器也。』放鉢經：『文殊持鉢乞食，爲魔所逐。文殊以鉢安地，

令魔舉之，不能離地。魔云：我舉大山，遊于空中，因何此鉢而不能動，是菩薩力也。伏膺而退。』」

③ 翻譯名義集：「三界者，一欲界，二色界，三無色界。」

④ 淵明停雲詩：「八表同昏。」

⑤ 晉書佛圖澄傳：「劉曜攻洛陽，勒將救之。澄曰：相輪鈴音云：秀支替戾岡，僕谷劬禿當。此羯語也。秀支，軍也。替戾岡，出也。僕谷，劉曜胡位也。劬禿當，捉也。此言軍出捉得曜也。」

黯黯經時雨，荒荒有漏天①。豈能霾日月，還與滌山川。一炬幽蘭火②，千門析木烟③。催歸松漠鳥④，啼到相輪邊⑤。

【箋注】

① 漏天，見前注。

② 幽蘭，見前注。

③ 大明一統志：「析木廢縣，在海州衛，本漢望平縣地，遼改曰析木。」

④ 松漠鳥，見前注。

⑤ 翻譯名義集：「輪相者，僧祇云：『佛進迦葉佛，塔上施盤蓋，長表輪相。』經中多云相輪，以人仰望而瞻相也。」

獨自層〔一〕樓上，偏於象緯親。輪中迴日月①，規外撫星辰②。北戶風霜急③，南柯國土眞④。高高天眼在，憑攬析微塵⑤。

【校記】

〔一〕邃本、箋注本作「自層」，鄒鎡序本作「自層」，金匱本作「有層」。

【箋注】

①法苑珠林三界篇：「大鐵圍山，四周圍輪，并一日月，晝夜迴轉，照四天下。」

②方輿勝覽：「交、廣間，南極浸高，北極浸低，圓規度外，星辰至衆，大如五曜者數十，皆不在星經。」

③爾雅釋地：「觚竹北戶。」正義曰：「北戶，卽日南郡也。」

④異聞錄：「淳于棼夢入槐安國爲駙馬，守南柯郡二十年。」

⑤首楞嚴經：「汝觀地性，粗爲大地，細爲微塵，至隣虛塵。析彼極微，色邊際相，七分所成。更析隣虛，卽實空相。」

冥晦乾坤戶，迷方何去從①？禪枝迎怖鴿，鉢水候眠龍②。鐵浴兵前雨③，銅崩刦後鐘④。靈山殊未散⑤，淸夜禮金容⑥。

【箋注】

①鮑明遠擬古詩：「南國有儒生，迷方獨淪誤。」

②贊寧宋高僧傳：「帝遣高力士召無畏祈雨，乃盛一鉢水，以小刀攪之，梵言數百。須臾有物如龍，其大如指，赤色，矯首水面，復潛鉢底。畏且攪且咒，有白氣自鉢而興，風雨驟至。」

③通鑑：「侯景請上幸西州，浴鐵數千，翼衞左右。上聞絲竹，悽然泣下。」

④世說文學篇：「銅山西崩，洛鐘東應。」

⑤大慧普說：「天台智者大師因讀法華經，至藥王菩薩焚身處，云是眞精進，是名眞法供養如來。于此豁然，前後際斷，便證法華三昧。于三昧中，見靈山會上，釋迦老子與百萬大衆，儼然未散。」東坡遊淨居院詩：「靈山會未

散，八部猶光輝。」

⑥ 太宗三藏聖教序：「金容掩色，不鏡三千之光；麗象開圖，空端四八之相。」

辛卯春盡歌者王郎北遊告別戲題十四絕句以當折柳贈別之外雜有寄託諧談無端讔謎間出覽者可以一笑也

桃李芳年冰雪身，青鞋席帽走風塵。鐵衣毳帳三千里，刀軟弓欹爲玉人。

官柳新栽輦路傍，黃衫走馬映鵝黃。垂金曳縷千千樹，也學梧桐待鳳凰①。時聞燕京郊外夾路栽柳。

【箋注】

① 晉書苻堅載記：「堅滅燕，慕容沖姊爲清河公主，年十四，有殊色，堅納之。沖年十二，亦有龍陽之姿，堅又幸之。長安謠曰：『鳳凰鳳凰止阿房。』堅以鳳凰非梧桐不棲，非竹實不食，乃植桐竹數十萬株于阿房城以待之。沖小字鳳凰，終爲堅賊，入止阿房城焉。」

紅旗曳掣倚青霄，鄴水繁花〔一〕未寂寥。如意館中春萬樹①，一時齊讓鄭櫻桃②。

【校記】

〔一〕各本作「花」，金匱本作「華」。

【箋注】

① 樂府李頎鄭櫻桃歌：「繁花照耀漳河春，織成花映紅綸巾，紅旗掣曳鹵簿新。鳴鞏走馬接飛鳥，銅鐵琴瑟隨去塵。鳳陽重門如意館，百尺金梯倚銀漢。」

② 晉書載記：「石季龍，勒之從子。勒爲聘將軍郭榮妹爲妻。季龍寵惑優童鄭櫻桃而殺郭氏，更納清河崔氏女，櫻桃又譖而殺之。」

篳篥休吹蘆管瘖①，金尊檀板夜沉沉。莫言北〔一〕地無鸜鵒②，乳燕雛鶯到上林。

【校記】

〔一〕箋注本作「北」，各本作「此」。

【箋注】

① 段安節樂府雜錄：「篳篥，大龜茲國樂也。亦曰悲栗。德宗朝，有青州王麻奴者，善此伎，河北推爲第一手，倨傲自負。從事臺拜入京，臨歧把酒，請吹一曲相送。麻奴偃蹇，以爲不可。從事怒曰：汝藝亦不足稱，殊不知上國有尉遲將軍，冠絕今古。麻奴怒，即到京訪求見之。即席地令坐，因於高般涉調中吹部勒羝曲，曲終，汗浹其背。尉遲曰：何必高般涉調也。即自取銀字管，于平般涉調吹之。麻奴乃泣涕愧謝，自是不復言音樂。」白氏六帖：「笳者，胡人捲蘆吹之，以作樂也。」

② 春秋傳：「鸜鵒來巢。」言非中國之禽，所以爲魯昭公之異。

多情莫學野鴛鴦①，玉勒金丸傍苑牆②。十五胡姬燕趙女，何人不願嫁王昌③？

【箋注】

① 少陵陪李梓州泛江戲爲豔曲：「使君自有婦，莫學野鴛鴦。」

②葛洪西京雜記：「韓嫣好彈，常以金爲丸，一日所失者十餘。長安爲之語曰：苦飢寒，逐金丸。京師兒童聞嫣出彈，輒隨之，望彈之所落而輒拾取。」

③唐彥謙離鸞詩：「聞道離鸞思故鄉，也知情願嫁王昌。」

壓酒吳姬墜馬粧①，玉缸重碧臘醅香②。山梨易栗皆凡果，上苑頻婆勸客嘗③。

【箋注】

①太白金陵酒肆留詩：「白門柳花滿店香，胡姬壓酒勸客嘗。」

②少陵宴楊使君東樓詩：「重碧拈春酒，輕紅擘荔枝。」

③環中迂叟象教皮編：「頻婆，相思果也。」

閣道雕梁雙燕棲，小紅花發御溝西。太常莫倚淸齋禁，一曲看他醉似泥①。王郎云：此行將依顧太常。

【箋注】

①應劭漢官儀曰：「周澤爲太常時，諺云：『生世不諧，爲太常妻，一歲三百六十日，三百五十九日齋，一日不齋醉如泥。』南海有蟲無骨名曰泥。」

可是湖湘流落身？一聲紅豆也沾巾①。休將天寶凄涼曲，唱與長安筵上人。

【箋注】

①范攄雲溪友議：「李龜年奔逐江潭，杜甫以詩贈之曰：『岐王宅裏尋常見，崔九堂前幾度聞。正值江南好風景，落花時節又逢君。』龜年曾于湘中採訪使筵上唱紅豆詞，合座莫不望行幸而凄然。」

邯鄲曲罷酒人衰〔一〕①，燕市悲歌變柳枝。無復荆高舊徒侶〔二〕，侯家一嫗老吹箎②。

已下五首寄侯家故妓冬哥〔三〕。

【校記】

〔一〕邃本、金匱本、箋注本作「哀」，鄒鎡序本作「悲」。〔二〕從箋注本。邃本、鄒鎡序本作「醉覓荆齊舊徒侶」，金匱本作「欲覓荆高舊徒侶」。〔三〕自注十一字，鄒鎡序本注在翌首之下。

【箋注】

①邯鄲，見前注。

②吹箎，見前注。

憑將紅淚裹相思①，多恐冬哥沒見期。相見只煩傳一語，江南五度落花時。

【箋注】

①玉臺集江洪詠紅箋詩：「且傳別離心，復是相思裹。」

江南才子杜秋詩，垂老心情故國思〔一〕。金縷歌殘休悵恨①，銅人淚下已多時②。

【校記】

〔一〕各本作「思」，箋注本作「悲」。

【箋注】

①杜牧之杜秋詩：「秋持玉斝飲，與唱金縷衣。」

②李賀金銅仙人辭漢歌：「空將漢月出宮門，憶君清淚如鉛水。」

灰洞溟濛朔吹哀，離魂昔昔〔一〕繞蘇臺①。紅香翠媛山塘路，燕子楊花並馬回。范石湖云涿南燕北，謂之灰洞。

【校記】

〔一〕各本作「嘿嘿」，箋注本作「昔昔」。

【箋注】

①列子周穆王篇：「周之尹氏，大治產。有老役夫昔昔夢爲國君，尹氏昔昔夢爲人僕。」

春風作態楝花飛，清醥盈觴照別衣①。我欲〔一〕覆巾施梵呪，要他才去便思歸。

【校記】

〔一〕各本作「我欲」，鄒鎡序本作「欲我」。

【箋注】

①左太沖蜀都賦：「觴以清醥。」鄭玄禮記注曰：「清酒，今之中山冬釀，接夏而成也。醥，綠色而微白也。」

左右風懷老旋輕①，捉花留絮漫多情。白頭歌叟今〔一〕禪老，彌佛燈前詛汝行。錫山雲間徐叟。

【校記】

〔一〕從箋注本。各本作「金」。

【箋注】

①方回瀛奎律髓：「晏元獻類要，有左風懷、右風懷二類，男爲左，女爲右。」

題金陵丁〔一〕老畫像四絕句

輦轂繁華雙鬢中，太平一曲舊春風。東城父老西園女，共識開元鶴髮翁①。

【校記】

〔一〕各本作「丁」，箋注本作「一」。

【箋注】

①李洞繡嶺宮詩：「繡嶺宮前鶴髮翁，猶唱開元太平曲。」

髮短心長笑鏡絲①，摩挲皤腹帽簷垂②。不知人世衣冠異，只道科頭岸接䍦③。

【箋注】

①左傳昭公三年：「齊侯田于莒，蒲嫳見，泣且請曰：余髮如此種種，余奚能爲？公曰：諾。吾告二子。歸而告之子尾，欲復之。子雅不可，曰：彼其髮短而心甚長，其或寢處我矣。」

②左傳宣公二年：「城者謳曰：睅其目，皤其腹。」李商隱飲席代官妓詩：「舊主江邊側帽簷。」

③爾雅郭璞註曰：「鷺翅上有長翰毛，江東取爲接䍦。」

倚杖鍾山看落暉，人民城郭總依稀。閒揩老眼臨青鏡，可是重來丁令威①？

【箋注】

①丁令威，見前注。

獨坐青溪照鬢絲，小姑何處理蛾眉①？畫師要著樊通德，難寫銀燈擁髻時。

【箋注】

①小姑，見前注。

石濤上人自廬山致蕭伯玉書於其歸也漫書十四絕句送之兼簡伯玉〔一〕

兵火勾連問訊疎，浮囊傳致比雙魚①。分明已歷塵沙劫②，還道人間隔歲書。

【校記】

〔一〕遼本、箋注本及外集題如此。箋注本「四」作「二」。鄒鎡序本、金匱本無「十四絕句」「兼簡伯玉」八字。

【箋注】

①翻譯名義集：「五分云：『自今聽諸比丘畜浮囊，若羊皮，若牛皮。』傳聞西域渡海之時，多作鳥翎毛袋，或齎巨牛脬，海船或失，吹氣浮身。』」

②宗鏡錄第三：「從迷積迷，空歷塵沙之刧；因夢生夢，永昏長夜之中。」

兵塵不上七條衣①，刀劍輪邊錫杖飛②。五老棲賢應有喜③，昆明劫外一僧歸。

【箋注】

①翻譯名義集：「南山云：『七條名中價衣。』戒壇經云：『五條下衣，斷貪身也。七條中衣，斷嗔口也。大衣上衣，斷

癡心也。』」

②贊寧宋高僧傳：「鄧隱峯遊五臺山，路出淮西，屬吳元濟阻兵，違拒王命，官軍與賊交鋒。峯曰：我去解其殺戮。乃擲錫空中，飛身界兩軍陣過。戰士各觀，不覺抽戈匣刃焉。」

③東坡白石山房詩：「五老蒼顏一笑開。」施宿曰：「棲賢寺東北有五老峯，廬山之勝此爲最。」

白社遺民剩阿誰？顚仙何處坐圍棋①？天池御碣渾無恙，多謝天龍好護持。

【箋注】

①祝枝山九朝野記：「上自製顚傳，命詹希原書碑，在天池寺中。或云：道士初進藥，上未見。俄而召之，亡矣。遣行人走江州，令三司索之，入廬山，前道士忽至曰：在竹林寺，與天眼道者較棋。導之去，果見顚與道士對弈。行人取朝命，良久，賦詩一章畀之。又邀天眼同賦。行人持去，回顧寺無有也。」

五乳峯前舊影堂①，依稀蓮漏六時香②，若爲化作軍持去③？午夜歸師入道場。憨山大師舊住五乳，余之本師也。

【箋注】

①王象之輿地紀勝：「南康城西，五峯如乳頭五。城上號五乳峯。」

②蓮漏，見前注。

③翻譯名義集：「軍持，此云瓶。寄歸傳云：『軍持有二，若瓷瓦者是淨用，若銅鐵者是濁用。』」

禪榻茶烟一病身，春風時爲掃凝塵。頻伽瓶裏無餘物，只合擎空餉遠人。

多生無着與天親①，七日同爲刦外身。飽喫殘年須努力②，種民天種不多人③。」

【箋注】

①西域記：「無著是初地菩薩，天親之兄。佛滅千年，從彌沙塞部出家。」

②少陵病後遇王倚飲贈歌：「但使殘年飽喫飯，只願無事長相見。」

③法苑珠林刼量篇：「是時刼末，唯七日，無量衆生死盡時，有一人合集閻浮提內男女，唯餘一萬，留爲當來人種。唯此萬人，能持善行，諸善鬼神欲令人種不斷。」

國土依然兵燹叢，清齋冥對落花風。陶輪世界頻來往①，只在維摩手掌中。

【箋注】

①陶輪世界，見前注。

縹囊緗帙刼灰中①，火發瞿曇報宅空②。拋却世〔一〕間文字海③，願隨龍樹〔二〕到龍宮④

伯玉囑上人問訊刻藏因緣，故云。

【校記】

〔一〕從箋注本。各本作「此」。　〔二〕從箋注本、金匱本。邃本、鄒鎡序本作「勝」。

【箋注】

①昭明文選序：「詞人才子，則名溢于縹囊；飛文染翰，則卷盈乎緗帙。」

②道誠釋氏要覽：「瞿曇，梵語正瞿荅摩，又云瞿曇彌，此云地最勝。謂除天外，在地人類中最勝。」

③清涼華嚴疏鈔序：「雖忘懷于詮旨之域，而浩瀚于文義之海。蓋欲寄象繫之迹，窮無盡之趣矣。」

④翻譯名義集：「輔行云：『樹學廣通，天下無敵。龍接入宮，一夏但誦七佛經目，知佛法妙因而出家，作三種論。南

天竺國中大名德比丘，厥號爲龍樹。」

紀曆何須問義熙，桃源春盡落英知。北窗大有羲皇地，閒和陶翁甲子詩〔一〕。

【校記】

〔一〕此詩爲箋注本所無。遼本、鄒鎡序本、金匱本俱有，亦收于外集卷上。

歌舞西園閟好春，春浮絲竹也生塵①。諸天宮殿皆灰燼，帝釋何當喚〔一〕樂神②？春浮，伯玉家園名也。

【校記】

〔一〕遼本、鄒鎡序本作「當喚」，箋注本、金匱本作「年理」。

【箋注】

①劉越石答盧諶詩：「澄醪覆觴，絲竹生塵。」

②段柯古酉陽雜俎：「永貞年，東市百姓王布，有女年十四，豔麗聰悟，鼻兩孔各垂息肉，如皂莢子，其根如麻線，長寸許，觸之，痛入心髓。其父破錢數十萬治之不瘥。忽一日，有梵僧乞食，問布：知君女有異疾，吾能止之。布見其女。僧取藥吹其鼻中，少頃，摘去之，出少黃水，都無所苦。僧乞此息肉，珍重而去。計僧去五六坊，復有一少年騎白馬扣門，曰：適有胡僧到無？布延入，具述胡僧事。其人吁嗟不悅曰：上帝失樂神二人，近知藏于君女鼻中。我奉命來取，不意此僧先取之，當獲譴矣。布方作禮，舉首而失。」

松圓長老〔一〕能論詩，寂寞春暉舊履綦①。記取摩挲銅狄處，雒陽城北〔二〕未多時②。伯玉往寓春暉園，與〔三〕孟陽論詩累月。

【校記】

〔一〕各本作「老」，箋注本作「夜」。　〔二〕邃本、鄒鎡序本作「陽城北」，箋注本作「城東見」，金匱本作「陽東見」。　〔三〕邃本、箋注本作「園與」，鄒鎡序本、金匱本無「園」字，「與」作「請」。

【箋注】

①記內則：「屨著綦。」鄭氏曰：「綦，屨繫也。」

②銅狄，見前注。

滄海於今果橫流①，誰憑快閣覽神州？三間老屋東西住②，儘着元龍在上頭③。「還須憑快閣，極目覽神州」，此癸未歲別伯玉詩〔一〕。三間老屋，悠悠視蔭〔二〕，我輩今日堪著元龍百尺樓下也〔三〕。

【校記】

〔一〕鄒鎡序本、金匱本「詩」下有「句」字，邃本、箋注本無。　〔二〕從金匱本。邃本、鄒鎡序本、箋注本俱作「陰」。　〔三〕邃本、箋注本作「下也」。鄒鎡序本無「下」字，「也」下有「嗟嗟」二字。金匱本與鄒鎡本同，但「也」作「下」。

【箋注】

①晉書王尼傳：「尼常嘆曰：滄海橫流，處處不安也。」

②世說賞譽篇：「蔡司徒在洛，見陸機兄弟，住參佐廨中，三間瓦屋，士龍住東頭，士衡住西頭。」

③魏志陳登傳：「許汜與劉備並在劉表坐。汜曰：陳元龍豪氣未除，昔過下邳，見元龍無客主之意，久不相與語，自上大床臥，使客床下臥。備曰：如小人欲臥百尺樓上，臥君于地，何但上下床之分耶？」

回首東亭酒重持，望衡對宇定前期。呼鷹臺畔頻寒食①，可憶龐家上冢時②？

【箋注】

① 水經注：「沔水南有層臺，號曰景升臺，劉表所築。表盛遊于此，常所止憩。表性好鷹，常登此臺，歌鷹來曲。」

② 後漢書龐公傳注：「襄陽記曰：『司馬德操嘗詣德公，值其渡沔，上先人墓。德操竟入其室，呼德公妻子，使作黍。須臾，德公還，直入相就，不知何者是客也。』」

東海揚塵未暫停，餘杭新酒指銀瓶。蕭郎若肯攜家住，又是方平過蔡經〔一〕。

【校記】

〔一〕此詩爲箋註本所無。邃本、鄒鎡序本、金匱本俱有，亦收于外集卷一。

石濤開士自廬山致伯玉書，於其歸，作十四絶句送之，兼簡伯玉。非詩非偈，不倫不次，聊以代滿紙之書，一夕之話，若云長歌當哭，所謂又是一重公案也。辛卯三月，蒙叟弟謙益謹上。

贈新建喻嘉言

公車不就幅巾徵①，有道通儒梵行僧②。習觀湛如盈室水③，煉身枯比一枝藤。嘗來草別君臣藥④，拈出花傳佛祖燈⑤。莫謂石城難〔二〕遯迹，千秋高獲是良朋。高獲遠遁江南，卒于石城〔三〕。見後漢書方技傳。

【校記】

〔一〕從箋注本。邃本、鄒鎡序本、金匱本作「還」。〔二〕邃本、箋注本作「石城」。鄒鎡序本、金匱本作「江南」。

【箋注】

①後漢書韓康傳：「康採藥名山，賣于長安市中，不二價。博士公車連徵不至，桓帝乃備玄纁之禮，以安車聘之。亭長以韓徵君當過，方發人牛修道橋，及見康柴車幅巾，以爲田叟也，使奪其牛，康卽釋駕與之。有頃，使者至，奪牛翁乃徵君也。」

②後漢書杜林傳：「林從張竦受學，博洽多聞，時稱通儒。」法華經序品：「具足淸白梵行之相。」

③首楞嚴經：「月光童子白佛言：我憶往者恆河沙劫，我作水觀，室中安禪。有童子窺窗，惟見淸水，取一瓦礫投之。我出定後，頓覺心痛。爾時童子來前，說如上事。我則告言：汝更見水，可卽除去瓦礫。童子奉教，後入定時，開門除之。我後出定，身卽如初。」

④許渾贈王山人詩：「君臣藥在寧憂病。」

⑤五燈會元：「世尊在靈山會上，拈花示衆。是時衆皆寂然，惟迦葉尊者破顔微笑。」

送汪雲卿歸楚口占二首〔一〕

與君頻作〔二〕別，此別最酸辛。率土無寧宇，餘年少故人。老還期見面，窮豈忘交親。萬事愁眉外，長歌莫損神。

【校記】

〔一〕金匱本題下有「汪病足不良於行故有臏脚之戲」十三字小注。遼本、鄒鎡序本、箋注本此小注在第二首末句下。

〔二〕各本作「作」，箋注本作「此」。

自古荆湘〔一〕地，英雄互攫拏①。車徒推二廣②，子弟説長沙③。羊陸名何有④？孫劉跡未除⑤。看君臏脚在⑥，垂老不須嗟。汪病足，不良於行，故有臏脚之戲。

【校記】

〔一〕各本作「湘」，箋注本作「襄」。

【箋注】

①張平子西京賦：「熊虎升而拏攫。」李善曰：「拏攫，相搏持也。」

②左傳襄公十二年：「欒武子曰：其君之戎，分爲二廣。」杜預曰：「十五乘爲一廣。」

③呂溫題陽人城詩：「忠驅義感卽風雷，誰道南方乏武才？天下起兵誅董卓，長沙子弟最先來。」

④吳志陸抗傳注：「晉陽秋曰：『抗與羊祜推僑、札之好，抗嘗遺祜酒，祜飲之不疑。抗有疾，祜饋之藥，抗亦推心服之。于是以爲華元、子反復見于今。』」

⑤吳志周瑜傳注：「江表傳曰：『劉備之東還也，權乘飛雲大船，與張昭、秦松、魯肅等十餘人共追送之，大宴會敍別。』」

⑥子長報任少卿書：「孫子臏脚，兵法修列。」

哭稼軒留守相公〔一〕一百十韻

師弟恩三紀，君臣誼百年。哀音騰粵地，老淚洒吳天。殺氣南條急①，妖氛北戶纏②。行宮踰越嶠③，留守限靈川④。已下敘失守殉難之事。倉卒聞風潰⑤，逡巡厝火然⑥。操戈乘內間⑦，解甲起中權⑧。捲土心仍壯⑨，憑城誓益堅。喧呼齊辮髮，奮擊祇張拳⑩。刀鋸徒爲爾，冠裳正儼然。歸元羞上磔⑪，嚼齒爪中穿⑫。荀偃含猶視⑬，張巡起欲旋⑭。揚揚神不亂，琅琅語爭傳。徒抱銜鬚痛⑮，誰能呫血憐⑯？已下敘訃聞爲位之事。傷心寢門外⑰，爲位佛燈前。一慟營魂遠〔二〕⑱，三號涕泗漣⑲。修門歸漠漠⑳，故國望姍姍。虞殯歌休矣㉑，巫陽筮與焉。吳羹悽象設㉒，楚些愴蟬聯㉓。魂復新遺矢㉔，神棲舊坐氈㉕。靈衣風肅肅㉖，幽嘯〔三〕雨濺濺。清夜前除酒㉗，明燈近局筵㉘。逢迎傷剪紙㉙，送別忍燒船㉚。黃鳥身其百，青龍歲半千㉛。四遊餘渺莽㉜，八翼罷騰騫㉝。飛鐵兵輪重㉞，爲銅物冶全㉟。庚寅徵覽揆，辛卯應災躔。君生于庚寅甲子，一周而終，故引庚寅以降之詞〔四〕。其聞訃，辛卯夏也，故引朔日辛卯之詩，皆假借使之也。劍去梧宮冷㊱，刀投桂水煎㊲。訓狐宵叫嘯〔五〕㊳，嬰蜺〔六〕晝連蜷㊴。鬭澗龍傷血㊵，崩崖蜃吐涎。是夏虞山有出蜃之異。○已下敘其戊辰後歸田燕遊之事。拊心看迸裂，彈指省轟闐。攀附龍門迥，追陪鶴蓋連㊶。園林歸綠水，屋宇帶紅泉。一飯常留客，千金不問田。以忙消塊壘，及暇〔七〕領芳妍。日落邀賓從，舟移沸管絃。丹青搜白石，杖履撰松圓。君好藏白石翁畫，于程丈孟陽〔八〕有師資之敬。○已下敘其少壯授經之事。齒馬成吾老[42]，童烏憶汝賢[43]。兔園溫句讀，蛾子學丹鉛。枕膝應傳喜[44]，登樓獨許玄[45]。已下敘其登朝貶謫及牽連下獄之事。青春憑騕褭[46]，白首託䕫蚿[47]。桃李西江宰，梧桐左掖員。裂麻心膽赤[48]，恤緯鬢毛宣[49]。北寺偕書獄[50]，西曹互橐饘[51]。朱游和藥切[52]，黃霸授經專[53]。已下敘甲申喪亂之事。銅馬神州沸[54]，金雞密網蠲。甘陵錄牒寢[55]，元祐黨碑鐫[56]。北闕驚傳火[57]，東郊狎控弦[58]。帝車俄運轉[59]，天步久迍邅。余與君以甲申三月初十日同日賜還〔九〕，邸報遂失傳〔一〇〕。鼇足傾三極[60]，龍湖斷八埏[61]。關山留北顧[62]，宗祏寄南遷[63]。已下敘乙酉歲開府廣西遇亂擁立之事。江左朝廷小[64]，交南節鉞偏。風雲天路偪，翼戴本支綿〔一一〕。宗澤回鑾表，劉琨勸進箋[65]。嶺邊求日月，規外別坤乾。翼軫開營壁[66]，湘灕抵澗瀍[67]。隻身支浩刦[68]，赤手捧虞淵[69]。插羽鉤庸蜀[70]，分茅餌益滇。黃農羅種〔一二〕落[71]，邕桂簇戈鋋[72]。青犢烏仍合[73]，紅巾蝗並緣[74]。反王收魏豹[75]，別將置梅鋗[76]。白象扶丹轂[77]，烏蠻曳綵旃[78]。盧兒宿衞直〔一三〕[79]，廝養徹侯駢[80]。書詔行營裏，除官御覽先。兩宮湯藥使，中禁洗兒錢。已下重敘庚寅冬失守殉難之事。一旅基將肇[81]，三分業未竣。連雞〔一四〕昏蚌蛤，咥虎〔一五〕玩蝘蜓[82]。畫地翔河鳥[83]，嬰城墜紙鳶[84]。執冰嘻狒狒[85]，投組引蠕蠕[86]。履善窮江表[87]，庭芝殉海壖[88]。誓言〔一六〕申決絕，望拜告精虔。目裂光如炬(89)，胷藏血化殷(90)。花縵〔一七〕嫠面哭〔一八〕，藤帽〔一九〕枕尸還(91)。青草迎飛旐，黃茅擁過輲。虛祠包箬飯(92)，峒祭卜筵篿(93)。故壠虞山似，桂林亦有虞山。新愁桂嶺牽。用張平子四愁桂林之語。丹心石路折，皓魄火雲鮮。盡說南朝李(94)，何慚東海田(95)。鑄金身故在(96)，刻木首非隕〔二〇〕(97)。烈烈羞祈死，淹淹笑祝延。已下重言雜序，倣天問大招之意。葭灰陽解駮(98)，火井焰浮烟(99)。錯莫嘶泥馬(100)，分明叫杜鵑。朔方唐故事(101)，綸邑夏前編(102)。率土誠延佇，皷天忍棄捐。雲旗翻畢口(103)，星矢直狼肩(104)。壁壘分行陣，雷風合弭鞭。白山匡倒側，黑水浪平塡(105)。鶉尾南廻越，旄頭北掃燕〔二一〕(106)。誓師三后所，飲御五車邊(107)。改葬新班劍(108)，輿尸故馬韉(109)。羽林分緌綬(110)，麟閣列貂蟬(111)。畫壁雕戈動，祠堂兕甲縣。傳芭歌沓沓(112)，薦荔鼓鼘鼘。宿列還箕尾(113)，其先人學憲公名字，皆取象傅說星也。星祠配女媊(114)。其夫人先歿於桂。五陵齊剪棘(115)，雙廟並加籩(116)。督師侍郎張公同敞，故太師江陵文忠之孫，以門蔭起家，抗罵不屈，同日被害〔二二〕。〇已下結敘哀挽傷悼之詞。後死身餘幾(117)？先生腹尚便(118)。不成升屋哭(119)，彌想對牀眠。單孑留形影，凄涼度陌阡。雞窗言髣髴，蛛匣字蜿蜒(120)。西第花猶發，東臯草欲芊。經過光景眩，識路夢魂顚。太息看梁棟，沉吟仰屋椽。移山誰負畚(121)？蹈海可乘鯿(122)。守器紓奔問(123)，餘皇肆泝沿(124)。祝余雙淚涸(125)，將伯寸心痟。長夜歌將闋，窮塵恨始湔(126)。蕩陰三士詠(127)，蜀國八公篇(128)。鄉夢憑温序(129)，哀詞屬馬汧(130)。降神天意遠，養士國恩綿。汗竹新書史(131)，澆花近掃阡(132)。明明老眼在，拭目向空玄。

【校記】

〔一〕邃本、箋注本有「留守相公」四字，鄒鎡序本、金匱本無。〔二〕各本作「遠」，金匱本作「逝」。〔三〕箋注本、金匱本作「嘯」，邃本、鄒鎡序本作「笑」。〔四〕邃本、箋注本作「詞」，鄒鎡序本、金匱本作「詩」。〔五〕箋注本作「嘯」，各本作「笑」。〔六〕各本作「蜆」，鄒鎡序本作「绋」。〔七〕各本作「暇」，箋注本作「夏」。〔八〕邃本、箋注本作「丈孟陽」，鄒鎡序本、金匱本作「又」。〔九〕邃本、箋注本作「還」，鄒鎡序本、金匱本作「環」。〔一〇〕邃本、箋注本有此五字，鄒鎡序本、金匱本無。〔一一〕各本作「綿」，箋注本作「便」。〔一二〕各本作「種」，金匱本作「部」。〔一三〕各本作「宿衛直」，箋注本作「留宿衛」。〔一四〕各本作「連雞」，金匱本作「列營」。〔一五〕各本作「咥虎」，金匱本作「緣戍」。〔一六〕各本作「言」，箋注本作「書」。〔一七〕邃本、箋注本作「縵」，鄒鎡序本、金匱本作「門」。〔一八〕鄒鎡序本作「哭」，金匱本作「臨」。邃本作「改」，誤。〔一九〕邃本、箋注本作「帽」，鄒鎡序本、金匱本作「峽」。〔二〇〕邃本、箋注本作「隕」，鄒鎡序本、金匱本作「捐」。〔二一〕邃本、箋注本作「掃」，鄒鎡序本、金匱本作「指」。〔二二〕小注從邃本。鄒鎡序本「忠」字下有「公」字，「抗罵不屈，同日被害」八字，在「同敞」二字下。

【箋注】

①書禹貢：「導岍及岐。」正義曰：「地理志云：『禹貢北條荆山，在馮翊懷德縣南，南條荆山在南郡臨沮縣東北。』是舊有三條之說也。故馬融、王肅皆爲三條，導岍北條，西傾中條，嶓冢南條。鄭玄以爲四列，導岍爲陰列，西傾爲次陰列，嶓冢爲次陽列，岷山爲正陽列。鄭玄創爲此說，孔亦當爲三條也。」

②水經注:「區粟建八尺表,日影度南八寸,自此影以南,在日之南,故以名郡。望北辰星落在天際。日在北,故開北戶以向日。」

③東坡送葉朝奉詩:「夢裏吳山連越嶠。」施宿曰:「沈懷遠南越志:『南越五嶠爲限。東曰大庾,次騎田,次都龐,次營萌渚,次越嶠。』」

④公諱式耜,字起田,號稼軒,文懿公孫也。萬曆乙巳,年十六,受業牧齋先生之門。中丙辰進士,令吉之永豐,有治績。擢爲給諫,直聲著朝右。崇禎元年戊辰,牧翁以閣訟去國,公亦掛冠歸里,與程孟陽諸君子相羊林泉。丁丑,烏程修舊隙于虞山,邑子應募,上書告訐,興牢修、朱竝之獄,牽連及公,踰年而事解。甲申之變,聖安求舊,八月癸未,起公爲應天府丞,升廣西巡撫。乙酉五月,南都亡,聖安北狩。桂王至梧州。王諱常瀛,神宗第七子,萬曆二十九年封。天啓七年就國。崇禎十六年,張獻忠陷衡州,王長子、次子俱受害,王與妃王氏、三子安仁王走永州。四子永明王諱由榔,爲賊所拘,焦璉殺守者,負之而趨。巡按劉熙祚遣人護至粵西。未幾,桂王薨,葬于梧州,是爲興陵,後謚端皇帝。鄭鴻逵奉唐王聿鍵至閩,王爲高祖二十三子唐定王第八世也。七月卽帝位,改元隆武,詔福州府爲福京。八月,靖江王亨嘉拒命稱制,以楊國威爲大將。公在梧州,遙以大義啓之,密檄思恩參將陳邦傳設兵備變,又止狼兵勿應。靖藩怒,襲破梧州,執公至桂,囚之邸中。九月,陳邦傳兵薄城下,焦璉時爲楊國威旗鼓,公以恩義結之,授以密計,令璉夜半縋城下,入邦傳軍,復與邦傳縋而登,守陴者皆璉兵,隨擒國威等。五鼓攻靖邸,獲王諸黨與。變已定,制臣丁魁楚懷而上之,獨傳公不撓之節。上命公爲兵部右侍郎。丙戌三月,駕至延平。八月,仙霞關陷,上倉黄西幸,駐蹕汀州。夜半伏發,上崩。丁魁楚守雄,聞變還肇,公謂之曰:公帶甲五嶺,豈可坐視顛危?國不可一日無君,桂王薨于梧,安仁相繼而殂,今永明王在,

爲神宗嫡孫，序而賢，殆天之有意再造也。公遂與宗室朱容藩、詞林方以智、部郎周鼎瀚、肇守朱治憪等定策，迎王于梧，合辭勸進。王三讓，羣臣固請。十月初一日，永明監國肇慶，頒詔楚、滇、黔、蜀；命公以吏部右侍郎兼閣學掌銓事。時閩輔蘇觀生撤兵回廣州，諸公怒其棄江擅歸，致虔州不守，不與同議策立事。觀生恚，會唐、鄧諸王自閩航海至粤，鎮將林察迎之，觀生遂不奉詔。十一月初二日，立思文之弟於廣州，號紹武。公等請上于十一月十八日正位端州，以明年丁亥爲永曆元年。遣兵垣彭曜責觀生曰：大位已定，誰敢復爭？觀生怒戮曜，構兵相攻。廣州陷，紹武被擒，觀生自縊。上以東粤盡亡，謀幸桂林。中人王坤迫脅上西避，公夜棹小舟留駕，力爭不得，請身留肇，亦不許。駕抵桂而肇已失矣。躪梧州，陷平樂，報至，王坤復要上幸楚。公上疏諫止，極言勝敗存亡、山川要害之勢，上不聽。二月幸全州，詔公以兵部尚書文淵閣大學士留守桂林，賜尚方劍，便宜行事，各路悉聽節制。公整頓未了，老將宿兵，悉屯湖南北，掃地赤立，枹鼓未振，而敵人已臨境矣。焦璉駐兵黄沙鎮，公連檄召之，率所部星馳赴援。三月初一日，敵破陽朔。初九日，至劉仙巖。初十日，璉始抵桂，敵數騎已乘虚突入文昌門，留守署在城樓下，敵騎窺城，樓上鳴鏑相間，公披襟當之，弗懼也。璉發一矢，顛一騎，餘騎下城，短兵巷戰，門閉不得出，數騎復上城，跳而免。璉隨率三百人出，殊死戰，刀横箭直，殺人如草，敵咋指引去，桂林得全。楚鎮劉承胤以迎鑾封安國公，移兵援桂，至則强敵已却，縱軍士擊鬬掠市，公逐之去。五月，承胤與王坤關通擅命，奏奪毛壽登、劉湘客、吴德操、萬六吉四人之職，偪上移蹕武岡。二十五日，桂林復被圍。公嬰城誓衆，砲矢夾發，倒馬貫人，敵稍退。明日，璉出戰，公先令馬之驦駐兵隔江，敵分路從栗木嶺來，之驦設伏敗之。璉奪擊如前，截殺過當，一鼓而恢陽朔，平樂叛將李明忠據潯以瞰柳，發刼降書脅惑士吏。至是自移往高州，敵亦退避廣城，并復梧州。上旌表桂功，封公爲臨桂伯，焦璉爲新興伯。公疏辭不允，再請返蹕全陽，亦不允。八月十四日，敵兵偪行在，劉承胤迎降，爲前導，尋爲敵所殺。十八日，錦衣馬吉翔奉上及三宮斬關出，參將謝復營率健卒五百入扈駕，敵追躡，復營斷後，抵死力戰，與其卒俱死王家堡。上徒步走三十里，總兵侯性率師奄至，請上先發，自將鐵騎陣峽口，敵退去。是夜上宿羅家店茅屋。公遣人請駕，間道由象州入桂。聞駕次柳，疏言柳州猺、獞雜處，不可久駐。十一月，還桂林。督師何騰蛟與宜章伯盧鼎、滇鎮總兵趙印選分道駐兵全州。南安侯郝永忠者，闖賊李自成之左營將也，受撫後不循約束，心豔桂之富庶，佯言爲敵所刼，撤兵歸省，呼號恐喝乘輿，迫欲南幸。公曰：督師警報未至，二百里外之風鶴，豈可遽使九五露處？且播遷無已，國勢愈削，兵氣愈難振。即使督師歸，事果急，亦宜六飛臨戰，以厲介胄之士。若以走爲策，桂亡，柳又能獨存乎？左右曰：公欲上死社稷耶？公泣下，欷歔自嘆，未明而駕已發矣，時戊子二月二十二日也。公晨起送駕，永忠遣人遮留之，令悍卒躪留守署，圖書籍篋，捆載而盡，屠燒邑屋，剽掠民財，城中烟火，高于樓櫓。公放舟樟木港，傳檄朔、平間，令諸路移師上。郝兵去，公入城綏輯，人心始定。三月，敵以桂遭兵變，乘間來窺，突騎薄城。公與將士歃血申誓，軍聲愈振，分兵三路夾擊。敵大敗，北渡甘棠遁去，西省賴以復存。上下璽書褒公，賜尙方銀爲飲食資，并精忠貫日金章。兩宮亦以紗緞賜公夫人，慰勞備至。四月，上駐南寧，李成棟遣舊臣洪天擢奉表輸款，請翠華東幸。六月，上臨肇慶府，晉封成棟惠國公。七月，定興伯何騰蛟率師攻永州。至十一月初一日，城始拔，殺鎮將余世忠、巡撫李懋祖。初五日，復寶慶。二十九日，督師露布至，乘勝又復衡州，直抵湘潭，軍聲大振。初，李自成敗逃，單騎登山謁古祠，予金住僧，令炊食。僧疑其逃將，潛下山語村民，競持鋤梃上，亂擊之至斃。解其服，內衣金龍衣，始知爲自成。乃梟其首，從間道報督師。騰蛟據實奏聞。自成死，衆復推戴其兄子李錦同自成妻高氏竄踞湖南，後乞降。督師因命巡撫堵胤錫撫定之，表其軍爲忠貞營。先是，思文時，湖南諸將如馬進忠、王進才、牛萬才等，皆賊帥中之驍勇者，咸就撫於督師，平日與胤錫均禮抗衡，胤錫意頗不能平。至是恃招撫功，欲倚忠貞兵出以制諸將。聞王師屢捷，旦暮計必復楚，乃陰檄忠貞兵由夔門出常德。常德，馬進忠駐兵地也，疑忠貞至爲襲己，一夕焚城東走。王進才駐寶慶，聞之，亦棄城走。諸鎮將出不意，狼倉驚潰，盡失其地，奔赴長沙、湘潭間。督師疏云：「湖南千里一空。」此己丑正月事也。是時長沙圍久，忠貞固請破之，以助軍實。督師不得已，令忠貞等兵暫退。諸將未盡喻退兵指，妄謂忠貞與敵合而襲我也，遂大潰。忠貞見各鎮兵散，誤以爲敵至不可禦，亦潰。督師痛功垂成而敗，感憤誓死，從數騎入湘潭駐焉。守長沙將徐勇訐其故，夜率輕騎出探，至湘潭，偵知止督師一人在，刼歸長沙，不屈而死，詔贈中湘王。中湘殉國，凡已復郡縣，從此再陷。行在公卿議所以代督師者，僉曰：「留守公聲威勞績，足以攝制諸將。」上乃錫公彤弓鈇鉞，下詔詔公受事。公以專征重任讓之。上不可，遂受新命。時南昌被圍，又積雨兼旬，城磚圮墮，敵發砲攻擊。豫國公金聲桓知不能守，闔門縱火自焚死。江西警報日至，諸鎮咸戴頭不肯出。李成棟忿而策兵獨進，行次信豐，夜半兵噪，成棟醉甚，倉黃上馬，無一從者。三日後，見一騎擐甲抱鞍，植立水中，始知成棟渡江溺歿，朝野惜之。庚寅正月初六日，南雄、潮州相繼陷。初八日，上移蹕梧州。是時中涓柄政，每用強鎮之勢脅天子，復假天子之權制朝士。楚人袁彭年、丁時魁、蒙正發，秦人劉湘客，浙人金堡，皆一時賢俊，立朝侃侃，每持正論，中人側目，號爲五虎。戶部侍郎吳貞毓、禮部侍郎郭之奇、兵部侍郎范翶程，原六科張孝起、李用楫、朱士鯤等十四人，以六飛播遷事，公疏參害五人。駕幸梧，甫抵江岸，諸臣于龍舟請對。杖堡與時魁，復詔下堡等四人于錦衣獄，獨彭年以反正功幸免。輔臣嚴起恒率數臣跪沙濱諫，不允。公七疏申救，又具揭密封進呈皇太后，俱不報。四人後分別戍配。十一月，敵入嚴關，武陵侯楊國棟、寧武伯馬養麟軍溶江，未見敵而奔。公檄趙印選守禦，印選與王永祚已先期逃去，疲民潰卒，鼠竄獸散。公危坐署中，胡一青勸公去，公不從。一青遁。司馬張同敞來。同敞，江陵諸孫也。公喜曰：「君至，我死不孤矣。」同敞亦慷慨願從公死，遂留，相與飲酒。致遠將軍戚良勳牽三馬至，跪而請曰：「公爲元老，係國安危，身出危城，尚可再圖恢復。」公曰：「四年忍死留守，我志久決矣。」家人環而泣，揮之使去。初五日黎明，城陷被擒，囚之別館四十二日，必欲降公。公堅不爲動，神色揚揚如平日。與司馬相對賦詩，今所傳浩氣吟是也。次月十七日，臨當授命，口誦一絕，凝眸整暇，正衣冠而受刑。公之定力如此，忠魂正氣，扈從三台，豈有遺憾哉。大明一統志：「靈川縣，在桂林府西北五十二里。本始安縣地，唐龍朔初改置靈川縣，宋、元仍舊，本朝因之。編戶五十里。」

⑤ 晉書謝玄傳：「苻堅敗于淝水，餘衆弃潰，聞風聲鶴唳，皆以爲王師至。」

⑥ 漢書賈誼傳：「夫抱火厝之積薪之下而寢其上。」師古曰：「厝，置也。」

⑦ 史記陳平世家：「平曰：大王誠能出捐數萬金，行反間，間其君臣，以疑其心。項王爲人，意忌信讒，必內相誅。漢因舉兵而攻之，破楚必矣。」

⑧ 左傳宣公十二年：「中權後勁。」杜預曰：「中軍制，謀後以精兵爲殿。」

⑨ 杜牧之烏江亭絕句：「江東子弟多才俊，捲土重來未可知。」

⑩ 漢書終軍傳：「殆將有解編髮，削左衽，襲冠帶要衣裳而蒙化者焉。」師古曰：「編，讀曰辮。」子長報任少卿書：「更張空拳，冒白刃。」李善曰：「李登聲類云：『拳，或作捲。』此言兵已盡，但張空拳以擊耳。李奇曰：『拳，弩弓也。』」

⑪ 左傳僖公三十三年：「先軫免胄入狄師，死焉。狄人歸其元。」

⑫新唐書張巡傳：「子奇謂巡曰：聞公督戰大呼，輒裂眥血面，嚼齒皆碎，何至是？答曰：吾欲氣吞逆賊，顧力屈耳。」晉書卞壼傳：「其後盜發壼墓，尸僵，鬢髮蒼白，面如生，兩手悉拳，爪甲穿達手背。」

⑬左傳襄公十九年：「荀偃癉疽，生瘍于頭。濟河及著雍，病目出，大夫先歸者皆反。士匄請見，弗內。請後，曰：鄭甥可。二月甲寅，卒而視，不可含。宣子盥而撫之曰：事吳，敢不如事主。猶視。欒懷子曰：其爲未卒事于齊故也乎？乃復撫之曰：主苟終，所不嗣事于齊者，有如河。乃瞑受含。」

⑭昌黎張中丞傳後序：「城陷，賊縛巡等數十人，坐，且將戮，巡起旋。其衆見巡起，或起或泣。巡曰：汝勿怖，死，命也。巡就戮時，顏色不亂，揚揚如平昔。」

⑮後漢書溫序傳：「序爲隗囂別將苟宇所拘劫，大怒，叱宇等。宇曰：此義士死節，可賜以劍。序受劍，啣鬚于口曰：爲賊所迫殺，無令鬚汚血。遂伏劍而死。」

⑯大唐傳載：「李希烈跋扈蔡州時，盧杞爲相，奏顏魯公往宣諭，而謂顏曰：十三丈此行，出自聖意。顏曰：公之先忠烈公面上血，是某所咶，忍以垂死之年，餌于虎口。杞聞之恨焉。盧杞是御史中丞奕之子。」

⑰記檀弓：「朋友吾哭諸寢門之外。」

⑱後漢書寇榮傳：「營魂識路之情。」臣賢曰：「老子曰：『載營魄。』猶營魂也。」

⑲養生篇：「老聃死，秦佚三號。」

⑳宋玉招魂：「魂兮歸來，入修門些！」

㉑左傳哀公十一年：「公會吳子伐齊，將戰，公孫夏命其徒歌虞殯。」杜預曰：「虞殯，送葬歌曲。」

㉒招魂：「和酸若苦，陳吳羹些。」招魂：「像設君室，靜閒安些！」王逸曰：「像，法也。」

㉓招魂洪興祖補註曰：「些，蘇賀切。説文云：『語詞也。』沈括筆談：『今夔、峽、湖、湘及南北江僚人，凡禁咒句尾皆稱些，乃楚人舊俗。』」楚辭劉向九嘆：「余肇祖于高陽兮，惟楚懷之蟬連。」王逸曰：「蟬聯，族親也。」

㉔記檀弓：「邾婁復之以矢，蓋自戰于升陘始也。」鄭氏曰：「戰于升陘，魯僖二十二年秋也。時師雖勝，死傷亦甚，無衣可以招魂。」正義曰：「無衣可以招魂，故用矢招之也。必用矢者，時邾人志在勝敵，矢是心之所好，故用所好招魂，冀其復反也。」

㉕晉書王獻之傳：「有偷人入其室，盜物都盡，獻之徐曰：青氈我家故物，可特置之。」

㉖屈原九歌：「靈衣兮披披，玉珮兮陸離。」

㉗少陵遊江東詩：「清夜置酒臨前除。」

㉘淵明歸田園居詩：「漉我新熟酒，隻雞招近局。」

㉙少陵彭衙行：「翦紙招我魂。」

㉚昌黎送窮文：「燒車與船，延之上座。」

㉛後漢書曆法志：「攝提遷次，青龍移辰，謂之歲。歲首至也，月首朔也。至朔同日，謂之章。同在日首，謂之蔀，蔀終六旬，謂之紀。歲朔又復，謂之元。」

㉜張茂先勵志詩：「天迴地游。」李善曰：「河圖曰：『地有四游，冬至，地上行，北而西三萬里。夏至，地下行，南而東三萬里。春秋二分，是其中矣。地常動不止，而人不知。譬如閉舟而行，不覺舟之運也。』」

㉝晉書陶侃傳：「侃少時夢生八翼，飛而上天。見天門九重，已登其八，惟一門不得入，閽者以杖擊之，因墮地，折其左翼。」

㉞ 漢書五行志：「征和二年春，涿郡鐵官鑄鐵，鐵銷皆飛上去。此火爲變，使之然也。」

㉟ 賈誼服鳥賦：「天地爲鑪兮，造化爲工。陰陽爲炭兮，萬物爲銅。」

㊱ 吳越春秋：「湛盧之劍，惡闔閭之無道，乃去而出，水行如楚也。楚昭王卧而寤，得吳王湛盧之劍于牀。」任昉述異記：「梧桐園在吳宮，本吳王夫差舊園也，一名琴川。語云：梧宮秋，吳王愁。」

㊲ 古今刀劍錄：「關羽爲先主所重，不惜身命。自採都山鐵爲二刀，銘曰：萬人。及羽敗，羽惜刀，投之水中。」水經注：「桂水出桂陽縣北界山。應劭曰：桂水出桂陽東北，入湘。」

㊳ 段柯古酉陽雜俎：「訓狐，惡鳥也。飛則後竅應之。」

㊴ 屈原天問：「白蜺嬰茀。」王逸曰：「蜺，雲之有色似龍者也。茀，白雲逶迤若蛇者也。言此有蜺茀氣逶迤相嬰。」

㊵ 朱長文吳郡圖經續記：「破山有龍鬬澗，唐貞觀中，嫗生白龍，與一龍鬬于此而成此澗。」

㊶ 劉孝標廣絶交論：「鶴蓋成陰。」

㊷ 公羊僖公二年：「吾馬之齒，亦已長矣。」何休曰：「以馬齒長喻荀息之年老。」

㊸ 法言問神篇：「育而不苗者，吾家之童烏乎？」

㊹ 漢書儒林傳：「孟喜從田王孫受易。喜好自稱譽，得易家候陰陽災變書，詐言師田生且死時，枕喜膝，獨傳喜。諸儒以此耀之。」

㊺ 後漢書鄭玄傳：「玄在馬融門下，三年不得見，使高業弟子傳授于玄。會融集諸生考論圖緯，聞玄善算，乃召見于樓上，玄因從質諸疑義。問畢辭歸，融喟然曰：鄭生今去，吾道東矣。」

㊻ 穆天子傳：「飛兔騕褭，日馳三萬里。」

㊼莊子秋水篇：「夔憐蚿。」成玄英疏曰：「夔是一足之獸，其形如鼓，足似人脚，而迴踵向前也。蚿百足之蟲也。夔以少企多，故憐蚿。」

㊽李肇國史補：「陽城爲諫議大夫，德宗欲裴延齡爲相，城曰：白麻若出，吾必裂之而死。德宗聞之，以爲難，竟寢之。」

㊾左傳昭公二十四年：「人亦有言曰：嫠不恤其緯，而憂宗周之隕。」杜預曰：「嫠，寡婦也。織者常苦緯少，寡婦所宜憂。」

㊿後漢書黨錮傳：「帝愈怒，下膺等于黃門北寺獄。」

(51)漢書丙吉傳：「西曹主吏白欲斥之。」

(52)漢書蕭望之傳：「使者召望之，望之門下生朱雲勸其自裁。望之謂雲曰：『游趣和藥來。』飲鴆自殺。」

(53)漢書夏侯勝傳：「勝及黃霸俱下獄。霸欲從勝授經，勝辭以罪死。霸曰：朝聞道，夕死可矣。勝賢其言，遂授之。」

(54)後漢書光武紀：「高湖、重連與銅馬餘衆合，光武復與大戰于蒲陽，悉破降之。」

(55)後漢書黨錮傳：「初，桓帝爲蠡吾侯，受學于甘陵周福。及卽帝位，擢福爲尙書。時同郡河南尹房植有名當朝，鄉人爲之謠曰：天下規矩房伯武，因師獲印周仲進。兩家賓客互相譏刺，遂各樹朋黨，漸成尤隙。」

(56)王偁東都事略徽宗紀：「崇寧三年，籍元祐奸黨，以司馬光爲首，凡三百九人，刻石于文德殿門之東壁。」

(57)史記匈奴傳：「胡騎入代句注邊，烽火通于甘泉長安。」

(58)漢書匈奴傳：「控弦之士三十餘萬。」師古曰：「控，引也。控弦，言能引弓者。」

59 漢書天文志：「斗爲帝車，運于中央，臨制四海。分陰陽，建四時，均五行，移節度，定諸紀，皆繫于斗。」

60 列子湯問篇：「斷鼇之足，以立四極。」

61 史記封禪書：「黄帝鼎成，有龍垂胡髯下迎帝。帝上騎，羣臣後宫從者七十餘人。餘小臣不得上，乃悉持龍髯，龍髯拔墮，墮黄帝之弓。百姓仰望，抱其弓與龍髯號。」漢書司馬相如傳：「下泝八埏。」孟康曰：「埏，地之八際也。」

62 樂史寰宇記：「潤州北固山，在丹徒縣北一里。南徐州記云：『城西北有别嶺，斗入江，三面臨水，號曰北固。』劉禎京口記云：『回嶺入江，懸水峻壁。舊北顧作固字，梁高祖云：作鎮作固，誠有其語。然北望海口，實爲壯觀，以理而推，宜改爲顧望之顧。』輿地志云：『天清景明，登之，望見廣陵城，如在青霄中，相去鳥道五十餘里焉。』」

63 左傳莊公十四年：「先君桓公命我先人典司宗祏。」杜預曰：「宗祏，宗廟中藏主石室。言己世爲宗廟守臣。祏，音石。」

64 胡銓上高宗封事：「臣有赴東海而死耳，寧能處小朝廷求活耶？」

65 晋書劉琨傳：「西都不守，元帝稱制江左，琨乃令長史溫嶠勸進。于是河朔征鎮夷夏一百八十人連名上表。」

66 左太冲吳都賦：「翼軫寓其精。」劉淵林曰：「翼軫，楚分。」

67 祝穆方輿勝覽：「灘水，湘水皆出海陽山而分源，南流爲灘，北流爲湘。」

68 度人經：「唯有元始浩刼之家，部制我界，繞乘玄都。」

69 程大昌續演繁露：「呂溫賛狄仁傑曰：取日虞淵，洗光咸池。蓋言仁傑復辟，如取夜日而復諸晨朝也。」

⑰ 後漢書西羌傳論：「羽書日聞。」臣賢曰：「羽書卽檄書。」

⑪ 譚掞邕筦溪峒雜記：「邕州左右兩江溪峒，舊謂之回道農家，蓋波州、武勒州、思浪州、七源州、回州皆農姓也。又謂之回道黄家，蓋安德州、歸樂州、田州、露城州四州，皆黄姓也。」

⑫ 王象之輿地紀勝：「秦併南越爲桂林縣地。漢平越，改桂林爲鬱林郡。唐太宗改南晉州爲邕州，以州近邕溪，因以爲名。」班孟堅東都賦：「戈鋋彗雲。」李善曰：「說文：『鋋，小矛也。』音澶。」

⑬ 後漢書光武紀：「赤眉別帥與大彤、青犢十餘萬衆在射犬，光武追擊，大破之。青犢、赤眉賊入函谷關攻更始。」

⑭ 元史順帝紀：「至正十一年五月辛亥，潁川妖人劉福通作亂，以紅巾爲號，陷潁川。」

⑮ 史記韓信傳：「魏王豹反。漢與楚約和，信伏兵從夏陽以木罌缻渡軍，襲安邑。豹驚，引兵迎信，信遂虜豹。」

⑯ 史記漢高祖紀：「遇番君別將梅鋗，與俱降析酈。」

⑰ 王象之輿地紀勝：「象州城門畫一白象，郡西山白雲，狀如白象，移時不滅。象州自昔不遭兵革，凡有大盜，皆相戒以不宜犯象鼻。」

⑱ 梁益州記：「雟州雟山，其地接諸蠻部，有烏蠻、秋蠻。」

⑲ 漢書彭宣傳：「倉頭廬兒。」孟康曰：「諸給殿中者，所居爲廬。倉頭侍從，因呼爲廬兒。」漢書終軍傳：「軍自請曰：『軍無横草之功，得列宿衛。』」

⑳ 漢書陳餘傳：「有廝養卒謝其舍曰：『吾爲二公說燕與趙王載歸。』」蘇林曰：「廝，取薪者也。養，養人者也。」蔡邕獨斷：「羣臣異姓有功封者，稱爲徹侯。武帝諱，改曰通侯，或曰列侯也。」

㉑ 庾子山哀江南賦：「孫策以天下爲三分，衆才一旅。」

(82)易履卦：「六三，履虎尾，咥人，凶。」

(83)隋書五行志：「陳未亡時，有一足鳥集于殿庭，以嘴畫地，文曰：獨足上高臺，盛草變成灰。獨足者，叔寶獨行無衆之應。盛草成灰者，陳政蕪穢，被隋火德所焚除也。叔寶至長安，館于都水臺，上高臺之義也。」

(84)獨異志：「梁武太清三年，侯景圍臺城，遠近不通。簡文與大器爲計，縛紙鳶飛空，告急于外。侯景謀臣王偉謂景曰：此必厭魅術，不然以事達于外。令左右善射者射之。及墮，皆化爲禽鳥，飛入雲中，不知所在。」

(85)左傳昭公二十五年：「公徒釋甲執冰而踞。」杜預曰：「言無戰心也。冰，櫝丸蓋。或云櫝丸是箭筩，其蓋可以取飲。」段柯古酉陽雜俎：「狒狒力負千斤，笑輒上吻掩額，狀如獼猴。作人言如鳥聲，能知死生。」

(86)投縋，見前註。北史蠕蠕傳：「蠕蠕，姓郁久閭氏。始神元末，掠騎有得一奴，忘本姓名，其主字之曰木骨閭。木骨與郁久閭相近，故後子孫因以爲氏。太武以其無知，狀類于蟲，又改其號曰蠕蠕。」

(87)龔開文宋瑞傳：「丙子二月三十日，宋瑞夜同其客杜滸皮廝役共十一人，以舟西走儀眞。三月一日，入儀眞城。後三日，郡守苗再興給宋瑞出境，經維揚，不見納，趨高沙道，歷七水寨，由泰至通州，遵海而南至溫州，謁景炎新主。」

(88)忠義集：「襄帥呂文煥降，李庭芝再鎭揚州。至元十二年，伯顏既下沿江諸郡，乃留阿木鎭瓜州，自以四月十三日入燕奏事。張世傑復常州，命劉師勇弁之，自帥舟師由海道向金山，約庭芝自揚州出兵向瓜州，殿帥張彥自常州向鎭江，期以五月一日，三路並進，與北師決死戰，奪江面以通淮、浙之脈。議已定，會連日西北風大作，庭芝疑海舟必乘風，已至金山，以四月廿八日命姜才率騎趨瓜州，世傑未至，才失勢，力戰不勝，還揚州。世傑如期至，則才兵已敗矣。獨彥爽約不出，淮事遂去。秋七月，才再出兵，又敗走，揚之精甲皆盡，關閉不出。會益王稱帝于福州，聞道召庭芝爲右相。庭芝命淮東朱煥代帥，自與才將輕騎趨通、泰，謀泛海歸福州。甫出城，煥即以揚州降。北兵亟追，庭芝僅得入泰州，重兵圍城，知州孫泰臣開門降，庭芝及才被執，俱不屈，械至揚州，斬庭芝而剮才，淮東諸郡皆降。」

⑧⑨ 南史檀道濟傳：「上疾動，義康矯詔付廷尉，道濟見收，憤怒氣盛，目光如炬，脱幘投地曰：乃壞汝萬里長城！」

⑨⓪ 莊子外物篇：「萇弘死于蜀，藏其血，三年而化爲碧。」

⑨① 東坡謝歐陽晦夫遺接羅琴枕詩：「白頭穿林要藤帽，赤脚渡水須花縵。」後漢書耿秉傳：「匈奴或至梨面流血。」臣賢曰：「梨即剺字。剺，割也。」枕尸，見左傳。

⑨② 柳子厚柳州峒氓詩：「青箬裹鹽歸洞客，綠荷包飯趁墟人。」

⑨③ 離騷：「索瓊茅以筳篿兮，命靈氛爲予占之。」王逸曰：「瓊茅，靈草也。筳，小折竹也。楚人名結草折竹以卜曰筳。」五臣曰：「筳，竹算也。」

⑨④ 宇文懋昭大金國志：「李若水將死，奪罵愈切。軍中相謂曰：大遼之破，死義者十數，今南朝惟李侍郎一人而已。」

⑨⑤ 魏志田疇傳：「劉虞爲公孫瓚所害。疇至，謁虞墓，哭泣而去。瓚大怒，購求獲疇。疇曰：旣滅無罪之君，又讎守義之臣。燕、趙之士，將皆蹈東海而死耳。」

⑨⑥ 吳越春秋：「范蠡乘扁舟出三江，入五湖，人莫知其所適。于是越王乃使良工鑄金象范蠡之形，置之坐側，朝夕與之論政。」

⑨⑦ 崖山志伍隆起傳：「元張弘範入廣州，隆起力戰，累日不沮潛，爲其下謝文子所殺，以其首降元。陸秀夫遣人收遺

骸，以木刻首續之，葬于文巡口山後。秀夫坐募得文子戮之，祭隆起之墓。故今人猶名其墳爲釘頭墳，村爲釘頭村云。」

98 後漢書律曆志：「候氣之法，爲室三重，戶閉，塗釁必周密，布緹縵。室中以木爲案，各律各一，內庳外高，從其方位，加律其上。以葭莩灰抑其兩端，案曆而候之。氣至者灰去，其爲氣所動者其灰散，人及風所動者其灰聚。」

99 博物志：「臨邛火井從廣五尺，深二三丈，投以竹木，可以取火。」

100 夷堅續志：「宋高宗，徽宗第九子也。宣和二年封康王。靖康之變，康王嘗質金人軍中。金國太子與康王同出射，連發三矢皆中。金太子驚，默計曰：宋太子生長深宮，鞍馬非其所長，今善射如此，意南朝特選宋室中長于武藝者冒名爲質，必非眞也。留之無益，不如遣還。高宗由是得逸，易服間道奔竄，足力疲，因假寐于崔府君廟堦下，夢神報曰：金人追將至，必速去之。已備馬門首，王急行，毋爲所及。康王驚覺，則馬已在側，王踊躍上馬，疾馳而南，一日行七百里，渡河而馬不前，下視之，則泥馬也。」

101 通鑑：「太子旣留，莫知所適，建寧王倓曰：殿下昔嘗爲朔方節度大使，將吏歲時致啓，倓略識其姓名。朔方道近，士馬全盛，裴冕衣冠名族，必無貳心。速往就之，徐圖大舉，此上策也。」

102 左傳哀公元年：「伍員曰，少康逃奔有虞，虞思妻之以二姚而邑諸綸。」

103 漢書天文志：「熒惑與歲星鬬，有病君飢歲。」

104 史記天官書：「其東有大星曰狼，狼角變色，多盜賊。下有四星曰弧，直狼。」

105 葉隆禮契丹志：「長白山，在冷山東南千餘里，蓋白衣觀音所居。其山禽獸皆白，黑水發源于此。」

⑩⑥ 史記天官書：「昴曰旄頭，胡星也。」

⑩⑦ 小雅六月詩：「飲御諸友。」箋云：「御，侍也。王飲之酒，使其諸友恩舊者侍之。」

⑩⑧ 王仲寶褚淵碑文：「給節羽葆鼓吹班劍爲六十人。」五臣曰：「班劍，木劍無刃，假作劍形，畫之以文，故曰班也。」

⑩⑨ 後漢書馬援傳：「援曰：男兒要當死于邊野，以馬革裹屍還葬耳。」

⑪⓪ 漢書百官公卿表：「金璽盭綬。」如淳曰：「盭，音戾，盤綠也，以綠爲質。」晉灼曰：「盭，草名也，似艾可染綠，因以爲綬名也。」

⑪① 蔡邕獨斷：「侍中常侍皆冠惠文，加貂附蟬。」

⑪② 屈原九歌：「傳芭兮代舞。」王逸曰：「芭，巫所持香草名也。代，更也。言祠祀作樂歌，巫持芭而舞訖，以復傳與他人更用之也。」

⑪③ 莊子大宗師篇：「傅說得之以相武丁，奄有天下，乘東維，上箕尾，而比于列星。」

⑪④ 說文：「媊，昨先切。」甘氏星經曰：「太白上公妻曰女媊。」

⑪⑤ 傅季友爲宋公至洛陽謁五陵表：「既開翦荆棘，繕修毀垣，職司既備，蕃衛如故。」

⑪⑥ 南部新書：「張巡、許遠，宋州立血食廟，謂之雙廟。」

⑪⑦ 左傳文公十七年：「古人有言曰：畏首畏尾，身其餘幾？」

⑪⑧ 後漢書邊韶傳：「韶曾晝日假寐，弟子私嘲之曰：邊孝先，腹便便。懶讀書，但欲眠。」

⑪⑨ 記禮運：「升屋而號。」

⑫⓪ 樂天東南行：「書床鳴蟋蟀，琴匣網蜘蛛。」

(121) 庾信哀江南賦：「豈冤禽之能塞海，非愚叟之可移山。」

(122) 見史記魯仲連傳。

(123) 左傳昭公七年：「晉人來治杞田，季孫將以成與之。謝息爲孟孫守，不可，曰：人有言曰：雖有挈瓶之知，守不假器，禮也。夫子從君而守臣喪邑，雖吾子亦有猜焉。」

(124) 左傳昭公十七年：「吳伐楚，戰于長岸，大敗吳師，獲其乘舟餘皇。」杜預曰：「餘皇，舟名。」

(125) 公羊哀公十四年：子路死，子曰：「噫！天祝予！」何休曰：「祝，斷也。」

(126) 鮑明遠賦：「埋魂幽石，委骨窮塵。」

(127) 樂府諸葛亮梁父吟：「步出齊城門，遙望蕩陰里。里中有三墓，累累正相似。問是誰家墓，田疆古冶子。力能排南山，文能絕地紀。一朝被讒言，二桃殺三士。誰能爲此謀？國相齊晏子。」

(128) 少陵八公詩序：「傷時盜賊未息，興起王公李公，嘆舊懷賢，終于張相國。八公前後存沒，遂不詮次焉。」

(129) 後漢書溫序傳：「序長子壽，夢序告之曰：久客思鄉里。壽即棄官，上書乞骸骨歸葬。」

(130) 潘安仁馬汧督誄註：「李善曰：晉書：汧督馬敦，立功孤城，爲州司所枉，死于囹圄。岳誄之。」

(131) 僧釋之金壺記：「漢劉向，字子政，曰：殺青竹簡書之。新竹有汗，後皆蠹，故作者于火上炙乾以書之。」

(132) 南史何尚之傳：「何點居東籬，園有忠貞冢，點種花于冢側，每飲必酬之。」

東陸兆登二兄問疾

清齋服散比如何①？詩律書籤可折磨？庭葉喻身知幻少〔一〕，窗禽說法苦空多。落花風入茶烟細，擣藥聲依棋響和。自笑衰翁但求食②，中時頻欲詣維摩。

【校記】

〔一〕各本作「少」，箋注本作「在」。

【箋注】

①世說言語篇：「何平叔云：服五石散，非惟治病，亦覺神明開朗。」

②維摩詰經：「須菩提白佛言：憶念我昔入其舍從乞食，時維摩詰取我鉢盛飯，謂我言：若覩于食等者，諸法亦等，諸法等者，于法亦等。如是行乞，乃可取食。」

孟陽冢孫念修自松圓過訪口占送別二首

松圓孫子見扶牀①，執手驚看似我長。有幾故人今宰木②，無多世界又滄桑。何年漬酒澆丘壠③？舊日題詩漫草堂④。已悟前塵知〔一〕影事，臨風收却淚千行。

【校記】

〔一〕各本作「知」，金匱本作「如」。

【箋注】

①樂府焦仲卿詞：「新婦初來時，小姑始扶床。」

②公羊：「宰上之木拱矣。」何休曰：「宰，冢也。」

③劉孝標廣絕交論：「門罕漬酒之彥。」李善曰：「謝承後漢書：『徐穉有死喪，負笈赴弔。常于家預炙雞一隻，一兩

綿漬酒，日中曝乾以裹雞，徑到所赴家，隨以水漬之，使有酒氣，升米飯，白茅藉，以雞置前，酹酒畢，留謁即去，不見喪主。』」

④崇禎辛巳，公與孟陽訂黃山之游，約以梅花時相尋于武林之西溪。踰月而孟陽不至，公遂挾吳去塵等以行。歸過長翰山中，訪松圓故居，題詩屋壁。舟抵桐江，始遇孟陽，推篷夜話而別。

禪榻書窗面石城①，香燈茶椀記逢迎。朝陽有客尋聞詠②，落日何人看耦耕？碧血夜臺應面慰，絳雲灰劫定魂驚。千愁萬恨從鉤鎖，棖觸今朝爲汝行③。

【箋注】

①石城，見前注。

②山莊舊有聞詠亭，取老杜「詩罷聞吳詠」之句。

③謝惠連祭古冢文：以物棖撥之。李善曰：「棖，杖也。南人以物觸物爲棖。」

奉常王烟客先生見示西田園記寄題十二絕句〔一〕

天寶繁華噩夢長，西田茅屋是〔二〕西莊①。最憐清夜禪燈畔，村犬聲如華子岡②。

【校記】

〔一〕遂本、鄒鎡序本、金匱本題如此。箋注本題作「婁江王奉常西田圖詩八首」。〔二〕遂本、鄒鎡序本作「是」，箋注本作「儗」，金匱本作「似」。

【箋注】

① 少陵崔氏東山草堂詩：「何爲西莊王給事，柴門空閉鎖松筠？」雍錄：「輞川在藍田縣西南二十里，王維別墅在焉，本宋之問別圃也。」

② 王摩詰山中與裴迪秀才書：「夜登華子岡，輞水淪漣，與月上下。寒山遠火，明滅林外。深巷寒犬，吠聲如豹。村墟夜舂，復與疎鐘相間。」

竹暗花明斷刼灰，夕陽多處草堂開。湘簾蕩日春風卷，依舊烏衣燕子來①。

【箋注】

① 劉禹錫烏衣巷詩：「朱雀橋邊野草花，烏衣巷口夕陽斜。舊時王謝堂前燕，飛入尋常百姓家。」

香稻菴前穲稏香①，秋原天外耦耕堂。閒來判斷人間事，只有爲農氣味長。

【箋注】

① 杜牧之郡齋獨酌詩：「穲稏百頃稻，西風吹半黄。」注曰：「穲稏，稻名。」

池亭花木轉清鮮，玉石從教崑火燃。可是寂光長住土，不同變壞惱諸天〔一〕。

【校記】

〔一〕此首各本有，亦收于外集卷一。箋注本無。

江岸縈廻籬落斜，相門何異故侯家？郊原初得〔二〕嘉賓會，自擷東陵子母瓜①。

【校記】

〔二〕各本作「得」，箋注本作「日」。

【箋注】

① 阮嗣宗詠懷詩：「昔聞東陵瓜，近在青門外。連畛距阡陌，子母相鈎帶。」

縹囊玉軸亞朱闌，若〔一〕酒吳虀竟日歡。好事客來頻看畫，不將寒具列〔二〕盤餐〔三〕。

【校記】

〔一〕各本作「若」，外集作「湌」。〔二〕各本作「列」，外集作「到」。〔三〕此首各本有，亦收于外集卷一。箋注本無。

列檻虞山近可呼，野烟村火見平蕪。閒窗潑墨支頤坐，自寫秋槐〔一〕落葉圖①。

【校記】

〔一〕各本作「懷」，箋注本作「槐」。

【箋注】

① 明皇雜錄：「天寶末，賊陷西京。祿山大會凝碧池，梨園弟子欷歔泣下。樂工雷海青擲樂器西向大慟，賊支解于試馬殿。王維拘于菩提寺，賦詩曰：『萬戶傷心生野烟，百官何日再朝天？秋槐葉落空宮裏，凝碧池頭奏管絃。』」

閟閣香燈小築幽，金函神祖御書留①。吉祥雲海茅茨裏②，長湧神光鎮斗牛。

【箋注】

① 奉常家藏神宗御劄。

② 吉祥雲海，見本卷齋詩注。

滄海波如古井瀾，圯橋流水去漫漫。世人苦解人間事，家世紛紛說相韓①。

【箋注】

① 史記留侯世家：「悉以家財求客刺秦王，爲韓報仇，以大父、父五世相韓故。」

尙璽東華夢斷時，軟紅塵土正迷離①。藥欄大有翻堦藥，留與春風印紫泥②。

【箋注】

① 東坡從駕景靈宮詩：「軟紅猶戀屬車塵。」

② 葛洪西京雜記：「中書以武都紫泥爲璽寶，加綠綈其上。」

綠水紅蓮卽鳳池，朝陽刷羽競長離〔一〕。梧桐百尺饒雞樹，要宿從他揀一枝〔二〕。

【校記】

〔一〕外集作「離」，各本作「籬」。　〔二〕此詩各本有，亦收于外集卷一。箋注本無。

標峯置嶺看參差，幻出〔一〕丹青畫裏詩。還向右丞參半偈，水窮雲起坐行時〔二〕。

【校記】

〔一〕外集作「出」，各本作「甚」。　〔二〕此詩各本有，亦收于外集卷一，箋注本無。

京口觀棋六絕句　爲梁谿弈師過百齡作。

國手今觀〔一〕袖手時，三山秋老鬢成絲。明燈相照渾如夢，空局悠然未有期①。

【校記】

〔一〕各本作「觀」，箋注本作「看」。

【箋注】

①樂府子夜歌：「明燈照空局，悠然未有期。」

八歲童牙上弈壇①，白頭旗纛許誰干？年來覆盡楸枰譜②，局後方知審局〔一〕難。

【校記】

〔一〕各本作「局」，金匱本作「勢」。

【箋注】

①後漢書崔駰傳：「甘羅童牙而報趙。」臣賢曰：「童牙，謂幼小也。」

②廣川畫跋：「秘閣有覆局圖，畫法甚古。余爲書曰：『此宋文帝棋圖也。羊玄保爲會稽太守，帝遣褚思莊入東，與玄保戲，因製局圖，還于帝前覆之。即此圖也。』」

烏榜青油載弈師①，東山太傅許追隨。風流宰相淸平世②，誰識防〔一〕邊一着棋？

記福清葉文忠公事。

【校記】

〔一〕遂本、箋注本作「防」，鄒鎡序本、金匱本作「沿」。

【箋注】

①東坡寒食至湖上詩：「烏榜紅舷早滿湖。」

②南史王曇首傳：「王儉嘗謂人曰：江左風流宰相，惟有謝安。蓋自況也。」

渭津方罫擅長安①，紗帽褒衣揖漢官②。今日向君談古事，也如司隸舊衣冠③。

【箋注】

①韋嗣弘博弈論：「所務不過方罫之間。」李善曰：「桓譚新論曰：『下者守近趣作，罫自生于小地，猶薛公之言黥布反也。』」

②中華古今注：「武德九年十一月，太宗詔曰：『自今以後，天子服烏紗帽。百官士庶，皆同服之。』」漢書雋不疑傳：「褒衣博帶。」師古曰：「褒，大裾也。」

③後漢書光武紀：「更始將北都洛陽，以光武行司隸校尉。時三輔吏士見諸將過，皆冠幘而服婦人衣，皆非笑之。及見司隸僚屬，歡喜不自勝，老吏或垂涕曰：不圖今日復見漢官威儀。」

狠石千年局已陳①，孫劉只合賭侵分。不過幾着粗能了，賺殺人間看弈人②。

【箋注】

①東坡甘露寺詩：「狠石臥庭下，穹隆如伏羱。」施宿曰：「潤州類集輿地志：『石羊巷在城南，吳時孫氏隧道也。』劉備詣孫權，權與俱獵，因醉，各據一羊。』羅隱石羊詩：『紫髯桑蓋此沉吟，狠石猶傳事可尋。』」

②段柯古酉陽雜俎：「盜發蜀先主墓，見兩人張燈對弈，一人顧曰：爾飲乎。乃各飲以一杯，兼乞與玉腰帶數條。盜出外，口已漆矣，帶乃巨蛇也。視其穴已如舊。」

金山戰罷鼓桴停，傳酒爭誇金鳳瓶①。此日江山紆白髮，一枰殘局兩函經。

【箋注】

①李幼武名臣言行錄別集：「韓世忠與兀朮相持于黃天蕩，世忠以海艦進泊金山下。虜不得渡，乃求與世忠語，世

忠酬答如響，時于所佩金鳳瓶傳酒縱飲示之。」

寄懷嶺外四君詩

金道隱使君 金投曹溪爲僧

朔雪〔一〕横吹銅柱殘①，五溪雲物淚沈瀾②。法筵臘食仍周粟③，壞色條衣亦漢官④。畢落禪枝除鴿怖⑤，多羅佛鉢護龍蟠⑥。菰蘆一老香燈畔⑦，遥祝金輪共夜闌⑧。

【校記】

〔一〕各本作「雪」，箋注本作「氣」。

【箋注】

① 水經注：「俞益期箋曰：『馬文淵立兩銅柱于臨邑崖北，山川移易，銅柱今復在海中。』林邑記曰：『建武十九年，馬援樹兩銅柱于象林南界，與西屠國分，漢之南疆也。』」

② 御覽：「十道志曰：『故老云：楚子滅巴子，兄弟五人，流入黔中。漢有天下，名曰酉辰，王武、沅等五溪，爲一溪之長，故號五溪。』」

③ 翻譯名義集：「四天以佛從天降下王宫之日，供養佛食，名佛臘食。」

④ 薩婆多論：「大衣分三品。九條十一條十三條，兩長一短名下品；十五條十七條十九條，三長一短名中品；二十一條二十三條二十五條，四長一短名上品。」

⑤翻譯名義集：「畢利叉，亦名畢落叉。本行經云：『是時摩耶夫人立地，以手執波羅大樹枝，即生菩薩。』」庾信安昌寺碑：「禪枝四靜，慧窟三明。」少陵遊修覺寺詩：「禪枝宿衆鳥。」大智度論：「舍利弗因緣佛在祇洹住，晡時經行，舍利弗從。有鷹逐鴿，鴿飛來佛邊住。佛影覆鴿，鴿身安穩，怖畏即除。後舍利弗影到，鴿便作聲，顫怖如初。佛言汝三毒習氣未盡，以是故，汝影覆時，恐怖不除。」

⑥長水金剛纂要刊定記：「梵語鉢多羅，此云應量器。是過去維衛佛鉢，龍王將在宮中供養。釋迦成道，龍王送至海水上，四天王欲取，化爲四鉢，各得一鉢，以奉如來。如來受已，重疊四鉢在左手，以右手按，合成一鉢。」

⑦建康實錄：「殷禮與張溫使蜀，諸葛亮見而嘆曰：江東菰蘆中，生此奇才！」

⑧永明壽禪師心賦：「大業機關，金輪種族。」注曰：「釋迦佛是金輪王之種。一鉢和尚歌云：『萬代金輪聖天子，這祇眞如靈覺是。』」

劉客生詹端

桑蓋童童〔一〕捧日年①，橫經演誥已流傳②。叔皮河隴推符〔二〕命③，越石幽幷抗表〔三〕箋。蜀國有烟嘘火井④，秦庭無淚洒冰天⑤。鍾山舊日追遊地，金粟堆前叫杜鵑⑥。

【校記】

〔一〕箋注本作「童童」，各本作「重重」。　〔二〕箋注本、邃本、金匱本作「推符」，鄒鎡序本作「虛推」。

〔三〕箋注本、邃本、金匱本作「抗表」，鄒鎡序本作「枉抗」。

【箋注】

①蜀志先主傳：「舍東南角籬上，有桑樹生，高五丈餘，遙望見童童如小車蓋。」

②漢書劉向傳：「詔向領校中五經秘書。向見尚書洪範箕子爲武王陳五行陰陽休咎之應，乃集合上古以來歷六國至秦、漢符瑞災異之記，推迹行事，連傳禍福，著其占驗，比類相從，各有條目，凡十一篇，號曰洪範五行傳，論奏之。」

③後漢書班彪傳：「彪字叔皮，隗囂擁衆天水，乃避難從之。彪既疾囂言，又傷時方艱，乃著王命論，以爲漢德承堯，有靈命之符，王者興祚，非詐力所致，欲以感之，而囂終不悟。」

④火井，見前注。

⑤江文通雜體詩：「聲教燭冰天。」李善曰：「淮南子：『八紘，北方爲積冰。』」

⑥少陵韋諷宅觀畫馬歌：「金粟堆前松柏裏，龍媒去盡鳥呼風。」長安志：「明皇泰陵在蒲城東北三十里金粟山。」

姚以式侍御

論交直並紀羣看①，隔歲音書蠟紙殘。捧日君能依北戶，臨風我自滯南冠。三湘天轉紅雲近②，八桂風迴白簡寒③。衰晚尚期持斗酒，屬車塵下候回鑾④。

【箋注】

①魏志陳羣傳：「魯國孔融，才高倨傲。年在紀、羣之間，先與紀友，後與羣交，更爲紀拜，由是顯名。」

②顏延年北使洛詩：「三湘淪洞庭。」

③山海經：「桂林八樹在番禺東。」郭璞曰：「八桂而成林，言其大也。」任彥昇奏彈曹景宗文：「謹奉白簡以從。」

④ 少陵傷春詩：「豈無嵇紹血，霑灑屬車塵。」

詠東皐新竹寄留守孫翰簡

笋根苞粉尙離離，裂石穿雲〔一〕嶺外知。祖榦雪霜催老節，孫篁烟靄護新枝。紫泥汗簡連編綴，青社分符奕葉垂①。昨夜春雷喧北戶，老夫欣賦籜龍〔二〕詩②。

【校記】

〔一〕各本作「雲」，箋注本作「霄」。　〔二〕各本作「龍」，鄒鎡序本作「生」。

【箋注】

① 蔡邕獨斷：「封東方諸侯，則割青土，藉以白茅，授之以立社，謂之茅土。」

② 盧仝寄抱孫詩：「竹林吾最惜，新筍好看守。萬籜包龍兒，攢迸溢林藪。」

嘉禾訪梅溪大山禪人四絕句

虎落横斜瓜荳繁①，望窮竹〔一〕徑始知門。若非亭午齋鐘出②，錯認陶家栗里村。

【校記】

〔一〕各本作「竹」，箋注本作「行」。

【箋注】

① 漢書晁錯傳：師古曰：「虎落者，以竹篾相連，遮落之也。」

② 孫興公遊天台山賦：「羲和亭午。」五臣曰：「亭，至也。」

一坐依然小刦成①，蓮花漏裏六時更。石林盡日看花雨②，才到人間是甲兵。

【箋注】

① 太白遊昌禪師山池詩：「一坐度小刼，觀空天地間。」

② 王象之輿地紀勝：「石林，在烏程縣卞山，葉夢得所居。」

殘生何意欵禪扉，白犬青猿昔夢違①。鄒魯冠裳凋落盡，此中還有七條衣。

【箋注】

① 五燈會元：「千歲寶掌和尚晚居浦江寶岩，與朗禪師友善。師以白犬馳書，朗以青猿爲使令，故題朗壁云：白犬馳書至，青猿洗鉢迴。」

青青竹色覆窗楞，相對閒看穴紙〔一〕蠅①。莫怪機鋒都未接②，老夫原是啞羊僧③。

【校記】

〔一〕遼本、箋注本作「穴紙」，鄒鎡序本、金匱本作「紙穴」。

【箋注】

① 東坡次定慧欽長老見寄之詩：「鈎簾歸乳燕，穴紙出癡蠅。」

② 楊億傳燈錄序：「機緣交激，若柱于箭鋒；智藏發光，旁資于鞭影。」

③ 大智度論：「摩訶比丘僧，是僧四種，有羞僧，無羞僧，啞羊僧，實僧。持戒不破，身口清淨，能別好醜，未得道，是

名有羞僧。破戒，身口不淨，無惡不作，是名無羞僧。雖不破戒，鈍根無慧，不別好醜，不知輕重，不知有罪無罪，若有所事，二人共諍，不能斷決，默然無言，譬如白羊，不能作聲，是名啞羊僧。若學人，若無學人，住四果中，行四向道，是名實僧。」

吳巨手卍齋詩

嘉禾城頭陣雲黑①，宣公橋上飛霹靂②，南湖春水漲綠波，骨拒骸枝血流赤。人民城郭總萋迷，華觀瓊臺長蒺藜。幾家高戶無蛛網？是歲空梁少燕泥。吳生卍齋只尋丈③，卍字闌干獨無恙。取次縹囊結古香，依然墨沼翻雲浪。人言兵燹旁午時④，簾閣欄楯光陸離。即看雲物常虧蔽，或有天龍好護持。我聞如來妙心海⑤，吉祥卍字雲鬘鬘⑥。放光常使地獄空⑦，閱世何憂市朝改。君觀胸中卍字無？摩醯三眼認天樞⑧。天上應無逃刦地，人間那得辟兵符⑨。

【箋注】

① 即檇李。吳黃龍四年，有嘉禾生于其地，故曰禾興。太子後諱禾，改名嘉興。

② 祝穆方輿勝覽：「東萊呂祖謙記云：『陸贄，蘇州嘉興人。今城東橋有以宣公名者，相傳即公所生地也。』」魏志袁紹傳：「太祖發石車擊紹樓皆破，紹衆號曰霹靂車。」

③ 周語：「其察色也，不過墨丈尋常之間。」韋昭曰：「五尺爲墨，倍墨爲丈。八尺爲尋，倍尋爲常。」

④漢書霍光傳：「使者旁午。」如淳曰：「旁午，分布也。」師古曰：「一縱一横爲旁午，猶言交横也。」

⑤清涼華嚴疏鈔：「衆生藏識，皆名心海。」

⑥翻譯名義集：「如來胸臆有大人相，形如卍字，名吉祥海雲。卍是西域萬字，謂吉祥萬海之所集也。」

⑦法華經序品：「爾時佛放眉間白毫相光，照東方萬八千世界，靡不周徧，下至阿鼻地獄，上至阿迦尼吒天。」

⑧清涼華嚴疏鈔：「大自在者，梵云摩醯首羅是也。于三千界最自在故。智論第二云：『此天有八臂三目，乘白牛，執白拂，一念之間，能知大千雨滴。』」

⑨抱朴子：「辟五兵之道，以五月五日作赤靈符著心前。」

朱五〔一〕藏名酒肆自號陶然余爲更之曰逃禪戲作四小詩

茫茫持耳翁，落落攢眉友①。欲逃東林〔二〕禪，聊止南村酒。

【校記】

〔一〕鄒鎡序本、金匱本「五」下有「兄」字，邃本、箋注本無。〔二〕邃本、箋注本作「林」，鄒鎡序本、金匱本作「鄰」。

【箋注】

①釋氏通鑑：「陶淵明時訪遠公，公愛其曠達，招之入社。陶性嗜酒，謂許飲即來。遠許之。陶入山久之，以山無酒，攢眉而去。」

布袋爲世界①，米汁是好友②。會逃彌勒禪，肯醉聲聞酒③。

【箋注】

①傳燈錄：「布袋和尚者，未詳氏族，常以杖荷一布囊，凡供身之具，盡貯囊中。梁貞明二年，師將示滅，于嶽林寺東廊下，端坐磐石，而說偈曰：『彌勒眞彌勒，分身千萬億。時時示時人，時人自不識。』」

②少陵飲中八仙歌：「蘇晉長齋繡佛前，醉中往往愛逃禪。」黄鶴千家註曰：「蘇晉學浮屠術，嘗得胡僧慧澄繡彌勒佛一本，晉寶之，嘗曰：『是佛好飲米汁，正與吾性合，吾願事之，他佛不愛也。』常于市中飲酒食猪首，時人無識之者。」

③王摩詰胡居士卧病詩：「既飲香積飯，不醉聲聞酒。」

投壺笑玉女，採花嗔惡友。且逃天宮禪，莫釀修羅酒①。

【箋注】

①翻譯名義集：「雜寶藏法華疏云：『阿修羅採四天下華，醞于大海，魚龍業力，其味不變，嗔妬誓斷，故言無酒。』」

金粟是前〔一〕身，青蓮亦好友。長逃酒肆禪①，誰沽夜臺酒②？

【校記】

〔一〕各本作「爾」，箋注本作「前」。

【箋注】

①太白答湖州迦葉司馬詩：「青蓮居士謫仙人，酒肆逃名三十春。湖州司馬何須問，金粟如來是後身。」

②太白哭善釀紀叟詩：「紀叟黄泉裏，還應釀老春。夜臺無李白，沽酒與何人？」

胥山草堂詩爲徐次桓作

我歎嘉禾徐亦于，書生口欲吞玄菟①。蠅頭自寫梨庭〔一〕策②，牛背偏懸長白圖。一朝旅病無端死，自笑身亡克〔二〕汗喜。陰符蛛篋殉泉臺，秋卷牛腰付兒子③。有子長貧手一編，腰鐮負米妻江邊。每循伍員耕時野④，自種要離墓畔田⑤。胥山草堂困沮洳，墨瀋書籤氣軒翥⑥。批風抹月時出遊⑦，兒啼婦呻且歸去。胥江水接語〔三〕溪湄⑧，家祭〔四〕無忘劍渭思⑨。莫將鼓角風雲氣，銷與香奩金粉詩。

【校記】

〔一〕箋注本作「犂庭」，各本作「治安」。　〔二〕邃本、箋注本作「克」，鄒鎡序本、金匱本作「合」。　〔三〕箋注本作「語」，各本作「浯」。　〔四〕邃本、箋注本作「家祭」，鄒鎡序本、金匱本作「每飯」。

【箋注】

① 樂史寰宇記：「遼東，戰國時燕地，面帶方、眞番、玄兎，皆漢之郡，後皆爲東夷之地矣。」

② 漢書匈奴傳：「揚雄上書曰：固已犂其庭，掃其閭。」

③ 太白贈王歷陽詩：「書禿千兎毫，詩裁兩牛腰。」

④ 史記吳太伯世家：「子胥退而耕于野，以待專諸之事。」

⑤ 後漢書梁鴻傳：「鴻至吳，依皐伯通。及卒，伯通等爲求葬地于要離冢旁，咸曰：要離烈士，伯鸞清高，可令相近。」

⑥山谷初春書懷詩：「半池墨瀋臨章草。」劉勰文心雕龍：「固已軒翥詩人之後。」

⑦東坡和何長官六言絶句：「貧家何以娛客？但知抹月批風。」

⑧大明一統志：「語溪，在崇德縣東南，一名語兒中涇。」

⑨放翁示兒絶句：「死去原知萬事空，但悲不見九州同。王師北定中原日，家祭無忘告乃翁。」陸放翁有劍南、渭南二集。

贈盧子繇

雲物關河報歲更，寒梅逼坐見平生。眉間白髮垂垂下，巾上青天故故明①。老去閉門〔一〕聊種菜②，朋來參語似班荆③。楞嚴第十應參〔二〕遍，已悟〔三〕東方雞後鳴④。

【校記】

〔一〕箋注本、金匱本作「門」，邃本、鄒鎡序本作「行」。

〔二〕邃本、箋注本、金匱本作「參」，鄒鎡序本作「三」。

〔三〕邃本、箋注本、金匱本作「悟」，鄒鎡序本作「後」。

【箋注】

①司馬圖修史亭絶句：「烏紗巾上是青天。」

②蜀志先主傳：「曹公數遣親近密覘諸將。備時閉門，將人種蕪菁。使既去，備謂張飛、關羽曰：吾豈種菜者乎？開後栅，與飛等輕騎俱出。」

③漢書楊敞傳：「敞夫人與延年參語許諾。」師古曰：「三人共言，故云參語。」左傳襄公二十六年：「班荆相與食，而

言復故。」杜預曰：「班，布也。布荆坐地，共議歸楚事。」
④見首楞嚴經。雞後鳴者，天將曉也。

雲將老友納妾

詩人常爲燕鶯忙①，煖老初知燕玉良②。松柏同心憐夜永〔一〕③，桃花結子愛春陽④。含嚬只益蛾眉好，搔背何妨鳥爪長⑤。劇喜籛翁年八百⑥，尙餐雲母媚紅粧。

【校記】

〔一〕邃本、鄒鎡序本作「永夜」，箋注本、金匱本作「夜永」。

【箋注】

①石林詩話：「張子野居錢塘，年八十餘，猶蓄聲伎。子瞻贈以詩，有『詩人老去鶯鶯在，公子歸來燕燕忙』之語，全用張氏故事戲之。」

②少陵獨坐詩：「煖老須燕玉。」趙傁曰：「燕玉，婦人也。詩：『燕、趙多佳人，美者顏如玉。』」

③樂府蘇小小歌：「何處結同心？西陵松柏下。」

④王建宮詞：「自是桃花貪結子，錯教人怨五更風。」

⑤葛洪神仙傳：「麻姑手爪不如人爪形。蔡經心中私言，若背大癢時，用此爪以爬背，當佳也。方平已知，即使人牽經鞭之。」

⑥葛洪神仙傳：「彭祖姓籛名鏗，善補養導引之術，服水桂雲母粉麋鹿角，常有少容。去殷時，年七百七十歲，非壽

終也。」

壯遊贈顧南金

餘生殘刼共悽惶，彈鋏欣然笑束裝。鐵鎖沉沙論虎鬭①，樓船削柹認龍驤②。前期客有班荆好，首路人誰贈策長③？三國江山猶赤壁，扣舷爲我問周郎④。

【箋注】

① 杜牧之赤壁詩：「折戟沉沙鐵未消。」史記春申君傳：「上書説秦昭王曰：天下莫强于秦、楚。今聞大王欲伐楚，此猶兩虎相與鬭，而駑犬受其弊。」

② 晉書王濬傳：「武帝謀伐吴，詔濬修舟艦。濬造舡于蜀，其木柹蔽江而下。尋以謡言，拜濬爲龍驤將軍。吴人于江險磧要害之處，並以鐵鎖横截之。又作鐵錐，暗置江中，以逆距舡。濬乃作大筏先行，錐輒著筏去。又作火炬，遇鎖燒之，須臾鎔液斷絶，舡無所礙。」

③ 顔延年北使洛詩：「首路跼險難。」左傳文公十三年：「晉人患秦之用士會，使魏壽餘僞以魏叛者，以誘士會。繞朝贈之以策，曰：子無謂秦無人，吾謀適不用也。」

④ 吴志周瑜傳：「瑜時年二十四，吴中皆呼爲周郎。」

東皋老僧

春深花柳隱東皐，獨抱軍持護寂寥。一室香燈塵刹在①，六時梵唄刼輪銷②。枝頭怖鴿依林木，鉢裏眠龍應海潮。天眼定中常不昧③，金輪時見鬼神朝④。

【箋注】

① 華嚴經世主妙嚴品：「十方刹海微塵數。」

② 法苑珠林四洲篇：「大地依水輪，水依風輪，風依空輪，空無所依。」

③ 劉禹錫和宣上人放榜詩：「借問至公誰印可？支郎天眼定中看。」

④ 首楞嚴經：「彼金寶者，明覺立堅。故有金輪，保持國土。」

七十答人見壽〔一〕

七十餘生底自嗟？有何鱗爪向人誇①？驚聞窸窣牀頭蟻②，羞見彭亨道上蛙③。著眼空花多似絮，撑腸大字少於瓜④。三生悔不投胎處，罩飯僧坊賣餅家⑤。

【校記】

〔一〕 鄒鎡序本、金匱本題下注「辛卯」二字，邃本、箋注本無。

【箋注】

① 唐詩紀事：「長慶中，元微之、劉夢得、韋楚老同會樂天舍，各賦金陵懷古詩。劉滿飲一盃，飲已即成。白公覽詩曰：『四人探驪龍，子先獲珠，所餘鱗爪何用耶？』于是罷唱。」

② 世說紕繆篇：「殷仲堪父病虛悸，聞床下蟻動，謂是牛鬬。」

③ 石鼎聯句詩：「豕腹漲彭亨。」

④ 東坡虔州呂倚承事詩：「飢來對空案，一字不堪煮。枯腸五千卷，磊落相撐拄。」

⑤ 傳燈錄：「澧州龍潭崇信禪師，本渚宮賣餅家也。初悟和尚居天皇寺，師家于寺巷，常日以十餅饋之，悟受之。每食畢，常留一餅，曰：吾惠汝，以蔭子孫。師自念曰：餅是我持去，何返遺我？造而問焉，悟曰：是汝持來，復汝何咎？師聞之，頗曉玄旨，因請出家。」

有學集卷五

敬他老人詩集

和墨香秋興卷二首

成化中，嘉興姚侍御公綬爲許進士廷冕題墨菊卷，周桐村鼎、沈石田周、張給事寧皆有詩屬和，呂太常㦤二律尤佳。太常諸孫天遺，從市人購得，寄示索題。敬次諸公韻二首，以識仰止。追感世，懷君子，采苓風雨，良有感託〔一〕云爾。

白石桐村舊作家①，叢殘香墨似飛花。流連文酒風心在②，想像承平劫夢賒。南國詞人矜麗藻③，東城父老説繁華④。百年天地留詩卷，極目雲烟過晚鴉。

【校記】

〔一〕邃本、箋注本、金匱本作「託」，鄒鎡序本作「話」。

【箋注】

①啓南晚年自號白石翁。周鼎，字伯器，姚綬，字公綬，天順末進士，俱嘉善人。張寧，字靜之，海寧人，景泰五年進士。伯器以掾曹得官，沭陽伯金忠辟置幕下，從征閩寇。晚年遨遊三吳，賣文爲活，以老壽終。門人史鑑用柳文例，志其墓，曰桐村覊室紀蓋石文。盧氏雜記：「王縉好與人作碑誌，有送潤毫，誤叩王維門，維曰：大作家在那邊者。」

②玉臺集沈約雜詠：「風心動燕姬。」

③南國，見前注。

④陳鴻作東城老父傳。

綈几奚囊賞鑒家①，横窗卷軸對黄花。卽看殘夢爭言好，自說〔一〕千金未許賒。先友成弘同石表②，秋容籬落異年華。奉常佳句君能詠，一看南山色似鴉。是奉常詩落句。

【校記】

〔一〕邃本、鄒鎡序本作「說」，箋注本、金匱本作「詑」。

【箋注】

①葛洪西京雜記：「天子玉几，冬則加綈錦其上，謂之綈几。」

②柳子厚先君石表陰先友記。東坡云：「子厚記其先友六十七人于其墓碑之陰，考之于傳，卓然知名者蓋二十人。」

天遺家籬菊盛開邀諸名士作黄花社奉常公墨菊卷適歸几上諸子倚原韻賦詩題曰東籬秋興而屬余和之

占斷秋光是汝家，清尊雅奏爲籬花。佳賓自至何煩約，笑口常開不用賒。酒盞潤如分露液，墨池燥即起雲華。吟成却指疎桐樹，不宿黄昏接翅鴉①。

【箋注】

① 少陵復愁詩：「昏鴉接翅稀。」

版屋衡門故相家，義熙時節種陶花。東籬視昔依然好，白髮於今沒處賒。小築楯欄香國土，平分月令晚芳華。劇憐半樹梧桐影，池上離褷噪亂〔一〕鴉。呂爲故相文懿公後，故有池上鳳毛之歎。

【校記】

〔一〕箋注本作「亂」，各本作「晚」。

題僧卷

雪被冰牀雲水隈①，死關坐〔一〕斷不曾開。驀然豆子爐中爆，笑撥星星一點灰②。

【校記】

〔一〕遂本、箋注本作「坐」，鄒鎡序本、金匱本作「生」。

【箋注】

① 隋釋灌頂大涅槃經疏：「菜食水齋，冰床雪被。孤居獨處，夢神思乙。」

② 傳燈錄：「佛日和尚參夾山，問與什麼同行？師曰：木上坐。遂取拄杖擲於夾山面前。夾山曰：從天台得來否？師曰：非五嶽之所生。曰：從須彌山得來否？曰：月宮亦不逢。曰：恁麼即從他人得也。師曰：己尚是怨家，從人得，堪作什麼？曰：冷灰裏有一粒豆子爆。」張無盡付百丈山丐者流通海眼經偈：「歸命新經願力深，決知一字直千金。驀然豆子灰中爆，莫笑先生錯用心。」

壽丁繼之七十四首〔一〕

左右風懷寄暮〔二〕年①，花枝酒海鏡臺前②。每憑青鳥傳書信③，不欠黄姑下聘錢。無事皺眉常自慰，有人擁髻正相憐④。笑他丁令千年後，化鶴歸來勸學仙。

【校記】

〔一〕各本題相同。箋注本作「丁繼之七十初度借廣陵詩卷韻倚和爲壽四首」。〔二〕箋注本、金匱本作「寄暮」，遂本、鄒鎡序本作「七十」。

【箋注】

① 左右風懷，見前注。

② 樂天就花枝詩：「就花枝，移酒海。今朝不醉明朝悔。」

③ 顧況梁廣畫花歌：「紫書分付與青鳥，却向人間求好花。」

④ 擁髻，見前注。

龍漢分明刦外年，清淮流水〔一〕赤闌前。琴尊自可爲三友，花月何曾費一錢①。留客恰宜邀笛步②，當歌最愛想〔二〕夫憐③。案頭老蠹休相笑，食字春蟲〔三〕豈是仙④。

【校記】

〔一〕箋注本、金匱本作「清淮流水」，邃本、鄒鎡序本作「燈樓酒舫」。 〔二〕邃本、金匱本、箋注本作「想」，鄒鎡序本作「相」。 〔三〕箋注本作「蟲」，各本作「蠶」。

【箋注】

① 太白襄陽歌：「清風明月不用一錢買。」

② 邀笛步，見前注。

③ 吳兢樂府古題解：「相府蓮者，王儉爲南齊相，一時所辟皆才名之士，時人以入儉府爲蓮花池，謂如紅蓮映綠水，今號蓮幕者自儉始。其後語訛爲想夫憐。樂苑曰：『想夫憐，羽調曲也。』」

④ 漢書五行志：「昭帝時，上林苑中大柳樹斷仆地，一朝起立生枝葉，有蟲食其葉成文字。」

曲踊橫奔敵〔一〕少年①，金丸玉勒〔二〕萬人前。淳于正合傾三斗，程〔三〕尉何曾值一錢②。片語拂衣還自笑③，千金擲帽不知憐④。老來俠骨偏騰上，不作頑仙作劍仙〔四〕⑤。

【校記】

〔一〕箋注本、金匱本作「啇」，邃本、鄒鎡序本作「倚」。　〔二〕箋注本、金匱本作「勒」，邃本、鄒鎡序本作「劍」。

〔三〕各本作「程」，鄒鎡序本作「鄭」。　〔四〕以上四句從箋注本。各本作「望眼刀頭青鏡在，呑聲江曲白頭憐。知君不羨還山訣，俠骨飛騰卽劍仙」。

【箋注】

①左傳僖公二十八年：「魏犨距躍三百，曲踊三百。」杜預曰：「百，猶勱也。勱，音邁。」

②漢書灌夫傳：「夫行酒至灌賢，賢方與程不識耳語，又不避席。夫罵賢曰：平生毀程不識不值一錢，今日長者爲壽，乃效女曹兒呫囁耳語。」

③世說方正篇：「王子敬數歲，嘗觀諸門生樗蒲，見有勝負，因曰：南風不競。門生輩輕其小兒，乃曰：此郎亦管中窺豹，時見一斑。子敬瞋目曰：遠慚荀奉倩，近愧劉眞長。遂拂衣而去。」

④晉書袁耽傳：「桓溫少時遊于博徒，資產俱盡，求濟于耽。耽在艱，變服懷布帽，隨與債主戲。耽素有藝名，債者不相識，謂之曰：卿當不辦作袁彥道也。遂就局，十萬一擲，直上百萬。耽投馬絕叫，探布帽擲地曰：竟識袁彥道否？」

⑤張彥遠法書要錄：「陶隱居與梁武帝啓云：每以爲得作才鬼，亦當勝于頑仙。」

白下藏名七十年，笛牀燈舫博樓前〔一〕。襟懷天下三分月〔二〕①，囊篋〔三〕開元半字錢②。蔭藉金張那可問③，經過趙李總堪憐。麻姑送酒拚同醉④，且作人間狡獪仙〔四〕⑤。

【校記】

〔一〕從箋注本。各本作「博場酒肆笛牀前」。〔二〕從箋注本。各本作「傳來建業三臺曲」。〔三〕從箋注本。各本作「留得」。〔四〕此二句從箋注本。各本作「繫腰莫笑吾衰甚，雲母餐來共作仙」。

【箋注】

①容齋隨筆：「唐世天下之盛，揚爲一而蜀次之。徐凝詩云：『天下三分明月夜，二分無賴是揚州。』」

②沈括筆談：「毗陵郡士人家有一女，姓李氏，方年一十六歲，頗能詩，有拾得破錢詩云：『半輪殘月掩塵埃，依稀猶有開元字。想得清光未破時，買盡人間不平事。』」

③左太沖詠史詩：「金張藉舊業，七葉珥漢貂。」

④李肇國史補：「李泌謏誕自任，有人遺美酒一榼，會有客至，乃曰：麻姑送酒來，與君同傾。言未畢，閽者云：某侍郎取榼。泌命倒還之，略無怍色。」

⑤葛洪神仙傳：「麻姑擲米如眞珠，方平笑曰：姑故少年，吾老矣，不喜作狡獪變化也。」

甲午春日觀吳園次懷人詩卷愴然有感次韻二首

誰憑龍漢問編年①？轉眼分明浩刦前。無藉每思邀帝博②，長貧只合貫天錢③。石言晉國寧非濫④，鶴語堯時〔一〕劇可憐⑤。渡海踰河都未了，不如拔宅去登仙⑥。

【校記】

〔一〕各本作「時」，金匱本作「年」。

【箋注】

①張君房雲笈七籤：「靈寶略記云：『過去有刼，名曰龍漢。龍漢一運，經九萬九千九百九十九刼，氣運終極，天淪地崩，四海冥合，乾坤破壞，無復光明。經一億刼，天地乃開，刼名赤明。』」

②少陵送韋書記赴西安詩：「白頭無藉在。」趙次公曰：「謂無人慰藉也。」帝博，見前注。

③天錢，見前注。

④左傳昭公八年：「石言于晉魏榆，晉侯問于師曠。對曰：石不能言，或馮焉，不然，民聽濫也。」

⑤白氏六帖：「異苑曰：『晉太康二年，南州人見二鶴語曰：今兹寒，不減堯崩年。』」

⑥廣卓異記：「許眞君舉家四十二口拔宅上昇，錦帳自雲中墮于故宅。」

銅人流淚自何年①？歷歷開元在眼前。海上浪傳千歲藥②，民間猶使五銖錢③。繅絲有繭春蠶老，曲樹無條尺蠖憐④。脈望只應乾死盡，莫將食字學神仙⑤。

【箋注】

①銅人，見前注。

②史記封禪書：「自威、宣、燕昭使人入海求蓬萊、方丈、瀛洲，其三神山者，傳在渤海中，諸仙人及不死之藥皆在焉。」

③漢書食貨志：「莽罷錯刀、契刀及五銖錢，而更作金銀龜貝泉布之品。百姓憒亂，其貨不行，民私以五銖錢市買。」

④爾雅疏：「蠖，一名蚇蠖。郭云：『今蝍蝛。』方言云：『蛸蝛謂之蚇蠖。』郭云：『又呼步屈。』說文云：『蠖，屈伸蟲也。』」

易繫辭曰『尺蠖之屈以求伸』者是也。」

⑤ 段柯古續酉陽雜俎：「何諷常買得黃紙古書，卷中髮卷環四寸，如環無端。何因絕之，斷處兩頭滴水升餘，燒之作髮氣。諷嘗言于道者，吁曰：蠹魚三食神仙字，則化爲此物，名曰脈望。夜以規映當天中星，星使立降，可求還丹，取此水和而服之，卽時換骨上賓。因取古書尋義讀之，皆神仙字。諷方服。」

次韻贈趙友沂四首

楚史三墳博①，胡〔一〕威再世廉②。文心呈浩蕩，詩律闢〔二〕精嚴。道以纓爲紀③，交將素比縑④。看君躩馬意，寂寞笑郎潛⑤。

【校記】

〔一〕各本作「胡」，鄒鎡序本作「平」。　〔二〕從箋注本。各本作「闡」。

【箋注】

① 家語：「楚靈王汰侈，右尹子革侍坐，左史倚相趨而過，王曰：是良史也，是能讀三墳五典八索九丘。」

② 晉書胡威傳：「威父子淸愼，武帝謂威曰：卿孰與父淸？威曰：臣父淸，恐人知，臣淸恐人不知，是臣不及遠也。」

③ 葛洪西京雜記：「公孫弘爲賢良，鄒長倩題書遺之曰：『夫人無幽顯，道在則尊。五絲爲繡，倍繡爲升，倍升爲緎，倍緎爲紀，倍紀爲緵，倍緵爲䋫，此自少之多，自微至著也。士之立功勳，効名節，亦復如之。勿以小善不足修而不爲也，故贈君素絲一䋫。』」

④ 古樂府棄婦篇：「將縑來比素，新人不如故。」

⑤張平子思玄賦：「尉龐眉而郎潛兮，逮三葉而遘武。」

長懷天育馬①，肯坐騎奴韉②。籌策紓三表〔一〕③，論詩只數篇。連城歸白璧，清廟叶朱絃。信宿猶爲客，休嗟入洛年④。

【校記】

〔一〕邃本、箋注本作「表」，鄒鎡序本、金匱本作「嘆」。

【箋注】

①少陵天育驃騎歌：「遂令大奴守天育。」舊注曰：「天育，天子廄名。」

②史記田叔傳：「任安、田仁爲衛將軍舍人，衛將軍將此兩人過平陽主，主家令兩人與騎奴同席而食，此兩人拔刀列斷席別坐。主家皆怪而惡之，莫敢呵。」

③漢書賈誼傳贊：「施五餌三表以係單于。」師古曰：「賈誼書謂愛人之狀，好人之技，仁道也。信爲大操，常義也。愛好有實，已諾可期，十死一生，彼將必至。此三表也。」

④臧榮緒晉書：「機少襲領父兵，爲牙門將軍。年二十而吳滅，退臨舊里，與弟雲勤學。積十一年，與弟雲入洛。」

擇木偏宜讓①，名泉亦取廉②。斷金資臭味，沉水證香嚴③。世變謀衷甲④，天寒惜被縑⑤。滄江嗟歲晚，一任老夫潛⑥。

【箋注】

①任昉述異記：「黃金山有楠樹，一年東邊榮，西邊枯；後年西邊榮，東邊枯。年年如此。張華云交讓樹。」

②南齊書胡諧之傳：「范柏年本梓潼人，見宋明帝，帝言次及廣州貪泉，因問柏年：卿州復有此水否？答曰：梁州唯

有文山、武鄉、廉泉、讓水。又問：卿宅在何處？曰：臣所居廉、讓之間。」

③首楞嚴經：「香嚴童子白佛言：見諸比丘，燒沉水香，香氣寂然，來入鼻中。我觀此氣，非木非空，非烟非火，去無所著，來無所從。由是氣銷，發無明漏。如來印我，得香嚴號。塵氣倏滅，妙香密圓。我從香嚴，得阿羅漢。」

④左傳襄公二十七年：「楚人衷甲。」杜預曰：「甲在衣中。」

⑤後漢書：「漢官儀曰：『尚書郎入直臺，中官供新青縑白綾被。』」

⑥王符作潛夫論。

峻堞飛鳶紙，崇山積馬韉①。乾坤三壞〔一〕刦②，詞賦七哀篇③。才老精金冶，心危促柱絃④。壯遊人所羡，冠劍是丁年。

【校記】

〔一〕各本作「壞」，鄒鎡序本作「外」。

【箋注】

①漢書韓安國傳：「安國曰：高皇帝常圍于平城，匈奴至者投鞍，高如城者數所。」

②法苑珠林刼量篇：「刼有四種，一別刼，二成刼，三壞刼，四大刼。」

③曹子建七哀詩注：「五臣曰：謂痛而哀，感而哀，義而哀，怨而哀，耳目聞見而哀，口嘆而哀，鼻酸而哀也。」

④左太沖蜀都賦：「起西音于促柱。」

次韻贈別友沂

餘生老無徒，彳亍困行旅①。髧鉗疑薙削②，壞服覓儔侶③。昔遊謝王貢④，末契結嵇呂⑤。夙心薄因依，温涼越書敍⑥。未遑撫塵跡〔一〕⑦，先期扞牧圉⑧。元龍豪湖海⑨，子光〔二〕喑河渚⑩。卽事不相爲，遙集互矜許。小封混器界⑪，大圜易端緒〔三〕⑫。志士惜〔四〕雲雷⑬，古義敦贈處⑭。一翁輕少陽⑮，男子重文舉⑯。中和叶神聽，孤孑倚天與。吾子視後鞭⑰，老夫識退茹⑱。愧無繞朝策⑲，投筆返村墅。

【校記】

〔一〕各本作「塵跡」，箋注本作「遺塵」。〔二〕各本作「光」。鄒鎡序本作「先」，誤。〔三〕以上四句各本有。箋注本無，但注中有「器界」「大圜」二注，不解正文何以脫漏。〔四〕各本作「志士惜」，箋注本作「卽事生」。

【箋注】

① 彳亍，見前注。

② 周禮秋官司寇：「薙氏。」鄭玄謂薙讀如鬀小兒頭之鬀。

③ 四分律：「一初上色衣不得畜，當壞作迦沙色。」

④ 劉孝標廣絕交論：「王陽登則貢公喜。」

⑤ 陸士衡嘆逝賦：「託末契于後生，予將老而爲客。」嵇呂，見前注。

⑥ 陸士衡門有車馬客行：「拊膺攜客泣，掩淚敍溫涼。」

⑦ 楊愼曰：北堂書鈔載東方朔與公孫弘書：「同類之遊，不以遠近爲故。士大夫相知，何必以撫塵而遊，垂髮齊年，偃伏以日數哉？」撫塵謂童子之戲，若佛書所謂聚沙也。

⑧ 左傳僖公二十八年：「甯武子曰：不有行者，誰扞牧圉？」杜預曰：「牛曰牧，馬曰圉。」

⑨ 魏志陳登傳：「許汜曰：陳元龍湖海之士，豪氣不除。」

⑩ 東皋子仲長先生傳：「子光開皇末始庵河渚間以息焉。守令至者皆親謁，先生辭以痞疾。」

⑪ 翻譯名義集：「世界有二種，一種生世界，是正報。二器世界，是依報。器世界乃知風輪，皆欲界攝。」

⑫ 呂氏春秋序意篇：「大圜在上，大矩在下。」高誘曰：「圜，天也。矩，地也。」

⑬ 易屯卦：「象曰：雲雷屯，君子以經綸。」

⑭ 記檀弓：「子路去魯，謂顏淵曰：何以贈我？淵謂子路曰：何以處我？」

⑮ 太白詩：「雖無二十五老者，且有一翁錢少陽。」

⑯ 後漢書楊震傳：「操忌彪與術婚姻，誣欲圖廢置，奏收下獄，劾以大逆。孔融聞之，不及朝服，往見操曰：橫殺無辜，海內觀聽，誰不解體？孔融魯國男子，明日便當拂衣而去，不復朝矣。操不得已，遂出彪獄。」

⑰ 莊子達生篇：「善養生者，若牧羊然，視其後者而鞭之。」

⑱ 首楞嚴經第七長水疏曰：「雪山牛乳，純是醍醐所有，退茹最爲香潔。」

⑲ 左文：「繞朝贈之以策。」

爲友沂題楊龍友畫册

楊〔一〕生倜儻權奇者，萬里驍騰渥洼馬。雙耳朝批貴筑雲①，四蹄夕刷令〔二〕支野②。空坑師潰縉雲山，流星飛兔不可還③。卽看汗血歸天上，肯餘翰墨汙人間。人間翰墨已星散，十幅流傳六丁歎。披圖磵岫幾重掩，過眼烟嵐尙凌亂。楊生作畫師巨然④，隱囊紗帽如列仙⑤。大兒聰明添樹石，侍女窈窕皴雲烟。一〔三〕昔龍蛇起平陸⑥，奮身拚施烏鳶肉⑦。已無丹燐併黃土，況乃牙籤與玉軸。趙郎藏弆緗帙新⑧，摩挲看畫如寫眞。每于剩粉殘縑裏，想見刳肝化碧人⑨。趙郎趙郎快收取，長將石壓拼手撫⑩。莫令匣近親身劍⑪，夜半相將作風雨。

【校記】

〔一〕各本作「楊」，鄒鎡序本作「揚」。〔二〕箋注本作「令」。各本作「金」，誤。〔三〕箋注本作「一」，各本作「憶」。

【箋注】

① 少陵房兵曹胡馬詩：「竹批雙耳峻，風入四蹄輕。」

② 令支，見前注。

③ 陳孔璋答東阿王箋：「譬猶飛兔流星，超山越海，龍驥所不敢追，況于駑馬，可得齊足？」

④ 宣和畫譜：「僧巨然，鍾陵人。善畫山水，深得佳趣。」沈括夢溪筆談：「江南李煜時，有北苑使董源善畫，尤工秋嵐遠景，多寫江南眞山，不爲奇峭之筆。其後建業僧巨然祖述源法，皆臻妙理。」

⑤ 顏氏家訓：「梁朝盛時，貴遊子弟，坐棋子方褥，憑斑絲隱囊。」

⑥ 左傳哀公四年：「爲一昔之期。」陰符經：「天發殺機，龍蛇起陸。」

⑦ 莊子列御寇：「在上爲烏鳶食，在下爲螻蟻食，奪彼與此，何其偏也？」

⑧ 漢書陳遵傳：「性善書，與人尺牘，主皆藏弆以爲榮。」師古曰：「弆亦藏也。」

⑨ 劉向新序義勇篇：「衞懿公有臣曰弘演，遠使未還，狄人攻衞，追懿公于熒澤，殺之，盡食其肉，獨舍其肝。弘演至，報使，自刺其腹，納懿公之肝而死。」

⑩ 張彥遠名畫記：「絹素彩色不可擣理，紙上白畫，可以砧石妥帖之。」

⑪ 少陵聞故房相公靈櫬歸葬詩：「劍動親身匣，書藏故國樓。」

武陵觀棋六絕句〔一〕

簾閣蕭閑看弈時，初桐淸露又前期。急須試手翻新局，莫對〔二〕殘燈覆〔三〕舊棋。

【校記】

〔一〕金匱本「絕句」下有「示福先姪孫」五字，各本無。〔二〕各本作「對」，鄒鎡序本作「向」。〔三〕邃本、箋注本作「覆」，鄒鎡序本、金匱本作「悔」。

滿盤局面若爲眞？賭賽乾坤一番新①。有客旁觀須著眼，不衫不履〔一〕定何人②？

【校記】

〔一〕各本作「不衫不履」，鄒鎡序本作「先知審局」。

【箋注】

①昌黎過鴻溝絕句：「龍疲虎困割川原，億萬蒼生性命存。誰勸君王迴馬首？眞成一擲賭乾坤。」

②虬髯客傳：「虬髯與李靖偕詣劉文靜，詐稱善相，求見太宗。文靜奇其人，致酒延太宗至，不衫不履，裼裘而來，神氣揚揚，貌與常異。虬髯見之心死，他日又與一道士同靖共謁文靜，時方弈棋，文靜飛書請文皇看棋，俄而文皇來，道士一見慘然曰：此局全輸矣。」

黑白分明下子時，局中兩兔已雄雌①。世間國手知誰是？鎮日看棋莫下棋。

【箋注】

①韋弘嗣博弈論：「當其臨局交爭，雌雄未決。」

一着先人更不疑，侵邊飛角欲何之？鴻溝赤壁多前局，從古原無自在棋。

水榭〔一〕賓朋珠履多①，後堂棋局應笙歌。可知今日鵝籠裏，定有樵人爛斧柯②。弈者呂生，陽羨之客也，故有鵝籠斧柯之感〔二〕。

【校記】

〔一〕箋注本、金匱本作「水榭」，邃本、鄒鎡序本作「小謝」。　〔二〕鄒鎡序本、金匱本無小注，邃本、箋注本有。

【箋注】

①史記春申君列傳：「其上客皆躡珠履，以見趙使。」

②任昉述異記：「信安縣石室山，晉時王質入山伐木，見童子數人，弈棋而歌，因聽之。童子以一物與質，如棗核，令質食之，不覺飢。俄頃，童子謂質曰：何不去？質起視，斧柯爛盡。既歸，無復時人。」

太白芒寒秋氣澄，楸枰①剝啄閃殘燈。袖中老手還拏撇，只合秋原去臂鷹②。

【箋注】

①楸枰，見前注。

②元遺山還冠氏詩：「少日鶱飛掣臂鷹，只今癡鈍似秋蠅。」

寄湖州官使君秉簡聖野

白蘋洲〔一〕水淨琉璃①，正是亭臯葉下時。午夜使君能對客，癸亭才子共題詩②。清茗風物宜茶事③，下若戈鋋似酒旗④。擬傍玄眞青篛笠⑤，鷗波先與託微詞。

【校記】

〔一〕箋注本、金匱本作「洲」，邃本、鄒鎡序本作「州」。

【箋注】

①樂天白蘋洲五亭記：「湖州城東南二百步抵霅溪，連汀洲，洲一名白蘋。梁吳興守柳惲于此賦詩云：『汀洲採白蘋。』因以爲名。」

②皎然和顏使君與陸處士登妙喜峯三癸亭詩：「繕亭歷三癸，疏址營竹寺。」王象之輿地紀勝：「三癸亭，顏眞卿爲

處士陸羽造。」

③ 樂史寰宇記：「苕溪，在烏程縣南五十步大溪是也。從浮玉山東至興國寺，兩岸多生蘆葦，故曰苕溪。」松陵集皮日休茶中雜詠序：「自周已降，及于國朝茶事，竟陵子陸季疵言之詳矣。」

④ 十道記：「輿地志云：『村人取若下水以釀酒，醇美，俗稱若下酒。』」

⑤ 新唐書隱逸傳：「張志和居江湖，著玄眞子，亦以自號。」

伏波弄璋歌六首〔一〕

天上張星照海東，扶桑新湧日車紅①。尋常弧矢那堪掛，自有天山百石弓②。

【校記】

〔一〕苦海集有刪餘之作二首，合此共八首。

【箋注】

① 日車，見前注。

② 薛將軍歌：「將軍三箭定天山，壯士長歌入漢關。」

釃酒椎牛壁壘開，三軍大嚼殷如雷。百年父老爭歡笑，曾喫誰家湯餅來？

汗血名駒蹴踏行，白眉他日笑書生。虎龍變化誰能料？玉雪家兒似北平①。

【箋注】

①昌黎馬少監墓誌銘：「姆抱幼子立側，眉眼如畫，髮漆黑，肌肉玉雪可憐，殿中君也。當是時，見王于北亭，猶高山深林，龍虎變化不測，傑魁人也。」

開天金榜豁鴻濛①，越國旌旗在眼中②。百萬嫯〔一〕民齊合掌，玉皇香案與金童③。

【校記】

〔一〕各本作「嫯」，箋注本作「黎」。

【箋注】

①開天金榜，見前注。

②越國旌旗，見前注。

③道山清話：「黃庭堅八歲時，有鄉人赴南宮試，同舍餞飲，作詩送行。或令庭堅亦賦，頃刻而成，有云：『君到玉皇香案前，若問舊時黃庭堅，謫在人間今八年。』」

龍旗交曳〔一〕矢頻懸，繡褓金盆笑脅駢。百福千祥銘漢字，浴兒仍用五銖錢。

【校記】

〔一〕各本作「曳」，箋注本作「戛」。

充閭佳氣溢長筵，孔釋分明抱送年。授記不須尋寶誌，老夫摩頂是彭籛〔一〕。

【校記】

〔一〕各本作「彭籛」，箋注本作「神仙」。

壽馮雲將八十〔一〕

湖山安隱鹿麋羣，映雪堂前夜壑分。耆舊仍推鄉祭酒，其尊人故祭酒公也。風流猶說小馮君。笙歌北里尊前月，松柏西陵夢裏雲。灰刦相存贏得在，白頭祇合醉紅裙。

八十長筵燕笑時，烏紗巾下剩鬚眉。平生心跡爲雲將，老去風懷倚雪兒。紅藥鬭雞金距在，青樓拊馬玉鉤知。投竿大有飛熊想，莫訝斯干吉夢遲。

【校記】

〔一〕此二首各本有，箋注本無。

題孟陽畫扇〔一〕

相逢馬上人，眉間帶晉楚。勒馬指前林，欲共班荆語。

【校記】

〔一〕此詩各本有，箋注本無。

送吳興公遊下邳兼簡李條侯

落花飛雨攪邗溝，襆被奚囊感溥遊。寶劍千金吳季子①，長城半壁漢條侯②。高榆耕壘連滄海，深柳書堂枕碧流。共語老夫應失笑，春深冒絮尙蒙頭③。

【箋注】

① 樂府徐人歌：「延陵季子兮不忘故，脫千金之劍兮帶丘墓。」

② 史記吳王濞列傳：「條侯至淮陽，問父絳侯故客鄧都尉曰：策安在？客曰：莫若引兵東北，壁昌邑，以梁委吳，吳必盡銳攻之。將軍深溝高壘，使輕兵絕淮泗口，塞吳饟道。彼吳、梁相敝而糧食竭，乃以全彊制其罷極，破吳必矣。條侯曰：善。從其策，遂堅壁昌邑南，輕兵絕吳饟道。」

③ 異物志：「謂頭上巾爲冒絮。師古曰：冒，覆也。老人所以覆其頭。」

寄贈下邳李條侯二首

青箱白袷道衣閒①，滿月雕弓手自彎②。蠟屐遠尋婁敬洞③，開窗近對子房山④。白連滄海雲千疊，碧漫〔一〕圯橋水一灣。書劍溪堂鞍馬客，夜深燈火射潮還。

【校記】

〔一〕遼本、鄒鎡序本、金匱本作「漫」，箋注本作「浸」。

【箋注】

① 宋書王淮之傳：「淮之博聞多識，練悉朝儀，自是家世相傳，並諳江左舊事，有纂述，緘之青箱，世謂之青箱王氏

學。」晉書五行志：「初，魏造白帢，横縫其前以别後，名之曰顔帢。永嘉之間，稍去其縫，名之曰無顔帢。」

②少陵呈元曹長詩：「胡馬挾雕弓，鳴弦不虚發。長鈚逐狡兔，突羽當滿月。」

③泰山志：「婁敬洞，在嶽頂西百里，漢婁敬隱此，旁一洞出峭石。」

④史記留侯世家：「子房始所見下邳圯上老父與太公書者，後十三年，從高帝過濟北，果見穀城山下黄石，取而葆祠之。」

下邳橋水浸〔一〕黄沙，授履傳書跡未賒①。按部風聲餘草木②，雜耕心血長桑麻③。畢箕夜雨悲烏屋④。閶闔春風恥燕家⑤。衰老不堪牀下臥，爲君西笑向天涯⑥。

【校記】

〔一〕邃本、鄒鎡序本作「浸」，箋注本、金匱本作「漫」。

【箋注】

①史記留侯世家：「良嘗游下邳圯上，有一老父，衣褐，至良所，直墮其履圯下，顧謂良曰：孺子下取履。良長跪履之。曰：孺子可教。出一編書曰：讀此則爲王者師矣。」

②後漢書蘇章傳：「順帝時，遷冀州刺史。故人爲清河太守，章行部，按其姦贓。」

③少陵謁先主廟詩：「雜耕心未已，嘔血事酸辛。」

④白氏六帖：「春秋緯曰：『月離于箕，風必揚沙。』詩云：『月離于畢，俾滂沱矣。』」小雅正月詩：「瞻烏爰止，于誰之屋？」

⑤史記律書：「閶闔風居西方。閶者倡也，闔者藏也，言陽氣道萬物，闔黄泉也。」

⑥ 西笑，見前注。

李太公壽詩

甲子題詩歲月長①，遺民杖屨道人裝。雞豚近約東西社②，湖海平分上下牀③。酌酒開顔看梓漆，停杯蒿目〔一〕歎滄桑。赤松黄石皆仙侶，進履橋邊問子房。

【校記】

〔一〕各本作「目」，鄒鎡序本作「木」，誤。

【箋注】

① 南史陶潛傳：「潛所著文章，義熙以前，明書晉氏年號。自永初以來，唯云甲子而已。」

② 昌黎南溪始泛詩：「願爲同社人，雞豚燕春秋。」

③ 上下床，見前注。

袁節母七十壽詩〔一〕

疎籬敗壁凛風霜，彤管烏頭姓字香①。母以斷機成孺子②，兒能鬻字養高堂③。數莖白髮羞椎髻④，百歲丹心表鞠裳⑤。碣石已鑄銅狄徙⑥，天留一媪挽頽綱。

【校記】

〔一〕此詩鄒鎡序本無。遂本、箋注本、金匱本有。

【箋注】

① 後漢書列女傳贊：「區明風烈，照我彤管。」程大昌演繁露：「登州義門王仲昭，六代同居，其旌表有廳事，步欄前列屏樹烏頭，正門閥閱一丈二尺，二柱相去一丈，柱端安瓦桶墨漆，號爲烏頭。」

② 劉向列女傳：「孟子之少也，既學而歸，孟母方績，問曰：學何至矣？孟子曰：自若也。母以刀斷其織，曰：子之廢學，若吾斷斯織也。孟子懼，旦夕勤學，師事子思，遂成天下之名儒。」

③ 東坡虔州呂倚承事詩：「飢來據空鞍，一字不堪煮。枯腸五千卷，磊落相撑拄。」

④ 後漢書梁鴻傳：「乃更爲椎髻，著布衣，操作而前。鴻大喜曰：此眞梁鴻妻也。」

⑤ 記月令鄭氏注：「鞠衣之服。」

⑥ 御覽：「地理志曰：『大碣石山在右北平驪城西南，王莽改曰碣石。有石如埇道數十里，當山頂，大石如柱形，往往而見，立于海中，潮水大至，及潮波退，不動不沒，不知深淺，世名之天橋柱。』」

爲戒香小師題扇

蕭寺僧雛髮初剪，風味惺忪意婉孌。未曾燈火課法華，乍向書窗讀文選。文選中多月露詞，何當撓亂小沙彌①？休躭宋玉江南〔一〕賦，且記頭陀古寺碑②。

【校記】

【一】各本作「南」，箋注本作「淹」。

【箋注】

① 翻譯名義集：「南山沙彌別行篇云：『沙彌，此翻息慈，謂息世染之情，以慈濟羣生也。』又云：『初入佛法，多存俗情，故須息惡行慈也。』寄歸傳云：『七歲至年十三者，皆名驅烏沙彌。十四至十九，名應法沙彌。二十已上，皆號名字沙彌。』」

② 姓字英賢錄：「王屮，字簡棲，爲頭陀寺碑，文字巧麗，爲世所重。李善曰：天竺言頭陀，此言斗藪，斗藪煩惱，故曰頭陀。」

吳期生金吾生日詩二首

繞膝才稱八十觴，長筵羅列又成行。先朝第宅尚書塢①，小弟班聯御史牀②。甲子趨庭隨絳縣③，庚申侍寢直丹房④。樵陽屢趣登眞會，定在蘭亭禹廟旁。

【箋注】

① 樂史寰宇記：「尚書塢，在會稽縣南三十三里，宋尚書孔稚珪之山園也。」

② 寰宇記：「御史牀，在州東南四里。虞翻爲長沙桓王所禮，設此床以表賢。翻仕漢至御史，故梁元帝玄覽賦云：『御史之床猶在，都護之門不修。』」

③ 左傳襄公三十年：「絳縣人或年長矣，有與疑年，使之年，曰：臣生之歲，正月甲子朔，四百有四十五甲子矣，其季于今，三之一也。」

④ 庚申，見前注。

錦衣闕下請纓〔一〕時①，表餌家傳玉帳奇②。馬沃市場餘苜蓿③，婢膏胡〔二〕婦剩燕支④。劍花芒吐耶溪曉⑤，箭竹風生射的知⑥。春酒酌來成一笑，黃龍曾約醉深卮⑦。

【校記】

〔一〕箋注本作「請纓」，金匱本作「請行」，邃本、鄒鎡序本作「靖行」。　〔二〕箋注本、金匱本作「胡」，邃本、鄒鎡序本作「北」。

【箋注】

① 漢書終軍傳：「軍自請願受長纓，必羈南越王而致之闕下。」

② 新唐書藝文志：「兵家有玉帳經一卷。」

③ 史記大宛列傳：「宛以葡萄爲酒，馬嗜苜蓿。漢使取其實來，離宮別館旁盡種苜蓿葡萄極望。」

④ 崔豹古今注：「燕支出西方，土人以染，名爲燕支。中國亦謂爲紅藍，以染粉，爲美人色，謂爲燕支粉。」

⑤ 越絕書：「薛燭對越王曰：若耶之溪涸而出銅，古歐冶子鑄劍之所。」

⑥ 樂史寰宇記：「射的山在會稽縣東南一十五里。孔曄會稽記云：『射的山半有石室，是仙人射堂。東高巖有射的石，遠望的的如射侯，形圓，視之如鏡。土人常以占穀食貴賤，射的明則米賤，射的暗則米貴。諺云射的白，斛一百；射的玄，斛一千也。』」

⑦ 宋史岳飛傳：「飛語其下曰：直抵黃龍府，與諸君痛飲耳。」

陳子木〔一〕母曹氏壽詩

玉雪蘭風轉畫屏，綵衣迴薄柘枝停①。斗南共指賢人聚②，芒翼都依婺女星③。

【校記】

〔一〕邃本、箋注本作「木」，鄒鎡序本、金匱本作「永」，但目錄亦作「木」。

【箋注】

① 樂府雜錄曰：「健舞曲有柘枝，軟舞曲有屈柘。樂苑曰：『羽調有柘枝曲，商調有屈柘枝，此舞因曲爲名，用二女童帽施金鈴，抃轉有聲，其來也，于二蓮花中藏，花坼而後見，對舞相占，實舞中雅妙者也。』」

② 新唐書狄仁傑傳：「狄公之賢，北斗以南，一人而已。」

③ 左太沖吳都賦：「婺女寄其曜，翼軫寓其精。」劉淵林曰：「越、楚地皆割屬吳，故言婺女翼軫，寄曜寓精也。」

玉山金母樹槐新①，花月亭前遠戰塵②。身坐寂光安隱土③，十年刦火不知聞。

【箋注】

① 穆天子傳：「天子遂驅升于弇山，乃紀迹于弇山之石，而樹之槐，眉曰西王母之山。」

② 王象之輿地紀勝：「花月亭在倅廳花園，取『雲破月來花弄影』之意。」

③ 宗鏡錄第八十一：「常寂之境，發于眞智。眞智所依佛土，即常寂光土也。」

長筵繞膝話熙朝，晚院花磚光景遙。最是日華仙掌露，萬年枝上不曾消①。

【箋注】

① 謝玄暉直中書省詩：「風動萬年枝，日華承露掌。」李善曰：「晉宮闕名曰：『華林園有萬年樹十四株。』漢書曰：『日華曜宣明。』又曰：『武帝作柏梁、銅柱、承露盤仙人掌也。』」

鴛湖水並〔一〕月波清①，映望江天河鼓明②。拜罷壽筵朝太乙③，五雲多處祝昇平。

【校記】

〔一〕 箋注本作「並」，各本作「淨」。

【箋注】

① 輿地紀勝：「月波樓，在秀州之西北城。」

② 史記天官書：「河鼓，大星上將，左右左右將。」

③ 屈原九歌：「穆將愉兮上皇。」王逸曰：「上皇，謂東皇太乙也。」

龔孝升四十初度附詩燕喜凡二十二韻

一氣乘箕裏①，三辰戴斗邊②。上卿占月省③，執法麗星躔④。獨坐中台肅⑤，雙籐闔戶懸⑥。黑頭三事少⑦，白筆四聰專〔一〕⑧。報曉雞人罷，成陰鶴蓋聯。游河五緯並，降昴一神偏⑨。天老〔二〕論塵數⑩，靈椿記小千⑪。上尊挏〔三〕馬湩⑫，御席列駝筵。地餅光常照⑬，天廚器自然。小紅花破臘，重碧酒如泉。洞府徵嘉會，靈簫倚宿緣⑭。眉傳京兆嫵，曲奏想〔四〕夫憐⑮。鳥命頻伽共⑯，花心雜苑駢⑰。珠林香馥郁，玉樹月〔五〕嬋娟。閣道紅牆近，天街碧落連。霜生焚草筆⑱，春發夢刀篇⑲。鳳爲棲鸞好，蟾於顧兔圓。耳璫嗔放日⑳，壺矢笑連天。婉孌〔六〕將雛母㉑，參差上樹仙㉒。卽看金作礪㉓，還以〔七〕玉爲田㉔。燕駕紆迢遞，嚶鳴附祝筵。終期鑾斟雉㉕，甲子度堯年㉖。

【校記】

〔一〕邃本、箋注本作「專」，鄒鎡序本、金匱本作「占」。〔二〕各本作「老」，金匱本作「姥」。〔三〕各本作「挏」，鄒鎡序本作「同」。〔四〕邃本、箋注本作「想」，鄒鎡序本、金匱本作「相」。〔五〕箋注本、金匱本作「月」。邃本、鄒鎡序本作「自」。〔六〕各本作「孌」，鄒鎡序本作「戀」，誤。〔七〕邃本、箋注本作「以」，鄒鎡序本、金匱本作「似」。

【箋注】

①潘安仁西征賦：「化一氣而甄三才。」莊子大宗師篇：「傅說得之以相武丁，奄有天下，乘東維，上箕尾，而比于列星。」

②沈休文齊故安陸昭王碑文：「昭昭若三辰之麗於天。」戴斗，見前注。

③書洪範：「卿士惟月，師尹惟日。」

④史記天官書：「南宮衡太微，三光之庭。匡衛十二星藩臣，西將東相，南四星執法。」晉書天文志：「左執法，廷尉之象。右執法，御史大夫之象。」

⑤後漢書宣秉傳：「光武特詔御史中丞與司隸校尉、尚書令，並專席而坐，故京師號曰三獨坐。」

⑥祝允明朝野記：「永樂末，都御史顧公，剛嚴爲朝紳冠，時謂今之包公。每待漏朝房，諸僚無一人與同坐。或過門，見有雙籐外立，知是公也，趨而避之。」

⑦晉書王導傳：「王珣爲桓溫敬重，嘗曰：王掾當作黑頭公。」

⑧崔豹古今注：「白筆，古珥之遺象也。腰帶劍，首珥筆，示君子文武之備焉。」

⑨任彥昇宣德皇后令：「五老游河，飛星入昴。」李善曰：「論語比考讖：『仲尼曰：吾聞帝堯率舜等升首山，觀河渚，乃有五老游渚。五老曰：河圖將浮龍啣玉，苞刻板題命可卷，金泥玉檢封書成，知我者重瞳黃姚。視五老飛爲流星上入昴。』注曰：『上昴宿，則復爲星。』」

⑩博物志：「黃帝問天老曰：天地所生，有食之令人不死者乎？天老曰：太陽之草，名曰黃精。餌而食之，可以長生。」法華經授記品：「如人以力磨三千大千土，復盡磨爲塵，一塵爲一劫，此諸微塵數，其劫復過是。」

⑪莊子逍遙游篇：「上古有大椿者，以八千歲爲春，八千歲爲秋。」長阿含經：「一日月行四天下爲一世界，如是千日月千須彌千閻羅王千忉利千梵天名爲小千。」

⑫漢書平當傳：「賜上尊酒十石。」如淳曰：「律，稻米一斗猶酒一斗，爲上尊。」漢書禮樂志：「奏給大官挏馬酒。」李奇曰：「以馬乳爲酒，撞挏乃成。」師古曰：「挏音動，馬酪，味如酒，飲之亦可醉，故呼馬酒也。」

⑬法苑珠林成劫篇：「地味稍歇，又生地皮，狀如薄餅。」

⑭眞誥運象篇：「九靈眞妃賜姓安，名鬱嬪，字靈簫。」

⑮想夫憐，見前注。

⑯環中迂叟象數皮編：「迦陵，一名頻伽，比翼鳥也。又云共命鳥，又名妙聲鳥。釋迦譜序云：『馥薝蔔而無異，嗚

迦陵而不殊。』」

⑰ 法苑珠林三界篇：「依順正理論云：『帝釋所都大城，城外四面，四苑莊嚴，是彼諸天共遊戲處。一衆車苑，謂此苑中，隨天福力，種種車現；二麤惡苑，天欲戰時，隨其所須，甲仗等現；三雜林苑，諸天人中，所玩皆同，俱生歡喜；四喜林苑，極妙欲塵，雜類俱陳，歷觀無厭。』」

⑱ 新唐書馬周傳：「周疾甚，取所上草奏悉焚之，曰：管、晏暴君之惡，取身後名，吾不爲也。」

⑲ 唐詩紀事：「元稹聞西蜀薛濤有辭辨，及爲監察使蜀，嚴司空潛知其意，每遣薛往。洎登翰林，以詩寄曰：『錦江膩滑峨眉秀，生出文君與薛濤。言語笑偸鸚鵡舌，文章分得鳳凰毛。紛紛詞客多停筆，箇箇君侯欲夢刀。別後相思隔煙水，菖蒲花發五雲高。』」

⑳ 長阿含經：「阿修羅大有威力，而修念言：此忉利天王及日月諸天，行我頭上，誓取日月，以爲耳璫。」

㉑ 玉臺集隴西行：「鳳凰鳴啾啾，一母將九雛。」

㉒ 葛洪神仙傳：「樊夫人，劉綱妻也。綱爲上虞令，有道術，與夫人將昇天，縣廳側有大皂莢樹，綱昇樹數丈，方能飛舉，夫人平坐未上，冉冉如雲氣之擧，同升天而去。」

㉓ 書說命：「若金，用汝作礪。」

㉔ 水經注：「搜神記曰：『雍伯，洛陽人。至性篤孝，父母沒，葬之于無終山。山高八十里，而上無水，雍伯置飲焉。有人就飲，與石一斗，令種之，玉生其田。北平徐氏有女，雍伯求之，要以白璧一雙。媒者致命，伯至玉田，求得五雙。徐氏奇之，遂卽嫁焉。』」

㉕ 彭祖好和滋味，善斟雉羹，能事帝堯，帝堯美而饗食之。

㉖元遺山汾亭古意圖詩：「白雲亭上秋風客，不比仙翁甲子年。」注曰：「神仙張果生堯甲子年，詩家亦傳習用之。」

郭河陽溪山行旅圖爲芹城館丈題

曾厓鐵樹闇〔一〕江關，破墨沉沙尺幅間。記得承平有嘉話，玉堂深處看春山①。

【校記】

〔一〕各本作「闇」，箋注本作「間」。

【箋注】

①東坡郭熙秋山平遠詩：「玉堂晝掩春日閑，中有郭熙畫春山。」

題柳枝春鳥圖

婀娜黃金縷，春風上苑西。靈禽能嘯〔一〕侶，先揀一枝棲。

【校記】

〔一〕箋注本作「嘯」，各本作「笑」。

甲午十月二十夜宿假我堂夢謁吳相伍君延坐前席享以魚羹感而有述

天荒地老夢鴟夷〔一〕，故國精靈信在玆。青史不刊忘郢志①，白頭猶記退耕時②。簫吹江上商飈發，潮湧〔二〕胥門朔氣移③。鄭重吳宮魚膾饗④，寒燈一穗閃朱旗。

【校記】

〔一〕各本作「夷」，鄭鎡序本作「彝」。　〔二〕各本作「湧」，鄭鎡序本作「漏」。

【箋注】

①史記伍子胥傳：「太史公曰：方子胥窘于江上，道乞食，志豈嘗須臾忘郢耶？」

②史記吳太伯世家：「伍員知光有異志，乃求勇士專諸見之。光喜，乃客之。子胥退而耕于野，以待專諸之事。」

③吳越春秋：「吳王取子胥屍，盛以鴟夷之器，投之江中。子胥因隨流揚波，依潮來往，蕩激崩岸。」

④吳越春秋：「吳王聞三師將至，治魚爲膾，過時不至，魚臭。須臾，子胥至，闔閭出膾而食，不知其臭。王欲重爲之，其味如故。吳人作膾者，自闔閭之造也。」

聖野攜妓夜飲綠〔一〕水園戲題四絶句

銀燭明眉鬬夜光，喧喧笑語坐生香。春風十月花叢裏，閑殺烏啼半月霜。

【校記】

〔一〕遼本、箋注本作「綠」，鄭鎡序本、金匱本作「淥」。

紅酒頻將羅袖揮①，觥船薌澤指橫飛。主人大有留髡意，若箇瞪瞢〔一〕不醉歸？

【校記】

〔一〕遼本、箋注本作「瞪瞢」，鄒鎡序本作「瞪瞢」，金匱本作「瞢瞪」。

【箋注】

① 陸游老學庵筆記：「蘇叔黨政和中至東都，見妓稱錄事，太息語廉宣仲曰：今世一切變古，唐以來舊語盡廢，此猶存唐舊爲可喜。前輩謂妓曰酒糺，蓋謂錄事也。」

百罰觥籌莫訴〔一〕遲，只憑眉語判深卮①。吳宮我欲重教戰②，要領吳娃作隊師。

【校記】

〔一〕箋注本作「莫訴」，金匱本作「敢訴」，遼本、鄒鎡序本作「敢數」。

【箋注】

① 玉臺集劉孝威郡縣遇見人織率爾寄婦詩：「窗疎眉語度，紗輕眼笑來。」

② 吳越春秋：「孫子試兵法，以王之寵姬二人爲軍隊長，告以軍法，隨鼓進退。宮女皆掩口而笑。孫子乃三令五申，其笑如故。孫子大怒，執法曰：斬。乃令斬隊長二人，即王之寵姬也。」

喚作梨雲夢不眞①，折花傾酒對窮塵。道人自向諸天笑，還有橫陳執手人②。

【箋注】

① 張邦基墨莊漫錄：「東坡梅花詞云：『高情已逐曉雲空，不與梨花同夢。』注云：『唐王建有夢看梨花詩。』予求王建詩，無所得。後得之于晏元獻類要中。後又得建全集七卷，乃得全篇，題云夢好梨花歌。或誤傳爲王昌齡，非也。』」

② 古文苑宋玉風賦：「主人之女，又爲臣歌曰：『內怵惕兮徂玉床，橫自陳兮君之旁。』」

冬夜假我堂文宴詩 有序

嗟夫！地老天荒，吾其衰矣；山崩鐘應①，國有人焉。於是綠〔一〕水名園，明燈宵集；金閶諸彥②，秉燭夜譚。相與惻愴窮塵，留連永夕。珠囊金鏡③，攬衰謝于斯文；紅藥朱櫻，感昇平之故事。杜陵箋注，刊削豕魚④；晉室陽秋，鏟除烏索⑤。三爵既醉，四座勿諠。良夜漸闌，佳詠繼作。悲涼甲帳，似拜通天⑥；霑灑銅盤，如臨渭水。言之不足，慨當以慷。夜烏咽而不啼，荒雞喔其相舞。美哉吳詠，諸君既斐然成章；和以楚聲，賤子亦慨然而賦。無以老耄〔二〕而舍我，他人有心；悉索敝賦以致師，則吾豈敢〔三〕。客爲吳江朱鶴齡長孺、崑山歸莊玄恭、嘉定侯汸〔四〕研德、長洲金俊明孝章、葉襄聖野、徐晟禎起、陳〔五〕島鶴客。堂之主人張奕綏子。拈韻徵詩者，袁駿重其。余則虞山錢謙益也。甲午陽月二十八日〔六〕。

【校記】

〔一〕邃本、箋注本作「綠」。鄒鎡序本、金匱本、瞿氏鐵琴銅劍樓藏鈔本牧齋有學集文鈔補遺俱作「淥」。

〔二〕邃本、箋注本、金匱本、瞿藏鈔本作「耄」，鄒鎡序本作「髦」。

〔三〕瞿藏鈔本此句下有「歲在甲午陽月二十有八日」一句。

〔四〕邃本、箋注本、鄒鎡序本作「汸」，金匱本作「泓」，瞿藏鈔本作「玄泓」。

〔五〕金匱本「陳」下有「三」字，各本無。

〔六〕瞿藏鈔本無此八字，各本有。惟鄒鎡序本作小注。

【箋注】

① 世説文學篇：「銅山西崩，靈鐘東應。」

② 江文通别賦：「金閨之諸彦。」李善曰：「金閨，金馬門也。」

③ 孔穎達易經正義序：「秦亡金鏡，未墜斯文；漢理珠囊，重興儒雅。」

④ 續顔氏家訓音訓篇：「晉史三豕渡河，子夏曰：己亥歲。語曰：事歷終古，以魚爲魯。故謂文字訛舛，爲亥豕魚魯。陸法言曰：魯魚盈貫，晉豕成羣。」

⑤ 續顔氏家訓書誼篇：「南呼北爲索虜，大抵呼後魏，指其實也。蓋北齊、後周，享國日淺。北呼南爲島夷，以相報復，甚無謂也。」

⑥ 南史沈炯傳：「炯行經漢武通天臺，爲表奏之曰：『甲帳珠簾，一朝零落。茂陵玉盌，遂出人間。』」

分得魚字二首

奇服高冠競起余①，論文説劍漏將除。雄風正喜鷹搏兔②，雌霓應憐獺祭魚③。故壘三分荒澤國，前潮半夜打姑胥④。古時北郭多才子⑤，結隱相將帶月鋤。

【箋注】

① 屈原九章：「余幼好此奇服兮，年既老而不衰。」

② 宋玉風賦：「故其清涼雄風，則飄舉升降。」通鑑唐紀二十六：「侍御史楊孚，彈糾不避權貴，權貴毁之。上曰：鷹搏狡兔，須急救之，不爾，必反爲所噬。」

③南史王曇首傳：「沈約著郊居賦，示筠草。筠讀至雌霓連蜷，約撫掌欣忭曰：僕嘗恐人呼爲霓。」霓，五兮反。孔毅父談苑：「李商隱爲文，多檢閱書册，左右鱗次，號獺祭魚。」

④范成大吳郡志：「姑蘇山，一曰姑胥，一名姑餘，連橫山之北，古臺在其上。」

⑤高啓送唐肅序：「余世居吳北郭，同里交善者惟王止仲一人。十餘年來，徐幼文自毘陵，高士敏自河南，唐處敬自會稽，余唐卿自永嘉，張來儀自潯陽，各以故來居吳，而皆與余隣，于是北郭之文物遂盛矣。」

歲晚顛毛共惜余①，明燈促席坐前除②。風烟極目無金虎③，霜露關心有玉魚④。草殺綠蕪悲故國，花殘紅燭感靈胥⑤。退耕自昔能求士，慚愧荒郊自荷鋤。

【箋注】

①元遺山題碩人在澗橫軸詩：「幾回攬鏡惜顛毛。」

②少陵遊江東詩：「清夜置酒臨前除。」

③陸廣微吳地記：「虎丘山，在吳縣西北九里二步。吳越春秋云：『闔閭葬虎丘，十萬人治葬。經三日，金精化爲白虎蹲其上，因號虎丘。』」

④程大昌續演繁露：「杜詩：『昨日玉魚蒙葬地。』韋述兩京記：『含元殿成，每夜有鬼云：我是漢楚王戊太子，葬于此。死時天子斂我玉魚一雙。改葬，果得玉魚。』」

⑤左太沖吳都賦：「狎玩靈胥。」劉淵林曰：「靈胥，伍子胥神也。」

和金孝章 用來韻

故國過從意倍親，天涯北郭昔時人。文章溝壑存洪筆，戎馬江山剩角巾。四壁霜風如浩刼，一窗燈火話窮塵。寒梅破墨欣相贈，笛裏〔一〕南枝早放春。孝章詩後畫墨梅一枝，意有託也。

【校記】

〔一〕各本作「笛裏」，箋注本作「珍重」。

和朱長孺 用來韻〔一〕

天寶論詩志豈誣？蟲魚箋注笑侏儒①。西郊尙記麻鞋往②，南國猶聞石馬趨③。事去金甌悲鑄鐵④，恩深玉匣感鱗珠⑤。寒風颯拉霜林暮，愁絶延秋頭白烏⑥。長孺方箋註杜詩。

【校記】

〔一〕邃本題下有此小注，後三首同。鄒鎡序本、金匱本無。

【箋注】

① 昌黎書皇甫湜園池詩後詩：「爾雅注蟲魚，定非磊落人。」

② 少陵述懷詩：「今夏草木長，脫身得西走。麻鞋見天子，衣袖露兩肘。」

③ 安祿山事跡：「潼關之戰，我軍旣敗，賊將崔乾祐領白旂引左右馳突，我軍視之，狀若鬼神。又見黄旂軍數百隊，

官軍譖謂是賊，不敢逼。須臾，又見與乾祐鬭，黃旂軍不勝，退而又戰者不一，俄不知所在。後昭陵奏是日靈宫前石人馬流汗。」

④南史朱异傳：「武帝嘗夙興至武德閤口，獨言：我國家猶若金甌，無一傷缺。」孫光憲北夢瑣言：「羅紹威剪滅牙軍，漸爲梁祖陵制，謂親吏曰：聚六州四十三縣鐵，打一箇錯不成也！」

⑤葛洪西京雜記：「漢帝送死，皆珠襦玉匣。匣形如鎧甲，連以金鏤。武帝匣上皆鏤爲蛟龍鸞鳳龜麟之象，世謂蛟龍玉匣。」呂氏春秋：「家彌富，葬彌厚，含珠鱗施。」高誘曰：「含珠，口實也。鱗施，施玉于死者之體，如魚鱗也。」

⑥少陵哀王孫：「長安城頭頭白烏，夜飛延秋門上呼。」

和歸玄恭　用來韻

樗櫟餘生倚不材，老顛風景只堪哀。已拚身是溝中斷，未省心〔一〕同刦後灰。何處青蛾供〔二〕乞食①？幾多紅袖解憐才②？後堂絲竹知無分③，絳帳還應爲爾開。是日有女郎欲至，戲以玄恭道學辭之。君來詩以腐儒自解，故有斯答。

【校記】

〔一〕各本作「心」，箋注本作「身」。　〔二〕各本作「供」，鄒鎡序本作「俱」。

【箋注】

①孫光憲北夢瑣言：「裴休留心釋氏，師圭峯密禪師。嘗被毳衲，于歌妓院持鉢乞食，自言曰：不爲俗情所染，可以說法爲人。」

②僧文瑩續湘山野錄：「孫僅與魏野敦縞紵之舊。京兆尹日寄野詩，野和之，其末有『見說添蘇亞蘇小，隨軒應是佩珊珊』之句。添蘇，長安名姬也。孫以野所和詩贈之。添蘇喜，如獲寶，求善筆札者大署其詩于堂壁。未幾，野有事抵長安。好事者密召過添蘇家，不言姓字。野忽舉頭見壁所題，乃索筆于其側別紀一絕曰：『誰人把我狂詩句，寫向添蘇繡戶中？閑暇若將紅袖拂，還應勝得碧紗籠。』添蘇始知，大加禮遇。」

③漢書張禹傳：「禹內奢淫，後堂理絲竹管絃。弟子彭宣、戴崇二人異行，禹親愛崇，敬宣而疏之。崇每候，禹將崇入後堂飲食，婦女相對，極樂乃罷。宣之來也，禹見之于便坐，講論經義，賜食不過一肉卮酒，未嘗得至後堂。兩人皆聞知，各自得也。」

和葉聖野　用來韻

躍馬聞雞心事違①，相期畹晚定因依②。五湖蝦菜春來好，三月鶯花亂後稀。語沸綠尊波作浪，談深紅燭淚沾衣。包山卽是仙源路，莫漫緣溪悵怏歸。時有卜居包山之約。

【箋注】

①左太沖蜀都賦：「公孫躍馬而稱帝。」晉書祖逖傳：「逖與劉琨同寢，中夜聞荒雞鳴，蹴琨覺曰：此非惡聲也。因起舞。」

②宋玉九辯：「白日晼晚其將入兮。」王逸曰：「年時欲暮，才力衰也。」

和徐禎起 用來韻

老學依然炳燭時①，杜詩韓筆古人師。崑岡玉石吾何有②？東海滄桑某在斯③。草野不忘油素約④，蕉園終見汗青期⑤。請看典午陽秋例⑥，載記分明琬琰垂⑦。時諸君共商史事，故及之。

【箋注】

①說苑建本篇：「晉平公問于師曠曰：吾年七十，欲學恐已暮矣。師曠曰：臣聞之，少而好學，如日出之陽；壯而好學，如日中之光；老而好學，如炳燭之明。炳燭之明，孰與昧行乎？」

②書胤征：「火炎昆岡，玉石俱焚。」

③滄桑，見前注。

④揚子雲答劉子駿書：「雄常把三寸弱翰，賚油素四尺，以問其異語，歸即以鉛摘次之于槧。」

⑤歷朝實錄成，焚稾于太液池之蕉園。劉子玄上蕭至忠書：「首白可期，而汗青無日。」

⑥蜀志譙周傳：「巴郡文立見周，周語次，因書板示立曰：典午忽兮，月酉沒兮。典午，謂司馬也。月酉者，謂八月也。」晉書孫盛傳：「盛著晉陽秋，詞直而理正，咸稱良史。」

⑦後漢書竇憲傳論：「士有懷琬琰已就煨塵者，亦何可支哉？」

簡侯研德并示記原　用歌字韻〔一〕

當饗休聽暇豫歌①，破巢完卵爲銅駝②。國殤何意存三戶③？家祭無忘告兩河④。擊筑淚從天北至，吹簫聲向日南多。知君恥讀王裒傳，但使生徒廢蓼莪⑤。箋曰：嘉定侯公峒曾，字曰廣成，以提學分守家居。弘光時，召爲左通政，不赴。乙酉五月，南都失守。六月，李成棟掠地吳下。公與同邑進士黃淳耀蘊生聚兵堅守，邀成棟而擊之，一敗之于羅店，再敗之于倉橋。成棟恚甚，益修攻具。圍急，城中矢盡。七月三日，大雨，城崩一角。四日，雨益澍，城遂陷，公從容赴池水死。黃公與弟淵耀相對同縊于僧舍。

【校記】

〔一〕鄒鎡序本、金匱本無「歌」字，邃本、箋注本有。

【箋注】

① 國語：「優施飲里克酒，中飲，優施起舞，謂里克妻曰：主孟啗我，我教子暇豫事君。乃歌曰：暇豫之吾吾，不如鳥烏。皆集于菀，己獨集于枯。」

② 晉書索靖傳：「靖知天下將亂，指洛陽宮門銅駝嘆曰：會見汝在荆棘中耳。」

③ 屈原九歌，王逸曰：國殤謂死于國事者。史記項羽紀：「楚南公曰：楚雖三戶，亡秦必楚。」索隱曰：「楚人怨秦，雖三戶，猶足以亡秦也。韋昭以爲三戶楚三大姓昭、屈、景也。」正義曰：「服虔云：三戶，漳水津也。後項羽果渡三戶津破章邯軍，軍皆降羽，秦遂亡。是爲南公之讖云。」

④ 陸放翁示兒絕句：「死去元知萬事空，但悲不見九州同。王師北定中原日，家祭無忘告乃翁。」宋史宗澤傳：「澤

憂憤，疽發于背，無一語及家事，但呼過河者三，卒。」

⑤ 晉書王裒傳：「裒隱居教授，廬于墓側。讀詩至『哀哀父母，生我劬勞』，未嘗不三復流涕。門人受業者，並廢蓼莪之篇。」

贈陳鶴客兼懷朱朗詣 用眞字韻

雀喧鳩鬧笑通津①，橫木爲門學隱淪②。名許詩家齊下拜③，姓同孺子亦長貧④。風前剪燭尊無酒，雪後班荆道少人。却憶西陵有羈客，荒雞何處警霜晨？

【箋注】

① 羅隱題潤州妙善寺前石羊詩：「還有市廛沽酒客，雀喧鳩鬧話蹄涔。」

② 漢書韋玄成傳。師古曰：「衡門，橫一木于門上，貧者之所居也。」

③ 王定保摭言：「李洞慕賈閬仙爲詩，鑄銅像其儀，事之如神。」

④ 見史記陳丞相世家。

贈張綏子 用眞字韻〔一〕

名園綠水履綦新，取次盤飧笑語眞。戴笠經過看老客①，荷衣出拜記留賓②。十年宿草猶今雨，半壁殘燈似故人。莫訝心期託年少，通家孔李更誰親③？往過泌園，異度攜綏子出拜，故有遺山荷衣之感〔二〕。

【校記】

〔一〕邃本、箋注本作「用眞字韻」，鄒鎡序本、金匱本作「前韻」。　〔二〕此自注邃本、箋注本在末句下，鄒鎡序本、金匱本在第四句下。前十一字，鄒鎡序本、金匱本作「往過異度泌園，綏子尙羈貫」。

【箋注】

①樂府越謠歌：「君乘車，我戴笠，他日相逢下車揖。君擔簦，我跨馬，他日相逢爲君下。」

②元遺山高平道中望陵川詩：「書郎流落頭今白，腸斷荷衣出拜時。」

③後漢書孔融傳：「李膺不妄接賓客，融造門曰：我是李君通家子弟。門者言之，膺請融見。融曰：先君孔子與君先人李老君，同德比義，而相師友，則融與君累世通家。衆坐莫不嘆息。」

贈袁重其歸自吳門，重其復來徵詩，小至日，止宿劇談，喜而有贈〔一〕。用文字韻。

一編詩足張去聲吾軍①，毷氉沉吟每夕曛②。豈有地深戎馬刦，翻令天煥帝車文③。早時嶺放梅枝雪，明日臺書長至雲。莫以儒生笑袁虎④，策功毛穎許誰分？

【校記】

〔一〕此詩邃本、箋注本、金匱本有，鄒鎡序本無。金匱本前無「贈袁重其用文字韻」八字，「劇談」下有「論文」二字。

【箋注】

① 昌黎醉贈張秘書詩：「阿買不識字，頗知書八分。詩成使之寫，亦足張吾軍。」

② 祝誠蓮堂詩話：「東坡與潘三失解後飲酒詩：『顧我自爲都毷氉。』趙彦仲云：摭言載，唐進士失解醉飽者，謂之毷氉。」

③ 王勃益州夫子廟碑：「帝車南指，遁七曜于中階。」

④ 世說文學篇：「袁虎少貧，常爲人傭載運租。」註曰：「虎，袁宏小字。」

甲午〔一〕仲冬六日吴門舟中夜飲飲罷放歌爲朱生維章六十稱壽

吴門朱生朱亥儔，行年六十猶敝裘。生來長不滿三〔二〕尺，胸中老氣横九州①。朝虀暮鹽心不省，春花秋月身自由。席門懸薄有車轍②，臂鷹盤馬多俠游。是時金閶全盛日，鶯花夾道連虎丘。柳市金盤耀白日，蘭房銀燭明朱樓。時時排場縱〔三〕調笑，往往借面裝俳優③。觀者如牆敢發口，梨〔四〕園弟子〔五〕歸相尤。就中張叟燕筑最骯髒，横襟奮袂髯戟抽④。鄰翁掃松痛長夜，相國寄子哀清秋。金陵丁老繼之誇矍鑠，偷桃竊藥筋力遒。月夜劉唐尺八腿⑤，見癸辛雜志。扠衣闊步風颼飀〔六〕。王倩公秀，張老之婿〔七〕。張五稗昭並婀娜，迎風拜月相綢繆。玉樹〔八〕交加青眼眩，鸞箆奪得紅粧愁⑥。朱生冪兀作狡獪，黔面鬔鬙衣臂韝⑦。健嫗行媒喧剝啄，小婢角口含咿嘔。矮郎背弓擔賣餅，牧豎口笛尋〔九〕蹊牛。鬢絲頰毛各有〔一〇〕態，搖頭掉舌誰能侔？吁嗟十載遭喪亂，寄命朝夕同蜉蝣⑧。天地翻覆戲場在，干戈剝換顛毛留。老顛風景仍〔一一〕欲裂，對酒歌哭庸何郵？瞥眼會過千歲刧，當筵翻笑隔夜憂〔一二〕。何妨使君呼八騶〔一三〕⑨，跨坊綠幘戴紅兜⑩。下馬忽漫開口笑，解貂參預秉燭遊。吳姬錦瑟許共醉，鄂君翠被邀同舟⑪。雜坐何當禁執手，一笑豈惜傾纏頭⑫。商女歌殘燭花冷，仙人泣下鉛水稠。夜烏拉拉散列炬，村雞荒荒催酒籌。午夜前期問櫪馬，明朝樂事歸爽鳩⑬。朱生朱生且罷休，爲爾酌酒仍長謳。張叟老丁〔一四〕齊七十，老夫稍長亦輩流。天上踆烏不相放⑭，人世沙蟲難與謀〔一五〕。且揄〔一六〕王倩長舞袖，更囀張五清歌喉。尉斗眉頭展舊皺⑮，漉囊甕面開新篘⑯。清商一部娛燕幕，紅粉兩隊分鴻溝。急須伴我醉鄉醉，安用笑彼囚山囚⑰。　次日籌燈泊舟吳塔，呵凍漫稿。

【校記】

〔一〕邃本、箋注本如此。鄒鎡序本、金匱本「甲午」作小注，注於「壽」字下。〔二〕各本作「六」，金匱本作「三」。〔三〕各本作「縱」，箋注本作「恣」。〔四〕各本作「梨」，鄒鎡序本作「黎」。〔五〕邃本、箋注本作「弟子」，鄒鎡序本、金匱本作「子弟」。〔六〕邃本、箋注本作「颼飀」，鄒鎡序本、金匱本作「颼颼」。〔七〕邃本、箋注本有「張老之婿」四字，鄒鎡序本、金匱本無。〔八〕金匱本作「樹」，各本作「相」。〔九〕各本作「尋」，箋注本作「牽」。〔一〇〕邃本、鄒鎡序本作「有」，箋注本、金匱本作「弄」。〔一一〕各本作「仍」，箋注本作「尙」。〔一二〕箋注本有「亦朱生演劇」五字小注，各本無。〔一三〕箋注本有「是日周元亮適至」七字小注，各本無。〔四〕遼本、鄭鎡序本作「張叟老丁」，箋注本作「張丁二叟」，金匱本作「張叟丁老」。〔五〕此二句從箋注本。各本作「兔烏天上不相待，雞蟲人世難與謀」。〔六〕各本作「揄」，金匱本作「褕」。

【箋注】

① 少陵送韋十六評事詩：「子雖軀幹小，老氣橫九州。」

② 莊子達生篇：「有張毅者，高門懸薄，無不走也。」成玄英疏曰：「懸薄者，垂簾也。」

③ 後漢書禰衡傳：「衡曰：文若可借面弔喪。」

④ 南史褚彥回傳：「山陰公主謂彥回曰：公鬚髯如戟，何無丈夫氣？」

⑤ 周密癸辛雜志：「龔聖予宋江三十六贊劉唐贊曰：『將軍下短，貴稱侯王。汝豈非夫，腿尺八長』。」

⑥ 李賀秦宮詩：「鸞篦奪得不還人，醉臥氍毹滿堂月。」

⑦ 五代史前蜀世家：「衍後宮皆戴金蓮花冠，衣道士服，酒酣免冠，其髻髽然。」史記淳于髡傳：「帣韝鞠𦝫。」注曰：「韝，臂捍也。」

⑧ 國風蜉蝣詩：「蜉蝣之羽，衣裳楚楚。」

⑨ 南齊書王融傳：「行過朱雀桁間，路人塡塞，乃槌車壁曰：車中乃可無七尺，車前豈可乏八騶。」

⑩ 東坡次李邦直感舊詩：「騶騎傳呼出跨坊。」舊注曰：「跨坊，乃籠街之義。」漢書東方朔傳：「董君綠幘傅韝。」師古曰：「綠幘，賤人之服。」

⑪ 玉臺集越人歌序：「楚鄂君子晳者，乘青翰之舟，張翠羽之蓋，榜枻越人悅之，擁楫而越歌，歡然舉繡被而覆之。其辭曰：『今夕何夕？搴舟中流。今日何日？與子同舟。』」

⑫ 御覽：「舊俗賞歌舞人以錦綵，置之頭上，謂之纏頭。」

⑬ 左傳昭公二十年：「齊侯飲酒樂，公曰：古而無死，其樂若何？晏子對曰：古若無死，爽鳩氏之樂，非君所願也。」

⑭ 淮南子精神訓曰：「中有踆烏。」高誘曰：「踆，趾也。謂三足烏也。」

⑮ 趙德麟侯鯖錄：「晁次膺詩：『去日玉刀封斷恨，見來金斗熨愁眉。』」

⑯ 漉囊，見南史陶潛傳。

⑰ 柳柳州囚山賦：「誰使吾山之囚吾兮滔滔？」

贈盛子久

鏡裏顛毛笑汗青，浮雲心事鶴身形。金光共室常清淨①，玉斧尋眞未〔一〕杳冥②。白氎鶖僧分竹杖③，絳紗鹿女問蓮經④。家山只在柴門外，梵罷香銷看翠屏⑤。

【校記】

〔一〕 遂本、鄒鎡序本作「自」，箋注本、金匱本作「未」。

【箋注】

① 付法藏經：「昔過去九十一劫，毘婆尸佛上涅槃後，四部弟子，起七寶塔。塔中佛像，面上金色，少處缺壞。有一貧女，遊行得一金珠，見像面壞，欲補佛面。迦葉爾時作鍛金師，女即持往，倩令修造。金師歡喜，用補像面。因共立願，願我二人，常爲夫婦，身眞金色，恆受勝樂。最後託生第七梵天。時摩竭國有婆羅門，巨富無量，而無兒息。梵天命終，即來託生。顏貌端正，金光赫奕，照四十里。至年十五，欲爲聘妻，唯有一女，軀體金色，端正

姝好，卽是往日施金女也。」

② 眞誥翼眞檢：「許長史小時名翽，字道翔，小名玉斧，修業精勤。」

③ 翻譯名義集：「西來梵僧，咸着布氎。」釋守倫法華經注：「摩騰、法蘭二梵僧，持白氎畫釋迦像，幷四十二章經，以白馬負至洛陽。」桂苑叢談：「甘露寺僧，道行孤高，李德裕以方竹杖一枝贈焉。方竹出大宛國，實堅而正，方節，眼鬚牙四面對出，衞公之所寶也。及再見，問杖無恙否？曰：「已規圓而漆之矣。」公嗟惋彌日。」

④ 晉書韋逞母傳：「就宋氏家立講堂，置生員百二十人，隔絳紗幔而受業，號宋氏爲宣文君。」西域記：「昔有仙人，隱居巖谷。仲春之月，鼓枻清流，麋鹿隨飲，感生女子，姿貌過人，唯脚是鹿。仙人見之，收而養焉。足所履地，迹皆有蓮華。」

⑤ 少陵覃山人隱居詩：「悵望秋天虛翠屏。」孫興公遊天台賦：「搏壁立之翠屏。」

燈屏詞十二首〔一〕贈龔大中丞

天河橫轉酒旗斜，月駕青銀駐絳紗①。歌闋落梅人未醉，碧桃何事旋開花？

【校記】

〔一〕箋注本「首」下有「爲龔孝升顧夫人作」八字，各本無。

【箋注】

① 起世經：「月天宮殿，純以天青天銀琉璃兩相間錯，二分天銀，清淨無垢，明甚光耀。餘之一分，天青琉璃，亦甚清淨，表裏映徹，光明速照。亦有大輦，青琉璃身，月天子身，與諸天女，在此輦中，隨意而行。」

神索風傳臺柏枝，天街星傍火城移①。袖中籠得朝天筆，畫〔一〕日歸來便畫眉②。

【校記】

〔一〕遂本、箋注本作「晝」，鄒鎡序本、金匱本作「盡」。

【箋注】

① 李肇國史補：「元日冬至，立仗火官，皆備珂傘，列燭有至五六百炬者，謂之火城。丞相火城將至，則衆火皆撲滅以避之。」

② 五代史唐六臣傳：「蘇循獻晉王畫日筆三十管。」

御席駝羹宣賜稀，金盤行酒着珠衣。笑他寒餓東方朔，自拔鸞刀割肉歸。

換徵移宮樂句多〔一〕，玉簫風急渡銀河。星娥月姊驚相詰①，天上何人竊九歌②？

【校記】

〔一〕各本作「多」，箋注本作「和」。

【箋注】

① 李商隱聖女祠詩：「星娥一去後，月姊更來無？」

② 山海經：「夏后開上三嬪于天，得九辨與九歌以下。」郭璞曰：「皆天帝樂名也。開登天而竊以下用之也。」

絡角星河不夜天①，花開花合不知眠②。小紅一片才飛却，驚怪人間又隔年〔一〕。

【校記】

〔一〕此句從箋注本。各本作「却怪人間又一年」。

【箋注】

① 羅隱七夕詩：「絡角星河菡萏天。」五色線：「不夜城，蓋古有日夜出于境，故萊子立此城，以不夜爲名。」

② 清涼華嚴疏鈔世子妙嚴品第一之一：『須夜摩天，須者，善也，妙也。夜摩，時也。具云善時分天。論云：『隨時受樂，故名時分天。』又大集經：『此天用蓮花開合，以明晝夜。』又云：『赤蓮花開爲晝，白蓮花開爲夜，故云時分也。』』

油壁青驄莫浪猜，颸輪倒景坐徘徊①。香風却載紅雲下，忉利新看香市回②。

【箋注】

① 眞誥稽神樞：「茅山天市壇，昔東海青童君曾乘獨颸飛輪之車，按行此山，埋寶金白玉于市。石四面，颸輪之迹，今故分明。」沈休文遊道士舘詩：「一舉凌倒景，無事適華嵩。」司馬相如大人賦：「貫列缺之倒景。」服虔曰：「列缺，天閃也。人在天上，下視日月，故景倒在下也。」

② 法苑珠林三界篇：「忉利天有七市，第一穀米市，第二衣服市，第三衆香市，第四飲食市，第五華鬘市，第六工巧市，第七婬女市。處處並有市官。是諸市中，天子天女，往來貿易，具市廛法，以爲戲。」

潑墨崇蘭泛曉霞①，石城玉雪漾平沙。騷人香草休題品，此是西天稱意花②。

【箋注】

① 宋玉招魂：「光風轉蕙，汎崇蘭些！」

② 翻譯名義集：「須曼那，或云須末那，又云蘇摩那，此云善攝意，又云稱意花。其色黃白而極香。樹不至大，高三四尺，下垂如蓋。須曼女生于須曼花中。」

青瑣丹梯詰曲迴①，燈花交處見樓臺。仙禽梵鳥紛如織，不涌身雲不入來②。

【箋注】

① 謝靈運擬鄴中集詩：「躡步凌丹梯，並坐侍君子。」

② 華嚴經入法界品：「或見諸菩薩入變化三昧，各于其身一一毛孔，出于一切變化身雲，或見出一切衆生身雲。」

陽翟新聲換竹枝①，秋風紅豆又離披。囀喉車子當筵唱②，恰似儂家絕妙詞。

【箋注】

① 樂府西涼樂曲，陽翟新聲神白馬之類，皆出于胡、戎歌，非漢、魏遺曲也。

② 繁休伯與魏文帝箋：「須諸鼓吹，廣求異技。時都尉薛訪車子年始十四，能喉囀引聲，與笳同音。」

壁月珠簾共一堂，繁星列宿正低昂①。只嫌舞袖弓腰鬧②，尙是人間百戲場。

【箋注】

① 傅休奕雜詩：「繁星依青天，列宿自成行。蟬鳴南樹間，野鳥號東廂。纖雲時髣髴，渥露沾我裳。良時無停景，北斗忽低昂。」

② 段成式酉陽雜俎：「元和初，有一士人，醉倒廳中。醒見古屏上婦人，悉于床前踏歌，歌曰：『長安女兒踏春陽，無處春陽不斷腸。舞袖弓腰渾忘却，蛾眉空帶九秋霜。』其中雙鬟者問曰：『如何是弓腰？』歌者笑曰：『汝不見我作弓腰乎？』乃反首，髻及地，勢如規焉。士人驚懼叱之，忽然上屏。」

醉鄉麯〔一〕部總華胥①，喝〔二〕月催花建酒旗②。贏得夜珠簾幕外，諸天春〔三〕雨細如絲。

【校記】

〔一〕遼本、箋注本作「麯」，鄒鎡序本、金匱本作「曲」。〔二〕各本作「唱」，據箋注改。〔三〕遼本、箋注本作「風」，鄒鎡序本作「如」，金匱本作「春」。

【箋注】

①雲仙雜記：「汝南王璡取雲夢石甃泛春渠以蓄酒。作金銀龜魚浮沉其中，爲酌酒具。自稱釀王兼麯部尚書。」

②李賀秦王飲酒歌：「酒酣喝月使倒行。」唐語林：「玄宗洞曉音律，尤愛羯鼓。常遇二月初，時雨晴，景氣明麗，殿庭柳杏將拆，上曰：對此景物，豈得不爲他判斷乎？左右將令備酒，獨高力士遣取羯鼓。上臨軒縱擊一曲，名春光好。及顧柳杏，皆已發拆。指而笑曰：不喚我作天公可乎？」

三月烟花玉蘂遙①，文章江左倚靈簫②。不知誰度燈屏曲？唱遍揚州廿四橋③。

【箋注】

①春明退朝錄：「揚州后土廟有瓊花一株，或云唐時所植，卽李衛公所謂玉蘂花也。」

②徐昌穀名句云：「文章江左家家玉，煙月揚州樹樹花。」

③祝穆方輿勝覽：「二十四橋，隋置，並以城門坊市爲名。杜牧之寄韓判官詩：『二十四橋明月夜，玉人何處教吹簫？』」

次韻贈張燕筑

碧雲紅樹〔一〕夢迢遙，那有閒情付却要〔二〕①。曾向天家偷擫〔三〕笛②，親從嬴女教吹簫③。一生花月張三影④，兩鬢滄桑郭四朝⑤。多謝東風扶素髮，春來吹動樹頭瓢〔四〕⑥。

【校記】

〔一〕各本作「樹」，箋注本作「葉」。　〔二〕遼本、箋注本作「要」，鄒鎡序本、金匱本作「腰」。　〔三〕各本作「撅」，鄒鎡序本作「壓」。　〔四〕瓢，各本作「飄」，據箋注改。

【箋注】

①皇甫松三水小牘：「觀察使李庚之女奴，名却要，美容止，善辭令。」

②元微之連昌宮詞：「李謩擫笛傍宮墻，偷得新翻數般曲。」

③劉向列仙傳：「蕭史善吹簫，秦穆公女弄玉好之，公遂以妻焉。日教弄玉作鳳鳴。」

④道山清話：「張先，字子野，有文章，尤長于詩詞。其詩有『浮萍斷處見山影，小艇歸時聞棹聲』之句，膾炙人口。又有『雲破月來花弄影』、『隔墻風弄鞦韆影』之詞，人目爲張三影。」

⑤眞誥稽神樞：「郭四朝，燕國人也。兄弟四人，並得道。四朝是長兄，司三官，六百年無違，遷九宮左仙公，領玉臺執蓋，卽今茅山下有地名曰郭千者，是四朝使人種植處。」

⑥白氏六帖：「許由以瓢挂樹，風吹瓢有聲，由以爲煩，取而捐之。」

曲江野老復何爲①？調笑排場顧影時。地上白毛如短髮②，天邊靑鏡與長眉。秦淮明月金波在③，靈谷梅花玉笛知④。繡〔一〕嶺宮前歌一曲，春風鶴髮太平期⑤。

【校記】

〔一〕各本作「繡」，鄒鎡序本作「秀」。

【箋注】

①少陵哀江頭：「少陵野老吞聲哭，春日潛行曲江曲。」

②元史五行志：「元統二年六月，彰德雨白毛，俗呼云老君髯。」

③漢書禮樂志：「郊祀歌曰：『穆穆以金波。』」師古曰：「月光穆穆，若金之波流。」

④崔櫓梅花詩：「未落先愁玉笛吹。」

⑤李洞繡嶺宮詩：「繡嶺宮前鶴髮翁，猶唱開元太平曲。」

芥閣詩次中峯蒼老原韻四首

讀書何似識拳頭？老宿當機背觸幽①。一粒須彌應着眼②，百城烟火好維舟③。拂衣石盡憑誰數④？彈指門開不用謀⑤。賸欲披襟談此事，明燈落月正遲留。

【箋注】

①惠洪冷齋夜話：「寶覺禪師，見學者必舉手示之曰：喚作拳是觸，不喚拳是背。莫有契之者。叢林謂之背觸關。張丞相見之，作偈曰：『久嚮黃龍山裏龍，到來只見住山翁。不知背觸拳頭外，別有靈扉一點通。』」

②維摩詰經：「以須彌之高廣，內芥子中而不迫窄。」

③華嚴經入法界品贊：「福城東際，童子南詢。百城煙水渺無垠。」

④樓炭經：「有一大石，方四十里，百歲諸天來下，取羅縠衣拂石，盡刼猶未窮。」

⑤華嚴經入法界品：「爾時善財童子敬繞彌勒菩薩，合掌曰：佛言惟願大聖開樓觀門，令我得入。彌勒菩薩卽彈右

指，門自然開。善財郎入，入已還閉。」

人世喧豗鏡裏頭，閒園小閣貯深幽。翻風跋浪分千海，暖日香雲隱一舟。于野鶴鳴將子和，定巢燕乳爲孫謀。笑〔一〕他世上長年者，白晝攤錢自滯留①。

【校記】

〔一〕金匱本作「笑」，各本作「哭」。

【箋注】

① 少陵夔州歌：「長年三老長歌裏，白晝攤錢高浪中。」陸游入蜀記：「長讀如長幼之長。長年三老，梢工是也。攤錢，博也。」

舫齋平繫子城頭，穴壁穿櫺架構幽。返照閃紅翻雉堞①，垂楊搓綠影漁舟。盪雲決鳥從吾好②，駐月紆嵐與目〔一〕謀③。騁〔二〕望郎應同快閣④，奔星飛彴〔三〕任勾留⑤。

【校記】

〔一〕各本作「目」，鄒鎡序本作「自」。〔二〕各本作「騁」，鄒鎡序本作「聘」，誤。〔三〕各本作「彴」，鄒鎡序本作「約」。

【箋注】

① 鮑明遠蕪城賦：「板築雉堞之殷。」李善曰：「鄭玄周禮注：『雉長三丈，高一丈。』杜預左氏傳注：『堞，女墻也。』」

② 少陵望嶽詩：「盪胸生層雲，決眥入歸鳥。」

③ 水經資水注：「秦岡山嶺紆嵐軒，峯枉月駕。」

④大明一統志：「快閣，在泰和縣治東澄江之上，以江山廣遠，景物清華，故名。」宋黄庭堅詩：「癡兒了却公家事，快閣東西倚晚晴。」

⑤爾雅釋天：「奔星爲彴約。」郭璞曰：「流星。」

公車不肯赴綃頭①，簾閣疎窗事事幽。淸曉卷書如繫纜，當風放筆似行舟。遺民共作悲秋語，禪侶長爲結夏謀②。衰老不忘求末契，憑闌眞欲爲君留。

【箋注】

①後漢書周黨傳：「建武中徵爲議郎，以病去職。復被徵，不得已，乃着短布單衣穀皮綃頭，待見尚書。及引見，自陳願守所志。帝乃許焉。」

②荆楚歲時記：「四月十五日，僧尼就禪刹掛搭，謂之結夏，又謂之結制。」

題鄒臣虎畫扇

大癡吹笛度秦關①，鄒子仙遊又不還。破墨烟巒餘黯淡，夕陽粉本在虞〔一〕山。

【校記】

〔一〕各本作「虞」，鄒鎡序本作「𧇾」。

【箋注】

①公題石谷子畫卷：「黄子久居烏目西小山下，坐湖橋，看山飲酒。飲罷，投其瓶于橋下，舟子刺篙得之。至今呼

黃大癡酒瓶。晚年遊華山，憩車箱谷，吹仙人所遺鐵笛，白雲滃起足下，擁之而去。人言子久畫山頭必似拂水，叔明畫山頭必似黃鶴。二公胸中有眞山水，以腹笥爲粉本，故落筆輒似。」

浮嵐焌翠失連城，漂墮今爲糞上〔一〕英①。一角雲山留數點②，爲君懷袖伴孤淸。

【校記】

〔一〕邃本、箋注本作「上」，鄒鎡序本、金匱本作「土」。

【箋注】

①石季倫王明君辭：「昔爲匣中玉，今爲糞上英。」

②圖畫見聞志：「郭從義鎭岐下，每延郭忠恕止山亭，張素，設粉墨于傍。經數月，忽乘醉就圖之一角，作遠山數峯而已。郭甚珍之。」

乙未秋日許更生扶侍太公邀侯月鷺翁于止路安卿登高莫釐峯頂口占二首

黏天震澤亾飛濤①，雲物平臨散鬱陶〔一〕。却訝人間還有地，信知今日是登高。點空晴嶼開眉目②，唧岫陽烏見羽毛。眼〔二〕底三吳腥腐〔三〕界③，滿城風雨定蕭騷。

【校記】

〔一〕此二句從箋注本、金匱本。邃本、鄒鎡序本作「盪胸雲氣挾波濤，彈指層湖萬頃遙」。〔二〕各本作「眼」，鄒鎡序本作「眠」，誤。　〔三〕各本作「塵土」，箋注本作「腥腐」。

【箋注】

①樂史寰宇記：「震澤，今州西六十里太湖是也。」

②樂天沃洲山禪院記：「東南山水，越爲首，剡爲面，沃洲、天姥爲眉目。」

③朱長文吳郡圖經續記：「漢永建四年，分會稽爲吳郡，以浙江中流爲界。晉、宋、齊、梁、陳之間，雖頻割地而不改，與吳興、丹陽號爲三吳。」

五十流年昔夢中，余與許翁別五十年矣。登高錯莫御秋風。整冠那得雙蓬鬢，吹帽休嗟兩秃翁。九日茱萸殘刦火，百年藜杖倚晴空。夕陽橘社龍歸處①，笑指紅雲接海東。

【箋注】

①范成大吳郡志：「洞庭東山有柳毅井。小說載毅傳書事，或以爲岳之洞庭。以其說有橘社，故議者以爲即此洞庭山耳。」

遊東山雨花臺次許起文韻

拂石登臺坐白雲，重湖浦漵似迴文。夕陽多處暮山好，秋水波時木葉聞①。玄墓烟輕一點出，吳江靄重片帆分。高空却指南來雁，知是衡陽第幾羣②？

【箋注】

① 少陵曉望詩：「天清木葉聞。」

② 應德璉建章臺集詩：「朝雁鳴雲中，音響一何哀！問子遊何鄉？戢翼正徘徊。言我塞門來，將就衡陽棲。」

路易公安卿置酒包山官舍即席有作二首

綠酒紅燈簇紙屏，臨觴三歎話晨星①。刊章一老餘頭白②，抗疏千秋託汗青③。龍起蒼梧懷羽翼④，鶴歸華表貯儀型。撐腸塊壘須申寫⑤，放箸捫胸拉汝聽。

【箋注】

① 東坡任師中挽詞：「相看半作晨星沒，可憐太白與殘月。」

② 後漢書孔融傳：「山陽張儉爲中常侍侯覽所怨，覽爲刊章下州郡，以名捕儉。」臣賢曰：「刊，削也。謂削去告人姓名。」

③ 路文貞公按吳，公罷枚卜里居，爲奸民告訐，次及給事瞿公。烏程票嚴旨逮繫，文貞爲公抗疏申辨，且曰：怨家自有對頭，是非豈無公議？兩言刺中烏程陰事。烏程亦爲慚恚氣奪。

④ 唐王以違禁越奏，錮鳳陽高墻。崇禎癸未，路公總漕，涖任謁鳳陽祖陵，愴然念天潢子孫，賙以銀米。國變後，文貞護之出至南中。乙酉，聖安北狩，鄭鴻逵奉唐王入閩。七月，卽帝位于福州。下詔求公，曰：振飛于朕有舊恩，今攜家蘇之洞庭山，有能爲朕致之者，官五品，賞千金。公偕次子澤濃，間行入闕。十一月，詣行在，拜太子太保吏部尚書兼兵部尚書文淵閣大學士。澤濃賜名太平，官職方司員外郎。丙戌三月，上幸延平，公居守建

寧。八月，仙霞關陷，上倉皇西幸，命公覘師安關。公趨赴延平與乘輿相失，航海走廣州。廣州復陷，依國姓于廈門。戊子六月，上御極端州，手詔召公。公力疾赴命，道卒于順德。詔贈左柱國特進光祿大夫太傅，謚文貞。蔭一子中書舍人。

⑤世說任誕篇：「阮籍胸中磈壘，故以酒澆之。」

霜鬢飄蕭念舊恩，郎君東閣重相存①，饑來美饌忘偏勸〔一〕②，亂去淸歌記斷〔二〕魂③。故國湖山禾黍日，秋風賓客孟嘗門④。燈前戰壘分〔三〕吳越，范蠡船頭好共論。

【校記】

〔一〕此句從箋注本。各本作「饑來羹饌偏忘勸」。〔二〕箋注本作「旅」，各本作「斷」。〔三〕邃本、箋注本作「分」，鄒鎡序本、金匱本作「經」。

【箋注】

①孫光憲北夢瑣言：「李商隱題廳閣落句云：『郎君官貴施行馬，東閣無因得再窺。』」

②少陵姜七少府設膾歌：「偏勸腹腴愧年少。」

③昌黎韶州留別張使君詩：「淸歌緩送感行人。」

④王摩詰送岐州原長史詩：「秋風正蕭索，客散孟嘗門。」

朱內翰開宴二首

飛樓縹緲面湖光，罨畫青山枕畫廊。內史舊分丹漆筆①，嫖姚新試綠沉槍。聽殘金鑰談因夢②，焚却銀魚入戲場③。四者難幷君自惜④。肯辭絲竹〔一〕出中堂。

【校記】

〔一〕各本作「竹」，箋注本作「肉」。

【箋注】

①崔豹古今注：「牛亨問曰：彤管何也？答曰：彤者，赤漆耳。史官載事，故以彤管赤心記事也。」

②少陵春宿左掖詩：「不寢聽金鑰，因風想玉珂。」

③少陵柏學士茅屋詩：「碧山學士焚銀魚，白馬却走身巖居。」

④謝靈運擬魏太子鄴中集詩序：「天下良辰美景，賞心樂事，四者難幷。」

十眉環列飲秋光，未了寒喧趣命觴。拍岸湖波翻綠醑，銜山日影逗紅粧。看花禁平聲奪繙經眼，徵燭防睽惱客腸。惜別且攜殘夢去，瞪瞢歸路若爲長？

送吳梅村宮諭赴召

淸秋黃葉滿平蕪，月駕星軺肅首途。病起恰逢吳八月①，賦成還比漢三都②。香爐烟合朱衣在③，宮扇雲開玉佩趨。花院槐廳多故事④，早傳音信到菰蘆。

【箋注】

①枚乘七發：「楚太子有疾，吳客往問之，太子有起色。客曰：將以八月之望，與諸侯遠方交游兄弟，並往觀濤于廣陵之曲江。」

②晉書左思傳：「左思作三都賦，構思十年，門庭藩溷，皆著紙筆。賦成，皇甫謐爲其賦序，張載註魏都，劉逵註吳、蜀，豪貴之家，競相傳寫，洛陽爲之紙貴。」

③新唐書儀衛志：「朝日，殿上設黼扆躡席薰爐香案，御史大夫領屬吏至殿西廡，從官朱衣傳呼，促百官就班。」

④趙璘因話錄：「都堂南門東道，有古槐垂陰至廣，相傳夜深聞絲竹之聲，省中即有入相者，俗謂之音聲樹。祠部呼爲冰廳，言其清且冷也。」

虎丘舟中戲爲張五稚昭題扇得絕句八首稚昭少年未娶不肯席帽北遊故詩及之

便面風流柳市知①，春心顧影問腰肢。綠沉漆管餘蛾綠②，漫與東家畫十眉③。

【箋注】

①少陵八哀詩：「京兆空柳市。」漢書張敞傳：「爲京兆時，罷朝會，過走馬章臺街，自以便面拊馬，又爲婦畫眉。」師古曰：「便面，扇之類也。不欲見人，以此自障面，則得其便，故曰便面。」

②蘇易簡文房四譜：「王羲之筆經云：『有人以綠沉漆竹管及鏤管見遺，錄之多年，亦可愛玩。』」隋遺錄：「吳絳仙善

畫長蛾眉，殿脚女爭效之，司宫吏日給螺子黛十斛，號爲蛾綠。螺子黛出波斯國，每斛值十金。」

③宋玉登徒子好色賦：「天下之佳人，莫若楚國；楚國之麗者，莫若臣里，臣里之美者，莫若臣東家之子。」十眉，見前注。

蕙質蘭心桃李年，裌衣迎臘未裝綿。儂家舊住天河上①，不比牽牛會貫錢。

【箋注】

①樂府徐陵雜曲：「張星舊在天河上，由來張姓本連天。」

歐骨虞筋寫硬黃①，白團紈扇墨衣〔一〕香②。笑他弱腕奴書子③，簇簇簪花學女郎④。

【校記】

〔一〕各本作「衣」，箋注本作「花」。

【箋注】

①張世南游宦紀聞：「硬黃謂置紙熱熨斗上，以黃蠟塗勻，儼如角枕，毫釐必見。」

②古今樂錄：「晉王珉捉白團扇，與嫂婢謝芳姿有愛，嫂捶撻婢過苦，王東亭聞而止之。芳姿素善歌，嫂令歌一曲，當赦之。應聲歌曰：『白團扇，辛苦五流連，是郎眼所見。』珉聞，更問之，芳姿即改云：『白團扇，顦顇非昔容，羞與郎相見。』」

③僧釋之金壺記：「歐陽詢曰：學而不變，謂之奴書。」

④張彥遠法書要錄：「袁昂古今書評云：『衛恒書如插花美女，舞笑鏡臺。』」

輕紅攬袴拂廬眠①，蘆酒朝醺夜數錢②。紙帳梅花檀板月，夢魂不到黑山邊。

【箋注】

①玉臺集簡文孌童詩：「攬袴輕紅出。」舊唐書吐蕃傳：「其居都城，號爲邏些城。屋皆平頭，高者至數十尺。貴人處于大氈帳，名爲拂廬。」

②少陵送從弟亞赴河西判官詩：「黄羊飫不羶，蘆酒多還醉。」舊注曰：「釀穀醖成，可撥醅，取不醉也。但力微，飲多即醉。」玉臺集漢桓帝時童謠歌：「車班班，入河間。河間姹女能數錢。」

紅袖青衫叵匝時，鶯揎花妥燕差池①。人中張五看誰是？玉樹臨風只一枝。

【箋注】

①少陵重過何氏詩：「花妥鶯捎蝶。」三山老人曰：「花妥，即花墮也。」

霜風午夜靜寒林，何處柔和轉妙音？五百仙人齊省記，多生於此失禪心①。

【箋注】

①法苑珠林唄讚篇：「有一緊那羅，名頭婁羅，琴歌諸法寶相，以讚世尊。時須彌山及諸林樹皆悉震動，迦葉在座，不能自安，五百仙人，心生狂醉，失其神足。」

昵枕羅衣袖許長，餘甘〔一〕傳得口脂香。從君燬老思燕玉①，只合温柔是此鄉。

【校記】

〔一〕各本作「甘」，鄒鎡序本作「干」。

【箋注】

①燕玉，見前注。

一剪金刀滿鏡愁①，青春和髮水東流。明年娶得桃花女②，十五盈盈並〔一〕上頭③。

張五每自笑十三剃髮，待明年娶婦，好並上頭也。

【校記】

〔一〕各本作「並」，箋注本作「最」。

【箋注】

①元遺山紫牡丹詩：「金刀一剪腸堪斷，綠鬢劉郎半白生。」

②溫庭筠會昌丙寅豐歲歌：「村南娶婦桃花紅。」

③花蕊夫人宮詞：「年初十五最風流，新賜雲鬟使上頭。」

贈張坦公〔一〕

中書行省古杭都，曾有尚書曳履無？暫借頭〔二〕廳居左轄，且拋手版領西湖。懷中日月韜龍節，匣裏風雷閟虎符。攜得岱宗雲滿袖，好將膚寸雨菰蘆。

【校記】

〔一〕此首各本有，亦收于外集卷一。箋注本無。　〔二〕外集作「頭」，各本作「願」。

中朝九伐勒殊勳①，父老牽車拜使君。藉草定追蘇白詠，洗〔一〕花應酹岳于墳。西陵古驛連殘燒，南渡行宮入亂雲。注罷金經臥簾閣，諸天春雨自繽紛。

【校記】

〔一〕 邃本、箋注本作「洗」，鄒鎡序本、金匱本作「澆」。

【箋注】

① 周禮夏官：「司馬以九伐之法正邦國。」

林若撫輓詞〔一〕

硯滴交騰轂洛波①，星占不分少微訛②。卽看大曆詩人盡③，更許貞元朝士多④。乞食饑詞兼冪兀⑤，醉吟韻語雜婆和⑥。落花行卷誅茅宅⑦，好事知誰〔二〕載酒過？

【校記】

〔一〕 此詩箋注本、金匱本、邃本有，鄒鎡序本無。 〔二〕 邃本、箋注本作「知誰」，金匱本作「誰知」。

【箋注】

① 漢書五行志：「魯襄公二十三年，穀、洛水鬬，將毁王宫。劉向以爲近火沴水也。」

② 晉書戴逵傳：「初月犯少微，少微一名處士星。時逵有美才，人或憂之。俄而會稽隱士謝敷死。」

③ 皎然詩式：「大曆中詞人多在江外，皇甫冉、嚴維、張繼、劉長卿、朱嘉祐、朱放，竊占青山白雲，春風芳草，以爲己有。詩道初喪，正在于此。大曆末年，諸公改轍，蓋知前非也。」

④ 劉禹錫聽舊宫中樂人穆氏唱歌絶句：「休唱貞元供奉曲，當時朝士已無多。」

⑤ 淵明乞食詩。

⑥禪林僧寶傳：「寶鏡三昧詞：『婆婆和和，有句無句。』」

⑦唐詩紀事：「唐舉子先投所業于公卿之門，謂之行卷。裴說只行五言十九首，至來年秋賦，復行舊卷。人有訊之者，說曰：只此十九首苦吟，尚未有人見知，何暇別問行卷哉？識者以爲知言。」庾子山哀江南賦：「誅茅宋玉之宅。」

題京口避風館詩爲淮南李小有作

橫江樓館面金山，白浪黏天如等閑。恰是四禪清淨地①，毘嵐風起不相關②。

【箋注】

①白樂天答閑上人問風疾詩：「欲界凡夫何足道，四禪天始免風災。」注曰：「色界四天，初禪具三災，二禪無火災，三禪無水災，四禪無風災。」

②翻譯名義集：「毘嵐，亦云隨藍，此云迅猛火。大論云：『八方風不能動須彌山，隨嵐風至，碎如腐草。』」

天吳颶〔一〕母互爭雄①，萬斛千帆簸蕩中②。魚鱉吐涎還失笑，何因平地起龍宮？

【校記】

〔一〕邃本、箋注本作「天吳颶」，鄒鎡序本作「吳天颶」，金匱本作「天吳颶」。

【箋注】

①左太沖吳都賦：「揖天吳與陽侯。」劉淵林曰：「山海經：『朝陽之谷，神爲天吳，是水伯。』」李肇國史補：「南海人言海風四面而至，本名曰颶風。颶風將至，則多虹蜺，名颶母。」

② 少陵三韻詩：「蕩蕩萬斛船，影若揚白虹。」

吹浪江豚向晚多，夕陽酤酒聽漁〔一〕歌。長年共指檣竿笑，少日〔二〕鯨魚口裏過①。

【校記】

〔一〕邃本、箋注本作「魚」，鄒鎡序本、金匱本作「漁」。 〔二〕各本作「日」，箋注本作「向」。

【箋注】

① 翻譯名義集：「摩竭，此云鯨魚。雄曰鯨，雌曰鯢，大者長十餘里。大論云：『五百賈客入海取寶，值摩竭魚王開口，船去甚急，船師問樓上人何所見，曰：見三日及大白山，水流奔趣，如入大坑。船師云：三日者，一是寶日，二是魚目，白山是魚齒，水奔是入魚口，我曹死矣。時船中人共稱南無佛。是魚先世曾受五戒，得宿命智，聞佛名字，即自悔責，魚便開口，衆人命存。』」

未便江風彈指開，浮囊謹護且徘徊①。老僧省記〔一〕多生事，曾叱〔二〕河神小婢來②。

【校記】

〔一〕各本作「記」，鄒鎡序本作「得」。 〔二〕各本作「叱」，鄒鎡序本作「記」。

【箋注】

① 浮囊，見前注。

② 大智度論釋初品中婆伽婆：「長老畢陵迦婆蹉常患眼痛，是人乞食，常渡恆水，到恆水邊，彈指咄言：小婢住莫流。水即兩斷而過。恆神訴佛，佛令懺謝，合掌語恆神言：小婢莫瞋，今懺謝汝。大衆笑之：云何懺謝，而復罵耶？佛語恆神：當知非惡，此人五百世坐婆羅門家，常自驕貴，本習如此。」

咫尺橫江濁浪腥，新添水檻限青冥。臨流莫唱公無渡①，恐有人從魚腹聽②。

【箋注】

① 崔豹古今註：「霍里子高晨起刺船，有一白首狂夫，被髮提壺，亂流而渡。其妻止之不及，遂墮河死，于是援箜篌而作公無渡河之曲，聲甚悽愴，曲終，亦投河而死。高還說其妻麗玉，玉傷之，引箜篌寫其聲，以其曲傳隣女麗容，名之曰箜篌引。」

② 付法藏經：「拘羅生婆羅門家，其母早亡，父更聘妻。拘羅年幼，後母嗔忿，擲置河中。值一大魚，即便吞食。以福緣故，猶復不死。有捕魚師，捕得此魚，詣市賣之。拘羅父見，即隨買持歸，以刀破腹，兒在魚腹，出聲昌言：願父安養，勿令傷兒。父開魚腹，抱兒而出。年漸長大，求佛出家，得阿羅漢果。」

朔風吹動九〔一〕天昏，四壁明燈笑語溫①。可歎爰居無屋止，避風常向魯東門②。

【校記】

〔一〕各本作「九」，鄒鎡序本作「幾」。

【箋注】

① 元遺山超然王公哀挽詞：「一夕西庵笑語溫。」

② 國語：「海鳥曰爰居，止于魯東門之外三日。」

佛火經聲出浪堆①，蝦鬚水母莫相催②。齋時得食江神喜，約束魚龍受戒迴。

【箋注】

① 報應紀：「唐有一富商，恆誦金剛經，每以經卷自隨。嘗賈販外國，夕宿于海島，衆商利其財，共殺之，盛以大籠，

加巨石井經卷沉于海。平明，衆商船發。而夜來所泊之島，乃有僧院，其院僧每夕則聞人念金剛經聲，深在海底。僧大異之，因命善泅者沉于水訪之，見一老人在籠中讀經，乃牽挽而上。僧驚問其故，云被殺沉于水，不知是籠中，忽覺身處宫殿，常有人送飲食，安樂自在也。衆僧聞之，普加讚嘆。蓋金剛經之靈驗，遂投僧削髮，出家于島院。」

② 水母，東海謂之蛇，有智無耳目，故不知避人。常有蝦依隨之。蝦見人則驚，此物亦隨之而沒。蛇，音蜡，並除嫁切。

三界風輪蕩不旋，避風小築倚江天。知君突兀千間屋①，未是經營斷手年②。

【箋注】

① 少陵茅屋爲秋風所破歌：「何時眼前突兀見此屋？吾廬獨破受凍死亦足。」

② 少陵寄題江外草堂詩：「經營上元始，斷手寶應年。」趙次公曰：「斷手字，晉、魏以來之語，幾營造了謂斷手。」

郁離公五十壽詩〔一〕①

蕭然寄跡五湖湄，爾祖曾爲帝者師。忍以浮雲看世代，悲將流水照鬚眉。玉衣廟出晨常早②，石馬陵趨夜竟遲。飲御來歸〔二〕期盡醉③，祝延先與酹深卮④。

【校記】

〔一〕此詩鄒鎡序本無，邃本、箋注本、金匱本有。邃本、箋注本題如此，金匱本題作「青田子五十」。〔二〕邃本、箋注本作「來歸」，金匱本作「歸來」。

【箋注】

①徐一夔郁離子序：「郁離子者，誠意伯劉公在元季時所著之書。郁離者何？離爲火，文明之象用之，其文郁郁然，爲盛世文明之治，故曰郁離子。」

②少陵行次昭陵詩：「玉衣晨自舉，石馬汗常趨。」

③詩小雅六月篇：「飲御諸友。」箋云：「御，侍也，使其諸友恩舊者侍之。」

④漢書外戚傳昭儀傳：「宮人左右飲酒酹地，皆祝延之。」師古曰：「祝延，祝之使長年也。」

有學集卷六

秋槐別集

乙未小至日宿白塔寺與介立師兄夜話辛卯秋憩友蒼石門院扣問八識規矩屈指又五年矣感而有作二首〔一〕

朔風殿角語琅璫①，方丈挑燈拜飲光②。堂供大迦葉佛。月扇雲衣辭熱惱③，冰牀雪被借清涼④。王于一約看女戲，不果。空門夜共三冬冷⑤，佛日朝添〔二〕一線長。話到報恩塵剎事⑥，殘缸炷焰吐寒芒。

【校記】

〔一〕此二首之二亦收于邃漢齋印有學集補遺中，題作「題某寺」。

〔二〕箋注本作「添」，各本作「依」。

【箋注】

① 少陵大雲寺贊公房詩：「夜深殿突兀，風動金琅璫。」西域傳註：「琅璫，長鎖，若今之禁繫人鎖，今殿塔皆有之。」

② 翻譯名義集：「迦葉波，此云飲光。文句云：『迦葉身光亦能映物。』」

③ 少陵復愁詩：「月生初學扇，雲細不成衣。」首楞嚴經合論：「婬心煩燒，名爲熱惱。婬事穢濁，名爲欲泥。」

④冰牀雪被，見前注。

⑤道誠釋氏要覽：「凡寺院有開三門者，只有一門，亦呼爲三門，何也？佛地論云：『三解脫門，謂空門無相門無作門。』今寺院是求至涅槃人居之，故由三門入也。」

⑥首楞嚴經偈讚：「將此深心奉塵刹，是則名爲報佛恩。」

細雨諸天灑梵林，石門昔夢靜思尋。三人互剪繙經燭，八識初輪〔一〕看論金①。烏集長干多刦淚②，雞鳴後夜五更心〔二〕③。官梅〔三〕東閣垂垂發，陽長方知佛力深。

【校記】

〔一〕本集作「八識初輪」，補遺作「一雨初收」。〔二〕本集作「心」，補遺作「砧」。〔三〕本集作「官梅」，補遺作「梅花」。

【箋注】

①翻譯名義集：「第八識如磁毛石，一刹那間，便攬而住。攝論云：『世尊說法，凡有三種，一染污分，二清淨分，三染污清淨分。譬如金藏土中有三，一地界，二金，三土輪。以地譬依他性，具染淨二分，此八識。以土譬分別性，爲生死染分，此七識。以金譬眞實性，爲涅槃淨分，此九識。』」

②樂府讀曲歌：「暫出白門前，楊柳可藏烏。」

③首楞嚴經：「如雞後鳴。」長水疏曰：「雞第二鳴，天將曉也。」

寶應舟次寄李素臣年姪

津亭何處不滄桑，況復淮南指白楊。冠劍丁年唐進士①，泥塗亥字魯靈光②。吳榜〔一〕雁起殘更火③，楚幕烏啼半夜霜④。容貌恐君難識我，且憑音響撼倉琅⑤。

【校記】

〔一〕各本作「航」，注云：「原作『榜』。」

【箋注】

① 溫庭筠蘇武廟詩：「去時冠劍是丁年。」通鑑梁紀：「依政進士梁震，唐末登第，歸蜀過江陵，高季昌愛其才識，留之。欲奏爲判官，震曰：震素不慕榮宦，但以白衣侍樽俎可也。季昌許之。震終身止稱前進士。」

② 左傳襄公三十年：「絳縣人曰：臣生之歲，正月甲子朔，四百有四十五甲子矣。師曠曰：是歲也，魯敗狄于鹹，七十三年矣。史趙曰：亥有二首六身，其日數也。趙孟召而謝過焉，曰：武不才，使吾子辱在泥塗久矣。以爲絳縣師。」

③ 屈原九章：「齊吳榜以擊汰。」王逸曰：「吳榜，船櫂也。」

④ 左傳莊公二十八年：「楚師夜遁，鄭人將奔桐丘。諜告曰：楚幕有烏。乃止。」

⑤ 漢書五行志：「木門倉琅根，謂宮門銅鍰。」師古曰：「門之鋪首及銅鍰也。銅色青，故曰倉琅。鋪首銜環，故謂之根。」

題黃甫及舫閣

文練縈窗香篆遲①，舫齋恰似檥舟時②。垂簾每讀淮陰傳，卷幔長懷漂母祠。落木雲旗開楚甸③，夕陽日珥抱鍾離④。鄂君繡被歌誰和？且試燈前一局棋。

【箋注】

① 少陵劉顥宅宴飲醉歌：「照室紅爐促曙光，縈窗素月垂文練。」

② 左太沖蜀都賦：「試水容，檥輕舟。」劉淵林曰：「南方俗謂正船迴濟處爲檥。」

③ 相如上林賦：「拖蜺旌，靡雲旗。」

④ 漢書天文志：「抱珥虹蜺。」孟康曰：「抱，氣向日也。珥，形點黑也。」如淳曰：「凡氣在日上爲冠，爲戴；在傍直對爲珥；在旁如半鐶向日爲抱。」清類天文分向書：「鳳陽府，春秋時爲鍾離子國。聖朝啓運，爲興王之地。吳元年，改臨濠府。洪武三年，改中立府，定爲中都。九月，改中立府爲鳳陽府。」

題陳階六振衣千仞岡小像

偶向咸池沐髮還①，須彌盧頂瞰人寰②。笑他一摑修羅掌③，規取雙輪作耳環。

【箋注】

① 屈原九歌：「與汝沐兮咸池，晞汝髮兮陽之阿。」

② 西域記：「須彌盧山，由寶合成，在大海中，據金輪上。日月之所迴薄，諸天之所遊舍。」
③ 翻譯名義集：「羅睺長八萬四千由旬，舉手掌障日月，世言日月食。」

寄淮上閻再彭眷〔一〕西草堂

西向依風笑〔二〕，南枝擇木謀①。艱難仍有步，眷顧豈無頭②？策賜金天醉③，盤辭渭水愁。美人紆〔三〕萬舞，山隰思悠悠。

【校記】

〔一〕各本作「眷」，鄭鋐注本作「春」，誤。〔二〕箋注本、金匱本作「笑」，邃本、鄭鋐注本作「歎」。〔三〕各本作「紆」，鄭鋐序本作「行」。

【箋注】

① 左傳哀公十一年：「孔文子之將攻大叔也，訪于仲尼。仲尼曰：簠簋之事，則嘗學之矣。甲兵之事，未之聞也。退，命駕而行，曰：鳥則擇木，木豈能擇鳥。」
② 蜀志秦宓傳：「張溫來聘，百官往餞。宓至，溫問曰：天有頭乎？宓曰：有之。詩曰：『乃眷西顧。』以此推之，頭在西方。溫曰：天有耳乎？宓曰：天處高而聽卑。詩云：『鶴鳴于九皋，聲聞于天。』若無耳，何以聽之？溫曰：天有足乎？宓曰：有。詩云：『天步艱難，之子不猶。』若無足，何以步之？溫大敬服。」
③ 張平子西京賦：「昔者大帝說秦繆公而覲之，饗以鈞天廣樂，帝醉焉，爲金策，錫用此土，而翦諸鶉首。」

長淮南紀水①，滔蕩汨窮塵。故絳眞吾土②，陶唐自古民。周詩太原什，晉問柳州文。他日論都賦，東西定主賓③。

【箋注】

① 小雅四月詩：「滔滔江漢，南國之紀。」

② 左傳成公六年：「晉人謀去故絳。」杜預曰：「晉復命新田爲絳，故謂此故絳。」

③ 班孟堅西都賦：「有東都賓問於西都主人。」

竹谿草堂歌爲寶應李子素臣作

君不見唐家中葉壽命昌，帝降八寶鎭楚方①。光氣鬱郁天市牆，昭回天漢連維揚。仙李盤根告厥祥，長庚散翼垂寒芒。三壬羅腹貯三倉②，天心月脅穿肺腸③。九琮五玉森珪璋④，佇候上帝開總章⑤。海青高飛翎雀翔⑥，觚稜塵碎金雀傷⑦。羅睺噉日陽烏忙⑧，炎風朔雪成灰場。白虹繚〔一〕天朔吹狂，薄游擊筑燕市旁。卷衣秦女辭宫粧⑨，歌殘漏月音惻愴⑩。龍胡上天不我將⑪，呼風鳥啼金粟岡⑫。龍蟠空曲熊羆藏，玉泉朱魚鱗鬣揚⑬。腐儒瘦馬淚漬裳，回瞻佳氣行傍徨。歸來散髮箕山陽⑭，射陽湖畔築草堂⑮。箕山墮蜀周如防⑯，挂瓢飲犢猶相望⑰。風吹樹瓢響倉琅，披襟抱膝思虞唐。名園蒔竹如南塘，綠雲百畝欺篔簹⑱。高梧深柳矗隊行，前迎後却朝竹王⑲。白毛布地血雨創⑳，此中白日思〔二〕上皇。蕭晨清夜開竹房，晉賢唐逸來命觴㉑。碧蘚綠影壓書牀，紅鐙一滴蘭膏光。涼風蕭閒吹縹緗，明玕屋角鳴笙簧㉒。清商一部迴簷廊㉓，玉魚劍佩交鏗鏘。主人頷誦何琅琅，金春玉應參宮商㉔。捎雲交響雙鳳皇㉕，和以發明并幽昌㉖。搖風獵獵萬籟張，長竿擊戛粉旗槍。王良策馬萬騎〔三〕驤㉗，雲旓羽纛影頡頏㉘。瓦振帛裂天低昂，奔濤跋浪撼屋梁。退飛六鷁叫鵁鶄，迅掃塵壒迴滄浪。少焉明月生東廂，得風而笑竹亦忘㉙。斫青削玉開珠囊㉚，丹書〔四〕翰〔五〕簡手勘量，大書甲子依柴桑㉛。載記黑白標朱黃，千年筠竹新粉香。抽空直〔六〕筆凌秋霜，端門寶書今不亡㉜。春秋素臣竹素長〔七〕㉝，老夫耄〔八〕矣吾子強。

【校記】

〔一〕 邃本、箋注本作「繚」，鄒鎡序本、金匱本作「潦」。 〔二〕 邃本、鄒鎡序本作「思」，箋注本、金匱本作「晞」。

〔三〕 箋注本作「萬騎」，各本作「騎龍」。 〔四〕 箋注本作「書」，各本作「青」。 〔五〕 各本作「翰」，金匱本作「汗」。 〔六〕 箋注本作「直」，各本作「擲」。 〔七〕 此句下箋注本有「吁嗟素臣作素長」一句，金匱本同，惟「作」作「竹」。 邃本、鄒鎡序本無。 〔八〕 金匱本作「耄」，各本作「髦」。

【箋注】

① 唐楚州刺史鄭輅撰得寶記：「開元中，有李氏女子嫁賀若氏，既寡，爲尼，名眞如。天寶元年七月七日，有五色雲自東方來，雲中有人，引手授以一囊。天寶末，眞如流寓安宜縣。肅宗元年建子月十八日夜，眞如忽見皂衣二

人引去東南，奄至一城，樓觀嚴飾，見天帝謂曰：下界喪亂，殺氣腥穢，達於諸天，莫若以神寶厭之。乃授以第二寶，復謂眞如曰：前所授汝小囊，有寶五段，人臣可得見之。今者八寶，唯王者所宜見。眞如具以聞官，上達，肅宗方疾，視寶，促召代宗謂曰：汝自楚王爲太子，今上天示寶於楚，天祚汝也。因改號寶應元年，升楚州爲上州，縣爲望縣，改安宜縣爲寶應。眞如所居之地得寶，河堧高敞，境物潤茂，後爲六合縣。」

② 魏志管輅傳：「背有三甲，腹無三壬，此皆不壽之徵。」僧釋之金壺記：「漢賈魴撰滂熹篇，以倉頡爲上篇，訓纂爲中篇，滂熹爲下篇，謂之三倉。」

③ 皇甫持正顧況詩集序：「逸歌長句，駿發踔厲，往往若穿天心，出月脅。」

④ 周禮：「以蒼璧禮天，黃琮禮地，青珪禮東方，赤璋禮南方，白琥禮西方，黑璜禮北方。」又云：「四圭有邸以禮天，兩圭有邸以禮地，圭璧以禮日月星辰。凡此九器，皆禮神之玉也。」書舜典：「五玉三帛。」

⑤ 三輔黃圖：「明堂所以正四時，出教化，天子布政之宮也。黃帝曰合宮，堯曰衢室，舜曰總章，夏后曰世室，殷人曰陽館，周人曰明堂。」

⑥ 葉奇草木子：「海東青出于女眞，在遼國已極重之，因是起變，而契丹以亡。其物善擒天鵝，飛放時旋風羊角而上，直入雲際。能得頭鵝者，元朝官裏賞五十鈔。」翎雀，見前注。

⑦ 觚稜，見前注。

⑧ 暾日，見前注。

⑨ 秦女，見前注。

⑩ 秦王爲荆軻所持，王曰：乞聽琴聲而死。琴女名漏月者，彈音曰：羅縠單衣，可掣而絕。三尺屏風，可超而越。鹿

盧之劍，可負而拔。王如其言，遂斬荆軻。

⑪ 龍胡，見前注。

⑫ 呼風鳥，見前注。

⑬ 武林舊事：「玉泉淨空院，泉色清澈，蓄大金魚，有龍王祠。」

⑭ 樂史寰宇記：「箕山，在寶應縣東六十里。」

⑮ 元和志：「射陽湖，在山陽縣東八十里，與寶應、鹽城分湖爲界。」

⑯ 爾雅釋山：「獨者蜀。」郭璞曰：「蜀亦孤獨。」又曰：「巒山墮。」郭璞曰：「謂山形長狹者，荆州謂之巒。詩曰：『墮山喬嶽。』」

⑰ 掛瓢飲犢，見前注。

⑱ 左太沖吳都賦：「其竹則篔簹林箊，桂箭射筒。」劉淵林曰：「異物志：『篔簹生水邊，長數丈，圍一尺五六寸，一節相去六七尺，或去一丈。廬陵界有之。林箊，是猿公所與越女試劍竹也。』」

⑲ 水經注：「漢武帝時，竹王興于豚水。有一女子，浣于水濱，有三節大竹，流入女子足間，推之不去。聞有聲，持破之，得一男子，遂雄夷濮，氏竹爲姓。所捐破竹，于野成林，地有祠祀竹王。」

⑳ 梁武帝大同二年，地生白毛，長三尺。唐武后垂拱元年九月，淮南地生毛，或蒼或白，長者尺餘，遍居人床下。揚州尤甚，大如馬鬣，焚之臭如燎毛。占曰：兵起，民不安。

㉑ 水經注：「七賢祠左右，筠篁列植，冬夏不變。魏步兵校尉陳留阮籍、中散大夫譙國嵇康、晉司徒河內山濤、司徒琅琊王戎、黃門郎河內向秀、建威參軍沛國劉伶、始平太守阮咸等同居山陽，時人號爲竹林七賢。」新唐書李白

傳：「白與孔巢父、韓準、裴政、張叔明、陶沔居徂徠山，日沈飲，號竹溪六逸。」

㉒竹坡詩話：「士大夫學淵明作詩，故爲平澹之語，而不知淵明制作之妙，已在其中矣。如讀山海經云：『亭亭明玕照，落落清瑤池。』豈無雕琢之功。明玕謂竹，清瑤謂水也。」

㉓樂天早夏曉興贈夢得詩：「一部清商一壺酒。」

㉔昌黎獻鄭相公詩：「金舂撼玉應，厥臭劇蕙鬱。」

㉕左太沖吳都賦：「捎雲無以踰，嶰谷弗能連。」

㉖說文：「五方神鳥，東方曰發明，南方曰焦明，西方曰鷫鷞，北方曰幽昌，中央曰鳳凰。」

㉗史記天官書：「漢中四星曰天駟，旁一星曰王良。王良策馬，車騎滿野。」

㉘張平子西京賦：「棲鳴鳶，曳雲旓。」

㉙說文笑字本闕，臣鉉等案：「孫愐唐韻引說文云『喜也，從竹，從犬』，而不述其義。今俗皆從犬。又按李陽冰刊定說文，從竹，從夭，義云竹得風其體夭屈，如人之笑，未知其審。」

㉚李賀昌谷北園新筍絕句：「籜落長竿削玉開，君看母筍是龍材。」又曰：「斫取青光寫楚詞，膩香春粉黑離離。」珠囊，見前注。

㉛甲子，見前注。

㉜端門寶書，見前注。

㉝張景陽雜詩：「游思竹素園，寄辭翰墨林。」風俗通：「劉向爲孝成皇帝典校書籍，皆先書竹，爲易刊定，可繕寫者以上素也。」

長干送松影上人楚遊兼柬楚中郭尹諸公二首

吳頭楚尾一軍持，斷取陶輪右手移。四鉢尚擎殷粟米，七條還整漢威儀①。毗藍風急禪枝〔一〕定②，替戾聲長呪力悲③。取次莊嚴華藏界④，護龍河上落花時⑤。

【校記】

〔一〕箋注本作「枝」，遂本、鄒鎡序本作「交」，金匱本作「支」。

【箋注】

① 四鉢七條，俱見前注。

② 翻譯名義集：「毘嵐亦云隨藍，此云迅猛風。」

③ 替戾聲，見前注。

④ 華嚴經華藏世界品：「彼須彌山微塵數風輪，最在上者，名殊勝威光藏能持普光摩尼莊嚴香水海。此香水海，有大蓮華，名種種光明蕊香幢，華藏莊嚴世界海住在其中。」

⑤ 應天府志：「護龍河，宋鑿，即舊子城外三面濠。今自昇平橋達於上元縣，後至虹橋西南，出大市橋而止。」

孤蓬散霞浪花堆，眉雪茸茸抖擻來①。跨海金鈴依振錫②，緣江木柹襯浮杯③。九疑旭日扶頭見④，三戶沈灰按指開⑤。喚起呂仙橫笛過⑥，岳陽梅柳早時催。

【箋注】

① 樂天寄山僧詩：「會擬抽身去，當風抖擻衣。」

② 孫興公遊天台山賦：「振金策之鈴鈴。」李善曰：「金策，錫杖。鈴鈴，錫聲。」釋氏通鑑：「鄧隱峯之五臺，道由淮右，屬吳元濟阻兵蔡州，與官軍戰。師曰：我當少解其患。乃振錫空中，飛身而過。兩軍仰觀嘆異，鬭心頓息。」

③ 晉書王濬傳：「濬造船於蜀，其木柹蔽江而下。」慧皎高僧傳：「杯渡者，不知姓名，常乘木杯渡水，因而爲氏。」

④ 水經資水註：「九疑山峯秀數郡，異嶺同勢，遊者疑焉，故曰九疑。」

⑤ 三尸，見前注。首楞嚴經：「如我按指，海印發光。」

⑥ 范致明岳陽風土記：「岳陽樓上有呂先生留題云：『朝遊北越暮蒼梧，袖裏青蛇膽氣麤。三入岳陽人不識，朗吟飛過洞庭湖。』先生名巖，字洞賓，河中府人。唐禮部尚書渭之孫。渭四子，溫、恭、儉、讓。讓終海州刺史，先生，海州出也。會昌中兩舉進士不第，即有棲隱之志。去遊廬山，遇異人授劍術，得長生不死之訣。多遊湘、潭、鄂、岳間，人莫之識。」

乙未除夕寄內

頳尾勞勞浪播遷①，長干禪榻伴僧眠。魚龍故國猶今夕②，雞犬新豐又一年③。瓦注臘醅村舍酒，柴門松火佛前錢。團圞兒女應流涕，老大家翁若個邊？

【箋注】

① 汝墳詩：「魴魚頳尾。」

② 水經注：「汧水東北流，歷澗注以成淵。出五色魚，俗以爲靈，因謂是水爲魚龍水。」

③ 葛洪西京雜記：「高帝既作新豐，并移舊社。衢巷棟宇，物色惟舊。士女長幼，相攜路首，各知其室。放犬羊雞鴨于道，競識其家。匠人胡寬所營也。移者皆悅其似而安之。」

長干偕介丘道人守歲

明燈度歲守招提①，去殿宮雲入夢低。怖鴿有枝依佛影②，驚烏無樹傍禪棲。塔光雪色恆河象③，天醒霜空午夜鷄。頭白黃門熏寶級④，香爐曾捧玉皇西。

【箋注】

① 增輝記：「招提者，梵言拓鬭提奢，唐人四方僧物，後人傳寫，以拓爲招，又省鬭奢二字，止稱招提。卽今十方住持寺院是也。」

② 傳燈錄：「鷂子趁鴿子，飛向佛殿闌干上顫。有人問僧：一切衆生，在佛影中，常安常樂。鴿子見佛，爲什麽顫？」

③ 水經注：「恆水又東，逕藍莫塔。塔中有池，池中有龍守護之。阿育王欲破塔作八萬四千塔，悟龍王所供，知非世有，遂止。此中空荒無人，羣象以鼻取水洒地，若蒼梧、會稽象耕鳥耘矣。」

④ 杜佑通典：「凡禁門黃闥，故號黃門。其官給事於黃闥之內，故曰黃門。」

丙申元日

朝元顛倒舊衣裳，肅穆花宮〔一〕禮梵王。佛日東臨輝象設①，帝車南指滌文章②。秋衾昔夢禪燈穩，春餅殘牙粥鼓香③。誓以丹鉛廻法海④，三千牀席刦初長⑤。

【校記】

〔一〕遼本、箋注本作「花宮」，鄒鎡序本、金匱本作「宮花」。

【箋注】

① 象設，見前注。

② 王勃益州夫子廟碑：「帝車南指，遁七曜于中階。」

③ 葉石林乙卯避暑錄：「唐御膳以紅綾餅餤爲重。昭宗光化中，放進士榜，得裴格等二十八人，以爲得人。會燕曲江，乃令大官特作二十八餅餤賜之。盧延讓在其間，後入蜀爲學士。既老，頗爲蜀人所易，延讓作詩云：『莫欺零落殘牙齒，曾喫紅綾餅餤來。』」

④ 僧佑竟陵王世子撫軍巴陵王法集序：「世諦善論，法海所總。嚴飾文詞，初位是攝。」華嚴世主妙嚴品：「得智慧光，照普門法，隨順諸佛，所行無礙，能入一切辨才法海。」

⑤ 大論：「假使頂戴經塵，刦身爲床，座徧三千，若不傳法度衆生，畢竟無能報恩者。」

王式之參軍五十

烏衣燕子繞庭除，昔日王郎鬢未疎。玉匣長臨修禊帖①，銀鉤戲草嚇蠻書②。薄寒殘醉催絲管，微雨新晴御板輿③。漉酒紅樓春漸好，落梅歌發落燈初。

【箋注】

① 玉匣，見前注。

② 僧釋之金壺記：「晉索靖，字幼安，草書勢曰：『完若銀鈎，飄如驚鸞。』」范傳正李公新墓碑：「天寶初，召見于金鑾殿，論當世務，草答番書，辨如懸河，筆不停綴。」

③ 潘安仁閒居賦：「微雨新晴，六合清朗。太夫人乃御板輿，升輕軒，遠覽王畿，近周家園。」

爲康小范題李長蘅畫

李生才思如春〔一〕雲，信腕潑墨皆有文。雲山每拂紅樓壁，章草嘗書白練裙①。此圖點染聊復爾，老筆槎牙劈生紙②。已皴數樹接煙嵐，更著扁舟破春水。舟中一老澹鬚眉，鶯脰湖邊問渡時③。橘花寒食橫塘路，絳淺紅輕蕩槳遲。

【校記】

〔一〕 箋注本作「春」，各本作「青」。

【箋注】

① 書斷：「章草，漢黄門令史游所作。王愔云：漢元帝時，史游作急就章，解散隸體，麤書之也。」書斷列傳：「王子敬入羊欣齋，欣着新白絹裙晝眠。子敬乃書其裙幅及帶。欣覺歡樂，遂寶之。後以上朝廷。」

② 陶九成輟耕錄：「作畫用墨最難，但先用淡墨，積至可觀處，然後用焦墨濃墨分出畦徑遠近，故在生紙上，有許多滋潤處。」

③ 盧熊蘇州志：「鶯脰湖，南去吳江四十五里平望南，舊以湖形似鶯脰，故云。」

放歌行贈櫟園道人游武夷

礪君吳剛斫月之玉斧，揚君魯陽指日之戈殳①。飲君邯鄲一曲之美酒，贈君繞朝臨行之策書②。憶君去年歸晝繡③，高〔一〕堂燕〔二〕喜身垂魚④。雕軒列戟侯門屏，金章玉軸照座隅。詞人油素獻歌頌⑤，肩耕踵汗仍口呿⑥。青陽逼除才隔歲⑦，南冠顧影行次且⑧。秋風吹散孟嘗客，廉公市門日盱虛⑨。老夫衝寒走問訊，鬔頭冰雪膠髭鬚。溺人但一笑⑩，越吟多囁嚅⑪。班荆過蓬〔三〕桑下語⑫，倉皇執手臨交衢。且勿賦河梁⑬，且勿歌驪駒。聽我放歌行，請言造化初。厥初空界二十刦⑭，吡嵐槖風吹復噓⑮。金藏興雲雨如軸⑯，金剛界結胎堪輿⑰。清水升天澱濁地⑱，七金四洲高下殊⑲。光音天人福報薄⑳，地餅食竭林藤枯。身光彫落器界暗，四輪墨穴游昏塗。寶音諸地起慈愍，化現日月天子星宮俱。開張兩儀布二曜，二十八宿磊落排空居。梵王口脃臍輪各種族，欲界障持善現相封屠。修羅蕩脚波海水㉑，生憎頭上蹴踏雙兔蜍。手障日輪口噉月㉒，日月怖匿天嗟吁㉓。此方蚩尤兄弟亦徒黨㉔，銅頭鐵額興蝥弧。共工觸頭折天柱，后羿矯矢摧陽烏㉕。三王五伯迭整頓，君臣將相羣拮据。撑天拄地定八極，爲此衣冠禮樂爭寰區。東門嘯戎索㉖，北落移天樞㉗。裸衣笑神禹㉘，好冠詫勾吳㉙。退飛未許傍宋鷁㉚，避風何地追爰居㉛？天地爲籠逝安適㉜？身藏藕孔難卷舒㉝。移眉下目吁可怪，閉口〔四〕捕舌誰能逋？劾君以彈甘蕉之封事㉞，案君以覆鄭鹿之追胥㉟。誤君以知雀語之公冶㊱，責君以辨牛鳴之葛盧㊲。淳于冠纓大笑絕，舍人窶藪尻謈呼㊳。崑山抵鵲用良玉㊴，泉客洒涕成明珠㊵。心驚蟻牀自急擣㊶，夢入鼠穴仍拱趨㊷。斗間千將會須出㊸，山頭廷尉當何如㊹？荷鼓大星正芒角㊺，橫海兵氣連無諸㊻。蛟門水立鳥不渡㊼，子陵灘頭斷釣漁。老夫已辦千日醉㊽，吾子慎愛千金軀㊾。扁舟東下值元夕，紅燈綠酒停姑蘇。皐橋銀箏裹紅淚㊿，遲君拂拭追歡娛。玄墓梅花衆香國(51)，西泠紅雨桃千株。巾車蠟屐聊復爾，何用轣轆催奔車。武夷之君吾遠祖(52)，相見遙祝傳區區。曾孫面皺頭髮禿，何當念我詒乾魚(53)？酌君酒，攬子袪。我欲竟此曲，此曲煩且紆。嚨胡啍嚽如夢魘(54)，宮商失次無疾徐。征馬爲躑躅，僕御亦踟躕。

烏〔五〕啼鴉散君且發〔六〕，玉壺酒煖還須臾〔七〕。東方顧瞻已精色(55)，晨雞喔喔鳴前除。

【校記】

〔一〕箋注本作「高」，各本作「堂」。〔二〕箋注本、金匱本作「燕」，邃本、鄒鎡序本作「暫」。〔三〕金匱本作「逢」，各本作「蓬」。〔四〕各本作「口」，箋注本作「門」。〔五〕各本作「鳥」，金匱本作「烏」。〔六〕各本有「發」字，鄒鎡序本無。〔七〕此句下箋注本有「放歌行還須臾」六字，各本無。

【箋注】

① 淮南子覽冥訓篇：「魯陽公與韓構難，戰酣日暮，援戈而揮之，日爲之返三舍。」

② 繞朝，見前注。

③ 魏志張既傳：「出爲雍州刺史，太祖謂既曰：還君本州，可謂衣繡晝行矣。」

④ 程大昌演繁露：「今之魚袋，本唐制也。所以明貴賤，應宣召，左二右一。其飾有玉金銀三等。魚飾之下，有黑韋渾裹方木，附身以垂，書其官姓名于木，中分爲二。」

⑤ 揚子雲答劉子駿書：「常把三尺弱翰，齎油素尺四。」

⑥ 莊子秋水篇：「公孫龍口呿而不合。」成玄英疏曰：「呿，開也。」

⑦ 爾雅釋天：「春爲青陽。」

⑧ 易夬卦：「九四，其行次且。」正義曰：「次且，行不前進也。」

⑨ 沈休文詣世子車中詩：「廉公失權勢，門館有虛盈。」李善曰：「潛夫論曰：『魏其之客，流於武安。長平之利，移於冠軍。廉頗翟公，再盈再虛。』」

⑩左傳哀公二十年：「溺人必笑。」杜預曰：「猶溺人不知所爲而反笑。」

⑪越吟，見前注。

⑫蜀志龐統傳：「司馬徽清雅有知人鑒。統弱冠往見徽，徽採桑于樹上，坐統於樹下，共語，自晝至夜。徽甚異之，稱統當爲南州士之冠也。」

⑬李少卿與蘇武詩：「攜手上河梁，遊子暮何之？」

⑭俱舍頌：「空界大風起，傍廣數無量，厚十六洛叉，金剛不能壞，此名持界風。」空界者，前界壞劫之後第二十空劫也。新婆沙論：「合二十中劫，世間成。二十中劫，成已住，此合名成劫。經二十中劫，世間壞。二十中劫壞已空，此合名壞劫。總八十中劫，合名大劫，成已住。中二十中劫，初一唯減，後一唯增，中間十八，亦增亦減。」

⑮大論：「八方風不能動須彌山，毘嵐風至，碎如腐草。」

⑯俱舍頌：「光明金藏雲，布及三千界。雲色如金，注水無窮，故曰金藏雲。」觀佛三昧經：「劫欲成時，火乃自滅。更起大雲，漸降大雨，滴如車軸。是時此三千大千剎土，水邊其中。」

⑰長阿含經：「佛告比丘：此四天下，有八千天下圍繞其外。復有大海水，周帀圍繞八千天下。復有大金剛山，繞大海水。金剛山外，復有第二大金剛山。二山中間，窈窈冥冥，日月神天，有大威力。」揚子雲甘泉賦：「屬堪輿以壁壘。」張晏曰：「堪輿，天地總名也。」

⑱俱舍頌：「次第金藏雲，布雨滿其內。先成梵王界，乃至夜摩天。風鼓金水成，須彌七金等。」此明器界成立之相。北山云：三輪既成，雨自空飛注金輪上，滴如車軸。風吹此水，清者上升，自上至下，先成色界梵王天及欲界空居四天也。須彌七金等，在清濁之間。俱舍頌：「滓濁爲山地，四洲及泥犁。鹹海外輪圍，方名器界立成。」

滓，澱也。稠泥之屬，結爲土石諸山及平地也。四洲居須彌四畔，鹹海之中。外輪圍者，即鐵圍山，此等皆前滓濁所成，總名一佛所化土。一三千界，同時成立。」

⑲西域記：「須彌山在大海中，七山七海，環峙環列，山間海水，具八功德。七金山外，乃鹹海也。海中可居者，大略有四洲焉。東毗提訶洲，南贍部洲，西瞿尼陀洲，北拘盧洲。金輪王乃化被四天下。」

⑳長阿含經：「賢刼初成，未有日月。是時光音天下降，皆有身光，飛行自在，無有男女尊卑親疏之别。暨乎淨天下降，身光自隨，因餐地肥，遂生貪著。林藤香稻，轉次食之，身光漸滅，日月方現。夫婦農作之事興，君臣父子之道成。」

㉑觀佛三昧經：「修羅攻帝釋，立大海水，踞須彌山頂，九百九十九手同時俱作，撼善見城，搖須彌山，四大海水，一時波動。」

㉒長阿含經：「帝釋前軍，先放日光，射修羅眼，令不見天衆，故彼以手障之。」大智度論釋初品中：「十方諸菩薩來之餘，一時羅睺羅、阿修羅王欲噉月，月天子怖，疾到佛所。佛說偈言，羅睺羅即疾放月。」

㉓增阿含經：「爾時世尊告諸比丘：受形大者，莫過阿須倫王，形廣長八萬四千由旬，其口縱横千由旬。往日月前，日月王見已，各懷恐怖，以形可畏故，不復有光明。」

㉔任昉述異記：「蚩尤氏兄弟七十二人，銅頭鐵額，食鐵石。軒轅誅之涿鹿之野。」

㉕淮南子：「堯時十日並出，草木焦枯。堯令羿仰射十日，中其九日，九烏皆死，墮其羽翼。」

㉖晉書載記：「石勒年十四，隨邑人行販洛陽，倚嘯上東門。王衍見而異之，顧謂左右曰：向者胡雛，吾觀其聲視有奇志，恐將爲天下之患。馳遣收之，勒已去。」張端義貴耳三集：「周索戎索。索，法也。書序云：『九丘八索。』

即此索也。」

㉗ 三氏星經：「石申氏曰：北極五星，又名北辰。其小星爲天之樞也。第一星主月，太子也。第二星主日，帝王也。第三星主五行，又主五星，庶子也。第四星主后宮，嬪御妾妃也。星亡，天下大亂，八年內主國無君。」

㉘ 呂氏春秋：「禹入裸國，裸入衣出，因名。」

㉙ 穀梁哀公十三年：「吳王夫差曰：好冠來。孔子曰：大矣哉夫差！未能言冠而欲冠也。」史記吳太伯世家：「太伯奔荆蠻，自號勾吳。」

㉚ 宋鵲，見前注。

㉛ 國語：「海鳥曰爰居，止魯東門之外三日。是歲也，海多大風，冬暖。」

㉜ 天地爲籠，見前注。

㉝ 藕孔，見前注。

㉞ 沈約彈甘蕉文，見藝文類聚。

㉟ 鄭鹿，見前注。

㊱ 白氏六帖：「公冶長解雀語免罪。」

㊲ 左傳僖公二十九年：「介葛盧聞牛鳴，曰：是生三犧，皆用之矣。其音云。問之而信。」

㊳ 漢書東方朔傳：「上令倡監榜舍人，舍人不勝痛，呼謈。朔笑之曰：咄！口無毛，聲謷謷，尻益高。」鄧展曰：「謈，音瓜瓝之瓝。」師古曰：「謂痛而叫呼也。」

㊴ 鹽鐵論：「崑崙之下，以玉璞抵鵲。」

㊵左太沖吳都賦：「淵客慷慨而泣珠。」

㊶蟻床，見前注。

㊷世說文學篇：「衛玠問樂令夢，樂云：是想。衛曰：形神所不接而夢，豈是想耶？樂曰：因也。未嘗夢乘車入鼠穴，擣齏噉鐵杵，皆無想無因故也。」

㊸晉書張華傳：「報煥書曰：詳觀劍文，乃干將也。莫邪何以不至？雖然，天生神物，終當合耳。」

㊹晉書蘇峻傳：「峻勒兵自守，朝廷遣使諷諭之。峻曰：我寧山頭望廷尉，不能廷尉望山頭。」

㊺爾雅：「荷鼓謂之牽牛。」郭璞曰：「今荆楚人呼牽牛星爲擔鼓。擔者，荷也。」

㊻漢書武帝紀：「遣橫海將軍韓說、中尉王溫舒出會稽。」太平寰宇記：「福州，古閩越也。漢高帝立無諸爲閩越王，國都于此。」

㊼胡翰謝翱傳：「西入鄞，過蛟門，臨大海，所至歔欷流涕。」

㊽博物志：「劉玄石飲酒，一醉千日。」

㊾漢袁盎傳：「千金之子不垂堂，百金之子不騎衡。」少陵哀王孫：「豺狼在邑龍在野，王孫善保千金軀。」

㊿范成大吳郡志：「閶門內有皋橋，即漢皋伯通居，梁鴻賃舂之所。」

(51)維摩詰經：「上方界分過四十二恆沙佛土，有國名衆香，佛號香積。其國香氣，比十方諸佛世界人天之香最爲第一。」

(52)祝穆方輿勝覽：「俗傳玉帝與太姆、魏眞人、武夷君建幔亭，綵屋數百間，施紅雲裀紫霞褥，宴鄉人男女千餘人于其上，皆呼爲曾孫，酒行，命奏賓雲之曲。」

㊸ 史記封禪書：「祠武夷君，用乾魚。」

㊹ 後漢書五行志：「桓帝初童謠：請爲諸君鼓嚨胡。鼓嚨胡者，不敢訟言，私咽語。」列子周穆王篇：「眠中啽囈呻呼，徹旦息焉。」

㊺ 首楞嚴經：「顧瞻東方，已有精色。」

丁家水亭再別櫟園

燈暈離筵酒不波，同雲釀雪暗秦河。人於患難心知少，事值間關眉語多。鼓角三更莊舄淚①，殘棋半局魯陽戈。荔枝醞熟鱸魚美，醉倚銀箏續放歌。

【箋注】

① 莊舄，見前注。

人日得沈崑銅書詒我滇連心紅却寄

人日緘書〔一〕寄老翁，封題意與古人同。憐予味螫黃連苦①，顧子心殷朱粉紅。磨勵寸丹迴白首②，滌除雙碧向青銅。滇雲萬里通勾漏③，職貢遙遙問乙鴻④。

【校記】

〔一〕各本作「書」，箋注本作「詩」。

【箋注】

①本草：「黄連一名王連，味苦寒。」

②少陵遇鄭廣文詩：「白髮千莖雪，丹心一寸灰。」

③晉書葛洪傳：「聞交阯出丹，求爲勾漏令。」

④南齊書顧歡傳：「昔有鴻飛天道，積遠難亮，越人以爲鳧，楚人以爲乙。人自楚、越，鴻常一耳。」

催粧詞二首邀紀伯紫同作

秦淮水照燭花紅，滿面新粧出鏡中。窮袴不須重護惜①，珠衣約體正當風。

【箋注】

①楊氏六帖：「古樂府：『護惜加窮袴，隄防託守宮。』」

太乙鐙迴閶闔風①，渡頭桃葉轉新紅。白團扇子休遮面，臉際芙蓉似守宮②。

【箋注】

①王子年拾遺記：「劉向校書天祿閣，夜有老人，着黄衣，植青藜杖，登閣而進，吹杖端烟燃，因以見向。向問姓名，云是太乙之精，天帝聞卯金之子有博學者，下而觀焉。」閶闔風，見前注。

②博物志：「蜥蜴，或云蝘蜓，養之以朱砂，體盡赤。食滿七斤，治擣萬杵，點女人肢體，終身不滅。惟房室事則滅，故號守宮。傳云東方朔語，漢武帝試之有驗。」

左寧南畫像歌爲柳敬亭作

何人踞坐戎帳中？寧南徹侯崑山公①。手指抨彈出師象，鼻息呼吸〔一〕成虎龍②。帳前接席柳痲子，海內説書妙無比。長揖能令漢祖驚③，搖頭不道楚相死④。是時寧南大出師，江湘千里連軍麾。每當按甲休兵日，更值椎牛饗士時。夜營不諠角聲止，高座張燈拂筵几。吹唇芒角生燭花，掉舌波瀾沸江水。寧南聞之鬚蝟張⑤，佽飛櫪馬俱騰驤⑥。誓剜心肝奉天子⑦，拚灑毫毛布戰場。秦灰燒殘漢幟靡，嗚呼寧南長已矣！時來將帥長頭角，運去英雄喪首尾。倚天劍老〔二〕親身匣⑧，垂皺猶興晉陽甲⑨。數升赤血噴餘皇，萬斛青蠅掩牆翣⑩。白衣殘客哭江天，畫像提攜訴九泉。舌端有鍔腸堪斷，泣下無珠血可憐。柳生柳生吾語爾，欲報恩門仗牙齒。憑將玉帳三年事⑪，編〔三〕作金陀一家史⑫。此時笑噱比傳奇⑬，他日應同汗竹垂。從來百戰青燐血，不博三條紅燭詞⑭。千載沈埋國史傳，院本彈詞萬人羨⑮。盲翁負鼓趙家莊⑯，寧南重爲開生面。

【校記】

〔一〕邃本、箋注本作「呼吸」，鄒鎡序本、金匱本作「吸呼」。〔二〕箋注本作「老」，各本作「死」。〔三〕金匱本作「編」，各本作「漏」。

【箋注】

①左良玉，字崑山，臨清人。少從軍，以功至遼東都司。長身頳面，善左右射，以驍勇聞。嘗與丘磊同坐法，當斬，丘請以身獨任，良玉得免死，去事昌平督治侍郎侯恂。凌河圍急，有詔調昌平軍赴援。總兵尤世威以護陵不得行，恂謀可將者，世威曰：無如左良玉。卽夜遣世威諭意。良玉聞世威至，大懼，以爲將捕己也，曰：得毋丘磊事發乎？匿床下。世威直前引之出，曰：君無恐，富貴至矣。告以故。良玉錯愕跪，世威亦跪，掖之起。恂繼至，相與參語爲定。詰朝，大集諸將於轅門，以三千金送良玉行，賜以巵酒三，令箭一，曰：酒三巵者，以三軍屬將軍也；令箭如我自行。爾位諸將上。軍士其聽左將軍之命，毋忽！良玉出，以首觸轅門，誓以死報。已而戰捷有功，實授總兵官。自後良玉蕩寇剿賊，力矢報國，無他心。在懷慶，與督撫議不合，始圖縱追養寇，收降者以自重。張獻忠之畏良玉也，始于南陽之役。獻忠嘗駐兵南陽之東關，僞稱官軍，以詐圖取皖。城門未啓，而良玉兵適至，前驅詗問爲誰？獻忠倉皇走，良玉同副將羅岱追射之，矢着其額，又射貫其左手中指于弓檠上，馬尾相啣，良玉抽刀揚削，拂獻忠之面，創未深，比再下而馬已逸矣。崇禎十二年，獻忠焚穀躙房，竄入鄖竹山中，羅汝才九營並起應之。汝才者，卽賊中所謂曹操也，與獻忠同時起。熊文燦欲追之，良玉不可，曰：箐薄深阻，前逃後伏，彼非絕地也。二叛九營，同惡氣盛，彼非窮竄也。我師負米入山，顚頓匡谷，十日糧盡，馬疲士飢，不敗而何？文燦不從。七月，良玉追至房縣，賊設伏羅猴山，果敗績。事聞于朝。良玉具條前後與理臣爭者上之。中樞楊嗣昌諱言文燦失策，又知過不在左，故于其督師也，特表良玉爲平賊將軍，俾刷孟明、曹沫之恥。十三年閏正月，嗣昌檄諸道進兵。良玉于二十四日合諸軍擊賊于枸枰關，獻忠敗走，我師追之于蜀。嗣昌欲良玉駐軍興平，別遣偏師追勦，移檄良玉曰：將軍今從漢陽西鄉入川，萬一賊從舊路折回，疾趨平利，仍入竹房，將用何兵禦

之？不則走寧昌以入歸、巫，與曹操合，我以大將尾追，趣賊入楚，非策也。良玉報曰：逆獻被創入川，則有糧可因。回郎則無地堪掠，非萬分窘急，必不復竄楚境。鄭嘉棟前報折回吉家莊者，此桿子手，乃老回回、一斗粟之殘賊，嘉棟誤以爲獻耳。二月朔，良玉引兵竟趣大竹，監軍萬元吉深以進退自主，不相禀承爲言。嗣昌曰：良玉書詞慷慨，惟敵是求，宜降心曲從之。于時獻忠營太平縣之大竹河，良玉駐軍漁溪渡，秦督鄭崇儉亦引兵來會。獻忠移營九滾坪，見瑪瑙山峻險，據之以決勝。左兵、秦兵以初四日至九滾坪，不見賊。初七日，始抵瑪瑙山，賊方乘高鼓譟，良玉下馬，披荆榛，周覽久之，曰：我知所以破敵矣。分兵爲三，左當其二，秦當其一。令賀人龍、李國安二將從左路夾擊。賊置陣堅，不可動。我師奮勇戰，賊潰，逐北四十餘里。左兵斬首二千二百八十有七，秦兵斬首一千三百三十有三，降賊將三十五人。是役也，良玉功第一，人龍功次之。然實成于嗣昌之委曲信從，俾良玉機宜自便，故卒取全勝焉。良玉破獻忠，勢張甚，收其士馬大半，分所部爲三十六營，營一副將主之，軍勢幾與李自成相埒。十五年，自成復圍開封，上出故尙書侯恂于獄，以兵部侍郎代丁啓睿爲督師，上意蓋欲借恂之舊恩以用良玉，不料恂未至而良玉已敗于朱仙鎭矣。左之在朱仙鎭也，賊營于西，我軍營于北。大雨數日，良玉夜集諸將計事，至辨色猶未散。隱隱見營南有山若雲者，衆愕覗，左舉刀栔地曰：唉！此必瞎眼築土山立礮臺打我矣。探之信然。左命中軍亦立臺應之。賊更番迭休不能支，乃拔營去。自成曰：左健將，此來必死鬭，愼無與戰，俟其佚而襲之可也。先穿巨塹於前，深廣各二尋，環而繞者幾百里。左兵戰且走，自成率百萬衆遮其後擊之。軍亂，倉卒渡溝，賊從而蹂躪之，遂大敗。恂至軍，上命距河圖賊，令良玉以兵來會。良玉新敗，無意北行，遣將金聲桓以五千人從。久之，汴亡。上怒恂，罷其官，以呂大器代。恂解任，至中途，即被逮下獄。左知其以己故得罪，有觖觖心。每事與大器齟齬，時良玉壁于樊城，大造戰艦。賊將惠登相、常國安、馬進忠、馬士秀、杜應金、吳學禮皆附之，士卒滋衆。然親軍愛將，強半死亡，降人多不率約束。良玉氣漸衰，多病，不復能與自成戰矣。自成破汴後，謀據襄陽乘勝攻左。左引舟師，左步右騎而下武昌，全軍南潰，所過殺掠。艨艟隱天，江流中斷。留都文武大吏，驚愕無策。李公邦華時拜北掌院，道出湖口，聞警，草檄告良玉，以大義責之，又用其親信李猶龍、胡以寧輩開陳曉暢，許以力爲保全功名，釋中山籍篋之疑，專元侯弓矢之寄。飛書皖撫，發九江庫銀十五萬補六月糧。良玉感泣，具橐鞬禮謁李公。公辭之，引見慰勞甚至，軍心大定，南都始解嚴。良玉息肩于皖。八月至武昌，立軍府，以旗招百姓，出軍船所掠下江貨物，賤其估以通市，遣將次第收袁、岳，而江西、湖南略定。十七年正月，上封良玉爲寧南伯，賜其子夢庚平賊將軍印，俾功成後世守武昌，仍下特詔催戰。良玉乃條日月進兵狀，爲疏以聞。時道路梗塞，騎置稽緩，疏入未報，而北都陷賊之信至矣。寧南聞先帝升遐，率三軍縞素發喪。繼而南中立君，五月甲辰，詔以寧南伯進爵爲侯，蔭一子錦衣衛正千戶。自成新敗於關門，楚西境稍可乘。寧南以其間復荆州、德安、承天。何騰蛟爲楚撫，袁繼咸爲江督，共以忠義相勸勉。時左兵八十萬，號百萬，前營爲親軍，後營爲降軍，諸將頗驕玩，營中歌舞達旦。寧南既老而被病，惟塊然一榻。柳生敬亭者，善談笑，軍中呼爲柳麻子，搖頭掉舌，詼諧雜出。每夕張燈高坐，談說隋、唐間遺事。寧南親信之，出入臥內，未嘗頃刻離也。乙酉四月初二日，傳檄討馬士英，至九江，袁繼咸相見于舟中，別去，城中即火起。寧南見火光，知城破，椎胸浩嘆曰：予負袁公。時病已革，嘔血數升而卒。初，丘磊坐斬，繫刑部獄十三年。良玉歲捐萬金救之，得不死。侯恂之再爲督師也，奏以爲山東總兵，與劉澤清不相得，構以罪。甲申十一月丁酉，馬、阮命撫臣田仰斃之于淮南獄中。或曰：良玉東下，蓋亦因磊死故云。

② 孫光憲北夢瑣言：「王庭湊使河陽，酒困，寢于路隅。駱山人過，熟視之曰：貴當裂土，非常人也。庭湊寤而馳問

之，云：「向見君鼻中之氣，左如龍而右如虎，龍虎氣交，王在于今秋。」是年，果爲三軍扶立爲留後。」

③史記酈生傳：「酈生至，入謁，沛公方踞床，使兩女子洗足，酈生入則長揖不拜。」

④史記滑稽傳：「優孟搖頭而歌，負薪者以封。」

⑤晉書桓溫傳：「劉惔稱之曰：溫眼如紫石稜，鬚作蝟毛磔。」

⑥漢書宣帝紀：「應募佽飛射士。」師古曰：「取古勇力人以名，熊渠之類是也。亦因取其便利，輕疾若飛，故號佽飛。」

⑦少陵觀安西兵過赴關中待命詩：「談笑無河北，心肝奉至尊。」

⑧宋玉大言賦：「長劍耿耿倚天外。」少陵聞房相公靈櫬歸葬詩：「劍動親身匣，書歸故國樓。」

⑨公羊定公十三年：「晉趙鞅取晉陽之甲，討君側之惡。」

⑩記檀弓：「周人墻置翣。」鄭氏曰：「墻，柳衣也。」

⑪漢張雲谷雜記：「玉帳乃兵家厭勝之方位，謂主將于其方置軍帳，則堅不可犯，猶玉帳然。其法出于黃帝遁甲，以月建前三位取之，如正月建寅，則巳爲玉帳，主將宜居。」

⑫宋岳珂撰鄂國金陀粹編三十八卷，續編三十卷。

⑬陳後山詩話：「范文正公爲岳陽樓記，用對語說時景。尹師魯讀之曰：傳奇體爾。傳奇，唐裴鉶所著小說也。」

⑭程大昌演繁露：「唐試連夜，以燭三條爲限。」

⑮陶九成輟耕錄：「唐有傳奇，宋有戲曲諢詞說，金有院本雜劇，其實一也。國朝院本雜劇始釐而二之。院本則五人：一曰副淨，古謂之參軍；一曰副末，古謂之蒼鶻，鶻能擊禽鳥，末可打副淨，故云；一曰引戲；一曰末泥；

一曰孤莊，又謂之五花爨弄，或曰，宋徽宗見爨國人來朝，衣裝鞋履巾裹傅粉墨舉動如此，使優人效之以爲戲。又有餤段，亦院本之意，但差簡耳，取其如火餤易明而易滅耳。」

⑯ 陸放翁小舟遊近村絕句：「斜陽古柳趙家莊，負鼓盲翁正作場。死後是非誰管得？滿村聽說蔡中郎。」

丙申春就醫秦淮寓丁家水閣浹兩月臨行作絕句三十首留別留題不復論次

數莖短髮倚東風，一曲秦淮曉鏡中。春水方生吾速去①，眞令江表笑曹公。

【箋注】

① 吳志吳主傳註：「吳歷曰：『權爲箋與曹公說：春水方生，公宜速去。』」

秦淮城下卽淮陰，流水悠悠知我心。可似〔一〕王孫輕一飯，他時報母只千金？

【校記】

〔一〕各本作「似」，金匱本作「是」。

舞榭歌臺羅綺叢①，都無人跡有春風。踏青無限傷心事②，併入南朝落照中。

【箋注】

① 東坡答陳述古詩：「小桃破萼未勝春，羅綺叢中第一人。」

② 李綽歲時記：「上巳賜宴曲江，都人于江頭禊飲，踐踏青草，曰踏青。」

苑外楊花待暮潮，隔溪桃葉限紅橋。夕陽凝望春如水，丁字簾前是六朝①。

【箋注】

① 唐詩紀事：「雲陽公主下降，陸暢爲儐相，詩詠行障曰：『碧玉爲竿丁字成，鴛鴦繡帶短長馨。強遮天上花顔色，不隔雲間笑語聲。』」

夢到秦淮舊酒樓，白猿紅樹蘸清流。關心好夢誰圓得①？解道新封是拜侯。

【箋注】

① 鄭文寶南唐近事：「徐幼文能圓夢，馮僎詣徐請圓之。」

東風狼藉不歸軒，新月盈盈自照門。夢中得二句。浩蕩白鷗能萬里①，春來還沒舊潮痕。

【箋注】

① 仕學規範：「東坡曰：近世人輕以意改書。杜子美云：『白鷗沒浩蕩，萬里誰能馴？』蓋滅沒于煙波間耳。而宋敏求謂余云：鷗不解沒，改作波。改此一字，覺一篇神氣索然也。」

後夜繙經燭穗低，首楞第十重開題。數聲喔喔江天曉，紅葉堦前舊養雞。

多少詩人墮刦灰，佺期令免冶長災①。阿師狡獪還堪笑，翻攬沙場作講臺。從顧與治問函心千山語錄。

【箋注】

① 沈佺期嘆獄中無燕詩：「爭如黃雀語，能免冶長災。」

牛刀小邑亦長編①，朱墨紛披意惘然。要使世間知甲子，攤〔一〕書先署丙申年。乳山道士修志溧水。

【校記】

〔一〕金匱本作「攤」，各本作「擁」。

【箋注】

①東坡送歐陽主簿赴官韋城詩：「讀遍牙籤三萬軸，卻來小邑試牛刀。」

夢我沼遙黄閣居①，眞成鼠穴夢乘車②。宵來我夢師中樂，細柳營繙貝葉書③。茂之書來，元旦夢余登拜。

【箋注】

①南史蕭摩訶傳：「舊制，三公黄閤聽事置鴟尾，後主特詔摩訶開黄閤，門施行馬，聽事寢堂，並置鴟尾。」

②鼠穴，見前注。

③史記孝文本紀：「河内守周亞夫爲將軍，居細柳營。」王摩詰贈范舍人詩：「蓮華法藏心懸悟，貝葉經文手自書。」

虚玄自古誤乾坤，薄罰聊司洞府門①。未省吳剛點何易？月中長守桂花根。薛更生序易解云：「王輔嗣解易未當，罰作洞府守門童子。」

【箋注】

①廣異記：「辰州麻陵縣村人有猪食禾，人怒持矢射中猪，猪走數里，入大門。有老翁問：人何得至此？人云：猪食禾，因射中之，隨逐而來。老人命至廳，與酒飲。又至一所，有數十床，床上各坐一人，持書狀如聽講。久之，却

至翁所。翁責守門童子曰：何以開門，令猪得出入？乃謂人曰：此非眞猪，君宜出去。因命童子送之。人問：老翁爲誰？童子云：此河上公，上帝使爲諸仙講易。又問：君復是誰？童子云：我王輔嗣也，受易已來，向五百歲，而未能通精義，故被罰守門。人去，童子蹴一大石遮門，遂不復見。」

天上義圖講貫殊，洞門猶抱韋編趨①。沈沈紫府眞人座②，曾受希夷一畫無③？更生云：吾注易成，將以末後句問洞府眞人。紫府眞人傳是韓魏公也。

【箋注】

① 史記孔子世家：「讀易，韋編三絕。」

② 趙與時賓退錄：「孫勉晝臥，夢吏來逮。行若百里，見道左宮闕甚壯，問吏何所？曰：紫府眞人宮也。眞人爲誰？曰：韓忠獻也。」

③ 張端義貴耳三集：「濮上陳摶以先天圖傳种放，放傳穆修，修傳李之才，之才傳邵雍。放以河圖洛書傳許堅。堅傳范諤昌，諤昌傳劉牧修，以太極圖傳周敦頤，敦頤傳二程。濂溪得道于異僧壽涯。晦庵亦未然其事，以異端疑之。」

欹斜席帽五陵稀，六代江山一布衣。望斷玉衣無哭所①，巾箱自摺蹇驢歸②。重讀紀伯紫戇叟詩。

【箋注】

① 少陵行次昭陵詩：「玉衣晨自舉，石馬汗常趨。」

② 明皇雜錄：「張果常乘一白驢，日行數萬里。休則重疊之，其厚如紙，置于巾箱中。乘則以水噀之，還成驢矣。」

鍾山倒影浸南溪，靜夜欣看紫翠齊。小婦粧成〔一〕無箇事，爲憐明月坐花西。寒鐵道人余懷〔二〕居面南溪，鍾山峯影下垂。杜詩云「半陂已南純浸山」也。

【校記】

〔一〕箋注本作「成」，各本作「殘」。　〔二〕「懷」下遂本、箋注本有「古」字，鄒鎡序本、金匱本無。

河嶽英靈運未徂①，千金一字見吾徒②。莫將摶黍人間飯③，博換君家照夜珠④。澹心方有採詩之役。

【箋注】

① 唐詩紀事：「鄭谷不喜高仲武間氣，而喜殷璠河嶽英靈集，嘗有詩云：『殷璠裁鑒英靈集，頗覺同才得旨深。何事後來高仲武，品題間氣未公心？』」

② 鍾嶸詩品：「古詩十九首，驚心動魄，幾乎一字千金。」

③ 呂氏春秋：「以百金與摶黍以示兒子，兒子必取摶黍矣。以和氏之璧與百金以示鄙人，鄙人必取百金矣。以和氏之璧道德之至言以示賢者，賢者必取至言矣。」

④ 東坡送歐陽推官赴華州詩：「仲也徑寸珠，照夜光如月。」

麥秀漸漸哭早春①，五言麗句琢清新。詩家軒翥今誰是②？至竟離騷屬楚人。杜于皇近詩多五言今體。

【箋注】

① 麥秀，見前注。

②劉勰文心雕龍辨騷篇：「自風雅寢聲，莫或抽緒。奇文鬱起，其離騷哉，固已軒翥詩人之後，奮飛辭家之前。豈去聖之未遠，而楚人之多材乎？」

著論崢嶸準過秦①，龍川之後有斯人②。滁和自昔興龍地③，何處巢車〔一〕望戰塵？

予皇弟晉略挾所著史論游滁、和間。

【校記】

〔一〕各本作「車」，箋注本作「居」。

【箋注】

①左太沖詠史詩：「著論準過秦，作賦擬子虛。」

②葉適龍川集序：「陳同父文字行於世者，酌古論、陳子課藁、上皇帝四書，最著者也。」

③孔安國尚書序：「漢室龍興。」

掩戶經旬春草〔一〕齊，盈箱傍架自編題。卞家墳上澆花了①，閒聽東城說鬭雞②。胡靜夫好閉關。

【校記】

〔一〕各本作「草」，箋注本作「蚤」。

【箋注】

①南史何尚之傳：「何點世信佛，從弟遁，以東籬門園居之。園有卞忠貞冢，點植花于冢側，每飲必酹之。」

②陳鴻東城老父傳：「賈昌爲五百小兒長，衣鬭雞服，會玄宗于溫泉，當時號爲神雞童。上生于乙酉雞辰，使人朝

服闋雞，兆亂于太平矣。」

青谿孫子美瑜環①，也是朱衣抱送還。盛世公卿猶在眼，方頤四乳坐如山②。倪燦、闇公，文僖、文毅之諸孫，相見每述祖德。

【箋注】

① 昌黎馬君墓志銘：「幼子娟好靜秀，瑤瑜環珥。」

② 倪文僖公，名謙，字克讓，江寧人。方頤巨顙，目光如電，體有四乳。正統四年，一甲第三人。倪燦曰：天順復辟，文僖公奉旨祭北岳，禱于神以求子。夜夢岳神指旁一神語之曰：吾以彼爲汝子，止爲爾繼書香，不爲爾傳子孫。後姚夫人夢緋袍神抱一子納諸懷中，遂生文毅公，因名曰岳，青谿其別號也。祝允明九朝野記載捧香盒童子託生事，蓋傳聞之誤也。見馬鈞陽先生像贊幷家傳。

一矢花磚沒羽新①，諸天塔廟正嶙峋。長干昨夜金光誦，手捧香爐拜相輪②。康孝廉小范偶談清江公守贛故事，讀南霽雲碑。

【箋注】

① 昌黎書張中丞傳後序：「雲知賀蘭終無出師意，即馳去，抽矢射佛寺浮圖，矢著其上甎半箭，曰：吾歸破賊，必滅賀蘭，此矢所以志也。」

② 相輪，見前注。

江草宮花洒淚新，忍將紫淀謚遺民①。舊京車馬無今雨，桑海茫茫兩角巾。張二嚴季筏爲其兄文峙請誌。

【箋注】

① 張可仕，字文峙，家於鍾山之陽。後以字行，改字曰紫淀。

龍子千金不治貧①，處方先許別君臣②。懸蛇欲療蒼生病③，何限刳腸半腐人④。余就醫于陳古公。

【箋注】

① 段柯古酉陽雜俎：「孫思邈隱終南山，與宣律和尚相接。時大旱，西域僧請于昆明池結壇祈雨，凡七日，縮水數寸。忽有老人夜詣宣律師求救，曰：弟子昆明池龍也。無雨久，匪由弟子。胡僧利弟子腦，將爲藥，欺天子言祈雨，命在旦夕，乞和尚法力加護。宣公曰：貧道持律而已，可求孫先生。老人因至思邈石室求救。孫謂曰：我知昆明龍宮有仙方三十首，爾傳于予，予將救汝。老人曰：此方上帝不許妄傳，今急矣，固無所悋。有頃，捧方而至。孫曰：爾第還，無慮胡僧也。自是池水忽漲，數日溢岸。胡僧羞恚而死。孫著千金方三十卷，每卷入一方，人不得曉。」

② 本草：「藥有君臣佐使。」

③ 後漢書華佗傳：「佗嘗行道，有病咽塞者，令取三升蓱齏飲之，立吐一蛇，乃懸于車而候佗。時佗小兒戲于門中，逆見曰：客車邊有物，是必逢吾翁。及客進，顧視屋壁北，懸蛇以數十。」

④ 佗別傳曰：「有人病腹中半切痛，十餘日，鬚眉墮落。佗曰：是脾半腐也。佗便飲藥令臥，破腹，視脾半腐壞，刮去惡肉，以膏傳創，飲之藥，百日平復。」

五行祥異總無端，九百虞初亦飽看①。清曉家人報奇事，小兒指椀索朝餐。閩人黃帥先博學奇窮，戲之亦紀實也。

【箋注】

① 張平子西京賦：「小說九百，本自虞初。」李善曰：「漢書：『虞初周說九百四十三篇。』初，河南人也。」

寒窗簷挂一條冰，灰陷爐香對病僧。話到無言〔一〕淸不寐，暗風山鬼剔殘燈①。乙未除夕，丙申元日元夜，皆投宿長干，與介丘師兄同榻。

【校記】

〔一〕箋注本、金匱本作「言」，鄒鎡序本、邃本作「生」。

【箋注】

① 少陵客館詩：「山鬼吹燈滅。」

風掩籬門壁落穿，道人風味故依然①。莫拈瓠子冬瓜印②，印却俱胝一指禪③。曹〔一〕波臣之子薙髮住永興寺。

【校記】

〔一〕邃本、箋注本作「曹」，鄒鎡序本、金匱本作「曾」。

【箋注】

① 少陵呈陸宰詩、「西河共風味。」昌黎答李方古書：「慕仰風味，未嘗敢忘。」

② 大慧語錄：「天台智者大師讀法華經至『是眞精進，是名眞法供養如來』，悟得法華三昧，見靈山一會，儼然未散。山僧常愛老杲和尚，每提唱及此，未嘗不歡喜踊躍，以手搖曳，曰：眞箇有恁麼事？亦是表法。你每冬瓜瓠子，那

裏得知？」

③五燈會元：「俱胝和尚住山時，山神告曰：將有肉身菩薩來，爲和尚說法也。逾旬，天龍和尚到庵，師迎禮。天龍豎一指示之。師大悟，自是凡有學者參問，惟舉一指，無別提唱。有一供果童，每見人問事，亦豎指祇對。師一日潛抽刀子，問童：聞會佛法，如何是佛？童豎指頭，師以刀斷其指，童叫痛走出。師召童子，童回首。師曰：如何是佛？童舉手不見指頭，豁然大悟。師將順世，謂衆曰：吾得天龍一指頭禪，一生受用不盡。」

荒菴梅老試花鞮，酹酒英雄去不還。月落山僧潛掣淚，暗香枝挂返魂幡①。城南廢寺老梅三株，傳是國初孫炎手植。

【箋注】

①東坡岐亭道上見梅花詩：「返魂香入嶺頭梅。」

子夜烏啼曲半訛①，隔江人唱後庭多②。籬邊兀坐村夫子，端誦尚書五子歌③。歌者與塾師比鄰，戲書其壁。

【箋注】

①唐書樂志：「子夜，晉曲也。晉有女子名子夜造此聲，聲過哀苦。」教坊記：「烏夜啼者，彭城王義康有罪放逐，行次潯陽，江州刺史衡陽王義季留連飲宴。帝聞，怒而囚之。會稽公主與帝宴，流涕言，帝指蔣山爲誓，因遂宥之。使未達潯陽，衡陽家人扣二王所囚院曰：昨夜烏夜啼，官當有赦。少頃使至，二王得釋。故有此曲。」

②杜牧之秦淮絕句：「商女不知亡國恨，隔江猶唱後庭花。」

③樂天與元九書：「聞五子洛汭之歌，則知夏政荒矣。」

粉〔一〕繪楊亭與盛丹①，黃經古篆逼商盤②。史癡畫筍〔二〕徐霖筆③，弘德風流尚未闌。

【校記】

〔一〕邃本、箋注本作「粉」，鄒鎡序本、金匱本作「朴」。　〔二〕箋注本作「筍」，各本作「史」。

【箋注】

①少陵存歿口號：「鄭公粉繪隨長夜。」注曰：「鄭虔善畫山水。」

②李商隱韓碑詩：「湯盤孔鼎有述作，今無其器存其辭。」

③史忠，字廷直，自號癡翁，金陵人，善畫山水樹石，嘗過吳門訪沈石田，值他出，堂中有素絹，便潑墨成山水巨幅，不通姓名而出。石田曰：必金陵史癡也。要之歸，留三月而別。徐霖，字子仁，其先蘇州人，徙居金陵。畫松竹花草蕉石，常得篆法于異人，精研六書。築快園于城東。武宗南巡，伶人臧賢進其詞翰，因得召見。上嘗月夜幸其家，夫婦倉皇出拜。上命置酒，無供具，以蔬筍鮭菜進御。上大喜，爲之引滿。已而數幸其家，嘗晚御靜閣垂釣，得一金魚。宦官爭快之。上大笑，失足落池中，御衣沾濕。快園中有宸幸堂、浴龍池，紀其遇也。

旭日城南法鼓鳴，難陀傾聽笑瞢騰①。有人割取乖龍耳②，上座先醫薛叟生。旭伊法師演妙華于普德，余頗爲卷荷葉所困，而薛老特甚。

【箋注】

①首楞嚴經：「跋難陀王無耳而聽。」

②龍城錄：「吳綽神鳳初採藥華陽洞口，見一小兒，手把大珠三顆。戲于松下。綽詢之，奔入洞中。綽從之，行不

三十步，見兒化作龍形，一手握三珠塡左耳中。綽以藥斧斲之，落左耳，而三珠亦失所在，龍亦不見。」

寇家姊妹總芳菲，十八年來花信違。今日秦淮恐相值，防他紅淚一沾衣。

崑崙山人扇子歌

吳江王君采，崑崙山人子幻介孫也，屬沈雪樵寄扇來索詩。

崑崙山人騎鯨去莫挹①，遺扇親身在箱笈。扇面題年標丙申，周冕寫生如雨裛。是歲六十開長筵，誕孫彌月呱呱泣。孫今白首又丙申，甲子周迴百又廿。山人壯年濯足長安市②，詩酒才名〔一〕動京邑。禁苑洞簫宮女誦③，仙舟翠羽佳人拾④。拂袖高臥松江濱，醉後逃禪呼米汁⑤。小弟薊門顧開府，驛騎邀迎戴箬笠。候人傳箭簇弓刀，大帥帕首着袴褶。漁陽突騎八郡雄⑥，迤北逡巡就維縶。山人手搖摺扇閱虜〔二〕營，笑指列帳蜂屯與蟲蟄。銜尾不聞馬獵獵⑦，崩角但見羊濈濈⑧。胡〔三〕婦琵琶倚醉聽，名王湩酒供鯨吸⑨。是時九邊並保塞，遼海貢車款關入⑩。呼韓昆邪請解辮⑪，何況挹婁幷奚霫⑫。歸來高咏燕歌行，鐃歌欲嗣平胡〔四〕什。山人仙去後五十，指顧高深變原隰。天傾地昃日月暈，此扇依然保什襲。裂紈殘墨猶寶愛，遺弓故劍誰收緝？魏公笏在世所羨⑬，荆人弓失何嗟及⑭！山人之孫寄扇索我題，令我把玩瞪瞢百憂集。荒村四月仍嚴寒，冒絮蒙頭倚柱立⑮。巡簷扶杖哦此詩，放筆沈吟淚霑濕。還君扇子囑君莫放歌，昨夜江鄉滿天風雨急。

【校記】

〔一〕箋注本「名」下有「憑陵」二字，各本無。　〔二〕箋注本作「虜」，各本作「行」。　〔三〕箋注本作「胡」，各本作「少」。　〔四〕箋注本作「胡」，各本作「邊」。

【箋注】

① 王叔承，吳江人，初名胤光，以字行，更字承甫，晚更字子幻，號崑崙山人。爲詩天才爛發，最爲王元美兄弟所推服。謝榛、鄭若庸爲趙王客，子幻遊鄴，鄭言之于王，山人不屑長跪稱王臣以見，謝弗往也。東至齊、魯，北入燕，客于淮南少師。日從相君直所，得縱觀西苑南內之勝，作漢宮詞數十曲，流傳禁中。酒量可飲一石，醉不及亂。或戲之曰：子貌類胡僧，多笑而好飲，豈布袋和尚分身耶？吳興范伯禎、梁溪陳貞父、海陵顧益卿與子幻定交于長安，子幻皆弟畜之。益卿名養謙，南通州人。倜儻任俠，以邊才自負。兄事子幻，老而益壯。子幻謝相君歸，奉母佞佛，不能戒酒，詭其母曰：佛所謂米汁也。益卿開府漁陽，要之塞上，意氣雄駿，作嶽遊編而返，遂不復出。年六十五而卒。

② 定命錄：「馬周西至新豐，宿旅次，主人唯供設諸商販人，而不顧周。周遂命酒，獨斟獨酌。所飲餘者，便脫靴洗足。主人竊奇之。」

③ 洞簫，見前注。

④ 少陵秋興：「佳人拾翠春相問，仙侶同舟晚更移。」

⑤ 米汁，見前注。

⑥ 後漢書吳漢傳：「漁陽上谷突騎，天下所聞也。」

⑦漢書匈奴傳：「如遇險阻，銜尾相隨。」師古曰：「銜，馬銜也。尾，馬尾也。」

⑧小雅無羊詩：「爾羊來思，其角濈濈。」

⑨元楊允孚灤京雜詠：「內宴重開馬湩澆。」注曰：「馬湩，馬嬭子也。每年八月，開馬嬭子宴。」少陵飲中八仙歌：「飲如長鯨吸百川。」

⑩漢書宣帝紀：「百蠻向風，欵塞來享。」應劭曰：「欵，叩也。皆叩塞門來服從也。」

⑪漢書宣帝紀：「呼韓邪單于欵五原塞，願奉國珍。」漢書終軍傳：「殆將有解辮髮，削左衽，襲冠帶，要衣裳而蒙化者焉。」丘希範與陳伯之書：「夜郎、滇池，解辮請職。」

⑫後漢書東夷傳：「挹婁，古肅愼之國也。在扶餘東北千餘里，東濱大海，南與沃沮接，不知其北所極。土地多山險，人形似扶餘，而言語各異。」樂史寰宇記：「庫莫奚聞于後魏及後周，其先東部鮮卑，宇文之別種也。其後欵附。至隋代，號有奚。其部落並在柳城郡東北二千餘里，乃白霫國，匈奴之別種也。在敉野古東，與靺鞨爲隣。」

⑬孫光憲北夢瑣言：「唐文宗問魏謩曰：卿家有何圖書？謩曰：家書悉無，惟有文貞公笏在。文宗令進來。鄭覃在側曰：在人不在笏。文宗曰：卿渾未曉，但甘棠之義，非要笏也。」

⑭荆人弓，見前注。

⑮冒絜，見前注。

贈侯商丘若孩四首

殘燈顧影見蹉跎，十五年來小刦過①。曾捧赤符迴日月②，遂刑白馬誓山河③。閒門〔一〕菜圃英雄少④，朝日瓜疇賓客多。挂壁龍淵慚繡澀⑤，爲君斫地一哀歌。

【校記】

〔一〕箋注本、金匱本作「門」，邃本、鄒鎡序本作「來」。

【箋注】

① 法華經：「六十小刦，身心不動。」

② 後漢書光武紀：「光武先在長安時同舍生彊華自關中奉赤伏符曰：劉秀發兵捕不道，四夷雲集龍鬬野。四七之際火爲主。羣臣因復奏符瑞之應。于是卽皇帝位。」

③ 丘希範與陳伯之書：「並刑馬作誓，傳之子孫。」李善曰：「漢帝卽皇帝之位，論功而封之，申以丹書之信，重以白馬之盟。」

④ 菜圃，見前注。

⑤ 太白獨漉篇：「龍淵挂壁，時時龍吟。不斷犀象，繡澁苔生。國恥未雪，何由成名？」

三十登壇鼓角喧，短衣結束署監門①。吹簫伍員求新侶②，對酒曹公念舊恩③。五嶺蒙茸餘剩髮，九疑緜亙誤招魂。與君贏得頭顱在，話到驚心手共捫。

【箋注】

① 史記陳餘傳：「秦滅魏，購求有得張耳千金，陳餘五百金。乃變姓名俱之陳，爲里監門以自食。」

② 吳曾能改齋漫錄：「春秋左氏傳，伍奢子員，陸德明釋文音云平聲。然唐員半千十世祖凝之，本彭城劉氏，仕宋，後奔元魏，以忠烈自比伍員，因改姓員。唐書音釋音王問切。賨苹音訓曰：唐人讀半千姓皆作『運』，未詳何據。按前梁錄有金城員敞，此姓似不起于凝之。予按唐張嘉貞薦苗延嗣、呂太一、員嘉靖、崔訓，皆位淸要，日與議政事。故當時語曰：令君四俊，苗、呂、崔、員。然則以員爲運，其來久矣。」

③ 魏武帝短歌行：「契闊談讌，心念舊恩。」

蒼梧雲氣尙蕭森①，八桂風霜散羽林②。射石草中猶虎伏③，戛金壁外有龍吟④。夢迴芒角生河鼓，醉後旌旗拂井參⑤。莫向夷門〔一〕尋舊隱⑥，要離千載亦同心⑦。

【校記】

〔一〕各本作「夷」，鄒鎡序本作「彝」。

【箋注】

① 謝朓新亭渚別范零陵詩：「雲去蒼梧遠，水還江漢流。」

② 八桂，見前注。

③ 漢書李廣傳：「廣出獵，見草中石，以爲虎而射之，中石沒矢，視之石也。」

④ 皎然戛銅碗爲龍吟歌序：「故太尉房公，早歲常隱終南山峻壁之下，往往聞龍吟聲淸而靜，滌人邪想。時有好事僧潛戛之，以三金寫之，唯銅聲酷似。他日房公偶至山寺，聞林嶺間有此聲，乃曰：龍吟復遷于此矣。大曆十三

祀，秦僧傳至桐江，予命童兒戛金倣之，亦不減秦聲也。緇人或有訊者曰：此達僧之事，可以嬉娛，爾曹無以瑣行自拘。因賦龍吟以見其意。」

⑤史記天官書：「參，益州。東井輿鬼，雍州。」

⑥史記信陵君傳：「侯嬴年七十，家貧，爲大梁夷門監者。」

⑦後漢書梁鴻傳：「鴻至吳，依皋伯通。及卒，伯通等爲求葬地于要離冢旁，咸曰：要離烈士，伯鸞清高，可令相近。」

橘社傳書近卜鄰①，龍宮破陣樂章新。蒼梧野外三衣衲②，廣柳車中七尺身③。世事但堪圖鬼魅④，人間祇解楦麒麟⑤。相逢未辨中山酒⑥，且買黄柑醉凍春⑦。

【箋注】

①異聞集：「柳毅于涇陽見婦人泣曰：妾洞庭龍君小女也。嫁涇陽次子，而夫婦日以厭薄。聞君將還吳，以尺書託寄。洞庭之陰，有大橘樹，鄉人謂之社橘。君解帶擊樹三發，當有應者。毅還家，訪于洞庭，取書進之。龍君覽畢，宮中皆慟哭。有赤龍長萬餘尺，飛去，俄而涇水之囚人至矣。明日，宴毅于凝碧宮，張廣樂，樂舞萬夫于其右。中有一夫前曰：此錢塘破陣樂。復舞千女子于其左，中有一女進曰：此貴主還宮樂。龍君大悦。明日毅歸，贈遺珍寶，怪不可述。」

②西域記：「沙門法服，惟有三衣，及僧却崎、泥縛些那二衣。裁製不同，或緣有寬狹，或葉有小大。僧却崎，此言掩腋也，覆左肩，掩兩腋，左開右合，長裁過腰。泥縛些那，此言裙也。既無帶襻，其將服也，集衣爲襵，束帶以絛。襵則諸部各異，色乃黄赤不同。」

③漢書季布傳：「乃髡鉗季布，衣褐衣，置廣柳車中。」陸士衡挽歌：「昔爲七尺軀，今成灰與塵。」
④淮南子：「畫工好圖鬼魅，而憎圖狗馬者，何也？鬼魅不世出，而狗馬可日見也。」
⑤張鷟朝野僉載：「楊炯恃才簡傲，目朝官爲麒麟楦。人問之，曰：今假弄麒麟者，刻畫頭角，修飾皮毛，覆之驢上。及脫去，還是驢耳。無德而衣朱紫，與此何異？」
⑥左太沖魏都賦：「醇酎中山，流湎千日。」
⑦李肇國史補：「酒有滎陽之土窟春，富平之石凍春，劍南之燒春。」

與姚將軍茂之話舊有贈

故國青齊賜履遙，東平遺壘荻蕭蕭。海雲尚起田橫島①，漳水仍流豫讓橋②。劍去衡星黃土〔一〕在③，歌沉漏月白虹驕。知君未忘聞雞約④，髀肉如今消未消⑤？

【校記】

〔一〕箋注本作「土」，各本作「石」。

【箋注】

①樂史寰宇記：「萊州即墨縣田橫島，在縣東北百里。橫之衆五百餘人俱死于此。島四面環海，去岸二十五里。」北齊書楊愔傳：「愔變易姓名，潛之光州，因東入田橫島，以講誦爲業。」
②寰宇記：「汾橋架汾水，在幷州晉平縣東一里，即豫讓欲刺趙襄子，伏于橋下，襄子解衣之處。」
③少陵人日詩：「佩劍衝星聊暫拔。」內閣書抄：「雷煥別傳曰：『張華夜見異氣起斗牛，煥曰：此寶劍氣。乃以煥爲

豐城令。至縣，移獄掘得雙劍。取南昌西山黄白土拭劍，光豔照耀。」

④聞雞，見前注。

⑤蜀志先主傳注：「九州春秋曰：『備住荆州數年，嘗于表坐起至廁，見髀裏肉生，慨然流涕。還坐，表怪問備。備曰：平常身不離鞍，髀肉皆消。今不復騎，髀裏肉生。日月若馳，老將至矣，而功業不建，是以悲耳。』」

丙申閏五月十又四日讀新修滕王閣詩文集重題十絶句

翼軫星連箕尾雄，飛樓幻出化人宫①。夜深南斗龍光起，不爲干將在獄中。

【箋注】

①列子周穆王篇：「王執化人之袪，騰而上者，中天乃止，暨及化人之宫。化人之宫，構以金銀，絡以珠玉，出雲雨之上。王實以爲清都紫微，鈞天廣樂，帝之所居。」

南戒山河列樹眉①，雕甍畫戟閃朱旗。鐃歌競奏昇平樂，莫紀星移物换時。

【箋注】

①新唐書天文志：「貞觀中，淳風撰法象志，因漢書十二次度數，始以唐之州縣配焉。而一行以爲天下山河之象，存乎兩戒。北戒自三危、積石，負終南地絡之陰，東及太華，踰河，並雷首、砥柱、王屋、太行，北抵常山之右，乃東循塞垣，至濊貊、朝鮮，是謂北紀，所以限戎狄也。南戒自岷山、嶓冢負地絡之陽，東及太華，連商山、熊耳、外方、桐柏，自上洛南逾江、漢，攜武當、荆山，至于衡陽，乃東循嶺徼，達東甌、閩中，是謂南紀，所以限蠻夷也。故星傳謂北戒爲胡門，南戒爲越門。」

尊俎湖〔一〕山對坐隅，壺觴燕笑盛文儒。落霞孤鶩眞堪畫①，還似滕王蛺蝶圖②。

【校記】

〔一〕各本作「湖」，鄒鎡序本作「吳」。

【箋注】

① 吳曾能改齋漫錄：「江淹赤虹賦云：『霞晃朗而下飛。』張說晚景詩云：『霞彩映江飛。』皆謂雲霞之霞也。王勃滕王閣序曰：『落霞與孤鶩齊飛。』士人曰：非雲霞之霞，蓋南昌秋間，有一種飛蛾，當七八月之間，墜于江中，江魚每食之，士人謂之霞，故勃取以配鶩耳。」

② 段柯古酉陽雜俎：「一日紫極宮會，秀才劉魯封云：嘗見滕王蜂蝶圖，有名江夏班、大海眼、小海眼、村裏來、菜花子。」

隆福東朝出禁錢①，龍興遺事北庭傳②。柳城亦是文章伯③，光岳休論五百年。

【箋注】

① 虞集重修滕王閣說：「昌黎韓文公記之後，五百四十九年，當我朝之至元三十有一年，省臣以茲郡貢賦之出，隸屬東朝，乃得請隆福皇太后賜錢而修之。記其事者，柳城姚文公也。」

② 姚燧新滕王閣記：「龍興卽唐之洪都，宋之龍興。世宗賜今名以封裕王者也。」

③ 少陵贈秦少翁短歌：「因心不滅骨肉親，每語見許文章伯。」

飛閣行營御仗排，燒燈五夜似秦淮。只今蒼頂西山鹿①，猶挂天家放免牌②。

【箋注】

①大明一統志：「太祖至南昌，嘗宴于閣上，令儒臣賦詩，放陳友諒所畜鹿于西山。」

②明皇雜錄：「玄宗狩於咸陽，獲一大鹿，稍異常者。張果見之曰：此仙鹿也，已滿千年。昔漢武元狩五年，臣嘗侍從，畋于上林時，生獲此鹿。既而放之，武帝出銅牌誌于左角下。遂命驗之，果獲銅牌二寸許，但文字凋暗耳。」沈周客座新聞：「景泰中，口外進一鹿，頂上懸銀圜牌，書北宋年號，此鹿乃獵者于山中網獲。至我朝，又益一銀牌，亦書本朝年號而放之。」

問訊金陵估客航，雲帆盡處指滕王。老夫自駕樵風便，不許江神送馬當①。

【箋注】

①大明一統志：「都督閻伯嶼重修滕王閣，因九日宴僚屬于閣上，欲誇其壻吳子章能文，令宿構之。時王勃省父，次馬當，去南昌七百餘里。水神告其故，且助風，天明而至，與宴。果請諸賓爲序，皆辭之。至勃，不辭。閻不樂，密令吏得句即報。至『落霞與孤鶩齊飛，秋水共長天一色』，矍然曰：此天才也。其壻慚而退。」

八百分明著籍仙，樵陽名記石函鐫①。珠簾正面龍沙樹②，記取垂垂拂檻前。

【箋注】

①彭幼朔九日登高寄懷虞山錢太史詩：「石函君已鐫名久，有約龍沙共放歌。」幼朔註曰：「近有人發許旌陽石函，記虞山太史，官地具載，其當在樵陽八百之列無疑，故落句及之。」

②白玉蟾許眞君傳：「眞君攝伏巨蛇，有小蛇自腹中出，弟子請追戮之。眞君曰：五百年後，若爲民害，吾當復出誅之。以吾壇前松柏爲驗，其枝拂地，乃其時也。吾仙去後，一千二百四十年間，五陵之內，當出弟子八百人。其

師出于豫章，大揚吾教。郡江心忽生洲掩過沙井口者，是其時也。」

吳楚風烟接上游，憑欄極目總神州。吳兒愛說韓襄毅，題破江南〔一〕第一樓①。

【校記】

〔一〕各本作「南」，箋注本作「西」。

【箋注】

①韓襄毅傳：「公諱雍，字永熙，蘇之長洲人。中正統壬戌進士。嘗卽滕王閣故址造樓居，每登高懷古，慨然有安天下之志，作江西第一樓詩。」

拍肩犨聱說文章，大樹蚍蜉〔一〕可自量？珍重袁州韓刺史，欣將名姓次三王①。

【校記】

〔一〕箋注本作「蚍蜉」，各本作「蜉蝣」。

【箋注】

①昌黎新修滕王閣記：「十三年冬，移刺袁州。太原王公來爲邦伯，以書命愈曰：爲我記之。竊喜載名其上，詞列三王之次，有榮耀焉。」王象之輿地紀勝：「王勃，字子安，爲滕王閣記。王緒爲賦。貞元元年王仲舒爲連州司戶，爲修閣記。」

四韻俱成勝餞收，江神也爲釆詩愁。詞壇無復臨川叟，點筆新裁攬秀樓①。

【箋注】

①臨川湯義仍攬秀樓賦序：「歲戊之申月，日之九，丘伯嘉禾陸公，偕四明丁公、永春李公，觴予此樓。諸公粲然而

笑曰：子爲我賦之。一言均賦，敢居王子之先；九日登高，辱在大夫之後云爾。」

七月朔日含光法師駐錫紅豆村談玄累日石師潘老賦聽法詩拈華嚴玄談四字爲韻如〔一〕次奉和〔二〕

伊蒲盛饌只茶瓜①，執麈搖松影未斜②。片滴味全諸海水③，十玄門具一蓮華④。經函日照分龍鬣⑤，團扇風清起象牙⑥。身在普光明殿裏⑦，無容讚歎手頻叉。

【校記】

〔一〕邃本、鄒鎡序本作「如」，金匱本作「依」。　〔二〕邃本、鄒鎡序本、金匱本題如此。箋注本題作「含光法師過紅豆莊談花嚴十玄門石師潘老拈華嚴玄談四字分韻依次奉和四首」。

【箋注】

① 後漢書楚王英傳：「詔報曰：『楚王誦黃、老之微言，尙浮屠之仁祠。其還贖以助伊蒲塞桑門之盛饌。』」臣賢曰：「伊蒲塞，卽優婆塞也。中華翻爲近住，言受戒行，堪近僧住也。」少陵已上人茅齋詩：「茶瓜留客遲。」

② 道誠釋氏要覽：「鹿之大者曰麈，羣鹿隨之，皆看麈所往。今講者執之，象彼蓋有所指麾故。」南史張譏傳：「後主嘗幸鍾山開善寺，召從臣坐于寺西松林下，敕譏豎義，時索麈尾未至。後主勑取松枝，手以屬譏曰：可代麈尾。」

③ 清凉國師華嚴經疏序：「炳然齊現，猶彼芥瓶；具足同時，方之海滴。」演義曰：「具足同時，方之海滴者，如大海一滴，卽具百川之味，十種之德故。隨一法，攝無盡法故。同時則明無先後，具足則所攝無遺矣。」

④華嚴玄談：「周徧圓融，卽事事無礙。且依古德，顯十玄門。一、同時具足相應門。二、廣陿自在無礙門。三、一多相容不同門。四、諸法相卽自在門。五、秘密隱顯俱成門。六、微細相容安立門。七、因陀羅網境界門。八、託事顯法生解門。九、十世隔法異成門。十、主伴圓明具德門。此之十門，同一緣起，無礙圓融。隨其一門，卽具一切。」

⑤宋濂日本瑞龍山重建轉法輪藏禪寺記：「予聞七佛尊經，實貯龍宮海藏。在昔龍樹尊者，嘗入其中，覩華嚴經上中下三本，因記下本，以歸西土。」

⑥慧皎高僧傳：「明律論，迦葉因命持律尊者優波離比丘使出律藏。波離乃手執象牙之扇，口誦調御之言，滿八十反，其文乃訖。于是題之樹葉，號曰八十誦律。」

⑦華嚴經如來名號品：「爾時世尊在摩竭提國阿蘭若法菩提場中，始成正覺，于普光明殿，坐蓮華藏師子之座。」

清齋燕處得香嚴①，落落圓音解縛黏②。兩鏡金容光互攝③，千珠帝網影交拈〔一〕④。披襟淨月常懸座⑤，凭几涼風自捲簾⑥。重向雪山餐藥樹⑦，始知食蜜未爲甜⑧。

【校記】

〔一〕各本作「拈」，箋注本作「兼」。

【箋注】

①首楞嚴經：「香嚴童子卽從座起，頂禮佛足。」

②首楞嚴經：「願佛哀愍，宣示圓音。」

③宗鏡錄：「瑩兩面鏡，鑒一盞燈，置一尊容。而重重交光，佛佛無盡見。」

④清涼國師華嚴經疏序：「重重交映，若帝網之垂珠；念念圓融，類夕夢之經世。」

⑤大慧杲答孫知縣書：「長水參瑯琊廣照禪師，于言下大悟，後方披襟，自稱座主。」

⑥五燈會元：「長慶慧稜禪師參靈雲，問佛法大意，雲曰：驢事未去，馬事到來。師往來雪峯、玄沙，二十年間，坐破七箇蒲團，不明此事。一日捲簾，忽然大悟。」

⑦華嚴經：「雪山頂有藥王樹，名無盡根。」

⑧四十二章經：「學佛道者，佛所言說，皆應信順。猶如食蜜，中邊皆甜。吾經亦爾。」

鴦伽六術並三玄，穴紙分明見大千①。世界蓮華咸法爾②，手中葉物總茫然③。身雲坐向千光湧④，心月行依百器圓⑤。薝蔔花針誰拾得〔一〕⑥，莫將翳〔二〕眼說隨緣⑦。

【校記】

〔一〕各本作「得」，箋注本作「取」。　〔二〕箋注本、金匱本作「翳」，邃本、鄒鎡序本作「瞖」。

【箋注】

①穴紙，見前注。法華經：「佛以恒河沙等三千大千世界爲一佛土。」

②華嚴經蓮花世界品：「有世界名寶蓮華莊嚴，形如半月，依一切蓮華莊嚴海住，一切寶雲，彌覆其上。」華嚴玄談：「言法爾者，王道坦坦，千古同規。一乘玄門，諸佛齊證。故一切佛法爾皆于無盡世界常轉如是無盡法輪，令諸衆生返本還源，無有休息。」

③首楞嚴經：「是諸大衆，各各自知，心徧十方，見十方空，如觀手中所持葉物。」長水疏曰：「向執心在身中，謂言是我眞性。今空在性內，如片物持于掌間。」

④華嚴經如來出現品：「欲以正法教化衆生，光布身雲，彌覆法界，隨其樂欲，爲現不同。」

⑤五燈會元：「靈黙禪師上堂：夫心月孤圓，光吞萬象。光非照境，境亦非存。光境俱無，復是何物？」

⑥傅大士頌：「蔄蕩拾花針。」永明壽禪師心賦：「食蔄蕩而眼布華針。」注曰：「大涅槃經云：『如人食蔄蕩子，眼見針花，況不達一心，妄生境界。』」

⑦首楞嚴經：「若無見者，出既翳空，旋當翳眼。」

浮生如聽魘人談，雪頂方依除饉男①。身座肉燈思往刦②，紙皮墨骨誓新參③。日光定處天宮上④，烟水行時古廟南⑤。彈指卽看樓閣啓⑥，宵來彌勒本〔一〕同龕⑦。

【校記】

〔一〕箋注本作「本」，各本作「許」。

【箋注】

①道誠釋氏要覽：「康僧會注法鏡經云：『凡夫貪着六塵，猶餓夫貪食，不知厭足。今聖人斷除貪愛，除六情飢饉，故號除饉。』」

②永明壽禪師心賦：「任身座與肉燈，用海墨而山筆。」注曰：「如法華經中提婆達多以身爲床座，轉輪聖王剜肉千燈。」

③洛陽伽藍記：「王城南一百餘里，有如來剝皮爲紙折骨爲筆處。」宋景濂血書華嚴經讚序：「昔者樂法比丘，當無佛時，欲聞佛語，了不能得。乃信婆羅門言，以皮爲紙，以骨爲筆，以血爲墨，願書一偈。」

④華嚴經夜摩宮中偈讚品：「譬如孟夏月，室淨無雲翳。赫日揚光輝，十方靡不充。其光無限量，無有能測知。」

⑤華嚴經入法界品：「贊：福城東際，童子南詢，百城烟水渺無垠。」華嚴經入法界品：「爾時文殊師利菩薩漸次南行，經歷人間，至福城東，往莊嚴幢娑羅林中往昔諸佛教化衆生大塔廟處。」

⑥華嚴經入法界品：「爾時善財童子敬遶彌勒菩薩，合掌白言：唯願大聖，開樓觀門，令我得入。彌勒菩薩卽彈右指，門自然開。善財卽入，入已卽閉。」

⑦東坡金山放船至焦山詩：「自言久客忘鄉井，只有彌勒爲同龕。」施宿曰：「法帖褚遂良書：『久棄塵滓，與彌勒同龕。一食淸齋，八時禪誦。』」

雲陽姜氏壽讌詩

團團三竿日①，照我衡茅裏。老人住雞窠②，頻申睡方美③。朱方〔一〕人扣門④，尺書報燕喜。索我一篇詩，登歌侑筵几。遙遙太岳後，華胄布南紀。祭酒鳴鳳阿，雲孫誕麟趾⑤。論詩殷璠繼，評畫董逌比⑥。玉衡應秋縣⑦，牙花奮雷起⑧。齊牢攜令妻，佩觿呵收〔二〕子⑨。銅駝已荆棘⑩，金馬仍蘭錡⑪。長筵設弧帨⑫，壽觴薦芳旨。積金朮應長⑬，良常酒初釃⑭。童初會高眞⑮，易遷集仙姊。跳脫贈猶新⑯，靈簫和相倚⑰。神芝光似月⑱，火棗飫成綺⑲。百歲欣駐顏⑳，千年笑洗髓㉑。有客前致詞，停觴誦天咫㉒。壞刦埋沉灰㉓，災星流枉〔三〕矢㉔。四海血湯湯，九閽角嶷嶷㉕。束身付豺狼，擇肉信犬豕。藍風吹丘山，震雷殷堦戺。槖饘除昔殃，沃洗奉新祉㉖。光風汎蘭蕙，化日轉桑梓。寒盡星〔四〕紀廻㉗，春生土膏薿㉘。夢醒噩何有，創巨痛良已㉙。惙惙擣撞胸，依依戰擊齒。我聞觀自在㉚，天竺古大士。大慈度含識，深悲及蟲豸。刀劍壞吹光㉛，桁楊折畫水。以茲仁孝種，感彼求化理。譬如兒飛乳㉜，又如母嚙指㉝。潮音不失時㉞，吉雲自加被。若非無畏力㉟，誰能撈漉此？西竺亦非遙㊱，朱方亦非邇。念彼觀音力，如臂屈信爾。淸衆爲眷屬，法筵存簠簋。飲食與燕樂，天人所遊履。南陔戒善養㊲，南山咏樂只。隨順世間法，慧命自茲始。善哉祝嘏客，斯言神所使。我作介壽詩，讚歎亦如是。

【校記】

〔一〕邃本、箋注本作「方」，鄒鎡序本、金匱本作「衣」。

〔二〕邃本、箋注本作「收」，鄒鎡序本、金匱本作「牧」。

〔三〕邃本、箋注本作「流枉」，鄒鎡序本、金匱本作「枉流」。

〔四〕各本作「暑」，據箋注，改作「星」。

【箋注】

① 韓鄂歲華記麗：「日上三竿。」注曰：「劉禹錫詩：『日出三竿春霧消。』」

② 錢希白洞微志：「太平興國中，李守忠奉使南方，過海至瓊州界，道逢一翁，自稱年八十一，邀詣所居。見其父年百二十二，其祖年一百九十五。語次，見梁上一雞窠，中有一小兒頭。翁曰：此吾九代祖也。不語不食，不知其年。朔望收下，子孫列拜而已。」

③ 記大傳：「侍坐于君子，君子欠伸。」鄭氏曰：「伸，頻申也。」

④樂史寰宇記：「丹陽縣本漢曲阿縣地，舊名雲陽。按輿地志，屬朱方南徐之境也。」

⑤爾雅釋親：「仍孫之子爲雲孫。」郭璞曰：「言輕遠如浮雲。」

⑥唐詩紀事：「殷璠集詩友十八人所著爲丹陽集。」文獻通考：「廣川藏書志二十八卷。書跋十卷、畫跋五卷。陳氏曰：徽猷閣待制東平董逌彥遠撰。以其家藏書，考其本末而爲之論說，及于諸子而止。」

⑦少陵寄裴施州詩：「冰壺玉衡懸清秋。」

⑧陸佃埤雅：「象牙生花，必因雷聲。」

⑨左傳文公元年：「叔服曰：穀也食子，難也收子。」杜預曰：「收子，葬子身也。」

⑩晉書索靖傳：「靖知天下將亂，指洛陽宮門銅駝嘆曰：會見汝在荆棘中耳。」

⑪張平子西京賦：「武庫禁兵，設在蘭錡。」薛琮曰：「錡，架也。」

⑫記內則：「子生，男子設弧于門左，女子設帨于門右。」鄭氏曰：「帨，事人佩巾也。」

⑬眞誥稽神樞：「大茅山中茅山相連，長阿中有連石，古時名爲積金峯。」

⑭良常，見前注。

⑮童初，見前注。

⑯眞誥運象篇：「尊綠華夜降羊權，贈權金玉跳脫各一枚。」

⑰眞誥運象篇：「李夫人少女道成，署爲九華眞妃，賜姓安，名鬱嬪，字靈簫。」

⑱眞誥稽神樞：「華陽洞有五種夜光芝。良常山有螢火芝，大如豆形，紫華，夜視有光，得食一枚，心中一孔明，食七枚，七孔明，可夜書。」

⑲眞誥運象篇：「眞妃手中握三枚，色如乾棗而形長大，內無核，亦不作棗味，有似于梨味耳。」

⑳太白短歌行：「北斗酌美酒，勸龍各一觴。富貴非所願，與人駐顏光。」

㉑別國洞冥記：「東方朔遊濛鴻之澤，有黃眉翁告朔曰：吾三千歲一反骨洗髓，二千歲一剝皮伐毛。生來已三洗髓，三伐毛矣。」

㉒楚語：「是知天咫，安知民則？」韋昭曰：「咫，言少也。此言少知天道耳。」

㉓法苑珠林劫量篇：「六年華觀，終焚蕩于沉灰；千礎瓊臺，卒漂淪于驟雨。」

㉔漢書天文志：「枉矢狀類大流星，蛇行而蒼黑，望如有毛目然。」

㉕宋玉招魂：「虎豹九關，啄害下人些！」

㉖家語：「少長以齒，終于沃洗者焉。」

㉗爾雅釋天：「斗者，日月五星之所終始，故謂之星紀。」

㉘國語：「虢文公曰：太史順時覛土，農祥晨正，土乃脈發。太史告稷曰：土膏其動。」韋昭曰：「脈，理也。」

㉙記三年問：「創鉅者其日久，痛甚者其愈遲。」

㉚龍舒淨土文：「觀世音菩薩本結伽趺坐，其神通變化自在；故曰觀自在。今人作翹足搭手坐，謂自在觀音者訛也。」

㉛首楞嚴經：「能令衆生，臨當被害，刀斷斷壞，使其兵戈，猶如割水，亦如吹光，性無搖動。」

㉜水經注：「一國王小夫人生肉胎，大夫人妬之，言不祥，盛以木函，擲恒水中。下流有國王，遊觀見木函，開看見千小兒，端正殊好，王收養之。長大甚勇健，欲伐父王本國。王大憂愁，小夫人言勿愁，但于城西作高樓，賊來

我能却之。王如其言，賊到，小夫人于樓上語賊云：汝是我子，若不信者，盡張口仰向。小夫人卽兩手捋乳，乳作五百道，俱墮千子口中。賊知是母，卽放弓仗。」

㉝後漢書周磐傳：「磐同郡人蔡順，字君仲，養母求薪。客至，母望順不還，母乃嚙指，順心動，棄薪歸。母曰：有急客來，吾嚙指以悟汝耳。」

㉞首楞嚴經：「發海潮音，徧告同會。」長水疏曰：「海潮無念，要不失時。」

㉟普門品：「于怖畏急難之中，能展無畏，故此娑婆世界皆號之爲施無畏者。」

㊱西域記：「天竺之稱，異議糾紛。今從正音，宜云印度。印度者，唐言月，良以其土聖賢繼軌，導凡御物，如月照臨，由是義故，謂之印度。」

㊲毛詩南陔小序：「孝子相戒以養也。有其義而亡其辭。」

題汴人趙澄臨趙子固棧道圖

蜀山崔嵬去天尺①，千峯萬嶂攢列戟。奔濤坼峽鬭雷霆，削鐵層層梯絕壁。青天鳥道暾窅冥，終古蠶叢見開闢②。地縮千盤雲棧重③，天廻四游閣道窄④。牛車絡繹不斷頭，飛走凌兢罕接翼。輪鞍犖确如有聲，人鳥貪緣共一跡。穴穿重掩身入霤，登頓巉巖足上壁。此圖瑰瑋畫者誰？似爲昇平寫物色。天漢津梁扼關隴⑤，沃野輿圖跨梁益⑥。參旗橫拂東井深⑦，褒斜鉤連子午直⑧。邛竹蒟醬來東西⑨，滇僰冉駹走阡陌⑩。何煩力士挽金牛⑪，是處戎王貢琭碧⑫。郫筒好酒車郄〔一〕載⑬，織成錦段馬薦席⑭。烝徒猶拜古帝魂⑮，學士能銘劍閣石⑯。嗚呼此圖不易得，全盛方輿眞可惜。丹青如閱華陽志，衣裳不爲左擔〔二〕易⑰。何物氈車掣槖駝，況乃窮廬蓋服匿〔三〕⑱。臥龍躍馬定誰是⑲？錦江玉壘還如昔⑳。雪江老人頭雪〔四〕白，吮筆經營口嘖唶㉑。畫師有心人不識，老夫看畫長歎息。

【校記】

〔一〕箋注本、金匱本作「郄」，邃本作「郗」，鄒鎡序本作「欷」。

〔二〕箋注本作「左擔」，邃本、金匱本作「左襜」，鄒鎡序本作「時裝」。

〔三〕此二句各本無，箋注本有。

〔四〕各本作「雪」，金匱本作「盡」。

【箋注】

① 太白蜀道難：「連峯去天不盈尺。」

② 左太沖蜀都賦：「兆基于上世。」劉淵林曰：「揚雄蜀王本紀：『蜀王之先，名蠶叢、柏濩、魚鳧、蒲澤、開明，是時人皆椎髻左言，不曉文字，未有禮樂。』從開明上到蠶叢，積三萬四千歲，故曰兆基于上代也。」

③ 東坡送范景仁遊洛中詩：「去年行萬里，蜀道走千盤。」

④ 爾雅釋天正義曰：「二十八宿之外，上下東西各有萬五千里，是謂四游之極。」又：「地與星辰，俱有四游升降。」

⑤ 爾雅釋天：「箕斗之間，漢津也。」郭璞曰：「箕，龍尾。斗，南斗。天漢之津梁。」

⑥ 蜀志秦宓傳：「蜀有汶阜之山，江出其腹。帝以會昌，神以景福，故能沃野千里。」

⑦蜀都賦：「岷山之精，上爲井絡。」劉淵林曰：「言岷山之地，上爲東井維絡。」

⑧班孟堅西都賦：「右界褒斜隴首之險。」李善曰：「梁州記：『萬石城泝漢上七里，有褒谷，南口曰褒，北口曰斜，長四百七十里。』」長安志：「漢書：子午道從杜陵直絕南中，徑漢中。今京城直南山有谷通梁漢道者，名子午谷。」

⑨史記西南夷列傳：「建元六年，使番陽令唐蒙風指曉南越。南越食蒙蜀蒟醬。蒙問所從來，曰：道西北牂牁，牂牁江廣數里，出番禺城下。元狩元年，張騫言居大夏時見蜀布邛竹杖，使問所從來，曰從東南身毒國，可數千里，得蜀賈人市。」蜀都賦：「邛杖傳節于大夏之邑，蒟醬流味於番禺之邦。」樂史寰宇記：「蒟醬如今之大搔撥。」

⑩史記西南夷列傳：「西南夷君長以十數，夜郎最大。其西靡、莫之屬以十數，滇最大。自嶲以東北，君長以十數，冉駹最大。」正義曰：「今益州南戎州北臨大江，古僰國。」寰宇記：「茂州，禹貢梁州之域。禹貢曰『岷山導江』，發跡于此。本冉駹之國，漢以爲郡。」

⑪華陽國志：「秦惠王作石牛五頭，預瀉金其後，曰牛便金。蜀人悅之，使使請石牛。惠王許之，乃遣五丁迎石牛。既不便金，怒遣還之，乃嘲秦人曰東方牧犢兒。秦人笑曰：吾雖牧犢，當得蜀也。」

⑫山海經：「章莪之山，多瑤碧。」郭璞曰：「碧亦玉屬。」

⑬成都記：「成都府西五十里，因水標名曰郫縣。以竹筒盛美酒，號曰郫筒。」戰國策：「淳于髡曰：今求柴胡桔梗于沮澤，則累世不得一焉。及之睪黍梁父之陰，則郄車而載耳。」高誘曰：「言饒多，故郄車載也。」

⑭譙周益州志云：「成都織錦既成，濯于江水，其文分明，勝于初成。他水濯之，不如也。」

⑮左太沖魏都賦：「習習冠蓋，莘莘烝徒。」少陵杜鵑詩：「我見常再拜，重是古帝魂。」

⑯晉書：「張載父收爲蜀郡太守，載隨父入蜀，作劍閣銘。益州刺史張敏見而奇之，乃表上其文。世祖遣使鐫石記

焉。」

⑰少陵愁坐詩：「左擔犬戎存。」任豫益州記：「江由左擔道。按圖，在陰平縣，于成都爲西。其道至險，于北來者，擔在左肩，不得度擔也。鄧艾束馬懸車之處。」

⑱漢書蘇建傳：「贈武馬畜服匿穹廬。」孟康曰：「服匿如罌，小口大腹方底，用受酒酪。」晉灼曰：「河東北界人呼小石罌受二斗許曰服匿。」

⑲蜀都賦：「公孫躍馬而稱帝。」

⑳樂史寰宇記：「玉壘山，湔水所出。郭璞江賦『玉壘作東別之標』是也。李膺益州記云：『在沈黎郡，去蜀城南八百里，在導江縣西北二十九里。』」

㉑史記信陵君傳：「晉鄙嚄唶宿將。」索隱曰：「嚄唶，謂多詞句也。」正義曰：「聲類云：『嚄，大笑。唶，大呼。』」

悼郁離公子〔一〕①

腥風吹浪海天昏，蹙縮鯨波戰血渾。萬里龍城沉水府，一身魚腹答君恩②。下從乃祖良無愧，上對高皇定有言。南斗朱旗應在眼③，不勞楚些與招魂。

【校記】

〔一〕此詩遼本、箋注本、金匱本有，鄒鎡序本無。金匱本題作「追悼劉生」。

【箋注】

①徐一夔郁離子序：「郁離子者，誠意伯劉公在元季時所著之書。郁離者何？離爲火，文明之象，用之，其文郁郁

然，爲盛世文明之治，故曰郁離。」

②史記屈原傳：「寧赴湘流而葬于江魚腹中耳，又安能以皓皓之白，而蒙世俗之塵埃乎？」

③朱旗，見前注。

有學集卷七

高會堂詩集

高會堂酒闌雜詠 有序

不到雲間，十有六載矣。水天閒話，久落人間；花月新聞，已成故事。漸臺織女①，機石依然②；丈室維摩③，衣花不染④。點難陀之額粉⑤，尚指高樓⑥；被慶喜之肩衣⑦，猶看汲井⑧。頃者菰蘆故國，兵火殘生。衰晚重遊，人民非昔。朱門賜第⑨，舊燕不飛；白屋人家⑩，新爲誰止？兒童生長于別後，競指鬚眉；門巷改換于兵前，每差步屧。常中逵而徙倚，或當饗而欷歔。若乃帥府華筵，便房曲宴。金釭銀燭，午夜之砥室生光⑪；檀板紅牙，十月之桃花欲笑。橫飛拇陣⑫，倒捲白波⑬；忽發狂言，驚迴紅粉⑭，歌闌敕勒〔一〕⑮，祇足增悲；天似穹廬〔二〕⑯，何妨醉倒。又若西宗宿好，耳語慨慷⑰；北里新知，目成婉孌⑱。酒闌燈灺，月落烏啼。雜夢囈以興謠⑲，蘸盃盤而染翰。口如啣轡，常見吐吞；胸似碓舂，難名上下。語同讔謎，詞比俳優。語云惟食忘憂⑳，又曰溺人必笑㉑。我之懷矣，誰則知之？是行也，假館於武靜之高會堂，遂以名其詩。亦欲使此邦同人，摳衣傾蓋者㉒，相與繼響，傳爲美譚云爾。丙申陽月十有一日，書於青浦舟中。

【校記】

〔一〕遂本、箋注本作「敕勒」，鄒鎡序本、金匱本作「宛轉」。　〔二〕遂本、箋注本作「穹廬」，鄒鎡序本、金匱本作「高寘」。

【箋注】

① 隋書天文志：「織女東四星曰漸臺，臨水之臺也。」

② 荊楚歲時記：「張騫尋河源，得一石，示東方朔。朔曰：此石是天上織女支機石，何至于此？」

③ 道誠釋氏要覽：「唐顯慶年中，敕差外尉寺丞李義表、前融州黄水令王玄策，往西域充使。至毗耶梨城東北四里許，維摩居士宅示疾之室遺址，疊石爲之。玄策躬以手板縱横量之，得十笏，故號方丈。」

④ 維摩詰經：「時維摩詰室有一天女，見諸大人，聞所説法，便現其身，即以天花散諸菩薩大弟子上。華至諸菩薩，即皆墮落，至大弟子，便著不墮。」

⑤ 雜寶藏經：「佛在迦毗羅衛國，入城乞食，到難陀舍，會值難陀與婦作粉香塗眉間，聞佛至門中，欲出外看。婦共要言：出看如來，使我額上粉未乾頃，便還入來。」

⑥ 宋師敎釋宗百詠集：「難陀之妻，名孫陀利，端正美貌，與難陀食息不離。忽一日，難陀與妻居高樓上共食，佛往門下，放光照之。難陀覩光，乃知佛來，欲下樓見佛。妻曰：以吐濕汝額，未乾即回共食。難陀云：如所約。即下見佛。」

⑦ 梵語阿難陀，此云慶喜。大智度論釋初品：「中共摩訶比丘僧阿難端正清淨，女人見之，欲心即動。是故佛聽阿難著覆肩衣。」

⑧ 雜寶藏經：「難陀持鉢詣佛，至尼拘屢精舍，佛敕剃髮，不敢不剃，恆欲還家。佛常將行，不能得去。後去一日，次當守房，而自歡喜，待佛衆僧都去之後，我當還家。佛入城後，作是念言，當爲汲水，令滿澡瓶，然後還歸。尋時汲水，一瓶適滿，一瓶復翻，如是經時，不能滿瓶。」

⑨ 晉書麴允傳：「與游氏世爲豪族，西州爲之語曰：麴與游，牛羊不數頭。南開朱門，北望青樓。」

⑩ 韓詩外傳：「周公踐天子之位，窮巷白屋先見者四十九人。」

⑪ 宋玉招魂：「砥室翠翹，絓曲瓊些！」王逸曰：「砥，石名。」

⑫ 雲間袁福徵著拇陣十六篇。

⑬ 元曹紹安雅堂酒令：「古有白波賊，擒之如捲席。用以爲酒令，沉湎意乃釋。賊徒飲酒，必無揖讓之名，滿斟快飲，如捲白波入口，故酒令名捲白波。得令者，如此法飲一杯。」

⑭ 唐闕史：「杜牧分務洛陽，李愿大開筵席，牧願與斯會。時女妓百餘人，皆絕藝殊色。牧云：聞有紫雲者孰是？李指示之。牧曰：名不虛得，宜以見惠。李俯而笑，諸妓亦皆迴首破顏。牧自飲三爵，朗吟而起曰：『華堂今日綺筵開，誰喚分司御史來？忽發狂言驚滿座，兩行紅粉一時迴。』」

⑮ 敕勒，見前注。

⑯ 樂府敕勒歌：「天似穹廬，籠蓋四野。」

⑰ 漢書灌夫傳：「行酒次至臨汝侯灌賢，賢方與程不識耳語。」師古曰：「附耳小語也。」

⑱屈原九歌：「滿堂兮美人，忽與予兮目成。」
⑲記曲禮：「客若降等，執食興辭。」
⑳左傳昭公二十八年：「諺云：惟食忘憂。吾子置食之間三嘆，何也？」
㉑溺人，見前注。
㉒記曲禮：「將卽席，客毋怍，兩手摳衣去齊尺。」

雲間諸君子肆筵合樂饗余於武靜之高會堂飲罷蒼茫欣感交集輒賦長句二首

授几賓筵大饗同①，秋堂文讌轉光風。豈應江左龍門客②，偏記開元鶴髮翁③。酒面尚依袍草綠④，燭心長傍劍花紅⑤。他年屈指衣裳會，牛耳居然屬海東⑥。

【箋注】

①大雅行葦詩：「或授之几。」箋云：「老者加之以几。」
②世說德行篇：「李元禮高自標榜，後進之士，有升其堂者，皆以爲登龍門。」
③李洞繡嶺宮詩：「繡嶺宮前鶴髮翁，猶唱開元太平曲。」
④羅鄴芳草詩：「似袍顏色正蒙茸。」
⑤衛象古詞：「鵑血猏弓濕未乾，鸊鵜新染劍花寒。」

⑥ 左傳定公八年：「晉師將盟衛侯于鄟澤，衛人請執牛耳。」杜預曰：「尊者涖牛耳。」

重來華表似前生，夢裏華胥又玉京。鶴唳秋風新谷水①，雉媒春草昔茸城②。尊開南斗參旗動③，席俯東溟海氣更④。當鑾可應三歎息？歌鐘二八想昇平⑤。

【箋注】

① 王象之輿地紀勝：「華亭谷水，行三百里入松江。」

② 松陵集陸龜蒙和襲美吳中書事詩：「五茸春草雉媒嬌。」註曰：「五茸，吳王獵所，草各有名。」

③ 左太沖吳都賦：「仰南斗以斟酌，兼二儀之優渥。」

④ 顏延之侍遊蒜山詩：「元天高北列，日觀俯東溟。」

⑤ 左傳襄公十一年：「鄭人賂晉侯，凡兵車百乘，歌鐘二肆，及其鎛磬，女樂二八。晉侯以樂之半賜魏絳曰：子教寡人和諸戎狄，請與子樂之。」

席間觀李素心督學孫七歲童子草書歌

杜陵九齡書大字①，李郎七歲筆陣強。身長未及等書案，負劍却立短凳傍②。凝睇雙瞳剪秋水，梯几拂拭〔一〕神揚揚③。須臾筆下龍蛇出，折釵倒薤紛旗槍④。拳如繭栗不盈握，放筆直欲隳堵墻⑤。力如藍田射伏虎，飲羽穿石激電光。勢如衛公夜行雨⑥，風鬃霧鬣不可當。書罷安閒妥衫〔二〕袖，斂手拱揖歸輩行。肩隨兄弟舒雁立⑦，懷鉛畫槧森琳瑯⑧。荀家八龍見其四，一龍奮爪先開張。當筵觀者皆老蒼，捋鬚奮袂徒驚惶。老夫頓足自激昂，安得抱之貢玉堂⑨。君不見昔年李長沙，天子加膝坐御牀⑩。

【校記】

〔一〕各本作「拭」，金匱本作「紙」。　〔二〕邃本、箋注本作「衫」，鄒鎡序本、金匱本作「彩」。

【箋注】

① 少陵壯遊詩：「七齡思卽壯，開口詠鳳凰。九齡書大字，有作成一囊。」

② 記曲禮：「負劍辟咡詔之。」鄭氏曰：「負當置之于背，劍謂挾之于旁。」

③ 山海經：「西王母梯几而戴勝。」郭璞曰：「梯謂憑也。」

④ 姜堯章續書譜：「用筆如折釵股，欲其曲折，圓而有力。」陶九成書史會要：「仙人務光，殷湯時，避天下于清泠之淵，植薤而食，清風時至，見其積葉倒偃，爲倒薤書，晉王愔云：倒薤書，小篆法也。」

⑤ 少陵莫相疑行：「集賢學士如堵牆，觀我落筆中書堂。」

⑥ 李復言續玄怪錄：「李靖微時，射獵霍山中。會暮迷路，至朱門大第，請宿。夜半聞叩門聲急，曰：天符報大郎行雨。夫人曰：兒子二人未歸。因請公相見，曰：此龍宮也。適奉天符行雨，欲奉煩。頃刻，遂敕黃頭被青驄馬來，又命取雨器，乃一小瓶子，繫于鞍前，誡曰：郎乘馬，信其行，取瓶中水一滴，滴馬鬃上，愼無多也。于是上馬，隨所躍輒滴之，俄頃雨畢，復歸。」

⑦ 記曲禮：「五年以長，則肩隨之。」記內則：「舒鴈翠。」鄭氏曰：「舒鴈，鵝也。翠，尾肉也。」

⑧ 葛洪西京雜記：「揚子雲常懷鉛提槧，訪殊方絕域語以爲裨補。」

⑨少陵寄韓諫議詩：「焉得置之貢玉堂？」

⑩廖道南殿閣詞林記：「李東陽四歲能作大書，景帝召見，抱置膝上，賜上林珍果。六歲八歲，復兩召之，試講尚書大義，命肄京庠。」

海上贈姚方伯時年九十有四

玄髮方瞳始百年①，滄江龍臥地行仙②。酒香白墮騰騰醉③，飯熟黃粱栩栩眠④。南極一星占斗分〔一〕⑤，東瀛三遍看桑田。雉羹亦有傳家譜⑥，願乞刀圭助祝延⑦。

【校記】

〔一〕各本作「斗分」，鄒鎡序本作「北斗」。

【箋注】

①王子年拾遺記：「老聃居反景石室之山，有黃髮老叟五人，耳出於頂，瞳子皆方，面色玉潔，手握青筇杖，與聃共談天地之數。」

②首楞嚴經：「彼諸衆生，堅固服餌，而不休息。食道圓成，名地行仙。」

③洛陽伽藍記：「河東人劉白墮，善能釀酒。飲之香美而醉，經月不醒。」羅隱春日題禪智寺詩：「思量只合騰騰醉，煮海平陳盡夢中。」

④異聞集：「道者呂翁，經邯鄲道上，邸舍中有盧生，與翁接席，自嘆其困。言訖思寐。時主人方炊黃粱，翁乃探囊中枕授之，曰：枕此，榮適如志。枕兩端有竅，生就枕臥，舉身入竅，遂富貴五十年，老病卒。欠申而寤，主人蒸

黃粱尚未熟。翁笑曰：「人世之事，亦猶是矣。」莊子齊物論篇：「莊子夢爲胡蝶，栩栩然胡蝶也。」

⑤史記天官書：「狼北地有大星，曰南極老人。老人見，治安，不見，兵起。常以秋分時候之于南郊。」

⑥雉龔，見前注。

⑦本草：「凡散藥，有云刀圭者，十分方寸匕之一，準如桐子大也。方寸匕者，作匕正方一寸，抄散取不落爲度。」昌黎寄周循州詩：「金丹別後知傳得，乞取刀圭救病身。」祝延，見前注。

次韻答雲間張洮侯投贈之作

自從兵塵暗四國，盡裂書囊裁矢服①。文昌東壁橫旄弧，織女漸臺荒杼軸。近來南國興文章，雲間筆陣尤堂堂。何人吐鳳非書府②，是處棲鸞盡女〔一〕牀③。新詩雄風發胸臆，令我殘軀生八翼④。歌罷蒼茫看牛斗，劍鍔芙蓉湛如拭⑤。始信出門交有功，橫眉豎目皆駿雄。却憐雪頂逃禪客，折脚鐺邊未有〔二〕窮⑥。

【校記】

〔一〕邃本、箋注本作「女」，鄒鎡序本、金匱本作「筆」。　〔二〕箋注本作「有」，邃本、鄒鎡序本作「足」，金匱本作「是」。

【箋注】

①山谷送王郎詩：「書囊無底談未了。」小雅采薇詩：「象弭魚服。」毛萇傳曰：「魚服，魚皮也。」箋云：「服，矢服也。」

正義曰：「夏官司弓矢職曰：『仲秋獻矢服。』注云：『服，盛矢服也。』」

②葛洪西京雜記：「揚雄著太玄經，夢吐鳳凰，集經之上。」

③山海經：「女牀之山，有鳥狀如翟，而五彩文，名曰鸞鳥。」

④八翼，見前注。

⑤太白古風：「寶劍雙蛟龍，雪花照芙蓉。」

⑥五燈會元：「惟儼禪師謂雲岩曰：與我喚沙彌來，我有箇折脚鐺子，要他提上挈下。」

雲間董得仲投贈三十二韻依次奉答

藍風吹地軸①，墨穴閉星躔。庭矢踰沙絕②，池灰積刧傳③。州移中土九④，路失下牢千⑤。歷歷開元事，明明萬曆年。左言馴保塞⑥，南食慄重泉⑦。横軾眉常見⑧，盈車骨獨專⑨。籌邊攄尺組⑩，斷國引長編。紫塞儲胥脆⑪，丹墀部廨堅。癙憂殊悄悄⑫，蟻鬭正悁悁。但倚三精在，寧思九鼎遷⑬。垣牆隳閣道⑭，鈎盾廢天田⑮。季葉絲方棼，殘生繭自〔一〕纏。堯年鶴語苦⑯，亳社鳥譆〔二〕然⑰。退鷁希風定，枯魚泣水漣⑱。黃雲埋地底，黑浪過山巔。室掩三陽琯⑲，牀搘六月綿⑳。鋤頭誰對秉㉑？車耳正高懸㉒。草喜霜前蔓，花嬌日及妍。羽毛紆往古，腰領信時賢㉓。悻直祈神與，孤危仗佛憐。論牀獅子座㉔，梵衆象王筵㉕。貝葉探三藏㉖，蓮花講十玄㉗。雪〔三〕鴻隨浪跡㉘，雲〔四〕鶴捧瑤篇。積玉光猶映，長離翼必聯㉘。哀音傷變徵㉚，法曲豔登仙㉛。錯莫三年笑㉜，迷離千日眠。豈應漁父檝，得共鄂君船㉝？隼擊高秋健，雞鳴後夜偏。日愁夸父逐㉞，石畏祖龍鞭㉟。夢裏褒〔五〕衣疊㊱，循來蒜髮芊㊲。歌風還駁遝㊳，醉月〔六〕且嬋娟。自笑窮禪客，枯心爲汝騫。

【校記】

〔一〕邃本、箋注本作「自」，鄒鎡序本、金匱本作「日」。　〔二〕各本作「譆」，鄒鎡序本作「嬉」。　〔三〕邃本、箋注本作「雪」，鄒鎡序本、金匱本作「雲」。　〔四〕邃本、箋注本作「雲」，鄒鎡序本、金匱本作「雪」。　〔五〕邃本、箋注本作「褒」，鄒鎡序本、金匱本作「哀」。　〔六〕邃本、箋注本作「月」，鄒鎡序本、金匱本作「目」。

【箋注】

① 藍風，見前注。

② 庭矢，見前注。

③ 池灰，見前注。

④ 史記孟子傳：「中國名曰赤縣神州，赤縣神州內自有九州，禹之序九州是也。」

⑤ 少陵秋日夔州書懷詩：「道里下牢千。」趙次公曰：「下牢關，在峽州。」

⑥ 左言，見前注。漢書匈奴傳：「保塞蠻夷。」師古曰：「謂本來屬漢，而居邊塞自保守。」

⑦昌黎有初南食詩。晉書裴頠傳：「欲收重泉之鱗，非偃息之所能獲也。」

⑧穀梁文公十一年：「長狄僑如兄弟三人，佚宕中國。叔孫得臣善射，射其目，身橫九畝，斷首而載之，眉見於軾。」

⑨盈車，見前注。

⑩柳子厚唐鐃歌鼓吹曲：「縻以尺組啖以秩。」

⑪揚子雲長楊賦：「木擁槍纍，以爲儲胥。」師古曰：「胥，須也。言有儲畜以待所須也。」

⑫正月詩：「癙憂以痒。」毛萇傳曰：「癙、痒，皆病也。」

⑬戰國策：「秦興師臨周而求九鼎，顏率東借救于齊而秦兵罷。齊將求九鼎，顏率曰：不識何塗之從，敝邑遷鼎以待命。」

⑭閣道，見前注。

⑮漢書昭帝紀：「上耕於鉤盾弄田。」三氏星經：「天田九星，在牛東南，主天子畿內之田也。」

⑯堯年，見前注。

⑰左傳襄公三十年：「或叫於宋太廟曰：譆譆出出。鳥鳴于亳社，如曰譆譆。」

⑱樂府雜曲歌辭：「枯魚過河泣，何時悔復及？作書與魴鱮，相教慎出入。」

⑲漢書應奉傳：「曆中甲庚，律得三陽。」晉灼曰：「木數三，寅在東方，木位之始，故曰三陽也。」

⑳雲仙散錄：「沈休文多病，六月猶綿帽溫爐，食姜椒飯，不爾則委頓。」

㉑黃山谷再答吉老詩：「我愧疲氓欲歸去，麥田春雨把鋤頭。」

㉒中華古今注：「車耳，古重較也。文官青耳，武官赤耳。」

㉓ 戰國策：「恐其不終于下吏，自使有要領之罪。」

㉔ 大智度論：「佛爲人中師子，凡佛所坐，若床若地，皆名師子座。」

㉕ 五燈會元：「圓鑑禪師上堂，顧指左邊曰：師子之狀，豈免嚬呻。顧右邊曰：象王之像，寧忘回顧。」

㉖ 道宣續高僧傳：「奘師謝表：『給園精舍，並入提封；貝葉靈文，咸歸册府。搜揚三藏，盡龍宮之所儲；研究二乘，窮鷲嶺之遺旨。』」翻譯名義集：「三藏者，一經藏，二律藏，三論藏。」

㉗ 師教釋宗百詠：「智儼法師依杜順法界觀，講晉譯華嚴，出十玄義，製疏解之。」

㉘ 東坡和子由詩：「人生到處知何似？應似飛鴻踏雪泥。」

㉙ 相如大人賦：「前長離，後矞皇。」如淳曰：「長離，朱鳥也。」

㉚ 史記刺客傳：「高漸離擊筑，荆卿和而歌，爲變徵之聲。」

㉛ 唐會要：「文宗開成三年，改法曲爲仙韶曲。」

㉜ 三年笑，見前注。

㉝ 鄂君，見前注。

㉞ 列子湯問篇：「夸父不量力，欲追日影，逐之於隅谷之際，渴飲河、渭，河、渭不足，將走北飲大澤。未至，渴而死。」

㉟ 任昉述異記：「秦始皇作石橋於海上，欲過海觀日出處。有神人驅石，去不速，神人鞭之，皆流血，今石色猶赤。」史記秦始皇本紀：「使者從關東夜過華陰平舒道，有人持璧遮使者曰：爲吾遺滈池君。因言曰：明年祖龍死。」蘇林曰：「祖，始也。龍，人君象，謂始皇也。」

㊱ 漢書雋不疑傳：「褒衣博帶。」師古曰：「褒，大裾也。」

㊲ 慕容紹宗曰：「吾數年有蒜髮，昨來忽盡，其算盡乎？未幾投水死。」

㊳ 潘安仁笙賦：「又駁還而繁沸。」

次韻答宋子建

憭慄華亭鶴唳音，十年重與盍朋簪①。陸機夕秀文偏老②，宋玉誅茅宅可尋③。官燭史成藏汗簡④，用宋子京事。錦樓敘就比兼金⑤。宋宣獻公爲吾家序吳越傳芳集。吾衰自笑風心盡，莊舄叢殘但越吟。

【箋注】

① 易豫卦：「九四，朋盍簪。」王逸曰：「盍，合也。簪，疾也。」

② 陸士衡文賦：「謝朝華于已披，啓夕秀于未振。」

③ 庾子山哀江南賦：「誅茅宋玉宅。」水經注：「宋玉宅在郢城南。」

④ 魏泰東軒筆錄：「宋子京晚年知成都府，帶唐書於本任刊修。每宴罷盥漱畢，開寢門，垂簾，燃二椽燭，媵妾夾侍，和墨伸紙。遠近觀者皆知尙書修唐書。」

⑤ 宋郊傳芳集序：「惇史所記，乃有文穆王之錦樓、忠懿王之政本二集錄焉。」

次韻答子建長君楚鴻〔一〕

朱鸞南國有遺音①，玄圃光華照夜深②。千里兒駒騰汗血③，九皋子鶴和鳴陰。文期尌骨須攻玉④，詩許追魂要鍊金⑤。指點雄風看作賦，快哉吾欲一披襟。

【校記】

〔一〕此詩邃本、箋注本有，鄒鎡序本、金匱本無。

【箋注】

① 潘安仁爲賈謐贈陸機詩：「英英朱鸞，來自南國。」

② 晉書陸機傳：「葛洪著書，稱機文猶玄圃之積玉，無非夜光。」

③ 東方朔神異經：「西南大宛之丘，有良馬，日行千里，至日中而汗血。」

④ 小雅鶴鳴詩：「他山之石，可以攻玉。」

⑤ 元遺山寄嵩前故人詩：「黃金煉出相思句，寄與同聲別後看。」

丙申重九海上作四首

秋聲海氣互喧豗，倦睫濛濛溟〔一〕漲開①。乍見天吳離浪立②，却看地軸拔潮迴③。蹄涔突兀驅狠石④，蟻垤盤旋戲馬臺⑤。賸欲登臨更無那，天高陵谷易悲哀。

【校記】

〔一〕 邃本、箋注本作「溟」，鄒鎡序本、金匱本作「冥」。

【箋注】

① 東方朔十洲記：「蓬萊島別有圓海，水色正黑，謂之溟海。」謝靈運遊赤石進帆海詩：「溟漲無端倪。」

② 山海經：「朝陽之谷，神爲天吳，爲水伯，虎身八面，八尾八足，皆黃青色。」

③ 木玄虛海賦：「地軸挺拔而爭迴。」李善曰：「地下有四柱，廣十萬里，有三千六百軸。」

④ 淮南子氾論訓下篇：「夫牛蹄之涔，不能生鱣鮪。」許愼曰：「涔，雨水也。滿牛蹄跡中者，言其小也。」始皇造橋，欲渡海觀日出處，海神爲之驅石豎柱。

⑤ 國風東山詩：「鸛鳴于垤。」毛萇傳曰：「垤，蟻冢也。」樂史寰宇記：「戲馬臺，在彭城縣南三里，項羽築。宋武帝北征至彭城，遣長史王虞等立第舍於項羽戲馬臺。」

黃浦橫流絕大荒①，迎簷依約指扶桑。銷沉鮫室餘窮髮②，磨滅龍宮向夕陽。故國屢經滄海變，吾家猶說射潮強③。登高莫漫誇能賦，四海空知兩鬢霜。

【箋注】

① 王象之輿地紀勝：「黃浦，一名黃蘗澗，在烏程二十八里。吳興記云：『春申君黃歇于吳墟西南立菰城縣，青樓延十里。後漢司隸校尉黃向於此築陂溉田。鮑照有黃浦亭黃浦橋送別詩。』」左太沖吳都賦：「出於大荒之中，行乎東極之外。」劉淵林曰：「大荒謂海外也。」

② 木玄虛海賦：「天琛水怪，鮫人之室。」莊子逍遙遊篇：「窮髮之北有冥海者，天池也。」李云：「髮，猶毛也。」崔云：

「北方無毛地也。」

③吳越備史：「始築捍海塘，王因江潮衝擊，命強弩以射潮頭，遂定其基。」

去歲登高莫釐頂，杖藜落落覽吳洲。洞庭雁過猶前旅，橘社龍歸又一秋①。颶〔一〕母風欺天四角②，鮫人淚盡海東頭。年年風雨懷重九，晴昊翻令日暮愁③。

【校記】

〔一〕遂本、箋注本作「颶」，鄒鎡序本、金匱本作「颶」。

【箋注】

①橘社，見前注。

②李肇國史補：「南海人言海風四面而至，名曰颶風。颶風將至，則多虹蜺，名曰颶母。」

③少陵簡薛華醉歌：「亂插繁華向晴昊。」

故園今日也登高，萸熟茶香望我勞。嬌女指端裝菊枕，稚孫頭上搭花糕。含珠夜月生陰火①，擁劍霜風長巨螯②。歸與山妻繙海賦，秋燈一穗掩蓬蒿。

【箋注】

①揚雄蜀都賦：「蚌含珠而擘裂。」木玄虛海賦：「陽冰不冶，陰火潛燃。」

②左太沖吳都賦注：「劉淵林曰：擁劍，蟹屬，廣二尺許，有爪，其螯偏大，大者如人大指，長二寸餘，色不與體同，特正黃而生光明。」

陸子玄置酒墓田丙舍妓彩生持扇索詩醉後戲題八首

霜林雲盡月華稠，雁過烏栖暮欲愁。最是主人能慰客，綠尊紅袖總宜秋。

金波未許定眉彎，銀燭膏明對遠山。玉女壺〔一〕頭差一笑①，依然執手似人間。

【校記】

〔一〕箋注本作「玉女壺」，各本作「阿耨池」。

【箋注】

①西崑酬唱集楊億七夕絕句：「玉女壺傾笑電頻。」

釭花欲笑酒顏醺〔一〕①，白足禪僧也畏君②。上座鬼峨許給事③，緇衣偏喜醉紅裙。

【校記】

〔一〕各本作「酒顏醺」，箋注本作「漏初聞」。

【箋注】

①李賀十二月樂詞：「釭花夜笑凝幽明。」

②慧皎高僧傳：「前魏太始時，沙門曇始，甚有神異。常坐不臥，五十餘年，足不躡履，跣行泥穢中，奮足便淨，色白如面，俗號曰白足阿練也。」

③廣記：「談藪曰：『盧思道嘗曉醉于省門，見姪賁，賁曰：阿父何處飲來？凌晨鬼峨。思道曰：長安酒二百，價可鬼峨，我不可鬼峨爾也。』」

殘粧池畔映餘霞，漏月歌聲起暮鴉①。枯木寒蟬〔一〕都解語，海棠十月夜催花。

【校記】

〔一〕各本作「蟬」，箋注本作「林」。

【箋注】

① 漏月，見前注。

口脂眉黛並氤氳，酒戒今宵破四分①。莫笑老夫風景裂，看他未醉已醺醺。

【箋注】

① 竇苹酒譜：「釋氏之教，尤以酒爲戒。故四分律云：『飲酒有十過失。』」

銀漢紅牆限玉橋①，月中田地總傷凋②。秋燈依約霓裳影，留與銀輪伴寂寥。

【箋注】

① 李商隱代應詩：「本來銀漢是紅牆，隔得盧家白玉堂。誰與王昌報消息？盡知三十六鴛鴦。」

② 樂天桂華詩：「月中若有閑田地，何不中央種兩株？」

老眼看花不耐春，裁紅綴綠若爲眞。他時引鏡臨秋水，霜後芙蓉憶美人。

交加履錫〔一〕襪塵飛①，蘭澤傳香惹道衣。北斗横斜人欲別，花西落月送君歸。

【校記】

〔一〕各本作「錫」，金匱本作「舄」。

【箋注】

① 曹子建洛神賦：「淩波微步，羅襪生塵。」

霞城丈置酒同魯山彩生夜集醉後作

滄江秋老夜何其？促席行杯但愬〔一〕遲①。喪亂天涯紅粉在，友朋心事白頭知。朔風淒緊吹歌扇②，參井微茫拂酒旗。今夕且謀千日酒，西園明月與君期③。

【校記】

〔一〕箋注本作「愬」，各本作「數」。

【箋注】

① 王仲宣公讌詩：「合坐同所樂，但愬杯行遲。」李善曰「愬，與訴同。」

② 殷仲文南州桓公九井詩：「風物自淒緊。」李善曰：「緊，猶實也。」

③ 曹子建公讌詩：「清夜遊西園，飛蓋相追隨。明月澄清景，列宿正參差。」

徐武靜生日置酒高會堂賦贈八百字

昔在嘉隆際，姬周曆壽昌。東朝虛黼扆，西內挹軒皇。授籙詒謀遠①，登遐厭世長。金天龍瞟眇，銀海雁微茫②。拱默存當宁，攀號動萬方。華亭遺一老，定策媲三楊③。綈几遺言在，黃麻詔紙張④。柱擎天八極⑤，車運斗中央⑥。離照開蒙翳，膚雲布濊汪⑦。秀眉讙策杖⑧，侮食讐窮荒⑨。高廟徵靈福，神功答昊蒼。但修唐六典，不改漢三章。新鄭徒軒輊，成都與頡頏。已上記文貞相業。朝家隆輔弼，閥閱稱旂常。豹尾金吾使⑩，螭頭玉璽郎⑪。含飴銜橐祿，勝拜珥貂璫⑫。琬琰刊新錄，枌榆蔭舊鄉。賜金分左藏⑬，治第列康莊。蘭錡森相直，簷牙屹互望。廟堂崇宰木，鄉黨敬維桑。接跡承華冑⑭，摳衣拜錦堂。天書迴日珥，宸翰抱虹光。玉札珍金碧，珠函閟縹緗。星河環禁楄，龍虎拱雕梁。遺像瞻清肅，修容接濟蹌。丹青猶婉婉，劍佩欲鏘鏘。豐芑根滋大，澧蘭葉愈芳。長離仍夭矯，二遠並翱翔。視草徵家集，探花嗣國香。已上記徐氏閥閱之盛，次述板蕩淒涼。時危人草草，運往淚浪浪。喪亂嗟桑梓，分攜泣杕棠〔一〕。午橋虛綠野⑮，甲第裂倉琅⑯。毳帳圍廛里，穹廬埒堵牆。上楹殘網戶⑰，遙集儼堂皇⑱。藻井欹中霤⑲，交疏斷兩廂⑳。駱駝銜燕寢，雕鷲撲迴廊。綠〔二〕水供牛飲㉑，青槐繫馬樁㉒。金扉雕綺繡，玉軸剔裝潢。篳篥吹重閣，胡〔三〕笳亂洞房。重來履道里㉓，旋憶善和坊㉔。滅沒如前夢，低徊對夕陽。老夫殊毷氉，吾子臏飛揚。已下敍武靜生日置酒。奕葉違東閣，誅茅背北邙。賜書傳鼓篋，遺笏貯牙牀㉕。著作推徐幹㉖，交遊說鄭莊㉗。駕從千里命，諾許片言償。故國魚龍冷，高天鴻雁涼。撫心惟馬角㉘，策足共羊腸㉙。上四語，兼懷閣公。四十年華盛，三千風力強㉚。開筵千日酒，初度九秋霜。上客題鸚鵡㉛，佳兒蠟鳳凰㉜。寒花宜晚節，淡月似初暘。且共謀今夕，相將抗樂方㉝。鐃歌喧枉渚㉞，鼓吹溢艅艎。于時有受降之役。積氣噓陽燄㉟，衝風決土囊㊱。紛紛爭角觝㊲，往往捉迷藏㊳。身世雙樊籠，乾坤百戲場。拔河羣作隊㊴，蹀埇巧相當㊵。蹀埇，拋磚戲也。粵祝刀頭沸㊶，倀僮橦末忙㊷。倒投應共笑，殞絕又何妨。丸劍紛跳躍，虺蛇莽陸梁㊸。雉媒聲呃喔㊹，雞距羽飄颺㊺。蚊翼飛軍檄㊻，龜毛算土疆㊼。蟻酣牀下鬭，鼠怯穴中僵。左角封京觀㊽，南柯鈌斧戕。西垣餘落日，東牖湛清觴。鶉首〔四〕天還醉〔五〕㊾，旄頭〔六〕角尚芒。楚弓亡自得，鄭璧假何常㊿。頌德牛腰重[51]，橫經馬肆詳[52]。酒兵天井動，飲器月氏良[53]。噩夢難料理，前塵費忖量。糟牀營壁壘，茗椀揀旗槍[54]。乍可歌鸜鵒[55]，寧辭典驌驦[55]。持籌徵綠醑[57]，約法聽紅粧。笑口燈花爛，灰心燭淚行。有言多謬誤，無處愬顛狂。授色流眉睞〔七〕[58]，傳杯嚙口肪。漏殘河黯淡，舞罷斗低昂。班馬宵喧櫪，鄰雞曉奮吭[59]。莫嫌相枕藉，旭日漸煌煌。

【校記】

〔一〕金匱本作「杕棠」，各本作「杖裳」。〔二〕各本作「綠」，金匱本作「淥」。〔三〕遂本、箋注本作「胡」，鄒鎡序本、金匱本作「悲」。〔四〕遂本、箋注本作「鶉首」，鄒鎡序本、金匱本作「河漢」。〔五〕遂本、箋注本作「醉」，鄒鎡序本、金匱本作「攴」。〔六〕遂本、箋注本作「旄頭」，鄒鎡序本、金匱本作「星辰」。〔七〕箋注本作「睩」，各本作「眼」。

【箋注】

①張平子東京賦：「高祖膺籙受圖。」薛綜曰：「膺籙，謂當五勝之籙。」

②漢書劉向傳：「始皇葬于驪山之阿。下錮三泉，上崇山墳，石槨爲游館，金膏爲燈燭，水銀爲江海，黃金爲鳧鴈。」

③殿閣詞林記：「廖道南曰：『予觀國史，謂溥與士奇、榮，相繼入相，時號三楊。士奇有相業，榮有相才，溥有相度。』」

④宋敏求春明退朝錄：「唐日曆云：『貞觀十年十月，詔始用黃麻紙寫詔敕。』」

⑤屈原天問：「八柱何當？東南何虧？」王逸曰：「言天有八山爲柱。」

⑥史記天官書：「斗爲帝車，運于中央。」

⑦公羊僖公三十一年：「觸石而出，膚寸而合，不崇朝而徧雨乎天下者，惟泰山爾。」

⑧揚子雲方言：「眉，老也，東齊曰眉。」郭璞曰：「言秀眉也。」

⑨侮食，見前注。

⑩漢書揚雄傳：「在屬車間豹尾中。」服虔曰：「大駕，屬車八十一乘，作三行，尚書御史乘之。最後一乘懸豹尾，豹尾以前，皆爲省中。」漢百官表：「中尉，秦官。武帝太初元年更名執金吾。」應劭曰：「吾者，禦也。掌執金革以禦非常。」師古曰：「金吾，鳥也，主辟不祥。天子出行，職主先導，以禦非常。手執此鳥之象，因以名官。崔豹古今注云：『執金吾，棒也，以銅爲之，金塗兩末，謂之金吾。』二說不同。」

⑪李肇國史補：「兩省謔起居郎爲螭頭，以其立近石螭首也。」

⑫史記三王世家：「能勝衣趨拜。」

⑬通鑑：「寶曆二年六月壬辰，宣索左藏見在銀十萬兩、金七千兩，悉貯內藏，以便賜與。」

⑭陳鴻長恨歌傳：「叔父昆弟，皆列在清爵，貴爲通侯。」

⑮新唐書裴度傳：「度治第東都集賢里，沼石林叢岑，繚幽勝午橋，作別墅，具燠館涼臺，號綠野堂。」

⑯漢書高帝紀：「詔列侯食邑者，賜大第室；吏二千石，受小第室。」孟康曰：「有甲乙次第，故曰第也。」

⑰宋玉招魂：「網戶珠綴，刻方連些！」王逸曰：「網戶，綺文鏤也。」

⑱王延壽魯靈光殿賦：「胡人遙集于上楹。」漢書胡建傳：「監御史與護軍諸校列坐堂皇上。」

⑲張平子西京賦：「蔕倒茄于藻井。」薛綜曰：「藻井，當棟中，交木方爲之，如井幹也。」

⑳古詩：「交疏結綺窗。」李善曰：「薛綜西京賦注：『疏，刻穿之也。』」

㉑韓詩外傳：「紂爲酒池，可以運船，糟丘足以望十里，而牛飲者三千人。」

㉒說文：「枊，馬柱。」蜀志先主傳：「縛督郵，杖二百，解綬繫其頸着馬椿。」

㉓白樂天池上篇序：「都城風土水木之勝在東南偏，東南之勝在履道里，里之勝在西北隅。」

㉔范攄雲谿友議：「崔涯、張祜齊名，每題詩于倡肆，譽之則車馬盈門，毀之則杯盤失錯。嘗嘲李端端，端端遙見二子，路旁再拜，又重贈一絕粉飾之曰：『覓得黃騮被繡鞍，善和坊裏識端端。揚州近日渾成異，一朵行雲白牡丹。』於是賓客競臻其戶。」柳子厚謫永州與許孟容書：「家有賜書三千卷，尚在善和里舊宅。宅今已三易主，存亡不可知者。」

㉕唐語林：「韓皐家自黃門以來，三世傳執一笏，經祖父所執，未嘗輕授于僕人之手。歸則別置于臥內一榻，以

示敬慎。」

㉖魏文帝與吳質書：「偉長著中論二十餘篇，成一家之言。辭義典雅，足傳于後。此子爲不朽矣。」

㉗史記鄭當時傳：「當時，字莊，孝景時爲太子舍人。每五日洗沐，常置驛馬長安諸郊。有諸故人，請謝賓客，夜以繼日，至其明旦，常恐不遍。其知交皆其大父行，天下有名士也。」

㉘風俗通：「俗說燕太子丹質於秦，始皇欲殺之，言能致烏頭白，馬角生，乃得生。」

㉙樂史寰宇記：「玄武縣覆船山。益州記云：『中有七里坂，一名羊腸坂，屈曲有壁立難升之路。』」

㉚莊子逍遙遊：「鵬之徙于南溟也，水擊三千里，搏扶搖而上者九萬里。」

㉛後漢書禰衡傳：「黃祖時大會賓客，人有獻鸚鵡者，祖曰：願先生賦之。衡攬筆而作，文不加點，辭采甚麗。」

㉜南齊書王僧虔傳：「曇首兄弟集會諸子孫，弘子僧達，下地跳戲。僧虔年數歲，獨正坐採蠟燭珠爲鳳凰，弘曰：此兒終當爲長者。」

㉝古文苑宋玉舞賦：「抗音高歌，爲樂之方。」

㉞屈原九章：「朝發枉渚兮，夕宿辰陽。」王逸曰：「枉渚，地名。」

㉟華嚴經賢首品：「諸有如夢如陽燄，亦如浮雲水中月。」

㊱宋玉風賦：「風生于地，浸淫溪谷，盛怒于土囊之口。」李善曰：「谷口也。」

㊲任昉述異記：「冀州有樂，名蚩尤戲。其民兩兩三三，頭戴牛角而相觝。漢造角觝戲，蓋其遺製也。」

㊳元微之雜憶詩：「憶得雙文朧月下，小樓前後捉迷藏。」

㊴封氏見聞記：「拔河古謂之牽鉤，相傳楚將伐吳，以爲教戰。古用篾纜，今民則以大麻絙，長四五十丈，兩頭分繫

小索數百條，掛于前，分二朋，兩向齊挽。當大絙之中，立大旗爲界，震鼓叫噪，使相牽引，以却者爲勝，就者爲輸，名曰拔河。」

㊵楊愼曰：宋世寒食有抛堶之戲，兒童飛瓦石，若今之打瓦也。或云：起於堯民之擊壤。

㊶張平子西京賦：「東海黄公，赤刀粵祝。冀厭白虎，卒不能救。」薛綜曰：「東海有能赤刀禹步，以越人祝法厭虎者，號黄公。」

㊷西京賦：「侲童程材，上下翩翻。突倒拔而跟絓，譬隕絶而復聯。百馬同轡，騁足並馳。橦末之伎，態不可彌。」

㊸西京賦：「怪獸陸梁。」薛綜曰：「陸梁，東西倡佯也。」

㊹潘安仁射雉賦：「眄箱籠以揭驕，睨驍媒之變態。」

㊺左傳昭公二十五年：「季氏介其雞，郈氏爲之金距。」

㊻東方朔神異經：「南方蚊翼下有小蜚蟲焉，目明者見之。每生九卵，成九子，蜚而俱去。蚊遂不知。此蟲既細且小，因曰細蠛。」

㊼任昉述異記：「夏桀時，大黿生毛而兔生角，是兵角將興之兆。」

㊽莊子則陽篇：「有國于蝸之左角者，曰觸氏；有國於蝸之右角者，曰蠻氏。時相與爭地而戰，伏尸數萬，逐北，旬有五日而後反。」左傳宣公十二年：「潘黨曰：君盍築武軍而收晉尸，以爲京觀。」杜預曰：「積尸封土其上，謂之京觀。」

㊾西京賦：「昔者天帝説秦穆公而覲之，饗以鈞天廣樂。帝有醉焉，乃爲金策，錫用此土，而翦諸鶉首。」

㊿左傳桓公元年：「鄭伯以璧假許田。」

(51) 陸游老學庵筆記：「潘邠老贈方田詩云：『詩束牛腰藏舊藁，書訛馬尾辨新讎。』」

(52) 淵明示周掾祖謝詩：「馬隊非講肆，校書亦已勤。」

(53) 水經注：「匈奴冒頓單于破月氏，殺其王，以頭爲飲器。」

(54) 葉石林乙卯避暑錄：「草茶極品，惟雙井顧渚。其初萌如雀舌者謂之槍，稍敷而爲葉者謂之旗。」

(55) 世說任誕篇：「語林曰：『謝鎮西酒後，于槃案間爲洛市肆工，歌鸜鵒甚佳。』」

(56) 葛洪西京雜記：「司馬相如還成都，居貧愁懣，以所著鷫鸘裘就市人楊昌貰酒，與文君爲歡。」

(57) 樂天戲招諸客詩：「黃醅綠醑迎冬熟，絳帳紅爐逐夜開。」

(58) 司馬相如上林賦：「色授魂與。」張揖曰：「彼色來授我，我魂往與接也。」宋玉招魂：「蛾眉曼淥，目騰光些！」王逸曰：「曼，澤也。淥，視也。」

(59) 左太沖蜀都賦：「哮吭清渠。」吭，胡剛反。

雲間諸君子再饗予于子玄之平原北皐子建斐然有作次韻和答四首

松江蟹舍接魚灣，箬笠拏舟信宿還。愛客共尋張翰酒①，開筵先酹陸機山②。吹簫聲斷更籌急，舞袖風迴么鼓閑。沉醉尚餘心欲擣，江城悲角殷〔一〕嚴關。

【校記】

〔一〕各本作「殷」，箋注本作「隱」。

【箋注】

① 晉書張翰傳：「翰曰：使我有身後名，不如即時一杯酒。」

② 吳地記：「海鹽縣東北二百里有長谷，昔陸遜、陸凱居此。谷東二十里有崑山，父祖葬焉。」大明一統志：「機山在松江府城西北二十里，因葬機得名。山下有村曰平原，亦以機爲平原內史故也。」

徵歌選勝夢華年①，裝點淸平覺汝賢。燈下戲車開地脈②，倭人演始皇築長城事。尊前酒戶占天田。吳姬却愬從軍苦，禪客頻拈贈妓篇。看盡秋容存老圃，莫辭醉倒菊花前。

【箋注】

① 太白紫宮樂：「選妓隨雕輦，徵歌出洞房。」樂天江南喜逢蕭九徹因話長安舊遊詩：「選勝移銀燭。」

② 漢書衛綰傳：「綰以戲車爲郎。」師古曰：「戲車，若今之弄車。」張平子西京賦：「爾乃建戲車，樹修旃。」薛綜曰：「旃，謂旛也，建之於戲車上也。」史記蒙恬傳：「起臨洮，屬之遼東，城塹萬餘里，此其中不能無絕地脈哉！」

秋漏沉沉夜壑移，餘杭新酒熟多時①。笙歌氣煖燈花早，宴語風和燭淚遲。上客紫髯依白髮，佳人翠袖倚朱絲。次余座者魯山公，接席者彩生也。頻年笑口眞難得②，黃色朝來自〔一〕上眉③。

【校記】

〔一〕邃本、鄒鎡序本作「自」，箋注本、金匱本作「定」。

【箋注】

①葛洪神仙傳：「方平以千錢與餘杭姥，求其酤酒。須臾信還，得一油囊，酒五斗許。」

②莊子盜跖篇：「人上壽百歲，中壽八十，下壽六十。除病瘐死喪憂患，其中開口而笑者，一月之中，不過四五日而已矣。」

③東坡侍邇英次子由詩：「時看黃色起天庭。」施宿曰：「黃色，喜徵。」

幾樹芙蓉伴柳條，平川對酒碧山〔一〕高。湘江曲調〔二〕傳清瑟①，漢代詞人謚洞簫。自有風懷消磊塊，定無籌策到漁樵。停杯莫〔三〕話千年事，黃竹虛〔四〕傳送酒謠②。席中宋子建作致語，有云：「借箸風情，效伏波之聚米。」殊非道人本色，恐作千古笑端也。末句略爲申辨，苦未能了，觀者詳之。

【校記】

〔一〕邃本、鄒鎡序本作「山」，箋注本、金匱本作「天」。〔二〕各本作「曲調」，鄒鎡序本作「一曲」。

〔三〕各本作「莫」，箋注本作「且」。〔四〕各本作「虛」，箋注本作「誰」。

【箋注】

①唐詩紀事：「錢起，吳興人。初從鄉薦，居客舍，聞吟于庭中曰：『曲終人不見，江上數峯青。』視之，無所見。明年，崔暐試湘靈鼓瑟詩，起卽用爲末句，人以爲鬼謠。」

②穆天子傳：「天子獵苹澤，作黃竹詩三章以哀民。」

霞老累夕置酒彩生先別口占十絶句記事兼訂西山看梅之約

酒煖杯香笑語頻，軍城笳鼓促霜晨。紅顏白髮偏相滯，都是昆明刦後人。

兵前吳女解傷悲，霜咽琵琶戍鼓催。促坐不須歌出塞①，白龍潭是拂雲堆②。

【箋注】

① 葛洪西京雜記：「高帝令戚夫人歌出塞望歸之曲。」洛陽伽藍記：「後魏高陽王雍美人徐月華，善箜篌，能爲明妃出塞之歌，聞者莫不動容。」

② 王象之輿地紀勝：「白龍洞，在婁縣橫雲山頂，下通澱山湖。風雨夜，有龍出入洞中。張堯同嘉禾百詠有白龍潭詩，許尙亦有詩。」樂史寰宇紀：「拂雲堆，榆林縣北百七十里。」

促別蕭蕭班馬聲，酒波方溢燭花生。當筵大有留歡曲①，何苦淒涼唱渭城。

【箋注】

① 羅隱寄竇尙書詩：「樽酒留懽醉始歸。」

酒悲〔一〕苦語正淒迷，刺促渾如烏夜棲。欲別有人頻顧燭，憑將一笑與分擕。

【校記】

〔一〕各本作「悲」，箋注本作「杯」。

會太匆匆別又新，相看無淚可霑巾。金〔一〕尊紅燭渾如昨，但覺燈前少一人。河東評云：唐人詩：「但覺尊前笑不成。」又云：「插徧茱萸少一人。」〔二〕

【校記】

〔一〕各本作「金」，箋注本作「綠」。〔二〕遂本、箋注本有此評，鄒鎡序本、金匱本無。

漢宮遺事剪燈論，共指青衫認淚痕。今夕驚沙滿蓬鬢，才知永巷是君恩①。魯山贈詩，有「千金不買長門賦」，傷先朝遺事也。

【箋注】

①漢書高后紀：「幽之永巷。」如淳曰：「列女傳：『周宣姜后脫簪珥待罪於永巷。』後改爲掖庭。」師古曰：「永，長也。三輔黃圖：『永巷，宮中之長巷，幽閉宮女之有罪者，武帝時改爲掖庭，置獄焉。』」

【校記】

漁莊谷水兩〔一〕垂竿，烽火頻年隔馬鞍。從此音書憑錦字，小牋雲母報平安①。

〔一〕各本作「兩」，箋注本作「並」。

【箋注】

①呂溫上官昭容書樓歌：「雲母擣紙黃金書。」

緇衣居士謂嘏老〔一〕。白衣僧自謂〔二〕，世眼相看總不譍。消受暮年無个事〔三〕，半衾煖玉一龕燈①。

【校記】

〔一〕〔二〕遂本、箋注本有此兩自注，鄒鎡序本、金匱本無。〔三〕各本如此。箋注本作「斷送暮年多好事」。

【箋注】

①少陵獨坐詩：「煖老須燕玉。」趙傁曰：「燕玉，婦人也。」

國西營畔暫傳杯①，笑口懵騰噤半開。數上聲日西山梅萬樹，漫山玉雪遲君來。

【箋注】

① 少陵月詩：「干戈知滿地，休照國西營。」

江村老屋月如銀，繞澗寒梅綻〔一〕早春。夢斷羅浮聽剝啄，扣門須拉縞衣人①。

【校記】

〔一〕各本作「綻」，金匱本作「破」。

【箋注】

① 羅浮，見前注。

答贈沈生麟二首

玄圃熊熊臏夜光，機雲歿後有文章。中原傖父誰相問①？長柄葫蘆幾許長②？

【箋注】

① 晉書左思傳：「陸機與弟雲書曰：『此間有傖父，欲作三都賦，須其成，當以覆酒甕耳。』」

② 陸士衡初入洛，詣劉道眞。劉尚在哀制中，禮畢，初無他言，唯問：「東吳有長柄葫蘆，卿得種來否？」

雲間多士久知名，祭酒親題月旦評。綿蕝即今聞辟召①，沈生何似魯諸生？生爲燕京吳〔二〕祭酒所知。

【校記】

〔一〕邃本、箋注本有「吳」字，鄒鎡序本、金匱本無。

【箋注】

①史記叔孫通傳：「爲綿蕞野外習之。」杜注曰：「謂以茅剪樹地爲纂位，尊卑之次也。」春秋傳曰：「置茅蕝。」蕝與蕞同，並子悅反。

贈雲間顧觀生秀才　有序

崇禎甲申，皖督貴陽公抗疏經畫東南，請身任大江已北援剿軍務。南參贊史公專理陪京，兼制上游，特命余開府江、浙，控扼海道，三方鼎立，連絡策應，畫疆分界，綽有成算。拜疏及國門，而三月十九日之難作矣。顧秀才觀生實在貴〔一〕陽幕下，與謀削藁。余游雲間，許玠孚爲余言，始知之。請與相見，扁舟將發，明燈相對，撫今追昔，慨然有作。讀予詩者，當憫予孤生皓首，亦曾闌入局中，備殘棋之一着。而貴〔二〕陽賓主，苦心謀國，楸枰已往，局勢宛然，亦將爲之俯仰太息，無令泯沒于斯世也。丙申陽月八日，漏下三鼓，書于白龍潭之舟中。

東南建置畫封疆，幕府推君借箸長①。鈴索空教傳〔三〕鐵鎖②，泥丸誰與奠金湯③？

旌麾寂寞盈頭雪，書記蕭閒寸管霜。此夕明燈撫空局，朔風殘漏兩茫茫。

【校記】

〔一〕〔二〕鄭鎹序本、金匱本作「貴」，邃本、箋注本作「桂」。　〔三〕各本作「傳」，箋注本作「沉」。

【箋注】

① 史記李廣傳：「幕府省約文書籍事。」索隱曰：「案大顏云：凡將軍謂之幕府者，蓋兵門合施帷帳，故稱幕府。」說苑善謀篇：「張良曰：臣請借前箸而籌之。」

② 鐵鎖，見前注。

③ 後漢書隗囂傳：「囂將王元說囂曰：請以一丸泥爲大王東封函谷關。」後漢光武紀贊：「金湯失險，車書共道。」

茸城惜別思昔悼今呈雲間諸游好兼訂霞老看梅之約共一千字

十六年來事，茸城舊話傳。千金徵窈窕①，百兩豔神仙。谷水爲珠浦，崑山是玉田。仙桃方照灼②，人柳正蹁躚③。月姊行媒妁④，天孫下聘錢。珠衣身綽約⑤，鈿盒語纏綿⑥。命許迦陵共⑦，星占柳宿專⑧。香分忉利市⑨，花合夜摩天⑩。陌上催歸曲⑪，雲間贈婦篇⑫。銀河青瑣外，朱鳥綠窗前⑬。秀〔一〕水香車度，橫塘錦纜牽⑭。畫樓丹嶂埒，書閣絳雲編。小院優曇秘，閒庭玉蘂鮮。優曇室以雲林畫得名，玉蘂軒余有記〔二〕。新粧花四照⑮，昔夢柳三眠。筍迸〔三〕茶山屋，魚跳蟹舍椽。餘霞三泖塔⑯，落月〔四〕九峯烟⑰。忽忽星移紀，芒芒度失躔。三江分漢塞，一水限秦川。吳苑烏棲急，華亭鶴唳偏。音書沉撥刺⑱，懷袖裹潺湲。命促憑抽矢，身危寄絕弦。幕烏偷暇豫⑲，舫雀信洄沿⑳。搖落蕭辰候，蒼茫華表顛。蓴鱸風颯爾，稻蟹〔五〕種依然。懸薄荒魚罶㉑，重門疊馬䕌㉒。兔絲迷舊陌㉓，虎落記新阡㉔。蘭錡羝羊觸，罘罳凍雀穿㉕。左言童豎慣，右祖道途便㉖。蘆管聲啁哳，穹廬帳接連。銅駝身有棘，金狄淚如鉛。元老周家重，恩波漢葉聯。長衢羅甲第，廣宅埒平泉。護勅黄麻拱〔六〕，天書碧落鐫。百年更棨戟，千騎列〔七〕戈鋋。沙道堤翻覆，雲臺像播遷。西園營外宅㉗，東閣擁中權㉘。伐豈牽羊後㉙，班應詐馬先㉚。只孫侔貂虎㉛，怯薛領貂蟬㉜。潼酒天廚給，駝羹御席駢。百丸追彈發，單騎挾俘〔八〕還。横海期〔九〕盤馬㉝，長征哂跕鳶㉞。河魴嘉丙穴，宋子麗丁年㉟。玉帳誇韜略，金章頌聖賢。鸛鵝前隊戲㊱，鶯燕後車憐。鼓吹浮闤闠，笙歌沸市廛。横陳皆二八㊲，下走亦三千㊳。茵席常霑吐㊴，歌鐘不解懸。縈窗文練沒，衙壁夜光圓㊵。改席粧頻換，移燈劇屢悛。帖腰連鎖袴㊶，墮髻倒弓纏。顧曲三杯闋㊷，留賓百戲闐。星毬拋蹴踘，花絮颭鞦韆。橦末僮相值，竿頭馬欲顛。刀鋒餘髮鬗㊸，劍器亂花鈿㊹。交刃重重雪，跳丸步步蓮㊺。滿堂頭掉運，四座笑便嬛。雁鶩排行列，魚龍角曼延㊻。老夫叨上客，大饗重加籩㊼。奡兀身如睡〔一〇〕，喧豗坐益堅。酒兵圍粉黛㊽，拇陣鬭嬋娟。一發摧〔一一〕渠帥㊾，三呼詫老拳㊿。宮人聽敎鼓(51)，歌伎仗加鞭(52)。蹴踏風流陣(53)，傾歌〔一二〕玳瑁筵。睇流俄失面，醫笑已承顴(54)。吐手拈紅袖(55)，科頭散白顛(56)。簾帷看嘖嘖(57)，屋壁指悁悁(58)。謬誤誠多矣(59)，醒狂或有焉(60)。可應眉見睫[61]，常用耳爲瑱[62]。明月愁難掇，晨風發未湍。憂天良自哂，失日復何愆？狠角横弧矢，參旗曳帛〔三〕旃。風霜雙白鬢，天地一青氈。設版〔四〕臨河漢[63]，誅茅卜澗瀍。楚醪徒爾爾[64]，魯酒自戔戔[65]。羈旅存王粲[66]，書生禮服虔[67]。鐵龍新侶集[68]，金馬昔游捐。岸谷非聊爾，畊桑各勉旃。招〔五〕邀傾綠醑，投贈劈紅箋。不分〔六〕彈翎雀[69]，相將拜杜鵑[70]。憂心風摵摵，壯節鼓鞳鞳。老大銀箏畔，華年錦瑟邊。班荆殊慷慨，贈藥重留連。許掾來何暮？徐娘髮未宣[71]。華顛猶躑躅[72]，粉面亦迍邅。月引歸帆去，風將別袂牽〔七〕。無言循白髮，有淚託鵾絃[73]。身世緇塵化，心期皓首懸。魂由天筮與，命荷鬼生全。此日臺痏首[74]，何時笑拍肩[75]？臨行心痒痒，苦語淚濺濺。去矣思蝦菜，歸歟老粥饘。可知淪往刼，還許問初禪[76]。燕寢清齋並，明燈繡佛燃。早梅千樹發，索笑一枝嫣。有美其人玉，相攜女手卷。衡寒羅袖薄，照夜縞衣妍。領鶴巡荒圃，尋花上釣船。白頭香冉冉，素手月娟娟。搔首頻支策[77]，長歌欲扣舷[78]。莫令漁父櫂，蘆雪獨貪緣。

【校記】

〔一〕各本作「秀」，箋注本作「繡」。〔二〕邃本、箋注本有自注，鄒鎡序本、金匱本無。〔三〕各本作「迸」，鄒鎡序本作「送」。〔四〕各本作「月」，金匱本作「日」。〔五〕各本作「稻蟹」，鄒鎡序本作「蟹稻」。〔六〕各本作「拱」，鄒鎡序本作「牿」。〔七〕各本作「列」，箋注本作「駐」。〔八〕各本作「俘」，箋注本作

「酓」。〔九〕各本作「期」，箋注本作「紆」。〔一〇〕各本作「睡」，箋注本作「塑」。〔一一〕邃本、箋注本作「摧」，鄒鎡序本、金匱本作「推」。〔一二〕各本作「歌」，金匱本作「歃」。〔一三〕各本作「帛」，鄒鎡序本作「白」。〔一四〕各本作「版」，鄒鎡序本作「計」。〔一五〕各本作「招」，鄒鎡序本作「扣」。〔一六〕各本作「分」，金匱本作「問」。〔一七〕各本作「牽」，箋注本作「褰」。

【箋注】

①王子年拾遺記：「薛靈芸年十五，容顏絶世。谷習出守常山郡，以千金寶賂聘之，以獻文帝。」

②洛陽伽藍記：「景陽山南百果園，有仙人桃，其色赤，表裏照徹，得霜則熟。出崑崙山，亦曰王母桃。」

③唐詩紀事：「李商隱賦云：『豈如河畔牛星，隔年只聞一過；不及苑中人柳，終朝剩得三眠。』註曰：『漢苑中有人形柳，一日三起三倒。』」

④李商隱槿花詩：「月裏寧無姊？」

⑤長阿含經：「忉利天衣重六銖，炎摩天衣重三銖，兜率天衣重一銖半，化樂天衣重一銖，他化自在天衣重半銖。」

⑥陳鴻長恨傳：「玄宗得楊玄琰女，定情之夕，授金釵鈿合以固之。」

⑦迦陵，見前注。

⑧白樂天有妓樊素善歌，小蠻善舞，嘗爲詩曰：「櫻桃樊素口，楊柳小蠻腰。」年既高邁，而小蠻方豐豔，因爲楊柳詞以託意曰：「一樹春風萬萬枝，嫩于金色軟于絲。永豐坊裏東南角，盡日無人屬阿誰？」及宣宗朝，國樂唱是詞，命取永豐柳兩株，植于禁中。白感上知其名，又爲詩一章，末云：「定知此後天文裏，柳宿光中添兩星。」

⑨法苑珠林三界篇：「忉利天有七市，第一穀米市，第二衣服市，第三衆香市，第四飲食市，第五華鬘市，第六工巧

市，第七婺女市。」

⑩大集經：「此天用蓮花開合，以明晝夜。」又云：「赤蓮花開爲晝，白蓮花開爲夜。」

⑪東坡陌上花歌序：「吳越王妃每歲春必歸臨安。王以書遺妃曰：『陌上花開，可緩緩歸矣。』吳人用其語爲歌，含思宛轉，聽之凄然。」

⑫陸士衡爲顧彥先贈婦詩注：「李善曰：上篇贈婦，下篇答也。」

⑬徐陵玉臺集序：「青牛帳裏，餘曲既終；朱鳥窗前，新粧已竟。」

⑭大明一統志：「學秀水在嘉興府城西九里，舊名學繡，後訛今名。橫塘在城東南五里，劉長卿詩『家在橫塘曲』是也。」

⑮山海經：「鵲山有木焉，其狀如穀而黑理，其花四照，其名曰迷穀，佩之不迷。」

⑯松陵集陸龜蒙和襲美吳中書事詩：「三泖涼波魚蕝動。」注曰：「遠祖士衡對晉武帝以三泖冬溫夏涼。」

⑰一統志：「松江府稱澤國，以九峯勝。」

⑱古詩：「呼兒烹鯉魚，中有尺素書。」少陵漫成絶句：「船尾跳魚撥剌鳴。」

⑲左傳昭公二十八年：「楚師夜遁。鄭人將奔桐丘，諜告曰：楚幕有烏。乃止。」

⑳張景陽七命：「乘鳧舟兮爲水嬉。」李善曰：「穆天子傳：『天子乘鳧舟。』郭璞曰：『舟爲鳧形制，今吳之青雀舫，此其遺像。』」

㉑小雅苕之華詩：「三星在罶。」毛萇傳曰：「罶，曲梁也。」

㉒白氏六帖：「蘇秦先貴，張儀來謁，坐于馬廄而食之。」

㉓ 古詩：「兔絲生有時。」李善曰：「兔絲草蔓聯草上，黃赤如金。」

㉔ 漢書鼂錯傳注：「師古曰：虎落者，以竹篾相連，遮落之也。」

㉕ 漢書文帝紀：「未央宮東闕罘罳災。」師古曰：「罘罳，謂連闕曲閣也。以覆重刻垣墉之處，其形罘罳然。一曰：屏也。罘，音浮。」

㉖ 漢書高后紀：「爲呂氏右袒，爲劉氏左袒。」師古曰：「袒，脫衣袖而肉袒也。左右者，偏脫其一耳。」

㉗ 袁郊甘澤謠：「田承嗣募軍中武勇十倍者，得三千人，號外宅男。」

㉘ 左傳宣公十二年：「中權後勁。」杜預曰：「中軍制謀，後以精兵爲殿。」

㉙ 左傳宣公十二年：「楚子圍鄭，三月克之。鄭伯肉袒牽羊以逆。」杜預曰：「肉袒牽羊，示服爲臣僕。」

㉚ 元楊允孚灤京雜詠：「錦衣行處狻猊集，詐馬筵前虎豹良。特敕雲和罷絃管，君王有意聽堯綱。」注曰：「詐馬筵開，盛陳奇獸。宴享既具，必一二大臣稱「吉思皇帝」，禮撤，于是則禮有文，飲有節矣。雲和署隸儀鳳司樂，掌天下樂工。」葉奇草木子：「北方有詐馬筵，其筵之盛也，諸王公貴戚子弟，競以衣馬華侈相尚。」

㉛ 陶九成輟耕錄：「只孫宴服者，貴臣見饗于天子則服之，今所賜絳衣是也。貫大珠以飾其肩背間。膺首服亦如之。」周憲王宮詞：「御前咸着只孫衣。」周伯琦詐馬行序：「只孫，華言一色衣也。」皇甫錄近峯聞略：「元親王及功臣侍宴者，別賜冠衣，謂之只孫，今儀從所服團花只孫當是也。」

㉜ 輟耕錄：「國朝有四怯薛。太官怯薛者，分宿衛供奉之士爲四番，番三晝夜。凡上之起居飲食，諸服御之政令，怯薛之長皆總焉。」草木子：「仕途自木華黎王四怯薛，大根脚出身，分任省臺外，其餘都是吏員，至于科目取士，止是萬分之一耳。」

㉝ 世說：「王濟好馬，因取督郵馬與濟所乘馬較步驟。王湛曰：直行車路，何以別馬勝不？惟當就蟻封耳。于是就蟻封，濟馬果倒踣。」

㉞ 後漢書馬援傳：「援封新息侯，謂官屬曰：吾在浪泊西里間，虜未滅之時，下潦上霧，毒氣薰蒸，仰視飛鳶跕跕墮水中。今紆佩金紫，且喜且慚。」

㉟ 國風衡門詩：「豈其娶妻，必宋之子？」

㊱ 左傳昭公二十一年：「鄭翩願爲鸛，其御願爲鵝。」杜預曰：「鸛、鵝，皆陳名。」

㊲ 古文苑宋玉諷賦：「主人之女，又爲臣歌曰：內怵惕兮徂玉床，橫自陳兮君之旁。」

㊳ 漢書蕭望之傳：「若管、晏而休，則下走將歸延陵之皋。」應劭曰：「下走，僕也。」師古曰：「下走者，自謙言趨走之數也。」史記春申君傳：「春申君客三千餘人，其上客皆躡珠履。」

㊴ 漢書丙吉傳：「馭吏嗜酒，嘗從吉出，醉嘔丞相車上。西曹主吏欲白斥之。吉曰：以醉飽之失去士，使此人將何所容？此不過汙丞相車茵耳。」

㊵ 啣璧，見前注。

㊶ 南史羊侃傳：「嫗妾列侍，窮極奢靡。有孫荆玉，能反腰帖地，銜得席上玉簪。」

㊷ 吳志周瑜傳：「瑜少精意于音樂，雖三爵之後，其有闕誤，瑜必知之，知之必顧。故時人謠曰：曲有誤，周郎顧。」

㊸ 國風君子偕老詩正義曰：「言編次若今假紒者，編，列他髮爲之，假作紒形，加于首上。次者，亦鬄他髮與己髮相合爲紒，故云。所謂髮鬄，是編次所以異也。」

㊹ 開元中，有公孫大娘善舞劍器，僧懷素見之，草書遂長，蓋准其頓挫之勢也。

㊺張平子西京賦：「跳丸劍之揮霍。」李善曰：「揮霍，謂丸劍之形也。」

㊻漢書西域傳贊：「作巴渝都盧海中碭極曼延魚龍角抵之戲，以觀視之。」

㊼左傳哀公六年：「季孫宿如晉，晉侯享之，有加籩。」杜預曰：「籩豆之數，多于常禮。」

㊽南史陳暄傳：「江諮議有言：酒猶兵也。兵可千日不用，不可一日不備。酒可千日不飲，不可一飲不醉。」

㊾漢書吳王濞傳：「膠西王、膠東王爲渠率。」師古曰：「渠，大也。」

㊿晉書載記：「石勒引李陽臂笑曰：孤往日厭卿老拳，卿亦飽孤毒手。」

(51)吳越春秋：「孫子試兵法，以王之寵姬二人爲軍隊長，告以軍法，隨鼓進退。宮女皆掩口而笑。孫子乃三令五申，其笑如故。孫子大怒，執法曰：斬。乃令斬隊長二人，即王之寵姬也。」

(52)唐語林：「裴寬尚書罷郡西歸汴中。日晚維舟，見一人坐樹下，衣服故敝，召與語，大奇之。謂君才識自當富貴，何貧也？舉舡中錢帛奴婢與之，客亦不讓。語訖上船，奴婢偃蹇者鞭撲之。裴公益以爲奇，其人乃張建封也。」

(53)開元天寶遺事：「明皇與貴妃，每至酒酣，使妃子統宮妓百餘人，帝統小中貴百餘人，排兩陣于掖庭中，目爲風流陣。以霞帔錦被張之爲旗幟，攻擊相鬭，敗者罸之巨觥以戲笑。」

(54)曹子建洛神賦：「靨輔承顴。」李善曰：「顴，兩頰也。」

(55)芥隱筆記：「隱太子建成傳『吐手可決』，用九州春秋吐掌語。」

(56)爾雅釋畜：「駒，顙白顛。」

(57)禮部韻略：「嘖嘖，鳴也。」左傳：「嘖有煩言至也。」

(58)王子淵洞簫賦：「哀悁悁之可懷兮，良醰醰而有味。」

(59) 淵明飲酒詩：「但恨多謬誤，君當恕醉人。」
(60) 漢書蓋寬饒傳：「蓋寬饒曰：無多酌我，我乃酒狂。丞相魏侯笑曰：次公醒而狂，何必酒也。」
(61) 莊子庚桑楚篇：「向吾見若眉睫之間，吾因以得汝矣。」
(62) 國語：「其又以規爲瑱也。」韋昭曰：「規，諫也。瑱所以塞耳，而又以規諫爲之。」
(63) 左傳僖公三十年：「許君焦、瑕，朝濟而夕設版焉。」
(64) 李商隱江陵途中寄獻尚書詩：「不遣楚醪沉。」
(65) 莊子胠篋篇：「魯酒薄而邯鄲圍。」
(66) 魏志王粲傳：「獻帝西遷，粲從至長安，以西京擾亂，乃之荆州依劉表。」
(67) 後漢書儒林傳：「服虔少以清苦建志，入太學受業，善著文。」
(68) 楊鐵崖琴操序：「永嘉李季和曰：楊廉夫，鐵龍精也。」
(69) 陶九成輟耕錄：「會稽張思廉作白翎雀歌：『摩訶不作兜勒聲，聽奏筵前白翎雀。』」
(70) 少陵杜鵑詩：「杜鵑暮春至，哀哀叫其間。我見常再拜，重是古帝魂。」
(71) 陸德明易說卦釋文：「寡髮如字，本又作宣，黑白雜爲宣髮。」
(72) 後漢書崔駰傳：「唐且華顛以悟秦。」臣賢曰：「爾雅：『顛，頂也。』華顛，謂白首也。」
(73) 樂府雜錄：「開元中，賀懷智琵琶，其樂器以石爲槽，鵾雞筋作絃，以鐵撥彈之。」
(74) 周禮天官冢宰：「四時皆有厲疾，春時有痟首疾。」鄭氏曰：「痟，酸削也。首疾，頭痛也。」
(75) 郭璞遊仙詩：「左把浮丘袖，右拍洪厓肩。」

⑯ 法苑珠林：「彼初禪，内有覺觀，火擾亂故，外爲火災燒。」

⑰ 莊子齊物論：「師曠之支策也。」

⑱ 郭景純江賦：「詠採菱以扣舷。」李善曰：「楚辭漁父『鼓枻而去。』王逸曰：『扣船舷也。』」

沈雪樵行脚詩

西笑休嗟道路窮，紙窗穴外即長空。一瓢在手堪行雨①，兩脚隨身可御風②。槎泛銀河凌〔一〕鵲駕③，書傳錦字抵龍宫④。老夫局促雞窠裏⑤，睡足三竿日正紅。

【校記】

〔一〕箋注本作「凌」，各本作「堪」。

【箋注】

① 廣異記：「潁陽里正乘醉還村，臥少婦祠下，久之欲醒，聞有人擊廟門云：所由令覓一人行雨。門内曰：舉家往嶽廟作客，今更無人。云：門外臥者亦得。遂呼某起，隨至一處，濛濛悉是雲氣，有物如駱駝，其人抱某上駝背，以一瓶授之，戒令正抱無傾側，其物遂行。瓶中水紛紛作點而下，時久亢旱，下視其處，因爾傾瓶。行雨既畢，所由放還，至廟門便活。以傾瓶之故，其村爲水所漂。」

② 莊子逍遥遊篇：「夫列子御風而行，泠然善也。」

③ 槎泛，見前注。

④ 書傳，見前注。

⑤雞窠，見前注。

長至前三日吳門送龔孝升大憲頒詔嶺南兼簡曹秋岳左轄四首

陽生嶺表動吹葭①，使節迢遙出內家。可是飲冰宣詔草②？祇應衝雪看梅花。春前黃木南雲近③，臘後紅蕉北戶賒④。同在羅浮香夢裏，隨君吟嘯繞天涯。

【箋注】

①少陵小至詩：「吹葭六琯動飛灰。」

②莊子人間世篇：「葉公子高將使于齊，問于仲尼曰：今吾朝受命而夕飲冰。」

③昌黎南海神廟碑：「扶胥之口，黃木之灣。」

④段公路北戶錄：「紅蝙蝠出瀧州，多雙伏紅蕉花間。」

夕陽弔古每停車，風度祠前噪晚鴉①。萬里珠崖餘〔一〕幾郡②？千秋金鏡屬誰家③？天南日月周迴迥，規外星辰布置賒。却望蒼梧瞻簜節④，依然三殿領黃麻⑤。

【校記】

〔一〕遂本、箋注本作「餘」，鄒鎡序本、金匱本作「開」。

【箋注】

①祝穆方輿勝覽：「張相國祠在韶州郡東，墓在武臨原。」

②樂史寰宇記：「漢武帝元鼎六年，平呂嘉，開南海，置珠崖、儋耳二郡。崖岸之間出眞珠，故曰珠崖。」

③劉孝標廣絶交論：「蓋聖人握金鏡，闡風烈，龍驤蠖屈，從道汚隆。」雒書曰：「秦失金鏡。」鄭玄曰：「金鏡，喻明道也。」

④周禮地官司徒：「凡邦國之使節，山國用虎節，土國用人節，澤國用龍節，皆金也，以英蕩輔之。」杜子春云：「謂以函器盛此節。或曰：英蕩，畫函。」

⑤少陵送張學士南海勒碑詩：「詔從三殿去。」程大昌雍錄：「李肇記曰：翰林院在少陽院南，其東當三院。韋執誼曰：在銀臺門內，麟德殿西，重廊之後。三殿者，麟德殿也。三殿有三面，故曰三殿，亦曰三院。」南部新書：「大明宮中有麟德殿，在仙居殿之西北，此殿三面，亦以三殿爲名。」

回首春明戰齒牙①，重重嶺樹喜週遮。清流久已沉灰刼②，鉤黨何當指漢家③？樹叫鉤輈魂刺促④，穴銜寠藪夢交加⑤。分明一滴曹溪水⑥，莫向恆河錯算沙⑦。

【箋注】

①唐六典：「京城東面三門，中曰春明，東曰興化，南曰延興。」

②歐陽修朋黨論：「唐之晚年，漸起朋黨之論。及昭帝時，盡殺朝之名士，或投之黃河，曰：此輩清流，可投濁流。而唐遂亡矣。」

③後漢書靈帝紀：「侯覽諷有司奏鉤黨下獄。」臣賢曰：「鉤，謂相牽引也。」

④段公路北戸錄：「衡州南多鷓鴣，每啼連轉數音，其韻甚高。惟本草說鳴云鉤輈格磔者是。」

⑤寠藪，見前注。

⑥釋氏通鑑：「梁天監初，天竺僧智藥自西來漢土，尋流上至韶州曹溪水口，聞其香，掬嘗其味曰：此水上流有勝地。尋之，遂開山創立寶林，云此去百七十年，有無上法寶，在此地演法。」
⑦智論：「問：恆河中沙有幾許？答云：一切算數所不能知，惟有佛及法身菩薩能知其數，一切閻浮提中微塵生滅多少皆能數知，何況恆河沙。」

左官才子似長沙①，杯酒相逢笑畫蛇②。崖蜜盤中迴苦味③，嶺梅笛裏憶胡〔一〕笳。肉身命禮三生石④，法眼圖〔二〕披六葉花⑤。從此眞依結香火，心香傳記到〔三〕南華。憨山大師眞身漆供曹溪，屬孝升往頂禮，并約秋岳收其遺集。張燕公常託武平一附香禮曹溪，有詩云：「大師捐世去，空留法身在。願寄無礙香，隨心到南海。」蘇子瞻亦云：「不向南華納〔四〕香火，此生何處是眞依。」余之託二公者遠矣，故末章申言之。

【校記】

〔一〕箋注本作「胡」，各本作「邊」。〔二〕各本作「圖」，箋注本作「圓」。〔三〕各本作「記到」，箋注本作「寄相」。〔四〕遂本、箋注本作「納」，鄒鎡序本、金匱本作「結」。

【箋注】

①程大昌演繁露：「古人得罪下遷者，皆曰左遷。漢法，仕諸侯者名爲左官。」史記賈誼傳：「絳、灌、東陽侯、馮敬之屬短賈生，天子後亦疏之，乃以賈生爲長沙王太傅。」
②戰國策：「陳軫曰：楚人飲酒，晝地爲蛇，先成者飲。一人蛇先成，持酒且飲，乃左手持卮，右手畫蛇曰：吾能爲之足。未成，一人之蛇成，奪其卮曰：蛇固無足，子安能爲之足？遂飲其酒。」

③本草：「崖蜜，又名石蜜，別有土蜜木蜜。」東坡橄欖詩：「待得微甘回齒頰，已輸崖蜜十分甜。」

④袁郊甘澤謠：「李源與圓澤爲忘形之友，同至三峽，次南浦，見一孕婦，圓澤曰：此某託身之所。與源遠別，約後十二年杭州相見。是夕果卒，而婦生一子。源如期至杭訪之，至天竺寺，忽聞葛洪川畔牧童歌竹枝，隔溪呼源，乃圓澤也。歌曰：『三生石上舊精魂，賞月吟風不要論。慚愧情人遠相訪，此身雖異性常存。』歌畢，翻然而去。」

⑤傳燈錄：「佛告諸大弟子：迦葉來時，可令宣揚正法眼藏。」五燈會元：「祖顧慧可而告之曰：如來以正法眼付迦葉大士，展轉囑累，而至于我。我今付汝，汝當護持。」贊寧宋高僧傳：「慧能弟子神會序宗脈，從如來下西域諸祖外，震旦凡六祖，盡圖繪其影，太尉房琯作六葉圖序。」

丙申至日爲人題華堂新燕圖

主人堂前海燕乳〔一〕，差池上下銜泥語。依約呢喃喚主人，主人開顔〔二〕笑相許。主人一去秋復春，燕子去作他家賓。新巢非復舊庭院，舊燕喧呼新主人。新燕頻更主人面，主人新舊不相見。多謝華堂新主人，珍重雕梁舊時燕。

【校記】

〔一〕各本作「燕乳」，鄒鎡序本作「乳燕」。　〔二〕各本作「開顔」，鄒鎡序本作「聞歌」。

有學集卷八

長干塔光集

讀雲林園事略追敘昔遊凡一千字 有序

園爲金壇于通判潤甫別業，高皇帝駐師顧龍山，御製樂府，有「望雲林鬱鬱」之句，園以此立名。

昔與于潤甫，論交〔一〕定縞紵。招邀遊雲林，爲我道羅縷①。某水復某丘〔二〕，一池又一嶼。榆柳藏曲折，鶯花覆沮洳。數步一指點，曠奧領其緒。名園依綠水，杜陵有詩譜。築堤截龍山，捍水作洲渚。林坰氣奔騰，隩隈勢却拒②。水襲山亦屬，卜築乃得所。高樓臨層雲，平視諸山俯。方髻擁墮鬟③，華陽伏左股④。川陸相緯經，禽魚各儔伍。亭臺架雲居，梯隥穿地腑⑤。橋斷船孤泳，徑窄樹偏僂。疎窗間複道，方屋冪梁柱。宧窔違陰陽⑥，籬落隔涼暑。白水明夜山，赤日憎亭午。篁幽不見天，梧陰半爲雨。老樹拏龍蛇，蒼藤竄鼯鼠。却過交蘆館⑦，曠然易天宇。天開水容鮮，波澄雲氣聚。菰蒲亂渚牙，蒹葭辨浦漵。

梟鷺占涯涘，鵜鴨割水滸。因思帶笭箵⑧，便欲理篙櫓。翼然墨光亭，映望如兩序。紫柏憨山師，巾瓶昔游處。說偈音落落，留題字舉舉。奇哉天人師⑨，曠矣雲林侶。交蘆蘆本空，墨光光正吐。至今松下風，謖如聽握麈。步櫚既周流，傑閣起廊廡。却望園事窮，勝覽撮步武。岸樹一礫量⑩，樓榭屈指數。江梅初服靚，桃李晨粧嫵。池滿青荷蓋，花稀丹楓補。碧暈淨如拭，紅芳濕可取。鶯捎簾外花，鶴梳鏡中羽。天然界畫畫⑪，粉本在爾許。憑欄指顧人，畫笥亦收貯。主人樂斯游，酌客笑煦煦。君爲南塘客，余忝東橋主。且聽醉後歌，共曳燈前舞。畫師誰鄭虔？點筆有杜甫。莫令何將軍，寂寞笑吾汝。死別踰星終⑫，絕哭歎宿莽⑬。于公有收〔三〕子⑭，跌宕不莽鹵。胸破千卷書，手張百石弩。撰述園亭記，甲乙次州部。開章一兩行，標題頌皇祖。萬騎羽林軍，六飛龍山塢⑮。鬱鬱雲林句，天葩播樂府。樹眉署嘉名⑯，大哉非夸詡。神筆揮銀鈎，天戈斸玉斧⑰。便殿虎文衣⑱，吉日岐陽鼓⑲。三歎思整冠，循髮手空撫。攬筆淚綆縻⑳，俛仰道今古。緬惟盛明世，乾爻正九五。東風恆入律㉑，青雲上干呂。規矩用高曾，輩行襲珪組㉒。官營絳守居㉓，私築平泉墅。草木咸清嘉，禽魚並安堵。欒欄引仙雞，花鈴語鸚鵡。流鶯助管絃，立鶴列童豎。良常醴不薄，千家酒方醑。食單先子鵝㉔，偏勸取魴鱮㉕。南食羅蠔鱟㉖，盤筵鬭粔籹㉗。燕賞窮朝昏，卽事忘行〔四〕旅。相期問東家，惜別指南浦。嗚呼離亂餘，周道泣禾黍。六博天神負㉘，一擲乾坤賭㉙。駊騀須彌風，擺磨初禪炬㉚。珠宮決罘罳，瓊臺掘柱礎。長楊罷誇胡〔五〕㉛，御宿弛禁籞㉜。所至喪枌榆㉝，伊誰保桑土？金谷無飛灰，玉山有焦土㉞。砥室塡糞壤〔六〕，雕欄劈燒煑。芳蘭鉏作薪，嘉禾化爲櫓。幸哉雲林園，有子克幹蠱。華構尙言言㉟，文石叓〔七〕楚楚。林鶯揀新枝，巢燕依舊乳。前榮列琴書㊱，中堂考鐘虡。巍〔八〕然七日後㊲，寧非神所與？殘生感物化，撫卷獨延佇。昔夢挂眉睫，新愁攪腸肚。村居堂有秸㊳，蓬門版爲戶。窗雞聊共談，牀螘敢予侮？拳曲盤木根㊴，慵惰臥瓜窳。昏花眼襹褷，搖落齒齟齬。幷愁繫腰觀㊵，杖喜過頭拄㊶。策足定無津，藏書或有楮。因君記景物，使我念燕胥㊷。流連鄭谷幽㊸，惻愴周原膴。豐草卜貢啚㊹，竹簡〔九〕徵集楛。但謀白墮醉㊺，焉用實沈詛㊻。閒看鼠盜瓜，忙笑狙賦芧㊼。灌畦野人能，種菜英雄腐。懷哉燕雞豚，及爾繼酒脯。莫笑溺人笑㊽，還傷歌者苦。整齊北戶錄㊾，搢當上林簿㊿。它時重載筆，洛陽記園圃51。

【校記】

〔一〕遂本、箋注本作「交」，鄒鎡序本、金匱本作「文」。　〔二〕箋注本作「丘」，各本作「山」。　〔三〕箋注本作「收」，各本作「令」。　〔四〕各本作「忘行」，鄒鎡序本作「行忘」。　〔五〕遂本、箋注本作「誇胡」，鄒鎡序本、金匱本作「旌旗」。　〔六〕各本作「糞壤」，箋注本作「尿糞」。　〔七〕各本作「叓」，鄒鎡序本作「是」。

〔八〕各本作「巍」，箋注本作「歸」。　〔九〕各本作「簡」，金匱本作「箭」。

【箋注】

①謝靈運擬鄴中雜詩：「羅縷豈闕辭。」李善曰：「王延壽王孫賦：『差難得而羅縷。』羅，或作覼。」

②爾雅釋丘：「厓內爲隩，外爲隈。」

③輿地紀勝：「方山在上元東南七十里。秦鑿金陵以斷其勢。或云形如方印。」山谷復次寧子與追和岳陽樓詩：「山似樊姬擁髻鬟。」

④華陽，見前注。東坡白水山佛迹巖詩：「何人守蓬萊？夜半失左股。」

⑤地胏，見前注。

⑥爾雅釋宮：「東北隅謂之宧，東南隅謂之窔。」

⑦首楞嚴經：「相見無性，同于交蘆。」

⑧范成大吳郡志：「魚具曰笭箵。」

⑨五燈會元：「佛于二月八月明星出時成道，號天人師。」

⑩翻譯名義集：「一磔手。通俗文云：『張申曰磔，周尺，人一尺，佛二尺。唐于周一寸上增二分，一尺上增二寸，蓋周尺八寸也。』賈逵曰：『八寸曰咫，言膚寸者，四指曰膚，兩指曰寸。言一指者，佛指闊二寸。」

⑪畫斷：「任安工界畫，每與山水賀眞合手作圖軸。一日安先作橫披，當中界，樓閣分布，亭榭滿中，以困眞，眞止作坡岸于下，上則層巒疊嶂，出于屋杪，由是不能困。」

⑫左傳襄公九年：「晉侯曰：十二年矣，是謂一終，一星終矣。」杜預曰：「歲星十二歲爲一周天。」

⑬陸士衡弔魏武帝文：「覩陳根而絕哭。」

⑭左傳文公六年：「穀也食子，難也收子。」杜預曰：「收子，葬子身也。」

⑮王象之輿地紀勝：「龍山，九域志云：『在江寧縣南四十里，舊名巖山，宋武帝改曰龍山，形似龍見。』」

⑯穆天子傳：「天子遂驅升于弇山，乃紀迹于弇山之石，而樹之槐，眉曰西王母之山。」

⑰東坡贈寫御容妙善師詩：「迎陽晚出步就坐，絳紗玉斧光照廊。」

⑱漢書王莽傳：「杜陵便殿乘輿虎文衣，發藏在寶匣中者，出自樹立在外堂上，良久乃委地。」

⑲岐陽鼓，見前注。

⑳王仲宣詠史詩：「臨穴呼蒼天，涙下如綆縻。」

㉑東方朔十洲記：「征和三年，武帝幸安定。西胡月支國王使者曰：臣國去此三十萬里，有常占，東風入律，百旬不休，青雲干呂，連月不散者，當知中國時有好道之君。」

㉒江文通雜體詩：「珪組賢君眄，青紫明主恩。」

㉓董逌廣川書跋：「絳守居園池記，文既怪險，人患難知。蓋紹述亦釋于後，自昔不知，故世不得考之。」

㉔鄭望膳夫錄：「韋僕射巨源有燒尾宴食單。」盧氏雜記：「京都讌設愛食子鵝，每隻價值三二十千。取鵝燖去毛及五臟，入以肉及粳米飯，五味調和。取羊一口，亦燖剝去腸胃，置鵝其中，縫合炙之，熟便去却羊，取鵝渾食之，謂之渾羊沒忽。」又李詡戒菴漫筆：「金壇子鵝擅江南之美，飼養有法，色白而肥。虞逋菴云：鵝性好潔，稻穀淘淨，水渾，再易清者喂之乃佳。然市無鬻者，士夫之家以此為待賓上饌。」

㉕偏勸，見前注。

㉖ 昌黎初南食詩：「鱟實如惠文，骨眼相負行。蠔相黏爲山，百十各自生。」嶺表錄異：「蠔即牡蠣也，初生海島邊，如拳石，漸長，有高一二丈者。每一房內有一片，隨其所生，前後大小不等。每潮來，諸蠔皆開房，伺蟲蟻入，即合之。海夷盧亭者，以斧楔取殼，燒以烈火，蠔即啓房，挑取其肉，貯以小竹筐，赴墟市以易鹹米。蠔肉大者醃爲炙，小者炒食。肉中有滋味，食之，即甚壅腸胃。」酉陽雜俎：「鱟雌常負雄而行，漁者必得其雙。南人列肆賣之。雄者少肉。舊說過海輒相積于背，高尺餘，如帆乘風遊行。今鱟殼上有物高七八寸如石珊瑚，俗呼爲鱟帆。至今閩嶺重鱟子醬。」

㉗ 楚辭宋玉招魂：「粔籹蜜餌，有餦餭些！」王逸曰：「餦餭，餳也，言以蜜和米麵熬煎作粔籹，擣黍作餌，又有美餳，衆味甘美也。」

㉘ 六博，見前注。

㉙ 乾坤賭，見前注。

㉚ 法苑珠林大三災部：「雜心論云：『彼初禪，內有覺觀，火擾亂故，外爲火災燒。』」

㉛ 揚子雲長楊賦序：「上將大誇胡人以多禽獸。」

㉜ 揚子雲羽獵賦序：「儲偫禁禦所營。」應劭曰：「禦，禁也，謂禁止往來。」

㉝ 張平子西京賦：「豈伊不懷歸於枌榆。」薛綜曰：「枌榆，豐社，高祖所起也。」

㉞ 山海經：「玉山，西王母所居也。」郭璞曰：「此山多玉石，因以名云。穆天子傳謂之羣玉之山。」

㉟ 大雅公劉詩：「京師之野，于時處處，于時廬旅，于時言言，于時語語。」

㊱ 相如子虛賦：「曝背南榮。」郭璞曰：「榮，屋南簷也。」

㊲法苑珠林刼量篇：「是時刼末，惟七日在。于七日中，無量衆生死盡，時有一人，合集閻浮提內男女，唯餘一萬，留爲當來人種。」

㊳昌黎剝啄行：「空堂幽幽，有秸有莞。門以兩版，叢書于間。」

㊴史記鄒陽傳：「蟠木根柢，輪囷離詭。」孟康云：「蟠結之木也。」

㊵記纂淵海：「東坡文曰：俗言彭祖觀井，自繫大木之上，以車輪覆井，而後敢觀。」

㊶少陵晚晴吳郎見過北舍詩：「竹杖交頭拄。」

㊷大雅韓奕詩：「侯氏燕胥。」

㊸少陵鄭駙馬宅宴洞中詩：「自是秦樓壓鄭谷。」

㊹左傳僖公四年：「齊侯以諸侯之師伐楚。管仲曰：爾貢包茅不入，王祭不共，無以縮酒，寡人是徵。」

㊺洛陽伽藍記：「河東人劉白墮善釀酒，飲之香美而醉，經月不醒。」

㊻左傳昭公元年：「子產曰：昔高辛氏有二子，伯曰閼伯，季曰實沈，居于曠林，不相能也，日尋干戈，以相征討。」

㊼莊子齊物篇：「狙公賦芧，曰：朝三而暮四。衆狙皆怒。曰：然則朝四而暮三。衆狙皆悅。名實未虧，而喜怒爲用，亦猶是也。」

㊽溺人，見前注。

㊾唐萬年縣尉段公路纂北戶錄三卷。

㊿葛洪西京雜記：「上林令虞淵將朝臣所上草木名二千餘種，隣人石瓊求借，一皆棄遺，以所記憶列于篇。」

51李格非洛陽名園記序：「洛陽之盛衰，天下治亂之候也。園圃之興廢，洛陽盛衰之候也。名園記之作，予豈徒然哉！」

秋日曝書得鶴江生詩卷題贈四十四韻 生名高，金壇人。

老大〔一〕歸空門，沉心研內典。鈔解首楞嚴，目眵指亦繭①。詩筒如束筍②，堆案不遑展。蟲蝕每成字，蛛網旋生蘚。今年中秋日，十軸蠹告蒇③。暇日理素書④，秋陽晒殘卷。鶴江一編詩，宛然在篋衍。快讀三四章，老眼霍如洗。得意手欲笑⑤，沉吟鬚盡撚。君詩有遠體，拂拭忌膿腆。素心苦刻鏤，煩囂務裁揃。詠懷多短章，雅談學古選。么絃叶孤桐⑥，清音自婉轉。樂府懷諷諭，定哀託微闡。將希長慶風，庶遵仲初撰。今體非繁茷，蓄意聊撥遣。望塵絕投獻⑦，當筵謝酬餞。俗音忘平和，惛堙任乖舛⑧。雪山妙歌聲，清淨復柔輭。藹藹春空雲，白衣見舒捲。蒼蒼蒹葭水，綠波正清淺。以此知其人，金寒澤有銑⑨。董帷繁露滋，鄭圃冷風善⑩。徒步走秦州，單衣不裝襺。留滯嗤賈胡⑪，高吟忘重趼⑫。歎息岐陽狩，悵望空同輦。臨洮牧馬驕，漁陽突騎殄。原廟仰衣冠⑬，新豐憶雞犬。吟成嗌獨哽，歌罷淚雙泫。吁嗟十年來，詩家熾壇墠。弁甲自言尊⑭，跡瓜互相踐⑮。土龍矜〔二〕睒睗⑯，塗車逞軔輾⑰。枝葉爭撏撦，糟醨共沉湎。獨抱朱絲絃。被褐〔三〕甘偃蹇⑱。視彼吹一〔四〕吷⑲，豈惜知音鮮。嗟余老慵惰，詞場罷蒐獮。無能立赤幟，爲君署禁扁⑳。吟賞徒自知，婀娜向舌本〔五〕㉑。敢云過屠門，大嚼快永雋。題詩刻苕華㉒，聊用別璟瑛㉓。蕭辰〔六〕將戒寒，遺民在溝畎。新詩何用多，殘年共須勉。君如終念我，一水會乘騙。荒村紅豆莊，寒燈爲君剪。

【校記】

〔一〕各本作「大」，箋注本作「夫」。 〔二〕各本作「矜」，金匱本作「鰟」。 〔三〕邃本、箋注本作「被褐」，鄒鎡序本、金匱本作「褐被」。 〔四〕箋注本作「吹一」，各本作「一吹」。 〔五〕箋注本作「舌本」，各本作「譙辨」。 〔六〕各本作「辰」，金匱本作「晨」。

【箋注】

① 昌黎短燈檠歌：「兩目眵昏頭雪白。」

② 昌黎贈崔立之評事詩：「頻蒙怨句刺棄遺，豈有閒官敢推引。深藏篋笥時一發，戢戢已多如束筍。」

③ 博雅：「蕆，解也。勑輦切。」

④ 王仲宣登樓賦：「聊暇日以銷憂。」

⑤ 說文：「歋，歈手相笑也。」歋，音戈支反。歈，音踰，又由。

⑥ 陸士衡文賦：「猶絃么而徽急，故雖和而不悲。」

⑦ 晉書潘岳傳：「岳與石崇等諂事賈謐，每候其出，與崇輒望塵而拜。」

⑧ 左傳昭公元年：「煩手淫聲，慆堙心耳，乃忘和平，君子弗聽也。」

⑨ 左傳：「晉獻公命申生伐戎，衣以偏衣，佩以金玦。里克曰：金寒玦離云云。」爾雅釋器：「絕澤謂之銑。」郭璞曰：

「銑即美金，言最有光澤也。國語曰：『玦之以金銑。』」

⑩ 列子天瑞篇：「列子居鄭圃四十年，無人識者。」

⑪ 賈胡，見前注。

⑫ 莊子天道篇：「百舍重趼，而不敢惜。」成玄英疏曰：「趼，脚生泡漿創也。」

⑬ 漢書禮樂志：「至孝惠時，以沛公爲原廟。」師古曰：「原，重也。言已有正廟，更重立之。」

⑭ 爾雅釋魚：「龜俯者靈，仰者謝，前弇諸果，後弇諸獵，左倪不類，右倪不若。」疏曰：「云前弇諸果，諸，辭也。注謂甲前長弇覆者名果。周禮東龜曰果屬是也。云後弇諸獵者，諸，亦辭也。注謂甲後長弇覆者名獵。周禮南龜曰獵屬是也。」

⑮ 爾雅釋獸：「貍狐貒貈醜，其足蹯，其跡厹。」郭璞曰：「厹，指頭處。」疏曰：「其指頭着地處名厹，音鈕。」

⑯ 山海經：「旱而爲應龍之狀，乃得大雨。」郭璞曰：「今之土龍本此。」左太沖吳都賦：「忘其所以睒睗。」李善曰：「說文：『睒，暫視也。』式冉切。『睗，疾視也。』式亦切。」

⑰ 記檀弓：「塗車芻靈，自古有之。」昌黎贈崔立之評事詩：「余始張軍嚴靷韅。」

⑱ 家語：「子路曰：有人于此，被褐而懷玉。」

⑲ 莊子則陽篇：「夫吹，管也，猶有嗃也。吹劍首者，吷而已矣。堯、舜，人之所譽也。道堯、舜于戴晉人之前，譬猶一吷也。」

⑳ 何平叔景福殿賦：「爰有禁楄，勒分翼張。」李善曰：「扁，署也。扁從戶册者，署門戶也。扁與楄同。」

㉑ 昌黎石鼓歌：「詎肯感激徒媕婀。」世說文學篇：「殷仲堪云：三日不讀道德經，便覺舌本間強。」

㉒竹書紀年：「沈約曰：癸命扁伐山民，山民女于桀二人，曰琬曰琰。后愛二人，斲其名于苕華之玉。苕是琬，華是琰。」

㉓禮部韻略：「瑛，而宣切，珉也。亦作瑌，釋云：瑌，珉；士佩。」

大觀太清樓二王法帖歌 爲山陰張爾唯作

神霄天子恢皇綱①，重鐫閣帖煥寶章②。干戈久忘熙陵勣，圖書欲壓淳化藏。侍書著模換鉤榻③，太師京識新褫裝。太清危樓切霄漢④，乙夜御覽迴虹光。大觀承平過星紀⑤，宣和板蕩垂靖康。聲明文物歸〔一〕松漠，翰林子墨炎崑岡。駝戴唐碑失定武⑥，氈裹周鼓殘岐陽⑦。册府祕閣俱已矣，長沙戲魚徒相望⑧。新絳澡筆改東庫⑨，亮字損本來榷場⑩。二府拜賜傳掌故，三館審定看堵墻。良常新銘不在世⑪，羽陵舊蠹餘幾行⑫。君從何處購此本？右軍墨跡兼小王。續帖眞成廿卷羨，萬籤何似二本良？墨華晶光出匱紙，筆陣折抹生鋒芒⑬。晴窗臨摹挾飛動，棐几展翫鋪雲肪。裂文木直非剜損⑭，櫌痕銀錠誰低昂⑮？從今鑒定歸米薛⑯，不收慰問嗤梁唐⑰。但看鸞翔與鳳翥⑱，焉用冷金拌硬黄⑲。嗚呼此本不易得，摩挲使我神慘傷。自從京闕暗〔二〕戎馬，又使館閣淪滄桑。人間西清熸禁苑⑳，天上東壁埋文昌㉑。槖駝交跡踐竹素，牛馬漬汗沉縹緗。甲衣狠藉剔鈿錦，礮車迸裂窮琳瑯。游家蘭亭塡纍下，褚摹禊帖擲道旁。魯公孝經麻姑字㉒，兒童插標叫市坊。卷軸遑恤三千富㉓，款書寧數丈二長㉔。白麻何處博青縹㉕，碧牋翻喜歸黃腸㉖。奇哉一本獨完好，豈無六丁下取將㉗。展卷俄驚標識改，開奩先嗅古墨香。印縫無煩辨分剪㉘，破體仍與論偏傍㉙。何年瓦官閣鴟吻㉚，有客山陰搜屋梁㉛。玉躞金題重閟惜，褚妍歐怪空煇煌㉜。已堪唐陵比玉匣㉝，重許漢室開珠囊㉞。傷心西昇失至寶，褚河南西昇經余購得之新安，乙酉城陷失去。漫眼東觀欲發狂㉟。吾家圓印銘忠孝，長依書史緘篋箱。米元章書史云：「錢氏所收浩博帖，上有『希聖』字印，及『忠孝之家』圓錢印，併『錢氏書堂』印。」作歌無才繼石鼓，開筆載拜朝墨皇㊱。

【校記】

〔一〕遼本、箋注本作「歸」，鄒鎡序本、金匱本作「埽」。　〔二〕鄒鎡序本、金匱本作「暗」，遼本、箋注本作「瞔」。

【箋注】

① 王偁東都事略徽宗紀：「政和七年，皇帝崇尚道教，號教主道君皇帝，改天下天寧觀爲神霄玉清萬壽宮。」

② 譚賓錄：「高宗謂鳳閣侍郎王方慶曰：卿家合有書法。方慶奏：書共十卷見在。上御武成殿，召羣臣取而觀之，仍令鳳閣舍人顧融作序，目爲寶章集，以賜方慶，朝野榮之。」

③ 曹士冕法帖譜系：「淳化法帖，熙陵以武定四方，載櫜弓矢，文治之餘，留意翰墨，乃出御府所藏歷代眞蹟，命侍書王著模刻禁中，釐爲十卷。」

④ 法帖譜系：「大觀中，奉旨刻石太清樓，字行稍高，而先後之次，亦與淳化帖小異。其間有數帖，多寡不同，或疑

用眞蹟模刻。凡標題皆蔡京所書。」

⑤星紀，見前注。

⑥賓退錄：「蘭亭石刻，唯定武者得其眞。蓋唐太宗以眞蹟刻之學士院，朱梁徙置汴都，石晉亡，耶律德光輦而歸。德光道死，與輜重俱棄之中山之殺□林。慶曆中，爲士人李學究所得。韓魏公索之急，李瘞諸地中，而别刻以獻。李死，其子乃出之。宋景文公始買寘公帑。熙寧間，薛師正爲帥，其子紹彭又刻别本留公帑，攜古刻歸長安。大觀中，詔取寘宣和殿。靖康之變，虜襲以紅毯輦歸，今東南諸刻，無能彷彿者。」

⑦昌黎石鼓歌：「氊苞席裹可立致，十鼓祇載數駱駝。」

⑧法帖譜系：「慶曆長沙帖，丞相劉公沆帥潭日，以淳化官帖命惠照大師希白模刻于石，寘之郡齋。增入傷寒、十七日、王濛、顏眞卿等諸帖。」法帖譜系：「臨江戲魚堂帖，元祐間，劉次莊以家藏淳化閣帖摹刻堂上，除去卷尾篆題，而增釋文。」

⑨法帖譜系：「世傳潘氏析居，法帖石分而爲二。其後絳州公庫乃得其一，于是補刻餘帖，是名東庫本。字畫精神遒勁，亦自可愛，而衞夫人一帖及宋儋帖，頗多燥筆。」

⑩法帖譜系：「太清樓帖，開禧以後，有榷場中來者，已磨去『亮』字，無右邊轉脚，蓋避逆亮諱也。」歐陽集古目錄：「太宗皇帝購募前賢眞跡，集爲法帖十卷，鏤卷而藏之。每有大臣進登二府，則賜以一卷。」

⑪黃長睿東觀餘論跋瘞鶴銘後：「僕今審定，文格字法，殊類陶弘景。弘景自稱華陽隱居，今曰眞逸者，豈其别號與？」

⑫穆天子傳：「天子東遊，次于雀梁，暴蠹書于羽陵。」法帖譜系：「大觀中，刻石太清樓。又以建中靖國秘閣續帖十

卷，易其標題，去其歲月與官屬名銜，以爲後帖。又刻孫過庭草書譜及貞觀十七帖，總爲二十二卷。」

⑬ 王羲之題衛夫人筆陣圖：「紙者陣也，筆者刀矟也，墨者鍪甲也，水硯者城池也，心意者將軍也，本領者副將也。」

⑭ 法帖譜系：「山谷論禁中板刻古法帖十卷，當時皆用歙州貢墨墨本賜羣臣。元祐中，親賢宅從禁中借板墨百本，分遺宮僚，但用潘谷墨，光輝有餘，而不甚黟黑，又多木橫裂文，士大夫不能盡別也。」

⑮ 法帖譜系：「御府拓者，多用匱紙，蓋打金銀箔者也。遞來碑工往往作蟬翼本，且以厚紙覆板上，隱然爲銀錠欜痕以惑人，第損剝，非復舊板本之遒勁矣。」

⑯ 米元章書史：「薛紹彭以書畫情好相同，常寄書云：『書畫間久不見薛、米。』予答以詩云：『世言米薛或薛米，猶言弟兄與兄弟。四年論年我亦卑，品定多知定如是。』」

⑰ 書史：「薛書來云：新收錢氏子敬帖。『獻之』字上刮去兩字，以爲『孤子』。余以爲『操之』字俗，人恐以爲操之，故刮去，因寄詩爲梁唐不收慰問帖云：『蕭李駮子弟，不收慰問帖。』」

⑱ 昌黎石鼓歌：「鸞翔鳳翥衆仙下，珊瑚碧樹交枝柯。」

⑲ 米元章書史：「王羲之玉潤帖，是唐人冷金紙上雙鉤摹。」

⑳ 相如上林賦：「象輿婉僤于西清。」師古曰：「西清者，西廂清靜之處也。」

㉑ 三氏星經：「石申氏曰：東壁二星，文章圖書。星暗，王道衰，小人得用。」

㉒ 公云：亂後于燕京見魯公所書孝經眞蹟，字畫儼如麻姑仙壇記，御府之珍，流落人間，可勝惋惜！

㉓ 張彥遠法書要錄：「太宗皇帝購求二王小大書法，有三千紙，率以丈二尺爲卷，以貞觀兩字爲二小印印之。褚河南監裝背，率多紫檀軸首白檀身，紫羅褾織成帶。」

㉔書史：「余收子敬范新婦唐摹帖，題詩曰：『正觀欵書丈二紙，不許兒奇專父美。』」

㉕法書要錄：「唐武平一徐氏法帖記云：『平一齠齔之歲，見育宮中。竊覩宮人出法書千億，歲殿曝之，多裝以鏤牙軸紫羅褾，云是太宗時所裝。其中有故青綾絲玳瑁軸者，云是梁朝舊跡，褾首各題篇目行數。至中宗神龍中，貴戚寵盛，御府之珍，多入私室。安樂宮主于內出二十餘函。駙馬武延秀呼薛鄭愔及平一許其善惡。諸人隨事答稱爲上者，登時去牙軸紫褾，易以漆軸黃麻紙褾。』」

㉖僧適之金壺記：「晉楊曦書最工，不今不古，能大能細。兩本一黃牋，一碧牋。」書史：「劉璦收碧牋王帖，上有勾德元圖書記，保合太和印及題顯德歲。」漢霍光傳蘇林曰：「以柏木黃心致累棺外，故曰黃腸。」

㉗昌黎調張籍詩：「仙官勅六丁，雷電下取將。」

㉘書史：「古帖多前後無空紙，乃是剪去官印以應募也。今人收貞觀印縫帖，若是黏著字者，更不復再入開元御府。蓋貞觀書武后時朝廷無紀綱，駙馬貴戚，丐請得之。開元購時剪印，不去者不敢以出也。開元經安氏之亂，內府散蕩，乃敢不去開元印跋，再入御府也。」

㉙張參五經文字序：「近代字様多依四聲，傳寫之後，偏旁漸失。」

㉚劉禹錫嘉話：「王右軍告誓文，今之所傳，即其藁本，不具年月日朔。其眞本云：『永和十年三月癸卯朔九日辛亥』，而書亦是眞小文。開元初年閏月，江寧縣瓦官寺修講堂，匠人于鴟尾內竹筒中得之，與一沙門。至八年，縣丞李延業求得之，上岐王。岐王以獻帝，便留不出。或云：後借岐王，十年，主家失火，圖書悉爲煨燼，此書亦見焚。」

㉛法書要錄：「何延之蘭亭記云：『右軍所書蘭亭，珍重寶愛，留付子孫。至七代孫智永，永即徽之之後，捨家入道，

年近百歲，乃終。其遺書並付辨才，辨才于所寢方丈梁上爲暗檻，以貯蘭亭。太宗知此書在辨才所，勑追師入內，方便善誘，竟靳固不出。上託蕭翼，私行過辨才院，談說甚得，飲酒賦詩，因論二王楷法，言及蘭亭，師自于屋梁上檻內出示。翼留置几案間。辨才出赴齋，翼私來房前，謂弟子曰：遺却帛，爲在床上。即爲開門，于案上取得蘭亭，至都進御。」

㉜ 書史：「薛書來云：購得錢氏王帖，予答以李公照家二王，以前帖宜傾囊購取，寄詩云：『褚妍歐怪亦自持，猶能半蹈古人規。』」

㉝ 玉匣，見前注。

㉞ 珠囊，見前注。

㉟ 後漢和帝紀：「十三年，帝幸東觀，覽書林閱篇籍，博選藝術之士以充其官。」

㊱ 書史：劉涇書來曰：收唐絹本蘭亭。予答以詩：『何時大叫劉子前？跪閱墨皇三復返。』君遺予詩，嘗曰：『秘笈墨皇猶敬識。』林希送予詩：『壺嶺共傾銀管水，墨皇猶展玉樓風。』」

題含光法師像二首

蓮子峯頭說法僧，青松骨格鶴儀形。何當兀坐看雲漢？應與虛空共講經①。

【箋注】

① 法華經授記品：「其佛常處虛空，爲衆說法。」

講罷清涼疏一迴，西堂趺坐陷爐灰。誰拈皴蛋家常話①？忽漫天花下講臺。

【箋注】

①宗鏡録第一百：「志公見雲光法師講法華經，感天花墜，云是𩿨蚕之義。」

題畫

㓕㓕秋聲捲白波，青山斷處暮雲多。沉沙折戟〔一〕無消息①，卧看千帆掠檻過。

【校記】

〔一〕金匱本作「戟」，各本作「鐵」。

【箋注】

①杜牧之赤壁詩：「折戟沉沙鐵未消，自將磨洗認前朝。」

燕子磯舟中作

輕寒小病一孤舟，送客江干問昔遊。老有心情依佛火，窮無涕淚灑神州。舞風磯燕如頳尾，吹浪江豚也白頭。水闊天高愁騁望，尋思但是莫登樓。

金陵寓舍贈梁溪鄒流綺

第二泉流乳水腴①，跳珠漱石潤彫枯。讀書昔已過袁豹②，紬史今當繼董狐③。金匱舊章周六典④，玉衣原廟漢三都⑤。冶城載筆霜風候⑥，還與幽人拜鼎湖⑦。

【箋注】

① 張又新水記：「陸鴻漸言無錫惠山寺石泉水第二。」東坡詩：「獨攜天上小團月，來試人間第二泉。」東坡次完夫再贈詩：「乳水君應餉惠山。」

② 世說文學篇：「殷仲文天才宏贍，而讀書不甚廣博。亮嘆曰：若使殷仲文讀書半袁豹，才不減班固。」

③ 史記太史公自序：「遷爲太史令，紬史記。」徐廣曰：「紬，音抽。」

④ 張平子東京賦：「建象魏之兩觀，旌六典之舊章。」李善曰：「周禮：『太宰掌建邦之六典，一曰治典，二曰教典，三曰禮典，四曰政典，五曰刑典，六曰事典。』」

⑤ 少陵行次昭陵詩：「玉衣晨自舉。」

⑥ 樂史寰宇記：「古冶城在上元縣西五里，本吳冶鑄之地，因以爲名。」

⑦ 少陵行次昭陵詩：「壯士悲陵邑，幽人拜鼎湖。」

櫂歌十首爲豫章劉遠公題扁舟江上圖

家世休論舊相韓①，烟波千里一漁竿。扁舟莫放過徐泗，恐有人從圯上看。遠公，故相文端公之孫，尙寶西佩之子。

【箋注】

① 史記留侯世家：「悉以家財求客刺秦王，爲韓報仇，以大父父五世相韓故。」

卯金之子有文章①，太乙燃藜下取將。百道光芒吹不盡，散爲漁火照滄浪。

【箋注】

① 卯金之子，見前注。

吳江烟艇楚江潮，瀨上蘆中恨未消①。重過子胥行乞地，秋風無伴自吹簫。

【箋注】

① 吳越春秋：「伍員晚至江，漁父渡之。子胥曰：請丈人姓氏。漁父曰：何用姓氏爲？子爲蘆中人，吾爲漁丈人。至吳乞食溧陽，適會女子擊綿于瀨水之上，筥中有飯，謂曰：可得一餐乎？女子許之，子胥因餐而去。」

楚尾吳頭每刺船①，藏舟夜半事依然。陰符三卷篝燈讀，不及南華有内篇。

【箋注】

① 方輿勝覽：「豫章之地，爲楚尾吳頭。」

黯淡江山夜未晨，滿天風露罨吟身。祇因牛渚舟中月，曾照千秋咏史人①。

【箋注】

① 晉書袁宏傳：「謝尚時鎮牛渚，秋夜乘月，微服泛江。會宏在舫中諷詠，遣問焉。答云：是袁臨汝郎誦詩，即其詠史之作也。尚升舟與之談論，申旦不寐。」

扁舟慣聽浪淘聲①，昨日危沙今日平。惟有江豚吹白浪，夜來還抱石頭城。

【箋注】

① 劉禹錫浪淘沙詞：「九曲黄河萬里沙，浪淘風簸自天涯。」

曾向潯陽溯上游，錯將九派恨江流①。越江何事仍迴棹？不分樵風趁兩頭。

【箋注】

① 郭景純江賦：「流九派乎潯陽。」李善曰：「應劭漢書注：『江自廬江潯陽分爲九也。』漢書廬江郡有潯陽縣。」

一櫂延緣風露堆，洞庭木葉打頭來。隔船漁叟醉歌去，陪侍龍君夜宴迴①。

【箋注】

① 異聞集：「龍君宴柳毅于凝碧宫。明日，毅辭歸，洞庭君夫人別宴毅于潛景殿，宴罷辭別，滿宫悽然。」

東皇太乙啓朝暉①，望拜船頭露未晞。莫笑漁家無法服，隨身青箬緑蓑衣。

【箋注】

① 屈平九歌東皇太乙。五臣曰：「太乙，星名，天之尊神。祠在楚東，以配東帝，故曰東皇。」

櫂歌聲斷楚江烟，襏襫笭箵倚足眠。半夜讙呼看堠火，横江削杮蕩漁船①。

【箋注】

① 削杮，見前注。

顧與治書房留余小像自題四絶句

崚嶒瘦頰隱燈看，況復撑衣骨相寒。指示傍人渾不識，爲他還着漢〔一〕衣冠。

【校記】

〔一〕遼本、箋注本作「漢」，鄒鎡序本、金匱本作「古」。

蒼顏〔一〕白髮是何人？試問陶家形影神①。攬鏡端詳聊自喜，莫應此老會分身。

【校記】

〔一〕遼本、箋注本作「顏」，鄒鎡序本、金匱本作「烟」。

【箋注】

① 淵明有形贈影、影答形、神釋等詩。

數卷函書倚淨瓶，匡牀兀坐白衣僧。驪山老母休相問①，此是西天貝葉經。

【箋注】

① 集仙錄：「李筌至驪山下逢一老母，敝衣扶杖，神狀甚異，爲說陰符之義。」

褪〔一〕粉蛛絲網角巾，每煩櫻拂拭煤塵①。凌烟褒鄂知無分②，留與書帷伴古人。

【校記】

〔一〕各本作「褪」，箋注本作「褆」。

【箋注】

①少陵椶拂子詩：「椶拂且薄陋，豈知身效能。」

②少陵丹青引：「淩煙功臣少顏色，將軍下筆開生面。良相頭上進賢冠，猛將腰間大羽箭。鄂公褒公毛髮動，英姿颯爽來酣戰。」

燕子磯歸舟作

不成送別不成遊，脚氣人扶下小舟①。作惡情懷思中酒，薄寒筋力怯登樓。金波明月如新樣②，鐵鎖長江是舊流③。風物正於秋老盡，蘆花楓葉省人愁。

【箋注】

①柳子厚答韋中立書：「居南中九年，增脚氣病。」

②漢禮樂志郊祀歌：「月穆穆以金波。」師古曰：「月光穆穆，若金之波流。」

③劉禹錫西塞山懷古詩：「千尋鐵鎖沉江底，一片降幡出石頭。」

題畫

櫓背指青山，浪打船頭上。曼聲時一嘯，聊答江濤響。

題許有介詩集

壇坫分茅異，詩篇束筍同。周溶東越絶，許友八閩風。世亂才難盡，吾衰論自公。水亭頻剪燭，撫卷意何窮！

水亭承鄧元昭致饌諸人偶集醉飽戲書爲謝

蓬池鱠美〔一〕薦冰醪①，食指紛然動爾曹②。三歎何曾知屬厭③，八珍空復羡淳熬④。腹腴放箸煩偏勸〔二〕⑤，胸脒堆盤笑老饕⑥。明日洗厨重速客，未愁蘿蔔旋生毛⑦。

【校記】

〔一〕各本作「鱠美」，鄒鎡序本作「羹鱠」。〔二〕各本作「勸」，鄒鎡序本作「動」。

【箋注】

①李德裕述夢詩：「荷静蓬池鱠，冰寒郢水醪。」注曰：「每學士初上賜食，皆是蓬池魚鱠。夏至後賜及頒燒香酒，以酒味稍濃，每和冰而飲。禁中有郢酒坊也。」

②左傳宣公四年：「子公之食指動，以示子家，曰：『他日我如此，必嘗異味。』」杜預曰：「第二指也。」

③左傳昭公二十八年：「梗陽人有獄，魏戊不能斷，以獄上。其大宗賂以女樂，魏子將受之。魏戊謂閻沒、女寬曰：吾子必諫。」皆許諾。退朝，待于庭。饋入，召之。比置，三歎。既食，使坐。魏子曰：「諺曰：『惟食忘憂。』吾子置

食之間三嘆，何也？同辭而對曰：或賜二小人酒，不夕食，饋之始至，恐其不足，是以嘆。中置，自咎曰：豈將軍食之而有不足？是以再嘆。及饋之畢，願以小人之腹，爲君子之心，屬厭而已。獻子辭梗陽人。」

④淳熬，八珍之一也。

⑤少陵姜七少府設膾歌：「偏勸腹腴愧年少。」

⑥記曲禮：「既以脯脩置者，左朐右末。」鄭氏曰：「取便也。屈中曰朐。音衢。」東坡老饕賦：「蓋聚物之大美，以養吾之老饕。」

⑦譚賓錄：「唐率府兵曹參軍馮光震入集賢院校文選，嘗著蹲鴟曰：蹲鴟者，今之芋子，即是著毛蘿蔔也。聞者拊掌大笑。曾慥高齋漫錄：「東坡嘗謂錢穆父曰：尋嘗往來，心知稱家有無。草草相聚，不必過爲具。穆父一日折簡召坡食皛飯，及至，乃設飯一盂，蘿蔔一楪，白湯一盞而已。蓋以三白爲皛也。後數日，坡復召穆父食毳飯，穆父意坡必有毛物相報。比至，日晏，並不設食。穆父餒甚，坡曰：蘿蔔湯飯俱毛也。穆父嘆曰：子瞻可謂善戲謔者也。」

再讀許友詩〔一〕

數篇重咀嚼①，不愧老夫知。本自傾蘇渙②，何嫌説項斯③。解嘲應有作④，欲殺豈無詞⑤。周處臺前月⑥，常懸卞令祠⑦。時寓青溪水亭，介周臺、卞祠之間，故有落句。

【校記】

〔一〕此詩邃本、箋注本、金匱本有，鄭鎡序本無。

【箋注】

① 孟東野懊惱詩：「好詩更相嫉，劍戟生牙關。前賢死已久，猶在咀嚼間。」

② 少陵蘇大侍御訪江浦詩序：「蘇大侍御渙，靜者也。肩輿江浦，忽訪老夫，請誦近詩，肯吟數首。明日賦八韻記異，亦見老夫傾倒于蘇至矣。」

③ 南部新書：「項斯以卷謁江西楊敬之，楊苦愛之，逢人說項。」

④ 漢揚雄傳：「或嘲雄以玄尚白，而雄解之，號曰解嘲。」

⑤ 少陵李生詩：「不見李生久，佯狂眞可哀。世人皆欲殺，吾意獨憐才。」

⑥ 六朝事迹：「府雉東南，有故臺基，曰周處臺，今鹿苑寺之後。」

⑦ 六朝事迹：「晉尚書令卞忠貞葬吳冶城，今天慶觀，乃其地也。」

有人拈聶大年燈花詞戲和二首〔一〕

蕩子朝朝信，寒燈夜夜花。也知虛報喜，爭忍〔二〕剔雙葩。

燈花獨夜多，寂寞怨青娥。一樣銀〔三〕釭裏，無花又若何？

【校記】

〔一〕此詩遼本、箋注本、金匱本有，鄒鎡序本無。〔二〕金匱本作「忍」，遼本、箋注本作「認」。〔三〕遼本、箋注本作「銀」，金匱本作「青」。

橋山

萬歲橋山奠永寧①，守祧日月鎮常經②。青龍閣道蟠空曲，玄武鉤陳衛杳冥。墜地號弓依寢廟③，上陵帶劍仰神靈④。金輿石馬依然在⑤，蹴踏何人夙夜聽？

【箋注】

① 史記五帝紀：「黄帝崩，葬橋山。」

② 周禮春官宗伯：「守祧，掌守先王先公之廟祧。」

③ 號弓，見前注。

④ 水經注：「漢武故事曰：『帝崩後，見形謂陵令薛平曰：吾雖失勢，猶汝君，奈何令吏卒上吾陵磨刀劍乎？自今以後，可禁之。平頓首謝。因不見。推問，陵旁果有方石，可以爲礪。吏卒常盜磨刀劍。霍光欲斬之，張安世曰：神道茫昧，不宜爲法。乃止。』」

⑤ 少陵玉華宫詩：「當時侍金輿，故物唯石馬。」

一年

一年天子〔一〕小朝廷，遺恨虚傳覆典刑。豈有庭花歌後閣①，也無杯酒勸長星②。吹唇沸地狐羣力③，剺面呼風〔二〕羯〔三〕鬼靈④。奸佞不隨京洛盡，尚流餘毒螫丹青⑤。

【校記】

〔一〕各本作「天子」，金匱本作「建號」。〔二〕各本作「呼風」，金匱本作「含沙」。〔三〕箋注本作「鴉」，邃本、鄒鎡序本、金匱本作「蜮」。

【箋注】

①隋書五行志：「禎明初，後主作新歌，辭甚哀怨，令後宮美人習而歌之。其辭曰：『玉樹後庭花，花開不復久。』時人以爲此歌讖也。」

②世說雅量篇：「太元末，長星見，孝武心甚惡之。夜華林園中飲酒，舉杯屬曰：長星勸爾一杯酒，自古何曾爲萬歲天子耶？」

③南史侯景傳：「景將登太極殿，醜徒數萬，同共吹唇唱吼而上。」

④勢面，見前注。

⑤論衡佚文篇：「極筆墨之力，定善惡之實。言行畢載，文以千數，傳流于世，成爲丹青，故可尊也。」

蕉園

蕉園焚稿總凋零①，況復中州野史亭。温室話言移漢樹②，長編月朔改唐蓂③。謏聞人自詡三豕④，曲筆天應下六丁⑤。東觀西淸何處所，不知汗簡爲誰青？

【箋注】

①歷朝實錄成，焚稿于太液池之蕉園。

②漢孔光傳：「光沐日歸休，兄弟妻子燕語，終不及朝省政事。或問：溫室省中樹皆何木也？光嘿不應，更答以他語。其不洩如是。」

③李燾長編序：「臣竊聞司馬光之作資治通鑑也，先使其僚採摭異聞，以年月日爲叢目。叢目既成，乃修長編。唐三百年，范祖禹實掌之，光謂祖禹：長編寧失于繁，無失于略。當時祖禹所修長編，蓋六百餘卷。光細删之，止八十卷，今資治通鑑唐紀自一百八十五卷至二百六十五卷是也。」

④家語：「子夏見讀史志者云：晉師伐秦，三豕渡河。子夏曰：非也，己亥耳。問諸晉史，果曰己亥。」

⑤魏世宗嘗勅廷尉游肇有所降恕，肇不從，曰：陛下自能恕之，豈能令臣曲筆。昌黎調張籍詩：「仙官勅六丁，雷電下取將。」

雞人

雞人唱曉未曾停①，倉卒衣冠散聚螢②。執熱漢臣方借箸，畏炎胡〔一〕騎已揚舲。乙酉五月初一日召對，講官奏胡馬畏熱，必不渡江。余面叱之而退〔二〕。刺閨痛惜飛章罷③，余力請援揚，上深然之。已而抗疏請自出督兵，蒙溫旨慰留而罷〔三〕。講殿空煩倒〔四〕坐聽④。腸斷覆杯〔五〕池畔水⑤，年年流恨繞新亭⑥。

【校記】

〔一〕遼本、箋注本作「胡」，鄒鎡序本、金匱本作「北」。

〔二〕各本有此自注，金匱本無。鄒鎡序本「胡」作

「北」，無末六字。　〔三〕各本有自注，金匱本無，鄒鎡序本「力」作「疏」，「楊」作「揚」，無「上深然之已而抗疏請」「蒙温旨」十二字。　〔四〕各本作「倒」，金匱本作「側」。　〔五〕各本作「杯」，鄒鎡序本作「坯」。

【箋注】

① 樂府廣題：「漢有鷄鳴衛士，主鷄唱宮外。舊儀，宮中與臺，並不得蓄鷄。晝漏盡，夜漏起，黄門持五夜。甲夜畢，傳乙；乙夜畢，傳丙；丙夜畢，傳丁；丁夜畢，傳戊；戊夜是爲五更。未明三刻，鷄鳴衛士起唱。」

② 少陵喜薛璩畢曜遷官詩：「官忝趨棲鳳，朝回歎聚螢。」

③ 樂府戴暠從軍行：「長安夜刺閨，胡騎白銅鞮。」

④ 甲申七月壬子，初舉經筵，以公與管紹寧、陳盟充講官。

⑤ 覆杯池，見前注。

⑥ 通鑑：「諸名士遊宴新亭，周顗歎曰：風景不殊，舉目有河山之異。因相視流涕。導愀然變色曰：當共戮力王室，克復神州，何至作楚囚對泣耶？衆皆收淚謝之。」

丁酉長至宿長干禪榻

登臺無筆可書祥，長至長干拜履長①。佛日也應添一線，歲華聊復記三陽②。灰飛玉琯吹禪火③，月傍金輪助塔光。夜靜花宮喧鼓角，夢迴腸斷殿東廊。

【箋注】

① 白氏六帖：「玉燭寶典曰：『冬至日極南，景極長，陰陽日月萬物之始，律當黄鐘，其管最長，故有履長之賀。』」

②後漢律曆志：「陽以圓爲形，其性動。陰以方爲節，其性靜。動者數三，靜者數一。以陽生陰倍之，以陰生陽回之，皆三而一。」

③韓鄂歲華記麗：「冬至之日，舜吹玉琯，以定律呂。」

小至夜月蝕紀事　十一月十有六日

蟾蜍蝕月報黃昏，冬至陽生且莫論。飛上何曾爲玉鏡①，落來那得比金盆②。朦朧自繞飛烏羽，昏黑誰招顧兎魂？畫盡爐灰人不〔一〕寐，一星宿火養微温。

【校記】

〔一〕各本作「人不」，箋注本作「不成」。

【箋注】

①太白古朗月行：「小時不識月，呼作白玉盤。又疑瑤臺鏡，飛在青雲端。」

②少陵贈蜀僧詩：「夜闌接歡語，落月如金盆。」

至日作家書題二絶句

至日裁書報孟光，封題凍筆蘸冰霜。栴檀燈下如相念，但讀楞嚴莫斷腸①。

【箋注】

①洪覺範冷齋夜話：「蓬縣縣君工詩，有詩寄舒王曰：『西風不入小窗紗，秋氣應憐我憶家。極目江山千里恨，依前和淚看黃花。』舒王以楞嚴新釋付之，和其詩曰：『青燈一點映窗紗，好讀楞嚴莫憶家。能了諸緣如幻夢，世間惟有妙蓮花。』」

松火柴門紅豆莊，稚孫嬌女共扶牀。金陵無物堪將寄，分與長干寶塔光。

丁酉仲冬十有七日長至禮佛大報恩寺偕石溪諸道人然燈繞塔乙夜放光應願懽喜敬賦二十韻紀其事

空門至日拜空王，肅穆爐烟玉几旁。是夜然燈多寶塔①，此心祈見白毫光②。鐘鳴圍繞高低級，梵罷低徊左右廂〔一〕。良久下方仍暗黑，少焉東壁破昏黃。科頭老衲驚呼急，秃袖中官指顧詳。昱曜乍看銀色湧，晶熒諦視玉毫長。一重欄楯明初地③，半壁琉璃映十方④。鈎鎖金鋪連白道，瀰漫碧落隱紅牆。水晶宮闕遙分影⑤，天漢星文暗助芒。共說丹罏呈變幻，又言火樹漾低昂。似懸荔子銀青色，欲落蒲萄紫翠瓤。交絡倩誰排帝網⑥，鋪舒那得截雲肪。露盤瑩燭如移級，雕角搓挪欲差行。斫樹不愁傷玉斧，先一夕月食既。雨花還喜見金牀。紅綃〔二〕夜靜香爲界，白氎僧歸月在廊。舍利冥心觀掌果⑦，燈輪彈指斂毫芒。長依慧火消灰刦，但倚光嚴入道場⑧。歡極身雲都湧現⑨，歸來毛孔亦清涼⑩。帝心鴻朗開三寶⑪，佛日弘明長一陽。大地何曾亡玉鏡，普天還欲理珠囊。慈恩盛事人能記，乙夜齋宮每降香。

【校記】

〔一〕各本作「廂」，鄒鎡序本作「箱」。　〔二〕各本作「緗」，箋注本作「樓」。

【箋注】

① 法華經寶塔品：「多寶如來塔，聞說法華經，故從地湧出。」

② 法華經：「爾時如來放眉間白毫相光，照東方萬八千佛土，靡不周遍。」

③ 華嚴經：「菩薩在于初地。」

④ 法華經譬喻品：「國名離久，琉璃爲地。」

⑤ 述異記：「闔閭構水精宮，尤極工巧，皆出自水府。」

⑥ 清涼國師華嚴經疏序：「重重交映，若帝網大垂珠。」

⑦ 首楞嚴經：「而阿那律見閻浮提，如觀掌上庵摩羅果。」

⑧ 維摩詰經：「光嚴白佛言：我昔出毗耶離大城，時維摩詰方入城，我卽爲作禮而問言：居士從何所來？答我言：吾從道場來。」

⑨ 華嚴經如來出現品：「欲以正法教化衆生，先布身雲，彌覆法界，隨其樂欲，爲觀不同。」

⑩ 紀聞：「洪昉禪師至天堂，天帝置食。食已，身上毛孔，皆出異光。毛孔之中，盡能觀見異物。」

⑪ 空性論：「依彼六種相，以相對故，佛法僧說名爲寶。」

龔孝升求贈塾師戲題二絶句〔一〕

都都平丈教兒郎①，論語開章笑鬨堂②。何似東村趙學究③，只將半部佐君王④。

【校記】

〔一〕此二絶句遼本、箋注本、金匱本有，鄒鎡序本無。

【箋注】

① 吳中諺語，嘲塾師云：「都都平丈我，學生滿堂坐。郁郁乎文哉，學生盡不來。」

② 李肇國史補：「合座皆笑，謂之鬨堂。」

③ 王銍默記：「太祖兵聚清流關，村人云：有鎮州趙學究在村中教學，多智計。太祖微服往訪之。學究者固知爲趙點檢也，相見加禮。」

④ 羅大經鶴林玉露：「趙普再相，人言普山東人，所讀者止論語。太宗以問普，普略不隱，對曰：臣生平所知，誠不出此者。昔以其半輔太祖定天下，今欲以其半輔陛下致太平。」

魯壁書傳字不譌①，兔園程課近如何？旅獒費誓權停閣，先誦虞箴五子歌②。

① 孔穎達書經序：「魯共王好治宫室，壞孔子舊宅，以廣其居。于壁中得先人所藏古文虞夏商周之書及傳論語、孝經，皆科斗文字。」

② 樂天與元九書：「聞五子洛汭之歌，則知夏政荒矣。」

橘社吳不官以雁字詩見示凡十二章戲爲屬和亦如其數

刻畫蒼穹入杳冥，縱横碧落不曾停①。廓填地界成飛白②，點染天池付殺青。竺國西來翻舊譯③，燕然北去换新銘④。行間莫笑如烏合⑤，風后親傳鳥陣經⑥。

【箋注】

① 劉禹錫望賦：「日轉黄道，天開碧落。」李肇國史補：「絳州有碑傳文，與古文不同，頗爲怪異。李陽冰見而寢處其下，數日不能去。驗其文，是唐初，不載書者姓名，碑上有碧落二字，人謂之碧落碑。」僧釋之金壺記：「唐李漢黄公記曰：『絳州道士觀有碧落天尊像，琢石爲之。其背篆書六百三十九字，文是永隆中孝子李譔爲妣建也。蹤跡奇古，妙絕世傳。』」

② 趙希鵠洞天清録：「以紙加碑上，貼于窗戶間，以游絲筆就明處圈却字畫，填以濃墨，謂之嚮搨。然圈隱隱猶存，其字亦無精彩易見。」張彦遠法書要録：「漢靈帝熹平年，詔蔡邕作聖皇篇，篇成，詣鴻都門上。時方修飾鴻都門，伯喈見役人以堊帚成字，心有悦焉，歸而爲飛白之書。」

③ 釋氏通鑑：「唐貞觀十九年，玄奘奏西域所獲梵本經論六百五十七部，乞就嵩山少林寺宣譯。帝曰：弘福寺虚静，可就彼翻譯。五月，奘入弘福寺譯經。」

④ 後漢竇憲傳：「憲破單于，登燕然山，去塞三千餘里，刻石勒功，記漢威德，令班固作銘。」

⑤ 後漢劉玄傳論：「漢起，驅輕黠烏合之衆。」注曰：「烏合，如烏鳥之羣合也。」

⑥ 鳥陣經，見前注。

描畫虛空自古難〔一〕①，故應落筆便闌珊。問奇直欲凌霄漢，運帚眞能刷羽翰②。嘹唳叫雲愁曳白③，連翩映日喜書丹④。彌天布濩〔二〕皆文字，篆刻雕蟲任汝看。

【校記】

〔一〕各本作「難」，鄒鎡序本作「歎」。　〔二〕各本作「濩」，鄒鎡序本作「護」。

【箋注】

①婆沙論：「欲畫虛空，令成五色，只益自勞。」

②書斷列傳：「羲之爲會稽，子敬出戲，見北館新土壁，白淨可愛，令取掃帚沾泥汁以書壁，爲方丈一字，晻曖斐亹，極有好勢，觀者成市。」

③摭言：「天寶二年，吏部侍郎宋遙、苗晉卿等主試，祿山請重試，制舉人第一等人十無二。御史中丞張倚之子奭，手持試紙，竟日不成一字。時人謂之曳白。」

④洪适隸釋：「石經，蔡邕自書丹，使工鐫刻。」

天門詄蕩屢經過①，鳳翥鸞翔共揣摩。飛過碧空眞跡在，影留寒水草書多。隨身八法皆成永②，破體雙鉤慣學戈③。爲問世間摹搨手④，硯凹作臼〔一〕欲如何⑤？

【校記】

〔一〕各本作「臼」，鄒鎡序本作「凸」。

【箋注】

①漢書禮樂志郊祀歌：「天門開，詄蕩蕩。」如淳曰：「詄，讀作迭。詄蕩蕩，天作堅青之狀也。」

② 法書苑：「王逸少工書十五年，偏工永字，以其八法之勢，能通一切字也。」

③ 唐詩紀事：「古之善書，鮮有得筆法者。陸希聲得之，凡五字：擫、押、鉤、格、抵。用筆雙鉤，則點畫遒勁而盡妙矣。謂之撥鐙法。」沈作喆寓簡：「唐文皇帝病戈法難精，作戩字，空其右，命虞永興塡之，以示魏鄭公曰：朕學世南，似盡其法。鄭公曰：天筆所及，萬象不得逃其形。然唯戩字戈法乃逼眞。」

④ 張世南游宦紀聞：「臨謂置紙在旁，觀其大小濃淡形勢而學之，若臨淵之臨。摹謂以薄紙覆其上，隨其曲折婉轉用筆曰摹。響搨謂以紙覆其上，就明窗牖間映光摹之。」

⑤ 米芾硯史：「今人有收得王右軍硯頭，色紫類溫岩，中凹成臼。又有收得智永硯頭，微圓，又類箕象，中亦成臼矣。」

蠅頭蠆尾正紛紜①，點綴天工賴有君。飛上高空誰掣肘？來逢〔一〕長至好書雲。羽毛向曉〔二〕援毫懶②，指爪禁寒畫肚勤③。最後一行餘阿買，八分聊可張吾軍④。

【校記】

〔一〕邃本、箋注本作「逢」，鄒鎡序本、金匱本作「遲」。　〔二〕邃本、箋注本作「曉」，鄒鎡序本、金匱本作「晚」。

【箋注】

① 南史衡陽王道度傳：「子鈞，手自書寫五經。賀玠問曰：自有墳索，復何須蠅頭細書？答曰：于檢閲既易，且一更手寫，則永不忘。」張彥遠法書要錄索靖傳：「張芝草書形異，甚矜其書，名曰銀鈎蠆尾。」金壺記書論曰：「蠆尾勢者，謂駐鋒後趯也。」

② 南史蕭引傳：「引善書，爲當時所重。宣帝常披奏事，指引署名，曰：此字筆趣翩翩，如鳥之欲飛。引謝曰：此乃

陛下假其羽毛耳。」

③金壺記：「馮侃能書，以二指搯管而書，故每筆有二爪跡，可深二三分。」張懷瓘書斷：「王紹宗云：吳中陸大夫將予比虞君，以不臨寫故也。聞虞眠布被中以手畫肚，與予正同。」東坡石鼓歌：「細觀初似指畫肚，欲讀嗟如箝在口。」

④昌黎贈張秘書詩：「阿買不識字，頗知書八分。詩成使之寫，亦足張吾軍。」

陽九文章黯劫灰①，帝令陽鳥捧書來②。筆過華頂初驚落③，文到衡陽始却迴④。尺一詔將㲋乙辨⑤，三千牘爲鶩行裁⑥。雲飛莫歎孤騫翼⑦，鴻業深資潤色才⑧。

【箋注】

①曹子建王仲宣誄：「會遭陽九，神光中曚。」李善曰：「漢書陽九阨曰：初入百六陽九。」音義曰：「易稱所謂九之厄，百六之會者也。」

②禹貢：「陽鳥攸居。」孔氏曰：「隨陽之鳥，鴻雁之屬。」

③雲仙散錄：「李白登華山落雁峯曰：此山最高，呼吸之氣，可通帝座。恨不攜謝朓驚人詩來，搔首問青天耳。」

④陸佃埤雅：「舊說鴻雁南翔，不過衡山。今衡山之旁，有峯曰回雁。蓋南地極燠，人罕識雪者，故雁望衡山而止。」

⑤白氏六帖：「漢司隸校尉楊球爲太尉，勅尙書令，召拜不得稽留尺一詔書。」後漢陳蕃傳：「尺一選舉，委尙書三公。」臣賢曰：「尺一，謂版長尺一，以寫詔書也。」㲋乙，見前注。

⑥史記滑稽列傳：「東方朔初入長安，至公車上書，凡用三千奏牘。人主從上方讀之，止輒乙其處。讀之二月乃

盡。」昌黎藍田丞廳壁記：「文書行吏抱成案詣丞，雁鶩行以進。」

⑦ 左太沖蜀都賦：「木落南翔，冰泮北徂。雲飛水宿，哢吭清渠。」

⑧ 班孟堅兩都賦序：「潤色鴻業。」李善曰：「劇秦美新論曰：『制成六經，鴻業也。』」

勁骨豐翰信所如，長空匹練任鋪舒。風披漢檄追飛將，電抹邊塵插羽書。錯落星文行墨裏①，整齊露布翰林餘②。可知是物關兵氣③，莫指金天認魯魚④。

【箋注】

① 僧適之金壺記：「鍾繇隸書曰：『煥若星陳，鬱若雲布。』」

② 封氏見聞記：「露布，捷書之別名也。」

③ 少陵歸雁詩：「是物關兵氣，何時免客愁？」

④ 張平子西京賦：「顧金天而嘆息兮，吾欲往乎西嬉。」李善曰：「金天，少昊位也。」抱朴子內篇遐覽第十九：「諺曰：書三寫，魯爲魚，虛成虎。」

歲歲隨陽不畏冬，憑將咫尺寫天容①。蹠〔一〕河贔屭輸高掌②，障日修羅避筆鋒③。行布偏傍文歷歷④，紆迴剔抉語噰噰。虞羅莫漫誇秦網⑤，落翮還成大小峯⑥。

【校記】

〔一〕各本作「遮」，應作「蹠」。

【箋注】

① 漢韓信傳：「奉咫尺之書。」師古曰：「八寸曰咫。咫尺者，言其簡牘或長咫，或長尺，喻輕率也。今俗言尺書，或

言尺牘，蓋其遺語耳。」

②張平子西京賦：「綴以二華，巨靈贔屓，高掌遠蹠，以流河曲，厥迹猶存。」

③障日，見前注。

④山谷次高子勉詩：「行布佺期近。」任淵曰：「行布字本出釋氏，而山谷論書畫數用之。按釋氏言華嚴之旨曰：行布則教相施設，圓融乃理性卽用。楞伽經曰：『名身與句身，及字身差別。』解者曰：名者是次第行列，句者是次第安布。」姜堯章續書譜：「假如人、立、挑、土、田、言、王、示，一切偏旁，皆須令狹長，則右有餘地矣，在左者亦然。」

⑤少陵王監諸作鷹詩：「虞羅自各虛施巧。」隋魏彥深鷹賦：「何知者之多巧？運橫羅以羈束。」

⑥任昉述異記：「王次仲變倉頡舊書爲隸書。秦始皇遣使徵之不至，始皇怒，檻車囚之赴國。路次代，爲大鳥出車而飛去。至西山，乃落二翮，一大一小，遂名其落處爲大小翮山。」

龍漢分明紀曆年①，昭迴文物上青天。紛紛折抹違胡〔一〕地②，往往橫斜避虜〔二〕弦③。
點畫盤拏齊向日，畫圖羅縷總凌烟。涪溪老筆誰能繼？片石磨厓待爾鐫④。

【校記】

〔一〕各本作「沙」，據箋注本注文，作「胡」。　〔二〕各本作「箭」，箋注本作「虜」。

【箋注】

①度人經：「混元實錄：『老君于龍漢刼分身教化，出眞文于中天大福堂國，南極赤溟國，東極浮黎國，西極西那國，北極鬱單國，五國之內，皆稟靈寶之教。』」

②米元章書史：「蘇耆家蘭亭，懷字内折筆抹筆，皆轉側褊而見鋒。」少陵歸雁詩：「欲雪違胡地。」

③杜牧之早雁詩：「金河秋半虜弦開，雲外驚飛四散哀。」

④山谷書磨厓碑後詩：「春風吹船著浯溪，扶藜上讀中興碑。」任淵曰：「浯溪在今永州。中興頌，元次山所作，顔魯公書，磨崖鐫刻，蓋言安禄山亂肅宗復西京事。」

鴻濛一畫梵天初①，雪後霜前散碧虚。絶塞陣深戈夭矯，長門燈暗礫紆餘②。鶺鴒頌裏黄麻帖③，孔雀屏前紅錦書④。故國飄零兄弟盡，上林尺素獨愁余⑤。

【箋注】

①佛本行經：「昔造書之主，凡有三人。長名曰梵，其書右行。次曰佉盧，其書左行。少者倉頡，其書下行。梵、佉盧居于天竺。黄史倉頡在于中夏。梵、佉取法于淨天，倉頡因華于鳥迹。文畫誠異，傳理則同。」

②杜牧之早雁詩：「長門燈暗數聲來。」

③米元章書史：「古篆于脊鴒頌上見之，他處未嘗有。」

④舊書后妃傳：「高祖后竇氏，隋定州總管毅之女。毅曰：此女才貌如此，不可妄以許人。乃于門屏畫二孔雀，中目者許之。高祖後至，兩發各中一目。毅大悦，遂歸之。」

⑤漢蘇武傳：「常惠夜見漢使，教使者謂單于言：天子射上林中，得雁，足有係帛書，言武等在某澤中。使者如惠語。單于驚謝。」

班聯舊駐日華東①，退次頻驚鷁羽風②。飛入冥冥常削牘，愁來咄咄亦書空。銜蘆大有揮戈興，謀稻深慚識字功。鐵索銀鉤誰比並③？千秋銘勒五雲中。

【箋注】

①日華，見前注。

②左傳僖公十九年：「六鷁退飛過宋都。」

③昌黎石鼓歌：「金繩鐵索鎖鈕壯，古鼎躍水龍騰梭。」

中天神筆掃氤氳①，體勢蟬聯詛楚文。磊落數行前作隊，參差一旅後能軍。鉤挑白地黃沙斷，欄界烏絲紫塞分。下上臨池皆侍從，不知誰策雁王勳？

【箋注】

①世說文學篇：「魏朝封晉文王爲公，備禮九錫。司空鄭沖馳遣使就阮籍求文，籍時宿醉，扶起爲書札，無所點定付使。時人以爲神筆。」易繫辭：「天地絪緼，萬物化醇。」

迢遙中竺度恆沙①，名句身中形影賒②。敢以羽羣從八部③，願將爪力演三車④。行行數墨難〔一〕忘指⑤，字字迴文欲貫花⑥。暫向曲江題塔了⑦，雨成池畔是吾家。十誦律云：「波羅奈國城邊有池，名曰雨成，是五百雁王所治之地。」

【校注】

〔一〕邃本、箋注本作「難」，鄭鉉序本、金匱本作「非」。

【箋注】

①水經注：「竺法維曰：迦衛國，佛所生天竺國也。三千日月萬二千天地之中央也。康泰扶南傳曰：『昔范旃時，有嘾楊國人家翔梨，常從其本國到天竺，展轉流賈扶南，爲旃言：天竺去此可三萬餘里，往還可三年餘。及行，四

年方返，以爲天地之中也。』」圭峯金剛經疏：「恒河者，從阿耨池東面流出，周四十里，沙細如麪，金沙混流，佛多近此說法。」

② 名句身，見翻譯名義集。

③ 佛本行經：「仰尋先覺所說，有六十四書，鹿輪轉眼，筆制區分，龍鬼八部，字體殊式。惟梵及佉盧，爲世勝文，故天竺諸國，謂之天書。西方寫經，同祖梵文。」

④ 法華經火宅喻，三車：牛車，羊車，鹿車。

⑤ 大慧禪師答孫知縣書：「座主多是尋行數墨，所謂依句而不依義。長水非無見識，亦非尋行數墨者。」首楞嚴經：「如人以手指月示人，彼人因指，當應看月。若復觀指，以爲月體。此人豈唯亡失月輪，亦亡其指。」

⑥ 陶貞白建初寺瓊法師碑：「東山北山之部，貫花散花之句。並編柳成簡，題蒲就業。」華嚴玄談：「綫能貫花，經能持緯。」

⑦ 李肇國史補：「進士既捷，列書其姓名于慈恩寺塔，謂之題名。」

秦淮水亭逢舊校書賦贈十二首　女道士浄華

不裹宮粧不女冠，相逢只作道人看。水亭十月秦淮上，作意西風打面寒。

粧閣書樓失絳雲，香燈繡佛對斜曛。臨風一語憑相寄，紅豆花前每憶君。

旗亭宮柳鎖朱扉①，官燭青殘別我歸。今日逢君重記取，橫波光在舊羅衣②。

【箋注】

① 張平子西京賦：「旗亭五里。」薛綜曰：「市樓立亭于上。」

② 傅武仲舞賦：「目流睇而横波。」李善曰：「言目邪視，如水横流也。」

目笑參差眉語長①，無風蘭澤自然香。分明十四年來夢，是夢如何不斷腸？

【箋注】

① 玉臺集劉孝威寄婦詩：「窗疎眉語度，紗輕眼笑來。」温庭筠詩：「神交花冉冉，眉語柳毿毿。」

棋罷歌闌抱影眠，冰牀雪被舊因緣〔一〕①。如今老去翻惆悵，重對殘釭說往〔二〕年。

【校記】

〔一〕各本作「舊因緣」，箋注本作「黯相憐」。 〔二〕各本作「說往」，箋注本作「憶昔」。

【箋注】

① 隋釋灌頂大涅槃經疏緣起：「菜食水齋，冰床雪被。孤居獨處，夢抽思乙。」

瘦沈風狂可〔一〕奈何①！情癡只較一身多。荒墳那有相思樹②，半死枯松伴〔二〕女蘿③。

【校記】

〔一〕各本作「可」，箋注本作「不」。 〔二〕各本作「伴」，金匱本作「絆」。

【箋注】

① 李商隱寄酬韓冬郎兼呈畏之詩：「爲憑何遜休聯句，瘦盡東陽姓沈人。」

② 搜神記：「宋大夫韓馮娶妻而美，王奪之。馮自殺。妻乃陰腐其衣，王與登臺，自投臺下，遺書于帶，願以尸骨賜

馮合葬。王怒弗聽，使人埋之，冢相望也。有交梓木生于二冢之端，旬日而大，屈體相就，根交于下。又有鴛鴦鳥雌雄恆棲樹上，交頸悲鳴。宋人哀之，遂號其木曰相思樹。」

③古詩：「與君爲新婚，兔絲附女蘿。」

鎖袴弓鞋總罷休，燭灰蠶死恨悠悠①。思量擁髻悲啼夜②，若個情人不轉頭？

【箋注】

①李義山無題詩：「春蠶到死絲方盡，蠟炬成灰淚始乾。」

②擁髻，見前注。

金字經殘香母微①，啄鈴紅觜語依稀。新裁道服蓮花樣②，也學〔一〕雕籠舊雪衣③。

【校記】

〔一〕各本作「學」，箋注本作「似」。

【箋注】

①眞誥象運篇：「四鈎朗唱，香母奏煙。」

②翻譯名義集：「眞誥雜記云：『袈裟，是外國三衣之名。名含多義，或名離塵服，由斷六塵故。名消瘦服，由割煩惱故，或名蓮花服。』」

③樂史楊太眞外傳：「廣南進白鸚鵡，洞曉言詞，呼爲雪衣女。一朝飛上鏡臺自語：雪衣女昨夜夢爲鷙鳥所搏。上令妃授以心經，記誦精熟。後上與妃遊別殿，置雪衣女于步輦竿上同去。瞥有鷹至，搏之而斃。上與妃嘆息久之，遂瘞于苑中，呼爲鸚鵡冢。」

貝葉光明佛火青，貫花心口不曾停①。儂家生小能持誦，鸜鵒親歌〔一〕般若經。

【校記】

〔一〕各本作「歌」，箋注本作「過」。

【箋注】

① 贊寧宋高僧傳：「釋靈幽誦習惟勤，偶暴終。杳歸冥府，引之見王，問修何業？曰：素持金剛般若。王令諷誦畢，曰勘少一節文，何貫花之線斷耶？師且還人間，勸人受持斯典。其眞本在濠州鍾離寺石碑上。已而蘇。幽遂奏奉勅令寫此經眞本，添其句讀在『無法可說，是名說法』之後。」

高上青天低下泉，鄰家女伴似秋千。金剛半卷〔一〕千聲佛，消得西堂一穗烟。

【校記】

〔一〕各本作「半卷」，箋注本作「卷半」。

水沉烟寂妙香清，玉骨冰心水觀成①。彈指五千經藏轉，青蓮花向舌根生②。

【箋注】

① 首楞嚴經：「月光童子頂禮佛足，而白佛言：我憶往昔，恒河沙劫，有佛出世，名爲水天，教諸菩薩，修習水觀，入三摩地。」

② 贊寧宋高僧傳：「僧遂端，質直清粹，不妄交遊。師授法華經，誦猶宿構，至乎老齒，勤而無懈。十二時間，恒諷不輟。咸通二年，忽跏趺坐化，須臾口中出青色蓮花七莖，遠近觀禮。」

投老心期結淨瓶，自〔一〕消箋注講金經。諸天圍繞君應看，共向針鋒列坐聽①。

【校記】

〔一〕各本作「自」，鄒鎡序本作「目」。

【箋注】

①法苑珠林三界篇：「色界諸天，下來聽法。六十諸天，共坐一鋒之端，而不迫窄，都不相礙。」智度論：「第三遍淨天，六十人坐一針頭面聽法，不相妨礙。」

和普照寺純水僧房壁間詩韻邀無可幻光二道人同作

古殿灰沈朔吹濃，江梅寂歷對金容。寒侵牛目冰間雪①，老作龍鱗燒後松②。夜永一燈朝露寢③，更殘獨鬼哭霜鐘。可憐漫壁橫斜字，賸有三年碧血封。

【箋注】

①牛目，見前注。

②王摩詰與裴迪訪呂逸人詩：「種松俱作老龍鱗。」

③張平子西京賦：「正殿露寢，用朝羣辟。」

水亭撥悶二首

不信言愁始欲愁，破窗風雨〔一〕面淮流。往歌來哭悲鸜鵒①，暮雨朝雲樂爽鳩②。壇鏡每循宵茁先作朝薙髮③，擁衾常護夜飛頭④。黃衫紅袖今餘幾，誰上城西舊酒樓？

【校記】

〔一〕各本作「雨」，箋注本作「雪」。

【箋注】

①左傳昭公二十五年：「鸜鵒來巢。師己曰：童謠有之：鸜鵒鸜鵒，往歌來哭。」

②爽鳩，見前注。

③東坡補龍山文：「戎服囚首，枯顱茁髮。」

④段柯古酉陽雜俎：「嶺南溪洞中，往往有飛頭者，故有飛頭獠子之號。頭將飛一日前，頭有痕匝項如紅線，妻子共守之。及夜，生翼飛去，曉却還。」

瑣闈夕拜不知繇①，熱鐵飛身一旦休②。豈有閉唇能遁舌，更無穴頸可生頭。市曹新〔一〕鬼多〔二〕顱額，長夜寃魂怨鐲鏤。亦作髑髏狼籍革膠供一笑，君王不替偃師愁③。

【校記】

〔一〕箋注本作「新」，各本作「親」。　〔二〕箋注本作「多」，各本作「爭」。

【箋注】

①後漢百官志：「衛宏漢舊儀曰：『黃門郎屬黃門令，日暮入對青瑣門拜，名曰夕郎。』」

②首楞嚴經：「歷思則能爲飛，熱鐵從空雨下。」五燈會元：「世尊說大集經，有不赴者，四天門王飛熱鐵輪追之令集。」

③列子湯問篇：「偃師造能倡者，穆王視之，以爲實人也，與盛姬內御並觀之。技將終，倡者瞬其目而招王之左右侍妾。王大怒，欲誅偃師。偃師立剖散倡者以示王，皆傅會革木膠漆黑白青丹之所爲。內則肝膽心肺脾腎腸胃，外則筋骨支節皮毛齒髮，皆假物也，而無不畢具者。合會，復如初見。」

示藏社介丘道人乘識乩神降語

長干藏社結長期，雪柱冰稜扣擊時①。橫掃葛藤談滿字②，匡山雪藏韶師細尋行墨問三伊③。普德昜伊問師並舟分月人皆見④，兩鏡交光汝莫疑⑤。珍重天宮催結集⑥，犍錐先作椎聲已報須彌⑦。有神降乩云：速完經疏，天堂報汝。

【箋注】

①劉叉冰柱詩：「簷間冰柱若削出交加，或低或昂小大瑩潔隨勢無等差。」

②出三藏記集：「梁僧祐法師梵漢譯經音義同異記：梵書製文，有半字滿字。所以名半字者，義未具足，故字體半偏，猶漢文月字，虧其旁也。所以名滿字者，理既究竟，故字體圓滿，猶漢文日字，盈其形也。半字雖單，爲字根本。緣有半字，得成滿字。譬凡夫始于無明，得成常住，故因字製義，以譬涅槃。梵文義奧，皆此類也。」

③三伊，見翻譯名義集。

④宗鏡錄：「三舟共觀，一舟停住，二舟南北。南者見月，千里隨南。北者見月，千里隨北。停者見月不移。是謂此月不依中流而往南北。設百千並觀，八方各去，則百千月各隨其去。」

⑤ 宗鏡錄：「昔曾瑩兩面鏡，鑒一盞燈，置一尊容，而重重交光，佛佛無盡見。」

⑥ 大論：「大迦葉住須彌山，撾銅犍椎，而説偈言：佛諸弟子，若念于佛，當報佛恩，莫入涅槃。是犍椎音、大迦葉語音，徧至三千大千世界，悉皆聞知。諸弟子得神通者，皆來集會，結集法會。」

⑦ 翻譯名義集：「犍椎音地，聲論翻爲磬，亦翻鐘。資持云：『若諸律論，並作犍槌，或作犍椎，今須音槌爲地。又羯磨疏中，直云犍地，未見椎字呼爲地也。後世無知，因茲一誤。至于鈔文，一宗祖教，凡犍槌字並改爲椎，直呼爲地。請尋古本及大藏經律考之，方知其謬。今須依律論，並作犍槌。至呼召時，自從聲論。』增一云『阿難升講堂，擊犍椎』者，此是如來信鼓也。」

臘月八日長干薰塔同介道人孫魯山薛更生黃舜力盛伯含衆居士

白毫親見相輪開，臘改嘉平繞塔來。梵唄經聲籠栱角，栴檀香氣結樓臺。千燈昱耀然羅刹，一雨霏微浣刦灰。共作四禪天上侶①，紫金光裏首重迴②。

【箋注】

① 首楞嚴經：「此四勝流，一切世間，諸苦樂境，所不能動。雖非無爲，眞不動地，有所得心。功行純熟，名爲四禪。」

② 首楞嚴經：「不能發生勝淨妙明，紫光金聚。」

秦淮花燭詞四首

寶馬香車火樹中，沉香甲煎燎霜空①。渡頭花燭催桃葉，午夜秦淮一水紅。

【箋注】

① 紀聞：「貞觀初，天下乂安。除夜，太宗設庭燎階下，其明如晝。延蕭后同觀之。帝問：隋主何如？蕭后曰：每除夜，殿前諸院設火山數十，盡沉香木根。每一山，焚沉香數車，火光暗，則以甲煎沃之，香聞數十里。殿內房中，不燃膏火，懸大珠一百二十以照之，光比白日，盡明月寶，夜光珠。太宗口刺其奢，而心服其盛。」

寶鏡臺前玉樹枝，綺疏朝〔一〕日曉粧遲。夢迴五色江郎筆，一夜生花試畫眉。

【校記】

〔一〕各本作「朝」，箋注本作「前」。

冰絃三疊奏琴心，雙舞胎仙和好音①。莫鼓人間求鳳曲②，遠山那得似青琴③。夫婦皆善琴。

【箋注】

① 黃庭內景經：「琴心三疊舞胎仙。」

② 玉臺集相如琴歌：「鳳兮鳳兮歸故鄉，遨遊四海求其凰。」

③ 相如上林賦：「若夫青琴、宓妃之徒，絕殊離俗。」索隱：「伏儼曰：青琴，古神女也。」

繙罷陰符香篆闌，洞房銀燭辟輕寒。燈前壁上芙蓉色，總向金蓮〔一〕影裏看。

【校記】

〔一〕各本作「蓮」，箋注本作「門」。

丁菡生輓詩〔一〕

青簡封詒〔二〕手跡新，郵書訃告不盈旬。銅盤辭去催長夜①，玉札傳來促侍晨〔三〕②。早歲夢松成底事③？千年化鶴更何人？立亡坐脫如彈指④，童髦觀河又一巡⑤。菡生無病坐脫，故云。

【校記】

〔一〕此詩邃本、箋注本、金匱本有，鄒鎡序本無。金匱本「輓詩」作「挽詞」。〔二〕邃本、箋注本作「詒」，金匱本作「遺」。〔三〕邃本、箋注本作「晨」，金匱本作「宸」。

【箋注】

①銅盤，見前注。

②李商隱李賀小傳：「長吉將死時，忽晝見一緋衣人，駕赤虬，持一板，若太古篆，或霹靂石文者，云：上帝成白玉樓，立召君爲記。天上差樂，不苦也。」侍晨，見前注。

③吳志孫皓傳：「吳錄曰：『初，丁固爲尚書，夢松樹生其腹上，謂人曰：松字，十八公也。後十八歲，吾其爲公乎？

卒如夢焉。』」

④南部新書：「志閑和尚早參臨濟，晚住灌溪。乾寧二年夏，忽問侍者曰：坐死者誰？曰：僧伽。立死者誰？曰：僧會。乃行七步，垂手而逝。後鄧隱峯倒立而化。」

⑤觀河，見前注。

金陵歸過句容柬臨川李學使二首

珠衣玉簡出臺端，丹筆掄材最漢官。東箭採揉輸貢盡①，南金冶鑄許身難②。秦時臘爲茅家改，梁代雲於嶺上看③。駐節華陽冰雪候，朝元望拜七眞壇④。

【箋注】

①爾雅釋地：「東南之美者，有會稽之竹箭焉。」

②魯頌泮水詩：「大路南金。」

③本事詩：「梁高祖問弘景：山中何所有？乃賦詩曰：『山中何所有？嶺上多白雲。只可自怡悅，不堪持贈君。』」

④陸魯望和皮懷茅山廣文南陽博士詩：「望三峯拜七眞堂。」注曰：「三茅、二許、一陽、一郭爲七眞。」

臨川詩〔一〕筆藻圖垂，才子於今擅總持。楮葉蓮華徵妙理，王介甫詩有「蓮花世界非關汝，楮葉工夫枉費年。」紅泉玉茗訂新詞①。君將彙刻湯若士玉茗堂諸全集。定林舊隱霜筠老②，片石寒山〔二〕封燒遺。賸欲過從論剪燭，冰車轣轆與君辭。

【校記】

〔一〕各本作「持」，金匱本作「詩」。　〔二〕箋注本、金匱本作「山」，遼本、鄒鎡序本作「泉」。

【箋注】

①臨川紫釵曲：「點綴紅泉舊本，標題玉茗新詞。」

②王荆公定林詩：「定林修竹老參天，橫貫東南一道泉。五月杖藜尋石路，午陰多處弄潺湲。」

句容崇明寺登毘盧閣　嘉平二十三日

古寺嘉名金榜紋，毘盧傑閣瞰層雲。石城尚擁黃圖勢，茅嶺仍迴巳〔一〕字文①。震旦山河終自在②，須彌日月不曾分③。凭欄欲聽人天語，樹網風鈴已報聞④。

【校記】

〔一〕箋注本作「巳」，各本作「卍」。

【箋注】

①眞誥稽神樞：「句曲山，登中茅玄嶺，望諸峯壟，盤紆曲轉，狀如巳字之形。」

②翻譯名義集：「琳法師云：東方屬震，是日出之方，故云震旦。」

③西域記：「蘇迷盧山，此言妙高山，舊曰須彌。四寶合成，在大海中，據金輪上。日月之所迴薄，諸天之所遊舍。」

④傳燈錄：「伽邪舍多聞，風吹殿角銅鈴聲，尊者問曰：鈴鳴耶？風鳴耶？師曰：非風非鈴，我心鳴耳。」漢東方朔傳：「轉報聞罷。」師古曰：「報云已聞。」

投宿崇明寺僧院有感二首

秋卷風塵在眼前，莽蒼〔一〕迴首重潸然①。居停席帽曾孫在，驛客氈車左擔便②。日薄冰山圍大地③，霜清木介矗諸天④。禪牀投宿如殘夢，半壁寒燈耿夜眠。

【校記】

〔一〕邃本、箋注本作「莽蒼」，鄒鎡序本、金匱本作「蒼茫」。

【箋注】

① 莊子逍遥游篇：「適莽蒼者，三飡而返，腹猶果然。」莽蒼，草野之色也。

② 白氏六帖：「任豫益州記：『江西左擔道，鄧艾束馬之處。』」

③ 段柯古酉陽雜俎：「王天運伐勃律還，忽風四起，雪花如翼，風吹小海，水成冰柱。四萬人一時凍死，唯蕃漢各一人得還。玄宗命中使隨士人驗之，至小海側，猶崢嶸如山焉。」

④ 漢五行志：「長老名木冰爲木介。介者甲，甲兵之象也。」

禾黍陪京夕照邊①，驅車霑洒孝陵烟。周郊昔歎爲犧地②，薊子今論鑄狄年。綸邑一成人易老③，華陽十賚誥虚傳④。顛毛種種心千折⑤，祗博僧窗一宿眠。

【箋注】

① 張平子南都賦：「陪京之南，居漢之陽。」

②左傳昭公二十二年：「賓孟適郊，見雄鷄自斷其尾。侍者曰：憚其犧也。歸告王曰：鷄其憚爲人用乎？人異于是。犧者實用人，人犧實難，己犧何害？」

③史記吳太伯世家：「少康奔有虞；有虞思夏德，于是妻之以二女，而邑之于綸。有田一成，有衆一旅。」

④松陵集皮日休懷潤卿詩：「他年欲事先生去，十賚須加陸逸沖。」註曰：「逸沖事陶隱居，錫名棲靜處士。十賚，猶人間九錫。」

⑤子華子：「顛毛種種，懼不任君之事，以爲司敗戮也。」

金陵雜題絶句二十五首繼乙未春留題之作

淡粉輕烟佳麗名①，開天營建記都城。而今也入烟花錄，燈火樊樓似汴京②。

【箋注】

①祝允明九朝野記：「國初建妓館六樓于聚寶門外。名曰來賓，曰重譯，曰輕烟，曰淡粉，曰楊妍，曰柳翠。」

②劉屏山汴京紀事絶句：「梁園歌舞足風流，美酒如刀解斷愁。憶得少年多樂事，夜深燈火上樊樓。」

一夜紅箋許定情①，十年南部早知名。舊時小院湘簾下，猶記鸚哥喚客聲。舊院馮〔一〕二，字㬎采。

【校記】

〔一〕邃本、箋注本作「馮」，鄒鎡序本、金匱本作「馬」。

【箋注】

①開元天寶遺事：「長安有平康坊，妓女所居，每年新進士以紅箋名紙遊謁其中。時人謂此坊爲風流藪澤。」定情詩，漢繁欽作。

釧動花飛戒未除①，隔生猶護舊袈裟。青溪東畔如花女，枉贈親身半臂紗②。

【箋注】

①名句文身錄：「色見聲聞，俱能證果；花飛釧動，盡可棲神。」

②魏泰東軒筆錄：「宋子京多內寵，嘗宴于錦江，微寒，命取半臂。諸婢各送一枚，子京恐有厚薄之嫌，竟不服。忍冷而歸。」

惜別留歡〔一〕限馬蹄，勾闌月白夜烏棲①。不知何與汪三事？趣我懽娛伴我啼。新安汪逸，字遺民。

【校記】

〔一〕箋注本作「留歡」，各本作「歡留」。

【箋注】

①楊愼曰：宋世名教坊曰勾闌。

別樣風懷另酒腸，拚他薄倖耐他狂。天公要斷烟花種①，醉殺瓜州蕭伯梁。

【箋注】

①溫庭筠醉歌：「鶯聲巧作煙花主。」

抖擻征衫趁馬蹄，臨行漬酒雨花西①。於今墓草南枝句，長伴昭陵石馬嘶。己酉歲，計偕北上，弔方希直先生墓詩云：「孤臣一樣南枝恨，墓草千年對孝陵。」

【箋注】

① 王象之輿地紀勝：「雨花臺，在江寧縣城南三里。梁雲光法師講經于此，感天雨賜花，故云。」

頓老琵琶舊典刑①，檀槽生澀響丁零。南巡法曲誰人問？頭白周郎掩淚聽。紹興周錫圭，字禹錫，好聽南院頓老琵琶，常對人曰：此威武南巡所遺法曲也。

【箋注】

① 樂天聽都子歌：「更聽唱到嫦娥字，猶有樊家舊典型。」

臨岐紅淚濺征衣，不信平時交語稀。看取當風雙蛺蝶，未曾相逐便分飛。已上雜記舊游。

金陵惜別感秋螢，執手前期鬢易〔一〕星。君去我歸分贈處，勞勞亭是短長亭①。丁酉秋日，與龔孝升言別金陵。

【校記】

〔一〕各本作「易」，箋注本作「已」。

【箋注】

① 庾子山哀江南賦：「十里五里，長亭短亭。」

叢殘紅粉念君恩，女俠誰知寇白門？黃土蓋棺心未死，香丸一縷是芳魂①。

【箋注】

① 任昉述異記：「聚窟洲有返魂樹，伐其根心，于玉釜中煮取汁，又熬之，令可丸，名曰驚精香，或名返生香。死尸在地，聞氣即活。」

水榭新詩贊〔一〕戒香①，横陳嚼蠟見清涼②。五陵年少多情思，錯比横刀浪子腸。杜蒼略和詩有「祇斷横刀浪子腸」之句。

【校記】

〔一〕箋注本、金匱本作「贊」，邃本、鄒鎡序本作「是」。

【箋注】

① 道戒釋氏要覽：「妙香三種，謂多聞香、戒香、施香。此三種，逆風順風，無不聞之。」

② 首楞嚴經：「我無欲心，應汝行事。于横陳時，味如嚼蠟。」

舊曲新詩壓教坊，縷衣垂白感湖湘①。閒開閨集教孫女，身是前朝鄭妥娘。鄭如英，小名妥，詩載列朝閨集中，今年七十二矣。

【箋注】

① 縷衣，見前注。

人擬陽秋家汗青①，天戈鬼斧付沉冥。赤龍重焰蕉園火，燒却元家野史亭。

【箋注】

① 晉書孫盛傳：「盛著晉陽秋，詞直而理正，咸稱良史。」劉子玄上蕭至忠書：「首白可期，而汗青無日。」

閩山桂海飽炎霜，詩史酸辛錢幼光①。束筍一編光怪甚，夜來山鬼守奚囊。

【箋注】

① 幼光，名澄之，皖城人。後改字曰飲光。詩採入吾炙集中。

杜陵矜重數篇詩，吾炙新編不汝欺①。但恐旁人輕着眼，針師門有賣針兒。

【箋注】

① 吾炙集序：「秋燈夜雨，泊舟吳門。從扇頭得邈王新句，不覺老眼如月。正欲摘取時人清詞麗句，隨筆鈔略，取次諷詠，以自娛樂，遂鈔此詩壓卷，名爲吾炙集。」

于一摳衣請論文，高曾規矩只云云。老夫口噤如瘖啞，夢語如何舉似君？南昌王猷定，字于一。

盧前王後莫相疑①，日下雲間豈浪垂②。江左文章流輩在，何曾道有蔡充兒③。

【箋注】

① 新書王勃傳：「勃與楊炯、盧照鄰、駱賓王，皆以文章齊名，天下號四傑。炯嘗曰：吾愧在盧前，恥居王後。議者謂然。」

② 世說排調篇：「荀鳴鶴、陸士龍二人未相識，俱會張茂先坐。陸舉手曰：雲間陸士龍。荀答曰：日下荀鳴鶴。」

③ 世說輕詆篇：「王丞相輕蔡公，曰：我與安期、千里共遊洛水邊，何處聞有蔡充兒！」

帝車南指豈人謀①，河嶽英靈氣未休②。昭代可應無大樹，汝曹何苦作蚍蜉③？已上六首，雜論文史。

【箋注】

① 王勃益州夫子廟碑：「帝車南指，遁七曜于中階。」

② 河岳英靈，見前注。

③ 昌黎調張籍詩：「蚍蜉撼大樹，可笑不自量。」

挾彈探丸輦轂雄，老胡望八臂生風。夜深占月高岡上，太白今過第幾宮①？金陵胡叟，號節軒。〇已下三叟，皆與余同壬午年生，七十有六。

【箋注】

① 段柯古酉陽雜俎：「祿山反，太白製胡無人歌：『太白入月敵可摧。』及祿山死，太白蝕月。」

面似桃花盛茂開，隱囊晝箚日徘徊。郎君會造逡巡酒①，數筆雲山酒一盃。盛叟，字茂開，子丹六〔一〕善畫，常釀百花仙酒以養叟。

【校記】

〔一〕各本作「六」，金匱本作「亦」。

【箋注】

① 唐詩紀事：「周寶移鎮浙西，殷七七至，醉吟曰：『琴彈碧玉調，爐養白硃砂。稱造逡巡酒，能栽頃刻花。』」

江左英姿自處囊①，生兒亦號漢周郎。碧牋黃紙疏窗下，映日鈎摹大小王。周江左，名嘉冑，鑒古工書。子運庚，字西有，亦奇士。

【箋注】

① 史記平原君傳：「毛遂曰：臣乃今日請處囊中耳，使遂早得處囊中，乃脱穎而出，非特末見而已。」

西佩心銜五世悲①，飾巾祈死復何疑②？天公趣召非聊爾，一箇唐朝宰相兒③。西佩，名斯瑋，南昌劉文端之次子，丁酉嘉平〔一〕歿于蕪湖旅舍。

【校記】

〔一〕 邃本、箋注本作「嘉平」，鄧鎡序本、金匱本作「冬月」。

【箋注】

① 漢張良傳：「良求客刺秦王，爲韓報仇，以五世相韓故。」

② 後漢陳寔傳：「何進、袁隗欲特表以不次之位。寔謝曰：寔久絶人世事，飾巾待終而已。」

③ 少陵奉謝口勅放三司推問狀：「竊見房琯以宰相子，少自樹立，晚爲醇儒，有大臣體。」

被髮何人夜叫天①？亡羊臧穀更堪憐②。長髯銜口塡黄土③，肯施維摩結淨緣④。

【箋注】

① 左傳哀公十七年：「衛侯夢于北宫，見人登昆吾之觀，被髮北面而譟。」

② 莊子駢拇篇：「臧與穀二人相與牧羊，而俱亡其羊。問臧何事？則挾筴讀書。問穀奚事？則博塞以遊。二人事業不同，其于亡羊均也。」

③ 銜口，見前注。

④ 劉禹錫嘉話：「謝靈運鬚美，臨刑，因施爲南海祇洹寺維摩詰像鬚。寺人寶惜，初不虧損。中宗朝，安樂公主五

日斸草，欲廣其物色，令䭾騎取之，又恐爲他所得，因剪棄其餘。今遂無。」

長干塔繞萬枝燈，白玉毫光湧玉繩①。鈴鐸分明傳好語，道人誰是佛圖澄？

【箋注】

①張平子西京賦：「上飛闥而仰眺兮，覩瑤光與玉繩。」善曰：「春秋元命苞：『玉衡北兩星爲玉繩。』」

採藥虛無弱水東，飈輪仍傍第三峰①。玉晨〔一〕他日論班位，應次高辛展上公②。過句曲，望三峯作。

【校記】

〔一〕各本作「晨」，金匱本作「宸」。

【箋注】

①眞誥稽神樞：「茅山天市壇昔東海青童君曾乘獨飈飛輪之車，按行此山，埋寶金白玉于市，石四面飈輪之迹，今故分明。」

②茅山志：「玉晨觀，在雷平山北。高辛時，仙人展上公于此得道。」

讀建陽黃帥先小桃源記戲題短歌

未爲武夷遊，先得桃源記。小桃源在幔亭旁①，別館便房列仙治。黃生卜築才十年，七日小刦彌烽烟②。山神黽勉請迴駕③，洞口仍封小有天④。竭來奔竄治城左⑤，手持詩記〔一〕揶揄我。選勝搜奇在尺幅，食指蠕動頤欲朵。彭鏗之後武夷君⑥，我是婆留最小孫⑦。包茅欲作乾魚祭⑧，臥榻那容鼻鼾存⑨。老夫不似劉子驥⑩，仙源但仗漁人指。憑將此記作券書，設版焦瑕自今始⑪。君不見三千鐵弩曾射潮，漢東〔二〕彈丸亦如此⑫。

【校記】

〔一〕遂本、箋注本作「詩記」，鄒鎡序本、金匱本作「記詩」。〔二〕箋注本、金匱本作「東」，遂本、鄒鎡序本作「水」。

【箋注】

①方輿勝覽：「幔亭峯，一名鐵佛嶂。建安志云：『俗傳玉帝與太姆、魏眞人、武夷君建幔亭，彩屋數百間，施紅雲裀，紫霞褥，宴鄉人男女千餘人于其上，呼皆爲曾孫。酒行，命奏賓雲之曲。』」

②七日，見前注。

③釋氏通鑑：「釋僧羣居廬江霍山，山有泉，羣飲之，能不飢，因絕五穀。太守劉夔欲造其山乞水，天甚清霽，方渡海，忽風雨晦冥，竟不得往，嘆曰：正爲山靈勒回俗駕耳。」

④樂史寰宇記：「仙經云：王屋山有仙宮洞天，廣三千里，號小有清虛洞天，山高八千丈，廣數百里。」

⑤司馬相如大人賦：「回車朅來兮，絕道不周。」張景陽雜詩：「朅來戒不虞。」李善曰：「劉向七言：『朅來歸耕。』」

⑥武夷山志：「武夷者，相傳昔有神人降此，自稱武夷。又云：彭鏗二子，曰武曰夷，嘗隱于此，故以爲名。」

⑦吳越備史：「武肅王誕時，紅光滿室。皇考頗怪之，將棄于井。祖妣知非常人，固不許，因小字曰婆留，而井亦以名。」

⑧史記封禪書：「祠武夷君用乾魚。」

⑨東都事略李煜傳：「徐鉉乞援兵，太祖曰：天下一家，臥榻之側，豈容他人鼾睡耶？」

⑩淵明桃源傳：「南陽劉子驥，高尙人也。聞之，欣然欲往，未果。」

⑪左傳僖公三十年：「許君焦、瑕，朝濟而夕設版焉。」杜預曰：「焦、瑕，晉河外五城之二邑。朝濟河而夕設版築以距秦，言背秦之速。」

⑫東都事略錢俶傳：「俶渡江襲位，漢授以東南面兵馬都元帥，錫以金印玉册，仍領鎭海鎭東節度使。」

有學集卷九

紅豆初集

題孟陽倣大癡仙山圖

萬曆丁巳夏五月，余與孟陽棲拂水山莊。中峯雪崖師藏大癡仙山圖，相邀往觀。是日毒熱，汗濯濯滴篃輿上①，日落仍還。次日，孟陽憶之作圖，筆硯燥渴，點染作焦墨狀，至今猶可辨也。去畫時四十一年，孟陽仙去亦十五年矣。子羽偶從集上購得以示余。人世俯仰，不堪把玩。孟陽每拈首楞〔一〕中前塵影事一語，念之惘然，因作歌題其上。

【校記】

〔一〕金匱本「楞」下有「嚴」字，各本無。

【箋注】

① 史記張耳傳：「篃輿前。」韋昭曰：「如今輿床，人輿以行。」

大癡老人遊華山①，白雲滃起衫袖間。玉簫聲〔二〕滿車箱谷②，抗手招邀竟不還。孟陽不樂人間住，燒松點墨天都去③。三十六峯雲海中，月白〔二〕吳吟向何處④？愛畫都於畫笥探，湖橋東畔石城南。每對山窗圖粉本，更從禪榻倣浮嵐。大癡有浮嵐暖翠圖。紙上流年去無跡，筆端白汗猶堪滴。故人風致剩殘縑，老我顛毛比焦墨。楞嚴影事不吾欺，落却〔三〕前塵午夢遲。兩翁執手仙山裏，莫漫軒渠笑我癡⑤。

【校記】

〔一〕各本作「聲」，鄒鎡序本作「滿」。〔二〕邃本、箋注本作「月白」，鄒鎡序本、金匱本作「白月」。〔三〕各本作「却」，金匱本作「卸」。

【箋注】

① 公題石谷子畫卷：「黃子久居烏目西小山下，坐湖橋，看山飲酒，投其瓶于橋下。舟子刺篙得之，至今呼黃大癡酒瓶。晚年遊華山，憩車箱谷，吹仙人所遺鐵笛，白雲滃起足下，擁之而去。」

② 樂史寰宇記：「車箱谷，一名車水渦，在華陰縣西南二十五里。」

③ 三天子鄣山，在新安歙縣東，黃帝曾遊此，卽三天子都也。

④ 太白夜吟黃山聞殷十四吳吟詩：「昨夜誰爲吳會吟？風生萬壑振空林。」

⑤ 後漢薊子訓傳：「軒渠笑悅，欲往就之。」

和些〔一〕菴和尚補山堂歌

牀頭雙劍匣龍虎①，繡澀悲吟卷毛羽〔二〕。宵來光怪橫甲兵，彌天倒瀉〔三〕修羅雨②。柴門白浪平江湖，天宮岷峨地極孤。閃電金蛇掣〔四〕如線，惝怳豈知天有無。有人用管量天咫③，我笑斯人夢夢耳。山僧貽我補山歌，使我沉憂霍然起。南條天高嶺千疊④，何人移置沙灣裏？長沙銅柱不曾腐⑤，規外星辰九疑補⑥。東海揚塵未移日，剩水殘山何足數。眼前突兀見此堂，摩空浴日開洪荒。長歌仰視天蒼蒼，河曲智叟徒彷徨⑦。

【校記】

〔一〕各本作「些」，金匱本作「歩」。〔二〕遂本、鄒鎡序本如此。金匱本「卷」作「養」，箋注本此句作「嘯吟悲澀養毛羽」。〔三〕遂本、箋注本作「瀉」，鄒鎡序本、金匱本作「寫」。〔四〕箋注本作「掣」，各本作「裂」。

【箋注】

① 殷芸小說：「王子喬墓，在京茂陵。國亂時，有人盜發之，唯有一劍，縣在空中。欲取之，劍便作龍鳴虎吼，俄而飛上天。」

② 修羅雨，見前注。

③ 天咫，見前注。

④ 地理志云：「禹貢北條荆山，在馮翊懷德縣南。南條荆山，在南郡臨沮縣東北。」是舊有三條之說也。故馬融、王肅皆爲三條，導岍北條，西傾中條，嶓冢南條。鄭玄以爲四列，導岍爲陰列，西傾爲次陰列，嶓冢爲次陽列，岷山爲正陽列。鄭玄創爲此說，亦當是三條也。

⑤ 銅柱，見前注。

⑥ 元微之和樂天送客遊嶺南詩：「規外布星辰。」注曰：「交、廣間南極浸高，北極浸低，圓規度外，星辰至衆，大如五曜者數十，皆不在星經。」水經資水注：「九疑山盤基蒼梧之野，峯秀數郡之間。異嶺同勢，遊者疑焉，故曰九疑。」

⑦ 河曲智叟，見前注。

送人還白門

冒絮支牀老病身，閉門消煞二分春①。經殘自乞鄰家火，客到聊除坐榻塵。流水故依垂釣叟，桃花但引捕漁人。秦淮舊日遨遊侶，柳市鐙船念我頻。

【箋注】

① 東坡詩：「忽驚春色二分空，且看樽前半丈紅。」

送蕭孟昉還金陵

雞黍交期雪涕頻①，相看不語且霑巾。鬢眉歷落如吾友，談笑分明見故人。草白金陵吳殿月，花開鐵柱晉時春②。西江朋舊憐衰老〔一〕，破屋秋風剩此身。

【校記】

〔一〕遼本、鄭鎡序本作「憐衰老」，金匱本、箋注本作「如相問」。

【箋注】

①白氏六帖：「范巨卿、張元伯千里爲雞黍之會，及期果至，登堂拜母。」李商隱重有感詩：「早晚星關雪涕收。」

②都穆譚纂：「南昌鐵柱宮，晉許眞君鎖蛟之所。鐵柱在水中，徑尺餘，水退可見。」

六安黃夫人鄧氏

鐃歌鼓吹競芳辰，娘子軍前喜氣新〔一〕①。繡幰昔聞梁刺史②，錦車今見〔二〕漢夫人③。

鬚眉男子原無幾，粉黛〔三〕英雄自有眞。還待麻姑擘麟脯④，共臨〔四〕東海看〔五〕揚塵。

【校記】

〔一〕此二句從箋注本，金匱本「競」作「竟」。遼本、鄭鎡序本作「魚軒象服照青春，鼓吹喧闐壁壘新」。

〔二〕箋注本作「見」，各本作「比」。〔三〕各本作「粉黛」，箋注本作「巾幗」。〔四〕箋注本作「共臨」，各本作「笑看」。〔五〕箋注本作「看」，各本作「再」。

【箋注】

①南部新書：「高祖第三女平陽公主，初舉義兵于司竹園，號娘子軍，即柴紹之妻也。」

②北史列女傳：「冼氏，高涼人。世爲南越首領，部落十餘萬。幼賢明，在父母家，能撫循部衆，壓服諸越。高涼太守馮寶，聞其志行，聘爲妻。侯景反，都督蕭勃徵兵入援，遣李遷召寶。氏疑其反，止之。後果反。寶卒，嶺表大亂，氏懷集之，百越宴然。子僕尙幼，以氏功，封信都侯。詔册氏爲高涼郡太夫人，賫繡幰油絡、駟車安馬，鼓

吹麾幢旄節，如刺史之儀。僕卒，百越號夫人爲聖母。」

③漢西域傳：「初，楚主侍者馮嫽，能史書習事。嘗持漢節爲公主使，行賞賜于城郭。諸國敬信之，號曰馮夫人。爲烏孫右大將妻，大將與烏就屠相愛，都護馮吉使馮夫人說烏就屠，以漢兵方出，必見滅，不如降。烏就屠恐，曰：願得小號。宣帝徵馮夫人自問狀。馮夫人錦車持節，詔烏就屠詣長羅侯赤谷城，立元貴靡爲大昆彌，烏就屠爲小昆彌，皆賜印綬。破羌將軍不出塞還。」

④葛洪神仙傳：「麻姑至蔡經家，擗脯而行酒，如松柏炙，云是麟脯。」

秦淮花燭詞十二首爲蕭孟昉作

柳市春風蕩玉鈎，香車寶馬簇紅樓。鳳〔一〕簫聲裏秦淮月，偏照唐家紫綺裘①。

【校記】

〔一〕各本作「鳳」，箋注本作「玉」。

【箋注】

①太白玩月金陵城西孫楚酒樓詩序：「日晚乘醉，着紫綺裘烏紗巾，與酒客數人，棹歌秦淮。」

花合花開晝夜知，圓生香樹長新枝①。道人不解人間事，只道諸天花燭時②。

【箋注】

①釋宗百詠：「忉利天帝釋殿西南，有善法堂，每集諸天，講宣勝法。東北有圓生樹，高廣花香，故云：東北圓生樹，西南善法堂。」

②纂異記：「田璆、鄧韶，元和癸巳歲中秋，出建春門，有二書生揖之往，曰：今夕中天羣仙會于兹岳，請以知禮導昇降。言訖，見直北花燭亙天。書生命璆、韶拜，夫人各賜薰髓酒一盃。夫人問左右：誰人召來？曰：衞符卿、李八百。于是引璆、韶于羣仙之後縱目。乃有四鶴立于車前，載仙郎并相者侍者。仙女捧玉箱，托紅牋筆硯而至，請催粧詩。劉剛、茅盈、巢父詩入，即有玉女數十，引仙郎入帳，召璆、韶行禮。禮畢，二書生符卿等引還人間。復出來時事門，握手告別。行四五步，杳失所在，惟見嵩山嵯峨倚天，及還家，已歲餘矣。」

桃葉初迴閶闔風①，圓璫方繡斂春紅②。都人傳說新粧好，𩭛鬌分明出漢宮③。

【箋注】

①閶闔風，見前注。

②玉臺擣衣詩：「圓璫耳上照，方繡領間針。」方繡領，今之婦人直領也。繡爲方領，上刺作黼黻文。

③樂府羅敷行：「頭上𩭛鬌髻。」

圓黃散黛笑傾城，眉嫵何曾學畫成。十二珠簾春半捲，三山天外自盈盈①。

【箋注】

①太白登金陵鳳皇臺詩：「三山半落青天外。」

潑墨攤書香母〔一〕遲①，鬭茶〔二〕才了又徵詩②。淸心玉暎堪題品，林下風流更有誰③？

【校記】

〔一〕邃本、箋注本作「毋」，鄒鎡序本、金匱本作「毎」。

〔二〕各本作「茶」，鄒鎡序本作「爪」。

【箋注】

①眞誥象運篇：「四鈞朗唱，香母奏烟。」

②蔡君謨茶錄：「建安鬭茶，以水痕先者爲負，耐久者爲勝。故較勝負之說，相去一水兩水。」

③世說賢媛篇：「謝遏絕重其姊，張玄嘗稱其妹，欲以敵之。有濟尼者，並遊張、謝二家。人問其優劣，答曰：王夫人神情散朗，故有林下之風。顧家婦清心玉映，故是閨房之秀。」

香奩申旦戒雞鳴，欲覓封侯少婦情。敕斷侍兒歌子夜①，洞房齊唱豫章行。

【箋注】

①後漢向平傳：「敕斷家事。」

十五盈盈比莫愁，將雛一曲倚箜篌。莫辭年少矜夫壻，珍重生兒字阿侯〔一〕。

【校記】

〔一〕此首各本有，亦收于外集卷一。箋注本無。

生兒那可不如孫，璧〔一〕月璚枝總莫論。嬌小未知吳苑路，夢腸何事繞閶門①？

【校記】

〔一〕各本皆作「壁」，誤。

【箋注】

①吳志孫破虜傳：「母懷妊堅時，夢腸出遶吳昌門，寤而懼之，以告鄰母。曰：安知非吉徵也？」

繡佛旛前祝夢熊，金光夫婦宿因同①。朝來鬒髮臨粧鏡，早有明珠現髻中。

【箋注】

① 金光，見前注。

春浮春色在花前，湯餅筵開抱送年。摩頂不須求寶誌，老夫斟雉是彭籛〔一〕。

【校記】

〔一〕 此首各本有，亦收于外集卷一。箋注本無。

吾家歸佛長孫曾，名字都依日月燈①。最是兩家繁種姓，不妨齊作白衣僧。

【箋注】

① 法華經：「日月燈明佛于六十一刼說是經已。」

詩老才人各擅場〔一〕①，紫簫紅錦競催粧。裵翁自分如三老，花燭詩中祝弄璋。

【校記】

〔一〕 各本作「長」，遂本注作「場」，依改。

【箋注】

① 李肇國史補：「唐人宴必賦詩，推一人擅場。」

戊戌中元寓僧舍毒熱如坐甑中偶見王孟端畫竹漫題二絕

天地洪鑪鍛不休，赤烏夾日火雲流。誰將玉律迴殘紙，吹動琅玕萬葉秋？

竹坤梧垣久陸沉①，舍人潑墨尚蕭森。閑窗展卷如尋夢，遮眼猶然〔一〕一院陰。

【校記】

〔一〕邃本、鄒鎡序本作「然」，箋注本、金匱本作「餘」。

【箋注】

①史記東方朔列傳：「陸沉于俗。」索隱曰：「司馬彪云：謂無水而沈之。」

次韻酬覺浪大和尚

誰云花果自然成①？五百年來墮鬼坑〔一〕。師子野干同說法②，土梟水母共〔二〕齊盟③。燈于半夜傳時密④，月向千江落處明⑤。自古崑岡能辨玉，莫將燕石誤題評。

【校記】

〔一〕各本作「坑」，箋注本作「精」。〔二〕箋注本作「共」，各本作「各」。

【箋注】

①傳燈錄：「達磨偈曰：一花開五葉，結果自然成。」

②涅槃經：「有所得，野干鳴。無得，師子吼。」宗鏡錄第三十六：「不修頓悟，猶如野干隨逐師子，經百千劫修，不得成師子。」

③首楞嚴經：「如土梟等，附魂爲兒。諸水母等，以蝦爲目。」左傳昭公元年：「狎主齊盟，其又可壹乎？」

④ 傳燈錄：「忍大師逭夜潛令人自碓坊喚慧能入室，跪受衣法。」

⑤ 永明壽禪師心賦：「用就體施，如玉兔攝千江之月。」

戊戌新秋日吳巽之持孟陽畫扇索題爲賦十絕句

長日繙經識〔一〕昔因，西堂香寂對蕭辰〔二〕。前塵影事難忘〔三〕却①，只有秋風與故人。

【校記】

〔一〕鄒鎡序本作「識」，邃本、箋注本作「讖」，金匱本作「懺」。〔二〕各本作「辰」，金匱本作「晨」。

〔三〕各本作「忘」，箋注本作「銷」。

【箋注】

① 前塵影事，見前注。

斷楮殘縑價倍增，人間珍賞若爲憑？松圓遺墨君應記，不是緗雲卽送僧。孟陽別妓有緗雲

詩扇〔一〕。

【校記】

〔一〕各本作「扇」，鄒鎡序本作「書」。

參錯交蘆黯淡燈，扁舟風物似西興①。每於水闊雲多處，愛畫〔一〕袈裟乞食僧。

【校記】

〔一〕金匱本作「畫」，各本作「盡」。

【箋注】

① 浙江通志：「西陵城，吳越改爲西陵驛。按白樂天答微之泊西陵驛見寄云：『煙波盡處一點白，應是西陵古驛臺。』西陵舊有驛臺，至吳越始改西興耳。」

畫裏僧衣接水文，菰烟蘆雨白紛紛。看他皴染無多子①，只帶西灣幾片雲。

【箋注】

① 東坡晚景詩：「煙雲好處無多子，及取昏鴉未到間。」

細雨西〔一〕樓墊角巾，鬢絲香篆淨無塵。如今畫裏重看畫，又說陶家畫扇〔二〕人①。

【校記】

〔一〕各本作「西」，箋注本作「僧」。　〔二〕各本作「扇」，鄒鎡序本作「裏」。

【箋注】

① 淵明集有扇上畫贊。

落葉〔一〕蕭疎破墨新，摩挲手跡話霑巾。廿年夜月秋燈下，無復停歌染翰人①。

【校記】

〔一〕各本作「葉」，鄒鎡序本作「墨」。

【箋注】

① 潘安仁秋興賦：「于是染翰操紙，慨然而賦。」

輕鷗柔艣羃江烟，櫓背三僧企脚眠①。只欠渡頭麾扇叟，岸巾〔一〕指點汎江船。

【校記】

〔一〕各本作「巾」，鄒鎡序本作「中」。

【箋注】

① 世説容止篇：「謝仁祖企脚北窗下彈琵琶。」

春水桐江訣別遲，孤舟搖曳話〔一〕前期。可憐船尾支頤者，還似江干招手時。

【校記】

〔一〕箋注本作「話」，各本作「斷」。

一握齊紈颺刼灰，封題鄭重莫頻開。祇應把向西臺上〔一〕①，遼〔二〕海秋風哭幾回？

【校記】

〔一〕各本作「西臺上」，鄒鎡序本作「波濤裏」。 〔二〕邃本、箋注本作「遼」，鄒鎡序本作「大」，金匱本作「東」。

【箋注】

① 西臺，見前注。

秋風廿載哭離羣，泉路交期一葉分①。依約情人懷袖裏，每攜秋扇感停雲〔一〕。

【校記】

〔一〕此首各本列在末，箋注本列第二。

【箋注】

① 少陵送鄭虔貶台州司戶詩：「便與先生應永訣，九重泉路盡交期。」昌黎湘中酬張功曹詩：「共泛清湘一葉舟。」

題呂天遺菊齡圖

青衫皂帽自盤桓，老圃秋容相向寒。顧影不須嗟短鬢，黃花猶識晉〔一〕衣冠。

【校記】

〔一〕各本作「晉」，鄒鎡序本作「古」。

甲子遷訛記不真①，東籬花是老遺民。茫茫典午山河裏②，剩得陶家漉酒巾。

【箋注】

① 甲子，見前注。沈休文恩倖傳論：「歲月遷訛，斯風漸篤。」

② 蜀志譙周傳：「巴郡文立見周，周語次，因書板示立曰：典午忽兮，月酉沒兮。典午者，謂司馬也。」

秋花愁絕朔風塵，飲露餐英蛻此身。近日東郊難占〔一〕籍，衆香國裏作頑民①。

【校記】

〔一〕各本作「占」，箋注本作「著」。

【箋注】

① 衆香國，見前注。

柴門低亞插籬新，長爲寒花鎖綠筠。不比桃源在人世，春來勾引捕魚人。

碧梧枝下晚香花，風味依然故相家。歎息五侯零落盡，南山萁豆邵平瓜①。

【箋注】

① 楊子幼報孫會宗曰：「田彼南山，蕪穢不治。種豆一頃，落而爲萁。」水經注：「青門外舊出好瓜，昔廣陵人邵平，秦東陵侯，秦破爲布衣種瓜，故世謂之東陵瓜。」

半樹梧桐小院陰，黃花幾朵照清襟。落英閒〔一〕淡人如菊，長向籬邊養道心。

【校記】

〔一〕各本作「閒」，箋注本作「闇」。

題歸玄恭僧衣畫像四首

莫是佯狂老萬回①？壞衣掩脛髮齊腮②。六時問汝何功課？一卷離騷酒百杯③。

【箋注】

① 東坡次元長老詩：「錦袍錯落眞何稱，乞與佯狂老萬回。」

② 四分律：「一切上色衣不得蓄，當壞作迦沙色。」

③ 世說任誕篇：「王孝伯言：名士不必須奇才，但使常得無事，痛飲酒，讀離騷，便可稱名士。」

周冕殷冔又刦灰，緇衣僧帽且徘徊。儒門亦有程夫子，贊歎他家禮樂來①。

【箋注】

① 臥龍山人王畿書百丈清規剩語："昔者明道先生見禪門行禮，嘆爲三代威儀，僅見于此。"

紫殿公然溺正衙，又從別室掉雷車①。天公罰作村夫子②，點檢千文與百家③。

【箋注】

① 昌黎讀東方朔雜事詩："方朔乃豎子，驕不加禁訶。偷入雷電室，輷輘掉狂車。詆欺劉天子，正晝溺殿衙。"

② 長編記事本末："章惇稱司馬光村夫子無能爲。"

③ 書斷列傳："梁周興嗣編次千字文，乃梁武教諸王書，令殷鐵石于大王書中搨一千字不重者，每字片紙，雜碎無序。武帝召興嗣謂曰：卿有才思，爲我韻之。興嗣一夕編綴進上，鬢髮皆白，而賞錫甚厚。"王明清玉照新志："市井間百家姓，明清常詳考之，似是西浙錢氏有國時所著。何則？其首云：趙、錢、孫、李。蓋錢氏奉正朔，趙乃本朝國姓，所以錢次之。孫乃忠懿之正妃，其次則江南李氏。次云周、吳、鄭、王，皆武肅而下后妃，無可疑者。"

罵鬼文章載一車①，嚇蠻書檄走龍蛇②。顛書醉墨〔一〕三千牘③，聖少狂多言法華。

【校記】

〔一〕各本作"墨"，箋注本作"草"。

【箋注】

① 罵鬼，見前注。易睽："上九，載鬼一車。"

② 嚇蠻書，見前注。

③僧釋之金壺記：「張旭謁崔邈、顔眞卿曰：吾觀公孫氏舞劍，得其神。飲醉揮筆大叫，以頭搵水墨中，天下呼爲張顛。」

吳江吳母燕喜詩

酒熟餘杭燕喜初①，春盤入饌鱠江魚②。閒居賦裏長筵早③，野史亭前視膳餘④。歲晚雞豚存漢臘⑤，夜闌燈火續班書⑥。史家他日賢明傳，不道闖〔一〕門即倚閭⑦。

【校記】

〔一〕遂本、箋注本作「闖」，鄒鎡序本、金匱本作「閨」。

【箋注】

①餘杭，見前注。

②後漢列女傳：「姜詩事母至孝，妻奉順尤篤。姑嗜魚膾，夫婦常力作供膾炙。舍側忽有湧泉，味如江水，每旦輒出雙鯉魚。」

③潘安仁閒居賦：「席長筵，列孫子。稱萬壽以獻觴，咸一懼而一喜。」

④野史亭，見前注。

⑤漢元后傳：「莽更漢家黑貂，著黄貂，又改漢正朔。伏臘日，太后令其官屬黑貂。至漢家正臘日，獨與其左右相對飲酒食。」

⑥東坡蘇子容母陳夫人挽詞：「他年太史取家傳，知有班昭續漢書。」

⑦ 國語：「公父文伯之母，季康子之叔祖母也。康子往焉，闠門與之言，皆不踰閾。」韋昭曰：「闠，闢也。門，寢門也。」

元昭太史約過村莊却寄二首

承明取次候花磚，醉月行春樂事偏。金管却詒〔一〕分韻客，銀箏同上泛湖船。相如舊賦青琴在①，謝朓新詩紅藥傳②。辛苦玉堂諸學士，上陽東去卽登仙。

【校記】

〔一〕各本作「詒」，金匱本作「遺」。

【箋注】

① 相如上林賦：「若夫青琴、宓妃之徒，絕殊離俗。」索隱曰：「青琴者，古神女也。」

② 謝玄暉直中書省詩：「紅藥當堦翻，蒼苔依砌上。」

東山絲〔一〕竹正駢羅，洛涘閒居意若何①？飛蓋擁門停列炬②，高軒夾巷候鳴珂③。詩成點筆羊何和④，舞罷移燈趙李過⑤。我有燭花新釀酒，遲君同醉莫蹉跎。

【校記】

〔一〕各本作「絲」，鄒鎡序本作「聯」。

【箋注】

①潘安仁閒居賦：「退而閒居，于洛之涘。」

②曹子建公讌詩：「清夜遊西園，飛蓋相隨追。」少陵守歲詩「盍簪嘶櫪馬，列炬散林鴉。」

③摭言：「李賀年七歲，以長短之製，名動京華。韓文公與皇甫湜覽賀所作，奇之，因連騎造門求見。賀總角荷衣而出，二公令面賦一篇，賀欣然承命，操觚染翰，名曰高軒過。」

④宋書謝靈運傳：「靈運東還，與族弟惠連、東海何長瑜、潁川荀雍、太山羊璿之，共爲山澤之友。」

⑤趙李，見前注。

戲題付衣小師

宗門強盛教門微，講席荒涼聽衆稀。冷淡衙門圖熱鬧，他家付拂我傳衣。

婁江謠五首

赤丸宵伏白丸藏①，片檄橫飛不下堂。柳市高樓聞夜語，桓東記取少年場②。

【箋注】

①漢尹賞傳：「長安中，奸猾浸多。閭里少年羣輩殺吏，受賕報仇，相與探丸爲彈，得赤丸者斫武吏，得黑丸者斫文吏，白者主治喪。」言其黨與有爲吏及他人所殺者，則主其喪事也。

②漢尹賞傳：「賞收捕羣盜，內虎穴中，皆相枕籍死，便輿出瘞寺門桓東。百日後，乃令死者家各自發取其尸。」

退衙開卷一儒生，簾閣茶烟一縷清。官燭夜闌鈴索靜①，銅籤遙應讀書聲。

【箋注】

①少陵臺上詩：「何須把官燭，似惱鬢毛蒼。」

扠〔一〕衣上馬絕飛埃，百石弓弦霹靂開①。千騎跨坊傳炬火②，使君海岸射潮回。

【校記】

〔一〕各本作「扠」，箋注本作「推」。

【箋注】

①梁書曹景宗傳：「昔在鄉里，騎快馬如龍，與年少輩數十騎，拓弓弦作霹靂聲，箭如餓鴟叫，平澤中逐麞射之。」

②東坡次李邦直感舊詩：「騶騎傳呼出跨坊。」注曰：「跨坊乃籠街之義。」

英年白晳氣如虹①，下馬文章上馬弓。吳下兒郎應錯認，周郎那復在江東②。

【箋注】

①樂府陌上桑：「三十侍中郎，四十專城居。爲人潔白晳，鬑鬑頗有鬚。」

②吳志周瑜傳：「瑜時年二十四，吳中皆呼爲周郎。」

皇天老眼詎茫茫，誰把民謠達上蒼？天若可憐窮百姓，便陞州守做都堂。

石鏡

石鏡塵埋錦樹空①，珊瑚筆格臥牆東②。山喧海鬧籬門外，燕乳鶯啼環堵中。授簡兒看玄草白，饁耕婦插野花紅。香蓮扁豆催詩好③，還許排年餉老翁。

【箋注】

① 石鏡，見前注。 五代史吴越世家：「鏐遊衣錦城，宴故老，山林皆覆以錦，號其幼所嘗戲大木曰衣錦將軍。」

② 歐陽公歸田錄：「錢思公有一珊瑚筆格，生平所珍惜，常置之几案。子弟有欲得錢者，竊而藏之，公即悵然自失。乃榜于家庭，以錢十千贖之。居一二日，子弟佯爲求得以獻，公欣然以十千賜之。他日有欲得錢者，又竊去。一歲中率五六如此，公終不悟也。」

③ 范成大吴郡志：「紅蓮稻自古有之。陸龜蒙別墅懷歸詩云：『遥爲晚花吟白菊，近炊香稻識紅蓮。』」

送黃生達可歸嶺南

門盈蛛網榻盈塵，有客經過縛帚新①。種菜自憐秋圃晚，看花猶説曲江春。文章金馬霜前淚，故舊銅駝刦後人②。記取荔枝香酒熟，盈尊寄我莫辭貧。

【箋注】

① 王褒僮約：「縛帚裁盂。」

② 御覽：「陸機洛陽記曰：『洛陽有銅駝街，漢鑄銅駝三枚，在宮西四會道相對。俗語曰：金馬門外集衆賢，銅駝陌上集少年。』」

後送達可

秋水柴門執手辰，五羊南望重霑巾①。白楊蕭瑟多良友，碧血輪囷有故人。洗面不堪斟老淚②，濯纓猶喜剩閒身。明年再釀荔枝酒，更與松膠鬬小春③。

【箋注】

① 樂史寰宇記：「廣州南海縣五羊城。按續南越志云：『舊說有五仙人，騎五色羊，執六穗秬而至，至今呼五羊城是也。』」

② 王銍默記：「李後主歸朝後，與金陵舊宮人書云：此中日夕，只以眼淚洗面。」

③ 李商隱復至裴明府所居詩：「賒取松膠一斗酒，與君相伴灑煩襟。」

孟冬十六日偕河東君自芙蓉莊泛舟拂水瞻拜先塋將有事修葺感歎有贈效坡公上巳之作詞無倫次

世間虛名巧相左，南箕北斗常欺我。村莊自昔號芙蓉，穠紅落紫無一朵。況復西風捲濁浪，水浸籬門潮打座。攤書仰屋百不快〔一〕，與君聊鼓西山柁。我家丘壠拂水西，屏山鏡水天所貽。磵水懸流雲浪疊，堤樹迴合虹霓垂。喪亂奔波缺灑掃，負土誓墓心參差①。每驚秋風響松栝，常懷夜雨鳴棠梨。佳城鬱鬱掩地肺②，草木升長禽魚滋。夷陵沈灰息漂蕩③，陸渾新火回赫熹④。玄武中天偏〔二〕環衛，神燈午夜懸靈旗。萬里黃山在何許⑤，清秋白露空嗟咨。與君瞻拜共霑洒，殘生贏得松楸在。馮君拮据理菟裘⑥，放我蕭閒居畏壘⑦。新豐枌榆蓊榴翳⑧，平泉花果護蓓〔三〕蕾。枝撐蟹舍傍滄浪，摒擋漁莊聽欸乃⑨。癸亭夜月聞舊詠⑩，丙舍朝陽發新彩。炊飯胡麻正好種⑪，釀酒菊花旋應採。秋原落日耦耕孤，春野新晴饁耕待。生涯於陵同灌園，世事麻姑問滄海。夫負妻戴良可師⑫，鷺侶鷗盟終不改。是時小春十月天，萬株紅滿千林巔〔四〕。白帝自誇冬藏富，青女不伏〔五〕春工妍。北斗朱旗互閃爍⑬，炎光火傘相後先⑭。衣錦城中花盡醉，將軍樹上枝欲燃⑮。五百年來漢東國⑯，山川文繡仍依然。朱顏彌惜丹黃候，白頭肯受霜風憐。停車酌酒成一笑，坐覺妍媸回芳年。白雲丹楓晚逾好，夕陽重上西湖船。

【校記】

〔一〕遂本、鄒鎡序本作「快」，箋注本、金匱本作「耐」。〔二〕遂本、箋注本作「偏」，鄒鎡序本、金匱本作「遺」。

〔三〕各本作「蓓」，鄒鎡序本作「蔀」。〔四〕遂本、箋注本作「林巔」，鄒鎡序本、金匱本作「株顛」。

〔五〕遂本、箋注本作「伏」，鄒鎡序本、金匱本作「仗」。

【箋注】

① 後漢桓榮傳：「榮弃喪九江，負土成墳。」晉書王羲之傳：「羲之稱病去郡，于父母墓前自誓。」

②　地肺，見前注。

③　劉禹錫松滋渡望峽中詩：「夷陵土黑有秦灰。」

④　昌黎有和皇甫湜陸渾山火詩。

⑤　少陵洞房詩：「萬里黃山北，園陵白露中。」趙次公曰：「武帝微行而至黃山，晉灼曰：『黃山，宮名，在槐里。』蓋右扶風槐里縣有黃山宮，孝惠三年所起。』揚雄羽獵賦序：『旁南山而至長楊五柞，北遶黃山，瀕渭而東。』則黃山在南山之下矣。今公句則實道園林在此地之北也。」

⑥　左傳隱公十一年：「公曰：使營菟裘，吾將老焉。」

⑦　莊子庚桑楚篇：「庚桑楚偏得老聃之道，以北居畏壘之山。」

⑧　西京雜記：「高祖小時，常祭枌榆之社，及移新豐，亦還立焉。」大雅皇矣篇：「作之屏之，其菑其翳。」傳曰：「木立死曰菑，自斃曰翳。」

⑨　程大昌演繁露：「柳子厚詩：『欸乃一聲山水綠。』欸，音奧。乃，音靄。元次山集有欸乃歌五章，如竹枝、柳枝之類。其謂欸乃者，殆舟人于歌聲之外，別出一聲，以互相其所歌也。」

⑩　癸亭，見前注。

⑪　抱朴子仙藥篇：「苣勝一名胡麻，餌服之，不老，耐風溼，補衰老也。」

⑫　劉向列女傳：「接輿躬耕，楚王使使聘之。夫負釜甑，妻戴紝器，變姓易名而遠徙。」

⑬　少陵諸將詩：「曾閃朱旗北斗殷。」

⑭　昌黎遊青龍寺詩：「友生招我佛寺行，正值萬枝紅葉滿。光華閃壁見神鬼，赫赫炎官張火傘。」

⑮ 吳越備史：「王嘗憩後山，忽一石屹然自立。王志之，建功臣精舍，遂以石爲佛坐，樹號衣錦將軍。」

⑯ 漢東，見前注。

採花釀酒歌示河東君

戊戌中秋日，天酒告成，戲作採花釀酒歌一首。以詩代譜，其文煩，其辭錯，將以貽世之有仙才具天福者。非是人也，則莫與知而好，好而解焉。

昔從武烈卜如響①，許我美酒扶殘年。搜訪徵求越星紀②，出門西笑終茫然。長干盛生貽片紙，上淸仙客枕膝傳。老夫捧持逾拱璧，快如渴羌得酒泉③歸來夜發枕中秘④，山妻按譜重注箋。却從古方出新意，溲和齊量頻節宣。東風汎溢十指下，得甘露滅〔一〕非人間⑤。琬琰之膏玄碧酒⑥，獨饗良恐欺人天。請從酒國徵譜牒⑦，爲爾羅縷辨聖賢⑧。刲初地肥失已久⑨，天上飲樹誰人取⑩？糟醨〔二〕熏酣沉世界，不解採花能釀酒。採花釀酒誰作法？終古修羅是元首⑪。選擇名花代麴蘗，攪翻海水歸尊卣。儀狄杜康非祖先，糟丘酒池等便溲。此方本出修羅宮，百花百藥爲酒母⑫。雲安麴米縮柘漿⑬，庀治酒才須四友⑭。釀投次第應火候，揉和停勻倚心手。回潮解駁只逡巡⑮，色香風味無不有⑯。纔傾郁烈先飽鼻，未瀉甘旨已滑口。豈同醇酎待月旦⑰，不用新豐算升斗。君不聞仙家燭夜花⑱，花葉如餅圓且窪。花中醞酒汯瑞露，折花傾盞飛流霞。又不聞西國葡萄漿⑲，散花供佛上妙香。狠藉萬石羨大宛，珍重十斛輕西涼⑳。漢家百末歌郊祀㉑，楚人桂酒朝東皇㉒。布蘭切桂總殊勝，索郎醽醁皆尋常㉓。嗔妬不憂天帝責，業力更笑魚龍忙。它時雜林共游戲㉔，還邀舍脂醉一觴㉕。是夕秋窗淨如掃，銀餅酒香璧〔三〕月好。瓊漿已扣藍橋姝㉖，油囊休貰〔四〕餘杭媪㉗。開𥫱勸我傾一盞，駐顏薰髓胡不早㉘？舉杯邀月復再拜㉙，敬受天祿酹頌禱㉚。君不見東坡先生昔南遷，覊窮好事劇可憐。黃州蜜酒惠州桂㉛，再釀不就空流涎。霅寺松黃但湯液㉜，羅浮鐵柱徒刻鐫㉝。餅精麴良亦長語㉞，擣香篩辣非眞詮㉟。爾時朝雲正侍側，袖手不與扶危顛。老饕餔歠聊復爾㊱，雲藍小袖寧無愆㊲？坡聞此語應噴飯㊳，大笑索絕冠纓偏㊴。

【校記】

〔一〕邃本、箋注本作「甘露滅」，鄒鎡序本、金匱本作「共甘露」。　〔二〕鄒鎡序本、金匱本作「醨」，邃本、箋注本作「蘗」。　〔三〕邃本、箋注本作「壁」，鄒鎡序本、金匱本作「碧」。　〔四〕各本作「貰」，鄒鎡序本作「貰」。

【箋注】

① 甲申夏，卜武烈靈籤云：「百藥之良，釀出美酒。扶衰養病，因介眉壽。歲樂年豐，醉飽何咎。」

② 爾雅釋天：「星紀，斗，牽牛也。」郭璞曰：「日月五星之所終始，故謂之星紀。」

③ 王子年拾遺記：「姚馥常言，渴于醇酒。羣輩弄狎之，呼爲渴羌。」

④漢劉向傳：「淮南有枕中鴻寶苑秘書。」師古曰：「藏在枕中，不漏泄也。」

⑤維摩詰經：「始在佛樹力降魔，得甘露滅覺道成。」

⑥王子年拾遺記：「穆王東巡大騎之谷，指春宵宮，集諸方士仙術之要。時已將夜，西王母乘翠鳳之輦而來，薦清澄琬琰之膏以爲酒。」劉仙傳：「安期生與神女會圓丘，酣玄碧之香酒。」

⑦東坡答趙明叔和碧香酒詩：「先生未出禁酒國，詩語孤高常近謗。」

⑧魏志徐邈傳：「時科禁酒，邈私飲至于沉醉。校事趙達問以曹事，邈曰：中聖人。達白之太祖，太祖甚怒。鮮于輔進曰：平日醉客謂酒淸者爲聖人，濁者爲賢人。邈性修慎，偶醉言耳。」

⑨法苑珠林刼量篇：「傳尊者曰：衆生薄福，肥膩之味，皆入于地，是故世間福轉衰滅。」

⑩瑜珈第四：「諸天愛其廣大形色殊妙，多諸適悅，復有飲樹，從此流出甘美之飲。」

⑪班孟堅典引：「歸功元首。」翻譯名義集：「雜寶藏法華疏云：『阿修羅採四天下華，醞于大海。魚龍業力，其味不變。嗔妬誓斷，故言無酒。』」

⑫大隱翁酒經：「酴米，酒母也，今人謂之脚飯。」

⑬少陵撥悶詩：「聞道雲安麴米春，纔傾一盞即醺人。」楚辭宋玉招魂：「濡鱉炮羔，有柘漿些！」王逸曰：「取諸柘之汁以爲漿飲也。」

⑭周禮天官冢宰：「酒正掌酒之政令，以式法授酒材。」鄭司農云：「授酒人以其材。」

⑮曹植酒賦：「或雲沸潮湧，或素蟻浮萍。」

⑯東坡洞庭春色詩序：「安定郡王以黄柑釀酒，謂之洞庭春色，色香味三絕。」

⑰招魂：「挫糟凍飲，酎清涼些！」王逸曰：「酎，三重釀醇酒也。」謝惠連雪賦：「酌湘吳之醇酎。」

⑱纂異記：「田璆、鄧韶遇二書生曰：某有瑞露酒，釀于百花之中。命小童折燭夜一花，傾與二君子嘗。其花四出而深紅，圓如小瓶。徑三寸許。小童折花至，傾于竹葉中，凡飛數巡，其甘香不可比狀。」

⑲博物志：「西域有蒲萄酒，積年不敗。彼俗云：可十年。飲之，醉彌月乃解。」

⑳北堂書鈔：「燉煌張氏傳云：『扶風孟佗以蒲萄酒一斛遺張讓，即拜涼州刺史。』」

㉑漢禮樂志郊祀歌：「百末旨酒布蘭生。」師古曰：「百末，百草華之末也。旨，美也。以百草華末雜酒，故香且美也。事見春秋繁露。」

㉒楚辭屈原九歌：「奠桂酒兮椒漿。」王逸曰：「桂酒，切桂以置酒中也。」

㉓水經注：「劉墮工釀，王公庶友牢拂相招者，每云索郎。」張景陽七命：「乃有荆南烏程，豫北竹葉。」李善曰：「盛弘之荆州記曰：『渌水出豫章康樂縣，其烏程鄉有酒，官取水爲酒，酒極甘美，與湘東酃湖酒，年常獻之，世稱酃醁酒。』」

㉔法苑珠林三界篇：「依順正理論云：『帝釋所都大城，城外四面，四苑莊嚴，是彼諸天，共遊戲處。一、衆車苑，謂此苑中隨天福力，種種車現。二、麁惡苑，天欲戰時，隨其所須，甲仗等現。三、雜林苑，諸天入中，所現皆同，俱生歡喜。四、喜林苑，極妙欲塵，雜類俱臻，歷觀無厭。』」

㉕法苑珠林三界篇：「依起世經云：『釋提桓因與阿修羅女舍脂共住，帝釋化身與他妃共住。』」

㉖傳奇：「裴航與樊夫人同舟，夫人贈詩曰：『一飲瓊漿百感生，玄霜擣盡見雲英。藍橋便是神仙窟，何必崎嶇上玉清。』航覽之，不能洞達詩旨。後經藍橋驛，渴甚，揖老嫗求漿。嫗呼雲英。航憶夫人詩有雲英之句，深不自

會。俄于葦箔下出雙玉手捧瓷甌，航接飲之，眞玉液也。因揭箔，覩一女子，姿容絕世，願納厚禮娶之。嫗曰：我有神仙靈藥，須玉杵臼擣之，汝求得，當與汝。航至京國訪求，得虢州藥鋪卞老玉杵臼，挈抵藍橋，遂議姻好。」

㉗葛洪神仙傳：「方平以千錢與餘杭姥，求其酤酒。須臾信還，得一油囊，酒五斗許。」

㉘太白短歌行：「北斗酌美酒，相勸各一觴。富貴非所願，與人駐顏光。」纂異記：「田璆、鄧韶各飲薰髓酒一杯，覺肌膚溫潤，呼吸皆異香氣。」

㉙太白月下獨酌詩：「舉杯邀明月，對影成三人。」

㉚漢食貨志：「酒者天之美祿。」

㉛石林乙卯避暑錄：「東坡在黃州，作蜜酒，不甚佳，飲者輒暴下，蜜水之腐敗者耳。嘗一試之，後不復作。在惠州作桂酒。予嘗問其二子邁、過，云亦一試之而止。大抵氣味似屠蘇酒。二人語及，亦自撫掌大笑。二方未必不佳，但公性不耐事，不能盡如其節度。好事者姑借以爲詩，故世傳之。」

㉜東坡遊羅浮道院及棲禪精舍詩：「崎嶇食松黃，欲救齒髮敝。」

㉝東坡酒頌曰：「其法蓋刻石置之羅浮鐵橋之下，非忘世求道者莫至焉。」

㉞東坡酒經：「南方之氓，以糯與秔雜以卉藥而爲餅，嗅之香，嚼之辣，揣之枵然而輕，此餅之良者也。吾始取麪而起配之，和之以姜液，蒸之使十裂，繩穿而風戾之，愈久而愈悍，此麴之精者也。」

㉟東坡新釀桂酒詩：「擣香篩辣入瓶盆，盎盎春溪帶雨渾。」

㊱東坡老饕賦：「蓋聚物之大美，以養吾之老饕。」

㊲ 東坡與蔡景繁書：「生後杜門辟客，雖妻子無幾相見。然雲藍小袖者近，輒生一子。想聞之一拊掌也。」

㊳ 東坡記與司是日與其妻遊谷中，燒筍晚食，發函得詩，失笑噴飯滿案。

㊴ 史記滑稽列傳：「淳于髡仰天大笑，冠纓索絕。」

勘讎憨大師夢游集累夢曹溪僧攜卷册付囑感而有作

曹侯溪下水潆洄〔一〕①，一瓣心香度刧灰②。物象總憑九鼎鑄③，道場終待四依開④。

明燈半夜言猶在，落月空江水不回。壞衲短衣殘夢裏，十年獵隊看椎埋⑤。

【校記】

〔一〕 邃本作「瀠迴」，鄒鎡序本作「濙迴」。

【箋注】

① 曹溪舊志：「曹溪故爲曹侯村，乃魏武帝玄孫曹叔良里也。以一水自東遶山而曲，故稱曹溪。」

② 贊寧宋高僧傳：「張燕公寄香幷詩，附武平一禮曹溪詩云：『大師捐世去，空留法身在。願寄無礙香，隨心到南海。』」

③ 說文：「昔禹貢九牧之金，鑄鼎荆山之下，以入山林川澤，魑魅魍魎，莫能逢之。」

④ 首楞嚴經：「如是世界十二類生，不能自生，依四食住。所謂叚食、觸食、思食、識食。是故佛言：一切衆生，皆依食住。」

⑤ 六祖壇經：「慧能後至曹溪，又被惡人尋逐，乃于四會避難獵人隊中，凡經一十五載，時與獵人隨宜說法，獵人常

令守網，每見生命，盡放之。」史記酷吏列傳：「王溫舒少時椎埋爲姦。」徐廣曰：「椎殺人而埋之。」

桂殤四十五首 有序

桂殤，哭長孫也。孫名佛日，字重光，小名桂哥。生辛卯孟陬月，殤以戊戌中秋日。聰明勤敏，望其早成，擬作志傳，毒痛憑塞，啜泣忍淚，以詩代之，效東野杏殤之作。凡七言長句十二首，斷句三十三首。歲在屠維大淵獻，如月二十五日，蒙叟記。

銀輪丹桂蔚枝枝，蘗月新圓汝命虧。世上無如爲祖好，人間只有哭孫悲。踏翻大地誰相報？叫斷高天竟不知。身似束柴憐病叟①，拾巢空復羨雅〔一〕兒②。

【校記】

〔一〕遼本、箋注本作「雅」，金匱本作「鴉」，鄒鎡序本作「鵶」。

【箋注】

① 孟郊杏殤詩：「病叟無子孫，獨立猶束柴。」

② 杏殤詩：「哀哀孤老人，戚戚無子家。豈若沒水鳧，不如拾巢鴉。浪鷇破便飛，鳳雛梟相誇。」說文：「雅，楚鳥也。一名鸒，一名卑居。秦謂之雅。」臣鉉等曰：「今俗別作鴉，非是。五加切，又五下切。」

早知奄忽石麟徂①，抱送何煩孔釋俱②。七歲已看過項槖③，九齡那得到揚烏④。錦樓未許傳龍種⑤，石鏡何曾照鳳雛⑥。衰白思公猶研北⑦，空將禿筆架珊瑚。

【箋注】

①陳書徐陵傳：「陵年數歲，寶誌手摩其頂曰：天上石麒麟也。」

②少陵徐卿二子歌：「孔子釋氏親抱送，並是天上麒麟兒。」

③國策：「甘羅曰：夫項橐生七歲而爲孔子師。」

④法言問神篇：「育而不苗者，吾家之童烏乎？九齡而與我玄文。」

⑤宋綬傳芳集序：「惇史所記，乃有文穆王之錦樓、忠懿王之政本二集錄焉」。李商隱小男阿衮詩：「寄人龍種瘦，失母鳳雛癡。」

⑥石鏡，見前注。

⑦嵇康養生論：「積損成衰，從衰得白，從白得老。」

杳殤那比桂殤悲，八桂林摧最好枝①。總是中原無獨角②，不應東國有長離③。驅烏畫地標秦塞④，騎竹朝天習漢儀⑤。臨穴正如哀奄息，傷心豈獨爲家兒。

【箋注】

①山海經：「桂林八樹，在番禺東。」郭璞曰：「八桂而成林，言其大也。」

②說苑辨物篇：「麒麟圓頂一角，含仁懷義。」

③相如大人賦：「前長離，後矞皇。」如淳曰：「長離，朱鳥也。」

④僧祇律云：「阿難有親里二小兒孤露，阿難養畜之。佛問：是二小兒，能作此驅烏未？答：能。佛言：聽作驅烏沙彌。最下七歲，至年十三者，皆名驅烏沙彌。」

⑤幽求子：「五歲有鳩車之戲，七歲有竹馬之戲。」

紈袴膏粱事事無①，筆牀硯匣與身俱。字裁破體雙飛白②，書記他生一串珠③。滿口阿嘔皆諷誦④，經心辟咡每奔趨⑤。寒窗避席更端處⑥，燈火靑熒向〔一〕坐隅。兒好爲飛白書，叉〔二〕忽作雙飛白，鈎剔清整。少暇輒作數紙，非肄業及之也。

【校記】

〔一〕各本作「向」，金匱本作「閃」。〔二〕遂本、箋注本作「書叉」，鄒鎡序本、金匱本作「文」。

【箋注】

①漢敍傳：「與王、許子弟爲羣，在于綺襦紈絝之間，非其好也。」師古曰：「紈，素也。綺，今之細綾也。並貴戚子弟之服。」晉書劉頌傳：「古人有言：膏粱之性難正。」

②李商隱韓碑詩：「文成破體書在紙。」尙書故實：「梁武帝謂蕭子雲曰：蔡邕飛而不白，羲之白而不飛。飛白之間，在卿斟酌耳。」

③記樂記：「歌者纍纍乎端如貫珠。」山谷以雙井茶送孔常父詩：「要聽六經如貫珠。」

④淸涼華嚴疏鈔世主妙嚴品第一之一：「智論云：『梵王昔有七十二字，以訓于世，教化衆生。後時衆生，福德轉薄。梵王因茲吞噉在口，兩角各有一字，是其阿㮁，亦云阿嘔，梵語輕重耳。』」

⑤記曲禮：「負劍辟咡詔之。」鄭氏曰：「負謂置之于背，劍謂挾之于旁。辟咡詔之，謂傾頭與語，口旁曰咡。」

⑥記曲禮：「侍坐于君子，君子問，更端，則起而對。」

庠序威儀長者同①，佩觿遷屨〔一〕好兒童②。夙生種性之無裏③，稚齒光陰硏削中④。

舍北空閒反平踢井⑤，牆東辜負放鳶風⑥。可憐佳世三千日，蠹死螢乾一老翁。

【校記】

〔一〕遼本、箋注本作「屨」，鄒鎡序本、金匱本作「履」。

【箋注】

① 後漢左雄傳：「行有佩玉之節，動有庠序之儀。」

② 芄蘭詩：「童子佩觿。」傳曰：「觿所以解結，成人之佩也。」記曲禮：「向長者屨，則跪而遷屨，俯而納屨。」

③ 白樂天與元微之書：「僕始生六七月時，乳母抱弄于書屏下，有指無字之字示僕者，僕雖口未能言，心已默識。後有問此二字者，雖百十其試，而指之不差焉。則僕宿習之緣，已在文字中矣。」

④ 後漢蘇竟傳：「竟與鄧書曰：余昔以摩研編削之才，與國師公從事出入，校定秘書。」注曰：「削謂簡也。一曰削書刀。」

⑤ 公云：反踢，即今小兒拋瓦打水之戲。

⑥ 續博物志：「今之紙鳶，引絲而上，令兒張口望視，以洩內熱。」

鼠獄雞碑不關工①，恰宜石室從文翁②。挑燈每自將膏續③，呑紙何曾爲腹空④。要約鳳麟成伴侶，指麑飛走付沙蟲。鍼鋒細字叢殘紙，賸有寒芒上白虹⑤。兒讀孟子，至鳳凰麒麟章，忽索筆疾書云：「麒麟會走，凡獸也會走；鳳凰會飛，凡鳥也會飛。」云云。不知何謂〔一〕？書已，多手裂，或自呑之。

【校記】

〔一〕遼本、箋注本作「謂」，鄒鎡序本、金匱本作「爲」。

【箋注】

①史記酷吏列傳：「張湯父爲長安令，出，湯爲兒守舍。鼠盜肉，湯掘窟得盜鼠及餘肉，劾鼠掠治，作爰書，訊鞫論報，并取鼠與肉具獄堂下。其父見之，視其文辭，如老獄吏，大驚。」晉書戴逵傳：「逵總角時，以雞卵汁溲白瓦屑作鄭玄碑，又爲文而自鐫之。詞麗器妙，時人莫不驚嘆。」

②華陽國志：「文翁立文學精舍講堂，作石室，在城南安席。永初後，學堂遇火，太守陳留高眹更修立，又增造二石室。」樂史寰宇記：「文翁學堂，一名周公禮殿。」

③昌黎進學解：「焚膏油以繼晷。」

④顔氏家訓：「義陽朱詹好學，家貧無資，累日不爨，乃時吞紙以實腹。」

⑤山谷次韻楊明叔見餞詩：「男兒生世間，筆端吐白虹。」

玉雪肌膚額髮青，秋堂自伴讀書螢。編摩楷正憎塗乙①，嬉戲端詳恥琢丁②。頻窘塾師窮鳥跡③，自搜蠻語演禽經④。與玄却羡揚家子，帝夢居然畀九齡⑤。兒讀大學，至「綿蠻黄鳥」〔一〕，即援筆注其上云：「綿蠻，南蠻之聲也。」製掌大小本，自爲箋疏，今亡矣。又一日問塾師：一字臥則爲一，豎爲何字？再添一豎爲何字？塾師無以應。乃出字書爲塾師解之。親黨皆畏其辨難。

【校記】

〔一〕遼本、箋注本作「黄鳥」，鄒鎡序本、金匱本作「章」。

【箋注】

①歐陽修詩譜補亡後序：「凡補譜十有五，補其文字二百七，增損塗乙改正者八百八十三。」

②世說言語篇:「孔融被收時,融兒大者九歲,小者八歲,故琢釘戲,了無遽容。」

③孔穎達書經正義序:「衛恆曰:蒼頡造書觀鳥跡。」

④宋史藝文志小說類:「師曠禽經一卷,張華注。」

⑤記文王世子:「文王曰:女何夢焉?武王對曰:夢帝與我九齡。」

月中田地久荒蕪①,顧兔重生信有無②?圓景卽看今夕滿③,桂輪先報一枝枯④。紅牆銀漢傾愁雨⑤,碧落金波寫淚珠⑥。豈但中秋荒讌賞,何曾見月不嗟吁。

【箋注】

①白樂天桂華曲:「月中若有閒田地,何不中央種兩株?」

②屈原天問:「夜光何德,死則又育?厥利惟何,而顧兔在腹?」

③曹子建贈徐幹詩:「圓景光未滿。」李善曰:「圓景,月也。」

④中宗三藏聖教:「慧炬揚輝,澄桂輪而含影。」注曰:「桂輪,月也。月中有丹桂,故稱爲桂輪。」

⑤李義山代應詩:「本來銀漢是紅牆。」

⑥少陵一百五日夜對月詩:「無家對寒食,有淚如金波。」

每憶扁舟出水村,牽衣挽袖笑迎門。聞呼阿唯聲如響①,問字摩挲膝尙溫。閣筆悽牀留入冢②,把書升屋與招魂③。小樓廚角封題在,蛛網横斜漬墨痕。

【箋注】

①記曲禮:「父召,無諾。先生召,無諾。唯而起。」

②僧釋之金壺記：「智永學書，舊筆頭盈數石，使埋之，自爲銘誌，目爲退筆塚。」

③南史江泌傳：「泌少貧，夜讀書，隨月光。光斜則握卷升屋，睡極墮地則更登。」

七十長筵燕喜新，充閭先報石麒麟①。多生欠汝千行淚②，此日抛予半箇身。往往鳳凰傷短羽③，家家豚犬竟長春④。呼天躃地都無分⑤，迴向空王證往因⑥。

【箋注】

①晉書賈充傳：「充，字公閭。父逵，晚始生充，言後當有充閭之慶，故以爲名字焉。」

②孟郊悼幼子詩：「負我十年恩，欠爾千行淚。洒之北原上，不待秋風至。」

③張景陽七命：「何異促鱗之遊汀濘，短羽之棲翳薈？」唐詩紀事：「上幸東宮，見薛令之詩，索筆題曰：『啄木口嘴長，鳳凰羽毛短。若嫌松桂寒，任逐桑榆煖。』」

④吳志孫權傳：「吳歷：『曹公曰：生子當如孫仲謀，劉景升父子，若豚犬耳。』」

⑤法華經信解品：「悶絶躃地。」

⑥首楞嚴經：「迴無爲心，向涅槃路。」

佛日爲名本佛奴①，臨行大士數提呼。業山夙昔從茲倒，淚海今生爲汝枯②。香像銜悲頻頂禮，金經捫泣重箋疏。筆端舍利含桃許③，憑仗光明度冥塗。

【箋注】

①建康實錄：「陳後主乃自賣身于佛寺爲奴。」

②玄怪錄：「王夐遇太清眞人指生死海波曰：四大海水，半是吾宿世父母別泣之淚。」

③贊寧宋高僧傳：「窺基，字洪道，姓尉遲氏，關輔語曰三車和尙。入大恩寺，躬事奘師。後得彌勒上生經，造疏通暢厥理，援毫次，筆鋒有舍利二七粒而隕，如吳含桃許大，紅色可愛。次零然而下者，狀如黃粱粟粒。」

端正騎羊委佩紳①，弓腰劍背肅稱臣。淸除牀席鋪行殿，排設羅睺拜主人②。後報〔一〕雞鳴催出日③，早時龍馭啓淸塵④。牽車仙仗應憐汝，玉几先教傍侍晨〔二〕⑤。兒三四歲騎竹馬，稱娖坐衙⑥，指其頂曰：他日要戴紗帽也。

【校記】

〔一〕各本作「報」，箋注本作「夜」。　〔二〕各本作「晨」，金匱本作「宸」。

【箋注】

①世說輕詆篇：「妬記曰：『王公密營別館，衆妾羅列，兒女成行。後元會日，夫人于靑疎臺中望見三兒騎羊，皆端正可念。夫人遙見，甚憐愛之。』」記曲禮：「立則磬折垂珮，主佩倚則臣佩垂，主佩垂則臣佩委。」

②方輿勝覽：「平江人工于泥塑，七夕造摩羅睺，尤爲精巧。」

③首楞嚴經：「如雞後鳴。」長水疏曰：「雞第二鳴，天將曉也。」

④王子年拾遺記：「周穆王巡行天下，馭八龍之駿。」

⑤眞誥運象篇：「必三事大夫，侍晨帝躬。」

⑥後漢中山簡王傳：「今五國各官騎百人，稱娖前行。」注曰：「娖，音楚角反。稱娖，猶整齊也。行，音胡朗反。」

桂闕荒涼月輦欹①，銀輪天子眼迷離。不知誰弄吳剛斧②？砍斷中央桂一枝。

【箋注】

①法苑珠林日月篇：「如起世經云：『彼月天子身分光明，照彼青輦，其輦光明，照月宮殿，殿光照四大洲。』」

②酉陽雜俎：「月中有桂，一人常斫之，樹創隨合。人姓吳，名剛，西河人，學仙有過，謫令伐樹。」

老大嫦娥掩素幃①，蝦蟆金背任騰飛②。桂枝零落無人管，天上分明少月妃。

【箋注】

①羅隱詠月詩：「常娥老大應惆悵，倚泣蒼蒼桂一輪。」

②段柯古酉陽雜俎：「有人夜見月光屬于林中，如疋布。尋視之，見一金背蝦蟆，疑是月中者。」

兔泣蟾愁天老悲①，月宮樹倒更攀誰？秋風從此無才思，不爲人間生桂枝。

【箋注】

①李賀將進酒歌：「老兔寒蟾泣天色。」黄帝傳：「黄帝時有天老五聖，以佐理化。」

扶頭側枕語流連，點漆雙珠轉瞭然。執手一呼吾去也，可知少別已千年①。

【箋注】

①江文通別賦：「暫遊萬里，少別千年。」

阿婆手壓桂花漿，桂酒先期酌桂郎。酒熟可憐誰喚汝？開甕辜負滿缾香。

作意懵騰忍歎吁，不禁揎鼻又霑鬚。無多老淚宜珍惜，留取摩挲潤眼枯。

古字新書日幾番，一回瞥見一加飧。攢花簇錦徒遮眼①，贏得長時弔淚痕。

【箋注】

①傳燈傳：「僧問藥山：爲什麽看經？師曰：我只圖遮眼。」

寒燈殘夢影徘徊，問汝何因〔一〕去不回。報道重湖限泉壤，孤魂無伴若爲來？

【校記】

〔一〕邃本、箋注本作「何因」，鄒鎡序本、金匱本作「因何」。

銅山秋夜應霜鐘①，玉石崑崗餘燼同②。蕙折芝焚如殺菽③，空將白筆訟西風④。

【箋注】

①世説文學篇：「銅山西崩，靈鐘東應。」東方朔傳曰：「孝武時，未央宫前殿鐘無故鳴，三日三夜不止。詔問王朔，言恐有兵氣。更問東方朔，朔曰：臣聞銅者山之子，山者銅之母。以陰陽氣類言之，子母相感，山恐有崩弛者，故鐘先鳴，其應在後五日内。居三日，南郡太守上書言山崩，延袤二十餘里。」

②書胤征：「火炎崑岡，玉石俱焚。」

③陸士衡嘆逝賦：「信松茂而柏悦，嗟芝焚而蕙嘆。」漢五行志：「菽，草之難殺者也。言殺菽，知草皆死也。言不殺草，知菽亦不死也。」

④崔豹古今注：「白筆，古珥之遺象也。腰帶劍首珥筆，示君子文武之備焉。」昌黎有訟風伯文。

大野祥麟没網羅，破胎戕卵恨偏多。天公自放鉏商手，反袂霑袍可若何①。

【箋注】

①家語：「叔孫氏之車子鉏商獲麟焉。孔子往觀之，反袂拭面，涕泣沾衿。」

桂子元從月地移，月圓如此桂何之？而今剪紙爲圓月①，便是招魂背祝時②。

【箋注】

①段柯古酉陽雜俎：「長慶初，山人楊隱之尋訪道者唐居士，留楊止宿。及夜，呼其女曰：可將一下弦月子來。其女遂貼月于壁上。唐起祝曰：今宵有客，可賜光明。言訖，一室朗若張燭。」

②少陵彭衙行：「翦紙招我魂。」楚辭宋玉招魂：「工祝招君，背行先些！」王逸曰：「男巫而祝。背，倍也。倍道先行，導以在前，宜隨之也。」

黃鶴銜書便却回，金衣唼喋暫徘徊①。八年飲啄樊籠裏②，不是仙家肯下來。戊子歲，余在南京，夢黃鶴下半野堂庭際〔一〕，金衣爛然，身如長人。驚顧錯愕。先宮保抱持捉付後院。蓋生兒之祥也。

【校記】

〔一〕邃本、箋注本作「際」，鄒鎡序本、金匱本作「除」。

【箋注】

①樂府漢昭帝黃鵠歌：「黃鵠飛兮下建章，羽肅肅兮行蹌蹌。金爲衣兮菊爲裳。唼喋荷荇，出入蒹葭，自顧菲薄，愧爾嘉祥。」

②東坡惠勤初罷僧職詩：「軒軒青田鶴，鬱鬱在樊籠。」

肇錫嘉名自木公①，懸弧便擬賦彤弓。桂宮迢遞丹枝剪，姓氏長留在月中。

【箋注】

①續顏氏家訓養生篇：「木公者，東華至尊之氣，萬神之先也。生于蒼靈之墟。」

兔園挾筴咏綿蠻，寸管雕鎪便不閒。月脇〔一〕天心怕穿漏①，可能容汝住人間？

【校記】

〔一〕遂本、箋注本作「脇」，金匱本作「窟」，鄒鎡序本作「崛」。

【箋注】

①皇甫湜顧况詩集序：「逸歌長句，駿發踔厲，往往穿天心，出月脇。」

揮毫潑墨氣如虹，鸞鳳麒麟指掌中。笑殺細兒矜乳臭①，塗鴉蟠蚓號神童②。

【箋注】

①漢高帝紀：「是口尚乳臭。」師古曰：「乳臭言其幼小。」

②盧仝示添丁詩：「忽來案上翻墨汁，塗抹詩書如老鴉。」東坡孫莘老寄墨詩：「晴窗洗硯坐，蛇蚓稍蟠結。」南史陸慧曉傳：「雲公子瓊，幼聰敏，雲公受梁武帝詔，校定棋品。瓊時年八歲，于客前覆局。都下號曰神童。」

金天醉後事如麻①，稷下雄談噪井蛙②。可惜吾家黃鵠子，空餘爪觜向黃沙③。

【箋注】

①張平子思玄賦：「顧金天而嘆息兮，吾欲往乎西嬉。」

②史記魯連傳正義曰：「魯連子云：齊辯士田巴，服狙丘，議稷下，毀五帝，罪三王，服五伯，離堅白，合同異，一日服千人。魯仲連年十二，往請田巴，巴終身不談。」莊子秋水篇：「井蛙不可以語于海者，拘于墟也。」後漢馬援傳：「援謂囂曰：子陽，井底蛙耳。」

③昌黎嘲魯連子詩：「魯連細而黠，有如黃鵠子。田巴兀老蒼，憐汝矜爪觜。」

征西堂構倚孫枝，琬琰流傳述祖詩①。不道客兒先短折②，八公草木也淒其。

【箋注】

① 李善曰：「謝靈運述祖德詩序曰：『太元中，王父龕定淮南，負荷世業，尊主隆人。逮賢相徂謝，君子道消。拂衣蕃岳，考卜東山，事同樂生之時，志期范蠡之舉。』」

② 鍾嶸詩品：「謝靈運家以子孫難得，送靈運于杜治養之，十五方還都，故名客兒。」記曲禮：「短折曰不祿。」潘安仁楊仲武誄：「如何短折，背世湮沉？」李善曰：「尚書：『六極，一曰凶，短折。』」

抱子將孫晼晚同①，家兒諧噱每怱怱②。如今笑口翻嗚咽，誰復開顔喚阿翁③？

【箋注】

① 宋玉九辨：「白日晼晚其將入兮。」王逸曰：「年時欲暮，才力衰也。」

② 昌黎馬繼祖墓誌銘：「蘭茁其芽，稱其家兒。」

③ 世說排調篇：「張蒼梧是張憑之祖，嘗語憑父曰：我不如汝，汝有佳兒。憑時年數歲，斂手曰：阿翁詎宜以子戲父。」

中年埋玉涕霑巾①，好友過從假喻頻。腸斷松圓今隔世，平分老淚與何人？

【箋注】

① 世說傷逝篇：「庾文康亡，何揚州臨葬云：埋玉樹著土中，使人情何能已已！」

神情秋水貌春風①，鄉里嗟吁羨聖童②。只有一般還惎汝〔一〕，書淫傳癖類家公③。

【校記】

〔一〕各本作「恭汝」，鄒鎡本無「恭」字，「汝」下缺一字。

【箋注】

①少陵徐卿二子歌：「秋水爲神玉爲骨。」

②後漢任延傳：「延年十二，爲諸生，顯名太學，學中號爲任聖童。」

③晉書皇甫謐傳：「謐耽玩典籍，忘寢與食，時人謂之書淫。」晉書杜預傳：「預嘗稱王濟有馬癖，和嶠有錢癖。武帝問預：卿有何癖？曰：臣有左傳癖。」顔氏家訓：「昔侯霸之子孫，稱其祖父曰家公。」

衰年坐膝愛兒駒①，掩口摳衣負劍初②。不是讐書幷解字③，何爲〔一〕輕挽阿翁鬚④？

【校記】

〔一〕各本作「爲」，金匱本作「曾」。

【箋注】

①北齊書楊愔傳：「愔從父兄昱，特相器重，曾謂人曰：此兒駒齒未落，已是我家龍文。更一歲後，當求之千里外。」

②記曲禮：「掩口而對。」記曲禮：「摳衣趨隅。」

③御覽：「劉向別傳曰：『讐校者，一人持本，一人讀書，若怨家相對，故曰讐也。』」

④少陵北征詩：「生還對童稚，似欲忘飢渴。問事競挽鬚，誰能即嗔喝。」

臥牀猶自惜居諸，宛宛呻吟雜誦如①。定是重來鄒魯士②，迸行唯有七篇書。兒屬纊前，口誦孟子曹交一章，圓音落落，誦訖而逝。

【箋注】

① 元遺山贈利州侯神童詩：「極知之無不足訝，更恐雒誦難爲功。」

② 莊子天下篇：「其在于詩、書、禮、樂者，鄒、魯之士，搢紳先生，多能言之。」

童牙勤苦傍燈檠①，文字因緣宿世成。指點之無餘習氣，樂天猶自悔前生。

【箋注】

① 後漢崔駰傳：「甘羅童牙。」

清明喘息一絲如，片紙親身自潔除。宋刻蒙求元學范，叮嚀收拾幾編書。

飛白雙鈎又八〔一〕分，丹鉛甲乙正紛紛。鍼鋒小字巾箱本①，狼藉僮奴滿陌焚。

【校記】

〔一〕各本作「八」，鄒鎡序本作「不」。

【箋注】

① 南史齊衡陽元王道陵傳：「鈞嘗手自細書五部經爲一卷，置于巾箱中。諸王聞而爭效爲巾箱五經。」

綠沈湘管葬沉沙，五色斑斕夢未賒。百道光華埋不得，冢中定有筆生花。

難字分標朱墨行①，俗書鈎剔正偏傍②。天家也要三倉學③，召作修文最小郎④。

【箋注】

① 少陵漫成詩：「讀書難字過。」

②昌黎石鼓歌：「羲之俗書逞姿媚，數紙尚可博白鵝。」張參五經文字序：「近代字樣，多依四聲。傳寫之後，偏傍漸失。」

③僧釋之金壺記：「漢賈魴撰滂熹篇，以倉頡爲上篇，訓纂爲中篇，滂熹爲下篇，謂之三倉焉。」

④少陵哭李尚書詩：「修文將管輅。」趙次公曰：「王隱晉書載：鬼蘇韶見其弟，謂曰：顏淵、卜商今爲地下修文郎。修文郎有三人，韶自言其一也。」

庚寅刦火六丁然，綠〔一〕字丹書運上天。汝去箋天〔二〕應乞與，絳雲樓閣故依然。

【校記】

〔一〕各本作「綠」，鄒鎡序本作「綵」。　〔二〕各本作「天」，金匱本作「書」。

玉府飛章〔一〕理汗青，緋衣趨召看新銘①。靈壇瓊笈多多許②，先問祇園百卷經③。

【校記】

〔一〕「章」，鄒鎡序本作「璋」。

【箋注】

①緋衣，見前注。

②漢武內傳：「上元夫人語帝曰：阿母今以瓊笈妙蘊，發紫臺之文，賜汝八會之書，五嶽眞形，可謂至珍且貴，上帝之玄觀矣。」

③金剛經：「佛在舍衛國祇樹給孤獨園。」

謫來塵壒八星霜①，歸去仍依香案傍②。驚怪滄桑比人世，玉樓新記〔一〕換良常。

【校記】

〔一〕各本作「記」，箋注本作「與」。

【箋注】

①離騷：「溘吾遊此春宮兮。」王逸曰：「溘，一作壒。」洪興祖補注曰：「壒，塵也。」

②香案，見前注。

團桂新宮月駕移①，金樞玉兔整威儀②。白衣上直隨青輦，長把王孫第一枝。

【箋注】

①公少時夢臥月宮，覩其扁曰團桂。」

②木玄虛海賦：「大明標轡于金樞之穴。」

福城解唱善財歌①，纊息熏微念補陀②。記取華嚴樓閣好③，三生彈指一塵過④。

【箋注】

①華嚴經：「福城人聞文殊師利童子在莊嚴幢娑羅林中大塔廟處，無量大衆，來詣其所。文殊師利觀察善財，安慰開諭，而爲演說一切佛法。」

②劉孝標廣絕交論：「纊所以屬其鼻息。」李善曰：「禮儀，屬纊以候氣。」師教釋宗百詠：「南方有山，號曰補陀落迦，有菩薩在琉璃窟內，旃檀林中，磻陁石上，結跏趺坐，常爲衆生說法。」

③華嚴經：「爾時善財童子敬遶彌勒菩薩，合掌言曰：唯願大聖，開樓觀門，今我得入。彌勒菩薩即彈右指，門自然開。善財即入，入已還閉。」

④東坡悼朝雲詩：「傷心一念償前債，彈指三生斷後緣。」法華經：「如人以力磨三千大千國土，復盡抹爲塵，一塵爲一刼。」

花針蔄蕩拾來無①，畫水殘生戀烏烏②。會得昌黎問天語，也應再拜謝玄夫③。

【箋注】

①傅大士頌：「蔄蕩拾花針。」

②五燈會元：「全奯禪師謂僧云：祇如吾與麼又作麼生？曰：如刀畫水。師便打。」

③昌黎孟東野失子詩：「東野夜得夢，有夫玄衣巾。闖然入其戶，三稱天之言。再拜謝玄夫，收悲以懽忻。」

九十偕壽詩爲張秋紹大父振吳翁作〔一〕

元氣充盈在一堂，眼中稀見此禎祥。碧山尙齒前無輩，鴻案齊眉老益莊。合算耄期登二百，相攜子姓軼尋常。當筵何用譚軍國，良士惟賡蟋蟀章。翁好蟋蟀戲，故云。

【校記】

〔一〕此詩與下一首，金匱本有，邃本、箋注本、鄒鎡序本無。

九旬五代詩壽邵母錢太孺人　薪傳令祖母也〔一〕

九十慈幃百歲臨，樹槐高並玉山岑。郎官宿〔二〕叶孫枝茂，婺女星依壽母深。安樂一窩如地肺，陽和五葉見天心。高堂亦是彭鏗裔，燕喜吾應奉雉斟。

【校記】

〔一〕此詩金匱本外，亦收于外集卷一、佚叢甲集本苦海集中，題「邵母錢太君九十壽」。〔二〕金匱本、外集作「宿」，苦海集作「秀」。

有學集卷十

紅豆二集

己亥正月十三日過子晉湖南草堂張燈夜飲追憶昔游感而有贈

凡四首

彈指經過十九年，持螯把酒菊花前。流年〔一〕冉冉看棋去，往事騰騰中酒眠。風伯訟隨天醉判①，井公博與帝爭偏②。夜闌秉燭非容易，開口何辭一笑顛。

【校記】

〔一〕 邃本、箋注本作「年」，鄒鎡序本、金匱本作「光」。

【箋注】

① 昌黎有訟風伯文。

② 穆天子傳：「天子北入于邴，與井公博，三日而決。」

書閣清齋初度辰，祝延爵酒最情親①。貫花貝葉繙長壽②，炊飯香秔請應眞③。席上半嗟揚觶客④，井邊偏笑繫腰人⑤。湖南舍北同春水，蕩槳相過莫〔一〕厭頻。辛巳八月，余六十初度，避客南湖，子晋爲余開法筵，供貫休十六應眞〔二〕，爲余祝延〔三〕，坐客有戈莊樂、李孟芳、孫子長諸君，今失其〔四〕半矣。

【校記】

〔一〕遂本、鄒鎡序本作「莫」，箋注本、金匱本作「肯」。〔二〕鄒鎡序本、金匱本「眞」下有「像」字，遂本、箋注本無。〔三〕遂本、箋注本作「延」，鄒鎡序本、金匱本作「筵」。〔四〕遂本、箋注本作「失其」，鄒鎡序本、金匱本作「同矍圃之觀人去者」。

【箋注】

① 祝延，見前注。

② 貫花，見前注。

③ 孫興公天台山賦：「應眞飛錫以躡虛。」李善曰：「應眞，謂羅漢也。」

④ 記檀弓：「杜蕢洗而揚觶。公謂侍者曰：如我死，則必毋廢斯爵也。」

⑤ 繫腰，見前注。

迎門屐齒走兒童，一握歡聲笑語中。盤簇試燈春宴餅，簾喧留客石尤風①。金杯臈後輕浮〔一〕碧，銀樹花前早放紅。夢裏華胥光景在，未應惱殺白頭翁。

【校記】

〔一〕各本作「輕浮」，箋注本作「浮輕」。

【箋注】

① 樂府宋武帝丁都護歌：「願作石尤風，四面斷行旅。」

藍風刦雨過蒼茫①，安穩南湖舊草堂②。玉府珠林羅典籍③，芝田蕙畝長兒郎④。殘編〔一〕魚蠹春燈靜，近局雞豚社酒香⑤。有約延緣葦間櫂⑥，莫令餘子問滄浪。飲罷歸舟，被酒不寐，申旦成咏。越七日，迴舟過玉峯，捉筆書之，以貽子晉，聊博一笑，兼祈繼聲。

【校記】

〔一〕各本作「編」，箋注本作「經」。

【箋注】

① 藍風，見前注。

② 宗鏡錄：「安穩快樂者，則寂靜妙常。世事永息者，則攀援七斷。」

③ 穆天子傳：「羣玉山，先王藏書之所，謂之策府。」

④ 王子年拾遺記：「崑崙山下有芝田蕙圃。」

⑤ 淵明歸園田居：「漉我新熟酒，隻雞招近局。」

⑥ 莊子漁父篇：「刺舟而去，延緣葦間。」

酒逢知己歌贈馮生研祥

老夫老夫〔一〕嗟龍鍾①，綠章促數箋天公。天公憐我扶我老，酒經一卷搜取修羅宮②。山妻按譜自溲和，缾盎汎溢回東風。世人餔糟歠醨百不解③，南鄰酒伴誰與同④？昔年嘗酒別勁正⑤，南董獨數松圓翁⑥。此翁騎鯨捉月去我久⑦，懵瞢回〔二〕顧折簡呼小馮。馮生經奇貧好事，癖王聱叟略似儂⑧。對酒開顏解欣賞，安詳舉杯徐俯躬。沾唇薄吮未忍嚥，吮咀風味防悤悤。妙香紆餘〔三〕染藏府，餘甘次第回喉嚨。一盞沉吟逾食頃，三杯緩酌過日中。沈冥似殢聲聞酒⑨，頻申應記禪定功，旋觸冷雲灌香水，更收月魄開天容。停杯摳衣起再拜，賀我受天百祿邀神工。請君復坐三歎息，酒中知己今遭逢。不惜倒〔四〕囊傳譜牒，重與促席論從頌⑩。自從兵塵暗天地，人世猿鶴幷沙蟲。糟丘一成廢舊築⑪，酒泉列郡荒新封。上清玉册天廚醞，錫我送老仍送窮。老夫自哂爲尊蟻⑫，吾子何妨號酒龍⑬。君不見宵來雲月何朣朧，旄頭畢口〔五〕俱濛濛⑭。天駟光芒直南斗⑮，酒星蕩漾臨江東。共犂天田種秫稻⑯，長穿井絡傳郫筒⑰。莫辭酒戶小⑱，莫放良夜終。玻璃小鍾更起數爲壽，天街酒旗正閃缸花紅。

【校記】

〔一〕遼本、箋注本作「夫」，鄒鎡序本、金匱本作「大」。

〔二〕遼本箋注本作「回」，鄒鎡序本、金匱本作「四」。

〔三〕遼本、箋注本作「餘」，鄒鎡序本、金匱本作「徐」。

〔四〕遼本、箋注本作「倒」，鄒鎡序本、金匱本作「側」。

〔丑〕遼本、箋注本作「旄頭畢口」，鄒鎡序本、金匱本作「箕風畢雨」。

【箋注】

① 東坡海市詩：「豈知造物哀龍鍾。」施宿曰：「蘇氏演義：『龍鍾，謂不昌熾，不翹舉，如藍鬖、拉搭之類。』」

② 修羅，見前注。

③ 楚辭屈原漁父：「衆人皆醉，何不餔其糟而歠其醨？」

④ 少陵江邊獨步尋花絶句：「走覓南鄰愛酒伴，經旬出飲獨空牀。」

⑤ 東坡酒經：「勁正合爲四斗。」又：「五日而飲，則和而力，嚴而不猛也。」

⑥ 新書王績傳：「無功嗜酒，追述焦革酒法爲經。又采杜康、儀狄以來善酒者爲譜。李淳風曰：君酒家南董也。」

⑦ 少陵送孔巢父歌：「若逢李白騎鯨魚，道甫問訊今如何？」趙德麟侯鯖錄：「世傳李白過采石江，酒狂捉月。」

⑧ 玉川子自詠詩：「物外無知己，人間一癡王。」李肇國史補：「元結至猗玗山，漁者呼爲聱叟。」

⑨ 聲聞酒，見前注。

⑩ 史記魯仲連傳：「世以鮑焦爲無從頌而死者，皆非也。」索隱曰：「從頌，音從容。」

⑪ 南史陳暄傳：「速營糟丘，吾將老焉。」

⑫ 張平子南都賦：「酒則九醖甘醴，十旬兼清。醪敷徑寸，浮蟻若萍。」

⑬ 五色線：「語林云：『蔡邕飲酒至一石，常醉在路上臥，人名酒龍。』」

⑭ 漢天文志：「熒惑初從畢口大星東東北往，數日至。往疾去遲。占曰：熒惑與歲星鬬，有病若飢歲。」

⑮ 松陵集皮日休酒中十詠：「誰遣酒旗耀？天文列其位。彩微常似酬，芒弱偏如醉。唯憂犯帝座，只恐騎天駟。」

⑯三氏星經：「天田九星，在牛東南，主天子畿內之田，隴畝農桑之事。」

⑰左太沖蜀都賦：「遠則岷山之精，上爲井絡。」華陽風俗錄：「郫縣有郫筒池，池旁有大竹，郡人刳其節，傾春醲于筒，苞以藕絲，蔽以蕉葉，信宿馨達林外，然後斷之以獻，俗號郫筒酒。」

⑱樂天醉後絕句：「猶嫌小戶常先醉，不得多時住醉鄉。」

乳山道士勸酒歌

道士，閩人林古度茂之也。

乳山道士年八十，裋褐蒙茸鬢蕭颯①。早時才筆綠沉管，老去行藏靑箬笠。亂後蹩躠無歡娛，寱語行歌自啜泣。不爲老景戀桑榆②，不爲兒女謀捃拾③。仰天指畫只書空，踏地跉跰每側立④。南雲北戶眼淚枯⑤，細柳新蒲衫袖濕⑥。唐衢哭世何夢夢⑦，東方駡鬼常嘖嘖⑧。是時孟陬揆初度，祝延酌酒賓朋集。門生扶老舁籃輿，山僧好事送米汁。當頭河鼓占角芒，掛壁龍泉看鏽〔一〕澀⑨。勸君開口盡一觴，聽我長歌解於邑〔二〕⑩。君不見修羅釀海作酒漿⑪，規取日月爲耳璫。手撼須彌尾掉海，擊雲把日孰敢當？刀輪飛空海水赤，五絲繫縛善法堂。藕絲孔中遁刺促，八臂千手〔三〕嗤強粱。又不見太行王屋高萬仞，愚公面山苦其峻⑫。子子孫孫誓削平，帝遣夸娥助〔四〕除糞。穆滿南征從此歸，翟道徑絕騁八駿⑬。靈胡仙掌如等閑⑭，河曲智叟空目瞋⑮。人生變化良緯繣⑯，蛤水蟯丸量寸尺⑰。

夸父策杖追日輪⑱，豎亥徒步算八極⑲，魯連細兒黃鷂子⑳，爪觜雄誇帝秦客。咸陽喑啞避赤符㉑，天帝愕眙寢金策㉒。我昨南〔五〕遊浮洞庭㉓，具區粘天社橘青。涇水曾見征旗閃，朝那復報戰血腥㉔。靈虛凝碧張廣樂，珠宮貝闕刊新銘。錢唐破陣樂舞闋，兩耳轟轟喧震霆。龍宮宴罷天欲白，回車却過蔡經宅㉕。天廚行酒正初筵，金盤麟脯取次擘。麻姑鳥爪向余笑，人世茫茫抵博易。漫道東瀛已三變，又見蓬池淺於昔。勸君酒，聊從容，聽我長歌曲未終。長繩何當繫白日㉖，漉囊那可盛春風。誰駕青牛逢富媼㉗？誰騎白雀欺劉翁㉘？蒼鵝崇朝起池水㉙，杜宇半夜啼居庸㉚。銅人休嗟冶新鑄，銅駝會洗塵再蒙。主稱未晞客既醉，蕙葉多碧桃花紅。雞窠叟㉛，鶴髮翁，且辦一醉莫惱公。申腰坦腹春睡足，九陽旭日高禺中㉜。

【校記】

〔一〕金匱本作「鏞」，各本作「繡」。〔二〕邃本、箋注本作「邑」，鄒鎡序本、金匱本作「悒」。〔三〕各本作「手」，箋注本作「首」。〔四〕邃本、箋注本作「夸父」，鄒鎡序本、金匱本作「夸蛾」。按：作「夸父」，與下文「夸父策杖」句重複。此用列子，當作「夸娥」，「蛾」字形近而誤。〔五〕各本作「南」，箋注本作「東」。

【箋注】

① 少陵冬日有懷李白詩：「裋褐風霜入。」方言：「自關而西，謂襜褕短者謂之裋。」

② 後漢馮異傳：「失之東隅，收之桑榆。」

③後漢范丹傳：「遭黨人禁錮，遂推鹿車，載妻子，捃拾自資。」

④法華經：「竛竮辛苦五十餘。」

⑤太白大堤曲：「淚向南雲滿。」左太沖吳都賦：「開北戶以向日。」

⑥少陵哀江頭：「少陵野老吞聲哭，春日潛行曲江曲。江頭宮殿鎖千門，細柳新蒲爲誰綠？」

⑦李肇國史補：「唐衢有文學，老而無成。唯善哭，每一發聲，音調哀切，聞者泣下。」

⑧東方，見前注。

⑨張華博物志：「龍泉、太阿、上市三劍，皆楚王鑄。」

⑩揚雄反離騷：「雖增欷以於邑兮。」師古曰：「於邑，短氣也。」

⑪修羅，見前注。

⑫愚公，見前注。

⑬博物志：「周穆王八駿：赤驥、飛黃、白蟻、華騮、騄耳、騧騟、渠黃、盜驪。」

⑭水經注：「華岳本一山，當河，水過而曲行。河神巨靈手盪脚蹋，開而爲兩。今掌足之迹，仍存華岩。開山圖曰：『有巨靈胡者，徧得坤元之道，能造山川，出河，所謂巨靈贔屭，首冠靈山者也。』」

⑮史記扁鵲傳：「目眩然而不瞚。」索隱曰：「瞚，音舜。」

⑯離騷：「忽緯繣其難遷。」王逸曰：「緯繣，乖戾也。」

⑰國語：「趙簡子嘆曰：雀入於海爲蛤，雉入于淮爲蜃。黿鼉魚鱉，莫不能化，唯人不能，哀夫！」崔豹古今注：「蜣蜋，一名轉丸，一名弄丸，能以土包屎，轉而成丸，圓轉無斜角。莊子所謂『蛣蜣之智在于轉丸』者也。故一名

蛣蟯。」

⑱山海經：「夸父與日逐走，渴欲得飲，飲于河、渭，不足，北飲大澤，未至，道渴而死。棄其杖，化爲鄧林。」

⑲山海經：「帝命竪亥自東極至于西極，五億十萬九千八百步。」

⑳黄鵠子，見前注。

㉑史記淮陰侯列傳：「項王喑啞叱咤，千人皆廢。」漢高帝紀：「嫗曰：吾子，白帝子也。化爲蛇當道，今爲赤帝子斬之。」應劭曰：「秦襄公自以居西主少昊之神，作西畤，祠白帝。赤帝，堯後，謂漢也。殺之者，明漢當滅秦也。」

㉒班孟堅西都賦：「猶愕眙而不能階。」李善曰「愕，驚也，五各切。眙，驚貌，勑吏切。」張平子西京賦：「昔者，天帝悦秦繆公而覲之，饗以鈞天廣樂。帝有醉焉，乃爲金策，錫用此土，而翦諸鶉首。」

㉓洞庭，見前注。

㉔靈應傳：「涇州之東，有善女湫。鄉人立祠于旁，曰九娘子神。又州西朝那鎮之北，有湫神，因地而名曰朝那神。周寶在鎮日，夢九娘子告謁，逡巡言曰：妾普濟王之第九女也。笄年配于象郡石龍少子。良人殘虐，天譴絶嗣，惟妾獲免。父母抑遣再行，妾終違命，屏居兹土，近年爲朝那小龍以季弟未婚，潛行禮聘。家君縱兵相逼，妾率家童迎戰，衆寡不敵，幸以君之餘力，少假兵鋒，挫彼兇狂，存其鰥寡。寶許諾，及寤，遣兵士一千五百人戍于湫廟之側。是月七日，鷄初鳴，有一人于帷幌之間言曰：某即九娘子之執事，蒙君假以師徒，幽顯事别，不能驅策，幸再思之。注目視，悄無所見。寶選亡沒者名，得馬軍五百人，步卒一千五百人，選押衙孟遠充行營都虞候，牒送善女湫神。十一日，抽回戍廟之卒。一甲士仆地暴卒，及明，寤曰：貴主云，孟遠才輕位下，反爲所敗。思一權謀之將，爾歸達我情愫。寶遂差制勝關使鄭承符代孟遠。十三日，牒請收管。關使暴卒。忽一夜，迅雷一

擘，承符復蘇，曰："見貴主令坐，俄聞朝那賊入界，貴主臨軒，給以兵符，余引軍殺伏，轉戰夾攻，彼軍敗績。朝那狡童，生置麾下。大被寵錫，拜平難大將軍。余頗動歸心，許給假一月。俄聞震雷，醒然而寤。承符以後事付妻孥，果經一月，無疾而終。"

㉕范成大吳郡志："蔡經宅在朱明寺西。"

㉖太白擬古詩："長繩難繫日，自古共悲辛。"

㉗遼史地理志："相傳有神人乘白馬，自馬盂山浮土河而東，有天女駕青牛車，由平地松林，泛潢河而下，至木葉山，二水合流，相遇爲配偶，生八子。其後族屬漸盛，分爲八部。"

㉘白雀，見前注。

㉙水經注："晉永嘉元年，洛陽東北步廣里地陷，有二鵝出，蒼色者飛翔沖天，白色者止焉。"

㉚庚申外史："已亥至正十九年，居庸關子規啼。"

㉛雞窠，見前注。

㉜後漢仲長統傳："沆瀣當餐，九陽代燭。"注曰："九陽，謂日也。"淮南子天文訓篇："日出于暘谷，浴于咸池，拂于扶桑，是謂晨明。登于扶桑，爰始將行，是謂朏明。至于曲阿，是謂曲明。至于曾泉，是謂早食。至于桑野，是謂晏食。至于衡陽，是謂隅中。"

送南雲和尚

鶉尾旄頭道路艱①，江干吹笛淚潸潸。芒鞖露肘朝天去②，敗絮蒙頭乞食還③。故國烏仍啼楚幕④，中原鹿正走秦關⑤。崆峒仙仗無消息⑥，萬里軍持且未閒⑦。

【箋注】

①新書天文志：「星紀鶉尾以負南海，其神主乎衡山，熒惑位焉。」

②少陵述懷詩：「麻鞋見天子，衣袖露兩肘。」

③淵明與子儼等疏：「敗絮自擁。」

④烏啼，見前注。

⑤史記淮陰侯傳：「秦失其鹿，天下共逐之。」張晏曰：「以鹿喻帝位也。」

⑥少陵洗兵馬：「常思仙仗過崆峒。」

⑦軍持，見前注。

載花易書詩贈泰和楊弱生

載得名花換異書，章江一棹好春餘①花如姹女辭金屋②，書比黃衣下玉除③。青鏡瑤芳嗤換馬④，碧山芸草喚焚魚⑤。新書塞屋花仍放，載酒爭過揚子居。

【箋注】

①大明一統志：「章江，在南昌府城西，一名贛江。」

②後漢桓帝時童謠：「河間姹女能數錢。」

③張平子西京賦：「小說九百，本自虞初。」李善曰：「虞初，洛陽人。武帝時，乘馬衣黃衣，號黃車使者。」

④異聞集：「淳于棼夢入槐安國，王曰：令次女瓊芳，奉事君子。」吳兢樂府解題：「愛妾換馬，淮南王所作。」唐詩紀事：「韋、鮑二生，以妾換馬。云韋生下第東歸，同憩水閣。鮑有美妾，韋有良馬。鮑以夢蘭、小倩佐歡，飲酣停杯，鬪馬軒檻。韋曰：能以人換，任選殊尤。鮑欲馬之意頗切，密遣四絃更衣盛粧。頃而至，韋牽紫叱撥酬之。」

⑤溫革分門鎖碎錄：「古人藏書辟蠹，用芸香草，今七里香是也。」少陵柏學士茅屋詩：「碧山學士焚銀魚，白馬卻走身巖居。」

贈同行康孝廉

青簾烏帽孝廉船①，載酒移花共泝沿。長日素華憑几看，秋風湘袟對牀眠。衆香國裏分香去②，羣玉峰頭採〔一〕玉旋③。烟棹却思〔二〕圖畫好，有人吟望指登仙④。

【校記】

〔一〕箋注本作「採」，各本作「插」。　〔二〕箋注本作「思」，各本作「迴」。

【箋注】

①張憑謁丹陽尹劉惔，惔留宿。明日乃還船。須臾，惔傳教覓張孝廉船。

②衆香國，見前注。

③羣玉峰，見前注。

④後漢郭太傳：「林宗與李膺同舟而濟，衆賓望之，以爲神仙。」

己亥夏五十有九日靈巖夫山和尚偕魚山相國靜涵司農枉訪村居雙白居士確菴上座諸清衆俱集即事奉呈四首

四衆諸天擁道場①，迢然飛錫指江鄉②。茅堂忽漫移蓮座，老衲何曾下石牀。心月有光都映澈③，身雲無地不清涼④。新炊自罨田家飯⑤，應供居然發衆香。

【箋注】

① 法華經序品：「四衆圍繞，供養恭敬，尊重讚嘆。」釋守倫注曰：「四衆者，舊言出家在家各二，合爲四衆。」

② 釋氏要覽：「今僧遊行，皆稱飛錫。此因高僧隱峯遊五臺，出淮西，擲錫飛空而往也。若西天得道僧，往來多是飛錫。」

③ 寒山詩：「吾心似秋月，碧潭清皎潔。無物堪比倫，教我如何說。」

④ 華嚴經如來出現品：「欲以正法，教化衆生。先布身雲，彌覆法界。隨其樂欲，爲現不同。」

⑤ 東坡答參寥書：「某到貶所半年，大略祇似靈隱天竺和尚，退院後，却在一個小村院子折脚鐺中，罨糙米飯喫，便過一生也。」

緇衣二老度清流，淡泊儒門未許收①。豈有豎拳訶李渤②，但聞開口喚裴休③。三災風火留青鉢④，七日人天護白頭⑤。十卷首楞消後夜，雞鳴新報五更籌。

【箋注】

①陳善捫虱新話：「世傳王荆公問張文定公曰：孔子去世百年生孟子，亞聖後絶無人，何也。文定曰：已有過孟子上者。公曰：誰？文定曰：江西馬大師，汝陽無業禪師，雪峯、巖頭、丹霞、雲門是也。公意不解，問何謂？文定曰：儒門淡泊，收拾不住，皆歸釋氏耳。荆公欣然歎服。」

②傳燈錄：「江州刺史李渤問智常禪師云：大藏教明得個什麽邊事？師舉拳示之云：還會麽？李云：不會。師云：這個措大，拳頭也不識。李云：請師指示。師云：遇人卽途中授與，不遇卽世諦流布。」

③五燈會元：「相國裴休守新安日，屬運禪師初于嶺南黄檗山入大安精舍。公入寺燒香，回觀壁圖畫，相公曰：眞儀可觀，高僧何在？僧皆無對。公曰：有禪人否？請來詢問。于是尋師至。公舉前語，師朗聲曰：裴休。公應諾。師曰：在什麽處？公當下知旨，如獲髻珠，曰：吾師眞善知識也。示人尅的如是。」

④長阿含經：「三災上際云何？若火災起時，至光音天爲際；若水災起時，至遍淨天爲際；若風災起時，至果實天爲際。」

⑤七日，見前注。

江村炎日法筵清，謖謖松濤灑面生。忍草隨風承語軟①，蓮花裁服着身輕。金輪影裏烏三足②，寶月光中鶴一聲③。拂水靈巖雲似帶④，招尋那復限牛鳴⑤。

【箋注】

①永明壽禪師心賦：「覺華枝秀，忍草苗垂。」

②東坡韓太祝送遊太山詩：「恨君不上東峯頂，夜看金輪出九幽。」藝文：「五經通義曰：『日中有三足烏。』」洞冥記：「東方朔曰：東北地有芝草，三足烏數下地食此草。羲和欲馭，以手掩烏，不聽下，畏其食此草也。」

③華嚴經妙嚴品：「光明遍淨如虛空，寶月能知此方便。」

④陳舜俞廬山記：「香爐峯孤峭特起，氣氤氳若香烟。天將雨，白雲冠峯，俗號山帶。」

⑤西域記：「拘盧舍者，謂大牛鳴聲所極聞，一盧拘舍爲五百弓。」

妙蓮花界自圓成①，法海何因起墨兵②？少分覷天知眼闊③，多生持地學心平④。蟭螟地曠當街叫⑤，蠻觸人饒畫角爭⑥。放箸同公與〔一〕噴飯，須彌盧頂一螢明。

【校記】

〔一〕箋注本作「同公與」，各本作「與君同」。

【箋注】

①首楞嚴經：「方行等慈，不擇微賤，發意圓成，一切衆生，無量功德。」

②溫革分門瑣碎錄：「孫樵謂史書爲墨兵。」

③華嚴經淨行品：「我今隨力說少分，猶如大海一滴水。」

④首楞嚴經：「持地菩薩頂禮佛足，而白佛言：我于爾時，平地待。佛毗舍如來摩頂謂我：當平心地，則世界地一切皆平。」

⑤傳燈錄：「洪恩禪師執仰山手作舞云：譬如蟭螟蟲，在蚊子眼睫上作窠，向十字街頭叫喚。」

⑥蠻觸，見前注。

題荷花畫扇五首

春風桃李花，盈盈在何許？荷花是可人，作儂好伴侶。

莫倚蓮花語，將儂去比他。祇因不解語，人喚是蓮花①。

【箋注】

① 開元天寶遺事：「太液池有千葉白蓮數枝盛開。帝與貴妃宴賞，左右皆歎羨。帝指貴妃曰：爭如我解語花？」

生年慣嬌疾，不記儂生日。五月荷花蕩，傾城爲儂出〔一〕。

【校記】

〔一〕各本作「出」，鄒鎡序本作「去」。

漫說蓮花國，蓮花國在西。生來並嬌小，同住若耶溪①。

【箋注】

① 太白採蓮曲：「若耶溪畔採蓮女，笑隔荷花共人語。」

鏡裏蓮花面，馮君自看取。蓮花不生鬚，那得生蓮子。

徐元歎勸酒詞十首

皇天老眼慰蹉跎，七十年華小刦過①。天寶貞元詞客盡，江東留得一徐波。

【箋注】

① 法華經：「六十小刦，身心不動。」

項背交游異世塵，衣冠潦倒筆花新①。後生要識前賢面②，元歎今爲古老人。

【箋注】

①北史崔贍傳：「自天保以後，重吏事，謂容止醞藉者爲潦倒，而贍終不改焉。」

②談賓錄：「李邕素聞名，後生不識，自滑州入計京洛，阡陌聚看，以爲古人。」

羣少驚才互擊摩①，美名佳句竟如何？倡樓樂府傳多少？聽取雙鬟第一歌。

【箋注】

①國策：「蘇秦說齊宣王曰：臨淄之途，車轂擊，人肩摩。」

半是哦詩半治魔，沉沉花漏轉星河。句中烹煅焦牙種①，煉出新篇當羯磨。

【箋注】

①維摩詰經：「二乘如焦牙敗種，不能反無上道心。」

斷袖分桃記嘯歌①，沈侯懺謝六時過②。香消睡足温殘夢，比較人間好夢多。

【箋注】

①漢董賢傳：「賢當晝寢，偏藉上袖。上欲起，不欲動賢，乃斷袖而起。」說苑雜言篇：「彌子瑕愛于衞君，食桃而甘，不盡而奉君。」

②廣弘明集沈約懺悔文云：「追尋少年，血氣方壯，習累所纏，事難排豁。」

吳儂每詫好冠非①，尋約偏嗟短髮稀②。只有蓮花消瘦服③，秋來仍似芰荷衣④。

【箋注】

① 山谷戲題巫山縣詩：「吳儂但憶歸。」任淵曰：「類篇云：『儂，我也。吳語。』」穀梁哀公十三年：「吳王夫差曰：好冠來。孔子曰：大矣哉！夫差未能言冠而欲冠也。」

② 左傳哀公十一年：「公孫揮命其徒曰：人尋約，吳髮短。」杜預曰：「約，繩也。八尺爲尋。」

③ 如幻三昧經：「無垢衣，又名忍辱鎧。又名蓮華衣，謂不爲欲泥染故。又名幢相，謂不爲邪所傾故。又名田相衣，謂不爲見者生惡故。又名消瘦衣。」

④ 楚辭：「製芰荷以爲衣。」

酒海花枝夢斷餘①，鮨魚枯削恐難如。冷淘淨肉家常飯②，不用門生議蟹䱉〔一〕③。

【校記】

〔一〕各本作「䱉」，鄒鎡序本作「菹」。

【箋注】

① 曹子建與吳季重書：「願舉太山以爲肉，傾東海以爲酒。」

② 猗覺寮雜記：「大官令夏供槐葉冷淘，出唐六典。少陵有槐葉冷淘詩。」羅大經鶴林玉露：「范文正公云：常調官好做，家常飯好吃。」

③ 南史何尚之傳：「何胤侈于味，食必方丈。後稍欲去其甚者，猶食白魚䱉脯糖蟹。使門人議之。學生鍾岏曰：䱉之就脯，驟于屈申。蟹之將糖，躁擾彌甚。仁人用意，深懷如怛。至于車螯蚶蠣，眉目內闕，慚混沌之奇。獷殼外緘，非金人之慎。故宜長充庖廚，永爲口實。」

智井荒臺愁殺儂，巢車無那老秋〔一〕筇。新蒲近入靈巖社，共哭山門日暮鐘。

【校記】

〔一〕各本作「秋」，金匱本作「扶」。

落木菴空紅豆貧，木魚風響貝多新①。長明燈下須彌頂②，雪北香南見兩人③。

【箋注】

①段柯古酉陽雜俎：「貝多出摩伽陀國，長六七丈，經冬不凋。西域佛書，用此皮葉。」

②長明燈，見前注。

③長水金剛纂要記：「北贍部洲，從中向北，有九黑山，次有大雪山，次有香醉山。于雪北香南，有阿耨池。」

瓜圃秋風嘉會成①，鄰翁泥飲欵柴荆②。杯殘〔一〕冷笑人間事，白帝倉空石鼓鳴③。

【校記】

〔一〕各本作「杯殘」，金匱本作「殘燈」。

【箋注】

①阮嗣宗詠懷詩：「昔聞東陵瓜，近在青門外。連畛距阡陌，子母相鉤帶。如色曜朝日，嘉賓四面會。」

②少陵過田父泥飲詩黃鶴曰：「泥飲者，乃其醉互泥耳。」

③後漢公孫述傳：「成都城外，有秦時舊倉，述改名白帝倉。自王莽以來常空，述卽詐使人言：白帝倉出穀如山陵。百姓空市里往觀之，述會羣臣問曰：白帝倉竟出穀乎？皆對言：無。述曰：訛言不可信。」漢五行志：「成帝鴻嘉三年五月乙亥，天水冀南山大石鼓鳴，聲隆隆如雷。石長丈三尺，廣厚略等。旁着岸脇，去岸二百餘丈。民俗

名曰石鼓。石鼓鳴，主有兵起。」

戲詠雪月故事短歌十四首 有序

康樂言：天下良辰美景，賞心樂事，四者難幷。中秋脚〔一〕病，伏枕間思，良辰美景，無如雪月，此中樂事可快心極意者，古今亦罕。尋繹各得七事，系短歌以資調笑。若山陰、藍關之雪①，牛渚、赤壁之月②，不免寒餓，雖可清神濯骨，今無取焉。庚子中秋十三夜書。

【校記】

〔一〕各本有「脚」字，鄭鎡序本無。

【箋注】

①世說任誕篇：「王子猷居山陰，夜大雪，忽憶戴安道。時戴在剡，即便夜乘小舟就之，經宿方至，造門不前而返。人問其故。王曰：乘興而來，興盡而返，何必見戴。」五色線集：「韓愈姪在外生，元和中忽歸。愈舍于書院，問其所長。曰：能染花。遂于後堂前染白牡丹一叢，自斸其根，買藥塗之，潛去。明年，花開，每一萼花中書云：『雲橫秦嶺家何在？雪擁藍關馬不前。』是歲，上迎佛骨，愈直諫忤旨，貶爲潮州刺史。至商山，泥滑雪深，忽見生至，拜勞曰：師在此山，不得遠去。揮淚而別。」

②世說文學篇注：「續晉陽秋曰：『袁虎少孤而貧，以運租爲業。謝尚時鎮牛渚，乘秋佳風月，與左右微服泛江。會虎在運租船中諷詠，尚遺問訊。答曰：是袁臨汝郎誦詩，即其詠史之作也。尚佳其率有勝致，即遣要迎，談話申旦。自此名譽日茂。』」東坡紀年錄：「元豐五年壬戌，公在黃州。七月望，泛舟赤壁之下，作前赤壁賦。十月望

復遊，作後赤壁賦。十二月十九，東坡生日也，置酒赤壁磯下，呼李委吹笛作新曲，坐客皆引滿醉倒。

周武王

赤烏橫飛王屋爇〔一〕①，流光化作十丈雪。祝融河伯來會朝②，共踏同雲奉玉節③。把旄仗鉞誰最強④？師臣百歲方鷹揚⑤。應憐風雪垂竿夜，獨守丹書渭水旁。

【校記】

〔一〕遼本、箋注本作「爇」，鄒鎡序本、金匱本作「熱」。

【箋注】

① 竹書紀年沈約注曰：「武王伐紂，渡孟津。中流，白魚躍入王舟，王俯取魚，長三尺，目下有赤文成字，言紂可伐。燔魚以告天，有火自天止于王屋，流爲赤烏。」

② 徐堅初學記：「太公伏陰符謀曰：『武王伐紂，都洛邑，天大陰寒，雨雪十餘日。甲子朝，五車騎止王門之外，欲謁武王。師尚父使人出北門而道之，曰：天子未有出時。武王曰：諸神各有名乎？師尚父曰：南海神名祝融，北海神名玄冥，東海神名勾芒，西海神名蓐收，河伯名馮修。使謁者各以名召之。神皆驚而見武王。王曰：何以教之？神曰：天伐殷立周，謹來受命，各奉其使。武王曰：予歲時亦無廢禮焉。』」

③ 信南山詩：「上天同雲，雨雪雰雰。」

④ 史記齊太公世家：「武王東伐，以觀諸侯集否。師行，師尚父左仗黃鉞，右把白旄以誓。」論衡指瑞篇：「師尚父爲周司馬，將師伐紂，到孟津之上，仗鉞把旄，號其衆曰：倉光。倉光者，水中之獸也，善覆人船。因神以化，欲令

急渡。不急渡，倉光害汝。河中有此之物，時出浮揚，一身九頭，人畏惡之。尙父緣河有此異物，因以威衆。」

⑤ 大明詩：「維師尙父，時維鷹揚。」

穆天子

黃臺高丘夜飛雪①，白雲西沒瑤池碣②。草澤茫茫獵銀海③，萬里玉門斷車轍④。黃竹歌殘八駿催⑤，化人只解攬袪回⑥。還馮雪嶺看兩極〔一〕⑦，却上中天千仞臺⑧。

【校記】

〔一〕各本作「兩極」，箋注本作「西樹」。按：似應作「西極」。

【箋注】

① 穆天子傳：「天子遊黃臺之丘，獵于苹澤。日中大寒，北風雨雪。天子作黃竹詩三章，以哀人民。」

② 穆天子傳：「天子觴西王母于瑤池之上，西王母爲天子謠曰：『白雲在天，山陵自出。道路悠遠，山川間之。將子無死，尙能復來。』」

③ 東坡正月一日雪中過淮詩：「萬頃穿銀海。」

④ 家語：「昔周穆王欲肆其心，將巡行天下，使皆有車轍馬跡焉。」

⑤ 王子年拾遺記：「周穆王巡行天下，馭八龍之駿。一名絕地，足不踐土；二名翻羽，行越飛禽；三名奔霄，夜行萬里；四名越影，逐日而行；五名踰輝，毛色炳燿；六名超光，一形十影；七名騰霧，乘雲而趨；八名挾翼，身有肉翅。遍而駕焉，按轡徐行，以匝天地之域。」

⑥列子周穆王篇：「王執化人之袪，騰而上，中天乃止。暨及化人之宫，王居數十年，不思其國也。」

⑦西域記：「揭職國東南入大雪山，峯岩危險，風雪相繼，盛夏含凍，積雪彌谷，蹊遥難涉。行六百餘里，出覩貨邏國境，至梵衍那谷。」

⑧列子周穆王篇：「西極之國，有化人來，以爲王之宫室卑陋而不可處。穆王乃爲之改築，五府爲虚，臺始成，其高千仞，臨終南之上，號曰中天之臺。」

宋太祖

香孩兒占銀世界①，滕六漫天作狡獪②。趙家點檢席帽來③，扶頭學究迎門拜④。江淮蕩掃閻廣灰，不敵銷寒酒一杯。最是五龍酣睡客⑤，夢中失笑墮驢迴⑥。

【箋注】

①夷堅續志：「後唐天成二年丁亥，宋藝祖生于洛陽夾馬營。是時神光滿室，異香馥郁，經月不散，人因號香孩兒營。」

②玄怪錄：「蕭至忠將以臘日畋遊。老狐請救于玄冥使者，求術于嚴四兒曰：蕭使君每役人，必恤其飢寒。若祈滕六降雪，巽二起風，則不復遊獵矣。」

③李燾通鑑長編：「建隆元年，契丹入寇。上領宿衛諸將禦之。部下讙言：策點檢爲天子。後上即位，數出微行，或過功臣之家。趙普每退朝，不敢脱衣冠。一夕大雪，普聞扣門聲異甚，亟出，則上立雪中。普惶恐迎拜。上曰：已約吾弟矣。已而開封尹光義至，即普堂設重裀地坐，熾炭燒肉，普妻行酒，上以嫂呼之。普從容問曰：夜

久寒甚，陛下何以出？」上曰：「吾睡不能著，一榻之外，皆他人家也。故來見卿。」普曰：「願聞成算所向。」上曰：「吾欲收太原。」普嘿然良久，曰：「太原當西北二邊，使一舉而下，則邊患我獨當之。留以俟削平諸國，彼彈丸黑子之地，將何逃？」上笑曰：「吾意正爾，姑試卿耳。」于是用師荆湖，繼取西川。」

④學究，見前注。

⑤陳摶著五龍甘臥法一卷。

⑥王偁東都事略隱逸傳：「陳摶嘗乘白驢，欲入汴，中途聞太祖登極，大笑墜驢曰：『天下于是定矣。』」

蔡州夜捷

蔡州夜雪嚴城閟①，馬牛毛縮賊徒醉②。天兵半夜縛元兇，懸瓠城中但愕眙③。軍聲鵝鴨總如雷④，昭陵汗馬蹴雪回⑤。相公振旅堂堂去，日照潼關四面開⑥。

【箋注】

①昌黎平淮西碑：「十月壬申，李愬用所得賊將，自文城因天大雪，疾馳百二十里，夜半到蔡破其門，取元濟以獻。盡得其屬人卒。辛巳，丞相度入蔡。」

②葛洪西京雜記：「元封二年，大寒，雪深五尺，野中鳥獸皆死，牛馬蜷跼如蝟。」

③舊書裴度傳：「十月十一日，李愬襲破懸瓠城，擒吳元濟。」樂史寰宇記：「蔡州，禹貢豫州也。地形志云：『謂之懸瓠城，亦名懸壺城。』又注水經云：『汝水周城，形如懸瓠，故取名焉。』」

④通鑑：「夜半雪愈甚，行七十里，至州城。近城有鵝鴨池，愬令擊之，以混軍聲。」

⑤少陵行次昭陵詩：「玉衣晨自舉，石馬汗常趨。」

⑥昌黎次潼關寄張使君詩：「荆山已去華山來，日照潼關四面開。刺史莫辭迎候遠，相公親破蔡州迴。」

謝家詠雪

謝家庭除香雪灑，玉樹芝蘭鬬佳冶①。柳絮因風絕妙辭②，何煩絲竹供陶寫③。風流宰相中年時④，哀樂應防兒女知。擁爐閒話淮淝事，還想東山一局棊。

【箋注】

①世說言語篇：「謝太傅問諸子姪，子弟亦何預人事，而正欲使其佳？車騎答曰：譬如芝蘭玉樹，欲使其生于堦庭耳。」

②世說言語篇：「謝太傅寒雪日內集，俄而雪下，公欣然曰：白雪紛紛何所比？兄子胡兒曰：撒鹽空中差可擬。兄女曰：未若柳絮因風起。公大笑樂。」

③世說言語篇：「太傅語右軍曰：中年傷于哀樂，與親友別，輒作數日惡。右軍曰：年在桑榆，自然如此，正賴絲竹陶寫。恆恐兒輩覺，損欣樂之趣。」

④南史王曇首傳：「王儉嘗謂人曰：江左風流宰相，惟有謝安。蓋自況也。」

龍門賞雪

龍門雪飛歸騎緩①，相公傳呼且莫返。廚傳烟中續續來，歌姬促坐燕玉煖。花宮漏殘金縷歌②，此際重城鈴索過。瓊窗玉戶沉沉處，三尺屏風樂事多。

【箋注】

① 邵氏聞見錄：「謝希深、歐陽永叔官洛陽時，同遊嵩山，自潁陽歸，暮抵龍門香山，雪作，登石樓望都門，各有所懷。忽于烟靄中有策馬渡伊水來者，既至，乃錢相遣廚傳歌伎至。吏傳公言：山行良勞，當少留龍門賞雪，府事簡，無遽歸也。錢相遇諸公之厚如此。」

② 杜牧之杜秋詩：「秋持玉斝飲，與唱金縷衣。」

宋子京修史

玉堂夜雪清如水，麗豎遠山夾棐几。貂冠翠被宮錦袍，摩挲銀管修唐史①。燭花舒光墨湧波，煖寒雙進金叵羅②。回看青簡還自笑，蘭臺蠶室當如何③？

【箋注】

① 朱弁曲洧舊聞：「宋子京修唐書，嘗一日逢大雪，添油幕，燃椽燭二，左右熾炭兩巨爐，諸妓環侍。方磨墨濡毫，以澄心堂紙草某人傳，顧諸姬笑語，隨閣筆掩卷，起索酒飲之，幾達晨明。」顧文薦負暄雜錄：「宋子京晚年知成都，帶唐書于本任刊修。每宴罷，閉寢門，垂簾，燃二椽燭，媵婢夾侍，和墨伸紙，觀者皆知尙書修唐史，望之如神仙。吳元中居翰苑，每草制誥，則使婢遠山磨墨，運筆措詞，宛若圖畫。二公俱有標致者也。」

②北史祖珽傳：「神武宴僚屬，失金叵羅。竇泰令飲酒者皆脱帽，于珽髻上得之。」

③後漢班彪傳：「固以彪所續前史未詳，乃潛精研思，欲就其業。既而有人上書告固私改作國史，有詔收固繫獄。固弟超詣闕上書，具言固所著述意。顯宗甚奇之，召詣校書，除蘭臺令史。」子長報任少卿書：「僕又佴之蠶室。」

月宮游

銀橋平砌金波路，銀河一帶如繩渡。太眞却妬竊藥人①，月宮不肯多時住②。霓裳拍序慢迴波③，三郎畫肚記來多④。月中天子莫懊惱，天上曾聞竊九歌⑤。

【箋注】

①竊藥，見前注。

②楊太眞外傳：「逸史云：『羅公遠侍玄宗，八月十五日夜宮中玩月，曰：陛下能從臣月中遊乎？乃取一杖向空擲之，化爲一橋，其色如銀，請上同登。約行數十里，至大城闕，公遠曰：此月宮也。有仙女數百，素練寬衣，舞于廣庭。上前問曰：此何曲也，曰：霓裳羽衣也。上密記其聲調，遂回，橋却顧隨步而滅。旦諭伶官象其聲調作霓裳羽衣曲。』」

③樂府鄭愚曰：「玄宗至月宮，聞仙樂，及歸，但記其半。會西涼府節度楊敬述進婆羅門曲，聲調相符，遂以月中所聞爲散序，敬述所進爲曲，而名霓裳羽衣曲。」樂府回波樂，商調曲。唐中宗時造。蓋出于曲水引流泛觴也。李上交紀事會元：「迴波樂、轉春鶯、烏夜啼之類，謂之軟舞。阿遼、柘枝、達摩之屬，謂之健舞。」

④唐詩紀事：「鄭嵎津陽門詩：『三郎紫笛弄烟月。』註曰：『內中皆以上爲三郎。』」開元傳信記：「玄宗嘗坐朝，以手

指上下按其腹。朝退，高力士曰：陛下以手指按腹，豈非聖體小不安耶？玄宗曰：非也。我昨夜夢遊月宮，諸仙姝奏以上清之樂，流亮清越。吾回，以玉笛尋之，已盡得矣。坐朝之際，慮忽遺忘，故時以手指上下尋之，非不安也。力士再拜賀曰：非常之事也。願陛下爲臣一奏之。因爲之奏，其音寥寥然，不可名言。玄宗曰：此曲名紫雲迴。遂載于樂章。」

⑤山海經：「夏后開上三嬪于天，得九歌與九辨以下。」郭璞曰：「皆天帝樂名也。開登天而以竊下用之也。」

嵩岳嫁女

仙家花燭世希有，書生相禮羣眞後。嵩山移作桂輪宮，燭夜花傾數巡酒。莫道人間隔幾塵①，市朝陵谷頗相聞。開元天子來何晚②？爲敕龍神蕩祲氛。

【箋注】

①廣異記：「丁約謂韋子威曰：郎君終當棄俗，尙隔兩塵。子威曰：何謂兩塵？曰：儒謂之世，釋謂之劫，道謂之塵。善堅此心，亦復遐壽。」

②纂異記：「田璆、鄧韶，元和癸巳歲中秋望夕，出建春門，望月于別墅，有二書生揖行，至一境，曰：今夕中天羣仙會於茲岳，請以知禮導升降。言訖，見直北花燭亙天。書生命璆、韶拜，夫人各賜薰髓酒一盃。夫人問左右：誰人召來？曰：衛符卿、李八百。於是引璆、韶于羣仙之後。俄有一人駕鶴而來，曰漢朝天子。續有一人駕黃龍而下，曰：李君來何遲？曰：爲敕龍神設水旱之計，作彌淮蔡，以殲妖逆。書生謂璆、韶：此開元、天寶太平之主也。未頃，穆天子來，環坐而飲。俄有四鶴立于車前，載仙郎并相者侍者。有仙女捧玉箱，托紅箋筆硯而至，請

催粧詩。詩成，玉女數十引仙郎入帳，召璆、韶行禮。禮畢，夫人命符卿等引還人間。折花傾酒，步步惜別。出來時，行四五步，已失所在。惟見嵩山嶢峨倚天，及還家，已歲餘矣。」

西園公讌

鄴中公子敬愛客，飛蓋追隨共茵席①。丹霞明月照羽觴②，良夜高吟戛金石。遊讌差池歲序驚，陳王多暇最關情③。魚山月似西園好，獨向寥天寫梵聲④。

【箋注】

① 曹子建公讌詩：「公子敬愛客，終宴不知疲。清夜遊西園，飛蓋相追隨。明月澄清景，列宿正參差。」李善曰：「公子謂文帝。時武帝在，謂五官中郎也。」

② 魏文帝芙蓉池作：「丹霞夾明月，華星出雲間。」程大昌演繁露：「楚詞曰：『瑤漿蜜勺實羽觴。』張衡西京賦：『羽觴行而無筭。』班婕妤東宮賦曰：『酌羽觴兮消憂。』諸家釋羽觴皆不同。劉德曰：酒行疾如羽。如淳曰：以玳瑁覆翠羽于下，徹上可見。劉良曰：杯上插羽以速飲。皆非是。東皙論禊日逸詩云：『羽觴隨波流。』且以隨波之用證之。若果插羽，則流泛非便。至謂玳瑁翠羽相須爲麗，則太不經。惟李善引漢書音義曰『作生爵形』者是也。古飲器自有爵，眞爲爵形。劉杳謂古尊彝皆刻木爲鳥獸，鑿頂及背以出酒者，卽其制也。孟康釋班賦，亦曰：羽觴作生爵形，有頭尾羽翼。師古曰：孟說是也。第其制隨事取便，製銅爲之，則可堅久，於祭燕爲宜。若以流泛，則刻木爲之，可飲可浮，皆通便矣。」

③ 謝希逸月賦：「陳王初喪應、劉，端憂多暇。」

④法苑珠林唄讚篇：「陳思王曹植每讀佛經，輒流連嗟賞，以爲至道之宗。嘗遊魚山，忽聞空中梵天之響，清雅哀婉，竊聽良久，乃摹其聲節，寫爲梵唄，撰文製音，傳爲後式。梵音顯世始于此。」

庾公南樓

武昌城樓月如雪，庾公高興中宵發①。城下江流照碧波，猶帶匡〔一〕牀晉時月。南戒江山半壁新②，月華應不染胡塵。晉陽夜月重圍候〔二〕，也有登樓清嘯人③。

【校記】

〔一〕邃本、鄒鎡序本作「匡」，箋注本、金匱本作「胡」。　〔二〕箋注本作「候」，各本作「後」。

【箋注】

①世說容止篇：「庾太尉在武昌，秋夜佳景清勝，佐吏殷浩、王胡之之徒，登南樓，理音調。聞函道中有屐聲甚厲，定是庾公。俄而率左右十許人步來，諸賢欲起避之。公徐云：諸君少住，老子于此處興復不淺。因便據胡牀，與諸人詠謔，竟坐甚得其樂。」

②南戒，見前注。

③世說雅量篇：「劉越石爲胡騎所圍數重，城中窘迫無計。越石每夕乘月登樓清嘯，胡騎聞之，淒然長嘆。中夜奏胡笳，人皆流涕。向曉又吹之。並棄圍奔走。」

洞庭採橘

龍頭畫船載清醥①，李娟張態歌喉少②。迴塘十里接包山③，一曲霓裳鋪未了。五宿澄波皓月中④，玻璃地界水晶宮⑤。海山深鎖君知否⑥？近岸還防引去風⑦。

【箋注】

① 樂天夜泛陽塢入明月灣詩：「龍頭畫舸啣明月，鵲脚紅旗蘸碧流。」

② 樂天霓裳羽衣歌：「李娟張態君莫嫌，亦擬隨宜且教取。」注曰：「娟、態，蘇妓之名。」

③ 廣輿記：「洞庭一名包山。」

④ 范成大吳郡志：「白居易因黃橘夜夜泛太湖，其詩云：『十隻畫船何處宿？洞庭山脚太湖心。』又自太湖寄元稹詩云：『報君一事君應羨，五宿澄波皓月中。』則是連五日夜在湖心泛舟，雖白公風格高邁，好事不羣，亦當時法網之疎，不以爲怪。古今時異如此。」

⑤ 述異記：「闔閭構水晶宮，尤極工巧，皆出自水府。」

⑥ 唐逸史：「會昌元年，有商客遭風飄蕩，月餘至一大山。有人迎問，引至一處，一道士坐大殿上，與語曰：此蓬萊山也。遣左右引于宮內遊觀，院宇數十，皆有名號。至一院，扃鎖甚嚴。問之。答曰：此是白樂天院，在中國未來耳。客別歸，至越，具白廉使李公，錄以報白公。乃爲詩二首以記其事，及答李浙東云：『近有人從海上來，海山深處見樓臺。中有仙龕虛一室，皆言此待樂天開。』又曰：『吾學空門不學仙，恐君此語是虛傳。海山不是吾歸處，歸則應歸兜率天。』」

⑦漢郊祀志：「三神山共傳在渤海中，未至，望之如雲。及到，三神山反居水下，至則風輒引船而去。」

西廂記

由來張宿天河下①，鵲橋近倚蒲東舍。一聯花影拂牆詩，千秋明月西廂夜。雙文薄命莫咨嗟，至竟天工不算差。縱是楊妃會傾國，何曾桃李不開花。

【箋注】

①樂府徐陵雜曲：「張星舊在天河下，由來張姓本連天。」

李謩〔一〕烟竹笛

老蛟橫笛山河斷，吹破李謩〔二〕烟竹管①。乖龍耳聾鰲足僵，揚子江心月如澣。餘音寥亮度吳關，白翎海青颯沓還②。會須重截龍吟竹③，劈裂秋風木葉山④。

【校記】

〔一〕〔二〕邃本、箋注本作「謩」，鄒鎡序本、金匱本作「牟」。

【箋注】

①李肇國史補：「李舟好事，嘗得村舍煙竹，截以爲笛，堅如鐵石，以遺李謩。李謩秋夜吹笛于洲，舟楫甚隘，初發調，羣動皆息。及數奏，微風颯然而至。又俄頃，舟人賈客皆有悲泣怨嘆之聲。」

②元楊允孚灤京雜詠：「鴛鴦陂上是行宮，又喜臨歧象馭通。芳草撲人香撲面，白翎隨馬叫晴空。」王偁東都事略附錄：「女眞有俊禽曰海東青，次曰玉爪駿，俊異絶倫，一飛千里。延禧喜此二禽善捕天鵝，命女眞國人搜取以獻。國人厭苦，遂叛。」

③馬融長笛賦：「近世雙笛從羌起，羌人伐竹未及已。龍吟水中不可見，截竹吹之聲相似。」

④遼史地理志：「永州有木葉山，上建契丹始祖廟。」

續得本朝〔一〕二事

威寧海

牙帳燭紅雪如許，打番夜卒扠衣語。金杯玉勒賞未足，笑指雙鬟將勞汝①。邊〔二〕笳烽火公自誇，宵來背癢知誰爬？威寧海子新封好，重擁胡〔三〕姬醉雪花。

【校記】

〔一〕各本有「本朝」二字，金匱本無。　〔二〕各本作「邊」，箋注本作「胡」。　〔三〕箋注本作「胡」，各本作「妖」。

【箋注】

①威寧伯王越，字世昌，濬縣人。在延鎮日，遇夜雪，張燈豪飲。小校偵虜事者，刺報甚悉。公喜，以金甌酌酒，坐而飲之，已，即以金甌予之。校得賞，益暢所欲言。公大喜，指女妓尤麗者曰：「以此予汝。」

棋盤街

天街白月淨如掃，元相入朝銀燭早①。停車嘯咏解朝衣，禁鐘欲動天門曉。閣道崩隤輦路傾，玉堂佳話感昇平。竹沙蘆月江村夜，歷亂漁澄似火城②。

【箋注】

① 崔子鍾嗜酒，每至五鼓，踏月長安街，席地而飲。時李文正以元相朝天，遙見之曰：非子鍾耶？崔趨至傍，曰：入朝尚早，得少住乎？文正曰：佳。便脫衣行觴。火城漸繁，始分手別去。

② 李肇國史補：「元日冬至，立仗，大官皆滿，珂傘列燭，有至五六百炬者，謂之火城。宰相火城將至，則衆火皆撲滅以避之。」

覺浪和上挽詞八首

予與浪上〔一〕人武林邂逅，契在忘言①；吳苑睽違，跡同交臂②。俄聞順世③，早已隔生④。歎夜壑之負趨⑤，感晨鐘而深省。刹竿却倒⑥，智鏡云亡⑦。斯世同長夜之熄燈，伊余如跛人之奪杖。未能免俗，敬製挽詞，以哭吾私，非誰爲慟云爾。

【校記】

〔一〕遂本、箋注本作「上」，金匱本作「丈」。鄒鎡序本作「杖」，誤。

【箋注】

① 莊子外物篇：「言者所以在意，得意而忘言。」

② 莊子：「仲尼謂顏回曰：吾終身與汝交一臂而失之。」

③ 釋氏要覽：「釋氏死謂涅槃、圓寂、歸眞、歸寂、滅度、遷化、順世，皆一義也。隨便稱之，蓋異俗也。」

④ 元微之僧展如詩：「重吟前日他生句，豈料踰旬便隔生。」

⑤ 夜壑，見前注。

⑥ 五燈會元：「阿難尊者一日問迦葉曰：世尊傳金襴袈裟外，別傳個甚麽。迦葉曰：阿難。阿難應諾。迦葉曰：倒却門前刹竿着。」

⑦ 智鏡，見宗鏡錄。

雲心洒落鶴身輕，覿面眞令水觀成①。莫道三生隔眉宇，琉璃白月自分明②。

【箋注】

① 水觀，見前注。

② 禪家以初一至十五爲白月，十六至大盡爲黑月。

石室分籌了未曾①？雀喧鳩鬧正懵騰。恰如墨穴〔一〕昏黃候，吹滅龍潭一紙燈②。

【校記】

〔一〕各本作「穴」，金匱本作「月」。

【箋注】

①西域記：「兎羅國城東五六里，巖間有石室，高二十餘尺，廣三十餘尺四寸，細籌填積其內。尊者近護，說法化導，夫妻俱證羅漢果者，乃下一籌。異室別族，雖證不記。」

②五燈會元：「宣鑒禪師侍龍潭棲止。一夕立次，潭曰：更深何不下去？師珍重便出，却回曰：外面黑。潭點紙燈度與師，師擬接，潭便吹滅。師于此大悟，便禮拜曰：從今向去，更不疑天下老和尚舌頭也。」

踏翻大地攪長河①，一葦橫江也較多②。解道廓然無聖句③，依然平地自生波。

【箋注】

①百法鈔：「十大菩薩變大地爲黃金，攪長河爲酥酪。」

②釋氏通鑑：「達摩至金陵，知機不契，遂去梁。折蘆北趨魏境。尋至雒邑，止嵩山少林寺，終日面壁而坐。」

③傳燈錄：「梁普通八年，師至金陵。武帝問聖諦第一義，師曰：廓然無聖。帝曰：對朕者誰？師曰：不識。帝亦領悟。」

錫杖條衣挂影堂，西齋依舊一爐香。趙州未會安閒法，尙倚山門見趙王①。

【箋注】

①南部新書：「眞定帥王公，一日攜諸子入趙州院。坐而問曰：大王會麽？王曰：不會。師云：自小持齋身已老，見人無力下禪床。王大加禮重。翼日，令客將傳語，師下禪床受之。侍者問：和尚見大王來，不下禪床。今日將軍來，爲甚麽却下禪床？師云：非汝所知。第一等人來，禪床上接。中等人來，下禪床接。末等人來，山門外接。」

驟雨沈灰刦未窮，長干一夜起嵐風①。諸天比歲頻垂泣，細雨如絲只爲公②。

【箋注】

① 嵐風，見前注。

② 翻譯名義集：「阿含說：舍利弗涅槃時，無色界天，空中淚下，如春細雨。」

智海波騰識浪奔①，溪籐海墨總瀾翻②。扠衣辭衆跏趺去③，才顯毘耶不二門④。

【箋注】

① 華嚴經世主妙嚴品：「智海于此湛然坐。」疏鈔曰：「特由內無識浪，故曰智海湛然。」

② 李肇國史補：「紙則有越之剡藤台紙。」華嚴經：「假使有人以大海量墨，須彌聚筆，書寫于此普眼法門。一品中一門，一門中一法，一法中一義，一義中一句，不得少分，何況能盡。」

③ 譬論云：「以兩足趺，加致兩脛，如龍盤結。脇尊云：是吉祥坐。」念誦經云：「全加趺是如來坐，半加趺是菩薩坐。」

④ 維摩詰經：「佛在毗耶離菴羅樹園。佛告文殊師利：汝行詣維摩詰問疾。文殊師利問維摩詰：何等是菩薩入不二法門？時維摩詰嘿然無言。文殊師利嘆曰：乃至無有文字言語，是眞入不二法門。」

須彌拍碎信乾坤，曾向龍湖徹底論①。誰復夜闌聞〔一〕軟語，空餘落月似金盆。

【校記】

〔一〕各本作「聞」，箋注本作「聽」。

【箋注】

① 松影和上報恩詩草序：「予少喜讀龍湖李禿翁書，戊戌歲，與覺浪和上劇談，舉向在龍湖與梅長公諸人夜話，笑

語和上，安所謂麻姑長爪爬我背癢耶？」

宗眼相期訂汗青，五花重理五枝燈①。傷心僧寶憑誰續？也似人間野史亭。

【箋注】

① 侯延慶禪林僧寶傳序：「覺範曰：自達摩之來，六傳至大鑑。鑑之後析爲二宗，其一爲石頭，雲門、曹洞，法眼宗之。其一爲馬祖，臨濟，潙仰宗之。是爲五家宗派。」

靈巖方丈遲靜涵司農未至

巖〔一〕扉春淺日初遲，接足高僧晏坐時①。丈室祇應禪老共②，琴臺只與片雲期③。梅橫縞袂迎人笑④，鶴曳〔二〕玄裳入夢疑⑤。凝望空庭指頑石，兩人心跡有君知。

【校記】

〔一〕箋注本作「巖」，各本作「台」。〔二〕各本作「曳」，箋注本作「戛」。

【箋注】

① 贊寧宋高僧傳：「達摩掬多掌定門之秘鑰，佩如來之密印，顏如四十許，其實八百歲也。無畏投身接足，奉爲本師。」

② 釋氏要覽：「唐顯慶中，勅差外尉寺丞李義，表前融州黄水令王玄策往西域充使，至毗耶城東北四里許維摩居士宅示寂之室，遺址疊石爲之。玄策躬以手板縱横量之，得十笏，故號方丈。」

③范成大吳郡志：「館娃宮即今靈巖寺，山有琴臺、西施洞、硯池、翫花池，山前有採香逕，皆宮之故跡。」

④東坡松風亭梅花詩：「海南仙雲嬌墮砌，月下縞衣來扣門。」

⑤東坡後赤壁賦：「適有孤鶴，橫江東來。玄裳縞衣，戛然長鳴。」

靈巖呈夫山和上二首

經年期約訪花宮①，一坐渾如小刦終②。厭窴語言殘夢後，欠呵情緒薄寒中。方嗟下界初禪火③，又感空門四樹風。感嘆天界浪老順世，兼有後五百年刹竿苦語。月落長明燈焰焰，夜闌獨向屧廊紅④。

【箋注】

①太白秋夜宿龍門香山寺詩：「玉斗生網戶，銀河耿花宮。」

②太白遊昌禪師山池詩：「一坐小刦度，觀空天地間。」

③大智度論釋初品中：「三昧，初禪中覺觀心動，二禪中大喜動，三禪中天樂動，四禪中無動。初禪火所燒，二禪水所及，三禪風所至，四禪無此三患。」

④范成大吳郡志：「響屧廊，在靈巖寺，相傳吳王令西施輩步屧，廊虛而響，故名。」

一入香林與世分①，杖藜侵曉過層雲。日光下塔穿嵐氣，池影搖窗劃浪紋。大地忽生應置答②，諸天退位可相聞③？閒〔一〕雲只在琴臺畔，迎笑亭前舉似君④。

【校記】

〔一〕遼本、鄒鎡序本作「閒」，箋注本、金匱本作「片」。

【箋注】

① 東坡贈僧道通詩：「香林乍喜聞薝蔔。」

② 五燈會元：「秀州長水子璿講師聞琅琊道重當世，即趨其席。值上堂次，出問曰：清淨本然，云何忽生山河大地？琅琊答曰：清淨本然，云何忽內山河大地？師悟，謝曰：願侍巾瓶。琅琊謂曰：汝宗不振久矣，宜厲志扶持，報佛恩德，以勿殊宗爲戒也。」

③ 禪林僧寶傳：「雲門禪師文偃遊方過九江，陳尚書飯偃，問衲僧行脚事。偃曰：聞公常看法華經，經曰：『治生產業，皆與實相不相違背。』且道非非想天，有幾人退位？無以酬之，偃訶譏之而去。」

④ 靈巖山半有迎笑亭，儲和尙爲之記。

錫山雲門徐叟八十勸酒歌

此翁輕俠少無比，白馬黃衫賤紈綺。千金借客柳市中，一曲嬌歌笛牀裏。老來入道學閉〔一〕關，縛屋看雲惠錫間①。看盡浮雲變蒼狗②，雲忙不似此翁閒。今年八十尙抖擻，百八數珠不離口③。僧窗打睡瞯雞人④，佛火挑燈臂鷹手⑤。我亦明年釣渭期，爲君先唱壽筵詞。大家掙扎雙眉眼，看取蓬萊水淺時⑥。

【校記】

〔一〕各本作「閉」，箋注本作「開」。

【箋注】

①大明一統志：「錫山在無錫縣西七里，惠山東峯也。惠山舊名九龍山。」

②少陵詩：「天上浮雲如白衣，斯須變改如蒼狗。」

③木槵子經：「昔有國王，名波流梨，白佛言：我國邊小，頻年寇疫，穀貴民困，我常不安。法藏深廣，不得遍行。唯願垂示法要。佛言：大王若欲滅煩惱，當貫木槵子一百八個，常自隨身，志心稱南無佛陀，南無達摩，南無僧迦名，乃過一子。如是漸次，乃至千萬。能滿二十萬遍，身心不亂，除諂曲，捨命得生炎摩天。若滿百萬遍，當除百八結業，獲常樂果。王言我當奉行。」

④元遺山十二月十六日還寇氏十八日夜雪詩：「慚愧南窗打睡僧。」

⑤司空圖修史亭詩：「誰料平生臂鷹手，挑燈自送佛前錢。」

⑥葛洪神仙傳：「麻姑自說：向到蓬萊，水又淺于往昔，豈將復還爲陵陸乎？」

淮陰逢雷臣侍御五十生日爲壽二首〔一〕

臘醅重碧泛深卮①，花覆楸枰日未移。大好三分春色裏，恰逢千日解酲時。安排星海懸棋局，錯列天街樹酒旗。綠柳乍眠鶯旋〔二〕囀，且扶殘醉調〔三〕長眉。

【校記】

〔一〕此二詩邃本、箋注本、金匱本有，鄒鎡序本無。金匱本「生日爲壽」作「壽詩」。〔二〕邃本、箋注本作「旋」，金匱本作「乍」。〔三〕邃本、箋注本作「調」，金匱本作「挽」。

【箋注】

①少陵宴楊使君東樓詩：「重碧拈春酒，輕紅擘荔支。」

跨下橋邊艤釣舟①，持竿傲兀擬羊裘②。浮雲逝水秦炎火，芳草垂楊漢碧流。靜夜香燈明寶筏，諸天梵樂護銀鉤。雷臣日持誦金剛不輟〔一〕。蓮花世界非關汝③，肯向昆明笑白頭。

【校記】

〔一〕邃本、箋注本有自注，金匱本無。

【箋注】

①方輿勝覽：「跨下橋，在淮陰縣，即韓信爲少年所辱之處。」

②後漢嚴光傳：「光隱身不仕，帝令以物色訪之。後齊國上言，有一男子，披羊裘釣澤中。帝疑是光，遣使聘之，三反而後至。」

③王介甫詩：「蓮花世界非關汝，楮葉工夫枉費年。」

淮陰舟中憶龔聖予遺事書贈張伯玉〔一〕

幕府遺民盡古丘，長淮南北恨悠悠。龍媒畫〔二〕得神應取①，魚腹詩成鬼亦愁②。青史高文留刲火，綠林激〔三〕贊寄陽秋③。對君滄海繙餘錄，老淚平添楚水流。

【校記】

〔一〕此詩遂本、箋注本、金匱本有，鄒鎡序本無。〔二〕遂本、箋注本作「晝」，金匱本作「盡」。〔三〕遂本、箋注本作「激」，金匱本作「微」。

【箋注】

①漢禮樂志郊祀歌：「天馬徠，龍之媒。」吳萊桑海遺錄序：「龔開，字聖予，嘗與秀夫同居廣陵幕府。及世已改，家益貧，立則沮洳，坐無几席。一子名浚，每俯伏榻上，就其背，按紙作唐馬圖，風鬃霧鬣，豪骭蘭筋，備盡諸態。一詩出，人輒以數十金易得之。藉是故不饑，文章議論愈高古。所作文如宋瑞、陸秀夫二傳，大率類馬遷、班固所爲，陳壽以下不及也。予故私列二傳以發其端，題曰桑海遺錄，且以待太史氏之採擇。」

②龔聖予挽陸君實詩：「立事寧將敗事論，在邊難與在朝分。從來大地爲滄海，可得孤臣抱幼君？南北一家今又見，乾坤三造古曾聞。他年自有春秋筆，不比田橫祭墓文。」方回詩：「亙古無斯事，於今有若人。龍綃同把手，蛟室共沉身。蹈海言能踐，憂天志不申。曾微一抔土，魚腹葬君臣。」方鳳詩：「祚微方擁幼，勢極尙扶顛。鰲背舟中國，龍胡水底天。鞏存周已晚，蜀盡漢無年。獨有丹心皎，長依海日懸。」

③周密癸辛雜識：「龔聖予宋江三十六贊序曰：『宋江事見于街談巷語，不足采著。雖有高如、李嵩輩傳寫，余欲存之畫贊，以未見信書載事實，不敢輕爲。及見東都事略中侯蒙傳云：宋江三十六人橫行河朔，其材必有過人。余然後知江輩眞有聞于時者。於是即三十六人人爲一贊，而箴體具焉。』」

周安石七十

梵行儒風共一家，條衣丈室似毘耶①。青蓮池養新函蘂，紫柏林披舊貫花。長日經聲停院竹，清秋佛火淨窗紗。壽觴且醉油囊酒②，刦石何曾算歲華③。

【箋注】

① 條衣，見前注。維摩詰經：「佛在毘耶離菴羅樹園。」

② 油囊，見前注。

③ 大智度論釋初品中：「菩薩功德，佛譬喻說四十里石山，有長壽人百歲過，持細軟衣一來拂拭，大石山盡，劫故未盡。」

後秋興八首 〔一〕八月初十日小舟夜渡惜別作

負戴相攜守故林，繙經問織意蕭森。疏疏竹葉晴窗雨，落落梧桐小院陰。白露園林中夜淚，青燈梵唄六時心。憐君應是齊梁女，樂府偏能賦藁砧。

丹黃狼藉鬢絲斜，廿載間關歷歲華。取次鐵圍同血道，幾層銀浦共仙槎。吹殘別鶴三聲角，迸散棲烏半夜笳。錯憶窮秋是春盡，漫天離恨攪楊花。

北斗垣牆闇赤暉，誰占鶉鳥一星微？破除服珥裝羅漢，減損虀鹽餉佽飛。娘子繡旗營壘倒，將軍鐵矟鼓音違。鬚眉男子皆臣子，秦越何人視瘠肥？

閨閣心縣海宇棋，每於方罫繫權悲。乍聞南國車攻日，正是西窗對局時。漏點傳稀更鼓急，燈花驟落子聲遲。還期一着神頭譜，姑婦何人慰我思？

水擊風搏山外山，前期語盡一杯間。五更噩夢飛金鏡，千疊愁心鎖玉關。人以蒼蠅汙白璧，天將市虎試朱顏。衣珠曳綺留都女，羞殺當年翟茀班。

歸心共折大刀頭，別淚闌干誓九秋。皮骨久拌猶貰死，容顏減盡但餘愁。摩天肯悔雙黃鵠，帖水翻輸兩白鷗。更有閑情攪腸肚，爲余輪指算神州。

全軀亂世若爲功，架海梯山抵掌中。漫許揮戈迴晚日，幾時把酒賀春風？牆頭梅蘂疏窗白，甕面葡萄玉盞紅。一割忍忘歸隱約，少陽元是釣魚翁。

臨分執手語逶迤，白水旌心視此陂。一別正思紅豆子，雙棲終向碧梧枝。盤周曲角言難罄，局定中心誓不移。歸院金蓮應慰勞，紗燈影裏淚先垂。

【校記】

〔一〕此八首各本有，箋注本無。第七首末句，鄒鎡序本、金匱本作「少陽」，邃本作「夕陽」。按：此八首收於投筆集中，偶有少數字與此有異，投筆集中有自注，此亦缺。今兩處各仍其舊，異處不出校記。邃王已注投筆集，故有學集箋注本不收此詩。

〔清〕錢謙益 著
〔清〕錢曾 箋注
錢仲聯 標校

牧齋有學集

王遽常

中

上海古籍出版社

有學集卷十一

紅豆三集

辛丑二月四日宿述古堂張燈夜飲酒罷有作

神居仙治氣葱蘢，山響雲興闌檻①中。東夏衣冠餘白髮，宋宣獻傳芳集序云：「武肅王奄有東夏。」西臺堂構又春風②。架披緗竹標黃〔一〕白，杯壓蒲萄泛碧紅。從此經過無信宿，書莊酒庫總相同〔二〕③。

【校記】

〔一〕各本作「黃」，鄒鎡序本作「靑」。　〔二〕箋注本、金匱本如此。遼本、鄒鎡序本作「從此吾家好風物，引杯燒竹與君同」。

【箋注】

① 梁昭明招眞治碑：「野寂雲興，琴繁山響。」

② 程大昌演繁露：「高宗朝，改門下省爲東臺，中書省爲西臺，尙書省爲文昌臺。故御史呼南臺，南朝亦同。又曰：武后朝，御史有左右肅政之號，當時亦謂之左臺右臺，則憲府未曾有東臺西臺之稱也。唯俗呼在京爲西臺，東

都爲東臺。按此言之，御史惟一臺，別自因事加東西南三稱爲別耳。其謂俗呼在京爲西臺者，唐都長安，于洛陽爲西，而洛陽亦有留臺，故長安名西臺，而洛陽爲東臺也。」

③白樂天自題酒庫詩：「此翁何處富？酒庫不曾空。」

地雺天霧晝冥冥①，齋閣侵〔一〕晨拜六經②。隱几新聲〔二〕千律呂③，縈窗古字照丹青④。文嗤寫豕都疑亥⑤，學笑餐魚每食丁⑥。邊王方刊正西崑詩注〔三〕。慚愧師丹老多忘⑦，貝多葉裏讀書螢⑧。

【校記】

〔一〕箋注本作「侵」，各本作「淸」。　〔二〕箋注本、金匱本作「聲」，邃本、鄒鎡序本作「詩」。　〔三〕邃本、箋注本有自注，鄒鎡序本、金匱本無。

【箋注】

①爾雅釋天：「天氣下，地不應，曰雺。地氣上，天不應，曰霧。」

②南齊書臧榮緒傳：「榮緒惇愛五經，乃著拜五經序論，常以宣尼生庚子日，陳五經拜之。」

③元微之酬樂天餘思詩：「律呂同聲爾我均，文章君是一伶倫。」

④丹青，見前注。

⑤豕亥，見前注。

⑥爾雅釋魚：「魚枕謂之丁，魚腸謂之乙，魚尾謂之丙。」

⑦方回瀛奎律髓宋元憲寄子京詩：「老去師丹多忘事，少來之武不如人。」

⑧翻譯名義集：「多羅，舊名貝多，如此方棕櫚。西域記云：『南印建那補羅國北，有多羅樹林三千餘里，其葉長廣，其色光潤，諸國書寫，莫不來用。』」

繁華第宅太平時，山滿高樓夜宴遲。山滿樓，是侍御汝澹兄宴客處〔一〕。醉倒綠窗賓作主，笑喧紅袖祭爲尸。女伎演哭夫雜劇，醉坐靈床，受其澆奠，故有爲尸之語〔二〕。重簾勸酒鸚哥語，促坐分甘燕子窺。彈指昔游今四世①，當筵引滿復何辭？

【校記】

〔一〕〔二〕邃本、箋注本有自注，鄒鎡序本、金匱本無。

【箋注】

①翻譯名義集：「僧祇云：『二十念爲一瞬，二十瞬名一彈指。』」

春寒料峭管絃清①，坐看人間滄海更。樂闋龍宮催急鼓②，歌穿魚鑰出重城③。電曉雲北天舒笑，月轉花西帝解酲④。狂殺婆留老孫子⑤，醉看牛斗到參橫⑥。

【箋注】

①韓魏公辛亥二月十五日詩：「病骨不禁風料峭。」

②龍宮，見前注。

③曹唐敍邵陵舊宴詩：「木魚金鑰鎖重城，夜上紅樓縱酒情。」

④張平子西京賦：「昔者天帝說秦繆公而觀之，饗以鈞天廣樂，帝有醉焉。」

⑤ 僧文瑩湘山野錄：「吳越王省塋隴，一隣嫗九十餘，攜壺漿角黍迎于道。王下車亟拜。嫗撫其背，猶以小字呼之，曰：錢婆留，喜汝長成。蓋初生時，光怪滿室，父懼，將沉于叉溪，此嫗酷留之，遂以爲名焉。」

⑥ 少陵嚴侍郎仝登杜使君江樓詩：「天橫醉後參。」

讀豫章仙音譜漫題八絶句呈太虛宗伯并雪堂梅公古嚴計百諸君子

重城珠翠照邗溝①，玉樹歌聲蕩玉鈎②。明月二分都捲去③，誤人殘夢到揚州。

【箋注】

① 唐闕史：「牛僧孺出鎮揚州，辟杜牧掌書記。每重城向夕，倡樓之上，常有絳紗燈萬數，羅列空中。九重三十步街，珠翠填咽，邈若仙境。牧常出沒馳逐其間。」

② 隋書樂志：「陳後主于清樂中造黃驪留及玉樹後庭花、金釵兩鬢垂等曲，男女唱和，極于輕蕩。」

③ 明月二分，見前注。

別去騰騰只醉眠，三杯天酒半龕禪。江風吹落仙音譜，似拂〔一〕修羅琴上絃①。

【校記】

〔一〕各本俱作「佛」，誤，今改。

【箋注】

① 法苑珠林唄讚篇：「大樹緊那羅王以己所彈琉璃之琴，在如來前，善自調琴。一切凡聖，唯除不退轉者，其餘一

切，聞是琴聲及諸樂音，各不自安，從座起舞。」

牡丹亭苦唱情多，其奈新聲水調何？誰解梅村愁絕處？秣陵春是隔江歌①。

【箋注】

① 杜牧之秦淮絕句：「商女不知亡國恨，隔江猶唱後庭花。」

雲藍小袖盡傾城①，逐隊燈前謝小名②。莫道掃眉才子少③，墨兵酒海正縱横④。

【箋注】

① 東坡與蔡景繁書：「至後杜門辟觀，雖妻子無幾相見。然雲藍小袖者近輒生一子，想聞之一撫掌也。」

② 劉禹錫和楊師皋傷小姬英英詩：「撚絃花下呈新曲，放撥燈前謝改名。」

③ 唐詩紀事：「薛濤好製小詩，營妓無校書之號，韋南康欲奏之而罷，後遂呼之。胡曾詩曰：『萬里橋邊女校書，枇杷花下閉門居。掃眉才子知多少？管領春風總不如。』」

④ 孫樵謂史書爲墨兵。樂天就花枝詩：「就花枝，移酒海。今朝不醉明朝悔。」

舞豔歌嬌爛不收，南朝從此果無愁①。笑他寂寞新亭客，掩面悲啼作楚囚②。

【箋注】

① 隋書樂志：「北齊後主自能度曲，常倚絃而歌，別採新聲，爲無愁曲，自彈胡琵琶而唱之。」

② 新亭客，見前注。

紅筵綠酒競留春，韝臂弓鞋一番〔一〕新①。銀燭有花還解笑，風光偏賽白頭人。

【校記】

〔一〕各本作「番」，金匱本作「樣」。

【箋注】

①漢東方朔傳：「董君綠幘傅韝。」韋昭曰：「韝，形如射韝，以縛左右手，于事便也。」師古曰：「韝，即今之臂韝也。」

道山新聞：「李後主令宮嬪窅娘以帛繞脚令纖小，屈上作新月狀，由是人皆效之，以纖弓爲妙。」

花落花開祇一晨，判將嚼蠟抵橫陳①。九歌本是人間曲，天老〔二〕何曾愛二嬪②。

【校記】

〔二〕各本作「老」，金匱本作「上」。

【箋注】

①嚼蠟，見前注。

②山海經：「夏后開上二嬪于天，得九辨與九歌以下。」

游絲白日忽成嵐，柳絮春風故作憨。寄與多心經一卷，色空空色任君參。

孫郎長筵勸酒歌

人間何處開笑口？憒悶試問黃衣叟①。烏黔鵠白誰使然②？鼻竪眉橫亦希有。君不見彭籛孫子八十翁，頭童鬢禿兩耳聾。客來稱壽百不應，反堞堉〔一〕惰追兒童③。又不見孫郎三十英妙年，蘭成射策爭先鞭④。華堂高會稱燕喜，撞鐘伐鼓開長筵。長筵錦繡裹吾谷，對酒西湖泛晴淥。褒衣宿素撰致語⑤，小隊雲藍度新曲。主人燕客露未晞，千金爲壽徵歌詩。滿堂詞人齊授簡，老翁曳杖前致辭。君家門第不可當，青油暢轂尚書〔二〕郎⑥。邇來科名尤烜赫，夷亭潮來塔放光⑦。毳帳前頭海子側，潼酒駝羹賜顏色⑧。柏梁筆札傳拂廬⑨，槐木音聲動鄉國⑩。東門銅狄不相待，麻姑筵前見桑海。燕山馬角可憐生⑪，揚州鶴背知誰在⑫？天關漢口未通津⑬，銀海又報生埃塵⑭。漁陽白雀自賓主⑮，魚鳧杜宇猶君臣⑯。江村夏冰冬起雹，東鄰田父額生角⑰。詛神何用憑實沉⑱，罵鬼祇應倩方朔⑲。春光淡沱春寒輕，春女如花春酒盈。三杯便可邀帝醉，一笑何妨喝月行。如此郎君如此老，黃髮青春各言好。尋花長與燕鶯〔三〕羣，釀酒莫被魚龍惱⑳。爲君長謠勸酒歌，老顛欲裂舞婆娑。卽看紅豆花開候，恰是蟠桃一度過。

【校記】

〔一〕遼本、箋注本作「堞墒」，鄒鎡序本、金匱本作「蹋蹀」。〔二〕遼本、鄒鎡序本作「尙書」，箋注本、金匱本作「書省」。〔三〕遼本、箋注本作「燕鶯」，鄒鎡序本、金匱本作「鶯燕」。

【箋注】

①張平子西京賦：「小說九百，本自虞初。」李善曰：「虞初者，洛陽人。武帝時，乘馬衣黃衣，號黃車使者。」

②莊子天運篇：「夫鵠不日浴而白，烏不日黔而黑。黑白之樸，不足以爲辨。」

③堞堄，見前注。

④陸龜蒙小名錄：「庾信，小字蘭成，幼而俊邁，有天竺僧呼信爲蘭成，因以爲小字。」

⑤後漢鄭玄傳：「宿素衰落。」

⑥國風小戎詩：「文茵暢轂。」傳曰：「暢轂，長轂也。」

⑦程大昌續演繁露：「平江嘗有讖語：水到夷亭出狀元。夷亭本是港浦，水到之說，亦不可曉。淳熙庚子，浙西大旱，河港皆涸，海因得專派捷上，直過夷亭。來年辛丑，黃由果魁多士。由，平江人也，人謂此讖已應矣。至甲辰年，衞涇薦魁焉，人大異之。予問夷陵何以名夷？蓋吳闔閭時名之也。闔閭嘗思海魚而難于生致，迺令人卽此地治生魚，鹽漬而日乾之，故名爲鯗。又玉篇、說文無鯗字，唐韻始收入。鯗卽魚身，而其腸胃別名逐夷。爲此亭之嘗製此魚也，故以夷名之。」戊戌孫承恩魁天下，里老云：是春邑中有塔放光之異。

⑧太白東武吟：「君王賜顔色，聲價凌烟虹。」

⑨程大昌雍錄：「漢元鼎元年起柏梁臺。三輔舊事云：『以香柏爲之，香聞數十里。漢武作臺，詔羣臣二千石能爲七言者乃得上。』」舊書吐蕃傳：「其屋都城號爲邏些，城屋皆平，城高者至數十尺。貴人處于大氈帳，名爲拂廬。」

⑩趙璘因話錄：「都堂南門道東，有古槐，垂陰至廣。相傳夜聞絲竹之聲，省中卽有入相者，俗謂之音聲樹。」

⑪史記刺客列傳：「燕丹求歸，秦王曰：烏頭白，馬生角，乃許耳。丹乃仰天嘆，烏頭卽白，馬亦生角。」

⑫王楙野客叢書：「腰纏十萬貫，騎鶴上揚州。天下美事，安有兼得之理。」

⑬隋書天文志：「梁天監十三年三月景午，太白失行在天關。占曰：津梁不通又兵起。」

⑭漢劉向傳：「下錮三泉，水銀爲江海。」

⑮漁陽白雀，見前注。

⑯華陽國志：「次王曰魚鳧。魚鳧王田于湔山，忽得仙道，蜀人思之，爲立祠。後有王曰杜宇，教民務農，一號杜主。」

⑰去紅豆莊數里，地名鮎魚口。有一老人，于乙未正月一日，鼻端忽生一角。

⑱左傳昭公元年：「子產曰：昔高辛氏有二子，伯曰閼伯，季曰實沈，居于曠林，不相能也。日尋干戈，以相征討。后帝不臧，遷閼伯于商丘，主辰。遷實沈于大夏，主參。」

⑲方朔，見前注。

⑳魚龍，見前注。

吁嗟行走筆示張子石

君不見程孟陽，詩名紛繪垂琳瑯。松圓一抔掩寂寞，孫枝兩葉悲流亡。又不見程善長，布衣俠骨今無兩。傭保雜作購童稚①，新安江頭命孤〔一〕槳。是時春寒雨飄蕭，天容人意俱無憀。通眉長爪猶在眼②，陳根絶哭不可澆③。練川故人望眼勞，衝泥扶病來崇朝。摩頂執手心鬱陶，口推脫粟身解袍④。喜心翻倒轉嗚咽，迷離老眼隨風飈。吁嗟乎！丹陽朋舊不可得，勝華通子誰省識⑤？白刃有客致伯禽⑥，靑山無人弔太白⑦。老夫耄矣徒歎息，天地兵塵尙偪塞。桃花照眼淚霑臆，且持村酒勸子石，一爲歌行歌主客⑧。

【校記】

〔一〕各本作「孤」，箋注本作「兩」。

【箋注】

① 漢功臣表：「皆出庸保之中。」師古曰：「庸，賣功庸也。保，可安信也。皆賃作者也。」

② 新書李賀傳：「賀爲人纖瘦通眉，長指爪，能疾書。」

③ 陸士衡弔魏武帝文：「覩陳根而絕哭。」李善曰：「鄭玄禮記注：宿草爲陳根也。」

④ 漢公孫弘傳：「食一肉，脫粟飯。」師古曰：「才脫粟而已，不精鑿也。」

⑤ 唐詩紀事：「進士顏萱過張祜丹陽遺居，見其愛姬崔氏，貧居荆榛下，有一子杞兒，求食汝墳，憫然作詩弔之。陸龜蒙和詩云：『勝華通子共悲辛，荒徑今爲舊宅隣。一代交遊非不貴，五湖風月合教貧。魂應絕地爲才鬼，名與遺編在史臣。聞道平生偏愛石，至今猶泣洞庭人。』」

⑥ 太白贈武諤詩序：「門人武諤，深于義者也。聞中原作難，西來訪余。余愛子伯禽在魯，許將冒胡兵以致之。」

⑦ 本事詩：「太白放還，遊賞江表山水，卒于宣城之采石，葬于謝公青山。范傳正爲宣歙觀察使，爲立碑以旌其隧。」

⑧ 少陵醉歌行：「感君意氣無所惜，一爲歌行歌主客。」

梅公司馬枉訪江村賦詩見贈奉答二首公以午節歸里爲遠山夫人稱壽故次首及焉

豹尾追游四十春①，銅駝金馬總成塵②。誰憐短髮今宵客，還是長安舊雨人。門第何須問豚犬，衰殘無復畫麒麟。公詩望犬子泥金之信，且以磻溪相擬，皆非老人所樂聞也。荒村剪燭渾如夢，贏得天涯白首新。

【箋注】

① 豹尾，見前注。

② 御覽：「陸機洛陽記曰：『洛陽有銅駝街，俗語曰：金馬門外集衆賢，銅駝陌上集少年。』」

石榴花綰柳纚絲，暈碧裁紅燕喜時。五日宮中長命縷①，數峰江上遠山眉。含桃寫似朱唇色，萱草〔一〕描如翠黛姿②。聞道麻姑約相過，餘杭媪擬助天釃③。夫人傳語內人，許他年相訪，故云。

【校記】

〔一〕各本作「草」，鄒鎡序本作「子」。

【箋注】

① 荆楚歲時記：「以五綵絲纏臂。按孝經援神契曰：『仲夏蠒始出，婦人染練作日月星辰鳥獸之狀，文繡金縷，貢獻

所爲。一名長命，一名續命縷，一名辟兵繒，一名五色絲，一名朱索，名擬甚多。』」

② 唐詩紀事：「萬楚五月五日觀妓詩：『青黛奪將萱草色，紅裙妬殺石榴花。』」

③ 餘杭媪，見前注。

爲陳伯璣題浣花君小影四首

嫁得東家十五餘①，莫愁湖水浣花如②。薄裝自製蓮花服③，禮罷金經伴讀書。

【箋注】

① 玉臺集歌辭：「恨不嫁與東家王。」

② 大明一統志：「成都府浣花溪，一名百花潭。唐妓薛濤家潭旁，以潭水造紙，爲十色箋。」

③ 宋玉神女賦序：「嫷被服，侻薄裝。」李善曰：「侻，好也。」翻譯名義集：「眞諦雜記云：『袈裟是外國三衣之名，名含多義，或名離塵服，或名消瘦服，或名蓮花服。』」

杜曲湘蘭日暮雲①，桃根桃葉自殷勤②。琴心三疊將雛曲③，不唱前朝白練裙④。

【箋注】

① 雍錄：「樊川，韋曲東十里，有南杜、北杜，杜固謂之南杜，杜曲謂之北杜，二曲名勝之地。」

② 樂府桃葉歌：「桃葉復桃葉，桃葉連桃根。相憐兩樂事，獨使我殷勤。」

③ 黃庭內景經：「琴心三疊舞胎仙。」樂府隴西行：「鳳凰鳴啾啾，一母將九雛。」

④ 白練裙雜劇，鄭應尼爲名妓馬湘蘭作。

生來形影鎮相親，畫裏春風掌上人①。含睇分明又疑笑，休教錯莫喚眞眞②。

【箋注】

① 梁書羊侃傳：「張靜婉容色絕世，腰圍一尺六寸，時人咸推能掌上舞。」

② 松窗雜錄：「唐進士趙顏于畫工處得一軟障，圖一婦人甚麗。工曰：余神畫也。此名曰眞眞，呼其名，百日晝夜不歇，卽必應之。應則以百家綵灰酒灌之必活。顏如其言灌之，遂活。下步言笑，飲食如常。終歲，生一兒。兒年兩歲，友人曰：此妖也，余有神劍可斬之。其夕遺顏劍，纔及室，眞眞曰：妾南嶽地仙也，爲人畫妾之形，君又呼妾名，既不奪君願。今疑妾，妾不可住。言訖，攜其子却上軟障。覩其障，惟添一孩子，皆是畫焉。」

一擲丹砂變海田①，麻姑纖手故依然。老夫〔一〕梵志餘長爪②，傳語方平莫浪鞭。

【校記】

〔一〕各本作「夫」，金匱本作「來」。

【箋注】

① 顏眞卿麻姑仙壇記：「麻姑求少許米擲之，墮地卽成丹砂。」

② 大智度論緣起：「舍利弗舅摩訶俱絺羅與姊舍利，論議不如，出家作梵志。至南天竺國，自作誓言：我不剪爪，要讀十八種經書盡。人見爪長，因號長爪梵志。」

山陰王大家玉暎以小影屬題敬賦今體十章奉贈　玉暎，故尚書季重之幼女也。

季重才名噪若耶，縹囊有女嗣芳華。漢家若採東征賦①，彤管先應號大家②。

【箋注】

① 李善曰：「子穀爲陳留長，大家隨至官，作此賦。」

② 後漢列女傳：「曹世叔妻，同郡班彪之女。博學高才，兄固著漢書，八表、天文志未竟而卒。和帝詔昭踵而成之。數召入宮，令皇后諸貴人師焉，號曰大家。」

刦火燒焚玉不枯，鮫人啜泣總成珠。居然拚穀垂羅女，寫入長康舉案圖①。

【箋注】

① 列女傳：「梁鴻賃舂爲事，妻每進食，舉案齊眉。」錢功甫曰：顧愷之圖畫列女傳，蘇子容常見舊本于江南人家，其畫爲古佩服，而各題其頌像側。

越絕何人說掃眉①？於今才子是西施。采蓮溪畔如花女，齊唱吟紅絕妙詞。吟紅，玉暎詩名也。

【箋注】

① 越絕書外傳本事篇「何謂越絕？越者，國之氏也，絕者，絕也。作此者，貴其內能自絕，外能絕人也。」

臨河殘帖妙通神，放筆能開桃李春。傳語山陰王逸少，王家自有衞夫人①。

【箋注】

① 張懷瓘書斷：「衞夫人，廷尉展之女弟，恆之從女，汝陰太守李矩之妻也。王公右軍常師事之。」陶九成書史會要：「王曠，導從弟，與衞世爲中表，故得蔡邕書法于衞夫人，以授子羲之。」

鏡中金翠倩誰知？鏤月裁雲是畫師。西子湖頭貌西子，纔看點筆已迷離。

薄粧墮髻步遲遲，懷古巡簷自咏詩。忽漫漏天風雨急，青藤舊館哭天池。王暎居徐天池青藤書屋，有青藤爲風雨所拔歌。

過雨溪山潑墨濃，清琴徐拂半牀風。那知淺絳輕綃裏，身在陶家畫扇中①。

【箋注】

① 淵明有扇上畫贊。

雙蛾横黛遠山偕，引鏡雲霞壓髻〔一〕釵。指點剡〔二〕中眉眼在①，老夫何用辨青鞋。

【校記】

〔一〕 各本作「髻」，鄒鎡序本作「髮」。 〔二〕 各本作「剡」，鄒鎡序本作「眼」。

【箋注】

① 樂天沃洲山禪院記：「東南山水越爲首，剡爲面，沃洲、天姥爲眉目。」

老病摳衣再拜難，錦帷初捲佩珊珊①。如何省識春風面，博一金錢便與看②？

【箋注】

① 李商隱牡丹詩：「錦帷初卷衛夫人。」注曰：「典略云：『夫子見南子在錦帷之中。』」

② 西施，越之美女。越王以獻之吳。每入市，人願見者，先輸金錢一文。

雲容月魄許題名，健筆難誇老更成。拂拭霜紈憑授簡，敢將平視抵劉楨①。

【箋注】

① 魏志王粲傳：「典略云：『太子嘗請諸文學，酒酣坐歡，命夫人甄氏出拜。坐中衆人咸伏，而楨獨平視。太祖聞之，乃論楨，減死輸作焉。』」

為范郎戲題妓館二首

芊眠春草臥銀瓶，一曲扶頭酒〔一〕未醒。吳越山川誰管得？此中先築語兒亭①。女郎〔二〕將免身②，故有語兒之戲。

【校記】

〔一〕各本作「酒」，箋注本作「醉」。　〔二〕遂本、箋注本作「郎」，鄒鎡序本、金匱本作「兒」。

【箋注】

① 陸廣微吳地記：「嘉禾縣南一百里，有語兒亭。勾踐令范蠡取西施以獻夫差。西施于路與范蠡潛通，三年始達於吳，遂生一子。至此亭，其子一歲，能言，因名語兒亭。」

② 史記趙世家：「朔婦免身生男。」漢外戚傳：「顯曰：婦人免乳大故，十死一生。今皇后當免身，可因投毒藥去也。」

素手亭亭雪藕絲，荷風茗盌助催詩。老懷自笑無憑準，昨日馮家哭畫眉。雲將有畫眉，被鷹傷之。

走筆贈祝子堅兼訂中秋煉藥之約

昔聞漢祝生①，厲節希史魚。抗論柱鹽鐵，彼哉桑大夫。子堅豈其後？席帽北上書。叫呶銀臺門②，奮臂叱庸奴。朝右咸縮舌，投劾歸寒廬。讀書金華山，抱膝候皇虞。邂逅古仙人，授〔一〕以青囊書③。採掇草藥精，烹煉投冰壺。壺中藥涓滴，可以蘇寰區。上醫在醫國④，何事公與孤。我老偪耄耋，藉子潤彫枯。蘭江一棹來，十載抒鬱紆。飲我香草露，一酌炎歊除⑤。太息語子堅，火雲蒸八隅。天地爲籠甑，雩舞空嗟吁。我聞華元化，心孔察錙銖。脾腑或半腐，處藥爲櫛梳。悲哉今世人，心脾爛無餘。車上徒懸蛇⑥，束手將何如？子堅向天笑，仰視飛鳥徂。相期八九月，訪我紅豆居。白月正中秋，玉盤承方諸⑦。我家虞山側，藥草多於蔬。自從虞仲來，採藥皆仙儒。我掃烏目雲，候子雙飛鳧⑧。庶彼淳于斟，于焉逢慧車⑨。

【校記】

〔一〕 邃本、箋注本作「授」，鄒鎡序本、金匱本作「投」。

【箋注】

①漢公孫劉田諸傳贊：「九江祝生，奮史魚之節，發憤懣，譏公卿，介然直而不撓。桑大夫據當世，合時變，上權利之略，果隕其生，以及厥宗。」

②長安志：「會慶亭東面左銀臺門，西面右銀臺門。」程大昌雍錄：「學士自出院門而至右銀臺門，則皆步行。」

③晉書郭璞傳：「郭公客居河東，精于卜筮，璞從之受業。公出青囊中書九卷與之。璞門人趙載嘗竊書，未及讀而爲火所焚。」

④國語：「晉平公有疾，秦景公使醫和視之。文子曰：醫及國家乎？對曰：上醫醫國。」

⑤張茂先厲志詩：「歊蒸鬱冥。」李善曰：「張揖字詁：『歊，氣上出貌。』」

⑥懸蛇，見前注。

⑦淮南子俶眞訓下篇：「方諸見月，則津而爲水。方諸，陰燧大蛤也。熟磨拭令熱，月盛時，以月向下則水生，以銅盤受之，下水數滴。」

⑧後漢王喬傳：「喬爲葉令，有神術。帝怪其來數而不見車騎，令太史伺望之。言其臨至，輒有雙鳧從東南飛來。於是候鳧至，舉網張之，但得一雙舄焉。」

⑨眞誥稽神樞：「淳于斟入吳烏目山中隱居，遇仙人慧車子授弘景丹經。」

爲武伯題家慶圖

嚴家門館經遲暮①，一彈指頃三世度。眼看武伯〔一〕放鳶時②，膝前又列雙珠樹③。老人大父射游羣，歷歷遺蹤話日曛。此翁未便呼彭祖，也是人間李少君④。

【校記】

〔一〕各本作「武伯」，箋注本作「嚴子」。

【箋注】

① 樂天高相宅絕句：「永寧門館屬他人？」

② 續博物志：「紙鳶引絲而上，令兒張口望視，以洩內熱。」

③ 新書王勃傳：「勔、勮、勃，皆著才名，杜易簡稱三珠樹。」

④ 漢郊祀志：「少君常從武安侯宴，坐中有年九十餘老人。少君乃言與其大父遊射處，老人爲兒從大父識其處。一坐皆驚。」

遵王敕先共賦貽仙閣看紅豆花詩吟歎之餘走筆屬和八首

草木爲兵記歲華，平泉花木盡泥沙①。未應野老籬前樹，湧出金輪別種花。

【箋注】

① 賈氏談錄：「贊皇公平泉莊，周迴十里，構臺榭百餘所，天下奇花異草，珍松怪石，畢置其間。」

花房交絡帶香纓，竊白輕黃暈不成。記取中央花藏處①，流丹一點自分明。

【箋注】

①清涼華嚴疏鈔華藏世界品第五之一：「華藏謂蓮花含子之處，目之曰藏。」

寂歷香塵界畫簾，小闌綈几供香嚴①。算他紅白閒桃李，都與兒郎插帽簷②。

【箋注】

①香嚴，見前注。

②元遺山杏花絕句：「眼看桃李飄零盡，更檢繁枝插帽簷。」

紅豆春深放幾枝？花神作意洗粧遲①。應知二十〔一〕年渲染，只待催花數首詩。

【校記】

〔一〕各本作「十二」，箋注本作「二十」。

【箋注】

①雲仙雜記：「洛陽梨花時，人多攜酒其下，曰爲梨花洗粧。」

香海花依小刦賒①，也將花刦算〔一〕塵沙。夜摩天上人應笑②，誰放人間頃刻花③？

【校記】

〔一〕各本作「算」，箋注本作「等」。

【箋注】

①華嚴經華藏世界品：「此香水海，有大蓮華，名種種光明蘂香幢。」

②夜摩天，見前注。

③沈玢續仙傳：「殷七七詩：『解醖逡巡酒，能開頃刻花。』」東坡詩：「應是道人殷七七，不論時節便開花。」

金尊檀板落花天，樂府新翻紅豆篇。取次江南好風景，莫教腸斷李龜年。

老去羞花嬾賦詩①，捹將才盡爲君嗤。東〔一〕中大有司花女②，愁絕吟紅閣筆時③。

【校記】

〔一〕各本作「東」，金匱本作「車」。

【箋注】

① 道山清話：「山谷重九登城樓作小詞云：『花向老人頭上笑，羞羞，人不羞花花自羞。』」

② 晉書王羲之傳：「羲之遍遊東中諸郡，窮諸名山，泛滄海，笑曰：『我卒當以樂死。』」隋遺錄：「長安貢御車女袁寶兒，帝寵愛之。時洛陽進合蒂之花，云得之嵩山塢中。會帝駕適至，因以迎輦名之。香氣芬馥，嗅之令人多不睡。帝命寶兒持之，號曰司花女。」

③ 魏志王粲傳注：「典略曰：『粲才既高，鍾繇、王朗等皆閣筆，不能措手。』」

却恐明年花信遲，都將好句定花期。春工解道能雕刻，一瓣應標一句詩。

紅豆樹二十年不花今年夏五忽放數枝牧翁先生折供胎仙閣邀予同賞飲以仙酒酒酣命賦詩援筆作斷句八首〔一〕

錢曾

白檀濃炷綠雲叢，最愛當心一縷紅。應是花神高品格，不隨桃李嫁春風。

弄雪攀枝未足誇，胎仙閣上卽仙家。誰言廿四橋邊月，偏照揚州玉蘂花？

奇種應栽忉利天，香雲湧出玉生煙。滄桑歲月何須記，一度花開二十年。

天寶繁華迹已陳，淒涼往事欲沾巾。秋風南國多愁思，腸斷當筵唱曲人。

燭夜花傾瑞露濃，仙人乞酒有奇功。憑將紅豆新開蘂，添入修羅釀法中。

好風吹夢落塵寰，羣玉山頭覓往還。八百樵陽有名記，琪花先許到人間。

書樓簾額夕陽斜，密葉層枝曲曲遮。衣錦城中春萬樹，光風久已屬吾家。

天酒三杯花一枝，懵騰暫作有情癡。後時結得相思子，報與金籠鸚鵡知。

【校記】

〔一〕此八首邃本、箋注本附，鄒鎡序本、金匱本無。

丁老行送丁繼之還金陵兼簡林古度

西風颯拉催繁霜，江楓落紅岸草黃。丁老裹糧自白下，賀我八十來江鄉。干戈滿地舟艦斷，五百里如關塞長。闔閭城上晝吹角，閟宫清廟圍旗槍。腥〔一〕風愁雲暗天地，飛雁不敢過迴塘。況聞戍守連下邑，塒雞籬犬皆驚惶。江村別有小國土，嘉賓芳宴樂未央。撞鐘伐鼓將進酒，停杯三歎非所當。漢東孫子今爲庶①，羅平妖鳥紛披猖② 碧天化日在何許③？三千那得花滿堂④。丁老執杯勸我飲，請開笑口毋徬徨。我家添丁號長耳⑤，三歲只解呼爺娘。公今兒女並玉立，開筵逐日分輩行。已看令〔二〕孫就東閣，更有快壻升東牀⑥。維摩天女並瀟洒，木公金母相扶將。彭城老祖年八百，曾孫八十眞兒郎。趙州明年始行脚，太公滿百方鷹揚。庭前紅豆旋結實，蟠桃一顆公初嘗。且垂雙眉覆塵壒，共撑〔三〕老眼看滄浪。我聞拊髀起稱善，大笑敬舉君之觴。酒酣摩腹訂要約，百歲未滿須放狂。古人置酒便稱壽，何待燕喜吹笙簧。老夫頑鈍未得死，南郊正報垂星芒。明年清秋再過我，扠衣拍手談滄桑。乳山道士八十二，頭童眼眵學力強。桐城方生年五十，詩兼數子格老蒼。二公過從約已宿，間阻正苦無舟航。歸攜此詩共抵掌，相顧便欲凌莽蒼。君如再鼓京江柁，方舟定載林與方。

【校記】

〔一〕遂本、箋注本作「腥」，鄒鎡序本、金匱本作「黑」。〔二〕各本作「令」，鄒鎡序本作「今」。〔三〕各本作「撑」，箋注本作「瞠」。

【箋注】

① 東都事畧錢俶傳：「俶渡江襲位，漢授以東南兵馬都元帥，錫金印玉册。」左昭公三十年：「三后之姓，于今爲庶。」

② 羅平鳥，見前注。

③ 吳越王還鄉歌：「碧天朗朗兮愛日輝。」

④唐詩紀事：「貫休以詩投吳越王，有『滿堂花醉三千客，一劍霜寒十四州』之句。王諭改爲四十州。休曰：州亦難添，詩亦難改。閒雲孤鶴，何天不可飛？遂入蜀。」

⑤昌黎寄盧仝詩：「去歲生兒名添丁，意令與君充耘耔。」

⑥後魏郭瑀有女，欲求良偶，有心於劉延明。瑀嘗坐別設一席於前，召諸弟子曰：「吾欲求一快壻，誰坐此席者，吾當壻焉。」延明遂奮衣坐曰：「延明其人也。」晉書王羲之傳：「郗鑒使門生求壻於王導，導令就東廂遍觀子弟。門生歸曰：一人在東床坦腹食，獨不聞。鑒曰：正此佳壻。訪之，乃羲之也。遂妻之。」

讀方爾止谽山詩藁却寄二十韻

桐城方爾止，能詩稱國手①。貽我谽山詩，聲價重瓊玖。束筍多卷帙，插置架上久。寒宵偶攤書，光怪驚戶牖。波瀾獨老成，健筆自抖擻。我欲起逐之，行間字飛走。良恐〔一〕病掉眩，定睛更扶首。未知詩人中，復有此人不？來書許過我，風雅細分剖〔二〕。子已辨春糧②，我亦戒剪韭。老人苦昏耄，舊學忘誰某。恐如趙李徒，別字剔吾醜③。爾止魯遊詩彈趙子昂、李于鱗二公皆不識華不注不字，故云。此罪亦易科，罰墨水一斗④。舉世扇俗學，足跡競躡瓜〔三〕⑤。吾衰苦無徒，單孑犯魑魅⑥。誓將埽壇墠，屬子執尊卣。恐以我累子，讙呶起羣嗾。此詩亦戲耳，用意或不苟。未得會子面，請先指其口⑦。相見勿論文，但飲杯中酒。

【校記】

〔一〕箋注本、金匱本作「恐」，遂本、鄒鎡序本作「久」。〔二〕遂本、箋注本作「剖」，鄒鎡序本、金匱本作「掊」。
〔三〕箋注本作「蹯凨」，金匱本作「繙凨」，遂本、鄒鎡序本作「踏蹂」。

【箋注】

① 樂天贈劉禹錫詩：「詩稱國手徒爲爾，命壓人頭不奈何。」

② 莊子逍遙遊：「適百里者宿舂糧。」

③ 後漢尹敏傳：「帝令校圖讖，敏對曰：讖書非聖人所作，其中多近鄙別字。」

④ 北齊試士，其惡濫者，飲墨水一升。山谷次韻楊明叔見餞詩：「睥睨紈袴兒，可飲三斗墨。」

⑤ 爾雅釋獸：「狸狐貒貈，醜其足，蹯其跡凨。」郭璞曰：「凨，指頭處。」疏曰：「其指頭着地處名凨。音鈕。」

⑥ 爾雅：「蝙醜扇。」陸佃埤雅：「蝙好交其後足，搖翅自扇，故爾雅曰蝙醜扇也。」

⑦ 南齊書謝瀹傳：「兄朏爲吳興守，瀹于征虜渚送別，朏指瀹口曰：此中惟宜飲酒。」

古詩贈新城王貽上

風輪持大地①，擊颺爲風謠。吹萬肇邃古②，賡歌暢唐堯。朱絃汜漢魏，麗藻沿六朝。有唐盛詞賦，貞符彙元包〔一〕③。百靈聽驅使，萬象窮鎪雕。千燈咸一光，異曲皆同調。彼哉諓諓者，穿穴紛科條。初唐別中晚，畫地成狴牢。妙悟掠影響，指注闚〔二〕豪毫。甕天醯雞覆④，井穴癡猿號⑤。化爲劣詩魔，飛精入府焦。窮老蔽蔀屋，不得瞻〔三〕泬寥。正始日以遠⑥，詞苑雜莠苗。獻吉才雄鷙，學杜餔醨糟。仲默俊逸人，放言訾謝陶。考辭競嘈囋⑦，懷響歸浮漂。江河久〔四〕壅決，屠潏亦騰囂⑧。么絃取偏張〔五〕⑨，苦調搜啁噍。鳥空而鼠卽⑩，厥咎爲詩訞⑪。喪亂亦云憮，詩病不可瘳叶。譬彼膏肓疾，傳染非一朝。嗚呼杜與韓，萬古垂斗杓。北征南山詩⑫，泰華爭岧嶤。流傳到于今，不得免慠嘲⑬。況乃唐後人，嗤點誰能跳？窮子抵尺璧⑭，凍人裂復陶⑮。熠燿點須彌，可爲渠略標。昌黎笑羣〔六〕兒，少陵訶汝曹。嗟我老無力，掩耳任叫呶。王君起東海，七葉光漢貂⑯。騏驥奮蹴踏，萬馬喑不驕。識字函雅故〔七〕，審樂辨簫韶。落〔八〕紙爲歌詩，絳雲卷青霄。自顧骨骼馬，創殘臥東郊⑰。敢云老識路⑱，昏忘慚招邀。河源出星海⑲，東流日滔滔⑳。誰蹠巨靈掌㉑？一手堙崩濤。古學喪根幹，流俗沸蜩螗㉒。僞體不別裁，何以親風騷㉓？珠林旣深深，玉河復迢迢。方當剪榛楛，未可榮蘭苕。瓦釜正雷鳴㉔，君其信所操。勿以獨角麟，媲彼萬牛毛㉕。伊余久歸佛，繙經守僧寮。棖觸爲此詩㉖，狂言放調刁㉗。無乃禪病發㉘，放筆自抑搔。起挑常明燈，懺除坐寒宵。

【校記】

〔一〕各本作「包」，金匱本作「苞」。〔二〕漁洋精華錄箋注卷首錄此詩作「閱」，各本作「闕」。〔三〕精華錄本作「瞻」，各本作「穿」。〔四〕各本作「久」，鄒鎡序本作「文」。〔五〕精華錄本作「張」，各本作「長」。

〔六〕精華錄本作「羣」，各本作「窮」。〔七〕箋注本、金匱本、精華錄本作「故」，邃本、鄒鎡序本作「頌」。

〔八〕金匱本、精華錄本作「落」，各本作「蕩」。

【箋注】

① 首楞嚴經：「覺明空昧，相待成搖。故有風輪，執持世界。」

② 莊子：「南郭子綦曰：夫吹萬不同，而使其自已也。」

③ 柳子厚貞符序：「臣爲尙書郎時，嘗著貞符，言唐家正德，累積厚久，宜享年無極之義。」

④ 莊子田子方篇：「孔子告顏回曰：丘之於道也，其猶醯雞與？微夫子之發吾覆也，吾不知天地之大同也。」郭象曰：「醯雞者，甕中之蠛蠓。」

⑤ 法苑珠林愚戇篇：「僧祇律云：『佛告諸比丘：過去世時，有城名波羅奈，國名伽尸。于空閒處，有五百獼猴遊行林中，到一尼俱律樹下，有井，井中有月影現。時獼猴主見是月影，語諸伴言：月今日死，落在井中，當共出之，莫令世間長夜闇冥。共作議言，云何能出？時獼猴主言：我知出法。我捉樹枝，汝捉我尾。展轉相連，乃可出之。時諸獼猴，卽如主語，展轉相捉。樹弱枝折，一切獼猴，墮井水中。』」

⑥ 世說賞譽篇：「王敦鎭豫章，衞玠投敦，相見欣然，談話彌日。是時謝鯤爲長史，敦謂鯤曰：不意永嘉之中，復聞正始之音。」

⑦ 陸士衡文賦：「然後選義按部，考辭就班。」陸士衡文賦：「或奔放以諧合，務嘈囋而妖冶。」

⑧ 爾雅釋水：「水醮爲厬。」郭璞曰：「謂水醮盡也。」「人所爲爲潏。」郭璞曰：「人力所作也。」

⑨ 唐詩紀事：「劉夢得曰：詩僧多出江右，靈一導其源，護國襲之。清江揚其波，法振沿之。如么絃孤韻，瞥入人

耳，非大音之樂。獨吳與晝公，能備衆體。徹公承之。」

⑩華嚴經賢首品：「我今於中說少分，譬如鳥跡所履空。」宗鏡錄：「既亡其指，錯亂顛倒，莫辨方隅。猶鳥言空，如鼠云即，似形音響，豈合正宗。」

⑪漢五行志：「君亢陽而暴虐，臣畏刑而拑口，則怨謗之氣，發于歌謠，故有詩妖。

⑫少陵有北征詩。昌黎有南山詩。

⑬昌黎薦士詩：「流俗知者誰？指注競嘲傲。」

⑭荊楚歲時記：「按金谷園記云：『高陽氏子瘦約，好衣敝食糜。人作新衣與之，即裂破，以火燒穿着之。宮中號曰窮子。』」

⑮左傳昭公十二年：「雨雪，王皮弁，秦復陶，翠被豹舃，執鞭以出。」杜預曰：「秦所遺羽衣也。」

⑯左太沖詠史詩：「金張藉舊業，七葉珥漢貂。」

⑰少陵瘦馬行：「東郊瘦馬使我傷，骨骼硉兀如堵墻。」昌黎張中丞傳後序：「將其創殘餓羸之餘，雖欲去，必不達。」

⑱韓非子說林上篇：「桓公伐孤竹，春往冬返，迷失道路。管仲曰：老馬之智可用也。乃放老馬而隨之，遂得道。」

⑲元史地理志河源附錄：「按：河源在土番朵甘思西鄙，有泉泓，履高山下瞰，若列星，以故名火敦腦兒。火敦，譯言星宿也。」

⑳昌黎進學解：「障百川而東之，迴狂瀾于既倒。」

㉑張平子西京賦：「綴以二華，巨靈贔屓，高掌遠蹠，以流河曲，厥跡猶存。」

㉒大雅蕩詩：「如蜩如螗，如沸如羹。」

㉓ 少陵戲爲六絕句：「別裁僞體親風雅。」

㉔ 楚辭屈原卜居：「瓦釜雷鳴。」

㉕ 北史文苑傳序：「學者如牛毛，成者如麟角。」

㉖ 陸龜蒙笠澤叢書蠹記：「橘之蠹，大如小指。人或棖觸之，輒奮角而怒。」

㉗ 莊子齊物論篇：「泠風則小和，飄風則大和，厲風濟，則衆竅爲虛。而獨不見之調調之刁刁乎？」郭象曰：「調調刁刁，動搖貌也。」

㉘ 圓覺經：「大悲世尊，快說禪病。」

贈寒山凝遠知妄二僧兄弟也凝遠建華嚴長期而弟善畫（一）

徵君寂寞北山空，小苑新堂蔓草中。今日鐘魚相應答，夜深紺殿一燈紅①。

【箋注】

① 太白宴興德寺南閣詩：「紺殿臨江上，青山落鏡中。」

支遁千年鶴不來①，趙家馬鬣傍香臺②。寒山啁哳饑烏雀，齊向齋時授食回。

【箋注】

① 范成大吳郡志：「支遁菴在南峯，古號支硎山，晉高僧支遁剜山爲龕，放鶴於此。今有亭基。」

② 記檀弓：「馬鬣封之謂也。」

隔戶淸宵講誦聲，華嚴十地最分明①。重來此土繙經論，無著天親弟與兄②。

【箋注】

①華嚴玄談：「世親菩薩造十地論，釋十地品。魏朝勒那三藏及菩提流支每翻一本，光統請令二三藏參成一本，爲十二卷，即今現傳。」

②西域記：「無著是初地菩薩天親之兄，佛滅千年，從彌沙塞部出家。」

老夫心與白雲閒，雲外閒僧共往還。更向巨然求粉本，秋窗自看過雲山。

【校記】

〔一〕此四首邃本、箋注本有，鄒鎡序本無，金匱本有前二首，無後二首。

送林枋孝廉歸閩葬親絕句四首

寢苫揮戈十六年，麻衣如雪向閩天。松楸禾黍千行淚，拚灑西風哭杜鵑。

小舟如葉出嚴陵，突兀西臺許劍亭①。自是閩人多涕淚，招他故鬼哭冬青②。

【箋注】

①宋濂謝翺傳：「初，翺以朋友道喪，吳越無掛劍者，思合同志氏名作許劍錄，勒諸石，未就。後爲建許劍亭于墓右，從翺志也。」

②鄭元祐遂昌山人雜錄：「宋太學生東嘉林景曦，字霽山。當楊總統發掘諸陵，林故爲丐者，背竹籮，手持竹夾，遇

物郎夾襦中。鑄銀作兩許小牌百十，繫腰間，取賄西番僧，果得高、孝兩朝骨，歸葬於東嘉。其詩有夢中十首，其一絕曰：『一抔未築珠宮土，雙匣親傳竺國經。只有春風知此意，年年杜宇哭冬青。』後林于宋常朝殿前掘冬青樹一株，植於兩函土堆上。」

負土爲墳斬蒺藜①，淚和畚鍤下成蹊。更餘精衛啼殘血②，漬入泉臺築土泥。

【箋注】

①後漢桓榮傳：「桓弃喪九江，負土成墳。」

②山海經：「發鳩山有鳥鳴曰精衛，是炎帝之少女，名曰女娃，遊於東海，溺而不返，故爲精衛。常啣西山之木石，以湮東海。」

萬里黃山白露園，清明麥飯黯銷魂。孤臣老淚空填咽，今日秋風又送君。

紅豆樹二十年復花九月〔一〕賤降時結子纔一顆河東君遣僮探枝得之老夫欲不誇爲己瑞其可得乎重賦十絕句示遵王〔二〕更乞同人和之

院落秋風正颯然，一枝紅豆報鮮妍。夏梨弱棗尋常果①，此物眞堪薦壽筵②。

【校記】

〔一〕各本作「月」，鄒鎡序本作「日」，誤。

〔二〕遂本、箋注本有「示遵王」三字，鄒鎡序本、金匱本無。

【箋注】

①潘安仁閑居賦：「張公火谷之梨，梁侯烏椑之柿。周文弱枝之棗，房陵朱仲之李。」李善曰：「廣志曰：『洛陽北芒山有張公夏梨，甚甘，海內惟有一樹。』西京雜記曰：『上林苑有弱枝棗。』廣志曰：『周文王時，有弱枝之棗，甚美，禁之不令人取，置樹苑中。』」

②王右丞詩：「紅豆生南國，秋來發幾枝？願君多採擷，此物最相思。」

春深紅豆數花開，結子經秋只一枚。王母仙桃餘七顆①，爭教曼倩不偷來？

【箋注】

①博物志：「王母降，漢武帝向王母索七桃，大如彈丸，以五枚與帝，母食二枚。帝欲以核種之，母笑曰：此桃三千年一生實。時東方朔從牖中窺母，母曰：此小兒嘗三來盜吾桃矣。」

二十年來綻一枝，人間都道子生遲①。可應滄海揚塵日，還記仙家下種時。

【箋注】

①劉禹錫寄樂天詩：「雪裏高山頭白早，海中仙果子生遲。」

秋來一顆寄相思，葉落深宮正此時①。舞輟歌移人既醉，停觴自〔一〕唱右丞詞。

【校記】

〔一〕箋注本作「自」，各本作「偏」。

【箋注】

①明皇雜錄：「天寶末，賊陷西京。祿山大會凝碧池。梨園弟子欷歔泣下，樂工雷海青擲樂器西向大慟，賊乃支

解之。王維拘於菩提寺，賦詩曰：『萬戶傷心生野烟，百官何日更朝天？秋槐葉落空宮裏，凝碧池頭奏管絃。』」

朱噣啣來赤日光①，苞從鶉火度離方②。寢園應並朱櫻獻，玉座休悲道路長③。

【箋注】

① 謝皋羽招魂詞：「化爲朱鳥兮，有噣焉食？」

② 左傳襄公九年：「古之火正，或食於心，或食於咮，以出內火。是故咮爲鶉火，心爲大火。」張子壽荔枝賦：「雖受氣於震方，實稟精於火離。」

③ 少陵解悶絕句：「炎方每續朱櫻獻，玉座應悲白露團。」

千葩萬蘂葉風凋，一捻猩紅點樹梢①。應是天家〔一〕濃雨露，萬年枝上不曾銷②。

【校記】

〔一〕 箋注本作「家」，各本作「街」。

【箋注】

① 陳景沂全芳備祖：「明皇有獻牡丹者，貴妃匀面口脂在手，印於花上。詔於仙春館栽。來歲花開，上有指印紅迹，帝名爲一捻紅。」

② 葛洪西京雜記：「上林苑有千年長生樹十株，萬年長生樹十株。」

齋閣燃燈佛日開，丹霞絳雪壓枝催①。便將紅豆興雲供②，坐看南荒地脈迴〔一〕。

【校記】

〔一〕 箋注本、金匱本作「迴」，鄒鎡序本作「培」。

【箋注】

①漢武內傳：「其次藥有玄霜絳雪。」

②華嚴經妙莊嚴品：「諸菩薩各與種種供奉雲。」

炎徼黄圖自討尋〔一〕，日南花果重南〔二〕金①。書生窮眼疑盧橘②，不信相如賦上林。

【校記】

〔一〕各本作「尋」，箋注本作「論」。　〔二〕各本作「南」，箋注本作「黄」。

【箋注】

①爾雅釋地：「觚竹北戶。」郭璞曰：「觚竹在北，北戶在南。」疏曰：「北戶即日南郡是也。」

②左太沖三都賦序：「相如賦上林，而引盧橘夏熟；揚雄賦甘泉，而陳玉樹青葱；班固賦西都，而嘆以出比目；張衡賦西京，而述以遊海若。假稱珍怪，以爲潤色。考之果木，則生非其壤；校之神物，則出非其所。於辭則易爲藻飾，於義則虚而無徵。」

旭日平臨七寶闌①，一枝的皪殷流丹。上林重記虞淵簿②，莫作南方草木看③。

【箋注】

①華嚴經入法界品：「旃檀行樹，周匝圍繞。七寶闌楯，以爲莊嚴。」

②葛洪西京雜記：「就上林令虞淵得朝臣上草木名二千餘種，鄰人石瓊求借，一皆棄遺，以所記憶列於篇。」

③宋史藝文志農家類：「嵇含南方草木狀三卷。」

紅葉闌干覆草萊，金盤火齊抱枝開①。故應五百年前樹，曾裹儂家錦繡來②。

【箋注】

① 昌黎永貞行：「火齊磊落堆金盤。」

② 東坡臨安詩：「五百年間異人出，盡將錦繡裹山川。」

奉和紅豆詩十首〔一〕

錢曾

苞含奇瑞應離明，似借丹砂點得成。留取他年記仙曲，瑤臺月下贈飛瓊。

絳雪枝頭佳氣開，長筵光映紫霞杯。登眞宴上羣眞笑，不放良常日月催。

佛燈禪室妙香薰，排日繙經到夜分。應供淨筵紅一點，諸天長護吉祥雲。

萬國兵塵草木前，止留紅豆向江天。水村路與仙源接，花合花開不計年。

南方花木竟如何？異卉奇葩浩刼過。錄記紅蕉餘北戶，日南天地已無多。

葉落秋槐御苑西，江潭殘曲意萋迷。承平佳話難忘却，紅藥春風印紫泥。

桑海茫茫度刼遲，欲將歲月算花期。麻姑定指人間笑，三見前朝結子時。

高枝遮護摘來難，仙果須應供玉盤。多事笑他劉子駿，上林草木借人看。

秋院蕭晨香母微，疎窗佛日影暉暉。蓮花國土眞無恙，一顆相思寄雪衣。

異種流紅照坐隅，廿年一子世間無。若教修靜當時見，寫入神仙芝草圖。

【校記】

〔一〕此十首邃本、箋注本附，鄒鎡序本、金匱本無。

陳伯璣與程士哲有耦耕之約命畫史作圖戲賦短歌以贈

昔與程孟陽，築堂學耦耕。高人仙遊陵谷改，此堂猶得留其名。圖中之人腰鎌襏襫者誰子①？云是松圓宗子士哲生。身憑黃犢似席薦②，目光激射牛背明③。旁有一人荷鉏箕踞足奇左④，乃是陳生伯璣不是我。我今繙經皈佛成老僧，陳生代我〔一〕爲農何不可。吁嗟乎！南山之田蕪穢不可治⑤，閉門種菜盍歸歟？輟耕隴上應使羣兒笑⑥，牛角爭教掛漢書⑦。

【校記】

〔一〕箋注本、金匱本「我」下有「學稼」二字，邃本、鄒鎡序本無。

【箋注】

① 鮑照東武吟：「腰鎌刈葵藿，倚杖牧雞豚。」

② 釋名：「薦，所以自薦藉也。席，釋也，可卷可釋也。」

③ 世説雅量篇：「王夷甫在車中照鏡，語丞相曰：汝看我眼光乃出牛背上。」

④漢陸賈傳注："師古曰：箕踞，謂伸其兩脚而坐。"

⑤漢史楊惲報會宗書："其詩曰：『田彼南山，蕪穢不治。』"淵明歸田園居詩："種豆南山下，草盛豆苗稀。晨興理荒穢，帶月荷鋤歸。"

⑥史記陳涉世家："陳涉少時，與人傭耕。輟耕之壟上，悵恨久之，曰：苟富貴，無相忘。傭者笑曰：若爲傭，何富貴也？涉嘆息曰：嗟乎！燕雀安知鴻鵠之志哉！"

⑦新書李密傳："密聞包愷在緱山，往從之。以蒲韉乘牛，掛漢書一帙角上，行且讀。楊素適見於道，躡其後，問所讀，曰：項羽傳。因與語，奇之。"

恤盧詩

爲牧雲和上作也。和上有懷二人，將結盧祀奉，以沒其身，作恤盧詩十章。牧翁讀之而讚許焉，故作是詩也。

牧齋老人，紈綺兒曹①。少長祖第，縣東坊橋。循牆而東，地一牛鳴②。牧雲和上，於此誕生。兩牧之生，一僧一儒。虎子猧兒，墮地各殊③。牧翁瑮瑮，儒冠誤我。仕宦冰炭，患難湯火。晚歸空門，繙誦呢喃。終守研削④，如抱繭蠶。牧雲昌昌，作僧中王。提天童印⑤，坐七道場。登堂説法，如雲如雨⑥。語錄金箆，詩筆玉斧。草兵木刀，界灰刦〔一〕塵。七日之後⑦，餘此兩人。蔬筍盈盤，爐香霏微。如光音人⑧，下食地肥。茫茫墨穴，皤皤白顚⑨。杖錫來此，秋風颯然。徘徊身世，申寫情愫。自悔禪林，文彩流布。風匪囊貯，水豈刀劃⑩。淨名無言⑪，猶存一默。我觀雲老，形如木雞⑫。霜降水〔二〕涸，刊落膚皮。龍潭滅燈⑬，俱胝斷指⑭。望崖送公，自此遠矣。雲老告我，佛重生地⑮。永懷二人，風聲雨涕。荒祠小築，於彼江臯。衡門兩板，蓋頭一茅。篾束肚皮⑯，搬柴運水⑰。作老編氓，沒身而已。我聞斯言，合掌歎息。豈惟僧規，是亦孝則。凡今之人，口實編蒲。霜雹利養⑱，是究是圖。綃頭赴闕⑲，乘傳葬母⑳。弔送喧闐，官吏奔走。攫拏龍穴，黥椎山岡。南山之石，錮爲堵牆。昔有高僧，一擔兩邊。左擔供佛，母坐下肩。逢母生日，挑長命燈。炊飯自喫，爲娘齋僧㉑。比陳尊宿㉒，却又瀟洒。蛣蜣轉丸㉓，汝何爲者？我讀雲老，唧恤之什。有風肅然，望古遙集。不風不雅，作爲此詩。重扶木叉㉔，錞于訓辭㉕。哀哀恤廬，唧唧苦音。我如秋蟲，伴彼秋吟。雖則秋吟，爲雷爲風。有傾聽者，三日耳聾㉖。歲在辛丑，昜〔三〕月望日，虞山白衣海印弟子錢某製。

【校記】

〔一〕各本作「刲」，鄒鎡序本作「刹」。　〔二〕各本作「水」，鄒鎡序本作「紅」。　〔三〕金匱本作「昜」，各本作「易」，誤。

【箋注】

①漢敍傳：「與王、許子弟爲羣，在於綺襦紈袴之間，非其好也。」

②一牛鳴，見前注。

③東坡王大年哀詞：「驥墮地走，虎生而斑。」

④硯削，見前注。

⑤黃山谷雲峯悅禪師語錄序：「不受燃燈記別，自提三印正宗。」任淵曰：「宗門有三印，謂印空、印水、印泥。」

⑥禪林僧寶傳：「佛印元禪師嘗謂衆曰：昔雲門說法如雲雨，絕不喜人記錄其語，見必罵逐，曰：汝口不用，反記我語，異時禪販吾去。」

⑦法苑珠林刧量篇：「刧末七日，方留人種。」已詳注。

⑧光音人，見前注。

⑨蔡邕釋誨：「華顚胡老。」臣賢曰：「顚，頂也。華顚，謂白首也。」

⑩首楞嚴經：「如風吹光，如刀斷水，了不相觸。」

⑪僧肇維摩經注：「維摩詰，秦言淨名也。」

⑫莊子達生篇：「紀渻子爲王養鬬鷄，望之如木鷄，其德全矣。」

⑬龍潭，見前注。

⑭五燈會元：「俱胝和尚受天龍一指禪。」注見前。

⑮大智度論釋初品中：「住王舍城，以報生地恩，故多住舍婆提。一切衆生，皆念生地。」

⑯五燈會元：「藥山惟儼禪師，侍奉馬祖三年。一日祖問：子近日見處作麽生？師曰：皮膚脫落，惟有一眞實。祖

曰：子之所得，可謂協於心體，布於四肢。旣然如是，將三條篾束取肚皮，隨處住山去。」

⑰傳燈錄：「龐居士初見石頭和尚，呈偈云：神通幷妙用，運水及搬柴。石頭然之。」

⑱大智度論：「經云：已除利養，名聞說法，無所悕望，是利養法。如賊壞功德本，譬如天雹，傷害五穀，利養名聞，亦復如是。壞功德苗，不令增長。」

⑲劉熙釋名：「綃頭：綃，鈔也，鈔髮使上從也。或曰陌頭，言其從後橫陌而前也。齊人謂之㡋，言㡋斂髮使上從也。」

⑳漢高帝紀：「乘傳詣洛陽。」如淳曰：「律，四馬高足爲置傳，四馬中足爲馳傳，四馬下足爲乘傳，一馬二馬爲軺傳。急者乘驛乘傳。」

㉑葉奇草木子：「明首座，東南行脚僧也。有母八十餘，嘗負擔而行。至正間，來遊鴈蕩山，值母生日，以飯一盂，經一卷，爲母之壽，而作偈曰：『今朝是我娘生日，剔起佛前長命燈。自米自炊還自喫，與娘齋得一員僧。』」

㉒五燈會元：「睦州陳尊宿，織蒲鞋以養母，故有陳蒲鞋之目。」

㉓蛣蜣之智，在於轉丸。

㉔南部新書：「佛臨涅槃，阿難問佛：佛滅度後，以何爲師？佛答阿難：吾滅度後，以波羅提木叉爲師。梵曰波羅提木叉，此云別解脫。」

㉕國語：「宣子曰：戰以錞于丁寧，儆其民也。」韋昭曰：「錞于，形似碓頭，與鼓角相和。丁寧，皆謂鉦也。儆，戒也。唐尚書曰『錞于，鐲也』，非也。鐲與錞于各異物。」

㉖五燈會元：「懷海禪師謂衆曰：佛法不是小事，老僧昔被馬大師一喝，直得三日耳聾。」

懸蛇行贈茂廬

周君賣藥楓橋下，長身歷落氣瀟灑。要離伯鸞古有之①，悠悠末路誰知者？懸蛇車上走兒童②，剔胃刳腸一笑中。更看袖裏青蛇在③，元化由來即呂翁。

【箋注】

① 要離伯鸞，見前注。

② 懸蛇，見前注。

③ 岳陽風土記：「岳陽樓上有呂先生題云：『朝遊北越暮蒼梧，袖裏青蛇膽氣粗。三入岳陽人不識，朗吟飛過洞庭湖。』先生名喦，字洞賓，唐禮部尚書渭之孫。會昌中兩舉進士不第，遇異人授劍術，得長生不死之訣。」

李榷部饋貂帽繭紬口占戲謝〔一〕

篷底冰稜午未消，漫勞弓劍問蕭條①。敝裘難稱歐絲繭②，禿髮羞看插鬢貂。貰酒楊〔二〕昌何處典③？彈冠貢禹不堪招。緇衣皂帽眞吾有④，攬鏡依然慰老樵。

【校記】

〔一〕此詩邃本、箋注本、金匱本有，鄒鎡序本無。

〔二〕邃本、箋注本作「楊」，金匱本作「陽」，誤。

【箋注】

① 記曲禮：「凡以弓劍苞苴簞笥問人者，操以受命，如使之容。」

② 歐絲，見前注。

③ 葛洪西京雜記：「司馬相如初與卓文君還成都，居貧愁懣，以所着鷫鸘裘，就市人陽昌貰酒，與文君爲歡。」

④ 魏志管寧傳：「寧常着皂帽，布襦袴布裙，隨時單複。」

題畫四君子圖 爲王異公〔一〕

古人論畫松，磊砢喜直幹。當其放筆時，蓄意在霄漢。落落待歲寒，丈尺豈足算。

右松

【校記】

〔一〕此四詩遼本、箋注本、金匱本有，鄒鎡序本無。惟金匱本次第爲松、竹、梅、蘭，且題下無自注。

糞穢塞穹壤，諸天爲掩鼻。芳蘭抱國香①，一枝自殊異。懷哉眢井翁②，畫蘭不畫地③。

右蘭

【箋注】

① 左傳宣公三年：「鄭文公有賤妾，名燕姞，夢天使與己蘭，曰：以是爲而子。以蘭有國香，人服媚之如是。」

②鄭所南著心史，藏之北禪寺井中，故目之謂眢井翁。

③宋遺民錄鄭所南傳：「所南善畫蘭，不畫土。人詢之，則曰：一片中國地，爲夷狄所得，吾忍畫耶？」

桃竹列几筵，次席重黼純①。剡之作箭簳②，弧矢參星辰③。允矣東南美④，君子貴其筠。

右竹

【箋注】

①周禮春官宗伯：「凡大朝覲，大饗射，凡封國，命諸侯，王位設黼扆。扆前南鄉設莞筵，紛純。加繅席畫純，加次席黼純，左右玉几。」鄭司農云：「純，讀爲均服之均，純緣也。次席，桃枝席，有次列成文。」

②家語：「子路曰：南山有竹，不揉自直。斬而用之，達於犀革。以此言之，何學之有？孔子曰：括而羽之，鏃而礪之，其入之不亦深乎？」

③三氏星經：「石申氏曰：弧矢九星，在狼星東南，天弓也。」

④爾雅釋地：「東南之美者，有會稽之竹箭焉。」

梅爲南國花，寒香絕沙漠。所以穠〔一〕桃李，繁華遜綽約。姽彼嘉樹頌，不辜后皇託①。

右梅

【校記】

〔一〕邃本、箋注本作「穠」，金匱本作「濃」。

【箋注】

①屈原九章：「后皇嘉樹，橘徠服兮！」

題金孝章生挽册

人生喜祝壽，死則〔一〕製挽詩。祝生生不延〔二〕，哭死死不知。徒然費紙墨，況乃滋點媸。陶潛一老翁，倡爲〔三〕生挽詞。死挽已多事，生挽復何爲？人生愛百年，生死爲大期。樂生本物情，怖死何足嗤。生祝死則哭，委分亦所宜。哀樂而樂哀①，古人豈我欺？生挽死重挽，生死皆傷悲。挽者亦有死，相挽無已時。吳門金孝章，褒衣稱人師。六十要生挽，趣我屬和之。我老諱哀挽，搖頭請固辭。赤羽滿天地，白毛生路逵。餘生剩兵間，頭顱天所私。西山萬樹梅，破臘放繁枝。缸面酒新熟，杖頭錢可持。何用雙眉皺，且喜兩膝隨。鸜鴿遞歌哭②，亳鳥俄出譆③。長風報吹萬④，過耳知爲誰？聊歌蟋蟀章，請君頌鴟夷⑤。

【校記】

〔一〕各本作「則」，鄒鎡序本作「有」。

〔二〕各本作「延」，鄒鎡序本作「筵」。

〔三〕各本作「爲」，鄒鎡序本

作「與」。

【箋注】

①左傳昭公二十五年：「哀樂而樂哀，皆喪心也。心之精爽，是謂魂魄。魂魄去之，何以能入？」

②左傳昭公二十五年：「鸜鵒來巢。師己曰：童謠有之，『鸜鵒鸜鵒，往歌來哭。』」

③左傳襄公三十年：「或叫於宋太廟曰：譆譆出出。鳥鳴於亳社，如曰譆譆。」

④謝靈運九日戲馬臺送孔令詩：「吹萬羣方悅。」

⑤竇革酒譜：「漢世多以鴟夷貯酒。揚雄爲之贊曰：『鴟夷滑稽，腹大如壺。盡日盛酒，人復借沽。常爲國器，託於屬車。』」

有學集卷十二

東澗集上

春初過嚴文靖公錦峯書院敬題十韻

宰相行春地①，承平百歲中。燃燈祠太乙②，秘殿禮崆峒③。神將扶黃道④，靈旗出紫宮⑤。弈棋閑太傅，祖帳藹羣公⑥。接席雞豚社⑦，隨車梨棗童⑧。朱衣臨碉戶，錦袖凭房櫳。桃李思吾祖⑨，桑榆剩此翁。詞垣三組接⑩，閣道四星空。碧蘚依殘甃，紅龍發故叢⑪。平泉舊花木⑫，一一待光風。

【箋注】

① 李商隱聞河東公樂營置酒詩：「聞置行春旆，中途賞物華。」

② 漢武外傳：「帝拜李少翁爲文成將軍，于甘泉宫中，畫太乙諸神象祀之，歷年無應。」

③ 莊子在宥篇：「黃帝聞廣成子在于崆峒之上，故往見之。」

④ 黃道，見前注。

⑤ 淮南子天文訓：「紫宮者，太乙之居也。」

⑥張景陽詠史詩：「藹藹東都門，羣公祖二疏。朱軒曜金城，供帳臨長衢。」
⑦雞豚社，見前注。
⑧東坡淮口遇風詩：「何如陶家兒，遶舍覓梨棗？」
⑨程大昌演繁露：「狄梁公既立中宗，五公皆出門下，時以爲一代之盛桃李也。」
⑩漢揚僕傳：「垂三組。」師古曰：「僕爲主爵都尉，又爲樓船將軍，并將梁侯。三印，故三組也。組卽綬也。」
⑪詩鄭風云：「隰有游龍。」毛云：「龍，紅草也。」陸機云：「一名馬蓼，葉大而赤，生水澤中，高丈餘，白色。」
⑫賈氏談錄：「贊皇公平泉莊。」見前注。

一月五日山莊作①

老梅放繁花，迴此世界春。信知諸天樹，逆風始香聞②。日近山容鮮，氣至鳥語新。磵泉長前陂，懸流隔通津。花紅來駐此，多謝桃源人③。

【箋注】

①新書武后紀：「天授元年，改元曰載初，以十一月爲正月，十二月爲臘月，來歲正月爲一月。」
②世說文學篇：「林公曰：白旃檀非不馥，焉能逆風？」成實論曰：「波利質多天樹，其香則逆風而聞。」
③王摩詰藍田精舍詩：「笑謝桃源人，花紅復來覿。」

六日述古堂文讌作

小築傍牆東①，收藏柱下同②。步櫩停薄雪③，砥室貯光風④。屋刋〔一〕巢書架⑤，窗規散帙通⑥。縹囊香馣薆⑦，緑字古曈曨⑧。歲酒新浮碧，春燈早試〔二〕紅。舞傞萸柳簇⑨，笛散落梅叢⑩。坼餅飴孫子⑪，抄匙飯老翁⑫。夜如人意永，笑與漏聲終。越陌頻爲客，催歸會惱公⑬。安知吾與汝，俱在一壺中⑭。

【校記】

〔一〕邃本、箋注本作「刌」，鄒鎡序本、金匱本作「掛」。

〔二〕邃本、箋注本作「早試」，鄒鎡序本、金匱本作「試早」。

【箋注】

① 後漢逢萌傳：「王君公遭亂獨住不去，儈牛自隱。時人爲之論曰：避世牆東王君公。」

② 漢張蒼傳：「秦時爲御史，主柱下方書。」

③ 相如上林賦：「步櫩周流。」李善曰：「步櫩，步廊也。」

④ 楚辭宋玉招魂：「砥室翠翹，絓曲瓊些！」王逸曰：「砥，石名。」

⑤ 漢元帝紀贊：「分刌節度。」蘇林曰：「刌，度也。千木切。」陸游渭南集書巢記：「陸子既老且病，猶不置讀書，名其室曰書巢。或棲于櫝，或陳于前，或枕籍于牀，俯仰四顧，無非書者。間有意欲起，而亂書圍之，如積槁枝，或至

不得行，則輒自笑曰：此非吾所謂巢者耶？」

⑥謝靈運酬從弟惠連詩：「散帙問所知。」

⑦昭明文選序：「詞人才子，則名溢乎縹囊；飛文染翰，則卷盈乎緗帙。」相如上林賦：「馣薆咇茀。」李善曰：「說文：『馣馤，香氣奄藹。』馣與晻，馤與薆，音義同。」

⑧五色線：「尚書中候曰：『堯沉璧于洛，玄龜負書出，背甲赤文綠字。』」

⑨謝靈運北固應詔詩：「原隰荑柳綠。」李善曰：「正月柳稊。稊者，發孚也。荑與稊，音義同。」

⑩古曲有落梅花。又許雲封說笛有落梅、折柳二曲，今其詞亡，不可考矣。然詞人賦梅用笛事起此。

⑪晉書何曾傳：「蒸餅上不坼作十字不食。」

⑫昌黎贈劉師服詩：「匙抄爛飯穩送之。」

⑬昌黎贈同遊絕句：「喚起窗全曙，催歸日未西。」魯直曰：「喚起、催歸，二禽名。」

⑭後漢費長房傳：「市中有老翁賣藥，懸一壺于肆市，輒跳入壺中。長房覩之，異焉，因往再拜奉酒脯。翁曰：明日可更來。且日詣翁。翁與入壺中，惟見玉堂嚴麗，旨酒甘肴，盈衍其中，共飲畢而出焉。」

圯橋行贈趨庭李太公夫婦八十燕喜

予方以八十衰老，戒人稱壽，却破例作此詩。條侯長筵燕喜，歌之以侑一觴。聞條侯應玄纁之聘，覩國之光。老人俚語，不合時宜，為一捧腹也。

昔年題詩曾壽君，揮豪臏欲凌千軍①。婁敬洞前雲不散②，下邳橋下水如焚。十載流年如博弈，白頭翁姥髮轉黑。老我拚爲種菜人③，郎君頻作看花客。早春忽接郎君書，鄭重江淮問索居。雞腿麻姑問易栗④，充囊薏苡如明珠⑤。爛煮豆羹和肉汁，新炊飽餐捫腹急⑥。放箸重爲介壽詩，香篆縈窗墨花濕。君不見日蝕麒麟鬬幾迴⑦，榴花萱草久相催。當歌若話滄桑事，便勸仙人酒一杯⑧。

【箋注】

① 少陵醉歌行：「筆陣獨掃千人軍。」

② 泰山志：「婁敬洞，在岳頂西百里，漢婁敬隱地。旁一洞出硝石。」

③ 種菜，見前注。

④ 劉若愚酌中志略：「五臺出天花羊肚菜，鷄腿銀盤等麻姑。」范成大良鄉絕句：「紫爛山梨紅綴棗，總輸易栗十分甜。」

⑤ 後漢馬援傳：「南方薏苡實大，援欲以爲種，且勝瘴氣。軍還載之一車。後梁松上書，譖之帝前，皆以爲明珠文犀。」

⑥ 樂天夏日作：「飯罷盥漱已，捫腹方果然。」

⑦ 淮南子天文訓篇：「麒麟鬬則日月蝕。」

⑧ 葛洪神仙傳：「方平語蔡經家人曰：吾欲賜汝輩酒，此酒乃出天廚，其味醇醲，當以水和之。」

題破山四高僧圖

伏虎降龍我未能①，縫衣不學小乘僧②。禪房正對空潭月，消得西齋一卷經。

【箋注】

①琴川志：「破山寺有四高僧祠，祠唐之懷述，字體如，吳人；常達，字文舉，邑人；朱梁彥偁，邑人；宋悟恩，邑人。其彥偁者，年九十九歲，戒行清苦。一夜登閣，有虎中箭，咆哮于地。師徐爲拔之，虎偃伏瞑目，舐血而往。至曉，獵師朱德者尋蹤至，師示以矢鏃。朱感悟爲罷獵。有碑存焉。」琴川志：「貞觀中，有老僧在寺說法，常有白髯老人，每旦必先至。一日，師問爲誰？曰：某山中白龍也。師願見其形。老人曰：見我形時，當念摩訶經號，助我之威。師怖，誤誦揭諦神咒，神以杵擊龍，龍銜山而去，遂成破澗。」

②東坡次定慧欽長老見寄詩：「崎嶇眞可笑，我是小乘僧。」

浮石和上偈二首

七十闍黎法席開①，拈椎豎拂吼如雷。十年飽喫籮邊飯，伴我腰包行脚來。

【箋注】

①道誠釋氏要覽：「闍黎，寄歸傳云：『梵語阿遮梨耶，唐言軌範。今稱闍黎，蓋梵音略也。』」

福城塔下善財歌①，烟水茫茫南去多。爲問一尊無縫塔②，相輪幡影竟如何？

【箋注】

① 華嚴經入法界品贊：「福城東際，童子南詢。百城煙水渺無垠。」

② 傳燈錄：「有兩人各住一菴，尋常來往，偶旬日不會。一日上山相見，上菴主問曰：多時不見，在什麼處？下菴主曰：只在菴裏造箇無縫塔子。上菴主曰：某甲也欲造個無縫塔，就菴主借取樣子。曰：何不早道，恰被人借去也。」續傳燈錄：「天童文禮入寂，問侍者曰：誰爲我造無縫塔？侍者云：請師塔樣。師云：盡力畫不出。怡然脫去。」

燈樓行壬寅元夕賦示施偉長

長安元夕風景妍，夾路燈樓柳市邊。黃道日回春夜暖，碧空月壓看場圓。絡角星河拄人首①，九華蓮焰枝如藕。側帽都簪內苑花，薄醒〔一〕猶帶昆明酒。千金一刻買春陽，十里珠簾曼睩光②。全疑月面爲人面，不辨衣香與坐香。當時我亦銅龍客③，朝回銜酒城東陌。銀燭遙連北里紅，金壺不許東方白。如今老夫鬢婆娑，土室龕燈禮佛陀④。上元儋耳歡娛少⑤，燈火樊樓涕淚多⑥。憐君旅食山城下，鐘罷爐殘守僧舍。膠牙生菜粥不糜⑦，齇鼻村酤酒未笮。與君相去一牛鳴⑧，便似蓬池話淺清⑨。挑燈互見闌珊影，倚戶如聞嘎喈聲⑩。月宮青輦空相憶⑪，金牀舍利無消息⑫。綺陌兵殘玉露晞，紫姑卜罷銀河仄⑬。

寂寂秋衾臥冷雲，軟紅香霧想氤氳⑭。夢回歷歷華胥國⑮，折脚鐺邊說向君⑯。

【校記】

〔二〕遼本、箋注本作「醒」，鄒鎡序本、金匱本作「醒」。

【箋注】

① 羅隱七夕詩：「絡角星河菡萏天。」

② 段柯古酉陽雜俎：「屏上婦人歌：『長安女兒踏春陽，無處春陽不斷腸。』」楚辭宋玉招魂：「蛾眉曼睩，目騰光些！」

③ 陸韓卿答內兄希逸詩：「屬叨金馬署，又點銅龍門。」

④ 大論：「秦言知者，知過去未來現在衆生非衆生數，有常無常等一切諸法。菩提樹下，了了覺知，故名佛陀。」

⑤ 東坡年譜：「先生年六十三，在儋州。上元夜，赴郡會守舍，作違字韻詩。六十四，在儋州。上元夜同數書生步城西僧舍，歸已三鼓矣。六十五，在儋州，至上元，又和戊寅違字韻詩。」

⑥ 劉屏山汴京絕句：「梁園歌舞足風流，美酒如刀解斷愁。憶得少年多樂事，夜深燈火上樊樓。」

⑦ 荆楚歲時記：「膠牙者，堅固如膠也。」

⑧ 一牛鳴，見前注。

⑨ 葛洪神仙傳：「麻姑自說：向到蓬萊，水又淺于曏昔會時略半也，豈將復還爲陵陸乎？」

⑩ 史記魏公子列傳：「晉鄙嚄唶宿將。」索隱曰：「嚄唶，謂多詞句也。」

⑪ 青黧，見前注。

⑫ 西域記：「摩訶菩提僧伽藍中，有如來舍利，每歲至如來大神變月滿之日，出示衆人。即印度十二月三十日，當此正月十五也。」

⑬ 荆楚歲時記：「正月十五日，其夕迎紫姑，以卜將來蠶桑，并占衆事。異苑云：『紫姑本人家妾，爲大婦所妒，正月十五日感激而死，故世人作其形于廁邊或猪闌邊迎之，捉之覺重，是神來也。』洞覽云：『是帝嚳女，將死，云平生好樂，至正月半，可以衣見迎。』又其事也。」

⑭ 東坡從駕景靈宫詩：「軟紅猶戀屬車塵。」公自注曰：「前輩戲語：『西湖風月，不如東華軟紅香土。』」

⑮ 列子黃帝篇：「黃帝晝寢，而夢遊于華胥氏之國。」

⑯ 傳燈錄：「無蒙國師曰：『看他茅茨石室，向折脚鐺子邊煮飯，喫過三二十年。』」

二月五日遵王第四郎試周饗余于述古堂喜而有作〔一〕

慶系從籛後①，宗彝勒澗東②。箕裘傳衮衮，弧矢喜肉肉。棠杕諱循州燕③，猗蘭本漢宫④。碧天明綺席，旭日麗雕櫳。甲子駘文異⑤，丁年鴈序同⑥。歌登三節什⑦，舞應八都風⑧。酒換鬚眉白，燈依笑語紅。顚毛殊鹿鹿，頭角正熊熊。錦繡山川外⑨，丹青石鏡中⑩。若論調帝鼎，八百是家公⑪。

【校記】

〔一〕此詩邃本、箋注本有，鄒鎡序本、金匱本無。

【箋注】

①武肅王作大宗譜，文僖公繼錄爲慶系譜。錢氏之譜肇于此。蘄春侯諱易，字希白，撰南部新書，自稱錢後人。

②張平子東京賦：「銘勳彝器，歷世彌光。」薛綜曰：「彝，常也。宗廟之器稱彝。」吉州施偉長謁臨海先廟，見周成王饗彭祖三事鼎，鼎足篆「東澗」二字，蓋周公卜洛時，乃卜澗水東，瀍水西，故有此款識也。

③小雅常棣詩：「棠棣之華，鄂不韡韡。」

④漢武內傳：「景帝使王夫人移居崇閣，改爲猗蘭殿。旬餘，帝夢神女捧日以奉王夫人，夫人吞之，十四月而生武帝。」

⑤甲子，見前注。大雅行葦詩：「黃耇台背。」箋云：「台之言鮐也。大老則背有鮐文。」

⑥李少卿答蘇武書：「丁年奉使，皓首而歸。」

⑦吳越備史：「王親巡衣錦軍，製還鄉歌曰：『三節還鄉兮掛錦衣，父老遠來兮相追隨。斗牛無孛兮民無欺，吳越一王兮駟馬歸。』」

⑧五代史吳越世家：「董昌團諸縣兵爲八都，以鏐爲都指揮使。」

⑨東坡臨安三絕句：「五百年間異人出，盡將錦繡裹山川。」

⑩王象之輿地紀勝：「石鏡山，郡國志云：『徑二尺四寸，其光照如鏡之鑑物，分毫不差。』圖經云：『武肅幼時遊此，顧其衣服冕旒，如王者狀。』」

⑪葛洪神仙傳：「彭祖善養性，能調鼎，進雉羹于堯。堯封于彭城，歷夏經殷至周，年七百六十七歲而不衰。」

茸城弔許霞城

半生心事一哀中①，澹月疎燈照殯宮。握手丁寧餘我在，軒眉談笑與誰同②？看花無伴垂雙白，壓酒何人殢小紅？苦憶放翁家祭語〔一〕③，闌彈老淚向春風。

【校記】

〔一〕遂本、箋注本作「家祭語」，鄭鎡序本、金匱本作「詩句在」。

【箋注】

① 記檀弓：「遇于一哀而出涕。」

② 孔德璋北山移文：「爾乃眉軒席次，袂聳筵上。」

③ 陸放翁示兒絕句：「死去原知萬事空，但悲不見九州同。王師北定中原日，家祭無忘告乃翁。」

三月二日遵王生第五雛走筆馳賀

閭溢新春喜〔一〕，門懸浹歲弧。笑才看啞啞①，泣又聽呱呱②。繡褓綳方燥，金盤浴尚濡。作花桃有實，落子桂成株。戲逐鳩車後③，名將驃騎俱④。帶看圍寶玉⑤，架許攫珊瑚⑥。禖祝詞頻削⑦，譽書錯屢摹⑧。方當歌燕婉，莫謾詛鳩荼⑨。學士九男頌⑩，尚書百子圖⑪。預愁東澗老，名字盡上聲賜刋⑫。

【校記】

〔一〕箋注本作「喜」，各本作「燕」。

【箋注】

① 易鼎卦：「笑言啞啞。」

② 大雅生民詩：「后稷呱矣。」

③ 幽求子：「五歲有鳩車之戲，七歲有竹馬之歡。」

④ 世說棲逸篇：「何驃騎弟以高情避世，驃騎勸之仕，答曰：予第五之名，何必減驃騎。」

⑤ 五代史吳越世家：「梁太祖嘗問吳越進表吏曰：平生有所好乎？吏曰：好玉帶名馬。太祖笑曰：眞英雄也。乃以玉帶一奩，名馬十匹賜之。」

⑥ 珊瑚架，見前注。

⑦ 漢武五子傳：「使東方朔、枚皋作禖祝。」師古曰：「祝禖之祝辭。」

⑧ 南部新書：「李林甫賀誕子者書云：『知有弄麞之慶。』」東坡賀陳章生子詩：「甚欲去爲湯餠客，惟愁錯寫弄麞書。」

⑨ 御史臺記：「任瓌酷怕妻，杜正倫譏瓌。瓌曰：婦當怕者三。初娶之時，端嚴若菩薩，豈有人不怕菩薩耶？旣生養兒女，如養兒大蟲，豈有人不怕大蟲耶？年老面皺，如鳩盤荼鬼，豈有人不怕鬼耶？以此怕婦，亦何怪焉。」

⑩ 陸游老學菴筆記：「錢穆父風姿甚美，有九子。都下九子母祠，作一美丈夫，坐于西偏，俗以爲九子母之夫。故都下謂穆父爲九子母夫。東坡云：九子羨君門戶壯。蓋戲之也。」

⑪ 忠獻王長子尙書冑，生男百餘。

⑫ 莊子外物篇：「神龜能見夢于元君，而不能避余且之網。知能七十二鑽而無遺筴，不能避刳腸之患。」

遼王第五子名東周字思卜〔一〕

我命四子名，肇錫本澗東①。今名第五郎，寤嘆念周宗。東周存思卜，卜以九鼎同。周書記卜雒，亦識瀍澗中。日來春多陰，未吹閶闔風②。却似錢江上，月星殊晦蒙③。

【校記】

〔一〕此詩邃本、箋注本有，鄒鎡序本、金匱本無。

【箋注】

① 離騷：「肇錫予以嘉名。」

② 史記律書：「閶闔風居西方。閶者，倡也。闔者，藏也。言陽氣道萬物，闔黃泉也。」

③ 吳越備史：「中和二年秋七月，漢宏遣弟漢宥、馬軍都虞候辛約率兵二萬，營于西陵，將圖浙西，兵勢甚盛。董昌遣王禦之。是月十二夜，將度江，星月皎然。王祝曰：願陰雲蔽月，以壯我師。俄而雲霧四起，咫尺晦冥。王大喜，卽先渡江，縱火斫其營。精兵繼至，破賊始盡。」東坡表忠觀碑：「銘曰：仰天誓江，月星晦蒙。」

春日送施偉長還蕪湖客舍

東澗老人老無那，送盡春光但孤坐。那堪送春復送客，執手無言淚交墮。乾坤擺蕩皆客居，盡日團團走推磨①。君歸又是客中客，馬方解鞍芻未剉。浩浩之水育育魚②，東跳西沫何所作③？眼中之人吾老矣，世間甯戚有幾個？

【箋注】

① 晉書天文志：「周髀家云：天旁轉如推磨而左行，日月右行，隨天左轉。故日月實東行，而天牽之以西沒。譬之蟻行磨石之上，磨左旋而蟻右去，磨疾而蟻遲，故不得不隨磨以左迴焉。」

② 管子小問篇：「桓公使管仲求甯戚，甯戚應之曰：浩浩乎！管仲不知，至中食而慮之。婢子曰：詩有之：『浩浩者水，育育者魚。未有室家，而安召我居？』」

③ 少陵餞竇少尹詩：「主人送客何所作？行酒賦詩殊未央。」

壬寅三月十六日太倉太原王端士巽公懌民虹友瑯琊王惟夏次谷許九日顧伊人吳江朱長孺族孫遵王壻微仲集於小閣是日敬題烟客奉常所藏文肅公南宮墨卷論文即事欣感交并予爲斐然不辭首作

江村草閣掩霏微，兩版衡門乳燕稀。好客恰宜來細雨，春風猶爲款荆扉。鶯悲花盡差新樹，柳愛烟深漫舊磯。有約經過還載酒，不辭破夏解僧衣。次日送春。

帝車南指正垂芒①，雲霧江天見草堂。鶴髮龍鍾餘一老②，烏衣馬糞數諸王③。橫經問字皆同術，即席分題各擅場。自愧疎慵徒捧腹④，更無衣鉢付歐陽⑤。

【箋注】

① 王勃益州夫子廟碑：「帝車南指，遁七曜于中階。」

② 庾子山竹杖賦：「噫！子老矣。鶴髮雞皮，蓬頭歷齒。」東坡海市詩：「豈知造物哀龍鍾。」施宿曰：「蘇氏演義：『龍鍾，謂不昌熾，不翹舉，如藍鬖拉搭之類。』」

③ 世說雅量篇：「角巾徑還烏衣。」注曰：「丹陽記：烏衣之起，吳時烏衣營處所也。江左初立，瑯琊諸王所居。」南史王志傳：「志家居建康禁中里馬糞巷。父僧虔，門風寬恕，志尤惇厚。兄弟子姪，皆篤實謙和，時人號馬糞諸王爲長者。」

④ 史記日者傳：「司馬季主捧腹大笑。」

⑤ 宋史歐陽修傳：「宋興且百年，文章體裁，猶仍五季餘習。修得唐韓愈遺稿于廢書簏中，讀而心慕焉。苦志探賾，至忘寢食，必欲并轡絕馳，而追與之並。」

琬琰勳庸丙魏如①，珠囊畢牘在公車②。三條燭際昇平候③，千佛名標〔一〕浩刦餘④。字裏鋒芒環斗極，行間筋骨護皇輿。婁江榮氣浮河雒，午夜虹光夾御書⑤。奉常家藏神宗賜劄，御墨如新。

【校記】

〔一〕 邃本、箋注本作「標」，鄒鎡序本、金匱本作「摽」。

【箋注】

① 漢魏相丙吉傳贊：「孝宣中興，丙、魏有聲。」

② 楊炯遂州長江縣先聖廟堂碑銘：「四時玉斗，五緯珠囊。」爾雅釋器：「簡謂之畢。」郭璞曰：「今簡牘也。」漢東方朔傳：「今待詔公車。」

③ 唐詩紀事：「韋承貽策試夜記長句于都堂云：『褒衣博帶滿塵埃，獨自都堂策試回。蓬巷幾時聞吉語？棘籬何日免重來？三條燭盡鐘聲動，九轉丹成鼎未開。殘月漸低人擾擾，不知誰是謫仙才？』」

④ 唐語林：「進士張繟，濮陽王柬之曾孫也。時初落第，兩手捧登科記頂之曰：此千佛名經也。企羨如此。」

⑤ 歐陽公仁宗御飛白記：「今賜書之藏于子室也，吾知將有望氣者言榮光起而屬天者，必賜書之所在也。」

今雨柴門却掃新①，清晨留客似留春。小亭布席才函丈，竟日從容肯欠伸②。老去敢知文曲折③，酒闌仍恐語悲辛。竹廊共賞留題句，寄謝緣溪莫問津。拂水竹廊有人題壁云：「傳語東山好避秦。」〔一〕

【校記】

〔一〕 邃本、箋注本有此七字。鄒鎡序本、金匱本無。

【箋注】

① 今雨，見前注。江文通恨賦：「閉關却掃，塞門不仕。」

② 記曲禮：「侍坐于君子，君子欠申撰杖屨，視日早暮，侍坐者請出矣。」

③ 春渚記聞：「東坡常曰：某平生無快意事，惟作文章，意之所到，則筆力曲折，無不盡意。自謂世間樂事無踰此者。」

寒夜記夢題崑銅土音詩藁

爛熳一束紙，墨淡字半剜。摩挲不辨文與字，骨脂肺腎互鬱盤。無乃是萇弘之血①，弘演之肝②？行間悉窣手牽掣，口哦不斷百怪攢。陰火吹風撲燈燭，鬼車載鬼嚎簷端③。須臾神鬼怒交鬭，朱旗閃爍朱輪殷。相柳食山腥未愁〔一〕④，刑天爭神舞不閑⑤。天吳罔兩助聲勢，海水矗立地軸掀⑥。孤燈明滅胸撞擊，撫枕忽漫昇天關。天門詄蕩帝肅穆⑦，寥陽侍晨仍〔二〕舊班。有夫披髮叫無辜，撼闔搖動倉琅鐶⑧。帝心殊憖惻，慰勞涕淚潸。趣令浴堂具湯沐，被以霞帔加星冠。湔祓頸上血，澆沃徑寸丹。日宮天子命收取⑨，化爲日中陽烏赤色鸞。綽約彼三姬，參差淚汍瀾，花愁雨泣不忍覩，冰心玉節誰犯干？蘂珠宮中傳册命⑩，雲衣霧縠非綺紈。命從湘君夫人享秩祀，錫以湘竹之節聲珊珊⑪。俄聞六丁召神官，四王〔三〕八部齊登壇⑫。日矛前驅，天駟後奔。電光射目睫，霹靂穿耳根。迷離眩暈揩睡眼，雷車猶掉雲旗翻。掀簾惝怳已亭午⑬，白日正照紅欄杆。

【校記】

〔一〕遼本、箋注本作「愁」，鄒鎡序本、金匱本作「慈」。

〔二〕遼本、箋注本作「仍」，鄒鎡序本、金匱本作「伊」。

〔三〕遼本、箋注本作「王」，鄒鎡序本、金匱本作「五」。

【箋注】

① 萇弘血，見前注。

② 弘演肝，見前注。

③ 段柯古酉陽雜俎：「鬼車鳥，相傳昔有十首，能收人魂，一首爲犬所噬。白澤圖謂之蒼鸆。帝鵠書謂之逆鶬。夫子子夏所見。史遡嘗見裴瑜所注爾雅，言鶬麋鴰是九頭鳥也。」

④ 山海經：「共工之臣曰相柳氏，九首，以食于九山。」

⑤ 山海經：「刑天與帝爭神，帝斷其首，葬之常羊之山。乃以乳爲目，以臍爲口，操干戚以舞。」

⑥ 木玄虚海賦：「又似地軸挺拔而爭迴。」李善曰：「地下有四柱，廣十萬里，有三千六百軸。」

⑦ 漢禮樂志：「郊祀歌：『天門開，詄蕩蕩。』」如淳曰：「詄，讀作迭。詄蕩蕩，天體堅青之狀也。」

⑧ 漢外戚傳：「倉琅，宮門銅鐶也。」師古曰：「鐶讀與環同。」

⑨ 日宮天子，見前注。

⑩ 黄庭内景經：「閒居蕊珠作七言。」梁丘子注曰：「秘要經云：『仙宫有寥陽之殿，蕊珠之闕，翠纓之房。』」

⑪ 博物志：「堯之二女，舜之二妃，曰湘夫人。舜崩，二妃啼，以涕揮竹，竹痕盡斑。」

⑫ 元微之大雲詩：「現身千佛國，護世四王軍。」翻譯名義集：「八部：一天，二龍，三夜叉，四乾闥婆，五阿修羅，六迦

樓羅，七緊那羅，八摩睺羅。」

⑬孫興公天台山賦：「羲和亭午。」五臣曰：「亭，至也。」

贈張翁敬修

懸薄垂簾近子城①，不離闤闠得柴荆。心温藥鼎常留火，髭拂琴絃偶作聲。齋飯烏分如伴侣，籃輿兒舁即門生。看囊莫笑成羞澀，贏得腰纏鶴背輕②。

【箋注】

①莊子達生篇：「有張毅者，高門懸薄，無不走也。」成玄英疏曰：「懸薄，垂簾也。」

②東坡次趙德麟西湖詩：「騎鶴東來獨惘然。」施宿曰：「世傳神仙欲度人，問曰：汝欲仙乎？欲爲揚州牧乎？欲十萬緡乎？答曰：但欲腰纏十萬貫，騎鶴上揚州。」

題烟客畫扇

吹笛車箱去不回①，人間粉本付沈灰②。空齋畫扇秋風裏，重見浮嵐暖翠來。

【箋注】

①車箱，見前注。

②粉本，見前注。

嶺南黄生遺余酒譜釀荔枝酒伊人遵王各飲一觴伊人有詩率爾和之〔一〕

嶺外荔枝酒，鄆傳勝鶴觴①。共看重碧色②，未許滿杯嘗。至齒俄銷緑，張子壽荔支賦：「未至齒而殆銷。」衡陽始汎香。還憐曲江賦，空負此瓊漿③。

【校記】

〔一〕此詩邃本、箋注本有，鄒鎡序本、金匱本無。

【箋注】

① 洛陽伽藍記：「劉白墮善能釀酒，京師朝貴，遠相餉饋，逾于千里，以遠至，號曰鶴觴，亦名騎驢酒。」

② 少陵宴楊使君東樓詩：「重碧拈春酒，輕紅擘荔枝。」

③ 張子壽荔支賦：「雖瓊漿而可軼。」

秋日雜詩二十首

更殘響簷溜，始知是秋雨。滴瀝差可人，荒堦咽蛩語。迢迢雞後鳴①，漏刻浩難數。重温秋衾夢②，今宵又何許？

【箋注】

①首楞嚴經：「如鷄後鳴。」長水疏曰：「鷄第二鳴，天將曉也。」

②李賀還自會稽歌：「臺城應教人，秋衾夢銅輦。」

閒愁來何從？殘夢去無緒。繙經義未了，聊可排塵慮。老喜嘗新秔，寒思理舊絮。稽首念佛恩，焚香禮昏莫。

長夏苦毒熱，早秋怯驟涼。皇天無中氣①，端居自徬徨。昨宵颶風作，海鳥羣悽惶②。六鷁整毛羽，退飛正翺翔。

【箋注】

①樂天酬牛相公早秋寓言詩：「七月中氣後，金與火交爭。」

②國語：「海鳥曰爰居，止于魯東門之外三日。展禽曰：今茲海其有災乎？夫廣川之鳥獸，恆知避其災也。是歲也，海多大風，冬暖。」

霜風掠平蕪，秋原驕雉兔。笠夫戴皮冠，麥場曬獵具。短袖裹老拳，悶如鎖窮袴①。扶杖看秋空，指點呼鷹處。

【箋注】

①漢外戚傳注：「服虔曰：窮袴有前後襠，不得交通也。師古曰：絝，古袴字。窮袴，即今之緄襠袴也。」

破樹仗天風，籔頓埽我垣。風伯不汝貰①，倒穴拔其根。淸晨啓蓬戶，小草仍當門②。

【箋注】

① 司馬相如大人賦：「誅風伯，刑雨師。」張揖曰：「風伯，字飛廉。」

② 世説排調篇：「郝隆曰：處則爲遠志，出則爲小草。」

唐天憎杜陵，流落窮白頭。又令箋注徒，千載生瘢疣。至今餕腐儒，鑽穴死不休。太白自長嘯，槌碎黃鶴樓①。文章亦世〔一〕業，撫卷心悠悠。

【校記】

〔一〕邃本、箋注本作「世」，鄒鎡序本、金匱本作「引」。

【箋注】

① 太白江夏贈韋南陵冰詩：「我且爲君槌碎黃鶴樓，君亦爲我倒却鸚鵡洲。赤壁爭雄如夢裏，且須歌舞寬離憂。」

北山磨鏡翁，縛茅山之畔。緪牀背泥竈，光淨照潭面。日旰酌白酒①，自唱殘唐傳。炊茶爇松子，松風颼蕉扇。薄莫送我歸，前村指竹箭②。

【箋注】

① 左傳襄公十四年：「日旰不召。」杜預曰：「旰，晏也。」

② 竹箭，見前注。

漢東湧樓閣，莊嚴永明師①。揮手棄山河，大梁一布衣②。傳家五百載，百卷宗鏡書。莫欺粟散王③，寄報良亦殊。

【箋注】

① 惠洪禪林僧寶傳：「智覺禪師，諱延壽，餘杭王氏子。初說法于雪竇山，建隆元年，忠懿王移之于靈隱新寺。明年，又移之于永明寺。集宗鏡錄，天下學者傳誦焉。」

② 王偁東都事略錢俶傳：「王師討江南，李煜貽書于俶，其略曰：今日無我，明日豈有君。一旦明天子易地酬勳，王亦大梁一布衣爾。」

③ 法苑珠林人道部：「以四方言之，則北鬱單越無貴無賤，彼無僕使之殊，故無貴賤。餘之三方，皆有貴賤。以有君臣民庶之別，大家僕使之殊，故有貴賤別類也。總束貴賤，合有六品。一、貴中之貴，謂輪王等；二、貴中之次，謂粟散王等；三、貴中之下，謂如百僚等；四、賤中之賤，謂臺奴竪子等；五、賤中之次，謂僕隸等；六、賤中之下，謂姬妾等。粗束如是，細分難盡。」

裦晚寡末契①，但論飲食交。馮老今則亡②，餔餟傷老饕③。白首拉〔一〕紅裙，弓兵滿六橋。畫師補此景，可以當大招。

【校記】

〔一〕各本作「拉」，金匱本作「拮」。

【箋注】

① 少陵莫相疑行：「晚將末契託年少，當面輸心背面笑。」

② 少陵遺興詩：「爽氣不可致，斯人今則亡。」

③ 老饕，東坡老饕賦。

夢得朱噣書①，旁行寫復服〔一〕②。不辨科斗文，神官爲我讀。醒聞秋窗雨。迸喜聲簇簇。快哉諸天宫，下雨成珠玉。

【校記】

〔一〕遼本、箋注本作「服」，鄒鎡序本、金匱本作「復」。

【箋注】

① 朱噣書，見前注。

② 東坡記夢詩：「樂全先生夢人以詩三篇示之，字皆旁行而不可識。旁有人道衣古貌，爲讀其中一篇。」元結中興：「復服指期。」

華首上座來①，錫帶羅浮雨。秋風藏衫袂，肅肅條衣舉。俯躬道國恩，斂容稱故主。三代去已遠②，禮樂吾誰與？猥猥沸唇兒③，安知歌相鼠④。

【箋注】

① 華首，空隱和尚弟子。

② 臥龍山人王畿書：「昔者明道先生見禪門行禮，嘆以爲三代威儀，僅見于此。」

③ 白氏六帖：「賈誼曰：沸唇擾塞垣之下。匈奴號也。」

④ 左傳襄公二十七年：「叔孫與慶封食，不敬，爲賦相鼠。」

春秋書遂滅①，齊戍屯貔貅。視彼六族民〔一〕，滅沒同蜩蝣。一夕醉戍酒，封腸穴其頭。自古斬肄餘，有此報雪不？得無齊君臣，創鉅思慾尤②？謝過三亡國③，用以伯諸侯。

我欲竟此編，炷燥添膏油。秋燈吐長芒，短髮風颼颼。

【校記】

〔一〕遼本、箋注本作「民」，鄒鎡序本、金匱本作「氏」。

【箋注】

① 左傳莊公十三年：「齊人滅遂而戍之。」

② 記三年問：「創鉅者其日久，痛甚者其愈遲。」

③ 晉語：「齊侯存亡國三，以示之施。」韋昭曰：「存三亡國，魯、衛、邢也。」

田疇酹劉虞①，隕絶臥草萊。身仆目猶視，沈痛徹齒骸。稱娖羅前行②，傳呼使君來。勞苦如生平，彈指歎且哀〔一〕。雞酒飲噉盡，揮手還夜臺③。子春志益堅④，坐看五樓灰⑤。餘智滅烏丸⑥，少試囊底才⑦。子年神仙人，斯言豈齊諧⑧？蕭辰展殘書，鳴葉掠空堦。正憶幽并路，筋骨〔二〕斸風開⑨。

【校記】

〔一〕各本作「哀」，鄒鎡序本作「衰」。　〔二〕各本作「骨」，據箋注，當作「角」。

【箋注】

① 王子年拾遺記：「田疇，字子春，北平人也。劉虞爲公孫瓚所害，疇追慕無已，往虞墓，設鷄酒之禮慟哭之，音動于草野。疇臥草間，忽有人通云：劉幽州來。疇知是虞之魂，既近而拜，泣不自支，因相與進鷄酒。虞曰：子萬

古之貞士也。奄然不見，疇亦醉醒。」

②稱娖，見前注。

③樂府涼州歌：「夜臺空寂寞。」

④淵明擬古詩：「聞有田子春，節義爲士雄。」後漢劉虞傳注：「臣賢曰：『魏志：田疇，字子春，北平無終人。』」

⑤魏志公孫瓚傳：「瓚軍數敗，乃走還易京固守。爲圍塹十重，于塹裏築京，皆高五六丈，爲樓其上。中塹爲京特高十丈，自居焉。積穀三百萬斛。建安四年，紹悉軍圍之，爲地道突壞其樓。稍至中京，瓚自知必敗，盡殺其妻子，乃自殺。」

⑥魏志田疇傳：「太祖北征烏丸，遣使辟疇，令將其衆爲鄉導。出盧龍，歷平岡，登白狼堆，去柳城二百餘里，虜乃驚覺。單于身自臨陣，太祖與交戰，遂大斬獲。」

⑦晉書慕容垂傳：「垂聞慕容德之策，笑曰：且吾投老，扣囊底智，足以尅之。」

⑧莊子逍遙遊篇：「齊諧者，志怪者也。」

⑨爾雅釋地：「北方之美者，有幽都之筋角焉。」

滔滔新莽世，人抱巾幗醜①。誰歌平陵東？東海一嫠婦。痛子誓報仇，傾貲市刀酒。升堂縛縣宰，封屠若猪狗。聚衆據海曲，亡命競奔走。呂母稱將軍，部曲如臂肘②。赤眉青犢兵③，東海作淵藪。母死餘衆昌，漸臺蹴威斗④。我敍誅莽功，阿母實魁首。赤符天所授⑤，青史人誰剖？雲臺四七人⑥，我欲躋某某。上有劉伯升，下有呂氏母。

【箋注】

①魏志明帝記：「魏氏春秋曰：『亮既屢遣使交書，又致巾幗婦人之飾，以怒宣王。』」

②後漢劉盆子傳：「天鳳元年，琅邪海曲有呂母者，子爲縣吏，犯小罪，宰論殺之。呂母怨宰，密聚客，規以報仇。母家素豐，乃益釀醇酒，買刀劍衣服，少年來酤者，皆賒與之。視其乏者，輒假衣裳，不問多少。數年，財用稍盡。少年欲相與償之，呂母垂泣曰：所以厚諸君者，以縣宰枉殺吾子，欲爲報仇耳。諸君寧肯哀之乎？少年皆許諾。遂召聚得數十百人，因與呂母入海中，招合亡命，衆至數千。呂母自稱將軍，引兵攻破海曲，執縣宰斬之，以其首祭子冢。」

③後漢劉盆子傳：「樊崇恐其衆與莽衆亂，乃皆朱其眉以相識別，由是號曰赤眉。」後漢光武紀：「青犢、赤眉賊入函谷關，攻更始。」

④漢王莽傳：「莽就車之漸臺，欲阻池水，猶抱持符命威斗。」

⑤後漢光武紀：「光武先在長安，時同舍生彊華自關中奉赤伏符曰：劉秀發兵捕不道，四野雲集龍鬭野，四七之際火爲主。」

⑥後漢中興二十八將論：「永平中，顯宗追感前世功臣，乃圖畫二十八將于南宮雲臺。」

聖神〔一〕必前知，卓哉我〔二〕高皇。天文淸分野①，兩戒分鍼芒②。躔度起斗牛，天街肅垣墻③。篇終載箕尾，尾閭愼堤坊④。眇然龜魚呈〔三〕⑤，海底沉微茫。卓犖世史書，濬臣提正綱⑥。戎〔四〕夏區黑〔五〕白，亘古界陰陽。石室閟光怪⑦，化爲魚鳥章⑧。高秋風雨多，夜起視襲藏。

【校記】

〔一〕箋注本作「神」，各本作「人」。〔二〕遼本、箋注本作「我」，鄒鎡序本、金匱本作「明」。〔三〕遼本、箋注本作「呈」，鄒鎡序本、金匱本作「星」。〔四〕各本作「戎」，鄒鎡序本作「中」。〔五〕各本作「黑」，鄒鎡序本作「魚」。

【箋注】

①高皇詔修天文分野書，經進于洪武十七年閏十月二十有七日。傳聞此書屬藁青田，其始于斗牛吳、越分者，首紀開天之神功也；而終于尾箕幽、燕之分者，暗著左帶沸脣之讖。聖神前知，即一書而國運之始終係焉。

②兩戒，見前注。

③天街，見前注。

④莊子注：「尾閭，海尾洩水處。」

⑤鰸魚，見前注。

⑥丘濬世史正綱序：「其宏綱大旨，果何在哉？曰：在嚴華夷之防，在立君臣之義，在原父子之心。夫華夷之分，其界限在疆域；君臣之義，其體統在朝廷；父子之心，其傳序在世及，不可以不正也。」

⑦揚雄遺劉歆書：「得觀書于石室。」

⑧書斷列傳：「齊末王融圖古今雜體，有六十四書，而風魚蟲鳥，是七國時書。」

山城瞰秋窗，雉堞半在几①。山僮放紙鳶，呼風應堦戺。尚父栖石室②，垂竿尚湖水③。信國北渡還④，海道亦由此。父老都不知，但指蘄王壘。金山鼙鼓聲，殷殷潮沙〔一〕

裏。

【校記】

〔一〕箋注本作「沙」，各本作「河」。

【箋注】

①鮑明遠蕪城賦：「板築雉堞之殷。」李善曰：「鄭玄周禮注：『雉長三丈，高一丈。』杜預左氏傳注：『堞，女墻也。』」

②中吳紀聞：「常熟海隅山有石室十所，昔太公避紂居之。」琴川志：「虞山稍北，下山腰有石室，可坐十許人，相傳太公避紂于此。」

③大明一統志：「尙湖，在常熟縣西南四里，長十五里，廣九里。」

④龔開文宋瑞傳：「北軍遣宋瑞偕祈請使俱北。宋瑞以舟西走儀眞，經淮揚，由泰至通州，遵海而南，至溫州，謁景炎新主。」

尹二淡蕩人①，好爲竹枝歌②。江干殘雪後，春淺水微波。吹笛看羣山，那山出雲多？李三愛此詞，側帽長吟哦。興酣爲點染，潑墨生烟蘿。江上無兩人，風月皆蹉跎。今人則已矣！古人復如何？

【箋注】

①太白古風：「吾亦淡蕩人，拂衣可同調。」

②江陰尹嘉賓，字孔昭，作江上竹枝詩：「河豚雪後春猶淺，江上風來水已波。攜酒江邊吹笛坐，那山今日出雲多？」李長蘅甚吟賞此詩。

落落湖海士，奮然談握奇①。三載遯聲塵，宿昔夢見之。或云赴海死，抱石與世辭②。或云盡室去，滄波逐鴟夷③。人生七尺軀，龍蠖無端倪④。弦高爲鄭商⑤，申公竊夏姬⑥。豈如縛足雀，掣線還故枝。世界自寥廓，吾師欲居夷⑦。東方君子國⑧，宛在天一涯。

【箋注】

① 風后握奇經：「八陣，四爲正，四爲奇，餘奇爲握奇。」

② 鄒陽獄中書：「徐衍負石入海。」

③ 杜牧之詩：「西子下姑蘇，一舸逐鴟夷。」

④ 易繫辭：「尺蠖之屈，以求伸也。龍蛇之蟄，以存身也。」

⑤ 左傳僖公三十三年：「秦師過周，及滑，鄭商人弦高將市于周，遇之，以乘韋先牛十二犒師。」

⑥ 新序雜事篇：「申公巫臣將使齊，私說夏姬與謀。及夏姬行，而申公巫臣廢使命道亡，隨夏姬之晉。令尹將徙其族，言之于王曰：申公巫臣諫先王以無近夏姬，今身廢使臣，與夏姬逃之晉，是欺先王也，請徙其族。王曰：申公巫臣爲先王謀則忠，自爲謀則不忠，是厚于先王而自薄也，何罪于先王？遂不徙。」

⑦ 後漢東夷傳：「夷有九種，曰畎夷、于夷、方夷、黃夷、白夷、赤夷、玄夷、風夷、陽夷。故孔子曰：欲居九夷。」

⑧ 山海經：「君子國衣冠帶劍，食獸，使二文虎在左右。其人好讓不爭。」

吾徒劉漁仲，漳海一怪民①。尊己臥百尺②，藐人直半文③。但求一人知，不顧舉世嗔。石齋禮法人，天刑戒諄諄④。灑泣作劉招⑤，未死招其魂。西陵短馮生，卓犖亦等倫。

亂世干網羅，傭雇全其身⑥。皋皋鮮華子⑦，蒙頭灰涸塵。吾衰失二子，跉踔嗟半人⑧。馮生盍歸來？從我東海濱。

【箋注】

①柳子厚書：「謗語轉侈，囂囂嗷嗷成怪民。」

②魏志陳登傳：「許汜與劉備並在劉表坐，汜曰：陳元龍湖海之士，豪氣不除。昔過下邳見元龍，無客主之意，又不相與語，自上大牀臥，使客牀下臥。備曰：如小人欲臥百尺樓上，臥君于地下，何但上下牀之分耶？」

③王銍默記：「劉貢父與王介甫最爲故舊。荆公常戲拆貢父名曰：劉攽不值分文。謂其名也。貢父復戲拆荆公名曰：失女便成宕，無宀眞是妬。下交亂眞如，上交誤當宁。荆公心銜之。」

④昌黎答劉秀才論史書：「夫爲史者，不有人禍，則有天刑。」

⑤漳浦劉漁仲挾策游吳，經年不歸。黃石齋倣大招，招魂作劉招以招之。

⑥史記儒林列傳：「倪寬貧無資用，常爲傭賃，以給衣食。」

⑦昌黎送陸暢詩：「皋皋江南子，名以能詩聞。」

⑧莊子秋水篇：「夔謂蚿曰：吾以足跉踔而行，予無如矣。」半人，見前注。

旁行側理紙①，堆積秋興編。發興已亥秋，未卜斷手年②。元和只一頌，唐雅才二篇。買菜良自哂③，終任魚蠹穿。夕陽聽漁笛，嗚咽悲遠天。相將撈魚蝦，高歌同扣舷。

【箋注】

①史記大宛列傳：「畫革旁行，以爲書記。」韋昭云：「外夷書皆旁行，今南方林邑之徒，書皆旁行，不直下也。」王子

年拾遺記：「張華造博物志，奏于武帝，帝賜側理紙萬篇，此南越所獻。後人言陟里，與側理相亂。南人以海苔爲紙，其理縱橫邪側，因以爲名。」

② 少陵寄題江外草堂詩：「斷手寶應年。」趙次公曰：「斷手字，晉、魏以來之語。」

③ 後漢嚴光傳注：「皇甫謐高士傳曰：『侯霸奉書。』」見前注。

贈歸玄恭八十二韻戲效玄恭體

衰老寡朋舊，最愛玄恭子。玄恭亦昵余，不以老髦鄙。江村蓬藋鄉①，一歲數倒屣。懶病常畏人，蛛絲絡巾履。啄木嚮倉琅②，柴門撼馬箠。無乃玄恭乎？招延果然是。牽手共絕倒③，豈但跫然喜④。過從永夕夜，笑抃移日晷。子如汗血駒，騰驤抹千里。憐我老識道，創殘重依倚⑤。問我誦讀法，訪我述作軌。羅網搜放失⑥，鍼芒別疑似。卽事難屢送⑦，更端坐數起⑧。把搔着痛痒，分疏豁瘢痏。沈吟時解帶，欣賞但撫几。豔豔梁月墮，摵摵燈花委。殘盃冷復温，村酒薄彌旨。頻看參旗橫，每恨髦頭〔一〕哆。孤憤塡胸臆，沈憂滯〔二〕骨髓。悲啼雜夜烏〔三〕，絮語傾漏水。有恨徒詛天，無聊且罵鬼⑨。怦怦顧形影，刺刺忌僮婢。恨少只一口，較多餘兩耳。世亂苦局促⑩，來趣去亦駛。相期如弦望⑪，一別卽弦矢。傷離對燈燭〔四〕，惜逝臨洲渚。思君誠無度，撫己良有恥。子爲太僕孫，家學承古始。嬉戲習丹鉛，辟咡慣經史⑫。搖筆斷修蛇⑬，垂芒射青兕⑭。吾衰久廢學，頑疎迫濛汜⑮。師丹事多忘⑯，籍氏典失記⑰。規矩偭高曾⑱，先疇荒耘耔。子爲魯國儒，程朱接堦戺。端拜繙六經，攘臂厞二氏。摳衣兩楹奠，垂涎兩廡祀。吾老歸空門，賣身充佛使⑲。貝葉開心花，明燈息意蘂。三幡研精微⑳，四輪徵恢詭㉑。與子異門牆，矢函算倍蓰㉒。子負經世略，春秋志傾否。韜鈐經握奇，扼塞圖地理。棋局畫兵符，酒旗樹戎壘。吾少不如人，況復老如此。有眼如針孔，有膽如芥子。常苦心懸杵，徒誇耳成市㉓。杯中看影蛇㉔，牀下聽鬭蟻㉕。方當守要領㉖，何暇共鞭弭。我叨一日長㉗，子勝無我以㉘。資強師則弱，蓋函不相抵。子有百篇詩，稿本庋吾匭。元氣含從衡，冥漲失津涘。四游圍尺幅㉙，八極步寸跬㉚。逐日杖不休，飲河喝〔五〕未止。宋玉賦大言，莊生喻非指㉛。唐衢哭蒼茫㉜，賈生涕重累。西音起促柱㉝，易水歌變徵㉞。望氣指鍾離，步天肇星紀。戲帝笑爭博㉟，叫天苦塡珥。憂來每長吟，詠罷自撫髀。臨風歌激昂，巡檐歎倚徙。中夜看牛斗，角芒正邐迤。飛動防出匣，封題謹累紙。吁嗟天地間，物類各斐亹。胡然此兩人，廓落無所厎？昌黎歎雙鳥㊱，聊可相比擬。各促一處囚，天公豈徒爾？共工觸不周，圓盤至今圮。方朔掉雷車，呀呀萬人死。橫爲摩竭魚㊲，檣桅出口齒。豎作難陀龍㊳，須彌擺頭尾。女媧摶黃土㊴，二物獨巋峞。未知何方隅，安頓我與爾？祈住修羅宮〔六〕，石扉屹雙峙。逝登覩史天㊵，外院隔塵滓。國土針端小，世界蜂窠庳。徒然勞腁胝，何用矜爪觜㊶？言尋西王母，燕遊玉山趾㊷。紫海泥活活㊸，黃竹雪靡靡㊹。剩有不死藥，歲貯月宮裏。舉杯勸姮娥，乞我方寸匕㊺。我年八十一，子亦五十矣。

【校記】

〔一〕遂本、箋注本作「髦頭」，鄭鎡序本作「落月」，金匱本作「彗星」。〔二〕各本作「滯」，金匱本作「殢」。〔三〕各本作「鳥」，鄭鎡序本作「鳴」。〔四〕遂本、箋注本作「燭」，鄭鎡序本、金匱本作「燼」。〔五〕各本作「暍」，金匱本作「渴」。〔六〕各本作「宮」，鄭鎡序本作「宅」。

【箋注】

①左傳昭公十六年：「斬蓬蒿藜藋而共處之。」

②昌黎送僧澄觀詩：「丁丁啄門疑啄木。」

③世說賞譽篇：「王平子每聞衛玠言，輒嘆息絶倒。」

④莊子徐無鬼篇：「逃虚空者，聞人足音，跫然而喜矣。」

⑤昌黎張中丞傳序後：「將其創殘餓羸之餘，雖欲去，必不達。」

⑥司馬子長報任少卿書：「網羅天下放失舊聞，略考其事。」

⑦世說文學篇：「支道林、許掾共在會稽王齋頭，支爲法師，許爲都講。支通一義，四座莫不厭心。許送一難，衆人莫不抃舞。」

⑧禮曲禮：「侍坐于君子，君子問，更端，則起而對。」

⑨闖鬼，見前注。

⑩漢灌夫傳：「上怒內史曰：今日廷論，局促效轅下駒。」

⑪李少卿與蘇武詩：「安知非日月，弦望自有時。」李善曰：「劉熙釋名曰：『弦，月半之名也。其形一旁曲，一旁直，若張弓弛弦也。望，月滿之名也。月大十六日，月小十五日。日在東，月在西，遥相望。』」

⑫記曲禮：「負劍辟咡詔之。」鄭氏曰：「負謂置之于背，劍謂挾之于旁。辟咡詔之，謂傾頭與語。口旁曰咡。」

⑬少陵送程錄事還鄉詩：「意鍾老柏青，義動修蛇蟄。」

⑭楚辭宋玉招魂：「君王親發兮憚青兕。」

⑮屈原天問：「出自湯谷，次于濛汜。」王逸曰：「言日出東方湯谷之中，暮入西極濛水之涯也。」

⑯方回瀛奎律髓宋元憲寄子京詩：「老去師丹多忘事，少來之武不如人。」

⑰左傳昭公十五年：「昔而高祖孫伯黶，司晉之典籍，以爲大政，故曰籍氏。及辛有之二子董之，晉於是乎有董史，女司典之後也，何故忘之？」

⑱班孟堅西都賦：「國籍十世之基，家承百年之業。士食舊德之名氏，農服先疇之畎畝。商循族世之所鬻，工用高曾之規矩。粲乎隱隱，各得其所。」

⑲建康實錄：「陳後主乃自賣身于佛寺爲奴。」

⑳孫興公遊天台山賦：「消一無于三幡。」郤敬輿與謝慶緒書論三幡義曰：「近論三幡，諸人猶多欲既觀色空，別更觀識。同在一有，而重假二觀，于理爲常。敬輿之意，以色空及觀爲三幡。」

㉑法苑珠林輪王篇：「一金輪王，二銀輪王，三銅輪王，四鐵輪王。鐵輪有二百五十輻，銅輪有五百輻，銀輪有七百

五十輻，金輪有千輻。故仁王經云：『道種堅德王乘金輪，王四天下。性種性王乘銀輪，王三天下。習種性王乘銅輪，王二天下。以上十善得王，乘鐵輪，王二天下。』」

㉒ 孟子：「矢人豈不仁于函人哉？」五燈會元裴休序圭峯禪源諸詮曰：「情隨函矢而遷變。」

㉓ 山海經：「有天人之市，名曰大人之堂。有一大人踆其上，張其兩耳。」郭璞曰：「踆，古蹲字。」

㉔ 影蛇，見前注。

㉕ 鬬蟻，見前注。

㉖ 戰國策：「恐其不終于下吏，自使有要領之罪。」

㉗ 世說品藻篇：「顧劭嘗與龐士元宿語，問曰：聞子名知人，吾與足下孰愈？曰：陶冶世俗，與時浮沉，吾不如子。論王覇之餘策，覽倚伏之要害，吾似有一日之長。劭亦安其言。」

㉘ 陳琳爲曹洪與魏文帝書：「自入益部，仰司馬、楊、王之遺風，有子勝斐然之志，故頗奮文辭，異于他日。」

㉘ 四游，見前注。

㉚ 漢鄒陽傳：「跬步獨進。」師古曰：「半步曰跬。」古文苑宋玉大言賦：「并吞四夷，飲枯河海。跋越九州，無所容止。」

㉛ 莊子齊物論篇：「以指喻指之非指，不若以非指喻指之非指也。」

㉜ 李肇國史補：「唐衢有文學，老而無成，惟善哭，每一發聲，音調哀切，聞者泣下。常遊太原，遇軍宴，酒酣乃哭，滿座不樂，主人爲之罷宴。」

㉝ 左太沖蜀都賦：「起西音于促柱。」劉淵林曰：「昔周昭王涉漢中流而隕，其右辛遊靡拯王，遂卒，不復還。周乃侯

其子于西翟，實爲長公。楚徙宅西河，長公思故處，始作西音。長公繼是音以處西山，秦國之風，蓋取乎此。」

㉞國策：「荆軻至易水上，既祖取道，高漸離擊筑，荆卿和而歌，爲變徵之聲，士皆垂淚涕泣。」

㉟戲帝，見前注。

㊱昌黎雙鳥詩：「天公怪兩鳥，各捉一處囚。百蟲與百鳥，然後聲啾啾。」

㊲翻譯名義集：「摩竭，此云鯨魚。雄曰鯨，雌曰鯢。大者長十餘里。大論云：『五百賈客入海取寶，値摩竭魚王開口，船去甚疾，船師問何所見？曰：見三日及大白山，山水流奔，如入大坑。師云：三日者，一是日，二是魚目，白山是魚齒，水奔是入魚口，我曹死矣。時船中人共稱南無佛。是魚先世曾受三戒，聞佛名字，卽自悔責，魚便合口，衆人命存。』」

㊳長阿含經：「時難陀、跋難陀二大龍王，身遶須彌，周迴七匝，以尾打水，大海浪冠須彌。忉利天曰：修羅欲戰矣。」

㊴御覽：「風俗通曰：『俗說天地開闢，未有人民，女媧氏摶黃土作人。』」

㊵西域記：「阿踰陀國城西南，有故伽藍，是阿僧伽菩薩諸聖導凡之處。無着菩薩夜昇覩史天宮，于慈氏菩薩所受瑜珈師地等論。晝則下天，爲大衆講受妙理。」

㊶昌黎嘲魯連子詩：「魯連細而黠，有如黃鷂子。田巴兀老蒼，憐汝矜爪嘴。」

㊷山海經：「玉山，西王母所居也。」郭璞曰：「此山多玉石，因以名云。穆天子傳謂之羣玉之山。」

㊸別國洞冥：「東方朔之紫泥海，却有紫水汚之衣，仍過虞淵湔洗。」

㊹穆天子傳：「天子筮獵苹澤，作黃竹詩三章以哀民。」

㊺ 本草：「方寸匕者，作匕正方一寸。抄散，取不落爲度。」

埋菴老人曾孫歌

吳門老叟長眉青，淸齋手寫華嚴經。八十一卷羅舍利①，筆端錯落含桃形。刦火焚燒大千潰②，妙蓮佛刹無遷代。貝葉明燈夜未央，曼花飛雨春長在③。花雨燈雲擁篳門④，徐家世産石麒麟。寶誌公曾記摩頂，武夷君又喚曾孫⑤。抱送自有神天護，世人那得知其故？寄位應參德生法⑥，入胎先說童眞住⑦。老翁彈指歎善哉，善財樓閣一門開⑧。楮香葵蠟繙經候，親見天童入口來⑨。

【箋注】

① 蘇易簡文房四譜：「唐法師楚金，刺血寫華嚴經，筆端常有舍利。」

② 北山錄：「千倍中千爲一大千。」注曰：「一千個中千界，一千個三禪，名一大千界也。」

③ 法華經：「佛說法已，入于無罣礙三昧，是時天雨曼陀羅花。」

④ 左傳襄公十年：「篳門圭竇之人。」杜預曰：「篳門，柴門也。」

⑤ 方輿勝覽：「俗傳玉帝與太姆、魏眞人、武夷君建幔亭，綵屋數百間，施紅雲裀紫霞褥，宴鄉人男女千餘人于其上，皆呼爲曾孫。酒行，命奏賓雲之曲。」

⑥ 華嚴經入法界品：「德生童子、有德童女告善財言：吾等證得菩薩解脱，名爲幻住云云。」

⑦華嚴經十住品云：「何謂菩薩童眞住此？」

⑧華嚴經入法界品：「爾時善財童子敬遶彌勒菩薩，合掌白言：惟願大聖開樓觀門，令我得入。彌勒菩薩即彈右指，門自然開。善財即入，入已還閉。」

⑨贊寧宋高僧傳：「惟慤受舊相房公融宅請出經函，云相公在南海躬親筆受首楞嚴一部，留家供養。今筵中止有十人，每人可開題一卷。慤坐第四，舒經見富樓那問生起義，覺其文婉，其理玄，發願撰疏。乃歸院，寫文殊菩薩像，別誦名號，計十年，厥志堅強。忽夢妙吉祥乘狻猊自慤之口入，由兹下筆，若大覺之被善觀談般若焉。乃將徹簡，于臥寐中，見由口而出，在乎華嚴宗中文殊智也。勒成三卷，于今盛行。」

題滕相士寫眞

絳節朝元昔夢稀①，金箱猶疊五銖衣②。玄裳縞袂人誰識？只道横江一鶴飛。

【箋注】

①少陵玉臺觀詩：「上帝高居絳節朝。」

②李商隱聖女祠：「無質易迷三里霧，不寒常著五銖衣。」

方生行送方爾止還金陵

方生弱冠來造余，手持尺素〔一〕鍾陽書①。曲江憶念看花候②，東觀誇張視草餘③。七年戎馬躪齊魯，大夫死綏士死鼓。孺人愛妾胥國殤，碧血清流照終古。誦君歷下詩慘悽，陰風怪雨生尺蹄④。鋪陳杜老詩中史，曲折睢陽傳後題。因之遍覽餘篇什，採掇元家篋中集。貽策每嗤天帝醉⑤，移盤欲共仙人泣⑥。方生憐我賞其詩，越人山木心自知。一別傷魂〔二〕循鬢髮，重來執手看鬚眉。衰老殘軀存兩臂⑦，兩耳雙聾苦塡珥⑧。仲車笑人但聳聽⑨，子瞻代口空畫字⑩。年來傾耳輒霑巾，無耳何辭作廢人。鴝歌魯國誰來往⑪？鶴語堯年自苦辛⑫。山窗歷歷古祠墓，日夕看君登幾度？稚孫黃犢健追陪⑬，老我青羊倦遲莫⑭。聚首茫茫塵刦前，我髭君腹兩皤然。共嗟梵志還家日⑮，却笑彭公觀井年⑯。哺鶵軒頭挂弧矢，白鶴靈芝神告爾。即看抱送頌〔三〕商瞿，何妨富貴誇翁子⑰。歌罷將雛賦遠遊，削成如案覽青丘⑱。東馬重看日出處，呼鷹直盡海東頭。我有羊城荔枝酒⑲，故人嶺表來稱壽。餅眉聊可謝世人⑳，缸面祇應飲好友㉑。經年封固爲君開，莫惜臨歧盡一杯。馮君鑒我區區意，却寄青州從事來㉒。

【校記】

〔一〕各本作「手持尺素」，箋注本作「銀鈎傳致」。〔二〕各本作「魂」，箋注本作「心」。〔三〕遼本、箋注本作「頌」，鄒鎡序本、金匱本作「慰」。

【箋注】

①桐城張公，諱秉文，字含之，別號鍾陽，萬曆庚戌進士。崇禎戊寅十二月，遼騎過都城，薄濟南府。公時爲山東大方伯，嬰城死守，捍禦半月。己卯元旦，城陷，公中一矢先殞。夫人方氏，即爾止之姊也，同一妾投大明湖中。爾止作大明湖歌，詳載其事。

②李肇國史補：「進士大讌于曲江亭子，謂之曲江會。」

③後漢和帝紀：「十三年，帝幸東觀，覽書林，閱篇籍，博選藝術之士，以充其官。」樂天中書連直因懷元九詩：「誠知視草貴，未免對花愁。」

④漢外戚傳：「尺蹏書。」孟康曰：「蹏，猶地也。染紙素令赤而書之，若今黃紙也。」應劭曰：「尺蹏，薄小紙也。」

⑤張平子西京賦：「昔者大帝說秦繆公而覲之，饗以鈞天廣樂。帝有醉焉，乃爲金策，錫用此土，而翦諸鶉首。」

⑥李賀金銅仙人辭漢歌：「移盤獨出月荒涼，渭城已遠波聲小。」

⑦東坡次秦太虛見戲耳聾詩：「晚年更似杜陵翁，右臂雖存耳先聵。」

⑧國語：「其又以規爲瑱也。」韋昭曰：「規，諫也。瑱所以塞耳，而又以規諫爲之。」

⑨王偁東都事略卓行傳：「徐積，字仲車，耳聵甚，畫地爲字，乃始通語。終日面壁坐，不與人接，而四方事無不周知其詳。常語蘇軾曰：自古常有功，獨稱大禹之功；自古皆有才，獨稱周公之才。以其有德以將之耳。軾然其言。」

⑩少陵水宿遣興詩：「耳聾須畫字。」

⑪左傳昭公二十五年：「鸜鵒來巢。」師己曰：「童謠有之：鸜鵒鸜鵒，往歌來哭。」

⑫白氏六帖：「異苑曰：『晉太康二年，南州人見二鶴語曰：今茲寒，不減堯崩年。』」

⑬少陵百憂集行：「憶年十五心尚孩，健如黃犢走復來。」

⑭樂史寰宇記：「益州華陽縣青羊肆。老子爲關令尹喜著道德經，臨別曰：後于成都青羊肆尋吾。今爲青羊觀也。」

⑮肇法師物不遷論：「梵志出家，白首而歸。」

⑯紀纂淵海：「東坡文曰：俗言彭祖觀井，身繫大木之上，以車輪覆井，而後敢觀。」

⑰漢朱買臣傳：「買臣，字翁子。家貧好讀書，妻求去，買臣笑曰：吾年五十當富貴，今已四十餘矣，女苦日久，待我富貴報汝功。」

⑱少陵歡喜口號：「削成如案抱青丘。」樂史寰宇記：「青丘在青州千乘縣。」

⑲寰宇記：「廣州南海縣五羊城。按續南越志云：『舊說有五仙人騎五色羊執六穗秬而至，至今呼五羊城是也。』」

⑳漢陳遵傳：「揚雄酒箴：『觀瓶之居，居井之眉。』」師古曰：「眉，井邊地，若人目上之有眉。」

㉑張彥遠法書要錄：「蕭翼見善才，設缸面酒。江東云缸面，猶河北稱甕頭，謂初熟酒也。」

㉒世說術解篇：「桓公有主簿，善別酒，有酒輒令先嘗。好者謂青州從事，惡者謂平原督郵。青州有齊郡，平原有鬲縣，從事言到臍，督郵言在鬲上住。」

老藤如意歌

余年八十，靈巖和上持天台萬年藤如意爲壽，余識之曰：此金華吳少君遺物也。歌以記之。

天台老藤作如意，破瓢道人手磨治①。三尺搜從虎豹羣，萬年文鬪蛟龍字。老僧珍重如朵雲，愛我不惜持贈君②。唾壺擊缺非吾事③，指顧或可麾三軍④。

【箋注】

①蘭谿吳孺子，字少君，常遊天台，過石梁，採萬年藤爲如意。以數緡市一大瓢，摩挲鑪錫，暗室發光。過荆溪，爲盜所碎，抱而泣累日。王元美爲作破瓢道人歌。

②持贈君，見前注。

③唾壺，見前注。

④南史章叡傳：「元英自率衆來戰，叡乘素木輿，執白角如意以麾軍，一日數合。英甚畏其強。」五代史後蜀世家：「王昭遠兵始發成都，昶遣李昊等餞之。昭遠手執鐵如意，指揮軍事，自比諸葛亮。」

題梅仙書舫小像二絕句

楊柳蒹葭面面垂，輕舟自信野風吹。殘書堆積爲長枕，抽〔一〕向中流讀楚詞①。

【校記】

〔一〕各本作「抽」，金匱本作「棹」。

【箋注】

①靖難初，有雪菴和尚者，不知何許人，往來白龍諸山。山有松柏灘，時時棹舟中流，朗誦楚詞。讀竟一葉，即投之于水，投已輒哭，哭已又讀，終卷乃止。人不知也。

稻蟹吳儂計渺然①，王孫持酒但流涎。扁舟不屬監州〔一〕管②，且泊松江蟹舍邊。

【校記】

〔一〕邃本、箋注本作「州」，鄒鎡序本作「舟」，金匱本作「軍」。

【箋注】

①國語：「稻蟹不遺種。」

②東坡跋李留臺與二錢唱和絕句：「欲向君王乞符竹，但憂無蟹有監州。」歐陽公歸田錄：「諸州置通判，常與知州爭權，動爲其所制。有錢崑少卿者，家世餘杭人也。杭人嗜蟹，崑嘗求補外郡，人問其所欲何州？崑曰：得有螃蟹無通判處則可矣。」

後觀棋六絕句 爲呂小隱作

弈棋二十早知名，七十於今老更成。拂袖登壇盡年少，爭如宿將解論兵①？

【箋注】

①山谷弈棋詩：「偶無公事客休時，席上談兵校兩棋。」

坐隱渾如禪定人①，世間象戲自爭新②。笑他橘裏商山叟，老大猶誇賭玉塵③。

【箋注】

①世說巧藝篇：「王中郎以圍棋是坐隱，支公以圍棋爲手談。」

② 藝文：「周武帝造象戲。」

③ 玄怪錄：「巴邛人家橘園，有兩大橘，如三四斗盎。摘下剖開，每橘有二老相對象戲，身長尺餘，亦不驚怖，但相與決賭。賭訖，一叟曰：君輸我海龍王第七女髮髲十兩，智瓊額黃十二枚，紫絹帔一副，絳臺山霞寶散二庾，瀛洲玉塵九斛，阿母療髓凝酒四鍾，阿母女態盈娘子躋虛龍縞襪八緉，後日于王先生青城草堂還我。又一叟曰：橘中之樂，不減商山，但不得深根固蒂，爲愚人摘下耳。又一叟曰：僕饑虛矣，當取龍脯食。袖中出一草根徑寸，如龍，因削食之，隨削隨滿。食訖，以水噀之，化爲一龍，四叟共乘之，足下雲起，須臾，風雨晦冥，不知所在。」

初果還來戒〔一〕水清①，枯棋聲間木魚鳴②。祇應姑婦中宵話③，也是鄰牆環釧聲④。

【校記】

〔一〕箋注本、金匱本作「戒」，邃本、鄒鎡序本作「界」。

【箋注】

① 道誠釋氏要覽：「戒果優婆塞戒經云：『有二樂，一天樂，二菩提樂。智者應求菩提，不求天樂。』正法念處經云：『若持戒心，念天樂者，斯人汙淨戒，如雜毒水。以天樂無常，壽盡必退，當受大苦，是故當求涅槃。』」

② 韋弘嗣博弈論：「枯棋三百，孰與萬人之將？」

③ 姑婦，見前注。

④ 葉石林乙卯避暑錄：「佛氏論持律，以隔墻聞釵釧聲爲破戒。人疑之久矣。蘇子由爲之說曰：聞而心不動，非破戒；心動爲破戒。子由深于佛者，而言之陋，何也？夫婬坊酒肆，皆是道場。內外墻壁，初誰限隔？此耳本何所在？今見有墻爲隔，是一重公案，知聲爲釵釧，是一重公案，倘問心動不動乎？」

挑燈畫紙已無妻①，棋局袈裟伴杖藜。回首平津開閤地②，鵝籠何處問雞棲③？

【箋注】

① 少陵江村詩：「老妻畫紙爲棋局。」東晉李秀四維賦：「四維戲衛尉摯侯所造，畫紙爲局，截木爲棋。」

② 漢公孫弘傳：「元朔中，封丞相弘爲平津侯，其後以爲故事。蓋丞相封侯，自弘始也。」

③ 鵝籠，見前注。後漢陳蕃傳：「三府諺曰：車如雞棲馬如狗，疾惡如風朱伯厚。」

皓首觀棋興未闌，青袍關尹肯休官。楚江巫峽多雲雨，總向疏簾一局看①。

【箋注】

① 少陵題終明府水樓詩：「楚江巫峽半雲雨，清簟疎簾看弈棋。」

爭先一〔一〕角勢匆匆，綠湛餘尊燭剪紅。覆罷殘棋何限笑〔二〕，輸贏只在紙盤中。

【校記】

〔一〕 遂本、鄒鎡序本作「一」，箋注本、金匱本作「入」。

〔二〕 各本作「限笑」，鄒鎡序本作「眼笇」。

拂水竹廊下有石城學人題壁云辛丑冬日過此追憶二十年舊遊口占二首牧翁先生見而和之勿令埋沒苔蘚中也感其雅意依韻遥和他日以示茂之諸子

落落天河瀉不休，眼看拂水是懸流。巢車撥霧開重幕①，橐筆書雲上小樓②。盤馬草柔筋解凍，呼鷹風緊臂知秋。會須滿載如澠酒③，拂壁看君再紀遊。

【箋注】

①左傳成公十六年：「楚子登巢車以望晉軍。」杜預曰：「巢車，車上有櫓。」

②漢趙充國傳：「安世本持槖簪筆。」師古曰：「槖，所以盛書也。簪筆者，插筆于首。」

③左傳昭公十二年：「齊侯舉矢曰：有酒如澠，有肉如陵。」

轉蕙光風正發春，藤梢橘刺任他新。碧桃花外看三刼①，白酒缸中記一塵②。劍動隨身成羽翼，書藏複壁當比鄰③。東山莫話仙源事，漁父來時不是秦〔一〕。

【校記】

〔一〕金匱本有小注「詩云寄語東山好避秦」九字。各本無。

【箋注】

①法苑珠林刦量篇：「夫刦者，大小之內，各有三焉。大則水火風而爲災，小則刀饉疫以成害。」

②王象之輿地紀勝：「東林山在歸安縣，上有祇園寺，頂有浮圖。昔呂洞賓以石榴皮題詩云：『西鄰既富憂不足，東老雖貧樂有餘。白酒釀來緣好客，黃金散盡爲收書。』卽東林沈氏之故居也。」一塵，見前注。

③漢儒林傳：「秦時禁書，伏生壁藏之。」

梅村宮相五十生子賦浴兒歌十章

扶木新枝照海東①，充閭佳氣接青葱②。懸門弧矢從來遠，遥指天山取挂弓③。

【箋注】

① 扶木，見前注。

② 充閭，見前注。

③ 少陵投贈哥舒翰詩：「天山早挂弓。」

繡紱長依麟角裁①，端門曾爲剪蒿萊②。故應晚育商瞿子③，記取尼山抱送來④。

【箋注】

① 王子年拾遺記：「夫子未生時，有麟吐玉書于闕里，其文云：水精之子，係衰周而素王。故二龍繞室，五星降庭，徵在賢明，知爲神異，乃以繡紱繫麟角，信宿而麟去。」

② 端門，見前注。

③ 家語：「梁鱣年三十，未有子，欲出其妻。商瞿曰：昔吾年三十八無子，吾母謂吾更取室。夫子曰：無憂也，瞿過四十，當有五丈夫。今果然。吾恐子自晚生耳，未必妻之過。從之，二年而有子。」

④ 少陵徐卿二子歌：「孔子釋氏親抱送，並是天上麒麟兒。」

天人也自愛文章，抱得麒麟到下方。但與誌公摩頂首，雙瞳偏喜似瑤光①、

【箋注】

① 張平子西京賦：「正覩瑤光與玉繩。」李善曰：「春秋運斗樞：北斗七星，第七曰瑤光。」

據地初生獅子兒，三年哮吼五天知①。錦綳花褓勤將護，恰是頻申自在時②。

【箋注】

① 傳燈錄：「永嘉眞覺大師證道歌：『師子兒，衆隨後，三年卽能大哮吼。』」

② 大論：「如師子王，清淨種生，深山大谷中住，優脊頻申，以口扣地，現大威勢。」

九子將雛未白頭①，明珠老蚌正相求②。蘭閨自唱河中曲，十六生兒字〔一〕阿侯③。

【校記】

〔一〕 各本作「字」，金匱本作「似」。

【箋注】

① 南史何承天傳：「承天年已老，諸佐郎並名家年少，潁川荀伯子嘲之，常呼爲奶母。承天曰：卿當云鳳皇將九子，奶母何言耶？」

② 魏志荀彧傳：「孔融與韋康父端書曰：不意雙珠近出老蚌，甚珍異之。」

③ 玉臺集歌：「河中之水向東流，洛陽女兒名莫愁。莫愁十三能織綺，十四採桑南陌頭。十五嫁爲盧家婦，十六生兒字阿侯。」

龍樓賜錦尙鮮妍，繡褓新綳絕可憐。玉盌金盆甘露水，浴兒仍用五銖錢。

月戶冰輪自宛然，一枝偷折向江天。嫦娥顧兔應相笑①，誰放吳剛倚樹眠②？ 李長吉詩：「吳剛不眠倚桂樹。」

【箋注】

① 屈原天問：「厥利維何？而顧兔在腹。」

② 吴剛，見前注。

綈几頻繙大雅章，卷阿拜手頌朝陽。未應仙果生來晚①，爲養高梧待鳳凰。

【箋注】

① 劉禹錫寄樂天詩：「雪裏高山頭白早，海中仙果子生遲。」

湯餅盤飡錦繡堆，石榴盆裏摘楊梅。紅綾〔一〕餡餅誰爭喫？自放殘牙大嚼回。

【校記】

〔一〕金匱本作「綾」，各本作「菱」。

麻姑曾約過初筵，笑擲丹砂助祝延。八百更邀斟雉叟，老夫權許當彭籛。

王玉映夫婦生日

織女黃姑嘉會同，紅牆銀漢本相通①。共傳王母爲金母②，又說丁公似木公。條脱贈來猶晉代③，洞簫吹出並秦宮。劉綱〔一〕莫訝登仙晚，上樹依然跨碧空。

【校記】

〔一〕金匱本作「綱」，各本作「剛」。

【箋注】

① 李商隱代應詩：「本來銀漢是紅牆。」

② 眞誥甄命授：「漢初有四五小兒畫地戲，一兒歌曰：『著青裙，入天門。揖金母，拜木公。』時人莫知，唯張子房往拜之，乃東王公之玉童也。金母者，西王母也。木公者，東王公也。」

③ 李商隱中元詩：「羊權雖得金條脫，溫嶠終虛玉鏡臺。」

贈王石谷〔一〕

烏目山頭問隱淪，陰林席箭喜長貧。畫矜〔二〕王宰留眞跡，人說黃公是後身。拂水千巖爲粉本，小〔三〕山一畝作比隣。何妨爛醉湖橋月，撈得長瓶付酒人〔四〕。

【校記】

〔一〕此詩金匱本有，各本無。苦海集收此詩，題作「贈石谷大雅」。〔二〕金匱本字缺，苦海集作「矜」。

〔三〕金匱本字缺，苦海集作「小」。〔四〕金匱本字缺，苦海集作「人」。

有學集卷十三

東澗詩集下

放歌行爲絳趺堂主人姚文初作

闔閭城頭晝吹角①，比屋穹廬似幽朔②。長洲茂苑何處是〔一〕③？清廟迴塘已非昨④。有人過話吳趨里⑤，文姚蘭錡俱頹剝⑥。石經閣已斷〔二〕縑緗，絳趺堂又凋花萼。薑尾法書隳禁扃⑦，烏頭表門掩榱桷⑧。他人入室主何之？訣別詩成淚雙落。失巢朱鳳聲慘悽，避風海鳥影回薄。誰云蓋頭無一茅⑨，尚喜隨身有兩脚。感今懷昔心悄然，白頭老客和淚眠。殘書枕籍唐家曆⑩，天寶元和在眼前。自從延秋啼白烏⑪，王侯第宅颷灰烟。金雀銅人互雕焕⑫，青茅朱戶爭飛騫⑬。功臣甲第觚稜並⑭，權倖飛甍歌吹連。金玉兩杯讖成毁⑮，乾龍五岡〔三〕圖蜿蜒⑯。韓家南莊蒲苻茂⑰，白傅新居水竹妍⑱。親仁康崇誰得占⑲？奉誠芸輝殊可憐⑳。雞坊小兒依僧舍㉑，津陽里老逢堯年㉒。君不見修羅戰敗藕絲藏㉓，帝釋表賀得勝堂。千粱萬料容一綖，七寶嚴飾咸相當。目連噴火變煨燼㉔，萬千天女空徬徨。須臾升坐受懺禮，妙法廣說常無常。毗閣延殿宛如故㉕，琉璃寶地發淨光。淨名老病棲繩牀㉖，諸天列座羅成行。陶輪世界手斷取㉗，衆生安住如處囊㉘。華藏十三一小界，局促何異蜂蛸房。天地變化豈終極，東海那得長栽桑。又不見絳趺屋烏聲喈喈，爲我謂烏且爲客。餘杭美酒盛琥珀，痛飲莫量油囊窄㉙。閶門飛閣瓦欲流㉚，毒霧腥〔四〕風暗阡陌。麻姑自識揚塵候㉛，重過胥門蔡經宅㉜。

【校記】

〔一〕金匱本作「是」，各本作「似」。

〔二〕金匱本作「斷」，各本作「新」。

〔三〕邃本、箋注本作「乾龍五岡」，鄒鎡序本、金匱本作「乾崗五龍」。

〔四〕各本作「腥」，鄒鎡序本作「塵」。

【箋注】

① 陸廣微吳地志：「地名甄胄，水名通波。城號闔閭，臺曰姑蘇。隩壤千里，是號全吳。」

② 漢匈奴傳注：「師古曰：穹廬，旃帳也。其形穹隆，故曰穹廬。」

③ 左太沖吳都賦：「佩長洲之茂苑。」范成大吳郡志：「長洲在姑蘇南，太湖北岸，闔閭所遊獵處也。長洲苑，舊經云：在縣西南七十里。孟康曰：以江水洲爲苑。韋昭曰：長洲在吳東。枚乘說吳王濞云：漢修治上林，雜以離宮，佳麗玩好，圈守禽獸，不如長洲之苑。則知劉濞時嗣葺吳苑，其盛尙如此。」

④ 少陵壯遊詩：「嵯峨閶門北，淸廟映迴塘。」

⑤ 范成大吳郡志：「吳趨坊，皐橋西。」

⑥左太沖吳都賦：「陳兵而歸，蘭錡內設。冠蓋雲蔭，閭閻闐噎。」

⑦張彥遠法書要錄索靖傳：「張芝草而形異，甚矜其書，名其字曰銀鈎蠆尾。」何平叔景福殿賦：「爰有禁楄，勒分翼張。」李善曰：「楄，署也。扁從戶冊者，署門戶也。扁，與楄同。」

⑧烏頭，見前注。

⑨傳燈錄：「雲居問洞山：如何是祖師西來意。師曰：闍黎向後有一把茅蓋頭。」

⑩漢敘傳：「枕籍經史。」唐詩紀事：「舒元輿讀唐曆天寶已來追愴故事詩云：『將尋國朝事，靜讀柳芳曆。八月日之五，開卷忽感激。正當天寶末，撫事坐追惜。』」

⑪少陵哀王孫：「長安城頭頭白烏，夜飛延秋門上呼。」

⑫班孟堅西都賦：「上觚稜而棲金雀。」李善曰：「三輔故事：『建章宮闕上有銅鳳凰。』然金雀則銅鳳也。」西都賦：「立金人于端闈。」李善曰：「史記：『始皇大收天下兵器，鑄金人十二，重各千斤，置宮中。』」

⑬蔡邕獨斷：「封東諸侯，則割青土，藉以白茅，授之以立社，謂之茅土。」朱戶，見前注。

⑭功臣甲第，見前注。

⑮長安志：「安邑坊李吉甫宅。盧氏雜說曰：『泓師謂其地形爲玉杯。牛僧孺宅爲金杯。云玉杯一破無復全，金杯或傷重可全。僧孺宅在新昌里，本天寶中將作大匠康䛒宅。䛒自辨圖阜，以其地當出宰相，每命相，䛒必引領望之。宅卒爲僧孺所得。吉甫宅至德裕敗，其家滅矣。』」

⑯通鑑：「寶曆二年，裴度自興元入朝，李逢吉之黨百計毁之。長安城中横亘六岡，始乾象。度宅偶居第五岡，張權輿上言：度名應圖讖，宅占岡原，不召而來，其旨可見。上雖年少，悉察其誣謗，待度益厚。」胡三省注曰：「六

岡橫亘，如乾卦六畫之象。」

⑰長安志圖說：「韓莊在韋曲之東，退之與孟郊賦詩，又送其子讀書之處也。」

⑱樂天池上篇：「十畝之宅，五畝之園。有水一池，有竹千竿。」

⑲楊氏六帖補：「郭子儀歲入官俸二十四萬緡，宅居親仁里四分之一，中通永巷，家人三千，相出入不知其名。前後賜田器園館，不可勝紀。」安祿山事跡：「舊宅在道政坊，玄宗以其隘陋，更于親仁坊選寬爽之地，出內庫錢，更造院宇，帷帳幔幕，充牣其中。天寶九載，祿山獻俘至京，命入新宅。」

⑳元微之奉誠園詩：「蕭相深心奉至尊，舊居求作奉誠園。秋來古巷無人掃，樹滿空牆閉戟門。」注曰：「馬司徒舊宅。」蘇鶚杜陽雜編：「元載造芸輝堂于私第。芸輝，香草名也，出于闐國，其香潔白如玉，入土不朽爛，舂之爲屑，以塗其壁，故號爲芸輝。」

㉑陳鴻東城老父傳：「賈昌七歲解鳥語。玄宗樂鬭鷄，召入，爲鷄坊五百小兒長，當時號爲神鷄童。祿山陷洛，以千金購昌，昌變姓名，依于佛舍。」

㉒鄭嵎津陽門詩：「兩逢堯年豈易偶，願君頤養豐膚肌。」

㉓藕絲，見前注。

㉔宗鏡錄第六十四卷：「帝釋與修羅戰勝，造得勝堂，七寶樓閣，莊嚴奇特。梁柱楯梠，皆容一綖，不相著而能相持。天神之妙力能如此。目連飛往，帝釋將目連看堂，諸天女皆羞目連，悉隱逃不出。目連念帝釋著樂不修道本，即變化火燒得勝堂，爀然崩壞，仍爲帝釋廣說無常。帝釋歡喜，後堂儼然，無灰煙色。」

㉕雜阿含經：「帝釋宮中有毗闍延堂，有百樓觀，有七重，重有七房，房有七天后，后各七侍女。尊者大目犍連遊歷

千小界，無有如是堂觀莊嚴如毗闍延堂者。」

㉖僧肇維摩經注：「維摩詰，秦言淨名也。」

㉗維摩詰經：「斷取三千大千世界，如陶家輪，著右掌中，擲過恒沙世界之外。」

㉘首楞嚴經：「或于空中，安坐不動。或入瓶內，或處囊中。」

㉙油囊，見前注。

㉚李商隱陳後宮詩：「茂苑城如畫，閶門瓦欲流。」

㉛葛洪神仙傳：「方平曰：聖人皆言海中行復揚塵也。」

㉜陸廣微吳地記：「蔡經宅在吳縣西南五十步。經，後漢人，有道術，煉大丹，服菖蒲，得仙。今蔡仙鄉，即其隱居也。」

迎神曲十二首〔一〕

吳人喧傳瞿稼軒留守降靈郡城西，相率詣東皐招魂，塑像迎請上任。聾瞶道人驚喜嗚咽，放言作絕句十二首，用代里社迎神送神之曲。

月斧雷車夾道開①，帝令巡省舊都來。人間不曉天符急，歎息爭看華表迴。

【校記】

〔一〕此六字遂本、箋注本有，鄒鎡序本、金匱本無。

【箋注】

①山谷再答徐天隱詩：「執斧修月輪。」段柯古酉陽雜俎：「柳公權嘗見親故説元和末止建州山寺，中夜覺門外喧鬧，因潛于窗欞中觀之。見數人運斤造雷車如圖畫者。久之一嚔，其人兩目遂昏焉。」

玉帝親頒赤伏符，神官權位治姑蘇。中央丹篆雲雷護，天上詞頭與世殊。

靈旗畫卷畫廊新，寂歷東山賭弈辰。驅使八公閒草木，也應談笑埽苻秦〔一〕。

【校記】

〔一〕箋注本、金匱本作「苻秦」，遼本、鄒鎡序本作「兵塵」。

歌舞閶闔換歲時①，傳芭伐鼓漫傷悲②。吳兒好唱迎神曲，一局楸枰千〔一〕字詩。

【校記】

〔一〕遼本、箋注本作「十」，鄒鎡序本、金匱本作「千」。

【箋注】

①少陵謁先主廟詩：「閭閻兒女換，歌舞歲時新。」

②楚詞屈原九歌：「成禮兮會鼓，傳芭兮代舞。」王逸曰：「芭，巫所持香草名也。巫持芭而舞訖，以復傳于他人更用之。」

被髮騎龍事渺然①，欒公立社自年年②。臂鷹老手還餘我③，伏臘雞豚掠社錢④。

【箋注】

①昌黎雜詩：「翩然下大荒，被髮騎騏驎。」東坡韓文公廟碑：「公昔騎龍白雲鄉，手抉雲漢分天章。」

②史記欒布傳：「燕、齊之間，皆爲欒布立社，號曰欒公社。」

③元遺山還寇氏詩：「少日鶱飛掣臂鷹，只今癡鈍似秋蠅。」

④陸放翁春盡自娛詩：「鷄豚雜遝祈年社。」元遺山家山歸夢圖：「春晴門巷桑榆綠，猶記騎驢掠社錢。」

廟門巫覡醉蜘絲①，八翼天關却傍誰②？要約魁星頻奏事③，鴻都道士不曾知④。

【箋注】

①少陵諸葛廟詩：「蟲蛇穿畫壁，巫覡醉蜘絲。」

②八翼，見前注。

③荃翁貴耳集：「徽考寶籙宮設醮，一日嘗親臨之，其道士伏章，久而方起。上問其故，對曰：適至帝所，值魁宿奏事方畢，章始達。上曰：魁宿何神？答曰：卽本朝蘇軾也。上大驚。」

④柳子厚龍城錄：「開元六年八月望夜，上皇與申天師、道士鴻都客，同在雲上，遊月中。」

眞誥稽神未許論，伯昌位業並曹孫①。攝山靳尚如相遇②，切莫懷沙問屈原③。

【箋注】

①眞誥闡幽微：「文王爲西明公，領北帝師。魏武帝爲北君太傅，孫策爲東明公賓位。」

②高僧傳：「釋法度，少出家。高士明僧紹隱居琅琊之攝山，上捨所居寺爲棲霞精舍，請度居之。經歲許，忽聞人馬鼓角之聲，俄見一人持名紙通曰靳尚。度前迎之，尚形甚都，羽衛亦嚴。致敬已，乃告曰：弟子有此山七百餘年，法師道德所歸，謹捨以奉給，并願受五戒，永結來緣。度爲設會，受戒而去。」

③史記屈原傳：「上官大夫短屈原于頃襄王，頃襄王怒而遷之。屈原乃作懷沙之賦。」楚辭東方朔七諫：「懷沙礫而

自沉兮，不忍見君之閉壅。」

社鬼城神也論貲，西園諸價付冥司①。憑君一笑如包老②，瓦石讙譁奪印時③。

【箋注】

①後漢宦者張讓傳：「當之官者，皆先至西園諧價，然後得去。」注曰：「諧，謂平論定其價也。」

②沈括筆談：「包孝肅天性峭嚴，未嘗有笑容。人謂包希仁笑比黃河清。」

③昌黎貝州司法參軍李君墓誌銘：「李君在貝州，其刺史不悅于民，將去官，民相率讙譁，手瓦石，須共擊之，刺史匿不敢出。州縣別駕以下不敢禁。司法君怒，立木而署之曰：刺史出，民有敢譁者，殺之木下。民聞皆驚，相告散去。」昌黎永貞行：「一朝奪印付私黨。」

三年蜀血肯銷沉①，我所思兮在桂林。却望蒼梧量淚雨，湘江何似五湖深？

【箋注】

①莊子外物篇：「萇弘死于蜀，藏其血，三年而化爲碧。」

日蝕麒麟格鬭餘①，山河兩戒眇愁予②。瀾滄渡後無消息③，且坐前潮伴子胥④。

【箋注】

①麒麟鬭，見前注。

②兩戒，見前注。

③瀾滄，見前注。

④吳越春秋：「越王葬文種于國之西山。葬一年，伍子胥從海上穿山脅而持種去，與之俱浮于海。故前潮水爲伍

子胥。後重水爲大夫種。」

魂衣篝縷刻分毫①，深目鳶肩見二毛②。麟閣卽圖詞可繼③，宗臣遺像肅清高〔一〕④。

【校記】

〔一〕各本作「清高」，鄭鎡序本作「前朝」。

【箋注】

① 楚辭宋玉招魂：「秦篝齊縷，鄭綿絡些！」王逸曰：「篝絡，縷綫也。綿，纏也。絡，縛也。言爲君魂作衣，乃使秦人織其篝絡，齊人作綵縷，鄭國之工纏而縛之，堅而且好也。」

② 淮南子道應訓篇：「盧敖遊乎北海，見一士焉，深目而玄鬢，淚注而鳶肩，豐上而殺下，軒軒然方迎風而舞。」

③ 柳子厚南府君睢陽廟碑：「洛陽城下，思鄉之夢儻來；麒麟閣中，卽圖之詞可繼。」趙充國傳：「成帝時，西羌嘗有警，上思將帥之臣，追美充國，迺召黃門郎楊雄卽充國圖畫而頌之。」師古曰：「卽，就也。于畫側而書頌。」

④ 漢蕭曹傳贊曰：「位冠羣后，聲施後世，爲一代宗臣。」師古曰：「言爲後世之所尊仰，故曰宗臣也。」

眞王異姓指河山①，簫鼓叢祠報賽間。咫尺靈飛催後命②，紅雲仍押祝融班③。

【箋注】

① 少陵入朝口號：「神靈漢代中興主，功業汾陽異姓王。」

② 漢武內傳：「上元夫人曰：求道益命，千端萬緒，皆須五帝六甲靈飛之術，六丁六壬名字之號，得以請命益算，長生久視，驅策衆靈，役使百神者也。」

③ 左傳：「顓頊氏有子曰犁，爲祝融。」張揖曰：「祝融，南方炎帝之佐也。」

答新安方望子投詩枉訪

繭穴鷄窠正怯寒①，凊晨剝啄響闌干。采詩舊觸中原怒，和曲新添〔一〕下里讙。無酒治聾心悒怏②，有文起躄興蹣跚③。方干莫漫輕三拜④，老病吾愁再拜難⑤。

【校記】

〔一〕各本作「添」，鄒鎡序本作「緣」。

【箋注】

①□□□□□慧達晝在高塔說法，夜入蠶繭中。雞窠，見前注。

②石林詩話：「世言社日飲酒治聾，不知何據。五代李濤有春社從李昉求酒詩云：『社公今日沒心情，爲乞治聾酒一瓶。惱亂玉堂將欲徧，依稀巡到第三廳。』昉時爲翰林學士，有月給內庫酒，故濤從乞之。社公，濤小字也。唐人在慶侍下，雖官高年，皆稱小字。」

③枚乘七發：「當是之時，雖有淹病滯戾，猶將伸傴起躄，發瞽披聾，而觀望之也。況直眇小煩懣，醒醲並酒之徒哉？」

④唐詩紀事：「干爲人質野，每見人，設三拜，曰：『禮數有三。』識者因呼爲方三拜焉。」

⑤少陵有客詩：「老病人扶再拜難。」

新安潘子倫故人景升之孫也年六十矣方望子索詩爲壽

舊隱城西深柳堂，潘髯張戟坐胡牀①。每思吾谷看紅葉，頻向天都問白楊②。十里青樓傳麗藻，百年黄海繼詞章。長筵勸酒聊題句，遊射偏驚大父行③。

【箋注】

① 南史褚彦回傳：「山陰公主謂彦回曰：君鬚髯如戟，何無丈夫氣？」

② 海内南經：「三天子都山。」郭璞曰：「今在新安歙縣東，今謂之三王山。黄帝曾遊此，即三天子都也。」

③ 漢郊祀志：「李少君常從武安宴，坐中有年九十餘老人，少君乃言與其大父游射處。老人爲兒，從其大父，識其處，坐盡驚。」

楊枝挑牙杖〔一〕歌

象鬚剔齒搜宿風，老夫寶愛裝銀筒。瀾滄不渡職貢絶，欲採〔二〕寸鬣無由通。西方楊枝利漱盥①，東國新裁牙杖短。拘尼楊柳都相似②，此物流傳屬誰管？

【校記】

〔一〕各本有「杖」字，鄒鎡序本無。

〔二〕各本作「採」，鄒鎡序本作「操」。

【箋注】

①翻譯名義集：「象堅窣堵波，北山巖下，有一龍泉，是如來受神飯已，及阿羅漢于中漱口嚼楊枝。毗奈耶云：『嚼楊枝有五利，一口不臭，二口不苦，三除風，四除熱，五除痰癊。不嚼楊枝有五過，口氣臭，不善別味，熱癊不消，不引食，眼不明。』」

②翻譯名義集：「尼拘律陀，又云尼拘盧陀，義翻楊柳，以樹大子小，似此方楊柳，故以翻之。」宋僧傳云：「拘律陀樹，即東夏楊柳，名雖不同，樹體則一。」

和成社初會詩　有序〔一〕

定遠帥諸英妙結社賦詩，武伯以初會詩見眎。寒窗病氣，聊蘸藥汁屬和。勞人之歌，不中玉律，聊以代邪許而已①。

【校記】

〔一〕邃本、箋注本題如此。鄒鎡序本、金匱本「初」作「第一」，無「有」字。

【箋注】

①淮南子道應訓：「今夫舉大木，前呼邪許，後亦應之，此舉重勸力之歌也。豈無鄭、衛、楚之音哉？然而不用者，不若此其宜也。」

和長至日文譏

至日羣英會草堂，老人却爲閉關忙。頻開緹幕看葭動〔一〕，細畫爐灰紀線長。望盡日華塗北戶，書殘雲物堁東牆。劇憐文酒招尋處，近局鷄豚自一鄉。

【校記】

〔一〕各本作「動」，箋注本作「候」。

和臘梅

本自梅同譜①，其如豔質成。不堪馳驛使②，只合傍簾楹。梔貌迎妝出③，檀心插鬢傾④。花房傳麗句，偏攬白頭情。

【箋注】

① 放翁荀秀才送蠟梅詩：「與梅同譜又同時。」

② 學齋：「荆州記謂陸凱與范蔚宗相善，凱自江寧遣使，寄梅花一枝詣長安與蔚宗，幷贈詩云：『折梅逢驛使，寄與隴頭人。江南無所有，聊贈一枝春。』後世紛紛舉用，皆以陸、范爲證。不知劉向說苑已載越使諸發折一枝梅與梁王，梁王之臣曰韓子者，顧左右曰：烏有一枝梅，乃遺列國之君？則折梅遺使始此矣。」

③ 尤延之蠟梅詩：「梔貌寧欺我輩人。」

④東坡蠟梅詩：「玉蘂檀心兩奇絕。」

和燒香曲

下界伊蘭臭不收①，天公酒醒玉〔一〕女愁。吳剛盜斫質多樹②，鸞膠鳳髓傾十洲③。玉山岢峩珠樹泣④，漢宮百和迎仙急⑤。王母不樂下雲車，劉郎猶倚少〔二〕兒立⑥。異香如豆著銅鐶⑦，曼倩偷桃爇博山⑧。老龍怒鬬搜象藏⑨，香雲罨靄籠九關。鬻香長者迷處所⑩，青蓮花藏失香譜⑪。靈飛去挾返魂香⑫，玉杖金箱茂陵土⑬。烟銷鵲尾佛燈紅⑭，夢斷鏑殘鼻觀通⑮。雜〔三〕林香市經遊處⑯，衫袖濃熏盡逆風⑰。

【校記】

〔一〕各本作「玉」，箋注本作「天」。　〔二〕各本作「少」，鄒鎡序本作「小」。　〔三〕邃本、箋注本作「雜」，鄒鎡序本、金匱本作「雜」。

【箋注】

①首楞嚴經：「若香臭氣，必生汝鼻，則彼香臭二種流氣，不生伊蘭及旃檀木。」

②吳剛，見前注。翻譯名義集：「三十三天有波利質多羅樹。其根入地，深五由旬，高百由旬，枝葉四布五十由旬，其華開敷，香氣周徧五十由旬。」

③東方朔十洲記：「鳳麟洲多鳳麟，仙家煮鳳喙及麟角合煎作膏，名之爲續弦膏，亦名連金泥。武帝天漢三年，西

國王使至，獻此膏四兩。帝幸華林園，射虎而弩弦斷，使者上膠一分，使口濡以續弩弦。帝驚曰：異物也。使武士數人，共對掣引之，終日不脫，如未續時。」

④山海經：「玉山，西王母所居也。」郭璞曰：「此山多玉石，因以名云。穆天子傳謂之羣玉之山。」淮南子墬形訓篇：「昆侖墟中，有增城九重，上有木禾。珠樹玉樹璇樹不死樹在其西，沙棠瑯玕在其東，絳樹在其南，碧樹瑤樹在其北。」

⑤漢武內傳：「七月七日，設座殿上，以紫羅薦地，燔百和之香，張雲錦之帳，然九光之燈，設雲門之棗，泛蒲桃之酒。帝盛服立于陛下，以待雲駕。」

⑥少陵宿昔詩：「落日當王母，微風倚少兒。」

⑦漢武故事：「七月七日，有青鳥從西來。東方朔曰：西王母暮必降。上方施帷帳，燒具末香，香，兜具國所獻也。香大如豆，塗宮門，聞百里。」張華博物志：「有西國使獻香者，漢制不滿斤不得受。使乃私去著香如大豆許，在宮門上，香聞長安四面十里，經月不歇。」

⑧葛洪西京雜記：「丁緩作九層博山香爐，鏤以奇獸怪禽，皆自然能動。」呂大臨考古圖：「其爐象海中博山，下盤貯湯，使潤氣蒸香，以象海之四環。」陳敬香譜：「漢武帝有博山爐，蓋西王母遺帝者。」

⑨華嚴經入法界品：「人中有香，名大象藏，因龍鬬生。若燒一丸，興大光網雲，覆甘露味，周七月七夜，降香雨水。」

⑩華嚴經入法界品：「于此南方，有一國土，名爲廣大。有鬻香長者，名優鉢羅華。」

⑪華嚴經入法界品：「阿那婆達多池邊出沉水香，名蓮花藏。其香一丸，如麻子大，若以燒之，香氣普熏閻浮

提界。」

⑫眞誥運象篇：「北元中立道君，李慶賓之女，太保天郎李靈飛之小妹。」任昉述異記：「聚窟州有返魂樹，伐其根心，于玉釜中煮取汁，又熬之令可丸，名曰驚精香，或名震靈丸，或名返生香，或名却死香，死尸在地，聞氣卽活。」

⑬漢武內傳：「帝冢中有玉杖金箱，是西胡康渠王所獻，帝甚愛之，故入梓宮中。其後四年，有人于扶風市買得此二物。帝未崩時，詔以書四十餘卷殮于棺內。至延康二年，河東功曹李友入上黨抱犢山採藥，于巖室中得所葬之書，盛以金箱。典書郎冉登見之，流涕曰：是帝殯殮時物，不知何緣得？其茂陵安完如故，而書箱玉杖忽出地外，又無點汚。見之者亦甚感而不能名之矣。」

⑭法苑珠林：「香爐有柄可執曰鵲尾爐者。」松陵集皮日休寄潤卿詩：「鵲尾金爐一世焚。」注曰：「陶貞白有金鵲尾香爐。」

⑮東坡和魯直燒香絕句：「不是聞思所及，且令鼻觀先參。」

⑯法苑珠林三界篇：「忉利天有七市，第一穀米市，第二衣服市，第三衆香市，第四飲食市，第五華鬘市，第六工巧市，第七婬女市。處處並有市官。是諸市中，天子天女，往往貿易，具市廛法，以爲戲爾。」

⑰逆風，見前注。

和遵王述懷感德四十韻兼示夕公勅先（一）

自古文章事，眞能困白顛①。書倉湛玉府②，學海洑珠淵③。妄許窺籬落④，粗能曉〔二〕陌阡。深慚初學陋，委信古人賢。文字期從順，源流屬泝沿⑤。餘波騰綺麗，大體戒琱鎸。筆墨留元氣，升沉託化權⑥。千秋衣鉢在，一代瓣香專⑦。丹漆應隨夢⑧，珠囊豈浪傳⑨。濫觴謀酌海⑩，用管學窺天。北地紆前轍，弇山定晚年。襟期同鄭老，師匠並臨川〔三〕。裨販徒張耳⑪，猖披肯息肩⑫。爭言馬背腫⑬，翻笑鵠頭玄⑭。敢射裴旻虎⑮，空蜚墨翟鳶⑯。中原方熇熇，下里亦諓諓。博易如搏黍⑰，輸贏只意錢⑱。穴仍同鳥鼠⑲，足各異夔蚿⑳。牛角從他食㉑，雞窠且自全。裒宗餘玉葉㉒，長律〔四〕播朱絃。二十餅條富㉓，三千掌故駢㉔。錦舒潘岳筆㉕，花涴蜀江箋㉖。羣從傳芳並㉗，比鄰挨藻聯。朝華文絡驛㉘，春草夢連綿㉙。老馬塗曾識㉚，鄉人酌每先。別裁風雅近㉛，嗤點後生偏㉜。莫漫輕津筏，祇應老槧鉛。養珠須月滿㉝，釆玉候冰堅㉞。腸胃頻反刮㉟，瑕疵必棄捐。寸心千載後，隻手百靈前。蚊睫聞螟語㊱，車輪覩虱懸㊲。筆雲朝彩集，書月夜光圓㊳。婉孌西崑體㊴，淒清湘瑟篇㊵。嚶鳴千響叶，花萼一家妍。敢謂斯文付，私于老我便。懷龍溫昔夢㊶，吐鳳理新編㊷。蟹舍看朝穗㊸，漁灣聽刺船。風光宜掩冉，花月稱嬋娟。西向三年笑㊹，南詢一指禪㊺。寒燈聊點筆，小飲竟醺〔五〕然。

【校記】

〔一〕遼本、箋注本題如此。鄒鎡序本無「勅先」二字，金匱本「德」下有「詩」字。〔二〕各本作「曉」，金匱本作

「識」。〔三〕金匱本作「襟期同鄭老，師匠並臨川」，各本作「問津資玉茗，入室仰松圓」。按：「圓」韻與下「書月夜光圓」韻複，當從金匱本。〔四〕各本作「律」，金匱本作「句」。〔五〕各本作「醮」，金匱本作「類」。

【箋注】

① 後漢蔡邕傳釋誨：「華顛胡老。」臣賢曰：「顛，頂也。華顛，謂白首也。」

② 王子年拾遺記：「曹曾，魯人也。天下名書，上古以來，文篆訛落者，曾皆刊正，垂萬餘卷。及世亂，曾慮先文湮沒，乃積石爲倉以藏書，故謂曹氏家爲書倉。」穆天子傳：「羣玉山，先王藏書之所，謂之策府。」

③ 拾遺記：「京師謂康成爲經師，何休爲學海。」抱朴子袪惑篇：「探明珠不于合浦之淵，不得驪龍之夜光也。」

④ 元遺山學東坡移居詩：「直以論詩文，稍稍窺藩籬。」

⑤ 陸士衡文賦：「或因枝以振葉，或沿波而討源。」

⑥ 放翁遣興詩：「粗識詩中造化權。」

⑦ 陳後山觀六一堂圖書詩：「向來一瓣香，敬祝曾南豐。」任淵曰：「皆以自表見其不忍更名他師也。」

⑧ 劉勰文心雕龍序：「予齒在踰立，嘗夜夢執丹漆之筆禮器，隨仲尼而南行。」

⑨ 孔穎達易經正義序：「秦亡金鏡，未墜斯文。漢理珠囊，重興儒雅。」

⑩ 家語：「孔子謂子路曰：夫江始于岷山，其源可以濫觴。」王肅曰：「觴所以盛酒者，言其微也。」

⑪ 張平子西京賦：「裨販夫婦。」李善曰：「朝市商賈爲主，夕市裨販夫婦爲主。」張耳，見前注。

⑫ 左傳定公六年：「陽虎若不能居魯而息肩于魯。」

⑬ 弘明集牟子理惑論：「牟子曰：諺云：少所見，多所怪。覩橐駝，言馬腫背。」

⑭莊子天運篇：「夫鵠不日浴而白，烏不日黔而黑，黑白之朴，不足以爲辯。」

⑮李肇國史補：「裴旻善射，嘗一日斃虎三十有一。因憩山下，有一老至曰：此皆彪也，似虎而非。將軍若遇眞虎，無能爲也。自此而北三十里，往往有之。旻躍馬而往，次叢薄中，果有眞虎騰出，狀小而勢猛，踞地而吼，山石震裂。旻馬辟易，弓矢皆墜，殆不得免。自此慚懼，不復射虎。」

⑯韓非子外儲說左上篇：「墨子爲木鳶，三年而成，蜚一日而敗。弟子曰：先生之巧，至能使木鳶蜚。墨子曰：不如爲車輗者巧也。用咫尺之木，不費一朝之事，而引三十石之任，致遠力多，久于歲數。今我爲鳶，三年成蜚一日而敗。惠子曰：墨子大巧，巧爲輗，拙爲鳶。」

⑰呂氏春秋：「今以百金與摶黍以示兒子，兒子必取摶黍矣。以和氏之璧與百金以示鄙人，鄙人必取百金矣。以和氏之璧道德之至言以示賢者，賢者必取至言矣。」

⑱後漢梁統傳：「梁冀能意錢之戲。」何承天纂文曰：「詭億，一曰射意，一曰射數，即攤錢也。」

⑲山海經：「鳥鼠同穴之山。」郭璞曰：「今在隴西首陽縣西南。山有鳥鼠同穴，鳥名曰鵌，鼠名曰鼵。鼵在內鳥在外而同處。」

⑳莊子秋水篇：「夔憐蚿。」成玄英疏曰：「夔是一足之獸，其形如鼓，足似人脚，而迴踵向前也。蚿，百足蟲也。夔以少企多，故憐蚿。」

㉑聞燕常談：「大觀中，薛紹明和御製詩，有曰：『歡聲似鳳來啣詔，喜氣如鷄去揭竿。』韓子蒼戲爲更之曰：『窘如老鼠入牛角，難似鮎魚上竹竿。』」

㉒世說夙慧篇：「顧公曰：不意衰宗，復生此寶。」

㉓文賦：「普辭條與文律，良余膺之所服。」

㉔史記滑稽列傳：「東方朔初入長安，至公車上書，凡用三千奏牘。」史記晁錯傳：「以文學爲太常掌故。」應劭曰：「掌故，主故事也。」

㉕晉書樂廣傳：「廣善清言，而不長于筆。將讓尹，請潘岳爲表二百句語，述己之意。岳因取次，便成名筆。時人咸云：若廣不假岳之筆，岳不取廣之旨，無以兼成斯美也。」

㉖李商隱送崔珏往西川詩：「浣花箋紙桃花色，好好題詩詠玉鉤。」

㉗宋宣獻公傳芳集序：「錢氏傳芳集者，今樞密尚書彭城公纂其宗門歌詩之作也。」

㉘文賦：「謝朝華于既披，啓夕秀于未振。」太白上安州裴長史書：「李白之文，清雄奔放，名章俊語，絡繹間起。」

㉙南史謝惠連傳：「靈運嘗于永嘉西堂思詩，竟日不就。忽夢見惠連，即得『池塘生春草』，大以爲工。嘗云：此語有神助，非吾語也。」

㉚老馬，見前注。

㉛少陵戲爲六絶句：「別裁僞體親風雅。」

㉜少陵戲爲六絶句：「今人嗤點流傳賦，不道前賢畏後生。」

㉝左太沖吳都賦：「蚌蛤珠胎，與月虧全。」劉淵林曰：「呂氏春秋：『月望則蚌蛤實，月虧則蚌蛤虛。』」五臣曰：「月滿則珠全，月虧則珠缺。」

㉞五代史四夷附錄：「于闐三河，皆有玉而色異。每歲秋水涸，國王撈玉于河，然後國人得撈玉。」

㉟南史荀伯玉傳：「若許某自新，必吞刀刮腸，飲灰洗胃。」

㊱列子湯問篇：「江浦之間，生麽蟲，其名曰焦螟。羣飛而集于蚊睫，弗相觸也。棲宿往來，蚊弗覺也。」

㊲列子湯問篇：「紀昌學射于飛衛，懸虱于牖南而望之，旬日之間浸大也，三年之後如車輪焉，乃以燕角之弧，朔蓬之簳射之，貫虱而懸不絕。」

㊳世說文學篇：「北人看書，如顯處視月。」東坡弔李臺卿詩：「看書眼如月。」

㊴楊億西崑酬唱集序：「余景德中忝佐修書之任，得接羣公之遊。時錢君希聖、劉君子儀，不我遐棄，寘之同聲。更唱迭和，互相切劘。凡五七言律詩二百四十七首。其屬而和者，又十有五人。析爲二卷，玉山策府之名，命之曰西崑酬唱集云爾。」

㊵唐詩紀事：「錢起，吳興人。初從鄉薦，居客舍，聞吟于庭中曰：『曲終人不見，江上數峯青。』視之無所見。明年，崔暐試湘靈鼓瑟詩，起即用爲末句。人以爲鬼謠。」

㊶西京雜記：「董仲舒夢蛟龍入懷，乃作春秋繁露詞。」

㊷西京雜記：「揚雄著大玄經，夢吐鳳凰，集玄之上。」

㊸陸魯望螢志：「稻之登也，率執一穗以朝其魁，然後從其所之。」

㊹桓譚新論：「人言長安樂，則出門西向而笑。」左傳昭公二十八年：「昔賈大夫惡，娶妻而美，三年不言不笑，御以如皐，射雉獲之，其妻始笑而言。」

㊺華嚴經入法界品贊：「福城東際，童子南詢。」一指禪，見前注。

病榻消寒雜咏四十六首

癸卯冬，苦上氣疾①，臥榻無聊，時時蘸藥汁寫詩，都無倫次。昇平之日，長安冬至後，內家戚里，競傳九九消寒圖②，取以銘詩，志夢華之感焉。亦名三體詩者，一爲中麓體，章丘李伯華少卿罷官後，好爲俚詩，嘲謔雜出，今所傳閑居集是也；其二爲少微體，里中許老秀才好即事即席爲詩，杯盤梨棗，坐客趙、李，臚列八句中，李本寧叙其詩，殊似其爲人；其三爲怡荆體，怡荆者，江村劉老，莊家翁不識字，衝口哦詩，供人冊笑，間〔一〕有可爲撫掌者。有詩一冊，自謂詩無他長，但韻脚熟耳。余詩上不能寄託如中麓，下亦不能絕倒如劉老，揆諸孟季之間，庶幾似少微體，惜無本寧描畫耳。或曰：三人皆准敕惡詩③，何不近取佳者如歸玄恭爲四體耶？余囅然笑曰：有是哉！幷識其語於後。臘月廿八日，東澗老人戲題。

【校記】

〔一〕邃本、箋注本作「間」，鄒鎡序本、金匱本作「閒」。

【箋注】

① 周禮天官冢宰：「疾醫，冬時有嗽上氣疾。」鄭氏曰：「上氣，逆喘也。」

② 長安中十一月，司禮監刷印九九消寒圖。每九詩四首。自「一九初寒纔是冬」起，至「日月星辰不住忙」止。相傳年久，遂爲故事。

③李肇國史補：「杜太保在淮南，進崔叔清詩百篇。德宗謂使者曰：此惡詩，焉用進？時呼爲准勅惡詩。」

儒流釋〔一〕部空閑身，酒戶生疎藥市親①。未肯掉頭抛白髮②，也容折角岸烏巾③。國殤急鼓多新鬼④，廟社靈旗半故人。年老成精君莫訝，天公也自〔二〕辟頑民⑤。年老成精，見首楞嚴經。

【校記】

〔一〕箋注本作「釋」，各本作「什」。　〔二〕遂本、箋注本作「自」，鄒鎡序本、金匱本作「有」。

【箋注】

①陸務觀深居詩：「病來酒戶何妨小，老去詩名不厭低。」後漢韓康傳：「康常採藥名山，賣于長安市，口不二價。」

②趙璘因話錄：「楊巨源年老，頭數掉，人言吟詩多所致。」少陵樂遊園歌：「數莖白髮那抛得？」

③後漢郭太傳：「林宗嘗于陳、梁間行遇雨，巾一角墊。時人乃故折巾一角，以爲林宗巾。」

④楚辭屈原九歌國殤注：「王逸曰：謂死于國事者。」爾雅曰：「無主之鬼謂之殤。」

⑤世說言語篇：「蔡洪赴洛，洛中人問曰：君亡國之餘，有何異才，而應斯舉？蔡答曰：聖賢所出，何必常處。昔武王伐紂，遷頑民于洛邑，得毋諸君是其苗裔耶？」

栗冽凝寒爐火增，抱薪擁絮轉凌兢①。漆身吞炭依稀是，爛額焦頭取次能。兒放空拳窗裂紙，婢伸赤脚被添冰②。長安九九消寒夜，羆褥丹衣疊幾層③？

【箋注】

①國策魏語：「譬猶抱薪而救火也。」淵明與子儼等疏：「敗絮自擁。」揚子雲甘泉賦：「馳閶闔而入凌兢。」師古曰：

「入淩兢者，言寒涼戰栗之處也。」

② 昌黎寄盧仝詩：「一婢赤脚老無齒。」

③ 王子年拾遺記：「靈王起昆昭之臺，設狐腋素裘，紫羆文褥。羆褥是西域所獻，施于臺上，坐者皆溫。」拾遺記：「晉太康元年，羽山之民，獻火浣布萬匹。其國人稱羽山有文石，生火，煙色以隨四時而見，名爲淨火。有不潔之衣，投于火石之上，雖滯汚漬涅，皆如新浣。當虞舜時，其國獻黃布。漢末獻赤布，梁冀製爲衣，謂之丹衣。」

耳病雙聾眼又昏，肉消分半不堪捫①。液湯齏鼻醫方苦②，參附充腸藥劵煩。好友禱嵩求益算，惡人詛岱請〔一〕收魂③。兩家剝啄知誰勝？憑仗蒼穹自討論④。

【校記】

〔一〕各本作「請」，箋注本作「爲」。

【箋注】

① 南史沈約傳：「約與徐勉書：老病百日，數圍革帶，常應移孔。以手握臂，率計月小半分。」

② 史記扁鵲傳：「上古之時，醫有俞跗，治病不以湯液醴灑，鑱石撟引，案扤毒熨。」

③ 劉公幹贈五官中郎將詩：「常恐遊岱宗，不復見故人。」善曰：「援神契曰：『太山，天帝孫也，主召人魂。』」

④ 蒼穹，見前注。

徑寸難分䏁聳形①，方言云：「䏁聳，聾也。」䏁，音宰。方言州部比玄經②。人間若有治聾酒③，天上應無附耳星④。鬬蟻軍聲酣乍止⑤，鳴蛙戰鼓怒初停⑥。一燈遙禮潮音洞⑦，梵唄從

今用眼聽⑧·

【箋注】

① 荀子勸學篇：「小人之學也，入乎耳，出乎口，口耳之間，則四寸，曷足以美七尺之軀哉？」方言：「聛聳，聾也。梁、益之間謂之聛。秦、晉之間，聽而不聰，聞而不達，謂之聛。生而聾，陳、楚、江、淮之間謂之聳。荊、揚之間及山之東西，雙聾者謂之聳。聾之甚者，秦、晉之間謂之闕。吳、楚之外郊，凡無有耳者亦謂之闕。其言聧者，若秦、晉中土，謂墮耳者明也。」

② 太玄經：「方州部家，三位疎成。」范望曰：言陰陽，乘三統，爲方州部家。大數則三統之位，乃天成也。唐王涯說玄：「四位之次，曰方，曰州，曰部，曰家。最上爲方，順而數之，至于家。家一一而轉，而有八十一家。部三三而轉，故有二十七部。州九九而轉，故有九州。一方二十七首而轉，故有三方。三方之變，歸乎一者也。」

③ 祝誠蓮堂詩話：「晉李濤，小字社公。爲兵部時，李公昉爲翰林學士，月給内醞。兵部因春社寄昉詩云：『社公今日沒心情，爲乞治聾酒一瓶。』蓋俗云社日酒治聾，治當作持，平聲。」

④ 三氏星經：「石申氏曰：畢星左脚邊一星曰附耳星，搖動，有讒臣亂國在君側。」

⑤ 鬭蟻，見前注。

⑥ 南史孔珪傳：「門庭之間，草萊不剪，中有蛙鳴。或問之，曰：欲爲陳蕃乎？答曰：我以此當兩部鼓吹。王晏嘗鳴鼓吹候之，聞羣蛙鳴，曰：此殊聒人耳。珪曰：我聽鼓吹，殆不及此。」

⑦ 補陀洛伽山補志：「潮音洞，菩薩示現之所。巉巖瞰海，四顧無畔岸，人跡所不及。」

⑧ 洪覺範觀世音贊：「龍本無耳聽以神，蛇本無耳聽以眼。」

病多難訴乳山翁①，不但雙荷睹賽聾②。喑訝仲長還有口③，痺愁皇甫不關風④。畏寒塞向專塗北，負日循牆只傍東⑤。莫謂幽人徒改歲，老能熏鼠豈無功。答乳山道士問病。

【箋注】

① 金陵林古度，自號乳山道士。

② 楊慎禪林鈎玄：「六根，眼如蒲桃朶，耳如新卷荷，鼻如雙垂爪，舌如初偃月，身如腰鼓顙。」首楞嚴經：「耳體如新卷葉。」

③ 新書王績傳：「仲長子光，亦隱者也。無妻子，結廬北渚。績愛其眞，徙與相近。子光瘖，未嘗交語，與對酌歡甚。」

④ 晉書皇甫謐傳：「謐以著述爲務，自號玄晏先生，後得風痺疾，猶手不釋卷。」

⑤ 列子楊朱篇：「宋國有田夫，自曝于日，不知天下之有廣廈隩室，綿纊狐貉，顧謂其妻曰：負日之暄，人莫知者。以獻吾君，將有重賞。」左傳昭公七年：「循牆而走。」

稚孫仍讀魯春秋，蠹簡還從屋角搜①。定以〔一〕孤行推杜預②，每於敗績笑〔二〕何休③。縣車東馬令支捷④，蔽海牢山仲父謀⑤。聊與兒曹攤故紙⑥，百年指掌話神州⑦。

【校記】

〔一〕各本作「以」，箋注本作「似」。　〔二〕邃本、箋注本作「笑」，鄒鎡序本、金匱本作「唤」。

【箋注】

① 呂居仁亂後雜詩：「籬根留敝屨，屋角得殘書。」

②晉書杜預傳：「預爲春秋左氏經傳集解，又參考衆家譜第，謂之釋例。摯虞賞之曰：左丘明爲春秋作傳，而左傳遂自孤行。釋例本爲傳設，而所發明，何但左傳，故亦孤行。」

③何休公羊序：「至使賈逵緣隙奮筆，以爲公羊可奪，左氏可興。恨先師觀聽不決，多隨二創，此世之餘事。斯豈非守文持論，敗績失據之過哉？」疏曰：「敗績者，爭義如戰陣，故以敗績言之。」後漢鄭玄傳：「任城何休好公羊學，遂著公羊墨守、左氏膏肓、穀梁廢疾。玄乃發墨守，鍼膏肓，起廢疾。休見而嘆曰：康成入吾室，操吾矛以伐我乎？」

④漢郊祀志：「齊桓公曰：寡人北伐山戎，過孤竹西伐，束馬懸車，上辟耳之山。」

⑤國語：「管子曰：使海于有蔽，渠弭于有渚，環山于有牢。」賈侍中曰：「海，海濱也。有蔽，言可依蔽也。」韋昭曰：「牢，牛羊豕也，言雖山險，皆有牢牧也。一曰：牢，固也。」

⑥傳燈錄：「古靈禪師一日在窗下看經，蜂子投窗紙求出。師曰：世界如許廣闊，不肯出，乃鑽他故紙。」

⑦世說輕詆篇：「桓公登平乘樓，眺矚中原，慨然曰：遂使神州陸沉，百年丘墟，王夷甫諸人，不得不任其責。」

懶學初無識字憂①，不多肝肺戒雕鎪②。少知誦讀皆緣木③，老解詞章盡刻舟④。扶養心神朝碧落⑤，招回氣母守丹丘⑥。病瘖何敢方河渚，搖筆居然頌獨遊⑦。

【箋注】

①東坡石蒼舒醉墨堂詩：「人生識字憂患始，姓名粗記可以休。」

②昌黎贈崔立之詩：「勸君韜養待徵招，不用雕琢愁肝腎。」

③溫庭筠秋夜書懷詩：「定爲魚緣木，曾因兔守株。」

④呂氏春秋：「楚人有涉江者，其劍自舟中墜于水，遽刻其舟曰：是吾劍之所從墜。舟止，從其所刻者入水求之。」

⑤獨異志：「北齊侍御史李廣，博覽羣書，修史，夜夢一人曰：我心神也，君役我太苦。辭去。俄而廣疾卒。」劉禹錫望賦：「日轉黄道，天開碧落。」

⑥莊子大宗師篇：「伏羲得之，以襲氣母。」黄庭經：「丹田之中精氣微，玉池清水上生肥。」

⑦東皋子仲長先生傳：「先生諱子光，字不曜，洛陽人。往來河東。開皇末，始菴河渚間以息焉。守令至者，皆親謁，先生辭以瘖疾。著獨遊頌及河渚先生傳以自喻。」

直木風搖〔一〕自古憂①，不材何意縱尋斧②。羣蜉枉撼盆池樹③，積羽空沉芥子舟④。說易累仲箕子難⑤，編書頻訪大航頭⑥。白顛炳燭渾無暇⑦，魯酒吳虀一笑〔二〕休⑧。

【校記】

〔一〕各本作「搖」，箋注本作「來」。　〔二〕箋注本、金匱本作「笑」，邃本、金匱本作「味」。

【箋注】

①莊子山木篇：「直木先伐，甘泉先竭。」

②莊子養生篇：「匠石之齊，至于曲轅，見櫟社樹，不顧曰：是不材之木也。」左傳文公七年：「諺所謂庇焉而縱尋斧焉者也。」

③昌黎調張籍詩：「李杜文章在，光焰萬丈長。不知羣兒愚，那用故謗傷。蚍蜉撼大樹，可笑不自量。」昌黎盆池絕句：「老翁真箇似童兒，汲水埋盆作小池。」

④史記張儀傳：「積羽沉舟。」莊子逍遙遊篇：「覆杯水于坳堂之上，則芥爲之舟。置杯焉則膠，水淺而舟大也。」

⑤漢儒林傳：「蜀人趙賓好小數書，後爲易，飾易文。以爲箕子明夷，箕子者，萬物方荄茲也。賓持論巧僞，易家不能難，皆曰非古法也。」

⑥書疏堯典正義曰：「昔東晉之初，豫章內史梅賾上孔氏傳，猶闕舜典自此乃命以位已上二十八字。世所不傳，多用王、范之注補之。而皆以慎徽五典以下爲舜典之初。至齊蕭鸞建武四年，吳興姚方興于大航頭得孔氏傳古文舜典，亦類太康中書，乃表上之。事未施行，方興以罪致戮。至隋開皇初，購求遺典，始得之。」

⑦說苑建本篇：「晉文公問師曠曰：吾年七十，欲學，恐已暮矣。師曠曰：臣聞之，少而好學，如日出之陽；壯而好學，如日中之光；老而好學，如炳燭之明。炳燭之明，孰與昧行乎？」

⑧莊子胠篋篇：「魯酒薄而邯鄲圍。」宋玉招魂：「和酸若苦，陳吳羹些！」

詞場稂莠遞相仍，嗤點前賢莽自矜。北斗文章誰比並①？南山詩句敢憑陵②。昔年蛟鱷猶知避③，今日蚍蜉恐未勝。夢裏孟郊還拊手，千秋丹篆尙飛騰④。

【箋注】

①新書韓愈傳贊：「自愈沒，其言大行，學者仰之如泰山北斗云。」

②公跋石田翁手抄吟窗小會云：「今之妄人，中風狂走，屏梅聖俞不知比興，薄韓退之南山詩不佳。又云張承吉金山詩是學究對聯，公然批判，不復知世上復有兩眼。雖其愚而可愍，亦良可爲世道懼也。」

③新書韓愈傳：「愈至潮，問民疾苦，皆曰惡溪有鱷魚。愈令其屬秦濟以一羊一豚投溪水而祝之。祝之夕，暴風震電起溪中，數日，水盡涸，西徙六十里。自是潮無鱷魚患。」

④龍城錄：「退之常說少時夢人與丹篆一卷，令強吞之，旁一人撫掌而笑。覺後亦似胸中如物噎，數日方無恙，尙

能記其上一兩字，非人間書也。後識孟郊似與之目熟，思之，乃夢中旁笑者。信乎相契如此。」

聲氣無如文字親，亂餘斑白尙〔一〕沉淪①。春浮精舍營堂斧②，春浮，蕭伯玉家園，今爲葬地。東壁高樓東楚薪〔二〕③。東壁樓，在德州城南，盧德水爲余假館。越絕新書徵宛委④，指山陰徐伯調。秦碑古字訪河濱⑤。指朝邑李叔則〔三〕。嗜痂辛苦王烟客⑥，擿槧懷鉛十指皴〔四〕⑦。

【校記】

〔一〕邃本、箋注本作「尙」，鄒鎡序本、金匱本有學集文鈔補遺本作「向」。〔二〕文鈔補遺作「委封塵」。

〔三〕各本作「則」，鄒鎡序本作「明」。〔四〕此首文鈔補遺附于答王烟客書後，題作「寒夜臥病懷王烟客奉常」。

【箋注】

① 後漢孟嘗傳：「沉淪草莽，好爵莫及。」

② 記檀弓：「吾見封之若堂者矣，見若斧者矣。」鄭氏曰：「封，築土爲壟。堂形四方而高，斧形旁殺刃上而長。」

③ 揚之水詩：「不流東薪。」「不流東楚。」

④ 吳越春秋：「禹思聖人所記，在于九山東南天柱，號曰宛委。因夢見玄衣蒼水使者，登山發金簡之書。」

⑤ 姚寬西溪叢話：「漢靈帝熹平四年，蔡邕以古文篆隸三體書五經，刻石于太學。至魏正始中，又爲一字石經，相承謂之七經正字。唐志又有今字論語二卷。豈邕五經之外，復有此乎？隋經籍志凡言一字石經，皆魏世所爲。有一字論語二卷，不言作者之名，遂以爲邕所作，恐唐史誤。北齊遷邕石經于鄴都，至河濱，岸崩，石沒于水者幾半。」

⑥ 宋書劉邕傳：「邕性嗜食瘡痂，以爲味似鰒魚。常詣孟靈休，靈休先患灸瘡，痂落在牀，邕取食之。靈休大驚，未

落者悉褫取餉邕。邕去，靈休與何勗書曰：劉邕向顧見噉，遂舉體流血。南康國吏二百許人，不問有罪無罪，遞與鞭，瘡痂常以給膳。」

⑦葛洪西京雜記：「揚子雲常懷鉛提槧，訪殊絕方域之語，以爲裨補。」

柏寢梧宮事儼然①，富平一叟記登〔一〕延。牽絲入仕陪元宰②，執簡排場見古賢。早歲光陰頻跋燭③，百年人物遞當筵。舉杯欲理滄桑話，兒女讙呶擁膝前。余五六歲，看演鳴鳳記，見孫立庭袍笏登場。庚戌登第，富平爲太宰延接，如見古人，迄今又五十四年矣。

【校記】

〔一〕箋注本作「登」，各本作「眞」。

【箋注】

①漢郊祀志：「少君見上，上有故銅器，問少君。曰：此器齊桓公十年陳于柏寢。已而按其刻，果齊桓公器。一宮盡駭，以爲少君數百歲人也。」任昉述異記：「梧桐園在吳宮，本吳王夫差舊園也。一名琴川。語云：梧宮秋，吳王愁。」

②靈運初去郡詩：「牽絲及興運。」李善曰：「牽絲，初仕也。應璩詩曰：『不悟牽朱絲，三署來相尋。』」

③記曲禮：「燭不見跋。」鄭氏曰：「跋，本也。」

硯席書生倚稚驕①，邯鄲一部夜呼囂。朱衣早作臚傳識②，青史翻爲度曲訞。炊熟黃粱新剪韭，夢醒紅燭舊分蕉。衛靈石槨誰鐫刻③？莫向東城歎市朝④。是夕又演邯鄲夢。

【箋注】

①漢張湯傳：「安世又少與上同席硯書。」莊子列御寇篇：「人有見宋王者，錫車十乘，以其十乘驕稚莊子。」

②公云：臨川嘗語余，邯鄲夢作於某年，曲中先有韓盧之句，竟成庚戌臚傳之讖。此曲似乎爲公而作，亦可異也。

③莊子則陽篇：「衛靈公死，卜葬于故墓，不吉，卜葬于沙丘而吉。掘之數仞，得石槨焉。洗而視之有銘焉，曰：不馮其子，靈公奪而埋之。」

④後漢薊子訓傳：「人于長安東城見子訓與一老翁共摩挲銅人，相謂曰：適見鑄此，而已近五百歲矣。」

紗縠禪衣召見新①，至尊自賀得賢臣②。都將柱地擎天事③，付與搔頭拭舌人④。內苑御舟思匼匝，上尊法酒賜逡巡⑤。按圖休問盧龍塞⑥，萬里山河博易頻。壬午五日，鵝籠公有龍舟御席之寵⑦。

【箋注】

①漢江充傳：「初，充召見，自請願以所常被服冠見上，上許之。充衣紗縠禪衣，曲裾後垂。」

②漢佞幸傳：「董賢年二十二，雖爲三公，常給侍中領尚書。百官因賢奏事。明年，匈奴單于來朝，怪賢年少，以問譯。上令譯報曰：大司馬年少，以大賢居位。單于乃起拜，賀漢得賢臣。」

③陸倕新刻漏銘：「業類補天，功均柱地。」姚崇神道碑：「八柱擎天，高明之位定；四時成歲，亭毒之功存。」

④後漢李固傳：「飛章虛誣固罪曰：固獨胡粉飾貌，搔頭弄姿。」後漢宦者呂強傳：「羣邪項領，膏脣拭舌。」

⑤漢平當傳：「賜上尊酒十石。」如淳曰：「律稻米一斗，得酒一斗爲上尊。稷米一斗，得酒一斗爲中尊。粟米一斗，得酒一斗爲下尊。」師古曰：「稷即粟也。中尊者，宜爲黍米，不當言稷。」史記叔孫通傳：「復置法酒，諸侍坐殿

上，以尊卑次起上壽。」師古曰：「法酒者，猶言禮酌，謂不飲之至醉。」

⑥魏志田疇傳：「疇曰：豈可賣盧龍之塞以易爵祿哉？」

⑦鵝籠公，謂延儒也。

鼓妖雞旤史頻書①，孛入杓中自掃除②。人訝九頭能並〔一〕噉③，天教一首解横嘘〔二〕④。鐘沉禁漏紗燈杳⑤，水冽寒泉露井虚。閒向四遊論近遠⑥，高空寥廓轉愁余。

病中撰許司成墓誌，輟簡有感。

【校記】

〔一〕各本作「並」，金匱本作「互」。　〔二〕各本作「嘘」，箋注本作「飛」。徵典則當作「飛」，協韻則當作「嘘」。

【箋注】

①漢五行志：「君嚴猛而閉下，臣戰栗而塞耳，則妄聞之氣，發于音聲，謂之鼓妖。」漢五行志：「于易巽爲鷄，鷄有冠距，文武之貌。不爲威儀，貌氣毁故有鷄旤。」

②漢五行志：「星孛入于北斗。董仲舒以爲孛者惡氣之所生也。謂之孛者，言其孛孛有所妨蔽，闇亂不明之貌也。劉向以爲君臣亂于朝，政令虧于下，則上濁三光之精，五行贏縮，變色逆行，甚則爲孛。北斗人君象，孛星亂，臣類篡弑之表也。」漢李尋傳：「洪水乃欲盪滌，流彗乃欲掃除。」

③楚辭宋玉招魂：「雄虺九首，往來儵忽，吞人以益其心。」王逸曰：「雄虺一身九頭，常喜吞人魂魄，以益其心，賊害之甚也。」

④王子年拾遺記：「東方有解形之民，使頭飛于南海，左手飛于東山，右手飛于西澤。自臍以下，兩足孤立。至暮，

頭還肩上，而手遇疾風，飄于海外，落玄洲之上，化爲五足獸，則一指爲一足也。其人失兩手，使旁人割裹肉以爲兩臂，宛然如舊。」

⑤東坡贈寫御容妙善師詩：「迎陽晚出步就坐，紗燈玉斧光照廊。野人不識日月角，彷彿尙記重瞳光。」

⑥爾雅釋天正義曰：「二十八宿之外，上下東西，各有萬五千里，是謂四游之極。」

羊腸九折不堪書①，箭直刀橫血肉餘。牢落技窮修月斧②，顛狂心癢掉雷車③。伶仃怖影依枝鴿④，吸呷呼人貫柳魚⑤。補貼殘骸惟老病⑥，折枝摩腹夢迴初。

【箋注】

①樂史寰宇記：「玄武縣覆船山。益州記云：『中有七里坂，一名羊腸坂，屈曲有壁立難昇之路。』」漢王尊傳：「王陽至邛郲九折坂，嘆曰：奉先人遺體，奈何數乘此險！」

②段成式酉陽雜俎：「鄭仁本與王秀才遊嵩山，見一人方眠熟，呼之起，曰：君知月乃七寶合成乎？月勢如丸，其影，日爍其凸處也。常有三萬六千戶修之，予卽一數。因開襆，有斤鑿數事。」

③掉雷車，見前注。

④怖影鴿，見前注。

⑤李復言續幽怪錄：「薛偉任涇州青城縣主簿，病七日，奄然若往，而心頭微熱，家人不忍殮。經二十日，忽起坐曰：羣官方食鱠，言吾已蘇，有奇事，請能筋來聽。羣官皆停飧而來，薛曰：羣公求魚乎？向殺之鯉，我也。吾初疾困，爲熱所逼，出游江畔，有思浴意。脫衣入水，且曰：人浮不如魚快，安得攝魚而健游乎？旁有一魚曰：爲足下圖之。去未頃，有魚頭人騎鯨來，宣河伯詔，可權充東潭赤鯉。聽而自顧，則已魚服矣。於是放身而遊，俄而

饑甚，忽見趙幹垂釣，其餌芳香，遂食之。幹收綸以出，連呼不應，以繩貫我腮。既而張弼來曰：裴少府買魚，自于葦間尋得。偉謂弼曰：我是汝縣主簿。弼不聽，提之而行，罵亦不顧。入見縣吏，大聲呼之，略無應者。既入階，促命付廚。我大叫而泣，三君不顧，付膾手王士良，我又叫士良，亦若不聞者，按吾頭于砧上而斬之。彼頭適落，此亦醒悟，遂奉召耳。諸公大驚，並終身不食膾。」石鼓文：「其魚維何？維鱮維鯉。何以貫之？維楊與柳。」

⑥樂天追歡偶作：「補貼平生得事遲。」

羶毳〔一〕重圍四浹旬①，奴囚〔二〕併命付灰塵。三人纆〔三〕索同三木②，六足鈎牽有六身。伏鼠盤頭遺宿溺，饑蠅攢口嘬餘津。頻年風雨鷄鳴候，循省顛毛荷鬼神③。記丁亥羈四事。

【校記】

〔一〕遂本、箋注本作「羶毳」，鄒鎡序本作「縲绁」，金匱本作「犴狴」。〔二〕箋注本作「奴囚」，遂本、金匱本作「奴郎」，鄒鎡序本作「僕僮」。〔三〕遂本、箋注本作「纆」，鄒鎡序本、金匱本作「纏」。

【箋注】

①周禮天官冢宰：「羊冷毛而毳羶。」

②莊子駢拇篇：「約束不以纆索。」後漢范滂傳：「滂等皆三木囊頭，暴于堦下。」注曰：「三木，頭及手足皆有械，更以物蒙覆其頭也。」

③東坡東堂詩：「多病顛毛却未華。」

頌〔一〕繫金陵憶判年①，乳山道士日周旋。過從漫指龍門在②，束縛真愁虎穴連③。桃葉春流亡國恨④，槐花秋踏故宮烟⑤。於今敢下新亭淚⑥，且爲交遊一惘然。事具戊子秋槐集。

【校記】

〔一〕箋注本作「頌」，各本作「訟」。

【箋注】

① 漢惠帝紀：「有罪當監械者，皆頌繫。」如淳曰：「頌者，容也。言見寬容但處曹吏舍，不入狴牢也。古者頌與容同。」少陵重過何氏詩：「相留可判年。」判年，猶半年也。

② 世說德行篇：「李元禮高自標持，後進之士，有升其堂者，皆以爲登龍門。」

③ 漢酷吏傳：「尹賞修治長安獄，穿地方深各數丈，以大石覆其上，名爲虎穴。」

④ 杜牧之泊秦淮絕句：「商女不知亡國恨，隔江猶唱後庭花。」

⑤ 明皇雜錄：「天寶末，賊陷西京，祿山大會凝碧池。梨園弟子欷歔泣下，樂工雷海青擲樂器西向大慟，賊支解于試馬殿。王維拘于菩提寺，賦詩曰：『萬戶傷心生野煙，百官何日更朝天？秋槐葉落空宮裏，凝碧池頭奏管絃。』」

⑥ 新亭，見前注。

忠驅義感國恩賒，板蕩憑將赤手遮①。星散諸侯屯渤海②，飈迴子弟走長沙③。神愁〔一〕玉璽歸新室〔二〕④，天哭〔三〕銅人別漢〔四〕家⑤。一云：「共和六載仍周室⑥，章武三年亦漢家。」〔五〕⑦。遲暮自憐長埸翼⑧，垂楊古道數昏鴉。記癸未〔六〕歲與羣公謀王室事。

【校記】

〔一〕各本作「愁」，鄒鎡序本作「看」。〔二〕各本作「室」，鄒鎡序本作「代」。〔三〕各本作「哭」，鄒鎡序本作「任」。〔四〕各本作「漢」，鄒鎡序本作「故」。〔五〕邃本、箋注本有小注十六字，鄒鎡序本、金匱本空缺。〔六〕各本作「未」，箋注本作「卯」。

【箋注】

① 板蕩，見前注。

② 後漢袁紹傳：「紹遂以渤海起兵，以從弟後將軍術，冀州牧韓馥、豫州刺史孔伷、兗州刺史劉岱、陳留太守張邈、廣陵太守張超、河內太守王匡、山陽太守袁遺、東郡太守喬瑁、濟北相鮑信等同時俱起，衆各數萬，以討卓爲名。」

③ 後漢光武紀贊：「九縣飈迴。」呂溫題陽人城詩：「忠驅義感即風雷，誰道南方乏武才？天下起兵誅董卓，長沙子弟最先來。」

④ 漢元后傳：「初，高祖入咸陽，子嬰奉上始皇璽。及即天子位，因御服其璽，世世傳受，號曰漢傳國璽。以孺子未立，璽藏長樂宮。莽即位，使安陽侯舜求璽。太后涕泣而言，出璽投地以授舜。舜奏之，莽大悅。」

⑤ 魏志明帝紀：「魏略曰：『景初元年，徙長安諸鐘簴駱駝銅人承露盤，盤折，銅人重不致，留于霸城。』」

⑥ 史記周本紀：「厲王出奔于彘，召公、周公二相行政，號曰共和。」

⑦ 蜀志後主傳：「章武五年，夏四月，先主殂于永安宮。五月，後主襲位于成都，大赦改元，是歲魏黄初四年也。」

⑧陳孔璋豫州檄：「方畿之內，簡練之臣，皆垂頭搨翼，莫所憑恃。」

蕭疎寒雨打窗遲，愕夢驚迴黯黯思。箕斗每遭三尺喙①，攝提猶列兩行眉②。抛殘短髮身方老，著盡枯棋局始知。顧影有誰同此夕③？焚枯撥芋夜談詩〔一〕④。

【校記】

〔一〕遂本、鄒鎡序本作「詩」，箋注本、金匱本作「時」。

【箋注】

①古詩：「南箕北有斗，牽牛不負軛。良無盤石固，虚名復何益？」莊子徐無鬼篇：「丘願有喙長三尺。」

②漢翟方進傳：「提揚眉。」服虔曰：「提，攝提星也。揚眉，揚其芒角也。」

③淵明飲酒詩序：「偶有名酒，無夕不飲。顧影獨盡，忽焉復醉。」

④應璩百一詩：「田家何所有？酌醴焚枯魚。」袁郊甘澤謡：「李泌衡山寺中讀書，察懶殘所爲，曰：非凡物也。中夜潛謁焉。懶殘撥牛糞火出芋啖之，取所啖之半授李公，曰：愼勿多言，領取十年宰相。」

呼鷹臺下〔一〕草蒙茸①，扶杖登臨指斷蓬〔二〕。倚杖我應占北叟②，興亡君莫問南公③。藥欄迸坼疎籬外④，鷄栅攲斜細雨中⑤。種罷蕪菁還失笑⑥，莫將老圃算英雄⑦。

【校記】

〔一〕箋注本作「下」，各本作「畔」。　〔二〕遂本、箋注本作「蓬」，鄒鎡序本、金匱本作「篷」。

【箋注】

①樂史寰宇記：「呼鷹臺在鄧城縣東南一里，劉表所築。表往登之，鼓琴作樂，有野鷹來至，因名。」

②班孟堅幽通賦：「叛迴穴其若兹兮，北叟頗識其倚伏。」李善曰：「淮南子曰：塞上之人，有馬亡入胡，人皆弔之。其父曰：何遽不爲福？居數月，其馬將胡駿馬而歸。人皆賀之。其父曰：何遽不爲禍乎？其子好騎，墮而折髀。人皆弔之。其父曰：何遽不爲福乎？居一年，胡人大出，壯丁者控弦而戰，死者十九，此獨以跛足故，父子相保。故福之爲禍，禍之爲福，變化不可測。」

③史記項羽本紀：「南公，楚人也，善言陰陽。」

④少陵有客詩：「乘興還來看藥欄。」箋注曰：「藥欄，花藥之欄也。李濟翁資暇集謂藥即欄也，引漢書池籞爲説。不知籞音御，與藥異音。」

⑤少陵有催宗文樹鷄柵詩。

⑥蜀志先主傳：「胡沖吳歷曰：曹公數遣親近密覘諸將，備時閉門，將人種蕪菁。」

⑦蜀志先主傳：「曹公謂先主曰：今天下英雄，惟使君與操耳。」

龍嶼雞籠錯小洲①，秦皇纜繫刹江頭②。烟消貝闕常開市③，風引蓬萊且放舟④。魚鼈星微沉後浪⑤，黿鼉梁闊駕中流⑥。天涯地少雲多處，縱步期爲汗漫遊⑦。讀元人島夷志有感〔一〕。

【校記】

〔一〕邃本、箋注本自注如此。鄒鎡序本、金匱本後五字作「彝志」。

【箋注】

①元汪煥章島夷志：「龍涎嶼值天清氣和，羣龍游戲，時吐涎沫于其上，故以得名。涎微有腥氣，用之合諸香，味尤清遠。此地前代無人居之，間有他番之人，用完木鑿舟，駕使以拾之，轉鬻于他國。」樂史寰宇記：「赤土國，在萬安州南。渡海便風十四日，經鷄籠島卽至其國，亦海中之一洲。」

②王象之輿地紀勝：「繫纜石在西湖。陸羽武林山記云：『自錢塘至秦皇纜船石，俗呼爲西石頭。』」輿地紀勝：「秦望山東南，有大石崔嵬，橫接江濤，呼爲羅刹石。」

③東坡登州海市詩：「蕩搖浮世生萬象，豈有貝闕藏珠宮。」序曰：「予聞登州海市舊矣，父老云，嘗出于冬夏。今歲晚，不復見矣。予到官五日而去，以不見爲恨。禱于海神廣德之廟，明日見焉。」

④漢郊祀志：「自威、宣、燕昭使人入海求蓬萊、方丈、瀛洲。」

⑤三氏星經：「石申氏曰：魚一星，在箕南河中。鼈十四星，在斗南。」

⑥江文通恨賦：「駕黿鼉以爲梁。」李善曰：「紀年曰：『周穆王三十七年，伐荆，大起九師，東至于九江，叱黿鼉以爲梁。』」

⑦淮南子道應訓篇：「盧敖遊北海，見一士方捲龜殼而食蛤蜊，與之語，齤然笑曰：吾與汗漫期于九垓之外，吾不可以久駐。舉臂而聳身，遂入雲中。」

推篷剪燭夢悠悠①，舊雨依稀記昔遊。南國梟盧誰劇孟②，北平鷄酒有田疇③。霜前啼鳥皆朱噣④，月下飛烏盡白頭⑤。病樹枝顛天一握⑥，爲君吹笛上高樓⑦。廣陵人傳研絆北訊〔一〕。

【校記】

【一】遼本、箋注本作「訊」，鄒鎡序本、金匱本作「信」。

【箋注】

①懷麓堂詩話：「維揚周岐鳳坐事亡命，扁舟野泊，無錫錢嘩投之以詩，有『一身爲客如張儉，四海何人是孔融？野寺鶯花春載酒，河橋風雨夜推篷』之句。岐鳳得詩，爲之大慟。江南人至今傳之。」李義山夜雨寄北詩：「何當共剪西窗燭，却話巴山夜雨時？」

②漢游俠傳：「劇孟以俠顯，吳、楚反時，條侯至河南，得劇孟，若一敵國。劇孟好博，多少年之戲。」

③王子年拾遺記：「田疇，北平人也。劉虞爲公孫瓚所害，疇追慕無已，往虞墓設雞酒之禮。慟哭之音，動于林野。疇臥草間，忽有人通云：劉幽州來。疇知是虞之魂，既近而拜，泣不自支。因相與進雞酒，虞曰：子，萬古之貞士也。奄然不見，疇亦醉醒。」

④朱噣，見前注。

⑤白頭，見前注。

⑥玉堂閒話：「興元之南，有路通于巴州，其路則深溪峭巖，捫蘿摸石，一上三日，而達于山頂。行人止宿，則以緪絲繫腰縈樹而寢，不然則墮于深澗也。復登措大嶺，有稍平處，路人徐步而進。其絕頂謂之孤雲兩角。彼中諺曰：孤雲兩角，去天一握。淮陰侯廟在焉。昔漢高祖不用韓信，信遁歸西楚，蕭相國追之，及于玆山，故立廟貌焉。」

⑦向子期懷舊賦：「隣人有吹笛者，發聲寥亮。追思曩昔遊宴之好，感音而嘆。」

中年招隱共丹黃，栝柏猶餘翰墨香。晝裏夜山秋水閣，鏡中春瀑耦耕堂。客來蕩槳聞朝咏〔一〕，僧到支筇話夕陽。留却中州靑簡恨，堯年鶴語正悲涼①。孟陽議倣中州集體列，編次本〔二〕朝人詩。

【校記】

〔一〕各本作「聞朝咏」，箋注本作「尋聞咏」。〔二〕邃本、箋注本作「本」，鄒鎡序本、金匱本作「前」。

【箋注】

①徐堅初學記：「劉敬叔異苑云：『太康二年冬，大寒，南州人見一白鶴于橋下曰：今茲寒，不減堯崩年。于是飛去。』」

至後京華淑景催，紫宸朝散夜傳杯①。綠窗銀燭消寒去，朱邸金盤送雪來②。板簇歌心遲漏轉，花漂酒面逗春迴③。殘燈欲話昇平樂，腰鼓勾闌不盡哀④。

【箋注】

①少陵紫宸殿退朝口號：「花覆千官淑景移。」

②少陵奉漢中王手札詩：「人期朱邸雪，朝傍紫微垣。」周憲王送雪詩：「天山一色凍雲垂，罨畫樓臺綴玉時。準備煖金香盒子，明朝送雪與相知。」注曰：「汴中風俗，每歲遇初雪，則以盒子盛雪，送與親知，以爲喜慶。置酒設席，相請歡飲。亦昇平之樂事。宮中尤尚之。」

③樂天贈晦叔憶夢得詩：「酒面浮花應是喜，歌眉斂黛不關愁。」

④荆楚歲時記：「十二月八日爲臘日。諺言腰鼓鳴，春草生。村人並繫細腰鼓，戴胡公頭，及作金剛力士以逐疫。」

望崖人遠送孤藤①，粟散金輪總不應②。三世版圖歸脫屣，千年宗鏡護傳燈③。聚沙塔湧幡幢影④，墮淚碑磨贔屭稜⑤。莫歎曾孫顦顇盡⑥，大梁仍是布衣僧⑦。讀黃魯直先忠懿王像贊有感。

【箋注】

① 黃山谷忠懿王贊：「送君者自崖而返，以安樂其子孫。」

② 法苑珠林人道部：「總束貴賤，合有六品。一、貴中之貴，謂金輪王等；二、貴中之次，謂粟散王等；三、貴中之下，謂如百僚等；四、賤中之賤，謂奴子等；五、賤中之次，謂僕御等；六、賤中之下，謂姬妾等。粗束如是，細分難盡。」長編紀事本末：「太平興國三年，四月，吳越王求歸本道，上不許。崔仁冀曰：大王不速納土，禍且至。左右爭言不可，俶獨與仁冀決策，上表獻所管十三州一軍。上御乾元殿受朝，俶朝退，將吏僚屬始知。」

③ 宗鏡，見前注。道宣續高僧傳：「奘師表：『識乘龍樹，謬忝傳燈之榮；才異馬鳴，深愧寫瓶之敏。』」

④ 法華經方便品：「乃至童子戲，聚沙爲佛塔。」志磐佛祖統紀：「吳越忠懿王世家云：『忠懿王天性誠厚，夙知敬佛，效阿育王造八萬四千塔，用金銅精鋼，中藏寶篋印心咒經，布散部內，以爲塡寶，凡十年而訖功。』」

⑤ 東坡送表忠觀道士歸杭詩：「墮涕行看會祠下，挂名爭欲刻碑陰。」張平子西京賦：「巨靈贔屭。」薛綜曰：「贔屭，作力之貌也。」

⑥ 方輿勝覽：「武夷君建幔亭，宴鄉人于其下，皆呼爲曾孫。」

⑦ 李燾長編：「開寶七年十一月戊子，吳越王俶遣使修貢，謝招撫制置之命，并上江南國主所遺書，其略云：『今日無我，明日豈有君。明天子一旦易地酬勳，王亦大梁一布衣耳。』」

石語無憑響卜虛①，強留春夢慰蕭疎。侲僮背索催年去②，王母傳籌報歲除③。耳聵却欣聽妄語④，眼昏猶解摸殘書⑤。莫嗟杖晚如彭老⑥，兩脚〔一〕隨身且閉廬⑦。

【校記】

〔一〕箋注本、金匱本作「脚」，邃本、鄒鎡序本作「眼」。

【箋注】

① 左傳昭公八年：「石言于晉魏榆。晉侯問于師曠，對曰：石不能言，或憑焉。」摭言：「畢諴及第年，與一二同人聽響卜。夜艾人稀，久無所聞。俄遇人投骨于地，羣犬爭趨。又一人曰：後來者必啣得。韋甄及第年，聽于光德里南街，忽覩一人叩一版門甚急，良久門開，呼曰：十三官尊體萬福。既而甄果是第十三人矣。」朱弁曲洧舊聞：「王建集有鏡聽詞，謂懷鏡于通衢間，聽往來之言，以占休咎。近世人懷杓以聽亦猶是也。又有無所懷而直以耳聽之者，謂之響卜。蓋以有心聽無心耳。」

② 後漢禮儀志：「先臘一日大儺，謂之逐疫。選中黄門子弟，年十歲以上，十二以下，百二十人，爲侲子。皆赤幘皂製，執大鼗。方相氏黄金四目，蒙熊皮，玄衣朱裳，執戈揚盾。十二獸有衣毛角，中黄門行之，冗從僕射將之，以逐惡鬼于禁中。」張平子東京賦：「爾乃卒歲大儺，毆除羣厲。方相秉鉞，巫覡操茢。侲子萬童，丹首玄製。」薛綜曰：「侲子，童男童女也。」

③ 漢哀帝紀：「建平四年，關東民傳行西王母籌。」

④ 乙卯避暑錄：「子瞻在黄州及嶺表，每旦起，不招客相與語，則必出而訪客。所與遊者，亦不盡擇，各隨其人高下，談諧放蕩，不爲畛畦。有不能談者，則强之使說鬼。或辭無有，則曰姑妄言之。聞者絕倒。」

⑤ 隋書藝術傳：「盧太翼博綜羣書，尤善卜候算曆之術。其後目盲，以手摸書，而知其字。」

⑥莊子逍遙篇陸德明音義云：「王逸注楚辭天問：『彭祖至七百歲，猶曰悔不壽。恨杖晚而唾遠。』」黃山谷以虎臂杖送李任道詩：「八百老彭嗟杖晚。」

⑦東坡次孔毅夫久旱詩：「不如西州楊道士，萬里隨身惟兩膝。」

由來造物忌安排①，遮莫殘年〔一〕事事乖②。無藥堪能除老病③，有錢不合買癡獃④。未論我法如何是⑤，且道卿言亦自佳⑥。漫説趙州行脚事⑦，雲門猶未辨青鞵⑧。

【校記】

〔一〕箋注本作「年」，各本作「生」。

【箋注】

①放翁北齋書志詩：「百年從落魄，萬事忌安排。」注曰：「徐仲車聞安定先生莫安排之教，所學益進。」

②少陵書堂飲絶句：「遮莫隣鷄下五更。」舊注曰：「遮莫，俚語，猶言儘教也。」

③放翁春晚雨中詩：「方書無藥醫治老，風雨何心斷送春？」

④高德基平江紀事：「吳人自相呼爲獃子，每歲除，羣兒遶街呼叫云：賣癡獃，千貫賣汝癡，萬貫賣汝獃。見賣儘多送，要賒隨我來。蓋以吳人多獃，兒輩戲謔之耳。」

⑤晉書庾敳傳：「王衍不與敳交，敳卿之不置。衍曰：君不得爲爾。敳曰：卿自君我，我自卿卿。我自用我家法，卿自用卿家法。」

⑥世説言語篇：「司馬徽別傳曰：『徽居荆州，知劉表性暗，必害善人，乃括囊不談議時人。有以人物問徽者，初不辨其高下，每輒言佳。其婦諫曰：人質所疑，君宜辨論。一皆言佳，豈人所以咨君之意乎？徽曰：如卿所言，亦

復佳。其婉約遜遁如此。」

⑦石林長老七十序：「趙州年二百二十八始行脚。」

⑧少陵劉少府山水障歌：「若耶溪，雲門寺，吾獨胡爲在泥滓？青鞋布襪從此始。」

寒爐竟日畫殘灰，情緒禁持未破梅。躲避病魔無復壁①，逋逃文債少高臺②。生成窮骨難抛得，自鎖愁腸且放開。慚愧西堂分衞畢③，旋傾齋鉢送參來。小盡日靈巖長老送參。

【箋注】

①後漢趙岐傳：「岐逃難四方，安丘孫嵩藏岐複壁中數年，因赦乃出。」

②御覽：「帝王世紀曰：『周赧王雖居天子之位，爲諸侯所侵逼，與家人無異。貰于民，無以歸之，乃上臺以避之。故周人因名其臺曰逃債臺，故洛陽南宮簃臺是也。』」

③翻譯名義集：「分衞，善見律云：『此云乞食。』僧祇律云：『乞食分施僧尼，衞護令修道業，故云分衞。』」

兒童逼歲趁喧闐，嶽廟星壇言子阡①。夢裏挨肩爭爆竹，忙來哺飯看秋千②。氣蒸籬落辭年酒③，燄罨星河祭竈烟④。老大荒涼餘井邑⑤，半龕殘〔一〕火一翁禪。

【校記】

〔一〕各本作「殘」，箋注本作「佛」。

【箋注】

①盧知州琴川志：「東嶽行祠在縣治西虞山南麓，依山高聳，規模雄偉。歲久摧圮，屢經再新。然創造之由，無碑誌可考。」海虞文苑張應遴虞山記：「致道觀，庭列虛皇壇，七星古檜，亦昭明所植，天師以神力移之。屈蟠夭矯，

如龍如虬，其三猶蕭梁時物。」范成大吳郡志：「言偃宅，蘇州記云：『在常熟縣西。』吳地記云：『宅有井，井邊有洗衣石，周四尺，皆其故物。』輿地志云：『梁蕭正德爲郡太守，將石去，莫知所在。』」

②漢高帝紀：「輟飯吐哺。」師古曰：「哺，口中含食也。音步。」

③荆楚歲時記：「歲暮家家具肴蔌，詣宿歲之位以迎新歲，相聚歡飲。」

④荆楚歲時記：「以豚酒祭竈神。按禮器云：『竈者，老婦之祭也。』許慎五經異義云：『竈神姓蘇，名吉利。婦姓王，名摶頰。』」范石湖臘月村田樂府序：「臘月二十四日夜祀竈，其說謂竈神翼日朝天，白一歲事，故前期禱之。」

⑤易井卦：「改邑不改井。」正義曰：「井體有常，邑雖遷移，而井體無改。」

衰殘未省似〔一〕今年，窮鬼揶揄病鬼纏①。典庫替支賒藥券，債家折算賣書錢。陸機去國三間屋②，伍員躬耕二〔二〕耜田③。歎息古人曾似我，破窗風雨擁書眠④。

【校記】

〔一〕金匱本作「省似」，各本作「醒若」。　〔二〕各本作「二」，鄒鎡序本作「一」。

【箋注】

①宋書劉損傳：「損同郡宗人有劉伯龍者，少而貧薄，及長，歷尚書左丞、少府、武陵太府，貧窶尤甚。常在家慨然，召左右，將營什一之方。忽見一鬼在旁，撫掌大笑。伯龍嘆曰：『貧窮固有命，乃復爲鬼所笑也。』乃止。」

②世說賞譽篇：「蔡司徒在洛，見陸機兄弟住參佐廨中，三間瓦屋，士龍住東頭，士衡住西頭。」

③史記吳太伯世家：「伍員知光有異志，乃求勇士專諸見之。光喜，乃客伍子胥。子胥退而耕于野，以待專諸之事。」周禮冬官考工記：「匠人爲溝洫，耜廣二寸，二耜爲耦。」

④ 王臨川莫疑詩：「一燈岑寂擁書眠。」

雀羅門巷隘荆薪①，上相傳呼訪隱淪②。豈敢低迴遲伏謁，卽看扶服出城闉③。霜風壓頂寒欺骨，冰雪生膚臥浹旬。多謝台星猶照戶④，燒船病鬼去逡巡⑤。戲擬老杜客至之作。

【箋注】

① 史記鄭當時列傳：「翟公爲廷尉，賓客填門。及廢，門外可設雀羅。」

② 顏延年五君詠：「尋山洽隱淪。」李善曰：「桓子新論曰：『天神人五，二曰隱淪。』」

③ 揚子雲長楊賦：「扶服蛾伏。」李善曰：「扶服與匍匐義同。」漢霍光傳：「中孺扶服叩頭。」師古曰：「服，蒲北反。」

④ 隋書天文志：「三台六星，兩兩而居。一曰天柱，三公之位也。」

⑤ 昌黎送窮文：「主人於是垂頭喪氣，上手稱謝。燒車與船，延之上座。」

高枕匡牀白日眠，閒看世態轉頹然。湛河不信多爲石①，賣鬼還愁少得錢②。鑿空去舊能雕混沌③，舞文新擬案丁零④。睡餘偶憶柴桑集，畫扇蕭〔一〕疎仰昔賢⑤。示遵王、勅先。

【校記】

〔一〕各本作「蕭」，鄒鎡序本作「消」。

【箋注】

① 水經注：「子朝篡位，與敬王戰，乃取周之寶玉，沉河以祈福。後二日，津人得之于河上，將賣之，則變而爲石。及敬王位定，得玉者獻王，復爲玉也。」

② 列異傳：「南陽宗定伯夜行逢鬼，問之，言：鬼。鬼問：汝復誰？定伯誑之，言：我亦鬼。行數里，鬼言：步行太遲，

共遞相擔何如？鬼便先擔定伯，言：卿太重。定伯言：我新死，故身重耳。定伯因復擔鬼，鬼畧無重。定伯言：我新鬼，不知何所惡忌？鬼答：惟不喜人唾。至宛，定伯便擔鬼着頭上，鬼大叫索下，不復聽之。徑至宛市中，下地化爲一羊，便賣之。恐其變化，唾之，得錢千五百乃去。時石崇言：定伯賣鬼，得錢千五百文。」

③漢張騫傳：「騫鑿空。」蘇林曰：「鑿，開也。空，通也。騫始開通西域道也。」師古曰：「空，孔也。猶言始鑿其孔穴也。」莊子應帝王篇：「南海之帝爲儵，北海之帝爲忽，中央之帝爲渾沌。儵與忽時遇于渾沌之地，渾沌待之甚善。儵與忽謀報渾沌之德，曰：人皆有七竅以視聽食息，此獨無有，常試鑿之。日鑿一竅，七日而渾沌死。」

④漢汲黯傳：「好興事舞文法。」如淳曰：「舞猶弄也。」後漢孔融傳：「操討烏桓，融嘲之曰：大將軍遠征，蕭條海外。昔肅愼不貢楛矢，丁零盜蘇武牛羊，可併案也。」御覽曰：「丁，音顛。零，音連。」

⑤畫扇，見前注。

老病何當賦子虛？形容休訝列仙如①。黃衣牒授劉中壘②，瓊笈圖歸董仲舒③。籬桂冬榮疑月地④，瓶梅夜落想雲居。笑他脈望空乾死⑤，絳帕蒙頭讀道〔一〕書⑥。聞定遠讀道書，戲示。

【校記】

〔一〕各本作「道」，鄒鎡序本作「好」。

【箋注】

①漢司馬相如傳：「相如以爲列仙之儒，居山澤間，形容甚臞，此非帝王之仙意也。乃遂奏大人賦。」

②拾遺記：「劉向校書天祿閣，夜有老人，着黃衣，登閣而進，云是太乙之精。出懷中竹牒，有天文地圖之書，余以

授子焉。」

③漢武內傳：「上元夫人語帝曰：阿母今以瓊笈妙蘊，發紫臺之文，賜汝八會之書，五嶽眞形，可謂至珍且貴，上帝之玄觀矣。王母曰：汝欲授五嶽眞形者，董仲舒似其人也。帝承王母言，以元封二年七月，齋戒以五嶽眞形圖授董仲舒登受。」

④曹子建朔風詩：「桂樹冬榮。」李善曰：「桂以冬榮，可以喻性。楚辭：『麗桂樹之冬榮。』」

⑤段成式酉陽雜俎：「何諷常買得黃紙古書，卷中得髮卷四寸，如環無端。何因絕之，斷處兩頭滴水升餘，燒之作髮氣。諷常言于道者，吁曰：蠹魚三食神仙字，則化爲此物，名曰脈望。夜以規映當天中星，星使立降，可求還丹。取此水和而服之，即時換骨上升。因取古書尋義讀之，皆神仙字。諷方服。」

⑥吳志孫策傳注：江表傳曰：「道士瑯琊于吉往來吳會，立精舍，焚香讀道書，作符水以治病。策令取之，諸將陳乞。策曰：昔南陽張津爲交州刺史，常著絳帕蒙頭，鼓琴燒香，讀邪俗道書，卒爲南夷所殺。此甚無益，諸君但未悟耳。即催斬之。事之者尚不謂其死而云尸解焉。」

老大聊爲秉燭遊，青春渾似在紅樓。買回世上千金笑①，送盡生年〔一〕百歲憂②。留客笙歌圍酒尾，看場神鬼坐人頭③。蒲團歷歷前塵事④，好夢何曾逐水流⑤。追憶庚辰冬半野堂文讌舊事。

【校記】

〔一〕箋注本作「生年」，各本作「平生」。

【箋注】

①鮑照白紵歌：「千金顧笑買芳年。」

②古詩：「生年不滿百，常懷千歲憂。晝短苦夜長，何不秉燭遊？」

③公云：文讌時，有老嫗見紅袍烏帽三神坐絳雲樓下。

④首楞嚴經：「若分別性，離塵無體，斯則前塵分別影事。」

⑤陸友仁吳中記事：「姑蘇雍熙寺，每月夜向半，常有婦人往來廊廡間歌小詞，聞者就之，輒不見。其詞云：『滿目江山憶舊遊，汀花汀草弄春柔。長亭艤住木蘭舟。好夢易隨流水去，芳心空逐曉雲愁。行人莫上望京樓。』」

一剪金刀繡佛前①，裹將紅淚洒諸天。三條裁製蓮花服②，數畝誅鋤穲稏田③。朝日妝鉛眉正嫵④，高樓點粉額猶鮮⑤。橫陳嚼蠟君能曉⑥，已過三冬枯木禪⑦。同下二首，爲河東君入道而作。

【箋注】

①元遺山紫牡丹詩：「金刀一剪腸堪斷，綠鬢劉郎半白生。」

②翻譯名義集：「眞諦雜記：『袈裟，是外國三衣之名。名含多義，或名離塵服，由斷六塵故；或名消瘦服，由割煩惱故；或名蓮花服，服者離着故。』」

③杜牧之郡齋獨酌詩：「穲稏百頃稻，西風吹半黃。」注曰：「穲稏，稻名。」

④中華古今注：「自三代以鉛爲妝，秦穆公女弄玉有容德，感仙人蕭史，爲燒水銀作粉與塗，亦名飛雲丹。」漢張敞傳：「長安中傳張京兆眉嫵。」蘇林曰：「嫵，音憮。」師古曰：「本以好媚爲稱。」

⑤雜寶藏經：「佛在迦毗羅國，入城乞食，到弟孫陀羅難陀舍。會值難陀與婦作粧，香塗眉間。聞佛門中，欲出外

看。婦共要言，出看如來。使我額上粧未乾頃，便還入來。」

⑥首楞嚴經：「我無欲心，應汝行事。于横陳時，味如嚼蠟。」

⑦五燈會元：「昔有婆子，供養一菴主，經二十年。常令一二八女子送飯給侍。一日，令女子抱定曰：正恁麽時如何？主曰：枯木倚寒巖，三冬無煖氣。女子舉似婆婆。曰：我二十年祇供養得箇俗漢。遂遣出，燒却菴。」

鸂鶒踈窗晝語長，又教雙燕話雕梁。雨交澧浦何曾濕①，風認巫山別有香②。初着染衣身體澀③，乍抛綢髮頂門涼〔一〕④。縈烟飛絮三眠柳⑤，颺盡春來未斷腸。

【校記】

〔一〕此二句箋注本如此。各本作「斫却銀輪蟾寂寞，搗殘玉杵兔凄涼」。

【箋注】

①中山經：「洞庭之山，帝之二女居之。是常遊于江淵，澧沅之風，交瀟湘之淵。」

②襄陽耆舊傳：「赤帝女曰瑤姬，未行而卒，葬于巫山之陽，故曰巫山之女。」

③華嚴經梵行品：「依如來教，染衣出家。」

④都人士詩：「彼君子女，綢直如髮。」

⑤唐詩紀事：「李商隱賦云：『豈如河畔牛星，隔年只聞一過；不及苑中人柳，終朝剩得三眠。』注曰：『漢苑中有人形柳，一日三起三倒。』」

夜靜鐘殘換夕灰，冬缸秋帳替君哀①。漢宮玉釜香猶在②，吳殿金釵葬幾迴③？舊曲風凄邀笛步④，新愁月冷拂雲堆⑤。夢魂約略歸巫峽，不奈琵琶馬上催⑥。和老杜「生長明妃」

一首。

【箋注】

① 江文通別賦：「春宫閟此青苔色，秋帳含茲明月光。夏簟淸兮晝不暮，多釭凝兮夜何長？」

② 東方朔十洲記：「聚窟洲有神鳥山，多大樹，花葉香聞數百里，名爲返魂樹。伐其木根心，于玉釜中煮取汁，更微火煮如黑錫狀，令可丸之，名曰驚精香，或名爲震靈丸，或名爲返生香，或名爲震檀香，或名爲人鳥精，或名爲却死香，一種六名，斯靈物也。香氣聞數百里，死者在地，聞香卽活，不復亡也。以香熏死人，更加靈驗。」

③ 沈亞之異夢錄：「王炎，元和初夢入侍吳王久，聞宫中出輦，鳴笳吹簫擊鼓，言葬西施。王悲悼不止，立詔詞客作挽歌。炎應教詩曰：『西望吳王國，雲書鳳字牌。連江起珠帳，擇地葬金釵。滿路紅心草，三層碧玉階。春風何處所？悽恨不勝懷！』進，王甚嘉之。及寤，能記其事。王本太原人也。」

④ 王象之輿地紀勝：「邀笛步，在上元縣，乃王徽之遇桓伊吹笛之處。」

⑤ 樂史寰宇記：「拂雲堆榆林縣北百七十里。」杜牧之木蘭廟詩：「幾度思歸還把酒，拂雲堆上祝明妃。」

⑥ 石季倫王昭君詞序：「昔公主嫁烏孫，令琵琶馬上作樂，以慰其道路之思。」

秦淮池館御溝通，長養嬌〔一〕嬈香界中①。十指琴心傳漏月②，千行珮響從翔風③。柳矜青眼舒隋苑，桃惜紅顔墜漢宫。垂老師師度湘水，縷衣檀板未爲窮④。和劉屏山「師師垂老」絶句。

【校記】

〔一〕 邃本、箋注本作「嬌」，鄒鎡序本、金匱本作「妖」。

【箋注】

① 少陵春日戲題惱郝使君詩：「佳人屢出董嬌饒。」玉臺新詠宋子侯有董嬌饒詩，誤作妖嬈，非也。首楞嚴經：「因香所生，以香爲界。」

② 楊慎禪林鈎玄：「漏月事見燕丹子。漏月傳意于秦王，果脫荆軻之手；相如寄聲于卓氏，終獲文君之身，皆絲桐傳意也。秦王爲荆軻所持，王曰：乞聽琴聲而死。琴女名漏月，彈音曰：羅縠單衣，可掣而絕。三尺屛風，可超而越。鹿盧之劍，可負而拔。王如其言，遂斬荆軻。」

③ 拾遺記：「石季倫愛婢曰翔風，特以姿態見美。妙別玉聲，巧觀金色。言西方北方玉聲沉重而性溫潤，佩服者益人性靈。東方南方玉聲輕潔而性清涼，佩服者利人精神。崇常使佩容姿相類者十人，使翔風調玉以付工人，爲倒龍之珮，鎔金爲鳳冠之釵，欲有所召，不呼姓名，悉聽珮聲，視釵色，玉聲輕者居前，金色豔者居後，以爲行次而進。」

④ 劉屛山汴京紀事絕句：「輦轂繁華事可傷，師師垂老過湖湘。縷衣檀板無顏色，一曲當時動帝王。」

編蒲曾記昔因緣①，蒲室蒲菴一樣便②。寬比鵝籠能縮地③，温如蠶室省裝綿④。燈明龍蟄含珠睡，風煖鷄栖伏卵眠⑤。針孔藕絲渾未定⑥，於今眞學鳥窠禪⑦。新製蒲龕成。

【箋注】

① 漢路溫舒傳：「溫舒取澤中蒲截以爲牒，編用寫書。」

② 宋景濂蒲菴禪師贊：「師名來復，字見心。兵起，避地會稽山慈溪，與會稽隣壤，中有定水院，師主之，爲起其廢。尋以干戈載途，不能見母，築室寺東澗，取陳尊宿故事名爲蒲菴，示思親也。」

③神仙傳「費長房有神術，能縮地脈，千里存在目前。放之，復舒如舊也。」

④漢張湯傳注：「師古曰：凡養蠶者，欲其溫而早成，故爲密室蓄火以置之。」少陵遊何將軍園林詩：「衣冷欲裝綿。」

⑤希夷五龍甘臥法：「修仙之心，如如不動，如龍之養珠，鷄之抱卵。」

⑥古文苑宋玉小言賦：「載氛埃兮乘剽塵。體輕蚊翼，形微蚤鱗。聿遑浮踊，凌雲縱身。經由針孔，出入羅巾。飄妙翩綿，乍見乍泯。」觀佛三昧經：「修羅驚怖，遁走無處，入藕絲孔。」

⑦傳燈錄：「道林禪師見秦望山有長松，枝葉繁茂，盤屈如蓋，遂棲止其上，故時人謂之鳥窠禪師。復有鵲巢于其側，自然馴狎，人亦目爲鵲巢和尚。」

信筆塗鴉字不齊①，叢殘篇什少詩題②。心情癢癢如中酒③，手腕騰騰欲降乩④。搜索句窮翻壁蠹⑤，喔咿吟苦伴鄰雞。才華自分龍褒並⑥，未敢囊詩付小奚⑦。

【箋注】

①盧仝示添丁詩：「忽來案上翻墨汁，塗抹詩書如老鴉。」

②江文通雜體詩：「袖中有短書。」李善曰：「桓子新論：『若其小説家，合叢殘小語，近取譬論，以作短書。』」

③二子乘舟詩：「中心癢癢。」傳曰：「癢癢然，憂不知所定。」

④譚賓錄：「蘇頲爲中書舍人，年少初當劇任，文詔塡委，而頲手操口對，無毫釐差失。主書韓禮、譚子陽轉書詔草，屢謂頲曰：乞公稍遲，禮等書不及，恐手腕將廢。李嶠嘆曰：舍人思若湧泉，嶠等所不測也。」

⑤少陵歸來詩：「散帙壁魚乾。」東坡賜得紫薇絶句詩：「壁中蠹簡今千年。」

⑥顏氏家訓：「北齊并州有士族，好爲可笑詩賦，輕蔑邢、魏諸公，衆共嘲弄，虛相稱讚，必擊手釃酒延之。其妻，明

鑑人也，泣而諫之。此人嘆曰：才華不爲妻子所容，何況行路。」唐詩紀事：「權龍褒景龍中爲左武將軍，好賦詩，而不知聲律。常吟夏日詩：『嚴霜白皓皓，明月赤團團。』皇太子援筆譏之曰：『龍褒才子，秦州人士。明月晝耀，嚴霜夏起。如此詩草，趁韻而已。』」

⑦ 李商隱李賀小傳：「恆從小奚奴騎距驢，背一古破錦囊，遇有所得，即書投囊中。」

落木蕭蕭吹竹風，紙窗木榻與君同。白頭聾聵無三老，青鏡〔一〕鬚眉似一翁①。行藥〔二〕每於參禮後②，安禪卽〔三〕在墓田中③。永明百卷丹鉛約，少待春燈爛熳紅。懷落木菴主④。

【校記】

〔一〕各本作「鏡」，鄒鎡序本作「鬢」。〔二〕遂本、箋注本作「藥」，鄒鎡序本、金匱本作「樂」。〔三〕箋注本作「卽」，各本作「只」。

【箋注】

① 太白贈潘侍御論錢少陽詩：「雖無二十五老者，且有一翁錢少陽。」

② 鮑照行藥至城東橋詩注：「五臣曰：因疾服藥，行而宣導之。」

③ 少陵登惠義寺詩：「瀟灑共安禪。」樂天寓言題僧絕句：「清涼山下且安禪。」李商隱上杜僕射詩：「安禪合北宗。」

④ 徐元嘆見公所著宗鏡提綱，歡喜贊嘆，欲相資問，故有春燈之約。落木菴，元嘆之居也。

丈室挑燈餞歲餘〔一〕①，披衣步屧有相於②。詩詮麗藻金壺墨③，謂編次唐詩。史覆神逵玉洞書④。余將訂武安王集。窮以文章爲苑囿，老將知契託蟲魚。無終路阻重華遠⑤，自合南村訂卜居。除夜定遠、夕公、邁王見過。

【校記】

〔一〕箋注本作「餘」，各本作「除」。

【箋注】

① 丈室，見前注。

② 少陵田父泥飲詩：「步屧隨春風，村村自花柳。」少陵贈李秘書詩：「良友昔相於。」相於，猶相與也。

③ 陸士衡文賦：「遊文章之林府，嘉麗藻之彬彬。」拾遺記：「浮提之國，獻神通、善書二人，出肘間金壺四寸，上有五龍之檢，封以青泥。壺中有墨汁如淳漆，洒地及石，皆成篆隸科斗之字，記造化人倫之始，佐老子撰道德經垂十萬言。及金壺汁盡，二人刳心瀝血，以代墨焉。遞鎖腦骨，取髓代爲膏燭。及髓血皆竭，探懷中玉管，中有丹藥之屑，以塗其身，骨乃如故。老子曰：除其煩紊，存五千言。及經成工畢，二人亦不知所在。」

④ 張平子思玄賦：「神逵昧其難覆兮，疇克謀而從之？」舊注曰：「九交道曰逵。覆，審也。」

⑤ 淵明擬古詩：「辭家夙嚴駕，當往志無終。」注曰：「田疇，字子春，北平無終人。」淵明詠貧士詩：「重華去我久，貧士世相尋。」

繙經點勘判年工①，頭白書生硯削同②。豈有鈎深能摸象③，却愁攻苦類雕蟲④。空籠世界蓮花裏⑤，磨耗生涯貝葉中⑥。歲酒酌殘兒女鬧，犍椎聲殷一燈紅⑦。

【箋注】

① 退之秋懷詩：「不如覷文字，丹鉛事點勘。」

②後漢蘇竟傳：「竟與龔書曰：以摩研編削之才，與國師公從事出入，校定秘書。」注曰：「削謂簡也。一曰：削，書刀也。」

③大涅槃經：「明衆盲摸象，各說異端，不見象之眞體，亦況錯會般若之人，依通見解說相似般若，九十六種外道及三乘學者禪宗不得旨人，並是不見象之眞體。惟直下見心性之人，如晝見色，分明無惑，具已眼者，可相應決。」

④法言吾子篇：「童子雕蟲篆刻，俄而曰：壯夫不爲也。」

⑤王元長三月三日曲水詩序「牢籠天地，彈壓山川。」華嚴經華藏世界品：「有世界名寶蓮華莊嚴，形如半月，依一切蓮華莊嚴海住，一切寶華雲彌覆其上。」

⑥翻譯名義集：「多羅，舊名貝多。西域記云：『南印建那補羅國北，有多羅樹林三十餘里，其葉長廣，其色光潤。諸國書寫，莫不采用。」

⑦翻譯名義集：「一云阿難升講堂擊犍椎者，此是如來信鼓也。」

滿堂歡笑解寒冰①，紅燭青煙煖氣凝。婦子報開新凍飲②，兒童催放隔年燈③。舊朝左个憑宵夢④，早拜東皇戒夙興⑤。銀牓南山煩遠祝⑥，長筵朋酒爲君增⑦。歸玄恭送春聯云：「居東海之濱，如南山之壽。」

【箋注】

①昌黎贈張籍詩：「喜氣排寒冰。」

②楚辭宋玉招魂：「挫糟凍飲，耐清涼些！」王逸曰：「凍，冰也。」

③武林舊事：「自去歲九月賞菊燈之後，迤邐試燈，謂之預賞。一入新正，燈火日盛。」

④記月令：「孟春之月，天子居青陽左个。」

⑤屈平九歌東皇太乙。五臣曰：「太乙，星名，天之尊神。祠在楚東，以配東帝，故曰東皇。」

⑥神異經：「東明山有宮，墻面一門，門有銀牓。」

⑦七月詩：「朋酒斯饗。」傳曰：「兩尊曰朋。」

新年八十又加三，老耄於今始學〔一〕憨。入眼歡娛應拾取，隨身煩惱好辭擔①。山催柳綠先含翠，水待桃紅欲放藍。看取護花旛旋動②，東風數上日到江潭。元旦二首。

【校記】

〔一〕箋注本作「學」，各本作「覺」。

【箋注】

①大智度論釋初品中：「共摩訶比丘僧衆，五衆重常惱故，名爲擔。諸阿羅漢此擔已除，以是故，言棄擔。」

②谷神子博異志：「崔玄徽春夜獨處一院，三更後，忽有女伴過曰：姓楊，曰李氏，曰陶氏，一緋衣小女，曰姓石名阿措。坐未定，報封家姨來，命酒，各歌以送之。十八姨持盞，翻酒汚阿措衣，阿措拂衣而起。十八姨曰：小女子弄酒，皆起至門外別。明夜又來。阿措曰：諸女伴皆住苑中，每歲被惡風所撓，常求十八姨相庇。昨阿措不能依回應難，取力處士見此，必有微報。每歲歲日，與作一朱旛，上圖日月五星之文，于苑東立之。今歲已過，但請於此月二十一日平旦，微有東風，卽立之，可免于患。處士許之，依其言立旛。是日，東風振地，苑中繁花不動，乃悟諸女皆衆花之精，阿措卽安石榴，封十八姨乃風神也。後數夜，諸女來謝，各裹桃李花數斗，勸崔生服之，可延年却老。」

排日春光不暫停①，憑將笑口破沉冥②。苔邊鶴跡尋孤衲，花底鶯歌拉小伶。天曳酒旗招綠醑③，星中參宿試紅燈④。條風未到先開凍⑤，閒殺凌人問斬冰⑥。

【箋注】

① 放翁小飲梅花下詩：「排日醉過梅落後，通宵吟到雪殘時。」

② 法言問明篇：「蜀莊沉冥。」吳祕曰：「晦跡不仕，故曰沉冥。」

③ 三氏星經：「酒旗三星，在軒轅左角南。」樂天戲招諸客詩：「黃醅綠醑迎冬熟，絳帳紅鑪逐夜開。」

④ 呂氏春秋孟春紀：「孟春之月，日在營室，昏參中，旦尾中。」高誘曰：「參，西方宿。尾，東方宿。是月昏旦時，皆中于南方。」

⑤ 史記律書：「條風居東北，主出萬物。條之言條治萬物而出之，故曰條風。」內閣書抄周易通卦驗：「自立春條風至。」宋均注曰：「條風者，條達萬物之風也。」

⑥ 周禮天官冢宰：「凌人，掌冰。歲十二月，令斬冰，三其凌。」鄭氏曰：「凌，冰室也。」鄭司農曰：「三其凌，三倍其冰也。」

有學集卷十四

序

大學衍義補删序〔一〕

治本道而道本心，傳翼經而經翼世，其關棙統由乎學。學也者，人心之日月也。儒者學聖，王者學天。存於密勿之爲性原，質於上帝之爲天命，流於制作見於典誥册命之爲文章，繼乎烈祖接乎堯、舜、禹、湯之爲統系，敷於禮樂播於紀綱法度質文寬猛之宜之爲治功。是故帝王以身一天下之不一而治以名，帝王以身正天下之不正而學以立。治學相需，不啻表裏。説命三篇，次篇言政，終篇則言學。周官六屬勉之以學古，入官郎戒之以不學墻面，未有耑治而遺學者。我孔、曾述大學一書，爲平天下者法，而歸之修身，爲綱爲目，徵本徵末，其尤章明較著矣乎！

盛世道統明於上，而治化自治於下；季世道統明於下，而治功亦未嘗不及於上。堯、舜、禹、湯以道法爲治法，其終始典學，經傳具載。至若周武之南望三塗，北望嶽鄙，至無競也。太公憂之，以爲匪敬且義，卽箕子無以敍其彝倫，康公無以迪其明德。洎乎漢武之世，文學在御，武將在邊，爍乎烈哉！仲舒傷之，以爲匪中且和，卽汲史無以劾其仁義，平津無以揚其光大。自古帝王敬義中和之學不傳，一變爲西京之句讀，再變爲東都之標榜；累變爲建安之麗則、江左之玄談。甚至原道、復性之有書，不能息風雲月露之浮豔。古學蔑如矣。

宋治近古，藝祖覽乾德之鏡曰：宰相須用讀書人。趙韓王雖非儒臣，猶知佐太平須用論語。嗣後名儒蔚起。於此見宋之道統在下，而其權未始不在上。自僞學禁興，以紫陽之醇儒，立朝不過四十日。理宗雖崇尙儒術，得眞文忠輩而不能用。於此見宋之道統始焉在上，既又未始不在下。文忠在端平初，由福州召入戶部尙書，進大學衍義。是書不進於紹定二年而進於端平元年，惓惓致望於邇英、崇政，延訪從容，夜直禁中，不時召對，而竟不得實效。主臣相知，厥惟艱哉！

顧是書未大效於宋而顯於有明。高祖從宋濂請，書兩廡之壁，著評論之辭。世宗朝，儒臣進講是書，爲之賜金幣、賦詩章，洵乎君天下之律令格例在是也。眞文忠主言理，丘文莊補之，以詳乎事，其請於上曰：「書雖成於前朝，道則行於今代。」自時厥後，欲求所以黼黻皇猷、綱維世道，寧外是哉？

今天子尊經顯道，勅是書頒行庠序，出論鄉會，聖作物覩，表建景從。於是漕撫大中丞蔡公，留思正學，兼修政教，得廬陵聶子大學衍義補删一書，偕諸同志鐫校流傳，既手弁簡端，以闡揚道法治法之關楔，經經緯史，理無不貫，事無不通矣。辱問序於余。余不敏，無能爲是書表章，而竊願爲學者加鞭策也。學者誠有志於是書，請如田何之治易，韓嬰之治詩，江都相之治春秋，馬融之言禮，勒爲一家言，以著一代學術之正，旁通乎兵農水利算數曆法，如高密通德之教、河汾王佐之訓、湖學分署之法，以全乎士子之明體適用。奉此以揚於王庭，若申培之以片言悟主，賈、董之以治安天人發策，范武子之力闢玄虛，程正叔之責難講席，以正乎斯道之經術經世，陶埴天下，光贊洪業，斯蔡公之志也。文忠有言：「以十年纂輯之餘，欣一旦遭逢之幸。」亦聶子之志也。

愚嘗竊論之，非紫陽不能爲大學補傳，非建安不能爲大學衍義，而非瓊山亦不能爲大學衍義作補。兹編芟煩舉要，蓋與王充之問孔、揚雄之僭經大有間。幸遇聖神在御，百度維新，中丞秉政伊始，綱舉目張，與文莊所列治平之要，湝湝脗合。復偕諸君子躬日月之際，原本誠正，仰佐治平，誠盈廷師濟，千載一時。蘇軾曰：「藥雖進於醫手，方多傳於古人。」是書固古方哉！得此以敷於上下，吾道之天不夜，斯文之日再中。余雖老憊，猶將擊壤而歌之。

【校記】

〔一〕此文鄒鎡序本、邃本俱無，金匱山房本有。

列朝詩集序

毛子子晉刻列朝詩集成，予撫之，愾然而歎。毛子問曰：「夫子何歎？」予曰：「有歎乎！予之歎，蓋歎孟陽也。」曰：「夫子何歎乎孟陽也？」曰：「錄詩何始乎？自孟陽之讀中州集始也。孟陽之言曰：『元氏之集詩也，以詩繫人，以人繫傳，中州之詩，亦金源之史也。吾將倣而爲之，吾以採詩，子以庀史，不亦可乎？』山居多暇，譔次國朝詩集，幾三十家，未幾罷去。此天啓初年事也。越二十餘年，而丁開、寶〔二〕之難，海宇板蕩，載籍放失，瀕死訟繫，復有事於斯集，託始於丙戌，徹簡於己丑。乃以其間論次昭代之文章，蒐討朝家之史集〔三〕，州次部居，發凡起例，頭白汗青，庶幾有日。庚寅陽月，融風爲災，插架盈箱，蕩爲煨燼。此集先付殺青，幸免於秦火漢灰之餘，於乎怖矣！追惟始事，宛如積刦。奇文共賞，疑義相析，哲人其萎，流風迢然。惜孟陽之草創斯集，而不能丹鉛甲乙，奮筆以潰於成也。翟泉鵝出，天津鵑啼，海錄谷音，咎徵先告。恨余之不前死從孟陽於九京，而猥以殘魂餘氣，應野史亭之遺懺也。哭泣之不可，歎於何有？故曰：予之歎，歎孟陽也。」

曰：「元氏之集，自甲迄癸。今止於丁者何居？」曰：「癸，歸也。於卦爲歸藏，時爲多令。月在癸曰極丁，丁壯成實也。歲曰疆圉，萬物盛於丙，成於丁，茂於戊，於時爲朱〔三〕明，四十強盛之時也。金鏡未墜，珠囊重理，鴻朗莊嚴，富有日新天地之心，聲文之運也。」「然則何以言集而不言選？」曰：「備典故，採風謠，汰冗長，訪幽仄，鋪陳明朝，發揮才調，愚竊有志焉。討論風雅，別裁僞體，有孟陽之緒言在，非吾所敢任也，請以俟世之作者。」

孟陽名嘉燧，新安程氏，僑居嘉定，其詩錄于〔四〕丁集。余，虞山蒙叟錢謙益也〔五〕。

【校記】

〔一〕邃本作「開寶」，鄒鎡序本、金匱本作「陽九」。〔二〕邃本、鄒鎡序本作「集」，金匱本作「乘」。〔三〕邃本、鄒鎡序本作「朱」，金匱本作「離」。〔四〕金匱本有「于」字，邃本、鄒鎡序本無。〔五〕金匱本有此句，邃本、鄒鎡序本無。

汲古閣毛氏新刻十七史序

崇禎庚辰之歲，毛氏重鐫十三經，余爲其序。越十有七年，歲在丙申，十七史告成，子晉復請余序。

客有問於余曰：「汲古之刻，先經而後史，何也？」余曰：「經猶權也，史則衡之有輕重也。經猶度也，史則尺之有長短也。古者六經之學，專門名家，各守師說。聖賢之微言大義，綱舉目張，肌劈理解，權衡尺度，鑿鑿乎指定於胸中，然後出而從事於史，三才之高下，百世之往復，分齊其輕重長短，取裁於吾之權度，累黍杪忽，罄無不宜，而後可以明體達用，爲通天地人之大儒。有人曰：我知輕重，我明長短。問之以權度，茫如也，此無目而諍目〔二〕，不通經而學史之過也。有人曰，我知權，我知度。問之以輕重長短，亦茫如也，此執籥而爲日，不通史而執經之過也。經不通史，史不通經，誤用其偏詖蒐瑣之學術，足以殺天下，是以古人愼之。經經緯史，州次部居，如農有畔，如布有幅，此治世之菽粟，亦救世之藥石也。」

客曰：「編年紀傳，史家兩行，今何獨取乎記傳？」曰：「左氏之書，先經始事，後經終義，經也，非史也。司馬氏以命世之才，曠代之識，高視千載，創立史記，本紀、年表，祖春秋之凡例；六書、世家、列傳，變國史〔三〕之條目。班氏父子因之，用炎漢一代之彝典整齊其文，而後史家之體要，炳如日星。考祖禰於史局，聖作明述，二氏其庶矣乎？竊謂有事於史者，以紀傳踵班、馬，則順祀也，其軌彝。以春秋躋左、孔，則逆祀也，其名汰。學者於涑水、新安，奉爲丹書，獨反唇於河汾之元經，則目睫之論也。今自太史公書迄於五代，次第排纘，比諸册府。羽陵藏室，師春汲郡之遺文，則姑舍焉。金匱石室，代有掌故。汗青頭白，知所適從。後有君子，可以定百世之史法也。」

客曰：「鈎玄舉要，自宋以來，亦多家矣，何取乎全史也？」曰：「史者，天地之淵府，運數之勾股，君臣之元龜，内外之疆索，道理之窟宅，智謂之伏藏，人才之藪澤，文章之苑囿。以神州函夏爲棋局，史其爲譜〔四〕；以興亡治亂爲藥病，史其爲方〔五〕。善讀史者，如匠石之落材，如海師之探寶，其可以磔肘而量，畫地而取乎？東萊之詳節，瑣而不要。毘陵之左編，博而不詳。自是以下無譏焉。代各一史，史各一局，橫豎以羅之，參伍以考之，如登高臺以臨雲物，如上巢車以撫戰塵，於是乎耳目發皇，心胸開拓，頑者使矜，弱者使勇，陋〔六〕者使通，愚者使慧，寡者使博，需者使決，懦者使沈，然後乃知夫割剝全史，方隅自命者，未有不望崖而返，向若而歎者也。善弈者取全局，善讀者取全書，此古人讀史之法，亦古人〔七〕之學範也。」

客曰：「史自東漢以降，靡矣，不擇而取之者，何也？」曰：「太史公之才，秦、漢以來，一人而已矣。世所傳百家評林，上下五百年，才人文士，鈎索字句，不能彷彿其形似，今遽欲伸紙奮筆，儼然抗行，因以蹂踐曄、壽諸人，諸〔八〕不足供其瓜〔九〕跡，此所謂非愚則誣也。漢、晉邈矣，詳縟則宋，剪裁則南、北，典要〔一〇〕則五代，繩尺櫽括，猶可以追配古人。捨是而遠引焉，如夸父之逐日不至而立槁焉，斯已矣。太史公稱君子，必曰好學深思。世有好學深思之君子，必不敢易視太史公之史以爲可學，必不敢薄視太史〔十一〕公以後之史而以爲不足學，三折肱知爲良醫，有能易心降志，不以余言爲僨者，或亦憐其爲折肱之醫〔十二〕而喟然三歎也。」

客憮然避席曰：「如夫子之言，是役也，功於史學偉矣。毛子有事經史，在崇禎時〔十三〕，正乙夜細旃，稽古右文之日。崇山示夢，龍光金〔十五〕書，大橫兆占〔十四〕之初，神者告之矣。成〔十六〕均之典册，刦灰已燃；鴻都之石經，珠囊重理。聖有謨訓，文不在茲？東壁圖書，光昱昱射南斗，此非其祥乎？」余曰：「唯！唯！」遂拼序問答之辭，書之簡首。

【校記】

〔一〕遂本作「達」，鄒鎡序本、金匱本作「適」。〔二〕遂本、鄒鎡序本作「目」，金匱本作「日」。〔三〕金匱本作「史」，遂本、鄒鎡序本作「風」。〔四〕金匱本作「史其爲譜」，遂本、金匱本作「史爲其方」。〔五〕「以興亡」以下十二字金匱本有，遂本、鄒鎡序本脫。〔六〕金匱本作「陋」，遂本、鄒鎡序本作「怯」。〔七〕遂本、鄒鎡序本作「人」，金匱本作「今」。〔八〕遂本、鄒鎡序本作「諸」，金匱本作「謂」。〔九〕金匱本作「瓜」，遂本、鄒鎡序本空缺。〔十〕金匱本作「要」，遂本、鄒鎡序本作「趣」。〔十一〕金匱本有「太史」二字，遂本、鄒鎡序本無。〔十二〕「有能」至「之醫」二十二字，金匱本有，遂本、鄒鎡序本脫。惟「僨」字金匱本誤作「憒」。〔十三〕金匱本有「在崇禎時」四字，遂本、鄒鎡序本無。〔十四〕金匱本作「兆占」，遂本、鄒鎡序本作「古兆」。〔十五〕金匱本作「金」，遂本、鄒鎡序本誤作「全」。〔十六〕金匱本作「成」，遂本、鄒鎡序本誤作「或」。

建文年譜序

謙益往待罪史局三十餘年，網羅編摩，罔敢失墜。獨於遜國時事，傷心捫淚，紬書染翰，促數閣筆，其故有三。一則曰實録無徵也，二則曰傳聞異辭也，三則曰僞史雜出也。蕉〔一〕園蠶室，盡付灰劫；頭白汗青，杳如昔夢。唯是文皇帝之心事，與讓皇帝之至德，三百年臣子，未有能揄揚萬一者。迄今不言，草亡木卒，祖宗功德，泯滅于余一人之手，魂魄私憾，寧有窮乎？

何言乎文皇帝之心事也？壬午以還，天位大定，文皇帝苟有分毫利天下之心，國難方新，遺種未殄，必翦滅此而後即安。張天網以羅〔二〕之，頓八紘以掩之，閉口捕舌，遁將何所？以文皇帝之神聖，明知孺子之不焚也，明知亡人之在外也，明知其朝於黔而夕於楚也，胡濙之訪張邋遢，捨人而求諸仙，迂其詞以寬之也。鄭和之下西洋，捨近而求諸遠，廣其途以安之也。藥燈之詛呪，薙染之藉手，彼髠之罪，百倍方、黄，以榮國榻前一語，改參夷〔三〕而典僧録，其釋然於溥洽，昭示〔四〕於中外者，所以慰藉少帝之心，而畀之以終老也。文皇帝之心，高帝知之，興宗〔五〕知之，天地鬼神知之。三百年之臣子，安處華夏，服事其聖子神孫，尚論其心事則懵如也。日月常鮮，琬琰如積，而文皇帝之心事晦昧終古，此則可爲痛哭者也。

何言乎讓皇帝之至德也？金川之師，禍深喋血，讓皇帝苟有分毫不忘天下之心，憑仗祖德，依倚民懷，散亡可以收合，蠻夷可以扇動，衞世子之焚臺，衞太子之詣闕，誰能非之？誰能甚之？讓皇帝明知大命之不可干也，明知大〔六〕位之不可再也。明知本支百世之不可傾動也，以神州赤縣爲孤竹之封，以休〔七〕髮壞衣爲採藥之遁。耄遜遐荒，自比退耕於野；頭陀乞食，豈曰餬口四方？由是而內治外攘，踰沙軼漠，高皇帝之基業安，四〔八〕祖之統緒安，三百年之天地人鬼，罔不大安，寧非讓皇帝之所詒乎？讓皇帝之至德，媲諸泰伯，其難易尤相倍。而三百年之臣子不能知〔九〕也。有其知之，不能盡言也。夫既以知之不能〔一〇〕，言之不盡矣，而其所以不能知不盡言者，輪囷苞塞，終不能泯滅於斯人斯世，於是乎憤盈交作，新舊錯互，實錄廢則取徵草野之書，傳聞異則占決父老之口，梵宮之轉藏，教坊之册籍，旅店市傭之留題斷句，無不採集，無不詮表，亦足以闡幽潛，勸忠孝矣。而斯人之心，不但已也。於是乎四十餘年出亡之遺跡，易代已後歸骨之故事，問影訪求，鑿空排纘，亡是司契，子虛削牘，訊筮與于巫陽，聽行籌于王母，公羊指定、哀之疑，陸賈懼丹青之惑，固將執〔一一〕夢以爲實，又且循〔一二〕故而造新，曰：夫已氏一妄男子，乘是以賈弄筆舌，鋪張祖先，若吳下流傳諸錄，其譌僞歷然著明，而舉世不盡知也。有其知之，則又曰：西方之山隰，猶思美人；蜀地之禽鳥，豈眞望帝。信固當傳，疑亦可恤。過而存之，不忍廢也。于是東萊之君子趙君士喆者，作爲建文年譜，年經月緯，事比詞屬。會粹諸家記錄，而整齊其文章。以宿老如謙益，固亦當援据史乘，抗詞駁正，讀未終卷，淚流臆而涕漬紙，欷歔煩酲，不能解免。夫然後知讓皇帝之至德沁入人心者，如此其深且厚，而趙君之爲斯譜，本天咫，述民彝，備國故，搜遺忠〔三〕，當滄海貿易禾黍顧瞻之後，欲以殘編故紙，慭遺三百年未死之人心，是豈欲與世之君子，擅陽秋、矜衮鉞、爭名於竹帛哉？其亦可感而思已矣。謙益衰殘耄熟，不敢復抵掌史事。趙君之弟刺史公，言念舊史，俾爲其序。縈乾蠹老，口噤筆禿。伸寫其狂瞽之言，識於首簡，亦聊以發觀者之一嘅而已矣。

【校記】

〔一〕金匱本作「蕉」，邃本、鄒鎡序本作「舊」。〔二〕金匱本作「羅」，邃本、鄒鎡序本作「籠」。〔三〕金匱本作「夷」，邃本、鄒鎡序本作「彝」。〔四〕金匱本有「示」字，邃本、鄒鎡序本脱。〔五〕金匱本作「宗」，邃本、鄒鎡序本作「帝」。〔六〕邃本、鄒鎡序本作「大」，金匱本作「天」。〔七〕邃本、鄒鎡序本作「休」，金匱本作「彛」。〔八〕金匱本有「四」字。邃本、鄒鎡序本脱。〔九〕金匱本作「知」，邃本、鄒鎡序本作「言」。〔一〇〕「也有其」至「之不能」十七字，金匱本有，邃本、鄒鎡序本脱。〔一一〕金匱本作「執」，邃本、鄒鎡序本作「軌」。〔一二〕金匱本作「循」，邃本、鄒鎡序本作「巡」。〔一三〕邃本、鄒鎡序本作「忠」，金匱本作「忘」。

啓禎野乘序

嗚呼！史家之難，其莫難於眞僞之辨乎？史家之取徵者有三：國史也，家史也，野史也。於斯三者，考覈眞僞，鑿鑿如金石，然後可以據事跡，定褒貶。而今則何如也？自絲綸之簿，左右史之記，起居召對之籍，化爲煨燼，學士大夫各以己意爲記注，憑几之言可以增損，造膝之語可以竄易，死君亡父，瞞天讕人，而國史僞。自史館之實錄，太常之謚議，琬琰獻徵之記載，委諸草莽，世臣子弟各以私家爲掌故，執簡之辭不必登汗青，裂麻之奏不必聞朝著，飛頭借面，欺生誣死，而家史僞。自貞元之朝士，天寶之父老，桑海之遺民〔二〕，一一皆沈淪竄伏，委巷道路各以胸臆爲信史，于是國故亂于朱紫，俗語流爲丹青，循蟪蛄以尋聲，傭水母以寄目，黨枯仇朽，雜出于市朝，求金索米，公行其剽刦。才華之士，不自貴重，高文大篇，可以數縑邀取，鴻名偉伐，可以一醉博易，而野史僞。韓退之論史官善惡隨人，憎愛附黨，巧造語言，鑿空構立，何所承受取信，而可草草作傳〔三〕記，傳萬世乎？謂余不信，則又以人禍天刑懼之曰：若無鬼神，豈可不自心慚愧；若有鬼神，將不福人。痛哉斯言，正爲今日載筆之良規，代斲之炯鑒也。

梁谿鄒流綺氏，名家俊民，銜華佩實，恥國史之淪墜，慨然引爲己任。先後纂述有成編矣，而又不自滿假，以余爲守藏舊老，不擇其矇瞽而問道焉。余敢以兩言進，一則曰博求，二則曰虚己。夫子作春秋，使子夏行求十有四國寶書，此博求也。其定禮也，一曰吾聞諸老聃，再曰吾聞諸老聃，此虚己也。太史公於國語、世本、虞卿、陸賈之書，無不攬採，敍荆軻、留侯事，徵諸侍醫，徵諸畫工，亦此志也。具是二者，又取退之人禍天刑之懼，爲之元龜師保，於史也其庶矣乎？鄒子摳衣斂筆，自命野乘，未敢掉鞅超乘，馳騁上下于遷、固、曄、壽之間，實斯言也，吾有望矣。

往予領史局，漳浦石齋先生過予揚搉，輒移日分夜。就義之日，從容語其友曰：「虞山尚在，國史猶未死也。」刦火之後，歸老空門，每思亡友墜言〔三〕，抱幽冥負人之痛。鄒子漳浦之高弟，卒能網羅纂集，以繼其師之志。漳浦雲車風馬，在帝左右，監觀陰隲，故知恒在于斯。鄒子尚勉之哉！嗚呼！鄒子尚愼之哉！

【校記】

〔一〕金匱本作「民」，邃本、鄒鎡序本作「氏」。〔二〕鄒鎡序本、金匱本有「傳」字，連下「記」字，誤刊爲小字注。邃本脫「傳」字，下「記」字作正文。〔三〕鄒鎡序本、金匱本作「言」，邃本作「書」。

玉劍尊聞序

史學之失，未有如今日者也。吾嘗爲之説曰：難言史，天下無史矣。易言史，天下亦無史矣。

夫謂難言史而無史者，何也？祖功宗德，日月不刊。國憲家猷，琬琰斯〔一〕在。周官之六典如故，公羊之三世非遐。不于此時考求掌故，網羅放失，備漢三史，作唐一經，將使禹跡夏鼎，弗克配天，文謨武烈，于焉墜地。惟我昭代，文不在茲？豈蜀史之無官，仰籍氏之忘祖，故曰：難言史則無史也。

謂易言史而無史者，何也？史記遠稽世本，通鑑先纂長編，張衡合三史之枝條，陸機定晉書之限斷，莫不遠述典章，近刊蕪穢。今以匹夫庶士，徒手奮筆，典籍漫漶，凡例踳〔二〕駁，定、哀之微詞誰正？建武之新載無徵。此一難也。編年之有左氏也，紀傳之有班、馬也，其文則史，其義則經。三國之簡質，班之末子也。五代之條暢，馬之耳孫也。今一旦祧班而〔三〕墠范，昭左而穆馬，東觀已後，夷〔四〕諸席薦。足取〔五〕步目，言以足志。雖師契而匠心，恐代斲而傷指。又一難也。故曰：易言史則亦無史也。

眞定梁愼可先生，規摹臨川王世〔六〕説，撰玉劍尊聞一編，余讀而歎焉。愼可少負淵敏，博學強記，悉應奉之五行，識安世之三篋，其才與學可以史。世食舊德，胚胎前光，漢世稱公卿子孫諳曉臺閣故事者，於當世無兩，其家世可以史。少游高邑之門，壯入承明之署，曆、昌已來，九變復貫，南北部之壇墠，大小東之章牒，絲綸之簿籍，邊陲之圖志，莫不藏諸腹笥，得之口〔七〕論，其閱歷可以史。滄桑貿遷，陸沉郎署，塡膺薄胸，裂吻蜇鼻，躊躅四顧，吮毫閣筆。退而採集斯編，臚陳瑣碎，踵附臨川之後塵。其可以史而不史者，良于國史難易之故，精而求之，熟而審之，未敢以嘗試而漫爲也。

余少讀世說，嘗竊論曰：臨川王史家之巧人也，變遷、固之史法而爲之者也。臨川善師遷、固者也，變史家爲說家，其法奇。愼可善師臨川者也，寓史家於說家，其法正。世之君子，有志國史者，師愼可之意而善用之，無憚築舍，無輕奏刀。子玄有汗青之期，而伯喈無髡鉗之歎，豈不幸哉！余懼世之讀斯編者，不深維史家難易之故，而徒取其長語瑣事，供談諧，代鼓吹，猥與語林、說郛之流同部類而施易之也，爲論著之如此。

【校記】

〔一〕邃本、鄒鎡序本作「斯」，金匱本作「具」。〔二〕金匱本作「蹐」，邃本、鄒鎡序本誤作「躋」。〔三〕金匱本有「而」字，邃本、鄒鎡序本脫。〔四〕金匱本作「夷」，邃本、鄒鎡序本作「彝」。〔五〕金匱本作「取」，邃本、鄒鎡序本作「以」。〔六〕金匱本作「世」，邃本、鄒鎡序本誤作「氏」。〔七〕邃本、鄒鎡序本作「口」，金匱本作「目」。

顏子疏解敍

明之將興，吳郡儒者徐達左良夫輯顏、曾四子書，羽翼論、孟，垂三百年，嘉興高陽庭堅獨取顏子書，爲之删定疏解，粲然可觀，而顏子之書，遂大明于世，余爲敍之曰：

吾夫子贊易删詩、書修春秋，因仍舊典，未嘗自爲書。孔子之弟子皆無書。故曰：「述而不作，信而好古。」又曰：「不易乎世，不成乎名，遯世不見知而不悔。」此孔子之家法也。仲尼卒而微言絶，七十子之徒沒而大義乖。莊、列虚無之學，陰陽名法談天非馬之流，各以其弘辯雄辨，馳于斯世。孟子愍斯道之蕪廢，不得已而爲書以矯之。然而遯世勿用之義，亦少微矣。若顏氏，則眞得孔氏之家法者也。山庭繞斗，端門授書，天將以夫子爲木鐸。孔子居見龍之位，則顏子居其潛，天命之矣。夫如是則何敢有書。步亦步，趨亦趨，夙興夜寐，苦〔二〕孔之卓，見其進而未見其止。則何暇有書。不違仁者三月也，不違如愚者終身也。忘仁義忘禮樂而至于坐忘也，端而虛，勉而一，夫子猶以爲未可也。惟道集虛，惟夫子廢心而用形，此顏氏子之好學也。夫又何事于書。

然則徐氏、高氏之于顏子也，不厚誣顏子哉？曰：非然也。輓近世之學者，以俗學相蒙，以邪學相蓋。有人于此，輯先儒之墜言，理遺書之朽蠹，倣隆古之衣冠，而學其謦欬，是亦行古之道也。顏子邈矣，因顏子之書而深惟其所以不爲書之旨意，考潛見之德，正述作之義，洙泗之微言大義，可以不遠也。漢高誘注短長、淮南，宋高似孫輯七略，咸爲博雅之宗。今庭堅氏注顏子，立專門之學，高氏於儒林，世有人矣哉！

【校記】

〔一〕 邃本、鄒鎡序本作「若」，金匱本作「苦」。

藝林彙考序

類書之作，昉于六朝，盛于唐而氾濫于宋已後。迄于今，盈箱溢杼，連艫架屋，左史不能知其讀，侍中不能奏其略。承學之徒，耳目瞀亂，迴遑歧路，而莫知所適從。松陵沈子留侯，珪璋特達，博通今古，端居多暇，弋獵羣流，撰次一書，名曰藝林彙考，網羅典故，苞括瑣碎，州次部居，鉤玄提要。榛楛勿翦，則集翠于陸機；蕭艾必搴，則取裁于郭璞。韙矣哉！經籍之禁籞、文章之圃田也。

書成，就正于蒙叟。叟告之曰：「子之書，有四便焉。便于好學者一，便于不好學者一，而便于蒙叟者二。」沈子曰：「何謂也？」叟曰：「四部五車，津涉則浩如烟海；九流七錄，披剝則棼如縷絲。吞紙或困于無資，閉市則苦其難徧。子今濟以舟輿，定其衢術〔一〕。放新豐之犬雞，自知阡陌；指建章之門戶，如列畫圖。推黃香之九宮，不須管律；步豎亥之八極，未出戶庭。由是經經緯史，銜〔二〕華佩實。載司南之車，向方靡惑；服四照之草，得用不迷。勤學有食跖之能，臨文無祭獺之瘁。如玉河之寶主，譬入海之導師。此便于好學者一也。俗學剽賊，謏聞單疎。指米囊以療饑，過他家以數寶。一旦貧兒暴富，窮子得家。泉客之珠，啜泣而立成；崑山之玉，抵鵲而不惜。汲冢之科斗，人可編摩；河東之篋書，家堪補綴。辨豹文之鼠，豈必終軍；識貳負之尸，何煩子政。弱翰三寸，油素四尺，子雲豈非勞人乎？上窺結繩，下窮掌故，退之豈非笨伯乎？此便于不學者一也。老人多忘，歸心空門。多聞習氣，現行暫伏。禪誦餘暇，游獵斯文。屠門大嚼，實且快意。昔人呼書爲黃嬭，以爲老人嗜書，如稚子之須嬭，乃可以養生而却老也。吾將以此書爲黃嬭，安知不若張蒼之無齒食乳而不死乎？故曰：便于蒙叟者一。吾聞人世載籍，皆藏弃天宮。七佛之遺書，每同篆籀。祗洹之圖經，袟逾累百，既已委命于彼，聊復津寄于此。忉利有雜林之苑，諸天入此，則上妙欲塵雜類俱至，此書卽吾之雜林也。取彼欲塵，助我禪悅。故曰：便于蒙叟者二。」

沈子曰：「有是哉！吾未之前聞也。道在粃稗，肆業及之，吾徒以爲廣文之薈蕞、香山之白樸也。先生則命之矣，請書之以爲序。」

【校記】

〔一〕金匱本作「術」，遼本、鄒鎡序本作「衕」。〔二〕遼本、金匱本作「衙」，鄒鎡序本作「御」。

內閣小識序

內閣之建置，定制于永樂，而崇重于洪、宣之間。其不立宰相也，遵皇祖之典訓。而其用詞人入直，以五品官參預票擬，則倣唐、宋之制而參用之。已而掌握機務，參列公孤，無宰相之名，而有其魁柄，詞臣由此益重。先輩有遷禮侍者，謝賀客曰：「吾今日出爲有司矣。」

厥後規制小變，枚卜閣員，多用部衔推舉，而經筵纂修記注應制之事，耑屬翰林，號文學侍從之臣，他曹莫敢望焉。翰林于內閣不稱屬，屬吏則兩〔二〕房中書，凡經筵纂修諸務，咸有職司，而典簿爲之長。每朝罷，諸閣部堂坊局史官以次爲一班，中書綴史官後亦一班，官雖冗長，其自視他曹，有凡仙之隔焉。蓋國家二百餘年，備員禁近，雖立淸班，所以深嚴政地，優崇館閣，其深意如此。

喪亂以後，刦火焚如。內閣掌故，與西淸東觀，咸歸天上。眞定梁愼可先生伏而歎曰：

「噫，余起家史館，敢忘其本！」網羅放失，勾稽瑣碎，撰內閣小識十卷，先題名，次書目，後典儀，閣中故事，犂然具在。其載筆可謂勤，而用意可謂遠矣。頃者史乘闕遺，奸僞錯出。諂言壬人，人自爲史；錢奴纖兒，家自爲史。平臺便殿之淸問，可以增損；左右史之記注，可以竄易；伏蒲之諫諍，裂麻之痛哭，可以取次裝點，欺侮亡歿，謾讕鬼神。嚮令螭頭柱下，職思其居，陳編故牘，不盡漫滅，雖有黎丘之鬼，恆思之叢，亦將杜〔二〕口閣筆，安敢昌披若是！昔者劉子駿就上林令虞淵，得羣臣所上草木二千餘種，爲鄰人求借遺棄，深〔三〕以爲恨。今朝家十七年掌故，非如上林草木〔四〕之瑣屑也，而世之就上林令訪問，憶列其遺棄如子駿者，罕有聞焉。僞史安得不公行，而野史安得不滋誤乎？愼可名臣子孫，如漢之黃瓊，習知臺閣故事，故其所撰集如此。余故曰：其載筆勤而用意遠也。

愼可銘其書曰小識，取不賢者識其小也。獨不曰「文、武之道，未墜於地」乎？杞、宋無徵，舍魯何適？愼可爲之小，孰能爲之大？余老史官也，頭白汗青，執簡三〔五〕歎，姑爲之論次，以復于愼可，且以告世之君子有志於史事者〔六〕。

【校記】

〔一〕金匱本有「兩」字，邃本、鄒鎡序本脫。　〔二〕金匱本作「杜」，邃本、鄒鎡序本作「柱」。　〔三〕金匱本有「深」字，邃本、鄒鎡序本脫。　〔四〕金匱本有「草木」二字，邃本、鄒鎡序本脫。　〔五〕金匱本作「三」，邃本、鄒鎡序本作「之」。

〔六〕「且以」至「事者」十三字，金匱本有，邃本、鄒鎡序本無。

瑯嬛類纂序

少司成朱滄起先生，以終、賈之年，蜚聲史館。名高媒忌，忤觸網羅，歸隱汾水之陽，自老于縑緗油素之間，著書一百三十餘卷，名曰瑯嬛類纂，而馳書屬余序。

余惟古今類纂之書，通有二門。一曰詞章家，唐歐陽氏、虞氏、白氏之書是也。一曰典制家，唐杜氏、宋鄭氏、馬氏之書是也。古之儒〔一〕者，學有根柢，詞無枝葉，枝載庶部，分正羣家〔二〕，如耕之有畔，如織之有幅，疆理南東，經緯橫直，畫然而不可紊也。去古日遠，九經三史之學盡失故初〔三〕，基之以捃拾，加〔四〕之以裨販，益〔五〕之以剽奪，汨沒泂淵，久而滋甚。語有之：多所見，少所怪，見橐駝，知馬腫背。今之腴聞駕說者，自其多生薰習，以迨乎童習白紛，繆種痼疾，癥結于膏肓藏府，各仭其師說，以爲固然。其將使誰正之？

滄起高才盛年，窮愁著書。觀其橫經藉史，發凡起例，提要鉤玄，則本諸昌黎；剟碬塞稂，則倣諸弘農；上窺結繩，下窮掌故，詞章典制兩家，會粹一門，而不以作者自居，退而比于廣文之薈蕞，香山之白樸。居今之世，糞除俗學，導九流之津涉，開六藝之鈐鍵，微滄起吾誰與歸？

萬曆中，文太青崛起關、隴，創明河汾之教。滄起少從太青游，得枕膝之傳。閔其師説不大昌于世，假手斯文，立圭樹表，記〔六〕關西而望河曲，有遐心焉。太青往畀余以西極之書，送余渡江，再〔七〕拜相屬。至于今，猶夢夢如也。余于太青，未免爲太玄之劉歆，而〔八〕滄起今〔九〕爲桓譚。暮年〔一〇〕見此，忻然有喜，遂連及之以爲序，不獨慰吾亡友，亦使後之儒者，知其〔一一〕有以自信，無慮後世無子雲也。

【校記】

〔一〕金匱本作「儒」，邃本、鄒鎡序本作「作」。　〔二〕金匱本作「枝載庶部分正羣家」，邃本、鄒鎡序本作「載庶部分訂正羣蒙」。　〔三〕「盡失故初」，金匱本有，邃本、鄒鎡序本脱。　〔四〕金匱本作「加」，邃本、鄒鎡序本作「埤」。　〔五〕邃本作「益」，鄒鎡序本、金匱本作「蓋」。　〔六〕邃本、鄒鎡序本作「記」，金匱本作「祀」。　〔七〕金匱本作「再」，邃本、鄒鎡序本誤作「舟」。　〔八〕「至于今」至「劉歆而」二十一字，金匱本有，邃本、鄒鎡序本脱。　〔九〕「今」字，邃本、鄒鎡序本在「滄起」二字前，兹據金匱本乙。　〔一〇〕金匱本作「年」，邃本、鄒鎡序本作「見」。　〔一一〕金匱本有「其」字，邃本、鄒鎡序本無。

鏡古篇序

蘭谿祝太守茹穹，負不世出〔一〕之才，海内事數著可了，遇異人，讀異書，隱於藥肆，以出寸匕度世。博通經史，著書滿家〔二〕，獨闕〔三〕重其鏡古篇者，自天文地理以迄異聞，釐爲十門，蓋鄭廣文薈蕞，段柯古雜俎之流，本天咫，象物宜，搜神逵，穿理窟，今之儒者，莫能竟其說也。

祝子告余曰：「儒之與仙，其道一也。儒不通仙，螢乾蠹死，腐儒也。仙不通儒，龜息鳥伸，頑仙也。古者通天地人曰儒，又曰列仙之儒。某之爲此書也，儒與仙之間，有志焉，有辨焉。李筌之授陰符也，有將略，作太白陰符。有相業，著中台志。強兵戰勝，殺機反覆，奉苦縣佳兵之戒，憚而弗敢學也。陶隱居之作眞誥也，甄神授以宗淨明，列仙階以勸忠孝。指示符命，受禪勸進，傷銅仙辭漢之辭，薄而不欲〔四〕效也。李肇稱：苕溪子，元和之異人也。論人虎變化，有推遷之變化，有陶蒸之變化，有耗亂之變化，四指者天虎也，五指者人虎也。唯有道者窮焉。仁而爲暴，聖而爲狂，雌爲雄人，爲蛇爲虎，生化而後氣化，氣化而後形化，唯佛眼能〔五〕知之，非吾所逮及也。無已，其孫思邈乎？思邈之〔六〕論醫也，以謂陽用其精，陰用其形。人身與天地，皆有危沴，有蒸否，有疣贅，有癰疽，有焦枯喘乏。良醫導之以藥石，救之以針劑。聖人和之以道德，輔之以政事。某之所聞於先儒，所授於〔七〕異人者，約略如是。旁引曲喻，撰爲斯篇。微言倍之，寓言蓰之，捨陰符圖讖之學，歸正一不二之門，將用斯篇爲呀引。敢取衷於夫子。」

余告之曰：「余亦誦思邈之言矣。膽欲大，心欲小。智欲圓，行欲方。如臨深淵，如履薄冰，謂小心也。赳赳武夫，公侯干城，謂大膽也。不爲利回，不爲義疚，行之方也。見幾而作，不俟終日，智之圓也。有宋大儒談性命，論格致，未有若斯之精要也。今吾子權奇跌宕，弘中肆外，可謂大且圓矣。以古爲像，以心爲鏡，逖然玄覽，修然自下，其進於心小行方也，孰禦焉？吾向者無以相子，而〔八〕今乃知其師思邈也。余學佛之人也，棄世間文字久矣，于子之書有動焉。六朝人呼書爲黃嬭，張丞相年百餘歲，無齒飲乳，張丞相以嬭爲乳，六朝〔九〕以書爲乳，子固將飲我刀圭而先之以乳。余之所得於子者，不亦多乎！」

【校記】

〔一〕金匱本有「出」字，邃本、鄒鎡序本無。　〔二〕金匱本作「家」，邃本、鄒鎡序本作「架」。　〔三〕金匱本作「闕」，邃本、鄒鎡序本作「固」。　〔四〕金匱本作「欲」，邃本、鄒鎡序本作「敢」。　〔五〕金匱本有「能」字，邃本、鄒鎡序本無。　〔六〕金匱本有「之」字，邃本、鄒鎡序本無。　〔七〕金匱本作「於」，邃本、鄒鎡序本作「以」。　〔八〕邃本、鄒鎡序本「而」下有「乃」字，金匱本無。　〔九〕金匱本作「六朝」，邃本、鄒鎡序本作「亦願」。

有學集卷十五

序

吳江朱氏杜詩輯注序

余箋解杜詩，興起於盧德水，商推于程孟陽。已而學子何士龍、馮已蒼、族子夕〔一〕公遞代讎勘，麤有成編，猶多闕佚。老歸空門，不復省視。吳江朱子長孺，館於荒村，出所撰輯注相質。余喜其發凡起例，小異大同，𢿛篋蠹紙，悉索舉似。長孺檃括詮次，都爲一集。書成，謂余宜爲序。

自昔箋注之陋，莫甚于杜詩。僞注假事，如鬼馮人；剽義竄辭，如蟲食木。而又連綴歲月，剝割字句，支離覆逆，交跖旁午。如鄭卬、黃鶴、蔡夢弼之流，向有條例破𠪨，亦趣舉一二而已。今人視宋，學益落，智益麤，影明隙見，熏染於嚴儀、劉會孟之邪論，其病屢傳而滋甚。人各仞其所解以爲杜詩，而杜詩之眞面目，盤回于洄淵漩洑，不能自出。

間嘗與長孺論之，「勃律天西采玉河，堅昆〔二〕碧盌近來多」，記事之什也。以西域記徵之，象人馬寶之主，分一閻浮提爲四界，西方寶主之疆域，是兩言如分封堠也。「身許雙峯寺，門求七祖禪」，歸心之頌也。以傳燈書覈之，能、秀、會、寂之門，爭一屆眗衣如敵國。二宗衣鉢之源流，是兩言如按譜系也。昔人謂不行萬里途，不讀萬卷書，不能讀杜詩，吾謂少陵胸次，殆不止如此。今欲以椰子之方寸，針孔之兩眸，雕鎪穿穴，橫鈎竪貫，曰杜詩之解在是，不爲埳〔三〕井之蛙所竊笑乎？長孺聞之，放筆而歎，蓬蓬然如有所得也。

其刊定是編也，齊心被身，端思勉擇，訂一〔四〕字如數契齒，援一義如徵丹書。寧質無夸，寧拘無偭，寧食雞跖，無噉龍脯，寧守兎園之册，無學邯鄲之步，斤斤焉取裁于騷之逸，選之善，罔敢越軼。近代攻杜者，覓解未憖，又從而敎責之，章比字櫛，儼然師資。長孺蹙頞曰：「『不知羣兒愚，那用故謗傷』，鶴齡雖固陋，忍使百世而下，謂有明末學，尙有師心放膽、犯蚍蜉撼樹之誚，如斯人者乎？」然則長孺之用心，良亦苦矣。

范致能與陸務觀論注蘇詩，務觀以爲難，枚舉數條以告，致能曰：「如此則誠難矣。」厥後吳興施宿武子注成，務觀遂舉斯言以爲序。余讀渭南之書，竊聞注詩之難，諄復以告學者。老而失學，不敢忘也。長孺深知注詩之難者也，因其請序，重舉以告之，并以諗于後之君子。

【校記】

〔一〕鄭鎡序本、金匱本作「夕」，遂本誤作「文」。〔二〕原作「昆堅」，據杜詩諸本改。〔三〕遂本作「陷」，鄭鎡序本作「餡」，金匱本作「掐」，俱誤。茲據莊子原文改正。〔四〕金匱本作「一」，遂本、鄭鎡序本作「正」。

草堂詩箋元本序

余爲讀杜箋，應盧德水之請也。孟陽曰：「何不遂及其全？」于是取僞注之紕繆，舊注之踳〔一〕駁者，痛加繩削。文句字義，間有詮釋。藏諸篋笥，用備遺忘而已。吳江朱長孺，苦學強記，冥搜有年，請爲余摭遺決滯，補其未逮。余忻然舉元本畀之。長孺力任不疑，再三削稿，余定其名曰朱氏補注，舉陸務觀注詩誠難之語以爲之序，而并及天西采玉、門求七祖二條，以道吾所以不敢輕言注杜之意。今年長孺以定本見眎，亟請鋟梓，仍以椎輪歸功于余。余蹵然不敢當，爲避席者久之。

蓋注杜之難，不但如務觀所云也。今人注書，動云吾效李善。善〔二〕注文選，如頭陀寺碑一篇，三藏十二部，如瓶瀉水，令人餖飣拾取〔三〕，曾足當九牛一毛乎？顏之〔四〕推言觀天下書未遍，不得妄下雌黃。何況注詩，何況注杜。今體詩之稱律，取其律呂鏗鏘，首尾繁會，今摘每句相承二字，限隔平仄，命之曰黏。「盧家少婦」之章，高棅硬改末二句，差排作律。「老去漸于詩律細」，杜老容〔五〕有不知，卽太白、右丞，亦當同科結罪矣。杜詩自樊晁小集，出于亡逸之餘，初無次第。秦中蜀地，約略排纘，有識者聊可見其爲時之早晚，才力之壯老。今師魯訔、黃鶴之故智，鉤稽年月，穿穴瑣碎，必盡改樊、吳之舊而後已，鼷鼠之食牛角也，其嚙愈專，其入愈深，其窮而無所出也滋甚，此亦魯訔輩之善喻也。余既不敢居注杜之名，而又不欲重拂長孺之意，老歸空門，撥棄世間文字，何獨于此書護前鞭後，顧視而不舍？然長孺心力專勤，經營慘淡，令其久錮不傳，必將有精芒光怪，下六丁而干南斗者，則莫如〔六〕聽其流布，而余爲馮軾寓目之人，不亦可乎？

族孫遵王謀諸同人，曰：「草堂箋注元本具在，若玄元皇帝廟、洗兵馬、秋興、諸將諸箋，鑿開鴻濛，手洗日月，當大書特書，昭揭萬世。而今珠沉玉錮，晦昧于行墨之中，惜也。考舊注以正年譜，倣蘇注以立詩譜〔七〕，地理姓氏，訂譌斥僞，皆吾夫子獨力創始。而今不復知出于誰手，傎〔八〕也。句釋字詮，落落星布，取雅去俗，推腐致新，其存者可咀，其闕者可思。若夫類書譾語，掇拾補綴，吹花已萎，噦飯不甘，雖多亦奚以爲？今取箋注原本，孤行于世，以稱塞學士大夫之望。其有能補者續者〔九〕，則聽客之所爲。道可兩行，羅取衆目。瑜則相資，累無相及。庶不失讀杜之初指，而亦吾黨小子之所有事也。」余曰：「有是哉！平原有言：『離之則雙美，合之則兩傷。』此千古通人之論也。」姑狥諸子之請而重爲之序，以申道余始〔一〇〕終不敢注杜之意。

【校記】

〔一〕金匱本作「蹐」，邃本、鄒鎡序本作「雜」。〔二〕金匱本作「善」，邃本、鄒鎡序本作「之」。〔三〕邃本作「取」，鄒鎡序本、金匱本作「收」。〔四〕金匱本作「之」，邃本、鄒鎡序本誤作「子」。〔五〕金匱本有「容」字，邃本、鄒鎡序本無。〔六〕金匱本有「如」字，邃本、鄒鎡序本無。〔七〕金匱本有「蘇注以立詩譜」六字，邃本、鄒鎡序本無。〔八〕金匱本作「傎」，邃本、鄒鎡序本誤作「槙」。〔九〕金匱本有「續者」二字，邃本、鄒鎡序本無。〔一〇〕金匱本有「始」字，邃本、鄒鎡序本無。

注李義山詩集序

石林長老源公，禪誦餘晷，博涉外典，苦愛李義山詩，以其使事奥博，屬辭瑰譎，捃摭羣籍，疏通詮釋。吾家夕〔一〕公，又通考新舊書，尚論時事，推見其作爲之指意，累年削藁，出以眎余。

余問之曰：「公之論詩，何獨取乎義山也？」公曰：「義山之詩，宋初爲詞館所宗，優人內燕，至有撏撦商隱之謔。元季作者，懲西江學杜之弊，往往躋義山，祧少陵。流風迨國初未變。然詩人之論少陵，以謂忠君憂〔二〕國，一飯不忘。兔園村夫子皆能嗟咨吟咀。而義山則〔三〕徒以其綺靡香豔，極玉臺香奩之致而已。吾以爲論義山之世，有唐之國勢，視玄、肅時滋削；涓人擅命，人主贅旒，視朝恩、元振滋甚。義山流浪書記，洊受排笮。乙卯之事，忠憤抑塞，至于結怨洪鑪，託言晉石，則其非詭薄無行，放利偷合之徒，亦已明矣。少陵當雜種作逆，藩鎮不庭，疾聲怒號，如人之疾病而呼天呼父母也，其志直，其詞危。義山當南北水火，中外箝結，若喑而欲言也，若魘而求寤也，不得不紆曲其指，誕謾其辭，婉孌託寄，讔謎連比，此亦風人之遐思，小雅之寄位也。吾以爲義山之詩，推原其志義，可以鼓吹少陵。其爲人激昂奡兀，劉司戶、杜司勳之流亞，而無庸以浪子嗤謫。此吾與夕〔四〕公疏箋之意，願受成於夫子者也。」

余曰：「是則然矣。義山無題諸什，春女讀之而哀，秋士讀之而悲。公眞淸淨僧，何取乎爾也？」公曰：「佛言衆生爲有情。此世界，情世界也。欲火不燒然則不乾，愛流不飄鼓則不息。詩至于義山，慧極而流，思深而蕩。流旋蕩復，塵影落謝，則情瀾障而欲薪燼矣。春蠶到死，蠟炬成灰〔五〕，香銷夢斷，霜降水涸，斯亦篋蛇樹猴之善喩也。且夫螢火暮鴉，隋宮水調之餘悲也；牽牛駐馬，天寶淋鈴之流恨也。籌筆儲胥，感關、張之無命；昭陵石馬，悼郭、李之不作。富貴空花，英雄陽燄。由是可以影視〔六〕山河，長挹三界，疑神奏苦集之音，阿徙證那含之果。寧公稱杼山能以詩句牽勸，令入佛智，吾又何擇于義山乎？」

余往嘗箋注杜詩，于義山則未遑，今方繙閱首楞，拋棄世間文句，源公來索序，愧未有以應也，爲次其言以復之。

【校記】

〔一〕〔四〕金匱本、鄒鎡序本作「夕」，邃本誤作「夂」。 〔二〕金匱本作「憂」，邃本、鄒鎡序本作「報」。 〔三〕金匱本有「則」字，邃本、鄒鎡序本無。 〔五〕金匱本作「成灰」，邃本、鄒鎡序本作「灰乾」。 〔六〕金匱本作「視」，邃本、鄒鎡序本作「事」。

朱長孺箋註李義山詩序

往吾友石林源師好義山詩，窮老盡氣，注釋不少休。乙酉歲，朱子長孺訂補于杜詩箋，輟簡，將有事于義山，余取源師遺本以畀長孺。長孺先有成稿，歸而錯綜讎勘，綴集異聞，敷陳隱滯，取源師注，擇其善者，爲之剟其瑕礫，搴其蕭稂，更數歲而告成。于是義山一家之書粲然矣。長孺既自爲其序，復以屬余。

余往爲源師撰序，推明義山之詩，忠憤蟠〔一〕鬱，鼓吹少陵，以爲風人之遐思，小雅之寄位，其爲人詭激歷落，阨塞排笮，不應以浪子嗤點，大略如長孺所云。又謂其綺靡穠豔，傷春悲秋，至于春蠶到死，蠟炬成灰，深情罕譬，可以涸愛河而乾欲火。此蓋爲源師言之，而其援據則有未盡者。義山贊佛一偈，馳譽禪林。晚從事河東、梓潼幕，師事悟達國師知玄，以目疾遙禮禪宮，明旦得天眼偈，讀終疾愈，臥病語僧錄僧徹，誓願多生削染，爲玄弟子。鳳翔寫玄眞，義山執拂侍立。集中別智玄法師詩云：「東西南北皆垂淚，却是楊朱眞本師。」智玄卽知玄，故云本師也。又有寄安國大師詩〔二〕，知玄與弟子僧徹，皆住上都大安國寺，號安國大師。玄歸老九隴舊山，而〔三〕義山罷歸鄭州，故其臥病與僧徹語云云。又寄書偈與玄訣別。唐書載義山終于鄭州，其蹤跡亦略可考見。源師注指國爲玄秘塔端甫法師，此失考也。少陵云：「余亦師粲可。」又云：「身許雙峯寺。」謝康樂言：「學道必須慧業。」未有具慧業而不通于禪者。靈山拂席，滄海求珠，豈可與香奩金縷裁雲鏤月之流，比類而訶之哉？書此貽長孺，聊以補前序之闕。又竊念吾遠祖思公，與楊大年諸公，倣義山詩創西崑體。余爲耳孫，老耄多忘。玉臺風流，邈然異代。徒假手于長孺以終源師殺青之託，此則爲之口沬手胝，撫卷而三歎者也。

【校記】

〔一〕金匱本作「蟠」，邃本、鄭鎡序本作「拯」。　〔二〕金匱本有「詩」字，邃本、鄭鎡序本無。　〔三〕金匱本有「而」字，邃本、鄭鎡序本無。

唐詩英華序

吳江顧子茂倫總萃唐人之詩，揚搉論次，擇其眞賞者，命之曰唐詩英華。先出七言今體，鏤版行世，屬余序之。

世之論唐詩者，必曰初、盛、中、晚。老師竪儒，遞相傳述。揆厥所由，蓋創于宋季之嚴儀，而成于國初之高棅。承譌踵謬，三百年于此矣。夫所謂初、盛、中、晚者，論其世也，論其人也。以人論世，張燕公、曲江，世所稱初唐宗匠也。燕公自岳州以後，詩章悽惋，似得江山之助，則燕公亦初亦盛。曲江自荆州已後，同調諷詠，尤多暮年之作，則曲江亦初亦盛。以燕公系初唐也，遡岳陽唱和之作，則孟浩然應亦盛亦初。以王右丞系盛唐也，酬春夜竹亭之贈，同左掖梨花之詠，則錢起、皇甫冉應亦中亦盛。一人之身，更歷二時，將〔一〕詩以人次耶？抑人以時降耶？世之薦樽盛唐，開元、天寶而已，自時厥後，皆自鄶無譏者也。誠如是，則蘇、李、枚乘之後，不應復有建安有黃初；正始之後，不應復〔二〕有太康有元嘉；開元天寶已往，斯世無煙雲風月，而斯人無性情，同歸于墨穴木偶而後可也。

嚴氏以禪喻詩，無知妄論，謂漢、魏、盛唐爲第一義，大曆爲小乘禪，晚唐爲聲聞辟支果，不知聲聞辟支即小乘也。謂學漢、魏、盛唐爲臨濟宗，大曆以下爲曹洞宗，不知臨濟、曹洞初無勝劣也。其似是而非，誤入箴芒者，莫甚于妙悟之一言。彼所取于盛唐者，何也？不落議論，不涉道理，不事發露指陳，所謂玲瓏透徹之悟也。三百篇，詩之祖也，「知我者謂我心憂，不知我者謂我何求」，「我不敢效我友自逸」，非議論乎？「昊天曰明，及爾出王」，

「無然歆羨，無然畔援，誕先登于岸」，非道理乎？「胡不遄死」，「投畀有北」，非發露乎？「赫赫宗周，褒姒滅之」，非指陳乎？今伋其一知半見，指爲妙悟，如照螢光，如觀隙日，以爲詩之妙解盡在是，學者沿途覓跡，搖手側目，吹求形影，摘抉字句，曰此第一第二義也，曰此大乘小乘也，曰是將夷而爲中爲晚，盛唐之牛跡兔徑，佹乎其唯恐折而入也。目翳者別見空華，熱病者旁指鬼物。嚴氏之論詩，亦其翳熱之病耳。而其症傳染于後世，舉目皆嚴氏之眚也，發言皆嚴氏之譫也，而互相標表，期以藥天下之詩病，豈不慎哉！

茂倫之撰是集也，胥初、盛、中、晚之詩，臚而陳之，不立阡陌，不樹籬棘，異曲同工，分曹遯奏。沈休文之言曰：「飈流所始，同祖風騷。徒以賞好異情，故體勢相絕。」江文通之言曰：「蛾眉詎同貌，而俱動于魄；芳草寧共氣，而皆悅于魂。」茂倫奉爲律令，用以箴嚴氏膏肓之癖，洗高氏耳食之陋，庶幾後三百年煥然復覩唐人之面目，斯茂倫之志也。諸有智者，用是集爲經方，診翳熱之病，而審知其所自始，其必將霍然而起也。

【校記】

〔一〕金匱本有「將」字，遂本、鄒鎡序本無。　〔二〕金匱本作「應復」，遂本、鄒鎡序本作「復應」。

唐詩鼓吹序

唐詩鼓吹十卷，相傳爲元遺山選次。或有辟爲假託，以謂遺山集中無一言及此選，而遺山本傳記載闕如〔一〕。是固不能以無疑。余諦觀此集，探珠搜玉，定出良工哲匠之手。遺山之稱詩，主于高華鴻朗，激昂痛快，其指意與此集符合。當是遺山巾箱篋衍，吟賞記錄，好事者重公之名，繕寫流傳，名從主人，遂以遺山傳也。

世之論唐詩者，奉近代一二家爲律令，鼓吹之集，僅流布燕、趙間，內府鏤版，用教童豎。若王荆公百家之選，則罕有能舉其名者。蓋三百年來，詩學之受病深矣。館閣之教習，家塾之程課，咸稟承嚴氏之詩法、高氏之品彙，耳濡目染，鐫心刻骨。學士大夫，生而墮地，師友熏習，隱隱然有兩家種子盤互于藏識之中。迨其後時知見日新，學殖日積，洄旋〔二〕起伏，祇足以增長其邪根繆種而已矣。

嗟夫！唐人一代之詩，各有神髓，各有氣候。今以初、盛、中、晚釐爲界分，又從而判斷之曰：此爲妙悟，彼爲二乘；此爲正宗，彼爲羽翼。支離割剝，俾唐人之面目，蒙羃于千載之上；而後人之心眼，沈錮于千載之下，甚矣詩道之窮也！荆公、遺山之選，未必足以盡唐詩。然是二公者，生于五六百年之前，其神識種子，皆未受今人之熏變〔三〕者也。由二公之選，推而明之，唐人之神髓氣候，歷歷具在，眼界廓如也，心靈豁如也。使唐人得洗發其面目，而後人得刮〔四〕磨其障翳，三百年之痼疾，庶〔五〕幾其霍然良已也，則以二公爲先醫可矣。

里中陸子敕先、王子子澈、子籲，偕予從孫次穎，服習鼓吹，重爲校讎，兼正定廖氏注解，刻成而請序于予。夫鼓吹，角聲也。人有少聲，入于角則遠，四子其將假遺山之鼓吹以吹角也，四子之聲，自此遠矣。喜而爲之序如此。歲在屠維大淵獻，余月二十二日，虞山蒙叟錢謙益書於碧梧紅豆村莊〔六〕。

【校記】

〔一〕「遺山本傳記載闕如」八字，各本同，惟順治十六年常熟陸貽典刻本唐詩鼓吹作「趙序郝注眞贗錯互」。

〔二〕各本作「旋」，陸刻唐詩鼓吹作「盤」。　〔三〕金匱本、陸刻唐詩鼓吹作「變」，邃本、鄒鎡序本作「炙」。

〔四〕金匱本、陸刻唐詩鼓吹作「刮」，邃本、鄒鎡序本作「括」。　〔五〕各本有「庶」字，陸刻唐詩鼓吹無。

〔六〕「歲在」以下二十八字，各本無，據陸刻唐詩鼓吹補。

鼓吹新編序

余于桑海之後，繆任〔一〕採詩之役。評隲稍著，譽咎叢生。良自知龜毛兔角，非道人所當滯淫。于是益棲心釋部〔二〕，刊落綺語，不復抵齒文字久矣。吳門程子杓石〔三〕，採集近代詞人七言今體詩，用遺山例，題曰鼓吹新編，而徵序于余。余再三辭之而不獲請也。

蓋嘗觀如來捃拾教中，有多乳喻，竊謂皆可以喻詩。其設喻曰：如牧牛女爲欲賣乳，貪多利故，加二分水，轉賣與餘牧牛女人。彼女得已，轉復賣與近城女人。三轉而詣市賣，則加水二分，亦三展轉。賣乳乃至成糜，而乳之初味，其與存者無幾矣。三百篇已下之詩，皆乳也。三百篇已下之詩人，皆牧牛之女也。由風、雅、離騷、漢、魏、齊、梁歷唐、宋以迄于今茲，由三言四言五言之詩以迄于五七言今體，七言今體中則又由〔四〕景龍、開元、天寶、大曆以迄于西崑、西江，若弘、正、慶、曆之所謂才子者，以擇乳之法取之，自牧地而之于城市，其轉賣之地，不知其幾，自牧女而之城中之女，其展轉之人，不知其幾，自牧牛之女加水二分，而至于作糜贍客，其加水二分，殆不可斗斛計矣。今欲于展轉賣乳之後，區分而品嘗之曰：此爲城內之乳，此爲城外之乳也；此近市初交之乳，此城中作糜之乳也。夫然後醍醐乳酪可以辨若淄澠，而不爲牧牛之女所笑。惟程〔五〕子能，吾弗能也。

復有喩曰：長者畜牛，但爲醍醐，不期乳酪。羣盜搆乳，盛以革囊，多加以水，乳酪醍醐，一切俱失。復有喩曰：牧女賣乳，展轉薄淡，雖無乳味，勝諸苦味。若復失牛，轉抨驢乳，展轉成酪，無有是處。今世之爲七言者，比擬聲病，塗飾鉛粉，駢花儷葉，而不知所從來，此盜牛乳而盛革囊者也，標新獵異，傭耳剽目，改形假面，而自以爲能事，此抨驢乳而謂醍醐者也。別裁僞體，刊削枝歧，如長者之子，于一器中辨乳異相，此余之所不能，而程子之所以丹鉛甲乙，目讐手勘，未敢以卽安者也。

雖然，亦知夫舊醫、新醫之說乎？舊醫、新醫之所用者，皆乳藥也。王之初病也，新醫禁〔六〕舊醫之乳藥，國中有欲服者，當斬其首，而王病愈。及王之復病也，新醫占王病仍應服舊醫之乳藥，而王病亦愈。今夫詩，亦若是而已矣。上下三百餘年，影悟于滄浪，弔詭于須溪，象物于庭禮，擣揞吞剝于獻吉、允寧，舉世瞑眩，奉爲丹書玉册，皆舊醫之屬也。今之所擇而取者，舊醫之乳藥與？新醫之乳藥與？抑亦新醫所斷之乳藥，即舊醫所服之乳藥？是乳藥者，亦是毒害，亦是甘露，以療病得差爲能，而不應以新、舊醫爲區別與？舊醫之病人深矣，搖革囊，抨驢乳，指毒藥爲甘露，不第加水二分而已也。今將捨城中之乳，而搆城外之乳，因糜而求乳，因乳而求酪，因酪酥而求醍醐，則非驅逐舊醫，斷除乳藥之毒害，新醫之甘露妙藥，固不可得而施也。程子其知之矣。簸揚淘汰，取材落實，禁汝之律令，與服汝之條教，雙遮互奪，戛戛乎其難之。其有功于詩壇也，顧不韙歟！余既辭不敢爲序，假借乳喻以復程〔七〕子，并以質諸世之能爲新醫者。

【校記】

〔一〕邃本、金匱本作「任」，鄒鎡序本作「伍」。〔二〕金匱本作「部」，邃本、鄒鎡序本作「韻」。〔三〕邃本、鄒鎡序本作「程子扚石」，金匱本作「施程二子」。〔四〕金匱本作「由」，邃本、鄒鎡序本作「曰」。〔五〕邃本、鄒鎡序本作「程」，金匱本作「二」。〔六〕金匱本有「禁」字，邃本、鄒鎡序本無。〔七〕邃本、鄒鎡序本作「程」，金匱本作「二」。

愛琴館評選詩慰序

夫詩者，言其志之所之也。志之所之，盈于情，奮于氣，而擊發于境風識浪奔昏交湊之時世，于是乎朝廟亦詩，房中亦詩，吉人亦詩，棘人亦詩，燕好亦詩，窮苦亦詩，春哀亦詩，秋悲亦詩，吳詠亦詩，越吟〔二〕亦詩，勞歌亦詩，相舂亦詩。窮盡其短長高下抑抗清濁吐含曲直樂淫怨誹之極致，終不偭背乎五聲六律七音八風九歌之倫次。詩之教如是而止。古之爲詩者，學遡九流，書破萬卷，要歸于言志永言，有物有則，宣導情性，陶寫物變。學詩之道，亦如是而止。陸士衡、曹子桓、沈休文、江文通與夫李、杜、元、白、皮、陸之緒言，皆具在也。

古學日遠，人自作辟。邪師魔見，蘊釀于宋季之嚴羽卿、劉辰翁，而毒發于弘、德、嘉、萬之間。學者甫知聲病，則漢、魏、齊、梁，初、盛、中、晚之聲影，已盤互于胸中，傭耳借目，尋條屈步，終其身爲隸人而不能自出。吁！可悼也。

余輯昭代詩集，徵文獻之闕遺，倣中州之序論，聊薈蕞及之耳。才人志士，愛慕良多，長洲葉聖野、吳江戚右朱，手自繕寫，勒成一集。其尤且謗之者則間作。愛我者未必果我之得，而尤且謗者亦未必果我之失，信彼是非〔二〕，兩行而已。豫章陳伯璣以評選詩慰見眎，余讀而歎賞之。萬茂先詩，曾〔三〕累寄余，亂後失去。今得之，如見故人。其餘多訪求未獲者，乍見之如新相知，致足樂也。吾友孟陽之詩，再經點定，筆墨生動，風致迢然。譬如美人，經時再見，轉覺頓睖嫈嫇，眄睞有異，爲掩卷徬徨者久之。又益以悟詩人之妙，心靈意匠，生生不停，新新相續，殆所謂夜壑已趨，交臂非故，而顧欲以餖飣之學，方隅之見，搏撦其體格，割剝其人代，旋而思之，不將啞然一笑乎？唐人選唐詩者，一代不數人。今選家之壇墠，多于儲胥矣。伯璣之爲，有異于是。訪沉冥，扣寂寞，不以聲利熏附人，不以名字吸取人，一句半什，鄭重護惜，不肯以衣中寶珠，博易人間摶黍之飯，何斤斤也？

伯璣爲詩，風流蘊藉，振奇拔俗，旅居蕪江，以愛琴自署其館。其愛此詩也，如此琴矣。昔者元次山集其同時隱淪之作，名曰篋中。謝皐羽採天水遺民之詩，題曰長留天地間。我知伯璣之用意希風古人者遠矣，不徒賢于世之君子而已也。

【校記】

〔一〕金匱本作「吟」，邃本、鄒鎡序本作「悲」。　〔二〕邃本作「非」，鄒鎡序本、金匱本作「之」。　〔三〕邃本、鄒鎡序本作「曾」，金匱本作「多」。

歷朝應制詩序

延陵兩吳君，以弘文碩學，競爽詞林，會萃〔一〕歷朝應制詩，取其金相玉式，豔溢錙毫者，都爲一集，郵而徵序於余。余老爲農夫，水南舍北，晨夕與村童牧豎，唱爾女之歌，和欸乃之曲，顧使之聞樂鈞天，審音清廟，心回神駭，頭目眩運，梯几憑軾，嘿不自得者久之。既而繙閱其書，登珠林而汎玉海，爲之耳目開明，氣滿大宅，又久之而意茫然如有失也。

今夫應制之詩，椎輪于漢武之柏梁，陳思之應詔，而增華掞藻，極于唐之景龍、開元，茂矣美矣，不可以復請矣。帝庸作歌，明良喜起，不創始于唐、虞之際乎？古稱舜爲賓客，禹爲主人，八風修通，百工相和而歌卿雲。「卿雲爛兮，糺縵縵兮」，則帝之命辭，古今應制之首唱也。自柏梁已前，遡而上之，請自此始。春秋之季，勾踐入吳，文種有左道之祝，范蠡有上壽之詞，吳歌越吟，留連江上，皇天祐助，觴酒既升，猶有古昔賡歌之餘風。比于瓊花璧月，後來靡靡之音，其爲可紀錄多矣。又遡而上之，周穆王周行天下，西遊至于瑤池，西王母虎齒戴勝，酌酒歌謠，一則曰：「將子無死，尚能復來。」一則曰：「余歸三年，將復而所。」穆王爲賓客，王母爲主人，白雲黃竹，嬋媛婉孌，人間世之君臣，矢音作頌，祝千秋而奉〔二〕萬年者，有若是焉者乎？又姑舍是，遡而上之，中天調御，初會菩提場中，無量大自在天王，乃至日月天子，莫不稽首禮足，作頌讚歎，華嚴之會，佛爲主人，則雲集海衆，皆賓客也。若云佛爲法王，則諸天王莫非王臣，伽陀祇夜稱揚讚歎，非諸天應制之詩而何？五天禮佛，盛傳讚歎一百五十頌及四百五十頌，所謂麗齊天藕、理高峻嶽者，此則雅頌之元首，音聲之宗極也。曹子建遊魚山，聞空中梵天之音，寫爲梵唄。二君妙選應制詩，歸極于諸天之偈頌，寫天音爲梵音，則亦斯世之子建也。吾請爲唱喁焉。

客從旁笑曰：「是集也，漢之中和頌，唐之御覽詩也，被諸管絃，獻之禁近，固將待詔承明，侍從射熊，騰淸霄而軼浮景，身在屬車豹尾之間。子乃雜舉齊諧竺墳荒唐俶詭之談，而參預於論鼓鐘於樂辟雍之文，有是哉子之迂也！奚其序？」余矍然失容，起而謝客，趣命侍史書之，以復于延陵二君。

【校記】

〔一〕遼本、金匱本作「萃」，鄒鎡序本作「選」。　〔二〕金匱本有「奉」字，遼本、鄒鎡序本無。

本草拔萃序

醫經經方之書，至河〔一〕間、東垣而大備。國初諸明醫各有師承，而本草一經，幾爲絕學。吾友繆仲淳常喟然歎息，以謂三墳五典〔二〕，燼于秦火，獨素問、本草存。本草朱黄正文，出黃帝、岐伯之手，古之至人，所以相天地之宜，類萬物之情，窮理盡性，精義入神者，發揮變化。實在于此。而世之學醫者，徒取以庀湯液，給方劑，薈蕞津涉，未有能沈研而讚極者。蓋此書自唐、宋以來，增益于古人之別錄，踳駁于近代之綱目，學者目備耳食，莫知元本。于是乎醫學承陋，經方傳訛，用藥石殺天下，實自此始。乃奮筆爲經疏，以救其失。參治簡誤之文，若列掌故，若署甲乙，金科玉條，犂然畢舉。上下五百年，發軒、岐不傳之秘者，仲淳一人而已。

仲淳少苦疾疢，壯多遊寓，所至必訪藥物，載刀筆，五十年而成書。仲淳歿後三十餘年，年家子陸仲德氏，讀繆氏之書而學其學，作爲本草拔萃，以發明其宗要。嗚呼！何其難也！仲淳天資敏捷，磊落瑰偉，從紫柏老人游，精研教乘，餘事作醫，用以度世耳。余觀其理積痾，起奇疾，沈思熟視，如入禪定，忽然而睡，煥然而興，掀髯奮袖，處方撮藥，指麾顧視，拂拂然在十指涌出。語其險則齊桓之斬孤竹，語其奇則狄青之度崑崙，語其持重則趙充國之金城方略。淺人曲士，遙聽風聲，猶爲之口呿不合，況有能論其人，讀其書，知而好之，好而傳之者乎？余每思仲淳緒言，歎後世無子雲，今得見吾仲德，則仲淳不死也。于其著斯書也，樂爲之敘，以導引其志意，而假仲淳以發其端。

仲德好學深思，束修矯志，進德修業，日新富有。余雖昏耄，尚能爲仲德詳敘上醫醫國之事，如太史公之傳扁鵲、倉公者，姑書此以俟〔三〕之。

【校記】

〔一〕金匱本作「河」，邃本、鄒鎡序本作「東」。

〔二〕邃本、鄒鎡序本作「五典」，金匱本作「之書」。

〔三〕金匱本作「俟」，邃本、鄒鎡序本作「敍」。

俞嘉言醫門法律序

新建俞徵君嘉言，發揮軒、岐、仲景不傳之秘，著尙論篇，余爲序其指要，推本巫醫之道術，比於通天地人之儒。世之人河漢其言，驚而相告者多矣。越二載，徵君年七十，始出其尙論後篇及醫門法律教授學者，而復求正於余。

余讀天台止觀書，論四大五藏，增損得病，因起非一。病相衆多，識因治病。舉要言之，則有瑜伽四種善巧，雜阿含七十二種秘法。其言精深奥妙，殊非世典醫經、經方兩家〔一〕所可幾及。當知我如來出世爲大醫王，五地菩薩，方便度生，以善方藥療治諸病，非積劫誓願，用醍醐上藥供養諸佛，教化衆生，不能現藥王身說法，豈特通天地人之儒也哉！徵君外服儒行，內閟心宗，由曹洞五位，君臣旨訣，妙悟醫理，用以判斷君臣佐使之法。陰病一論，原本四大，廣引三界，台宗地論之微言，一往參合，所謂如藥樹王徧體愈病者也。世人規規焉量藥於寸匕，程方於點墨，牛羊之眼，但別方隅。其驚而相告也，不亦宜乎？

然吾觀如來之論醫，蓋莫精于大涅槃經舊醫客醫之說。夫舊醫之治病，不別風熱寒温，悉令服乳，客醫之厲禁之者宜也。厲禁行而王病愈，國無橫死，禁乳之效，可見于前矣。迨王之熱病作也，非乳不起，而客醫之所以除病者，即所禁舊醫之乳藥而已。捨舊醫之乳藥，而求客醫之乳藥〔二〕，雖謁大自在天而請之，豈可得哉？由此觀之，病因弘多，病相頗異。古方新病，有不相能。察傳變，判死生，在乎三指之間，一息之內。譬如兩軍相對，決勝負于呼吸。必欲學古兵法，按圖列陣，而後從事，良將所不與也。曹洞之宗曰：動成窠臼，荖落顧佇，背觸俱非，如大火聚。徵君之著書，其殆有得于此者乎？佛言舊醫別藥，如蟲食木。知者終不唱言，是蟲解字。今倘論諸書具在，皆客醫之乳藥也。學者神而明之，無若蟲之解字，爲智人所笑，庶不負徵君方便苦心矣。

【校記】

〔一〕金匱本作「醫經經方兩家」，邃本、鄒鎡序本作「醫經醫方」。

〔二〕「而客醫之所以除病者」以下至「而求客醫之乳藥」四句三十二字，金匱本如此。邃本、鄒鎡序本作「而客醫之所禁乳藥」，脱漏甚多。

傷寒捷徑書序

新安孫在公少有聲舉子中，長得瘵疾，遇異人於武林，授還丹接命解形度世之術，而尤精于醫學。著丹臺玉案，發揮醫經、經方兩家指訣。又謂傷寒一科，傳變譎詭，證治徵密，仲景之書，代遠義奥，文中指下，既易懸絶，今病古方，更難決擇。乃撮取其候體治法切近明了者，作傷寒捷徑書，用以鈐鍵昔人，津梁後學。其活人濟世之心，可謂至矣。

余少授左氏春秋，醫和之論疾源，推明六氣五味六疾，與黄帝素、難書符合。其論惑蠱之疾女惑男，風落山刺義，周易精義，齊、魯之儒者，未有以過也。故曰：不通天地人，不可以言儒；不通天地人，不可以言醫。晚而學佛，習天台大師止觀之書〔一〕，喟然而歎曰：「世之醫者，能精求止觀觀病之法，斯可以稱神醫矣。智者用四悉檀因緣分止觀觀病，初明病相，謂不須精刺，醫法略知而已。然其論病相，曰五臟四大增減，五陰六神尅伏，固已精義入神矣。次論病起因緣，四大不順者，外熱助火，火強破水，是增火病；外寒助水，水增害火，爲水病；外風助氣，氣吹火，火動水，爲風病；或三大增害于地，或身分增害三大，皆等分病，屬地病。此四既動，衆惱競生。古醫論四大者，未之有也。次論八觸相，明對息辨觸，違觸成病，又明五塵各損一臟，一根緣五塵，損五臟。古醫論觸損者，未之有也。又明五根五臟根由，初託胎時，以思心起，感〔二〕召其母，母卽思五塵等，一毫氣動爲水，水爲血，血爲肉，肉成五根五臟，究極于流愛納想，壽煖識三受生侍命之際。古醫論根臟生由，未之有也。雜阿含言佛爲阿蘭若比丘治七十二患，説修阿那般那法。又云：春時入火三昧，太溫，身成病；入地三昧，見身成無石山；入水三昧，見身如大水泉；入風三昧，見身如九頭龍，須急治之。此法惟佛能説，惟身子阿難及智者能知，故曰：七十二法，以想爲治，乃非末代鈍根所宜。由此言之，不通佛法，不知四悉檀因，未可以言能醫也。」

余觀在公之明醫，志在度世，殆將接踵陶貞白、孫思邈之流；其學術淵源，一本三墳十翼，晞古眞儒，非若世之醫家，以刀圭方寸爲能事者。故于其刻是編也，引天台智者之書以廣之。經言持水長者之子，得其父方術，徧告國中，我是醫師，療治病苦。一切衆生，直聞是言，病卽除愈。世有流傳是書，了知除病者，咸如西土衆生，遇持水之子，所患卽差，則在公之輯是書，與余之唱是言也，豈非入病法門，方便救度，爲如來所記〔三〕莂者哉？在公曰：「善，請書之以爲序。」

【校記】

〔一〕邃本、鄒鎡序本作「書」，金匱本作「文」。　〔二〕金匱本作「感」，邃本、鄒鎡序本作「惑」。　〔三〕鄒鎡序本、金匱本有「記」字，邃本無。

棋譜新局序

余不能棋而好觀棋，又好觀國手之棋。少時方渭津在虞山，與林符卿對局，堅坐注目，移日不忍去。間發一言，渭津昕然許可，然亦竟不能棋也。中年與汪幼清遊，時方承平，清簟疎簾，看棋竟日夜，今皆爲昔夢矣。

渭津爲人，淵靜閒止，神觀超然。對弈時，客方沈思努目，手顫頰赤，渭津閉目端坐，如入禪定。良久客才落子，信手敵應，兩棋子聲響鏗然，目但一瞬爾。幼清沉雄精悍，絶倫逸羣，每一遇敵，目光迸裂，透出方罫間。出奇制敵，横從背觸，譬如駿馬追風，饑鷹洒血，推枰決勝，擲帽大呼，雖受其攫搬者，未嘗不拍手叫絶也。渭津下一子，如釘著局上，不少那動，亦未嘗有錯互，如他人按指啁哳，局罷覆數一二多少，恬不爲意，如未曾措手者。幼清累勝輕敵，時有一誤，誤後斂手精思，少焉出一奇着，如亂流而濟，如斬關而出，馬不及旋，敵不及距，因〔一〕誤而得救，因〔二〕救而得勝。人謂幼清之棋，不畏其不誤，而畏其誤。小誤則小勝，大誤則大勝。兵家言敵人開戶，多方以誤之，用此法也。毘陵孫文介公弈居第二品，嘗語余曰：「吾輩下子便是俗着，渭津忽漫布子，腕下無一俗着，殆仙人謫墮爾。」余謂渭津無俗着，無敗着；幼清有敗着，亦無俗着。余所見國工多矣，若文介所云，渭津之後，必推幼清。渭津善用全局，以車攻吉日爲風聲；幼清善用敗局，以一成一旅爲能事。則亦運會使然，當局者未之或知也。

幼清北遊歸，出其對弈全譜凡四十局，刻之以公于人，而屬余爲序。余嘗記渭津賞符卿一着，咨嗟愛玩，遂不復終局。此局若竟，未必林果勝，方果負。渭津心賞神契，歎息罷局，古人之絕絃輟斤，禪家之聲前句後，此〔三〕妙不傳，非庸工所知也。幼清一角棋，爲錫人張以貞截斷，幼清精思救法，瞪視移晷，縮退一着反接去，以貞愕眙，歎爲神助，此局今亦不傳矣。虬髯客傳謂此局全輸，未知是何敗着。蜀人發古墓，見先主方與武侯對弈，未〔四〕知仍講侵分局否？幼清之譜，不曰全局而曰新局，有旨哉其言之也。

幼清節俠奇士，從余於行營。萬馬之中，單騎短箠，衝鋒突刃，以捍余于瀕死。秋高風緊，合圍大獵，騰上□□馬，奪其勁弓，絃響霹靂，箭如叫鴟，連貫雉兔，擲草地不復〔五〕顧。控絃鳴鏑者，咸爲咋指。嗟乎！余十指如錐，不能弈，而能得善弈之幼清，出死力以捍余。幼清以善弈擅名，中華之文弱巧人也，顧以長弓大箭，橫騖北庭。由此觀之，天下事夫寧有定局耶？項羽重瞳，湘東一目，山谷老人所託喻者，安知夫爛柯之老，橘中之叟，不揶揄竊笑耶？幼清曰：「善哉！斯局之後，更有新局。國手之外，豈無國手？夫子所言者道也，進乎技矣。請書之以爲序。」

【校記】

〔一〕〔二〕金匱本作「因」，邃本、鄒鎡序本作「自」。　〔三〕金匱本有「此」字，邃本、鄒鎡序本無。　〔四〕金匱本有「未」字，邃本、鄒鎡序本無。　〔五〕金匱本有「復」字，邃本、鄒鎡序本無。

王氏族譜序

里中王氏兆吉纂修族譜既卒事，以余爲絳縣之老人，就而問焉。

余覽而歎曰：「美哉！是王氏之史也。有事焉，有志焉，有義焉，不可以不識也。王之姓，太原、瑯琊、東海、北海，指不勝屈。建炎南渡，譜系具在。今斷自〔一〕高皇帝渡江而後，歷年三百，傳世十三，堂構播畬，皆本學錄爲俶載。雲仍千指，胚胎前光，蕭澤流根，柴祀後海。覽斯譜也，尊祖敬宗收族，榱桷几筵，有餘思矣。

金匱之寶書，天潢之玉牒，既化爲飛塵刼灰，而一家之譜牒，焚蕉殺青，煥然修弁，此亦王氏之大訓河圖，陳列于東西序者與？子孫事守，勿替引之，是作譜者之事也。盟壇擣石，風流在茲。喬木故家，王爲甲乙。第宅羅列，綽楔相望。耆老扶杖于鄉國，英少彯〔二〕纓于上都。彬彬乎，彧彧乎，贈刀之遺休，樹槐之餘蔭也。班氏有言：『國藉十世之基，家承百年之業，士食舊德之名氏，農服先疇之畎畝。』撫斯譜也，思樂育于菁莪，念貽厥于豐芑。漢貂猶珥，唐闕在門。丘木如茨，伏臘未改。傳曰：『七世之廟，可以觀德。』是作譜者之志也。

嗚呼！士〔三〕族之辨，始于先王圖譜之局，漢、唐以來，未有改也。唐世尤貴族姓，李贊皇嶠與奉宸迥秀，同在廟堂，乃奉詔爲兄弟。而李稹以爵位不如族望，雖以清望歷要官，與人書札，唯稱隴西而不銜。誠重之也，誠愼之也。今也無宗不族，無族不譜，執塗之人而兄弟之而伯叔之，亦將執塗之人而祖考之而高曾之也而可乎？斯譜也，重大宗，敍昭穆，非方百里内聚廬族墓不書，非三百年内本支子姓不書。遠如新城，近如婁水，不復借烏衣青箱，誇詡閥閱。譜局于是明，宗法于是定。易同人之象曰：『君子以類族辨物。』同人之類族辨物，否之終而大有之始也。小而類辨于物，七日來復之道也。觀于斯譜，天人之道粲然矣。故曰：是作譜者之義也。唐李肇記鄭、李、崔、盧，四門鼎甲。太原王氏，四姓得之爲美，故呼爲鈒鏤王家。鈒鏤者，喻金質而銀飾也。詩有之：『追琢其章，金玉其相。』斯兆吉氏之譜也，豈惟鈒鏤而已。」

兆吉曰：「大矣哉！夢鼎未之前聞也。自今以往，世世子孫，奉夫子之言爲鎭圭焉。請書之以爲序。」

【校記】

〔一〕金匱本作「自」，遂本、鄭鎡序本作「是」。

〔二〕金匱本作「影」，遂本、鄭鎡序本作「剽」。

〔三〕遂本、

鄒鎡序本作「士」，金匱本作「仕」。

李孝貞傳序

余游嘉興，讀陳學士孟嘗所著李孝貞傳曰：「孝貞，字鳳，父老儒夢康，夢白衣大士授玉鳳一枝而生。四歲喪母，撫尸慟絕，事後母以孝聞，長而容德絕人，堅請於父，誓不嫁以顧養。邦人願委禽相望，莫敢強也。父病，籲天請代，煮藥中庭，有靑鳥啣朱實墜藥鐺中，服之卽愈。崇禎二年六月朔疾作，知不起，抱父一慟而絕，年四十七。」

舊史氏曰：孝貞之事，古管彤所書，未之有也。宋學士景濂作麗水陳孝女妙貞碑，與孝貞略相類。妙貞父早夭，大母林氏病危，刲肝和藥，自誓大母得生，終身授菩薩戒，不復適人。林壽終，棄家爲優婆夷。郡錄士永嘉高明上其事，有司具烏頭雙闕之制，旌表其門。妙貞之事奇矣，至于棄家爲優婆夷。當世用國法表厥宅里，以爲割肝救親，有補名教，辭家學道，不毀世相。高則誠元季大儒，通達世出世法，其所旌異，可以爲百世楷則。今孝貞之行，不愧于妙貞。依父以死，不出閫內一步，而烏頭綽楔〔一〕之制，未有聞焉，則今之司世教者抱方守俗之過，而非聖祖愼重旌表之初意也。

頃者末法陵夷，禪門瀾倒，妖尼魔眷，上堂示衆，流布語錄，皆一輩邪師瞽禪，公然印可。油頭粉面，爭拈錐拂，旃陀摩登，互作宗師。如來難姨母出家，國典禁婦女入寺。近代紫柏，不許婦女識面。律用遮惡，禮貴別嫌，未有毁壞世相，而能通達佛法者也。若孝貞者，易之家人所謂利女貞者歟？其在今日，世出世法中，豈非皆横流之砥柱，狂病之藥石歟？木陳忞公製孝貞傳後序，歸本于累朝神聖豐功厚德之所致。余讀之，慨然太息，以爲禪門尚有人焉。因舉其感憤，牽連書之。不獨以其訓閨閫，實以爲今之禪人痛下金剛一杵也。忞公聞余言，當不禁涕淚悲泣耳〔二〕。

【校記】

〔一〕金匱本作「楔」，邃本、鄒鎡序本作「緳」。

〔二〕邃本、鄒鎡序本作「耳」，金匱本作「否」。

瞿留守賻引〔一〕

於乎！百年榆塞，駕鵝怒飛于晉郊；一夕桃林，石馬汗趨于唐寢。樓桑羽葆，彷彿蒼梧；仙李盤根，曚曨丹桂。於斯時也，有勞人焉。奮半臂以回天，百身枝柱；援弱毫而畫日，八載拮据。移象緯于嶺邊，區分禹迹；整權輿于規外，開展堯封。風動滇雲，星連越嶠。俠轂則黃、儂、邕、管，稽首翠華；飛箋則庸、蜀、匡、雾，輸心赤伏。運蜀相之籌筆，嘔血酸辛；佩李公之靴刀，誓心赤苦。讐傳風鶴，軍化沙蟲。潰莒徒聞浹辰，及郢不鬬三戰。

于是角巾就縶，奮袂致辭。曼聲長嘯，呼南八爲男兒；潑墨賦詩，喜臧洪之同日。握顔公之爪，死不忘君；剖弘演之肝，生猶報命。蓋皇天畀以完節，而尼父謂之成仁。厥維艱哉！嗚呼偉矣！烽烟乍戢，旅櫬還歸。麪婦髽面以過車，蛋人典衣而酹奠。睢陽城外，寄昔夢於思鄉；瞿唐峽中，寫新哀於怒水。渴葬非禮，權厝有時。哀此藐諸，創深痛鉅；矧茲遺卵，刼盡壟窮。未營七尺之高墳，且掩一抔之淺土。丙舍四壁，繐帳疇依？甲第他人，瓦燈安寄？徒使前潮後浪，載胥、種之忠魂；忍見野燒荒燐，伴萇弘之碧血。是在後死，敬告同人。東緼火於西鄰，敢云求購；分績光於東壁，亦曰通財。但是匍匐有喪，哀同復矢；況復平生知契，淚重脫驂。睠顧蘆中，亦有壺漿之女；愁棄桑下，寧無返璧之人？竭吾力之可爲，見君情於遺後。書藏故國，行看汗簡之方新；劍動親身，尚想飛鳴而圖報。數行老淚，一紙哀詞。聊以當乘韋之先，應不哂扣門之拙爾。

【校記】

〔一〕此題遼本目錄作「爲留守相公求賻引」。金匱本編在卷四十一，題作「爲瞿稼軒集賻疏」。

有學集卷十六

序

新刻震川先生文集序

往余篤好震川先生之文，與先生之孫昌世訪求遺集，參讀是正，始有成編。昌世子莊游于吾門，謂余少知其先學，摳衣咨請，歲必再三至。既而與其從叔進士君謀重鋟先生全集，以惠後學，而進士君以讐勘之役屬余。余老而歸佛，舊學蕪廢，輟禪誦之功，紬繹累日，條次其篇目，洮汰其繁枋，排纘整齊，都爲一集。既輟簡，喟然而歎曰：

余服膺先生之書，不爲不專且久，喪亂廢業，忽忽又二十年，今乃始旋其面目，曠然知先生所以爲文之宗要，豈不幸哉！先生鑽研六經，含茹雒、閩之學，而追遡其元本，謂秦火已後，儒者專門名家，確有指授。古聖賢之蘊奥，未必久晦于漢、唐，而乍闢于有宋。儒林、道學，分爲兩科，儒林未可以蓋道學，新安未可以蓋金谿、永嘉，而姚江亦未可以蓋新安。眞知獨〔一〕信，側出于千載之下，而未嘗標榜爲名高也。少年應舉，筆放墨飽，一洗熟爛，人驚其頡頏眉山，不知汪洋跌蕩，得之莊周者爲多。壯而其學大成，每爲文章，一以古人爲繩尺。蓋柳子厚之論，所謂旁推交通以爲之文者，其他可知也。參之孟、荀以暢其支，參之穀梁以厲其氣，參之太史以著其潔。其暢也，其厲也，其潔也，學者舉不能知，而先生獨深知而自得之。鈎摘蒐獮，與古人參會于毫芒杪忽之間。旋觀裨販剽賊，掇拾塗澤之流，如秦越人疹病，洞見肺腑之癥結，解而闢之，劈肌中理，無所遯隱。以毷氉舉子，羈窮單隻，提三錢雞毛筆，當熏灼四戰之衝，馴至霜降木落，草枯靡萎，而其爲之渠帥者，卒以吁嗟歎伏而自悔其降心之不早。於乎！此豈徒然也哉！

先生以幾庶體貳之才，好學深思，早服重積，蒿目嘔心，扶斯文于墜地。輕材小生，謏聞目學，易其文從字順，妄謂可以幾及，家龍門而戶昌黎，則先生之志益荒矣。先生常序沔人陳文燭之文，諷其好學史記，知美矉而不知矉之所以美。學先生之學者，無爲沔人之知美矉則幾矣。其尤可歎也。先生儒者，曾盡讀五千四十八卷之經藏，精求第一義諦，至欲盡廢其書。而悼亡禮懺，篤信因果，恍然悟珠宮貝闕生天之處，則其識見蓋韓、歐所未逮者，余固非敢援儒而入墨也。

余少壯汩沒俗學，中年從嘉定二三宿儒遊，郵傳先生之講論，幡然易轍，稍知向方，先生實導其前路。啓、禎之交，海內望祀先生，如五緯在天，芒寒色正，其端亦自余發之。今又承進士君之命，論次斯集，得以懷鉛握槧，效微勞于簡牘，有深幸焉。日月逾邁，老將至而髦及，無以昌明先生淑艾之敎，譬諸螢火熠熠，欲流照于須彌之頂，亦自愧其微末已矣。而進士君大雅不羣，能表章其家學。南豐之瓣香，不遠求而有託，斯可喜也。謹率連書之以爲序。

【校記】

〔一〕遂本、鄒鎡序本作「獨」，金匱本作「篤」。

李忠文公文水全集序

崇禎壬午，吉水李忠文公勤王北上，訣其孫長世于石〔一〕鐘山下，授以文水文集若干卷。長世頂戴捧持，罔敢失墜。頃乃殺靑繕寫，以傳後世，而屬余爲其序。

余惟公純忠大節，與廬陵信國公後先五百年，驚耀靑史。公自命其集曰文水，接踵文山，神者告之矣。嗚呼！二公之文，元氣旁薄，不可以辭章區別也。竊嘗私論之，信國以節義爲文章，其文如劍之吐花，如星之流灼，使人閃爍昱耀而不敢狎。忠文以道學爲文章，其文如河之迴復，如海之呑納，使人演迤沈浸而不能厭。于以經天麗日，配三精而貫五緯則一也。二公艱難謀國，建置畧同。信國〔二〕建分鎭用兵之策，以闊遠罷。忠文建監國分封之議，以羣咻罷。以本朝之國勢，與先帝之英明，豈不迥出南宋。而奸邪小人，釀亂乘危，濫弄不減于似道，煬蔽有甚于宜中。使今之爲信國者，絆足折翼，焦腸燥吻，退無浮海之再遷，進無空坑之一決，而徒以三揖相從，歎異代于同日。天乎人與！誰執其咎？此可爲拊膺痛哭者也。

信國集多散佚，奏對之牘，不少概見。世所流傳雒誦、欷歔泣下者，指南、吟嘯諸集耳。公集經冢孫藏弆，獨爲完好。其文則尤長于奏疏，而書問次之。蓋其殷憂軍國，結念君父，如饑渴之須飲食，無須臾之或忘。其籌策安危，灼見緩急，如藏府之視癥結，無杪忽之或差。故其言詳明闓直，親切有味，非駢枝儷葉之徒，可以幾及者。迄于今繙誓急呼天〔三〕之疏，如越人之起死，一病而一藥；省臨危訣别之苦辭，如鮫人之下泣，一淚而一珠。太史公言蒯通、主父偃讀樂毅答燕惠王書，未嘗不廢書流涕，而況於百千世而下，忠臣志士，心血霑灑，讀公之書，骨驚肉飛，雙劍躍而九鐘應者乎？又況予並游共事，恨不獲從公于九京，篝燈顧影，老淚漬紙，如見眉目，如聞歎息者乎！嗚呼！又不獨爲公慟而已也。余辱公道誼之知，平生得公手書，累百餘通，紙墨重復，旁行夾注，家書俗語，都無文飾，亦相戒不削藁。由今思之，公之憂君父、爲朋友，剛腸熱血，流丹化碧，鬱鬱然盤牙于蠅頭蠶書退筆故紙之間，固未嘗與烟墨煤丸同歸于壞滅也。撫公之集，蓋有餘悲焉。

昔信國既歿，其客謝皐羽翺作西臺慟哭記，而龔開聖予故在廣陵幕府，爲文宋瑞、陸君實立傳，皆在桑海遺錄中。今余旣以長世之請，撰神道之銘，而又爲敍其遺文，實兼皐羽、聖予之爲，長世曰：「此吾王父之志也。」故不敢辭。而又以忍死餘生，挂名謝、龔之後，未嘗不重自愧也。遂牽連書之如此。

【校記】

〔一〕金匱本作「石」，遂本、鄒鎡序本誤作「古」。〔二〕金匱本作「國」，遂本、鄒鎡序本作「公」。〔三〕金匱本作「呼天」，遂本、鄒鎡序本作「疾呼」。

成文穆公全集序

余讀商書，至說命之篇，每掩卷深思，以謂人主之命相也，期以安金輪，調玉燭，延登受策，中外顒望，以爲吉祥善事。而高宗去成湯未久，商道方隆，顧其命傅說之辭則曰：「若涉大川，女作舟楫。若歲大旱，女惟霖雨。」何其無疾而呻、未病而藥，憂之深、慮之早，而叮嚀倚毗之若是其切也？及覩于崇禎初服，大名、高陽用舍之際，乃慨然而歎曰：「吾乃今而知說命之辭，至于今日，蓋信而有徵也。」

懷宗以上聖不世出之姿，憤蹙國，憂多壘，開聰闢門，號咷博求，己巳之役，拜大名成文穆公于廷，召高陽孫文正公于家，鈐索鎖鑰，中外相應，八城克復，危闢不扃，天下欣欣然想望太平。未一載而大名去，又二載而高陽歸，於是乎奸讒盤牙，庸輭接跡，淪胥焚突，不可救藥，而社稷隨之矣。嗚呼！當國家陽九百六，板蕩方蹶，此亦載胥及溺，天既大旱之日也。人主得救時之相，倚毘之爲舟楫，爲霖雨，而僉夫驕人，鼓讒波，煽謗焰，必欲爲敵國除患而後已。如涉大川也，洪濤巨浸，黏天蕩日，隨藍之風，颶母之浪，傾檣捩柁，交互發作，雖有長年三老，其將若何？如歲大旱也，焚巫斬龍，吁嗟舞雩，旱魃之鬼，頂目之祅，嘯風遏雲，流金爍石，雖有雲師雨伯，其將若何？易曰：「開國承家，小人勿用。」又曰：「其亡其亡，繫于苞桑。」古之人主，日中陽長，夢卜命相，汲汲乎將恐將懼，以涉川憂旱，播告在庭，豈偶然哉！

高陽有集百卷，熸于南火。茲文穆公之集，則其子少宰公撰次藏弆，以備國故者。其在中書日，論國體、籌邊事，焦心蒿目，憂及溺而戒其焚者，約畧具焉。少宰之請序而傳之也，其不徒以鋪陳藻悅張館閣之盛而已也。古之邪詩曰：「昔我有先正，其言明且清。國家以寧，都〔一〕邑以成，庶民以生。誰能秉國成，不自爲正？卒勞百姓，大命以傾。」百世而下，讀公與高陽之遺文，繹思邪詩先正之言，其有傍徨屏營，撫卷而流涕者乎！

余少出高陽之門，晚而公辱與之游。今老且廢矣，冰寒灰死，歸心空門，猶執筆爲序，不辭廁名于末簡者，良欲使世之君子，因余之序而知公，因公而知高陽，因公與高陽而知國家用舍存亡之故，庶幾知公之文不爲苟作，而余之所以敍公集者爲不徒也。

【校記】

〔一〕金匱本作「都」，邃本、鄒鎡序本誤作「郡」。

傅文恪公文集序

先師定襄傅文恪公文集二十卷，公歿後十一年，得諸其冢子庭詩，藏弆書樓，貯以篋衍，封題護惜，比于河圖琬琰。庚寅孟冬，不戒于火，新宮三日之哭，於吾師之文有深恫焉。又五年乙未，公次子庭禮，訪舊入吳，執手問故，相向而哭。歸而搜討遺集，兵殘火燼，蟲穿蠹蝕，蠟車障壁之餘，十存四五。公之壻方伯馮君，宦于白門，爲鏤版行世，而辱某爲其序。

竊惟公以含章挺生之姿，居承明著作之署，銜華佩實，渙爲文詞，其大者主于謀王體，斷國論，崇教化，明道術，而其緒餘則用以藻繪典册〔一〕，鼓吹休明，學士大夫皆能望而知之。若其所以爲文者，則未之或知也。蓋慶、曆之間，山陰王文端公碩儒偉望，斗杓一時，芒寒色正，如五星之在天。公以鄉邦後進，踵其清塵，言坊行表，難進易退，風規羽儀，肅穆映望。而其文章爾雅，亦髣髴相似。文端之文不以質掩其文，而公之文不以文掩其質，如金有聲，如玉有色，如麒麟之吐文章，如鳳凰之中律呂，彬彬乎！郁郁乎！其斯爲盛世君子之文已矣！國家育才史館，儲峙公輔，神廟中年，號爲極盛。謙益登朝，猶及見公等數公，雍頌殿陛，舒雁行列，古所謂王多吉士，高岡朝陽之儔侶也。

丙辰以後，台階失度，芒角浮動，弁約四出，禁近之地紛如，而國脈亦稍替矣。嘗試取公之文，覆而視之。味其和平，知其有和羹旣戒之德；襲其温厚，知其有騶虞不殺之仁；含咀其詠歌俛仰，不攜不迫，知其有朱紘疏越一唱三歎之流風。讀公之文，不獨想見其人，而國家日中鴻朗之會，太和元氣，在成周宇宙者，盎然攢聚于尺幅之間，於乎休哉！河山如故，典刑不遐，以東京之遺老，追華胥之昔夢，昔之哭也哭斯文之亡，而今之哭也哭斯文之存。白首門生，摩挲靑簡，悠悠窮塵，曷日而已乎？

公集外之文，有大事狂言四卷，鏡儒釋之源流，披狂僞之窟穴，發揮心學，開闢手眼，唐之裴公美，金之李屏山，未能或之先也。黃帝之珠，得于罔象。豐城之劍，合于延津。修母致子，以斯文爲之先。安知夫刦火之餘，不有焰焰而起者乎？易有之：「先號咷而後笑。」謙益啜泣爲序，而載筆以俟之。

【校記】

〔一〕金匱本作「冊」，邃本、鄒鎡序本作「則」。

董文敏公遺集序

故宮保禮部尚書華亭董文敏公，其詩文有容臺集行世。冢子祖和屬其友人沈生友聖重爲校讎，標舉其的然可傳者，以示無上〔一〕，而請予爲其敍。余惟公以光嶽間世之姿，生昭代休明之運，出入承明，回翔館閣，其文章資地，在乎河圖琬琰金鏞石衡之間，搖筆染翰，散華落藻，如龍之一鱗，如鳳之片羽，海內爭相藏弆，唯恐不克。今欲舉其金石高文，溢囊盈帙者，籤之揚之，鈎其玄而纂其要，是豈易爲力者乎？

余嘗謂相古人之文，若相人然。善相人者，每闊略于袌衣大帶端步肅拜之會，而旁求乎不衫不履麁服亂頭之時，其神情有在有不在故也。公以經國大手，擅昭明雲漢之文章，出其緒餘，兼綜書畫，如王右丞所謂夙世詞客，前身畫師者，故其題識賞鑒之文，區明雅俗，別裁眞僞，東觀輸其博，南宮遜其精。三百年來，書品畫鑒，奉爲金科玉條，未有能出入者也。本朝理學大儒，往往假禪附儒，移頭易面。公于儒師楊慈湖，于禪師楊大年，親承紫柏大師受其碪錐，染神刻骨。故其微詞緒言，發皇宗教，殆欲披衣得珠，吸水擇乳，視今之開堂付拂，持瓠子相印者，汩然如楹之與筳也。公之文，此二種爲最妙。若其生平救時憂國，抑塞苦心，則于江右程士之策，見其一斑。士子臚傳雒誦，徒以爲帖括之資而已，則可歎也。公著作在郎廟，碑版照四裔，贈送記序，富有日新。大率以高文典册爲體要，以鋪陳連比爲詞章，筆騰墨飛，花駢葉儷，此則吾所謂摳衣雅步，矜慎持擇，而或非其神情之所存也。世有爲公之子雲者，其必有取于余言也乎？

公之聲名，震薄耳目，如唐人之望退之，以爲高人朗士，秀出天外，不可梯接者。虚和善下，人人得至其前，噓枯吹生，藹如也。顧其束修厲行，老而益堅，先帝既以耆碩待公，中人貴戚，得其尺蹏片紙，交相薦揚。烏程方柄國，屬公爲稱壽之文，公曰：「吾老矣，猶曲筆媚權貴，何以見魯、衞之士乎？」烏程遂以此啣公。已而謝病得宫銜，馳驛以歸，則先帝特旨也。余序公斯集，特表而出之，使天下後世，知公之所以爲文者如此。

【校記】

〔一〕邃本、鄒鎡序本作「上」，金匱本作「止」。

杜弢武全集序

昔我〔一〕高廟，手提三尺劍，蕩掃前元，風灑露沐，即以詩書禮樂訓迪公侯將帥腹心爪牙之臣。岐陽以姊子領方鎮，幕中僚佐，皆用東浙老師碩儒，而中山王白馬之盟，蔚爲宗臣，每朝會，輒令人囊書自隨。治定功成，文德誕敷。黔國定襄，世崇藻翰。郭氏連珠之集，忠武登壇。泰、順之際，詞林鴻輩，未有能掉鞅排拉者。開創之後，文治蝟然勃興，于斯爲盛矣。

神廟萬曆中，在國家爲乾清坤夷，握符披圖之候。西陲則有杜大將軍弢武應運而出。弢武之父若叔，皆用汗馬勳起家爲元戎。弢武束髮當匈奴，每戰克捷，七佩將印，十六命提督總兵官，所莅省八鎭九，恢復一郡四縣五十三寨，俘馘套虜、流賊五萬有奇，歷官至左柱國特進光祿大夫太子太保。崇功殊錫，于諸鎭無兩。敏而好學，被服儒素，以其先征南爲師法。軍書羽檄，汗簡錯互。風檣陣馬，筆墨橫飛。著作之富，撰集之多，與其行間功狀，雲委而山積者，皆足以充棟梁而汗牛馬。盛矣哉！古未有也。

旋觀其全集，則騷賦樂府雅歌古今諸體，無不臚陳也。文則表奏序記頌贊傳志，無不繁綴也。詩之餘爲詞曲，文之餘爲連珠與七，無不漁獵也。撈漉三教，括囊萬有，橫豎鈎貫，過河沙而放烟海，則元鶴、敎樞諸篇，以俟後世子雲者也。隆、萬之間，別集之行世者，五車四部，橫陳于國門都市，不爲不多矣。試與太霞之集，比長絜短，櫝而列之，皆珠也，則未知其孰爲琅玕，孰爲木難也？纍而籍之，皆璧也，則未知其孰爲盈尺，孰爲連城也？三百年來，戎旃軍府，搖毫擲簡，雄帥藝林者，前有元登，後有弢武，豈非貂蟬之美談，竹帛之盛事哉！

昔者周之顧命，列玉五重，赤刀大訓弘璧琬琰在西序，大玉夷玉天球河圖在東序，以訓文也。兌之戈，和之弓，垂之竹矢在東房〔二〕，以訓武也。弢武文經武緯，身兼數器，國有大故，將薦陳之以爲國容觀美，其當在赤刀兌戈東西房序之間乎？山河改易，帶礪沼然，懸車服矣，僑居旅食，高文大篇，藏弆殘缺，英靈光怪，側出于蠟車障壁之餘。嗚呼！斯可謂三歎已矣。

余與弢武，交四十年矣，于其請序，不忍以老病辭。又自惟滄海餘生，舊塵史局，今得籍手斯文以闡揚國家人文化成之盛，豈非舊史之事守乎？柳子曰：「思報國恩，獨惟文章。」君子亦可以悲其志也夫！

【校記】

〔一〕遂本作「我」，鄒鎡序本、金匱本作「明」。

〔二〕金匱本作「房」，遂本、鄒鎡序本作「方」。

黄陶菴先生全集序

嘉定黄陶菴先生，諱淳耀，字藴生，舉崇禎癸未進士，卓然爲命世眞儒。抗節致命乙酉之難，聞者皆斂色正容，以爲今之顔淸臣、文履善。殁後十餘年，而其徒侯子玄泓作爲行狀，文直事核，無愧良史。陸子元輔、侯子玄汸、張子珵相與排纘遺文，刊爲全集。陸子以陶菴於余有知己之言，屬爲其序。余頃者屛居江村，追念平生師友，葺高陽孫文正公、吉水李忠文公之文，手自撰次，以示來者。又得陶菴之集而卒業焉，乃喟然而歎曰：

孟子有言：「誦其詩，讀其書，不知其人可乎？」余於此三君子者，既得而師之友之矣，請因其文以知其爲人。高陽之爲人，奇偉沉塞，如高山深林，龍虎蟠伏，嘘雲吸風，變化莫測。是故盤紆隱深，彌望儻莽，重巖增起，波瀾灝溔，使人可仰而不可跂者，高陽之文也。吉水之爲人，莊嚴易直，如苞鳳角麐，不鷙不搏〔一〕，音中鐘律，行應規矩。是故正色讜言，指事陳理，如藥應病，如坊止水，使人可用而不可狎者，吉水之文也。陶菴之爲人，淸眞高簡，如圭瓚黃流，不雜瓦缶，冰壺玉衡，宜懸淸秋。是故懍懍懷霜，眇眇臨雲，縣匏衆淸，朱絃三歎，使人可愛而不可求者，陶菴之文也。有志於尙友者，讀三君子之文，而知其鬚眉如在，謦欬不遠，弔碧血于同時，激丹心于終古，其亦可以無憾矣乎？

嗚呼！賢人君子，其身既與社稷終始，而其文章，則有鬼神護訶，側出於封灰煨燼之餘。然吾循覽其文，志意發越，元氣鬱盤，求其凋〔二〕傷殄瘁之象而不可得也。既而歌陶菴之詩，出風入雅，含宮咀商，有鶴鳴沔水，殷勤諷諫之志，而無大東、正月哀思噍殺之詞。亂世之音無之，而況于亡國乎？古之善琴者，秋而叩角，則溫風徐迴，草木發榮。冬而叩徵，則陽光熾烈，堅冰立散。當斯時也，而賢人君子之文無恙，比律協呂，激爽鍾而發蕤賓，造化其能捨諸？吾竊疑卜子夏之論詩，與孟子之論世，殆至于今而有驗有不驗也。

余老學髦忘，撫卷而茫然自失。陶菴之徒，鄆傳其師之緒言，於天人之際審矣，故推言之以發其端，如以文而已矣，陶菴固不待文而顯，而其文亦不待序而傳，序雖不作可也。

【校記】

〔一〕鄒鎡序本、金匱本作「不鶩不搏」，邃本作「不鷙不搏」。　〔二〕金匱本作「凋」，邃本、鄒鎡序本作「雕」。

浩氣吟序

嗚呼！九域飈廻，三精霧塞。寢廟之玉衣晨舉，昭陵之石馬宵馳。扶日月于南交，晝乾坤于北戶。崎嶇庸、蜀，實仗老臣；收拾管〔一〕、邕，豈惟一旅。夫何桂山雲擾，灕水波翻。四郊斷螘子之援，三都成魚爛之潰。謀人之軍師國邑，我則死之；下可見天地祖宗，事已畢矣。於是慷慨誓死，豫暇賦詩。嚼張巡之齒牙，曼聲長咏；握魯公之拳爪，運筆橫飛。偉彼義人，慨然赴難。抗詞同日，洵芝焚而蕙歎；合口唱酬，譬金舂而玉應。遺言付囑，副墨流傳。壁漫窗〔二〕塗，星緯〔三〕芒角于字裏；墨陳紙故，雷風發作于行間。亦曰念哉，吁其悲矣！

昔者睢陽苦戰，更樓起横笛之吟；越石重圍，長嘯發扶風之咏。以至空坑〔四〕被執，吟嘯之集頻煩；柴市歸全，正氣之歌激越。其人爲宇宙之眞元氣，其詩則今古之大文章。吐辭而神鬼胥驚，搖筆而星河如覆。況復流連謦咡，沈痛提封〔五〕。死不忘君，沒而猶視。人言天荒地老，斯恨何窮；我謂刦盡灰飛，是詩不泯〔六〕。伊余畹晚，遘此痗瘥。皓首師生，腸斷寢門之哭；蕭晨冰雪，神傷絶命之詞。燈火青熒，鬚眉如見；窗櫺寂歷，歎噫有聞。庸表汗青，長留碧血。嗚呼！八百三十紀之算，鴻朗莊嚴；一千一百字之章〔七〕，鼎鐘銘勒。豈徒託諸詩史，終有考于斯文。歲在單閼重光小歲日，蒙叟謙益再拜書於絳雲餘燼處〔八〕。

【校記】

〔一〕嘉興沈氏海日樓藏鈔本牧齋外集（以下簡稱外集）作「管」，他本皆誤作「老」。〔二〕金匱本、外集作「窗」，邃本、鄒鎡序本作「留」。〔三〕金匱本、外集作「緯」，邃本、鄒鎡序本作「綺」。〔四〕外集作「坑」，他本作「城」。〔五〕外集作「提封」，他本作「封提」。〔六〕外集作「泯」，他本作「沬」。〔七〕外集作「傳」，他本作「章」。〔八〕外集有「歲在」以下二十二字，他本無。

佟氏幽憤錄序〔一〕

佟氏幽憤錄者，故登萊僉事觀瀾佟公，當絶命時，自著幽憤先生傳，其子今閩撫思遠幷出其對簿之揭，與檻車之詩，集錄以上史館者也。

東事之殷也，江夏公任封疆重寄，一時監司將吏，皆梔言蠟貌，不稱委任。江夏按遼時，佟公爲諸生，與同舍楊生崑仁，籌邊料敵，畫灰聚米，慨然有掃犁之志。江夏深知之，以是故嘯咷叫〔二〕呼，援以助我。而公自以世受國恩，諳知遼事，盱衡抵掌，樂爲之用。當是時，撫、淸雖熸，遼、瀋無恙。以全盛之遼，攄新造之建，以老羆〔三〕當道之威，布常〔四〕蛇分應之局。鷸蚌未判，風鶴相疑。傳箭每一日數驚，拂廬或一夕再徙。公將用遼民守遼土，倚遼人辦遼事，赦脅從，招攜貳，施鉤餌，廣間諜。肅愼之矢再來，龍虎之封如故。經營告成，豈不鑿鑿乎其有成算哉！天未悔禍，國有煩言。奸細之獄，羅鉗于前；叛族之誅，瓜蔓于後。公旣以獄吏牘書，啣冤畢命，馴至于一誤再誤，決河燎原，遼事終不可爲矣。

嗚呼！批根黨局，假手奄宦，借公以螫江夏，又因江夏以剪公。此能人要路所爲，合圍掩羣，惟恐或失者也。殺公以錮佟氏之族，錮佟以絕東人之望。于是乎穹廬服匿之中，望窮區脫；椎結循髮之屬，目斷刀環。翕侯、中行說之徒，相率矯尾厲角，僇力同心，以致死于華夏。堅脅從之心膽，廣內訌之羽翼，失招撫之大機，破恢復之全局，蓋自羣小之殺公始。此則操刀推刃者瞢瞢不自覺，而世之君子，亦未必知其所以然也。國家當白山作難，人主旰食，中外震驚。惟是秉國成，參廟算者，用是以快恩仇，恣專決，歧口沓舌，張羅設械，巧于剪外人之所忌，而精于弭敵國之所短，畫廟社于一墻，委人主爲孤注。河東之司命，遙寄于柄臣之門；關外之師期，尅定于獄吏之手。如公之死，不死于丹書，不死于西市，而死于髣髴錯莫誕謾〔五〕不可知之口語。迄于今藏血久碧，墓草再陳。山川陵谷，俯仰遷改，而卒未知坐公死者爲何法？責公死者爲何人？天不可問，人不可作。有鬼神構鬬其間，而公與國家，並受其害。可勝痛哉！

公絕命之詞曰：「數實爲之，天王聖明。」銜刀仰藥，怨而不懟，有餘忠焉。思遠間關苫塊，泣抱遺文，負延祖之忠，而抱偉元之痛，猶前志也。嗟乎！雲臺未圮，伏波之子，關草索以上書；天水猶存，相臺之孫，籲金陀而辯誣。今者烏屋誰瞻？鶴表安仰？羽林有死事之孤，而綸竿無肆赦之詔。此思遠之所以仰天擗地、茹血飲泣而不能自解者也。余讀幽憤錄，涕淚漬紙，不自知其無從。乃竊取公羊子之義，書其後曰：于觀瀾見忠臣之至，于思遠見孝子之至。又爲大書特書，諗于後之謀國者，曰：前鑒不遠，尚慎旃哉！甲午長至後五日〔六〕。

【校記】

〔一〕此篇鄒鎡序本、金匱本多脫字缺句，邃本亦有脫缺。玆據南潯劉氏嘉業堂藏有學集精校本（據黃孝紓輯牧齋有學集佚稿）作校。

〔二〕劉藏校本有「叫」字。

〔三〕劉藏校本作「熊」。

〔四〕劉藏校本作「常」，邃本作「長」。

〔五〕劉藏校本作「謾」，邃本作「漫」。

〔六〕劉藏校本有「甲午」以下七字，各本無。

范勛卿文集序

余庚戌通籍，出吾師耀州王文肅公之門。公長身偉榦，聲如洪鐘。每侍函丈，必爲余誦說海內賢士大夫，盱衡扼腕，咨嗟慨慕，希風問影，如恐不及。崇水范異羽先生，其所屈指甲乙者也。余因是以心儀先生，遂與定交。已而國論沸騰，黨議蠭起。先生桂性愈烈，蘭心不改，浮湛放逐，老于郎署〔一〕，不得以振纓奮袖，少展其精華暐曄之氣。而余則繼耀州之後，目爲黨魁，飲章錄牒，踰冬逮繫，受鉤黨之禍，視先生爲尤烈。然而余與先生，入甘陵之部，刊元祐之碑，除名削迹，終老而不相貸貰者，則皆以耀州爲主名，河上之歌，所謂同病相憐者，余兩人似之。松柏之悅，芝蕙之歎，視他人尤爲篤摯，有〔二〕繇然也。余今年七十，老矣。先生作爲歌詩，遣使者涉江來賀，因緘其所著文集示余。余方朝食，輟箸而讀之，日中而卒業。則又廢書抵几，欷歔流涕，而不能止也。蓋國家之黨禍，醖釀日久，至庚戌而大作。當其時，一二僉人，以閒曹冷局，衡操宮府之柄，媒孽正人，剪除異己。號爲君子者，分清濁之流，爭玄黃之戰，迭勝迭負，堅壘不相下。久之而椓人當國，皇綱解紐，衣冠塗炭，廉恥凌夷。于是元氣傷殘，兵燹交作，土崩瓦解，而天下遂至于不可救藥。迄于今歎滄桑、悲禾黍者，靡不傍徨怨慕，跼高天而蹐厚土。豈知一二僉人，膏唇拭舌，依叢而止棘者，其流毒遺禍，遂足以移九鼎而隳七廟乎？又豈知流離淹恤如先生輩，抑没于荒江野渡之間者，孑爲周遺，斬爲夏肄，徒足以興故國之悲，而動異代之惜乎？旋觀先生之文，原本經術，貫穿古今，鑿鑿乎如五穀之療饑，藥石之治病。至于指摘利病，分别賢佞，勞人之苦心，與大人之偉略，崢嶸磊落，側出于筆墨之間。以先生之才略與其文章，當國家多事之日，上不能爲陸敬輿，次不能爲李伯紀，而下不得爲陸務觀、陳同甫，徒使衰老如余，讀之而屏營太息，嗟瞻烏之爰止，恨豺虎之不食。辟如寒蛩吟壁，秋蚓鳴竅，誰復有過而問之者？其尤可爲三歎已矣！余邇來焚棄筆墨，于時人著述，掩口不欲置喙。獨手先生之集，展轉不能置。念先生與余，積薪碩果，大江南北，如晨星〔三〕之相望，非余誰當序先生者？而五十年以來，恩牛怨李之殘局，清流白馬之遺恨，讀先生之文，可以考見一斑。世有仲淹、君實，續七制而修長編者，將于斯文有取焉。余固不敢自愛其狂言，以爲乘韋之先，非徒取其文而已也。

【校記】

〔一〕遂本、鄒鎡序本作「署」，金匱本作「潛」。〔二〕金匱本作「有」，遂本、鄒鎡序本作「者」。〔三〕金匱本作「晨星」，遂本、鄒鎡序本作「星辰」。

高玄期景玄堂集序

余爲書生，好以寸管評量天下士。在浙西，推嘉興高明水爲第一，時人莫之許也。而君之舅李玄白歎爲知言，時時爲余道其爲人。余雖未識君，其眉宇談笑，宛宛然在目中也。已而君改名氏，取上第，擢官水部，用造府第事，株累逮繫以死。余每有芝焚蕙歎之感，今讀其詩集，有餘悲焉。

君天才明鋭，賦性通脱。讀書睬掇菁華，不守章句。爲詩文陶冶性情，不事剽賊。鑒古則如米南宮、黄長睿，畫在逸品元鎮、子久之間。風亭月榭，飛觥度曲，則才人韻士挹其風流；花宮蓮社，搖牙握麈，則道人名僧飱其明理；圍場射圃，挽強陷堅，則期門佽飛避其雄駿。一時士大夫，咸以爲秀出天外，不可梯接。一旦牽率官守，管領將作，棄筆槧而樹版榦，捨書畫而理磚甓，金錢匱乏，期會促數，舌燥唇乾，手瘏鼻衄。國家既用違其才，臣子亦處非其地。鼎柱車而馬守門，其不至于顛越者鮮矣。俄而龍火漂焚，朱邸震蕩。天心帝心，交訌并怒。鬼神助其凶虐，君父莫可如何，而東市之難作矣。

自古國家大運不造，殺機將發，則必有忠臣志士適逢其會。刀輪飛空，熱鐵在頸，犯陰陽之治，而入天地之籠，有不知其所由然者。此固非人臣之罪，而亦非明主之過也。嗚呼！豈不悲哉！吾觀君絕命之詩曰：「牛馬任呼還世網，刀山離境卽禪牀。」此與嵇中散顧視日影索琴而彈之者，曾何以異？中散既歿，有人詣鮑靚，聞靜室有琴聲特妙，靚曰：「此嵇叔夜也。」今君雖已矣，而其詩哀絃清唱，流傳人間，世有通靈如鮑靚者，安知不指爲叔夜之琴聲乎？

高寓公稽古堂詩集序

嗚呼！士君子不幸而生于天地板蕩，陸沉滄海之秋，懷忠抱義，抑沒無聞者，可勝數哉！嘉興高水部寓公，以文學世其家，爲文士；出令衝邊，乘城扞敵，爲才吏；瀝血帶索，爲父訟冤，爲孝子。今讀其詩集，而歎世之知君未盡也。君自南虞衡請急〔一〕還里，遭乙酉之變，痛憤不欲生，念太夫人春秋高，終鮮兄弟，未能卽自引決，蓋其悲歌慷慨，低回結轖，以生爲可厭，而以死爲可樂也決矣。祈病而病，祈死而死，庶幾從容就義者之所爲，而去夫榻前牖下之徒遠矣。

吾觀其弔同年殉難之詩曰：「可憐李黼榜，偃蹇老維禎。」病中述志曰：「和陶書甲子，弔屈賦庚寅。」又曰〔二〕：「唯將前進士，慘澹表孤墳。」此其詩何詩也？此其志何志也？身異沈湘，心同哀郢。朱噣之哭，移語亭爲西臺；魚腹之悲，指月波爲厓海。謂我何求？吁其悲矣！續哀江南賦序則曰：「兼年累日，悵切南冠；飲恨吞聲，私修漢臘。荷衣秋滿，柳箭春搖。恐菊水無延歲之方，桑滄非可俟之日。霸孫啓祚，尙揚赤壁之靈；弱宋遺都，猶報朱仙之捷。豈有蘆簰荻筏，竟浦浮江；代馬胡〔三〕鞾，凌波渡水。烏孫千騎，控淮水而鳴絃；雒陽雙鵝，指吳會而煽翼。五都冠蓋，邈矣風華；萬里縵纓，此焉戎俗。」此則子山謝其紅紫，子美傷其蕭瑟，未免有情，不堪再讀者矣。

嗚呼！彈丸左輔，烽火甘泉。百雉礮車，恥登樓而淸嘯；一墻堅壘，愴聞笛以悲吟。嬰城之長句猶新，裹創之殘血已碧。斯人已矣，天固不欲留謝幼度、祖士雅于今日也，而豈徒然哉？今之士大夫，讀寓公之詩，爲之髮植毛竪，羽聲變徵，酹酒而憑弔者，亦有人焉爾乎？如無其人，而忠孝之精氣，複疊攢仄〔四〕于尺幅之間，光怪陸離見于山川而燭于天，我知其不終沒沒也已。

【校記】

〔一〕金匱本有「急」字，邃本、鄒鎡序本無。〔二〕金匱本有「又曰」二字，邃本、鄒鎡序本無。〔三〕金匱本作「胡」，邃本、鄒鎡序本作「北」。〔四〕邃本、金匱本作「攢仄」，鄒鎡序本作「成灰」。

高念祖懷寓堂詩序

余于諸方尊宿，所心師者一人，曰楞嚴白法琮公。公發明心地，懸契寂照，虛空之理而外，修嬰兒行。顧好與高長公念祖游，數爲余言其人。余以是見念祖如舊相識也。念祖之祖、父爲玄期、寓公二水部，夙承家學，文章之菁華，與名理之苕穎，皆成于胎性，根于種智。其爲詩清虛婉約，么絃獨唱，昔人所謂孤桐朗玉，自有天律，庶幾似之。念祖以余老馬識塗，出其行卷，以求一言。

余竊謂詩文之道，勢變多端，不越乎釋典所謂熏習而已。有世間之熏習，韓子之所謂「無望其速成，無誘于勢利，養其根而竢其實，加其膏而希其光」者是也。有出世間之熏習，佛氏所謂「應以善法扶助〔一〕自心，應以法水潤澤自心，應以境界淨治自心，應以精進堅固自心，應以忍辱坦蕩自心，應以智證潔白自心，應以智慧明利自心」者是也。世間之熏習，念祖胚胎前光，固已學而能之矣〔二〕。出世間之熏習，則念祖之于琮公，諸決扣擊者，故當朝夕從事焉。而世間詩文宗旨，亦豈有有外于是乎？易曰：「擬議以成其變化。」而〔三〕至於變化，則謂之不思議熏不思議，變而疑于神矣。韓子之云根茂實遂，膏沃光曄者，亦是物也。世間與出世間，亦豈有二道乎？

念祖之爲詩，去煩除濫，俗情既盡，妙氣來宅，其熏習于琮公者深矣。如染香人身有香氣，知其不待乎傭耳抇目，戞戞而求之矣。以吾言質于老人，如有當也，則將進而徐有得焉。余老矣，猶將執簡以觀子之成。

【校記】

〔一〕遂本、鄒鎡序本作「助」，金匱本作「明」。　〔二〕金匱本有「世間之熏習」至「能之矣」十八字，遂本、鄒鎡序本脫。　〔三〕遂本、鄒鎡序本作「而」，金匱本作「以」。

李香巖蕊香幢閣稿序〔一〕

國初金華宋文憲公，承黄晉卿、吳立夫之緒〔二〕學，蔚爲大儒。嘗入仙華山爲道士，飽繙道藏。而其生平，閱釋藏者凡三。故其文源本洙泗，參同釋玄，爲一代文章之祖。自時厥後，儒者或以博學有聞，而旁通二教者鮮矣。

吏部郎香巖李君，以春秋起家。架學飛才，馳騁當世。於書無所不窺，以其間徧閱二藏，探〔三〕空空於釋部，覈玄玄於道流，而折衷之以歸一。於儒曰六經注脚，於釋曰無法可說，於道曰無名天地之始。懸解朝徹，自得於筌蹄標指之外。其爲文辭，演迤負含，橫見側出。往往遇異人，游異境，述異事，談異緣，破俗士井猿之疑，發小儒醯雞之覆，使人耳目回易，魂魄互居，殆有非尋常名教崖穴所可得而韜束者。惜其遭時不若金華立於開天神聖之朝，得以黼黻三〔四〕教，潤色皇業，迴翔郎署〔五〕，身爲遺老。而徒以偉詞鴻筆，塗蕘醉墨，託寄於虞初、諸臯之間，此則〔六〕可爲三歎者也。

然余又有以爲李君誦〔七〕者。君本椒塗外家，盤根仙李，蓋慈聖皇太后之諸孫也。慈聖發祥沙麓，流虹繞電，四十年母儀天下。君以近屬子姓，被服儒素，超然於綺襦紈袴之間，含章挺生，非偶然者。漢永平中，四姓小侯，皆令入學，所以矯俗厲薄，反之忠孝。而和憙后謂貴戚之家，温衣美食，乘堅策良，面牆術學，不識臧否。今慈聖之宗，有如李君者出焉，則豈非本朝三百年，後宮陰敎，度越前古，珩璜琚瑀之訓，自六宮以覃九族而能然者與？

昔者蘇子瞻作趙令畤〔八〕字辭，取詩人麟趾公子之義，字之曰德麟。余敢竊取以序李〔九〕君之文。稱人之善，必歸本於國家，亦子瞻之志也。重光赤奮若之歲四月二十九日〔一〇〕。

【校記】

〔一〕此文邃本、鄒鎡序本無，金匱本有。亦收於邃印何焯舊藏有學集補遺鈔本（以下簡稱何藏補遺）及虞山瞿氏藏鈔本牧翁有學集文鈔補遺（以下簡稱文鈔補遺）中。何藏補遺題無「稿」字。

〔二〕金匱本、文鈔補遺作「緒」，何藏補遺作「諸」。

〔三〕何藏補遺作「探」，金匱本、文鈔補遺作「控」。

〔四〕金匱本、文鈔補遺作「三」，何藏補遺作「之」。

〔五〕何藏補遺作「署」，金匱本、文鈔補遺作「潛」。

〔六〕金匱本、文鈔補遺有

「則」字，何藏補遺無。　〔七〕文鈔補遺作「誦」，金匱本、何藏補遺作「頌」。　〔八〕金匱本、文鈔補遺作「時」，何藏補遺作「時」。　〔九〕金匱本、文鈔補遺作「李」，何藏補遺作「於」。　〔10〕自「昔者」以下至「九日」六十四字，文鈔補遺有，金匱本脫。何藏補遺脫「重光」以下十三字。

霜哺篇墨跡卷序〔一〕

國家旌門之制，昉於有唐〔二〕。烏頭二柱，雙闕一丈，圬以白而赤其兩角，使觀者回心而悛行焉。其風厲甚廣也。

世道交喪，旌典缺遺，論門閥焉，限額數焉，按驗胥吏之奏報焉。鄉里婦孺，截髮刖鼻，而不得與於崇臺綽楔之褒者多矣。於是吳門袁子重其，愍其母之苦節不獲聞於當宁，徧乞海内賢士大夫之言以表異之。以爲烏頭雙闕，旌在一時，不若彤管之詞，區明風烈，可以垂窮塵而敝天壤也。袁子之心良苦，其所以旌其親者，可謂至矣。

假令袁子居今之世，乘時藉勢，變奇成偶，黄金横帶，青絲絡馬，拜其母於堂下。其母不爲狄梁公之姨，則爲姚榮公之姊，引裾奮袂，唾而棄之，於養志乎何居？今袁子布衣蔬食，傭書問字，年齒未衰〔三〕，儼然如遺民故老。每采一詩、乞一文，歸而莊誦母〔四〕旁，聲滿天地，若出〔五〕金石。介之推之偕隱，潁封人之錫類，何以異此？袁子之所以旌其母者，亦袁子之所以自旌者也。詩序曰：「白華，孝子之潔白也。」袁子可謂白華之孝子矣。觀斯編者，無忽乎袁子之自旌者則可也。

【校記】

〔一〕此文邃本、鄒鎡序本無，金匱本有。亦收於何藏補遺及文鈔補遺中。何藏補遺、文鈔補遺「卷」下有「總目」二字，金匱本無。〔二〕金匱本、文鈔補遺有「有」字，何藏補遺無。〔三〕何藏補遺、文鈔補遺作「衰」。金匱本作「哀」。〔四〕何藏補遺「母」下有「之」字，金匱本、文鈔補遺無。〔五〕金匱本、何藏補遺有「出」字，文鈔補遺無。

有學集卷十七

序

梅村先生詩集序

余老歸空門，不復染指聲律，而頗悟詩理。以爲詩之道，有不學而能者，有學而不能者，有可學而能者，有可學而不可能者，有學而愈能者，有愈學而愈不能者。有天工焉，有人事焉。知其所以然，而詩可以幾而學也。間嘗趣舉其說，而聞者莫吾信。頃讀梅村先生詩集，喟然歎曰：嗟乎！此可以證明吾說矣。

夫所謂不學而能者，三侯、垓下、滄浪、山木，如天鼓谷音，稱心而衝口者是也。所謂學而不能者，賦名六合，句取切偶，如鳥空鼠唧，循聲而屈步者是也，此非所以論梅村之詩。梅村之詩，其殆可學而不可能者乎？夫詩有聲焉，宮商可叶也。有律焉，聲病可案也。有體焉，正變可稽也。有材焉，良楛可攻也。斯所謂可學而能者也。若其調之鏗然，金舂而石戛也；氣之能然，劍花而星芒也；光之耿然，春浮花而霞侵月也；情之盎然，草碧色而水綠波也。戴容州有言：「藍田日煖，良玉生煙，可望而不可置于眉睫之間。」以此論梅村之詩，可能乎？不可能乎？文繁勢變，事近景遙，或移形于跬步，或縮地于千里。泗水秋風，則往歌而來哭；寒燈擁髻，則生死而死生。可能乎？不可能乎？所謂可學而不可能者信矣。而又非可以不學而能也，以其識趣正定，才力宏肆，心地虛明，天地之物象，陰符之生殺，古今之文心名理，陶冶籠挫，歸乎一氣，而咸資以爲詩。善畫馬者曰，天閑萬廐，皆吾師也。安有撑腸雷腹，蟬吟蚓竅而謂之能詩者哉？玄黃金碧，入其罏鞴，皆成神丹，而他人則爲掇拾之長物。么絃孤韻，經其杼軸，皆爲活句，而他人則爲偷句之鈍賊。參苓不能生死人，朱鉛不能飾醜女，故曰有學而愈能，有愈學而愈不能。讀梅村詩者，亦可以霍然而悟矣。

竊嘗謂詩人才子，皆生自間氣，天之所使以潤色斯世，而本朝〔一〕則多出詞林。然自高青丘以降，若李賓之、楊用修者，未易一二數也。豐水有芑，生材不盡。而產梅村于隆平之後，以錦繡爲肝腸，以珠玉爲咳唾，置諸西清東序之間，俾其鯨鏗春麗，眉目一世。輇材小生，不自量度〔二〕，猥欲以煩聲促節流漂嘈囋，爭馳尺幅之上，豈不誖哉！余故略舉學詩之說以引其端。世之踸踔短垣，呼囂相命者，聞余言，固將交綏引去。而余以老耋才盡，目瞪吻燥，自詭于僝書焚筆者，庶亦可以有辭也。

【校記】

【一】金匱本作「本朝」，邃本、鄒鎡序本作「近禩」。

【二】金匱本作「量度」，邃本、鄒鎡序本作「度量」。

季滄葦詩序

甲午中秋，余過蘭江，滄葦明府訪余舟次，譚余所輯列朝詩集，部居州次，累累如貫珠。人有小傳，趣擧其詞，若數一二。余邮然心異之，硯祥告我曰：「滄葦購得此集，繙閱再三，手自採纈，成大掌簿十帙，雖書生攻兔園册，專勤無如也。視事少間，發憤讀書，丹鉛金矢，案牘交互。午夜伊吾，與銅籤聲相應。其爲詩，劌心鉥腎，茹古吐今，必欲追配作者。願就正于夫子，而未敢輕出也。」余問諸滄葦，弗應。從硯祥〔一〕再索得之，信滄葦之雄于詩也。

今夫人之稱詩者，眉目不同，興會各異，設壇分墠，互相甲乙。遠則追隨秦、雒，近則跳踉〔二〕越、楚，縱極其精神才力，横度捷出，不過滅沒于二百年來名人魁士沉淵洑流之中，亦成其爲今人之詩而已矣。三百篇以後，騷、雅具在。太史公曰：「國風好色而不淫，小雅怨誹而不亂。」此千古論詩之祖。劉彦和蓋深知之，故其論詩曰：「軒翥詩人之後，奮飛詞家之先。」三百篇變而爲騷，騷變爲漢、魏古詩，根柢性情，籠挫物態，高天深淵，窮工極變，而不能出于太史公之兩言。所謂兩言者，好色也，怨誹也。士相媚，女相說，以至于風月嬋娟，花鳥繁會，皆好色也。春女哀，秋士悲，以至于白駒刺作，角弓怨張，皆怨誹也。好色者，情之橐籥也。怨誹者，情之淵府也。好色不比于淫，怨誹不比于亂，所謂發乎情、止乎義理者也。人之情眞，人交斯僞。有眞好色，有眞怨誹，而天下始有眞詩。一字染神，萬劫不朽。鍾記室論十九首，謂「驚心動魄，一字千金。」太白歎吾衰不作，子美矜得失寸心，皆是物也。今不讀古人之詩，不知其言志永言眞正血脈，而求師于近代，如躄人之學步，如傖父之學語，其不至于胃足沓舌者，則亦鮮矣。

滄葦之詩，意匠深，發脈厚，才情颷迅，意思霞舉，策驥足于修途，可以無所不騁，而迂轡弭節，退而欲自負于古人。世之無眞詩也久矣，以滄葦之才，好學深思，精求古人之血脈，以追遡國風、小雅之指要，詩道之中興也，吾有望焉。余觀滄葦就正之雅意，知其不以面諛責我也，爲申言學古之說以有合焉，且以有進焉。昔者蘇子瞻兄弟旣舉進士，子瞻官鳳翔，寄子由于長安，其詩曰：「遙知讀易西窗下，車馬敲門定不膺。」古人榮進之初，讀書尙志，其厚相期待如此。今之君子，知此意者鮮矣。余之期滄葦以有成者如此，不獨以其詩也。

【校記】

〔一〕各本俱誤作「詳」，今改正。

〔二〕各本俱誤作「浪」，今改正。

施愚山詩集序

西昌陳子伯璣來告我曰：「宛陵施愚山先生，今之梅聖俞也。聖俞之詩，得歐陽子之文而益顯。今愚山不敢自定其詩，而有待夫夫子。衡也敢助之以請，夫子其無辭！」余受而卒業，誦詩而論其世，蓋三歎焉。

昔者隆平之世，東風入律，青雲干呂，士大夫得斯世太和元氣吹息而爲詩。歐陽子稱聖俞之詩哆然似春，淒然似秋，與樂同其苗裔者，此當有宋之初盛，運會使然，而非人之所能爲也。兵興以來，海內之詩彌盛，要皆角聲多，宮聲寡；陰律多，陽律寡；噍殺恚怒之音多，順成嘽緩之音寡。繁聲入破，君子有餘憂焉。愚山之詩異是，鏘然而金和〔一〕，温然而玉詘。拊搏升歌〔二〕，朱絃清氾，求其爲衰世之音，不可得也。歐陽子曰：「樂者，天地人之和氣相接者也。地氣不上應曰雺，天氣不下應曰霧。天地之氣不接，而人之聲音從之。」愚山當此時，能以其詩迴斡〔三〕元氣，以方寸之管，而代伶倫之吹律，師文之扣絃〔四〕，何其雄也。

記曰：「温柔敦厚，詩之教也。」說詩者謂雞鳴、沔水殷勤而規切者，如扁鵲之療太子；溱洧、桑中咨嗟而哀歎者，如秦和之視平公。病有淺深，治有緩急，詩人之志在救世，歸本于温柔敦厚，一也。愚山視學齊、魯，祠伏生，旌孫明復、石介，享鐵司馬七公，嘘枯吹燼，賡厲風教。敦伐木友生之義，哭顧夢游之喪，瓦燈敝帷，過時而悲。温柔敦厚之教，詩人之鍼藥救世，愚山蓋身有之。詩有之：「神之聽之，終和且平。」和平而神聽，天地神人之和氣所由接也。其斯以同樂之苗裔而爲詩人救世之詩也與？

陳子曰：「詩爲樂之苗裔，衡聞之矣。審樂音以論世，本詩教以救世，大哉斯言，殆歐陽子之所未及也。請授簡書之，以爲愚山詩序。」

【校記】

〔一〕金匱本有「和」字，邃本、鄒鎡序本無。〔二〕金匱本有「歌」字，邃本、鄒鎡序本無。〔三〕各本俱誤作「幹」，今改正。〔四〕金匱本有「師文之扣絃」五字，邃本、鄒鎡序本無。

宋子建遙和集序

宋子子建盡取六代三唐之詩，句比字櫛，繼聲屬和，名之曰遙和集，而請余爲序。夫和詩而次韻，非古也，次韻而盡古人之詩，尤非古也。國初沿元季餘風，高棅、張楷之流，徧和鼓吹、三體、瀛奎諸集，浩汗曼衍，盈箱充宇，迄于今邯鄲之步已窮，兔園之册盡醬，有識者遇之，咸睨而弗顧也。子建亦何取而爲是哉？

竊謂和古人之詩，其難有三。牢籠古今，極命庶物，沿流溯源，文從字順，古人之學也。無其學而捃拾，撦撏割剝，剽略枝梧，如窮子之博易，如貧女之縫紝，爲陋而已矣。區明風雅，別裁僞體，標舉興會，萌茁時運，古人之識也。無其識而彷竊，逐響尋聲，拍肩取道，如水母之傭目，如屈蟲之循枝，爲愚而已矣。擺落悠悠，望古遙集，晞髮咸池，濯足東海，古人之志也。無其志而呫噪，夢囈歌哭，狂易叫囂，如豕腹之彭亨，如蠅聲之喧沸，爲妄而已矣。子建器資敏，學殖厚，其識其志，又足以發之。窮年屏力，掉鞅詞壇，遂能含咀百家，籠挫千古，馳騁下上，而不蹈夫三者之病，又何疑哉？

古之和詩者，莫善于江淹。江之言曰：「蛾眉詎同貌，而俱動〔一〕于魄；芳草寧共氣，而皆悅于魂。」論詩而至于動魄悅魂，精矣，微矣。推而極之，三百篇、騷、雅以迄唐後之詩，皆古人之魄也。千秋已往，窮塵未來，片什染神，單詞刺骨，揚之而色飛，沉之而心死，非魄也，其魂也。鍾嶸之稱十九首：「驚心動魄，一字千金。」正此物也。如其不爾，則玄黃律呂，金碧浮沉，皆象物也，皆死水〔二〕也。雖其駢花麗葉，餘波綺麗，亦將化爲陳羹塗飯，而矧其諓諓者乎？子建所和之詩，皆魄也。有魂焉以尸之，經營將迎，意匠恍忽，所謂動魄悅魂者，江氏能言之，而子建能知之。後之和詩者，其可爲標表已矣。余于子建之詩，趣舉之未能詳也，姑述其謏聞以質之，且爲學詩者告焉。

或曰：「昔者陳思王游魚山，中夜聞天樂悽惋，寫而傳之。梵音流于中土，蓋自此始。此遙和之精者也。宋子慕思王之才，遂與同字。昔子建之所和，梵天之樂也。今子建之所和，人世之音也。今也不思王之儗，而比量于高、張諸人，何斤斤也？」余蹶然而起曰〔三〕：「有是哉！」并書之以爲序。

【校記】

〔一〕金匱本作「動」，邃本、鄒鎡序本作「同」。〔二〕金匱本作「水」，邃本、鄒鎡序本作「生」。〔三〕金匱本作「曰」，邃本、鄒鎡序本作「也」。

宋玉叔安雅堂集序

萊陽宋先之，與余爲縞紵交。先之稱其家世勳有二才子，玉叔尤雄駿。陵谷遷改，宋氏長老，取次彫謝，玉叔遂以文章氣誼，羽儀當世。辛丑夏，余過武林，俛仰今昔，悽然有雍門之悲。已得盡讀其詩文，而玉叔屬余爲其序。

余故不知言詩，強仕已後，受教于鄉先生長者流，聞臨川、公安之緒言，詩之源流利病，知之不爲不正。家世與弇州游好，深悉其晚年追悔，爲之標表遺文，而抉擿其指要，非敢以臆見爲上下也。今之結儔附黨，羣而相噪者，祖述弇州之初學，掇拾其嘔噦之餘，以相薦揚。諺有之，海母以蝦爲目。二百年來，俗學無目，奉嚴羽卿、高廷禮二家之瞽說以爲蝦目。而今之後，人又相將以俗學爲目。由達人觀之，可爲悲憫。

此其說在羣兒之雹論也；羣兒不識珠，見雨雹焉，以爲珠也，掬而藏之，俄而無餘質矣。有大長者，富有寶珠，羣兒相與噪曰：「此雹也，非珠也。」雜然抵而去之。其黠者則又咻曰：「果珠也，安知吾昔日之雹，非長者之珠？」長者心目了然，自信其爲珠。羣兒論雹爲珠，論珠爲雹，喧呶聒耳，都盧一笑而已。玉叔之詩，長者之寶珠也，一以爲隋侯，一以爲泉客，其光可以照乘，而其餘可以彈鵲，其爲珠不爲雹，不待有目者而後知也。然而羣兒之雹論，日喧呶而未已。羣兒固不能指雹以亂珠，而抑將假長者之珠以蓋雹也。玉叔雖自信其珠，其若之何？

吳門葉襄聖野，吾徒之知言者也。其序玉叔之詩曰：「天才儁朗，逸思雕華，風力既遒，丹彩彌潤。陶寫性靈，抒寄幽憤。聲出宮商，情兼雅、頌，其詩人之雄乎？」聖野之頌玉叔，可謂信而有徵矣。玉叔櫝長者之寶珠，慨然自信，登壇立墠，一掃羣兒之雹論。滄海横流，庶有豸乎？然此言自余發之，彼以我將易置將帥，空其壁壘也，其羣噪將益甚。而吾所稱引葉生者，窮老逢掖，墓木已拱，不若膏唇拭舌之流，可以助予也。此亦蘄乎玉叔之自信而已矣。夫士固未有不自信而能單出獨樹，卓立于今古者也。

王貽上詩序

神廟庚戌之歲，偕余舉南宮者，關西文太清、新城王季木、竟陵鍾伯敬，皆雄駿君子，掉鞅詞壇。太清博而奥，季木贍〔一〕而肆，踔厲風發，大放厥詞。太清贈季木曰：「元美吾兼愛，空同爾獨師。」蓋其宗法如此。而伯敬以幽閒隱秀之致，標指詩歸，竄易時人之耳目。迄于今，輇材諷說，簸弄研削，莫不援引鍾、譚，與王、李、徐、袁分茅設蕝。而關西、新城之集，孤行秦、齊間，江表之士，莫有過而問者。三子之才力，伯仲之間耳，而身後之名，飛沈迥絶，殆亦有幸有不幸焉。千秋萬歲，古人所以深歎于寂寞也。

季木歿三十餘年，從孫貽上，復以詩名鵲起。閩人林古度銓次其集，推季木爲先河，謂家學門風，淵源有自。新城之壇坫，大振於聲銷灰燼之餘，而竟陵之光燄熸矣。余蓋爲之撫卷太息，知文苑之乘除，有刦運參錯其間，抑亦可以觀天咫也。

嗟夫！詩道淪胥，浮僞並作，其大端有二。學古而贋者，影掠滄溟、弇山之賸語，尺寸比儗，此屈步之蟲，尋條失枝者也。師心而妄者，懲創品彙、詩歸之流弊，眩運掉舉，此牛羊之眼，但見方隅者也。之二人者，其持論區以别矣。不知古學之由來，而勇於自是，輕於侮昔，則亦同歸於狂易而已。貽上之詩，文繁理富，銜華佩實。感時之作，惻愴于杜陵；緣情之什，纏綿於義山。其談藝四言，曰典，曰遠，曰諧，曰則。沿波討源，平原之遺則也；截斷衆流，杼山之微言也；別裁僞體，轉益多師，草堂之金丹大藥也。平心易氣，耽思旁訊，深知古學之由來，而於前二人者之爲，皆能淘汰其癥結，祓除其嘈囋。思深哉！小雅之復作也，微斯人，其誰與歸？

貽上以余爲孤竹之老馬，過而問道於余，余遂趣舉其質言以爲敍。往余嘗與太清、季木論文東闕下，勸其追遡古學，毋沿洄於今學而不知返。太清喟然謂季木曰：「虞山之言是也，顧我老不能用耳。」今二子墓木已拱，聲塵蔑如。余八十昏忘，值貽上代興之日，向之鏃礪知己，用古學勸勉者，今得于〔二〕身親見之，豈不有厚幸哉！書之以慶余之遭也。

【校記】

〔一〕金匱本作「贍」，邃本、鄒鎡序本作「瞻」。

〔二〕金匱本作「于」，邃本、鄒鎡序本作「子」。

周元亮賴古堂合刻序

癸巳春，余游武林，得元亮清漳城上四章，讀而歎曰：「余與元亮別八年矣，久不見元亮詩，不謂筆力老蒼，感激悲壯，一至于此！」今年相遇吳門，乃盡見其賴古堂諸刻，情深而文明，言近而指遠，包涵雅故，蕩滌塵俗，卓然以古人爲指歸，而不墮入于昔人之兔徑與近世之鼠穴，信元亮之雄于詩也。

或曰：「子之推許元亮也，其旨要可得聞乎？」余告之曰：「有本。古之爲詩者有本焉，國風之好色，小雅之怨誹，離騷之疾痛叫呼，結轖於君臣夫婦朋友之間，而發作于身世偪側、時命連蹇之會，夢而噩，病而吟，舂歌而溺笑，皆是物也。故曰有本。唐之李、杜，光燄萬丈，人皆知之。放而爲昌黎，達而爲樂天，麗而爲義山，譎而爲長吉，窮而爲昭諫，詭灰奡兀而爲盧仝、劉叉，莫不有物焉，魁壘耿介，槎枒于肺腑，擊撞于胸臆，故其言之也不慚，而其流傳也，至于歷刼而不朽。今之爲詩，本之則無，徒以詞章聲病，比量于尺幅之間，如春花之爛發，如秋水之時至，風怒霜殺，索然不見其所有，而舉世咸以此相夸相命，豈不末哉！」

元亮之爲人也，孝于親，忠于君，篤摯于朋友，巍然巨人長德也。汴水城壞，張林宗抱其詩文，與二子淪水中。元亮兄弟行求其少子，載以歸家。于役返里，躬送之還中牟。其守濬也，故人門客，在重闈中，相與登陴賦詩，抗詞同日，無一人思解免者。蘊義生風，緣情仗境，珪判而璋合，金舂而玉應，此元亮之所以爲詩也，而豈徒哉？

元亮近在樵川，痛詩道榛蕪，刻嚴羽詩話以風示海內。滄浪之論詩，自謂如那吒太子，拆骨還父，拆肉還母，而未嘗探極于有本。謂詩家玲瓏透徹之悟，獨歸盛唐。則其所矜詡爲妙悟者，亦一知半解而已。余懼世之學詩者，奉滄浪爲質的，因序元亮詩而梗概及之。若其論詩之誤，俟他日篝燈剪韭，抵掌極論，而茲固未能悉也。

賴古堂文選序

己丑之春，余釋南囚歸里，盡發本朝藏書，裒輯史乘，得數百帙，選次古文，得六十餘帙，州次部居，遺蒐闕補，忘食廢寢，窮歲月而告成。庚寅孟冬，不戒于火，爲新宮三日之哭，知天之不假我以斯文也。息心棲神，皈依內典，世間文字，眇然如塵沙積刦矣。越五年甲午，遇周子元亮于吳門，出賴古堂文選屬余是正，且請爲其序。序曰：

近代之文章，河決魚爛，敗壞而不可救者，凡以百年以來，學問之繆種，浸淫于世運，熏結于人心，襲習綸輪，醞釀發作，以至于此極也。蓋經學之繆三：一曰解經之繆，以臆見考詩、書，以杜撰竄三傳，鑿空瞽說，則會稽季氏本爲之魁；二曰亂經之繆，石經託之賈逵，詩傳儗諸子貢，矯誣亂眞，則四明豐氏坊爲之魁；三曰侮經之繆，訶虞書爲俳偶，摘雅、頌爲重複，非聖無法，則餘姚孫氏鑛爲之魁。史學之繆三：一曰讀史之謬，目學耳食，踵温陵卓吾之論〔一〕，而漫無折衷者是也；二曰集史之繆，攘遺拾瀋，昉毗陵荆川之集錄，而茫無鈎貫者是也；三曰作史之繆，不立長編，不起凡例，不諳典要，腐于南城皇明書，蕪于南潯大政記，踳駁于晉江名山藏，以至于盲瞽僭亂，蟪聲而蚋鳴者皆是也。說文長箋行而字學繆，幾何原本行而曆學繆，冬瓜瓠子之禪行而禪學繆。凡此諸繆，其病在膏肓腠理，而癥結傳變，咸著見于文章。

文章之壞也，始于餖飣掇拾，剽賊古昔；極于驕僨昌披，偭背規矩。星移物換，霜降水涸，而類古之選始出。是選也，遡古學，搜繆種，窮雅故于經史，甄流別于文字，剪削枝葉，芟薙稂莠，恤恤乎其恐失也，愀乎悠乎其有餘思也。余讀之皤然而喜，退而有憂焉。何憂乎？憂夫學問之繆種，誠難于祓除，而文章升降之際，未易以隻手挽也。日者雲間之才士，起而噓李、王之燄，西江爲古學者，昌言闢之。闢之誠是也，而或者揚搉其持論，以爲敢于評古人而易于許今人，抹殺文選，詆諆文賦，非敢乎？某詩偪太白，某文過昌黎，非易乎？有敢心焉以評古，此則知古人之淺也。有易心焉以許今，此亦愛今人之薄也。塗車芻靈，象物也。耳目鼻口，象人也。有化工焉，有神理焉，非其象之謂也。規模韓、柳，擬議歐、曾，宗雒、閩而祧鄭、孔，主武夷而賓鵝湖，刻畫其衣冠，高厚其閈閎，龐然標一先生之一言，而未免爲象物象人之似，則亦向者繆種之傳變，異候而同病者也。嗟乎！目睫之論，其則不遠。口耳之間，相去幾何？余之憂，亦元亮之憂，亦西江諸君子之憂也。

徐巨源，余通家稚弟也〔二〕，詒書往復，巨源不以爲不然。艾千〔三〕子不遠二千里爲其母乞銘，來商此事，值余赴急徵而返，日月逾邁，存歿迢然。因元亮之請序，發其狂言，亦猶昔之思復于巨源、千子者也。重爲告諸君子，余老矣，付以斯文，有元亮在。繼自今，相與肆力古學，發皇蕩滌，煥然與唐、宋同風，余得慭執其緒言，自附于老馬之識路，其亦與有庸哉！

【校記】

〔一〕金匱本「論」下有「斷」字，遂本、鄒鎡序本無。〔二〕金匱本「弟」下有「也」字，遂本、鄒鎡序本無。

〔三〕金匱本「艾」下有「千」字，遂本無。鄒鎡序本「艾」誤作「父」。

申比部詩序

申長公維志者，故少師文定公之冢孫也。官南比部，執政張羅鉤黨，毒螫善類，傳示風旨，嶷然不爲動；遂受譙鐫以去。余聞而壯之。歸而杜門却掃，不關人事，名行益修，學殖益厚，而聲律亦益工。吳之士友，相率排定其詩凡四卷，而請余爲序。

余初入史館，謁文定于里第，稟承其訓辭，所謂「昔我有先正，其言明且凊」者也。晚而採詩于館閣，萬曆中以文定爲首。追思太平風流宰相，一觴一詠，翰墨游戲，皆乘載國家之元氣以出。流風餘韻，可以衣被百世，而況其孫子乎？比部之詩，鏘然而珠圓，渾然而璧合，玉瓚黃流，爲當世所貴重。而其源之出于文定也，余則能知而言之。

昔者歐陽永叔譜洛陽之花，以謂花之極其美，與夫瘿木擁腫之極其惡，醜好雖異，而得分氣之偏，爲元氣之病則均。予甚以爲不然。造化吉祥之氣，與國家休明之運，旁薄結轖，而鍾美于人物，必有奇絶殊尤者出於其間，草木之華，亦中氣之分也，而可以爲病乎？卷阿之九章，言鳳凰之鳴也，必曰「于彼高岡」，言梧桐之生也，必曰「于彼朝陽」。説詩者謂高岡集止之地，以喻國家陽被温仁之氣，亦君德也。謂天地之正氣，不宜限而自私者，亦過也。文定之事我神祖，卷阿之鳳凰也。比部則其長離鸑鷟也。來歌矢音，再世而其詩益昌，其爲草木之華也亦大矣，由是而益知永叔之非通論也。

嗟夫！國家二百餘年，世習平康正直之俗，人被温柔敦厚之敎。比部之詩，多出于黍離之後，雍頌爾雅，噍殺不作，梧桐之萋萋，鳳凰之雝喈，宛然猶在尺幅之中。國家忠厚，仁及草木，吾夫子之所以歎豐芑也。論次比部之詩，而推本于文定，可以興，可以觀矣。蘇子有云：「使天下之人，相與勉爲忠厚，而恥爲媮薄，或由於此。」斯余之志也矣。

江田陳氏家集序

余近輯列朝詩集，釐爲甲乙丙丁四部，而爲之序曰：「遺山中州集止于癸，癸者，歸也。余輯列朝詩止于丁，丁者，萬物皆丁壯成實，大盛于丁也。」蓋余竊取删詩之義，顧異于遺山者如此。而閩中孝廉陳昌箕以江田詩乘示余，俾爲其序。

余觀陳氏家集，江山公伯康，洪武間任江山令，則甲集中人也。贊善公完、中書公登、侍講學士公全，登朝永、宣間，則乙集中人也。布政公崇德、教諭公良貴，在成化中，則丙集中人也。太常少卿聯芳、兵侍郎省，在嘉靖、萬曆間，則丁集中人也。陳氏一門，歷三百年，簪纓不絶，蘭錡相望，又能以詩世其家。金、張舊業，七葉漢貂，視陳氏有媿色焉。班固有言：「國藉十世之基，家承百年之業，士食舊德之名氏，農服先疇之畎畝，商循族姓之所鬻，工用高曾之規矩。」我國家綦隆盛治，流漢漂唐，久道化成，人文滋茂，燦然三代同風。以陳氏一家徵之，豈不信哉！

昌箕之輯是集也，其不獨以頌箕裘，誇閥閱，徘徊黍離麥秀之秋，而闡揚菁莪豐芑之盛，其意尤可感而傳也。余採閩詩，未獲斯集，多所闕遺。因昌箕之索序，喜得附名其後也，不敢以老髦辭。詩曰：「昔我有先正，其言明且清。」自丁以上，江山諸公當之矣。又曰：「子子孫孫，勿替引之。」自丁以下，豈非昌箕之責乎？萬物盛於丙，成於丁，茂於戊。丁於時爲夏，夏，大也；於人爲四十〔一〕強仕之年，年，幹也。自江山諸公以逮昌箕，於時有夏。昌箕年方強仕，於幹爲丁，鴻朗莊嚴，富有日新，丁成而戊茂，將于是乎在。詩曰：「豐水有芑〔二〕，武王豈不仕。貽厥孫謀，以燕翼子。」百世之仁也。此又余所以竊取删詩之義，敬爲江田之後人告焉。

【校記】

〔一〕金匱本有「十」字，遂本、鄒鎡序本無。

〔二〕金匱本有「豐水有芑」四字，遂本、鄒鎡序本無。

葉九來鋤經堂詩序

余老歸空門，閣疏翰墨，歸子玄恭過而詫曰：「鹿城、婁水，才士蔚起，以探珠採玉爲能事。葦蕭之人至矣，能終爲驪龍之睡乎？」余笑而不應。近示余以賞花諸記，得呼子得下斷句詩，禪誦之餘，挑燈長吟，癢癢然如不自禁，久之乃已。少時，葉子九來，以近刻詩見貽，開卷見得下敘，讀之而歎，斯所謂崑山之人，以玉抵鵲者耶？玄恭之惎我宜也。

九來爲童子時，背誦覆局，賦詩驚動長老。長而學益殖，才益老，杼軸性情，鈎貫風雅，爬梳于物情世變，七言歌詩，尤爲夐厲，如健馬在御，蹀蹀不能止。要其天才激越，鬱負秀氣，抉剔剽眑傭販之病，合于自然。呼、葛二子之序，庶幾似之。皇甫持正稱顧逋翁之詩，謂吳中太湖異石，洞庭朱實，華亭鶴唳，與虎丘、天竺佛寺鈎綿，秀絶出其〔一〕中間。翕輕清以爲性，煦鮮榮以爲詞，故非尋常所能及。崑山一峯，秀出海〔二〕上，奇石空中，玲瓏漏穿。文人才子飲食其輕清鮮榮之氣，玉膏金壺，湧出筆端，穿天心而出月脇，誠有如持正之所云。斯世之割剝補緝、翦紙花、畫死水者，宜其日相倍而不能以幾及也。當勝國末，楊廉夫以風流儒雅，主盟江左。崑山之傑出者，郭翼羲仲、袁華子英、呂誠敬夫，皆出其門，而鐵厓之道益尊。余昏忘失學，九來以禮先一飯，俾敍其詩，有深愧焉。然鐵翁老不解事，酒後耳熱，塗膏醉墨，猶欲與諸子掉鞅決勝。余今爲啞羊僧，憑軾以觀文戰，風檣陣馬，鯨呿鼇擲，髣髴齋鐘佛火間。日昃而歌，聊以送老，其暇逸過廉夫遠矣。書以敍九來之詩，竊以自幸，玄恭又何以甚我也？

【校記】

〔一〕邃本、鄒鎡本有「其」字，金匱本無。　〔二〕金匱本有「間翁」以下至「出海」二十七字，邃本、鄒鎡序本無。

金爾宗詒翼堂詩草序

嘉定有懷文抱質，温恭大雅之君子，曰金先生子魚。其子曰德開，字爾宗，以文行世其家。爾宗沒十餘年，其子熊士，刻其遺詩三卷，而請余爲其序。

往予獲交子魚，爾宗以執友事余，摳衣奉手，不命之進不敢進，訢訢抑抑如也。子魚沒，爾宗請余誌其墓，其事余益恭。今爾宗不幸早世，其子起士字懷節者，遭逢國難，早夜呼憤，竟以強死。其歌詩爲人傳寫，位置于殷士周黎之間。蓋余之交於金氏者三世，其髫童毁齒，荷衣出拜者，皆已化爲古人，而余猶執筆而敍其詩，可歎也！

嘉定爲吳下邑，僻處東海，其地多老師宿儒，出於歸太僕之門，傳習其緒論。其士大夫相與課詩、書，敦名行，父兄之訓誨，師友之提命，咸以謏聞寡學，叛道背德爲可耻。爾宗爲子魚之子，胚胎前光，得以服事其鄉之孝秀，若唐叔達〔一〕、婁子柔、程孟陽者，濡染其風尚，而浸漬其議論。蓋其學問不出于家庭唯諾几席杖函之間，而話言誦習，已超然拔出于俗學矣。其爲詩，故未嘗矜辨博，獵新詭，求以自異於人。顧其情眞，其詞婉，雍頌諷歎，行安而節和，遠不違唐人之聲律，而近不失鄉里名家和平深穩之矩度。譬諸王、謝子弟，風流吐納，望而知非俗子，固不待揄長裙，躡高屐，以奇服盛飾爲能事也。

嗟乎！斯世之俊民才子，含章〔二〕挺生者，皆天地之間氣也。世之隆也，天地精英之氣，韞結而爲崑山之玉、合浦之珠，精神渾圓，輝藪澤而見山川。子魚之後有爾宗焉非與？迨其降也，天地精英之氣，刻露而爲赤堇之銅，都山之鐵，光芒騰上，干星文而沸江水。爾宗之後有懷節焉非與？夫以嘉定之多君子，讀書修行，涵養藴畜，百有餘年，風流弘長，餘分閏氣，演迤旁薄，猶濬發爲爾宗父子。自古在昔，先民有作，君子之澤，焉可誣哉！世之攬斯集者，尙有考于余言，其有感于老成典刑，如孔北海之見虎賁者，亦必爲之慨然而流涕也。

【校記】

〔一〕金匱本作「達」，邃本、鄒鎡序本誤作「遠」。

〔二〕金匱本作「章」，邃本、鄒鎡序本作「靈」。

龔孝升過嶺集序〔一〕

讀孝升先生過嶺集者，咸以韓、蘇二公爲比。余考其時世，參而論之，則亦有不盡同〔二〕者。今夫韓之於潮，蘇之於儋，皆以貶謫行，衰病入瀧，負擔渡海，鱷魚之與〔三〕伍，而桄榔之與居，皆不勝旅人遷客放流憔悴之苦。孝升之過嶺也，奉尺一之詔，持英蕩之節，州邑長吏，負弩矢前〔四〕驅。元戎連帥，帓首鞾袴，俛立道左。龍戶扶旌，馬人挾轂，此孝升之所有，而韓、蘇之所無也。越三湘，度五嶺，天水相圍，颶風撞捽〔五〕，扶胥、黃木，近〔六〕指一髮。蓋海旌幢，連天觀閣，占規外星辰之磊落，食章舉夾柱之瑰異〔七〕，此古今之所同，而韓、蘇與孝升之所偕有也。韓子之詩，莫奇於瀧吏、南食諸篇；蘇子〔八〕海南諸篇，子由謂馳騁從之，常〔九〕出其後。孝升過嶺之詩亦然。學富則使物皆靈〔一〇〕，才老則攬境卽變。山厲〔一一〕水屈，則昌黎闢其奡兀；天容〔一二〕海色，則眉山並其澄閒。此孝升與韓、蘇之所同，而世之騷人詞客，刻畫盡氣，不能追步其後塵者也。

然而有大不同者，蘇子渡海，在遲暮累躓之後，和陶之詩，思以桑榆末〔三〕景，自託於淵明，去買田陽羨，蓋無幾矣。韓子贈元協律〔四〕，自謂「不知四罪地，豈有再起辰。」潮州謝上之表，至以封禪告成爲勸。蓋其憂患〔五〕熏心，生平用壯邁往之氣，僅有存者。若吾孝升，以地負海涵之才，當日升川至之候，風雨發〔六〕於行間，雲物生於字裏。輶軒弔古，軺車覽勝。燈灺酒闌，筆酣墨飽。乾端坤倪，軒豁呈露。穹龜長魚，距躍後先。南海之百〔七〕靈祕〔八〕怪，恍惚湧現於篇什之中。蓋韓、蘇之所〔九〕乘者暮氣也，孝升之所乘者朝氣也。韓、蘇崦嵫、濛汜之日也，孝升則〔一〇〕扶桑禺中之日也。才有壯老，節有盈縮，而詩之意匠聲律從之，蓋有使之然者也。後之君子，讀過嶺之詩，比量古今同異之間，深思而自得之，無以易我言矣。

孝升使事畢，枉道曹溪，致瓣香於憨大師肉身，賦詩皈依，願與子瞻同結南華之緣，而深以退之留衣大顛終老崛強爲可恨。張燕公有言：「願寄無礙香，隨心到南海。」余與孝升，心期在是。他時志曹溪者，將有徵焉，而茲固未能備也。丁酉十月〔一一〕。

【校記】

〔一〕此文邃本、鄒鎡序本無，金匱本有。亦收於牧齋外集、邃印何焯藏舊藏有學集補遺（以下簡稱何藏補遺）、虞山瞿氏藏鈔本牧齋先生有學文集補遺（以下簡稱文集補遺）中。　〔二〕各本作「同」，何藏補遺作「然」。

〔三〕各本作「與」，何藏補遺作「爲」。〔四〕各本作「矢前」，何藏補遺無「矢」字，「前」作「長」。〔五〕金匱本、外集、何藏補遺作「捽」，文集補遺作「碎」。〔六〕外集作「近」，金匱本、何藏補遺、文集補遺作「僅」。

〔七〕金匱本、何藏補遺、文集補遺作「異」，外集作「奇」。〔八〕金匱本、外集、何藏補遺「子」下有「瞻」字，文集補遺無。〔九〕金匱本、何藏補遺作「常」，外集作「嘗」，文集補遺作「當」。〔一〇〕金匱本、外集作「靈」，文集補遺作「英」。〔一一〕金匱本、文集補遺作「厲」，外集作「屈」。〔一二〕何藏補遺脱去「詩亦然」以下至「天容」三十字，「之」下爲「客」字。〔一三〕金匱本、外集、何藏補遺作「末」，文集補遺作「暮」。〔一四〕各本作「協律」，何藏補遺作「城詩」。〔一五〕金匱本、何藏補遺、文集補遺作「患」，外集作「違」。〔一六〕各本作「發」，何藏補遺作「出」。〔一七〕各本作「百」，何藏補遺作「有」。〔一八〕何藏補遺「祕」下有「光」字，各本無。

〔一九〕外集、何藏補遺、文集補遺有「所」字，金匱本無。〔二〇〕外集、文集補遺有「則」字，金匱本、何藏補遺無。

〔二一〕外集有「丁酉十月」四字，金匱本、何藏補遺、文集補遺無。

有學集卷十八

序

卓去病全集序

嗚呼！士之求用於世也，必有所挾以自重。而世之用士也，亦必視其所挾者以重士。于是乎士之所挾者有倍稱之息，而無折閱之憂。及其兩不相遇也，士之有挾者，往往困于資地，不能自出其蘊蓄以干人主。人主之求士者，亦往往限于士之資地，不能自出其耳目以相士。而其相遇而兩〔一〕不相當也，以賈生之才，遭逢聖世，人主置之前席，咨嗟歎息，而不能不困于長沙。以九江祝生奮史魚之節，發憤懣，譏公卿，而不能與車丞相、桑大夫〔二〕爭一言之遇合。又況于吾友去病，連蹇場屋，陸沉下僚終其身，望高門省戶，數十步間，邈然如天漢者乎？

嗚呼！去病其志潔，其識堅，其風骨孤峭側出，無所附麗。以通經汲古爲其學，以致君澤民爲其志。藐然書生，講求國家兵農禮樂要務。萬曆間河決澶淵，賣田得百金，爲老丁生治裝，令巡行河決口，訪問利害，著河渠書若干篇，宗黨咸目笑之，弗顧。推去病之意，以爲他日遇主，如宋之范仲淹，人主開天章閣給筆札，令條上天下事；如南宋之陳亮布衣上殿，天子使執政召問，從何處下手。庶幾揚眉抵掌，傾囊倒庋，盡出生平所學，衣被海內。安能飾竿牘，工鞶帨，與小夫壬人，爭利便目睫間乎？

遇益左，家益貧，迂疏潦倒，不能自振，其位置日益高。晚年謫李雲中，督師陽羨盧公持節開府，去病居屬吏〔三〕末，舒雁行列，執手版〔四〕上謁已，悉謝諸大吏，延致後堂，衣褻衣〔五〕，踞上坐，爲盧公陳說數目插牙〔六〕，制馭事宜，畫灰借箸，目直上指。盧公摳衣拳手，奉教唯謹。間請問天下大計，去病盱衡大言，當今能指揮謀斷，申撻伐而闢蹙國者，虞山一人而已。余猶坐閣訟，頌繫請室，盧公裁書布幣，承問起居，其嚴重去病如此。

嗚呼！國家緩急需士，猶疾病之需藥也。去病之所諳曉者醫經經方，其所儲待，扶元起死之藥也。而世之所嗜者〔七〕，膏粱芻豢也。膏粱芻豢，可以養生而不可以療病。今唯膏粱芻豢之是甘，而上醫之藥方，屏棄而不一試。病已殆矣，乃號咷博求，冀幸一中。於是乎舊醫之乳藥，下醫之毒劑，漫嘗雜進，而病馴至于不可爲。世之薄去病者，親見揚子雲祿位容貌不足動人，聞我之論，其不揶揄而大笑者亦鮮矣。一葉落而知秋，一壺冰而知寒，一士之用舍有關于國家之大故。非識微之君子，其孰能知之而信之矣乎？讀去病之文者，其尙以余言求之。百年而後，深思尙論，想見其爲人，亦必有知余之廢書歎息，泣下沾襟而不能自已者。若其文之雄健深厚，方駕作者，去病固不自以爲能事，而讀者亦不當以此多去病也。

去病之歿，在崇禎甲申之十一月。後九年，歲在癸巳，其子人臯，始彙其全集，鏤板行世，而虞山友人錢某爲其序。

【校記】

〔一〕金匱本有「兩」字，遼本、鄒鎡序本無。〔二〕金匱本作「大夫」，遼本、鄒鎡序本誤作「夫人」。〔三〕金匱本有「吏」字，遼本、鄒鎡序本無。〔四〕金匱本有「版」字，遼本、鄒鎡序本無。〔五〕金匱本有「衣」字，遼本、鄒鎡序本無。〔六〕金匱本作「牙」，遼本、鄒鎡序本作「卜」。〔七〕金匱本有「者」字，遼本、鄒鎡序本無。

耦耕堂詩序

崇禎癸未十二月，吾友孟陽卒于新安之長翰山。又十二年，歲在甲午，余所輯列朝詩集始出，孟陽詩居丁集中，實爲眉目，而余爲小傳，以引其端，頗能推言孟陽之所以爲詩，與其論詩考古之指意。於時風人詞客，希風託〔一〕響者，咸相與欷歔懷歎，恨當吾世不得一見孟陽，又恨不得盡見孟陽之詩。於是嘉定二金子治文、渭師，從其壻孫介繕寫松圓集以後詩文曰耦耕堂集者，鏤板行世，而屬余〔二〕序之。敍曰：

耦耕堂〔三〕在虞山西麓下，余與孟陽讀書結隱之地也。天啓初，孟陽歸自澤潞，偕余棲拂水，磵泉活活循屋下，春水怒生，懸流噴激，孟陽樂之，爲亭以踞磵右，顔之曰聞詠。又爲長廊以面〔四〕北山。行吟坐臥，皆與山接。朝陽榭、秋水閣次第落成。於是耦耕堂之名，遂假孟陽以聞於四方。既而從形家言，斥爲墓田，作明發堂于西偏，而徙耦耕堂于丙舍，以招孟陽，廬居比屋，晨夕晤對〔五〕，其游從爲最密。辛巳春，約游黄山，首塗差池，歸舟值孟陽於桐江，篝燈夜談，質明分手，遂泫然爲長別矣。此集則自天啓迄崇禎拂水卜居松圓終老之作，總而名之曰耦耕者，孟陽之志也。余與孟陽相依于耦耕堂〔六〕者，前後十有餘載。孟陽歸新安，余遂彳亍里居。羽書旁午，師命促數。歲時展省，一再至山中，視所謂耦耕堂者，已邈然如傳舍矣。

孟陽歿而國變熸，餘生殘骸，求死不得。土梗偶泊，松楸僅存。往者山堂磵戸，筆牀茶竈，緑尊紅燭之樂，驚魂噩夢，瞥然不能一至，僅于孟陽詩句彷彿見之耳。喪亂廢業，歸心空門，世間文字，都不省憶。惟孟陽淸詞麗句，尚巡留藏識中。南冠越吟，嘲啁〔七〕諷詠，因而迴思昔遊，一話言，一談笑，顯顯然猶在耳目。孟陽誦持首楞嚴經，聞雞警悟，于篇什中每有省發。由今觀之，吾兩人之遊跡，雪泥鴻爪，已茫然如往刦事。此經中六〔八〕塵分別，交蘆中空，佛言如寤時人說夢中事，豈虛也哉！後之君子，讀孟陽之詩，追尋吾兩人形〔九〕跡，一切皆前塵影事，觀匿王之恆河，攬演若之朝鏡〔一〇〕，以孟陽之詩，當伽陀祇夜，而不徒以聲病格律相比量也，則庶乎其可矣。

余既衰且廢，孟陽墓田有宿草，不能往哭。又不能料理其遺文，而以累二金子，余則有餘愧矣。撰文懷人，摩娑青簡，藏山逝川，聖人亦未免有情，而況于余乎？嗟乎！此余所以敍耦耕堂之集，援筆清淚，輟簡而不能舍然者也。

【校記】

〔一〕金匱本作「託」，邃本、鄒鎡序本作「說」。〔二〕金匱本有「余」字，邃本、鄒鎡序本無。〔三〕金匱本有「堂」字，邃本、鄒鎡序本無。〔四〕金匱本作「面」，邃本、鄒鎡序本作「西」。〔五〕金匱本作「對」，邃本、鄒鎡序本作「言」。〔六〕金匱本有「堂」字，邃本、鄒鎡序本無。〔七〕金匱本有「啁」字，邃本、鄒鎡序本無。〔八〕金匱本作「六」，邃本、鄒鎡序本作「前」。〔九〕金匱本作「形」，邃本、鄒鎡序本作「遊」。〔一〇〕邃本、鄒鎡序本作「觀匿王之恆河，攬演若之朝鏡」，金匱本作「匿王恆河觀作演若朝鏡觀」。

李貫之先生存餘稿序

宋、元以來，學者窮經讀書，確有師承，幼而學，壯而成，老而傳端序。經緯精詳，次第具在。宋學士之誌曾魯者，如金科玉條，不可更易。世降道衰，教學偏背，煩蕪之章句，熟爛之時文，剽賊傭賃之俗學，耳食目論，浸淫熏習，而先民辨志敬業之遺法，不可以復考矣。迨其末〔一〕也，世益下，學益駁，謏聞曲見，横騖側出，聾瞽狂易，人自爲師。世所號爲魁士碩儒，敢于嗤點〔二〕謨誥，鐫夷經傳大書濃抹，以典訓爲劇戲。馴至于黄頭邪師、彌戾魔屬，充塞抗行，交相梟亂，而斯世遂有陸沉板蕩之禍。嗚呼！學術之失也，以其離聖而異軀，捐古而近習。方其濫觴也，朱黄丹鉛，鑽紙弄筆，相與簸弄聰明，貿易耳目。而其極也，經學蠹，人心圮。三才五常，各失其所。率獸食人，于是焉始。古者謂之非聖無法，學非而博，順非而澤，以疑衆者，誅不以聽，豈過也哉！

有明萬曆中，江陰有儒者曰李君貫之，耆年壹行，強學好問之君子也。其殖學以六經爲根柢，以程、朱爲繩尺，當斯世邪說横議，横流淪亂之日，伋其師說，強立不返，沒身而已者也。貫之沒二十有餘年，其孫成之，刻其遺文，請序于余。

嗚呼！貫之之文具在，論不越尺幅，辭不駢〔三〕枝葉，寧樸而無冶，寧直而無游，寧狹而無夸。其功則記覽講貫，其文則布帛菽粟。文中子言：「顏延之、王儉、任昉，有君子之心焉。」吾貫之其殆庶乎？取貫之之文，儷諸世之剪刻鞶帨，裁紅暈碧者，我故知其無與。以逢衣淺帶之士，守老師宿儒之學，螢乾蠹死，頭童齒豁，下上數百年，獨抱夫神徂聖伏、邪說誣民之憂，胥天下奔彴〔四〕枉矢，交流羣射，確乎其不與易也。一閧之市，必立之平。一卷之書，必立之師。桐〔五〕子之命，兔園之册，隱然與殘經絕學相爲終始，非表微之君子，其有能知而思，思而懼焉者乎？

貫之與余游，明燈張席，憂心京京，未嘗不廢書而歎。余序貫之之集，不趣舉其文，而極論教學之廢興，詞煩而不殺者，貫之之志也。貫之名如一，藏書萬卷，著禮記緝正若干卷，亂後咸燬兵火。成之於封灰焚蕩之餘，收拾餘燼，鏤板家塾，庶幾乃祖之緒言，不墜于地，可謂有志者也。

【校記】

〔一〕金匱本作「末」，遂本、鄒鎡序本作「殁」。〔二〕金匱本作「點」，遂本、鄒鎡序本作「黜」。〔三〕金匱本作「辦」，遂本、鄒鎡序本作「辨」。〔四〕金匱本作「彴」，遂本、鄒鎡序本作「約」。〔五〕金匱本作「桐」，遂本、鄒鎡序本作「相」。

蕭伯玉春浮園集序

余每與伯玉晤語，移日分夜，談諸間作。顧不恆商搉文字。間或微言評泊，相視目笑而已。天啓初，余在長安，得伯玉愚山詩，喜其煉句似放翁，寫置扇頭。程孟陽見之，相向吟賞不去口。伯玉每得詩文，矜重藏弆，丹黃點勘，比于歐、蘇諸集。彼此落落，固未嘗盱衡抵掌，以文人相命。然而兩人聞之，交相得也。喪亂甫息，伯玉遺石濤僧遺書，勸以研心內典，刊落綺語。余方箋註首楞嚴，謝絕筆墨，報書曰：「如兄約久矣。」書往而伯玉已不及見。然吾兩人文字之交，其終始如此也。今年夏五，伯玉之猶子伯升，蒐輯遺文，屬余删定，且爲其序。余得而論次之。

伯玉之詩，體氣清拔，瘦勁杲兀，取法涪州。向謂今體似放翁者，餘波綺麗，偶然合耳。又尚簡奥，標新領異，取材于劉義慶、酈道元，離奇輪囷，孤行側出，則陸魯望、司空表聖之流也。以審音之法喻之，廣場法曲，五音紛會，孤桐么絃，迥絶烟杪，誠難與絲肉競奮，娱心順耳。若夫魚山空宵，衡嶽靜夜，烟蓋停氛，燈帷靜燿。峻壁之龍吟潛戛，半峯之猿梵遙呼。人世之繁音促節，夫安得而與焉？以此評伯玉之詩文，其庶矣乎！然余之知伯玉者，蓋不盡于此。西江儒者，以道學爲教，而伯玉則歸心佛學，芟薙枝葉，即姚江諸公改頭換面者，亦不欲過而問焉。諸所悟解，以了義爲宗，以唯心爲鏡，不以性掩相，不以實掩權，不以圓融掩行布。坊禪講之末流，掃邪僞之惡網。深心苦語，低眉努目，於敍楞伽評雪浪之文，識法者懼有餘憂焉。而世之知伯玉者或寡矣。昔者法界之鏡，弘演于圭山者，以裴公美助之發明也。止觀之宗，大暢于荆溪者，以梁敬之助之治定也。末法晦蒙，正輪陵替。斯世無圭山、荆溪招揭日月，雖有淵才雅思，若吾伯玉者，如車一輪，如鳥一翼，徒抱廓清式遏之志，而無以自展。漫漫長夜，其何如而旦乎？

嗟乎！斯集行，世之知伯玉者必多矣。推伯玉之志，雖復飛文拨藻，皉皉天壤間，亦將比諸須彌之螢火，初不以斯文爲有無也。余故循而論之，以證明吾兩人文字之交，其有終始者如此。

徐存永尺木集序

崇禎己卯，存永侍尊甫興公徵君訪余拂水，存永方綺歲，才藻麗逸，余以孝穆期之。後十餘年，存永偕陳開仲自閩過存，坐絳雲樓下，摩挲沁雪石，周視插架古史舊文，談興公與孟陽遊跡。余爲詩曰：「高人有福先歸地，野老無謀但詛天。」酒罷悲吟欷歔別去。是歲絳雲樓災，存永寓書，相三日之哭。又七年，以尺木集請序。存永之詩，富有日新，至是而大就。哭曹能始長篇，述陽秋、詢琬琰，富矣哉，古良史也！往存永談閩詩，深推其友許有介。頃游南京，見有介詩，每逢佳處，把搔狂叫，喜存永爲知言。乃愾然命筆，爲其集序。乳山道士適來告曰：存永所居，偪塞戎馬，宛委江雨，桑架礮車，播遷困厄，其詩當益工，所就殆不止此。嗟夫！讀有介之詩，知閩之才士，與存永爭能鬭捷者，後出而愈奇。聽乳山之言，卽存永一人之詩，所謂見新非故者，屢遷而未見其止。甚矣人才之難盡，而斯人之文心靈氣，未可以終窮也。

唐李牟，吹笛天下第一；所吹煙竹之笛，笛中第一；瓜州江上，秋夜橫吹，寥亮逸發，爲牟生平吹笛第一。俄而鄰舟有客請吹，河山可裂，鐵管可〔一〕碎，意其蛟龍也。今存永、有介之詩，皆笛中第一也。則未知孰爲李牟之吹耶？孰爲鄰客之吹耶？余之掩袖而聽者，其爲煙竹、爲蛟龍，能一一而辨之耶？聽蛟龍之笛者，驚其入破，呼吸盤擗，以爲人世無有〔二〕。若夫雪山浴池之歌，大樹緊那之絃管，仙人狂醉，須彌踊沒，其視蛟龍之聲，不猶蠅聲之發于蚓竅耶？由是觀之，存永之詩不能盡存永，有介之詩不能盡有介，而八閩與天下之詩，心師意匠，新新不窮，其不當以方隅之見，坐井天而窺隙日也，亦若是則已矣。

白門之士，就余論詩，遂有爽然自失者。遂書之爲尺木集序。三年笛裏，關山無恙，倘期與存永、有介尊酒細論，開口而一笑也。

【校記】

〔一〕遂本、鄒鎡序本作「可」，金匱本作「粉」。　〔二〕金匱本有「世無有」三字，遂本、鄒鎡序本空缺。

唐祖命詩稿序

余同年友宣城唐君平，有才子曰允甲，字祖命，自其弱冠，才名藉甚，有詩數百篇。亂後詩益工，顧不肯盡出，僅刻其十之三四，而請余爲其序。

余老且廢業，度無以厭祖命之意，逡巡不欲爲。而祖命請益力。祖命，梅聖俞之鄉人子弟也。蓋嘗讀歐陽公敍聖俞之詩，略舉祖命之生平，而考其近似，則有不勝慨然者。歐陽公謂聖俞少習于詩，自爲童子，出語已驚其長老〔一〕，則祖命似之。聖俞累舉進士，困于州縣，年五十，猶從辟書。祖命起家中翰，遭讒放黜，喪亂屛退，長爲旅人，而年亦已五十矣。與聖俞資望不一，而其寥落不偶，未嘗不似。歐陽公稱聖俞之詩，長于本人情、狀風物，英華雅正，變態百出。祖命富于庀材，工于使物，雲譎波詭，閒見疊出，固未嘗規摹聖俞，而所謂感人之至，與樂同其苗裔者，未嘗不求其似之也。

其有不同者，聖俞生有宋百年全盛之時，朝著寧謐，四夷賓服。其仕宦連蹇，志氣不獲伸者，獨聖俞一身窮耳〔二〕，故其憂思鬱積，羈愁感歎之言，可以矢詩遂歌，發作馳騁，而其友若歐陽公、謝景初者，可以收藏類次，盡得其文詞。若吾祖命者，遘會陽九，遭逢亂離，以其矚目唔口，齩吻裂鼻，彈舌擊齒之苦，攢聚偪塞，盡託于詩，詩雖工，固有所不能盡，而又不得不盡也。則姑以篋衍爲府藏，以扃鐍爲城塹，出其十之三四，爲墨子之木鳶，而閟惜其所謂五六者，爲魯府之大弓寶玉。其所出之三四，固已足擺磨跳踔，驚動海內；其所閟藏之五六，雖其哆兮似春，凄兮似秋，能與聖俞上下追逐，而世固無由而知之也。嗚呼！聖俞之詩，歐陽公以爲窮而後工，不知夫祖命之詩之工，至于不能自有其詩而其窮始極，斯尤可悲也已。

余游留都，與祖命執手。祖命別余之溧水，而遣平頭裹糧以候余文。余〔三〕愍而與之酒。平頭告我曰：「主人孤裝垂橐，每夜有光怪出書簏中。」余曰：「嘻！此文字之祥，豐城之劍氣屬斗牛，其躍而出也不遠矣。歸語爾主，吾當重爲之序，而蘸筆以俟之。」

【校記】

〔一〕金匱本作「老」，邃本、鄒鎡序本作「者」。　〔二〕金匱本有「耳」字，邃本、鄒鎡序本無。　〔三〕金匱本有「余」字，邃本、鄒鎡序本無。

梅杓司詩序

余採詩於宛陵，得梅氏禹金、季豹、子馬之詩，喜聖俞風流，于今未墜。因以想見諸君子賡歌矢詩，皆在有宋聖明承平閒暇之日，爲之撫卷三歎也。而杓司來游吳，復見其詩，知梅氏一門之詩，散華落藻，總萃於〔一〕杓司。而杓司生當亂離，顚頓結轖，鍾儀之南音，莊舃之越吟，詩餘飲罷，時時于筆墨之間見之。則其視昔之君子，尤可感也。杓司每過余論詩，請余評隲，則余得而言之。

夫詩之爲道，駢枝儷葉，取材落實，鋪陳揚厲，可以學而能也。劌目鉥心，推陳拔〔二〕新，經營意匠，可以思而致也。若夫靈心儁氣，將迎怳忽，稟乎胎〔三〕性，出之天然。其爲詩也，不矜局而貴，不華丹而麗，不鉤棘而遠。不衫不履，粗服亂頭，運用吐納，縱心調暢。雖未嘗與捃摭〔四〕掐擢者炫博爭奇，而學而能，思而致者，往往自失焉。杓司之詩，蓋實有之。

昔者東晉之世，王、謝子弟靡不揄長裾〔五〕、躡高屐，胡牀麈尾，高自標置。至今遊冶城者，訪烏衣、馬糞故事，猶爲嚮往，况金陵定鼎，豐水有芑，宛陵之梅，條葉被澤，則梅氏之在今日，亦猶昔之王、謝也。且杓司盛年積學，川渟嶽峙，人之期許與其所自許者非小。桑海雖殊，家風未艾。余固知窮冬沍寒，當不與寓木蔓草俱盡也。援採詩之例，以杓司一編，附禹金諸賢之後，謂爲家之瑤環，國之琬琰也。豈不美哉！他〔六〕時江左名輩，屈指過江人物，必以杓司爲第一流無疑，倘以余言爲職志乎？

【校記】

〔一〕金匱本有「於」字，遂本、鄒鎡序本無。〔二〕金匱本作「拔」，遂本、鄒鎡序本作「援」。〔三〕金匱本作「胎」，遂本、鄒鎡序本作「天」。〔四〕金匱本作「撫」，遂本、鄒鎡序本作「撫」。〔五〕金匱本作「裾」，遂本、鄒鎡序本作「裙」。〔六〕金匱本有「他」字，遂本、鄒鎡序本無。

范長倩石公集序

昔在休明之世，吾吳徐武功〔一〕、吳文定、王文恪諸公，以館閣鉅公，操文章之柄。一時名賢輩出，若劉昌謨、楊君謙、劉廷美之流，浮沉郎署，迴翔藩臬，宏覽博物，含英咀〔二〕華，殘編蠹簡，映照緗素。降及正、嘉，文徵仲以耆年長德，主盟詞苑。王祿之、陸子傳諸公，掞華落藻，前輝後光。國家當重熙累洽、人文化成、士大夫含章挺生，與天之卿雲、地之器車，榮光休氣，參兩叶應，豈偶然哉！

余通籍後，猶及見吳參知文仲、范學憲長倩。文仲萬曆初已參預詞人之列，温文爾雅，詳視却步，有禮讓君子之風。長倩蔭藉高華，駘蕩流俗，晚視學政，在滇雲萬里之鄉，卒自放山水間以老。二君品第不同，方諸前哲，亦猶中郎之虎賁也。文仲故有集行世，長倩已沒二十年，其子撰次遺集，而屬余爲之序。

長倩少負淵敏，學〔三〕不純師，不屑如世間文人，尋行數墨，纘言琢句，以求當於作者。揮毫信腕，文不加點，游戲掉舉，放筆自笑。亦未嘗膏唇拭舌，自以爲能事也。諸天質多羅樹，香滿五十由旬，坐其下者，染香而不能去。雪山池中甄陀女歌聲柔軟清淨，五百仙人皆心逸不自持。詩文之妙，固無事襞績聱悅，而能使人口耳郵傳，色飛神解。以此評長倩之集，則庶幾近之。

或曰：「吳中別集，弇山以降，卷帙動以百計，斯文豈足以盡長倩乎？」嗟乎！斯文固不足以盡長倩，而長倩之風流，亦非斯文之所能盡也。天平之山，房櫳蔽虧，閣道邐迤，流丹韻碧，吐煙巒而駐月駕者，長倩之詩苑畫笥也。梨園子弟，舊舞新歌，唱商女之後庭，泣龜年之紅豆者，長倩之閒情麗曲也。擘窠倒薤，細字蠶書，禁扁樹楣，纏蛟龍而飛翬翟者，長倩之文心筆陣也。隴西之伉儷，酬贈芳華，天水之房幃，討論金石，玉臺彤管，唱予而和汝者，長倩之嚶鳴友聲也。然則長倩之文章，遺〔四〕餘于天地間者，故已不勝其多矣。而子猶存乎見少，不亦遼乎？

【校記】

〔一〕金匱本作「功」，邃本、鄒鎡序本作「公」。〔二〕金匱本作「咀」，邃本、鄒鎡序本作「公」。〔三〕金匱本有「學」字，邃本、鄒鎡序本無。〔四〕金匱本有「遺」字，邃本、鄒鎡序本無。

徐女廉遺集序

嘉定徐女廉先生，名允祿，長於予十七年，同爲郡弟子員。郡守大校士，廣場歙集。女廉爲大司都講，褒衣方領，扠手闊步。諸生皆屬目却行，女廉從衆中覓予，拱揖而言曰：「此虞山錢受之也。今日乃得相見，幸甚。」諸生皆視歸于予，肩踵駢躡。女廉徐執予手引去。既而定交于崑山之西寺，用士相見禮，曰：「吾生四十年，方得一友，敢不重拜。」禪房止宿，劇談申旦。屈指一時名人勝流，皆不可女廉意，輒搖手曰：「假！假！」間有許可，或時論所蹈藉，掀髯顧視，意豁如也。

女廉家食貧，妻子皆啜糠覈，敝衣苴履，泊然自守。自爲諸生，不懷一刺干謁。意有所不與，賁、育不能奪也。吳中名士親喪相弔唁，女廉曰：「五十無車者，不越疆而弔人，吾有所制之矣。」嘗就試之崑，崑人有王母喪，諸生雜然弔送，女廉弗往。已而爲具召客女廉踞上座，豪飲大嚼。人曰：「昔者不弔，今日飲，如之何？」女廉曰：「弔則不弔，飲則飲，庸何傷？」丙午試瑣院，表題失格，姻家譚生，謀刺闈通外廉〔一〕爲終試地。女廉正色曰：「鑽徑竇，壞場屋，得一舉子而喪吾，徐女廉雖死不爲。」明日，拂衣去矣。其孤立行意，皆此類也。

女廉動止駘蕩，口語期艾，談及古今節義及軍國大事，攝衣整冠，論辨鋒湧。滇南王給諫仲舉在官寓白門，班荆感慨，作直臣篇〔二〕以貽，仲舉讀之，輒爲流涕。天啓辛酉，余官詹端，女廉貽書累數萬言，謂己巳之役，徐元玉得謀國大局，而于廷益爲孤注，公等當早決大計，勸請南遷，定商家五遷之議，勿爲宋頭巾所誤。詞垣諸人，咸吐舌弗能收。余心不以爲不然，而未敢言也。甲申三月，戎政請臨遣撫軍，津撫趨具舟海道，倉皇錯迕，大命以傾。豈知夫憂危慮早，號呼助余，乃自二十年前一老書生發之。女廉已矣，歿而猶視，其在此矣。

嗚呼女廉！其束修鏃礪，端正潔白，可以爲天子之大臣，其忠言奇謀，奮發建白，可以參天下之大議。若夫聳肩策足，插〔三〕牙拊頰，文章議論，雄健側出，雖其佩觿能解，操刀必割，或矯而過中，或抗而違俗，要亦可激揚末流，驚動惽俗。世有知女廉者，摩挲簡牘，想見其生平鬚眉肝膽，離奇抑塞，如聞談笑，如接難駮，謂女廉不死可也。

女廉既終老不遇，二子永、京，皆有才志，困阨章句，而長子已前死矣。門人潘潤暨猶子士亮，能于沈灰餘燼螢乾蠹老之餘，搜採遺集，傳諸靑簡，其風義有大過人者。余自惟以輇材後生，託女廉末契，酒酣已往，執手促膝，如魏武帝所記橋玄車過腹痛之語，丁寧鄭重，歷歷在耳。今老且廢矣，無以副亡友之緒言，而猶以殘生餘息，握枯竹、鑽故紙。憧而序其遺文。後之君子，有因而知予者，亦將爲之喟然而歎息也。

【校記】

〔一〕「廉」，各本同，疑應作「簾」。　〔二〕金匱本作「篇」，邃本、鄒鎡序本作「論」。　〔三〕金匱本作「插」，邃本、鄒鎡序本作「描」。

徐季重詩稿敍〔一〕

吾於春秋之世，得審樂者二人，延陵季子之聽秦風也，曰：「此之謂夏聲。能夏則大。大之至也，其周之舊乎。」師曠之占楚師也，曰：「吾驟歌北風，又歌南風，南風不競，多死聲，楚必無功。」何謂夏聲？寬裕肉好，順成和動之音是也。何謂死聲？怨怒哀思，怗懘噍殺之音是也。是二聲者，生于人心，命乎律吕，而著見于國運之存亡廢興、兵家之勝敗。采葛伯越，巴歈興漢，水調急而隋亡，入破繁而唐蹙，自古及今，未有易此者也。

余老耄多忌諱，惡聞人間所稱引越臺吳井谷音〔二〕、月泉之詩，白楊荒楚，嗚號啁噍，若幽獨君之孤吟，若甘棠之冥唱，蒙頭而避之，唯恐遺音之過吾耳也。新秋病足，適袁子重其來自鹿城，得徐子季重詩，伏枕聽之，忽然而睡，渙然而興。其悲涼則玉衣石馬也，其忻喜則櫻桃杕杜也，其激昂蹈厲則笛裏關山、兵前草木也。徐而按其音節，其噌吰者，周景王之無射也，竅坎鏜鞳者，魏獻子之歌鐘也。有夏聲，無死聲。當山崩鐘應之秋，而啓陽至灰飛之律，此何祥也耶？

或曰：「弘、正之間，李賓之論詩，以宫聲爲主。徐子盛世公卿之餘子也，舍逢掖而爲遺民，豐水有芑，士服舊德，其詩應宫聲也，不亦宜乎？記稱師曠審音，先燻其目。居今之世，人盡師也，夫子其將以伏枕而聽，當子野之燻目歟？季札觀樂歸吴，閲百歲而化去。今子老矣，始有事于採風，以徐子爲青蘋之末，奚爲不可？」徐子之友歸子，以其言告余，余曰：「善哉！吾未之前聞也。吾方有幽憂之疾，未能用絲竹陶寫，聊假徐子之詩，以資吾之挾瑟鼓缶而已矣。」

【校記】

〔一〕此文亦收于瞿藏有學集文集補遺卷上，題作「愚谷詩稿序」。〔二〕金匱本、文集補遺作「音」，邃本、鄒鎡序本誤作「應」。

陳昌箕日記詩敘

閩中陳孝廉昌箕，公車北上，三過吴門，皆遺信相聞，賦詩〔一〕贈答，而不獲一面。今年落第，復修故事，以所爲日記詩屬余評定，序而傳之。

嗟乎！國家當重熙累洽，闢門開窗之際，士之蹻裾趨時，若昌箕輩者，如駿馬之嘶風，如雄劍之出水，飛騰踴躍，唯恐後時。余雖廢退田野，每一謁問，輒爲首塗勸駕，動色相告。如垂白老媪，見三五盛年，笄而求字，必將握手拊背，諄諄慰勉，如欲身之爲傅姆也。今昌箕之試而罷，罷而歸也，如隨陽之雁，如繞樹之烏，形影孤單，驚飛浪泊，蹩躠然如非其所有事者。而余以餘生頹景，尸居假息，亦不復知海內故人，鵬摶鷃退，近作何狀。讀昌箕來書，與其日記之詩，追思公車往還故事，如東城父老談開元、天寶盛事，不知其已歷塵沙積刦也。

昌箕掉鞅詞壇，日新富有，散華落藻，足以沾丐作者。其詩之美盛，亦何待乎余言。而余苦愛其都下感懷四首，纏綿惻愴，有風有雅，有元裕之、謝皐羽之遺音焉。夜央燈炧，長吟闇誦，如見眉宇，如聞歎噫。然則余所未見者，昌箕之面而已。謂余爲未識昌箕，則豈可哉？

余衰晚歸心內典，不復讀世間文字，止閱楞嚴第十，參求如雞後鳴顧瞻東方之義。而昌箕之詩適至，豈亦雞鳴風雨，詩人思君子之徵兆耶？序詩而姑與爲讔，昌箕歸，以示存永、開仲，共一笑也。

【校記】

〔一〕金匱本有「賦詩」二字，邃本、鄒鎡序本無。

陳古公詩集序

佛言此世界初，風金水火四輪，次第安立，故曰四輪持世。四輪之上爲空輪，而空輪則無所依。道書載海〔一〕內洞天福地，其中便闕疏窗，玲瓏鈎貫，一重一掩，如人肺腑。以此證知空輪建立，灼然不誣也。人身爲小情器界，地水火風，與風金四輪相應。含而爲識，竅而爲心，落卸影現而爲語言文字。偈頌歌詞，與此方之詩，則語言之精者也。今之爲詩者，矜聲律，較時代，知見封錮，學術柴塞，片言隻句，側出于元和、永明之間，以爲失機落節，引繩而批之，是可與言詩乎？此世界山河大地，皆唯識所變之相分。而吾人之爲詩也，山川草木，水陸空行，情器依止，塵沙法界，皆含攝流變于此中。唯識〔二〕所現之見分，蓋莫親切于此。今不知空有之妙，而執其知見學殖封錮柴塞者以爲詩，則亦末之乎其爲詩矣。吾嘗謂陶淵明、謝康樂、王摩詰之詩，皆可以爲偈頌，而寒山子之詩，則非李太白不能作也。佛于鹿苑轉四諦後，第三時用維摩彈斥〔三〕，第四時用般若眞空淘汰淸淨，然後以上乘圓頓甘露之味沃之。今不知彈斥〔四〕，不知淘汰，取成糜之水乳以當醍醐，此所謂下劣詩魔入其心腑者也。嗚呼！將使誰正之哉？陳子古公自評其詩曰：「意窮諸所無，句空諸所有。」聞者河漢其言。余獨取而證明之，以爲今之稱詩可與談彈斥〔五〕淘汰之旨，必古公也。古公之詩，梯空躡玄，霞思天想，無鹽梅芍藥之味，而有空青金碧之氣，世之人莫能名也。昔人稱西土讚頌之詩，凝寒靜夜，朗月長宵，煙蓋停氛，帷燈靜耀〔六〕，能使聞者情抱暢悅，怖淚交零。古公之詩，庶幾近之。李鄴侯居衡山聞殘師中宵梵唱，先悽惋而後喜說，知其爲謫墮之人。吾今而後，乃知古公矣夫！

【校記】

〔一〕金匱本有「海」字，邃本、鄒鎡序本無。　〔二〕金匱本「識」下有「中」字，邃本、鄒鎡序本無。

〔三〕〔四〕〔五〕金匱本作「斥」，邃本、鄒鎡序本作「斤」。　〔六〕金匱本作「燿」，邃本、鄒鎡序本作「輝」。

胡致果詩序

孟子曰：「詩亡然後春秋作。」春秋未作以前之詩，皆國史也。人知夫子之刪詩，不知其爲定史。人知夫子之作春秋，不知其爲續詩。詩也，書也，春秋也，首尾爲一書，離而三之者也。

三代以降，史自史，詩自詩，而詩之義不能不本于史。曹之贈白馬，阮之詠懷，劉之扶風，張之七哀，千古之興亡升降，感歎悲憤，皆于詩發之。馴至于少陵，而詩中之史大備，天下稱之曰詩史。唐之詩，入宋而衰。宋之亡也，其詩稱盛。皐羽之慟西臺，玉泉之悲竺〔一〕

國，水雲之茬〔二〕歌，谷音之越吟，如窮冬沍寒，風高氣慄，悲噫怒號，萬籟雜作，古今之詩莫變于此時，亦莫盛于此時。至今新史盛行，空坑、厓山之故事，與遺民舊老，灰飛煙滅。考諸當日之詩，則其人猶存，其事猶在，殘篇齧翰，與金匱石室之書，並懸日月。謂詩之不足以續史也，不亦誣乎？

余自刦灰之後，不復作詩。見他人詩，不忍竟讀。金陵遇胡子致果，讀其近詩，穆乎其思也，悄乎其詞也，愀乎悠〔三〕乎，使人爲之欷歔煩酲，屏營徬徨，如聽雍門之琴，聆莊舄之吟，而按蔡女之拍也。致果自定其詩，歸其指于微之一字。思深哉！其有憂患乎？傳曰：春秋有變例，定、哀多微詞。史之大義，未嘗不主于微也。二雅之變，至于「赫赫宗周」，「瞻烏爰止」，詩之立言，未嘗不著也。揚之而著，非著也；抑之而微，非微也。著與微，修詞之枝葉，而非作詩之本原也。學殖以深其根，養氣以充其志，發皇乎忠孝惻怛之心，陶冶乎溫柔敦厚之教。其徵兆在性情，在學問，而其根柢則在乎天地運世，陰陽剝復之幾微。微乎！微乎！斯可與言詩也已矣！

胡子汲古力學，深衷博聞。其爲詩，翦刻陶洗，刊落凡近。過此以往，深造而自得之，使後論詩史者，謂有唐天寶而後，復見昭陵、北征之篇，不亦休乎！余雖老而耄矣，尙能磨厲以俟之。

【校記】

〔一〕金匱本作「竺」，邃本、鄒鎡序本作「竹」。　〔二〕金匱本作「苕」，邃本、鄒鎡序本誤作「茗」。　〔三〕金匱本作「悠」，邃本、鄒鎡序本作「憂」。

李黼臣甲申詩序

元人張子長序胡師古之詩曰：「古之爲詩，能卓然自奮，繼三百篇之後者。其致未嘗不厚，而其辭未嘗不盛。厚則所感者深，盛則所被者遠。古昔聖賢之詩，其旨本此。而清越幼眇之奇，抑揚蹈厲之節，則又詩之與衞鼓吹，以和懌先後其義者也。」惟厚與盛，詩之宗旨也。古人之詩，意匠相合，緣情綺靡，如雷雨之滿盈，如膏液之脈發。雖清吟幽唱，其味彌厚；雖單詞片詠，其氣彌盛。今之人氣不足志，詞不足言，縱極其鋪排揚厲，綢繢〔二〕組織，而祇成其薄與衰而已矣。

黼臣之詩，吾向爲序之，以甓湖之珠，寶應之玉爲比擬。近見其甲申詩，益有進焉。以書生少年，當天崩地坼之時，自以受國恩、抱物恥，不勝枕戈躍馬之思，其志氣固已憤盈噴薄，不可遏抑矣。發而爲詩，其厚且盛，如子長之云宜也。珠之產于甓社也，寶之降于帝廷也，其氣洋洋然，其光熊熊然，近則輝山川，遠則鎮宇宙，有不厚且盛焉者乎？黼臣之治詩未艾也，歸而求之毘社之珠與寶應之玉，有餘師矣夫。

【校記】

〔一〕金匱本作「績」，邃本、鄒鎡序本作「績」。

湖外野吟序

余初敍素臣詩，策名驥，騁修坂，花攢錦簇，夭桃流鶯如也。已再敍素臣詩，慟龍胡，瞻烏屋，風緊雲輕，秋蟲寒螿如也。越十有餘年，見之于八寶。素臣之齒日長，學殖行修，巋然爲勞人良士。江、淮之間，詩壇矗立，莫不捧盤執觶，推爲祭酒。素臣摳衣斂衽，修〔一〕然自下，出其所著湖外野吟，是正于余，謹謹然如有失也。

素臣之言曰：「詩之爲道，感盪天地，陶冶性情，牢籠庶物，窮極神逵。童而習之，婆和成韻，白首吟哦，而片言隻韻，不得其形似，誠難之也。吾非專愛今人也，縱吾之睢盱跳梁，不能軼〔二〕今人之轍跡，其敢訾謷今人以自瘳乎？吾非不欲薄古人也，竭吾之刻畫抉擿，不能窺古人之毫毛，其敢評泊古人以自樹乎？萌于驕，甲于易，翳于昧，殺于欺，四者得一，即有下劣詩魔，入其心腑，牛鬼蛇神，飛精說法，吾敢乎哉！童而學之，髮種種矣，而後今乃知其難也。其將何從而可？」

余曰：「人有覽鏡而迷其頭，狂走而求之者，又有臨鏡而憎其面，詬鏡而碎之者。之二人者，更相命也，亦更相笑也。嘗試與子清明在躬，晨朝引鏡，如臨止水，如見古人。旋觀二子之爲，有不盡然失笑者乎？今之稱詩者，司盟立墠，更相角觝，而子獨清明在躬，厚自引匿，斯亦晨朝〔三〕引鏡之時也已。三折肱知爲良醫，子能知詩之難，則其得于詩也不淺矣。吾將更爲子排年序之，以觀子成。」

【校記】

〔一〕金匱本作「修」，邃本、鄒鎡序本作「脩」。　〔二〕金匱本作「軼」，邃本、鄒鎡序本作「較」。　〔三〕金匱本有「朝」字，邃本、鄒鎡序本無。

有學集卷十九

序

咸子詩序

少壯爲諸生時，流觀經史，每及椒舉之班荆，繞朝之贈策，荆、高燕市之飲泣，孫、劉狠石之坐語，越石扶風之歌，步兵廣武之歎，輒爲引觴擊節，曳袖起舞。中年羈宦，驚心國恤。撫北盟之編，覽指南之錄〔一〕，考伯紀、同甫之論建，追海青翎白之始末，未嘗不欷歔飲泣，繼以痛哭也。年運而往，晼晚衰老，江山遷改，意氣銷落。投灰滅影，日繙首楞數行，梵志〔二〕昔人，蒙莊今〔三〕我，却思前〔四〕夢，依然往刦矣。

咸子大咸遺吾友子敏書來訪，凝塵蔽榻，樵蘇不爨，相視移日，不交一言而去〔五〕。僮奴相指目，謂向來主賓，未有是也。咸子既退，手其書一編，心惟口誦，累日不置。其人奕奕然，如在吾目；其淸音令辭，琅琅然，鏘鏘然，如在吾耳也。

扁舟入吳，夢與咸子劇談飲酒，舉杯屬咸子曰：「子淮陰人也。蘇子瞻作淮陰廟碑云：

『淮陰少年，有目無睹。不知將軍，用之如虎。』世果有若人，跨下橋邊，天〔六〕肯令終老垂綸否？龔聖予去君實幕，徙居吳市，畫馬給食〔七〕，室無几案，使其子曲躬以受紙，作文、陸二傳，吳淵穎〔八〕以爲子長復出。晚年無聊，激讚宋江三十六人，以申寫其叫號呼憤之氣。去今三百餘年，長淮湯湯，此人此意，與滄海陵谷，俱歸變滅否？王叔明過下邳，奇子房潛匿出游之事，已而游琅琊，探婁敬洞，喟然歎息，以爲子房故與婁敬匿跡于此，厥後遂有挽輅論都之舉，亦兩人山中擘畫及之。今長淮之境，與下邳接壤，圯橋碧流之水，一綫如故，滄海君、黃石公亦常訪求其陳跡否？余老矣，徒思夢遊耳，子其有以示我。」咸子持盃笑曰：「公方讀首楞，亦知月光水觀之說乎？月光修習水觀，入定時定水湛然盈室，童子持瓦礫投之，旋患心痛，除去之而始復。公之所云，皆水觀中之瓦礫也。願爲公童子，爲除去之。」趣呼大白，持耳灌予。予抃手盧胡而覺。凌晨抵家，則咸子來徵詩序，再而三矣。余無以序咸子之詩，書夢中之語復之，并傳示子敏，共作夢囈之時一笑也。

【校記】

〔一〕邃本、鄒鎡序本「錄」字下有「者」字，金匱本無。〔二〕金匱本作「志」。邃本、鄒鎡序本作「旨」。〔三〕金匱本作「今」，邃本、鄒鎡序本作「令」。〔四〕金匱本作「前」，邃本、鄒鎡序本作「昔」。〔五〕金匱本有「去」字，邃本、鄒鎡序本無。〔六〕金匱本作「天」，邃本、鄒鎡序本作「夫」。〔七〕金匱本作「給食」，遼本、鄒鎡序本作「食給」。
〔八〕金匱本作「穎」，遼本、鄒鎡序本作「懿」。

蔡大美集序

啓、禎之間，吳、楚間權奇雄駿之士，橫襟獵纓、挾轂而起者，其于余未嘗不相慕悅，而游跡落落如也。頻〔一〕年以來，俊民遺老，不與刦灰俱燼者，殆不能以十數。而是數人〔二〕者，人愈少，跡愈疎，而其相慕悅也滋甚。若宣城蔡子大美者，江山迢然，書問間歲一至，愛而好我，謦咳欠申，晨夕如在書簏之前，余亦忘其非舊相識也。古人嚶鳴伐木，汲汲然求友，或千里命駕，或夢中相尋，而余顧得大美于殘生暮齒，沈沙飛鐵之餘，然則士之生于斯世也，亦豈爲不幸歟！

今世以〔三〕詞賦爭工，妖紅豔紫，移心奪目。如大美之撰述，沿流討源，銜華佩實，所謂詩杜陵而文遷史〔四〕者，良不欲與今之君子同鵠而射侯也。自古在昔，先民有作，以詞賦家推之，大美亦今之魯靈光矣。與治敍春江訪友詩，謂其百感橫生，發之詩歌，而喉臆間格格不吐者尚十九。嗟夫！仲長子光喑者也，東皋子稱其著獨遊頌及河渚先生傳，以爲懸解之作。大美之詩歌〔五〕，喉臆間固有格格不吐者，不猶愈於子光之喑乎？以其百感橫生者，當子光之著作，而以其格格不吐者，代子光之喑。世有表微者，誦其詩，論其世，斯可以三歎已矣。

余端居多感，思舊懷賢，每欲繼子美存歿八公之作，伸紙吮筆，哽塞憒悶，輒廢然而止。讀大美前後八哀，何其詞之達、氣之屬也！然則世之喑者，固莫甚于余，而與治可以無嗛于大美矣。唐人有侯高者，投文汴水以詛〔六〕逸懷，李翺誦其首章〔七〕曰：「穹穹與厚厚兮，烏憒余而不攄？」聊引之以爲大美集序，蓋喑者之言如此。

【校記】

〔一〕金匱本作「頻」，遂本、鄒鎡序本作「經」。〔二〕金匱本有「人」字，遂本、鄒鎡序本無。〔三〕遂本、鄒鎡序本作「以」，金匱本作「之」。〔四〕遂本、鄒鎡序本作「史」，金匱本作「固」。〔五〕金匱本有「喉臆間格格不吐者」至「大美之詩歌」四十六字，遂本、鄒鎡序本脫。〔六〕金匱本作「詛」，遂本、鄒鎡序本作「祖」。〔七〕遂本、鄒鎡序本「章」字下有「曰」字，誤，金匱本無。

曾青黎詩序

寧都曾侍郎二濂，有才子曰傳燈字庭聞、傳燦字青黎，兄弟皆雄駿自命，負文武大略，而其行藏則少異。庭聞脫屣越蹻，挾書劍，攜妻妾，走絕塞數千里，行不齎糧，餓而試鎖院，登天府，簪筆荷槖，取次在承明著作之庭。青黎與其徒退耕于野，衣襫襏、量晴雨者，六年于此。襆被下估航，出遊吳中，褐衣席帽，挾策行吟，貿貿然老書生也。庭聞之詩，朝而紫塞，夕而朱邸，涼州之歌曲，與凝碧之管絃，繁聲入破，奔赴交作於行墨之間。吾讀之，如見眩人焉，如觀侲童焉，耳目回易而不自主也。青黎則以其詩爲詩，晤言什之，咏歎五之，其思則黍離、麥秀也，其志則天問、卜居也。夷考彭氏詩史，章、貢之役，青黎年才二十，獨身搘拄潰軍，眇然一書生，如灌將軍在梁、楚間，旋觀其詩，求其精強剽悍之色，瞀然已失之矣，爲掩卷太息者久之。

吾向讀范史，馬伏波在壺頭，中病困臥，每聞升險鼓譟，輒彊起曳足觀之，因笑其老憊不知止，徒念生平少游語也。老而閱內典，緊那羅王奏樂，須彌岠峨，大迦葉如小兒舞戲，不能自持，然後知習氣麤重，不克湔除，伏波之老病技癢，無足怪也。今余既螢乾蠹老，歸向空門，讀青黎之詩，而求問其往事，楚炬秦灰，沈沙折戟，爲之欷歔煩醒，心蕩而不能〔一〕自已。伏波之曳足與？迦葉之起舞與？余固不能以自定也，知我者亦爲之三歎而已矣。

天之生才，以有爲也。青黎兄弟，固不應爲旅人、爲農夫。自時厥後，其事業當與其言俱立。余倘不死，他日與寓目焉。心灰漏盡，知不復作迦葉起舞狀，更以諗青黎兄弟，追念平生，睎文淵、少游何如也？

【校記】

〔一〕金匱本有「能」字，邃本、鄒鎡序本無。

彭達生晦農草序

弘光南渡，東南擠弓輿馬之士，舉集南都。彭子達生、韓子茂貽將應維揚幕辟，客余宗伯署中。莫不竪眉目，臿齒牙，骨騰肉飛，指畫天下事，數着可〔一〕了。旋觀諸子，顧盼凌厲，如饑鷹之睨平蕪，如怒馬之臨峻坂。余固有經營四方之志，恃諸子以益強，何其壯也！

越七年辛卯，遇達生于廣陵僧舍，風塵顛頓，扱衣雜坐，久之乃辨識顏面。起而再拜，涕泗沾衣袂，喉吻咯咯然，有言而各不能吐。當此之時，余如東郊之老馬，骨骼硉兀、皮乾毛暗而烏啄其瘡也。達生如失羣之鳥，逡巡過其故鄉，翔回鳴號而繼以蹢躅也。如燕雀啁啾之頃，而後乃能去也。嗚呼，何其憊也！

更七八年，余老而加病，頭童耳聵，頹然退院老僧。少年茂貽輩多物故，達生聲塵阻絕，如在異國，側身天地，每自傷孤另而已。今年長夏臥病，忽得達生書，則大喜。又得其所作詩文，則又喜。歐陽子讀黄夢升之文，悲其志雖困而文章未衰。余于達生不然，以文章之未衰，而知其志氣尚在，則尤可喜也。

昔者有唐之文，莫盛于韓、柳，而皆出元和之世，聖德之頌，淮西之雅，鏗鏘其音，灝汗其氣，曄然與三代同風。若宋之謝翺，當祥興之後，作鐃歌鼓吹之曲，一再吟咏，幽幽然如〔二〕鴞啼鬼語，蟲吟促而猿嘯哀。甚矣哉！文章之衰，有物使然，雖有才人志士，不能抗之使高，激之使壯也。達生遭時坎陷，自比于晞髮、水雲之流，其文昌明閎肆，涵蓄馳驟，去元和未遠也。今將以斯文投眢井，實魚腹，沉埋于羊年犬月，吾知必有精靈光怪，抉扃發匱，飛躍而去，達生能終錮之耶？甯戚之未遇齊桓也，扣角而歌曰：「生不逢堯與舜禪，長夜漫漫何時旦？」聽斯言也，此其人豈局促轅下，長爲飯牛之客者哉？余雖老憊，視後而鞭，猶將恃子以少強也。姑書之以誌余喜。

【校記】

〔一〕金匱本作「可」，邃本、鄒鎡序本作「了」。

〔二〕金匱本有「如」字，邃本、鄒鎡序本無。

邵潛夫詩集序

通州邵潛夫，以詩名萬曆中，爲雲杜李本寧、梁溪鄒彦吉所推許。乙卯之秋，潛夫挾彦吉書謁余，不遇而去。迨今四十五年，潛夫附書渡江，以詩集見貽。開函撫卷，徬徨太息者久之。當鴻朗盛世，本寧以詞林宿素，自南都來訪彦吉及余，參會〔一〕金昌、惠山之間。彦吉山居好客，園林歌舞，清妍妙麗，賓從皆一時勝流，觴詠雜遝。由今思之，則已爲東都之燕喜、西園之宴游，灰沉夢斷，迢然不可復即矣〔二〕，而潛夫猶矍鑠善飯，抵書相聞。吾家覆釜山與狼山並江對峙，估販往還，如渡溝水。白頭新知，撫今道故，舉酒相勞，其欣喜爲何如？余嘗謂丁令威化鶴來〔三〕歸，徘徊華表，獨立無伴，不若薊子訓見霸城銅人初鑄，近五百年，尚有一老翁摩挲對語。今吾兩人，何以異此也。

潛夫詩和平婉麗，規摹風、雅，自以七葉爲儒，行歌采薇，而絕無嘲哳噍殺之音。讀潛夫之集，追思本寧、彥吉，昇平士大〔四〕夫，儒雅風流，髣髴在眼。於乎！其可感也！余每過彥吉園亭，回首昔游，天均之堂，塔光之榭，往者傳杯度曲，移日分夜之處，胥化爲黑灰紅土。與舊客雲間徐叟，杖藜〔五〕指點，淒然別去。潛夫老而詩益健，撾西州之策，操雍門之琴，纏綿惻愴，臨風浩歌，庶幾有以擧悲獻弔，抒寫余之哽塞乎？余尚能抽枯腸，奮秃管，搖頭曳足，爲君和之。

【校記】

〔一〕金匱本作「會」，邃本、鄒鎡序本作「曾」。〔二〕金匱本有「矣」字，邃本、鄒鎡序本無。〔三〕金匱本作「來」，邃本、鄒鎡序本作「東」。〔四〕金匱本有「大」字，邃本、鄒鎡序本無。〔五〕金匱本作「藜」，邃本、鄒鎡序本作「黎」。

張子石西樓詩草序

子石自喪亂以後，哀邦國，閔朋友，屏絕妻孥，坐臥一小樓，一蒼頭供舂炊。如是十年，而有西河之戚。盃酒慰問，絲竹伸寫，啁噍歡笑，加幷錯互，一一見之于詩。屬定其西樓詩三百餘首，幷請余序。

余維子石坎坷老矣。一生讀書好古，慕古人風節之事。其詩則發源于吾友孟陽，如陶彭澤出于應璩、謝玄暉出于謝鯤、太白之古風多效陳子昂也。清和閒止，憔悴婉篤，以陶冶性情，疏瀹風雅爲能事，而風調側出於劍南、遺山之間。審音者皆能知之。而子石之意，則欲余採詩以論次其生平，不但爲詩也。

余尚論古人，竊謂子石有似東漢之馮敬通。敬通〔一〕當四七之際，不應〔二〕僞辟，奮跡亡命，幅巾罷兵，子石晚遭灰刼，蒙頭塞戶，如游魚在數罟中耳。當賦斂煩急時，眇然書生，叫呼九閽，絛列鄉國〔三〕二百年漕折利病，再造桑梓。敬通所謂闊略眇小，好倜儻之策，未嘗不相似也。先帝號咷闢門，辟書交至，恥綃頭就徵，掉臂不應。敬通所謂三公之貴，千金之富，不得其願，不概于懷，亦可以庶幾也〔四〕。敬通羈旅州郡，卒離飢寒，早喪元子。子石之才子諠思，有八十四虁之目，席帽旅人，殞命盜手。敬通之賦曰：「顧鴻門而歔欷兮，哀吾孤之早零。傷誠善之無辜兮，齎此恨而入冥。」汍瀾雨淚，殆若爲子石而作。吁可哀也！

嗟夫子石！其埳壈尤甚于敬通。有垂白室家之憂，無兒女井臼之寄，涼涼焉，排纘斯文，藉余言以自見。敬通有言：「年疲曳屣，庶幾名賢之風，以終身名。」亦此志也。子石閒窗暇日，披東京之史，覽顯志之賦，引鏡顧影，喟然太息，知千載而下，復有一馮敬通，庶可以撫手一笑。余竊以此慰子石矣。

嘐士友或告予，當湖倪兵曹，學道具慧眼，相子石晚有收子，採湘筠之管，吹律可以致鳳。誠如是，則馮氏有豹，良可〔五〕伸眉于後。敬通所以營田收、定塋室、修孝道、廣祭祀者，不應以年衰歲暮而悼無成功也。老人聞斯言也，喜而不寐，拌書之，以復子石，且用以作氣焉。

【校記】

〔一〕金匱本有「敬通」二字，邃本、鄒鎡序本無。　〔二〕金匱本作「應」，邃本、鄒鎡序本作「爲」。　〔三〕金匱本有「國」字，邃本、鄒鎡序本無。　〔四〕金匱本有「敬通所謂」至「庶幾也」二十六字，邃本、鄒鎡序本無。

〔五〕金匱本作「可」，邃本、鄒鎡序本作「耳」。

張公路詩集序

萬曆丁巳，余邀程孟陽結夏拂水。孟陽爲余言，菰蘆中有張公路先生，褐衣蔬食，衡門兩版，諳曉王伯大略，談古今兵事，指陳其勝敗之所以然，星占分野，關塞阨塞，皆能指掌圖記，若繩裁刀解、粉畫線織。去年年〔二〕九十有一，死安亭江上矣，惜乎吾子之不獲見其人也。余心識其言，訪其遺詩，得五十餘篇。亂後輯列朝詩集，援據唐叟叔達之序，次而存之。又十餘年，公路之孫昉與其從孫珵刻其遺集行世，以余知公路者，請爲其序，而余亦已八十，老矣。

昔者歐陽公讀李翺幽懷賦，怪神堯以一旅取天下，後世不能以天下取河北以爲憂，恨翺不生于今，不得與之上下其論。杜牧則謂縉紳之士不敢言兵，苟有言者，世以爲麤暴異人，人不比數。及盜起，圜二三千里崩壞震動，卿大夫笑歌嬉遊，以爲山東亂事，非我輩所宜知。公路當神廟日中之世，扼腕論兵，壯年北遊燕、趙、晉、魏，訪問昔年營陳戰壘，盱衡時事，蹙蹙然有徵風動搖之慮，目瞪口噤，塡胸薄喉，其不以爲妖言喜亂，仰視天而俯畫地者幾希矣。迨乎晚年，西夏東征之師，徵發繹騷，公路之言稍驗。及撫順難作，四海不復解兵，而公路歿已三年矣。

嗚呼！遭際〔二〕平，傳遽卿相，重金兼紫，櫝金帛而長子孫者多矣，杜牧所謂山東亂事非我宜知者有之，歐陽所謂已不自憂而禁人之憂者有之。事之殷也，患至呼天，智勇交困，則以膏唇拭舌不學問無廉恥之徒，兼將相之權而寄君父之命。詩有之：「誰秉國成？不自爲正，大命以傾。」令公路不死而居此世，猶夫虎之餌毒、蛟之飲鏃，雖震丘林、鼓溟漲，不能抉其暴怒之氣，其危苦激切，撐列噎喑，發作於筆墨之間者，豈但如今之遺詩所謂愁思要妙之聲而已乎？百世而下，讀公路之詩，悲其窮老盡氣，憂天逐日之志意，想像其揚眉抵掌，矯尾厲角于比興聲病之外，慨然如見其人，雖謂公路不死可也。

公路同時，有張生玄陽者，亦以論兵隱東海，所著書曰方隅武備，部分省會，條列戰陳攻守方略，余猶及見其書〔三〕。問之海上，無有識其氏名者矣。布衣奇士，老死抑歿者何限。余序公路詩，牽連及之，不徒慶公路之有後，庶幾玄陽之生平，藉公路以有聞耳。

【校記】

〔一〕金匱本有「年」字，邃本、鄒鎡序本無。　〔二〕金匱本有「際」字，邃本、鄒鎡序本無。　〔三〕金匱本作「書」，邃本、鄒鎡序本作「詩」。

華仲通詩文集序

左丘明身爲國史，受經于仲尼。而孔子之稱丘明，則亦曰「左丘明耻之，丘亦耻之。」希風竊比，津津然如欲踵附其後塵者，何哉？余少學左氏春秋，長而始知之。蓋吾夫子以匹夫庶士，考正國史，刊〔一〕正君臣華夏之大經大法，其文微、其義隱、其詞危，言高旨遠，至于游、夏不能贊一詞，丘明獨奮筆而爲之傳，廣記而備言之，示勸戒，正褒貶，發凡起例，具文特書。使春秋大義，炳日星而沛江河者，丘明之力也。子言之，志在春秋，行在孝經。曾子、丘明，豈非仲尼之二輔乎？知我罪我，周身辟害，歷秦度漢，始著竹帛。以是故，孔子之於丘明，不正明其著述本意，而姑以重言亦耻，表著其生平，殆亦定、哀之微詞也與？

梁溪華仲通爲高忠憲公高足弟子，忠憲壹行，蔚爲醇儒，忠憲歿而仲通之言立。爲詩文，博通雄健，發揚蹈厲，以言乎君君臣臣、父父子子、華華夏夏、天人古今之間，如列符券，如懸鏡鑑，胸有成文，借書于手，志氣苞塞，涕淚沾漬，非以翰墨爲勳勣、詞賦爲君子也。杜預之論左氏，四曰盡而不汚，直書其事，五曰懲惡而勸善，求名而亡，欲蓋而章。仲通著作之意，庶有在于斯乎？西方不遐，微管可作。端門之命，上不違天，感麟之書，下不墜地。丘明失明，厥有國語〔二〕，仲通喪明，斯文繼作。千百世而下，以爲無目而能視者，此兩人也，其又何傷？

忠憲公昔者吾友也，昌明正學，完節全歸。考春秋于昭代，忠憲則素王之宗子也，爲忠憲之素臣者，微仲通其誰與歸？斯言也，非余一人之言，而天下之公言也。

【校記】

〔一〕金匱本作「刊」，邃本、鄒鎡序本作「利」。

〔二〕金匱本作「語」，邃本、鄒鎡序本作「史」。

葉聖野詩序

客有問于余曰：「今天下之才士，富于鄧林之木，其以詩文行世者，萑澤之蒲，不可勝既也。波譎雲詭，橫陳側出，雖有識曲者，將如齊國之竽，一一而聽之，不已難乎？」余曰：「是不難，有試之之法焉。昔者漢永平中，明帝欲辨釋、老二教眞僞，聚二氏經像，分置東西二壇，俄而道經火發，悉化灰燼，佛舍利光明五色，空中旋環如蓋，映蔽日光。今用此法，試驗當世之詩文，漆書銀管，金相玉軸，置洪爐大火之中，其不銷爲烟炷、蕩爲飛塵者，則亦鮮矣。小雅詩人之作，勞人志士之言，尺蹏寸管，紙敝墨渝，其中有舍利在焉。刦火洞然，不與大千俱壞，必是物也。而又何畏于試驗乎？」

客曰：「何以徵之？」曰：「昔者如來踰城出家，羅侯在娠，釋種然火坑試其母子，耶輸發大誓願，即投火坑，火滅而母子不傷。晉零陵太守之女飲書佐盥水而生子，抱兒衆中，令求其父，兒直上書佐腋，推之則化爲水。由此觀之，世之梔言蠟貌，空空然亡所有者，如零陵之兒，已將化而爲水，況于入火而不焦乎？故曰，金有銷、石有泐，一字染神，萬刦不朽。吾所謂有試之之法者信也。」

葉子聖野，吳才士之魁也。聖野爲歌詩，高華妙麗，光氣昱耀，殆有舍利如和含桃在其筆端，至其憤排奡兀，輪囷結轖，騷、雅後而詞家前者，聖野不能自言，而世亦罕有知之者也。嗚呼！滄桑移，陵谷改，聖野之詩在天地間，雖復金藏雲布三千界，雨渧〔一〕如車輪，我知其不化而爲水也。假令聚海内之詩，丹鉛甲乙，積薪縱火燔之四通之衢，其中之才人志士，精醬志氣，混淪旁魄，必有焰焰然旋空而蔽日者。以是而試驗聖野之詩，有不信乎？

【校記】

〔一〕金匱本作「渧」，邃本、鄒鎡序本作「滓」。

孫子長詩序

余嘗論子長之爲人，蓋有三變。少壯而蜚華掞藻，若發穎豎，英英俊人也；長而規言矩行，金聲玉色，温温恭人也；晚而挂冠解組，隱居教授，生徒負牆，講論重席，番番老成人也。井邑遷改，人世交變。世變則風毛雨血，蜆背杓流，而子長自如。人變則眉橫目豎，石浮木沈，而子長亦自如。橫經籍書，易衣幷食，名行日以修，著述日以富。一日卷其所作，謁余而請曰：「祚也夙侍函丈，今老矣，惟夫子賜之一言，庶以論其人，表其志。」

余聞之詩曰：「有斐君子，如金如錫，如圭如璧。」夫圭璧之爲器，古之帝王用以祀天禮地，羞王公而鎭社稷。詩人之言金錫，蓋趣舉之，而豈以是爲等夷〔二〕也哉？世衰道降，灌薦覲聘之禮不作，圭璧之用，不能比于金錫，而世之識玉者亦寡矣。余觀子長，殆衞風所誦圭璧之君子。作爲聲詩，孚尹旁達，劍⿰土㬎鏚秘，錯落其間。時命晦蒙，不獲與大璜琬琰，陳列明堂東西序之間。而子長恥于自衒，不欲泣血以相明。斯世之識玉者寡，不徒無憾，亦竊以自幸焉。昔者王子朝之寶珪，得者將賣之，則爲石。鄭人取周府之玉，則化而爲蜮且射人。甚矣玉之難免于亂世也，化而爲石，又化而射人，而後乃僅而得全。天之鍾美於是，而愛惜之、閟護之，若此其至也。由此觀之，子長之圭璧，居今之世，而琅然於碔砆砂礫之中，久而彌瑩，夫豈偶然也哉！

子長被褐懷玉，不自矜重。余以崑山抵鵲之人，幸得攫攘其旁。探子長之意，以余猶爲能識玉者，故不辭而爲之序。于以論其人而表其志，且告于世之爲石爲蜮者也。

【校記】

〔一〕金匱本作「夷」，邃本、鄭鎡序本作「彝」。

歸玄恭恆軒集序

丙申閏五月，余與朱子長孺屏居田舍，余繙般若經，長孺箋杜詩，各有能事。歸子玄恭儼然造焉。余好佛，玄恭不好佛，余不好酒，而玄恭好酒，余衰老如枯魚乾螢，玄恭骨騰肉飛，急人之難甚于己，兩人若不相爲謀者。玄恭早夜呼憤，思繼述乃祖太僕公之文章，以余爲知太僕也，時時就問于余。論文未竟，輒縱談古今用兵方略如何，戰爭棋局如何，古今人才術志量如何。余隱几側耳，若憑軾巢車以觀戰鬭，不覺欣然移日。余老不喜多言，玄恭誘之使言，初猶格格然，久之若牽一繭之絲，縷縷而出，又如持瓶傳水，傾瀉殆盡，而余顧不自知，兩人以此更相笑也。玄恭作普頭陀傳，高自稱許，把其本向長孺曰：「杜二衰晚腐儒，流落劍外，每過武侯祠屋，歎臥龍無首，用耿、鄧自比。歸玄恭身長七尺，面白如月，作普頭陀傳，胸中偪塞，未吐一二，遂驚倒世〔一〕上人耶？」已而語余：「有人言玄恭酒悲耳，醒當不省記何語。有人言玄恭貧不自〔二〕聊，貧鬼憑之，富貴當良已。有人曰，不然，玄恭居恆使一裹頭奴，如『如如』兒子牽羊躅躑，一旦將數萬兵臨大敵，礮車轟天，我知其不目瞚也夫。

三人者之言，夫子以爲何如？」余笑曰：「互有之，後一人吾不能定也。雖然，吾則有虞于子。昔者秘演隱于浮圖，與石曼卿游，喜爲歌詩，極飲大醉。而歐陽公亦因曼卿以從秘演游。今我之去曼卿遠矣，而子之爲頭陀，與秘演何異？世有歐陽公，因曼卿以陰求天下奇士，則故不應因我以求子，而或者因子以求我，則謂之何？」長孺從旁笑曰：「有匠業裝褫者，中夜呼其子曰：『兒子起。』『⿰衤朋〔三〕趙公乎？』曰：『然。』又呼曰：『反。』〔四〕。『摺温公乎？』曰：『然。』四天王使者巡得之，歸以語主者。主者曰：『得毋言及我乎？』對曰：『雖不言及此，當愼防之耳。』今之擬曼卿、秘演也，其毋乃憂夜巡者之訶，而爲裝褫匠之所竊笑？」玄恭笑而起曰：「有是哉！」遂援筆伸紙，請雜記其言而書之，以爲集序。

【校記】

〔一〕金匱本有「世」字，邃本、鄒鎡序本無。　〔二〕邃本、鄒鎡序本「自」下有「述」字，金匱本無。　〔三〕金匱本有「⿰衤朋」字，邃本、鄒鎡序本無。　〔四〕金匱本作「反」，邃本、鄒鎡序本作「及」。

顧麟士詩集序

萬曆之季，時文日趨于邪僻。婁江顧麟士、虞山楊子常，申明程、朱之緒言，典型先民，以易天下，海內謂之楊、顧。麟士歿，遂以儒行祭於瞽宗，而其子湄請余爲其詩序。

余惟世之論詩者，知有詩人之詩，而不知有儒者之詩。詩三百篇，巡守之所陳，太師之所繫，採諸田畯紅女塗歌巷謌〔一〕者，列國之風而已。曰雅，曰頌，言王政而美盛德者，莫不肇自典謨，本于經術。言四始則大明爲水始，四牡爲木始，嘉魚爲火始，鴻雁爲金始。言五際則卯爲天保，酉爲祈父，午爲采芑，亥爲大明。淵乎微乎！非通天地人之大儒，孰能究〔二〕之哉？荀卿之詩曰：「天下不治，請陳佹詩。」炎漢以降，韋孟之諷諫，束廣微之補亡，皆所謂儒者之詩也。唐之詩人，皆精於經學。韓之元和聖德，柳之平淮夷雅，雅之正也。玉川子之月蝕，雅之變也。後世有正考父，考校商之名頌，以那爲首，其必將有取于此。而世之論詩者莫能知也。

麟士於有宋諸儒之學，沈研鑽極，已深知六經之指歸，而毛、鄭之詩，專門名家，故其所得者爲尤粹。其爲詩蒐羅杼軸，耽思旁訊，選義考辭，各有來自。雖其託寄多端，激昂俛仰，而被服雍雅，終不詭于經術。目之曰儒者之詩，殆無愧焉。

余采詩于本朝，於松得陶宗儀九成，於崑得龔詡大章〔三〕，皆以通經博古，蔚爲儒宗。俗學波流，先民不作，垂三百年，而麟士崛起，與二君子相望于江鄉百里之間，其可不表而出之哉！余故特爲之論著，庶幾後之論詩者，於經學蕪穢，雅、頌廢壞之後，而猶知有儒者之詩，則自余之目麟士始也。

【校記】

〔一〕金匱本作「謣」，遂本、鄒鎡序本作「諤」。〔二〕金匱本作「究」，遂本、鄒鎡序本作「容」。〔三〕金匱本作「詡大章」，遂本、鄒鎡序本誤作「翊人氣」。

陸勑先詩稿序

余老歸空門，迢然以前塵影事，洮汰一切。顧于生平舊游昔友，未能舍然，風前月下，時時餘塵瞥起，自知猶落情網中，悔懺除不早也。陸〔一〕子勑先，别余垂二十年，客歲賦上巳文宴詩，連章及予，予心爲癢癢然。頃手排其詩稿眎予，寒窗短檠讀之，分夜不忍釋手。莊生有言，越人去國期年，見似人者而喜，逃虚空者，聞人足音跫然而喜。古之至人，猶不能無情，而況于予乎？

佛言衆生爲有情，此世界爲情世界。儒者之所謂五性，亦情也。性不能不動而爲情，情不能不感而緣物，故曰情動于中而形于言。詩者，情之發于聲音者也。古之君子，篤于詩教者，其深情感盪，必著見于君臣朋友之間，少陵之結夢于夜郎也，元、白之計程于梁州也，由今思之，能使人色飛骨驚，當饗而歎，聞歌而泣，皆情之爲也。余老耄屏居，爲人世之長物。而勑先廻翔記存，若昆弟親戚之謦欬于吾側者，昔人夢中相尋，再三却反，何以異此？敕先蓋斯世之有情人也，其爲詩安得而不工？讀敕先之詩者，或聽其揚徵騁角，以按〔二〕其節奏；或觀其繁絃縟繡，以炫其文彩；或搜訪其食跖祭獺、採珠集翠，以矜其淵博；而不知其根深殖厚，以性情爲精神，以學問爲孚尹，蓋有志于緣情綺麗之詩，而非以儷花鬭葉，顛倒相上者也。

余于採詩之候，撰吾炙集一編，蓋唐人篋中之例，非敢以示人也。長干少年，疑余復有雌黃，戲題其後云：「杜陵矜重數篇詩，吾炙新編不汝欺。但恐旁人輕着眼，針師門有賣針兒。」聞者一笑而解。今吾敍敕先詩，趣舉吾兩人交情，不敢妄有論次，老人多畏如此，可笑也。然敕先年力俱富，其詩名〔三〕當益高，世之啁嘲者，將不能致師于敕先，而又以販針罪我乎？敕先其善備之哉！

【校記】

〔一〕金匱本作「陸」，邃本、鄒鎡序本作「陳」。〔二〕金匱本作「按」，邃本、鄒鎡序本作「稱」。〔三〕金匱本有「名」字，邃本、鄒鎡序本無。

周孝逸文稿序

曹子桓云：「文章以氣爲主。」李文饒舉以爲論文之要。而余取韓、李之言參之，退之曰：「氣，水也；言，浮物也。水大，而物之浮者大小畢浮；氣盛，則言之短長，與聲之高下者皆宜。」此氣之溢于言者也。習之曰：「義深則意遠，意遠則理辨，理辨則氣直，氣直則詞盛，詞盛則文工。」此氣之根于志者也。根于志，溢于言，經之以經史，緯之以規矩，而文章之能事備矣。不養氣，不尚志，翦刻花葉，儷鬬蟲魚，徒足以傭耳借目，鼠言空，鳥言卽，循而求之，皆無所有，是豈可以言文哉！

婁江周孝逸學文于余，余以韓、李之學告之。孝逸退而深思，收視返聽，營魂涉入，處若忘，行若遺，以求其所以爲文者。久之而有得，傾河注峽，汩汩乎其來裕如也。孝逸志義敦篤，以片言爲死生，故其爲文，多燕、趙悲歌韓、魏奇節之風。語及于捐生立節，送死字孤，骨肉交騰，聲淚俱發，檣風陣馬〔一〕，凌獵于紙墨之間，此非所謂理直氣盛，溢于詞而根于志者與？進而求之，韓、李之學不遠矣。

昔者吾師高陽文正公，稟崆峒斗極之元氣，以高明正直之學，迴薄日月，與川嶽俱峙。孝逸之從父別駕及其父孝廉，皆遊于高陽之門，熏染其流風緒論。孝逸生而魁壘，駒齒蹴踏，其家風使然也。吳兒妖浮輕心，出胎視息，坐臥軟煖窠中，不知天地間冰霜風雪，是何世界？春老花殘，病骨如枲，讀孝逸之文，蹷蹷然有燕、幽筋骨，風勁弓鳴之思，以〔二〕此知文章之餘氣，感人遠矣。戊〔三〕寅初秋，別吾師于高河，臨分執手曰：「公歸自愛，天下多事；

還須幾個老秀才撑拄。」俛仰二十餘年，自傷老廢，因敍孝逸之文，牽連書之末簡，亦庸以有勗云〔四〕。

【校記】

〔一〕遂本、鄒鎡序本作「馬」，金匱本作「雨」。〔二〕金匱本有「以」字，遂本、鄒鎡序本無。〔三〕金匱本作「戊」，遂本、鄒鎡序本誤作「壬」。〔四〕金匱本「云」下有「爾」字，遂本、鄒鎡序本無。

族孫遵王詩序

伏暑向闌，新桐初引，族孫遵王侍陸丈孟鳧過余水亭啜茗，出其所著懷園小集求是正焉。余之不託於斯久矣，何以長子？

竊常論今人之詩所以不如古人者，以謂韓退之之評子厚，有勇于爲人、不自貴重之語，庶幾足以蔽之。何也？今之名能詩者，庀材惟恐其不博，取境惟恐其不變，引聲度律惟恐其不諧美，駢枝鬬葉惟恐其不妙麗，詩人之能事，可謂盡矣。而詩道顧〔一〕愈遠者，以其詩皆爲人所作，剽耳傭目，追嗜逐好。標新領異之思，側出于內；譁世炫俗之習，交攻于外，擒詞拈韻，每怵人之我先；累牘連章，猶慮己之或後。雖其中〔二〕寫繁會，鋪陳綺雅，而其中之所存者，固已薄而不美，索然而無餘味矣，此所謂勇于爲人者也。

生生不息者，靈心也。過用之則耗。新新不窮者，景物也，多取之則陳。能詩之士所謂節縮者川嶽之英靈，所閟惜者〔三〕天地之章光，非以爲能事，故自貴重，雖欲菲薄而不可得也。鍾記室論十九首「驚心動魄，一字千金。」「人生天地間，忽如遠行客」，才兩言耳，三百篇、楚詞都無此義。莊生藏壑，波匿觀河，世出世間法，一往攝盡。用此例觀記室之論，斯爲巨眼。阮公之咏懷，陶令之飲酒，彼豈知千載之下，更有何人，而皇皇索解乎？唐人之詩，或數篇而見古，或隻韻而孤起，不惟自貴重也，兼以貴他人之詩。不自貴則詩之胎性賤，不自重則詩之骨氣輕，不交相貴重則胥天下以浮華相誘說，僞體相覆蓋，風氣浸淫，而江河不可以復挽。故至于不自貴重，而爲人之流弊極矣。

遵王生長綺紈，好學汲古，逾于後門寒素。其爲詩，別裁眞僞，區明風雅，有志于古學者也。比來益知持擇，不多作，不苟作，介介自好，戞戞乎其難之也。得我說而存之，其爲進孰禦焉？吾老矣，庶有虞于子乎？孟鳧曰：「善哉！不獨爲遵王告也。宜書之以示世之君子。」

【校記】

〔一〕金匱本作「願」，邃本、鄒鎡序本作「固」。〔二〕金匱本作「申」，邃本、鄒鎡序本作「中」。〔三〕金匱本有「者」字，邃本、鄒鎡序本無。

題交蘆言怨集

余年來採詩，撰吾炙集，蓋興起于遵王之詩。所至採掇，不能盈帙。然所採者多偃蹇幽仄，么絃孤興之作，而世之通人大匠，掉鞅詞壇者，顧不與焉。嘗爲詩曰：「杜陵矜重數篇詩，吾炙新篇不汝欺。但恐傍人輕着眼，針師門有賣針兒。」于時才筆之士，不免側目。余自此專〔一〕繙內典，不復論詩，此集遂輟簡矣。

今年秋，遵王復以近作見眎，且屬余爲翦削。余告之曰：「古人之詩，以天眞爛熳自然而然者爲工，若以翦削爲工，非工于詩者也。天之生物也，松自然直，棘自然曲，鶴不浴而白，烏不默而黑。西子之捧心而妍也，合德之體自香也，豈有于矜嚬笑、塗芳澤者哉？今之詩人，駢章麗句，諧聲命律，軒然以詩爲能事，而驅使吾性情以從之，詩爲主而我爲奴。由是而膏唇拭舌，描眉畫眼，不至于補湊割剝，續鳧斷鶴，截足以適屨，猶以爲工未至也。如是則寧復有詩哉！吾之所取于吾炙者，皆其緣情導意、抑塞磊落、動乎天機而任其自爾者也。通人大匠之詩，鋪張鴻麗，捃拾淵博，人自以爲工，而非吾之所謂自然而然者也。遵王之學益富、心益苦，其新詩陶洗鎔錬，不遺餘力矣，而其天然去雕飾者自在。西施之嫣然一笑，豈不益增其妍，而合德亦何惡于異香也哉！余非針師也，而賣針于吾門者，人盡如遵王，則老嫗之反唇于歆光者，固將嗑然而笑，而余亦可以無傍人着眼之歎矣。吾炙集中有周茂之〔二〕、許有介及宗人幼光者，皆能爲針師者也。它日相見，其以吾言質之。」

【校記】

〔一〕金匱本作「專」，邃本、鄒鎡序本作「事」。　〔二〕金匱本作「之」，邃本、鄒鎡序本作「三」。

十峯詩序〔一〕

梁溪言理學者，必推顧、高兩先生。顧有理學者未必有氣節，有氣節者未必有文章。兩先生於理學、氣節、文章三者實兼之，其激頑振懦，有功世道人心匪小。礎日子生其鄉，能不聞風興起，自拔於流俗矣乎？礎日恂恂儒者，琢磨道德，礪礪名節，爲文原本經術，駸駸登作者之堂奧而撤其籓籬，不居然以理學氣節文章自命歟？

昨者礎日自梁溪來訪余於半野堂，贈以長律六十韻，鋪張揚厲，藻績滿眼。旋出其平日所爲十峯詩屬余序。余讀之，目瞪神動，喟然歎曰：「嗟乎！此可以知礎日之爲人也已！」礎日爲理學、氣節、文章中人，故其爲詩也，志意發越，元氣盤鬱，粹然一歸於中正。昔師乙論聲歌調，寬靜柔正者宜歌頌，廣大疏達恭儉好禮者宜歌雅，正直而靜廉而謙者宜歌風。礎日以其所宜，發而爲詩，其爲直己陳德可知也。

虞書曰：「詩言志。」詩者，志之所之也，而要自直寬剛簡出之。周禮：「大師教六詩，曰風，曰賦，曰比，曰興，曰雅，曰頌。」所謂三經三緯也。而必以六德爲之本。礎日之詩，有一不出於德者乎？吾見其詩不一種，正言寓言，率皆象指如意。而於忠孝節義綱常名教之大，蓋三致意焉。礎日豈爲此迂辭以欺天下後世耶？詩有五際，應劭曰：「君臣父子兄弟夫婦朋友也。」詩内傳曰：「卯酉午戌亥也。」言陰陽始際會之歲，於此有變改之政也。夫詩本以正綱常、扶世運，豈區區雕繪聲律、剽剝字句云爾乎？昔者李百藥見文中子論詩，上陳應、劉，下述沈、謝，分四聲八病剛柔清濁以爲序，而文中子不之答也。此其故惟薛收知之，若曰：明三綱，達五常，徵存亡，辨得失，夫子之論詩者如是。今之人不知詩學，營營馳騁於末流，宜爲文中子之所棄，而亦薛收之所不取矣。礎日其庶幾有合於論詩之旨也哉？

嗚呼！詩道大矣，非端人正士不能爲，非有關於忠孝節義綱常名教之大者，亦不必爲。讀礎日之詩以觀礎日之人，礎日其眞理學文章中人也。願礎日自愛且自勉，以無愧兩先生也。謹序。

【校記】

〔一〕此文鄒鎡序本、遼本俱無，金匱本有。

有學集卷二十

序

李叔則霧堂集序

河濱李子叔則，不遠數千里，郵寄所著霧堂集，以唐刻石經爲贄，而請序於余。叔則手書累幅，執禮恭甚。以余老於文學，畧知其利病，謂可以一言定其文。余讀之赧然，感而卒業，欷歔歎息焉。

昔者炎正之季，欃槍刺天，轂、雒交鬭，文章崩裂，金鐵飛流，側古振奇之士，與運〔一〕氣俱作。西極文太青，實爲嚆矢。其後二十餘年，而叔則代興，人咸謂太微之冢嫡也。余尙論秦學，於朝邑得二韓氏，苑雒之文奥而雄，五泉之文麗而放，皆自立阡陌，不倚傍時世者也。以古今之學準之，二韓逶迤樂易，流而近今，而其基址則古學也，是謂今而古。太青詰盤奡兀，峻而逼古，而其梯航則今學也，是謂古而今。叔則含茹陶鑄，旁摭曲紹，其在二韓、太青季孟之間乎？

文章之道，得失寸心，精魂離合，意匠互詭。陸士衡有言：「游魚銜鉤而出重淵之深，翰鳥嬰繳而墜曾雲之峻。」文之爲鉤也繳也，雖巧於命物者莫能狀也。李商隱之序〔二〕元結曰：「重屋深宮，但見其脊，牽緯長河，不知其載，死而更生，夜而更明，其幾矣乎？」吾讀叔則文，至詹〔三〕言、論辨諸篇，穿穴天〔四〕咫，籠挫萬物，罕譬曲喻，支出横貫，眩掉顛踣〔五〕，若窺若厭，久之如出夢中。此則文心怳忽，作者有不自喻，宜其借目於我也。舉世歎譽叔則，徒駭其高騁夐厲，疾怒急擊，驅濤湧雲，凌紙怪發，豈知其杼軸余懷，有若是與！

文章之在天地，猶大海也。古之文人才士，若發穎竪者，皆盤回洑流之中，迢然夐出者也。叔則才〔六〕力雄健，既已絶流文海，以余老爲没人也，就而問涉焉，則更有喻於此。巫師之求雨，爲壇國門之外，植繒祭魚，爲龍於其方，儛而禱焉，恐其不我降也。李靖之行雨靈山也，置水器于馬鞍，滴水及鬃，則平地三〔七〕尺矣。余巫師之求雨者也，吁嗟號咷，智不出豚蹄膊脯間，自顧其陿〔八〕陋，不免啞然一笑。叔則靈山之行雨者也，天瓢在手，霹靂起于足下，掉鞅跛頓，不崇朝而雨四海，飛蓬小草，弱喪而不自持，漂沈于風鬃霧鬣之餘者，亦已多矣。斯又余之所竊懼也。既爲叔則定其文，并爲讀叔則之書者告焉。若夫危苦激切，悲憂酸傷，樊南之三歎於次山者，周覽叔則之文，歷歷然擣心動魄，而論次則姑舍是。詩不云乎：「我聞有命，不敢以告人。」叔則聞余言也，欷歔歎息，殆有甚于余也哉！

【校記】

〔一〕鄒鎡序本、金匱本作「運」，遂本作「閏」。　〔二〕金匱本作「之序」，遂本、鄒鎡序本作「目」。　〔三〕遂本、鄒鎡序本「儋」下有「長」字，金匱本無。　〔四〕金匱本作「天」，遂本、鄒鎡序本作「尺」。　〔五〕金匱本作「踣」，遂本、鄒鎡序本作「蹢」。　〔六〕金匱本有「才」字，遂本、鄒鎡序本無。　〔七〕金匱本有「三」字，遂本、鄒鎡序本無。　〔八〕金匱本作「陋」，遂本、鄒鎡序本作「限」。

呂季臣詩序

語〔二〕溪之士，游於吾門者十餘人，皆懷文抱質，有鄒、魯儒學之風，呂願良季臣其裒然者也。季臣深沈有心略，糞溲章句書生，思以齒牙頤頦自見於當世。處師資朋友，皆有恩義，非苟爲鳥〔三〕集烏舉者。數蹈省門不見收，有子少而才，熊熊然角擕，以見於余曰：「是能奉雉而從吾矣，沸唇電發，損七尺以爭數莖，覆巢破卵，命如懸絲，創鉅痛深，形銷骨折，纏綿淹頓，然後卽死，其可傷也！」

嗚呼！季臣生盛世，蔭華胄，前歌後舞，左絲右壺，咸陽之趙、李，江左之王、謝也。國破家亡，年衰歲暮，束緼舉火，轢釜待炊，季臣意殊安之，曰：「我固當如此也。」童錡執戈，南八嚙指，楚人有國殤之祭，漢室無羽林之孤。季臣曰：「彼固已得死所，以烏鳶爲嬴博可也。」長貧長病，非鬼非食，攬枯骨爲行尸，指白日爲長夜，投〔三〕杯覆醢，撫几搥牀，歎莒郭之嫠婦，泣東海之寡母，以爲毋負鬚眉，有靦巾幗，未嘗不目光射炬，而哭聲壞牆也。嗚呼！季臣匿〔四〕名竄身，有才無時，似西京之趙邠卿，而不克亂〔五〕思遺老，表章於經術。羈旅放廢，喪厥元子，似東海之馮敬通，而不克闔門講習，自厲於詞賦。知季臣者，如是而已矣。其深知季臣而痛惜之者，以謂季臣智深勇沉，如其不死，可追蹤南渡之王道甫、陳同甫。季臣之子〔六〕，骨騰肉飛，不幸而早死，已接踵靖康之趙次張、龍伯康。青史不磨，碧血已化，敍漢末之英雄，探中興之遺傳，國有人焉，亦俟諸後死而已矣。

往者余道武林，季臣病劇，扶攜出見，氣息支綴，屏人執手，閔默無一言。寒燈青熒，惟兩淚覆面耳。又十餘年，季臣〔七〕之弟留良，蒿目江河，横流未返，憂其兄之遂抑沒于土中也，無已而思刻其遺詩以傳于後，又以爲不得余敍，季臣之視不受含者猶未既也。嗚呼！季臣西靡之冢，豈痛陳根；南枝之墳，詎悲宰木。余之所以不死季臣者，執簡漬紙，遂如斯而已乎？嗚呼！是余之罪也夫！

【校記】

〔一〕金匱本作「語」，邃本、鄒鎡序本誤作「浯」。〔二〕金匱本作「鳥」，邃本、鄒鎡序本作「烏」。〔三〕金匱本作「投」，邃本、鄒鎡序本作「投」。〔四〕邃本作「匿」，金匱本作「晦」。〔五〕邃本、鄒鎡序本有「亂」

字，金匱本無。〔六〕金匱本有「之子」二字，遼本、鄒鎡序本無。〔七〕金匱本作「臣」，遼本、鄒鎡序本作「良」。

陳喬生詩集序

詞林資序〔一〕班列，先後隔越。余於南海忠文〔二〕公，禮先一飯，握手傾肺腑若兄弟然。喬生雖未識半面，余以爲南海之弟猶吾弟也。山河遷謝，日月逾邁，南海藏血化碧，墓木已拱。余與喬生周餘夏肄，參辰阻絕，寥落於江雲嶺樹之間。年家子黄羽可〔三〕，念我八十耋老，渡嶺相存，攜喬生手書及詩集見眎。展卷吟諷，涕涔淫漬紙不能收。

嗟乎！銅馬競馳，金虎〔四〕横噬。九嬰暴起，十日並出。心窮塡海，力盡移山。原軫之歸元如生，霽雲之斷指猶動。千秋而下，徘徊憑弔，靡不骨驚肉飛，髮植毛豎，而況于同官爲僚，耶許佽助，大廈並壓，横流〔五〕胥溺者乎？又況於一死一生，冥明長慕，恨不得抗詞同日，舐面視含者乎？讀喬生之詩而想見其已事，慟哭誓師，創殘飲血，既已怒爲轟雷，笑爲閃電矣，炎風朔雪，儼然傳芭伐鼓，楚祀未艾，陳庭之矢，集隼而終楛〔六〕，周府之玉，化蜮而能射。自悼之章，七哀之什，長懷平陵，永言金鑑，魯陽之落日重暉，耿恭之飛泉立湧。豈猶夫函書眢井，但記庚申；慟哭荒臺，徒傳乙丙而已哉！若其學植富有，才筆日新，以風雅爲第宅，以騷選爲苑囿，縟繡愴紘，蒙榮集翠。南海盱衡告余，有火攻伯仁之歎，固無待于余言也。

老人冬序，百感交集，薄寒中人，酌羽觴，餉荔枝酒，醺然命筆，寒燈青熒，窗紙窸窣，如有神物下瞰。封題輟簡，趣寄喬生，爲我寫一通焚之忠文〔七〕墓前，以當大招，斯余之志也夫！

【校記】

〔一〕金匱本作「序」，邃本、鄒鎡序本作「望」。〔二〕金匱本作「忠文」，邃本、鄒鎡序本作「文忠」。〔三〕金匱本作「黃羽可」，邃本、鄒鎡序本作「羽黃可」。〔四〕金匱本作「虎」，邃本、鄒鎡序本作「蛇」。〔五〕金匱本作「流」，邃本、鄒鎡序本作「飛」。〔六〕金匱本作「楛」，邃本、鄒鎡序本作「裕」。〔七〕金匱本作「忠文」，鄒鎡序本作「文忠」。

李緇仲詩序

緇仲年舞象，長蘅攜以過余。於時緇仲丰神開朗，鬚眉如刻畫，握筆數千言，旋風驟雨，發作於行墨之間，雖老于文學者，靡不望而却走也。摳衣奉手以見於先生長者，肩隨步趨，悛悛無子弟之過。徵窺其志氣，如天馬之長鳴，秋鷹之整翮，不可以駕馭束縛。又如天外朱霞，暎望倒景，非可以人世塵坌與之梯接也。

世故遷流，遇合寥廓。長蘅戢景菰蘆，緇仲肘足場屋。日月逾邁，禍亂侵尋，于是乎爲退士、爲旅人、爲乞食之貧子、爲對簿之纍囚，禿袖敝衣，蒼顔白髮，如命侶之陽雁、如繞樹之越鳥，伶仃彳亍，羈棲顛頓。向日之緇仲，鮮妍軒舉，頽然不復可以別識。而文章之氣，隱現于眉目之間，作爲詩歌，傾江灑海，學益富，才益老，神益王，人之口呿目瞪，望而却走，視昔有加無不及焉。

蓋其少壯時，稟長蘅兄弟之家訓，聞孟陽諸公之格論，學有師承，文有原本，而又以盛年高才，流離坎壈，箕畢之雨風，龍漢之水火，天運人事，盤互參錯，皆足以磨厲其深心，而剗削其客氣。故其境會遷適，支離復逆，皆用以資其爲詩。而其才華志意，漸歸平實，抒情徵事，仗緣託物，遠師香山，近倣石田，于世之蠅聲蚓竅，聲轉喉而吟擁鼻者，邈乎不相及也。歐陽子有言，詩能窮人，必窮者而後工也，豈不信哉！

緇仲故多風人之致，青樓紅粉，未免作有情癡。孟陽每呵余：「緇仲以父兄事兄，而兄不以子弟畜緇仲，狹邪冶游，不少沮止，顧洋洋〔一〕有喜色者，何也？」余曰：「不然。伶玄不云乎，淫於色，非慧男子不至也。慧則通，通則流，流而後返，則所謂發乎情而止乎理義者也。佛言一切衆生皆以淫欲而正性命，積劫因緣，現行習氣，愛慾鈎牽，誰能解免？而慧男子尤甚。向令阿難不入摩登之席，無垢光不食婬女之呪，則佛與文殊，提奬破除，亦無從發啓。緇仲，慧男子也。極其慧之所通，通而流，流而止，則其返而入道也不遠矣。不如是，而以危言督責，以道理諷諭，聽而止之，猶爲隔日之瘧，而況其不止乎？」孟陽聞余言，以告緇仲，交相喜也。

今孟陽仙遊十年所，余年逾七十，緇仲亦冉冉老矣。緇仲篇什中所爲留連婉孌，欷歔惜別者，曉風殘月，今復何在？佛典言人爲淫術所加，如魚象被鉤，如山羊捉刀人手，如日月爲羅睺所厭。其得脱也，如大象從靽得解，如醉得醒，如厭得寤。緇仲或已得脱矣，亦將醒且寤矣。困窮連蹇，喪亂艱辛，皆所以弛韁釋靽，捨鉤牽而蘇厭蝕，其進而之道也近矣。香山有言，不覺路之返也。不空門之歸也，將安返乎？將安歸乎？

余衰晚病廢，刳心禪誦，見緇仲近刻，爲之戚戚心動，追思與孟陽緒言，因牽連書其後。緇仲曰：「吾本無夢，安有寤寐中之人尙以夢心相告語耶？故當囅然一笑也。」

【校記】

〔一〕金匱本作「洋洋」，邃本、鄒鎡序本作「津津」。

學古堂詩序

嗚呼！自耀州其頹，三水奄沒，而余關中之師友熸矣。丑、寅之間，郭胤伯與涇華數子，從我于請室，所謂知我桑落之下者也。更十餘年，余老不能死，不比于人數。而聖秋唁我白門，投詩慰藉，誓欲收南極而抵窮塵。余心感之，而滋惑焉。久之而屬余論詩，則余請論聖秋之詩。余往與涇華數子言詩，以爲自漢以來，善言秦風，莫如班孟堅，而善爲秦聲者，莫如杜子美。其著作甚備，而今之采秦風與其詩也，又有異焉。請推言之，而姑與聖秋爲讔，其可乎？

春秋之世，孔子所删定三百五篇，吳、越、荆楚皆無詩，惟秦有之。繆公既霸西戎，而哀公感申包胥之義，興師救楚，匡正以班處宮，倒行逆施，左衽之俗，無衣之詩，陳義甚高，秦之所以滋大也。然實自申包胥之哭發之。包胥之哭秦庭也，三日三夜不絕聲，淚盡而繼之以血，此亦天下之至哀也。當其號哭之時，飄風之叫嘷，林木之畏懼，鬼物之吟嘯，飛鳥走獸之踟躕躑躅，靡不相其悲、助其哀，而況于人乎？故其詩曰：「豈曰無衣，與子同仇。」又曰：「豈曰無衣，與子同袍。」哀公之賦無衣，蓋亦欷歔煩醒，泣下沾襟，而不知其所以然也。包胥以哀聲感之，哀公以夏聲應之。季子曰：此之謂夏聲。能夏則大，其無衣之什乎？人知無衣之什爲秦風，爲夏聲，而不知包胥之一哭，足以蕩吳氛、嘘楚燼、厲秦愾，噫氣怒吁，激謞叱吸之聲，至今在天地間，謂楚無詩也其可乎？

子美丁天寶之難，間關行在〔一〕，麻鞵見天子，與包胥之重趼何異。暫時間道，剪紙招魂，北征諸什，其爲秦庭之哭也，亦已哀矣。人知子美之爲秦聲，而不知爲楚哭也。至今讀其詩，茂陵之玉盌，宛然再出，昭陵之石馬，如聞夜嘶。厲河朔忠義之氣，追宣、光收復之烈，抑塞磊落，感激涕淚，與郭、李之元功偉烈，並存宇宙間，謂包胥之哭足以復楚，而少陵之詩不足以張唐也，其又可乎？聖秋，秦人也，而工爲杜詩。生斯世也，爲斯詩也，癸、甲之篇，儗于北征，可以興，可以怨矣。論聖秋之詩者，謂之秦聲可也，謂之楚哭可也。遠追無衣，近效北征，風飄木號，鬼神吟嘯。余之讀之，欷歔煩酲，泣下而不能禁，固其所也。聖秋以哀聲感，而余不能以夏聲應，屏營徬徨，泣下沾襟，則亦爲鳥獸之踟躕彳亍而已矣。居今之世，而亦曰秦有詩，吳無詩，則又奚爲而不可也？

聞胤伯隱少華山中，尚無恙，涇華諸子，皆三秦豪傑也，聖秋以吾言寓之，其以余今昔之論秦風，有以異乎？抑亦昔不譏而今譏乎？其亦爲之喟然掩卷而長歎也。

【校記】

〔一〕金匱本有「在」字，遼本、鄒鎡序本無。

空一齋詩序

紫柏大師以法門龍象，唱道東南，鹿巾環杖，夾侍瓶拂。吳江周叔宗、季華二居士爲高足弟子。余與季華之子安期遊，爲誌其墓。安期歿十餘年，而安石以季華遺詩眎余。

余於詩，老而廢業，繙經之暇，輒諷誦寒山子、龐居士、傅大士詩偈，于古人詩，柴桑、輞川、香山而外，間取伊川、江門二家以送老，日助禪說。比得季華詩，蓋喟然有省。杼山有言：「隳名之人，萬慮都盡。强留詩道，以樂性情。」蓋由瞥起餘塵未泯，豈有健羨于其間哉？逐名利，耽嗜欲，鬭花葉，拾膏馥，聚塵俗羶膩之肺腑，而發清淨柔輭之音聲，天下無有。季華少習禪支，晚爲淸衆，几案皆旁行四句之書，將迎多赤髭白足之侶。靜拱虛房，永懷支遁；陵峯採藥，希風道猷。所謂客情既盡，妙氣來宅者與？其爲詩也，安得而不佳？

昔者遠法師行道廬山，同志息心之士，望風遙集。石門諸道人，殘章斷句，散落人間，飄雲衣而汎香風，寥然如在天外。今紫柏往矣，而季華之詩，淸音落落，迥絶於稠林惡聚中。其在斯世，豈非雪池之清歌、魚山之天梵乎？世之君子，吟賞斯編，而有會乎杼山之指意，香朝鐘夕，夜緩曉遲，迢然而深思焉，斯可與言詩也已矣。

新安方氏伯仲詩序

戊子歲，余羈囚金陵，乳山道士林茂之，僂行相慰問。桐、皖間遺民盛集陶、何寤明亦時過從，相與循故宮，踏落葉，悲歌相和，既而相泣，忘其身爲楚囚也。再過金陵，乳山遊跡益廣。都人士介乳山謁余者，名紙塡門，詩卷堆案。翰墨淋漓，長干傳爲盛事。

別乳山又十餘年，余老不出戶，一燈丈室，作退院老僧。兩耳雙聾，復有上氣之疾。二三親知，落落東阡北〔一〕陌間，近局無隻雞之招，樵蘇無不爨之客，陳思王戴遠遊，佩朱紱，四節之會，塊然獨處，猶爲臨觴歎息，而況殘生遺老如余者乎？新安方望子攜乳山書來訪余，問乳山近狀，視履日益強，賓客日益進，飛章聯句，搖筆凌紙，精強少年，畏之如軒轅彌明，以爲怪物。余於是顧影長歎，自愧不如，乳山亦佛家所謂福報者與？望子奉乳山之教以詩道相叩擊，且屬序其弟寶臣龠〔二〕園詩，則余有歎焉。

詩之道，淸和而已矣。孤桐片玉，自有天律，淸也。朱絃深氾，一唱三歎，和也。今之爲詩者，望車塵，乞冷炙，有市心焉。其詩以俗氣應之，如商女貰高，不復能唱渭城也。競錐刀，飾竿牘，有爭心焉。其詩以沴氣〔三〕應之，如心在捕蟬，殺氣著於弦上也。二方子之詩，無流僻，無噍殺，漻漻乎其音也，溫溫乎其德也，庶幾詩人之淸和，可以語溫柔敦厚之教也與？南方有火鼠焉，生於火而食於火，語之以負冰之魚，嚙雪之蛆，我知其不同類遠矣。斯則二方子之詩，固未必時人所崇尚，而余與乳山老人所爲相視而一笑也。

【校記】

〔一〕金匱本作「北」，邃本、鄒鎡序本作「西」。　〔二〕金匱本作「盦」，邃本、鄒鎡序本作「屾」。　〔三〕金匱本作「氣」，邃本、鄒鎡序本作「心」。

婁江十子詩序

余息心空門，以談經爲戒。里中二三子間來告曰：「詩病深矣，今且抹摋韓、孟，詆諆歐、梅，如狂如易，不可爲矣，子其奈何？」余心以爲憂，而不忘揚水卒章之戒，相視一喟而已。

婁江有十子者，英年華胄，含章秀發，相與摩礪爲聲詩，都人士望風却避。顧以余爲可與言也，相與鼓篋而請事焉。余讀之卒業，欣欣然有喜色，而告之曰：古之爲學者，莫先於學詩，詩也者，古人之所以爲學也，非以詩爲所有事而學之也。古之人，十有三年學樂誦詩舞勺〔一〕，成童舞象，春誦夏弦，秋學禮，冬學書。其於學詩也，沒身而已矣。師乙之論聲歌也，自歌頌歌雅以逮于歌齊，各有宜焉。自寬柔靜正，以逮于溫良能斷之德，各有執焉。清濁次第，宮商相應，辨其體則有六義，考其源則有四始五際六情，故曰：温柔敦厚，詩教也。古人之學詩者如是。今之爲詩者，不知詩學，而徒以雕繪聲律剽剝字句者爲詩，才益駁，心益麤，見益卑，膽益横，此其病中於人心，乘于刦運，非有反經之君子，循其本而救之，則終于胥溺而已矣。

今吾觀十子之爲詩也，直而不倨，曲而不屈，抑之而奥，揚之而明，曲直繁瘠，廉肉節奏，非放心邪氣所得而犯干也。其爲人也，威儀庠序，發言有氣，離經辨志，相觀而善，非有意爲諛聞動衆者也。是夫也，其有志于古之學詩者乎？趙邠卿之叙孟子曰：「帝王公侯，遵之則可以致隆平，頌清廟。卿大夫士蹈之，則可以尊君父、立忠信。守志厲操者儀之，則可以崇高節、抗浮雲。」此古學之典要，亦救世之針藥也。吾老矣，竊有厚望於諸子，故爲其序以勉焉。

然吾里二三子，以余爲河滸之瘖人，廢書而退者數矣。聞斯言也，殆將有掉鞅摩壘、慷然而興起者，余之憂不茲釋矣乎？書之以勉婁江諸子，亦以勉夫二三子也。

【校記】

〔一〕金匱本作「學樂誦詩舞勺」，邃本、鄒鎡序本作「學詩誦勺十五」。

黃庭表忍菴詩序

往余從行卷中得庭表詩，故紙蒙茸，昱昱然如有光氣。展卷得長安〔一〕、金陵雜感諸篇，頓挫鈎鎖，纏綿惻愴，風情骨格，在韓致堯、元裕之之間。盱衡抵掌，謂後不得不推此賢。時人或未之許也。久之，庭表學殖益富，才力益老，散華落藻，驚爆都市。梅村告我：「平子目不虛矣。」余年八十，避人稱壽，庭表獨賦四章枉贈。金春玉應，鏘然盈耳，南豐一瓣香，深有寄託，非苟爲贊頌而已。

或曰：「子于庭表之詩，何知之早也？」曰：「吾少從異人學望氣之術，老無所用，竊用之以觀詩。以爲詩之有篇章聲律，奇正濃淡，皆其體態〔二〕也。有氣焉，含藏於心識，湧見于行墨，如玉之有尹，如珠之有光，熠燿浮動，一舉目〔三〕而可得。非是氣也，于山爲童山，于水爲死水，于物爲焦牙敗種，雖有詞章繁伖，匠者弗顧焉。夫子論玉有七德，而終之曰：『氣如白虹，天也；精神見于山川，地也。』玉之德，至于圭璋特達，天下莫不貴，而其光氣之著見，則田夫野人，可以望而知之。吾用望氣之術，知庭表之詩，亦猶夫田夫野人而已矣。」

或又曰：「庭表少年貴仕，摛藻如春華，商音越吟，取次側出者，何也？」曰：「夫子之論玉備矣，先之以温柔縝密，次則曰廉而不劌也。次則曰叩之其聲清越以長，其終詘然也。爲詩者取温柔縝密之似，而徒以煩音軟語，希世而媚俗，非玉也，碈也。温人之玉，固將化而爲石，而鄭人之玉，又將化而爲蜮，則其爲碈者，亦未可保也。吾所取庭表之詩，謂其温文密理，環壁肉好，其骨落落然，其志耿耿然，不失其所以爲圭璋特達者也。」斯言也，田夫野人之所不及知，而士夫大夫或不以爲然，則望氣之法，亦有所不信。姑書此以序庭表之詩，他日要梅村相與極論之。

【校記】

〔一〕金匱本有「安」字，遂本、鄒鎡序本脫。〔二〕金匱本作「態」，遂本、鄒鎡序本作「皝」。〔三〕金匱本有「目」字，遂本、鄒鎡序本無。

陳確菴集序

嘉、隆之年，吳中文章家以聲華浮豔爲能事，崑山歸熙甫守其樸學，言稱古昔，與其章布弟子，端拜雒誦，倡道于荒江寂寞之濱，于是吳中有歸氏之學。逮及百年，而確菴陳子挺生于百里之內，磨礲名行，鏃礪經術，學者確然奉爲大師。人皆曰：「確菴子，今之熙甫也。」確菴子顧不自以爲足，捧其所爲詩文，過而問於蒙叟。

叟讀之浹旬，撫心沉思，泫然而歎曰：「昔者吾夫子知道之不行，删詩、書，定禮、樂，翊易〔一〕象，六經之道大備。春秋既成，使曾子抱春秋河雒北向，夫子齋戒向北辰而拜，告備於天。六經偉矣，至春秋而始告備者，何也？斯義也，唯文中子知之，曰：「春秋抗王而尊魯，其以周之所存乎？春秋成而周存，存周者天也，故曰以告備於天也。元經之作也，書成，亡而具五國，援夫子存周之義，以具五國。皇極所以復建，而斯文不喪也。」確菴子繼銅川之志，歌伐木之章，茅簷土堦，講道勸義，固將以贊易爲司命，元經爲賞罰，六經七制之能事，研之深，講之熟矣。苞塞演迤，作爲詞章，本天咫、揆人紀，蓋莫不有畏天悲人，自古在昔之思焉。文中子論永嘉、皇始之事曰：「我聞有命，未敢以告人，則猶傷之也。傷之者，懷之也。確菴子之文，其傷與懷之交乎？」文乎！文乎！叟之所以泫然而歎也。

嗟夫！世之摛華掞藻，游光揚聲者亦多矣。日及之花，非不鮮妍也，風雨之燈，非不昱燿也。本之則無，如之何？確菴子居今之世，抱遺經以道古昔，志勤言徵，其道大備。後百餘年，人將以婁江一水爲疎屬之南、汾水之曲，然後知余言之不徒也。老夫亦何冀，之子振頹綱，竊取薛內史之詞，以爲確菴子贈。

【校記】

〔一〕金匱本作「易」，邃本、鄒鎡序本作「六」。

錢梅仙詩序〔一〕

去吾村莊二由旬許，確菴子之學舍在焉。江鄉沮洳，蓬藋薈蔚，確菴子偕其高足弟子梅仙錢子數十人，摳衣岸巾，講道勸義，歌詠先王之風，若將終身焉。余嘗語確菴子：「吾子之業，其在疏屬之南、汾水之曲乎？吾醉不如無功，瘖不如子光，而兼有二子之病。意疏體放，庶幾自託於南村〔二〕北渚之間。」確菴子顧其徒，愾然而歎，若不舍而去。既而梅仙奉確菴書，問業于余，進而與之言，視下而言徐，俯躬奉手，温温踖踖如也。徐而讀其詩，金舂玉應，銜華佩實，有懷霜凌〔三〕雲之志，而無弦么徽急之韻，瞿瞿乎！愢愢乎！有君子之心焉。甚矣梅仙之似確菴子也。

昔者河汾之徒，備聞六經之義者，董常、仇璋、薛收爲最。而無功答馮子華書則曰：「亂極則治，王途漸亨。房、杜諸賢，肆力廊廟，吾家魏學士，亦申其才。公卿勤勤，有志于禮樂。封廛孔棘，河汾在邇。三才九疇，有倫有要。」梅仙居確菴子之門，其將備聞六經，退而爲董、薛乎？抑亦執此以往，進而爲房、魏乎？記有之：「天降時雨，山川出雲。」文章聲律，文人志士之雲氣也。旋觀梅仙之詩，三色爲霧，五色爲卿，觸石膚寸，滃集于行墨之間。榮河浮雒，山川其舍諸？

東皐子縱恣誕散，五斗既醉，拊膺浩歎，猶有刀舟羽翮之思。余雖老且耄矣，不能無望於房、魏也。聊爲梅仙識之，且以告確菴子，禪誦暇豫，採花釀酒，以江村一畝，當河渚之醉鄉。酒人之語，良多謬誤，願梅仙勿以爲笑也。或有問者，則代余指仲長之口以應。

【校記】

〔一〕遼本題如此。鄒鎡序本、金匱本題作「梅仙族孫詩序」。〔二〕金匱本有「村」字，遼本、鄒鎡序本無。

〔三〕金匱本作「淩」，遼本、鄒鎡序本作「臨」。

從遊集序

從遊集者，確菴子評次其門弟子之歌詩，用以宣導志意，考論德業者也。漢、唐以來，凡爲學者必有師，專門名家，各仞師説。而讀書肄業之法，至宋之考亭、西山爲大備。元季則有吳萊立夫唱道于白麟溪，宋景濂、胡仲申爲其高第弟子，悉得其藴奧。而景濂當洪武初，自禁林歸浦陽，方遜志執經來侍，一坐歷四春秋，學成而後去。景濂送遜志之序，以爲理學之淵源，人文之絶續，盛衰幾微之載，名物度數之變，無不肆言極辯，而會歸于大道。蓋古人師資教學，或源或委，稟承古昔，如此其不苟也。自儒林道學之術分歧于儒家，而古學一變，自江門、姚江之學側出于經術，而古學再變。于是乎封蔀之以制科之帖括，淪亂之以剽賊之詞章，舉世胥變爲俗學，而江河之流不可復返矣。確菴子獨抱遺經，居今而稽古。諸子彬彬文質，括羽鏃礪。當戎馬蹂躪之日，處荒江茅屋之中，衣裳襜如也，劍佩鏘如也。其稱詩也，佚而不偷，怨而不怒，商歌羽音，聲滿天地，以是爲可以樂而窮，窮而老也。率是而行，古學可以絶而復續〔一〕，先王之詩，可以變而克正。若猶是駢花儷葉，以詞賦爲君子，則靡靡者天下皆是，而確菴子亦何樂乎有是哉？

余嘗尙論皇初，當九域飈迴，三精霧塞之後，中山、開平以干戈汗馬蕩滌宇宙，金華以黼黻文章繪畫日月，其爲元功一也。容刀璵璠，陶鑄寧海，麻衣碧血，樹三百年節義之幟。泮宮之闕祀也，祖庭其舍諸？此則確菴子與諸子之責，而余未能以極論也，姑爲序於此，以引其端〔二〕。

【校記】

〔一〕遂本、鄒鎡序本作「絶而復續」，金匱本作「與俗學可以絶」。

〔二〕金匱本有「於此以引其端」六字，遂本、鄒鎡序本無。

楊弱生且吟序

泰和楊弱生，不遠二千里，訪余于江村。問其何以治行？曰：「潭江多茉莉花，吳中多書，載花滿棹，易書盈車，謁夫子而還，吾事辦矣。」余听然喜之。已而出其詩爲贊，且請一言。

余告之曰：「異哉子之載花易書也！吾未誦子之詩，已前知子之能詩也。茉莉之在此方，籬落間物，充女郎簪佩耳。西竺則謂之摩利，又云奈，奈女之所生也。又云鬘花，花可以結鬘也。西天供佛，以鬘華爲最勝，以其清淨離穢，騰芬散馥，殊異於凡草木也。子之於是花也，珍惜愛護，出入與俱，其於染香也深矣。其爲詩也，宜素而馨。古之人有以愛妾換劍換馬者，有以法書換白鵝者，其聲價頗爲不類。今以軟淨之花，易殊妙之書，名花傾國，故足相當。金谷、蘭亭，不妨敵對。此博易之奇局，詞苑之美譚也。其爲詩也，宜殊而麗，品花於茉莉，清香靚〔一〕妝，便娟嫷旎，猶勝侍中之有素女雪兒也。五車之書，則端人聖士，朝冠袞衣，不可褻昵者也。以彼易此，捨豔質而羅素書，其志意去世人遠矣。其爲詩也，宜潔而芳，花之香馥鼻而澤身，書之香染神而浹骨。花之香隨風而聞，人華也。書之香逆風而熏，天華也。捨人華之香而易牛頭栴檀逆風上妙之香，其爲博進也，不已奢乎？吾聞忉利天殿南有波質拘耆羅樹，謂之天樹王，其花開敷，香氣周徧三千里，諸天共坐其下，聞香歡樂。子今載書而歸，坐天樹，聞天樂，舍夫天鼓，共演妙音，其於詩亦何有？」

楊子避席曰：「雖然，請終教某以詩。」余展卷快讀，曰：「信矣，余故前知子之能詩矣。」

遂抽初學集一編酬所贈花，而酌酒以爲別。

【校記】

〔一〕金匱本作「靚」，遂本、鄒鎡序本作「艷」。

徐子能黄牡丹詩序〔一〕

唐人宴集賦詩，必有人擅場。昇平公主之席，李端擅場。送王相鎮幽朔，韓翃擅場。送劉相巡江，錢起擅場。唐人誇之，以爲太平盛事。往者國家全盛，淮海繁華，廣陵鄭超宗家園有黄牡丹之祥，盛集文士，宴賞賦詩，糊名馳書，屬余題首。余推南海〔二〕黎美周第一。超宗鐫贈金爵以旌異之。美周方應進士舉，徐子子能賦黄牡丹狀元詩，一時呼美周爲「黄牡丹狀元」，此亦承平盛際，唐人擅場之流風也。

都會焚燬，英俊凋傷。鄭生俠骨，久付沙場。黎子文心，尚餘碧血。余歸心法門，灰冷夢斷，維揚昔遊，杳然龍漢〔三〕刦外矣。吳門牡丹時，陳子明偕子能屬和美周遺什，子能遂得一百餘首，貫花結鬘，香粉散落，吳人傳寫，爲之手馥。僕本恨人，按湖湘紅豆之歌，聽秦淮商女之曲，則爲之顧影骨驚，悲不自禁。情之感人，固其所也。子能屬疾數載，寢室空牀，蕭然如道人禪老，不謂其情瀾才海，波譎雲詭，倒囊而出，一至於此！

吾讀內典，刧火初起，燒須彌山王，菩薩能以一口唾之令滅，復以一口吹之令即起。吹唾一口，起滅同時。子能身當〔四〕刧後，緣情託物，能使揚州烟月，江左文章，攢花簇錦，湧現尺幅之上。安知刧火起滅，不在文人筆端一口吹唾耶？余言及此，林下水邊，又欣欣然有喜色矣。

【校記】

〔一〕此文亦收于瞿氏藏有學集文集補遺中。　〔二〕文集補遺無「南海」二字。　〔三〕文集補遺作「沙」。

〔四〕文集補遺作「爲」。

小山堂詩引

余觀唐人嵩嶽嫁女記，有瑞露之酒，釀於百花之中，其花四出而深紅，圓如小瓶，徑三寸餘，綠葉，形類盃。折花傾於竹葉中，凡飛數巡，其味甘香，不可比狀。讀之每欣然流涎，又忖度以爲寓言無是事。比游鍾山，遇異人授百花仙酒方，採百花之精英以釀酒，不用麯蘗，自然盎溢，乃知唐人之言爲不誣。

因是流觀酒譜，如李肇所記郢之富水，烏程之若下，以迨九醞三勒之屬，皆人間凡酒，無足道者。內典言阿修羅好酒，見天飲甘露，四天下採花，置四海中釀。海業力所持，進失甘露，退不成酒，而諸天所飮甘露，皆於飮樹中流出，以釀酒一事徵之，爲之開顏一笑，知雜林香市，去人間良不遠也。

方吾家酒熟時，吳門袁重其持施有一新詩來請序。傳杯讀之，淸詞麗句，盎溢牙齒間。笑謂重其，此詩豈亦燭夜之花，壓枝路旁，以待傾折者耶？人間詩句，雖復妖豔綺靡，亦乾和五蘊耳。唐人記二書生爲衞符卿等引還人間，折花傾酒，步步惜别。重其當趣舉斯言，以告于讀有一之詩者。

楊明遠詩引

往余遊長安，見無補題扇詩：「閑魚食葉如遊樹，高柳眠陰半在池。」苦愛其語，吟賞不置。行求得之，遂與定交。無補年纔弱冠，風姿足映數人。今見其郎君明遠，名行歸然，秀出行輩，其稱詩則已爲魯兩生、漢四老，自處於遺民故老之間。俛仰三十餘年，余之衰晚不足論，而世論之陵谷且異，舟壑夜遷，則眞可歎息也。

客有稱明遠之詩者曰：「近日之詩，懲浮夸偪側之病，相與鑴夷〔一〕其圭角，磨礲其矜氣，息徒中唐，頓轡郊、島，以求其沖和簡雅之似，亦既靡然同風矣。明遠體氣自然，意匠深隱，得沖和簡雅之眞，而料簡其似，亦聞西竺之鬻乳者乎？牧女之乳，展轉入城市，加水至於八分，則乳之味薄矣。明遠之詩，西竺新構之乳也，餘人則近加水之乳也。以乳喻詩，亦善喻也。」余曰：「客之言良是。然有本焉，詩以言志，古人曰，武亦以觀諸子之志。明遠高才盛年，遁跡自引，疏布不厭，妻子凍餒，長篇短詠，矢詩遂歌，聲滿天地，響振林木。斯世載筆墨，負丹鉛，頌公燕而賦鐃歌者，鸞鳳之下視螂蛆，不已寥廓耶？懷古十章，明遠之志在焉。謝皐羽之詩，長留天地間者，微斯人誰與歸？經言雪山有草，牛若食者，即得醍醐。又此牛唯飲雪山清水，所有茹草，最爲香潔。客謂明遠之詩西竺新構之乳，吾皆以爲雪山之醍醐也。雪山之醍醐，茹草飲水而得之者也。城市之水乳，又安足辨乎？」

無補曰：「補早以詩受知于先生，盍有以長吾子之詩？」遂書是言以復之。

【校記】

〔一〕金匱本作「夷」，邃本、鄒鎡序本作「彝」。

王翰明詩引

春秋諸侯之大夫朝聘會盟，宴享酬酢，皆相率而賦詩。趙武曰：「武亦觀諸子之志。」余嘗徘徊追慕，以爲春秋戰爭之世，其卿大夫雍頌暇豫，登歌賦詠，若是乎有先王之遺風焉。已而繙閱天水遺文故事，汪水雲黃冠南歸，少帝賦詩，有寒梅幾度之句。舊宮人即席贈別長相思、望江南二十餘闋，每一讀之，薄寒中人，慘淒增欷〔一〕。自有乾坤以來，傷離恨別，未有甚於此者也。或者曰：「觀春秋卿大夫中華燕樂之雅，而益重夫刜令支、斬孤竹、懸車束馬之功。觀天水舊宮人故都離別之悲，而益深夫傳金鳳、抵黃龍、襄、樊、鄂渚之恨。」余老而失學，史學荒落，未知斯言之云何也。

定興王翰明，吾友鹿伯繼、孫鍾元之高弟，北方之學者，未能或之先也。渡江而南，東國之人倫，西都之賓主，雲合景附，定交結契，投贈惜別之詩，二百餘章，可謂極盛矣。余觀卷中之詩，雍頌言志，有似春秋之卿大夫，哀傷激越，泣禾黍而淚山河，又有似乎天水之遺悲也。趙武曰：「武亦觀諸子之志。」觀諸子之詩，而其志可知〔二〕也。觀諸子之志，而翰明之詩之志，又可知也。

嗟夫！伯繼之墓草久宿，而余則老且廢矣。翰明歸，以詩卷眎鍾元，鍾元其將泣春秋卿大夫之後乎？抑且以遺民故老弔水雲而傷和靖乎？吾又以觀鍾元之志也。

【校記】

〔一〕金匱本有「欷」字，邃本、鄒鎡序本無。

〔二〕金匱本作「知」，邃本、鄒鎡序本作「志」。

二王子今體詩引

唐有天人費氏告宣律師，閻浮提世間，臭氣上熏於空四十萬里，正直光音天。諸天清淨，無不厭惡，唯香氣上熏破之。故佛法中香爲佛事。今佛所取梅檀兜樓婆上妙之香，此方無有。漢世西人貢香宫門，上著豆許，聞長安四面十里，經月不歇。今皆漂沈廁溷中，唯伊蘭臭穢〔二〕，充滿三界。諸天愍之，改令此世界中，得以文字妙香，代爲佛事。於是奎壁圖書之宿，東指牛斗吳會之墟，帝車炳然，詞人才子，排珠林而比玉府者，高、楊已降，於斯爲盛。婁上復有二王子懌民、虹友出焉。梅檀樓婆上妙之香，此方所無者，今遂郄車而載，可異也。

二子爲今體詩，精鑿爲骨，輕清爲韻，有色有聲，非烟非火，淨名鉢中，貯香積飯，香氣著人腸胃，七日而後消。詠二子之詩，彷彿似之。牛頭梅檀，產於摩耶羅山，與伊蘭叢生，過者弗視也。及其條枝布葉，芳香酷烈，伊蘭四十由旬之臭，一瞚滅熄。天帝乃始擇而採之。修羅兵鬭，用以止血。善法堂之戰勝，得草木之助焉。二子爲太原文肅公曾孫，趾美三兄，襲其父奉常之餘芳，生長梅檀林中，與伊蘭迥絕。又況條枝布葉之日乎？今將出其詩，與吳會君子宣芬散馥，普熏世界，而余以一言先之。後有撰感通傳者，謂文字妙香，能熏洗閻浮提刲中刀兵凶疫臭惡之氣，胥願以文章爲佛事，其將用斯言爲表報乎？嗚呼！吾有望矣。

文肅策動在政府，箕裘在子姓。韓相五世，漢貂七葉，踵西京袁、楊之後，實唯太原，續弇州盛事述者，故應不一書之，余姑敍其詩而未能及也。

【校記】

〔一〕金匱本有「臭穢」二字，遼本、鄒鎡序本無。

五石居詩小引

往遊雲間，見生甫屠羊、食牛詩，愛以其詩句作佛事，可作此土伽陀。今來錢城，讀五石居詩，風神散朗，意匠蕭閒，乃知生甫眞詩人也。時人沈湎俗學，掇拾餖飣，誇詡漢、魏三唐，如以嚼飯餧人，徒增嘔噦耳。生甫閒情道韻，在眉山、劍南之間。隱囊游屐，信筆點染，雲霞横生，烟波蹙沓，固不屑與時人爭名。而時俗之畚醜蠅營者，亦莫得而干之。此所以爲詩人也與？

生甫秦川貴公子，一麾出守，載廉石以歸，補衣竹杖，居然道人也。然吾相生甫，方頤豐下，兩頰光氣隱隱，以爲晚年當有遇合，爲功名富貴中人，生甫聞而笑之。吾年八十，每搜尋史冊中老人作伴侶。吳季子年九十，能將兵伐陳，蘇長公以爲仙去不死。太公七十起於屠釣，牧野鷹揚，正在百歲時。安知生甫晚遇，不如此兩人耶？陸放翁九十餘尚不忘北定中原，生甫更二十年，猶與放翁相望。晚年據鞍橫槊，詩篇當益壯，不但如放翁之行吟策杖，終老於蘭亭、禹廟間也。

雲將年九十，亦吾老友也，書之於生甫詩後，把示雲將，開顔一笑，他時以躍馬食肉，責報于蔡澤，恐不吾償也，則以雲將爲徵。

李梅公唱和初集序

盤根仙李，長庚新謫於人間；積慶璇源，張星舊駐於天上。婉玆嘉耦，嗣以徽音。思美人兮西方，降帝子兮北渚。陽律六，陰律六，吹鳳管以參差；前唱于，後唱喁，拊鸞歌而叶應。珊瑚筆格，綠沈之管交揮；玳瑁書籤，雲母之箋雙劈。花深網戶，每刻燭以分題；燕乳綺疏，或攤書而徵事。芙蓉秋水，筆花與臉際爭姸；楊柳春山，烟黛並眉間俱嫵。東吳才子，金閨傳內史之篇；南國佳人，玉臺寫令嫺之什。珠林琪樹，洵彤管之美譚；金柯玉枝，實天潢之盛事。

丹樓烟熸，朱邸灰飛。交語而腸斷白衣，登車則淚霑紅袖。猗與燕婉，變彼鴻休。在御之琴瑟依然，中庭之蘭玉滋長。雕軒文駟，驂玉馬以北朝；翟茀鞠衣，伴角巾而東下。水精簾幕，鎮日焚香，雲母丹黃，千年辟蠹。輪依桂樹，無復月孤；矢激蓮花，惟應天笑。豈若敬通見抵〔一〕，但對孺人；子美漂流，長隨妻子。又況衡陽飛雁，空約刀環；蘭滄鯉魚，難傳錦字。望日歸于六詔，怨其雨于三春哉？

伊余生稊之年，爰有齊牢之遇。絳雲東閣，綠窗署禁扁之新題；紅雨西泠，紫陌誦夭桃之麗句。勞勞赬尾，依依白頭。茗椀熏籠，雜居烟爨；縹囊緗帙，夾注米鹽。笑十指于懸錐，嗟滿頭之蓬葆。憐茲憔悴，睹此芳華。託副墨以歸詒，俾殺青而傳寫。願借光明於東壁，敢希嚬蹙於西家。沈香小像，庶幾得染妙熏；刻玉芳名，抑亦附垂墨會〔二〕云爾。

【校記】

〔一〕金匱本作「見抵」，邃本、鄒鎡序本作「抵舍」。　〔二〕金匱本作「會」，邃本、鄒鎡序本空缺。

許夫人嘯雪菴詩序

歲聿云暮，燈火蕭然。禪榻鬢絲，久斷遊仙之夢；木魚經卷，長爲退院之僧。茂苑許夫人，刻鏤若華，問遺裙布，致詞老人，俾爲其序。偶拈數韻，繼以長吟。窮冬而光風拂衣，沍寒而落華滿席。仙人失定，爲雪池之歌聲；迦華聞琴，依須彌而狂舞。聲塵或詔爲禪刺，釵釧每漏於戒鍼。意蕊〔一〕不飛，心華乍釋。徐挑燈而終卷，乃撫几而長歎。

變彼淑姬，猗歟雕瑄。以薛瑤噉香之質，挾謝韞咏絮之才。樹本迎風，華能燭夜。華宮寂歷，望青蓮兮未來；橘社迢遙，掩明璫而自媚。情文綺互，筆墨横飛。留趙后之裾，當風欲舉；擁樊家之髻，顧燭自憐。固已令才子色飛，道人心死矣。及乎翟茀承恩，雕軒卽路。擁東方之千騎，將南國之九雛。漳〔二〕水東流，銅臺高揭。洛妃乘霧，羨翠袖之英雄；妓女望陵，弔黄鬚〔三〕於冥莫。邯鄲道上，炊熟黄粱；蘇門山頭，嶺聞清嘯。金人辭去，銅狄製成。臛不清淚如鉛，長歌當泣。秋蟲炎熱〔四〕，朝槿榮華。齋素三時，琴心一曲。貂袠羽箭，歌出塞以望歸；霞帔星冠，裹厭禳之裝束。殆將攜烟景、凌絳河、吟太霞、諷晨啓。玉山曲宴，伴戴勝以長謠；小有靈音，彈雲璈而屬和。豈猶夫隴西贈答，但憶芳香；蜀女風流，徒吟溝水而已哉！

嗟夫！長眉如雪，秃筆無華。文媿燕公，敢序昭容之集；才慚孝穆，誰定玉臺之詞？以我道心，研兹仙趣。西池、南嶽，或現幻身；童初、易遷，尚行欲界。庶兹慧業，不閡塵勞。謹承彤管之詒，竊比瓊枝之報。

【校記】

〔一〕金匱本作「蕊」，邃本、鄒鎡序本作「藻」。

〔二〕〔三〕「漳水」、「黄鬚」，陳寅恪謂應作「漢水」、「黄星」，說見所著柳如是別傳。黃鬚指曹彰，固與妓女望陵不涉。

〔四〕金匱本作「熱」，邃本、鄒鎡序本作「熟」。

贈黃皆令序

絳雲樓新成，吾家河東邀皆令至止〔一〕。硯匣筆牀，清琴柔翰。挹西山之翠微，坐東山之畫障。丹鉛粉繪；篇什流傳。中吳閨闥，侈爲盛事。南宗伯署中，閑園數畝，老梅盤拏，奈子花如雪屋。烽烟旁午，訣別倉皇。皆令擬河梁之作，河東抒雲雨之章。分手前期，暫游小別，迄今數年往矣。

今年冬，余遊湖上，皆令僑寓秦樓，見其新詩，骨格老蒼，意節頓挫。雲山一角，落筆清遠，皆視昔有加，而其窮亦日甚。湖上之人，有目無覩，蠅鳴之詩，鴉塗之字，互相題拂，於皆令莫或過而問焉。衣帔綻裂，兒女啼號。積雪拒門，炊烟冷突〔二〕，古人賦士不遇，女亦有焉，吁其悲矣！

滄海橫流，刦灰蕩掃。留署古梅老奈，亦猶夫上林之盧橘，寢園之〔三〕櫻桃，斬刈爲樵薪矣。絳雲圖書萬軸，一夕煨燼，與西清東觀，琅函玉軸俱往矣。紅袖告行，紫臺一去。過清風〔四〕而留題，望江南而祖別。少陵墮曲江之淚，遺山續小孃之歌。世非無才女子，珠沉玉碎，踐戎馬而換牛羊，視皆令何如？皆令雖窮，清詞麗句，點染殘山剩水間，固未爲不幸也。

河東湖上詩：「最是西泠寒食路，桃花得氣美人中。」皆令苦相吟賞。今日西湖，追憶此語，豈非窮塵往刦。河東患難洗心，懺除月露，香燈禪版，淨侶蕭然。皆令盍歸隱乎？當屬賦詩以招之。

【校記】

〔一〕金匱本有「止」字，邃本、鄒鎡序本無。〔二〕金匱本作「冷突」，邃本、鄒鎡序本作「斷續」。〔三〕金匱本有「之」字，邃本、鄒鎡序本無。〔四〕金匱本作「清風」，邃本、鄒鎡序本作「風口」。

有學集卷二十一

序

楞嚴志略序〔一〕

嘉興〔二〕郡治中，梵刹相望，楞嚴講寺爲最。有宋嘉祐至我明萬曆間，災燹薦仍，夷〔三〕爲甲第。紫柏大師可公賦詩弔之，矢誓興復。上足密藏開公，親承囑付，克副弘願。入都城，請賜藏以鎮山門，又請繕刻方册，流通淨場。於是乎像設莊嚴，鐘魚肅穆，琅函玉笈，湧現人間，楞嚴之勝，遂爲方内冠。又二十餘年，白法琮公以耆年宿德，聿來住持。大殿山〔四〕門，次第告成。經坊僧田〔五〕，規制詳備。以其間輯此寺碑版文字，表著興復建立之始末，名曰楞嚴志略，而屬余爲其序。

余惟寺爲宋長水大師璿公〔六〕箋疏楞嚴之地，講演之日，天雨寶花，遂賜楞嚴之號。其疏義語簡而義豐，事詳而理密，薈撮有唐惠、振、懲、沇諸家之長，含攝賢首五教起信五重之要，箋解名家，未能或之先也。自孤山圓公、吳興岳公、張皇台、衡之教，以台家三觀，映望楞嚴，假梵僧之懸讖，爲佛頂之法印，而楞嚴全經之眼目，或幾乎改易矣。天如則公，傳天目之心宗，刊定會解，獨取孤山、吳興兩家，奉爲標準，長水以〔七〕下，皆左次莫與抗行。講席流傳，二百餘載。識者謂今日之楞嚴，非如來之楞嚴，而山家之楞嚴；抑亦山外之楞嚴，而非山家之楞嚴也。嗚呼！豈不重可歎哉！交光鑑師，奮乎百世之下，掃除三觀，別出手眼。掃之誠是也，而總別之相未晰，分配之執滋甚，諍論弘多，聚訟莫決，則亦皆沿流揚波，而未溯其本源也。

余博觀諸家箋疏，平心而論之。長水初參瑯琊覺禪師，問清淨本然，云何忽生山河大地？覺依其言，抗聲而答。遂領旨於言下，歸而詮解此經，昔人以爲華嚴、圓覺、楞嚴、起信，一眞法界，常住眞心，一以貫之者也。洪覺範倚恃宗眼，一筆抹摋〔八〕，目爲義解講師，夫豈得爲公論乎？長水既問道瑯琊，又從靈光敏傳賢首教。靈光，天台之人也，清涼大士咨雜華於大詵，習止觀、法華等疏於荆溪，參決南宗於牛頭、徑山。古人學無常師，羣機盡攝，類如此也。長水于台、衡之宗，豈不了然，其注經則以楞嚴還〔九〕楞嚴，未嘗執泥三觀，私爲家珍。斯非所謂毁相泯心，開前疑而決後滯者乎？

十門分別，首標起教因緣，曰爲〔一〇〕克示眞三昧故。其云克示眞三昧者，蓋指如來告許，有三摩提名大佛頂首楞嚴王，一門超出妙莊嚴路之語也。遂從而演暢之曰：乃至諷歎金剛王三昧，勑選圓通，成就聖位，破趣辨魔，皆爲此三昧也。一經中修行方便，總別法門，挈領提綱，無復餘蘊矣。始經台家之遮表，繼遭禪宗之訶斥，妙義宛然，莫有啓其緘而發其鍵者。辟如摩尼寶珠，沈錮于沙泥瓦礫之中，莫或省視，而曰此中無復有如意珠也，可不惜哉！余竊謂宋之有長水，猶唐之有圭峯。圭峯爲菏澤法嗣，而歸宗〔一〕於華嚴〔二〕。長水由瑯琊發悟，而歸宗於楞嚴，此皆性相之標指，修証之津梁也。當今之世，魔外披昌〔三〕，法流滅息。此寺屬長水緣起，又方冊法寶流通之所。演教海〔四〕欲絕之燈，紹法流如線之緒，豈非末法之急務哉！

涅槃謂首楞嚴者，一切事究竟堅固也。知楞嚴所以名寺之意，則如來之開示，長水之箋疏，紫柏、密藏之修復，悰公之建立，一切皆究竟堅固，寶華樓閣，刦火不能灰，毘嵐風不能破者，固將一展卷而得之矣。悰公得楞嚴三昧，了悟「靜極光通達，寂照含虛空」之偈，不滅長水之清淨本然，故于其屬序也，爲疏通其說以告之。「將此深心奉塵剎，是則名爲報佛恩」，是固首楞希有之宗旨，而住持斯寺與護法者所當共勉也。

【校記】

〔一〕此文本集各本外，又收于瞿藏文鈔補遺中。〔二〕本集誤作「定」，文鈔補遺作「興」。〔三〕金匱本、文鈔補遺作「夷」，邃本、鄒鎡序本作「彝」。〔四〕本集作「山」，文鈔補遺作「三」。〔五〕本集作「經坊僧田」，文鈔補遺作「僧田經坊」。〔六〕金匱本、文鈔補遺有「璿公」二字，遂本、鄒鎡序本無。〔七〕本集作「以」，文鈔補遺作「已」。〔八〕本集作「殺」，文鈔補遺作「掇」。〔九〕金匱本、文鈔補遺作「還」，遂本、鄒鎡序本作「退」。〔一〇〕金匱本、文鈔補遺有「爲」字，遂本、鄒鎡序本無。〔一一〕金匱本、文鈔補遺作「宗」，遂本、鄒鎡序本作「藏」。〔一二〕金匱本、文鈔補遺作「華嚴」，遂本、鄒鎡序本作「法華」。〔一三〕文鈔補遺作「披昌」，本集作「昌披」。〔一四〕文鈔補遺作「教海」，本集作「海眼」。

金剛經了義引

元實居士注金剛般若經，名之曰了義，舉似蒙叟。蒙叟展閱一過，合掌讚歎曰：「昔在隋朝，益州新繁縣王李〔一〕村有書生荀姓者，於村東空中，四面書空書經，語人曰：『我書金剛般若經，使諸天讀之耳。』自後霖雨洪流氾潰，此地方丈餘間如堂閣，下無滴雨霑濕。牧童每就避雨，而人莫知其由也。武德初，有西梵僧至此作禮，如向塔廟。村人異而問之，僧曰：『此有金剛般若經，諸天置蓋，不絕供養，敢不頂禮耶？』村人乃省荀生寫經之處，遂甃甓嚴欄護之。荀至齋日，供養瞻禮，往往聞天樂之聲。夫荀生之寫經，畫空無迹，靈感如斯，況乃書而讀，讀而信，信而解，解〔二〕而箋釋疏通，爲人演說者耶？我知居士注是經已，必有吉祥雲擁覆其上，團結如傘蓋。蕭辰良夜，天樂琅琅，自然敷奏。但肉眼不能見。俗耳不能聞爾。」

【校記】

〔一〕金匱本作「李」，遼本、鄒鎡序本作「季」。

〔二〕金匱本有「解」字，遼本、鄒鎡序本缺。

憨山大師夢遊全集序〔一〕

憨山大師夢遊全集，嘉興藏函，止刻法語五卷。丙申，龔孝升入粵，海幢華首和尚得余書，楗椎告衆訪求鼎湖棲壑禪師藏本，曹秋岳諸公繕寫歸吳。謙益手自讐勘，撰次爲四十卷。大師著述，援筆立就，文不加點，字句不免繁茷，段落間有失次，東遊時，曾以左氏心法序下委刊定，見而色喜，遂削前稿。今茲讐勘，僭有行墨改竄，實稟承大師墜言，非敢僭踰犯是不韙也。既徹簡，乃爲之序曰：

佛祖闡教，以文說法。慈氏之演瑜珈，龍樹之釋般若，千門萬戶，羅網交光，郁郁乎！燦燦乎！千古之至文也。大教東流，人文漸啓。遁、遠濬發于南，什、肇弘演于北，椎輪大輅。實惟其始，隋、唐以來，天台、清涼、永明之文，如日麗天，如水行地。大矣哉！義理之津涉，文字之淵海也。逮及有宋，教廣而文煩，其最著者三家，鐔津以孤亢崇教，其文裁而辨；石門以通敏扶宗，其文奥而麗；徑山以弘廣應機，其文明而肆。夫文而至於辨也麗也肆也，其城塹日以堅，其枝葉日以富，其撈籠引接日以博，浩浩乎巵言之日出，而岌岌乎津梁之日疲也。繫辭有之：「易之作也，其于中古乎？作易者其有憂患乎？」豈不信哉？

我大師廣智深慧〔二〕，眞參實悟，惟心識智〔三〕，夢授於慈氏；華嚴法界，悟徹於淸涼。披〔四〕根應病，橫說竪說，千言萬偈，一一從如來文字海中流出。以鐔津之崇教者固其城塹，以石門之扶宗者沃其枝葉，以徑山之應機者暢其撈籠引接，務欲使末法衆生，霑被其一言半句，皆將飲河滿腹，同歸於智海而後已。雜華言金翅鳥王以淸淨眼觀察諸龍，命應盡者，以左右翅鼓揚海水，悉令〔五〕兩闢，取而食之。大師說法爲人，欲摶生死大海水，取善根衆生，置佛法中，亦復如是。日者廣南繕寫書生陳方侯觸語悲悟，放筆薙髮。大師博取深心，光芒昱曜，凌紙怪發，善根衆生，應機吸受，如方侯者，歷河沙刦，猶未艾也。嗚呼！偉矣哉！

大師與紫柏尊者，皆以英雄不世出之資，當獅絃絕響之候，捨身爲法，一車兩輪。紫柏之文雄健而斬截，大師之文紆徐而悲惻，其爲昏塗之炬火則一也。昔人歎中峯輟席，不知道隱何方。又言楚石、季潭而後，拈花一枝幾熄。由今觀之，不歸於紫柏、憨山而誰歸乎？後五百年，魔外蜂起〔六〕，篤生二匠，爲如來使，佩大法印，燃大法燈，殆亦儒家所謂名世間出者。裨販剽賊之徒，往往篡統系，附師承，竊竊然爲蚍蜉之撼樹。大師之集行，如日輪當陽，魑魅斂影，而魘寐者猶懵而未寤也。然則大師同體大悲，如作易之有憂患者，其何時而止乎？斯可爲痛哭也已。

夢遊集本，初傳武林，天界覺浪和尚見而歎曰：「人天眼目，幸不墜矣。」亟草一疏，唱導流通。毛子子晉，請獨任鏤版，以伸其私淑之願。子晉歿，三子聿追先志，遂告成事。其在嶺表，共事搜葺者，孝廉萬泰、諸生何雲、族孫朝鼎也。其佽助華首網羅散失者〔七〕，曹溪法融、海幢池目及華首侍者今種、今照、今光也。皆與有法乳之勞，法當附書。上章困敦之歲，仲冬長至日，海印白衣弟子虞山錢謙益焚香稽首謹序〔八〕。

【校記】

〔一〕此文本集各本外，又收于瞿藏文鈔補遺中。〔二〕本集作「慧」，文鈔補遺作「慈」。〔三〕文鈔補遺「智」字旁注云：一作「志」。〔四〕文鈔補遺作「披」，本集作「被」。〔五〕金匱本、文鈔補遺作「令」，邃本、鄒鎡序本作「取」。〔六〕金匱本、文鈔補遺作「起」，邃本、鄒鎡序本作「生」。〔七〕金匱本、文鈔補遺作「散失者」，邃本作「散逸」，鄒鎡序本作「散者」。〔八〕文鈔補遺有「上章」以下至末二十八字，本集無。

嶺南刻憨山大師夢遊全集序〔一〕

憨山大師夢遊集，吳中未有全本。丙申冬，龔孝升入粵，余託其訪求海幢華首和尚，得鼎湖棲壑禪師藏本，曹秋岳諸君〔二〕集衆繕寫，載以歸吳。余校讎刊定，勒成四十卷。毛子晉請任鏤板，子晉歿，三子繼志，告成有日矣。己亥秋，王大哉自粤歸，言彼有潭柯上人名濟航者，自東兗入蜀，精研宗教，棲壑化去，購得夢遊集本於鼎湖，捐衣貲付梓，以余爲白衣老弟子，俾序其緣起。

余惟大師集本，鼎湖、廬山，頗有異同。鼎湖則大師原稿，弟子福善、通炯及五羊劉司理起相所結集也。廬山則經余勘校，間以管窺之見，撮畧字句，移置段落者也。二本蓋少異矣，而未嘗不同〔三〕。以佛身像〔四〕譬之，鼎湖本則十身相海，相好莊嚴之身也。廬山本則優闐香像，毘首羯摩摹刻之身也。是二身者，現相利生，有何差別？故知二本不妨兩行，並舟而觀月，分河而飲〔五〕海，其聞法得益，則一而已矣。

大師閔東海彌戾車地，不通佛法，駐錫牢山，取外道七眞盤互之區，移爲佛國。以是因緣，弘法罹難，有嶺海之行。今既光復祖庭，報滿示化，而航上人以東海之人，表章遺集，標人天眼目於嶺外〔六〕，大師大光明幢，建立於那羅延〔七〕窟者，譬諸高山日輪，留暉平地，火傳燈續，豈可誣哉！

於乎！佛法不可思議，大師身後因緣，亦不可思議。余之託軺車訪求也，華首之揵椎告衆也，棲壑之深藏有待也，陳方侯之放筆善來也，航上人之發願流通〔八〕也，如磁吸鐵，如鐘應霜，豈有使然者哉？恆河沙刦，佛法無盡，大師光明無盡，上人誓願亦無盡。大師常寂光中，應爲破顔加被。余與一切人天，歡喜讚歎，亦非塵刦海墨所可窮盡也。歲在庚子，中秋二十三日，虞山白衣弟子蒙叟錢謙益焚香禮拜謹序〔九〕。

【校記】

〔一〕此文本集各本外，又收于瞿藏文鈔補遺中。〔二〕本集作「君」，文鈔補遺作「公」。〔三〕金匱本、文鈔補遺有「同」字，邃本、鄒鎡序本無。〔四〕金匱本、文鈔補遺作「像」，邃本、鄒鎡序本作「匠」。〔五〕金匱本、文鈔補遺作「飲」，邃本、鄒鎡序本作「斂」。〔六〕本集作「外」，文鈔補遺作「表」。〔七〕金匱本、文鈔補遺作「羅延」，邃本、鄒鎡序本作「延羅」。〔八〕金匱本、文鈔補遺作「通」，邃本、鄒鎡序本作「聞」。〔九〕文鈔補遺有「歲在」以下至末二十七字，本集無。

紫柏尊者別集序〔一〕

金壇刻紫柏尊者全集，已行叢林。此外有錢啓忠集鈔四卷，陸符心要四卷。壽光上人攜吳江周氏藏本，乃尊者中年之作，白衣弟子繆仲淳執侍左右手自繙寫者。余爲會粹諸本，取全集所未載者，排爲四卷，名曰紫柏別集，而敍其後曰：

禪門五燈，自有宋南渡已後，石門、妙喜至高峯、斷崖、中峯爲一盛。由元以迄我國初，元叟、寂照、笑隱至楚石、蒲菴、季潭爲再盛。二百年來，傳燈寂蔑。尊者挺生東吳，氣宇如王，蹴踏天下。機緣闊現，從地湧出。實有關於國運隆替、法運廢興，未可以凡心世智，妄爲比量也。尊者出世萬曆中，正國家日中豫泰之候，貂寺氈裘，孽牙盤〔二〕互。師以慈願戒力，住王舍城而爲說法，溥聖母之慈雲，開明主之智日〔三〕，庶幾礦稅可罷，黨禁可除，戎索可清，殺運可挽。羣小張羅鉤黨，推刃妖書，師於是拚幻有之軀，息清流之禍，法幢既倒，國論日非，乾綱下移，帝心解紐。華戎同貫，正以魔外之交侵；世界平沉，起于人天之不佑。考妖書本末之記，知刦運推剝之因，雖業繫有固然，實振古所未睹也。

古來元臣命世，必曰降神；矧乎法將導師，寧非間出〔四〕。尊者秉金剛心，具那延力，舉手可以拍須彌，噓氣可以吸溟渤〔五〕。金翅鼓摶，則龍子隨其啖食，而況於魚鰍與？獅子哮吼，則香象爲之失糞，而況于野干與？人之云亡，法燈熄矣，魚鰍翔舞，而野干號呼矣。同時大德，捨赭〔六〕還緇，却來人間，以夢游了大事。譬如老將全師退守，深溝固壘，使賊人相戒莫敢犯，而廓清摧陷，固非其所有事矣〔七〕。嗚呼！尊者之出世，其關繫國運法運〔八〕如此。悠悠斯世，惟憨山老人爲能知而言之，而其爲塔銘，茹荼噉蠟，含嚼齒舌間，所謂我聞有命，不敢以告人者也。

尊者之化去也，次年爲萬曆乙巳，余夢至高山，有大和尙危坐巖端，謂是達觀尊者，恭敬禮足已，指左方地命余坐，密語付囑，戒以勿忘。涕淚悲泣而寤。距今將六十年矣。私心擬議，願踵憨老〔九〕之後，撰第二碑，用以續僧史，發輝塔銘未盡光明。日月逾邁，氛祲晦蒙，六十年來，一往是昔夢中涕淚悲泣世界，吮毫閣筆，多歷年所，非敢食言於二老也。每自循省往昔，年少書生，不通佛法，不知以何等因緣，夢中得受記莂。今頭童筆禿，無所成就，尋行數墨，排次遺文，如拾字老比丘，背破籠、簡故紙，波波汲汲〔一〇〕，以爲能事。尊者常寂光中，得無自笑失却一隻眼乎？別集既〔一一〕成，謹書其後以自懺，抑或以有待焉。

尊者之文，一言半偈，稱性流出，如水銀撒地，顆顆皆圓，余不敢輕爲揀別。然集中散落者不少，如乙未送憨老渡嶺作、逐客說及顧仲恭所見澹居鎧〔一二〕公本論、卓吾誠所諸篇，皆法門眼目也。斗間紫氣，久而不沒，殆斯文之祥乎？余雖耄矣，猶願得而見之。

【校記】

〔一〕此文本集各本外，又收于瞿藏文鈔補遺中。〔二〕金匱本、文鈔補遺有「盤」字，邃本、鄒鎡序本脱。〔三〕文鈔補遺作「日」，本集作「目」。〔四〕邃本、鄒鎡序本、文鈔補遺作「出」，金匱本作「世」。〔五〕金匱本、文鈔補遺作「渤」，邃本、鄒鎡序本作「海」。〔六〕文鈔補遺作「赫」，本集作「赬」。〔七〕金匱本、文鈔補遺有「矣」字，邃本、鄒鎡序本無。〔八〕金匱本、文鈔補遺有「法運」二字，邃本、鄒鎡序本無。〔九〕金匱本「老」字下有「人」字，邃本、鄒鎡序本、文鈔補遺無。〔一〇〕邃本、鄒鎡序本作「汲汲」，金匱本、文鈔補遺作「劫劫」。〔一一〕金匱本、文鈔補遺作「旣」，邃本、鄒鎡序本作「改」。〔一二〕金匱本、文鈔補遺作「鎧」，邃本、鄒鎡序本作「鍾」。

山翁禪師文集序〔一〕

天童山翁禪師〔二〕忞公，以密雲嫡子，坐大道場，無舌說法，有聲如雷。施藥樹味，擊塗毒鼓，有寂〔三〕子小釋迦之目。賈其餘勇，作爲詩文，如湧身雲，如灌頂水。文人學士用世間智測度，咸以爲杼山晝、石門範之流亞。余頃讀其全集，爲之心開意解，久之沉吟低徊，歔欷〔四〕煩酲，而不能舍然也。

大慧杲禪師有言：「予雖學佛者，然愛君憂國之心，與忠義士大夫等。」所謂忠義士大夫者，魏國張公德遠、横浦張公子韶輩也。當是時，賊檜挾滔天之勢，把持和議，忘北轅之仇，甘左衽之辱。妙喜以壞衣粲髮之人，敢於左袒子韶，抗權奸之議，而冒觸其鋒刃。故魏國銘之曰：「嗟師何爲，拳拳忠孝？欲返〔五〕羣迷，俾趨正教。」唯其忠誠惻怛之至，根柢種性，槎牙肺腑，雖至於砍臂斬頭，亦將怡然順受，如斷藕根，如解膠革，於毀衣焚牒乎何有？於乎！薦嚴之疏，龍髯馬角之深悲也。新蒲之綠〔六〕，玉衣石馬之遐思也。春葵玉樹之什，空坑、厓海之餘恨也。徵之妙喜，以言乎其道則相符，以言乎其志則相協，以言乎其時〔七〕，則宋世所謂忠義士大夫，迢然不可再見，猶有一禪者孤撑單出，流連涕泗於陸沉滄海之餘，斯尤難矣。

於乎！軍國，荆弓也。宗社，鄭璧也。吾君吾父，秦、燕、楚、凡也。天穹廬，地松漠，今之人何其廣大，而禪者如時之隘也？東家食，西家宿，今之人何其圓通，而禪者如是之固也？山河葶〔九〕藶，世界陶輪，有漏微塵，十方銷隕，今之人何其大覺大悟，而禪者如是之取著也？豈惟禪者哉，琉璃之誅釋種也，世尊樹下拒諫，而阿難愁悶慟哭；開寶之師，東山蘄春，肉身爲故國而泣血；天寶之亂，菏澤編管殘衲，興檀度以濟師。是又何今人之廣大，而佛祖之隘；今人之圓通，而佛祖之固；今人之大覺大悟，而佛祖之取著也？妙喜之言曰：「好善惡邪之志，與生俱生，永嘉謂縱使鐵輪頂上旋，定慧圓明終不失。敢直下自信不疑。」吾忞公其幾矣乎？

三世諸佛，是三世中有血性男子。不忠不義之人，埋沒此一點血性，謂之焚燒善根，斷滅佛性。披毛戴角，刀途血路，相習以爲固然，是可以爲人乎？如是而爲文，巧言綺語，譚玄說妙，如刻人糞作栴檀形，是可以爲文乎？公同〔九〕體大悲，惻然憐愍，以爲今世之所崇尚者，士大夫也，故現忠義士大夫身而爲說法；士大夫所崇尚者，文字也，故又現聲名文句身而爲說法。有人於一言半句，汗下毛豎，留得此一點血性在人世間，卽是不斷佛種。斯卽公出世爲人，全提正令之綱宗也。於乎！公欲廣度河沙衆生，盡皆作佛，而汲汲然磨牙礪齒，先教之以所以爲人。夫焉有不能爲人而能爲佛者乎？歲在己亥春王二月望日，海印弟子虞山法弟錢謙益槃談謹書〔10〕。

【校記】

〔一〕此文本集各本外，又收于瞿藏文鈔補遺及文集補遺中，文鈔補遺題中「山翁」作「天童木陳」。〔二〕本集作「山翁禪師」，文鈔補遺作「禪師木陳」。〔三〕本集作「寂」，文鈔補遺作「宗」。〔四〕本集作「獻欷」，文鈔補遺作「欷歔」。〔五〕本集作「返」，文鈔補遺作「迪」。〔六〕「綠」，遼本及鄒鎡序本均作「錄」，誤。〔七〕本集「時」下有「世」字，文鈔補遺無。〔八〕本集作「荢」，文鈔補遺作「葶」。〔九〕本集作「同」，文鈔補遺作「身」。〔10〕文鈔補遺有「歲在」以下二十五字，本集無。

密藏禪師遺稿敘〔一〕

密藏開禪師遺稿，法孫按指上人所收輯也。藏師英偉雄駿，千仞壁立，爲紫柏尊者上首，法筵海衆，所至雲湧。定中知本師將有王難，刺血上書，一夕隱去。師資閟現，羣龍無首。諸天鬼神，猶不能測知，而况于凡心凡眼乎？遺稿多所與羣公書問，誨誘勸勉，以扶正法刻大藏爲責任。其爲人仕者教忠，顯者教退，亢者教謙〔二〕，競者教恬〔三〕，根氣濡弱者醒之以月愛，情塵軟煖者觸之以冷雲，筆舌聰明自負宗眼者必剿其攀援，搜其負墮，俾命根刳斷而後已。智眼分明，慈心諄複，熱血痛淚，至今淩出于紙筆之上。以方袍世外之人，省邊略，憂國計，當貢埸欵塞之日，抱靖康左衽〔四〕之虞，人謂其投衣遠遁，蓋已懸鏡今日，非偶然也。

國朝自楚石、泐潭已後，獅絃絕響。崛起爲紫柏、海印二大師，而藏師爲紫柏之嫡子。龍樹言那伽或言龍，或言象，水行中龍力大，陸行中象力大。此三人者，豈非龍象乎？難陀、跋陀二龍王，護持正法，修羅將戰，二龍王身遶須彌山，山動雲布，以尾打水，大海浪冠須彌。忉利天始知修羅欲戰，而嚴攻伐。古來尊宿大師，現身出世，蹴踏天下，自然有〔五〕此氣象。其不然者，則螣蛇耳、蜥蜴耳！種性旣劣，威神無幾，顧亦欲噓雲吸〔六〕霧，激海水而冠須彌，焉可誣哉！

藏師此文，皆叢殘不經意之作，方諸二老，如流星之奔㣲〔七〕，芒焰驟作，有聲曳其後，而殷殷於天漢之間。其他皆蚌〔八〕珠爝火，流照咫尺，詎得而並之？二百年來，豪傑間作，法運通塞，文不在茲。或者猶欲以餘分閏位，竊竊然議其統系。佛言譬如窮人，妄號帝王，自取誅滅。孔子曰：小人不知天命而不畏也。可不懼哉！往在武林，與天界覺浪和尙明鐙夜談，相對歎息，其爲藏詩稿序，亦出少分，而浪老又順世去矣。撫卷摩挲，泫然流涕者久之。

【校記】

〔一〕此文本集各本外，又收于瞿藏文鈔補遺中。〔二〕本集作「謙」，文鈔補遺作「隱」。〔三〕本集作「恬」，文鈔補遺作「悟」。〔四〕遼本、文鈔補遺作「左衽」，鄒鎡序本、金匱本作「五國」。〔五〕文鈔補遺「有」下有「如」字。〔六〕本集作「吸」，文鈔補遺作「噏」。〔七〕文鈔補遺作「礿」，本集作「約」。〔八〕金匱本、文鈔補遺作「蚌」，遼本、鄒鎡序本作「蚪」。

虎丘退菴儲和尚語錄序〔一〕

退菴〔二〕和尚提正法印，十坐道場，息影靈巖，有終焉之志。都人士以虎丘虛席敦請，應緣強起，人天懽悅〔三〕，四衆圍繞，升堂說法，雲湧雷轟〔四〕。虎丘自隆禪師以圓悟的子，坐鎮此山，東南叢林，遂列於五山十刹。晚近陵夷〔五〕，化爲歌場酒肆，而師以隆師耳孫，踵其法席，靈山古寺，頓改舊觀。茲編則其語錄之初首也。

宗門自琦楚石後，獅絃寂寥。邇來馬駒蹴踏，棒喝交馳，刹竿號爲極盛。而諸方耆年，不能不爲師避席。以其從睦州雲門得手〔六〕，德山、嵒頭、了〔七〕辨，舉昭覺之渾金璞玉與〔八〕，徑山之河傾漢注，殆兼而有之也。

余鈍根盤回敎海，未能得其津涉。與師游，竊窺其心地光明，門庭恢拓，撈籠末法，尅骨點胸。追魔衆之潛踪，深入藕孔；呑毒龍之遺種，橫吸海波。深心弘願，良欲鑪鞲佛法，燒焚地獄而後已。若其箭鋒鞭影，逗落咳唾中者，其手中片葉耳。隆公有云：此柱杖一劃，劃斷生法師多年葛藤〔九〕。有人於此着眼，知前後阿師住此山者，都從一鼻孔出氣，庶不負點頭〔一〇〕石拊掌一笑也。

濟北一宗，至于圓悟而有隆有杲，爲千古豪傑之士。有宋南渡，佛日再耀，慧命克昌，二公具〔一一〕有力焉。隆之子〔一二〕應庵華公，親承虎丘，而受妙喜衣版之付。蓋虎丘、徑山〔一三〕，一燈分照，遂與宋〔一四〕終始。隆之住虎丘在紹興三四年，去今五百三十年，而和尙再鎭，實維其時。佛懸記像末法，皆云後五百年，時節因緣，豈偶然哉！

靑陽、嘉魚二元老，師左右面弟子也。錄既成，屬〔一五〕雙白居士告我，昔者應庵之錄，公家松窗參政爲序，虞道園稱之，比于潁濱〔一六〕之序眞淨，今可無言乎？余〔一七〕往棲息〔一八〕虎丘，讀〔一九〕張魏公藏經記，謂兵革鬭亂，起于無明，淸淨回心，殺氣自息。魏公身荷重擔，遊圓悟父子間，知般若淸淨法門，故其言痛切如此。今之君子，從〔二〇〕和尙于此山，亦有俛仰器界、深惟淸淨回心之指意如魏公者乎？余竊有望焉。若松窗之于應庵，白鶴夜談，縱橫辨論，而後以楊岐一宗相許，則非余之所敢當也。是爲序。海印弟子虞山錢謙益合十謹序〔二一〕。

【校記】

〔一〕此文本集各本外，又收于瞿藏文鈔補遺中。本集作「退庵」，文鈔補遺作「退翁」。〔二〕本集作「庵」，文鈔補遺作「翁」。〔三〕本集作「悅」，文鈔補遺作「忻」。〔四〕金匱本、文鈔補遺作「雲湧雷轟」，遂本、鄒鎡序本作「雷湧雲轟」。〔五〕文鈔補遺作「夷」，本集作「彝」。〔六〕文鈔補遺作「手」，本集作「乎」。〔七〕金匱本、文鈔補遺作「了」，遂本、鄒鎡序本作「公」。〔八〕金匱本「玉」下有「與」字，各本無。〔九〕金匱本「藤」下有「點石頭」三字，各本無。〔一〇〕文鈔補遺「點頭」二字旁，注「降公」二字。〔一一〕本集作「具」，文鈔補遺作「俱」。〔一二〕文鈔補遺作「子」，本集作「于」。〔一三〕金匱本、文鈔補遺有「山」字，遂本、鄒鎡序本無。〔一四〕金匱本、文鈔補遺有「宋」字，遂本、鄒鎡序本無。〔一五〕金匱本、文鈔補遺有「屬」字，遂本、鄒鎡序本無。〔一六〕文鈔補遺作「濱」，本集作「賓」。〔一七〕文鈔補遺作「余」，本集作「今」。〔一八〕金匱本、文鈔補遺作「息」，遂本、鄒鎡序本作「昔」。〔一九〕文鈔補遺作「讀」，本集作「講」。〔二〇〕金匱本、文鈔補遺作「從」，遂本、鄒鎡序本作「泣」。〔二一〕文鈔補遺有「海印」至末十三字，本集無。

寄巢詩序〔一〕

石林源上人，吾里中清淨僧也。喜獵外典，好苦吟，余每見必痛規之。既歿，篋中無片紙半偈，深以爲惜。陸子敕先，錄寄巢詩請曰：「源師亡矣，夫子幸以一言存之。」余讀之終卷，喟然歎曰：「嗟夫！陸子閔源師之逝，而假吾言以存之，固不若源師之詩之能自存也。」

世之知源師者尠矣，盍觀其爲詩？觀其詩罕目疏節，癯然而瘦硬，如其人之顴孤頤削，骨格峻嶒，矗出于條衣外也。觀其詩偏絃短韻，峭然而凄冷，如其人之瘃冰嚼雪，失羣啞羊，而却食仰口也。觀其詩耽思傍訊，邈然而慘澹，如其人之窮老嗜學，呑紙以實腹，而食字以飽蠹也。嘗試與子摩挲遺卷，旋目而思之。扠衣反手，巡檐覓句，篝燈撥火，抱膝孤吟，風酸雨暗，則壁蛩啁啾，月白漏殘，則梵猨〔二〕呼應。彼上人者，鬚眉談笑，顯顯然在吾眼中，又豈待余言而後存乎？杼山、南岳之徒不作，紅樓應制之俗習，流染于緇衣。其尤熾然者，開堂頌古，千偈瀾翻，陳羹糗飯，所在塞屋，此皆鳩摩羅什所云「嚼飯與人，非徒失味，乃令嘔噦」者也。寄巢之詩，蔬筍也，鯌魚也，春餘之孤花，睡夢之淸磬也。標殘編於斯世，用以息嘈囋，警泱漭，陸子之微意，又在於此。

往有比丘學詩于余，余教以適山情，助〔三〕禪悅，掃除一切詩偈毒蜜，以灰香淨滌而後可。比丘笑曰：「漢人適吳，啖筍而佳，問是何物，曰竹也，歸煮其牀簀而不熟，語其妻曰，吳人欺我。如公之云，人將笑我爲煮簀也。」余舉羅什之言以復之，且正告曰：「子苦吾之教子以煮簀，固也，不尤愈乎教人嚼飯者，飽嘔噦之唾餘，而果腹以相詫耶？」其人憮懼而去。閒嘗〔四〕舉似源師，爲破顏一笑。并書之以爲序。庚子涂月十八日白衣友人蒙叟錢謙益序〔五〕。

【校記】

〔一〕此文本集各本外，又收于瞿藏文鈔補遺中。題作「石林源上人寄巢詩序」。〔二〕本集作「猧」，文鈔補遺作「猿」。〔三〕本集作「助」，文鈔補遺作「悅」。〔四〕文鈔補遺有「嘗」字，本集無。〔五〕文鈔補遺有「庚子」至末十七字，本集無。

松影和尚報恩詩草序〔一〕

余少喜讀龍湖李禿翁書，以爲樂可以歌，悲可以泣，歡可以笑，怒可以罵，非莊非老，不儒不禪，每爲撫几擊節，盱衡扼腕，思置其人于師友之間。已從袁小修游，備悉其爲人，慈祥易直，疎節闊目，約略如吾輩盛壯坦率、未曾學問時。然吾輩一涉世故，少知學問，枝葉煩紆，不能遂其本懷。禿翁老而好學，涉世日深，素心遠性，未嘗少改，斯其所以異也。往游長干，與松影嶙和尚邂逅寒風〔二〕朔雪中，余方箋注首楞，松師料理修藏，交相勸發，有法乳之契。久而與之處，雄駿闓朗，舌有鋒而頂有燄，余心好之，謂曰：「公楚人也，豈嘗遊於龍湖，熏染禿翁之流風，而爲其後身與？」頃見其報恩詩草則益奇。

今世多詩人，裨販數十聯排偶，設壇立墠，作大詞宗；又多禪人，剽掠數十則公案，鋪眉苫眼，號善知識。松師遇此二人，便可如〔三〕無厭足王以如幻解脫，一切割截焚煮，而爲說法。若其離奇輪囷，神頭鬼面，欲歌欲哭，可笑可駡，雜然迸溢於心口而不自知者，余之讀之，宛然昔年讀禿翁書，盱衡擊節，流涎滿口而已，而亦烏知其所以然哉！

余老歸空門，少年習氣，磨洗殆盡。戊戌歲，與覺浪和尚劇談，舉揚在龍湖時與梅長公諸人夜話，笑語和尚：「安所得痲姑長爪，爬我背癢邪？」今得崧師詩，益掉舉不自制。十餘年寒灰古井，遏捺功力，爲二師一往根撥，所餘無幾。嗟夫！禿翁、浪老，皆不可作矣！茫茫塵海，爲我發風擊浪，增長習氣者，獨一崧師耳。報恩塔前，燃燈放光，會當與師頂禮懺除，拊手一笑。姑書此以識之。

【校記】

〔一〕此文邃本、金匱本有，又收于瞿藏文鈔補遺中。鄒鎡序本無。文鈔補遺眉端有校語云：「已下悉爲蒼本所闕，從周本校字。」從其所校字，知周本與金匱本同。蒼本闕，則與鄒鎡序本同。〔二〕金匱本作「風」，邃本、文鈔補遺作「燈」。〔三〕金匱本、文鈔補遺作「如」，邃本作「知」。

羅浮種上人集序〔一〕

余爲木陳山翁序其文集，援引妙喜老人忠君憂國之言，將以諗當世士大夫，如有宋之張德遠子韶者。有客見之，舌吐不能收，曰：「安得頂戴壞衣鬃髮，而詆諆士大夫？」余隱几不答，惘然而去，已而一靈種上人持浪杖人書來訪，出其詩讀之，歎曰：「此非少年上人耶？何其詩之似山翁也？」

上人爲華首和尚之孫，腰包重趼，出羅浮萬里訪剩和尚于千山，不得達，歸而歷神都，望陵廟，感激偪塞，啜泣爲詩。嗚呼！銅人之泣漢也，石馬之汗唐也，楚弓魯玉，於世外之人何與？浹月之間，得兩山翁焉，何禪者之多人也？上人之詩出，壞衣鬆髮如山翁輩流者，固將聞空谷之足音跫然而喜，而向之吐舌不收者，又將如爰居之聽鐘鼓震掉而不食。嗚呼！其可歎也。

日者余徵憨山大師遺文于曹溪，華首和尚楗椎集衆，以余書普告。而集之付殺青也，陳秀才方侯放筆浩歎，鬚髮頓落。余嘗舉似浪杖人，謂廣額屠兒之放屠刀，陳方侯之放筆，其爲放下一也。今將重問杖人，方侯放筆而爲僧，師拈筆而作詩，一放一拈，又何以異？以是詩句，舉揚妙喜忠君憂〔二〕國一點熱血，使百千萬刦忠臣義士種性不斷，卽是佛種不斷〔三〕，則種師之筆管，與屠兒之屠刀，說法熾然，有何差別？余向者啁噍之緒言，如觳音劍吷，付之一笑而可矣。

上人歸侍杖人，且將游天台、太白，參山翁諸老，中宵後夜，星河易轉，煙蓋停氛，燈帷靖〔四〕耀間，爲趣舉其詩，兼以吾言告之。斯世之爲德遠、子韶與諸公水乳者必多矣。他日再見，眉毛厮結，其有以語我〔五〕。己亥三月十六日清明節日虞山俗衲謙益書於紅豆閣中〔六〕。

【校記】

〔一〕此文遂本、金匱本有，又收于瞿藏文鈔補遺中。鄒鎡序本無。文鈔補遺題「集」作「詩」。〔二〕金匱本、文鈔補遺作「憂」，遂本作「愛」。〔三〕金匱本、文鈔補遺有「即是佛種不斷」六字，遂本無。〔四〕金匱本、文鈔補遺作「靖」，遂本作「清」。〔五〕遂本、金匱本「我」下有「已矣」二字，文鈔補遺無。蓋爲下句「己亥」二字形近而誤，而又删去下句全句。〔六〕文鈔補遺有「己亥」至末二十三字，遂本、金匱本無。

普福昌上人詩序〔一〕

普福昌上人，少歷講肆〔二〕，精心白法，以其餘力爲詩，輕清婉〔三〕約，不欲使塵容俗狀吸入筆端，余見而喜之。余觀晉、宋以後，道人開士，詩頌流傳，一章半句〔四〕，皆伽陁〔五〕也，皆字母也。此則書家之科斗，畫家之史皇。今之釋子，知此者罕矣。

唐之詩僧，莫盛于杼山、禪月，杼山晚居東溪，放棄筆硯，曰我疲〔六〕爾役，爾困我愚。我將放汝，各歸本性。彼將視詩句牽勸爲何事乎？禪月以「一劍寒霜」之句，脱屣吳越，晚年上蜀王詩曰：「一瓶一鉢垂垂老，萬水千山得得來。」視雄藩霸主，眇然如海鷗野馬，其肯〔七〕

雕章琢句，以榮名利養爲霜雹乎？豈惟兩公哉，靈一、淸江之徒，吳融謂如么絃孤韻，瞥入人耳者，皆眞僧也，皆眞詩也。昔人言僧詩忌蔬筍氣。忌蔬筍之氣，而腥醲肥厚之是嗜，僧之本色盡矣，詩于何有？司空表聖有言：「解吟僧亦俗。」而況其未必解乎！

吾謂世之爲僧者，知所以爲僧，而後知所以爲詩。爲詩僧者，知所以爲詩之僧，而後知所以爲僧之詩。劉夢得曰：「沙門，華言離欲也。離欲則方寸地虛而萬景入，入必有所泄，乃形乎詞而遣乎聲律。」然則爲沙門者，固未有不能離欲而能工詩者也。三毒柴其中，五蓋纏其外，浮根淺智，螢光熠耀，用以邀聲譽〔八〕，聚徒黨。鄉令中宵後夜，香銷燭揜，星河易轉，夜氣乍回，彈指而歎，撫心而語，有不心毛俱竪、怖淚交零，茫然喪其所懷來者乎？有能聞余言而思，思而悔，悔而求其所以爲僧爲詩者，向所謂蔬筍之氣，不離本色者，其應病之藥乎？如其不然，吾末如之何也已矣。上人非以詩僧自命者也，因其以詩來請，遂舉吾之說以告之，并爲其序。時癸卯十一月十六日〔九〕。

【校記】

〔一〕此文邃本、金匱本有，又收于瞿藏文鈔補遺中，鄒鎡序本無。〔二〕金匱本、文鈔補遺作「肆」，邃本作「肄」，文鈔注：刻作「肄」。〔三〕文鈔補遺作「婉」，邃本、金匱本作「宛」。〔四〕邃本作「句」，金匱本、文鈔補遺作「偈」。〔五〕金匱本、文鈔補遺作「陁」，邃本作「陵」。〔六〕金匱本、文鈔補遺作「疲」，邃本作

「被」。〔七〕金匱本、文鈔補遺有「肯」字，遼本無。〔八〕遼本、金匱本作「譽」，文鈔補遺作「名」。

〔九〕文鈔補遺有「時癸」至末九字，遼本、金匱本無。

牧雲和尚全集序〔一〕

牧雲和尚門公，吾里中張氏子，住近城東坊橋，去吾家一牛鳴地耳。少依破山洞聞乘公落髮披衣，乘公知爲法器。久之，參天童悟公，大事了畢，提正法印，七坐道場，拈椎說法，如雨如雲〔二〕。所著語錄別集，流布叢林，蔚爲武庫，而虛其首簡，曰必得牧齋老人爲序。余益深愧之。

余老矣，盤回教海中，目不暇給。諸方語句，堆案塞屋，曾不能寓目。若其機緣交激，箭鋒鞭影，非點胸括膜之人，未能勘辨也，而余何足以知之。然余則有以知公矣。破山自乘公順世，鐘魚寂寥。公既出世，別炷瓣香，而終不忘法乳。秋老木脫，影堂蕭然，燃燈掃塔，每低迴不忍去。此與夫親承缾鉢，倒戈操刃〔三〕，自謂大象不游〔四〕兔徑者可同日語哉！

日者宗風熾盛，徵召四出，絛衣襲蓋于只孫，軍持交加于服匿。遂使獨足失通，聲聞破定。向西而哭者有之，不顧而唾者有之。公補衲竹杖，訪我草堂，焚香晏坐，凝然竟日，不知江村竹杖外有何世界，不知丈室明燈外有何熱惱。語有之：欲得茗華之孚尹，請徵之垂木；欲得道人之所詣，請徵諸眉睫。吾觀門公之眉睫，栩栩然、落落然，雖不起于座，以右手斷取妙喜世界，猶蛣蜣之轉于丸中也。而況其他乎？由此觀之，凡集中語言文句，如瓶瀉水，如橐鼓風，如蟲蝕木，偶然成字，于公何有哉！人之得公也以其文章，而余之得公也以其眉睫，是則余之知公〔五〕已矣。

或曰：「子不讀門公之文乎？拈大悲閣記，廣有妨難，碪椎不少假。子何易言之也？」余曰：東坡先生深達實相，門內人也，故不難〔六〕于碪椎。余非識佛法者也，言之安得不易？東坡書孟德傳後，以爲虎畏不懼己者。今余放論門公之文，不以碪椎爲恐，豈非東坡所記雲安小兒遇虎于沙上而游戲自若者乎？或者解頤而去。

【校記】

〔一〕此文遼本、金匱本有，又收于瞿藏文鈔補遺中，鄒鎡序本無。〔二〕遼本、金匱本作「如雨如雲」，文鈔補遺作「如雲如雨」。〔三〕遼本、文鈔補遺作「刃」，金匱本作「刀」。〔四〕遼本、文鈔補遺作「游」，金匱本作「由」。〔五〕金匱本、文鈔補遺有「以其眉睫是則余之知公」十字，遼本無。〔六〕遼本、金匱本作「難」，文鈔補遺作「免」。

石夢禪師語錄小引〔一〕

龐居士訪丹霞，霞拈起士幞頭，曰：「恰似箇師僧。」士拈幞頭安霞頭上，曰：「恰似箇俗人。」祇如今牧齋老人不會參禪，不會說法，不會做詩，不會拈〔二〕語錄，鎮日住〔三〕三家村裏，破飯籮邊，脚波波地，口喃喃地，恰似箇會戴幞頭的和尙。石夢大師〔四〕又會參禪，又會說法，又會做詩，又會拈〔五〕語錄，忙來便開堂示衆，一般鼻孔撩天，閒來就〔六〕拈韻哦詩，到處落紅滿地，恰似箇不戴幞頭的烏紗。請問諸方長老，四衆〔七〕學人，者〔八〕公案如何判斷？豈不見莫將尙書謁晦堂心〔九〕，觸鼻覩有省，呈偈曰：「從來姿韻愛風流，幾笑時人向外求。萬別千差無覓處，得來原在鼻尖頭。」咄咄〔一〇〕！此義文長，付在來日。

【校記】

〔一〕此文邃本、金匱本有，又收于瞿藏文鈔補遺中，鄒鎡序本無。　〔二〕〔五〕邃本、金匱本作「拈」，文鈔補遺作「造」。　〔三〕邃本、金匱本作「住」，文鈔補遺作「在」。　〔四〕邃本、金匱本作「大師」，文鈔補遺作「上人」。　〔六〕邃本、金匱本作「就」，文鈔補遺作「便」。　〔七〕邃本、金匱本作「四衆」，文鈔補遺作「伶利」。　〔八〕邃本、文鈔補遺作「者」，金匱本作「此」。　〔九〕邃本、金匱本作「晦堂心」，文鈔補遺作「南堂靜」。　〔一〇〕文鈔補遺少一「咄」字。

大育頭陀詩序〔一〕

往余在南京得大育頭陀詩，語顧與治曰：「此人于詩壇無名，余喜其翩翩自逝。『牧馬人歸夕陽影，報鐘僧打過潭聲。』『鷗惟空闊無他戀，燕亦炎涼別〔二〕處飛。』今之有名籍甚、張鱗競爪者，恐未能有此逸句也。」與治笑而不答。余採其詩數章列吾炙集，每爲人誦之。

今年江山〔三〕夏輿先選刻其詩百篇，其友陳菊人爲其序曰：「頭陀少負儁才，名噪諸生，每思效陳湯、傅介子、班超、馬援，揚旌秉鉞，立功萬里之外。國變後，嘔血數升，卸衣去〔四〕巾，詠『滿地蘆花和我老，舊家燕子傍誰飛？』及『寧可枝頭抱香死，何曾吹墮〔五〕北風中』之句，輒綆縻被面久之。往來秦淮，親見春柳宮牆，銅駝荆棘，呻吟夢囈，發爲聲歌。其忠孝大節，較然不欺如此。」

頭陀之詩，世不乏鍾子期，老眼無花，益沾沾自喜也。頭陀詩山居二十首最佳，鮮妍清切，鬖鬖得劍南句法。袞望巢居，老囑家祭，亦有放翁之遺忠焉。少好清律，晚而歸心西方，取雲棲淨土文譜爲琴曲，浪杖人每爲傾耳，如迦葉聞那羅奏樂，誕散不能自持。無幾何，坐脫以去。頭陀語余，于外調好彈離騷，每一動操，牢騷哀怨，噴湧發作于十指中。燈靜月白，鬼神來聽，有風肅然，如聞歎噫。咸連移情于子春，鮑靚通靈于叔夜，非寓言也。

頭陀既誓願往生，于此世界中，百年棋局，猶未能舍然若是。其爲人不僧不俗，非凡〔六〕非聖，吾無得而相焉。李鄴侯居衡山，聞殘師中宵梵唱，其音先悽宛而後喜悅〔七〕，曰：「必謫墮之人，殆將返〔八〕矣。」頭陀豈其人歟！

【校記】

〔一〕此文邃本、金匱本有，又收于瞿藏文鈔補遺中，鄒鎡序本無。 〔二〕金匱本、文鈔補遺作「別」，邃本作「到」。 〔三〕邃本、金匱本作「山」，文鈔補遺作「上」。 〔四〕邃本、文鈔補遺作「衣去」、金匱本作「去衣」。 〔五〕文鈔補遺作「墮」，邃本、金匱本作「隕」。 〔六〕金匱本作「凡」，邃本作「俗」，文鈔補遺「俗」字旁注「狂」字。 〔七〕金匱本、文鈔補遺有「悅」字，邃本無。 〔八〕邃本作「返」，金匱本作「隱」，文鈔補遺作「去」。

有學集卷二十二

序

贈谷愧莪序

客有問於余曰：「谷子愧莪游于子之門久矣，谷子何如人也？」余曰：「其爲人也，易直子諒，好學强記，不吐不茹，斷斷侃侃如也。縱横葛儻，口有鐫而筆有玦。排難解紛，急人之阨甚于己。當夫函矢交攻，水火薄射，辨者詘，勇者困，谷子揚眉抵掌，片言立解，已而掉頭徑去不復返顧。谷子之去今人遠矣，殆古之奇士也」。

客曰：「信斯言也，谷子當經奇自命。胡以少爲書生，老而不少休，尋行數墨，螢乾蠹朽？古之奇士，固如是乎？」余曰：「居，吾語汝。古之爲士者，以經天緯地則奇，以守先待後則奇，以謀王斷國則奇。非謂夫矯尾厲角、四目兩口，嶄然自異，而目爲奇士也。官守職，士守道。士之有經學也，猶耕之有畔、織之有幅也。良農不失畔，紅女不失幅。士羣萃而州處，習而安焉，不見異物而遷焉。是故士之子恆爲士。士服舊德，工用高曾，四民各得其所，教化行而風俗美，恆由于斯。谷子則既爲士矣，環堵之室，一畝之宮，離經而辨志，讀書而纘言，循其所以爲士者而老焉。磨硯將穿，退筆成冢，丹鉛甲乙，著書滿家，求其所以爲奇者而不可得也。此谷子之所以爲奇也。且谷子之說詩也，不但勾稽訓故，爲帖括之先資而已。發凡起例，大書特書，一曰天子採詩之意，二曰諸侯貢詩之意，三曰太師陳詩之意，四曰邦國朝廟歌詩之意，五曰夫子刪詩之意，六曰吾人誦詩之意。循覽風雅，櫽括始終。兔園之册，蠅頭之卷，三才五行之道，隱約具焉。谷子而不奇也，烏乎奇？谷子吳人也，而家舊京。于論鼓鐘，于樂辟雍，三百年人文禮樂，于谷子之書，有餘思焉。詩曰：『豐水有芑，武王豈不仕。詒厥孫謀，以燕翼子。』百世之仁也。谷子而非古之奇士也，其將不得爲豐芑之周士乎哉？」

谷子曰：「琳也欲乞言于夫子久矣，微客之抨我也，無以發子之緒言，請書之以爲贈。」

贈別施偉長序

宋行都在臨安，陳同甫訪辛稼軒，酒酣，抵掌縱談東南形勝。同甫霑醉，解廐中駿騎馳去，不復執別。英雄聚首，歷落俊邁之氣，可以想見。野史流傳，謂同甫把持稼軒語〔一〕，厚有要取。此奴婢市儈之語，豈足道哉！司馬德操語龐德公妻子，徐元直向云當就我德公談。不知三人所談何事？諸葛孔明每至德公家，獨拜牀下。吾謂三分籌策，彼三人當促膝及之，而諸葛得聞其緒言。惜乎班荆晝灰之語，未有能傳之者也。

今年中秋，棲虎丘石佛院，僧窗隱几，日抄首楞嚴數紙，吉州施偉長，不遠千里過訪。映門窺之，鬚眉落落照人。坐而與之談，知其奇。讀邛竹杖〔二〕數編，籠挫天地，鉤索物變，抑塞磊落，光怪側出，則益奇。退而自惟，少壯輕俠，屈指三國人才洎辛、陳輩流，輒掉舉思出其間。今敗絮蒙頭，煨飯折脚鐺邊。偉長經奇男子，視我如雞窠中老人，撫摩歎息，不亦傷乎！偉長投筆從戎，佐中湘戎幕，指揮能事。崎嶇嶺嶠，突冒鋒刃，身世鉤瑣，心迹盤互〔三〕，輪困離奇，悉于詩文發之。越裳、牂柯，作我綸邑。日入之部，歸日出主〔四〕。夫豈其度蘭滄爲他人乎？南枝北戶，彳亍前却，何其憂煩鬱紆，促數詘詰也？

崑銅告我曰：「施偉長，今之孔北海、陳龍川也。」余嘗謂孔北海論盛孝章書，援引公羊大齊桓公之文，磨切魏武。異時論建〔五〕漸廣，此爲質的。幕門征西，寢舜、禹之事，文舉之功偉矣。龍川之書，葉水心所謂天〔六〕子使執政召問，何處下手者，至今炳烺天地間。彼所論趙九齡次張之徒，得其一士，可以方軌橫騖，而況于同甫乎？狂鳥〔七〕冠而似鳳，修蛇角而似龍。士負不覊之才，値搶攘之運，其與夫纖兒怪魁，詭銜竊轡者，誠何以異〔八〕？霜降水落。金銷石泐，茫茫禹跡，只〔九〕有北海輩流，挽抑撑拄耳。

偉長行矣，騁名驥于修途，何所不至。自今以往，使輇才諷説之士，謂天不足于東南，地不足于西北，而私憂竊歎者，皆偉長輩之恥也。秋風蕭然，魚龍寂寞。游子何之？老人仍入雞窠中矣。于是遂援〔一〇〕筆敍言，抗手而别。乙未歲九月朔日，虞山年家蒙叟錢謙益奉贈。蕪湖沈崑銅、南昌徐巨源，皆偉長一流人也，出吾言眎之，以爲何如？

【校記】

〔一〕邃本、鄒鎡序本作「持稼軒語」，金匱本作「此語爲負」。〔二〕金匱本有「杖」字，邃本、鄒鎡序本無。〔三〕金匱本作「互」，邃本、鄒鎡序本作「牙」。〔四〕金匱本作「主」，邃本、鄒鎡序本作「至」。〔五〕金匱本有「建」字，邃本、鄒鎡序本無。〔六〕金匱本作「天」，邃本、鄒鎡序本作「夫」。〔七〕金匱本作「烏」，邃本、鄒鎡序本作「鳥」。〔八〕金匱本有「異」字，邃本、鄒鎡序本無。〔九〕金匱本作「只」，邃本、鄒鎡序本作「是」。〔一〇〕金匱本有「援」字，邃本、鄒鎡序本無。

贈别胡靜夫序

往余游金陵，胡子靜夫方奮筆爲歌詩，介茂之以見予。予語茂之：「是夫也，情若有餘于文，而言若不足于志，其學必大，非聊爾人也。」爲序其行卷，期待良厚。别七年，再晤靜夫，其詩卓然名家，爲時賢眉目，余言有徵矣。

今之稱詩者，掉鞅曲踊，號呼叫囂，丹鉛橫飛，旗纛竿立，撈籠當世，詆讕古學，磨牙鑿齒〔一〕，莫敢忤視。譬諸狂易之人，中風疾走，眼見神鬼，口吞水火，有物馮之，懵不自知。已而晨朝引鏡，清曉卷書，黎丘之鬼銷亡，演若之頭具顯。試令旋目思之，有不啞然失笑乎？靜夫屏居青溪，杜門汲古，不役役于榮利，不汲汲于聲名，翛然退然，循牆顧影。其爲詩情益深，志益足，密邇自娛，望古遙集。視斯世喧豗訾謷，非有意屏之，道有所不謀，神有所不予也。嵇叔夜曰：「非淵靜者不能與之閑止。」劉子曰：「客情既盡，妙氣來宅。」靜夫其將進于道乎？不徒賢于世之君子也。

靜夫屬余序其近詩，且不敢自是，乞一言以相長。余聞之，古之學者，莫先于不自是，不自是莫先于多讀書。余自喪亂以來，舊學荒落，已丑之歲，訟繫放還，網羅古文逸典，藏弆所謂絳雲樓者。經歲排纘，摩挲盈箱插架之間，未遑于雒誦講復也。而忽已目明心開，欣如有得。刦火餘燼，不復料理，蓬心茅塞，依然昔我。每謂此火非焚書，乃焚吾焦腑耳。南海陳元自恨不學，晨夕陳五經拜之，久之忽能識字。蓋聖賢之神理，與吾人之靈心，熏習傳變，所謂如染香人身有香氣，非人之所能與也。多讀書，深窮理。嚴氏之緒言也，請以長子。雖然，兔園村夫子腐談長語，古今神奇靈異，不出于此。非吾靜夫，弗敢以告也。趣與靜夫言別，聊書此以附贈處之義。少陵之詩曰：「青眼高歌望吾子，眼中之人吾老矣！」吾之有望于靜夫者遠矣，它日將重序其詩文，無累書不敢恤也，則請以斯言爲徵。

【校記】

〔一〕金匱本作「齒」，遼本、鄭鎡序本作「凶」，誤。

贈程穆倩序

新安程子穆倩，能詩，能草書，能畫，能篆刻，蕭森老蒼，迢然有異。眉宇深古，視下而念沉〔一〕。處治不媒進，處亂不易方。余語穆倩：「吾行天下，求見一異人不可得，子殆其人歟？」穆倩曰：「遯〔二〕何敢當異人，蓋嘗見異人者也。少貧病憂死，遇異人于天目之巔，摩頂慰我，既壽而昌。且有千人口，六譯七譯。晉王之記，中年得右軍金剛六譯石本，康強生子。夫子目我有異，殆爲是歟？」余告之曰：「所爲異人者，以其異于凡人也。彼既異乎凡人矣，凡人安得而見之。凡人而得見異人，則亦未可謂之凡人也。閻浮提世界臭氣上熏于天八萬餘里，凡人啄腥呑腐，沈浮尿屎獄中，應眞靈仙，自在人世，彼安得而見之。子之面目，不爲閻浮提臭穢所抑沒，故異人亦得而見子。子之爲異人不爲凡人也審矣。雖然，吾將有以開子。子于般若之緣熟矣，故異人以六譯七譯畀子，而懸爲之記。子之能詩能畫，種種世智，皆從般若智海中流出。子能以是種種世智，迴向般若，則種種世智，皆深重般若也。華嚴法中，圖書亦正教量，印璽亦是現量，何言智慧輕薄哉！異人者知般若宿緣，故以緣記弄引，市兒以千金寶珠博摶黍之飯，人爭笑之。康強多子，人世間摶黍之飯，而般若尊重，豈但千金之珠。異人之識，其不以此易彼亦明矣。昔人嗤王烈持洞章茫然不能讀。韓退之文其詞曰：『我自屈曲住世間，安得隨汝巢神仙。』夫以般若之尊重，七寶牀黃金牒之所守護，子既不請而得之矣。顧乃茫然羅縷，比于下界之洞章，可不惜哉！凡吾所言者，皆異人懸記之所未及，或引而不發，懸其緒言以待我也。余凡人也，身不得見異人，而能知子之爲異人，又能發異人之所未言以開子。然則世之凡人亦多矣，安知其中遂無異人也耶？」

【校記】

〔一〕遂本、鄒鎡序本作「沉」，金匱本作「深」。〔二〕金匱本作「遂」，遂本、鄒鎡序本作「還」。

贈愚山子序

愚山子，非地師也，而以地師游人間，人有與語地理則應。嘉定侯廣成久殯未克葬，愚山子歎曰：「安可使忠臣之骨，暴露腥穢？」蹴蹻二千里，相視吉壤，絜酒哭奠而去。既訪余小閣中，指點烏目山來脈，瞻仲雍、齊女葬處，不及他語。

余乃布席函丈而告之曰：「茫茫堪輿，有大地理當明者二焉，子知之乎？華藏娑婆，詳〔一〕在佛典，其近而有徵者，南瞻部四國也。傳稱南印度爲象主，東脂那爲人主，西波斯爲寶主，北獫狁爲馬主。吾夷〔二〕攷之，唯南東二主而已，他非與也。阿耨達池之水，自香山南大雪北，流爲四河。波流地下，出積石山，爲中國之河源。循雍梁〔三〕南北徼，與地絡相會，□□□並行而東，爲中國之南河北河。印度爲梵天之種，佛祖之所生。脂那爲君子之國，周禮之所化。南曰月邦，東曰震旦。日月照臨，禮教相上。波斯輕禮重貨，獫狁獷暴忍殺，區以別矣。安得曰葱嶺以西並屬梵種，鐵門之左皆曰胡鄉？既指蕃例爲胡〔四〕國，將黠梵亦濫胡名。南國之鄰于西也，南之眚也。九州十道，並爲禹迹。燕、代迤北，雜處戎胡。厥後茹血衣毛，奄有中土。肅愼、孤竹，咸事剪除。皆馬國之雜種，幽、冀之部落。東之偪于北也，東之刲也。南居離位，東屬震明爲陽國。西北則並陰國，今儼然稱四主焉，何居？陰疑于陽必戰，易之所以有憂患也。此大地理之當明者一也。

唐一行謂天下山河之象，存乎兩戒。北戒自三危、積石負終南地絡之陰，乃至東循塞垣，抵濊貊、朝鮮，是謂北紀，所以限戎狄也。南戒自岷山、嶓冢負地絡之陽，乃至東循嶺徼，達東甌閩中，是謂南紀，所以限蠻夷〔五〕也。自晉以前，秦、雒爲中夏，淮、楚爲偏方，南紀微而北紀獨尊。自晉以降，幽、并則神州陸沈，江東則一州御極，北紀潰而南紀猶在。雲漢升降之氣，會地絡而交列宿者，其乘除若是異與？晋天文志十二次分野始角亢者，以東方蒼龍爲之首也。唐十二次始女虛危者，以十二支子爲子首也。日月五星起于斗宿，古之言天者，由斗牛以紀星，故曰星紀，則星紀爲十二次之首，而斗牛又二十八宿之首。我國家鍾祥受命，實星紀斗牛之次，塗山玉帛之後，數千年來，貞符在兹。洪武中，詔修清類分野書，以斗牛吳、越分爲首，而尾箕幽、燕之分盡遼東、三韓最居其後。以是爲雲漢末派，龜魚之所麗，而北紀之所窮也。聖有謨訓，明徵定保，傳所謂北戒爲胡〔六〕門，南戒爲越門者，不益深切著明與？此大地理之當明者二也。

昔者帝命豎亥步自東極至于西極，君子大其事。文中子作元經，書陳亡而興〔七〕五國，曰：江東，中國之舊也。君子與其志。子之于是二人也。其將安居？」愚山子仰視河漢，笑而不答。

客有識之者，曰：「此南城徐芳仲光也。其爲人也，蒼蒼涼涼，孤行孑立。有崖山、柴市之忠，而不爲將相；有西臺、晉井之節，而不忍稱遺民。作爲文章，奇詭感盪，以李翺、張籍自命，而就正于吾子，徒以地志星經〔八〕雜然扣擊焉，則固矣。」余亦笑而不答。于愚山子之行也，書其言以爲别。

【校記】

〔一〕金匱本作「詳」，邃本、鄒鎡序本作「洋」。　〔二〕金匱本作「夷」，邃本、鄒鎡序本作「彝」。　〔三〕金匱本有「梁」字，邃本、鄒鎡序本無。〔四〕金匱本有「胡」字，邃本、鄒鎡序本無。〔五〕金匱本作「夷」，邃本作「彝」，鄒鎡序本缺。〔六〕金匱本作「胡」，邃本、鄒鎡序本作「興」。〔七〕金匱本作「興」，邃本、鄒鎡序本作「具」。〔八〕金匱本作「經」，邃本、鄒鎡序本作「盤」。

送南昌丁景呂序

萬曆中，南昌丁公守太倉，招致名士，鏃礪其子伯勉師邵茂齊，友黃經甫、姚孟長，吳人至今傳之。今年春，伯勉弟時之持詩文卷謁余，讀其贈從子景呂之文曰：「虞山先生，今之昌黎、廬陵也。子適吳，爲我過而請焉。」余爲慚沮，齒戰不能句。稍定，進曰：「先兄伯勉之子也，奉其父之墜言，思納屨門下久矣。」

孟冬，景呂至，摳衣奉手，如其父叔之云。爲余言伯勉從茂齊諸人譚余童年事甚悉，不啻連袂接席也。伯勉偕經甫屬文，竟日成十章，余心少之，日中而援筆〔一〕如其數。茂齊曰：「子才足兼二子，吾猶欲以〔二〕子之移時，驕二子之移日也〔三〕。」趣封題詒伯勉。景呂言伯勉晚猶藏弆篋衍，時時出示子弟，以吾童稚時拋磚涴壁〔四〕之餘，猶爲人矜重如此。自顧其聽明不逮，老將至而耄及，淹留無成，爲可惜也。

昔者蘇子瞻目歐陽公爲天人，而謂人之稱己，或以爲勝之，或以爲似之者皆妄。古之君子，推前哲而跂踵焉者，有師匠焉，有分齊焉，非苟爲傾挹而已。其有趾高目長，而易視古人者，非狂則愚也。余以膚陋末學，猥當昌黎、廬陵之目，每一念及，中熱毛豎。嘗執簡以序時之之集，愧汗刺促，掣筆而中止者數矣。今于景呂之文亦然。

江右二十年來，徐巨源席帽書生，尸盟文壇，時之獨能與之馳騁上下。巨源沒，景呂以渥注家駒，挾轂相佽助。父子間才華光氣，錟錟牛斗旁。而余方遲暮學佛，撥棄文字，引而自廢，固其所也。于景呂之行也，不能無一言以復于時之，爲道其所以不克爲序之故以自解焉。朔風飄蕭，解裝把酒，爲時之道余老態。間搜伯勉遺箚，故紙漫墨，包裹蛛〔五〕絲中，相嚮而笑。是夫人也〔六〕童蒙而白髦，今所謂高文典册，災木而黔石者，皆篋中之餘波也。聞謦而駭，如爰居之聽鏞鼓，不亦宜乎？既而曰：「繼自今吾黨學子，毋或以昌黎、廬陵爲口實。」虞山之行也，載此一言以反，爲不徒矣。

【校記】

〔一〕金匱本「筆」下有「亦」字，邃本、鄒鎡序本無。　〔二〕金匱本有「以」字，邃本、鄒鎡序本無。　〔三〕金匱本有「也」字，邃本、鄒鎡序本無。　〔四〕邃本、鄒鎡序本均作「甓」，疑當作「壁」。蘇軾詩：「仍好畫書牆，涴壁每遭駡。」　〔五〕金匱本作「蛛」，邃本、鄒鎡序本作「珠」。　〔六〕「也」，邃本、鄒鎡本均脫。

送方爾止序

崇禎辛未，爾止謁余虞山。別十四年而有甲申之事。今年癸卯，自金陵過訪，又二十年矣。爾止初謁余，甫弱冠，才氣鑱湧，獵纓奮袖，映蔽坐客。余年五十，罷枚卜里居，天下多事，意氣猶壯。今爾止蒼顏皤腹，翛然爲遺民宿老。余衰殘荒耄，病臥一榻，執手欣慨，言可極耶！

余向苦半聾，今特甚，用稚孫書版畫字，如隔重譯。因語爾止：揚子雲方言記「生而聾者爲聳，雙聾者亦爲聳，聳之甚爲闋，吳、楚之外郊凡無耳者亦謂之闋。聳者，無所聞常聳耳也。闋者，言一無聞者也。」老人掩耳不欲側聞世事，聳耳之云，吾知免矣。刑天之神，以乳爲目，以臍爲口，猶能操干戚而舞。吾之無耳也，庸何傷？爾止笑顧稚孫，酌酒引滿，覩其意，未嘗不愀然閔余也。家貧，不能留千里客。爾止將卒卒別去。古之人莫重于離別，行者曰：何以贈我？居者曰：何以處我？爾止之訪余也，告于其友。其友孫豹人賦詩以張之。今其還也，余可無言乎？

竊怪喪亂以來，詩壘日盛，隋珠崑玉，所在抵鵲。獨于爾止詩，目開心折，以謂得少陵之風骨，深知其阡陌者，一人而已。點定塗山詩一卷，貯吾衮集中。爾止視而笑曰：「針師之門，故不妨有賣針兒也。」余益自信爲不誣矣。往者奉先生長者之緒言，有志別裁僞體，探詩之役，小有題評。晚耽空寂，漠然如喑雁啞羊矣。而世之過而問者，南箕北斗，既虛相薦樽；左獲右虎，又互相排笮。譬之孤軍疲馬，當四戰之衝，致師摩壘者，交發迭肆，雖復深溝高壘，猶未能解甲堅臥也。今將奉爾止爲渠帥，淮陰建大將旗鼓；出井陘口，拔趙白幟、樹漢赤幟，若反覆手耳。自今以往，余可以仆旗臥鼓，壹意于禪燈貝牒之間，豈不幸哉！

人亦有言：虎帥以聽，誰敢犯子？爾止行矣。文章自有定價，無多讓。中原豪傑，將有捧盤而致胙者，以余言爲乘韋其可也。余無耳之人也，與聞盛事，猶能執干戚而舞，又何恤乎子雲老不曉事，以聳耳相訾謷哉？

馮亮工六十序

吳門馮君亮工，以博士弟子從事中丞幕府。故中丞閩中鄭公待以殊禮，用年勞敍題福建游擊，今不書，書文學，貴之也。

何貴乎馮君？君少以純孝聞，刲股療父母至再。經明行修，兼通法比。在幕府，常引大體，多所匡正。制府義辟五十人，力請覆案，平反幾半。己亥秋，京口潰，宵人密上變告吳人翻城謀叛，法當屠。主者且恚且懼，刃將斬矣，君泣血扣頭白狀，以闔門百口力爭，事得解。又四年，君年六十，家姪素昭同事戟門，具知本末，歎美其子孫多賢，食報未艾，請余爲祝嘏之辭。生辰祝壽之文，非古也。如君之爲，不可莫之表也。

余聞之，天地之大德曰生。聖人，天地之心也，是以好生而惡殺。殺者非他也，殺吾之心而已矣，殺天地之心而已矣。殺一生，卽自殺一心。殺兩生，卽自殺兩心。殺百千萬億生，卽自殺百千萬億心。心心相刃，刹刹相劘，化其身爲百千萬億身，化其生爲百千萬億生，累世歷刦以償之，而業報不可終窮。彼一人也，以方寸之管，尺幅之紙，欲盡殺吳城百千萬億之生命。吳城之生命，未必盡于其手，而彼之自殺其心也，則已累世積刦而不可償矣。馮君〔一〕之爭是舉也，良不忍自殺其心，非望報也，而天地鬼神，其捨諸乎？

史稱何比干與張湯同時，用法仁恕，數與湯爭，所濟活者以千數。天帝使老嫗賜策曰：「公有陰德，帝賜策九十九枚，子孫佩印綬，當以此算。」袁安父沒，訪求葬地，道逢三書生，言葬此地，當世爲三公。後爲楚郡太守，案楚王英反獄，條出無明驗者四百餘家，子孫世爲宰相，如書生言。老嫗賜比干策于後，書生指安地于前，其仁恕好生，爲上帝所佑助則一也。孔子曰：「仁者壽。」書曰：「作善降之百祥。」佛典廣言因果，吾儒經史，臚列詳悉，豈待觀地獄之變相，然後使屠兒擲刀耶？余祝馮君，以漢何、袁二氏爲左券。覽斯文者，可以旌潛德、誅隱慝、導天心、迎生氣，聳善抑惡，較之春秋，亦舊史載筆之所有事，而非以爲佞也。

【校記】

〔一〕金匱本作「馮君」，遼本、鄒鎡序本作「君子」。

贈覺浪和尚序

余老歸空門，麤涉教典，根器鈍劣，了不知向上一着。一時尊宿，開堂竪拂，都不參請。自笑如城東老姆，獨不見佛有目。余不喜宗門作夜郎王〔一〕，倔強者不復置辨，頷之而已。今年孟夏，會覺浪和尚于武林。數年相聞，握手一笑。觀其眉宇，疎疎落落，如有一往冰雪之韻，沁入人心腑間。退而繙其書，得其與吾友梅長公問答一則，快讀一過。殘燈明沒，霍然如電光得路，愈讀愈快，亟呼自釀椹酒澆之，乃就寢。

長公嘗問和尚：「如此世界壞極，人心壞極，佛菩薩以何慈悲方便救濟？請明白提醒，勿以機鋒見示。」和尚以手作圓相曰：「國初之時，如一錠大元寶相似。」長公疾呼曰：「開口便妙了，速道速道！」和尚曰：「這一錠銀，十成足色。斬碎來用，却塊塊是精的。人見其大好，乃過一爐火，攙一分銅，是九成了〔二〕。九成銀也〔三〕還好用，再過第二手，又攙一分，是八成了。八成後攙到第三第四，乃至第七八手，到如今，只見得是精銅，無銀氣矣。」長公曰：「然則如何處之？」和尚曰：「如此則天厭之，人亦厭之，必須一并付與大鑪火烹鍊一番，銅鉛錫鐵都銷盡了，然後還他國初十分本色也。」長公曰：「如此，則造物亦須下毒手也。」和尚曰：「不下毒手，則天地不仁，造物無功，而天地之心亦幾乎息矣。」長公與李孟白諸老相顧歎息曰：「不知吾輩還能跳出此造化一番鑪錘否？」嗚呼！長公不可作矣！有情世界，已經大火輪猛利烹鍊，神焦鬼爛，邈然如昆明劫灰矣。長公與和尚問答公案，尚在紙上，如見鬚眉，如聞歎息。長公精靈男子，目光如炬，安知爾時不在天宮寶地中，奮髯捋鬚，與八十老人挑燈酬酒相春應和乎？

和尚又嘗示諸門弟子曰：「天地古今，無空闕之時，無空闕之人，無空闕之事，無空闕之理。自古聖人，不違心而擇時，不捨事而求理。以天下之事是吾本分中事，以古今之事是吾當然之事，所以處治處亂、處吉處凶，皆是心王游衍、大中至正之道。今人動以生不逢時、權不在我爲恨。試問你天當生箇甚麼時處你纔好？天當付箇甚麼權與你纔好？我道恨時恨權之人，皆是不知自心之人，故有悖天自負之恨。又安知生生死死、升升沉沉，皆是自〔四〕己業力哉！你不知自心業力强弱，不看自己種性福德、智慧才力、學行造詣，機緣還得中正也無？却乃恨世恨時恨人恨事，且道〔五〕天生你在世間，所作何事？分明分付許多好題目與你做，你沒本事，自不能做。如世間庸醫，不恨自己學醫不精，却恨世人生得病不好。天當生箇甚麼好病獨留與你醫？成你之功？佛祖聖賢，將許多好脈訣、好藥性、好良方、好製法留下與你，你自心粗，不能審病診脈，量藥裁方，却怪病不好治，豈神聖工巧之醫哉！你不能醫，則當反諸己，精讀此書，深造此道，則自然神化也。果能以誠仁信義，勉強力行，向上未有不造到聖賢佛祖地位，向下未有不造到英雄豪傑地位。今人〔六〕果知有此，則自不敢恨生不逢時、權不在我，自爲暴棄之人也。」和尚此一番熱喝痛棒，有□〔七〕人聞之，言下不汗下心死，死而不能復甦者，此則風痺不知痛癢，與死人無異者也。世人眼孔如針，聞說睦州陳尊宿將一草鞋挂城門，止巨寇之兵，鄧隱峯擲錫空中，解吳元濟兩軍之鬭，舌吐不能收，以爲都無此事。我觀和尚此番提唱，便可使大地平沉，虛空〔八〕粉碎。睦州之鞋，隱峯之錫，便當從舌根筆尖上取次湧出，始懸崖撒手。人實有此理，人實有此事，非爲現通，非爲表法，人自看不到，信不及耳。

和尚攜新刻諸書眎予，命爲著語。余于是中，信手拈出，作爲贈言。或挂壁間，或鑱木上，使見者聞者，身毛皆竪，皮膚脱落，庶不負和尚師子一吼，亦不負余與和尚覿面相對一片婆心也。或曰：「和尚囊括宗教，參同儒傳，多文廣義，浩如烟海。今之所舉者，非其要也。譬諸市兒之博易，輕金錢而重摶黍，不已傎乎？」余曰：「善哉是言，非吾所能及也。」此義文長，付在來日，姑先書之以復于和尚。

【校記】

〔一〕金匱本作「王」，遂本、鄒鎡序本作「主」。〔二〕遂本、鄒鎡序本「了」下有「也」字，金匱本無。〔三〕金匱本有「也」字，遂本、鄒鎡序本無。〔四〕金匱本有「自」字，遂本、鄒鎡序本無。〔五〕遂本、鄒鎡序本「道」下有「你」字，金匱本無。〔六〕金匱本作「人」，遂本、鄒鎡序本作「夫」。〔七〕金匱本作「有口」，遂本、鄒鎡序本作「與凡」。〔八〕金匱本作「空」，遂本、鄒鎡序本作「實」。

贈雙白居士序

余每觀慧遠法師念佛三昧詩序、西方誓文，迢然飄雲衣，汎香風，悵津寄之末由。去年脚氣作苦，繙沙門抗禮五論，兼與桓玄往復書問，慨歎其抵突凶渠，楮柱名教，爲著論以剖之而未詳也。太元中，遠公考室廬阜，授詩義于周續之、雷次宗，又與次宗講喪服傳，論詩考禮，蔚爲儒宗。既而劉遺民、宗炳、張野之徒，不命景集，息心誓期。原〔一〕其金口木舌、法音雷震，要以忠孝爲根本。迨乎元興蒙塵，永始僭逆，三辰五常，孤懸一綫，然後抗詞奮筆，大書特書于五論之末簡。千載而下，樓煩之春秋，凛于秋霜，而諸賢之志義，亦與之俱白。嗚呼！忠孝，佛性也。忠臣孝子，佛種也。未有忠臣孝子不具佛性者，未有臣不忠子不孝而不斷佛種者。遠公以此爲師，諸賢以此爲資，故曰：君諸人並爲如來賢弟子也。柴桑望古遙集，不忘三良〔二〕、荆軻之志。康樂迻心正覺，終抱子房、魯連之恥。忠孝一脈，如水行地中，洑流旁湧，初無異派。而俗士以聞鐘種蓮爲口實，不已愚乎？雙白居士老困逢掖，身爲遺民，好從靈巖遊棲。一瓶拂之下，羹藜啖葛，終已不顧。余老書生不知佛法，竊以謂居士忠孝人也，是謂〔三〕佛性，不斷佛種人也。委心靈巖，不惜布髮掩泥，師弟子之間，淵源稟訓，必有不愧于先古者，余固無從而扣擊也，哀哉！今之師弟子，亦談宗，亦說戒，戲鼓排場，尋鄰慕擅，白衣幅巾，授記付拂之徒，眠娗譠謾，嘿尿姡獪，皆偷兒市駔所不屑爲，而軒然自喜曰，佛性如是也，禪機如是也。一切解脫，鑊湯鑪炭〔四〕，不煮般若也。莊生言儒以詩禮發冢。今宗家師弟子以佛法發冢。大儒臚傳曰：「東方動矣，事之何若？」法界昏墨久之，顧瞻東方，未有精色。金椎控頤，懵無畏忌。其將若何？吾深幸居士之免于是也，抃爲其師幸焉。癸卯中秋，居士六十初度。諸士友請余文稱壽，聊書此以復之。山窗柳池中，秋光如水，我宿東坡肉，君沽東林酒，相向醉飽，頹然放歌。顧問童子：向紙上殘墨云何？云已拭膿涕久矣。

【校記】

〔一〕金匱本作「原」，邃本、鄒鎡序本作「卓」。　〔二〕金匱本作「良」，邃本、鄒鎡序本作「畏」。　〔三〕金匱本作「謂」，邃本、鄒鎡序本作「有」。　〔四〕金匱本作「炭」，邃本、鄒鎡序本作「火」。

贈王平格序〔一〕

丁酉之陽月，余在南京，豫章王于一介一士以見曰：「此秦人王天佐字平格者也。」余驚而喜曰：「是嘗爲杜蒼略敍史論者耶？余以爲古人也，而今猶在耶？」坐而言，貌古而視端，修然自下，知其有道而文也。讀其所贊文字，開卷得贈孫子序，其言曰：「『詩亡然後春秋作。』詩、春秋之大指，明王道、扶世運。春秋未作，則詩其春秋乎？莊公十年，荆敗蔡師，始見經。二十三年，荆人來聘，始內通。書召陵之師〔二〕大服楚，此采芑之卒章也。」余深惟其指意，撫卷太息者久之。

既而告之曰：「昔者管仲相齊桓公，經營方內，憤周室熸于犬戎而急其病燕，故曰北伐以燕爲主。始會諸侯，受侯伯之命，卽有事于犬戎，踰太行、刜令支、斬孤竹，懸車束馬，老師失道，憧而告成事。春秋大之，特書其事曰：『齊人伐山戎。』『齊侯來獻戎捷。』此則采薇、出車〔三〕薄伐太原之成勞也。北征既定，邢、衞忘亡，然後乃興江、漢之師，終膠舟縮酒之問。考夫子之緒言〔四〕，覆〔五〕按春秋之書法，微管仲之褒，被髮左衽之難，其爲戎而不爲楚也明矣。炎漢之世，漠〔六〕南空幕，單于入朝，一匡之烈大著。魏武征烏丸三郡，涉鮮卑庭，猶齊桓〔七〕之餘威也。春秋大書特書，指事實錄，作配小雅，非山戎之役而誰？雖然，王子蓋有爲言之也。春秋之教，屬詞而比事。屬詞于楚，所以比山戎也。詩曰：『蝃蝀在東，莫之敢指。』莫之指者，指之尤痛者也。信王子之深于詩、春秋也。詩之教，有唐而後，其變滋甚。學士大夫，端拜肄業，諷詠夫周道禾黍，山榛、隰苓之篇什，藐藐已爾。三家之子，一闋之市，雒誦玉衣石馬玉魚金盌之章，無不頓足也。驟歌西臺冬青、蘭亭玉匣之句，無不拊膺也。孟子曰：『詩亡然後春秋作。』今將曰春秋亡而後詩作也。居今之世，詩與春秋，其亡乎？其終不亡乎？吾子則何以定之？」

平格拱手起立，欲有所更端而未果。余曰：「復坐，吾終語子。春秋之山戎，杜預以爲北狄也。肅愼〔八〕、挹婁、白山、黑水，皆是物也。茫茫禹跡，蕞爾一隅，雜種殺氣，數十年不衰止。儒者雅言元會運世〔九〕，未有能推言之者也。車攻邈矣，齊桓之懸車束馬，毁車敗狄之前〔一〇〕事也。魏武征烏丸出盧龍，經白檀，東指柳城，約略用齊桓故事。其方略如何，余老矣，無所用之矣。吾子與于一，其不可以弗識。」平格蹵〔一一〕然起曰：「日既旰矣。侍于先生，欠伸而視日，可以出矣。請辭而退。」

【校記】

〔一〕此文金匱本有，邃本、鄒鎡序本無。亦收于何藏補遺中。　〔二〕金匱本作「師」，何藏補遺作「詩」。

〔三〕何藏補遺「車」下有「之什」二字，金匱本無。　〔四〕金匱本作「言」，何藏補遺作「論」。　〔五〕何藏補遺作「覆」，金匱本作「復」。〔六〕何藏補遺作「漠」，金匱本作「漢」。〔七〕何藏補遺「桓」下有「公」字，金匱本無。〔八〕何藏補遺作「愼」，金匱本作「斂」。〔九〕金匱本作「元運會世」，何藏補遺本作「元會世運」，次第皆誤，茲據邵雍觀物內篇訂正。〔10〕金匱本作「前」，何藏補遺作「落」。〔11〕何藏補遺作「楚」，金匱本作「蹵」。

有學集卷二十三

序

黃甫及六十壽序

余嘗謂海內多故，非纖兒腐儒可倚辦，得一二雄駿奇特非常之人，則一割可了。兵興以來，求之彌切，而落落不可見。既而思之，召雲者龍，命律者呂。今吾以媮懦遲緩蚩蚩橫目之民，而訪求天下雄駿奇特非常之人，翳雉媒而求龍友，其可幾乎！

己丑之冬，逼除閉戶，黃君甫及自金陵過訪。寒風打門，雪片如掌。俄爲余張燈開宴，吳下名娼狡童，有三王生，取次畢集。清歌妙舞，移日卜夜。酒酣耳熱，銜盃慨歎，余擊壺誦扶〔一〕風豪士歌，賦四詩以紀事。余自此眼中有一人矣。甫及自金陵歸淮安，余再過其居，疏窗砥室，左棋右書，庭竹數竿，自汲水灌洗，有楚楚可憐之色。名刺謁門，賓從填塞。軒車之使，彈鋏之客，游閒淪落之徒，奔趨望走，如有期會。甫及通行爲之亭舍，典衣裘、數劵齒，傾身僇力，皇皇如也。太史公稱鄭當時置驛馬，請謝賓客，夜以繼日，其慕長者，如恐不稱。甫及庶幾似之。

客或謂余：「是何足以名甫及。甫及請纓許國，持符節、監軍事、磨盾草檄、傳籤束伍，所至弭盜賊、振要害，風雷雨雹，攫拿發作於指掌之中。一旦束身謝事，角巾歸里，削鋩逃影，竄跡氈裘毳衣中，眉睫栩栩然不可辨識，是何足以名甫及哉！」余觀驪山老姥三元甲子陰符秘文，知天地翻覆，木生火尅之候，士之乘殺機而出者，往往翕忽閃現，使人不得見其首尾。陸放翁紀靖康城下之役，姚平仲乘青驢走數千里，隱于青城山。而南渡後如張惟孝、龍可、趙九齡之流，所舉不就，安知其不遁跡仙去。如其不去，則毀車殺馬，棄甲折箭，出入市朝，相隨鬬雞走狗間，人固不得而物色之也。季咸有言：「子之先生不齊，吾無得而相之。」余何以相甫及哉？

明年二月，甫及六十初度之辰也。江、淮之間，俊人豪士，從甫及游者，相與烹羊擊鮮，合樂置酒。于時風物駘蕩，草淺弓柔。長淮湯湯，芒碭千里，覽淮陰釣游之跡，詠聖予魚〔二〕腹之篇，殆必有踟躕迎却、相顧而不舍然者。于是相與謀曰：「知甫及者，莫如虞山蒙叟，盍請一言，伸寫英雄遲暮之意，爲甫及侑一觴乎？」余自顧常人也，何足以張甫及者，授簡閣筆，茫然自失者久之。衆君子聞而笑曰：「吾輩舉常人也則已，果以爲非常人也，則何以斂眉合喙而乞言于叟？叟之善自譽也，亦侈矣哉！有酒如淮，請遙舉大白以浮叟，而後更起爲甫及壽。」笑語卒獲而罷。

【校記】

〔一〕金匱本作「扶」，邃本、鄒鎡序本作「秋」。　〔二〕金匱本作「魚」，邃本、鄒鎡序本作「留」。

李秀東六十壽序

秀東李君，遼左豪傑士也。崇禎丁丑，謁余于貫索之中，神觀駿發，視精行端，灑然心異之。與之規輿圖、講戰守，畫沙聚米，方略井然。慷慨定交，以懸車東馬相期許。余放還久之，君亦蒙恩東歸。既而山河陵谷，執手兩都，追理昔夢，如令威化鶴歸語時，相顧潸然泣下也。

君故與懷順爲肺腑交，合府以尚父禮之。粵藩初開，軍府草創，經營幹辦，役不告勞。干戈載地，創殘滿目，君推廣德意，奪民庶於劍鋩刀尖之下而與之項領。待士大夫有恩禮，官嶺表者，以懷藩爲冬日，君有助焉。余衰病里居，數千〔一〕里問遺者三。族孫爲粵憲，君以余故，提攜補救，俾得遷除以去，而卒不使余知。其爲長者如此。以君之器資魁傑，不獲建高牙、樹大纛自致風雲，而卒能託附知己，借箸幕府，以發攄其蘊藉。譬如神龍，能函天地，能如蠶蠋，一鱗片甲，風雨自出。其龐然楞然大而無當者，則土龍而已矣。李衞公布衣時，射獵靈山，昏夜寓宿，借天〔二〕符行雨，瓶中水灑，馬鬃才一滴，而人間雨盈尺矣。此與腐儒小生，鑽故紙、飾竿牘，窮老盡氣，不能越磨驢一步者，豈可同日道哉！

君今年春秋六十，大哉王君，君故宗兄也，請余文以稱壽，不知余故樂道之也。爾雅釋九府曰：「東方之美者，有醫無閭之珣玗琪焉。」君所以自號秀東也。西方如來所止，在福城東。東羣方之首，亦啓明之表。自東之南，順日月轉，隨順善分之法也。秀東，東人也，而爲德于粵東，豈非福城東向，隨順福德之象乎？東方爲木，木爲仁爲發生，君五十舉二丈夫子，皆岐嶷可喜。仁心爲質，應東方陽生之德，後福未有艾也。此則老人所爲援引經義，爲君介一觴者也。

【校記】

〔一〕金匱本作「千」，遼本、鄒鎡序本作「十」。

〔二〕金匱本作「天」，遼本、鄒鎡序本作「大」。

矐目篇贈華徵君仲通

周室東遷後，垂二百年，蠻夷交侵，三綱淪替。生斯世也，倀倀乎無所之，胥天下皆瞽人矣。孔子出，作春秋以相之，左目日，右目月，視爲晝，瞑爲夜，故曰，聖人者，時人之目也。吾于斯世，得二瞽人焉。春秋未作，得一人焉，曰師曠。詩不云乎：「蠢爾荆蠻，大邦爲髀。」齊桓公以懸車束馬之餘威，憑陵方漢，膠舟之問，委諸水濱。子野一瞽工耳，驟歌南風，知楚師之不競，何其神也！管夷吾死，楚氛蔽華夏，胥天下惟師曠爲有目，焉得瞽？春秋既作，得一人焉，曰左丘明。史不云乎：「丘明失明，厥有國語。」言天道、徵人事、採毫末、貶纖介，如抉目之金鎞，如照世之玉寶。左丘明恥之，孔子蓋三歎焉。孔子，時人之目也，左丘明以孔子爲目者也。萬古長夜，春秋復旦，魯君子之四目，至今炯如也，焉得瞽？由是推之，自春秋已後，二千〔一〕餘年，暴于秦，亂于五代，僭于耶律、蒙古、完顏，稽天吞日，萬倍荊蠻。于其中不瞽不盲者，有幾人哉？

瞽者兩目眏矣，猶恐人之一目眏也，汲汲然思厚其膜，滋其眵，又集矢以中之，胥天下拍肩取道而後〔二〕已。秦始皇之于高漸離，畏忌而矐其目，亦猶是也。雖然，始皇矐漸離之目，自以爲無患矣，近不能矐胡亥、趙高、李斯之目，遠不能矐陳涉、吳廣、劉季、項羽之目，所謂千秋萬世，傳之無窮者，亦終如瞽者之摸象，歸于何有，則亦可爲一笑而已矣。

梁谿華仲通，懷文抱質，魯君子之徒也。不幸而有喪明之疾，鉛槧筆削，尊周王魯，未嘗一息而忘春秋之志也。居環堵之室，咏歌先王之風，曳杖抱膝，聲滿戶牖。徐而聽之，泣銅盤、彈翎雀，湫乎攸乎如師曠之驟歌南風而有餘思也。仲通居矇瞽之世，以有目取憎。天之矐其目也，所以全仲通也。屏居內視，玄覽中區，目光如炬，庶幾半頭天眼，此人之所不能憎而天之所不能矐者也。雖有百始皇，如仲通何？吾于師曠、丘明二瞽之後，竊取仲通以配之，曰此宇宙間三有目人也，不亦可乎？

仲通今年六十，人爭引唐張文昌故事〔三〕，以城南復明爲祝。而余則誦元遺山之詩曰：「無窮白日青天在，自有先生引鏡時。」以爲天之所不能矐者，復明與否，非所急也。作矐目篇以貽之。

【校記】

〔一〕金匱本作「千」，邃本、鄒鎡序本作「十」。〔二〕金匱本作「後」，邃本、鄒鎡序本作「役」。〔三〕金匱本有「故事」二字，邃本、鄒鎡序本無。

歲星解壽薛諧孟先生六十

歲星者，毗陵薛諧孟先生之自號也。客有問于余曰：「諧孟爲方山先生之玄孫，玄臺先生之孫，處爲醇儒，出爲良二千石，脫屣富貴，蜚遯流俗，天下之人望之，以爲秀出天外，不可梯接。乃旁視遠引，自比於俳優放蕩之東方生，不已遼乎？」

予笑而應之曰：「子不能知方朔，安知諧孟？子不見方朔之諫籍鄠、杜、盩厔、陳泰階六符乎？子不見方朔之止董偃置酒宣室，請燔甲乙帳、却走馬乎？子不見方朔之設客難，論非有先生好學樂道，稱勵人主乎？班固以爲應諧似優，不窮似智，正諫似直，穢德似隱，蓋庶幾能言其梗概。子之知方朔也淺矣，諸孟之知方朔也深矣。方朔當炎德方興，海內全盛，依隱玩世，詭時不逢。處諸孟之時，則又難矣。掉頭拂袖，脫略儒墨，或歌或哭，亦棒亦喝，方諸方朔，亦猶夬割肉大官，射覆窶藪，排場假面，於諸孟何有哉！傳稱方朔是木帝精，爲歲星，下游人中，以觀天下。而韓退之之詩則曰：『方朔乃豎子，驕不加禁訶。偷入雷電室，輷輘〔一〕掉狂車。王母聞以笑，衛官肋呀呀。不知萬萬人，生身埋泥沙。』吾不知諸孟之在今日也，其將上應福神，順指帝車，徵嘉〔二〕瑞于斯世乎？抑亦將狂掉雷車，瞻相北斗，作狡獪于人間乎？吾聞之，木神則仁，歲星于五行爲木，于五常爲仁，所在受福，犯之則凶。故曰：越得歲而吳伐之，必受其咎。諸孟仁人也，木神之占，諸孟當之。其必不忍睥睨籔頓，自〔三〕犯不科，而坐視生人之在塗炭也。天官家言歲星自北而南，明歲將入吳分，如商之與日合房，如周之在鶉火。得歲作福，久而不〔四〕替。吾儕小人，得借其餘分閏氣，高眠飽食，度長時而樂餘年，惟恐斯占之不得當也。如子之云，謏聞隅見，將不免郭舍人之呼謈，而又何覼縷爲？」

王子雙白聞而笑曰：善哉！吾非瞽史，安知天道。薛先生今年六十矣，于其生辰爲壽，請郵致斯言也，以與之飲酒。

【校記】

〔一〕金匱本作「較」，邃本、鄒鎡序本作「較」。〔二〕金匱本有「嘉」字，邃本、鄒鎡序本無。〔三〕金匱本作「自」，邃本、鄒鎡序本作「百」。〔四〕金匱本有「入吳分」至「久而不」二十三字，邃本、鄒鎡序本無。

黄子羽六十壽序

余自通籍後，浮湛連蹇，強半里居。子羽負笈來相從，風晨月夕，懷鉛握槧，周旋于漁灣蟹舍之間爲最久。比余閣訟罷歸，子羽名行卓然，應公車有道之徵，出領符竹，所至有善政。喪亂之後，解組束〔二〕歸，和光銷聲，處荒江寂寞之濱，凡十餘年，而今年已六十矣。憶初識子羽時，年才踰弱冠，風神娟美，眉目如畫，沉澧、湘之崇蘭，濯靈和之春柳，朗朗如玉山瑤林，秀出天〔三〕外，不可梯接。今卽而視之，長眉蒜髮，面如削瓜，顴隆齒削，儼然如老禪和，凝目旋思向日之子羽，膚神標格，宛然猶在目中，如掩故鏡，如理昔夢，茫然不可復卽矣。以子羽之英妙，俛仰爲老成人。余長于子羽十有四年，其衰殘篤老，又當何如？每一見子羽，輒自歎也。余讀佛頂經，波斯匿王白佛，自稱頽齡迫耄，髮白面皺，沉思諦觀，刹那刹那，念念之間，不得停住。爾時匿王之年，視子羽才過其二。余與子羽，撫今視昔，匿王一席之談，正爲吾輩寫流年圖耳。

嗟乎！回也見新非昔，梵志白首猶故。昧者沉淪乎舟壑，知人達害于睫毛。以昔人觀河之見，喻今時交臂之跡，年往形隨，百齡一質。不于此時識負〔三〕趨而悟遷謝，又奚待乎？余以九死餘生，皈向空門，貝葉香燈，誓心送老。而子羽精揀〔四〕教觀，一意修香光之業。遠公論念佛三昧，以謂思專則志一不分，想寂則氣虛神朗，淵凝虛鏡，靈相湛一。子羽恬和寡營，蓋天性近之。昔人以旅人歸人說喻生死，如佛言三界旅泊，諸凡流浪生死，宛轉六道，皆弱喪不歸之人也。子羽令于蜀，守于潮，銅馬西躙，長秋東巡，弓刀擊戛，血肉枝柱，眇然弱質，得全于狠牙虎吻之中，斯亦天之幸民，世之所謂歸人者矣。今也束身淨業，飛心佛國〔五〕，以樂邦爲大歸，曰逝將去汝也。今而後，子羽乃眞爲歸人矣。四濁增劇〔六〕，聚在此時，風波鼓怒，魚龍攪擾，視向者蜀山潮水，刦濁初起，殆有甚焉。于此時息心克念，淨信往生。東林西土，湧現几席。所謂如遠遊人明了其家所歸道路，視昔之得歸也，悲欣交集，不尤有大焉者乎？

子羽誕辰在六月，余與名〔七〕僧石林、隱人潘猷夫期以高秋往賀，稱黃花晚節之觴。會有師命，羽書旁午，未敢行也。江干海澨，赤白交馳，獨印溪一牛鳴地，花藥分列，蘭玉茁長，禪誦蕭閒，歌詠間作，豈非此世界中四禪地，三災所不及者耶？古人有言，吾能違兵。子羽方高眠緩步，享長筵壽豈之樂，而余顧掉眩自屏，如子美云「垂老惡聞戰鼓悲」，非通人所與也。念四十年師弟之誼，不可不舉一觴，聊次序其言，以發子羽一笑，并以道不能往賀之意。

【校記】

〔一〕金匱本作「東」，遂本、鄒鎡序本作「求」。〔二〕金匱本作「出天」，遂本、鄒鎡序本作「在人」。〔三〕金匱本作「負」，遂本、鄒鎡序本作「貿」。〔四〕金匱本作「揀」，遂本、鄒鎡序本作「練」。〔五〕金匱本作「國」，遂本、鄒鎡序本作「圖」。〔六〕金匱本有「爲大歸」至「增劇」二十四字，遂本、鄒鎡序本無。〔七〕金匱本有「名」字，遂本、鄒鎡序本無。

孫子長徵君六十壽序

子長年十五，入學鼓篋，老師宿儒，閣筆避坐。二十爲大師都講，摳衣升堂，貴介門子，蹴踖夏楚。久次場屋，膺貢大廷，擢上第，選擇爲李官。爲宋遺民，引退田里，教授諸生，戶屨日滿，盟壇擣石，經誦流聞，有叔氏之遺風焉。其爲人珪璋特達，訾笑不苟，顧不爲崖岸嶄絕之行，兔園之師，驅烏之子，促膝引手，人人得至其前，長歌疊韻，即事口占，駢花綴葉，流傳詞苑。臨文命筆，退然不勝。遇軽材〔一〕小生，未嘗不執翰請益也。今年六十矣，而猶有嬰兒之色。老子言去子之驕氣與態色，太史贊留侯狀貌如婦人好女，余謂子長庶幾似之，而人何足以知子長哉？

今人生辰上壽，皆相與酌酒相賀，要亦不能無流年逝川冉冉將至之感，則余請爲子長解之。十年以來，里中故人朋好，長於我者已盡，少于我者取〔二〕次老死，殘軀老骨，獨余一人在。士友之及門者，生死升沉，奄忽萬變。安居樂道，燕處超然如子長者，殆亦無兩人也。夫以十年之近，鄉黨故舊之衆，晨星落落，僅此兩人，不可不謂之少也。當驟雨沈灰，夜壑負趨之後，此兩人者，如光音天人，遺種刦後，亦不可不謂之多也。世人所豔慕稱大年者，莫如吾家彭祖，自斟雉饗堯之年，以迄殷末，妻子喪沒，不可稱數，何況于耆年父老。不得已而吞雲母、御采女，聊以慰長年而伴孑遺，亦事之無可奈何者。假令彭祖而在，及見吾與子長晼晚因依，阡陌依然，函丈不遠，追省八百年間，迢然孤獨，安知其不徬徨歎羡乎？朝菌之知不及〔三〕晦朔，趙簡子之悲雀蛤〔四〕也，齊景公之樂爽鳩也，其致羡于彭祖一也。自通人觀之，彭祖亦猶夫人也。我羡彭祖，彭祖亦羡我，交相羡也，顧欲惘惘然捨我而羡彼，不已愚乎？以是言爲子長壽，其可乎？

子長曰：「善哉！自今以往，願以餘年假日，相從於碧梧紅豆之間，佳辰良夜，劇談引滿，酒後耳熱，援夫子今日之語，更起上壽，大笑繫腰觀井之老人，不得見吾輩今日也，其樂〔五〕爲何如？」

【校記】

〔一〕金匱本作「材」，邃本、鄒鎡序本作「林」。〔二〕金匱本作「取」，邃本、鄒鎡序本作「職」。〔三〕金匱本作「及」，邃本、鄒鎡序本作「出」。〔四〕金匱本作「蛤」，邃本、鄒鎡序本作「蛉」。〔五〕金匱本「樂」字下有「以」字，邃本、鄒鎡序本無。

楊鳳閣壽宴序

鳳閣先生者，關中之碩儒也。才名蔚起，少以經術魁其鄉，筮仕青州，廉辦肅給，凜然四知家風。遭逢世變，投劾歸里，累徵不起。更十年所，春秋屆七十矣。先生之猶子司理公，承辟咡之訓，鏃礪括羽，服官於吳，接武媲德。吳都人士，頌理公之風義，咸致語爲先生壽，所謂先河而後海也。

諸爲先生壽者，論次其生平，有似其家子雲。其有而似之者三，其不似者則一。子雲好古學道，默而好深沉之思，學戒鞶帨，文鄙篆刻，先生之博雅似之。清淨少嗜欲，不汲汲于富貴，不戚戚於貧賤，家無擔石之儲，晏如也，先生之介獨似之。當成、哀、平間，三世不徙官，恬于勢利，有以自守，先生之靜退似之。漢鼎乍移，耆老失次，子雲不免倉皇投閣。先生於斯時也，補〔一〕衣環堵，退而咏先王之風，法言所稱蜀莊、鄭子眞沉冥不詘，隨和何以加者，良無媿焉。此則子雲之不似先生，非先生之不能似子雲也。

都人士以斯言獻于理公，先生聞之，蹵然不敢當。理公退而問于余，余曰：「先生有道退讓君子也，昔謂子雲老不曉事，過而陵之乎？余嘗習乎秦之故矣，請與先生爲讔。記言上帝悅穆公之饗，帝有醉焉，錫以金策。帝有醉乎？其醉也，有醒時乎？韓非子言昭王鉤梯華山，采松柏心爲箭，曰與天神博于此。天有博乎？其博也，勝負孰決乎？張衡言巨靈贔屓，高掌遠蹠，以流河曲。巨靈之掌，今猶存乎？河水至今不曲行乎？請言之以讔。天地，酒海也，謂天夢夢，上帝之醉，亘古今醒未解也。乾坤，博場也，日居月諸，天神之博，亘古今進未償也。山河國土，指掌也，高岑深谷，巨靈之蹳蹈，亘古今手足未憖也。先生有道君子也，望古遙集，超然蜚遁，瞪目以觀帝醉，堅坐以縱天博，袖手以惎靈列之蹳蹈，于是乎列長筵，酌春酒，燕喜公堂，停杯一笑，用是介壽，不亦可乎？無已，又徵楊之故，無論子雲，卽關西伯起，生悲夕陽，死致大鳥，抑亦勞人草草，天民之惶遽者耳，先生寧以此易彼哉？」

理公曰：「善哉！夫子之言楊之〔二〕故與秦之故備矣。請以薦于吾父，侑百年之觴。」

【校記】

〔一〕遼本、金匱本作「補」，鄒鎡序本作「拂」。

〔二〕遼本、金匱本作「之」，鄒鎡序本作「子」。

張子石六十壽序〔一〕

余取友于嘉定，先後輩流，約略有三。初爲舉子，與徐女廉、鄭閑孟捽鞅于〔二〕詞科，而長蘅同舉鄉榜，鏃礪文行，以古人相期許。此一輩也。因長蘅得交婁丈子柔、唐丈叔達、程兄孟陽，師資學問〔三〕，儼然典型，而孟陽遂與余耦耕結隱，衰晚因依。此又一輩也。侯氏二瞻、黄子蕴生、張子子石暨長蘅家僧筏、緇仲，皆以通家末契，事余於師友之間。子石遊閩，余寓書曹能始，請爲先太夫人傳。子石攝齊升堂，肅拜而後奉書，能始深歎之，以爲得古人弟子事師之禮。此又一輩也。歲月逾邁，乾坤改遷，諸老墓木拱矣。少壯者多死兵間，其存者〔四〕子石年已六十，緇仲又過其三。向者山東之英妙，雒陽之才子，皆已皤然宿素。而余以踰七老人，蹣跚視息。昌黎有言：「人欲不死而久居此世者何也？」

子石六十初度，謁余而請曰：「鴻磐之子誼思能奉雉而從我矣，願乞一言以壽其父，夫子倘有意乎？」余惟吳中人士，輕心務華，文質無所根柢。嘉定之遺老宿儒，傳習國初王常宗、近代歸熙甫之舊學，懷文抱質，彬彬可觀。子石爲制科之文，援據經史，方軌橫騖，則女廉、閑孟之儔伍也。道古昔、談經濟，高冠裒衣，絕出流俗，則子柔、叔達之典則也。古詩今體，步驟唐、宋，八分楷書，規橅晉、唐，則孟陽、長蘅之風流也。以文弱書生，伏闕上書，爭窮邑三百年漕折之規，不可不謂之仁。以創殘餘息，卹二瞻諸君覆巢完卵之後，不可不謂之義。斯二者，有一于此，已可自附于壹行奇節，卓然爲斯世之古人矣。而況于文質兼茂，如前所稱述者乎？

嗟乎！天之生賢才也，固不欲使之虚生浮繫，無所係〔五〕於斯世也。不幸而值陽九百六、晦冥薄蝕之期，而其所係〔六〕于斯〔七〕世者有異。有以一身百口，血肉塗炭而係〔八〕之者，文履善、陸君實之徒也。有以寸管尺幅，筆舌嘯歌而係之者，謝皐羽、龔聖予之徒也。士君子之處亂世也，其身彌隱，其名彌晦，其係于斯世也〔九〕彌重。世有皐羽、聖予其人，誠令與履善、君實比志而絜功，其爲斯世之砥柱則一也。子石之在今日，才益老，志益堅，名行日益修，世皆目爲完人，而天若留爲碩果。其六十始壽，康强逢吉，亦殆不無所係于斯世，而生辰爲壽之文，舉不及焉，則世蓋〔一〇〕未有知之者也。卽知之，而亦有不欲道之者也。余既已知之矣，知之而不欲道之者，非余之志也。故因子石之請，而率其意以告焉。

昔宋南渡，陸放翁生長兵間，年九十餘，有詩萬首。子石之詩，得放翁作〔一一〕法，餘生晚景，良可師法，請以放翁爲子石祝焉，其可乎？子石虚和閒退，弱不勝衣，當不如放翁身老東中，不免巢車望塵之感。此則余雖知之，亦不欲道之矣。子石且滿引一觴，并以酌我。歲在癸巳，正月望日，虞山老友蒙叟錢謙益製序，二月三日，書於吳門道中〔一二〕。

【校記】

〔一〕此文亦收於沈氏海日樓藏鈔本牧齋外集。〔二〕各本有「于」字，外集無。〔三〕各本作「學問」，外集作「問學」。〔四〕各本有「其存者」，外集無。〔五〕〔六〕外集作「係」，各本作「闕」。〔七〕各本有「斯」字，外集無。〔八〕外集作「係」，各本作「保」。〔九〕外集有「也」字，各本無。〔10〕外集作「蓋」，各本作「益」。〔11〕各本作「作」，外集作「句」。〔12〕外集有「歲在」以下二十九字，各本無。

雲間沈長公七十序

余屏居江村，雲間沈生份摳衣來謁，請爲尊甫堯天長公七十稱壽之文。余聞陶九成著輟耕錄諸書，摘葉爲紙，貯破甕埋樹下，十載而後出之，歎其高風流韻，二百年無繼之者。及讀草莽私乘，則知其頭白汗青，志在經世，卒以窮老無成，而今世所傳者，其瑣言碎事而已。沈長公少爲碩儒，不得志于鎖院，年四十罷去。經明行修，老爲遺民，蒔花種菊，一區送老，長吟短咏，託寄西臺東籬之間。蓋其生平志節，約略與九成相似。其悠然抱膝，感慨于輟耕埋甕之餘，亦有如九成之窮老未就者，則長公固自知之，而未可以告人也。今謂二百年來，雲間無復有九成，豈知言者哉！

余觀暴秦燔書之後，伏生能闇記尚書古文，迨漢文帝時，年九十，文帝乃命鼂錯往受其書。今長公以尙書專門名家，遭逢喪亂，秦火焚如，獨抱遺經，發皇訓故，教授其鄉人子弟，亦今世之伏生也。後有孝文者出〔一〕，行將安車蒲輪，迎致石渠、虎觀間，親操几杖，執簡而興，豈但使文學掌故往授而已。史稱伏生年老齒漏，使其女子傳授句讀。長公年才七十，篝燈讀書，看夾注細字，如精強少年。諸子皆握鉛懷槧，世其家學。更二十年，爲伏生授書時，魯壁之金絲殷然，漢代之珠囊重理，不知後之傳儒林者，俛仰歎羨，又當如何也？

昔者杜元凱疑汲郡紀年大與尙書敍説乖異，謂不知老叟之伏生，或有昏忘。余雖老耄，尙思躬執研削，以附長公之後塵，安敢如元凱以老叟昏忘抵齒乎伏生哉！姑次其言以詒份，俾爲長公進一觴，博其解頤一笑，而且以有誒焉。

【校記】

〔一〕遂本、鄒鎡序本作「出」，金匱本作「作」。

蔚村温如陳翁八十壽序

蔚村温如陳翁，孝廉確菴子之父也。今年陽月，春秋八十，確菴子之門人錢子〔一〕蝦、毛子褒表，徵予文以爲壽。

蔚村去吾江村百里而近，確菴子辱與余游，知翁爲詳。翁經明行修，規重矩疊，鄉邦之士，推爲先生長者。讀書鑽言，發聞於子。遭逢世變，不赴公車，翁意安之，曰：「吾道故如是也。」蔚村荒寒寂寞，蓬蒿不翦，翁誅茅卜居，以是爲尸鄉、畏壘。而確菴子門人日進，戶屨恆滿，人又將以爲汾亭、江門。少爲童子師，佔俾夏楚，老而不倦，間中酒慵起，則使其侍女隔荻簾傳教句讀，音切犂然，若自口出。以鄭家之婢，當伏生之女，意欣然自得也。初度之辰，家列長筵，里推祭酒，盥洗相接，觴咏間作，蓋庶幾猶有東榮西序、笙歌告備之遺風。余以老顛狂易之人，支離攘臂其間，能無趦趄而前却乎？

然竊有以爲翁壽者，翁豪于詩酒，飲酒盡五六斗〔二〕，蘸酒汁寫詩，搖筆輒千百言。余近得釀酒法，採花溲〔三〕糵，介修羅釀酒與仙家燭夜之間，勝餘杭姥油囊酒異甚。余飲不能半升，又不喜作詩。請提壺挈榼，引滿相屬，爲翁滌詩腸而薰仙骨也，不亦可乎？江鄉一衣帶水，潮汐拒門，月夕花朝，菰烟蘆雪，漁燈午夜，村歌夕舂，扁舟過從，相與賦新詩、醉仙酒，豈必生辰爲初度祝延〔四〕爲壽觴哉！

金陵有三老人，與余同壬午，而月差長。每集會，余次居第四，輒沾沾自喜。今翁于余，一年以長，舒雁行列，余則瞠乎後矣。樂天詩云：「猶有誇張少年處，笑呼張丈喚殷兄。」自今願肩隨事翁，顧影婆娑，以驕於兒女。敢介確菴子以請，翁其許我乎？

【校記】

〔一〕遂本作「錢子」，鄒鎡序本、金匱本作「族孫」。〔二〕金匱本作「五六斗」，遂本、鄒鎡序本作「三四石」。

〔三〕金匱本作「溲」，遂本、鄒鎡序本作「波」。〔四〕遂本、鄒鎡序本作「延」。

吾宗篇壽族姪虎文八十

余讀少陵詩，至「吾宗老孫子」之章，輒爲喟然太息。蓋其衰白遭亂，流落劍外，兄弟分離，形容老病，故家遺俗之思，猶寄於倉曹之一老，其志有足悲者。余之遭亂，劇于少陵，其衰老又過之。屏跡荒村，邈然如竄叢萬里之外，自分爲怪民異物，唯恐宗人子弟，譟而抶我。族子虎文，今年八十，肅拜而乞稱壽之詞。余驚而喜曰：「斯其少陵之老孫子乎？其過而問我，則莊生所謂足音跫然見似人而喜者也。」

虎文少負才華，讀書纘言，游于繆文貞之門，稱上等弟子。以家累罷去，食貧力耕，長爲農夫，秉鉏荷蓧，行吟坐哦，未嘗一日廢書。正色直詞，表正閭左。宗有欺余失勢、含沙相射者，奮臂批格，而不使余知也。余少壯時，先宮保公命事友宗人之賢者：毁家檀施，號肉身菩薩，爲從祖存虛翁；博聞飲酒，善談笑，爲鹿野、初平二丈人；工聲律，善薈蕞，爲簡棲先生；奡兀負氣，識古文奇字，爲純中秀才。至于富而保家，貧而農力者，指不可勝數。

其簪筆善訟，膏脣拭舌，圮族敗羣者，不過一二人而已矣。自今視之，問〔一〕之先生長者，超然如上皇之民，不可以復作。所謂一二人者，使其生于今世，又將援之爲好鳥，畜之爲仁獸，不復以爲窮奇、檮杌，屛而斥之也。少陵曰：「吾宗老孫子，質朴古人風。」今日非虎文而誰？嗟夫！芝有田，蘭有畹，桂有林，荆棘蕭稂，莫得而蕪穢焉，此得全于天者也。牛頭栴檀，產于末利山中，與伊蘭叢生不殊。其香之逆風而聞者，岌岌乎難之矣。人知〔二〕虎文之得全于斯世者爲難，不知其得全于吾宗者爲尤難也。

滄桑迭改，阡〔三〕陌如故。日候鷄犬，曆占晴雨，非所謂「耕鑿安時命」乎？箬笠作帽，襏襫代毳，短髮蒙頭，芒鞋露肘，非所謂「衣冠與世同」乎？夙夜作息，卜歲祈年，官長田畯，君師田祖，非所謂「在家常早起，憂國願年豐」乎？吾老矣，焚棄筆硯，誓不復爲古文詞，爲大書少陵詩，章箋句解，使其子孫曼聲高歌，以勸介壽之觴，其必拊手應和，歡然而一醉也已。

虎文貽余書曰：「昔揚子雲法言，富人以百金請載名弗許，叔父若不吝一言，某雖貧，賢于成都富人遠矣。」客見之，以告余曰：「兎園先生，能雒誦法言，知揚雄爲子雲，少陵詩曰：『語及君臣際，經書滿腹中。』豈不亦信而有徵乎？」余莞爾笑曰：「有是哉！」并書之以爲序。

【校記】

〔一〕各本作「問」，誤，疑當作「向」。　〔二〕鄒鎡序本、金匱本作「知」，邃本作「如」。　〔三〕金匱本作「阡」，邃本、鄒鎡序本作「行」。

毛子晉六十壽序

余誦古人詩，至魏武帝短歌行，及韓退之南溪詩，未嘗不徬徨追歎也。夫以魏武之雄姿，經營八極，一不得志于江東，則有老驥暮年之感，而其詩曰：「越陌度阡，枉用相存。契闊談讌，心念舊恩。」退之之文章，亦一世之雄也，及歸老城南莊，則賦詩曰：「不惟兒童輩，亦有杖白頭。饋〔一〕我籠中瓜，勸我此淹留。願爲同社人，雞豚燕春秋。」此二公者，其才力志氣，横騖側出，可以無所不之。及其才騁而旋，志放而返，則退而思息機摧橦，謀田園鄉社之樂，勞歌而役夢，千載而下，猶有餘情也。

余少有四方之志，老而無成。海內知交，彫謝遒〔二〕盡，及門之士，晨星相望，亦有棄我如遺跡者。唯毛子子晉，契闊相存，不以老髦舍我，而子晉年已六十矣。憶子晉摳衣升堂，年方英妙，今已齯然爲鄉老。余西垂之歲，塊然獨處，其與子晉過從，睎古之度阡陌而燕雞豚者，則有間矣。于其生辰爲壽，諷詠曹、韓之詩，其亦不能無慨然也已。

子晉有三才〔三〕子，撰書幣過余，謀所以壽其親者。余觀介壽之辭備矣，頌其文則游、夏，頌其行則曾、史，頌其藏書則酉陽、羽陵，頌其撰述則珠林、玉海。余雖善頌，何以加此？而余之所聞於內典者，五天聲明之論，六歲至十五歲童子，習學〔四〕闇誦，比於神州上經，孔父三絕，婆羅門四圍陀論，此方之五車四部，未足闚其緒餘也。彼其淺淺者而猶若是，而況其深深者乎？日吾友蕭伯玉、范質公議藏〔五〕大藏方册，子晉誓願荷擔，續佛慧命，皮紙骨筆，不遑恤也。余晚探教海，思以螢光爝火，照四含而鏡三宗。子晉獨踴躍印讃，以爲希有。然則子晉之志願，固在乎威音已後，月光已前。世所謂名人魁士，登汲古之閣，旋其面目，望洋向若而歎曰：「由子晉觀之，不啻河中之一沙、手中之一葉，宜其修然視下，欲然而不自有也。」

余嘗觀魏武遺令，爲陸士衡之憤懣歔弔者矣。又觀張籍敍退之養病詩，所謂「又出二女子，合彈琵琶箏」者矣。英雄之伯心，文人之習氣，俛仰耗磨，留連晼晚，回環思之，又有不勝其歎惋者。今吾與子晉，委心法門，一鐙迢然，懸鏡相對，以多生文字結習，廻向般若，餘年〔六〕末光，與斯人孰多？斯可以爲子晉壽也矣。往余六十初度，謝客湖南，子晉爲設南嶽應眞像，清齋法筵，唄讚竟日。今將偕一二名僧遺民，往修故事，恐子晉之或避匿也，告夫三子，俾譽戒以待我。而先之以斯文，以道余所以往賀之意。

【校記】

〔一〕金匱本作「饋」，與韓集合；邃本、鄒鎡序本作「餽」，誤。　〔二〕金匱本作「遒」，邃本、鄒鎡序本作「道」，誤。　〔三〕邃本、鄒鎡序本有「才」字，金匱本無。　〔四〕邃本、鄒鎡序本作「學」，金匱本作「聞」。

〔五〕「藏」字疑誤。　〔六〕金匱本作「年」，邃本、鄒鎡序本作「季」。

有學集卷二十四

序

杜大將軍七十壽序

上章攝提格之歲，前太傅元侯大將軍襄武杜公，春秋七十。䄄月廿二日，爲懸弧之旦，其猶子總戎弘璋、弘埸及諸孫十二人，謀相與羅長筵，考鐘鼓，橫金拖玉，稱百年之觴。公方損食降服，獨居深念，湫乎其有墨也，恤恤乎如有所失也。則相與屏營〔一〕踧踖，前却而未敢進，裁書布幣，走使數百里，以稱壽之詞請于余。

余惟公歷事五朝，專制九鎭，西壓河套，南蕩渝州，大小數十百戰，功勞在疆埸，勳伐在廟社。迨乎國論參差，用舍錯互，懸車束馬，引身斂手，以坐視大海宇之糜爛，鐘簴之遷移，而公亦已老矣。記曰：「七十曰耆。」人生七十，則世故飽更，齒髮危禿，志意衰落，家人婦子，親知故舊，爲之息其勞，閔其耄，而祝延其未艾也，于是乎有稱壽之舉，豈非流俗之人所謂吉祥善事者哉！而至于公則不然。公于今日，固未可以稱老，亦未足以稱壽也。古之稱壽者，必取喻于山嶽、于松柏。山嶽之峙也，至于配天，人有數山嶽之年而祝延之者乎？松柏之青青，貫四時，歷千載，人又有數松柏之年而祝延之者乎？天祚斯世，必憖遺老成人，以搘危柱傾，曰壽耇，曰元老，曰詢茲黃髮，斯人也，天地之心也，光嶽之氣也，渾淪磅礴，含陰吐陽，非猶夫含齒戴髮，橫目四足之倫，以血氣爲盛衰，以年齒爲老壯者也。

漢之名將，少無如霍去病，老無如趙翁孫。去病少而侍中，貴不省士，出塞士卒饑乏，而重車棄粱肉，驃騎尙穿域蹋鞠。翁孫討西羌，時年七十六矣，建置久長之策曰：老臣不惜以餘命爲陛下明言利害。何其料敵制勝詳複而周至也！驃騎果勇壯往，一旦絕大幕、徙王庭，而其精華果鋭之氣單且折矣。營平老成持重，馴至于誅先零、屯浩亹，而老謀壯事，爲漢家計萬世者，不但已也。史識去病會有天幸，而功名與其年俱盡。揚雄頌營平中興作武，而功名亦與其年俱永。古稱山西出將，信乎？頻陽、古邽，皆老將也。智老則深，謀老則壯，材老則堅，天之以老壽畀斯人也，而豈徒哉！牧野之役，太公望年九十，秉旄仗鉞，未嘗告老。大明之什曰：「牧野洋洋，檀車煌煌。維師尙父，時維鷹揚。」當此之時，師尙父尙桓桓如虎如熊，如鷹之飛揚逆擊，下平蕪而血毛羽也。有人焉，操壺觴、酌旨酒，爲之息其勞、閔其耄，又從而頌禱焉，此與夫仰川嶽、撫松柏、酌酒祝延者何異，有不燦然大笑嗤其狂易者乎？周則師尙父，漢則營平，唐則汾陽以七十餘應回紇大人之占，天祚斯世，而憖遺老成人，斯固上天之勞人，斯世之碩果也。亦猶夫流俗之人，七十告老，古稀稱壽，嬉游徵逐，飮食燕樂，衎衎然，熙熙然，視日蔭而欷歔，撫桑榆而太息者〔二〕，是豈天所以憖遺弢武之意，而亦豈斯世之所以仰望弢武者乎？今日之超然燕處，停觴却賀，湫湫乎，恤恤乎，有不能舍然者，斯所以爲弢武已矣。

余于弢武，異姓昆弟也。衰老不能趨賀，誦秦風蒹葭、無衣之詩，穆然遠懷，將遣稚子執榼承飮以往，而敍次斯言以先之。弢武讀而笑曰：「是翁明年亦七十，自不伏老，乃欲以我爲前驅乎？雖然，何其言之壯也！傳敕猶子孫子，敬爲翁舉一觴矣。」

【校記】

〔一〕金匱本作「營」，遼本、鄒鎡序本作「榮」。

〔二〕金匱本有「者」字，遼本、鄒鎡序本無。

錫山趙太史六十序

余讀唐韓、柳二子之論天，深惟其所謂元氣陰陽者，以通于古今人才治亂之故，而推廣其說。以謂人身之所恃者元氣也，國家之所恃者人才也，韓子謂果蓏飮食，既壞，蟲生之。國家之爲果蓏也亦大矣，婦寺爲其附贅，奸佞爲其瘯瘍，邊陲盜賊爲其癰瘍，倖倖衝衝，攻殘敗撓〔一〕，未有止息。獨恃一二賢人君子，枝其食齧，去其攻穴，於是元氣陰陽不至於日薄歲削，而國家用以長久。是故國家之興，必曰王國克生，其亡也，必曰邦家殄瘁。古今覘國者，未有以易此者也。

余壯而登朝，所師友多海內大人長德。二十年來，摧殘剝落，相繼澌盡，而神州遂有陸沈之禍。晚得交錫山趙太史，先皇帝于甲科射策後，召見淸問，拔置翰苑者也。太史強學束修，道明德立，布衣蔬食，卓然以古人自命。而賢士大夫望其羽儀，以爲此邦今之魯、衞，忠定、忠憲之後，猶有人焉。考人才于今日，斯可爲慶幸已矣。

太史近方擔簦席帽，詣闕里，謁林廟，訪問俎豆禮器，歸而修端門告成之業，其所以長養元氣陰陽，而去其攻穴，固有大于吾之所云者。余幸得託末契，有朱陳之好，將乘小艇，持村醪，以介皇覽之觴。遙望梁谿錫山，有光熊熊，有氣洋洋，元氣鬱盤在江鄉百里間，不自知其掉頭雀躍喜而欲有告也。柳子有言：「天地，大果蓏也。陰陽，大草木也。烏置存亡得喪于其中？」太史誦斯言也，舉太白以浮我，余無所辭于監史矣。

【校記】

〔一〕金匱本作「撓」，邃本、鄒鎡序本作「橈」。

趙景之宮允六十壽序〔一〕

萬曆五年丁丑，吾鄉趙文毅公在史局，抗論江陵奪情，拜杖譴〔二〕歸，直聲震天下。迨崇禎丁丑，文毅之孫景之宮允初登上第，復抗論武陵奪情，禁林諫紙，前輝後光，先後六十年，照耀史册。景之未幾召用，公望蔚然。遭時顛〔三〕頜，迴翔田里，又十有四年，而春秋已六十矣。

余兒時，受先宮保負劍之訓曰：「孺子如有聞也，必以趙先生爲師。」少從景之尊人敍州昆仲遊，服習其餘風緒言。壯而出耀州王文肅之門，其事文毅，尤先河也。余于趙氏，祖子孫三世矣。州里之間，欒公之社，翟公之門，菀枯盈虚，呴濕濡沫，未嘗不相共也。朝堂之上，甘陵之部黨，端禮之碑刻，聲氣應求，壇墠屹立，未嘗不相逮〔四〕也。當景之抗疏時，余甫出請室，飲章蜚語，道路洶湧，未嘗不奮臂搤腕助其角芒也。今日者，陵谷貿易，井邑遷改，景之已蒼顏素首，爲時典刑，爲國遺老。余則歸老空門，枵然爲陳人長物矣。顧欲執筆伸紙，強顏爲稱壽之文，不已傷乎！雖然，古之君子，懷賢而念舊者，雖老且退廢，不但已也，游九京者，或流連於隨會，見虎賁者，或流涕於中郎。而況于文毅之孫乎？況〔五〕于文毅之孫繩其祖武者乎？吾竊有聞于表記矣，國風曰：「我躬不閱，遑恤我後。」終身之仁也。余雖耄老〔六〕，庸敢不勉。詩云：「豐水有芑，武王豈不仕。詒厥孫謀，以燕翼子。」數世之仁也。微景之其誰與歸？火膏則光，土膏則發，時雨將降，山川出雲，文毅之詒景之也，其爲豐芑也遠矣，勿謂久隱畏約無窮時也。

景之之生辰在孟冬十月，是月也，日在北陸，占者嫌於無陽，陽氣伏而孳生，動於黃泉之下，以養萬物，故又謂之陽月，所謂日月陽止者也。余與景之舊官太史，以眡災祥書雲物爲職事，于其生辰爲壽，作爲陽月之詩，以附于疇人瞽史歌風吹管之末，其亦可以有辭于巫祝矣乎？一〔七〕歌曰：「斗柄北指兮，雉入虹藏。律中應鐘兮，羽音則長。皇覽揆予兮，七星煌煌。祈年飲蒸兮，息勞築場。酌我春酒兮，吉月之陽。迎彼小春兮，欣欣樂康。」載〔八〕歌曰：「藏身有楮〔九〕兮，吹律匪堂。砥室三重兮，塗釁周詳。羅縠爰覆兮，緹縵用張。朔風廻飈兮，葭灰不揚。樽酒簋貳兮，及此月良。飲食燕樂兮，其又何傷？」三歌曰：「灰重而輕兮，衡頫而昂。七日來復兮，天心孔明。舊史書雲兮，龍貔告祥。景至灰除兮，木雨金霜〔一〇〕。晨雞喔喔兮，旭日蒼蒼。三歌卒爵兮，壽豈無疆！」三闋以授從子孫保，俾爲其婦翁致三祝之辭，而書其副于簡櫝，以告野史。

【校記】

〔一〕此文亦收于沈氏海日樓藏鈔本牧齋外集。〔二〕各本作「譴」，外集作「遣」。〔三〕金匱本作「顣」，遂本、鄒鎡序本作「顣」，外集作「顣」。〔四〕金匱本、外集作「逮」，遂本、鄒鎡序本作「遠」。〔五〕外集「況」上有「又」字，各本無。〔六〕各本作「耄老」，外集作「老耄」。〔七〕金匱本、外集有「一」字，遂本、鄒鎡序本無。　〔八〕各本作「載」，外集作「再」。　〔九〕各本作「楮」，外集作「褚」。　〔10〕各本作「霜」，外集作「暘」。

韓古洲太守八十壽序

歲在旃蒙協洽，雷州太守古洲韓兄，春秋八十。余曰：「是吾年家長兄也。是吾吳之佳公子，良二千石，國之老成人也。是閎覽博物之君子，海內收藏賞鑒專門名家也。盍往爲壽乎？」

客曰：「稱壽何以致詞？」余曰：「吾讀太史公書記李少君事，竊喜其有似于兄。第〔一〕少君見武帝，識古銅器齊桓公十年陳于柏寢，按其刻果然，以爲少君神，數百歲人也。今兄博古強記，鐘鼎之款識，書畫之譜錄，下上數千年，勾稽抉摘，若數甲乙，若倒囊庋，何止如少君但知數百歲事。少君在武安侯坐中，言九十餘老人與其大父游射處，老人爲兒時，從大父識其處，一座盡驚。今吳中頒白之老，襟裾之士，間從兄游，從容燕語，輒娓娓言其大父少年時游冶若何，動止謦咳若何，客移日忘去，有悽惋泣下者。少君言老人大父游射處，亦何足異也。今一旦號于衆曰，吾兄數百歲人也，彼必不信。試反詰之，吾兄非數百歲人也，何以知柏寢之器如少君？何以知老人大父游射處如少君，彼又將啞然無以應也。安知兄之八十，非卽少君之數百歲耶？少君之海上，見安期生食巨棗大如瓜，兄不將旦暮遇之耶？吾故願以此爲兄壽。」

客曰：「然則少君與韓，若是班乎？」余曰：「器有古，人亦有古。是二古者，皆有眞贋焉。少君匿其年及其生長，常自謂七十，人不知其何時人。少君，人之贋者也。若兄之爲佳公子，爲良二千石，爲老成人，誰不耳而目之，則人之眞古者，莫兄若也。以古器喩之，少君，贋古也，以鼎彝，中土之鏡槳也，以書畫，吳門之臨搨也。吾兄則周官之宗彝，宣和之秘藏也。少君之自謂七十則贋，兄之行年八十則眞。少君使物却老，以數百歲衒人則贋，兄則康強壽考，以數百歲度世則眞。夫如是，安得以少君擬兄。且夫十年以來，文武衣冠，故家遺俗，茫然不可省識矣。公卿之子弟，豐鎬之遺民，如兄者有幾人乎？兄之在斯世也，猶弘璧琬琰之在西序也，猶天球河圖之在東序也，猶山罍著尊犧象之在明堂也。皇天之所閟惜，邦家之所憖遺，人見爲祥，史書爲瑞。由此言之，兄今眞數百歲人矣，不若絳縣之老人，可以二首六身推定其甲子也。吾所謂眞古者，信也。」

客曰：「公學佛之徒也，考古于內典，有進于此者乎？」余曰：「然，有之。無價寶衣，飮光截爲僧伽黎者，衣之古也。紺青石鉢，四天王所奉者，鉢之古也。拘留孫佛所付金澡缾香罏七寶印，器什之古也。星宿刼前，黃金修多羅白玉爲牒，及迦葉佛時，銀紙金書，此土鍾、張、王、衛未足比者，篆隸之古也。刹刹塵塵，此古不壞。迄于今，猶有守條衣于雞足以侍慈氏者。區區數千百年之古，何足爲吾兄道乎？」客曰：「古矣哉！以天竺古先生之古，方斯世之好古者，斯莫可尚也已。」

【校記】

〔一〕邃本、鄒鎡序本作「第」，金匱本作「也」。

吴封君七十序

歲在癸巳，太倉封宮相約菴吴先生春秋七十，四方士大夫與宮相游及出其門下者，爭援筆爲介壽之詞。其大指謂先生南國名儒，昔爲封君，今爲遺老，望古遙集，咏南山而書甲子，約略與晉之淵明相似。有優先生于淵明者，曰：「先生少不競進，長而善息，視淵明束帶折腰，不亦彼勞而此逸乎？先生晚食當肉，徐步當車，視淵明饑驅叩門，不亦彼困而此亨乎？淵明雖曠，亦非不念其子者，顧其詩曰：『雖有五男兒，不好紙與筆。天運苟如此，且進杯中物。』使淵明而有子如先生也，羣輔之錄，孝經之贊，于其身親見之，何必慨慕古人，而頽然顧景之時，又寧有兒女梨栗之嗟乎？」有人曰：「是固然矣。然杜少陵之譏淵明，以謂『有子賢與愚，何其挂懷抱』，亦未知爲淵明者。推淵明之志，惟恐其子之不得蓬髮歷齒，沉冥沒世，故其詩以責子爲詞，蓋喜之也，亦幸之也。今先生有子在日月之際，陵谷既遷，斗杓彌著。徵書在門，鋒車湍駕。夫安知淵明之喜，非先生之所憂；而淵明之幸，非先生之所戚乎？」

虞之人士，以其言告于余。余乃言曰：「子徒以淵明之身世比擬先生，亦知先生之避世，固有大焉者乎？夫國土之有淨有穢也，人生之厭穢而懷淨也，自有此世界以來，未之有改也。亂穢而治淨，暴穢而仁淨，殺穢而生淨，羯穢而華淨，閏穢而正淨，軒、尤之所戰，唐、虞之所禪，巢、由之所讓，盡此矣。迨乎迦文之敎，被于震旦，然後知娑婆世界五濁惡世爲穢土，從是西方，過十萬億佛土極樂世界爲淨土。此土衆生，厭穢懷淨。淨信修持，得生彼國。見佛聞法，永離八〔二〕苦三毒五濁惡道，此所謂避世之大者也。東晉之末，遠公唱念佛三昧，修淨土之業，結社於廬山，劉遺民、周續之諸賢，褰裳而相從者，皆與淵明同志，恥屈異代之人也。嗟夫！金陵六代，代促時薄，棲山隱谷，遺榮而捨祿者，避世之小者也。三界五濁，蹺蚑雜居，息心克念，正定而往生者，避世之大者也。樂天委命，形神懸解，許飲則籃輿而來，聞鐘則攢眉而返，無心而出，倦飛而還，于束帶折腰何有？笑傲非樂，乞食非苦，于饑驅叩門何有？愍念衆生，彼亦人子，于五男兒何有？惟心淨土，來去自如，惟遠公能證明之耳。吾謂淵明避世之大者如此。先生褐衣蔬食，持戒安禪，精研敎典，不舍晝夜。自今以往，世壽益富，梵行益修。指婁水爲潯陽，即家園爲廬阜。飲柴桑之酒，一觴獨進；鼓少文之琴，衆山皆響。晏坐經行，不出戶庭；而東林西土，湧現目前。此方世界，穢惡充滿，如海中之一泡，如手中之一葉。俛而觀之，又何足滿其一笑哉！」

六月吉日，爲先生初度之辰，敬敍次其言，因宮相以獻於先生。使斯世之人談避世法者，無刺促于此土，而以往生西方爲大歸〔二〕，則自余之壽先生始。

【校記】

〔一〕金匱本作「八」，遂本、鄒鎡序本作「入」。

〔二〕金匱本作「歸」，遂本、鄒鎡序本作「師」。

王奉常煙客七十壽序

余庚戌二座主，皆出太原文肅公之門。次世誼，二公于辰玉先生輩行，而余于煙客奉常則兄弟也。奉常又命二子執經余門。蓋余與王氏交四世矣。辛丑歲，奉常年七十，門人歸子玄恭、周子孝逸輩請余爲祝嘏之文。余老耄，厭生却賀，囁嚅未敢應。然王氏之爲壽，非尋常燕饗而已，君子于是蔵國成焉，占天咫焉，又用以頌豐芑歌燕喜焉，不可以莫之識也。

文肅事神宗皇帝，當盛明日中，君臣大有爲之日，菀枯之集，孽于宮闈，水火之爭，蔓于朝著。公以孤忠赤誠，搘拄宮府，上欲泯伏蒲廷諍之跡，而下不欲暴羽翼保護之心。久之，事見言信，身去而國本定。余嘗論次申文定事，謂昔人有言，此陛下家事。東朝之事，神廟與先帝親爲證明，豈可動哉。奉常藐然孤孫，痛憤謠諑，臚陳本末，丹青炳然，使天下後世，通知兩朝慈孝，君父無金玦衣尨之嫌，儲貳無黃臺瓜蔓之恐，而文肅日中見斗，值負塗盈車之候，遇雨之吉，已應于生前，張弧之疑，并消於身後，則奉常錫類之孝遠矣，所謂蔵國成者此也。

文王之詩曰：「陳錫哉周侯，文王孫子，本支百世。凡周之士，不顯亦世。」謂文王受命于天，其本支嫡庶，百世爲天子諸侯，而周士之有顯德者亦如之。文肅陰翊元良，于本支嫡庶，有百世功。其子孫受亦世之報，宜也。自古陰德之食，不報于其滿，而報于其餘。文肅之股肱國本，眉目淸流也，而不能免于浮石沈木之口。雖其功成名遂，身致太平，而申旦不寐，未有能舍然者，此則其餘而未滿者也。歲有餘十二日未盈，三歲得一月而置閏，取其餘而未盈也。文肅之餘，在君臣邦國間，其未盈也，則食報于子孫，奉常父子，其當之矣。天道不僭其容，以不顯亦世，本支之報，私與太原一家，所謂占天咫者此也。

國家之盛，比隆三代。以有殷方之，神廟禮陟配天，多歷年所，蓋當祖乙、武丁之世。而文肅在保乂六臣之列，無可疑者。故家遺俗，孟子蓋三歎于易世，而況昭代之孫子乎？孔子曰：「豐水有芑，百世之仁也。」西京之金、張，東京之袁、楊，元氣鬱然，與國終始，士食舊德〔一〕，班固之所以張兩都也。今觀于王氏之壽宴，其知之矣。升其堂，所藏彝而供奉者，神廟之寶章御札，如藏河、雒之圖，而抱鼎湖之弓也。御其賓筵，嘉肴旨酒，上尊養牛之殊錫，而郢醪蓬艙之遺法也。考鐘伐鼓，絲肉遞代，歌鐘二八，淸商一部，元臣之所娛賓而送老也。巾車南園，其芍圃則謝家之紅藥，其菊籬則韓公之晚香；泛舟西莊，梧桐之萋萋者猶在，朝陽而鳴鳳之羽，猶翽翽于高岡也。千金萬壽，獻酬卒爵，奉常拜于前，諸子拜于後。顒顒卬卬，左右奉璋，棫樸之終壽考，而卷阿之矢吉士，頌聲猶洋洋盈耳也。凡百君子，與于燕會者，相與念國恩，仰舊德，頌豐芑而歌燕喜，忠孝之心，有不油然而生矣乎？

余定陵老史官也，佩文肅琬琰之遺訓，故記斯宴也，亦用史法從事。諸子有志于古學者也，作爲歌詩以祝壽，豈亦將取徵詩史，恥爲巫祝之詞，則余之志其不孤也矣！

【校記】

〔一〕金匱本有「士食舊德」四字，邃本、鄒鎡序本無。

大梁周氏金陵壽燕序

閩之門人陳子輸、徐子延壽、陳子濬撰書幣而來告曰：我方伯周公元亮，保釐八載，入總大憲。太公太夫人寓居金陵，齊眉媲德，逾七開八。公便道抵子舍，稱觴上壽，長筵肆設，鋒車在門，大學士晉江黄公已下，致詞祝嘏，金章玉軸，照曜堂廡，而夫子未有言焉。公于師門爲弁冕，天下莫不聞公之意，謂非得夫子之一言，不足以寵光介壽。惟吾黨小子，亦欿然如有失也。敢稽首遙拜以請。

余旋觀元亮，以公望則鼎吕，以儒行則珪璋，以文筆則琬琰。以是游光揚聲，顯榮其親，當世爲人子無兩。太公太夫人，劬躬燾後，嚮用五福，吉祥善事，當世爲人父母亦無兩。余學佛之徒也，以枯槁灰斷之人，挾荒唐汗漫之説，使之端拜莊語，效南山西池之祝，譬如爰居之鳥，震掉鐘鼓，而責其音中律吕，不已難乎？已而循覽祝嘏之文，夷〔一〕考頌美之詞，與其所以致祝者，乃喟然而歎曰：「嗟夫！殆亦小之乎其爲言矣！」

今夫十年以來，氛祲交作，水于汳〔二〕，兵于豫，風〔三〕火于金谿、白門，此世人之所謂劫也。太公謝諸暨政歸隱金陵，元亮奉之自雒而潍，自潍而廣陵，而復之金陵，室家靜好，燕處超然，福祿鼎來，日月未艾。世人之所爲口呿目眙，層累讚歎而猶恐不及者也。嗟夫！此吾所謂小之乎其爲言也。釋典言劫者有小災三，曰儉、病、刀，有大災三，曰水、火、風。減劫之時，饑饉災起，五穀不成，上味隱沒，煎枯骨爲大烹，藏粒稗如寶珠。而今之儉災有是乎？又減而疾疫災起，諸惡鬼神，損害世間，郡邑空虚，惟少人在。而今之病災有是乎？又滅而刀兵災起，刀仗莊嚴，骨肉屠僇，草木瓦石，皆化戈刃。而今之刀災有是乎？大三災之作，有情世間，次第壞盡。最後一增減刦，器世間空居者亦盡，七日輪出，河海水竭，天下洞然，梵天灰燼。今之火燄燄已爾，猶未能炎于昆岡，而得謂之刦火乎？二禪俱生水界起，壞器世間，如水消鹽，一時俱沒。今之水滔滔已爾，猶未能浸于稽天，而得謂之刦水乎？三禪俱生風界起，吹諸天宮，諸大山王，互相拍撞，碎若塵粉。今之風蓬蓬已爾，猶未能決于土囊，而得謂之刦風乎？太公夫婦，于此時也，徒御不驚，眠食如故，歷數州如堂適庭也，閱十年如次再宿也。世之人乃以爲塵沙刦波，驚而相告，其相越豈不遠哉！

雖然，小亦刼也，相似三災亦災也，燎原之火亦火，潰〔四〕堤之水亦水，鳴條之風亦風也。太公夫婦所以處此者，亦必有道矣。吾聞小三災起，經七年七日七夜，其災方息。有一人合集男女萬人，留爲人種。是萬人者，皆持五戒、修十善，具有福德之人也。太公居家爲吉人，居官爲廉吏，捐千金之產以予二弟，躬自食貧，好行其德。太夫人慈心忍行，農力以相之，所修者人世五常〔五〕之教也，而于佛之五戒十善，與夫六度，眞俗兼資，函蓋相合，此在刦後，當爲萬人中之一人，而何疑于今日之考祥與？五戒十善之能度小刦也，六度之能支大刦也，唯心唯識，報如影響，事理之灼然不誣者也。佛言初禪內有覺觀，火外爲火燒；二禪內有喜，水外爲水漂；三禪內有出入息，風外爲風壞。菩薩精修六度，具足般若波羅蜜，三千大千世界，諸火同時俱然，一吹令滅。□□□□□大風破三千大千世界，如摧腐草，能以一指障風力令不起。太公夫婦慈悲布施，奉六度爲津梁，毒流洄淵之中，梯航具矣。刹刹塵塵，此土安隱，龍漢之火，不將爲螢爝乎？金藏之水，不將爲涓滴乎？毗嵐之風，不將爲調刁乎？而區區之妖氛兵燹，塵飛芥揚，又何足動其一瞬與？我故曰，太公夫婦，非猶人世之〔六〕夫婦也。維摩詰之示妻子，常修梵行者也。大迦葉之九十一刦，人中天上恆爲眷屬者也。今茲之稱壽，以金陵爲佛刹，以燕喜爲法筵，以碩人吉士爲清衆善友，以雅詩樂章爲梵唄詩歌，非猶夫人之燕會而已也。桃源中以花開爲歲，夜摩天以花合爲夜，雒陽之銅狄五百年而一鑄，兜率之銖衣一百歲而一拂。刦量時分，延促減增，至不一也。箭漏未闌，星河乍改，酒酣樂闋，桑海迢然。世之人芒芒然，披朝華，攬日及，陳詞致語，稱千金而奉萬年，所謂舟壑夜趨而昧者不覺也與？吾故曰：小之乎其爲言也。以是爲〔七〕太公太夫人壽斯可矣。

閩書既至，元亮旋過吳門，請之益力，曰：「吾二尊人所不足者，非巫祝之詞也。夫子無以卮言抵我。」余故趣舉胸臆，伸寫其荒唐汗漫之說以詒元亮，俾薦陳于工歌優舞之末。他日錄一通復閩諸子，眎如何也？

【校記】

〔一〕金匱本作「夷」，遼本、鄒鎡序本作「彝」。〔二〕金匱本作「汳」，遼本、鄒鎡序本作「汲」。〔三〕金匱本有「風」字，遼本、鄒鎡序本無。〔四〕金匱本作「潰」，遼本、鄒鎡序本作「瀆」。〔五〕金匱本有「五常」二字，遼本、鄒鎡序本無。〔六〕金匱本有「兵燹」至「世之」二十六字，遼本、鄒鎡序本無。〔七〕金匱本有「爲」字，遼本、鄒鎡序本無。

吳祖洲八十序

大金吾山陰祖洲吳兄，謝環衞事，歸臥東山者凡十有二年，而春秋八十。癸巳歲六月吉日，其懸弧之辰也。兄故名臣冑子，經術大儒，以宿望掌衞，晉秩一品。身雖引退，其聲光氣象，尤映望于鈎陳閣道之間。諸子或領世職，或陟西臺，皆雄駿君子，羽儀當世。壽觴既舉，長筵羅列。垂魚繞膝，駟馬在門。耶溪、禹穴之間，榮光浮而休氣塞，東南候氣者以爲祥異，不徒考鐘鼓、走玉帛、誇燕喜之盛也。余于兄爲年家稚弟，以文章氣誼，肩隨兄事者四十年矣。故推言兄之所以致壽者，以爲沃洗之先可乎？

當兄之副北司也，逆奄枋用，羣小嗾興大獄，曲殺海內正人君子，每當收考，片紙刺闥，掌獄者奉爲聖書，羅織如不及。兄獨正容危辭，取次縱釋。羣小詗知之，刊章削逐，幾陷不測。而兄之從容解救，保善類而扶正氣，則已多矣。謫籍再起，晉領衞事。當操切之世，事英明之主，責任殷重，譙訶刺促。兄獨傳古誼，引大體，主於蠲除苛細，觽決嫌疑，爲國家養仁厚之福。雖其受事未久，而權相鉗網之餘威，緹騎毛舉之積習，掃除蕩滌，中外相慶，其所以存國體、全君德，非聊爾而已也。兄之仁心爲質，憂國愛人，太和元氣，醖釀著存，大節所著，卓犖如此。天之報兄以高壽，康強逢吉，豈偶然哉！孔子曰：「仁者壽。」易曰：「天地之大德曰生。」班氏論戾太子生於兵間，推明助順佑信之說，以爲漢武窮兵好殺之應。兄之領環衞，解羅網，于四令爲發生，於五常爲仁，易與孔子之云備矣。滄桑陸〔一〕改，塵劫飛灰。金貂之七葉猶新，麥丘之三祝未艾。班氏固曰：「壽者酬也。」天之所以酬兄者也，又何疑焉？人言兄故有仙骨，好修煉，龍沙石函，夙昔著名字，當以神仙度世爲祝。吾讀首楞經，知堅固服餌金石，化道圓成，還入諸趣。而觀音以慈悲加被，福能轉壽，如珠雨寶。觀音之慈悲也，易與孔子之生也仁也，皆性壽也。兄之長生度世，取諸此爲足矣，何事如曇鸞之訪求仙籍，爲菩提流支所唾棄哉！

余之所以祝兄者如此。當兄掌衞進秩，余有文奉贈，敍閣衞觭勝之詳，識者謂可續王弇州錦衣志之後。今之祝兄，推言其所以致壽者，庶幾班氏論漢武之深旨，又弇州之所未及。兄固精曉經義，不以爲頌禱之常詞而愸置之也。

【校記】

〔一〕金匱本作「陸」，邃本、鄒鎡序本作「緯」。

嘉定金氏壽讌序

余生之年爲萬曆壬午，嘉定金子魚先生以是年舉于鄉。既而偕上公車。晚年折輩行與交，命其子爾宗、爾支以執友事余。當是時，二子妙年夾侍，順祥娟好之氣，著見于顔面，余顧而羨之。子魚長德考終，爾宗兄弟，鏃礪名行，家風蔚然。未幾，爾宗亦卒，爾支值世亂，不應科舉，退而修布衣長者之行。其婦唐孺人，裙布操作，饁耕偕隱。丙申正月，五十初度，其子治文偕三弟舒雁行列，奉觴上壽，徵予言以當祝嘏之詞。

余嘗讀韓子之文，敍其交于北平三世者，眉目話言，歷歷可以想見。余之交于金氏，亦三世矣。以子魚當高山深林，以二子當鸞停鵠峙，以諸孫當瑤環瑜珥之家兒，則庶幾近之。韓子年未耄老，未四十年而哭北平之三世，以爲悵恨。今爾支年纔五十，規言矩行〔一〕，歸然長德。室有晤言之婦，家有競爽之子，蘭錡如故，箕裘日新。今茲初度之日，東都之遺老、西園之故人，相與越阡度陌，酌酒上壽。余既耄老，尤獲以紀、羣舊交，爲登堂燕喜之客，視韓子之俛仰歎息者爲何如也？斯亦可以進一觴也已。

昔者孟子論商、周之際，以爲故家遺俗，流風善政，猶有存者。而班氏之賦西都，則曰

「國藉十世之基，家承百年之業，士食舊德之名氏，農服先疇之畎畝。」蓋故家舊德，與國家運會相終始，論世者爲之盱衡太息久矣。唯金氏遠有代序，條葉被澤，保世滋大，馴至于今日，而詩、書、禮、樂冠裳文物之餘風，猶有存者。長筵既設，壽觴斯舉。客賦既醉，主稱未晞。伐木之速諸父也，大田之來婦子也，假樂之燕及朋友也，欣欣焉、衎衎焉，洗爵奠斝，獻酬卒事。與於斯燕者，莫不修容正顏，以觀儒雅之會。周餘黎民，屛營徬徨，當饗而歎，有泣下者，夫然後而知孟子、班氏之論爲不徒也已。

余嘗奉教於嘉定之君子，郵傳震川之緒言，以生辰爲壽之詞爲非古。今于金氏之壽讌，推本其世德，而因以追溯國家三百年故家喬木，鎬京、豐水之盛事，則亦庶幾學古之道。諸君子如可作，不吾廢也。是爲序。

【校記】

〔一〕金匱本作「矩行」，邃本、鄒鎡序本作「行矩」。

鄭士敬孝廉六十壽序

自萬曆末造，迄今五十年，吳中士大夫相率薄文藻、厲名行，蘊義生風，壇墠相望。吳人爲之諺曰：「前有文、張，後有鄭、楊。」吳人士有名章徹多矣，諺獨云云者，龍宗有鱗，鳳集有角翼，亦標舉其眉目云爾。十年已來，諸君子墓草載陳，藏血已碧。惟鄭君士敬，如魯靈光巋然獨存，斯則霜林之清喬、儉歲之嘉穗也。今年清和之月，士敬六十初度，及門之士，相與酌旨酒、治修脯，修承平故事，具衣冠以稱觴，而乞言于余。

余觀士敬束修鏃礪，蔚爲國寶。退而屏居教授，洗心讀易，俛仰于天人理亂陰陽消息之際，隱几抱膝，不知老之將至。則余之爲士敬壽者，誠無出于易矣。易之〔一〕需，乾下坎上，乾健而遇坎險，需而不躁，故乾不陷于坎也。士敬之爲人也，忠信以進德，修辭立誠以居業，終日乾乾之君子也。乾而遇坎，故需，坎而不陷，故有孚而亨吉，觀其象、玩其占，士敬當之矣。初九之需于郊也，其當崇禎之盛，觀光用賓之時邪？乾可以上進矣，而不進，坎在前也。郊去坎雖遠，違于國邑矣，汲汲乎其習于坎也。同人之上九，亦曰「于郊无悔」，不若于野之亨也。「密雲不雨，自我西郊」，陰陽不能相謀，身之與世，其皆有密雲之象乎？當闢門開窗之日，母老顧養，不聽徵辟，需之初九，士敬以之。九二之「需于沙」也，曰「小有言」，則南遷梲柅，謠諑憂讒之時也。九三之「需于泥」也，六四之「需于血」也，則井邑更改，儉德辟難之時也。馴至于九五，乾坎之會得中，泥血之險旋釋，君子居此，何所爲哉！則惟有「需于酒食」，以待三陽之進而已矣。故曰：「需，須也。」「君子以飲食宴樂。」夫飲食雖〔二〕樂，而豈君子之所有事也哉！則今日之爲士敬壽者，可知已矣。

乾自需郊以往，漸而近于坎，小近則小傷，大近則大傷。致寇則「焚如」「突如」，需血則「其血玄黃。」出而自穴，則后繙之自竇也。以敬慎持之，以順德從之，三不以恃健而玩坎，四不以據險而拒乾，恤恤乎，湫乎，攸乎，敬慎小心，傾否返吉之道也。坎之入于需也，曰「失道而凶」，曰「求出未得」，曰「終无功」，以祈乎「尊酒簋貳」之際難矣。需之免于坎也，請以爲士敬壽。五爲需主，庀酒食以待陽來，飲食以養陽象坎，宴樂以養陽象乾，陰陽和笑，語獲燕飲之間，油油祈祈，有「雲上于天」之象焉。「鴻漸于磐，飲食衎衎」漸之于干〔三〕而磐也，猶需之于血而酒食也。「日昃之離，不鼓缶而歌」過日中昃，欲有需焉，其將能乎？需之異于離也，請以爲士敬壽。雲之上于天也，必待其族而雨。君子之飲食也，必待其類聚而宴樂。今之魚魚雅雅，舒雁行列，進而稱壽士敬者，殷民周士，聲氣訢〔四〕合，猶需之待族而雨也。上六之爻，「有不速之客三人來，敬之終吉。」傳曰：「人三爲衆。」又曰：「莫三人而迷。」需既極矣，三客不待召而自來。雲上于天，客召于敬，求賢才以濟難，皆不速之義也。或曰：士敬有丈夫子五，雄駿剛健，亦三人之衆也。觀頤觀養，王用饗于岐山，酒食貞吉之道備焉。困之「困于酒食」也，未濟之飲酒濡首也，需之所不與也，請以是爲士敬壽。世之君子，與于鄭氏之燕者，玩乾坎之占，歷沙〔五〕泥之險，于旅酬卒爵之時，深思夫危平易傾，亦要无咎之旨，亦將當饗而歎，愾然于余言矣乎？

或有進曰：「需之終，『利涉大川，往有功也』，需乎需乎，其將需吉而終乎？抑亦往而有功乎？」余老矣，士敬以伐木之客速我，不敢當也。需之不與知，敢知其往。于其生辰爲壽也。姑與之飲酒。

【校記】

〔一〕金匱本有「易之」二字，遂本、鄒鎡序本無。〔二〕遂本、鄒鎡序本作「雖」，金匱本作「宴」。如作「宴」，則下句「而」字當删。〔三〕金匱本作「干」，遂本、鄒鎡序本作「于」。〔四〕金匱本作「訢」，遂本、鄒鎡序本作「訴」，誤。〔五〕金匱本作「沙」，遂本、鄒鎡序本作「涉」。

王兆吉六十序

吾丈王君兆吉，以名家碩儒，射策發科，筮仕銓司，名行茂著。國恤解綬，賁于丘園，鴻漸用儀，休有譽處。先是鄉人夢游記君于華嚴大典，積有密因，當廣闡揚，撈濟末刦。于是邀石林長老諸上善人，作華嚴會，書寫誦持，歲有程要。見聞隨喜，歙然從風矣。閼逢敦牂嘉平之月，甲子一周，里之士友，將往致祝，而請余爲其詞。

余維古之人進不得行其志于天下，則退而爲善于鄉。夫以世法善其鄉，君子尤勸爲之，而況于以佛法唱導者乎？佛説我滅度後，能竊爲一人説法華經乃至一句，當知是人，則如來使，如來所遣，行如來事。夫以契經一句文〔一〕，竊爲人說，其福德無量如是，而況于九處十會四萬五千餘偈，公然廣說，勸人持誦，破微塵，出經卷，饒益衆生，豈非如來與華嚴法會中遣來作使，告報異生者乎？

此地業因弘多，智眼滅熄，髑髏盛糞之魔民，依虞山爲窟穴，繼之以黄頭之邪宗，紫姑之廁鬼，蛇神狐祆，更互梟亂，鼓聾導盲，牽挽墮坑落塹而莫能止也。君外修儒行，內閟種智，佛實使之，以標正人天，摧折愚誣。鄉人之夢，正夢也。雜華之因，正因也。用此地之因緣，救此地之淪墜。從地倒者，還從地起。此我佛善巧方便也。一切衆生，皆念生地。佛亦以報生地恩，故多住舍田菩提。而君之因緣，能不種於此地乎？吾聞菩薩住檀波羅蜜，慈悲利益衆生。若在一村一縣，乃至一管一國，是諸所攝衆生，未來還爲眷屬，皆生其國。是諸施主，卽于有因緣之國，亦成正覺。君今行此地，現長者居士身，以華嚴法界，攝受此地衆生。此經爲圓滿教，一法纔起，皆有眷屬隨生。以是因緣，報生地恩，徹果該因，卽報卽理，無可疑也。

嗟夫！以世眼觀之，君以精強弘濟之才，當棟撓軸折之世，甫仕而已，未衰而退，爲可歎也。以佛眼觀之，假衰退之機緣，弘如綫之末法，爲如來使，行如來事，天之任君也大矣，其成君也遠矣。然則君今日之稱壽也，不已遼乎？方山長者作華嚴論，明淨土權實，指第九第十是實淨土。故知維摩惟心淨土，即華嚴法界十佛剎塵蓮花國佛土也。此世界村落聚居，一牛鳴地，三界五濁，隨境設化。安知善財詢友，隨順南行，覺城東際，古佛廟前，沃田海岸，不即在此地乎？安知彌勒寶華樓閣，無量莊嚴，彈指開閉，不即在此樓閣中乎？君于稱壽之日，康強逢吉，諦思積劫因緣，然燈炷香，念佛念法。爾時香雲花雨，放光動地，華藏世界海剎那湧現。攝此土有緣衆生，盡作微塵數蓮花眷屬。區區世壽，一息一瞚，四百生滅，又何足以云乎！

諸士友合十指爪曰：「善哉！自今以往，生辰爲壽，皆用清淨因緣，廻回華嚴法界，不復以世間燕飲徵逐相娛樂也，請自夫子之壽兆吉始。」

【校記】

〔一〕邃本、鄒鎡序本作「文」，金匱本作「又」。

慧命篇贈蕭孟昉四十稱壽〔一〕

自吾友伯玉西歸，而海內文章性命之友盡矣。孟昉惇篤風義，不愧伯玉猶子。去年訪余江〔二〕村，丰容咳唾〔三〕，如見故人。余爲之〔四〕嗚咽沾襟〔五〕，所謂「喜心翻倒極」也。孟昉年才四十，彼都人士，莊事之如先生長者。于其生辰，胥往執爵稱壽。毛子子晉來請曰：

「四十稱壽，禮乎？夫子其何以致辭？」余曰：「子以爲必六十若七、八、九十〔六〕、百歲而後爲眉壽乎？余則有以壽孟昉矣。」

昔者紫柏和尚愍佛法垂秋，刻大藏爲方册，以便流通，爲末法衆生續佛慧命。經始七十年，未告成事。伯玉徵子晉諸善人發願蕆事，迄今且三十年。伯玉往矣，而孟昉擔荷之志不衰。此吾所日月以幾也。嗟夫！流通大法，續佛慧命，此後後五百年甚難希有之事也，而況于佛日熹微，法幢頹壞，盲禪狂奔，魔外交訌之日，不尤〔七〕難乎？又況于金輪匿照，龍藏失守，貝多凋殘，華鬘萎瘁之時，不尤難乎？又況于劫灰飄〔八〕蕩，金鐵莊嚴，劍葉爲林，須彌拍碎之期乎？于斯時也，而以枝柱法門，補綴藏典，爲廣大之誓願，我知其人是如來使，如來所遣，行如來事。開諸佛心，演如來藏，紹菩提種，爲諸佛菩薩所善，護念付囑，何疑之有？

佛諸大弟子，如舍利弗、須菩提輩皆曰慧命，慧命者，以慧爲命也。凡夫人以年壽爲命，菩薩以佛慧爲命也。又曰長老，有長人之德，故曰長老，如稱先生，未必秀眉鮐背也。衆生住惡濁世界，背偭佛法，違遠教乘，如入墨穴，如墮瘴海，如是之人，雖如阿私陀生長壽天〔九〕，不得見佛聞〔一〇〕法。又如鵂鶹仙人化導其徒，經無量三千歲，以佛眼觀，如蜉蝣日及耳。佛法中如慧命須菩提，未必以年高稱長老；如文殊、善財諸大菩薩，皆云童子，亦未必以稚齒爲童子。然則孟昉以四十稱壽，不亦可乎？以是誓願，廣而行之。以一人續千萬人之慧命，以一時續千萬刦衆生之慧命，孟昉之壽，不已長乎？余之爲孟昉稱壽，不已多乎？吳人生辰爲壽，徵笙歌製屏幛、多宰殺以供長筵。余年六十，子晉爲伊蒲饌，供養貫休羅漢像，梵〔一一〕誦竟日，吳人至今以爲美談。今于孟昉生辰，當與子晉散花供佛，遙祝如故事。他日〔一二〕法侶善友，住世久長者，皆可援以爲例，亦吾輩續〔一三〕佛慧命之一事也。歲在戊戌辜月之八日，虞山通家蒙叟謙益再拜奉祝〔一四〕。

【校記】

〔一〕此文遂本、鄒鎡序本無，金匱本有。亦收於沈氏海日樓藏牧齋外集、瞿藏文鈔補遺、有學文集補遺中。後三種鈔本題俱無「蕭」字，「昉」下有「世友」二字。　〔二〕金匱本作「江」，三種鈔本作「荒」。　〔三〕金匱本、外集作「唾」，兩補遺作「吐」。　〔四〕外集、文鈔補遺有「之」字，金匱本、文集補遺無。　〔五〕金匱本作「襟」，三種鈔本作「中」。　〔六〕外集、文集補遺有「十」字，金匱本、文鈔補遺無。　〔七〕金匱本、文集補遺作「尢」，外集、文鈔補遺作「亦」。　〔八〕金匱本作「飄」，三種鈔本作「漂」。　〔九〕金匱本、外集作「天」，兩補遺作「天」。　〔一〇〕三種鈔本有「聞」字，金匱本無。　〔一一〕金匱本、文集補遺作「梵」，外集、文鈔補遺作「焚」。　〔一二〕金匱本作「日」，三種鈔本作「時」。　〔一三〕金匱本、文集補遺有「續」字，外集、文鈔補遺無。

〔一四〕金匱本、文集補遺有「虞山」十二字，外集、文鈔補遺無。

有學集卷二十五

序

白法長老八十壽序

昔者紫柏可大師以刻藏因緣付囑大弟子密藏開公，復長水楞嚴寺爲藏弆流通之所。二公淪逝，大業中圮。長老信州白法琮公，仗緣藏事，行密而智圓，理通而事固，以精勤昭格人天，以精嚴軌範僧徒，以慈悲平等攝受四衆。所主雲興泉湧，如幻建立，爲法爲經，遺身者事，不惜頭目腦髓，五十年如一日也。酉、戌之交，刦火焚如，經坊淨場，弓刀擊戞。公曰：「吾以身殉寺，以寺殉經，以經殉佛，如火于稻葦，不相捨離，焚則俱燼耳。」淨掃佛殿，洞開經廚，寶相琅函，光影見昱，檠爐炷香，佛聲浩浩。游騎隳突者，靡不瞪瞢愕眙，回翔引去。經像保全，退居紫柏院。今年乙未，公世壽八十矣。

蓋自大法垂秋，魔強法弱，邪師橫民，拈錐付拂，抹殺敎典，胥天下浸淫風靡，而吳、越間爲甚。彼固曰，上上根人，不應看敎也。修法華法三昧，證旋陀羅尼者，非南岳、天台乎？弘法界觀者，非文殊化身，疏雜華者，非華嚴菩薩乎？龍樹授如來記，破有無宗，何以身入龍宫，廣造諸論乎？慈氏上昇之後，何以狗無着之請，授八十行偈，誦十七地經乎？狂易〔二〕相尋，聾瞽交煽。大鑒不〔三〕用外道譏訶，紫柏遂以無師遣斥。陵夷〔三〕梟亂，至此極矣。佛滅後，諸天白〔四〕大迦葉："佛法船欲破，法燈欲滅，從法人欲去，行道人漸少，惡人力轉盛。當以大慈，建立佛法。"紫柏師弟，龍象蹴踏，惟以流通正法爲能事。灼知末法人根，入邪見網，無智盲冥，應有今日也。公于斯時，遙承法藏之託，悲愍淪墜，心沒憂悔，不得已而以慈心熏之，以密德鎮之，不立壇墠，不集朋徒，不延師匠。人知公耆年宿德，漚和柔輭，結粥飯侶，修嬰兒行，而不知其守法城、續慧命，以番然一老，當須彌寸絲之任，是爲荷擔如來重擔，豈但紫柏之功臣，開公之善友哉！

昔洪覺範譏寧公僧史，以永明爲興福，巖頭爲施身。以覺範之賢，豈猶以興福施身，爲下于習禪乎？吾謂永明一心爲鏡，萬善同歸，此興福之大者，雖不言習禪可也。今但以營福歸公，斯不知佛法已矣。末法轉微，惡人力盛，將恐世界如墨穴，而晝夜爲〔五〕大冥，經法滅熄，不待月光出世之後。公幸少廻願力，多住世間，如寶掌和上，豈非末刦衆生之大幸，諸佛爲作七勸檮〔六〕者乎？余敬從四衆之後，發誠實言，代諸天之啓請。公應爲取相衆生，熙怡一笑也。

【校記】

〔一〕金匱本作「易」，邃本、鄒鎡序本作「象」。〔二〕金匱本作「不」，邃本、鄒鎡序本作「亦」。〔三〕金匱本作「夷」，邃本、鄒鎡序本作「彝」。〔四〕金匱本作「白」，邃本、鄒鎡序本作「自」。〔五〕金匱本有「爲」字，邃本、鄒鎡序本無。〔六〕金匱本作「橋」，邃本、鄒鎡序本作「撝」。

石林長老七十序

虞山踰繕那地，伽藍相望。中有眞淸淨僧，好學多聞，習禪明律，執白牙扇，搖松枝柄，爲我方外友者，長老石林源公一人而已。

大論言，有四種僧，有羞僧，無羞僧，啞羊僧，實僧。今之僧，皆第二第三種也。身口不淨，不別好醜，則無羞僧爲多。舍利弗言，僧有四不淨食，下口食，仰口食，方口食，四維口食。今僧食皆四不淨也。曲媚權〔一〕勢，通使四方，巧言多求，不淨活命，則方口食爲多。公被服儒雅，兼綜油素，不畜盈長，不招徒侶。雀喧鳩聚之衆，非屛之也，香嚴水觀，湛如而已。蠅營蟻羶之席，非割之也，茱食淸齋，泊如而已。開堂付拂，近在鄰並。朋徒歙集，利養衒曜。一燈晤晦，阡陌迢然。如觀劇戲，如見博弈。有諸問者，破顏微笑而已。

歲在乙未，世壽七十。古者德長年老，謂之長老。律中有二十夏至四十夏爲上座，五十夏已上，一切沙門所尊敬爲耆宿。如是者，非公不足以當之。而余竊于公有請也。今世間人，七十曰耆，亦自稱爲老。夫〔二〕以千歲寶掌視之，則亦鷗鳥之歲耳。古之名僧大士，耆年宿德，表著四依者多矣。趙州年一百二十八，十方行脚，則七十已後，正其整理腰包，辦草鞋錢之日也。西域戒賢年一百有六，始爲瑜伽等論，授支那三藏，則七十上下，正其遠承彌勒，立法相大乘之日也。李長者報齡九十六，著華嚴論終，辭衆示寂，則七八十之交，正其挂囊土龕，造論釋經之日也。若其軌範夷〔三〕易，信而可遵者，有二人焉。晉之遠公，梯航淨土，年在桑榆，執經諷誦，我吳越之俌公，揭厲戒律，冥齋行持，鬼神隨侍，以世壽計之，皆七十餘年。易曰：「君子進德修業，欲及時也。」將使公爭強犅〔四〕力，爲塵勞拏攫之事乎？則公爲已老。將使公護法利生，爲莊嚴淨福之事乎？則公爲方壯。然則世固不應老，而公亦不應以自老也。

我聞一切衆生，皆念生地。佛以報生地恩，故多住舍婆提。俌公，吾常熟人也。于本生地講導同好，律風孔扇，號毘尼窟宅。公繼俌而起，報恩所生，其以此土爲舍婆提也，幸哉！吾有望矣。吾讀宋高僧傳，敍俌公救虎之地曰海隅，巫咸氏之遺壤，招眞治之舊墟。古寺周圍，不全垝垣而已。間嘗與公撫陳迹之荒涼，歎寧公之筆妙。俛仰人代，流連太息。居今之世，道法蕪微，鏃虎之毒箭滋深，覆肩之絛衣永墮。耆年宿德，人天所仰，撈漉〔五〕晏濟，非公而誰？公可以幡然而起矣。

余犬馬之齒，長公四年。公蓋爲偁之後身，余忝昔之同好。故于其降誕之祝，率此土衆生，共啓請焉。抑又聞之，佛法五百年而一興，法運將隆，宗鏡再闡，漢東粟散之邦，湧現爲蓮華佛國。余固尙父之耳孫也，願與公炷香佛前，翹勤以俟，以斯文爲告報焉其可也。

【校記】

〔一〕金匱本作「權」，邃本、鄒鎡序本作「收」。〔二〕金匱本作「夫」，邃本、鄒鎡序本作「大」。〔三〕金匱本作「夷」，邃本、鄒鎡序本作「彝」。〔四〕金匱本作「觕」，邃本、鄒鎡序本作「摘」。〔五〕金匱本有「漉」字，邃本、鄒鎡序本無。

壽量頌爲退和尚稱壽

歲在甲辰，靈巖退翁和尙，俗歲六十，其誕辰爲二月初八日。緇白四衆，胥炷香稱壽，致千歲寶掌之祝。東澗居士錢謙益合十而言曰：「生辰爲壽，俗禮也。如來用二諦說法，不捨俗諦。和尙既示現有身，示現壽相，今茲四衆，如竹麻稻葦，歡喜贊歎，異口同音。以佛眼觀之，皆與實相不相違背。是諸人等，應以壽者身得度者，即現壽者身而爲說法，何爲而不可？我觀和尙，是身如鏡中像，見坐道場，如水中月，寒灰槁木，不起于坐，而法音如雷如霆，慧辯如雲如雨，固非名句文身可得而模畫也。我佛世尊，演大華嚴，至第七會，說如來壽量品，娑婆世界佛刹一刼，乃至最後世界，各以前位一刼爲後會一晝夜，意明佛地實報稱性之壽，無盡無邊，但于刹那時內，安立第三周，圓彰法界，總不出此一刹那際法界之果。以是證知和尚晏坐法堂，現長壽相，受人天供，緇白四衆，頂禮膜拜，東澗老人哆哆和和，隨喜稱贊，皆在華嚴法界普光明殿根本智中。于此薦得，當有不離名句文身，迢然得度者。」乃依般若〔一〕四句及西方三啓之制，炳香佛前，焚香作禮，而祝頌曰：

東震旦國中，有大比丘僧，六座大道場，手提正法印。聲聞遍〔二〕十方，厥有多名號，晚坐靈巖山，其號曰退翁。翁生族姓家，宿具大根器，器宇儼如王，如龍復如象。三界大牢獄，名利作韁鎖，如獐能獨跳，擺脫不回顧〔三〕。大法垂像末，師絃久絕響，一器貯蚊蚋，嗚嘬聲啾啾。獨于諸方中，最所不肯者，決擇而委身，不跨〔四〕他門戶。辟如大火聚，其中有刀山，投身入其中，清淨得三昧。又如百尺樓，一躍至地底，氈褥重鋪舒，軟煖獲自在。以此勇猛力，沒海求寶珠，口呑三世佛，豈但過于師。從上諸佛祖，放身失命處，解衣自盤礴，從容而笑語。或穿糞垢衣，巖居不見佛。或受鞬椎擯，處處皆文殊。或駡恆河神，懺謝呼小婢。或聞天浴樂，起舞如狂醉。或拈一瓣香，依位而禮拜。或于推車次，碾損阿師脚。或說木叉戒，嶽神來皈依。或掉一葉船，翻身入水去。或握水中蛇，道是曹家女。或弄村師子，眉眼一齊動。擊扠復打鼓，種種諸幻事，石人生男女，偃師招手戲。衲僧鼻頭長，古佛舌頭短，只將一莖毛，橫竪都穿却。一千七百則，爛如肉貫〔五〕串，三玄三要門，況是掌中果。高踞曲盝牀，千偈及半偈，如激水成浪，如搖箑得風。又如蟲食木，屈曲成文字〔六〕，如阿羅修琴〔七〕，妙音自然作。

座下獅子兒，落地氣食牛，多聞富楦釀，綺辨翻布穀。箭鋒一撑柱，鞭影俄入心，靡不拽禪牀，分身竪拂子。亦有靈利漢，眨眼却知有，過江見德山，卽便橫趨去。宗風旣乍振，末法魔熾然，天以惡濁刧，歷試發眞者。七日並時出，毗藍風復吹，猛燄燒梵天，山王皆拍碎。三災少滅息，禪魔取次興，榮名兼利養，鈎牽爲霜砲。泥金倒薤書，煇煌蔽山谷，伽陀騰沸唇，軍持換服匿。雙林一畝宮，拉遝旋欲倒，魔外盡拊手，此中獨晏如。束肚三條篾，隨手七條衣，杞天自崩隤，坦腹有我在。天高明星出，夜緩鐘漏轉，香消燭拚時，魔嬈復安在？八部長冥護，四流咸歸仰，晚坐靈巖山，巋然大導師。

六十始稱壽，世界爲小年，卽現壽者身，而爲說妙法。我觀翁誕辰，驚爆人天衆，世出世間法，此事甚希有。右面張天覺，左面裴公美，夾立稱弟兄，屹如兩金剛。繞座克家子，穿破鎖口關，藏頭及海頭，諸方敢狐假？坐斷石頭路，莫笑老古推，是諸人眉眼，各有退翁在。旋觀士大夫，在家出家衆，乃至負販人，兒童翁婦孺。遙湧祈長年，請翁長駐世，刳心嘔肺肝，各以有所祝。或以文字祝，結習綺麗句，筆雲吐光明，各各一退翁。或以口語祝，梵音楚夏音〔八〕，音音叶海潮，各各一退翁。或以禮拜祝，四體咸投地，毛孔骨節中，各各一退翁〔九〕。或以焚香祝，妙香炳八分，香雲覆寶網，各各一退翁。一人百千人，一多各變現，一一身雲中，各有退翁在。而彼退翁者，晏坐方丈中，燕寢凝清香，但有出入息。老人在衆中，瞪目視退翁，亦復隨大衆，懽喜共讚歎。回旋觀海衆，退翁無不在，耳目旋瞀亂，口呿不能合。

我繙華嚴經，具知佛壽量，以一日爲日，最後不可說。而皆于法界，刹那中安立，以故第七會，演說壽量品。仍在根本智，普光明殿裏，心王爲說主，心智自在故。今欲談壽量，壽量不可說，欲知智境界，彌勒樓閣是。試問此樓閣，若是彌勒住，如何善才見，却從別山來？若云此樓閣，卽非彌勒住，如何一彈指，樓閣門盡開？樓閣從何來？亦復何處去？此一位問答，迄今義未了。饒他幻龍雨，展轉諸法喩，還請明眼人，再拈一活句。今此靈巖山，樓閣具莊嚴，退翁住其中，大衆共圍繞。若言樓閣中，畢竟無〔一〇〕彌勒，安知彼〔一一〕彌勒，不從別山來？應知此世界，總在蓮花藏，佛身佛刦土，重重相包裹。此山重遮掩，湧現好樓閣，林木奏梵音，宣說第一義。退翁與多人，一身一多身，居然唱十方，重重見主伴。龍華莊嚴時，人壽八萬歲，于此道場中，不出刹那頃。是爲眞壽量，是爲眞法界，心王菩薩說，我說亦如是。我若雙拳葉，墜落八難輪，忽然心花開，援筆作是頌。法筵諸淸衆，齊聲歎奇哉！聾啞會說法，是事亦希有。響屧〔一二〕廊下跡，香風吹雲衣，齋廚壽麪熟。且留飽噉去。

【校記】

〔一〕金匱本作「般若」，邃本、鄒鎡序本作「若般」。　〔二〕金匱本作「遍」，邃本、鄒鎡序本作「過」。　〔三〕金匱本作「顧」，邃本、鄒鎡序本作「頭」。　〔四〕金匱本作「跨」，邃本、鄒鎡序本作「傍」。　〔五〕金匱本作「肉貫」，邃本、鄒鎡序本作「內通」。　〔六〕金匱本作「字」，邃本、鄒鎡序本作「句」。　〔七〕金匱本作「琴」，邃本、鄒鎡序本作「瑟」。　〔八〕金匱本作「音」，邃本、鄒鎡序本作「聲」。　〔九〕金匱本有以上二十字，邃本、鄒鎡序本無。　〔一〇〕金匱本作「無」，邃本、鄒鎡序本作「有」。　〔一一〕金匱本作「彼」，邃本、鄒鎡序本作「有」。　〔一二〕金匱本作「屧」，邃本、鄒鎡序本作「屐」。

梁母吳太夫人壽序

梁母吳太夫人者，太子太保吏部尚書贈少保眞定梁公之子婦，今備兵使者愼可之母，而少宰司馬之祖母從祖母也。少保爲隆、萬宗臣，勛勒彝鼎，流光積慶，詒厥後昆。太夫人令妻壽母，事育數世，子姓藂從，攜嬰坐膝者，已皆擁節旄、紆青紫，金魚玉佩，扶持左右，瑤瑜珥，苗長皆除。太夫人踰九望百，副褘而臨之。文駟彫軒，往來有煒〔一〕。虎齒戴勝，曄如眞仙。盛矣哉！吉祥善事，頌圖所希覯也。唐李肇記近代衣冠婦人之貴，無如苗夫人，父太師也，舅張河東也，夫延賞，子弘靖也，子壻韋太尉也。太夫人庶幾近之。而孫枝秀發，壽考方至，則又未易更僕數也。

丁亥之歲，余坐飲章急徵，婦河東氏匍匐從行。獄急，寄孥于梁氏。太夫人命愼可卜雕橋莊〔二〕以居。愼可杜夫人酒脯粔籹，勞問繹絡。太夫人戒車出饗，先期使姆致命，請以姑姊妹之禮見。賓三辭，不得命，翌日，太夫人盛服將事，正席執爵再拜，杜夫人以下皆拜，賓答拜踐席。杜夫人以下以次拜，太夫人介婦以降復以次拜，乃就位。凡進食進餚，太夫人親饋，賓執食興辭然後坐，沃洗卒觶禮如初。太夫人八十高矣，自初筵逮執燭，強力無怠容。少宰諸夫人，踧踖相杜夫人，執事無儳言、無偝〔三〕立，貫魚舒雁，肅拜而後退。余聞婦言，奉手拱立，惜〔四〕未得身爲燀胞，于是乎觀禮焉。又十年丁酉，太夫人壽九十，設帨之辰，鋪几筵，考鐘鼓，庭實玉帛儀物，當應古太饗。然其獻酬酳酢，三終百拜，禮成樂備，于往者之賓筵，固可概見也。

夫以祖功宗德，歷祀三百，蓼蕭、行葦，周道四達，而後扶風、馮翊之間，乃有梁氏以孝慈仁正，師範六宮。關雎、鵲巢、螽爾士女，而後珩璜琚瑀之德，鍾美于太夫人。詩云：「肅雝和鳴，先祖是聽。」今茲燕喜，陳薦俎豆，序禮樂，肅雝敬和，順氣成象，其在宗廟之中、閨門之內乎？昔者孟子序殷德，必舉故家遺俗。班氏賦漢京，必先舊德高曾。今吾觀梁氏，于喬木見百年之澤焉；于豐芑見百世之仁焉；于褕狄鞠裳、魚軒重錦，見三代之服物焉。其不徒以荷天休、受介福，顯榮光寵，如李肇所云也。恆〔五〕雲吳水，相去三千里，江村夫婦，挈瓦盆、酌新酒，扶老抱〔六〕嬰，望拜遙祝，稱太夫人福履萬年，而侑之以介壽之辭。其大指則用以述家慶、本國祥，庶幾採諸聲詩，昭于彤管，不敢以文。是爲序。

【校記】

〔一〕金匱本作「燁」，邃本、鄒鎡序本作「秩」。〔二〕原作「雕陵莊」茲據畿輔通志改。〔三〕金匱本作「俏」，邃本、鄒鎡序本作「偕」。〔四〕金匱本有「惜」字，邃本、鄒鎡序本無。〔五〕金匱本作「恆」，邃本、鄒鎡序本作「垣」。〔六〕金匱本作「老抱」，邃本、鄒鎡序本作「抱攜」。

聞母鄒太君七十序

聞元亮之母鄒太君者，吾友子將之配，孟陽之妹也。余往游武林，游于兩君，聞太君風範甚備，元亮長與案等耳。今年再過湖上，太君壽逾七十矣。子將、孟陽，墓草〔一〕久宿，元亮頎然玉立，彊學勵志，已爲老成人。世界滄桑，湖山間舊游往跡，邈然如威音龍漢，在窮塵歷刦之間。而聞氏母子，猶得以高堂暇豫，稱觴燕喜。衰老殘生，俛仰今昔，未嘗不爲忻然以喜、慨然以悲也。

元亮自愧身爲書生，居隱畏約，不能拾取富貴，顯榮其母，再拜乞言于余，有不能舍然者。余告之曰：「子之求悦乎親，內顧而不舍然，其于中必有所不足，而其于外不能無所待。夫其所謂不足者何也？貧也，賤也，布素而菽水也。其所謂有待者何也？富貴也，功名也，鼎養而鐘食也。子不見世之炎炎者乎？赫赫者乎？高臺傾矣，曲池平矣，華堂便房，牛溲馬矢，平塡其中，而高墳大闕，摸金發丘，交臂其間矣。子有環堵之宮、蓬蒿之室，奉先人之春秋，供慈母之伏臘，惟貧故得以長安，惟賤故得以相守也，子之有不足者何也？子不見今之炎炎者乎？赫赫者乎？朝而射策矣，夕而拜官矣，馳驅戎馬之場，㚔卒炎瘴之區，北山之憂，無從著之詠歌，而北堂之思，不敢形諸夢寐。子有膝下之樂，尸饔之養，望不及于倚閭，呼〔二〕不事于搤臂，富貴所不能假，功名所不與易也，子之有待者何也？子奉鄒、魯之訓，爲南陔之孝子，異粻宿肉，潔晨餐而豐夕膳。太君修竺乾之法，爲西土之善女，香燈禪版，撫兒女而樂團圞。仁風藹然，善氣郁然，一以爲德門，一以爲樂國。吾不憂子今日之奉親有替于他日，而惟恐子他日之奉親有加于今日也。在吾子勉之而已矣！昔者潁〔三〕封人之有母遺也，介子推之以母隱也，君子皆稱之。伐許之役，封人以先登招子都之射，其爲母遺也已傎矣。綿上之事，子推以誰懟，介山之焚，其爲偕隱也已苦矣。功名富貴，前驅後阱，古之才人志士不克解免，有遺憾于母子之間者亦多矣，而吾豈爲子願之乎？」

元亮拜而起曰：「善哉談也！願終身守此言也。」謹書之以爲序。

【校記】

〔一〕金匱本作「草」，邃本、鄒鎡序本作「將」。　〔二〕金匱本作「呼」，鄒鎡序本作「思」，邃本作「恩」。

〔三〕「潁」，原作「穎」，誤，逕改。

邵母錢太孺人九十壽言序〔一〕

邵母錢太孺人者，吾邑邵進士薪傳之祖母也。太孺人今年壽躋九十，其二子：伯七十三，仲七十二。而薪傳之子，亦既抱子矣。薪傳登上第，奉簜節過家，爲太孺人稱壽。三事大夫以逮桑梓朋好，咸作爲歌詩，以侑萬年之觴。薪傳誇詡盛事，釐爲三集，而屬余序之。

夫介壽而屆百齡，具慶而及五世，吉祥善事，太和元氣，側出于陵谷遷改、石立土踴〔二〕之餘，豈徒然哉！西晉時，有諶母者，潛修至道，有眞人降爲其子，自稱孝道明王，告母以修眞之訣。其後吳猛、許遜詣母授法，許遜以淨明忠孝領玄枵之野，爲高明大使。至今銅符鐵券，傳靈寶秘法者，以諶母爲宗。諶母則以孝道明王爲宗。神仙忠孝，豈有二道哉！太孺人貞順慈惠，佩珩璜琚瑀之德。新傳父子，白華朱蕚，潔白顧養。雍熙之軌，萃于一門。安知邵母之非諶母？而邵母之子孫〔三〕非如吳、許之流傳孝道之教法，爲度世之梯桄者乎？吾聞孝道之宗，天眞所盟授者，居日中爲仙王，居月中爲明王，居斗中爲孝弟王。以余觀於邵氏，不出家人婦子蔀屋堂戶之間，而母爲賢母，子爲孝子，孫爲慈孫，炳然如日月，灼然如大斗，有目者皆望而知之，豈必入景浮〔四〕空，邈遠而求之也哉？

諸公爲太孺人稱壽備矣，吹王母之玉琯，彈三〔五〕元之靈璈，琅琅乎九奏八會之音也。若夫原本忠孝，討求靈寶，推明明王聖母之道，以託化人間，則非余老人侶樵陽而啓石函，其孰從而知之？

【校記】

〔一〕此文邃本、鄒鎡本無，金匱本有。亦收于文鈔補遺。〔二〕文鈔補遺作「踴」，金匱本作「涌」。〔三〕文鈔補遺有「而邵母之子孫」六字，金匱本無。〔四〕金匱本作「浮」，文鈔補遺作「淨」。〔五〕「三」，疑應作「上」，上元夫人，事見漢武外傳。

周義婦金孺人六十序〔一〕

崇禎丁丑，烏程以巨奸〔二〕當國，朱撫寧抗疏擊之。吳門周君連城以文章聲氣爲撫寧上客，實爲擊節慫恿。奸人上變，謂連城爲余通賄，嗾撫寧上疏。金吾媢子，鍛鍊文致，逼連城口招殺余。拷訊促數，五毒備至，連城昂首伸眉，引義抗辨，且笑且詈，詞不少屈。羣奸不能殺余，而歸怨于連城，斃之杖下。長安士紳，歎泣惋憤，相與醵錢歸葬。余敍其遺事，比于貫高、戴就。于是周義士之名滿天下矣。

連城既沒，其婦金孺人守其墓廬，一女遠嫁，不通聞問，形影相弔，虀鹽不給，誓不肯扣門乞憐，遺羞地下。吾內子聞之曰：「豈可使賢明高行，齎志立槁。」亟遣人迎歸，相依數年，清齋禮佛，行止有常，訾笑不苟。內子每歎曰：「眞義士妻也！」去年偕歸虞山，訪知女歸林氏，母子相見，擕抱痛哭。其女誓終身奉養，歲時醱奠其父。孺人自此方有歸寧之地，而春秋已六十矣。歲在壬辰，中秋前之一夕，其誕辰也。內子曰：「不可無一言以爲壽。」

余惟連城以文弱書生，遭同文之獄，受連染之寃，血肉模糊，身世狼籍。已而旅魂淺土，血胤斬然，煢煢孤嫠，天荒地老，此眞生民之無告、荼毒之極哀也。日月逾邁，陵谷變遷，烏程之凶鋒毒焰，既已化爲飛塵，蕩爲冷風。連城家寡妻弱女，母子相依。三尺之墳土依然，一盂之麥飯不缺。杖老紅婦，過從慰勞，訪問舊事，徬皇歎息，且有追恨權奸、戟手唾罵者。人心不死，天道必復。設帨之日，其亦可以抆淚拭面，薦其女之一觴也已。

孺人自遭家難，誓斷葷肉，皈依三寶。自今以往，年壽日高，精進日恪，爲淨土正信之侶，宜無難〔三〕也。往生之書，載宋時常熟陶氏寡居，夢梵僧授彌陀經，覺即能誦，誦經時卷上迸出舍利，積以成合，張幌光明，有彌陀像立經函上，其神異如此。孺人僑居吾邑，聞陶媼之事，自當專奉彌陀，一心念佛，往生淨土，決定不虛。佛法自度度人，以念佛功德，攝受其夫，俾連城生前英風俠氣，冥冥之中，得以消歸寂光，廻向淨業，亦事理之必然者也。吾之祝孺人如此。其視世間一切生辰爲壽，巫祝頌禱之詞，不亦多乎？

【校記】

〔一〕此文邃本、金匱本有。鄒鎡序本無。　〔二〕邃本有「以巨奸」三字，金匱本無。　〔三〕邃本作「難」，金匱本無。

誥封吳母徐太孺人八十壽序〔一〕

吳母徐太孺人者，侍御振雅公之女，都諫虛臺公之婦，贈給諫孟登之妻，給諫幼洪之母也。都諫在萬曆中，以力諍國本削籍，事在國史。太孺人爲新婦時，已習知先朝諫臣伏蒲折檻故事。孟登早世，以舊德流風，訓勵〔二〕諸子。幼洪聿念祖德，以諫垣顯名當世。太孺人八十設帨之辰，獻頌圖祝壽母者，金章玉軸，照燿樽俎，良無待于余言。而余與幼洪同官南都，十六年來，驚魂噩夢，有未敢以告人者，今請取次臚陳，爲太孺人獻一觴其可乎？

幼洪起家爲衢州推官，廉辨強直，數讞決大獄。弘光皇〔三〕帝即位〔四〕，擢兵科給事中。南渡伊始，視天下事猶可爲，盱衡抵掌，抗章封駁，要人皆目懾之而未發也。左寧南在鎭，數飛章規切時事，謂上不應信任奸邪，崇要典、翻逆〔五〕案，負先〔六〕帝宗社重寄。一旦擁兵南下，執詞陳義，以淸君側爲名，師甫下而而身死，羣小猶骨驚也。幼洪接塘報，緣江剽掠者，方國安之游兵，非左兵也。疏請下詔撫慰罷戰，勿令兵絓〔七〕不解，而失備〔八〕于北牧。于是德淸新參，攘臂彈劾，謂左良玉稱兵犯闕，大逆不道。吳适〔九〕狥私護庇，應與同罪，而大獄遂鋒起矣。先是新參羅成，御史白簡抗辨，坐予指使，欲陷以不測，賴先〔一〇〕帝聖明得免。而御史所彈事下淛省按驗，幼洪奮筆定爰書，皆有狀，新參深啣之，遂乘此并中兩人，疏謂左兵之來〔一一〕，有聞之欣欣喜色者，良玉死，有愀然不樂者，是爲吳适之大主盟。蓋專指余也。羣小以幼洪爲網，謀盡殺東南士大夫異己者凡三十餘人，而余爲其首。北兵渡江，獄乃得解。不然，摩厲以須，西師之及，吾刃將刺矣。

當南都獄急時，太孺人倒衣廢食，禱神祇、呼祖宗，不知刀俎煎逼，如此之亟也。即幼洪在請室，但自知執誶封疆，觸迕當路，不知引繩批根如此之深，而覆巢殺卵如此之毒也。物換星移，痛定思痛，如鬼國之逌歸，如墨穴之旋出，旋目而思之，猶爲之毛髮俱豎。長筵開，壽觴舉，幼洪偕其兄二洪，斑衣黑頭，承顔遶膝，斯眞可以侑一觴也已。太孺人與幼洪追理前事，排場粉墨，戴頭假面，視當筵爲何如？觀伎兒之走索跳丸可以喜，觀侲童之倒投隕絶可以愕，觀越人之吞刀厭虎可以思。於是乎樂終宴畢，太孺人逖然深省，命諸子遍拜賓客，以無忘抑戒也，余敢無一言以退。

嗟夫！劫運促數，殺機隤突。太孺人母子，脱離氛祲，保養天和，余亦以八十老人，偷生視息，相從於北堂也，皆惟是仗因託緣，受佛加被，相依於大圓鏡中，用以盡年保生而不自知。幼洪昆弟，稟承慈教，歸心度門。自今以往，日夕以禪悦之食飯太孺人，以聲聞之酒飲太孺人，使太孺人不出闔門而登佛國。然後知十六年來〔二〕，驚魂噩夢，皆我佛國悲憫堪忍衆生，而假是以調伏也。其爲太孺人壽也，不已多乎？楚茨之三章曰：「神保是格，報以介福，萬壽攸酢。」此小雅之嘏辭也。余竊取其義，以神天迴向佛恩，而推言其故，以致報於太孺人也如此。

【校記】

〔一〕此文遂本、金匱本有，鄒鎡序本無。題中「誥封」「壽」三字，遂本有，金匱本無。〔二〕遂本作「勵」，金匱本作「厲」。　〔三〕遼本有「皇」字，金匱本無。　〔四〕遼本作「即位」，金匱本作「新立」。　〔五〕遼本有「逆」字，金匱本無。　〔六〕〔一〇〕金匱本「先」下有「皇」字，遼本無。　〔七〕遼本作「絓」，金匱本作「紘」。　〔八〕金匱本作「備」，遼本作「佩」。　〔九〕金匱本作「适」，遼本作「某」。　〔一一〕「左兵之來」以下至末，遼本作「忠孝之心有不油然而生者乎余定陵老史官也佩文肅琬琰之訓敢記斯宴也亦用史法從事諸子有志于古學者也作爲歌詩以祝壽豈亦將取徵詩史恥爲巫祝之詞則余之志其不孤也矣」。金匱本文字全異，今從金匱本。　〔一二〕「年來」二字，金匱本誤倒，今乙。

遠山夫人四十初度頌

重光赤奮若之歲，文水梅公李公之佳耦遠山夫人四十初度，端陽前二日，其誕辰也。縉紳學士從梅公游者，相率謀舉觴稱壽，旅進致辭者三，夫人三辭焉。

其初致辭者曰：「夫人發祥天族，毓秀金枝。教本公宫，占應歸妹。國家關雎麟趾，分條布葉，鍾美於茲。詩曰：『曷不肅雍，王姬之車。』請歌之以爲壽。」夫人曰：「噫！紫宫烈焰，朱邸沉灰，紅袖登車，青門爲庶，徼福假靈，免擠溝壑，懼猶不足，而又何樂乎？敢固辭。」其再致辭者曰：「夫人韶情絶世，言成文章，風雲起于行間，珠玉生于字裏，既云禮宗，亦稱文府。詩曰：『彤管有煒，悦懌女美。』請歌之以爲壽。」夫人曰：「噫！無非無儀，内言不出。書樓之歌曰：『不服丈〔一〕夫勝婦人。』非窈窕之則也。靜女之褒，未敢聞命。」其三致詞者曰：「夫人四行純〔二〕備，五福渾圓，有舉案齊眉之恭，有引繩束髮之節，和鳴百世，翟茀兩朝。詩曰：『魯侯燕喜，令妻壽母。』請歌之以爲壽。」夫人曰：「噫！漆室歎魯，嫠緯恤周，吾亦聞于女史矣。『縞衣綦巾，聊樂我員。』『蓬髮歷齒，何慚兒子。』吾志在下泉之四章矣。鵲巢之起家，駉頌之受祉，竊以爲肄業及之也。」致頌者皆不得命，遷延負牆而退。

梅公扁舟來訪江村，以其言告蒙叟。叟曰：「吾聞江西故多女仙，顏魯公謂麻姑發跡仙壇，花姑表異井山，非地氣殊異，山川炳靈，則曷由徽懿流光，若此之盛？而不言得通之所以。及觀墉城集仙錄，則知孝道明王以眞訣授諶母，諶母以授吳猛、許遜，淨明忠孝之宗，實稟承于此。而豫章之盱母，則又得度于許者也。眞誥記易遷館、含貞臺二宮，皆女子之宮。此女子皆世有仁行令聞，已得道者，隸太元東宮中。然則女仙得道，非由山川地氣，亦可知矣。夫人有齊〔三〕季女，淑愼其身。雞鳴儆戒，夷險不二，豈非孝道之法，豫章人世世行之者，今將嘿授于夫人？與爲吳、許之師則諶母也，爲吳、許之徒則盱母也，爲易遷、含眞之侶，則仁行令聞之女子也。于日中爲仙王，于月中爲明王，于斗中爲孝弟王，此孝道之宗，天眞所盟授者也。以此稱壽，壽孰如之？彼三人者之致詞也，雖極其青黃黼黻，不過朝華日及耳。『靈妃顧我笑，粲然啓玉齒。』寧可幾哉！」夫人聞而喜曰：「樵陽石函之籍，虞山學士有顯記焉。我不敢希諶母，請效盱母，採花擷草，以奉夫子。于是梅公之從子石臺使君命余次其語，爲夫人獻一觴，而系以頌曰：

彼美淑姬，璿源自天。駐近銀河，鍾出〔四〕玉田。仙李盤根，棗修告虔。團扇短什，上計斯篇。婦人居二，男子孰先？金鑠不銷，玉焚彌堅。蘭闈如故，鞠衣儼然。魚軒燦爛，鳳毛蹁躚。乃届令節，乃列長筵。殽有折俎，樂有宮懸。蒙叟獻壽，度彼羣賢。巍巍揚、許，領袖高玄。玄枵星紀，分領山川。孝道眞宗，諶母所傳。豫章奕葉，盱母蟬連。廟柏拂地，龍沙蜿蜒。靜女其孌，上應星躔。麻姑連袂，花姑比肩。望林濯景，含眞、易遷。象服凝塵，鸞紙聚氈。雕軒文駟，歘如雲烟。夫人頷頤，斯言不愆。叟亦斟雉，以嗣老籛。油囊之酒，燭夜相延。滿引稱觴，一笑百年。

【校記】

〔一〕金匱本作「丈」，遼本、鄒鎡序本作「大」。　〔二〕金匱本作「純」，遼本、鄒鎡序本作「能」。　〔三〕金匱本有「齊」字，遼本、鄒鎡序本無。　〔四〕金匱本作「出」，遼本、鄒鎡序本作「山」。

華母龔夫人八十壽序

古無生辰爲壽之文，而近世滋甚。凡壽考燕喜之家，親知故舊，相與考德頌美，列名徵詞，無慮數十人。詩文之傳遞而至者，無慮數百篇。既而請者與作者，各不相似，不復知爲誰某，此流俗之最可笑者也。壬寅正月，華渚方雷之母龔夫人，春秋八十，吳趨士大夫，徵予爲稱壽之文者凡十人，皆當世雄駿君子，非猶夫世之牽聯尺幅者也。其言曰：「某等文質無底，不敢以質惇史。惟是夫人壬〔二〕午六十，奉觴授簡，載在家乘者，其文與其人，班班可考也。敢藉手以告彤管。」

余蹙然受命，合而徵之。夫人之事父也，扶老分甘，使其父無淳于公無男之歎，爲孝女。夫人之相夫也，閫門以安遠游，織紝以庀婚嫁，使其夫食貧屏貴，老不降志，爲令妻。夫人之育子也，響之以機絲〔三〕，勉之以樞軸，鏃礪之以引祗攘捲，俾諸兒纘言居業，蔚爲聞儒，爲賢母。凡此皆頌圖之美談，淸喬之芳躅也。而余之區明風烈，以爲信而有徵者，則亦唯壬〔三〕午稱壽之諸君子其人與其文在。夫所謂諸君子，非清江、新安、練川、雲間與吳門之孝秀，板蕩之秋，橫身而幷命者乎？當先帝之末年，諸君子游光揚聲，在玉衡金鐘之間，權門要津，熏天炙手者，曾不能捨其咳唾。顧納履于華氏之門，舒雁行列，稱通家子弟，捧手曲跪，洗爵致詞。靑裙白髮之老母，閫門而踐閾〔四〕；襴衫席帽之書生，離立而獻酬。非夫人母子，何以致是哉！三辰易〔五〕位，九嬰並作，諸君者既已剖心納肝，藏血化碧，追龍胡而沉魚腹矣。于是華子以白華潔白之身，偕今日遺臣故老，爲夫人稱八十觴。夫人張燈顧燭，追思諸君子絳衣法冠，雁行稱壽，鬒眉形影，顒顒然在杯斝間。停觴輟樂，黯然欲涕者久之。于是與于華氏之燕，卒事而退者，靡不有忠孝惻怛，回翔躑躅之思焉。

嗟夫！母子之道，交相成也。潘安仁之養母，有輕軒板輿之奉，而授命〔六〕白首，母訓無聞焉，則母未必能成其子。潁〔七〕考叔之母遺，有錫類施及之名，而蝥弧先登，其身不免焉，則子亦不能無憂于其母。華子有良史〔八〕才，郡守議修郡志，人謂華子，是誠在子。華子不言而有憂色，夫人語之曰：「『我聞有命，不敢以告人。』汝之業，其在揚之水之篇乎？」華子于是欣然受命，囊書櫝筆，鍵戶而不出。母子之相成如是。此則余之所知而樂爲道之者也。

【校記】

〔一〕〔三〕金匱本作「壬」，遂本、鄒鎡序本作「甲」，誤。　〔二〕金匱本作「絲」，遂本、鄒鎡序本作「緣」，誤。

〔四〕遂本作「闕」，金匱本作「席」，鄒鎡序本缺。　〔五〕金匱本作「易」，遂本、鄒鎡序本作「爲」，誤。

〔六〕遂本作「授命」，鄒鎡序本作「授分」，金匱本作「投分」。　〔七〕「潁」，原作「穎」，誤，逕改。　〔八〕金匱本有「史」字，遂本、鄒鎡序本無。

吳門袁母吳氏旌節頌十章并序

有明萬曆四十年壬子〔一〕吳縣民袁應詔物故，妻吳〔二〕氏，年二十九歲，生二男子，駿三歲，驌一歲。母家欲奪其志，剺面剺耳，與孤存亡。駿稍長，傭書以養母，人稱袁孝子。今歲癸卯，吳年八十。駿徧走學士大夫，請乞詩文，煌煌乎盈門塞屋，俛仰周覽，喟然歎息。

往余待罪國史，巡按御史巡方竟，條列所部旌表孝義節婦若干人上史館，史官藏弆，編諸實錄，比于天潢玉牒，其崇重如此。二祖開天，孝慈仁孝，茂著陰教。神廟以孝治天下，仁聖、慈聖，兩宮叶德。當此之時，爲臣忠，爲子孝，爲婦貞。反是則爲悖民惡物，光天之下，不得見形影焉。袁母生神廟初服，守節在其末年。涵養太和，依倚名教。柳子銘安豐孝門，所謂「孝理神化，陰中其心，而克致斯事」者，袁母當之矣。昔者二南之化，遠被江、漢之役〔三〕，兔罝美賢才之衆多，麟趾言公子之信厚，騶虞歎國君之仁心，而詩人詠歌風始，舉歸于文王后妃。今于袁母，盛稱其艱貞荼苦，抗跡圖史，而不復歸美于國家，豈知本者哉！

旌門之制，昉于三代，而大備于唐。世道交喪，匹庶賤陋，感慨立節者，不得以與被斯典。文人惇史，能以尺題寸管，與朝廷表勷風厲之權爭其久近。劉氏列女傳畫古佩服而顯頌于像側者，其人與青簡俱在也。敢竊取斯義，作爲頌詩，其大指則主于宣聖化、裨國典，匪袁母一門是爲。世有歐陽公者出，傳王凝妻李氏于五代喪亂之際，將以余言爲徵。

頌曰：

維皇建極，天保定爾。升中告成，垂三百祀。六宮肅雝，三光順軌。普天率土，漢廣江汜。地名甄胄，城曰閭廬。郊原絃歌，闤闠詩書。哀哀寡婦，孤窮拮据。誰謂天高？荼苦獨余。髮髢截青，鬢髮改〔四〕素。以我糟糠，充彼乳哺。流潼皆血，飲泣斯饇。長夜不哭，清晨如暮。饑寒煎偪，喪亂洊臻。綿邈歲時，如歷刦塵。温温凱風，長養棘薪。搤臂不呼，飛乳猶新。乃躋耄年，乃錫眉壽。青衫縞裳，鮮睟皓首。金章玉軸，錯列戶牖。夢夢斯世，咸曰希有。母拜稽首，天咫非遙。一寡婦人，介恃聖朝。陽春嫗育，寸草惟夭。敢云蓬臬〔五〕，不鏤而彫。人言是母，幸〔六〕哉有子。胼手秃毫，以供箸匕。母曰予兮〔七〕，聖世齔齒。永言函轍，視汝十指。崇臺雙闕，自古在昔。樹之風聲，表厥里宅。惟此宇宙，風聲所積。節孝不存，乾坤乃坼。於皇盛世，崇奬節孝。蕉園是徵，漆書有詔。露屋草茅，濡染德教。楷柱桑海，砥礪蓬藋。舊史作頌，源大流長。媲周太師，頌美文王。史失求野，誰嗣歐陽？咨爾臣庶，勿惛勿忘。

【校記】

〔一〕金匱本作「三十年壬子」，按：壬子爲明萬曆四十年，據下文，壬子吳氏年二十九，至清康熙二年癸卯，吳年八十。「三」字蓋「四」字之誤，今改正。遼本、鄒鎡序本作「四十二年甲寅」，誤。〔二〕金匱本作「吳」，遼本、鄒鎡序本作「袁」，誤。　〔三〕各本俱作「役」，疑誤。　〔四〕金匱本作「鬢髮改」，遼本、鄒鎡序本作「賓笑政」，誤。　〔五〕金匱本作「臬」，遼本、鄒鎡序本作「臬」，誤。　〔六〕遼本、金匱本作「幸」，鄒鎡序本作「韋」。

〔七〕金匱本作「兮」，遼本、鄒鎡序本作「予」。

有學集卷二十六

記

述古堂記〔一〕

孔子曰：「述而不作，信而好古，竊比於我老彭。」注言老彭不一。包咸曰：「老彭，商賢大夫。」卽彭祖也。王肅〔二〕曰：「老，老聃；彭，彭祖也。」夫子稱老彭，目其老壽，記其封國〔三〕，老彭卽彭祖審矣。邢昺曰：「一云卽老子也。」所據者世本、史記也。世本云：「姓籛名鏗，在商爲守藏史，在周爲柱下史。」史記曰：「周守藏室之史也。」又曰：「老子爲柱下史。」老彭、老子，非一人而何？考諸經傳，無彭祖述古之文。而夫子答曾子問，一曰「吾聞諸老聃」，再曰「吾聞諸老聃。」論語竊比之老彭，卽禮記問禮之老聃，初無二人，斷可知也。然而應世之跡，條然殊異。在堯時則爲顓頊之玄孫，歷虞、夏至商末而往流沙，年八百而壽未終。史所謂受封彭城殷末世而滅〔四〕者是也。既而復出于周，世爲柱下史，見周之衰，復出關往流沙。史言百有六十餘歲或二百餘歲者是也。此一人者，虞、夏、商、周之際，神奇幻化，出沒無常。吾夫子既目擊而親〔五〕承之矣。于述古則曰老彭〔六〕，于問禮則曰老聃，一人而兩稱之，所以志也。此文之互見者也。

吾錢，固籛後人也。頃有事世譜，援據世本以釐〔七〕正包、王之文，自謂可信不誣。族孫曾，字遵王，糞除厥父室廬，讀書其中，以新堂來請名，余遂名曰述古而告〔八〕之曰：「子有志學古，請言吾籛氏之古。虞、夏邈矣，自殷迄周，世守藏室。周公、史佚與魯公伯禽之事，如謦欬相接也。吾夫子之問禮也，一乘車、兩馬、一豎子，自魯適〔九〕周，弗告勞也。繙十二經以說，中之以一言曰太謾，弗置辨也。助祭于巷黨而日食，呼而咄之曰，丘，止柩反葬而後敢問也。易象春秋在魯，與丘明乘而觀書於周史，端門之命，須此而告備也。故曰：『好古敏以求之。』又曰：『所不知者，丘蓋闕如。』輓近世末學小生，矜蟲刻、鬪雞距，驚而相告，狠而相非。東方作矣，而臚傳不已，不亦悲乎？考吾先世〔一〇〕之大宗，彭祖至于余九十五世，而子又加三矣。遺經舊史，不與古人俱往者，儼然在此堂也。以余之老耄〔一一〕，猶將虆墻仰止，朝夕陳拜，而況子〔一二〕少壯努力者乎？」

昔之以「述古」名堂者有矣，習于錢〔一三〕之故，數祖典、遵聖謨，考德問業，莫斯堂宜也。謹書之以爲記，俾刻石陷置壁間，而余亦將遊息于斯，以交儆焉。

【校記】

〔一〕此文有學集各本外，亦收於瞿藏文鈔補遺中。　〔二〕各本作「肅」。按論語邢昺疏，下引述之文，乃王弼語，作「肅」誤。　〔三〕金匱本、文鈔補遺作「國」，邃本、鄒鎡序本作「困」。　〔四〕金匱本、文鈔補遺作「滅」，邃本、鄒鎡序本作「減」。　〔五〕金匱本、文鈔補遺作「親」，邃本、鄒鎡序本作「覬」，誤。　〔六〕各本作「彭」，邃本作「聃」，誤。　〔七〕各本作「釐」，文鈔補遺作「刊」。　〔八〕文鈔補遺有「曰述古而告」五字，各本無。　〔九〕文鈔補遺作「適」，各本作「過」。　〔一〇〕金匱本作「世」，各本作「王」。　〔一一〕各本作「老耄」，文鈔補遺作「耄忘」。　〔一二〕各本作「子」，文鈔補遺作「於」。　〔一三〕各本作「錢」，文鈔補遺作「籛」。

黃氏千頃齋藏書記〔一〕

戊子之秋，余頌繫金陵，方有采詩之役，從人借書。林古度曰：「晉江黃明立先生之仲子，守其父書甚富，賢而有文，盍假諸？」余于是從仲子〔二〕借書，得盡閱本朝詩文之未見者，于是嘆仲子之賢，而幸明立之有後也。仲子一日〔三〕來告我曰：「虞稷之先人，少好讀書，老而彌篤。自爲舉子，以迄學官〔四〕，修脯所入，衣食所餘，未嘗不以市書也。寢食坐臥，晏居行役，未嘗一息廢書也。喪亂之後，閉關讀易，箋注數改，丹鉛雜然，易簀之前，手未嘗釋卷帙也。藏書千頃齋中，約六萬餘卷。余小子裒聚而附益之，又不下數千卷。惟夫子之于書，有同好也，得一言以記之，庶幾刦灰之後，吾父子之名，與此書猶在人間也。」

嗚呼！往古無論矣。自有宋迄今，五百〔五〕餘載，館閣秘書，存亡聚散之跡，可按而數也。自金、元之破汴〔六〕，三館之書，載而之北。建炎中興，書之聚臨安者，不減東都。伯顔南下，試朱清、張瑄海運之議，又載而之北。大將軍中山王之北伐也，盡收奎章內府圖籍，徙而之南。北平之鼎既定，則又輦而之北。以二祖之聖學，仁、宣之右文，訪求遺書，申命史館，歲積代累，二百有餘載。一旦突如焚如，消沉于闖賊之一炬。然〔七〕內閣之書盡矣，而內府秘殿之藏如故也。煨燼之餘，繼以狠藉。舉凡珠囊玉笈、丹書綠字，綈〔八〕几之橫陳、乙夜之進御者，用以汗牛馬、製〔九〕駱駝、蹈泥沙、藉糞土，求其化爲飛塵、蕩爲烈焰而不可得。自有喪亂以來，載籍之厄，未之有也。

今晉江黃氏，顧能父子藏書，及于再世。一畝之宮，環堵之室，充棟宇而溢機杼者，保全于刲火洞然之後，豈不難哉！

海內藏書之富，莫先于〔一〇〕諸藩。今秦、晉、蜀、趙熸矣，周藩之竹居，寧藩之鬱儀，家藏與天府埒，今皆無尺蹏片紙矣。汳〔一一〕、洛、齊、楚之間，士大夫之所藏，又可知也。黃氏之書，儼然無恙，則豈非居福德之地，有神物呵護而能若是與？古書之放失久矣，莆陽曾喬〔一二〕雲在史館，親見謝承後漢書，爲德清少師攜去。余問之其後人不可得。富順熊南沙爲文，言有桓譚餘論，屬直指使者訪之而不可〔一三〕得。慶陽李司寇家有西夏實錄，其子孔度屢見許而終〔四〕不可得。兵火焚掠，彌亙四方，今之奇書秘册，灰飛烟滅者〔五〕，又不知其幾何也。世變凌遲，人間之圖書典記，日就澌滅。今日之流傳委巷，册兔園者〔六〕，覆醬瓿者，安知異日〔七〕不以爲酉陽之典而羽陵之蠹乎？然則黃氏之書，積之固難，而藏之亦不易，固未可以苟然而已也。傳不云乎？君其備禦三鄰，慎守寶矣。人有千金之產，扃鐍緘縢，汲汲焉惟慢藏是懼，而況于〔八〕萬卷之書〔九〕，精英浮塞〔一〇〕，三精之所留餘而六丁之所下瞰者乎？

藏之之道何如？曰：什襲以珍之，齋祓以享之。視其室，蓬萊道山也。視其書，天章寶符也。臧榮緒陳經而肅拜，顔之推借書而補緝，此善藏之法也。善藏矣，何以能守？曰：子又生子，孫又生孫，以守爲守也。藏之名山，傳諸其人，以傳爲守也。蔡中郎之盡歸王粲，廬山李氏之公人誦讀，此善守之法也。善藏矣，善守矣，讀之之法何居？曰：仲子稱明立先生之讀書備矣。斲輪堂下之云，父不能傳之于子者，仲子于其先人，有餘師矣，而余又何間焉？仲子拜而起曰：「善哉夫子之言，可以教千古之藏書者，請書之以爲記。」

【校記】

〔一〕此文有學集各本外，亦收於瞿藏文鈔補遺中。　〔二〕瞿藏文鈔補遺鈔本簡端有校語云：「山曉閣刻于『仲子』下有『俞邵』字。」　〔三〕文鈔補遺有「一日」二字，各本無。　〔四〕文鈔補遺作「官」，各本作「宦」，誤。

〔五〕文鈔補遺「百」下有「有」字，各本無。〔六〕文鈔補遺作「汴」，金匱本作「汲」，邃本、鄒鎡序本作「汲」。〔七〕文鈔補遺有「然」字，各本無。〔八〕金匱本、文鈔補遺作「綈」，邃本、鄒鎡序本作「梯」。〔九〕文鈔補遺作「掣」，邃本作「觳」。鄒鎡序本、金匱本作「製」，誤。〔一〇〕各本有「于」字，文鈔補遺無。〔一一〕文鈔補遺作「汳」，各本作「汝」。〔一二〕金匱本、文鈔補遺作「喬」，邃本、鄒鎡序本作「喬」。〔一三〕各本有「可」字，文鈔補遺無。〔一四〕文鈔補遺有「終」字，各本無。〔一五〕文鈔補遺有「者」字，各本無。〔一六〕各本有「者」字，文鈔補遺無。〔一七〕各本作「日」，文鈔補遺作「時」。〔一八〕文鈔補遺作「于」，各本作「干」。〔一九〕文鈔補遺作「之書」，各本作「乎」。〔二〇〕「精英浮塞」句以下至篇末，文鈔補遺有，各本缺。

西田記〔一〕

西田者，太倉王奉常遜之〔二〕之別墅也。出太倉西門，郊牧之間，隩隈表裏，沙丘邐迤，疇平如陸，岸墳如防，瓜田錯互，荳籬映望，襏襫挂門，笭箵緣路，水南雲北，迥異人間，游塵市囂，不屏而絕，西田之風土也。廣平百里，却望極目，玉山西〔三〕南，虞山西北，若前而揖，若背而負，日落霞起，月〔四〕降水升，歸雲〔五〕屬連，倒影薄射，西田之景物也。娛賓之堂，顔曰農慶，秋原膴膴，農務告作，饁婦在田，農歌滿耳，主人所〔六〕以明農而省〔七〕稼也。燕處之菴，顔曰稻香，琴書橫陳，花藥分列，凝塵蔽榻，燕寢凝香，主人所〔八〕以淸齋而晏晦也。

越長隄而西，菰蒲蔽虧，鳧鴨凌亂，清潭寫空，秀木漏日，有霞外之閣以覽落暉〔九〕，有錦鏡之亭以俯遠水。又折而西，西廬在焉。中祠純陽，法筵精潔。旁繪屋壁，粉本蕭疏。啓東軒則婁江如鏡，面北牖則虞山如障，顏之曰垂絲千尺，曰綠畫〔一〇〕，而西廬之事窮。

客遊西田者，以謂江岸縈迴，柴門不正，誅茅覆宇，丹艧罕加。竹屋繩床，類巖穴之結構；牛欄蟹舍，胥江村之物色。主人却謝朝簪，息機雲壑。箕裘日新，蘭錡如故。夙世詞客，前身畫師。擅輞水欹湖之樂，謝三年一病之苦。杖履盈門，漉囊接席。無朝非花，靡夕不月。此則主人之樂，而西田之所以勝也。客有曰：「子知主人之樂矣，未知主人之憂。家世相韓，身居法從，宸章昭回，行馬交互。大田卒獲，寧無周京離黍之思？嘉賓高會，或有青門種瓜之感。讀〔一一〕方叔名園之記，愾歎盛衰；詠右丞秋槐之詩，留連圖畫。子非主人也，亦焉知主人之樂乎？」

客以其言告蒙叟，蒙叟笑曰：「吾聞之，生住異滅，惟一夢心。有作夢窗下者，夢窗非無，窗夢非有，安得以夢中建立，爲主人之樂乎？有覺眠一堂者，覺者之堂，卽眠者之堂，安得以夢外遷改，爲主人之憂乎？三災起時，壞刦不至四禪。西田一畝之宮，刦火近〔一二〕銷，兵輪遠屏，此世界中之四禪也。舍利弗不能見佛土嚴淨，螺髻梵王見如自在天宮。主人通西方觀經，妙達圓淨。如佛所言，或有佛土，以園觀臺觀而作佛事，安知此土非寂光土於四土中示現？華觀沉灰，瓊臺驟雨，如夢中事，豈足問哉！

西田落成，會奉常六十始壽，羣公屬予言張之。余未游西田，于其勝未能詳也，聊約夢語以爲記。重光單閼之歲中秋二十日。

【校記】

〔一〕此文有學集各本外，亦收於瞿藏文鈔補遺中。〔二〕各本作「遜之」，文鈔補遺作「烟客」。〔三〕文鈔補遺作「西」，各本作「東」，按地理方位，當作「西」。〔四〕金匱本、文鈔補遺作「月」，邃本、鄒鎡序本作「日」。〔五〕文鈔補遺作「雲」，各本作「室」。〔六〕〔八〕文鈔補遺作「所」，各本作「取」。〔七〕金匱本、文鈔補遺作「省」，邃本、鄒鎡序本作「親禾」。〔九〕文鈔補遺作「暉」，各本作「日」。〔一〇〕金匱本作「緣畫」，文鈔補遺作「緣盡」，邃本、鄒鎡序本作「緣盡」。〔一一〕文鈔補遺作「讀」，各本作「續」。〔一二〕金匱本、文鈔補遺作「近」，邃本、鄒鎡序本作「返」。

蓮蕊樓記〔一〕

黃子子羽，要陸兄孟鳧過余而請曰：「翼聖〔二〕游二夫子之門，三十年矣。少年善病，望強仕如胡耇。明年且〔三〕六十矣，牽絲州邑，幸不獲罪吏民。成都刦灰，安吉餘燼，仗佛力以無恙。亂後還沙溪故居。不自意亂而得免，免而得歸。不罄餘年，專〔四〕修淨業，以西方爲大歸。茫茫三界，長爲旅人，不亦悲乎？築小樓三楹，持誦晏息。常聞人心內瓣〔五〕正八，和合爲蓮華。心華自然，開能〔六〕見佛，又此花含蕊寶池，視行人勤惰以爲敷萎。顏其室曰蓮蕊〔七〕，所以志也。唯夫子爲之〔八〕記，昕夕省〔九〕覽，庸以鞭退策進，如天鼓焉，敢固以請。」余諾之而未作也〔一〇〕，孟鳧病〔一一〕，助之請益力〔一二〕。無〔一三〕何，孟鳧〔一四〕厭世而去〔一五〕，死生呼吸，舟壑迢然〔一六〕，信人世之不可把玩也。乃泫然執筆而爲之記。記曰：

余少讀淨名經，隨其心淨，則佛土淨。欲求淨土，當淨其心。竊疑其少異西方往生之說。已而觀李長者論淨土權實，謂阿彌陀淨土爲取相，凡夫少分心淨者說，則又疑。已而觀曹溪、大鑒極論目前西方，以東西比量罪福，則又〔一七〕疑。此二大士者，證明淨名唯心，何以若是諦決，而于往生法門，幾欲盡捨舟筏也哉？晚讀十六觀經，考論九品往生，喟然嘆曰：嗟乎！吾儕生此世間，正天台所謂悠悠凡夫耳。今夫愚夫村媪，顓蒙渾沌，撒豆念佛，即豆是佛。畫〔一八〕圈念佛，即圈是佛。無少聞見，無少知解，彼且不知有心，何不淨之有？下品衆生，備造四重，垂死苦逼，心力猛利，如矢離弦，如象解絆，此之爲心，淨不可言，而況于不淨乎？唯是悠悠凡夫，道胎薄、煖識厚，名包利裹、身蓋世纏、黑白淨染、種種和合，擇便利則以持名爲捷徑，避罪業則以西方爲遁藪。鼎鼎百年，悠悠願力，專不若凡愚，猛不逮惡逆。以少福德因緣，求生彼國，則亦無怪乎其背馳矣。

維摩居士，灼知末世多此人根，破除取相，開示惟心淨土。方山、曹溪不惜橫竪鈎貫，證明其說。曹溪曰：「東方人有罪，念佛求生西方。西方人有罪，念佛求生何國？」直指人心，與佛語函蓋相應。而或者曰破淨土也。心平何勞持戒，行直何用修禪，是亦爲破六度也，而可乎？知惟心淨土，徹上徹下之宗旨，則知阿彌陀極樂淨土，是實非權；無量壽十六觀淨土，是實非權；淨名中佛足指按地所現淨土，是實非權；方山明十種淨土，是實非權；曹溪欲與目前諸人移西方于刹那，亦是實非權。淨名爲一車，方山、曹溪爲二輪，運載行人，攝歸念佛淨土一門，豈有他哉！

子羽行安節和，天資近道。晚而歸心淨業，殆亦宿世受熏，如染香人身有香氣，吾知香光三昧，去子不遠矣。昔齊鄴中有眞玉師者，誓生安養，聞東方有蓮花佛國，乃曰：「人盡西奔，一無東慕〔一九〕。諸佛淨土，豈限方隅？」遂發願求生彼國。斯亦往生之導師也。今爲淨土師者礁錐，於淨名不相和會久矣，吾懼學者之束于其說也，因推言之以廣子羽之意。

【校記】

〔一〕此文有學集各本外，亦收於瞿藏文鈔補遺中。各本作「樓」，文鈔補遺作「棲」。〔二〕文鈔補遺作「聖」，各本作「也」。〔三〕文鈔補遺有「且」字，各本無。〔四〕文鈔補遺有「專」字，各本無。〔五〕文鈔補遺作「辮」，各本作「辨」，誤。〔六〕文鈔補遺作「能」，各本作「自」。〔七〕文鈔補遺「惢」下有「棲」字，各本無。〔八〕各本作「爲之」，文鈔補遺作「賜一言以爲」。〔九〕文鈔補遺作「省」，各本作「覩」。〔一〇〕文鈔補遺有此句七字，各本無。〔一一〕各本有「病」字，文鈔補遺無。〔一二〕各本作「益力」，文鈔補遺作「病中促數不少休」。〔一三〕文鈔補遺「無」下有「幾」字，各本無。〔一四〕文鈔補遺作「孟息」，各本作「遂」。〔一五〕各本作「而去」，文鈔補遺作「去矣」。〔一六〕文鈔補遺有此二句八字，各本無。〔一七〕各本作「又」，文鈔補遺作「益」。〔一八〕金匱本無「圖」字，邃本、鄒鎡序本無。〔一九〕邃本、鄒鎡序本此句下重「一無東慕」四字，金匱本不重出。

雲陽草堂記〔一〕

顧子云美，卜居于雲巖之陽，所謂塔影園者，讀書尙志，撫今懷古，讀後漢宣秉傳，論其世而知其人，穆然太息，顏其三間之屋曰雲陽草堂，而請予爲記。

余學佛之人也，少覽二史，習炎劉、新莽之故，茫茫如積刦事，都不記憶。云美所以名堂之意，未能析也。云美之居，去雲巖一牛鳴地。入寺門，平石穹然，晉生公說法處也。生公欲證明闡提佛性，聚頑石演說妙義，石爲點頭。儒者河漢其言，以爲無有。夫石猶能言，儒者之所知也。石無口能言，石有頭，獨不能點與？類萬物之情而通其變，石可以生人，人亦可以化石，獨何疑于〔二〕聽法與？

吾嘗讀列子書，感北山愚公之事。生公說法見擯，列石聚講，愚〔三〕公移山之類也。已而爲石說法，石爲移聽，化冥頑爲講徒，則亦猶〔四〕操蛇之神，患愚公之傴而助之也。古之勞人志士，其圖事也，多迂而無當。其謀身也，每拙而無所之。孤行單棲，傍徨彳亍，往往遙結契于千百世，而高自附于古人。舉世之人，見不越晦朔，智不出口耳，聞點石移山之說，未有不揶揄手笑者也，而又何怪與？

嘗試與子登千人之座，俯仰流覽。一紀之內，光景亦屢遷矣。方升平盛際，游冶駢闐，紛綠雜遝，歌管交加，絲肉匼匝。當此時也，山容嬋娟，雲衣戌削。若迎而笑，若卻而舞者，非斯石也耶？喪亂之後，烽烟蔽虧，弓刀戛擊，遊騎塵腥，清嘉雨〔五〕絕。當此時也，金虎削芒，劍池涸流。若病而喑，若悲而噎者，非斯石也耶？斯石之能點頭也，與其能言也，吾與子既目睹而耳聆之矣。顧猶流觀炎漢，佇想于巨公、兩龔，欲起塵沙不可知之人揖讓其間，豈唯愚公掩口，能無爲生臺頑石所竊笑與？

云美曰：「善哉！請書而勒之石。須石之果能言也，馳以告於夫子。」遂序次其言，作雲陽草堂記。

【校記】

〔一〕此文有學集各本外，亦收於瞿藏文鈔補遺中。

〔二〕文鈔補遺「于」下有「其」字，各本無。

〔三〕文

鈔補遺「愚」字前有「是亦」二字，各本無。〔四〕文鈔補遺作「猶」，各本作「有」。〔五〕文鈔補遺作「雨」，各本作「兩」。

竹谿草堂記〔一〕

去寶應百里而近，射陽湖之東，竹溪草堂在焉，李子素臣所卜築也。濱湖之地，平田息壤，規方數千里，有潮汐以聚其氣，有沮洳以流其惡，有稻蟹魚菱以脂其膏，風迴水襲，土沃民淳，堂之所宮宅也。堂枕箕山之隈，箕山，隨〔二〕山也，蜿蜒奔屬，下飲于湖。堂依山架構，房廊迴複，亭池高下，山若委蛇盤折，以相映望。湖光山色，錯互穿漏。窗櫺几席，依約浮動。灌木千章，楡柳雜蔭。修竹萬竿，烟啼露壓。此谿堂之所由名也。

李子薄游燕、趙，憑弔陵市，毀車束馬，結隱挂名。覽斯山也，陵阜延亙，草木蒙籠，部婁隱蔽，豈其上有許由冢乎？臨斯湖也，朝而浴日焉，夕而浴月焉，咸池、丹淵，猶在吾池沼乎？長竿切玉，明玕〔三〕四照，撫毋笋〔四〕于龍材，拂霜根之稚子，將無湘淚猶斑，而嶰管未艾乎？佳日清陰，攤書雒誦，天寒日暮，倚薄長吟。山陽之巨源，慚其把臂；東海之巢父，終焉掉頭。斯所以風世五君，接響六逸者也。

嗟夫！此世中洞天福地，去人間不遠。羽人之丘，君子之國，亦猶是桑麻鷄犬之區也。往者舟車南北，渡長淮，浮甓湖，疏觀其流泉夕陽，意必有神臯周原，藏育其中，今果然矣。燕南陲，趙北際，中間如礪可避世者，公孫瓚之五樓也。仇池之穴，潛通小有，氐羌之所竊據也。佛言世間深山曠野，聖道場地，世間麄人所不能見。安知窪下之壤，蛙黽之居，非造物所秘恤。以詔世之靈人開士耶？一間茅屋，送老白雲，吾將從李子授一廛爲菟裘焉。而先爲之記，俾朱書刻之竹節。他日杖藜欵門，或如張廌逃匿竹中，不我見也，則以此文爲徵。乙未嘉平月記。

【校記】

〔一〕此文有學集各本外，亦收於瞿藏文鈔補遺中。〔二〕文鈔補遺作「隮」，各本作「墮」。〔三〕文鈔補遺作「玕」，各本作「滸」。〔四〕金匱本、文鈔補遺作「毋笋」，邃本、鄒鎡序本作「口毋」。

舫閣記〔一〕

黃子甫及謝監軍事，退居淮安，于其廳事之左架，構爲小樓，顏之曰舫閣，而請余爲記。余嘗登斯閣矣，縱不能二十笏，横半之，小窗如竇，上有栱斗横跨，客皆容頭俯躬，蟄巾就坐，此亦閣之最狹小者也。

淮爲南北孔道，使車游展，過訪黃子者，未嘗不攝衣登閣，履齒相躡，皆相與撫塵拂几，飲酒賦詩，如高齋砥室，流連而不忍去。嘗試穴窗啓檽，俯而視之，泮宮之尊嚴，制府之雄傑〔二〕，民居如櫛，屋瓦欲流，未嘗不攢簇離立于牖隙也。旋而觀之，淮陰垂釣之水，漂母之祠，跨下之橋，遺跡歷然，欄檻之下，可指而數也。又遙而矚之，長淮奔流，泗水迴複，芒碭雲起之地，鍾離龍飛之鄉，山河雲物，前迎後卻，枌榆禾黍，極目騁望，未嘗不可歌而可泣也。黄子坐斯閣也，伊吾谷蠡，鳴横劍之壯心，得無有獵獵飛動者乎？既而酒闌〔三〕客散，焚香晏坐，靜觀斯閣中，坐客喧闐，游目曠遠，寬然有餘。如是回心冥契，禪門所謂須彌芥子，互相容納者，不恍然涌現于中乎？

我觀維摩詰臥病丈室，見在毘耶城中，四維不越方丈，而人之縱步者，自西之東，自南之北，竟日而不能至。黄子坐斯閣，妙悟斯理，宿昔之籌邊說劍，骨騰肉飛，精悍之色，猶在眉宇間，固將〔四〕如浮雲、如昔夢，釋然而無所有矣。余將以此閣爲黄子之丈室，不亦可乎？

客有笑于旁者曰：「昔者韓淮陰貧無〔五〕行，乞食俛首，爲市人所姗笑。及其葬母，則曰度其傍可置萬家。今黄子架閣，如雞窠鵲巢耳，以酒炙噉過客，使載筆而書之，如楚之岳陽、黄鶴，又抉摘歐陽公之文以爲口實。淮陰人好大言，多夸詡，自秦、漢以來，其習氣猶未艾乎？」黄子笑曰：「夫子之言，則高矣美矣；客之揶揄，亦可以供過客一解頤也。請書之以爲記。」

【校記】

〔一〕此文有學集各本外，亦收於瞿藏文鈔補遺中。〔二〕文鈔補遺作「傑」，各本作「潔」。〔三〕金匱本、文鈔補遺有「前迎後卻」至「酒闌」五十字，邃本、鄒鎡序本脫。〔四〕金匱本、文鈔補遺作「將」，邃本、鄒鎡序本作「然」。〔五〕文鈔補遺有「無」字，各本無。

西爽齋後記〔一〕

子晉之長子華伯，顏其讀書之齋曰西爽。厭烏目之囂塵，招延郡西山于百里外，移置筆床硯池間，其託寄甚遠。確菴子記之備矣。

余聞之，昔者周原伯魯，語不說學，閔子馬曰：「夫必多有是說。而後及其大人。大人患失而惑。」又曰：「可以無學，無學不害。不害而不學，則苟而可。」夫所謂多有是說者，則莫多于家庭私語，閭巷左右塾之間，口耳四寸，郵傳滲溺，忽然而不自知也。曰不學無害，曰苟而可，則詩、書、禮、樂之分日薄，而傲囋隱暬，日流于小人之歸。荀子曰：「陋也者，天下之公患也，人之大殃大害也。」荀子之所謂陋，馬父之所謂苟也。子晉弱冠游吾門，讀書考文，沒身不倦，可謂能說學矣。有穀詒子，再世不替，誦詩讀禮，親師樂交，蛾子時術，以勸學爲能事。世有君子如〔二〕閔馬父，固將喜說學之有人，而不復以不殖將落，致嘆于周之末俗也〔三〕矣。

華伯昆弟，執喪以毀聞。居是齋也，將以爲禫〔四〕廬焉，將以爲堊室焉，先人之手澤在是，先人之書策琴瑟在是，先人之居處笑語志思在是。入室而僾然有見乎其位，出戶而肅然愾然有聞乎其歎息之聲。明發不寐，有懷二人，又豈在離經鼓篋，操縵安絃之外乎？善歌者之繼聲也，善教者之繼志也，國人稱願然曰：幸哉有子！則唯是說學而已矣，而又何他求焉？余于子晉之亡也，一哭之後，舍南社北，不忍扁舟過南湖。今于華伯之請記，稱道古人之言以懋勉之，既以幸子晉之不亡，而山陽聞笛之悲，亦可以少自解也。作西爽齋後記。

庚子七月二十一日〔五〕。

【校記】

〔一〕此文有學集各本外，亦收於瞿藏文鈔補遺中。　〔二〕各本作「如」，鄒鎡序本作「時」。　〔三〕各本作「也」，文鈔補遺作「已」。　〔四〕邃本、鄒鎡序本作「禫」，金匱本作「檀」，文鈔補遺作「禮」。　〔五〕文鈔補遺有「庚子」以下八字，各本無。

陶廬記〔一〕

顧子伊人得宋刻蘇長公所書陶淵明集，藏弆齋中，晨夕吟諷，名其處曰陶廬，而請余爲記。

今世隱約之士，俯仰無聊，哦幾篇詩，種幾叢菊，咸以柴桑自命，殆長公所云「陶淵明一夕滿人間」者，此不足爲伊人道也。余觀王子年拾遺記，後漢田疇奉劉虞命奔問行在，得報還，虞爲公孫瓚所害，疇慟哭墓下，臥于草間。忽有人道劉幽州來，旣迎而拜，相與進鷄酒，共言平生之事，謂疇曰：「子萬古之貞士也。」奄然不見，疇亦醉醒。子年謂疇事死如生，精誠之至，通于神明。淵明擬古詩云：「辭家夙嚴駕，當往志無終。聞有田子春，節義爲士雄。生有高世名，旣沒傳無窮。不學狂馳子，直在百年中。」淵明之與子春，踪跡懸矣，其亦有如子年之云曠世而相感者乎？子春雖不克爲幽州復讎，卒能運籌盧龍，蹴烏丸，斬蹋頓，少展英雄之略。伊人讀古人書，負當〔二〕世之志，其在今日，自分較子春何如？悠悠斯世，世道變喪，淵明之嘆百年，吾以爲朝華日及耳。居陶廬之下，誦擬古之詩，夙駕當往，非商非戎，我知其有慨然而太息者矣。余近有病榻詩云：「無終路阻重華遠，只合南村訂卜居。」近局諸人，共相吟咀，于伊人之意，或有當也。遂書之爲記。

【校記】

〔一〕此文邃本、金匱本有，鄒鎡序本無。亦收于瞿藏文鈔補遺中。〔二〕邃本、金匱本作「負當」，文鈔補遺作「當負」。

有學集卷二十七

記

河南府孟津縣關聖帝君廟靈感記〔一〕

丁酉臘月，余自金陵逌歸，王學士藉茅過別，述關聖帝君靈感事，而有請曰：「孟津城中，有帝君廟，土人號關爺莊。壬辰冬，亡兄無黨病劇，無咎徒跣謁帝，撞鐘伐鼓，請以身代。十二月十五日，兄歿。十七日，無咎復撞鐘伐鼓，泣告帝曰：『亡兄已矣，妾有娠四十日，一綫血胤，男女未可知也。無咎未有子，而二妾皆有娠，倘徼惠于帝，無咎生二女，亡兄生一男，則亡兄不餒矣。無咎願終身無子，且捐三千金修廟，以答神貺。』壬辰臘月廿四日，長女光生。癸巳六月十四日，次女串生。閏六月三十日，亡兄子之鳳生。無咎捐金修廟，斥三楹爲七楹〔二〕，崇臺綽楔，巋然改觀。乙未臘月，無咎出司浙臬，舉一子。丙申元日，別帝而禱曰：『無咎故不願有子，而亡兄之子弱，如不能兩存也，願殤己子而長兄子。』撞鼓號咷，津人見者皆泣。四月抵浙，六月無咎子殤亡，兄子頭角嶄然，如有神相。今年無咎復舉一子，非所敢祈也。請夫子爲之記，刻石廟門，以紹介衆。」

于是謙益乃摳衣捧手，作而言曰：嗚呼！藉茅有請于帝君，一不應而再應，而其應也，胎位錯互，殤折踐更，人謀鬼謀，余取余求，若參語而譁諉，若交手而博易，豈不異哉！雖然，非有異也，人神之道一也。藉茅之事兄，猶帝之事昭烈也。當其捐軀殉兄，血淚沾灑，帝固已心許之矣。人心天日，風義感盪，帝不忘昭烈，忍遺藉茅？于是乎肸蠁肆應，曲如所請，俾得以遂其志而行其義。世人以爲驚動奇〔三〕絶，而帝之于藉茅，則固不違其諾責而已矣。故曰非有異也。其不許其以身代者，何也？世運下惡，趙孝、鄧攸之徒邈矣，有一于此，上帝之寶臣也。吾聞上帝以時月巡省閻浮提，孝友順祥者多，益天衆則喜，否者益修羅衆則憂。帝君，上帝之耳目也。其忍聽藉茅之請，戕吾寶臣乎？祈女而女，祈殤而殤，帝不忍孝友之士，多所折閱，詒以美子，償倍稱之息焉。神有目，天有眼，無曰帝有醉焉，夢夢已矣。神之所以旌藉茅也，藉茅其終夾〔四〕輔爾德，用饗于上帝，未有艾也。

嗟夫！儒者大冠如箕，破厥因果報應，以爲烏有。周公之求代武王，不曰多材多藝，能事鬼神乎？文王之語武王，不曰我百爾九十，我與爾〔五〕三乎？以儒理裁之，則文王、周公，豈非荒唐謾讕之尤者歟？儒者雅言天曰理乎爾，神曰氣乎爾，廟貌曰象設乎爾。孟津之廟，垂旒袞衣，神明赫曦者，亦土木偶人〔六〕乎？藉茅徼福假靈，撞鐘叫號，求之于理乎？求之于氣乎？蚩蚩之氓，聞茲靈感，靡不目張齒擊，趨風肅拜。而讀書談道理者，或然或疑，豈不悖哉？

謙益爲舉子時，夢謁帝北臺上，取所乘赤兎馬搦送。錫鸞之聲，醒猶震耳。厥後洊更閔凶，詔告不絶。今因藉茅之請，本天咫，徵神逵，載筆而爲之記，或亦神之所不吐也。按祀典，宜稱漢前將軍漢壽亭侯壯繆關公，今稱帝君，遵奉神宗顯皇帝加封典册，亦以從衆望云。

【校記】

〔一〕此文有學集各本外，亦收於瞿藏文鈔補遺中。　〔二〕各本作「楹」，文鈔補遺作「問」。　〔三〕各本作「奇」，文鈔補遺作「儆」。　〔四〕各本作「夾」，文鈔補遺作「埤」。　〔五〕金匱本、文鈔補遺有「爾」字，邃本、鄒鎡序本無。　〔六〕各本作「人」，文鈔補遺作「神」。

揚州石塔寺復雷塘田記〔一〕

隋高祖分布舍利，命天下三十州同時起塔。揚州于西寺起塔，今石塔寺，其故址也。隋、唐以來，壞成不一。崇禎己卯，兵使者鄢陵鄭公，發願修復。掘地得天祐四年石幢及小金缾舍利。延三昧律師唱緣鼎新，婬舍酒肆，斥爲伽藍，末法中希有事也。近寺有雷塘田一千二百五十五畝，寺僧開墾作常住田。乃者開荒清丈，僧奉甲令，估納價銀一千四百五十九兩。土人以備賑礙塘爲口實，蜚訟不已。節鎮牒下道府，往復勘覈，斷歸常住，立榜曉諭，勒石寺門，曰：自今豪右奸人，借端吞占者，罪無赦。高座法師介立旦公，住持是剎，屬余記其事以示永久。

余謂復田之舉，有三善焉。有白有緇，我疆我理，依彼土之四姓，按此方之三尺，以襄鋤稂莠之法，行護持城塹之心。一善也。寺僧六時梵誦，九旬安居，無事分衛之勞，不給仰口之食，力田除饉，輸租奉公，可以解閑居暇食，優游生死之誚。二善也。營建則昧師經始，恢復則旦公告成，昧爲律虎，旦乃教龍，咸以人天眼目，撐柱末流，衣複陶于沍寒，解浮囊于渡海。三善也。而余則又發誠實言，普告四衆。我聞常住田產，一粒一毫，供養十方出家賢聖，鳴鐘一響，遐邇同餐。福利冥資，功齊法界。嗟彼愚迷，吞啗結業，飽盤餐粒米之欲，易烊銅鐵丸之苦，經無量刦，猶不衰止。今茲垂涎設版，吞啗不戒，則汝等之福也。亦往昔有微善因，免此苦業也。佛有五田，以悲田攝苦，以敬田攝恩德〔二〕。今雷塘之田，還歸常住，則以爲如來悲敬福田矣。當知今日僧徒之赴愬，清信之護訶，公府之斷決，正爲汝等懺前悔後，消滅貪嗔業果。凡爾磨牙鑿齒，蠅營蚊嗜之衆生，皆冥受佛天加被，生養于如來悲敬福田中而不自知也。自今已往，洗心刮胃，伐毛換骨，改十惡爲十善，化五毒爲五田，爲佛土之民，食香國之飯，子子孫孫，耕穫此三寶吉祥最勝良田，受用不盡，而況于其身乎！

昔者鄭公復寺，有人據寺傍地不肯去〔三〕，夢金甲神人手劍叱之，不越月而斃。今之田，猶昔之寺也。據寺占田，同業造惡，神人之劍，夫豈憚于再試乎？汝勿謂居士言無徵不信，鄭公建塔碑記，大書深刻，豐碑矗然。天眼證明，則有護世四王在。是爲記。

【校記】

〔一〕此文有學集各本外，亦收於瞿藏文鈔補遺中。

〔二〕金匱本、文鈔補遺有「德」字，邃本、鄒鎡序本無。

〔三〕文鈔補遺作「去」，各本作「者」。

華山講寺新建講堂記〔一〕

吳郡之西山，連山面湖，精廬錯列。華山居其中，鳥道蜿蜒，回旋複抱。諸山如眉目著面，華山其藏府也。晉支公開山以後，名僧大德，息心行道，搖松握麈，蔚爲淨域。萬曆間，寺圮復作。賢首嗣汰如河公，唱演華嚴疏鈔，鶴舞石鳴，四衆嚮附。河公既歿，以歲之不閒〔二〕，講堂數楹，未蕆厥工。歲丙申之冬，大中丞遼海張公，保釐政成，建立佛事，申命捐俸，尅期繕完。落成之日，汰公之徒含光渠公，即于此堂，重宣大鈔，戶牖開豁，天宇呈露。

圓音落落，林木交應。黑白聚觀，合掌禮佛。咸謂最後檀越功德〔三〕撫軍也。

余觀華嚴中心王菩薩說諸菩薩所住處，有二十二，而東震旦國居四。淸涼以爲此約機緣所在，說有方所。若以實相言之，則毛端塵裏，皆有多〔四〕普賢，未有一方非〔五〕菩薩住。應知〔六〕此華山中一牛鳴〔七〕地，與震旦國中淸涼支提、那羅延窟等何異？此中宣演華嚴法界極談，與諸大菩薩所演說法何異？張公受佛付囑，乘願利生，舉手搖筆，因緣成就。與善財童子彈指出聲，入毘盧遮那莊嚴藏，見無量百千諸妙樓閣者何異？自今以往，法筵淸衆，說法恆于斯，晏坐經行〔八〕恆于斯，梵唄讚誦恆于斯。公雖建牙樹纛，指揮堂皇，無量身雲，重重湧〔九〕現。朝斯夕斯，分身反聽，常住如是講堂，常聞如是妙法。功德莊嚴，與震旦諸菩薩住處，有何差別哉！余亦華嚴法界中人也，故隨喜而爲之記。

【校記】

〔一〕此文有學集各本外，亦收於瞿藏文鈔補遺中。　〔二〕文鈔補遺作「聞」，各本作「間」。　〔三〕金匱本、文鈔補遺作「德」，邃本、鄒鎡序本作「歸」。　〔四〕邃本、鄒鎡序本、文鈔補遺「多」字複一「多」字，金匱本不複。　〔五〕金匱本、文鈔補遺有「非」字，邃本、鄒鎡序本無。　〔六〕金匱本、文鈔補遺作「知」，邃本、鄒鎡序本作「如」。　〔七〕各本作「牛鳴」，文鈔補遺作「袈裟」。　〔八〕各本作「晏坐經行」，文鈔補遺作「羅置三藏」。　〔九〕文鈔補遺作「重重湧」，金匱本作「重重滿」，邃本、鄒鎡序本作「垂垂滿」。

雙河衆香菴記〔一〕

無錫縣城之北，五里而遙，介雙河之趾〔二〕，有菴曰衆香，水牯和尚棲息處也。和尚初乞食城市〔三〕，不衫不履，凡多聖少，如古言法華。梁溪人異之，築菴以請〔四〕，欣然至止。一日從定中起，語其徒曰：「過此五六由旬〔五〕烏目山下，有一老人，無舌解語，將沒巴鼻話頭拈弄筆墨，普作佛事。汝往鄭重致吾言，丐〔六〕作菴記。」其徒如其言，踏〔七〕門以請。

余輾然笑曰：「汝所居菴，吾足未嘗履其地，汝之師，吾目未嘗識其人也。而欲使吾懸想而爲之記，如人畫空，落筆便錯，不已難乎？雖然，汝姑意請之，而吾姑意求之。吾未至斯菴，未知其延袤若何，靚深若何〔八〕，若所云踞地之勝，前則惠、錫諸峯，如隮〔九〕如拱。右則陽羨諸山，如鬟如髻。左若後則塔峯當窗，帆影掛牖，溝塍川原，如迎如却。旋目而思之，如觀李伯時山莊圖，如見所夢，如悟前世，固顯顯然在吾目〔一〇〕睫中也。吾雖未識女師，吾〔一一〕知其目横鼻直，眉居眼上，猶夫人耳。若其爲人，孤行側出，安樂自在，竿木隨身，婆和在口，吾以人言意得之，未嘗不與之同床而坐，共湢而浴也。昔者法雲秀有衆數千百，說法如雲雨，所居世界莊嚴，法安訶之，謂是癡人，不足與語眞。點胸入叢林，摳衣徐步，師問之，答曰：『前廊後院，都是葛藤，常〔一二〕恐絆倒耳〔一三〕。』當今宗師如林，付拂如葦，開堂語錄，如甲乙簿，師獨能掉頭卷舌，託迹于鐘魚寥廓之鄉，豈其眞有以自得，自不滿其一笑乎？其欲得吾記宜也。吾聞九龍有木石居士，具大辨才，用宗門語句，詮般若經，如燈取影，與牯師問答，皆放光動地。余願爲啞羊僧，坐臥其側，兩人應機答話，舌頭短長，常恐末後無卓錐地。假斯文爲喤引，奚爲不可？」

記曰：「菴在雙河之東偏。雙河者，旗亭名也。京江、義興二水，交匯亭前，如兩人拱揖聚語。已而分攜，抗手別去。其西去者，直下爲運河。其東去者，折爲支河，背官塘而抱村落，風迴氣靜，堪〔一四〕爲阿練若地，故少宰孫公所居。今捨地者，少宰之孫民部君。共成菴〔一五〕者，木石諸檀越也。少宰故崇信法門，厥孫仗因託緣，善繼其志。千年香火，鬱爲寶坊。後世志金湯者，尚亦有徵于此。丁酉陽月二十八日」〔一六〕。

【校記】

〔一〕此文有學集各本外，亦收於瞿藏文鈔補遺中。　〔二〕文鈔補遺作「趾」，各本作「址」。　〔三〕文鈔補遺作「市」，各本作「中」。　〔四〕各本作「請」，文鈔補遺作「居」。　〔五〕文鈔補遺「旬」下有「地」字，各本無。　〔六〕各本作「丐」，文鈔補遺作「請」。　〔七〕金匱本、文鈔補遺作「踏」，邃本、鄒鎡序本作「踏」，誤。　〔八〕文鈔補遺有此四字，各本無。　〔九〕文鈔補遺作「隮」，各本作「隫」。　〔一〇〕文鈔補遺作「目」，各本作「眉」。　〔一一〕各本作「吾」，文鈔補遺作「能」。　〔一二〕文鈔補遺有「常」字，各本無。　〔一三〕各本有「耳」字，文鈔補遺無。　〔一四〕各本作「堪」，文鈔補遺作「稱」。　〔一五〕各本作「共成菴」，文鈔補遺作「相其成」。

〔一六〕文鈔補遺有末句八字，各本無。

古慧明寺重修禪堂記〔一〕

壬辰仲夏，余遊長水，聞藕益旭公演法苕溪之晟舍，扁舟造焉。所居寺曰慧明，去闤闠少遠，鐘魚超〔二〕然，結構粗就。寺僧敬松告我曰：此古慧明寺，宋、元〔三〕間法珞大師開山地也。厥後住持者，梁天監慧集法師、唐大曆道祥法師、貞元維寬禪師、宋建中靖國慈覺禪師。寺屢興廢，明朝宣德六年重建，更名利濟。住持者，南軒律師也。嘉靖末，平湖陸太宰議建禪堂，延古泉禪師開講。波旬作難，古泉焚所著經疏，腰包長往。閱七十歲，莫克興復。乙酉，里人閔君一棟延體源印〔四〕師蒞事。印以參請力辭。閔引刀斷左臂，命二子捧持往請。印乃驚嗟受事。閔聞之，一笑而逝，丙戌十月五日也。閔願輪堅固，印法輪方廣，佽助有人，機緣歙集。未三載，禪堂告成，藕大師金陵解制，敦請駐錫，日講楞嚴，夕疏楞伽，八閱月于茲矣。公爲大師之友，仗緣至止，願施我慧目〔五〕，作禪堂記開示學者。余諾之未及爲。敬松踵門請甚力，乃爲敍次其槩而申言之曰：

嗟乎！法幢傾摧，魔強教弱，未有甚于此時也。方盲禪之作也，一盲首路，羣盲拍肩，今胥天下而盲矣。以盲爲常，以有眼爲怪，諸有眼者，亦皆瞪瞢閉目，不敢自認久矣。夫天下之相安于無眼也，邪慧爲種子，虚妄爲現行，悟門掩則聰利者易煸，修路便則愚庸者易悅，印可濫則浮僞者易匿，撥無勇則莽蕩者易攬，不如是則徒黨不衆，門庭不專，裨販不廣，而利養不博。胥天下相率而無眼者，爲此故也。彼固曰，一棒一喝，單提正令，此宗門家法也。古人不云〔六〕喝有時如金剛寶劍，有時如踞地獅子，有時如探竿影草，有時一喝不作一喝用，已後得老僧喝乎？雪峯三到投子，九上洞山，纔得于德山棒下打破漆桶。今人逢乞兒亦喝，逢村媪亦棒，以上堂爲排場，以付拂爲博易，何爲者乎？芙蓉楷曰：「隱山至死不肯見人，趙州至死不肯告人，山僧今日向諸人説家門，已是不著便，豈可更去陞堂入室，拈錐豎拂，張眉努目，東棒西喝，如癇病發相似。」豈非古德之良規，邪師之明鑑乎？其示人曰：「上上人不須看教，上中人下下人更不可看教。」審如是，三藏十二分教，眞是拭瘡疣紙，六祖負薪時，何以從金剛經開悟乎？牛頭初祖，何以聞大部般若曉達眞空乎？巖頭何以究涅槃經七八年覩三段義乎？玄沙備何以重閲楞嚴發明心地乎？潙潭英何以閲方山十明論了成佛法門乎？大慧杲何以大徹之後，閲華嚴八〔七〕地文，了昔所疑殃崛因緣，打失布袋乎？未開宗眼，先拂教乘，用此弄引狂愚，豈非撥無因果，昧兩足相資之義，發過頭虚誑之言，量飲光之袈裟，懺悔歷然，效玉泉之布裩，嘔血無及。識法者懼，吾不能不爲之痛心也。

昔者法瑤大師，于此寺著涅槃法華大品勝鬘疏義，實爲開山鼻祖。向後諸師，持木叉，通□□，經明律修，燈燈不墜。今當魔民充塞，邪焰熾然之日，此伽藍中，獨能啓請法將，弘宣教綱〔九〕，其于以眼目人天，標指末法願力大因地。嗟夫！胥天下皆盲，而有一二人不盲。此一二人者，固羣盲之導師也。慧明諸師，可謂有隻眼矣。余恐其有眼而不自認也，故不惜諄復以告之。旭公具正法眼藏，其亦以吾言爲然乎？是爲記。

【校記】

〔一〕此文邃本有，鄒鎡序本、金匱本無。亦收於瞿藏文鈔補遺中。〔二〕邃本作「超」，文鈔補遺作「迢」。
〔三〕按：兩本俱作「宋元」，疑當作「晉宋」，方合下句「厥後」之後梁、唐、宋之順敍。〔四〕邃本作「印」，文鈔補遺作「禅」。〔五〕邃本作「目」，文鈔補遺作「日」。〔六〕文鈔補遺「云」下有「乎」字，邃本無。
〔七〕文鈔補遺作「八」，邃本作「入」。〔八〕文鈔補遺作「綱」，邃本作「網」。

海寧安國寺祖庭修造記〔一〕

海寧安國寺，創始於唐，爲齊安國師道場。宋熙寧中，律師居則，造大悲閣，蘇文忠公子瞻〔二〕爲記。我明天啓中，一松法師性公，闡台教于茲。一松之徒愚菴藏公，飽參宗匠，發明心地，來主法席，以興復祖庭爲己任。於是寺之殿堂樓閣，應緣一新，介吾門張子次仲乞文以記。

余觀近世宗與教分途久矣，禪者判天台爲教門，謂宗門所傳者，單傳直指之禪，非天台教門之禪。而山家諸師，退然左次，以義解自居，不敢與宗門頡頏。以余觀之，則可謂兩失也。夫宗門之指要，主〔三〕于直指人心，見性成佛。天台所立之教觀，其語則佛語也，爲止爲觀之心，即佛心也。今禪者既判天台爲教門，而山家之師，怵于其説，不能自仞其教，此所謂兩失也。

天台之論禪至矣，止觀之書，條列次第，如人之一身，焦府竅穴，經絡井然，可以勾股計而一二〔四〕數也。其極論禪發〔五〕之病，何者現觀，何者待發，如良醫分別藥病，癥結傳染，節候淺深，可隔垣而見也。入法華三昧，得旋陀羅尼，儼然見靈山一會，至今未散，此則天台之禪也。禪者曰：吾宗不立文字，不落語言。天台之學，可傳于言而載于書者，皆教門之禪，非吾宗之禪也。抄撮公案，影〔六〕掠話頭，開堂示衆，語錄流布，如嚼飯以餧人，徒資嘔噦耳。而居然排〔七〕遣教門，互相雄長。子瞻所謂〔八〕大以欺佛者，莫大乎是，可勝嘆哉！

諺有之曰：「自講入禪〔九〕，把纜放船。」愚菴脱屣教門，深悟實相，今將安坐中流，作老船師，試以吾言正告學者，而有入焉，則禪者無〔一〇〕大欺佛之病，而山家亦將有幡〔一一〕然而興起者矣。爲之記以俟之。辛丑九月朔〔三〕。

【校記】

〔一〕此文邃本、南潯劉氏嘉業堂藏精校本有，鄒鎡序本、金匱本無。亦收于瞿藏文鈔補遺中。〔二〕劉藏校本「瞻」下有「先生」二字。〔三〕邃本、劉藏校本作「主」，文鈔補遺作「在」。〔四〕劉藏校本作「一二」，邃本、文鈔補遺作「三」。〔五〕劉藏校本作「禅發」，邃本、文鈔補遺空缺二格。〔六〕劉藏校本作「影」，邃本、文鈔補遺作「題」。〔七〕文鈔補遺作「排」，邃本、劉藏校本作「拂」。〔八〕劉藏校本作「謂」，邃本、文鈔補遺作「爲」。〔九〕劉藏校本作「自禅入講」。〔10〕劉藏校本「無」下有「爲」字。〔11〕劉藏校本作「幡」，邃本、文鈔補遺作「檣」。〔12〕劉藏校本有「辛丑九月朔」，邃本、文鈔補遺無。

吳郡西園戒幢律院記〔一〕

郡城閶門外，一拘盧舍而近，有招提曰西園戒幢律院，故工部屯田司員外郎徐君〔二〕溶之別業，房宇靚深，樹木古秀，員外慕古人捨宅，斥之以供佛也。員外初請〔三〕報恩茂林祇公，宣木叉戒于斯。繼之者戒初昜、不二同，皆以明律主〔四〕持。稱律院者，所以別〔五〕禪講也。律院而系之西園者，佛以二人共構精舍，名祇樹給孤獨園，名從主人，不忘始也。院之有禪堂，兩廡藥師殿，淨土大悲堂，以及齋廚湢浴，百有餘間，皆員外布金締構；繼志而相厥成者，其子樹紀也。大雄之殿，雲水之堂，鐘鼓方丈，以次落成。助緣者緇白四衆〔六〕，而爲之植者，朱某張某也。捐俸錢造觀音大殿者，撫院、織造、張、周兩侍郎也。院基址四十餘畝，施供僧田三百畝者，亦周侍郎也。同〔七〕公承茂林之後，戒力圓明，道風遐暢，院衆恆二千餘指。歲時奉戒者五千餘指。法筵清嚴，七衆雲集，吳中毘尼窟宅，于斯爲盛。于是聚沙居士受周公啓請，爲略記其始末，合掌贊嘆，而說偈言：

佛于毗奈耶，宣說修行義。三無漏學中，戒學爲第一。戒能斷三惡，譬如利干將。戒爲禪定梯，非梯屋難上。生死海水中，持戒爲舟〔八〕船。惡道無津梁，戒橋爲濟度。末法獰惡兒，狂僞染惡病。戒爲大經方，應病與良藥。闔廬古城外，有院號戒幢。律師代住持，戒衆爲歛集。刦火燒焚時，神天亦焦爛。戒德所守護，此地獨晏然。八關幷六時，初夕及後夜。犍椎晨相聞，鐘鼓夕互答。腥風惡毒霧，却避香燈帷。譬如呪場中，爲蛇畫境界。達哉捨宅人，種此福智田。彈指歌舞場，化爲清淨國。普熏持戒香，一丸徧十方。十方怨殺氣，翻染成吉雲。譬如修羅宮，雨〔九〕下爲刀兵。諸天得此雨，遍地灑珠玉。我作伽陀頌，鄭重告戒神。護持毘尼窟，戒幢〔一〇〕聚不倒。如有惡人鬼，侵犯戒壇〔一一〕瓴，頭破爲七分，如阿梨樹枝。

【校記】

〔一〕此文有學集各本外，亦收於瞿藏文鈔補遺中。　〔二〕各本作「君徐」，文鈔補遺作「徐君」。　〔三〕文鈔補遺作「請」，各本作「諳」。〔四〕遂本、鄒鎡序本、文鈔補遺作「主」，金匱本作「住」。〔五〕遂本、鄒鎡序本、文鈔補遺作「別」，金匱本作「揀」。〔六〕各本作「四衆」，文鈔補遺作「善信」。〔七〕鄒鎡序本、文鈔補遺作「同」。遂本、金匱本作「周」，誤。〔八〕各本作「舟」，文鈔補遺作「牽」。〔九〕文鈔補遺作「雨」。各本作「兩」，誤。〔一〇〕文鈔補遺作「幢」。各本作「撞」，誤。〔一一〕各本作「壇」，文鈔補遺作「德」。

地藏菴記〔一〕

縣西城卽阜以陴，旁陂立東嶽殿，面勢軒豁，直西十五步，有地藏菴。菴西二十步，抵西譙門，而山城盡。菴故大石山居〔二〕隟地，孫氏長者齊之，施無盡上人，創菴供地藏菩薩，架閣繚垣，農力耆事，今比丘象游也。

諸佛菩薩刹幢相望，此獨奉地藏者，惟菩薩以大悲運大願、弘大道、濟大苦，慈悲拔救，如六官之有典司焉。此聚落在閻浮提，不直一網孔，三毒五濁，習因交報，種種具足，菩薩悲之憋之，與四洲三界等也。

昔者有唐之世，有人墜冥，菩薩誦夜摩偈，救地獄苦，開示三世唯心，一切心造，但了唯心，卽空地獄。今欲仗菩薩願力，拔此土沉淪，使刀塗血路，風扇業迴，銅柱鐵床，塵飛祲息。憑茲雉堞，樹此支提。未及百年，已經小劫。徵其利益，蓋有三焉。此菴旁倚麗譙，俯毆闠闤。幡幢落影，飄拂旗亭；魚鼓流音，縈迴屠肆。千家醉夢，閃此一燈；萬井稠林，開茲半偈。方墳高顯，佛樹浮圖；城門脫閣，經安神呪。菴之宅地，可謂高顯。懸燈表刹，莫此爲宜。利益一也。

採芳士女，隨喜法筵；躍馬兒郎，迴鞭精院。翁媪炷香而邀福，樵牧插燭以祈年。莫不頂禮慈容，霑濡悲願。植上昇之種子，翦捺落之根芽。片善染神，如磁吸鐵；萬病掃雪，若火銷膏。利益二也。

菴東邐迤，祠祭參差。祭賽則簫鼓喧闐，報禳則紙錢騰湧。神居既盡，佛鐙瑩然。清曉齋蔬，斷血肉薰蒿之氣；宵中梵唄，息威靈香火之緣。護戒善神，常依佛座。雲車絳節，每肅穆以來朝；八部四王，用〔三〕保綏而相助。福我〔四〕毗庶，攝彼人天。利益三也。

唯茲末劫，運直沉灰。執草芥以爲兵，憑身口而相嚙。鬼母日啖九子，血吻猶饞；金翅頓食四生，果腹未飽〔五〕。邪山毒海，長此安窮？整慮易心，勿云少待。惟慈悲爲療生死之上藥，惟救苦爲渡幽沉之大橋。相與歸命慈尊，津梁惡濁。消殺機于積刦，迎生氣于當來。此土之人，可不力與？

象游扣請老人，俾爲菴記。乃書此語，刻陷壁間。用告來游來觀之人，幷以勸勉護持此菴者。若九華之地藏，開元初自新羅涉海，其名偶同耳。僧伽大士，杜順文殊，應化不殊，示跡有異。今日〔六〕此爲奉九華香火則譌〔七〕矣。必也正名，請徵斯記。

【校記】

〔一〕此文有學集各本外，亦收於瞿藏文鈔補遺中。〔二〕各本作「居」，文鈔補遺作「房」。〔三〕各本作「用」，文鈔補遺作「共」。〔四〕各本作「我」，文鈔補遺作「來」。〔五〕各本作「飩」，文鈔補遺作「飽」。〔六〕文鈔補遺作「目」，各本作「日」。〔七〕金匱本、文鈔補遺作「譌」，邃本、鄒鎡序本作「僞」。

太原王氏始祖祠堂記〔一〕

歲在壬寅，王子兆吉立八世祖學錄公祠堂于先墓之側。客有問于王子：「子爲習于禮者，王氏之得祭始祖，禮與？」

王子曰：「祠祭之禮，古今異制。援先王大宗小宗之法以行于今，大夫士之始遷，及初有封爵者爲始祖，準古之別子。始祖之長子，準古繼別之宗。古者始封之諸侯，不敢祖天子也。天子之祖，有天子祭之也。始爵之大夫，不敢祖諸侯也，諸侯之祖，有諸侯祭之也。適士官師，祖禰以上，有司祭者亦然。今也率循古法，大夫不祭高曾，士不祭祖，則胥爲若敖之鬼而已矣。程、朱之議禮，多至祭始祖，立春祭先祖，吾倣焉。子夏曰：『禽獸知母而不知父。野人曰：父母何算焉。』自吾之父母，等而上之，至于始祖，父復有父，祖復有祖，反古復始，一人而已。祀祖禰而遺始祖，都邑之士之知尊禰者，大夫學士之知尊祖者，其去野人之何算者無幾矣。吾之祀始祖也，別于世之忘祖者也。今之世吾惑焉，族屬之不問，而貿販譜牒，胥路人而祖禰之也，其亦胥祖禰而路人之也，吾懼焉。吾之祀吾始祖也，別于世之多祖者也。王氏靖康南渡，繇汴徙吳。至正末，學錄公自江陰徙常熟。準古宗法，學錄爲始遷太祖。衣冠第宅，三百年稱山塘王氏，皆學錄之貽也。吾里中喬木故家，長老日以澌盡，後生小子，不復服高曾舊德，吾滋懼焉。食貧農力，以樹斯祠，宿戒子姓，歲時薦享〔二〕，俾其仰而視，俯而思，無或袨〔三〕紈褲、飫粱黍，而忘吾祖之蓽路藍縷也。無或膏唇口〔四〕、猾齒牙，而忘吾祖之壇宇繩尺也。無或飾面弓足衣諸于繡裲〔五〕，而忘吾祖之大布帛冠也。明發夙夜，雞鳴風雨，無忘其所自生。其爲饗食也大矣。古之祭，孫爲王父尸，斯禮也，今亡矣。等祖禰而上之，以尊吾始祖。爲王父尸也者，則亦爲始祖尸者也。座〔六〕尸而食，北面而事尸，有其舉之，雖以尸始祖可也，而況于廟祀與！雖然，禮失而求諸野，國有惇史，越在草莽，盍訪而徵諸？」

舊史氏聞之曰：「王子之志備矣。尊始祖，孝也。嚴譜系，義也。敬宗合族，下治子孫，仁也。實其言，鳧鷖之五章，取公尸焉，豈唯長王氏而已。」遂序次其語爲記，俾刻石陷置屋壁，且以狗夫邦人子弟。學錄公諱裕，字均才。王子名夢鼎，天啓丁卯科鄉進士，官行在〔七〕吏部司務。

【校記】

〔一〕此文有學集各本外，亦收於瞿藏文鈔補遺中。〔二〕各本作「享」，鄒鎡序本作「爭」。〔三〕各本作「袨」，鄒鎡序本作「眩」。〔四〕各本作「口」，金匱本作「舌」。〔五〕邃本作「䄆」，鄒鎡序本、金匱本作「軀」。文鈔補遺作「𨈆」。〔六〕各本作「𡍮」，文鈔補遺作「坐」。〔七〕文鈔補遺有「在」字，各本無。

王氏杕蔭樓祠堂記〔一〕

宗法之亡也，以近世士大夫不講先王大宗小宗之義，有家祠而無宗廟也。蓋封建既廢，古今之禮典懸矣。古者別子爲祖，繼別爲宗，非諸侯之庶子，則公子之始來在此國者。今亡之矣，繼禰爲小宗，五世而遷者則有之，而宗庶廟祭之制，靡有存者。有人于此，宗支繁衍，子姓富厚，一旦舉行大宗之法，訪求側微寒餓之一夫，舉族宗之，雖百世爲之齊衰九月，其可行乎？又有人于此，兄爲庶人，弟爲大夫，大夫主祖禰之祭，庶人幸得分其餕餘。今將使庶人以宗子立廟，大夫供其牲物，而庶人主其禮，曰孝子某爲介子某薦其常事，其又可行乎？時異俗殊，禮之窮而不得不變也久矣。眉山蘇氏，知禮之變者也，謂先王制禮，獨小宗之法，猶可施于天下。故爲族譜，其法皆從小宗。後世論宗法者，莫善于此，而世亦莫之宗也。

吾里司鎰王兆吉氏，立世祠于虞山之南軒，祀高祖竹溪公而下四世；復構樓于西偏，列祀同堂兄弟十一人。以小宗之義考之，自兆吉立祠，則竹溪公〔二〕爲高祖。祠守竹兄弟〔三〕，則繼高祖與三從兄弟爲宗。祠山城兄弟，則繼曾祖與再從兄弟爲宗。祠水濂、笠洲兄弟，則繼祖與同堂兄弟爲宗。祠同堂以及方輪，則繼禰與親兄弟爲宗。一身而事四宗，與大宗爲五。上下五世，粲然具列，以三爲五，以五爲九，備矣。親親尊祖，敬宗收族，無宗子之廟而有其廟，無適長下正之宗而有其宗，亡于禮者之禮也。昔者曾子問庶子祭，而夫子之荅，則引子游之徒以正之。首其義，不誣于祭。兆吉其猶子游之徒與？申明眉山小宗之義，存宗法于既亡，誰曰不宜？

惟王與〔四〕我，世爲婚家年家。祠中同堂十人，狀貌魁然，衣冠儼然，吾猶及見之。我先君嘗曰：「王、錢，匹也，而王氏則滋大矣。」向者墳墓之訟，韋布之宗老，鼓篋之小生，相率摩厲致死，墓門拱木，其氣鬱然，吾叔父衰老受侮，王氏羣從抗手扞禦，如墻而立，勢家逡巡目遁。婚姻孔云，吾未嘗不永歎也。吾錢氏能如是乎？先君歿四十餘年，而其言益信。余衰頽耄〔五〕忘，慚負葛藟，于兆吉之請記也，有深嘅焉。謹識先君之遺言，以告司祏，而兼以示吾子孫。庚子十二月十七日〔六〕。

【校記】

〔一〕此文有學集各本外，亦收於瞿藏文鈔補遺中。題中「杕」字依文鈔補遺，各本作「杖」。〔二〕各本有「公」字，文鈔補遺無。〔三〕各本有「兄弟」二字，文鈔補遺無。〔四〕各本作「與」，文鈔補遺作「于」。〔五〕金匱本、文鈔補遺作「耄」，邃本、鄒鎡序本作「髦」。〔六〕文鈔補遺有「庚子」以下八字，各本無。

王氏南軒世祠記〔一〕

吾里中山塘王氏，稱喬木世家。有世祠在虞山城西，劉武穆廟〔二〕之右个。王氏四世，自竹溪府君已下，簪纓蟬聯，皆作主享祀于斯，歲久漸圮。王之後賢司銓兆吉氏，夙夜明發，永懷先德，量工命日，斥其舊而新之。扆序靚深，丹堊完好，本高曾，序昭穆。歲時伏臘，率羣從子弟，致齋奉薦。其祭之稱，曰孝子、孝孫，曰曾孫某，兼士與有家之辭也。君子謂王氏之祠，知祭義矣。

昔王氏之老笠洲府君，與先祖同鄉舉，其孫梧州守，復偕余舉南宮，兩家婚姻洽比，熟〔三〕知其家風，馴行孝謹，稟稟德讓君子也。流風澆〔四〕薄，家訓刓敝，衣冠華胄，天屬近親，靡〔五〕不家饗梟獍，人懷鴟響。惟王氏子弟，保世亢宗，糞除墻屋，詩人急難禦侮之餘風，猶有存者。井邑既遷，閥閱未改，兆吉氏束脩勵志，以尊祖敬宗收族爲能事。修飭壇墠，蠲潔豆籩，傑然建立，在沉灰劫火漂零焚蕩之餘。書曰：「七世之廟，可以觀德。」豈不信哉！

祠趾爲虞山西麓，與大石相望，懸崖削壁，俯臨萬瓦。南窗面尙湖，朝雲暮烟，浮青韻碧，夕陽翻照，緣金絢紫，雲旗赤羽，昱耀于几筵榱桷之間。孝子慈孫，有事于斯者，其能無僾然肅然、洞洞乎如或見之也耶？若夫少年英妙，覩西汜之景，而思咸池之暾，則可以晞陽九、奮朝氣。通人長德，覽懸車之昭，而修懸鼓之觀，則可以昇神明、扶暮景。凡所以念祖德、詔後昆，俯仰堂構，固將有取于此。詩不云乎？「匪革其猶，聿追來孝」。我知兆吉氏之猶遠矣。是爲記。己亥十一月望日〔六〕。

【校記】

〔一〕此文有學集各本外，亦收於瞿藏文鈔補遺中。　〔二〕各本作「永定公」，文鈔補遺作「武穆廟」。　〔三〕金匱本、文鈔補遺作「熟」，邃本、鄒鎡序本作「孰」。　〔四〕各本作「澆」，文鈔補遺作「澴」。　〔五〕各本作「[illegible]」，邃本作「摩」。　〔六〕文鈔補遺有「己亥」以下七字，各本無。

錢氏義莊記〔一〕

吳越武肅王之裔，散居江表。其在太倉，則有中丞浩川公，公忠長德，爲萬曆名臣。其子封給諫君，劬先燾後，倣范文正公家規，建置義田，養濟羣族，寢疾彌留，執給諫君之手，諄復諈諉。給諫君泣涕受命，斥負郭之田三百畝，經營規式，一如高平故事。請諸公上復其徭役。謂宗老謙益舊待罪太史氏，俾書石以垂永久。

謙益初通籍，從中丞公游，辱以弟畜我，具悉其生平制行，篤行力學，信道守職，器量風節，確然以文正爲師表，企而齊之者也。文正有監簿、忠宣、右丞、侍郎數賢子，熾昌競爽。封君胚胎前光，修後門寒素之行，損衣量食，敬宗收族，方文正之子，無不及焉。文正有孫之柔，官左司諫，修復義莊，申嚴規矩，亦猶中丞之有給諫。鎦侍講所云立身承家，無媿乃祖者也。

有宋開國，仁厚養士，積累再世，逮于仁廟，文正始應運而出。我國家祖宗功德，流唐漂宋，積累二百年，乃至萬曆，以其時數考之，則有宋慶曆、皇祐之間也。中丞父子，丁一王之興運，際累朝之休明，于是乎有祿賜之入，有廩稍之餘，有節鉞蘭錡之光寵，燕翼貽謀，保世滋大，得以收卹其宗族，而繼述其志事。繇是觀之，世德作求，豈獨家門之盛事哉！我國家承平綿遠，涵養淳厚，深仁久道，億世未艾。于錢氏之義莊，益信而有徵已矣。

余嘗過燕、趙之郊矣，周原膴膴，溝塍繡錯，我疆我理，千倉萬箱，滄桑更置之餘，朝而田畯焉，夕而爲流傭矣，夕而婦子焉，旦而爲溝瘠矣。牂羊羵首，蜚鴻在野，鬼神狐祥，無所得食。其況丰容暇豫，庇本支而聚族屬乎？今吾錢氏于此邦也，義莊秩然，義廩殷然，伏臘有會，雞豚有社，士食舊德，而農服先疇。夫孰非祖宗之流光，朝家之膏澤？可不念哉！可不敬哉！自今以往，錢〔二〕之後人，食義田之粒，必將曰，此一升一龠，莫非國家之粟米也。衣義田之桑，必將曰，此一絲一縷，莫非國家之布帛也。給義田之食，以喪葬嫁娶，必將曰，此生養死送，同歌哭而長子孫，莫非國家之生成長育也。仰父俯子，戴天履地，油然而忠愛生，勃然而報稱作，無愧文正之鄉人，斯無愧中丞之後人矣〔三〕。

昔者紹興中，范有曾孫直方，述忠宣之緒論曰：「先文正置義田，非謂斗米疋縑，便能飽煖族人，蓋有深意存焉。中更南渡，嶺海召還，兵火焚燬之餘，長幼二千指，聚拜墳下，慈顔恭睦。皆若同居近屬，然後知文正之用心，悟忠宣之知言也。」今給諫經理義莊，卒業崇禎末年，而乞文刻石，汲汲于此時也，追文正之用心，撫紹興之遺跡，祭必有先，丘不忘首，其不徒以述祖德、貽後昆而已也。詩云：「無念爾祖，聿修厥德。」給諫之念之也，深且遠矣。余故推原其志意，謹而書之，以附于公輔之後。中丞公諱桓，萬曆己丑進士，歷官副都御史，巡撫南贛。封給諫君諱燺，歿而從其父祀于學宮。給諫君諱增，崇禎辛未進士，今官戶科右給事中。

【校記】

〔一〕此文有學集各本外，亦收於瞿藏文鈔補遺中。文鈔補遺題首有「太倉」二字，各本無。〔二〕各本作「錢」，文鈔補遺作「錢」。〔三〕文鈔補遺「矣」下有「乎」字，各本無。

督漕李石臺使君去思記〔一〕

凡方嶽監司大官，下逮郡邑吏，任滿拜除，邦人必遮道攀留，塑像勒碑，刊楊〔二〕木，斲貞石，相勸惟恐後。若左官見抵者，則例無有。豈古之所去見思，敝緇衣而茇甘棠者，胥在彼而不在此歟？

督漕憲司江右李使君，視事經年，漕政治辦，考課當第一，用漕折不中額免官。余衰病闔戶，邑之耆老子弟，踵門請曰：「自漕使開署吾土，建節相望，兵荒鉤連，徵求塡委，運弁豪虎，旗軍封豕，胥徒鬼蜮，交關講〔三〕讕，歲漕告竣，民間脂膏骨髓，捲地盡矣。牙章虎符，驚踊郡國，及瓜往還，曾不識使君誰某，數于何有，而況思乎？今吾使君之來也，周爰咨諏，爬搔病苦，計口食俸，痛自刻勵。集漕衆而誓之曰：『吾灑濯飲冰，洗手將事，必不忍奉東南數萬億瘡痍赤子，膏汝輩血吻。』于是鋸牙鹵耳之徒，如牆而進，銜尾而退〔四〕，粳稻既北，吳猶有民，誰之力也？吾儕小人，嚮其利者爲有德。歲時伏臘，閭閻兒女，猶使君之在此堂也。惟是南山片石，思人謇樹，媿美于前政之遷除者，國有人焉？敢固以請。」

余逡巡未及應，諸生秀士，摳衣而前曰：「父老之致辭善矣〔五〕，猶未既也。今夫達官能人，游光揚聲，傳遽公卿者，生祠堂屋，幡幢刺天，或夷爲溲牢矣，趺龜護螭，黄金填字，牧敲火而牛礪角者有矣。白樂天之記魏信陵也，孫可之之書何易于也，詩不過短章，文不滿尺幅，至今人頌慕之不衰。吾不敢以信陵、易于蔽使君，而竊以樂天、可之徵夫子也。使君胡床挂壁，襆被蕭然，寒窗竹几，篝燈夜讀，書聲琅琅，與銅籤相應。文士握別，每雒誦夫子之文以相勉。然則父老〔六〕所謂蒼苔白石有愧詞者，峴首之山淵，豈有徵于此乎！夫子將奚讓？」

余矍然授簡，揖諸生〔七〕進耆老〔八〕而告之曰：「父老思使君則善，雖然，爲留使君謀則疎。誠能選擇雄駿子弟，裹糧繭足，條使君治狀，投匭而叫九閽，卽朝上夕報可耳。不此之爲，而謀諸腐儒老民，炙枯竹、汗蠹簡，幾有聞于後世。石不能言，不已愚乎？」言既，耆老消然泣下，噤不置答。余懵瞪不忍復也。遂援筆書其語，俾刻石以爲記。使君名來泰，字仲章，撫州之臨川人。嘗督南學，有譽望，士大夫稱爲石臺先生。

【校記】

〔一〕此文有學集各本外，亦收於瞿刻文鈔補遺中。　〔二〕文鈔補遺作「楊」，各本作「陽」。　〔三〕文鈔補遺作「講」，各本作「滿」。　〔四〕各本作「退」，文鈔補遺作「行」。　〔五〕文鈔補遺有「矣」字，各本無。

〔六〕文鈔補遺「老」下有「之云」二字，各本無。〔七〕文鈔補遺「生」下有「退」字，各本無。〔八〕文鈔補遺作「進耆老」，遼本作「進退耆老」，鄒鎡序本、金匱本作「進諸耆老」。

有學集卷二十八

墓誌銘

明特進光祿大夫柱國少傅兼太子太傅吏部尚書中極殿大學士謚文端劉公墓誌銘〔一〕

明興二百五十三年，當萬曆之庚申，期月三朝，國運促數。故相南昌劉文端公定議移宮，鎮撫社稷，歸然爲一代宗臣。在事三年而去，去位十三年而卒。謙益罷免家居，孤斯珠具行狀，請爲隧道之銘曰：「微公，誰銘吾先相國者？」遭世多難，未及爲而斯珠又卒。孫元釗申請益力，乃喟然歎曰：謙益，萬曆舊史官也。定陵復土，奔喪入朝。移宮甫定，國論廷辨，歷歷在聽覩中。洊歷坊局，與聞國故。公與羣小水火薄射，不相容貫〔二〕，皆深知其所以然。其忍不抵死奮筆，別白涇、渭，庸以媕婀黨論，佪穡〔三〕青史？」

謹按庚申之八月，光宗皇帝宅憂嗣服〔四〕，即日拜公禮部尚書東閣大學士，與蒲州韓公並命。光廟仁孝，事鄭貴妃如母，李選侍受其餌，關通扇動。光廟屬疾，馮几見羣臣，選侍紅袖閹御幄，推挽皇太孫，傳旨封皇太后、皇后。公要廷臣力爭而止〔五〕。八月晦，光宗賓天，中人李進忠等，闌乾清宮門，不聽羣臣入臨。比入，舉哀畢，公詰問羣奄：「皇長孫當柩前卽位，今不在者，何也？」羣奄東西走，不置對。秉筆太監王安喈〔六〕曰：「選侍匿禁煖閣中，不得出一步，可若何？」公整襟大言：「誰敢匿新天子者？」安曰：「徐之，公等愼勿退。」遂趨而入。上見安至，呼曰：「好伴伴，來救我。」安紿語選侍：「上〔七〕不出，諸大臣不肯退。第令一出，卽返。」選侍頷之，且中悔，攬上裾不釋手，安直前擁抱，疾趨而出。公亟迎升輦，比及門，宮中厲聲呼哥兒却還，遣使追躡者三反。公傍輦疾馳，掖上升文華殿，登寶座，卽東宮位。羣臣叩頭呼萬歲。然後擇吉告廟受朝，事始大定。是日，羣臣上箋勸進畢，選侍猶趣〔八〕呼還閣。公亟奏曰：「乾清未淨，殿下請暫居慈寧。」上色喜，顧安曰：「伴伴，今日安往？得髯閣下伴我，我乃無恐。」公髭微修，上希見外臣，故目公云耳。

翌日，冢宰周嘉謨、御史左光斗，疏請移宮。羣閹嗾選侍要上盟，垂簾詰問，杖殺左御史。首輔德清方公議展移宮期，公不可，曰：「先朝故事，仁聖，嫡母也，移慈慶。慈聖，生母也，移慈寧。今何日也！可姑緩耶？」選侍卽日移一號殿，而天子還居乾清。自是移宮之案立矣。先是光廟病，不能自力，兵科掌垣應山楊漣，抗疏論宮府事，上特召見，俾與顧命。漣退而告天，誓判死命報玉几。入臨拒門，升殿柅輦，羣奄持梃叫呶，聲勢蠭湧。漣大罵奴才，手格披靡，叱首輔、折大奄，抗論于朝房松棚殿廷，日以十數，而移宮始決。公每追理前事，歎且泣曰：「當天位未定，朝士吉服立殿下，日高不聞宮中聲，咸譁曰：『事去矣！』相顧不知所爲。吾扶輦至文華殿，百官踉蹌，隔數百武，交蹠莫敢前。獨楊給事一人，奮髯瀝血，聲撼殿陛。今日事定，朝右以給事爲口實，豈不異哉！」公受遺決策，鎭定危疑，與楊文忠、徐文貞相似，而其事權有不侔者。公受事彌月，得君未久也；位在〔九〕次輔，枋〔一〇〕政未專也。上御文華〔一一〕時，英國公惟賢奉右手，公奉左手，首輔紆徐〔一二〕曳履，將安之乎？我趣〔一三〕移宮，彼議展期，非倏然左右袒乎？爲主伯易，爲亞旅難；爲亞旅易，爲亞旅之主伯難。政不一門，勢有多變。前軒後輊，左支右吾，公之苦心竱力，殆有百倍于新都、華亭者。艱難獲濟，甘苦自知，而以將伯助余，歸其力于應山。古大臣心事，惟可與天地鬼神道也。

上既御極，德清移疾。公矢心當國，謂朝廷以法祖爲先，臣下以奉公爲要。匡主德、重疆事，扶衰幹蠱，知無不爲，而大端則在乎以人事君。神廟三十餘年舊德遺直，廢籍塡委，壹以大行遺詔從事。白首耆艾，布滿九列。闢門開窗，士氣鬱然，海內喁喁向風矣。移宮甫峻，選侍名下李進忠、劉朝等盜內府秘藏，過乾清門而仆，金寶纍纍臥地下。上〔一四〕遣大臣驗視，案治甚急。羣小爲奄晝策曰：「上怒亟，獄未易竇也。內庭喧傳選侍移宮日，跣足投井，語狠籍不可聞。上沖人，以違先帝爲詞，易撼也。司禮數悻直忤旨，羣憝安窺上位，把持法司，上必怒而逐安。如此，則移宮之案翻，顧命諸人可盡逐，而大獄解矣。」于是臺省請安選侍，議寬盜獄，更番詭辭，以嘗試上意。上初怒言者，累旨鐫責，公力救乃免。及司禮安以強諫譴死，魏忠賢、阿姆用事，上意薨然盡解。而羣小乃壹意攢矢向公。東事日亟，朝議謂非舊撫熊廷弼不能辦遼。上遂起用經略，而言者交章擿公。公面奏曰：「臣知君父爲尊，封疆爲重。恩仇禍福，非所計也。」上亦心念公舊勞，委任如故。而客、魏積不相容，言者益摭拾不已，自是去志決矣。

公司票擬，持大體，明國法，抑浮夸，遏僥倖，引繩切墨，不少假易。盜庫之獄，上傳饒死。羣奄辨疏〔二五〕，徑〔二六〕下法司。公引例執奏，封還原本。則中外交恨。魏忠賢故名進忠，攘陵工邀敍。公援祖制，內臣非司禮掌監及提督陵工，不得蔭弟姪。票止加恩三等。又數救言官攻阿姆者。則客、魏交恨。烏程相由客、魏入，以募兵要寵，與劉朝比而興內操。言官糾劾弄兵，公爲之主。則閣、奄交恨。謂遼事鑿空捕風，東江不足倚，西援未可信，而議棄廣寧者，三尺不可貸也。則島帥、寧撫與逃臣交恨。于是羣小謀翻移宮者，含沙噴血，詆闌萬端，上亦無如羣喙何矣。抗疏求去，十二上乃得請。歸三年，應山逮詔獄考死。要典既定，詔削官追奪誥命，勒令養馬。至是而移宮之案始結。

嗚呼！國家宮府之際，難言之矣。光廟毓德東朝，三十餘年，神祖無金寒玦離之心，宵人構梟鳥枯菀之隙。一旦長主臨御，宮庭肅穆，狐焉城？鼠焉社？神焉叢？彼于社稷何有？庚申九月之事，公與應山挺〔七〕身奮臂，奪幼君于婦寺之手。其爲國家謀則忠矣，而訞〔八〕邪醜類，未有不膽戰毛竪，幾其萬有一敗者也。皂衣赤棒，瞋目而拒宮門者，李進忠等諸人耳，羣小之囊身假面，負塗豕而伏戎莽者，不知幾何人也。黄金火齊，負重而伏禁地者，劉朝、田詔諸人耳，羣小之飛頭傳〔九〕翼，移銅山而攢〔一〇〕金穴者，不知幾何人也。護選侍、緩詔獄、諍封疆，簪筆飛章者，賈繼春等諸言官耳，羣小之機關掣〔一一〕使，線索提掇，簸弄于陰陽人鬼之間者，不知幾何人也。公在事，逆閹猶知憚公，如反〔一二〕出反入之水，猶可堤〔一三〕捍。公去而大獄煩興，衣冠塗炭，祖宗二百餘年培養元氣，凋殘澌〔一四〕盡。雍流滔天，莫知紀極。夫然後知公于國家，以一身爲止水之舊防，而痛恨羣小之斬而掘之也，亦已晚矣。應山之葬，謙益論次其事，以爲公之死，不死于擊閹，而死于移宮，定計殺公者，非操刀之閹，而主張三案之小人。世以謙益爲知言。今援以論公之進退，雖異代而猶信，不亦悲夫！

公白皙疎眉，長身玉立，與人語，聲可貫耳。與其兄中丞、樞部，號爲「三劉」。萬曆乙未，偕樞部舉進士，選庶吉士，家居七年，授檢討。乙巳，中丞以考功掌計，四明相屬公祈免其私人所謂四凶者。公堅辭曰：「官各有守，非所敢知也。」在坊局，歷贊善、洗馬、諭德、庶子，升國子監祭酒，繇少詹事轉正，掌翰林院事。丁巳內計，羣小大索黨人，謀盡逐詞林名賢，若武進孫文介、高陽孫文忠、江陰繆文貞輩，而謙益亦與焉。公歎曰：「館閣眉目，賴此數公，吾敢愛一官，不以殉衆君子？」堅持之，皆得免。浙人謠曰：「他司大熟，詞林無收。」謂是舉善類盡斥，獨不克逞志于詞林也。公用是爲院長，四年不遷，頎然負海內公望，而卒受黨人排笮，亦坐此也。

丙辰八月，充東宮侍班官。光廟戒心狙擊，間於憂疑。公請對日，呼嵩稱萬壽，遂稱引南山樂只萬壽無疆之詩，歸本忠孝，以開廣其意。光廟信口應曰：「讀史惜三餘。」公拱手進曰：「大禹惜寸陰，卽殿下今日之心也。敬爲太平令主賀。」于時拜手颺言，唱頌睿質，流聞禁近。用意在密圖擁祐〔三五〕，光廟深倚之，故卜相首及焉。熹廟登〔三六〕極踰月，加太子太保、文淵閣大學士，戶部尚書。次歲大婚，升祔慶陵三禮成，階由少保加少傅，兼太子太傅，官由戶部尚書改吏部，殿學自武英進中極、建極，皆與廕。而定陵、黔川功得辭免。福清去，上宣諭稱首輔，再三控辭，以須福清之至。福清初有間于公，已知其避席延佇，始爲釋然；公終不自明也。高陽負物望，諳邊略，人或間高陽，是將爲蔡澤代公，公弗省，密揭薦高陽宜大用。居無何，高陽以宰相督師，亦自公發之也。

公以忠誠結人主，以誠信遇士大夫。不以建白博名高，不以虛聲籠物望。于六曹有綜理，無刻削。于言路有援救，無呴煦。開誠布公，引咎分謗，有勞人長者之風。國是參差，風義感激，未嘗有一言半詞少自貶損。辭朝日，具疏自列，其略曰：「鼎湖上賓，事變倉卒。爾時光景，皇上知之，在廷諸臣胥知之。事定之後，遂謂天祐社稷，原無他慮。而危身憂國，抗聲內庭者，遂以謫詘去，計亦皇上所深惻〔二七〕也。禁闈秘密，非臣所知。但思先帝龍潛之日，皇上鶴禁之中，翼戴何人？調護誰力？扶掖鑾輿，抗遏要挾，當日指以爲功，今日搆以爲罪。上下千古，呂強、張承業，與李輔國、魚朝恩，法戒昭然。臣願後人，毋但爲五宗光寵計也。外廷臣子，當以君父爲急。發東朝持梃之奸者，目〔二八〕爲生事。消後宮牝晨之禍者，坐以交關。雄唱雌和，意欲何爲？尤臣所未解也。」公以孤危一葉之身，繫朝家九鼎之重。忠言苦語，臨行彌切。蓋不難臚列憂危，磨厲當宁，而難于區明忠佞，訶椓人于息烋擇肉之日。又不難軒豁眉宇，激敭忠直，而難于吹噓枯腐，表賢奄于鶯魂離散之餘。嗚呼！豈非光明俊偉，以道事君之大臣與！

公去，奄黨銜公未已。本兵張鶴鳴用公推轂起，興奸細杜茂獄，謀連染殺公。司寇王莊毅公紀，閱實平反，一夕內降斥去，而公誣亦得白。奄復用劉朝行邊，南北奸人劉廷元、霍維華等，持三案益急，公從容語所親：「吾孤生餘年，命如懸絲。仰賴九廟神明與一腔心血耳。彼以三案殺我，則與應山同日。彼以封疆殺我，則與經略駢首。持忠入地，復何憾哉！」讀書譚道，危坐竟日，坦然若無所與者。越五年，崇禎改元，天子鑒公孤忠，復原官致仕，補給誥命。俞吏垣章允儒請，遣行人賫詔存問。公拜疏，勸上清心勤學，修身親賢，以票擬歸綸扉，以獻替責揆路。又謂先帝以大有爲之質，掩蝕于鹿馬之奸，殺元良、變祖制、戕忠直，一切歸獄人主，請爲先帝雪此大痛。老臣忠愛，朝著〔三九〕咸傳誦歎息，望公再起。以崇禎八年十一月十八日薨，年六十有九。訃聞，輟朝賜祭葬如彝典。有司議謚曰文端。

公諱一爌，字委晦，先世出漢廣陵王荆，晉大興中，徙丹陽，再遷玉山。有允迪者，由德安令歷兩浙置制使，其少子遷豫章。豫章三世祖亨〔四〇〕舉宋進士。十四世生廷璋，于公爲曾王父。廷璋生仕沃，仕沃生陝西左布政使曰材，曰材生三子，長中丞一焜，次兵部郎一煜，公其季也。廷璋已下，皆累贈如公官。妣皆一品夫人。公妻徐氏，贈一品夫人，生五子，斯琦〔四一〕、斯瑋〔四二〕、斯琰〔四三〕、斯琜〔四四〕、斯琡〔四五〕。孫幾人，曰元釗等。葬在某邑某鄉之諭塋。謙益辱公道義之知，掌院篆時，移文郡邑，敦趣史官里居久次者，意實在謙益，欲援以自助也。居史館，頗以掃門自引，聲跡落寞〔四六〕，公歿而哭之慟。今爲公誌，據見聞、徵實錄，不敢有一字文飾，實以是報公。銘曰：

國有易名，論定蓋棺。四十年間，有三文端。秩秩山陰，羽翼東朝。芒寒色正，望在斗杓。藹藹歸德，柅于金虎。騶虞不鷙，善類斯祜。南昌步武，媲彼〔四七〕魁三。艱危受遺，憂心如惔。虞淵曜沈，金樞御促。手捧初暘，以升扶木。綴衣再設。垂簾屏息。廟社乂安，不動聲色。國有大蠹，與國亡存〔二八〕。蠅則搖翅，蝨惟食根。鄭、李連枝，客、魏扇醜。九首磨牙，八狠盈口。公之在位，泰將大來。唐天不墜〔二九〕，虞門弘開。公既去國，政歸刀鋸。天心盡傷，國脈單露。天之方蹶，呲爾才賢。南昌在廷，高陽在邊。揞拄國成，疆理戎索。豈無漆梓，亦有藜藿。內戎婦寺，外戎螳蝎。羣小居中，蟲蠁牙孽。非鬼非食，慭置老成。風雨雀鼠，大廈以傾。宗臣在天，扈從三后。擁護赤符，顧瞻朱咮。豫章崔嵬，西江縈帶。堂斧翣如，丹青未沬。徵文汗竹，斲銘樹櫝。元龜在茲，敢告來者。

【校記】

〔一〕此文有學集各本外，亦收於瞿藏文鈔補遺中。文鈔補遺題首有「明」字，各本無。〔二〕文鈔補遺作「貫」，各本作「貫」。〔三〕文鈔補遺作「稽」，各本作「錯」。〔四〕文鈔補遺作「服」，各本作「復」。〔五〕金匱本、文鈔補遺有「止」字，邃本、鄒鎡序本無。〔六〕文鈔補遺作「啫」，各本作「喏」。〔七〕文鈔補遺有「上」字，各本無。〔八〕文鈔補遺作「趣」，各本作「趨」。〔九〕金匱本、文鈔補遺作「在」，邃本、鄒鎡序本作「卽」。〔一〇〕金匱本、文鈔補遺作「枋」，邃本、鄒鎡序本作「坊」。〔一一〕文鈔補遺「華」下有「殿」字，各本無。〔一二〕文鈔補遺有「徐」字，各本無。〔一三〕文鈔補遺作「趣」，各本作「趨」。〔一四〕各本作「上」，鄒鎡序本作「皇」。〔一五〕各本作「疏」，文鈔補遺作「數」。〔一六〕各本作「徑」，文鈔補遺作「竟」。〔一七〕各本作「挺」，文鈔補遺作「同」。〔一八〕邃本、金匱本作「訞」，鄒鎡序本作「奸」，文鈔補遺作「妖」。

〔一九〕文鈔補遺作「傳」，各本作「傳」。〔二〇〕各本作「攢」，文鈔補遺作「鑽」。〔二一〕遼本作「掣」，各本作「制」。〔二二〕遼本、金匱本作「反」，鄒鎡序本作「仄」，文鈔補遺作「仄」。〔二三〕文鈔補遺作「堤」，各本作「提」。〔二四〕文鈔補遺作「遒」，鄒鎡序本、金匱本作「殆」，遼本作「道」。〔二五〕各本作「祜」，文鈔補遺作「祐」。〔二六〕各本作「登」，文鈔補遺作「進」。〔二七〕金匱本、文鈔補遺作「惻」，遼本、鄒鎡序本作「測」。〔二八〕金匱本、文鈔補遺作「目」，遼本、鄒鎡序本作「自」。〔二九〕各本作「著」，文鈔補遺作「宁」。〔三〇〕遼本、金匱本作「亨」，鄒鎡序本、文鈔補遺作「享」。〔三一〕〔三二〕〔三三〕〔三四〕〔三五〕五子之名，下一字各本皆從「王」旁，文鈔補遺從「土」旁。〔三六〕遼本作「寞」，各本作「穆」。〔三七〕各本作「彼」，文鈔補遺作「美」。〔三八〕文鈔補遺作「亡存」，各本作「存亡」。〔三九〕各本作「墜」，文鈔補遺作「墮」。

明柱國光祿大夫太子太保吏部尚書贈少保謚貞敏梁公墓誌銘〔一〕

國家當萬曆初，爲鴻朗盛際，沖聖踐祚，宮府肅穆。江陵張公以精強沉塞之才，挈持綜覈。三事大夫，靡不專營魄〔二〕、掐肝腎，農功耆事，勝任稱職；少保貞定梁公，其眉目也。梁公任〔三〕本兵，浙江羅木營兵譟，焚刦撫臣，捶而投諸淖。朝議洶洶。江陵徐語公：「推一好巡撫往，足辦耳，然必起外吏知兵事者乃可。」公屈指計曰：「張少司馬佳胤，起家滑令，禽劇盜，斯其人乎？」江陵曰：「然。」少司馬遂銜命往，三旬而浙變定。余初入史局，長者爲余言，二公握手細語，不出兩三言，而亂兵獷卒，首伏于三千里外。謀國舉棋者，當如是矣。余心識其事，嘗爲梁公孫中翰維樞論次其略。今距梁公歿，五十有八年矣，老人多忘，朝家故事，忽忽不復記憶，而猶以遺民舊史，誌公隧道之石，此所以徬徨屏營，一執簡而三歎者也。

公諱夢龍，字乾吉。其先山西蔚州人，洪武初，徙家眞定。曾祖釗，杞縣訓導。祖澤咸，贈如公官。妣皆一品夫人。父相，繼室崔氏以感異夢生公。公官省垣，始受封，釋舉〔四〕子巾服，及見公致政而歿。公修眉炯目，白面長身，蕩儻〔五〕具大人相。八歲喪母，哀動路人。年十四，新鄭高文襄公計偕過眞定，執手旅舍，盱衡抗論。高公歎曰：「郎君，國之寶臣也。」酌酒再拜，定交而去。中嘉靖壬子鄉試，明年舉進士，選翰林院庶吉士，散館請外，授工科〔六〕給事中，累遷吏科〔七〕都給事中。公〔八〕諫諍侃侃，持大體，極論李、吳二冢宰營私招權，朝右悚息〔九〕。慈谿袁文榮公以撰玄稱上意，將眞拜。公抗言相臣宜用學術純正，名德宿望，足以鎭華夷〔一〇〕，服中外者。奉嚴旨詰責，久之得解。遷順天府府丞。河決徐、沛，議擇卿寺有才望者，管理新河。袁公在政府，颺言曰：「才無出梁府丞者矣。」遂出爲河南管河副使。任滿，陞陝西關內道左參政，分守花馬池。

公博聞強記，訪求掌故，儲跱經濟，由省垣外補，重自鏃礪。至是益自喜，以爲〔一一〕當虜〔一二〕衝要，可以諳邊情、曉戎事也。既受事，嚴中儆備，廣設方略，練習如老邊吏，虜〔一三〕不敢乘間攻抄〔四〕。條論備邊五難，鑿鑿中利病。雖官監司，三邊隱然以長城屬公。累遷山西按察使、河南右布政使。隆慶四年，以都察院右僉都御史巡撫山東。明年，轉右副御史，巡撫河南。所至頒布條要，刊削闒〔五〕茸，不事苗薅髮櫛，一切治辦。在山東，親歷海島，禁遼海流民，不得狙伏內地盤互仇殺。在河南，用沈命法捕盜，禽獮中原盜賊，俾〔六〕無遺種。爲國家積灰徙薪，長慮在百年以前，非凡所知也。萬曆元年，徵拜戶部左侍郎，改兵部右侍郎，協理戎政。六年，陞右都御史，兼兵部右侍郎，總督遼、薊〔七〕、保定。

公謂國家備禦九邊，按圖畫地，方册具備。邊臣無他奇謀，只在辦實心、幹實事耳。以痍痏爬搔，體察南北軍情，四鎮諸路標營疾苦〔八〕。以堵牆儲胥，勾稽墩臺亭堡，瞭望收保，如堂閾庭，以僮奴乳哺，勤恤傳烽夜哨，偵探屬夷〔九〕，與夫擺邊伏路，罷校退卒，目營手畫，口次指授。行之期年，邊備修舉。而其大者，則在乎駕馭大帥，牢〔一〇〕籠豪傑，戚少保繼光、李寧遠成梁，嚄唶宿將，目無文法吏，一皆就公條鏃，願效臂指。當是時，虜〔一一〕小入則小創，大入則大創〔一二〕，諸鎮皆受成于公。捷聞，必推功歸美，不自己出。諸大帥益心服公。最〔一三〕公六防竣事，四報大捷，先後上首功，公〔一四〕斬虜〔一五〕首至三千四百九十一級，賊大酋〔一六〕三十九級，獲達〔一七〕馬至三千五百九十五疋，駱駝九十一隻，盔甲器械無算。上以奇功可嘉，累賜敕獎勵。在鎮踰年，就任加兵部尙書。邊牆〔一八〕功竣，加太子少保。三年考滿，再蔭子至錦衣衛百戶世襲，賜白金文綺，間以飛魚坐蟒。錫予便蕃，使命絡繹，近代邊臣未有也。九年，詔回部管事。條上部務闒茸者四事，及革民間種馬，定土官承襲，皆著絜〔二九〕令，載在會典。次年，推吏部尙書，上特簡點用。江陵既歿，言官承當國風旨〔三〇〕，蜚語及公，公抗辨求去，三上乃得請。林居十九年，考終正寢，萬曆壬寅之元日也。享年七十有六。天啓四年，高邑趙忠毅公，歷敍公生平大節，訟之〔三一〕于朝，得贈少師，賜祭十壇。偕封一品夫人馬氏，合葬東岡之賜塋。

嗚呼！萬曆初年，朝著精明，中外敕勵，士大夫如昧旦靧面，朝陽晞髮。公于此時，擁旄雄鎭，執訊獲醜，以其身任國門鎖鑰，何其重也？政枋更改，鉤黨刺促。公去位之後，朝政蠱、戎索隤，木朽蝎中，暮氣澘盡。疆場〔三二〕之禍，蘗牙于邕草〔三三〕，蘊崇于楛矢，而馴至于不可爲。撫今追昔，夷〔三四〕考公之進退，而參合于國故，玄黃消歇，汗青翳然，以金銷石泐之餘，爲睍見霜落之候，天乎人歟！斯則可爲痛哭已矣！

公以冢宰告老，太公猶健飯。公〔三五〕偕馬夫人扶攜侍膳，如嬰兒稚婦。以其間走馬射生，謠舞擊罌，以相娛悅。蓋三年而後歿。既免喪，歲時踏青上冢，巡行田舍，夫婦並駕小車〔三六〕，子女及內外曾孫男女五十餘人，羅列輿旁，扶輪叱犢，牽衣繞膝，讙呼上壽。鄉人聚觀讚歎，以爲神仙。而夫人又後公十六年，年八十六而考終。國運休明，元氣磅礴，既醉五福，總萃于公之一門，非偶然也。公生子四人，忠、思、慈、志，並承公文武蔭。其後益蕃以大，孫男十二人，女十三人；曾孫男二十人，女十六人；玄孫男女三十人。忠生維本，禮科都給事中。思生維基，南雄府知府。志生維樞，山東武德道僉事。而維本之子清寬，維樞之子清遠，今皆吏部左侍郎。維基之子清標，今兵部尚書。于是參政增〔三七〕修家狀，司馬暨兩少宰，撰幣致辭，實來請銘。銘曰：

恆山北嶽，上扶乾門。寶〔三八〕符在代，是生偉人。降神〔三九〕析木，受姓大梁。經文緯武，恢我皇綱。乃儲中秘，乃拜夕垣。三堦色正，五緯芒寒。戒彼翰音，策我驥足。發硎維新，駕車就熟。爰長方岳，爰領旌節。俅俅威望，讋服戎羯〔四〇〕。帝眷薊、遼，惟我左輔。汝歸視師，孰敢余侮？櫜兜戟纛，豹尾神旗。六防四捷，露布交馳。帝曰念哉！汝歸弼予。夏官冢卿，喉舌帝車。功成身退，赤舄居東。飲御燕樂，壽豈令終。公神在天，左右神祖。袞衣繡裳，雲車月斧。公澤燾後，繹繹蕤蕤。詒我豐芑，作令晉梓。東岡之阡，高闕嵯峨。豈無樵牧，鬼神護訶。塵蒙金盌，灰沉玉檢〔四一〕。敬徵閥閱，庸嗣琬琰。先民有言，匪本曷思？鑽石刻辭，維以告之〔四二〕。

【校記】

〔一〕此文有學集各本外，亦收於瞿藏文鈔補遺中。邃本題首有「明」字，各本無。　〔二〕邃本、鄒鎡序本作

「魄」，金匱本、文鈔補遺作「魂」。〔三〕文鈔補遺作「任」，各本作「仕」。〔四〕各本作「舉」，鄒鎡序本作「學」。〔五〕「白面」以下六字，邃本、金匱本如此。文鈔補遺「面」下多一「而」字。鄒鎡序本作「廣顙豐頤堂堂」。〔六〕〔七〕各本作「科」，文鈔補遺作「部」。〔八〕文鈔補遺有「公」字，各本無。〔九〕金匱本、文鈔補遺作「息」，邃本、鄒鎡序本作「惕」。〔一〇〕文鈔補遺作「夷」，金匱本、鄒鎡序本作「彝」，邃本作「夏」。〔一一〕各本作「爲」，文鈔補遺作「謂」。〔一二〕文鈔補遺作「虜」，邃本作「鹵」，鄒鎡序本、金匱本作「敵」。〔一三〕文鈔補遺作「虜」，邃本作「鹵」，鄒鎡序本作「敵」。〔一四〕此句七字各本有，金匱本無。〔一五〕各本作「閫」，文鈔補遺作「尨」。〔一六〕各本作「俾」，鄒鎡序本作「伻」。〔一七〕邃本、鄒鎡序本作「遼薊」，金匱本、文鈔補遺作「薊遼」。〔一八〕自「翰林院庶吉士」起，至「標營疾苦」，鄒鎡序本接在下文「何其重也」句之後。他本不誤。〔一九〕文鈔補遺作「夷」，金匱本作「國」，邃本、鄒鎡序本作「吏」。〔二〇〕各本作「牢」，鄒鎡序本作「撈」。〔二一〕文鈔補遺作「虜」，邃本作「鹵」。鄒鎡序本、金匱本缺。〔二二〕此二句邃本、鄒鎡序本、文鈔補遺有，金匱本無。〔二三〕文鈔補遺、邃本作「最」，鄒鎡序本作「器量」，金匱本作「器最」。〔二四〕各本有「公」字，文鈔補遺無。〔二五〕文鈔補遺作「虜」，邃本、鄒鎡序本作「鹵」，金匱本無。〔二六〕文鈔補遺作「酋」，邃本作「鹵」，鄒鎡序本空缺，金匱本「賊大酋」作「渠首」。〔二七〕各本有「達」字，金匱本無。〔二八〕各本有「牆」字，鄒鎡序本無。〔二九〕邃本、金匱本作「絜」，文鈔補遺作「挈」，鄒鎡序本作「爲」。〔三〇〕各本作「承當國風旨」，鄒鎡序本作「追論無虚日」。〔三一〕各本有「之」字，鄒鎡序本無。〔三二〕文鈔補遺作「場」，各本作「埸」，誤。〔三三〕金匱本、邃本作「皁草」，文鈔補遺作「草皁」，鄒鎡序本作「皁卓」。〔三四〕文鈔補遺有「夷」字，各本無。〔三五〕金匱本、文鈔補遺有「公」字，邃本、鄒鎡序本無。〔三六〕鄒鎡序本「小」下有「舟」

字，各本無。「車」下遼本有「子」字，各本無。〔三七〕各本有「增」字，鄭鋐序本無。〔三八〕各本作「寶」，遼本作「實」。〔三九〕文鈔補遺作「神」，各本作「人」。〔四〇〕各本作「戎羯」，金匱本作「庭穴」。〔四一〕各本作「檢」，文鈔補遺作「簡」。〔四二〕文鈔補遺作「之」，各本作「哀」。

明故南京國子監祭酒贈詹事府詹事翰林院侍讀學士石門許公合葬墓誌銘〔一〕

天啓壬戌，國方夷〔二〕之初旦，制科得人爲盛。臚傳首茂苑文文肅公，庶常擢會稽倪文正公、漳浦黄石齋公暨吾邑許公。余在班行，羣公謂詞林有人，舉手相賀。既而文大用，以復隍貞吝。倪、黄晚用，以過涉終凶。許公則不遂不退，入于坎窞以歿。迄于今，井竈堙夷〔三〕，宿素澌盡。余乃以孑遺荒耄，漬淚而銘公之墓，悲夫！

公諱士柔，字仲嘉，學者稱石門先生。其先宋南渡居江陰，國初，徙邑東唐市。祖汾，布衣居胡襄懋幕下，敍平倭勞，官神武衛經歷。父儁，字伯彥，娶馮氏，生公。伯彥高才强記，授春秋于先宮保，爲入室弟子，不事生產，落魄好大言，里中兒呼狂生如漢酈食其，則大喜。其教子，治文武二經。文經除爾雅，加家語、胡氏傳爲十四；武經加握奇經爲八。公諷誦皆上口，踰年而卒業。搖筆凌紙，奇怪湧出，余見而驚異之。孫子桑遂以女妻焉。貧益甚，脱身游外家，焚膏吞紙，盡讀其所藏書，文益奇，都人士莫敢梯接。萬曆戊午，舉于鄉。壬戌，舉進士，選翰林院庶吉士。甲子，授檢討，得封其父母。持節封楚藩。踰年丁外艱。崇禎戊辰，服除，纂修神、熹二廟實録，管理誥敕，陞侍講，兼經筵講官。皇子生覃恩，贈父及二母。辛未，分考會試。癸酉，陞右春坊中允，歷陞諭德、左春坊庶子，掌坊。凡四年而有南京祭酒之命。甫涖任，坐戊辰撰誥文越職降調。辛巳，補尚寶司丞。壬午三月，遷少卿。以疾卒于位。

公爲諸生，邑令楊忠烈公、錫山高忠憲公，以國士期許。二公忤奄死，公方居憂，中夜呼憤，涕泣濕苫塊。先帝誅逆表忠，涣汗大號。公當官奮筆，一日草數制，發揚蹈厲，感盪震越，朝右抃舞，繼以流涕。閹禽媪醜，莫不留眎瞠眙，喪精亡魂(四)。部黨之目，定于此矣。烏程攘枚卜逐余，鋸牙歧舌，頭角觺觺，會稽歎曰：「文華殿爲同文館矣。」公昌言于朝：「閣訟是非較然，安能將一手掩天下目。」言路攻烏程，章無虚日。烏程疑二公唱導，而尤以鄉曲忌公。烏程當國久，勢張甚。公獄獄不少屈。甲戌，官宮諭。上帝王世系二疏，明與烏程相排笮，而公益危矣。

先是羣奸嗾逆賢定三案，刊布要典，改修光廟實録，鏟削其與要典牴牾者。會稽請焚毁要典，天下韙之。久之改録如故，要典猶弗焚也。於是茂苑及公，相繼論改録之繆，茂苑請刊定改錄所筆者，而公則擿抉改錄所削者。公初疏曰：「臣備員纂修，恭閱皇考實錄總紀，于世系獨略。皇上娠教之年，聖誕之日不書；命名之典，潛邸之號不書；聖母出何氏族，受何封號不書。凡此皆原錄備載，而改錄故削者也。原錄之成，在皇上潛邸之日，而詳慎如此。改錄之進，在皇上御極之初，而草略如彼。此大經大法所在，不可不亟正也。」疏上，奉旨謂累朝成例，不必滋煩。烏程復令中書官捧穆廟總記以抵〔五〕公，公具揭爭曰：「皇考實錄，與列聖條例不同。列聖在位，多歷年所。登極後事，皆用編年排纂，則總記可以不書。皇考在位一月，登選三后，誕育聖嗣，皆在未登極之先，不書之總記而誰書也？穆廟大婚之禮，皇子之生，在嘉靖中，故總記不載母后之姓氏封號，皇子之出震承乾，寶册金書，輝映天地，編年未嘗不具載也。皇考一月易代，載册熹廟儀注，而皇上之册立闕焉可乎？」烏程怒，攘臂揭參，同官抳之而止。公復抗疏言：「累朝實錄，無以不書世系爲成例者。臣所以擿抉改錄，政謂與累朝成例不合也。孝端顯皇后，皇考之嫡母也，原錄具書保護之功，而改錄削之者何也？分莫尊于正嫡，功莫大于保聖，國本幾危于震虩，天心幸託諸坤寧。溯〔六〕當日調護之苦心，眞千古孝慈之極則。宗廟賴燕翼之慶，誕發于本支；而史臣抑顧復之勞，抹殺于寸管。此尤天理人心，不容終泯者也。」疏上，仍用前旨報聞。而烏程噬公，益不可解矣。

嗚呼！三朝之事，根柢宮掖，下窮私燕，上及山陵。天啓初，高陽孫文正上言：「皇上如信臣爲帷幄近臣，俾直陳先帝危難舊事，臣得引諸輔臣爲證，一一爲皇上剖明之。」由此言之，卽漢世掖庭所謂奈何令長信得聞者，終未嘗不流布人間，其可掩乎？羣小之改實錄也，護要典也，當璧之憂危，伏蒲之諫諍，以迨于選婚誕嗣，一切彝典，皆殄而不錄，以爲必如是則椒塗之城塹日堅，汗青之罅隙盡杜。人主習其讀而問其傳，茫然如爛紙故牘，無可覽觀，何從撥煨燼于蕉園、埋科斗于汲冢？遂使宮鄰金虎，皆得坐保百歲之安；而禁近銅龍，無復通知累朝之故。公之論改錄也，不爭於筆而爭于削。兩疏之末，追誦孝端，則已直發其機牙，而窮灸其病穴。識者歎公之更事深、奮筆勇，憂國遠慮，比肩高陽，而惜人主之不見省也。

烏程鋤異己益急，懸金購私人詆諆，黜逐會稽，牽連公族子重熙私史，請事窮究〔七〕。公密封原書進御史，禍乃止。茂苑進講春秋，當上意登拜，烏程力排之，二〔八〕月而罷。公復昌言于朝，如閣訟時。烏程語淄川曰：「虞山、茂苑，二鳥也，有大小翮在，將怒飛，吾儕能安寢乎？」遂合〔九〕謀出公于南。烏程去，淄川以誥詞發難逐公。司業周文節公爲公抗辨曰：「詞林故事，閣臣分派撰文，或手加詳定，或發回改撰，未有竟自糾參者也。誥敕用寶，歲有常期，未有十年之後，用寶進呈，吹求當制者也。贈誥專屬中書，崇禎三年申飭事例，未有追論元年之史官，詆爲越俎者也。高攀龍純忠正學，忤奄沈淵。皇上剪逆褒忠，光施天壤。一旦毛舉細故，舞文反汗。褒貶不錯貸，是非不兩立，今之贈卹爲非，則昔之削奪爲是，忠良色沮于一字，奸逆手笑于九京。此非所以厲當今、示後世也。」疏雖寢不報，公論大白。久之，稍遷尙寶司丞。公病矣，主憂國蹙，不敢引例待遷，乃力疾赴闕。病痰厥，足不良行，晨夕捧寶御前，左摵右平，檽檻峭陀，目眴魂稽，蹩躠〔一〇〕將事。郊壇沍寒，夜半癉瘃據鞍，舌強齒噤，冰雪生膚髮〔一一〕中。卧牀匝月。卽家拜少卿。十日遂不起，壬午三月初三日也。年五十有六。

公爲人忠信易直，光明雄駿。事親交友，咸有至性。痛其父仕不及養，卜地封壤，必誠必信。墓旁丙舍，築臺除道，面湖負山，曰：「吾先人豁達有大志，魂魄猶〔一二〕釣遊于此，無使邑邑也。」與人交，握手出肺腑，急難讓夷〔一三〕，先人後己。烏程起牢修獄殺余，羅網布中外。公焦頭濡足，上告下訴，奸人遂飛章訐公。先帝逐烏程，尸奸人于市，禍始得解。在坊局久，戚里貂蟬，金吾緹騎，多出門下。公傾心結納，用是以消弭蜚語，寢息告密，國體士氣，保全實多。其事秘，人莫能明也。流氛告急，余與公謀招材勇，練水師，爲保障勤王計。公典衣損膳，傾橐以佽助。既而稍解嚴，奇材劍客，皆以公爲歸，相與共甘苦，同卧起，周旋夷〔一四〕險，抵死不忍〔一五〕去，其得士死力如此。公嘗謂讀書當官，須緩急有用，恥爲大冠側注，拱揖矩〔二六〕步，祈土龍以致雨者。崇禎初，頒恩詔之陪京。大奄運皇木，梗河道，參隨䳕張，礮石交下。公命設龍亭、樹旌節，朝衣冠立鷁首，趣〔二七〕傳呼某太監朝駕。奄逡巡詣駕前，扱衣叩頭，候詔使舟行乃去。人謂公應變方略，已見一端，而惜乎其無所試也。

公妻孫氏，淑儀婉則，御窮守貴，士類以爲婦師。生二男子：琪、璐。生二女子：嫁翁、瞿。公之歿也，璐泣血踊擗，扶櫬南還。干戈塞道，琪間關詣闕，白公寃狀，詔復原官，峻贈詹端，崇禎甲申之二月也。乙酉八月，琪等渴葬于戈莊之新阡。璐鶺起科第，歷官方岳，覃恩及三代，乃修諭塋、開神道，奉母淑人柩祔葬。排纘行狀，而請銘于余。璐之狀公也，詳其于人才國是，消息存亡之故。瞻烏泣麟，有餘痛焉。于是知公之能仕教忠，不忘君父，蓋易世而未艾也。銘曰：

日之方中乃見沬，駕鵝高飛六鷁退。睽孤見豕甚可穢，載豕盈車吁可怪。四門穆穆四夔萃，一夫九首縱臠嘬。寇張之弧飛我說始稅反，往不遇雨曹朏晦。吁嗟許公獨顑頷，三朝金匱力簡裁〔二八〕。紫泥封璽傍華蓋，左官猶在爐烟内〔二九〕。童麋觸犀豈足戒，讒夫鬼伯交辟倪。越甲鳴君志士噫，螭頭溘逝死不悔。忠魂戀主長望拜，三年上賓早侍衞。佳城鬱鬱形氣會，巽龍乘風水爲界。如膏斯屯後將沛，白楊蕭蕭青竹在。我刻銘詩訊金薤，金鏡云亡世奚賴？王明受福終古喟。

【校記】

〔一〕此文有學集各本外，亦收於瞿藏文鈔補遺中。鄒鎡序本題首缺「明」字。〔二〕金匱本、文鈔補遺作「夷」，遂本、鄒鎡序本作「彝」。〔三〕文鈔補遺作「夷」，各本作「彝」。〔四〕各本作「魂」，文鈔補遺作「魄」。〔五〕文鈔補遺作「抵」，各本作「詆」。〔六〕文鈔補遺有「溯」字，各本無。〔七〕各本作「究」，文鈔補遺作「竟」。〔八〕各本作「二」，文鈔補遺作「三」。〔九〕金匱本、文鈔補遺作「合」，遂本、鄒鎡序本作「命」。〔一〇〕各本作「蹩」，文鈔補遺作「躄」。〔一一〕文鈔補遺作「髮」，各本作「髪」。〔一二〕各本作「猶」，鄒鎡序本作「獨」。〔一三〕各本作「夷」，鄒鎡序本作「平」。〔一四〕金匱本、文鈔補遺作「夷」，遂本、鄒鎡序本作「彝」。〔一五〕文鈔補遺「忍」下有「舍」字，各本無。〔一六〕文鈔補遺校：「矩」，刻本作「短」。按：今見各本俱作「矩」。〔一七〕文鈔補遺作「趣」，各本作「趨」。〔一八〕文鈔補遺校：「裁」，刻本作「載」。按：今見各本俱作「裁」。〔一九〕各本如此。文鈔補遺「柴泥」聯在「童麋」聯後。

都察院右僉都御史巡撫天津慈谿馮公墓誌銘〔一〕

崇禎末年，大命中圮。公忠謀國之臣，排大疑、建大議者二人，曰總憲忠文李公、津撫馮公。李公密疏請上堅守以衞九廟，倣先朝故事，命太子監國南京，分封二王江、浙，以壯藩翰。上袖其疏累日，咨嗟太息。羣臣請遷者蜂起，鬭諍〔二〕沸騰。上怒，并寢李公議。而馮公之在津門也，嘗力陳寇在門庭，南北多梗，宜疏通布置，防患未然。甲申三月，方移疾候代，事急，遣其子愷章飛章入奏：「京城單虛，戰守一無所恃，臣謹具海船二百艘，率勁卒千人，身抵通郊，候聖駕旦夕南幸。」三月初七日，愷章匍匐入都，閣部諸公，鈴柝沈沈，閣門晝扃。久之，次第引見。司徒倪公曰：「上決計固守，疏必不省。」內閣范、方二公曰：「津撫方用截餉切責，安得自送死？」愷章徬徨七日，飲泣出國門，四日而京城陷。

嗚呼！李公非膠柱死守也，以爲六飛萬乘，不當輕試一擲。監國撫軍，以靈武係天下之望，此經權並用之策也。假令知津舟宿戒，航海無虞，痛哭叩閽請急，上將劍及寢門。即不然，臨遣分封，可以立決，天下事尚可爲也。倉皇奏報，倚閣部爲(三)喉舌。羣公拱揖緩步，拘牽文墨，裂裳裹膝之使，倚牆鶴立，而無所控告。此則天不悔禍，有鬼神關鬲其間，非人謀所能及也。賊既陷神京，分兵狗畿輔。津道臣翻城(四)引賊，公突圍而南，以圖興復。比及家，精骨消亡，聲氣酸咽，搥牀撫膺，祈一死以從先帝，距鼎成(五)五閱月耳。長呼過河，視不受含，豈不痛哉！

公名元颺，字爾賡，遠祖吳越尚書叔和，家于慈谿。以工部司務贈光祿卿季兆(六)爲其祖，以南京太僕寺卿贈太常卿若愚爲其父，以兵部尚書元飈爲其弟。公弱冠而學成，太常命司馬師焉。司馬舉進士，先于公六年，鐮厲名行，正直是與，海內稱兩馮君，天子亦知之。初涖津門，厲兵振旅，犄角諸鎮，斬馘東兵過當。上大喜，賜金幣，蔭一子錦衣，間語司馬：「若兄在行間，病煩眩良苦。」司馬頓首謝曰：「臣兄誓捐軀報國，何敢言病。」上屬司馬傳語，命愼用藥物，遣中使賜宮參八兩。上知公可大用，倚畀良重，而外庭或未之知也。

公舉崇禎元年進士，授工部都水司主事。中人張彝憲管理戶工二部，請屬其郎官。公抗疏力爭，謂內臣別立公署，不得踞兩部之堂，兩部臣不得參謁內臣，犯交結之禁。部臣錢糧有弊，聽內臣糾劾，不得越俎薦舉。公監督長、德二陵橋梁，洗手受事，上嬴金四萬有奇。彝憲毛舉中公，無所得，恨益甚。陽墜馬傷足，請告歸。三年，起禮部儀制司郎中。出爲湖廣布政司參議，備兵蘇松。九年秋，鳴鏑躪畿南，首犇吳兵〔七〕入衞，浙兵將出境，而公已渡淮矣。抵濟寧，奉詔班師，加銜爲福建提學副使。烏程借文社鉤黨，剪除江南名士。公覆疏請解〔八〕其禁，勿陷東京葦笱覆轍。坐鐫秩，降山東鹽運判官。十一年，濟寧告急，攝兵備城守。十二月，却東師于城下，幷擊殺高奄部兵乘間肆掠者。敵退，請誅奄以謝燕、趙、齊、魯寃鬼，不報。未幾，用天津兵備開府，敘濟績也。

公通心彊志，諳曉吏事，所至薙劇盜，按貪猾，勾稽錢糧，均平賦役，皆鑿鑿副名實。又以中外多事，備禦闒茸，蒐軍實，養士氣，通輕俠，拭瘢纇，蒼頭廬兒、廢弁退卒，呵摩爬梳，以冀一割之用，人皆望而歸之。自謂立身天地間，只有一君一父，只有一心一膽，不判此七尺，爲宇內撐拄倫紀，保全善類，何所爲哉？椓人宮鄰，權相金虎，與沸唇左帶而三，目張齒罄，罄淚俱發，奮欲以其身死之。烏程起牢修之獄，刊章捕余。事下所司案問，而公左官當去。公掀髯笑曰：「彼所以亟鋤吾者，欲曲殺虞山而先剪其翼也。我一日在事，職當窮究此獄，三寸管在我，三尺法在我，闔門百口在我，彼其如我何？」于是登堂視事，懸警鼓，召介衆，引繩切墨，手定爰書，獄成而後去。天子爲之感悟，尸奸人于市〔九〕，而烏程亦先引去，同〔一〇〕文之獄少緩矣。

生平勇于爲善，怯于進取。醲于道義，淡于聲利。居官不取一錢，而饑寒待衣食。臨事不假嚬笑，而吹噓遍枯朽。與司馬公恣其友愛，兩家兒女，更衣幷食。身任主伯，綜理家政，司馬一無所與。司馬之夫人，一針一縷，必取諸丘嫂。公卒，司馬曰：「兄死，吾無歸矣。」哭踊臥地上，不復歸內寢，越七日不起，易簀含斂，皆在公柩前。嗚呼難哉！

公卒于崇禎甲申九月初十日，享年五十有九。娶何氏，封安人，贈淑人，生一女。側室徐氏〔一一〕，生愷章〔一二〕，劉氏，生愷奇〔一三〕。孫四人，葬邑之小漁山。歲次癸卯，愷章屬契家子姚江黃宗羲撰次行狀，請予追銘其墓。

嗚呼！甲申之禍，亙古無兩。痛定思痛，追恨〔一五〕航海之議，不與李公合幷，未嘗不拊心慟哭也。雖然，論人才于炎、正之季，固未有若二公者。李公如秋霜烈日，驚爆兩間。馮公如長江大河，涵濡羣類。天生斯人，以匡植末造，而卒與廟社俱盡。吉水風烈，接踵信國，偉〔一六〕矣！物論悠悠，附耳借目。馮公之忠言奇謀，抑沒無聞，後死者之罪〔一七〕也。明有簡策，幽有神祇，其何敢阿私所好，欺誣來世？是用大書特書，表而出之，不敢以文。銘曰：

茫茫天津，析木之墟。駕〔一八〕鵝橫飛，封豕負塗。旋斡斗〔一九〕杓，以迴帝車。雲帆星旃，百靈扈趨。蜿蜒負舟，蒼龍白魚。海童送帆，江妃導旗。北燕東吳，如堂適除。天梁中截，壅此簡書。六龍引掣，羣彼鵜鶘。祈〔二〇〕死畢命，天乎人與？舳稜灰飛，蕉園燼餘。碧血已化，丹心曷攄？墮山宰木，弔者欷歔。舊史作銘，敢告石渠。

癸卯三月舊部民虞山錢謙益再拜謹造〔二一〕。

【校記】

〔一〕此文有學集各本外，亦收於瞿藏文鈔補遺中。金匱本題首有「明」字，邃本、鄒鎡序本無。文鈔補遺「慈谿」二字前作「明資治尹正議大夫總督遼餉贊理征東軍務巡撫天津都察院右副都御史」。〔二〕金匱本、文鈔補遺有「闕諍」二字，邃本、鄒鎡序本無。〔三〕各本「爲」下衍「口」字，文鈔補遺無。〔四〕文鈔補遺作「城」，各本作「兵」。〔五〕文鈔補遺作「成」，各本作「沈」。〔六〕各本有「兆」字，邃本脫。〔七〕文鈔補遺作「吳兵」，各本作「衆」。〔八〕文鈔補遺作「解」，各本作「戒」。〔九〕各本作「市」，文鈔補遺作「朝」。〔一〇〕各本「同」字上有「而」字，文鈔補遺無。〔一一〕各本作「側」，文鈔補遺作「副」。〔一二〕文鈔補遺此句下有「封太孺人」四字，各本無。〔一三〕文鈔補遺此句下有「授行人司行人」六字，各本無。〔一四〕各本作

「奇」，文鈔補遺作「琦」。〔一五〕文鈔補遺作「恨」，各本作「悔」。〔一六〕各本作「偉」，文鈔補遺作「禕」。〔一七〕文鈔補遺作「罪」，各本作「責」。〔一八〕文鈔補遺作「篤」，各本作「駕」。〔一九〕文鈔補遺作「斗」，各本作「耳」。〔二〇〕文鈔補遺作「祈」，各本作「羣」。〔二一〕文鈔補遺有「癸卯」以下十六字，各本無。

明中大夫光祿寺卿奉詔起南京工部右侍郎贈一級徐公墓誌銘〔一〕

公諱如珂，字季〔二〕鳴。世居吳縣橫塘里。曾祖政，以布衣經政八邑田賦，籍在册府。祖言，父思仁，皆贈中大夫光祿寺卿。母淑人劉氏。公生十四年而孤。萬曆乙未舉進士，授刑部江〔三〕西司主事，陞浙江司郎中。主事謝廷讚越職請建儲，神宗震怒，鐫責同舍郎，降雲南布政司添注照磨。謫籍十年，丁母艱，起衡陽府推官。服除，補河南。明年，陞南京禮部祠祭司主事，遷郎中。歷俸五年，遷廣東嶺南道右參議。天啓元年，轉四川兵巡上川東道副使。復重慶、擣古藺，敍功第一。久次，入爲太僕寺少卿，陞通政司左通政〔四〕。乙丑，陞光祿寺卿。丙寅，推〔五〕南京工部右侍郎。逆奄矯旨，削籍爲民。歸里三月而卒，冬十二月初九日也。年六十有五。崇禎元年，收召忤奄諸臣，仍以原推起用，公捐館一年所矣。

公忠誠彊直，砥節首公，于國爲勞臣，于世爲志士。中年以平蜀盡瘁，晚節以忤奄捐軀。生平勳名風節，此二事爲最鉅。公入蜀也，奢崇明戕蜀撫于重慶，賊目樊龍、張彤據城以守，而與其〔六〕子寅重兵圍成都。公疾驅至荆州，寄彌月兒于鄧氏，單舸入夔，抵墊江，策之曰：「蜀事急矣，欲保全蜀，莫若急攻重慶，以解成都之圍。重慶三面阻江，一面通陸，賊據佛圖關以扼我，莫若先奪關以制其死命。」召募得勝兵千人，檄調土司及材官、良家子、義兵繼至。正月朔日誓師，初六日合圍，十六日邑梅石耶兵間道走關下，斬首數百級，軍聲大振，而成都以晦日圍解矣。公謀奪關益力，二郎關在佛圖上游，親率選鋒數千，走魚洞、駐雙山，繞出佛圖後，女帥秦良玉援省還，與諸將連營爲一字陣，橫亙十餘里。守備金富廉率所部先登，呼聲陷樓櫓。賊咋指呼其乳名曰：「誰能遣金么兒出死力如此？」四月廿四日，我師克佛圖關。逆酋兵數萬，自江津來援。道鎭請撤回以避其鋒，公不可。同知越其杰，率馬湖、遵義兵赴瀘，檄還師躡賊。官兵七枝，左右夾擊，賊大敗，江水爲赤。賊勢窮蹙。下東道戴君恩，遣間招撫，扁舟過江，執張彤手，好語移時。俄而〔七〕復叛。公趣諸將急攻，金富廉馘張彤，樊龍死亂兵手。諸凶渠縛檻車，下東道君恩獻俘闕下。天子爲告廟，御樓受賀。下東道立峻擢三級，而公守上東道如故。

是年冬，有搗巢之役。合江于六路最要，制府以監督委公。公議分兵三路，羅帥出左路，趨赤水，抵竹瓦，規取土城，斷古藺後戶。薛帥出中路，趨先市，抵小關，疾趨土城，協攻古藺，掃賊宮室墳墓。越同知出右路，趨九枝，抵中箐，直擣永寧，蒐賊窟穴。部署既定，越中讒解去，兩帥爭兵而鬨，羅顧望流言，兵不當繇土城。公怒曰：「藺之有土城，猶渝之有佛圖也。羅自畏賊耳，而唱言不當出土城，阻壞大計。我卷甲疾趨土城，首當賊衝，彼亦將曰余馬首是瞻耶？」大書榜軍前：「先市、仁懷兵，敢退一步者斬。」諸將股栗，莫敢後。軍中需餉亟，仁懷米運梗大丙灘，水悍石齧，輿譁叫號。公焫香禱于神，須臾水長二丈，亂流而濟，軍聲騰踊沸江水。賊借水西兵十萬來援，勢張甚。我前軍少却，捍子軍覃懋勳，挽白竹弩連中之，賊大潰。轉戰數十里，斬首萬餘級，遂破古藺，縱火焚僞宮闕五鳳樓，發掘冢墓，碓颺其齒骨。癸亥五月十三日也。明日破土城，逆寅中鎗遁去。父子竄逆水西龍場壩。公晝渡河三策，決計請濟師。制府中羅帥語，檄緩師期，而內召之命至，或曰：「賊其釜中矣，盍蕆事而後去？」公笑曰：「枕戈坐甲，勞人事也。飲至策勳，以俟能者。往謫滇時，夢朝見神宗皇帝，袖中出川扇三，曰：『若爲我手持遺皇太孫。』今三川扇動，隻手撐持，以還聖主。死可以報命神祖，他何望哉！」其劬躬耆事，有功不伐，皆此類也。

公入朝，逆奄竊枋，兒孫滿朝右。公風骨稜稜，孤峭行一意。奄黨怒，奄亦怒。奄不知公何等人也，糾奄章滿公車，封進不踰晷。奄黨曰：「彼將比而殺公。」既而阿頌廠臣，取次勸進。公修光祿寺竣，具疏報聞。奄黨曰：「光祿，內府衙門也，彼敢無一言及公乎？」奄積不能平，先後陪正會推，皆不報。卒嚴旨削奪，人謂奄怒未息也。舟次靜海，盜入帳中，鈹刃交胸，懂而後免。㥏悖擣心，殗殜不寐。日經紀家事，封題緯繣，夜篝燈，列子姓談說平生，惋惆乃罷。卒之日，治具召親好道故歡飲，夜分客散，良久痰滮嗌喉，頓愍而絕。越二日大斂，弔者揭面衣，色墨血殷，始知有異。推其深衷誹〔八〕惻，上以隱國惡，下以殺黨禍，生謝朱游之和藥，死免楊震之露棺，忠臣孝子之用心，可謂至于此〔九〕極。嗚呼悕矣！

公爲吏，明習法律，興除擊斷，不以遻人寓公，傳遽其官。在南曹，西夷〔一〇〕王豐肅煽天主教盤踞禁地。公曰：「此漢之米賊，唐之末尼也。」夷〔一一〕自誇風土物力，遠出華夏。公以紙筆畀兩夷〔一二〕，隔別雜書，舛誤不相合。羣公奉夷〔一三〕教者，皆口噤無以應。而放屏之議定。

齊〔一四〕庶人冐宗糧五百，餘人詾訐部郎，囂囂莫可制。公奉旨清理，擇宗長一人，按籍點視，如閱兵伍，清虛冐三百餘，歲省五千餘金，而宗糧得以時關領。貧宗請名屬內守備，老死不得上籍，條歸本部類題，著爲絜令。

署廣東海〔一五〕，道澳夷〔一六〕奔告紅毛將犯香山，請兵請餉，請木石以築墉垣。兩院計無所出，公曰：「此狡夷〔一七〕嘗我也。兵取諸粵，餉取諸澳，墉垣紅夷〔一八〕所規取，可毀不可築也。」已而夷〔一九〕詟寂然，澳垣日築百丈。遣中軍領精兵數千戍澳，諭之曰：「墉垣不毀，澳人力少也，吾助若毀。」不兩日，糞除殆盡。夷〔二〇〕省記前事，唶曰：「是故爲南祠郎逐我王豐肅者。」自是少戒心于我，不敢盡奴視漢官矣。暹羅貢使，以通天犀角二、象牙四爲餽。通事曰：「勿却，恐失遠人心。」公曰：「漢官吏啖蕃舶寶賄，動引柔遠爲辭。國有人矣，何必我。若以不受舶貨失遠人心，職任其咎，請自我始。」夷〔二一〕使驚歎，謂百年來所希有。官滿，度庾嶺，武弁德公者，偵知公什物不具，密運檀梨諸美器，臚列嶺下。公曰：「吾將養汝輩，冀爲縣官佐緩急，豈爲此累累者耶？不亟去，有一炬在。吾篋中殘書敝衣，悉以件汝。」皆羅拜感泣而去。公歷官不通問弓劍，不動支贖鍰，北歸不載南物，比〔二二〕唐孔戣。其能强立不〔二三〕返、孤行自遂以此。而淹薄冗長，有功不省錄亦以此。

在軍中擺落文法，與士卒同甘苦，募兵措餉，指畫要害，籠絡駕馭，捭闔〔二四〕錯出。秦良玉官女都督，入援而驕，請以客禮見。公曰：「不可以軍容亂國典。」良玉帕首韠袴，膝行而前。降堦延登。慷慨慰勉。佛圖關之役。女將軍腰刀先登，斬首千餘級；斬關復渝，功多南北。將之驕慣，毛、狠〔二五〕，兵之慌惧，青衣、烏鬼，賨民楯蠻，靡不落其機距，時其嗜慾〔二六〕。條鏃在手，禽縱自如。薛師敗大風埡，帳下夜驚，傳呼賊將偪合，手刃三人乃定。渝城未下，杜將軍請委千人，用古塡城法。公不可，曰：「城行下矣，千人命可惜也。」每下一城，救死扶傷，收贖擄掠，生全〔二七〕不可量數。嘗籍記攻蜀將士功狀，敍行間勞苦，推言之曰：「通于義命之說者，而後可與談兵。」斯千古用兵之質的也。

天啓初，余官宮坊，班朝並馬，知其行事甚悉。楊左都劾奄去國，公攜酒餞于都門。司吏喘汗奔告，上御門須引奏，傳呼甚厲。公曰：「嚴譴，國法也，餞途，私情也。上知之，庸何傷？」安坐卒爵，周詳拊慰，徐舉鞭拱揖而去。舉子上章投匭，公弗與封，親知請間曰：「內人許彼矣。」公正色曰：「幸甚。公以是言教我，疏不封，我必去。我不去，疏必不封。兩言決耳。」言者面墳(三八)赤而去。蜀事定，戴、劉兩監軍交訟，余以質公。公笑曰：「軍前盜販火藥，常事耳。劉營販，戴營亦販，雖我營亦未嘗無(三九)之。彼以爭而訐，吾以不爭而免，何庸齒牙于其間哉！」聞者服其心之公、論之平也。余旋觀當世賢士大夫，靡不糞牆屋、厲廉隅，精神芒角，著見眉目間。公低眉俯躬，下視雅步，端詳和易，口出氣恐抵突人。崑山相媚奄枋國，雅故往還，不見崖異。朝謁少間，與書生學子，講論制科，懷袖出兔園册，沈吟諷誦，訢訢如也。一旦當大事、抗大節，山立嶽峙，飈發霆擊，笑談咳唾，足以驚爆一世。吳民擊殺緹騎，奄黨議屠(四〇)吳城，盡掩捕江南名士不附己者。公抗言于朝曰：「蘇、松財賦要地，衆怒如水火。此令夕下，明日揭竿反矣。」退而正告崑山：「公縱不念桑梓，獨不爲丘墓子孫地乎？」崑山心動，諷奄伏地告哀，事得解。諸嶽嶽平視公者，咸歎伏。語曰：「仁者必有勇。」吾庶幾于公見一人矣。

公娶史氏，累贈淑人。子四人：廷棟，官生。廷柱、廷楨、廷枝〔二〕，皆庠生。廷枝〔二〕妾丁出，所謂彌月兒寄帑于荆者也。女四人。孫男七人。崇禎十二年己卯，葬吴縣作字圩之賜塋。先帝卹錄忤奄諸臣，重敍川功，部覆裁予三品祭葬，贈一級，蔭子。易名酬勞，彝典闕如。己〔三〕巳歲，御史劉學詩抗疏條列，兵薄城下，寢不覆。廷柱洊經禍亂，大懼先人風烈湮沒，件繫事狀，漬血成書，將謁銘舊史氏，而廷柱又卒。子世奉其墜言，請追銘。嗚呼！公有後矣。銘曰：

五湖輕心昔所傳，金梟白虎鍾此賢。左官九死投夔滇，金鍛火浣精且鮮。蠶叢盜發井絡騫，投筆叱馭膺戎旃。血誠噴薄天日旋，弱頭虎子奉弭鞭。巴渝險阻賊壘堅，佛圖重關高刺天。老將憑城量肉塡，錦車女帥奪隘先。再鼓藺穴飛灰烟，焚尸颺骨臍膏燃。指麾三扇收三川，神祖有命詒孫玄。丙灘餽運神鬼牽，師武臣力何有焉？夷〔四〕之初旦天步艱，檻車方笥相鉤連。身塡牢戶誠何愆？不若懷忠歸下泉。夕陽亭在臥榻西叶，白蜺墮橤胡連蜷。大鳥引吭泣柩前，爾卜爾筮胡不然？扈從我后扶虞淵，三靈九廟其舍旃？地軸倒翻天漏穿，江山故國臨墓田。魂兮來歸毋淚漣，秋霜夏日耿萬年，照我銘章〔五〕永不鐫。

【校記】

〔一〕此文有學集各本外，亦收於瞿藏文鈔補遺中。金匱本題首有「明」字，各本無。

〔二〕各本作「季」，文鈔

補遺作「重」。〔三〕各本作「江」，文鈔補遺作「廣」。〔四〕各本作「左通政」，文鈔補遺作「參議」。〔五〕各本作「推」，遂本作「擢」。〔六〕各本有「其」字，文鈔補遺無。〔七〕遂本作「俄而」，文鈔補遺作「哦而」，鄒鎡序本作「而反」，金匱本作「而」。〔八〕各本作「非」，遂本作「悱」。〔九〕各本作「此」，文鈔補遺作「斯」。〔一〇〕〔一一〕〔一二〕〔一三〕〔一六〕〔一七〕〔一八〕〔一九〕〔二〇〕〔二一〕文鈔補遺作「夷」，各本作「彝」。〔一四〕文鈔補遺作「齊」，各本作「徐」。〔一五〕金匱本、文鈔補遺有「海」字，遂本、鄒鎡序本無。〔二二〕金匱本、文鈔補遺作「比」，遂本、鄒鎡序本作「北」。〔二三〕各本作「不」，遂本作「及」。〔二四〕文鈔補遺作「捭闔」，他本皆誤。〔二五〕遂本、文鈔補遺作「狼」，金匱本作「佷」，鄒鎡序本作「糧」。〔二六〕金匱本、文鈔補遺有「慌悏」以下至「嗜慾」二十字，遂本、鄒鎡序本無。〔二七〕金匱本、文鈔補遺作「全」，遂本、鄒鎡序本作「前」。〔二八〕鄒鎡序本、文鈔補遺作「墳」，遂本、金匱本作「憤」。〔二九〕各本作「未嘗無」，文鈔補遺作「有」。〔三〇〕各本作「屠」，文鈔補遺作「阬」。〔三一〕〔三二〕文鈔補遺作「枝」，各本作「枚」。〔三三〕金匱本、文鈔補遺作「己」。遂本、鄒鎡序本作「乙」，誤。〔三四〕文鈔補遺作「夷」，各本作「彝」。〔三五〕文鈔補遺作「章」，各本作「筆」。

有學集卷二十九

墓誌銘

明福建道監察御史贈通議大夫太僕寺卿謚忠毅李公墓誌銘〔一〕

公諱應昇，字仲達，常州江陰人也。舉萬曆丙辰科進士，選江西南康府推官，徵拜福建道監察御史。天啓乙丑，逆閹魏忠賢矯旨，削籍爲民。明年丙寅，矯旨逮繫，考死詔獄，閏六月之初三日也。年三十有四。崇禎元年，孤遜之上章訟冤，詔復官，贈太僕寺卿，予祭葬，給三代誥命，蔭一〔二〕子入國學。弘光元年，遜之疏請補謚，予謚忠毅。

嗚呼！國家閹宦之禍，燃于振，熾于瑾，而焚灼于忠賢。公入臺班，則忠賢燎原之日也。公連章切諫，謹逸遊、罷內操、停立枷，皆以剪閹機牙而落其角距。既乃條列十六罪，具奏欲上，從兄序班奕茂，攫而焚其稿。公曰：「兄能攫我腹稿耶？」方炳燭繕寫，而應山疏已報聞，苟切責，乃抗章踵其後曰：「臣堂官楊漣糾東廠太監魏忠賢二十四大罪，皇上不立加誅逐，而憐其不辯，目爲小心。夫忠賢非不欲辯也，千眞萬眞，無可辯也。千罪萬罪，又不勝辯也。忠賢不能自辯，而明旨代爲辯，則中旨可聽其僞傳乎？閣臣可聽其爰立乎？外廷可聽其交結乎？老臣可聽其驅逐乎？生殺可聽其指麾，爵祿可聽其掌握，兵柄可聽其在手，出入可聽其僭擬乘輿乎？皇上雖念其犬馬，曲示包荒，然罪狀旣著，疑端已開，疑則思自全之計，急則作走險之謀，蕭牆之內，隱憂滋大。臣爲皇上計，莫若聽忠賢之引退，以全其命，而解騎虎之危。卽爲忠賢計，莫若早自引退，以釋中外之疑而乞帷蓋之賜。而臣所私心責備者，君側不清，罪在宰相，一時富貴有盡，千秋青史難欺。不能爲劉健、謝遷者，恐亦不能爲李東陽。倘畫策投歡，不幾與焦芳同傳耶？」當是時，魏廣微依倚同姓，驕蹇朝右，中朝呼爲「內外魏」，莫之敢指。公疏摘抉及之，廣微大恨。而新參幸其無主名，可乞〔三〕餘光也，亦多口愬公以自固。會孟〔四〕冬頒曆，廣微不至，享太廟又後至。公訟言力攻，且曰：「皇上宜戒諭廣微，繹敬愼之旨，安臣子之分。退讀父書，保其家聲。毋倚三窟，與言官爲難，庶幾上可以報聖明，而異日亦可以見乃父于地下。」廣微旣附閹，疾視其父允貞所交友立名砥節之士，人咸謂允貞無子。廣微深慚于露章也，益恨公刺骨。而崔呈秀者，閹子之魁也，巡方無狀，總憲高忠憲公屬公具稿彈治。呈秀微服夜行，長跽求解，公叱去不許。遂與廣微比而愬公。廣微謀廷杖斃公，蒲州韓公力持之，罰俸一年。明年三月，削籍歸里。又明年，假織監疏，急徵詔獄，吏榜掠楚毒，侃侃不少屈。畢命之日，賦詩二章，東向拜書，以別父母。越三日，兄應炅出其屍，骨肉斷爛，竟不知其死何狀也。

嗚呼！二正之季，閹官以人主爲尸，盜弄魁柄，旋踵撲滅，于國家猶無與也。天啓之禍，煽于羣小，廣微、呈秀，以忠賢爲尸，而羣小捉刀蜚矢，飛謀釣謗，又以廣微、呈秀爲尸。國家二百餘年長養之元氣，愛惜之人材，攻穴芟薙，如蟲之自食其肉，不盡不止。公當考掠時，每大聲呼籲二祖列宗。迄今三十餘年，國魚爛矣，世陸沈矣，宮鄰金虎，胥化爲飛塵餘燼矣。祖宗在天之靈將安呼〔五〕乎？將安籲乎？起公于今日，不知其撫膺陷胸，又何如也？斯可爲痛哭也矣。

公爲書生，專勤誦讀，不知環堵外事。筮仕刑官，剖積案，讞疑獄，招擬平反，一字出入，雖老文法吏無以難也。少負才華，銛利如切玉。及爲奏牘益工，勾稽援據，以敬輿、子瞻爲師法。論天下有三患，曰夷〔六〕狄吭背之患、盜賊肘腋之患、小人腹心之患。三患不除，是生三病。邪氣生而元氣削，則〔七〕病外；元氣削而神氣盡，則病內；庸醫側出，補瀉雜投，助客邪而伐眞元，則病醫。鑿鑿乎醫國之藥石，而病者弗省也。辨奸指佞，劈肌中理，奸邪如王永光，九首百足，沓口歧舌，終不能自解免而去。羣小固懾公風裁，亦兼畏其筆鋒也。公爲人易直安雅，却行側立，悛悛如靜女退士。遇大節，飈舉蠭湧，不可禁禦。鋃鐺及門，道路詾懼。與父母訣別，摳衣肅拜，安詳如平時。抵郡城，與其師友吳鍾巒、徐時進酌酒賦詩，抗手而別。臨終詩云：「只有親恩無可報，生生願誦法華經。」其于患難死生之際，正定不亂如此。

公始祖桓烈公，至元中統軍元帥，墓在河間之寧津，其孫佩金虎符，世守江陰，家焉。入國〔八〕朝，世爲儒。祖杲〔九〕，父鵬翀，母孫氏。娶錢氏，余宗女也，生一子，卽遜之。公家世孝友，奉父訓如師保。將之官，父戒之曰：「我力耕有餘貲，舂糧釀黍，歲時餉汝。汝但飲彭蠡一杯水耳。」及就逮，拊背慰勉曰：「行矣，國有忠臣，我有孝子矣。」公既沒，淑人奉養尊章，庀治喪葬，撫九歲孤遜之嶄然強立，人謂忠臣之室有女宗焉。弘光乙酉，後公二十五年卒。又十三年丁酉，遜之乃卜諭塋于曹莊之新阡，備禮大葬，奉大父母窆主穴，而公與淑人窆昭穴，昭國恩、成先孝也。於是整齊遺文，論次年譜，以許光祿譽卿之狀請銘。余爲之執簡欷歔，泣而受命。銘曰：

郊牛之角，食于鼷鼠。蕘蕘螟蟘〔一〇〕，賊我禾黍。椓人醜扇，讒夫和聲。螘子不戒，大廈以傾。嶽嶽李公，簪筆持斧。名刊飲章，身塡牢戶。善類燔矣，邦家之災。滄海橫流，九廟沈灰。江鄉故國，諭塋巀嵲。龜趺豐碑，烏頭綽楔。金錢尙方，丞徒將作。黃麻紫書，照耀夜壑。漢津有梁，斗杓不沒。巘〔一一〕山敦丘，自有日月。丹心碧血，磅礴輪囷。赤岸黃壚，蔚爲慶雲。天開地闔，元氣在兹。鴻朗莊嚴，徵此銘詩。

上章困敦之歲春王正月望日石渠舊史某撰文〔一二〕。

附東膚公札

老居人世，朋舊凋殘。江上故家，尤歎衰落。得見足下，風神氣骨，宛然忠毅眉目生動，不覺悲喜交集也。隧道之石，謹受嘉命。涕淚漬紙，久而削稿。往年作應山諸公文字，在天路坦夷之日，腸肥氣盛，筆墨馳騁。今世運而往，志氣衰颯。每一執筆，不勝山河陵谷之感。雖復敷演成篇，亦往往如楚人之吟，楚囚之音〔一三〕，鼠憂蚓泣，豈足以舉揚遺烈，慰仁人孝子之深思乎？知足下義心苦調，當亦爲之掩卷而太息也。聽鸝佳什，感慨激昂，惜繼聲者無其人耳。遠承垂念，草率附謝不一。

【校記】

〔一〕此文有學集各本外，亦收於文鈔補遺中。金匱本題首有「明」字，邃本、鄒鎡序本無。文鈔補遺題只有末八字。　〔二〕文鈔補遺有「一」字，各本無。　〔三〕金匱本「乞」下有「錄」字，各本無。　〔四〕文鈔補遺作「孟」，各本作「初」。　〔五〕文鈔補遺作「呼」，各本作「在」。　〔六〕文鈔補遺作「夷」，各本作「彝」。　〔七〕文鈔補遺作「則」，各本作「且」。　〔八〕各本作「國」，金匱本作「明」。　〔九〕邃本、金匱本作「呆」，鄒鎡序本、文鈔補遺作「果」。　〔一〇〕文鈔補遺作「蟥」，各本作「蟦」。　〔一一〕文鈔補遺作「鬳」，各本作「甗」。　〔一二〕文鈔補遺有「上章」以下十九字，各本無。　〔一三〕各本作「音」，文鈔補遺作「操」。

故廣西道監察御史高陽李府君墓誌銘〔一〕

余往與高陽李文敏公，同出吾師孫文正公之門，文敏以長兄事余。既貴，滋益共。御史君，文敏之從子也。御史沒，既葬，其子琰、琯撰述行狀，以上史館。琯遂踰淮涉江，重趼入吳，介文敏舊誼，請銘于余。余何忍辭。

按狀，君諱發元，字元毓，保定府高陽人也。曾祖參政公諱某，祖文學公諱某，文學弟贈閣學、太子太保，文敏公父也。父明經公諱某，贈文林郎、寧波府推官。娶王宜人，生五子，君其仲也。君少負淵敏，與文敏齊名，括羽鏃礪，自爲師友。孤貧力學，冠挂履遺，掐擢胃腎，凌紙怪發，文敏自謂弗如也。三十補諸生，甲子舉于鄉。經明行修，翛然宿素〔二〕。甲戌舉進士，授寧波府推官。詔獄繁興，文書堆案。精心鉤稽，以平反求生爲務。忽然而睡，煥然而興，佩觿解結，如發芒背，交臂歷指，皆自以爲〔三〕不冤。用治行第一內召。甲申之難，慟哭不欲生，久之乃出受命。授〔四〕廣西道監察御史，巡視兩淮鹽課。戎馬旁午，鹽竈崩潰，殘商捧足慟哭，君垂涕撫諭，抗言上請，以淮商所積垣鹽六萬引，還商辦鹽，商乃稍出趨事。既而爬搔利病，次第修舉，發引目、救商本，釐殘商〔五〕，禁越俎。章凡數〔六〕十上，最後和盤打算，謂定窩招認，殘商寧死不願〔七〕，惟有量力行鹽一法，照新例，一引納兩引之價，照舊例，一引行兩引之鹽。事易修明，法最畫一，商竈讙呼，謂李公生我。君考鏡二〔八〕百年來〔九〕淮南鹽政，爲官議者十一，爲商議者十三，爲竈議者十五，爲課議者十三。當分崩潰決之時，講承平疏理之法，古方新病，其與幾何？乃一切寢閣，汲汲于〔一〇〕固結人心，爲商請命。振衣挈領，灸病得穴，鹽課漸登，後來者始可厝手。而君以癆瘵屬疾，移病抵家，遂不起。於乎惜哉！

狀稱君孝友篤摯，居父及大母喪，擗踊毀瘠，沈痾累年。居鄉捍大患，賑大祲，鄉黨歸仁焉。廉潔自矢，囊金櫝帛，逆却如糞溲。聳善抑惡，矜愚砭頑，片言攻訐，若避蜚矢。風期闊達，不施戟級。酒酣以往，抗言在昔，擊節高歌，決裂肝胃〔一一〕，與朋友共。蓋樂易軒闢〔一二〕，倜儻不羣之男子也。緇衣好賢，傾心善類，于燕，好范閣學質公，于越，好劉通政念臺、倪尚書鴻寶、馮天津留仙、司馬鄴仙。小夫壬人，鈎黨病國者，如毒蛇螫手，唯恐〔一三〕不得斷而去之。其遭際坎陷，不獲少發舒于本朝，則天也。余嘗論之，爾雅敍四極，北戴斗極爲空桐。間世而出偉人，稟受斯氣，以驚爆宇宙。高陽云亡，南北諸君子，咸與廟社俱燼。譬諸經星隕墜，則奔星彴如雨而後〔一四〕者，殆不可勝數也〔一五〕。如君者，其亦隕星之最後者與？兩淮之役〔一六〕扣〔一七〕囊底餘智，盤錯遊刃，而命不少待，則豈非奔〔一八〕流將墜，芒焰驟作〔一九〕，有聲曳其後而可駭者與？君之有志無時，視而不受含者，夫豈一人之故也哉？君生萬曆戊寅十一月〔二〇〕七日，卒今丁亥四月四日，享年七十。配邊宜人，生二子：長琰，舉人。次琯，廩生。女一，適韓〔二一〕運啓。孫四人。某年某月葬某地之某阡。銘曰：斗極之下，觚竹空桐。光岳〔二二〕氣合，篤生駿雄。餘分閏氣，錯落紫宮。奔流不返，有光熊熊。湯湯高河，烈烈朔風。幽都筋角，鳴彼角弓。書命兩朝，奕葉顯融。舊史刻辭，以訊無窮。

【校記】

〔一〕此文有學集各本外，亦收於文鈔補遺中。　〔二〕文鈔補遺作「宿素」，各本作「素風」。　〔三〕文鈔補遺作「自以爲」，各本作「謂」。　〔四〕文鈔補遺有「授」字，各本無。　〔五〕文鈔補遺作「殘商」，各本作「鹽」。　〔六〕文鈔補遺有「數」字，各本無。　〔七〕各本作「願」，文鈔補遺作「顧」。　〔八〕各本作「二」，金匱本作「三」。　〔九〕金匱本、文鈔補遺有「來」字，遂本、鄒鎡序本無。　〔一〇〕文鈔補遺作「于」，各本作「乎」。　〔一一〕各本作「胃」，金匱本作「腎」。　〔一二〕文鈔補遺作「闢」，各本作「闔」。　〔一三〕文鈔補遺無「恐」字，各本有。　〔一四〕各本作「後」，文鈔補遺作「復」。　〔一五〕文鈔補遺有「也」字，各本無。　〔一六〕各本有「兩淮之役」句以下至「葬某地之某阡」一百十六字，鄒鎡序本無。　〔一七〕遂本、文鈔補遺作「扣」，金匱本作「如」。　〔一八〕遂本、金匱本作「奔」，文鈔補遺作「崩」。　〔一九〕金匱本「作」下有「者」字，遂本、文鈔補遺無。　〔二〇〕遂本「月」下有「初」字，金匱本、文鈔補遺無。　〔二一〕金匱本、文鈔補遺有「韓」字，遂本無。　〔二二〕各本作「岳」，金匱本作「芒」。

明故山東登萊監軍道按察司僉事佟公墓誌銘〔一〕

故山東按察司僉事管登萊監軍道遼陽佟公，以天啓五年乙丑九月，畢命于請室，自敍其生平，作幽憤先生傳，而余爲其序，極論公之不當坐叛死爲大寃，黨人曲殺公以敗壞遼事爲大誤，而公之死寃死黨，不死于國法而死于疑似髣髴不可窮詰之膊書爲大異。勞人志士讀斯文者，靡不拊膺椎胸，泣下歎息。而公之子中丞國器哭而請曰：「甚矣先子之賴公以不死也！敢復以墓誌〔二〕累公。」余踧踖受命，退而稽譜牒、徵實錄、據爰書、考國論，證明之以〔三〕所見所聞，詳複書之，詞繁而不敢殺焉。

謹按：公姓佟氏，諱卜年，字八百，世爲遼陽人。始祖達禮，洪武中，征進迤北，招降奴兒干野人。世官開原三萬衞指揮使。子敬襲。敬歿，弟昱襲。昱生暎，暎〔四〕生棠，棠生恩，世守禦建州，上首功，而恩戰馬吉堡，追奔二百里，陷陣支解，世宗皇帝命首祀羣烈祠。恩生登，歷官榮祿大夫都督同知，總兵〔五〕三鎮，李寧遠輩皆出部下。登生五子，次養直，歷官鎮國將軍都指揮同知，娶石氏，實生公。

佟氏自開國以來，結髮從戎，大小數百戰，亡者多國殤之鬼，存者爲羽林之兒。塗地膏野，東故賴之以存〔六〕。誰無君父？誰無祖宗？忍忘其骨仇血怨，而牘有貳心乎？其坐公爲大寃者一。公爲孿生子，始生，立于蓐，人以韓蘄王目之。讀書倍文敏穎〔七〕，攻苦課誦之暇，與其姊之夫楊生崑仁角騎〔八〕射、習行陣，訪問雜種部落，以執訊絕幕相命，意豁如也。崑仁常草疏，圖上張其哈喇地形要害，巡按御史不當縱李氏捐以予敵。江夏熊公按遼，刺知之，盛怒詰問，聲如哮虎。崑仁徐對曰：「主臣，有之，稿草〔九〕鐍書笥中。」熊公搜得之，且讀且歎〔一〇〕，執其手以升堂，擢諸生第一。崑仁死，熊公哭之慟，已而抆淚曰：「有卜年在，崑仁未死也。」公治邑考最，中蜚語，量移夔州府同知。熊受命經略，要與共事。公固辭。熊大訽曰：「汝家受朝廷三百年厚恩，堅不助我，是猶有君父乎？」公泣下，慷慨受命。公爲書生，志〔一一〕在東略。今慨然以身許熊，猶是志也。兔園佔畢，已抱請纓投筆立功絕域之思；戎幕馳驅，乃効翕侯中行說教誘單于之計，喪心狂易〔一二〕，死無以見崑仁于〔一三〕地下，而公忍爲之乎？其坐公爲大寃者二。

公舉萬曆丙辰科進士，選令南皮，調繁河間。畿南劇要，戎馬徵發，勘災傷、恤馬戶、疏沙河、平輪羅，戴星暴日，爬搔利病，公不負百姓，忍負國家？登、萊之役，公與江夏借箸，以謂狡焉啓疆，不足當漢一大縣〔一四〕。遼、瀋屹然，三坌如帶，我戎索未改也。哨馬數驚，毳帳夕徙。椎結辮髮之徒，猶有望刀環、敲筆格，嘶北風而繞南枝者，其疑可乘，其狙伏〔一五〕可使也。遼亡之後，劉愛塔猶以愛堵來歸，何況此日。招我之叛人以疑彼，則間諜廣；用彼之叛人以謀彼，則腹心潰。此伐交之秘策，恢復之本計也。表餌未設，機牙甫〔一六〕動而彌天之網已隨其後。于是灰遼人之心，絶〔一七〕反正之望，堅脅從之黨，起〔一八〕內訌之謀，全遼之局破壞，而蠶食魚爛之禍，馴至于不可救藥，此所謂大誤者也。

而羣小之曲殺公也，則有詞矣。一則曰：杜茂、李芳春之遺約降，李永芳行邊張司馬所具獄也。公疏辨曰：「臣不知杜茂何人，李芳春去年九月投用于德州，安得與杜茂共匿河間廨舍？杜茂果匿臣所，偕臣二奴渡遼，同行數千〔一九〕里，何故不知二奴姓名？」又謂芳春係李平胡子，平胡拜大將軍，官〔二〇〕至都督，子世勳見在承襲，何芳春也？」杜茂冒登餉逃匿，爲邊吏邏得，會有劉一燝之獄，借以傾首輔一璟〔二一〕而竄入公名，以相連涉。所謂李芳春平胡者〔二二〕，皆黎丘之鬼。公與李氏僕〔二三〕從往返，皆子虚烏有之人。夫役四五十人，郵傳絡繹，皆鑿空懸度之事。司寇王莊簡〔二四〕駁正杜氏之獄，蔽之曰誣服。此初訊平反之詞也。一則曰：公爲養性逆族，法當連坐，不待叛。公疏辨曰：「臣與養性，宗枝疏遠。養性居撫順，臣居遼陽，相去二百里。萬曆四十五年，臣爲南皮令。四十六年四月，東事始發。七月，養性懼誅逃去。各有本末，不相及也。」王莊簡公論公坐叛族，流三千里。侍郎楊東明重讞論死，曰：「謀反夷〔二五〕三族，豈得末減？」員外顧大章曰：「律：反族不同居、不同謀者，期親論斬，餘不坐。此明法也。明公所言，漢法也。」楊默然而止。此再訊未決之案也。一則曰：

公于建州爲同姓，不但養性逆族。公疏辨曰：「遠州口外，舊有佟奴兒干都司，載在全〔二六〕遼志，此地名也，非姓也。佟氏之姓，如姓張姓王之類，遼東二十五衛，不下數十餘家，非若口外之無姓也。」東明上疏曰：「卜年實建州族，每歲拜金世宗墓，當伏誅。」大章曰：「此語何從得之？」東明曰：「亦聞之人言耳。」大章曰：「刑部奏事，有審得某人云云，無聞得某人云云也。」東明大驚，追止之。東明與司官逞辨，主事汪喬年助大章爭之强，東明無所發怒，出惡語相抵，乃罷。喬年出，爲余誦之。余歎曰：「幽蘭之灰燼，史有明文。參夷〔二七〕之漢法，律無他比。大臣引經斷獄，固如是乎？此三訊之刑書，具獄奏可者也。

公以辛酉十一月赴登、萊監軍，浹月而解官。越五月就逮，長繫踰冬者三載。乙丑九月初二日，提牢主事張時雍墨書獄吏兩牘，以內傳脅公〔二八〕。越二日，時雍來促公曰：「必早自圖也。」公乃沐浴正冠，再拜自裁。距其生萬曆戊子七月二十五日，年三十八。當是時，沖人拱嘿，中外霿雺，其不出于上意，甚易明也。遠無劉球之血衣，近無楊、左之拷掠，一夫九首，九關沉沉，以爲出于逆閹，亦未可得而詳也。纖兒壬夫，營私鉤黨，倚閹寺爲窟穴，張封疆爲網羅，始借公以定殺熊之局，則公不得不坐。已借公以了殺熊之案，則公不得不死。而公之死也，以獄吏之牘書，當賜死之詔，以提牢之口語，代奚斯之哭。迄于今，丹書再〔二九〕焚，青簡重汙，卒未知當日之殺公者，孰爲主名？孰爲指使？三百年之制獄，此非其大異者乎？公抗疏陳辨，末云：「蕞爾東邊，何異疥癬。剪此朝食，豈無老謀？悠悠忽忽，如醉如癡。彼急，則視之太難，彼緩，又視之太易。難既不得刻期以奏功，易又妄思徼倖于一擲。甚至中外不和，文武不和，將士不和，殺氣戾氣，團湊一局，一柄衆持，兩臂互袒，戰無〔三〇〕朝氣，守難浹旬，一聞敵至，狼奔鼠竄，彼無庸其善間善攻，而我畢露其無謀無勇。及將全遼〔三一〕疆土，輕輕斷送，又藉此什一千百〔三二〕之遼人，羅鉗解嘲，多方煅煉，某爲奸細，某爲內應。彼殺一番于關外，我殺一番于關內，若有所假口假手〔三三〕，代驅代除〔三四〕，不一網盡之不止者。遼人扞禦疆場，二百四〔三五〕十餘年，亦皇上之孝子忠僕也。國家待遼人如是，其何以勸來者？臣不平之鳴，冒死自列，庶幾使天下後世，知衣冠名教中無背叛君父之賊臣，而且以見我國家十五朝養士之報，臣死且不朽。」嗚呼！公以七尺殉國〔三六〕，聊以一疏報國，雖其伏尸暴骨〔三七〕，身塡牢戶，丹心血誠，披瀝滲漉，猶耿然于敗牘腐紙，而上初弗省也，公〔三八〕其如天何哉！

公歿後二十年，國器際會風雲，致位節鉞。恩綸自天，俎豆相望。愍忠追遠之典，于是乎大備。而其意不但已也，謂爰書國論，職在舊史。將取徵墓中之石，以示永久。余讀公絕命之詞曰：「曰忠曰孝，有血莫傾。數實爲之，天王聖明！」推公之雅志，肝腦在邊徼，膟背在本朝。英魂颯爽，陵厲登降〔三九〕在閭山、遼海之間，固不以陵夷〔四〇〕谷盈、金銷石泐而或有衰止也。余志公墓，法當有銘。以公之葬于楚也，變其文爲楚些，以代巫陽之下招，其亦哀郢之餘音也夫！辭曰：

魂歸來兮遼左：黑水沸騰兮，白山岠峨。三方弛柝兮，三城隳鎖。茫茫神州兮，崇關則那！迴翔〔四一〕華表兮，念我靈瑣。魂陟降兮〔四二〕畿南：廟蠹豐〔四三〕碑兮，屋〔四四〕周步櫚。邦人報事兮，黍薌酎甘。我黍離離兮，麥秀漸漸。顧瞻周道兮，我心如惔。魂周覽兮下土：天醉閶闔〔四五〕兮，日薄堂斧。自有美子兮，我心荼苦。濟彼沅、湘兮，騁望三戶。修門迢遙兮，泣涕如雨。魂却歸兮天上：垣牆周遭兮，天門詄蕩。星彗前驅兮，雲旂後敞。驂乘帝車兮，捎抶〔四六〕夔魖。三后在天兮，顧我臨饗。重曰：日經兮北陸，蝃蝀兮在東。戒余〔四七〕車兮天梁；纚余馬兮鬼宮〔四八〕。天壓兮地崩，遑恤兮我躬。歲籥兮告窮，桃灼灼兮槿紅。羗檜葉兮松身，孰改柯兮易容？納余肝兮衞郊，藏余血兮周宗。支天維兮一柱，挽日御兮九宮。伐石兮南山，纘〔四九〕詞兮刻礱。千秋兮萬年，亙九天兮白虹。

【校記】

〔一〕此文鄭鎡序本、金匱本無，遼本、南潯劉氏藏精校本有。亦收於瞿藏文鈔補遺。〔二〕劉藏校本作「銘」。〔三〕文鈔補遺有「以」字。〔四〕劉藏校本兩「暎」字作「瑛」。〔五〕遼本「兵」下有「官」字，文鈔補遺無。〔六〕遼本有「頡」「存」二字，文鈔補遺無。〔七〕劉藏校本作「倍文敏穎」，遼本作「倍英敏」，文鈔補遺作「倍文敏」。〔八〕劉藏校本作「騎」，他本作「技」。〔九〕遂本作「藁草」，文鈔補遺作「草藁」。

〔一〇〕文鈔補遺、劉藏校本作「且讀且歎」，遂本作「且歎且讀」。〔一一〕文鈔補遺、劉藏校本有「志」字，遂本無。

〔一二〕文鈔補遺、劉藏校本作「易」，遂本作「惑」。〔一三〕遂本有「于」字，文鈔補遺無。〔一四〕劉藏校本作「將」。〔一五〕文鈔補遺、劉藏校本作「伏」，遂本作「復」。〔一六〕文鈔補遺、劉藏校本作「甫」，遂本作「南」。〔一七〕劉藏校本作「絕」，他本作「切」。〔一八〕劉藏校本作「張」。〔一九〕文鈔補遺、劉藏校本作「千」，遂本作「十」。〔二〇〕劉藏校本有「官」字，他本無。〔二一〕劉藏校本作「熛」。〔二二〕文鈔補遺、劉藏校本作「者」，遂本作「公」。〔二三〕文鈔補遺、劉藏校本作「傔」，遂本作「僕」。〔二四〕遂本作「簡」，文鈔補遺作「毅」。〔二五〕〔二七〕〔四〇〕文鈔補遺作「夷」，遂本作「彝」。〔二六〕文鈔補遺作「全」，遂本作「金」。

〔二八〕文鈔補遺、劉藏校本有「公」字，遂本無。〔二九〕劉藏校本作「載」。〔三〇〕劉藏校本作「無」，他本作「此」。〔三一〕劉藏校本作「邊」。〔三二〕劉藏校本作「千百」，他本作「百千」。〔三三〕文鈔補遺、劉藏校本作「若有所假口假手」，遂本無「所」字，二「假」字作「解」。〔三四〕文鈔補遺、劉藏校本作「除」，遂本作「馳」。

〔三五〕遂本作「四」，文鈔補遺、劉藏校本作「數」。〔三六〕遂本、劉藏校本作「國」，文鈔補遺作「遂」。

〔三七〕文鈔補遺作「骨」，遂本、劉藏校本作「國」。〔三八〕文鈔補遺、劉藏校本有「公」字，遂本無。〔三九〕劉藏校本作「降登」。〔四一〕劉藏校本作「環」。〔四二〕文鈔補遺、劉藏校本有「降兮」二字，遂本無。

〔四三〕文鈔補遺有「豐」字，遂本無。〔四四〕文鈔補遺作「屋」，遂本作「展」。〔四五〕文鈔補遺、劉藏校本作「閶闔」，遂本作「閭閻」。〔四六〕遂本作「抶」，文鈔補遺作「扶」。〔四七〕文鈔補遺、劉藏校本「余」，遂本作「全」。〔四八〕劉藏校本作「營」。〔四九〕遂本作「纘」，文鈔補遺作「鑽」。

方孟旋先生墓誌銘〔一〕

先生姓方氏，名應祥，字孟旋，衢州西安人也。惟方氏遠有代序，唐白雲先生干，隱居桐江。孫旺，宋禮部尚書，謚獻肅，始居西安，子孫遂家焉。曾祖景温，祖卓〔二〕，父文炳，世有壹行。文炳娶鄭氏，生孟旋。孟旋六歲讀書，能記他生之所習。弱冠而學大就，茹古涵今，浩無端涯。應舉文字，自闢阡陌，收視反聽，耽思傍訊〔三〕。浮天濯泉，籠挫萬物。既而聯翩㷇悅〔四〕，勁出横貫，啞鐘忽鳴，黄雉變雄，砐尉澆漓〔五〕，撥斸萎敗，卒降于經術道理，醇如也。未及三十，横經講授，頌然爲大師。萬曆甲午，選貢入南國學，祭酒馮公，避席以詔六館。丙午，與余同舉南京，同年生遮道指目〔六〕，以爲衣冠有異也。丙辰舉進士，除南京兵部職方司主事。天啓元年，覃恩貽封其父母。轉禮部祠祭司員外，陞郎中。乙丑，陞山東布政司參議兼按察司僉事，提督學政。奉母喪歸。除服而卒，崇禎戊辰六月初一日也。享年六十有八。遺言葬明果寺鉢盂山，近父母之兆。

孟旋孝友異他兒，三歲歓母乳，留其一以飼弟，長老嗟異之。奉太宜人于留曹，七十介壽，僚友門生，登堂拜母，衣冠以爲盛事。東行版輿，扶侍入署，三日而歿。踊地椎膺，哀動行路，聲酸氣咽，越三年如始喪，君子以爲死孝也。孟旋娶鄭氏，繼娶王氏，生一女，嫁徐應立。無子，以從子有章爲後。今歲癸卯，件繫事狀，裹糧渡江，請余追銘其墓，距孟旋歿，三十有七年矣。

於乎！孟旋忠誠樂易，洞朗軒闢，文行鬱茂，海內皆知爲端人君子。若其生平，以君親爲天地，以朋友爲性命，以吉人善類爲頭目腦髓。食飲飢渴，呵摩〔七〕皸瘃，非有使然者也。部黨畫地，情僞沸羹，孟旋以直道爬梳，以眞氣吸取，護持良善〔八〕，蠲除螫毒，疾呼號〔九〕咷，尅骨搏顙，揶揄手笑，不復省顧，而其革面者或寡矣。推孟旋之志，誓將使世道昌明，黨論歇絕，狠子豺〔一〇〕孫，胥落其角距，拔其血牙，化爲卷阿之鳴鳥〔一一〕而後愉快。惻怛悃愊，結轖傾寫，如師子之捉象兔，如毒龍之視人畜，移山塡海，隆墀永歎，窮老盡氣，終不衰止。余所〔一二〕交海內鉅人，卓犖竪立者多矣，若儒門所謂君子仁人，佛門所謂菩薩誓願者，吾孟旋其庶矣乎？八十餘生，每思以殘毫枯竹，效片言于知己，微有章之請，雖有意論著，齷齪不克〔一三〕自發。孟旋有子矣。

孟旋長身修頰，如羽人劍士。振衣抗論，風飄拂生髭髯間。角巾大帶，盤辟矩步，杯酒淋漓，談讌契闊。殘燈月落，顯顯然如在目中。蕭伯玉言：「嘗夜渡桐江，見孟旋坐月影中〔一四〕，白髮鬖鬖下垂，兩頰戍削，類東坡所云畫中〔一五〕須菩提者。」余自癸亥別孟旋，不復相見，此語尤可思也。銘曰：

崇禎初元，孟旋奄逝。人之云亡，占曰殄瘁。岸則有谷，谷則有陵。精靈觚禦，鬱而上升。碑石有金，斧柯爛矣。天游地極，元氣不死。三月初九日〔一六〕。

【校記】

〔一〕此文有學集各本外，亦收於瞿藏文鈔補遺中。遂本題首無「方」字。〔二〕文鈔補遺作「卓」，鄭鎡序本、金匱本作「車」，下空一字。遂本空二字。〔三〕文鈔補遺作「訊」，各本作「詢」。〔四〕遂本、文鈔補遺作「佛悅」，鄭鎡序本作「拂悅」，金匱本作「佛悅」。〔五〕各本作「漓」，金匱本作「醨」。〔六〕金匱本、文鈔補遺作「目」，遂本、鄭鎡序本作「日」。〔七〕各本作「摩」，文鈔補遺作「磨」。〔八〕各本作「良善」，文鈔補遺作「善良」。〔九〕金匱本、文鈔補遺有「號」字，遂本、鄭鎡序本無。〔一〇〕各本作「豽」，文鈔補遺作「豹」。〔一一〕各本作「烏」，金匱本作「鳳」。〔一二〕金匱本、文鈔補遺作「所」，遂本、鄭鎡序本作「故」。〔一三〕文鈔補遺作「克」，各本作「先」。〔一四〕金匱本、文鈔補遺作「影中」，鄭鎡序本無「中」字，遂本作「下」。〔一五〕金匱本、文鈔補遺有「中」字，遂本、鄭鎡序本無。〔一六〕文鈔補遺有「三月初九日」五字，各本無。

孫長君墓誌銘〔一〕

孫長君，名之澇，字洸聞，高陽太傅文正公之冢孫，高〔二〕宛知縣銓之長子也。以太傅復五城功，授世襲錦衣衛指揮僉事。戊寅十一〔三〕月十日，高陽陷，太傅闔門殉節，高〔四〕宛父子守官得免。長君聞訃，瀝血具奏，天子震悼議卹。一日夜抵家，改棺以斂〔五〕殯太傅。埋胔骼，舐血醬，收斂諸父昆弟之血戰駢死高陽者。踰月，高〔六〕苑奔喪至，拮据負土，庀治窀穸。長君農力以相佽助焉。天地崩坼，風雨漂搖，□以宗祊大故，勉出就官于閩，受命飲冰，夙夜祗懼。壬寅□月，卒于都司之公署，年四十有五。命矣夫！

太傅有文集百卷，長君慮兵火隳突，瘞而封諸牆下，茅元儀錄之南都，乙酉以城陷燬。長君之閩，拾煨燼，補斷〔七〕齧，縮食就工，刻甫竣而病歿。弟之藻請于容城孫徵君，刊定高苑所撰太傅年譜，亦先後告成事。嗚呼！蒇吾師之事于身後者〔八〕，二子也夫！長君生五子，樞、桄、柱、栯、桃。桃自閩扶柩歸葬，載先集與俱。瓦燈柳翣，與梨棗錯置，以是爲長君營魂所棲宅也。於是扶服〔九〕來虞山，哭〔一〇〕而請銘。白首師門，頫仰三世，遂相向噭然而哭，其何忍辭。銘曰：

析木迢迢，神皐膴膴。九嬰繼作，蕩爲焦土。覆巢遺卵，不絕如縷。臥薪枕塊，誰謂荼苦？越吟執珪，楚冠軍府。紀季入酅，春秋所許。哀哉強死，視不受拊。整衣循髮，下見乃祖。鉤陳環衞，敬如君所。赤幘絳韝，從以風雨。湯湯高河，歸祔堂斧。我篆銘詩，慰汝終古。歲在癸卯三月十三日，虞山通家東磵遺老錢謙益撰〔一一〕。

【校記】

〔一〕此文有學集各本外，亦收於瞿藏文鈔補遺中。　〔二〕—〔六〕金匱本、文鈔補遺作「高」，邃本、鄒鎡序本作

「清」。〔三〕文鈔補遺有「一」字，各本無。按初學集孫公行狀，應有「一」字。〔四〕文鈔補遺作「高」，各本作「淸」。〔五〕各本有「斂」字，文鈔補遺無。〔七〕各本作「斷」，文鈔補遺作「新」。〔八〕金匱本、文鈔補遺有「者」字，各本無。〔九〕文鈔補遺作「服」，各本作「柩」。〔一〇〕文鈔補遺有「哭」字，各本無。
〔一一〕文鈔補遺有「歲在」以下二十一字，各本無。

朝議大夫廣西布政使司右參議贈中大夫太僕寺卿王君合葬墓誌銘〔一〕

嗚呼！自古勞人志士，鞠躬致命，出死力爲國家，而名不登于史册者，可勝數哉！乃者四七之際，吾鄉稼軒留守，捧〔二〕日虞淵，蒼靈之天，崩隤西北，而回斡于西南。宗功完節，具在信史。其有奮孤生、起下僚，農力耆事，共濟艱危，如贈太僕卿〔三〕王君者，非徵諸族牒，訪諸閭史，雖余亦不得知之矣，而况于他人乎？謹按其子蘭所撰行狀，而論次之曰：

君諱奕昌，字德符。曾祖嘉言，由進士官參議。祖太學生維屏。父泰安同知輔臣。母章氏。妻錢氏，族子湖廣副使時俊之女也。生男四人，女五人。君少爲諸生，以文行推邑里。入國學，屢試鎖院。謁選除江西布政司理問，署高安令。介厲敦勤，爲羣吏先。量移廣西都司斷事，襆被蕭然，挈其妻及二幼子以往。君在粤六載，署武宣、陽朔二縣，綏鳩民、剪鯨寇、招狼目，所至治辦。而余籍記其功狀有三：

靖藩久蓄異志，須時而發。君刺得其狀，密告稼軒，俾早爲之備。乙酉七月，隆武改元，靖藩拒命稱制，襲破梧州，擒〔四〕撫院以歸，囚之邸中。君遣間使，饋鮭菜，得曹道人衣帶手書〔五〕，星夜趨東將吏進兵，一昔〔六〕而就縛。西事〔七〕底定，撫院得以僇力鎮撫，喪君有君，經營擁戴，其可紀者一。

越一年，永明臨極于肇慶，北兵破五羊偪梧。明年，駕從桂林次武攸，將幸楚。稼軒以元臣留守桂林，而君以府同知守柳。北兵從兩道進，一從平樂上灕江，窺桂林，一從潯州略左右兩江郡縣，窺柳。柳距潯三百里，叛將李明忠，據潯以瞰柳，柳守及推官託病去，分守副使遁去。君獨〔八〕與馬平令城守，而明忠刦降書至。君曰：「留守相公，身任危疆，力圖光復。我今日棄柳，卽明日無桂矣，此眞書生致命之秋也。」乃偏告國人，縛賊使，械送留守，而誓死以待援。君故所，招降武宣狼目廖文登等，截刦北舟，沈之斷藤、勒〔九〕馬間，思恩侯乘勝復潯州。明忠宵遁。柳乃固，而桂林亦得安堵〔一〇〕。其可紀者二。

是歲夏，北兵再犯桂，失利，退守陽朔、平樂。新興侯焦璉軍大振，二地皆思內附。留守訊諜者知狀，問曰：「吾欲遣使諭降可乎？」諜曰：「得前假守王使君來，卽款城耳。」留守以上聞，卽命君爲按察司僉事，監陽朔軍。君單騎赴朔，朔人腰刀帕首，迎拜馬首。新興兵抵城下，斬獲過當，一鼓而恢平樂。安插甫定，歷撫修仁、荔浦〔一〕、永安、恭城諸州縣，全粤版圖，悉歸疆索。其可紀者三。

戊子二月，駕還端州。敘功，陞廣西布政使司右參議，督理糧儲。受事踰年，江楚敗書踵至，滇、黔、楚、蜀敗卒〔二〕數十萬，飢羸失伍，捲甲入桂。君星馳露宿，躬自輓運，乘小舟還〔三〕龍門，滇營亂騎，攔舟追殺，猙獰哮吼，不知所爲。君方抱印抗詞申諭，而標槍已洞脅矣。泝流下興平，質明而絶，己丑歲之六月初一日也。年五十有七。事聞，詔贈中大夫太僕寺卿，蔭一子。

君以文弱之儒，官冗長之吏，當崩山薙〔四〕河之秋，踐刀途血路之地，使鬼形鳥語之衆，扞吹唇務面之敵，卒能守孤城、唱大義、馳單車、闢全粤。其于留守，非獨以才力相佽助，亦其讀書識道理，國恩士氣，輪囷盤亙，營魂心血，有交相〔五〕吸取者在也。君亡二年，桂亦告陷。乘輿播遷，元臣屠僇。霽雲乞師之憤，無能囓指于生〔六〕前；臧洪同日之悲，猶將執手于地下。況如君者，丹青寥落，名氏翳然，余以老耄之人，欲爲之刻畫眉目，以備野史亭〔七〕之訪求，而未知其足徵否也。斯可爲三歎已矣！

君初歿，其子蘭以陽朔爲桐鄉也，權厝山城〔八〕外，而奉母恭人寓興平剪刀原。恭人儀範肅雍，五年瑤峒，誅茅席箭，猶其在閫門也。壬辰歲，長子英重趼奔喪，謀歸葬。或請火葬負骨，三子皆慟哭曰：「父死于王事，何罪而煅其骨，代敵人颺灰乎？」遂定計，英、蕙侍母，蘭扶柩，捐生誓死，尅期以行。甲午之春及秋，相繼抵家。路人皆爲之〔九〕隕涕，曰：「眞孝子！眞孝子！」恭人歸五年，以己亥五月二十二日卒，年六十有五。某月某日，合葬于羅墩之新阡。

錢謙益曰：萬曆乙巳，稼軒年十六，從余讀書拂水。余錄柳柳州文，至襄陽丞趙君墓誌，余爲言此文敍徒行求葬事，詳委曲折。稼軒喜之，每雒〔一〇〕誦，輒十數過。稼軒就義後，燈明月白，思其少年誦讀聲音，琅琅然如在吾耳，不自知涕之無從也。今王君亦歿于粵，其子扶柩返葬，於其求誌墓也，悽然有感余心，老淚哽咽，而爲之銘曰：

吾讀趙丞之銘曰：「百粵蓁蓁，羈鬼相望。有子而孝，獨歸故鄉。涕盈其銘，旌爾勿忘。」斯銘也，稼軒之所爲諷誦太息，悲緪衾而感黃腸者乎？嗟夫王君！勤君死粵。天末歸窆，幬〔一一〕帷具列。匪詗〔一二〕斯契，匪信斯蘤。哀哀孝子，神不汝忿。柳子之銘，以旌幽闕。後千斯年，其永不滅〔一三〕。

【校記】

〔一〕此文鄒鎡序本、金匱本無，邃本、南潯劉氏藏精校本有。亦收於瞿藏文鈔補遺中。邃本題「政」字下缺「使」字，文鈔補遺本「中」字下有「憲」字。〔二〕文鈔補遺、劉藏校本作「捀」，邃本作「振」。〔三〕邃本有「卿」

字，各本無。〔四〕劉藏校本作「擒」，他本作「禽」。〔五〕文鈔補遺、劉藏校本作「書」，遂本作「筆」。〔六〕文鈔補遺作「昔」，遂本、劉藏校本作「息」。〔七〕文鈔補遺、劉藏校本作「事」，遂本作「爭」。〔八〕文鈔補遺、劉藏校本有「獨」字，遂本無。〔九〕文鈔補遺、劉藏校本作「勤」，遂本作「勸」。〔一〇〕文鈔補遺作「亦得安堵」，遂本作「得安」。〔一一〕文鈔補遺、劉藏校本有「浦」字，遂本無。〔一二〕劉藏校本作「罪」。〔一三〕文鈔補遺作「還」，遂本、劉藏校本作「運」。〔一四〕文鈔補遺作「雍」，卽「壅」，遂本、劉藏校本作「擁」。〔一五〕文鈔補遺、劉藏校本作「交相」，遂本作「相交」。〔一六〕文鈔補遺、劉藏校本作「生」，遂本作「席」。〔一七〕文鈔補遺、劉藏校本有「亭」字，遂本無。〔一八〕劉藏校本「城」下有「之」字。〔一九〕文鈔補遺有「之」字，遂本、劉藏校本無。〔二〇〕劉藏校本、文鈔補遺作「雒」，遂本作「樂」。〔二一〕文鈔補遺作「幘」，遂本作「績」。〔二二〕文鈔補遺、劉藏校本作「詷」，遂本作「諫」。〔二三〕劉藏校本下有「庚子嘉平十月六日」八字。按：文鈔補遺簡端校語引孝逸本云：「此篇係牧翁自閱。」

明五經進士譚君權厝誌〔一〕

明五經進士者，嘉興譚貞良，字元孩，登、萊參政贈太僕卿譚昌言〔二〕之第四子。少穎異，讀書日數千百言。以鄉〔三〕貢入國學。崇禎壬午、癸未，用兼通五經得舉。先帝奇其制策，擢〔四〕二甲第一人。弘光卽位，授禮部精膳司〔五〕主事。副考〔六〕廣東，自粵〔七〕入閩，官至兵科都給事中，加太常卿，病卒于軍。屬其子曰：「我死，題墓石曰明五經進士譚某之墓。」

於乎！國家用五經取士，羅以天網，科得三百人焉，不可謂之少也。循其名，責其實，如何謂通五經？如何稱進士科？科得一二人焉，不可謂之多也。君以藐然書生，擔荷百年臣子萬古綱常之重寄，窮形盡氣，之死致命如君者，斯不愧明進士〔八〕，斯不愧五經進士也。宋、元之末，舉進士科者，宋末稱文天祥榜進士，元末稱李黼榜進士，士之爲制科重如此，君豈非本朝之文、李乎？重制科者，稱曰譚貞良榜進士，誰曰不然？君典試陛辭，二日而南都陷，挈家走松江，與夏允彝、陳子龍、李待問共議拒戰。度不可支，慟哭譙樓，誓死訣別。既而李城守死，夏、陳先後赴水死。此四君子者，皆崇禎進士也。書譚爲五經進士，屬辭比事，則夏、陳、李有同辭焉。國家養士恩深，易名改葬，他日將有徵于此。

君卒平和軍中，實戊子歲六月二十八日，年五十。卒數日，行在使者賫督撫行少司馬命至，焚黄柩前，周視營壘，歎泣而去。

庚寅春，孤吉璁間關扶櫬，權厝郡城北之朱橋，謀于先友，泣血而請余銘。昔陳同甫作中興遺傳序，謂康伯可、趙次張〔九〕後皆無聞，豈喪亂之際，皆死于兵，抑亦有所〔一〇〕奮而不能成也。余每讀之，撫卷流涕。今夏陳輩〔一一〕死江左，昭灼耳目，而君死閩海〔一二〕窮髮〔一三〕地，奏報闕如。山河寥闊，中原豪杰，能無伯可、次張之遺恨乎？秋窗寒燈，繙閱事狀，如覩鬚眉，如撫視含。謹抆淚執筆，略書其概，而揭之以銘。感歎之不足，故長言以哀之。詞曰：

月波靈氣鍾文昌，五經爛熟串肺腸。揮毫射策五緯光，重瞳歎嗟撫御牀。延秋門上烏啼忙，焚宮撤廟隳天閶。冒絮蒙頭裂袴襠，漆身繭足違虎狼，漢幟盡拔胡〔四〕騎猖。三江五湖非我〔五〕鄉，浮海適越天倉浪。上殿論兵氣激昂，笏批獰輔如眠羊。臺班未煖拜夕郎，監視蛋戶巡漁榔〔六〕。警急遂具下海航，扶老提稚泛大荒。兩丸日月蕩檻旁，下碇恐碰巨魚吭。尻上頂〔七〕下俄易方，嘔溺不辨喉與胱。七日不食神揚揚，高吟倚和零丁洋。奔問甫達行都空叶腔，徑潭指粵謀勤王。平和遇盜喪斧裝，劈頭湧血如潰湯。老儒匍匐相扶將，解衣囊身布裹創。武功窮山臥星霜，土銼伏枕心擊颶。棄杖投筆掉槊囊，畀軍蒼頭起泉漳。海濱死守三年強，建牙仗節開都堂。盾鼻磨墨旗裂裳，三千佽飛衝前行。四十二屯羅矟槍，平和開門瑄溪降。大埔〔八〕、詔安迎脯漿，龍巖南靖歸我疆，雷斧轟轅風馬驤。奔彴枉矢爭頡頏，前軍大星墜角芒。下舂行軍夕告亡，傳籤勒〔九〕伍猶琅琅。一軍哀慟聲壞牆，天之亡我匪否臧。一成一旅辜宣光，枕戈坐甲從先皇。哀哀藐孤血淚滂，萬里一棺還〔十〕北邙。賃車僦舟扶翣牆，二朱俠客姓氏香。嘉禾城陰朱橋陽，瓦燈敗帷淺土藏。鴻朗莊嚴帝有慶，愍綸謚册錫命長，紅光司日曜黃腸〔三〕。五經進士係皇明叶芒，銘旌五字扶天綱。舊史遺文考縑緗，金銷石泐徵銘章。

【校記】

〔一〕此文鄒鎡序本無，邃本、金匱本有，亦收於瞿藏文鈔補遺中。　〔二〕金匱本、文鈔補遺有「譚旨言」三字。

〔三〕文鈔補遺有「鄉」字，邃本、金匱本無。　〔四〕邃本、金匱本「擢」下有「第」字，文鈔補遺無。

〔五〕邃本、金匱本有「司」字，文鈔補遺無。　〔六〕金匱本、文鈔補遺作「副考」，邃本作「典試」。　〔七〕文鈔補遺作「粤」，邃本、金匱本作「越」，字本通。　〔八〕金匱本、文鈔補遺有「斯不愧明進士」句，邃本無。

〔九〕邃本作「康伯可趙次張」，金匱本、文鈔補遺作「龍可伯康趙九齡次張」。　〔10〕金匱本、文鈔補遺有「所」字，邃本無。　〔11〕金匱本、文鈔補遺作「輩」，邃本作「李」。　〔12〕邃本、文鈔補遺作「閩海」，金匱本作「海閩」。　〔13〕金匱本、文鈔補遺作「髪」，邃本作「髮」。　〔14〕金匱本、文鈔補遺作「胡」，邃本作「北」。

〔15〕金匱本、文鈔補遺作「我」，邃本作「吾」。　〔16〕金匱本、文鈔補遺作「梛」，邃本作「郎」。　〔17〕金匱本、文鈔補遺作「頂」，邃本作「項」。　〔18〕邃本、文鈔補遺作「埔」，金匱本作「鋪」。　〔19〕金匱本、文鈔補遺作「勒」，邃本作「東」。　〔20〕邃本、金匱本作「還」，文鈔補遺作「送」。　〔21〕各本作「黃腸」，文鈔補遺校注云：「刻作長楊」。

有學集卷三十

墓誌銘

光祿大夫贈少保兼太子太保吏部尚書謚文通鐵山王公墓誌銘〔一〕

高郵鐵山王公舉天啓乙丑進士，令大田、仁和二縣，以卓異聞。忤勢要〔二〕左官，量移饒州司理，稍遷戶部郎。崇禎末，東西交訌，縣官急才〔三〕，用邊略推舉，備兵通州。通爲神京左臂，奸宄豪右，盤互窟穴。公通明強直，奮髯抵几，彈治肅然。東省劇盜，跨州連邑，遂奉〔四〕特簡往撫。簡士馬、設方略，龍山七營諸賊，次第就縛，如獮狐鼠。未幾，有總督遼、薊之命。當是時，流氛披猖，廟算旁午，兵食交匱，撫鎮一空。謀國者非以辦賊責公也，病急求醫，趣舉之而已矣。誤國者亦非欲以掣肘困公也，無米索炊，姑聽之而已矣。公以一官兼經、督、撫治〔五〕之重任，既孤掌而難鳴；以獨身控陵京山海之危疆，雖鞭長而莫及。以二萬餘叢殘〔六〕坐甲之疲兵，支數十萬百戰建瓴之強寇，分身不能，剜肉何補？雖復灑血臨戎，鞾刀誓衆，而前知其不可爲矣。

在事經年〔七〕，抗疏條奏，請分設薊、遼二督，勿兼顧東西以誤封疆。請留近畿兵，棋置屯守，勿遠戍關外，以空肘腋。請撤寧守關，命遼鎮抽練馬步精兵，呼吸應援，勿以賊尚未渡河，偷餘隙而忘警急。其言皆刺心剋骨，劈肌中理，取次報聞而已。事益急，請急〔八〕徵天下勤王兵，命遼鎮臣登壇受〔九〕鉞，而身自任援剿，斬首輔陳演頭，竿之軍前，以謝天下事，不效則斬臣以謝演。奏未及報，而寇已陷雁門。乃倉皇用公言，臨遣閣臣督師辦寇。命公星馳守關，公抵關未浹日，抽兵〔一〇〕東馬。胥征赴難，而都城已失守矣。公當艱危受命，已誓必死，具含玉、歌虞殯，古之介夫，猶能相厲，而況于公乎？入援則不及，攀髯則無從。納弘演之肝，何以報命？嚙霽雲之指，誰與乞師？喪亂甫息，使命頻頒〔一一〕。天地爲籠，逝將何所？公于是幡然而起，彈冠振衣，以赴風雲之會。蓋〔一二〕所謂天實爲之，而非其祈死之本懷也。

嗚呼！天之方蹶，誰秉國成？輕疆索如弈棋，委聖主爲孤注。號咷氣盡，飛走路窮。心傷廟社之銷沉，目覩山河之斷送。公其如人何？以千金一壺之身，當大廈一木之任，九域飈迴，三精霧塞。洪流寧抑于手障？嵐風詎返于口吹？公又其如〔一三〕天何？既而星移日轉，葭動灰飛。精白一心，陳謨佐命。起廷〔一四〕評、歷副貳、掌邦政、陟綸扉。誠可格天，言可底績。上尊畫像，寵異于生前；殊錫易名，便蕃于身後。昔者伊生五就，拜幣聘于有幸；仲父一匡，謝溝瀆于堂阜。楚才晉用，國士所以長嗟；秦智虞愚，賢哲爲之永歎。千載而下，夷考公之本末，猶將欷嘘煩酲，執簡流涕，而況生〔一五〕當並世、撫塵接跡者乎？嗚呼！其可悲也已！

公諱永吉，字修之，一字六謙，揚之高郵人。父諱自學，母簡氏。三代皆用公貴，贈一品。妻封一品夫人，鄒氏，繼趙氏。子七人，明德、乾德、裕德、峻德、天德、達德、昭德。女四人。孫六人。公〔一六〕生于己亥年十一月二十日，卒于己亥年二月初六日，享年六十有一〔一七〕。公之喪至自燕，嗣子明〔一八〕德，奉敭寵命，大葬于跱〔一九〕蹐山之原，屬龔大憲孝升序次行狀，而以隧道之碑來請。惟公歷官行事，嘉謨偉烈，勒景鐘而書册府，孝升之狀韙矣。雍門之琴，興哀牧豎；蓋山之泉，赴節絃歌。余爲公誌，沉吟抑塞，有餘恫焉。古之爲文者，行狀以上史館，牒考功；墓誌以質幽竁，訊來者。舉例各有攸〔二〇〕當，故其文亦不得而同也。銘曰：

光嶽之氣，有合有分。淮海〔二一〕、維揚，挺生俊人。運叶半千，照臨幾庶〔二二〕。昔秦今王〔二三〕，蔚爲民譽。出宰百里，吏畏民懷。精金能割，直弦〔二四〕不回。嗟彼驕人，浮石沈木。以我迴翔，謝彼謠諑。白翎羣飛，蒼鶻告哀。持祿有人，急病乏才。公居冗散，物望突兀。譬如稠林，直木先出。乃監畿輔，乃撫齊、魯。乃督薊、遼，禡牙建鼓〔二五〕。疲馬彫戈〔二六〕，空拳徒手。鍛翮課飛，絆足責走。賊之間臣，據〔二七〕我綸閣。俯摸牀稜，仰視巢幕。叫號泣血，百不一聽。河決魚爛，大命以傾。龍胡天高，鶴表地絕。枯腸寸斷，愁心千折。烏頭馬角，魚腹鯨波。百死不死，有神護呵。黃冠歸里，白馬來〔二八〕朝。丹地密勿，紫閣岧嶢。國資元龜，時仰箴砭。生踐棘槐，沒增班劍。舊績未愁，新恩洊加。挹彼注茲，天咫不遐。高原鬱紆，靈旗徙倚。宰木南枝，墳樹西靡〔二九〕。哀哀孝子，篤念陵谷。徵辭舊史，琬琰是告。茫茫桑海，沉沉刦塵。斧柯有朽，考〔三〇〕于斯文。

【校記】

〔一〕此文有學集各本外，亦收於瞿藏文鈔補遺中。金匱本題首有「皇清」二字，各本無。〔二〕文鈔補遺作「勢要」，各本作「執政」。〔三〕各本作「才」，文鈔補遺作「財」。〔四〕文鈔補遺作「奉」，各本作「舉」。〔五〕金匱本、文鈔補遺作「經督撫治」，遂本、鄒鎡序本作「理督治」，無「撫」字。〔六〕文鈔補遺作「殘」，各本作「長」。〔七〕遂本、文鈔補遺作「年」，鄒鎡序本作「事」。〔八〕各本有「急」字，文鈔補遺無。〔九〕各本作「受」，文鈔補遺作「授」，旁注：刻本作「投」。〔一〇〕各本作「兵」，文鈔補遺作「丁」。〔一一〕遂本、金匱本作「使命頻頒」，文鈔補遺「頒」作「煩」，鄒鎡序本「使」作「便」，「頒」作「頌」。〔一二〕文鈔補遺有「蓋」字，各本無。〔一三〕各本作「其如」，鄒鎡序本作「如其」。〔一四〕各本作「評」，文鈔補遺作「平」。〔一五〕文鈔補遺作「生」，各本作「身」。〔一六〕文鈔補遺有「父諱」以下至「孫六人公」五十一字，各本無。〔一七〕文鈔補遺有「享年六十有一」六字，各本無。〔一八〕各本作「明」，文鈔補遺作「昭」。〔一九〕文鈔補遺作「時」，各本作

「疇」。〔二〇〕金匱本、文鈔補遺作「攸」，遼本、鄭鎡序本作「例」。〔二一〕金匱本、文鈔補遺作「海」，遼本、鄭鎡序本作「揚」。〔二二〕文鈔補遺作「臨幾庶」，各本作「鄰庶幾」。〔二三〕各本作「王」，文鈔補遺作「汪」。〔二四〕文鈔補遺作「弦」，各本作「絃」。〔二五〕文鈔補遺有此句，各本脱。〔二六〕文鈔補遺作「戈」，各本作「弓」。〔二七〕文鈔補遺作「據」，各本作「拘」。〔二八〕金匱本、文鈔補遺作「來」，遼本、鄭鎡序本作「有」。〔二九〕文鈔補遺作「靡」，各本作「縻」。〔三〇〕文鈔補遺作「考」，各本作「告」。

故宮保大學士孟津王公墓誌銘〔一〕

近代儒者，不講六書之義〔二〕，自李茶陵、楊新都後，幾爲絶學。天啓間，孟津王公覺斯蔚起詞林，以六書爲己任，如李監之生開元也。公之學書也，鳥跡蠆書，夏銘秦刻，梵淨佉盧，三元八會，莫不窮究宗祖，極命傍生。秘閣諸帖，部類繁多，編次參差，蹙衄起伏，趣舉一字，矢口立應。覆而視之，點畫戈波，錯見側出，如燈取影，不失毫髮。是爲公之書學。興酣落筆〔三〕，潑墨濡袖〔四〕，蠅頭細書〔五〕，擘窠狂草，風雨發作于行間，鬼神役使其指臂，師宜之揮壁，子敬之掃帚，天地萬物，有動于中，無不于書發之。是爲公之書才。勁而不猛，若鷹隼之戾天；豐而不沈，兼翬翟之備色。所謂藻曜而高飛，書之鳳皇也。巖廊弘敞，簪裾肅穆。戢鋭于內，振華于外。昔人稱徐季海書，有君子之器焉。是爲公之書品。

然而公之爲人，于學于才于品，則又有大焉者，請移其書以論之。苞孕古今，囊括典俗，辨經史之源流，萃斯文之體要，或一揮而數制，或一飲而百篇，行則口占，臥則腹稿。人曰公之學博而敏。官史局以史事擅長，官坊局以公望倚重。事崇禎先帝于北，啓沃講筵，論列邊計，鑿鑿不爲窾言。事弘光皇帝于南，奬護忠直，疏解禁錮，侃侃有以自處。人曰公之才明而允。疎節闊目，坦衷直腸。推賢讓能，不啻口出。慰藉饑渴，常若由己。不爲崖岸斬絶之行，不附翕熱噂沓之黨。以山水爲園囿，以歌咏爲鼓吹，以文章朋友爲寢食。人曰公之品逸而端。生平規言矩行，動止有常。既入北廷，頽然自放。粉黛横陳，二八遞代，按舊曲，度新歌，宵旦不分，悲歡間作。爲叔孫昭子耶？爲魏公子無忌耶？公心口自知之，卽〔六〕子弟不敢以間請也。

辛卯六月，禮白帝于華山，度毛女峯，度回心石，自傷晼晚，賦詩以見志。登蓮峰，望大壑，自詫善載腐軀〔七〕朽骨，屏營不欲下者久之。烽火噩夢，彳亍告勞。抵家未浹日，飾巾長逝。於乎悕矣！昔金源〔八〕亡後，故直學士王若虛從之，與渾源劉祈東遊泰山，至黄峴峰，憩萃善亭，謂同遊曰：「汨沒塵土中一生，晚年乃造仙府。」遣其子前行視路，垂足坐大石上，瞑目而逝。公與從之皆王姓，皆有聲翰苑。從之遊泰而解形，公遊華而長往，百年而下，記二嶽遊者，其將比而同之耶？否耶？從之遺民舊老，微服東遊，而公有事祭告。泰、華之靈，視兩人之遊迹，亦將如世眼之差別耶？否耶？迨削成四方，不知天不可升矣。白帝少昊之司，百神之所宗〔九〕。代祭告虔之時，神祇涖止，肸蠁赫然。其亦有靈爽憑焉，而挾以俱往耶？公易簀時，云有仙迎我，蓋知之悉矣。

公諱鐸，字覺斯，河南之孟津人。天啓壬戌進士。歷官具在國史。祖某，父某，俱以公貴，贈如其官。祖妣某氏，妣某氏，妻某氏，俱贈一品夫人。公生于某年某月某日〔一〇〕，卒時年六十有一。子五人，某某、無咎某官〔一一〕。葬于某地之某阡〔一二〕。余與公同官交好，酒闌歌罷，談説生平，輒以不朽爲託，故于其子之請銘，不敢以老病辭。系之銘曰：

鴻朗莊嚴昭有融，光嶽氣合生駿雄〔一三〕。魁顏偉幹聲如鐘，珠囊玉杯推國工。西清東壁羅心胸，廣廈細旃達帝聰，槐廳柳院聲實隆。鴛鵝雙飛五馬東，延登受策憂心沖。飈迴霧塞天夢夢，吁嗟一柱頹昊穹。高文巨什琬琰崇，海涵地負無終窮。八分三體追高蹤，下躡羲、獻上斯、邕。鸞翔鵠跱〔一四〕驚鬱葱，魚頳鳥頡何匆匆？縹緗縑素流蠻戎，豐碑貞石爭磨礱。如椽筆補造化工，誰云文藝徒雕〔一五〕蟲。蓐收別館少昊宮，巨靈高掌光熊熊。車箱、箭括〔一六〕與天通，爟火既舉登蓮峰，玉漿金醴觴芙蓉。歸來竹杖成茅龍，揮手高揖青鳥公。濞南羽化將無同？金天帝醒移策封，昭王博銘翳蒙茸。華陰授璽懷抱中，天門詄蕩秩〔一七〕禮終。佳城鬱鬱開中嵩〔一八〕，我裁銘詩依變風，千年吐氣成白虹。

【校記】

〔一〕此文有學集各本外，亦收於瞿藏文鈔補遺中。金匱本題首有「皇清」二字，各本無。〔二〕文鈔補遺作「義」，各本作「議」。〔三〕文鈔補遺作「落筆」，各本作「筆落」。〔四〕金匱本、文鈔補遺作「袖」，邃本、鄒鎡序本作「神」。〔五〕金匱本、文鈔補遺作「書」，邃本、鄒鎡序本作「楷」。〔六〕文鈔補遺有「郎」字，各本無。〔七〕各本作「軀」，文鈔補遺作「肉」。〔八〕文鈔補遺作「源」，各本作「元」，誤。〔九〕邃本作「宗」，各本作「家」。〔一〇〕自「祖某」以下至此句八「某」字，從文鈔補遺，各本俱空格。〔一一〕文鈔補遺有「某某無咎其官」六字，各本無。〔一二〕各本作「阡」，文鈔補遺作「所」。〔一三〕文鈔補遺作「雄」，各本作「容」。〔一四〕文鈔補遺作「跱」，各本作「峙」。〔一五〕文鈔補遺作「雕」，各本作「彫」。〔一六〕文鈔補遺作「箭括」，各本作「栝矢」。〔一七〕金匱本、文鈔補遺作「秩」，邃本、鄒鎡序本作「秋」。〔一八〕文鈔補遺此句下空七格，各本不空。

故福建建寧府推官待贈吏科給事嘉善柯君墓誌銘〔一〕

昔人重進士科，有司謂之座主。今翰林典春秋試事，亦稱座主。師資之誼，自昔而然。雖仕至〔二〕卿相，亦必曰出某人之門。比其衰也，座主門生，菀枯遷改，或掉臂以去，或掩面而避。朝盈夕散，比于虛市。辛酉秋試，余所〔三〕舉于浙者百人，計終始不相偭背者，亦〔四〕六七人而已。此六七人者，今既不可復得，余雖不欲孑然顧影，自歎其無徒也，其可得乎？

嘉善柯君，六七人之一人也。君累試舉進士，司理建寧。五年，謝事里居。十五年而卒。其子給事君聳，謁余江村，苴絰稽首，哭而請曰：「唯先子出夫子之門，願有述也。」嗟乎！給事身在日月之際，不以老髦捨我，而以不朽其親爲託，則君父子間家人私語，契闊談讌，其念我可知也。古人以人世相閱，託末契于後生。余之所期許于六七人者，暮節頹景，可益信不誣。于給事之請，爲之汍瀾涕洟，執簡而輟筆者數矣。其何忍辭？

按狀，君諱元芳，字月傳。先世閩〔五〕莆田人。慶元路學正仲爵始居嘉善之疁川。祖某〔六〕，年九十有二，邦人推爲壽耇。父某〔七〕，慷慨好〔八〕施予，贈福建建寧府推官〔九〕。母趙氏，封太孺人〔一〇〕。君弱不好弄，才筆能沾丐數人。年二十五，舉于鄉。余旅見之，目曰：「端視而神穩，必君子也。」五上公車報罷。帷燈緹灰，淑慎如處女。丁丑舉南宮，見于潭浦黃公，公目之如余。益自礪曰：「吾得奉教兩夫子，有餘師矣。」居贈公喪有聞。服除，授建寧府推官。建寧介八閩上游，厖茸獷狎，號爲難理。君爲政，釐積案，薙宿蠹，禁〔一一〕速訟、懲鬻筆、慎平反、杜請託。老文法吏，雁鶩列行受署，莫敢仰首。周視案牘，亭擬閲實，每歎曰：「彼爲隱忌峭刻之文，暴揚燕私，點汚帷薄，其如人子姓何〔一二〕？且獨不爲子孫地乎？」其大要以嚴官評、正刑書、持大體、養元氣。兩署郡篆，再署甌浦，按行屬城，所至辦肅。他鷙擊毛舉者，顧弗如也。

浦城接壤壽寧、江山，蕪靛賊盤互剽掠，君募壯勇，設間〔一三〕諜，擒賊首五大王，餘黨竄伏。君還郡，監司倖功僨師，顧以遺寇嗾君，坐鐫一級。已而賊復嘯柘浦，約日取浦城。君署部詗知之，午夜勒郡邑兵，分道掩捕。質明，七十餘酋〔一四〕，反手就縛。諸大吏驚而相告，是果能辦賊，非縮朒縱寇〔一五〕者。當君鐫級時，屬邑令夏彝仲、黃石公奮袂與直指抗辨，請解符印去。而閩人亦相率訟言于朝。卒用得直。蓋崇禎季年，當宁厲精，吏議與淸議，猶能互相搘拄，舉閩而他可知也。

甲申，用理績殊異，行取第一。未及上而國難作，解官歸隱。太孺人在堂，長筵孫子，遂閒居奉母之志。給事令棗陽，內召，君喜曰：「自今可以舒眉坦腹，長爲逸民矣。」簾閣綈几，著書不輟。優游考終，飾巾待期，亂世士大夫所希有也。

君初舉進士觀政，得贈公家書，心動曰：「無疾病，何以非手跡耶？」請急馳歸，及門而贈公病革矣。執手慰問，扶抱進袍服，奉觴再拜，贈公頷之而喜，蓋踰月而後歿。人以是〔一六〕知搤臂齧指，古孝子非虛語也。爲舉子病咯血，良醫搖手相視。夢三丈夫來〔一七〕診病，前行者却指第三人曰：「能療汝。」君拜之。以藥一丸投盂水，戒飲盡，手摩頂數周，輒大吐。雜然讙曰：「愈矣。」芬香迸口齒間。越翌日，里人以修三官祠來告，問其巾服，則所夢也。自是病良已。易簀前〔一八〕，語所知曰：「吾生平無愧心事，此時較有得力處。」頻申瞑目，如入禪定。蓋君之居心制事，清明誠一，與神明通者久矣。君生于萬曆丁酉十二月，卒于戊戌歲二月〔九〕，享年六十有二，妻俞氏，封孺人，生〔一〇〕子二人，長〔一一〕郎聳，己丑進士，今吏科給事中。次新，邑諸生。女一人，嫁盛際飛。孫男六人，女五人，嫁皆右族。葬在嘉善城南胥五區之新阡〔一二〕。

余惟君內行淳古，服官廉平。金聲玉色，美不勝書也，以一言蔽之曰厚。夫世風之日趨于薄也，猶醅之薄而爲醨也。醇酎百末，甘醽九投，用以奠東皇而享太乙，非厚不可。余以老民野史，叨載筆之任，愾歎于君臣父子間，庶幾使世之梔貌蠟言，囂然相命者，知所以鏃厲而歸厚也。銘曰：

漢世公卿，皆稱長者。風流邈矣，史失求野。游光射聲，頭角熊熊。如鐘鏘號，其內則空。塗車曷駕？木鳶〔一三〕不舉。如尸土龍，而祈降雨。溫溫恭人，職思其居。樸遬悃愊，歲計有餘。仁厚之名，淡無可喜。如酒九醞，咀嚼彌旨。火膏炷光，土膏脈發。德膏厚矣，匪藴胡搰？武原之南，流泉夕〔一四〕陽。膴膴鮮原，乃迴乃藏。鄙寬薄敦，古也有志。我鑱銘章，來者是爲。

【校記】

〔一〕此文有學集各本外，亦收於瞿藏文鈔補遺中。各本題爲「吏科給事中」，文鈔補遺作「禮科給事中」。

〔二〕各本作「至」，遂本作「自」。　〔三〕文鈔補遺作「所」，各本作「時」。　〔四〕文鈔補遺有「亦」字，各本無。　〔五〕文鈔補遺有「閩」字，各本無。　〔六〕〔七〕文鈔補遺有「某」字，各本無。　〔八〕文鈔補遺作「好」，各本作「多」。　〔九〕文鈔補遺有此句，各本無。　〔一〇〕文鈔補遺有此四字，各本無。　〔一一〕文鈔補遺作「禁」，各本作「焚」。　〔一二〕各本「子」下有「孫」字，「姓」下有「若」字，文鈔補遺無。　〔一三〕文鈔補遺作「間」，各本作「闕」。　〔一四〕金匱本、文鈔補遺作「酋」。遂本、鄒鎡序本作「首」。　〔一五〕文鈔補遺作「寇」，各本作「賊」。　〔一六〕各本作「是」，遂本作「自」。　〔一七〕文鈔補遺有「來」字，各本無。　〔一八〕文鈔補遺作「前」，各本作「時」。　〔一九〕文鈔補遺有「生于」以下十六字，各本無。　〔二〇〕文鈔補遺有「封孺人生」四字，各本無。　〔二一〕文鈔補遺有「二人長」三字，各本無。　〔二二〕文鈔補遺有「次新」以下至「新阡」三十五字，各本無。　〔二三〕各本作「蔦」，文鈔補遺作「鵝」。　〔二四〕金匱本、文鈔補遺作「夕」，遂本、鄒鎡序本作「日」。

亞中大夫福建布政使司左參政管延平府事朱君墓誌銘〔一〕

君名日燦，字靜之，家世大梁，宋南渡，徙崑山。祖熙洽，舉進士，官貴州按察司副使。父萊，母徐氏。舉萬曆壬子鄉試，署懷遠教諭，崇禎末，由國子監丞歷工部營膳司主事。弘光元年，復職。慈禧宮成，陞福建右參政，管延平府事，未行而國難作矣。

君爲監丞甫一日，城守事亟，用推擇添註〔二〕工部，派守永定門。門首當敵衝，控弦游奕不絕。中人立燈竿，掛狗〔三〕樓，劇戲如小兒。巡視大臣唯唯，君正色折之不少避。解嚴，補膳部。視西城河工，管試驗廳監，修閱武門馬棚，所至與中人交蹠算金錢估工役，磨牙鑿齒，歧口沓舌。君洗手受〔四〕事，勾稽彈駮，中人咸目詛之，未有以中也。久之，用倉厫事鐫級。臨清使竣，坐馬棚事下獄。閱十九月得白，然竟用是罷。

君之督臨清廠也，瀕行，敵騎大至，監視高起潛引兵躡之，分城西東而陣。高陣城東，檄道臣高捷撤城內河西浮橋，出郭外以渡師。河西民擁衆不聽撤，捷逃匿不知所之。君奮袖往，大呼傳諭曰：「高監兵欲西者，捍禦東〔五〕面敵，保城池也。今擁河橋不聽渡，敵飄突抵城下，此時欲撤橋濟師，晚矣。」民讙應曰：「敢不惟命。」我師渡而東〔六〕，敵騎解去。人言國家之壞，由于中人，爲其蠹蝕國本，資寇諜敵，如蟲之兩口自齧也。然則河西之役，寺人橫身却敵，監司容頭僅免，其忠邪勇怯，相去又何如也？

嗚呼！先皇帝以神聖之主，遭逢多難，中官朝士，疑信參用。卒之兩相甚間，兩相誣諉，國家事如無柁之舟，無錘之稱，浮沉下上，莫知適從。一二郎署小臣，與譹疾號，橫流一葉，曾何救乎敗亡？如君者，可勝歎哉！乙酉元旦，北向擗踊，清明日拊膺〔七〕哭曰：「乞兒馬醫，瀝酒漬地，十二陵誰奠一盂麥飯耶？」忽忽臥病，無生人之樂。辛卯二月，年六十有八，患風痹以歿。嗚呼！其尤可悲也。

君少從長姊夫王淑士遊學，討論經史，場屋之文，最有原本。天性孝友，內外無間言。居官廉辦，不苟取予。其與人不翕翕熱，亦無崖岸嶄絕之行。因淑士交李長蘅及余，皆有終始。娶周氏，生子陛臣，歲貢，今富陽令。繼譚氏，生階臣、垿臣，皆諸生。女九人。孫男女六人。陛臣以壬辰十二月初四日〔八〕葬君朱夫圩之高原，兩恭人祔焉。以父執故乞銘。

銘曰：

丹樓如霞兮，衞河湯湯。清嘯不遐兮，尺組猶長。衣冠月出兮，寢園薦荒。歿而猶視兮，冏冏〔九〕北邙。眇然書生兮，與國存亡。涕盈其銘兮，孰知我傷？

【校記】

〔一〕此文有學集各本外，亦收於瞿藏文鈔補遺中。各本題無「使」字，文鈔補遺有。〔二〕各本作「主」，文鈔補遺作「註」。〔三〕文鈔補遺作「狗」，注云：「狗」，刻作「敵」，周亦作「狗」。鄒鎡序本作「敵」，邃本、金匱本作「敵」。〔四〕文鈔補遺作「受」，各本作「授」。〔五〕〔六〕各本作「東」，文鈔補遺作「西」。〔七〕各本作「膺」，文鈔補遺作「心」。〔八〕文鈔補遺作「壬辰十二月初四日」，邃本作「某月某日」，金匱本作「某年某月」，鄒鎡序本作「某月某臣」。〔九〕文鈔補遺作「冏冏」，鄒鎡序本、金匱本作「同同」，邃本作「回向」。

懷遠將軍進階安遠將軍錦衣衛指揮同知北鎮撫司掌司事王府君

墓誌銘〔一〕

崇禎九年，烏程枋國，興牢修、朱竝之獄，而余首及難。大金吾希承風旨，鍛鍊具獄。獄三上，上不許，詔下東廠。公謝廠事家居，扼腕歎詫，召廠故吏告曰：「起大獄、殺大臣、觖大法、蒙蔽當宁，衞代閣剸刃，而廠代衞受名，不已傎乎？吾雖謝事，舊刑官也，庸敢不以正告。」

諸人聞之股栗，具以公言白廠璫。璫大悟，屬所司推鞫，盡得鉤連文致狀。上震怒，尸三奸人于闕下。烏程罷不再召。命法司釋余〔二〕。方〔三〕獄急，人莫知也。楚人汪雲卿客公所，請以告余。公屬曰：「閟之，毋使烏程知而甚我。」烏程死，又囑曰：「終閟之，虞山將大用，吾不欲使虞山〔四〕知而德我也。」汪生爲余言，公之爲〔五〕長者如此。

越二十載，歲在丁酉，公卒于淮安之寓舍。將葬，次子侍御燮，撰事狀請余銘。狀稱公掌詔獄，前後平反大小百四十餘件，奏疏累二百章，未嘗有寄〔六〕請他比，瘐死一人。如汪生所云公閟不言者，狀不具列也。余乃爲按覈本末，大書首簡，而次及其行事。曰：公諱宗德，初名崇德，以崇禎紀元易焉。其先楚黃陂人，世官〔七〕籍京師起家，歷東廠理刑，掌刑北鎮撫司掌司事，累升指揮同知，封懷遠將軍，覃恩進階安遠將軍。公幼孤，事母篤孝，嘗使至江南，食楊梅鮮鰣，投箸而〔八〕泣曰：「吾母未嘗此也。」坦衷好善，急人之難甚于己。温文易直，不斬〔九〕立崖岸。燕處向晦，肅衣冠危〔一〇〕坐，凛如也。爲刑官，每誦〔一一〕尙德緩刑書以戒子姓。嘗脫人于厄，暮夜裹金來餽，閉門堅〔一二〕却之，亦竟不以告人也。卒時年七十有九。娶徐氏，繼娶李氏。子六人：長琟，中壬午鄉試副榜。次卽侍御燮，中崇禎丁丑進士，歷今官。次庭，官金吾。言，癸未榜武進士。賓、廉，皆弟子員。女一人，孫男女若干人。

嗚呼！論獄于東廠，難言之矣。委寄嚴密，疑鬼疑帝。伯州犂之上下其手，孰知其狀？華合比之坎牲埋書，孰爲之徵？武安侯之蜚語，王長君之乘間，改形易貌，旁行側出。閹衛之狡者，參居其間，抽傴師之機，而收漁人之利。於是乎詔獄益不可問矣。公與余無私交，不避權要，公正發憤，其大意則欲〔一三〕爲國家持三尺法，搘柱閹衛，存國體，扶士氣〔一四〕，發明主上神聖，無使煬竈食角之徒，陽施陰設，而歸其獄于明主，豈獨爲禁近中職掌哉？昔在孝廟時，掌錦衣牟斌，抗〔一五〕戚畹，出李夢陽于獄。夢陽秘錄，備載其事，今之志錦衣者徵焉。余舊待罪太史氏，史失求野，吾猶及載筆，其敢避而不書？或曰：「狀不書，誌書之，可乎？」曰：「狀之不書，公之志也。書其綱，不系其事，使人習其讀而問其傳，史家之法也。狀既引之矣，誌安得而沒諸？銘曰：

國有禁獄廠西東，黃門北寺寄命隆。椓人竊枋天夢夢，左執鬼宮右殤中。閣衛參立假神叢，宮鄰金虎神鬼工。歙章錄牒葦笥同，垣牆貫索占不空。公奮隻手抉霧雺，矢心掉舌質昊穹〔一六〕。鼠狐滅跡豺虎窮，天晶日明光昭融。欽哉宸斷吾〔一七〕何功？比干賜策帝所庸。高陵深谷星紀終，丹書白筆隨秋風，竹枯骨朽誰適從？野史執簡貞石礱〔一八〕，明訊青史幽玄宮。

【校記】

〔一〕此文有學集各本外，亦收於瞿藏文鈔補遺中。〔二〕「公謝廠事家居」至「命法司釋余」，各本如此。文鈔補遺此節敍次之順序與各本不同，字句亦有異。今錄文鈔補遺文於此，以資互參：「廠屬所司詳審推鞫，盡得鉤連文致狀。上震怒，尸三奸人闕下。烏程罷不再召。旋命法司釋余。事之殷也，東廠理刑王公喟然嘆曰：『起大獄、殺大臣、骫六法、蒙蔽當宁。衞代閣剸刃，而廠代衞受名，不已傎乎？』偕其僚屬，正告廠璫。璫大怒，獄遂得白。」〔三〕各本有「方」字，文鈔補遺無。〔四〕文鈔補遺有「使虞山」三字，各本無。〔五〕文鈔補遺有「爲」字，各本無。〔六〕各本作「寄」，文鈔補遺作「奇」，旁注「寄」字。〔七〕文鈔補遺作「官」，各本作「系」。〔八〕文鈔補遺有「而」字，各本無。〔九〕各本作「斬」，文鈔補遺作「斬斬」。〔一〇〕文鈔補遺作「冠危」，各本作「危冠」。〔一一〕金匱本、文鈔補遺作「誦」，邃本、鄒鎡序本作「謂」。〔一二〕文鈔補遺有「堅」字，各本無。〔一三〕各本有「與余」以下至「則欲」十八字，文鈔補遺無。〔一四〕文鈔補遺「士氣」下有「其大指則在乎」六字，各本無。〔十五〕金匱本、文鈔補遺有「抗」字，邃本、鄒鎡序本無。〔十六〕此二句各本如此。文鈔補遺作「飲冰受命矢昊穹誓守三尺捐微躬」。〔十七〕各本作「欽哉宸斷吾」，文鈔補遺作「焚草削牘臣」。〔十八〕文鈔補遺作「礲」，各本作「壠」。

故孝廉內鄉許府君墓誌銘〔一〕

內鄉許府君，諱維清，字仲如。中〔二〕萬曆癸卯科鄉試，八上春宮不第。崇禎辛巳五月十七日，卒于家，年六十有四。其子宸，舉庚辰進士，授河津令，葬府君于虎頭山之原，繼室王氏、李氏祔焉。越十有七年，歲在丁酉，河津歷中外，歷官按察使，以陝西布政司右參議兼按察司僉事，覃恩贈府君如其官。乃件繫生平，勒爲事狀，俾舊史氏謙益刻其〔三〕隧道之銘。

按狀，府君先世，晉之曲沃人。曾祖貴，占籍鄧州之內鄉。祖存仁，隱德弗耀。父評，中嘉靖乙丑進士，官陝西行省參政。二子皆領鄉薦，府君其仲也。內鄉人李公蓑，由翰林出外僚，才名籍甚，世〔四〕所稱于田太史也。于田與大參公過從，摩府君頂，謂非凡兒，以其子妻之。府君繼室李，則于田之弟之子也。府君辟咡庭訓，不離典籍。少游外家，上下議論，得以沈浸文府，縱橫辨囿。視世之俗儒小生，蘷蚿憐而蟣蠓覆者，擲筆抵几，視之蔑如也。公車罷歸，大發其藏書，橫經藉史，貫穿鈎鎖，浩汗演迤，著作滿家。大參公病小極，輒謝春試，杖函燕閒，考文徵事，大參公喜曰：「古人以黃嬭養老，勝異粻宿肉多矣。」敎戒其子，稱引內外家風，正色動容，凛於夏楚。爲令，手書元道州春陵行以寄曰：「民貧可憐，毋使（五）謂使臣不如賊也。」流賊躪中州，繕城除器，毁家紓難，賊肉薄登城，誓死擊却，孤城屹立者十載，府君力也。府君元配早卒，繼李，生一子，即按察使宸也。側室生宣、宷、宦，爲弟子員，皆以禦寇死。女一，適李占鰲，罵賊析骸，以節烈聞。孫女及曾孫男女，具狀中。

舊史氏曰：「余觀慶、曆以來，學者日趨浮僞，游揚傭（六）剽，務華絶根。中州李于田、陳晦伯，以學殖爲能事，世莫之尚也。府君胚胎前光，博聞厲行，學問淵海，得之于田爲多。按察君鍾美豐物，君子之澤禕焉（七）。胥天下之學者，蠟其言、梔其貌，其中枵然無有而懵不知返也，取道于中州之學，殖北轅而望崆峒，無偭背焉。敍府君行事，趣舉其外家之學，使後之尚論者，望崖溯流，有以知古學之從來，則亦古人之志也。大參公之歿也，鄉人請祀鄉賢祠，今以府君從焉。斯古所謂鄉先生歿而可（八）祭于社者也。余之銘公也，特書之曰：故孝廉內鄉許府君之墓。以謂（九）府君之生平，所以重枌榆、徵琬琰者，固于是乎在。系之銘曰：

末流俗學相蔽蒙，取青媲白矜魚蟲，象物銜世如土龍。河汾有儒師文中，獨抱遺經追國風，結繩掌故羅心胸。羽陵蠹飽宛委窮，蕙蘇薈蕞將無同？弱冠搖筆凌南宮，退飛宋鷁淹蒿蓬。書生憂國心忡忡，獨當一面江漢衝。黑雲壓城礮碎空，樓櫓却敵完崇墉。翟泉鵶飛告閔凶，身先陵谷歸昊穹。有子趾美賦彤弓，金章玉書耀鼎鐘。舊史考德訊瞽宗，逢衣席帽神所庸。千秋孝秀齊中嵩，埋銘幽隧光熊熊〔一〇〕。

【校記】

〔一〕此文有學集各本外，亦收於瞿藏文鈔補遺中。各本題如此，惟金匱本題作「前孝廉□誥贈少參內鄉許府君墓誌銘」。〔二〕文鈔補遺有「中」字，各本無。〔三〕文鈔補遺作「其」，各本作「爲」。〔四〕文鈔補遺有「世」字，各本無。〔五〕文鈔補遺作「使」，各本作「乃」。〔六〕文鈔補遺作「傭」，各本作「庸」。〔七〕各本作「焉」，文鈔補遺作「矣」。〔八〕金匱本、文鈔補遺有「可」字，各本無。〔九〕文鈔補遺有「謂」字，各本無。〔一〇〕銘後文鈔補遺注「丁酉」。

遼東王府君墓誌銘〔一〕

歲在戊子十一月，遼東王府君，卒于其子江寧清軍副使言之官舍。明年己丑，葬于某山。又七年丁酉，副使君以余舊待罪太史氏，職司文字，請爲其銘。謹按副使君所撰行狀，次而書之。

府君諱可登，濟南之長清人。嘉靖初，著籍遼東。曾祖璽，祖守亨，父道平，母季〔二〕

氏。府君少喪母，稍長喪父，後母〔三〕弟甫週歲。零丁孤苦，依其姑及舅氏，頡羹轢釜，彷徨啜泣。年三十，爲司倉者傭書，手繭指瘃，端勤自如。張翁憐而愛之，妻以小女，始有家矣。力作修業，數致千金，急難叩門，不以無爲解，緣手散去，意豁如也。囊篋少羨，分其弟及甥，敝衣苴履，食客滿堂。人或惎之。笑曰：「我生是和尙相，何刺促自苦？」已而撫副〔四〕使君摩其頂曰：「此萬金產也，吾何憂？」蓋府君之生平，孝友易直，倜儻慕義，有異于常人如此。

舊史氏曰：「吾聞之，銘者，名也，所以名其爲人，使其人之〔五〕精神顏面，有傳于後世也。韓子之銘王評事也，敍其文書衙袖之事，銘李侍郎也，敍其篤信方藥之語。千百世而下，讀其文者，談笑誑諉，如或見之。今之爲辭者，緣飾名行，鋪陳盛美，欺生誤死，貸口借面，雖其大書深刻，碑板照曜，而〔六〕其中固枵然無所有也，則亦何怪其速朽哉！副使君之狀其父也信，其乞銘也，徵其實而已，不以文，亦猶行古之道也。居今之世，能不誣其親于身後，又能使世之爲銘者，不代人以誣其親，斯其教世者遠矣。余故受其請，誌而銘之，不敢辭。銘曰：

歲攝提格，我識使君。盱衡抵掌，噓氣成雲。東方之美，有珣玗琪。是父是子，鍾美在茲。纘辭考德，文不求備。訊于來世，展矣無愧〔七〕。

【校記】

〔一〕此文有學集各本外，亦收於瞿藏文鈔補遺中。各本題首有「遼東」二字，文鈔補遺無。〔二〕各本作「季」，文鈔補遺作「李」。〔三〕金匱本、文鈔補遺本有「母」字，遼本、鄒鎡序本無。〔四〕金匱本、文鈔補遺有「副」字，遼本、鄒鎡序本無。〔五〕文鈔補遺有「之」字，各本無。〔六〕各本作「照曜而」，鄒鎡序本作「然而按」。〔七〕銘後文鈔補遺注「丁卯」。

樂安唐君合葬墓誌銘〔一〕

吳郡唐景錢、景宋，葬其父母于婁門之新阡，屬梁谿進士華君撰行狀，而來請銘。余聞古之人，所爲誌其人者，不〔二〕知其爲人，則取徵于行狀。行狀者，所以狀其人。其人之鬚眉謦欬，面目〔三〕舉止，顯顯然見之紙上，不但書其族出生卒也。狀而不似其爲人，癯也而肥，黔也而晳，短也而修，則所狀者非其人也。蘇明允曰：「所恃以作銘者，止在其行狀耳。而狀又不可信，嗟夫難哉！」今唐君之狀，則狀之可信者也。狀君之少曰：「君七歲失父，哀泣〔四〕動路人。貧不能就傅，借讀鄰舍。有難字，挾筴徧詢路人。稍長，通解文義，練達事理。鄰里有疑難，片言斷決，長老〔五〕推爲觿玦。」其孤貧強立，爲家收子如是。狀君之壯曰：「君娶周，早卒，繼黃氏，勤勞共儉，佽君起家。早夜巽粻，擊鮮以奉寡母，而以其餘爲德于鄉。平糶以賑饑，斥田以助役，修橋梁、甓堤岸，以便津涉。念友人枕膝之託，以愛女妻其子。教其二子爲儒，鏃礪名行，斤斤如也。」其急病好修，爲鄉長者如是。狀君之老曰：「君晚遭喪亂，厭薄世故，飯僧禪誦〔六〕，爲白衣道人。有謀舉鄉飲賓者，君掉頭曰：『焉有卉衣椎髻，而嚌胏啐酒，升歌鹿鳴者乎？』病知大期，趺坐向西而逝。」其搘柱晚節，爲國遺民如是。狀既出，吳之人與故賢令如石〔七〕李侯，皆證明之曰：「信。」余是以〔八〕按而誌之。

嗟夫！世道交喪，人盡刦也。貪者刦財，黠者刦名，其黠之尤者，乘時憒亂，刺取國家大故，與人間殊絕驚爆之事，以夸大其祖父，明〔九〕以爚亂青史，幽以欺謾鬼神，胥自家狀之失實始。今君之子，能乞埋銘，以不朽其親，而又取徵于言之可信者以爲狀。舉若〔一〇〕是，則世之刦名以誣其親者或尠矣。雖其鄉井翁姥，無關于琬琰，而斯世之爲蘇明允者，必將有取焉。余是以具論之。君諱映奎，字聚升。卒于癸巳，距生萬曆辛巳，年七十有三。黃孺人卒于崇禎甲申，年五十有三。生二子，卽景錢、景宋。女二人，皆適甲族。孫堯勳。兩世皆諸生〔一一〕。銘曰：

荆南之唐質肅始，授書徙吳悅山水。十有八傳楠蔚起，書生任俠輕趙、李。君奮孤童踵祖趾，周官六行納孔軌。儒風俠骨禪逡死，子孫含章荷天咫。述德考行尺蹏紙，辭從主人斯可矣。舊史刻銘削蛙紫，誰之徵者老蘇子。

【校記】

〔一〕此文有學集各本外，亦收於瞿藏文鈔補遺中。各本題首作「樂安」，文鈔補遺作「晉陽」，題下注「布衣」二字。〔二〕金匱本、文鈔補遺有「不」字，邃本、鄒鎡序本無。〔三〕各本如此。文鈔補遺「面目」二字在「鬚眉」二字下。〔四〕文鈔補遺有「泣」字，各本無。〔五〕金匱本、文鈔補遺作「老」，邃本、鄒鎡序本作「安」。〔六〕文鈔補遺作「誦」，各本作「悅」。〔七〕文鈔補遺有「如石」二字，各本無。〔八〕各本「以」下有「次」字，文鈔補遺無。〔九〕文鈔補遺有「明」字，各本無。〔一〇〕各本作「若」，文鈔補遺作「如」。〔一一〕文鈔補遺有「君諱」以下至「諸生」五十九字，各本無。

明故王府君合葬墓誌銘〔一〕

故餘姚令王子曰俞，率其子今大行澧，謁余而哭曰：「先人卽世十三年，始克葬。葬〔二〕十四年，未有刻銘，歐陽子之云以有待也。嗚呼！今則已矣！兩尊人見曰俞鄉舉，而不及見曰俞與澧偕雋南宮也。兩尊人劬躬需後，不知子若孫食其報。陵谷貿遷，一紀于茲，又不知其食報而不克終也。金銷石泐，終天而已矣！唯是隧道之石，所以不死吾親者，敢以累夫子。」拜已又哭。余亦噭然而哭，乃考據行狀，誌而銘焉。誌曰〔三〕：

府君諱某〔四〕，邑之文學里人也。祖承恩，邑諸生，九踏省門不第。父有德，修一行，精易學，古之蜀莊也。妻瞿氏，生四男子。府君生十齡，負米十里外，以供宿舂。娶于張，異粻宿肉，佽助顧養，退啖糠覈，懽如也。府君執親之喪，過時而哀〔五〕，扶病執引，攀號動路人。歲時上冢，夫婦伏土啜泣，漬淚濕土，如土漬焉。府君友于諸弟，叔弟死，枕屍而哭：「有我在，勿以妻兒故猶覩。」孺人洽比妯娌，季叔有違言，其婦呵之曰：「使我何以見丘嫂也？」府君豈弟易直，急病讓夷〔六〕。邑惡子捶門詬詈，府君曰：「安之，將自及。」孺人曰：「去之，懼以我滿貫也。」府君舉倍稱之息，爲人輸稅贖罪，孺人典衣襦以償，指其二子曰：「數此爲契齒矣。」府君少卻游女，白首相莊，垂簾閉戶，謝絶敖戲，至今家人目不識棋枰博局，邑屋所未有也。狀累數千言，舉其大者。

昔者北齊劉獻之謂學者曰：「百行殊塗，准之四科，德行爲首。若能入孝出弟，忠信仁讓，不待出戶，天下自知。倘不能然，雖〔七〕博聞强識，不過爲土龍乞雨，衒惑將來，于立身之道何益乎？」府君自恨孤貧廢學，聞兔園講誦聲，輒徬徨不忍去。夫婦婉德，誠心質行，獻之稱孝弟仁讓，備矣。子孫鵲起，振華揚〔八〕德，不出戶而天下知，信矣。邑井澆漓〔九〕，羣蜚刺天。磨牙鑿齒，如不終日。率府君之道，言坊行表，規重矩疊，士大夫不以土龍衒惑爲能事，飲羊秣馬之俗，寧不灑然一變哉？余昏耄謏聞，援獻之之言，准于四科，以正告鄉里，亦閭胥塾師之所有事也。

府君生嘉靖癸亥，卒崇禎庚午正月，年六十有八〔一〇〕。孺人生嘉靖乙丑，卒崇禎戊辰八月，享年六十有四〔一一〕。子三人，次曰俞，與其子澧，同舉癸未榜〔一二〕進士。曰俞知餘姚縣，乙〔一三〕酉，挂冠歸里。澧今官行人司行人。孫男女、曾孫男女若干人。初，澧之生也，府君夢庭杏盛開，中有碩李，遂字之曰李。而〔一四〕以澧命名，語轉而然也。曰俞鄉舉，人謂必速飛，府君曰：「未也，當與澧偕。」澧髮甫覆額耳。人言君平挺生，王氏再世，良有徵也。銘曰：

國于天地，元氣渾龐。條葉被澤，碩大繁昌。三事大夫，都人士女。宗鱗集翼，德輶克舉。抑抑府君，應杖褒衣。釐爾女士，裙布唱隨。家人婦孺，風氣滿盈。豐芑憗遺，莫匪周楨。于公高門，比干賜策。郁如陽春，萌甲散坼。祀同瞽宗，名在册府。熠彼土龍，況乃人虎。七世之廟，百世之仁。鄉人子弟，眎此刻文。

【校記】

〔一〕此文有學集各本外，亦收于瞿藏文鈔補遺中。　〔二〕文鈔補遺有「葬」字，各本脱。　〔三〕文鈔補遺有「誌曰」二字，各本無。　〔四〕文鈔補遺作「某」，各本空白。　〔五〕文鈔補遺作「哀」，各本作「依」。　〔六〕金匱本、文鈔補遺作「夷」，邃本、鄒鎡序本作「彝」。　〔七〕文鈔補遺「雖」下有「復」字，各本無。　〔八〕文鈔補遺作「揚」，各本作「揭」。　〔九〕各本作「漓」，文鈔補遺作「溥」。　〔一〇〕文鈔補遺作「八」，各本作「四」，誤。　〔一一〕文鈔補遺有「孺人」以下至「有四」二十字，各本無。　〔一二〕各本有「榜」字，文鈔補遺無。　〔一三〕文鈔補遺「乙」上有「歲」字，各本無。　〔一四〕文鈔補遺作「而」，各本作「既」。

〔清〕錢謙益 著
〔清〕錢曾 箋注
錢仲聯 標校

牧齋有學集

下

王蘧常

上海古籍出版社

有學集卷三十一

墓誌銘

尹孔昭墓誌銘〔一〕

萬曆中，余應鄉會科舉，取友二〔二〕人焉，曰嘉定李流芳長蘅、江陰尹嘉賓孔昭。其人皆聰明特達，樂易淡蕩，恬于榮〔三〕進，而急于君親。疎于勢利，而篤于朋友。淺于世故，而深于文字禪悅。辱與余交，古人所謂兄弟也，但各姓耳。長蘅晚謝公車，孔昭仕僅至監司。啓、禎之交，相繼溘逝。余晼晚無徒，老而不死，今復捫淚而誌孔昭之墓，悲夫！

孔昭祖淮，父延壽，家世爲善人。孔昭奮跡爲儒，落筆染翰，溺溲研削小生。己酉中鄉試解元，庚戌舉進士，名字〔四〕驚爆海內，褐衣敝巾，與故人酒徒，縱飲阡陌間，意自如也。讀書不穿穴章句，伸紙爲古文，短篇疎行，簇簇有新意，老于文學者弗如。酒酣興發，輒爲歌詩，商歌曼聲，淋漓自喜。作江上竹枝詞云：「河豚雪後春猶淺，刀鱭風來水已波。擕酒江邊吹笛坐，那山今日出雲多？」長蘅吟賞不置，謂老鐵諸人，無此風味。孔昭不自以爲能事，吟罷，輒削稿，或過而忘之矣。

孔昭魁顏皤腹，腰有傲骨。官中書舍人，如眉着面，無所與於世。憂時謀國，攢眉擣心，不以冗長爲解。奉使過清流關，穿井幹而出。平沙千里，腰刀怒馬，箭鏃摩戞，慨然賦詩曰：「莫道時清關失險，勇夫重閉自〔五〕春秋。」余拂廟壁讀之，駐車歎息而去。晉兵部職方司員外，募兵山東，登蓬萊閣，望醫無閭，慨然〔六〕有勒白山弓黑水之思。久次出爲僉事，提學湖廣，意忽忽不懌，辛勤其官而卒〔七〕，天啓壬戌某月某日〔八〕也，年五十有一。

孔昭于禪家，自詭有得，能拄禪人于句下。一夕醉酒，破雲棲戶羅戒，截髮剪爪，然燈懺除，不肯自假易也。里居過從促數，解衣脫帽，臥瓶覆杯，語無町崖，雜以諧劇。晚好舉偏旁解字，時時以指畫肚，自誇新樣，嘗有詩答余嘲云：「三點成伊君識否？好來墨海問狂夫。」間有妨難，都盧一笑而已。酒酣以往，把盞顧余，高歌白樂天「待君贊彌綸」之章，戟手長嘯，一似重有屬者，而余踧踖未敢應也。己未春，送長蘅落第詩云：「海畔逢錢大，叮嚀莫作癡。」長蘅持扇示余曰：「此孔昭三千里一言也。」余方在〔九〕酒所，潸然泣下。所謂兄弟而各姓者，詎不信歟？於乎！可哀也已！

孔昭妻花氏，生三子，自道後孔昭幾年卒，亂後□□□亦卒。己亥十二月，自道之子□□，謀諸婚家尚書清河公，庀治窀穸，卜葬某地之新阡。蓋孔昭之歿，至是三十九年而始克葬。家貧世亂，懸棺而封，用庶人禮，道路皆傷之。於乎！是余之罪也夫！其忍不銘？銘曰：大江滔滔兮，黃浦粼粼。風迴霞縠兮，唯子之文。君山月白兮，江聲吐吞。軒豁欬笑兮，子之營魂。江山如故兮，千秋有人。澆花載酒兮，尚酹子之古墳。

【校記】

〔一〕此文有學集各本外，亦收于瞿藏文鈔補遺中。〔二〕金匱本作「二」，各本作「三」。〔三〕文鈔補遺作「榮」，各本作「營」。〔四〕金匱本、文鈔補遺作「字」，邃本、鄒鎡序本作「家」。〔五〕文鈔補遺作「閉自」，各本作「自閉」。〔六〕文鈔補遺有「然」字，各本無。〔七〕文鈔補遺作「死」，各本作「卒」。〔八〕鄒鎡序本、金匱本作「某月某日」，邃本、文鈔補遺兩「某」字俱空白。〔九〕各本作「在」，文鈔補遺作「有」。

蕭伯玉墓誌銘〔一〕

黃魯直戒人子弟。諸病可醫，惟俗病不可醫。蓋俗之爲病，根乎胎性，成于熏習，實多生異熟所爲〔二〕，非氣力學問所可驅遣。余交海內賢士大夫，風操不一，若其居然不俗，得免于魯直之訾謷者，惟吾伯玉而已。伯玉諱士瑋，姓蕭氏，江西泰和人。南齊西昌侯叔詠之後。入國朝，有爲潭州刺〔三〕史者曰尚仁。尚仁之子用道，靖江王府長史。用道生暄，累官禮部尚書。三傳生一傑，爲河南府同知，廉〔四〕平有聞。娶王氏，生三子，伯玉其〔五〕長也。伯玉有雋才，爲文章奇肆奔放。萬曆壬子舉人〔六〕，丙辰成進士。壬戌廷試，除行人司行人。崇禎元年，册封秦府，同官當使琉球，規避相排擠，伯玉爭之力，左遷光祿寺典簿，出補府僚。壬申，改南大理評事。轉南禮部祠祭司主事。申明洪武欽錄簿，以國法扶佛法，嚴禁僧徒之掠禪宗賣詩句者，而酒肉博塞次之。改吏部，自文選歷考功郎中，不以南曹冷官，少自假易。楚師拔營南下〔七〕，留都騷動。伯玉抗言曰：「毋勾卒，毋登陴，毋徙民居。高皇帝陵京在是，開九門以延之，誰敢闌入？」大司馬倚以稍強。安皇帝南渡，遷光祿寺少卿，拜太常寺卿。移疾還里。陪京繼陷，自屏草野，嘻嘻咄咄，野哭祈死。辛卯四月十三日，卒于西陽之僧舍，年六十有七。

伯玉之爲人，易直閒止，天性淡宕〔八〕。登第後，爲園于柳溪，名曰春浮，極雲水林木之致。將之官，輒低徊不肯出，曰：「勿令春浮逋我。」南評事除服，攜家而北，過拂水丙舍，流連度歲，愾然賦詩返棹。其于榮利聲勢，泊如也。故其生平無俗情。淸齋法筵，圍壇結界。閒房棐几，橫經籍書。門墻溷廁，皆置刀筆。驛亭旅舍，未嘗不焚香誦讀也。故其生平無俗務。在官則單車羸馬，蹩躠退朝。居家則鐵〔九〕門銅鐶，剝啄絕跡。以朋友爲性命，以緇衲爲伴侶，以雜賓惡客煩文讕語爲黥髡痁痏。故其生平無俗交。通曉佛法，精研性相。起信則截流賢首，唯識則穿穴窺基。四部之書，刊落章句，淘汰菁華。我知其無俗學。于古今文章，辨析流派，搴〔一〇〕剟砂礫，眼如覰月〔一一〕，手如畫風。我知其無俗文無俗詩也。嗟乎〔一二〕！古之論士，必先品而後才。鶴之在陰也，鴻之于陸也，鷺之于飛也，潔白孤迥，超〔一三〕然無所與于斯世，而世不敢以凡羽畜之。如吾伯玉者，魯直所謂能醫俗病者也。棲遲冗長，迴翔卿寺，自喜〔一四〕爲俗人所鈍置。潘生有言，抑亦拙者之效也。豈不信哉？

伯玉有二〔一五〕弟，曰次公、季公。教海之漩澓，因果之緯繣，檀度之囊庋有無〔一六〕，則問次公。彝鼎之欵識，書畫之譜牒，園池之〔一七〕標峰置嶺，則問季公。至于楷柱法門，鏤刻經藏，肉燈骨筆，唯恐後時，則三人者相與共之。伯玉出而偕其二弟，幅巾道衣，同形影，共眠食〔一八〕，天親也，亦善友也。入而與羅淑人清琴明燭，理丹鉛，談名理，良朋也，亦法喜也。伯玉所以能擺落〔一九〕悠悠〔二〇〕，望古遙集，世出世間，故自有曠刦因緣，豈偶然哉？

伯玉妻贈淑人黄氏，生子一，維明，寧都訓導，先三載卒。女嫁鄒忠介子燧。甥文鼎、文英，皆殉義死。繼室封淑人羅氏。伯玉既歿，庀喪事者，季公之子伯升、仲升，皆蕭氏之不俗子弟也。伯升曰：「飯僧補藏，吾伯父與吾父之慧命也，必以蕆事。春浮，伯父之所〔二一〕釣游也，必以葬。虞山夫子〔二二〕，伯父之師資也，必以銘。」乃卜戊戌冬十一月〔二三〕葬伯玉愚〔二四〕山之〔二五〕麓，屬陳孝廉家禎〔二六〕作行狀，而來請銘。崇禎初，枚卜閣員。伯玉遺余方寸牘曰：「政將及子，勉赴物望。」余以閣訟下獄，伯玉謀于李忠文，間行走使，齎〔三七〕千金爲納槖饘。此伯升兄弟所未及知、行〔三八〕狀闕載者。銘曰：

三界牢獄，韁鎖沉錮。啄腥聚羶，長夜不寤。厚地濁泥，墳壚雍閼。帝摶黄土，麵座俗骨。愚〔三九〕山重掩，白雲所族。點蒼韻碧，以待伯玉。梵猿夜呼〔四〇〕，命鳥晝響。風偈霜秋，霞催月上。我刻銘詩，祓除俗惛〔四一〕。誰之〔四二〕云云者？山谷老人。

【校記】

〔一〕此文有學集各本外，亦收于瞿藏文鈔補遺中。〔二〕文鈔補遺有「所爲」二字，各本無。〔三〕各本作「刺」，文鈔補遺作「長」。〔四〕各本作「廉」，文鈔補遺作「嚴」。〔五〕各本有「其」字，文鈔補遺無。〔六〕各本作「人」，文鈔補遺作「于鄉」。〔七〕文鈔補遺作「下」，各本作「渡」。〔八〕各本作「宕」，文鈔補遺作「蕩」。〔九〕各本作「鐵」，文鈔補遺作「版」。〔一〇〕文鈔補遺作「搴」，各本作「褰」。〔一一〕文鈔補遺作「月」，各本作「日」。〔一二〕各本作「乎」，文鈔補遺作「夫」。〔一三〕各本作「超」，文鈔補遺作「迢」。〔一四〕各本作「喜」，文鈔補遺作「憙」。〔一五〕文鈔補遺「二」字下有「賢」字，各本無。〔一六〕「教海」至「有無」十七字，各本如此。文鈔補遺作「覈教乘窮因果檀度貲糧傾橐倒庋」。〔一七〕「彝鼎」至「池之」十三字，各本如此。文鈔補遺作「鑒彝鼎評書畫園池結搆」。〔一八〕「道衣」以下八字，各本如此。文鈔補遺作「布被敦宿好修梵行」。〔一九〕文鈔補遺作「落」，各本作「脱」。〔二〇〕各本作「悠悠」，文鈔補遺作「悠優」。〔二一〕各本「所」下有「以」字，文鈔補遺無。〔二二〕各本有「夫子」二字，文鈔補遺無。〔二三〕各本作「月」，邃本作「日」。〔二四〕〔二九〕文鈔補遺作「悬」，各本作「虞」。〔二五〕文鈔補遺有「之」字，各本無。〔二六〕文鈔補遺有「家禎」二字，各本無。〔二七〕文鈔補遺作「齋」，各本作「賚」。〔二八〕各本有「行」字，文鈔補遺無。〔三〇〕各本作「呼」，文鈔補遺作「啼」。〔三一〕文鈔補遺作「惛」，各本作「情」。〔三二〕金匱本、文鈔補遺作「之」，邃本、鄒鎡序本作「云」。

陸孟鳬墓誌銘〔一〕

吾友孟鳬陸氏，諱銑，攻舉子業，才筆〔二〕妙天下。累試失舉，以歲貢授無錫教諭，除廣西潯州府推官。最考，陞養利州知州，致仕。甲午八月二十二日，卒于虞山里，年七十有四。祖璋，父垣，家世爲善士。妻唐氏，先卒。有弟能詩而瞽，無子，以從弟爲後。女三人，幼者委纕就位。里之士友，曁內外姻，相向而哭，咸曰：「孟鳬孝友順祥，淑身善物，學不逢年，善不纍後，論定累德，將于是乎在。」

于是其執友錢謙益拭面而言曰：「孟鳬長余一歲，並游郡學，出同車，入同席。余蓬垢跳踉〔三〕，不可人意。孟鳬威儀庠序，舒雁行列如也。余登甲科，官禁近。孟鳬久次諸生，泊然自守，無躁心，無退色。余罷枚卜，孟鳬始入官。懸車之與初舂〔四〕，蓋交相恤也。孟鳬仕而歸，余亦釋纍囚還里。亂後握手，有梵志出家之歎。孟鳬和而辨，易而立，鄉之人〔五〕弱者取杖焉，強者取衡焉，競絿者取則焉。其助我以旁行四句，則我之舟筏也。嗚呼！孟鳧已矣！吾誰友？」

其門弟子黃子翼聖哭而言曰：「吾師之道，合于周官之師儒，與漢史之用文學者。理潯爲刑官，惟豸卉裳，端委教化，猶臯比生徒也。贖鍰自束矢已上，署字輒泚筆不下，決杖呼暑，手未嘗不汗握也。解裝垂橐，僅給粗糲。居室庳濘，蛙黽雜處。常庀五十金購藏册，比卒，不能益一錙，其廉可知也。善爲人治病，惡風扎瘥，躬自診〔六〕視，市兒村嫗，攘肱〔七〕肘袂，不知其爲故使君也。生平無厓岸之行，無鈎距之智，無詆譋之言，擇木而陰，循牆而走，仁心爲〔八〕質，老而益共。嚬呻語笑，皆吾師也。嗚呼！吾師逝矣！吾誰仰？」

方外之友石林源公合掌太息曰：「君儒者也，于吾師之六度有合焉。施藥利生，施也。寡欲少殺，戒也。柔和善下，忍也。由是以樹進幢，濯定水，游智刃，望三度而趨，不遙也。憂末法，楷狂瞽，標正眼目，徵〔九〕言夐然。嗚呼！善友亡矣！吾誰侶？」

言已，凡與于哭者，皆曰：「信。」越五月卜葬，以十二月二十六〔一〇〕日，窆芝川之先塋。其家來請銘。余曰：「諾。銘有徵矣，徵〔一一〕余之言。其不以爲思皇之士、伐木之友乎？徵〔一二〕黃子之言，其不以爲鄉先生沒可祭于社乎？徵〔一三〕源公之言，其不以爲外修儒行，內閟宗風者乎？凡所以徵孟鳧者盡是矣。駢花儷〔一四〕葉，示有文字〔一五〕，摶沙傅膠，示有眷屬。

牽絲結綬，示有官位。儒林瞽宗，示有名稱。法門之鑰，乍啓而旋閉；慧燈之燄，將然而遽熄。因在多生，果非一刦。斯則資人天以證明，杖佛力爲撈漉者與？嗚呼！孟鳧可以誌，可以銘。」銘曰：

虞山蜿蜒兮，琴水粼粼。麟傷鳳逝兮，闃其無人。青簡棲篋兮，漉囊在門。佳城一閟兮，墓草告陳。歸心法王兮，一字染神。誓願如芥兮，刦石不湮〔一六〕。

【校記】

〔一〕此文有學集各本外，亦收于瞿藏文鈔補遺中。各本題首稱「陸孟鳧」，文鈔補遺作「孟鳧陸先生」。　〔二〕文鈔補遺作「筆」，各本作「華」。　〔三〕文鈔補遺作「跟」，各本作「浪」。　〔四〕文鈔補遺作「春」，各本作「服」。　〔五〕文鈔補遺有「鄉之人」三字，各本無。　〔六〕金匱本作「診」，邃本、鄒鎡序本作「謝」，文鈔補遺作「詠」。　〔七〕文鈔補遺作「肱」，各本作「胘」。　〔八〕各本作「爲」，邃本作「而」。　〔九〕各本作「微」，鄒鎡序本作「徵」。　〔一〇〕文鈔補遺有「二十六」三字，各本無。　〔一一〕〔一二〕〔一三〕文鈔補遺作「徵」，各本作「微」。　〔一四〕文鈔補遺作「儷」，各本作「洒」。　〔一五〕文鈔補遺作「字」，各本作「序」。　〔一六〕文鈔補遺末有「是歲長至後十日」七字，各本無。

黄子羽墓誌銘

子羽姓黄氏，名翼聖，子羽其字也。世家常熟之塗松里，弘治中，割隸太倉。萬曆己丑進士參政陝西諱元勳者，其考也。崇禎中〔一〕，以諸生應聘，起家蜀新都知縣，陞安吉州知州，致政以歸者，其歷官也。爲人孝友順祥，自牧若處女，居官扞難揞〔二〕事，以廉辦聞，歸而修香光之業，自號蓮蘂居士，吉祥善逝者，其生平也。卒于己亥十月八日，春秋六十有四，其所享年也。葬于奏圩祖塋，啓兆而合祔者，太原文肅公之孫女，其令妻也。瑜，子也。侃，孫也。曇，曾孫也。嫁于楊而寡，依其父學佛者，其女若也。爲詩清新有雅思，序而定之者，徐元歎也。師資游好，垂四十年，作蓮蘂居士傳，凡數千言，既而刊繁去華，撮略爲銘，以庀其子若孫者，老友虞山錢謙益也。其辭曰：

昔我有友，季穆、孟梟。陸介而犖，何峭而孤。晚有二友，安期、元歎。周削町崖，徐標風岸。婉婉子羽，處四人中。桐流新露，蕙轉光風。子羽于友，推賢讓能。齊其躬心，如弗克勝。彼四人者，交欂子羽。如眉著面，目鼻相與。先帝號咷，玄纁師薦。綃頭赴徵，分符繁縣。清心置水，劇手理絲。爬搔疴癢，惠此窮黎。賊躪楚、蜀，突如乘城。樓櫓瓦震，鼓角地鳴。泣告父老，死矣人牧。忍吾赤子，餧彼攫肉。腰刀誓衆，首帕足裹。瓦擲礮車，炬然烈火。死賊崩奔，餘黎鼓舞。令散金錢，婦庀酒脯。昔唐項城，李侃婦楊。蜀人作誦，豐碑頡頏。進典方州，四海南奔。壁壘整暇，乾餱不愆。三宮旰食，六師夜呼。悍相心折，捧手而去。脱屣畏塗，束身首丘。長爲歸人，夫復何求？小歸故鄉，大歸淨國。遺民次宗，古有遺則。經安調心，嘔和涉世。外修儒風，內閟眞諦。兒女團圞，身世飄瞥。飾巾期至，抗袖告別。觀音忍苦，歸心合掌。氣息一絲，佛音琅琅。老宿歎息，禪僧愕眙。衆香國裏，彈指去來。余曰往生，胡可擬議。曰考終命，斯則可矣。如人洪飲，屢舞叫呶。酩酊眩運，嘔噦而逃。有夫燕喜，洗盞揚觶。百拜三爵，以告成事。展如子羽，不替初筵。客賦既醉，監史肅然。是爲吉人，是爲考終。斯言不夸，儒佛理同。我撮傳文，篆銘幽竁。蓮蘂開敷，以質天眼。

【校記】

〔一〕金匱本有「中」字，邃本、鄒鎡序本無。〔二〕各本作「耆」，當作「搘」。

華徵君仲通墓誌銘

丁酉四月，予訪仲通于錫山，仲通扶攜及席，納履再拜。故國老民，垂白相向，夜分憯悽別去。予告王子雙白：「此老雖盲，方抵掌時，目光閃閃射燈檠上，可畏也。」是歲仲通年六十，予爲矐目篇以壽。仲通喜曰：「青天白日，予自茲可以引鏡矣。」越二年己亥，予再訪之，病不能出。越一月，雙白以訃來，仲通二月二十三日卒矣。其二子毁瘠踰禮，將葬，泣血撰事狀，介雙白來，哭而有請。嗚呼！仲通之志也夫！予忍不銘？

仲通諱時亨，常州無錫人。高祖補菴先生，諱雲，舉進士，官刑部郎。曾祖鴻臚復誠。祖光祿之亢。父守吾先生珍，聘母陸氏。娶顧氏，繼毛氏，生二子，瞻祖、祀祖也。葬在某地之阡，華在南齊，以孝子顯名。三十一世至仲通，刲右股以療母。父病革，捨命籲天請代。人謂華世有孝子。補菴爲邵文莊入室弟子，實開東林講席。仲通學于高忠憲，考德問業，鏃礪風節，猶補菴之于二泉也。人謂補菴有孫。少承守吾家學，離經博習，涵畜演迤。作爲制義，驅濤湧雲。摳衣講論，執經滿堂。表斆先德，其父遂以諸生祀瞽宗。人謂守吾有子。

忠憲之被急徵也，仲通先期刺知之，忠憲從頌整衣冠，依彭咸之遺則，仲通相之也。奄黨詰責漏洩，詔旨甚厲。人咸指目仲通。陸孺人〔二〕告其夫：「兒能爲范滂可矣，二老人復何憂？」監司素重仲通，不竟問。仲通意自如也。忠憲既歿，仲通褒衣大帶，自命東林弟子。文文肅公、倪文正諸公，交口薦檸，門弟子日益進。井邑遷改，介居野哭，著春秋法鑒錄，箋注易、書、三禮，其書滿家。甲、乙以後，蜚語連染，命在漏刻。仲通口講指畫，著書不輟，曰：「吾向者分握三寸管，從忠憲于地下，今遲之二十年矣。」嗟夫！忠憲死于昔日，則仲通之爲漢之蕭望之，仲通其朱游也。令忠憲不死于昔日，則必爲宋之文履善，仲通其謝翶也。仲通之師弟，與東林相終始，其自命東林弟子，宜也。仲通介特自愛，豁達好施予，患難相死，德不望報。嘗之紹興，過故人關司理。道聞王生寃，扼腕白之司理，屬具牒平反。仲通繙閱案牘，甫削稿竟，顧茫茫然，目因是失明。亂後兩遘大獄，卒以瞽免，人以是知有天道也。

錢謙益曰：「近世東林之黨論，有宋之僞學也。古之講學者使人學爲仁義，以孝弟爲大坊，而世之所惡于講學者，凡以禁人之爲忠孝而已。忠孝之名不可禁，則巧指之曰僞學。學而僞，則忠孝胥僞矣。僞忠孝之禁立，則眞不忠眞不孝者一無鯁避，而世道于是乎陸沉矣。仲通澡身浴德，砥礪廉隅，孤立于師友彫落、講肆崩隤之後，豈非東林之收子與？惟仲通爲眞孝、爲眞忠、爲東林之收子，則疇昔之規重矩疊，巋然師表者，相與出力擠之，不盡不止，獨何心焉與？數十年來，忠臣孝子，旣與國家同盡矣。而纖兒壬人，惡直醜正，踝贏相負，不可終窮。今之追僇東林，厞爲黨魁戎首者，彼誠以忠孝爲厲己，必欲斬艾之俾無易種，其流毒不滋憯與？予之銘仲通也，匪仲通是爲，庶幾藉以堲讒說于斯世，且使斯人之徒，或聞而少愧也。」旣又長言以爲之辭，并寫余之所以哀仲通者。其辭曰：

謂子有目兮，孰矐而矇之？謂爲無目兮，胡昭質之不虧。梁崩及兮天柱隳，眯〔二〕芥目于一塵兮，炯千秋之在斯。嗟十目兮徒爾爲。金銷石泐兮，黨論不施。五緯芒寒兮，砥柱曷夷〔三〕？刻好辭于琬琰兮，宜陵谷其永垂。

【校記】

〔一〕金匱本作「孺人」，邃本、鄒鎡序本作「儒」。〔二〕金匱本作「眯」，邃本、鄒鎡序本作「眛」。〔三〕金匱本作「夷」，邃本、鄒鎡序本作「彝」。

周安期墓誌銘

故太宰吳江周恭肅公有曾孫二人，曰永年，字安期，宗建，字季侯。與余俱壬午生，以書生定交。余與季侯同舉萬曆丙午，相繼中甲科。季侯入西臺，忤奄拷死。賜諡忠毅。而安期爲老生自如。季侯歿，安期視余兄弟之好益親，故予知安期爲詳。

余初交安期，才名驚爆，不自矜重，攢頭摩腹，輸寫情愫，久與共居，而不能捨以去。其後待門下士亦然。諸公貴人，聲跡擊戞，爭羅致安期。安期披襟升座，軒豁談笑，不爲町畦，卒亦無所附麗。邦君大夫，虛左延佇，箋表撰述，必以請。材官小胥，錯跡道路，間値諸旗亭酒樓，捉敗管，捨寸幅，落筆聲簇簇然，緣手付去，終不因是有所陳請。以是知其人樂易通脫，超然俊人勝流也。爲詩文多不起草，賓朋唱酬，離筵贈處，絲肉喧闐，驪駒促數，筆酣墨飽，倚待數千百言。旁人愕眙驚倒，安期亦都盧一笑。以是歎其敏捷，而惜其不能深思，徒與時人相聘逐也。

父季華府君篤老，安期扶侍如嬰兒，與二弟踐更侍寢，以終其身。其(二)哭季侯也，過時而悲。二弟善小詞，工畫，出以示余，喜見顏面，不啻身爲之也。家世奉佛，王母薛夫人禪定坐脫，安期稟承父叔，刻藏飯僧，誓終紫柏付囑，窮老盡氣，若營其私，蓋能以儒修梵行，稱其家風者也。晚年撰吳都法乘餘百卷，蠹簡鬱翰，搜羅旁魄，其大意歸宗紫柏一燈，標此土之眼目。又以其間排纘掌故，訪求時務，庶幾所謂用我以往者。弘光南渡，詒余書數萬言，條列東南戰守，中興建置事宜，鑿鑿可施用，余將疏薦而未遑也。亂後移家西山，與余執手噓欷，酒半脫幘，垂頂童然，顧影長歎，以謂老可踐而死可貰也。丁亥八月，發病不汗卒。無子，以季弟之子人收爲後。生四女，皆適士人。與其妻沈氏合葬吳縣之藤箐山。

既葬，弟永言、永肩泣而言曰：「吾兄已矣，其生不獲以功名顯，有志于文章禪悅，皆有緒言而未竟也。夫子其何以表之，使其無憾于土中乎？」余曰：「安期，學道人也。功名之與文章，其能立與否，皆有命焉，我知其無餘憾也。安期植善根深矣，佛言食少金剛，終當穿骨。安期之食金剛，不爲少矣。雖未臨終正定，所有善根，不唐捐，不淪墜，佛有要言，可無疑也，而吾與子何足以知之。」始略次其生平，以志于墓。又長言以爲之詞，庶幾幷寫予之所以哀安期者。其辭曰：

歲在敦牂兮，三人以降。先弱一個兮，碧血如虹。惟我與爾兮，晼晚過從。俛仰昔游兮，颯如雨風。吳趨淸嘉兮，宛雛雍容。春明柳市兮，夕陽花宮。染翰未愁兮。酒杯不空。浮圖矗矢兮，長橋漂紅。梵志歸來兮，皤然兩翁。又俾我獨兮，如蟨失蛩。斲詞告哀兮，歸命法幢。長夜一燈兮，庶吾子之不夢。

【校記】

〔一〕金匱本有「其」字，邃本、鄒鎡序本無。

隱湖毛君墓誌銘

兵興以來，海內雄俊君子，不與刦灰俱燼者，豫章蕭伯玉、徐巨源，德州盧德水，華州郭胤伯。浮囊片紙，異世相存，各以身在相慰藉。不及十年，寢門之外，赴哭踵至。余乃喟然歎曰：「古之老于鄉者，杖屨來往，不在東阡，卽在北陌。今諸君子雖往矣，江鄉百里，雞豚近局，南村河渚之間，尙有人焉，吾猶不患乎無徒也。少〔一〕年間黃子子羽、毛子子晉相繼捐館舍，咸請余坐榻前，抗手訣別。嗟夫！陸平原年四十作歎逝賦，以塗暮意迮爲感。今余老耄〔二〕殘軀，慣爲朋友送死，世咸指目以爲怪鳥惡物，而余亦不復敢以求友累人。所謂『託末契于後生』者，將安之乎？斯其可哀也已！」

子晉初名鳳苞，晚更名晉。世居虞山東湖。父淸，孝弟力田，爲鄉三老。而子晉奮起爲儒，通明好古，强記博覽，不屑儷花鬭葉，爭妍削間。壯從余游，益深知學問之指。意謂經術之學，原本漢、唐，儒者遠祖新安，近考餘姚，不復知古人先河後海之義。代各有史，史各有事有文，雖東萊、武進以鉅儒事鈎纂，要以歧枝割剝，使人不得見宇宙之大全。故于經史全書，勘讎流布，務使學者窮其源流，審其津涉。其他訪佚典，搜秘文，皆用以裨輔其正學。于是縹囊緗帙。毛氏之書走天下，而知其標準者或鮮矣。經史既竣，則有事于佛藏。軍持在戶，貝多濫几。捐衣削食，終其身芒芒如也。蓋世之好學者有矣，其于內外二典世出世間之法，兼營并力，如飢渴之求飲食，殆未有如子晉者也。余老歸空門，撥棄世間文字，每思以經史舊學，朱黃油素之緒言，悉委付于子晉。子晉晚思入道，覩余〔三〕箋注首楞、般若，則又思刊落枝葉，迴向文字因緣，以從事于余，而今皆不可得矣。悠悠人世，可爲興悲，豈但東阡北陌而已哉！

子晉爲人，孝友恭謹，遲重不洩。交知滿天下，平生最受知者，故令應山楊忠烈公，所莊事者，繆布衣仲淳、張冢宰金銘、蕭太常伯玉也。與人交，不翕翕〔四〕熱。撫王德操之孤，衈吳去塵、沈壁甫之亡，皆有終始。著書滿家，多未削稿。其子皆鏃礪耆學，能弆而讀之，異時有聞焉。

子晉娶范氏、康氏，繼嚴氏。生五子：襄、褒、袞、表、扆。襄、袞皆先卒。女四人，孫男女十一人。生于己亥歲之正月五日，卒于己亥歲之七月二十七日，年六十有一。越三年，辛丑十一月朔，葬于戈莊之祖塋。銘曰：

君爲舉子，提筆如虹。丁卯鎖院，訊于掌夢。明遠麗譙，蟠龍正中。口銜珠書，山字冠空。兩廂旁列，史右經東。明年改元，歲集辰龍。高山崔巍，觀象在崇。爰刻經史，敬嗣辟雍。秦鏡漢囊，表應受終。魯誥既藏，竺墳攸崇。玉牒縹筆，昱耀龍宮。封塵浩然，噩夢衡衡。維茲吉夢，帝命克從。罣如塡如，有丘宛隆。文字海光，長貢柏松。

【校記】

〔一〕各本作「少」，疑當作「十」。〔二〕金匱本作「耄」，遂本、鄒鎡序本作「髦」。〔三〕金匱本作「余觀」，遂本、鄒鎡序本作「觀余」。〔四〕金匱本重「翕」字，遂本、鄒鎡序本不重。

王德操墓誌銘

吳有隱君子曰王君德操，諱人鑑。先世隱淪，持齋奉佛。德操與其父，生不茹葷血，俗人謂之胎素。德操疎眉削頤，面色窈〔一〕黃，振衣觶褎，風骨稜稜然，望之知非腥腐酒肉人也。

年十七，學詩，從居節士貞游。士貞得句法于王伯穀，德操經其指授，遂以名家。其稱詩，和平婉約，似其爲人。朱絃清氾，不務嘈囋，清氣宿心，發于妙指，非以學而能也。家居綵雲橋下，老屋席門，蟰蛸網戶。客至樵蘇不爨，淸談移日。已而垂簾閉肆，佛火青熒，膜拜趺坐，居然退院老僧矣。吳閶詩酒之社，德操未嘗不往。軒蓋雜遝，笑語喧豗，遊塵飛埃，坌集筵几。德操頽然其中，如入禪觀。已事而竣，猶無與也。輕舠短屐，薄遊吳、越間，與名公高人，沿討風雅，眺覽名勝。意有所之，襆被便去。曹能始歎曰：「此道人可以彈鋏客目之邪？」

少授金剛于耶溪法師。中年走曹溪，禮大鑒肉身，承事憨山和尙，歸授記雲棲，命名廣寶。法筵淸衆，投跡如歸。名僧老衲，半爲伴侶。與草衣道人爲塵外交，紅牋小字，頻數問遺。齋廬餅拂，每雜著懷袖間。余題其小像曰：「猶有閒情難忘却，虎丘明月馬塍花。」德操微笑而已。

德操年六十九，始舉一子，小字曰四郎，辟三姊也。崇禎甲戌秋，余與李孟芳、毛子晉偕過德操，酌酒布席，命四郎出拜。孟芳曰：「德操意鄭重付囑，將以稚子累子晉，而以墓中之石累牧翁也。」越庚辰，年十月，德操卒。其孤溈，依子晉以長，娶魚開封侃之孫女，黽勉持家，亦既抱子。而德操葬于滸關外竹青塘白石山，未有刻文。溈謀于子晉，奉德操遺言，拜而有請。嗚呼！余忍不銘？溈字僧祜，所謂四郎者也。溈與其子，亦胎素如其父祖。銘曰：

中吳遺民，自王賓迨邢參，落落閭史。穆穆德操，避世牆東，蓬蒿沒齒。履和養素，貞不絕俗，斯亦可矣。旌行表微，續往哲之記，以俟君子。

【校記】

〔一〕金匱本作「窈」，邃本、鄒鎡序本作「竊」。

薛更生墓誌銘

君諱正平，字更生，華亭人也。晚以字行，字那谷，號旻老夫。少爲儒，長爲俠，老歸釋氏。死石頭城下，葬于方山之陽。年八十有三。子二人，長逢，次暉。

君懷奇負氣，糞溲章句小儒，每自方阿衡太師。崇禎末，主上神聖憂勤，將相非人，國勢日蹙。君早夜呼憤，草萬言書上之，冀得旦夕召見平臺，清問從何處下手，庶幾國恥可振，而天步可重整也。取道北海，經牢山，聞國變，慟哭欲投海死，同行者力挽之歸。歎曰：「吾今日眞薛更生矣！」更名，所以志也。

少習禪那，與雪嶠有雙髻之約。晚參浪丈人于天界，諮決心要，悲生悟中，淚下如雨。安立道場，和合僧衆，經營佽助，不惜頂踵。啞羊驅烏，投體兩足，逢人禮拜如常。不輕講筵懺壇，三期六時，專勤抖擻。先至而後罷者，必君也。故宮舊京，麥秀雉雊，登臺城，瞻孝陵，望拜悲歌，彷徨野哭。又以其間觀星占象，占風角，訪求山澤椎埋屠狗之夫，人咸目笑君：「八十老翁，兩脚半陷黃土，不知波波刦刦何爲也？」

平生好著書，横竪鈎貫，學唐之覃季子。金剛、周易、陰符、老莊下及程朱、孫吳，各有纂述。作孝經通箋，發揮先皇帝表章至意，取陶靖節五孝傳附焉。謂靖節在晉、宋間，不忘留侯五世相韓之義，古今之通孝，不外于此，激而存之，以有立也。其用意深痛如此。病瞶滋甚，畫字通語。勗伊法師城南開講，輒側耳占上座。蹩躠二十里，憑老蒼頭肩以行，如蛩之負蟨。然道未半，饑疲足瘃，則又更相扶也。

丁酉臘月八日，長干熏塔，薄暮冒雨追余，持薛公自傳，拜而屬銘。十九日，送余東還，入清涼，憩普德，累日而後返，持經削牘如平時。廿四日，晨起呼逢誦道德指歸序，問曰：「孔子稱老子猶龍，是許老子未許老子？」逢未答。曰：「我方思熟睡，汝姑去。」丙夜呼燈起坐，稱佛號者三，顧逢曰：「今日睡足如意。」轉身倚逢面，撼之逝矣。長干僧醵錢庀葬具，皆曰：「修行人臨行灑然，得如薛老足矣。」銘曰：

君之亡也，介丘道人評之曰：貧則身輕。老而心輕，放脚長往，生死亦輕。達哉斯言，取以刻銘。

何君實墓誌銘

君實姓何氏，諱珩校。父允濟，以鄉舉任山東嶧縣知縣。母錢氏，余從祖祖父憲副府君諱順德之女，于先宮保公爲從妹，而恩禮如嫡。

兄生萬曆丁丑，長余五年。余垂髫時，兄未冠，髦毿毿出。兄屬文，頫首沈思，輒摘其頷以相嬈。偕補博士弟子員，兄纘言斵詞，嘔心攻苦，而余跌宕自如。每一下筆，兄口吟手鈔，朱黃重疊，不辨行墨。間有不慊，手裂抵地，兄必收〔一〕拭補綴，櫝而藏之，余他日亦不知爲己作也。余爲時文，好剌取內典，名儒邵濂呼爲楞嚴秀才，必旁及肇論、淨名注，兄擊節歎曰：「又是方袍平叔矣。」其欣賞如此。

余通籍，久次坊局。兄猶屢困鎖院，十指如懸椎，不能仰面干人。量衣度日，其窮彌甚。每重趼百里，尋黃冠，訪金丹術。晚從禪人學禪，能終日不言，夜不脇席，然皆無所成。卒以窮死。死十餘年，乃克葬，其可哀也！

萬曆辛丑，余年二十，偕兄讀書破山寺，山門頽敝，護世四王，架壞梁木爲坐。余拉兄度磵穿嶺，一日數過其前。兄夢四王語曰：「公等幸勿頻出，出則我等促數起立，殊僕僕也。」兄心竊喜自負，每褰衣止余勿出，余勿聽。傭書人郭生婦病，禱城隍神，神憑而語曰：

「乞錢相公一幅名刺來，我貰汝。」郭生叩頭乞哀，余笑而麾之。兄曰：「安知不然。」代余書名刺，俾焚廟中，婦立起。兄竊心忖自疑，日者四王云云，將無亦爲彼耶？余枚卜罷居，兄從容爲余道之，且相慰曰：「未止此也。」嗚呼！兄歿而天崩地坼，兄作夢時，垂六十年，而余固已老而憊矣。短衣禿鬢，徒行蹩躠，市井伍伯，箕踞睥睨，掩耳側行，曾不敢陝〔二〕輸流視。如兄之所云，豈所謂癡人前說夢耶？喪亂殘生，天眼護佑。創殘痛定，追尋前夢，未嘗不身毛俱豎，申旦屏營，誠不敢忘天神之假靈于兄以牖我也。兄而有知，其亦爲愾歎已矣。

兄妻時氏，生二子，曰某、某，才而貧，以書記游諸侯，不幸死于道路。常撰兄行狀，將乞銘于余，而未遑也。子某，搜遺笥得之，哭而請。余爲涕淚曰：「諾，其忍不銘！」銘曰：

嗟何兄，生蹇屯。髯離離，眉勿伸。枯禪客，癯道民。敝硯席，老衣巾。我中表，實弟昆。追夙昔，述墓文。如畫筆，貌其眞。雜諧謔，徵鬼神。記諾臯，識癸辛。有讀者，笑而听。百千年，女弗泯。

【校記】

〔一〕遂本、鄭鎡序本作「收」，金匱本作「技」。

〔二〕遂本作「陝」，鄭鎡序本、金匱本作「俠」。

族孫嗣美合葬墓誌銘

余家居訪求遺書，殘編落簡，捐衣食無所恤。從孫嗣美，聞風慕悦，亦好聚書，書賈多挾筴潛往。余心喜其同癖，又頗嗛其分吾好也。天啓間，官史局，與中州王損仲商訂宋史，損仲言王偁東都事略藏李少卿家，搜篋中獲之，繕寫以歸。人言嗣美家有宋刻善本，而未信也。辛丑春，從其子〔二〕曾見之，刻畫精好，闕文具在，則其捐館舍已十有六年矣。嗟乎！以余之于斯文，窮年盡氣，搜討不可謂不力，而宋代遺文頡頏長編者，近在家門而不克知，余之闕漏謏聞，良可以自愧。然王偁之書，謹存于蠟車障壁，人不能舉其氏名。是子也，顧獨能知而藏之，藏之之久，至身代銷沉之後，而余乃始徬徨展玩，佇想于斯人，則古人所謂家有名士，三十年而不知者，固未可謂之晚也，其能不爲之三歎矣乎？

冬十有一月，曾卜葬于蔡莊之新阡，泣而請銘。余于宗爲耋老，不當妄詄宗人子弟，乃趣舉其廢書慨歎者而序之曰：「錢氏自武肅有國，三世爲文僖公惟演，南渡後八世光祿公端仁，爲常熟始祖。宋亡，十二世千一公玄孫爲常熟始遷祖。入國朝，十七世鏞居麗園，吾祖珍居奚浦，常熟之錢始分。鏞孫衡，以人才擢吏部稽勳司主事。後六世岱，舉進士，萬曆初爲名御史。岱生時俊，亦用進士卒官湖廣副使。嗣美名裔肅，副使長子也。萬曆乙卯，以春秋舉順天。是時祖父貴盛，綽楔綺互，宗黨望塵，莫敢梯接。公車屢罷，家門衰落，賦性峭獨，不能骫骳隨時。謠諑四起，突𧽊漂搖，摩肌戛骨，酸辛楮柱，十餘年乃少熄，而身已不待矣。嗚呼！其可傷也！卒于丙戌歲之十月，年五十有八。妻蔣氏，子四人，長召，亦舉于鄉，次名，次卽曾，次魯。孫男女二十三人。曾好學能詩，藏書益富，趾美成宗，固于是乎在。」銘曰：

吾讀顏介家訓，江左貴游子弟，跟高齒屐，駕長檐車。熏衣剃面，目不知書。嗟哉若士，望彼何如？風雨雀鼠，楹淪壁邪。摩研削柹，丹鉛滿家。螢老魚乾，身沉名徂。鼎鼎百年，天乎人與？鑽石埋辭，有子用譽。我作銘詩，慰汝幽墟。

【校記】

〔一〕鄒鎡序本、金匱本有「子」字，遂本脱。

有學集卷三十二

墓誌銘

卓去病先生墓誌銘

去病，姓卓氏，名爾康。其爲人，孝于親，忠于君，篤厚于朋友。以通經術、講經濟爲能事。孤峭介特，以世道爲己任。雖其生值叔季，身沈下僚，天下之士，識與不識，皆信之無異詞。

去病，杭之塘西里人。父光祿署丞明卿，能詩結客，諸老先生皆字之曰徵甫。去病，徵甫之少子也，而出後于其兄學錄文卿。少有至性，事三母皆盡孝。萬曆壬子舉鄉書，本生母卒，終喪三年，哀動路人。此其孝于親也。憤時俗重進士科，糞溲乙榜，厚自灑濯，務使所居官大。授祥符教諭，署儀封、封丘，假守許州，所至頒立教條，釃雍河，築圮城，爲百世利。入爲國子學錄，轉兵部司務，陞南京刑部主事、工部屯田司郎中。在司廳，危言譔論，動引古誼。兩尚書便文老吏，皆屈己從之。左遷常州府檢校，徙大同推官。盧公象昇爲督府，建白兵事，稍自發舒。量移兩淮，分司運判，不以衰晚故取看囊一錢。歲大祲，涕泣爲淮人請賑，語切直，多忌諱，用是罷歸。甲申之難，早行呼憤，涕流漬床席，不踰年而死。此其忠于君者也。

兒時與胡胤嘉休復同學，嘐嘐好古。長以許孟中、高存之二君子爲師友。休復選庶常卒官，爲木主祀于中霤之左，并祀休復父太公及壬子舉主余御史之無後者。與人交，寬論不知己，而嚴于知己。後門寒雋，傾身慰藉。鉅公要人，片語責望，終身不交一言。晚而與余定交，語人曰：「吾得此友，藉以報塞國家，非以爲交遊光寵也。」其相期待如此。

愍六經之學，不違而師悖，摩跡編削，句耨字櫛，期張衆目爲羅，以蒐獵聖賢之指要。作易說〔一〕五十卷、詩學四十卷、春秋辨義四十卷。茂苑相國進講春秋，將錄其書以獻，去位不果上。萬曆間，河決山東。去病年二十，與休復落第居金陵，遣老丁生裹糧視張家堰口，諸生皆目笑之。舟船南北，迂道泝沿，訪問黃、淮分合情勢，作河渠議十篇。旁及禮樂、郊廟、財賦、漕運、錢法、官制六典〔二〕會要，各有成書，而尤詳于武備。人皆易之，謂紙上兵法耳。

比官雲中，而哈、卜之議起。卜酋〔三〕者，順義王後也。西哈市馬，以卜爲儈，疋取我一金，而陰啗哈金強半，謂之啞食。哈恨而謀併之，乃好言謾我：卜陽事天朝，陰導建〔四〕。天朝若拾卜而固與我，願併力爲漢圖建〔五〕，諸降夷〔六〕部落却附，從中蠭起，建〔七〕可反手滅也。邊吏皆盱衡鼓掌，謂侯封可契戾取。去病奏記盧公，謂邊吏不知大計，其故有三：卜酋〔八〕四世保塞，今棄之以媚哈，諸夷〔九〕謂漢少恩，不足恃賴。一也。哈易我而畏建〔一〇〕，謾言爲我圖建〔一一〕，所謂空紿王烏耳。二也。哈圍歸化城，十五日不解，卜銜我甚，必東走以孽我。三也。計莫若宣諭西哈，保全殘卜，堂堂正正，存中國大體。我一言而解卜圍，杜卜謾，銷建〔一二〕謀，此所謂知大計者也。盧公大寤，趣下邊吏施行，宣、雲遂解嚴。當是時，盧公嚴重去病，朝見屬吏罷，輒開後堂延去病上坐，罄折謝不敏，隅坐請事，議上時漏下二鼓，盧公炳燭傳籤，質明而事定。于是向之易去病者，詫去病果知兵，又惜盧公能用去病，而坐視其抑沒以終老也。

崇禎末，中書沈君廷揚以海運超拜，特疏請余開府東海，設重鎮，任援勦。去病家居，老且病矣，聞之大喜，畫圖系說，條列用海大計，惟恐余之不得當也。疏入未報，而事已不可爲。去病晚歲論兵，耑爲東事，及其所期許于余者。至是而心灰夢斷，臣精銷亡，不復能久居此世矣。此可爲痛哭者也！

去病卒甲申十一月廿九日，年七十有五。妻李氏，側室劉氏、詹氏。子三人，向人，伊人、皐。女一人。皐以乙亥歲葬去病于皐鶴之阡，抱其遺書，哭而請銘于余。余見而悲之。

余嘗謂去病以文士喜論兵，述戰守勝負之要，似尹師魯。遇事發憤，是是非非，無所忌諱，似石守道。歐陽公論守道曰：「其違世驚俗，人皆笑之，則曰吾非狂癡者也。」然則天下之士，雖知去病，其能推其用心而哀其志者，則亦鮮矣。去病有集二十卷，余爲之序，曰：「百年而後，深思尚論，想見其爲人，亦必有如余之廢書嘆息，泣下沾襟而不能自止者。」蓋其言之而益信。銘曰：

世之稱君，咸擬以儒林廉吏，琬琰刻鐫。余之惜君，則嘆其長情奇志，怫鬱于下泉。鶴皐之原，宿草芊眠。此何祥邪？有光間于斗牛之間。嗚呼！張華、雷令，不可得矣，孰知其然不然？

【校記】

〔一〕金匱本作「說」，遂本、鄒鎡序本缺。〔二〕金匱本作「典」，遂本、鄒鎡序本作「要」。〔三〕〔八〕遂本作「酋」，金匱本作「氏」，鄒鎡序本缺。〔四〕〔七〕〔一〇〕〔一一〕〔一二〕遂本作「建」，鄒鎡序本、金匱本缺。〔五〕遂本作「建」，金匱本作「之」，鄒鎡序本缺。〔六〕遂本作「夷」，金匱本作「國」。〔九〕遂本作「夷」，金匱本作「部」。鄒鎡序本作「謦」，誤。

新安汪然明合葬墓誌銘

崇禎癸未，余遊武林之西溪，然明偕馮二雲將，訪我綠萼梅樹下，酌酒譚燕，驩若平生。亂後客從武林來，數問然明起居，皆曰：「然明蔭藉高華，賓從萃止，徵歌選勝，狎主詩酒之盟。微然明，湖山寥落，幾無主人矣。」已而重遊湖上，如客之云，與然明握手一笑。又數年，然明卽世，余往弔之，則墓有宿草矣。嗟乎！自有湖山以來，靈人韻士，風流〔一〕興會，長與山光水色，相御于無窮。承平之世，天地暢悅，草木丰容，園池極目，歌舞載塗，山不益而高也，水不益而深也。若夫喪亂之後，焚如突如，陵夷〔二〕壑改。于斯時也，命觴載妓，左絃右壺，聊復以吹嘘朔風，招邀淑氣，是亦造化所使爲勾萌甲坼之魂兆也，如然明者非與？然明歿，湖山遂無主人矣。一觴一詠，載色載笑，俛仰之間，邈然終古。峴首之涕，牛山之悲，又于吾身親見之，是能不爲之嘆息哉！

按狀：然明姓汪氏，諱汝謙，先世出唐越國公。宋秘書丞叔敖分居歙之叢、睦。祖某，周府審理。父某，萬曆丙子鄉進士。生五子，然明其季也。然明生十三年而孤，嶄然如成人。事其母，捧手肅容，視氣聽聲，九、十年如一日，人以爲白華之子。事其諸兄若娣，同仁均愛，絶少分甘，人以爲棠棣之弟。撫孫卹甥，睦婣收族，三黨婚嫁葬霾，于我乎取，人以爲有葛藟之仁。緩急扣門，不以無爲解，分宅下泣，側席而坐，存亡死生，不見顔色，人以爲有伐木乾餱、我行收卹之義。蓋其爲人，量博而智淵，幾沉而才老。其熱腸俠骨、囊槖一世之志氣，如洑流潰泉，觸地湧出。所至公卿虚席，勝流歙集。剎江〔三〕觀潮之客，三竺漉囊之僧，西陵油壁之妓，北里雪衣之女，靡不擎箱捧席，傾囊倒庋，人厭其意，留連而不忍去。其心計指畫，牢籠幹辦之器用，如白地光明之錦，裁爲襦袴，罄無不宜。其精者，鉤探風雅，摹搨書法，編次金石，寸度律吕，雖專門肉譜，不能與之爭能。其觕者，用以點綴名勝，摒擋宴集，舫齋靚深〔四〕，殽胾精旨，杖函履屐，咸爲位置。及乎彌留待盡，神明湛然，要雲將諸人，摩挲名蹟，吹簫擫阮，移日視蔭，乃抗手而告别。然明蓋世之吉人，邦之壽耈，太平之遺老，刦後之種民，吾所謂造物之所使者，而豈徒哉！

然明生萬曆丁丑八月，卒己未七月，年七十有九。娶吳氏，相夫刑家，具著儀法，字庶出子逾于己出，閨門頌之。與然明齊年，以丁酉四月卒，年八十有二。子玉立，以高才生有聞。次繼昌，出爲仲方公後，己丑進士，官湖廣按察司副使。女二人。孫男女若干人。葬于玉岑山之新阡。于是玉立排纘事狀，泣而請銘。昔李文叔記雒陽名園，謂園林盛衰，關天下之治亂。田叔禾志西湖，則以版蕩凄涼，偏安逸豫，次湖山勝覽之後。今余銘然明墓，回翔今昔，有餘感焉！銘曰：

斯晨斯夕兮，假日宴游。朱絲綠浪兮，紅粉丹丘。伊人云亡兮，誰樂爽鳩？嬉春罷詠兮，竹枝輟謳。夢夢月鏡兮，沈沈金牛。孤山鶴怨兮，古洞猿愁。吁嗟夢華兮，孰知我憂？紅牙紫毫兮，中寫風流。鑽辭陵谷兮，于彼千秋。

【校記】

〔一〕金匱本作「風流」，邃本、鄒鎡序本作「流留」。〔二〕金匱本作「夷」，邃本、鄒鎡序本作「彝」。

〔三〕邃本、金匱本作「江」，鄒鎡序本作「之」。〔四〕邃本、鄒鎡序本「深」下有「聲」字，金匱本無。

李貫之先生墓誌銘

嗚呼！百年以來，士大夫沿襲浮華，傭耳剽目，不知學問爲何事。自文淵中秘之藏，祖宗儲以養士，館閣巨公，不復問其扃鐍，而況匹夫庶士，有能知而好之者乎？有能知而好，好而讀，讀而好學深思，不以謏聞曲見，穿穴嚙蠹者乎？萬曆中，江陰有李君貫之，窮老盡氣，搜緝聖賢遺文，其于六經四部，聚之勤，讀之力，而守之固。斯可謂强學力行，强立不返之君子也。

君諱鶚翀，字如一，後以字行。字貫之。少應進士舉，多識古文奇字，不中程，再自罷去。家世力耕給公，上供伏臘，其餘悉以購書。搜閣本，訪逸典，藏弆刓編斷翰，老而食貧，指其藏書曰：「富猗、鄭矣。」故曰聚之勤。其讀書也，闕必補，譌必正，同異必讐勘。疾(一)不輟業，衰不息勞。倣宋晁氏、元氏書目，自爲詮次，發凡起例，井如也。故曰讀之力。論學以六經爲淵海，以箋疏爲梯航，謂朱子于戴記未有成書，網羅鈎貫，撰禮經緝正，易簀時猶自幸徹簡。故曰守之固。

而君于先民之遺書，非苟知之而已也。事祖父父母，致敬盡毀。撫弟妹，分甘讓肥。舉止方重，不苟訾笑。冠婚喪祭，遵用古典。立先廟，置義莊，廳事懸高皇帝聖諭六條(二)，詔告族黨。老居南村，歲時祭奠，徒步往返，鄉人觀禮焉。天啓中，羣小附椓人亂政，每嚙齒唾駡，繼以泣涕。繆宫允昌期，妹之夫也，御史應昇，弟子也，相繼械繫。君執應昇手曰：「勉之，李氏有人矣。」詒繆書曰：「生平學力，方寸裁決，吾不惜爲王炎午。」斯吾所謂强學力行，强立不返者也。

君晚與余定交，束書飾贄，用士相見禮。十五年間，書筒奚囊，百里參錯。遺文掌故，取次弋獲。宿春相聞，若傳遽焉。余有事正史，以謂如君者，長編討論，可援爲助。君没，無相余者矣。君嘗詒書姚叔祥，訪求鄭端簡后妃、權倖等十二傳，其意亦以余爲可助也。君沒，無相余者矣。亇亍晼晚，世道交喪。滄桑刦火，相挺繼作。汗青頭白，不可復問矣。嗚呼！史氏之難也，廬陵、涑水，五百年不易遘。劉道原、徐無黨之流，天亦靳而生之耶？天既生君，畀之以多聞纘言，顧鑴削其遺經，使之老而徵，歿而燔耶？抑亦儒行禮宗，上帝所閟重，殘膏流墨，與褒衣法冠，俱還册府，不慭遺斯世耶？君疾革，正冠危坐，詔諸孫曰：「我于三不朽無一，不敢稱學者。窮經問字，虞山吾心師也，丐一言銘我足矣。」越十一年乙酉，國有大故，渴葬，又十年甲午，成之具狀來請，余老不獲死，泫然執筆，徒以鑒言受命，其又可悲也。

君始祖恒烈公，至元中從伯顔丞相官統軍元帥，墓在河間寧津縣，子霑柯，孫李八撒兒，佩金虎符，世守江陰，遂家焉。八撒子脱寅，拜江浙行中書參知政事，鎮平江，至正〔三〕丙申死淮張之難。入國朝，始爲儒。戒菴府君諱翊，以儒有聞。翊生復菴府君，諱果，用孫應昇死忠，贈太僕卿，君之父也。君以崇禎庚午四月二十三日卒，享年七十有四。娶貢氏，生一子奕茂，官鴻臚寺序班，先卒。女六人。孫男五人，良知、成之、及功、遴之、挺之。曾孫男女若干人。君之作家譜也，徵蒙古事最核，金虎符三珠二珠之別，則辨國制。八撒伯察，脱寅脱因之稱，則考國音。明善公督漕死事之詳，則援據陳敬初、張文蔚之詩誄。先輩推文徵仲語勝國故事，君庶幾焉。由此視之，余之誌君，所以三嘆于史事者，蓋不誣也。銘曰：

江陰東原赤岸里，有明碩儒葬于此。天地閉塞賢人死，文府滅熄禮庫燬。有光熊熊漢津起，色正芒寒勻勻徙。端門有命珠囊理，祀諸瞽宗日可俟。誰爲之銘舊太史，大書深刻詔天咫。

【校記】

〔一〕金匱本作「疾」，遂本、鄒鎡序本作「痛」。

〔二〕金匱本作「傑」。遂本、鄒鎡序本作「族」，誤。

〔三〕金匱本有「正」字，遂本、鄒鎡序本脫。

歸文休墓誌銘

崑山歸昌世，字文休，太僕寺寺丞震川先生諱有光之冢孫也。父子駿，太學生。母顧氏。

文休生十歲，能爲歌詩。爲諸生，與嘉定李長蘅、太倉王淑士，號三才子。余年少後，亦從之游。四人者，互相題拂，咸以爲瑞人神士，朗出天外，不可梯接也。李、王及余，相次取科第。文休數踏省門，于諸生中，闊疎落拓，不事生產，日高醉臥，憂釜待炊。其婦典衣易粟，不使文休知，文休亦竟不知也。中年益放意爲詩，阨窮連蹇，思慕酣醉，無聊不平，可喜可愕，必于詩焉發之。晚于詩律尤細，和陶諸篇，爲詩老程孟陽所稱。長蘅苦愛其五言詩效韋、柳者，嘗摘二章題武林壁間，觀者不知爲今人也。酒酣以往，槎牙芒角，奮筆爲風枝雪幹，攄寫其扶疎魁壘之致，人多攫奪藏弆，比于仲圭、孟端，文休〔一〕夷然不屑也。

震川季子子慕，字季思，于文休爲叔父。季思謝公車學道，端居屏跡，凝塵蔽榻，衡木拒門。而文休時游酒人，淋漓跌宕，倚紘度曲，曼聲長歌。兩人之行跡，不能相爲，顧其持身行己，不受緇涅，一稟震川之舊德，則相與共之。文休風流儒雅，易直近人。草書墨竹，施易乞與。邑有大相，請綽楔署書，鄭重諈諉，終弗許也。其介獨類如此。

文休娶于秦，生四子，長時發，夭；次昭、繼登、祚明。秦有儀法，食貧攻苦，以逸妻自命。三子皆有儁才。晚益閒放，望山尋水，交風友月，听然獨笑，不知老之將至也。既而戎馬縱橫，天地崩圮，自以家世爲儒，三百年荷國涵養，不殊世祿。行歌野哭，欷歔飲泣，塊然無生人之樂。昭殉幕府，繼登死儒官，女及媳接踵赴難。遂擗摽發病以死。嗚呼悕矣！

文休以弘光元年〔三〕九月四日卒，年七十有二。配秦，辛卯三月二十六日卒，年七十有五。又三年癸巳三月，祚明泣血負土，卜葬于崑山九保亘字圩之新阡，哭而謁余銘。文休悼震川遺文不大顯于世，討論揚扢，早夜呼憤。三子既長，呼而命之曰：「我王父之古文，規模韓、歐，今其瓣香，近在虞山。凡所以發皇精神，頮濯蒙翳，使吾祖之緒言，不爲俗學所抑沒，蓋廿年于此矣。嗚呼小子，庸敢弗念？」乃筮日使三子端拜攝齊，授經于余。文休歿，祚明必以余銘，猶前志也。銘曰：

吁嗟乎！斯爲文休之藏。魂升于天，譽星卿雲，倬其有章也。魄歸于地，朱草醴泉，靈芝煌煌也，後千斯年，知爲震川之文孫，其苟無傷也。

【校記】

〔一〕鄭鐩序本、金匱本作「休」。遂本作「林」，誤。

〔二〕遂本、鄭鐩序本作「元年」，金匱本作「乙酉」。

潘文學墓誌銘

嘉定居吳郡之東偏，地僻而土厚。余所見俊民宿老，凡十餘曹。讀書勵行，動止自好，方巾大帶，整冠修容。喪亂已來，老成彫謝，是數君子者，已邈然如古人矣。而其鄉人子弟，風流餘韻，猶有未盡沒者，則余樂得而論著之，如潘君汝躍是也。

潘君名應鯉，汝躍其字。高祖文學士聰，曾祖翁源縣主簿樑，祖文學煜，父文學元輔，世有文行。君兄弟皆博士弟子員。父子兄弟，横經枕書，鉛槧交加，絃誦錯互。君以唐叔達、金子魚爲父之執友，以諸父之壻徐女廉爲其執友，唐、金與徐，吾所謂數君子者之三人也。以是故，浸漬文藝，纘勵名行，其所得者居多。父歿，君與其婦傅孺人拮据食貧，庀治喪事，獨先諸昆弟。昆弟相繼歿，逡往事居，植孤哺孩，分甘讓肥，剜肌割肉，不以亡爲解。凡君之所爲，刻意攻苦，修飭內行，視古孝〔一〕友壹行之科，卓然可以無媿。而君且絃斷勿續，歷四十年。雞鳴風雨，自守泊如也。鄉之人皆稱之曰賢，亦未有以大表異也。世道休明，比屋可封。生長禮義之鄉，熏習詩書之教，凡所謂六德六行閭胥族長之訓，秀眉毀齒，相與耳濡目染，以爲固然，無足異者。繇今而觀之，則以爲殊尤絕跡，六闕不勝表，而百城不勝圖也。嗚呼！可勝嘆哉！

君生于萬曆丙子，歿于丁亥六月，年七十有二。娶傅氏，生于萬曆丁丑，歿于甲寅十二月，年三十有八。子四人，濟、潤、浩、深。君既與女廉交好，遣潤師事焉。女廉歿，其子永亦夭，君經紀其孤嫠，凡廿餘年，老而不倦。潤又捐束修半爲女廉刻其遺集。而君之既葬也，女廉之次子京，介潤以來請銘，曰：「藉手以爲女廉報地下也。」蓋潘、徐兩世，交誼終始，有足稱者。銘曰：

泰伯端委表吳俗，仲雍文身匪其蠋。黃池載書請先讀，趣呼好冠乃其欲。嗟君家世老鄉塾，井邑攸改不改服，方山子冠猶矗矗。章逢蔽形書滿腹，下見古人無顒蹙。百年爲儒是亦足，我裁銘詩志陵谷。

【校記】

〔一〕金匱本作「孝」，邃本、鄒鎡序本作「學」。

明士張君文峙墓誌銘〔一〕

張君名可仕，字文峙，以字行，改字紫淀。書文峙，從其初也。其先楚孝感人，家金陵。父諱如蘭，贈特進榮祿大夫。生五子，長爲都督公可大，文峙其叔也。母□氏，妻□氏，生一子彤徵。歲在甲午四月初八日卒，年六十有四。文峙卒，四方之士會哭，議銘其旌，胥曰：「古之遺民也。」或有言曰：「遺民之名，宋、元二史無徵，名氏翳然，聲景髣髴，新安著錄，代沉人飛。東都西臺之君子，收魂畢命，在此錄也。躔暈珥，舍奔礿〔二〕，木門有向，著雍猶視。推文峙之志，其忍媿杞肆湘纍，遺身後名，汗竹素而塵滄海乎？必也正名，易之曰明士其可。」比葬，則又曰：「嗚呼！齊有二客，魯有兩生，明有士焉，誰居？文峙士矣，請徵所以士文峙者。」于是文峙之弟二嚴，立紫淀先生傳，而謁銘于余。余泫然流涕曰：「士哉文峙！明士哉文峙！予舊史官也，其忍辭？」誌曰：

文峙年七八歲，倍誦楚〔三〕詞。弱冠，首都人士搖筆爲詩古文，泉流飈發，名士傳遠度、茅止生折行輩定交。他皆風靡，穿穴六經，訪求掌故，務爲根柢有用之學。海內方多故，奇才劍客，歙集舊京。文峙班荆抵掌，觿解錐畫，拄其頤而折其角，人人皆厭伏去。吳橋公參贊留務，詢防江戰守之策。文峙臚陳古今方略，遍游南北，布置數千里，畫地聚米，具列尺幅。撰南樞志一百七十卷，圖阨塞、蒐兵餉、次營陣，東南半壁，可按籍而舉也。中年坎軻，敦篤友誼，笑遠度，作問天集，哭止生，作拄劍篇，他貴游弗與也。都督公死東事，徒步逆其喪，作詩三十首，閣筆而嘆，未嘗不企羨于馬革也。俛仰百年，慨然有大志。孤行側出，歌石爛而憂天墜，非時人所知也。傳曰：「士尚志。」文峙以之。

文峙家鍾山之陽，圖書滿家，聞穹廬之令，擲筆徑出，墊巾壞服，往來棲霞、雨花間，出無車，入無廬，冬無裘，夏無葛，衰不杖，病不藥，行不翔，笑不矧，啜泣積淚，寫攣髯之什，行吟野笑，譆譆出出如也。癸巳冬，積雪拒門，擁衣寒餓，詠「雪滿山中高士臥」之句，賦詩四章，賦歲寒懷友及天涯同志詩各十六章，排纘國朝布衣詩成〔四〕，凡一百卷。踰年而屬疾，謂二嚴曰：「晚年讀楞嚴〔五〕、般若，悟知成住壞〔六〕空生住異滅之理，病中有神告我，是身清淨，勿以温寒錯亂，任運往耳。」飾巾待期，啓手啓足，斯所謂強立不返，得正而斃者也。傳曰：「士守道。」文峙以之。」銘曰：

岸或谷，社匪屋也。錄遺民，懼弗告也。幅巾裹，緇衣〔七〕復也。謚之曰明士，唯子之欲也。

【校記】

〔一〕此文邃本、金匱本有，鄒鎡序本無。〔二〕金匱本作「彴」，邃本作「約」。〔三〕金匱本作「楚」，邃本作「梵」。〔四〕邃本有「成」字，金匱本無。〔五〕邃本有「楞嚴」二字，金匱本無。〔六〕金匱本作「住壞」，邃本作「壞住」。〔七〕金匱本作「衣」，邃本作「也」。

明處士楊君無補墓誌銘〔一〕

嗚呼！天下有處士而後有眞詩人。眞處士而不爲詩人者，則有之矣；眞詩人而不爲處士，未之有也。爲詩人者，服處士之服而無其志，其爲詩也，傭僱而已矣。言處士之言而無其行，其爲詩也，裨販而已矣。近代布衣稱詩，項背相望，傑然以處士自命者無有。人將曰，彼不爲處士，猶得爲詩人。何其待詩人之薄也！嗚呼！處士吾不得而見之矣，得見詩人者斯可矣。循其名，考其實，楊君無補，其庶矣乎！

無補壯歲遊長安，詩名籍甚，余賞其警句曰「閑魚食葉如遊樹，高柳眠陰半在池，」以爲文外獨絕，書之扇頭，爭相諷誦。無補不以其大篇疊韻，流傳館閣者爲足重，而矜信于余所賞兩言者，歸而與高淳邢昉、南京顧夢游刻意濯磨，爲清新古淡之學，詩道于是乎大就。善畫，落筆似黃子久。好遊虞山，謂子久粉本在是，坐臥不忍舍，攬取其烟巒雨岫，綠淨翠煖，用以資爲詩。晚自定其詩四百餘篇，屬余爲序。余曰：「李鄴侯聞殘師梵唱，先悽惋而後愉悅，知其謫墮將去，無補殆將隱矣。」居無何，竟死。無補死生于詩若是，可不謂之詩人矣乎？

無補之爲人，隱不違親，貞不絕俗，口出氣惟恐傷人，薰蕕冰炭，卽之意消。其中有所不可，介如也。新撫略地，士人望塵頌德，無補笑而不匑，退未嘗不掩淚也。徐文靖之自沈也，僂而就無補謀死所焉。文靖有子昭法託于木門，顧獨與無補父子游，爲文以表之。文靖歿，無補語其子炤：「吾暫不死，貰文靖餘晷耳。」屛居陸墓，禪誦不輟。浮沉人間，忽忽不自得。年六十，寢疾十日，自定終制，口誦佛號，正定而逝。夫如是，可不謂之處士矣乎？

卒將葬，炤哭而告余：「吾父乙酉已來，飾巾待期，以死爲幸。祈死而死，不待臯某之日也。微夫子其誰銘？」嗚呼！無補之爲詩人也，吾能徵之。其爲處士也，徵諸文靖，又徵諸文靖之子與其子。署詩人之名，謚之曰明〔二〕處士，君子以爲允。無補，名補，別自號古農。其先臨江之清江人，父潤，賈于吳，娶張，生無補，家焉。卒于丁酉歲七月初一日，葬在長洲十五都之新阡。娶袁氏，生五子，炤、烜、熺、燧、燕。銘曰：

遺民之稱昉臯羽，虞賓夏肆慟終古。必也正名銘無補，曰明〔三〕處士訊笠與。嗚呼上帝其右汝！

【校記】

〔一〕邃本題首有「明」字，鄒鎡序本、金匱本無。〔二〕邃本作「明」，鄒鎡序本、金匱本缺。〔三〕邃本作「明」，金匱本作「前」，鄒鎡序本缺。

顧君升墓誌銘

君諱世峻，字君升，原名延祜。世家長洲埭川下堡村。祖道隆，爲名士，藏書萬餘卷，與祝京兆、文待詔父子爲文字交。父文禎，生十男子，而君次居九。君父性伉俠，有司中蜚語，把持其短長甚亟。君年十七，更名試童子科，學使者手其牘，撫几矜賞，有司旁睨縮舌曰：「顧文禎有此兒耶？」趣歸寢其獄。自是家益落，攜婦何廢箸僦居，蓬蒿藩籬，口吟手畫，意豁如也。爲諸生祭酒踰二十年。執父母之喪，瘠不勝杖，遂絶意科舉。崇禎壬午，以歲貢入對大廷，歸而病卒，是歲之九月十日也。年四十有八。妻何氏，生二子，長韡，次芳菁，皆邑諸生。女五人，孫男女二十人，曾孫男女七人。

君爲人易直方嚴，不陜輸訾笑。婦健而賢，代君持門戶，環堵之室，横經籍書，家人瑣碎之事，弗與知也。好讀史、漢、三蘇子集，尤信心窮繙內典，兀坐竟日夕，當臀處衣綻席穿，輒縫紉以爲恆。爲文澄心研慮，仰視雲漢，奮筆落紙，簇簇然如蠶食葉，都不起草。才筆之士，相顧愕眙避席，而不得一當于鎖闈，命矣夫！

君歿踰年，癸未，卜葬于齊女門外，形家言水泉不利。越二十年，歲在壬寅正月，韡始得吉壤于陸墓廿三都北七圖之冢字圩，奉君柩改葬，而具狀請銘于余。韡自傷爲人子無狀，不克敬愼以安先人之魄，致詞哽咽，伏地不能起。余曰：「無以爲也。改葬，古也。儀禮曰：改葬緦。子思語司徒文子曰：禮，父母改葬緦，既葬而除之，不忍無服送至親也。古之改葬者有二，爲山崩水湧毀其墓，及葬而禮有闕也。昔者王季葬于渦山，欒水齧其墓，見棺之前和，文王曰：先君欲一見羣臣百姓也。出而張朝三日，而後更葬。今子之改葬，非爲禮不備也，爲水泉也，則文王已行之矣。孔子之於防墓崩也，泫然流涕曰：吾聞之，古不修墓。今子之自傷也，猶是心也。穀梁子曰：改葬之禮緦，舉下，緬也。緬，猶遠也。下，服之最輕者也。今子之于緬者下者，蓋猶有越月踰時翔〔一〕回啁噍之思焉，其亦可以風世已矣。」君子謂顧君于是乎有子，是宜爲銘。銘曰：

皋如嶧如，鮮原膴膴。捨彼沮洳，宅此樂土。舊史刻銘，永詔堂斧。夫人兮自有美子，蓀何以兮愁苦？

【校記】

〔一〕金匱本作「翔」，邃本、鄒鎡序本作「翃」。

温如先生陳公墓誌銘

揚子曰：「一卷之書，必立之師。」古者家有塾，黨有庠，太學之禮，雖詔于天子無北面，師道之尊久矣。自柳子厚謂魏、晉以下人不知有師，韓子抗顏爲人師，受人譁笑。而況于今日乎？温如先生陳君，居太倉之蔚村里，其爲學，弘深而肅括，經傳洽熟，頌禮詳明。教授生徒，歲常五十人。里中相語稱先生，不問〔一〕知爲君也。中歲，以其業傳子瑚縱其游學，歌伐木以命之。遭亂播〔二〕遷，蝸廬牛欄，俯仰嘯歌，以成其〔三〕子之志。瑚謝絶應舉，門弟子日益進，而君之道大光。壬寅七月初二日，考終正寢，享壽八十二。十二月，葬使字玗新阡。兩世執友生徒，縗絰赴會者，塡咽阡陌，末世所僅見也。自古三公稱公，年之長老，尊其道而師之稱公。余故援毛公、申公稱公之例，書其墓石曰陳公，而繫其行事曰：

君少遭閔凶，謹謹鵮錯，不失一嘗笑于人，不丐一錢刀于人。角巾赤舄，危坐如塑像。不狎游，不博簺，不讀非聖之書，不習淫哇〔四〕之辭。議論風發，籠挫古今，軼材少年，口呿舌遁。當筵奮袖，矯尾厲角，旣而促席引滿，卒爵歡然。門弟子居喪鼓三絃，過而叱之，其人終身廢簫管。長善救過，視人畏傷，雖被鐫譙，退無後言。宿素〔五〕憂國，籍記天災國故，援據經義，吮毫啜泣。著述數十萬言，非通經貫〔六〕道，不費紙墨。生平抑塞磊落，略見六十老人自序及和犁眉公雜興詩。不信巫覡，不諱死喪，飾巾待盡，命大開門闔，吾魂氣當上昇于天。瑚之事狀云爾。

余居江鄉，距蔚村三舍。士友來告曰：陳先生日飲酒盡三四石，與酣醮酒汁寫詩，累千百言不休。嘗中酒慵起，諸學〔七〕子張口坐荻簾外，遣老婢傳誦句讀，犁然若自口出。余喜而敍其事。余嘗觀宋少蘊記少從峽州樂生嘉問學，草屋三間，妻子棲一椽，而以其二聚徒。旦起授羣兒經，口誦數百過不倦。少間，曳屨慢聲吟諷，則東漢延篤書也。羣兒或竊玩〔八〕侮之，亦不怒。元吾衍子行居武林先光坊，坐臨街小樓，羣公樂其博〔九〕雅，屣履造門，拔梯不令上。弟子以次下樓授書，而已吹簫度曲，樓〔一〇〕下書聲琅琅然，無敢譁者。君于此兩人，風流樂易，約略〔一一〕相似，豈局促僮子師哉？樂生所誦延篤之書曰：「吾味爽櫛梳，坐于客堂，誦義、文之易，虞、夏之書，夕則逍遙內堦，詠詩南軒，百家衆氏，投閒而作。不知天之之爲蓋，地之爲輿，世之有人，己之有軀。」君之讀書樂道〔一二〕，不知老至也則然。又曰：「吾自東修以來，爲臣不陷不忠，爲子不陷不孝，上交不諂，下交不黷，下見先君遠祖，可不慚赧。」君之強立不返，矯其身而厲其子也亦然。斯所謂人之模範，以經師爲人師者歟？

君諱朝典，字徵五，娶孫氏。子二人：長瑚，崇禎壬午科舉人，學者稱爲確庵先生。次璉，州庠生。孫九人。先世〔一三〕姓張氏，自代州遷常熟，創隸太倉。父允臣，有壹行，著家訓四卷。允臣父復張，以節俠聞。復張父珏。珵〔一四〕父昇。昇有氣決，里中兒怒馬躪其門，伐棘以隘道，叱其奴糞除馬矢，乃聽去。珏〔一五〕與中表陳氏兒爭竹馬，撲殺之，兩家父抱持痛哭，捨珏〔一六〕爲陳後，遂姓陳氏。銘曰：

吾聞諸孔文舉，公者仁德之正號，不必三事大夫。偉〔一七〕矣碩儒，著書滿家。便便經笥，爲衆說郛。夏肄周遺，瘖嘆瞻烏。負薪拾穗，父子爲徒。嗟彼惛俗，擿埴索塗。正服明燭，厥德則孤。鄭公表鄉，魯國豈誣。論世考德，配而銘諸。

【校記】

〔一〕金匱本作「問」，邃本、鄭鎡序本作「復」。〔二〕金匱本有「縱其」至「亂播」十三字，邃本、鄭鎡序本無。〔三〕金匱本有「其」字，邃本、鄭鎡序本無。〔四〕邃本、鄭鎡序本作「哇」，金匱本作「哆」。〔五〕金匱本作「素」，邃本、鄭鎡序本作「業」。〔六〕各本作「貫」，按：當是「貫」字形近而誤。〔七〕金匱本有「學」字，邃本、鄭鎡序本無。〔八〕邃本、鄭鎡序本作「玩」，金匱本作「傚靳」。〔九〕邃本作「傅」，鄭鎡本、金匱本作「愽」，按：三本俱誤，當作「博」。〔一〇〕金匱本有「樓」字，邃本、鄭鎡序本無。〔一一〕金匱本作「約略」，邃本作「若累」。〔一二〕金匱本有「不知」至「樂道」二十四字，邃本、鄭鎡序本無。〔一三〕邃本、鄭鎡序本有「學者」以下八字，無「次璉」以下十字。金匱本有後十字，無前八字。〔一四〕〔一六〕金匱本俱作「珏」，邃本、鄭鎡序本作「班」。〔一五〕鄭鎡序本、金匱本作「珏」，邃本作「班」。〔一七〕金匱本作「偉」，邃本、鄭鎡序本作「褘」。

顧象垣墓誌銘

長洲顧君，諱維鼎，字象垣，以己亥歲四月十七日卒于家。長子苓將葬父于支硎山之新阡，啓其母陸孺人之兆而合窆焉。卜葬日得明年正〔一〕月癸酉。于是具狀數千言，稽首求請銘。銘曰：

吳四姓，亶顧、陸。水還珠，河釆玉。君曾祖，諱存仁。官太僕，謇直臣。鴻臚祖，文學父。糞牆屋，用儀羽。陸家風，推尙寶。世作逑，締姻好。父好酒，荒畜畚。遂脫身，游外家。謝田宅，棲丙舍。趣短笮，卽長夜。君夫婦，相黽〔二〕勉。起孤僮，歷涼暖。異粻肉，奉寡母。甘虀鹽，共滫溲。權子母，操贏奇。枚藷蔗，笮蹲鴟。起高貲，名上田。俯青郊，疏紅泉。文茂苑，扇芳塵。託親串，洽弟昆。長簷車，高齒屐。燕鷄豚，錯履舄。嗤鄙夫，髮種種。削兩肩，入錢孔。周御史，捕飲章。遮道路，縣鋃鐺。君奮臂，扞牧圉。藐椓人，如腐鼠。亡賢妻，有收子。悲岸谷，歎濛汜。地濁惡，天滄浪。結淨侶，修香光。種池蓮，釆籬菊。伸譚眉，奉笑腹。縣鼓觀，餙巾逝〔三〕。猗往生，亦避世。七十六，以壽終。考終命，媿顯融。生三子，芩、荃、莊。女四人，皆已行。支硎阡，松櫝列。生齊牢，死同穴。舊史文，厈〔四〕礜墓。銘三言，凡百句。芩嗜學，時有聞。今東吳，顧八分。自書丹，刻玄石。埋銘章，永無泐。

【校記】

〔一〕邃本、鄒鎡序本作「正」，金匱本作「十二」。　〔二〕金匱本作「黽」，邃本、鄒鎡序本作「閔」。　〔三〕金匱本作「逝」，遼本、鄒鎡序本作「遊」。

〔四〕金匱本作「孱」，遼本、鄒鎡序本作「庌」。

雲閒道人生壙志

雲閒道人，錫山徐氏子，少工筆札，妙解書翰，精于牡丹亭樂府，搜逖隱互，宿工老師，莫能置喙。通輕俠，重志氣，柳市毬場，推爲渠帥。破千金之産，如揮唾洟。萬曆季年，余識之鄒彥吉席間，輕衫白袷，眉目軒軒然，籠蓋坐客。亂後見之惠山，則頽然老僧，竹徑〔二〕香燈，坐對移日，相與循鄒園遺址，指點昔遊，慨歎而別。

庚子歲，道人年八十，客謂曰：「君幸與虞山公遊，人貌榮名，盍少自敍述，乞一言以志陵谷。」道人笑曰：「我之生平，公知之矣。少而孤，長而蕩，老而窮，非儒非僧，不市不隱，吾行履如是。父命名鳳儀，參密雲、靈巖二和尚，更名戢，又曰玄熙，晚自號雲閒，如雲之閒也。依雲而居，亦曰雲閒。閒亦雲也，雲亦閒也，吾名字如是。畏接貴客，懶交熱客，憎見俗客，侶禪衲，友樵漁，嘯歌朋而命酒徒。吾交游不多乎？寄高忠憲祠宇，乳泉石磵，花宮草庵，杖藜所到，皆在廡下。吾園廬不廣乎？中年失壯子，有僮曰子立，備歷寒苦，扞禦刀刃，推燥濕，把痾養，復加一衣，復損一飯，五十年如一日。人以爲孝子慈孫，我以爲我身也。吾子姓不具乎？金剛數卷，清磬一聲，生可盡年，死不帶業，草亡木卒，如是而已，吾何逃矣哉？」

客以其言告余，且曰：「唐夏侯孜厄塞名場，人惎其傭李敬：『當今北面官人，所在打風打雨。堂頭官人，豐衣足食，爾何不從之，而事一窮措大，有何長進？』敬輾然曰：『我官人及第，還擬作〔二〕西川留後官。』後孜自中書出鎮成都，用敬知進奏。夏侯氏之傭則奇矣，徐之義僕，窮老相依，豈復有高車曲蓋之夢，不尤難乎？」余曰：「道人如孤松老樹，礌砢負大節，非聊爾人也。彥吉貴倨，奴視幸舍客，獨嚴重道人。彥吉與東林水火，語及忠憲，道人輒拱手曰：『正人君子。』間過忠憲，必曰：『鄒公遇我厚。』兩公交重之。忠憲歿，周全生死；有古人風。高氏子孫祠下，必肅揖而後去。間關垂死，以髠頭易薙髮，未嘗一日忘溝壑也。裴晉公隸人王義，捍淮西之刃，晉公自爲文以弔。是歲進士撰王義傳〔三〕者三之二。道人一老禿翁，使人交頌義僕，比于晉公之隸人。桃李不言，亦有以使然也。余舊史官也，載筆大書，以傳于後，誰曰不然。」客曰：「唯！唯！」

道人墓在馬塢山，去惠山三里許。此邦士大夫，議推子立主墓事，歲時澆奠。虞山蒙叟錢某書礦石以誌之。爲文之日，庚子十月初八日也。

【校記】

〔一〕金匱本作「徑」，邃本、鄒鎡序本作「經」。　〔二〕金匱本有「作」字，邃本、鄒鎡序本無。　〔三〕金匱本有「傳」字、遼本、鄒鎡序本無。

從祖父錢府君改葬誌〔一〕

墅橋阡，副使宅。君從葬，聚營魄。天啓初，即窀穸。晉昌叟，銘玄石。二紀餘，喪厥室。孫卜地，長興食。望祖塋，陰松柏。改合竁，慰長夜。戊子月，庚寅吉。歲上章，攝提格。史續銘，告宗祏。從祖帛，子謙益。

【校記】

〔一〕此文遼本、金匱本有，鄒鎡序本無。

有學集卷三十三

墓誌銘

誥封忠慈貞慧祥符侯母一品太夫人田氏墓誌銘〔一〕

太夫人姓田氏，河南商丘人，故南京工部右侍郎諱珍之女，今特進左柱國〔二〕太傅祥符侯性之母也。夫人年十七而寡，撫性于孤孩。器資雄傑〔三〕，樹翼戴功，賜爵徹侯。天子幸古坭軍，賜號忠慈貞慧商丘侯母太夫人，朝見三宮，便服不拜。又念太夫人高行，親灑宸翰，旌其門曰「共孟齊芳」。摘其所築菴曰貞慧。後幾年，太夫人卒于粵，遺命以比丘尼禮殯〔四〕葬，志書太夫人，崇國典也。

先是性以中軍都督府左都督挂翊明〔五〕大將軍印，總督楚、粵，開藩古坭、潯、柳。丁亥春正月〔六〕，上自全州移蹕武、攸，楚鎮劉承胤用迎鑾功，封安國公，與中人王坤，通關擅命，迫脅人主，銜性不附己，誣通款佟李二酋〔七〕，謀召致殺之。而性則已罵〔八〕絕二酋，敗〔九〕其兵于大藤峽口。斬首千餘級，捷〔一〇〕聞，并上二酋〔一一〕誘降書。上大喜，封商丘伯，賜劍，便宜行事。寧聖太〔二〕皇太后賜太夫人珠冠鳳袍，近侍李國泰密囑曰：「皇太后親解御袍，勿落他人手。」太夫人拜賜心動，捫捺袍帶，級綴有物，啓觀〔三〕得寸紙，曰：「承胤惡甚卓、操，朕母子日坐湯火，刺血寫敕，卿其念之。承胤、坤矯詔召卿，勿來，偕死〔四〕無益也。」太夫人捧敕慟哭，敦趣性誓死報國。性立遺部將謝復榮領健卒五百入衞，密約錦衣馬吉翔扈駕，而身勒大軍踵發。太夫人哭而送之，曰：「此行也，汝不克奉迎大駕，奠安三宮，請〔五〕長與汝別，雖及黃泉，毋相見矣。」八月十四日，北兵〔六〕逼行在，承胤迎降，爲前導。十八日，吉翔、復榮奉上及三宮斬關出，承胤引敵〔七〕追躡，相距三里許，復榮請上疾馳，而身自斷後，抵死力戰，與其卒五百人俱死王家堡，上乃得脫，徒步三十里，體重足疲〔八〕，扶掖不能前，承胤兵追益急，鳴鏑相聞，勢在漏刻。俄而性率兵奄至，天降地湧，飈駭雲迅，良有鬼神撝訶，非偶然也。性請上御筍輿先發，自領五百騎，陣峽口，礮車轟掣，銅環鐵面之衆，與林木錯互〔九〕。敵咋〔一〇〕指引去，夜宿羅家店茅屋，上席地坐，羣臣拜門外，跪進便膳。上已兩日夜不食，瀝杯酒酹地曰：「他日太平，毋忘君臣此夕也。」越四日，抵古坭。太夫人傴僂拜道左。太皇太后下輿，手撫之曰：「微夫人母子，安得至此？」上闔宮御龍舟，太夫人旦夕朝謁，用家人禮。五越日，敘迎駕功，性晉封祥符侯，總督戎政，錫太夫人誥命。

性請上「移蹕桂林，三宮駐南寧，臣母妻隨行侍奉。臣移鎮潯州，以據上游，固門戶」。

優詔許之。駕將發，太夫人命性括所有金銀幣帛米粟，籍數以獻，具行宮信宿之供。其急公知大體如此。辛卯歲，兩粤繼陷，削髮爲比丘尼。聞寧聖上賓，一慟不起。性遂用比丘尼禮庀喪事，從遺志也。太夫人生于萬曆□年□月□日，享年□□歲。生男一人，即性。孫二人：長方通〔二一〕，祥符侯舍人；次方徹，聘長洲伯王維恭女，中宮之姪，上于龍舟許配者也。性以□年□月奉太夫人柩葬吳洞庭之東山，以余舊待罪太史氏，請爲其銘。

嗚呼〔二二〕！古之賢母，圖像甘泉，肩輿上殿，史傳圖頌〔二三〕，以爲殊異。亦有東征逐子、僇力中興、親奉帝車、手推日轂如太夫人者乎？亦有君臣肺腑、帝后一家、寧聖妹昭聖〔二四〕姊、中宮義〔二五〕母如太夫人者乎？羽林震蕩，椒塗漂搖，帳殿之紗燈儼然，御舟之紅淚未沫〔二六〕，誠不忍鞠衣翟〔二七〕茀，輝煌命服，以〔二八〕下見寧聖，其用比丘尼禮斂葬，宜也。死以比丘尼，不忍〔二九〕成乎其爲死也。喪以比丘尼，不忍〔三〇〕成乎其爲喪也。葬以比丘尼，不忍〔三一〕成乎其爲葬也。太夫人之志，視王陵、趙苞之母，則滋苦矣。莒婦之度紡也，周嫠之恤緯也，君子哀其志，以爲可以教天下之爲人臣子者。余爲太夫人誌，援據古垠日錄，謹書其事，有識焉，亦有望焉，其不徒以昭管彤、徽汗青也。銘曰：

閔王出奔〔三二〕，齊爲虚，王孫有母莫倚閭。詢汝失君將安徂？賈也入市奮臂呼，市人袒右皆公徒，擒殺淖齒如蝍蛆，指顧鐘簴還齊都〔三三〕。有明〔三四〕媲美田大家，風雨龍蛇育藐孤。

白龍魚服厄豫且，御袍宣詔血模糊。枕戈慟哭母子俱〔三五〕，藤峽扈駕血吻餘。虞淵捧〔三六〕日還蒼梧，龍舟燕見問起居。至尊起立三宫扶，長信姊妹長秋姑〔三七〕，龍章鸞紙〔三八〕錫命初。九嬰十日欹〔三九〕，皇輿，咄哉成旅猶拮据。條衣瓦鉢歸黄壚，侍奉寧聖相〔四〇〕歎吁。洞庭東原夫椒墟，龍宫莽蒼橘社〔四一〕枯。花愁雨泣傷彼姝，破陳樂闋心鬱紆。高墳石闕臨具區，忠慈貞慧綽楔書。禁扁大字題金壺，我鑱銘詩詔〔四二〕眉鬚，千秋可〔四三〕作忠孝模。

【校記】

〔一〕此文遼本、南潯劉氏藏精校本有，鄒鎡序本無。金匱本雖有，但題只作「侯母田太夫人墓誌銘」，全文僅二百四十字，不及遼本五分之一。遼本亦有脱誤，兹據劉藏校本互校。　〔二〕金匱本無「今特進左柱國」六字，有「而」字。　〔三〕「器資雄傑」句以下至「性以年月奉太夫人柩」大段文字，金匱本删改成「長而樹翼戴勳封母一品太夫人卒于粤中遺命以比丘尼禮殯葬年月日性奉母柩」三十三字。　〔四〕金匱本、劉藏校本作「禮殯」，遼本作「殯」。　〔五〕劉藏校本作「明」，遼本空缺。　〔六〕劉藏校本有「正月」二字，遼本無。　〔七〕劉藏校本作「二酋」，遼本空缺。　〔八〕劉藏校本作「己罵」，遼本空缺一格。　〔九〕劉藏校本作「酋敗」，遼本空缺。〔一〇〕劉藏校本作「斬首千餘級捷」，遼本空缺。　〔一一〕劉藏校本作「酋」，遼本空缺。　〔一二〕劉藏校本有「太」字，遼本無。　〔一三〕劉藏校本有「觀」字，遼本無。　〔一四〕劉藏校本作「益」。　〔一五〕劉藏校本有「請」字，遼本無。　〔一六〕劉藏校本作「北兵」，遼本空缺。　〔一七〕劉藏校本作「敵」，遼本作「兵」。〔一八〕劉藏校本作「蠱」。　〔一九〕劉藏校本作「立」。　〔二〇〕劉藏校本作「敵咋」，遼本空缺。　〔二一〕劉藏校本作「通」、遂本作「道」。〔二二〕「嗚呼」以下至「徵汗青也」二百三十七字，金匱本無。〔二三〕劉藏校本作「圖頌」，遂本作「頌圖」。〔二四〕劉藏校本有「昭聖」二字，遂本無。〔二五〕劉藏校本作「義」，遂本作「父」。〔二六〕劉藏校本作「沫」，遂本作「抹」。〔二七〕劉藏校本作「藋」。〔二八〕劉藏校本有「以」字，遂本無。〔二九〕〔三〇〕〔三一〕劉藏校本有「忍」字，遂本無。〔三二〕劉藏校本作「走」。〔三三〕「買也」以下二十八字，金匱本無。〔三四〕遂本、劉藏校本作「有明」，金匱本作「千秋」。〔三五〕「白龍」以下二十一字，金匱本無。〔三六〕劉藏校本作「掠」。〔三七〕「龍舟」以下二十一字，金匱本無。〔三八〕遂本、劉藏校本作「龍章鸞紙」，金匱本作「鸞章象服」。〔三九〕遂本、劉藏校本作「歈」，金匱本作「歌」。〔四〇〕金匱本作「聖相」，遂本作「王共」。〔四一〕劉藏校本作「橘社」，遂本、金匱本作「社橘」。〔四二〕金匱本作「詔」，遂本、劉藏校本作「詒」。〔四三〕遂本、劉藏校本作「千秋可」，金匱本作「賢哉永」。

誥封安人熊母皮夫人墓誌銘

少宰南昌熊公趨召北上，治書屬余，以母夫人墓石爲請。余考其事狀〔一〕：夫人姓皮氏，諱靜，故文學文湖公之女〔二〕，封承德郎□□公〔三〕之配，司勳大夫〔四〕今少宰雪堂公之母也。

夫人少而慧，長而順，老而共。事其舅少檀翁如父，事其姑甘孺人如母。異粻宿肉，早夜毖慎。營兆域，庀葬事，衰麻哀泣，感動行路。此夫人之爲婦也。承德公老于場屋，不事生産。朝齏墓鹽，黽勉有無，白首相莊，有雞鳴饁耕之德。此夫人之爲妻也。教少宰兄弟，援引圖史，鏃勵文行。少宰令而貧，曰：「吾願爲陶母。」少宰仕而直，曰：「吾願爲范母。」憂具官，望倚門，匕箸申儆，老而不替。此夫人之爲母也。戒陝輸以教莊，斥丹華以教靜，旨畜以教勤，害澣以教儉，峙餱糧以待舉火，度口腹以收道殣。閨門觀禮〔五〕，里閈歸仁。此夫人之爲大母爲母師也。

服慈氏之慈，具德女之德，皈依三寶，禮誦六時。卒之日，神觀澄寂，親見華旛寶蓋冉冉下也〔六〕，口持佛號，吉祥而逝。人皆曰：「夫人不但壽考令終，且西〔七〕歸樂邦矣。」余承乏國史，詮次內行，魚軒象服，雕軒有煒者什之六，珩璜琚瑀，管彤有聞者什之四，至于歸心佛乘，正定往生，則所謂優曇鉢花，不一再見者也。像末淩遲，邪外熾盛，盲禪魔民，掠機鋒、湼棒喝者，侵尋及于笄幃。摩鄧之女，說法而登壇；寶〔八〕蓮之尼，拈錐而樹拂。憂世者惻，護法者憖，未有甚于此時也。以余觀于夫人，課誦則金剛、法華，熏修則稱名持號，以慈心度幽冥，以淨心求正受。固無事薙髮條衣，作阿梨之形相；亦未嘗揚眉瞬目，效婆子之機緣。示現閨範，闕修梵行。考終由是，往生亦由是。用以儀表女宗，金湯末法，顧不韙歟！余故志夫人墓，表而出之，使笄幃者流，慕往生者，以夫人爲導師；慕夫人之往生者，以其爲妻爲婦爲母爲左劵。不壞世間，不背實相。季緒四依，庶其在是，以予言爲指歸可矣。

夫人生萬曆丙子九月十六日，卒戊子十二月初一日，享年七十有三。子三人：文登由貢生官教諭，次文舉，卽少宰，崇禎辛未進士，由合肥令擢吏部司勳郎中，今吏部左侍郎。次文升，國學生。孫女一人，適輔國中尉統鏊。孫男女若干人。葬某地之某阡。銘曰：

棗修肅穆，閫狄光華。現女人身，命婦大家。白毫注目，青蓮啓口。現善女人身，法妻智母。箴管內則，矜纓閫儀。規重矩疊，媲彼毘尼。姱修外芬，淨行內發。如吠琉璃，中含寶月。頌圖孔昭，援記有徵。世出世間，請觀斯銘。

【校記】

〔一〕「少宰」至「事狀」二十七字，邃本有，鄒鎡序本、金匱本無。　〔二〕「故文學文湖公之女」八字，邃本有，鄒鎡序本、金匱本無。　〔三〕邃本「公」字上空缺二字，鄒鎡序本、金匱本「公」字上爲「熊」字。　〔四〕「司勳大夫」四字，邃本有，鄒鎡序本、金匱本無。　〔五〕金匱本作「觀禮」，邃本、鄒鎡序本作「覩記」。　〔六〕鄒鎡序本「下也」之下，有衍文二百六十字，邃本、金匱本無。　〔七〕金匱本作「西」，邃本、鄒鎡序本作「而」。　〔八〕金匱本作「寶」，邃本、鄒鎡序本作「賓」。

佟母封孺人贈淑人陳氏墓誌銘

淑人姓陳氏，父諱其志，母湯氏，故山東按察司僉事登、萊監軍佟府君諱卜年之妻，今御史中丞國器之母也。先用府君河間令最，封孺人，今用中丞覃恩，贈淑人。

佟與陳皆遼陽上族，淑人以明惠擇壻，府君以岐嶷求耦，圭判璋合，二姓克諧。生柔筓禮，既饋交賀。淑人承上字下，婦德用光。親井舂具，膏火機絲，夙夜相府君于讀。甘虀鹽，警鈴柝，盥漱鷄鳴，相府君于官。府君擢上第，宰京邑，册府錫命，天書煌煌，閭閻榮焉。

天啓初，府君受命東略，監軍登、萊，鈎黨牽連，蜚語逮繫。淑人奉二尊人暨諸姑子姪，扶攜顛頓，徙家于鄂。乙丑九月，府君奉矯詔自裁，太公哀慟死客舍，淑人泣血襄事，奉太夫人渡漢遷黃陂，又三年，仍遷江夏。秦〔一〕寇躪楚，太夫人歿而渴葬。中丞補弟子員，奉淑人卜居金陵。崇禎甲申，避兵遷甬東。中丞受新命，以兵憲治嘉興。淑人版輿就養。丙戌九月十九日，卒于官舍，年五十有八。嗚呼！孰不爲婦？孰不爲母？如淑人之爲婦母極難耳。自丑迄戌，天地翻覆。以二十年閲公羊之三世，則難。自鄂之吴，室家播蕩，以弱女子定盤庚之五遷，則難。雷風交加，參夷〔二〕呼吸，上慰掩袂之尊章，下挈琢釘之童稚，毁室取子，覆巢完卵，無天可呼，有地必蹐。以隻身獨手，枝撑佟氏之一門百口，則難。當府君檻車急徵，淑人牽衣訣别，以忠臣殉國、孝婦殉家相勸勉。迄于今家門巋然，窀穸相望，款款下泉，執手慰勞，淑人之報稱府君，亦已足矣。生前之荼苦，甘之若飴；身後之血淚，藏而猶碧。菀枯陵谷，世人所咨嗟歎息者，豈足爲淑人道哉！

淑人既歿，中丞扶柩歸金陵，卜葬于□山之陽。子一人，即中丞公國器。女適李寧遠曾孫延祖，以死事贈冏卿。中丞妻贈淑人蕭氏，繼室封淑人錢氏。孫三人：世韓、世南、世傑。

舊史氏曰：予讀史至王章妻事，未嘗不撫卷流涕。方其臥牛衣涕泣，謂朝廷尊貴，無愈仲卿，責其不自激昂，何其壯也！及被收繫，小女聞呼囚〔三〕聲號哭，知我君先死，何其傷也！由淑人觀之，忠臣妻女，遭逢患難，其情事俛仰，有足悲者。既而昊天已威，刦運促數，章妻得還合浦，夫人重御雕軒。平陂往復，約略相似。觀世者於是乎有深懼焉。余既狥中丞〔四〕之請銘，府君之墓在鄂渚，淑人未之從，法當別有銘。銘曰：

生遼陽，死檇李。鄂之越，五遷徙。金陵山，兆靈趾。靈之車，反于此。魂迢迢，渡漢水。泣丹書，訊青史。夫人兮，有美子。讚銘辭，詔天咫。

【校記】

〔一〕金匱本作「秦」。邃本、鄒鎡序本作「奏」，上衍「夏」字。　〔二〕金匱本作「夷」，邃本、鄒鎡序本作「彝」。

〔三〕金匱本作「囚」，邃本、鄒鎡序本作「因」。　〔四〕金匱本作「中丞」，邃本、鄒鎡序本作「忠臣」。

明故誥封李宜人張氏墓誌銘〔一〕

宜人姓張氏，故通政使司右通政寶應李公諱茂英之室也。李公卽世九年，而有甲申之難。季子藻先，奉母適吳，以其年八月十二日卒于邸舍，年□十有□。遺命反葬，祔通政之兆。又十二年乙未，余之淮，過寶應，藻先拜而請銘。李公余同年長兄，宜人丘嫂也。藻先父事余二十年益恭，知宜人內行者，莫余爲詳，其忍不銘？銘曰：

萬曆庚戌，余舉南宮。淮海聯鑣，聿有李公。展允李公，長德端人。玉衡懸秋，木神發春。鳌爾女士，玉質金相。旣饋交賀，賓〔二〕友相莊。出宰百里，入官爽鳩。雞鳴戒勤，秉燭泣四。晉秩納言，迴翔靈鏁。黨論披猖，椓人簸騀。金甌四維，微風搖搖。攜手言歸，曾不崇朝。公賦遂初，如旅得歸。陰林席箭，散髮振衣。宜人刲刲，綜理外內。田園區塍，囊篋細碎。僮奴指使，牛蹄角千。目覽手畫，部居井然。公曰休哉！坦其皤腹。我酒爾旨，我肉爾宿。是生三子，季也收子。敎以織績，游必就士。公旣卽世，家門肅穆。蘭錡崔嵬，戶屨促數。白毛匝地，黑眚橫天。長淮南北，骸山血川。申命季子，御以如吳。陳衣考終，如在室家。帷裳而斂，以逮反葬。牆翣不驚，窀穸無恙，陵谷遷貿，又一星終。風塵澒洞，我來自東。白楊蕭蕭，短髮鬖鬖。停舟問舊，愕眙驚喜。我造其第，堂宇沉沉。几筵肆設。

簾幕靚深。季子曰咨！闔廬蓬翟。夙夜灑掃，惟母之教。我爨其饌，茶香酒酮。脯醢錯列，間以粔籹。季子曰咨！粗糲匪恪。五飯酒漿，猶母餘閣〔三〕。軒車踏門，青簡棲帷。市勒懸書，壁鑱贈詩。季子曰咨！予庶予跂。引衽攘捲，德音在耳。獻酬卒爵，見其諸孫。舒雁行列，玉雪蘭蓀。我思古人，頌圖雍肅。咏歌葛藟，逮彼樛木。而況宜人，女宗母師。珩璜琚瑀，我親見之。在昔范氏，隆道弘風。中興以後，形我管彤。鴻朗不遐，清喬斯纂。我作斯銘，敬告史館。甓湖湯湯，八寶告祥。埋詞幽鑱，尚有耿光。

【校記】

〔一〕邃本、金匱本有「明」字，鄒鎡序本缺。〔二〕金匱本作「賓」，邃本、鄒鎡序本作「德」。〔三〕金匱本作「閣」，邃本作「洒」，鄒鎡序本作「閭」，疑皆誤。

林淑人太君墓誌銘

太君姓陳氏，贈護軍林君子惠之室也。生二子：國棟、廷棟。一女適錢氏。歲壬辰七月，考終內寢，年六十有二。八月，葬武林北關吉祥之阡。

護軍早世，太君方盛年，女提子抱，朝其家人而申儆之曰：「爾無死吾先君，無寡寡婦，無藐藐諸孤。爾饔爾飧，爾蠶爾織，爾庀灑掃出入。」雜然應曰：「敢不如命。」又合其宗黨而告之曰：「有未亡人在，有先世敝廬薄田在，于我婚，于我葬，于我歲時伏臘，其何忍死我先君，闕遺我諸父昆弟。」雜然應曰：「諾。」更十年所，女笄而字，男丱而學，扃鐍蕭然，鈴索肅然，機絲雜誦聲續續然。行其庭，窺其堂，不知護軍在否，咸曰有婦。又更十年所，國棟起家鞅韋。腰刀袴褶，拜跪起居。餘皇文駟，交織道路。雕軒在門，翟茀有煒。閭里聚觀，咸曰有母。太君于是居積不替，名行滋彰。僮奴食指日繁，宗黨待舉火。歲益成，輿梁掩骴骼，新支提，飯除饉四方之人，咸曰是婦是母，男子無如也。晚而遭逢世故，鄉井繹騷，歌哭錯互。太君蘭錡翛然，鼎食如故。兒孫繞膝，吉祥令終，斯世希有也。

舊史氏曰：余往與陳總戎東溟，劇談當世奇偉卓詭之事，盱衡告余：「公知天下有奇女子若武林林太君者乎？太君一寡婦人〔一〕，存亡死生，千金一諾。南冠越吟之客，翳桑廣柳之徒，後車却載，幸舍如歸。台、温諸郡，漕艘運弁，帆檣蔽虧，奸黨囊橐。太君片言傳敕，千里郵置，駢頭捧手，莫敢顧唾。此豈有徵發期會用兵法部勒者乎？昔太史公傳貨殖，列巴寡婦清，而范史傳列女失東海呂母。公裁國史，當置何等？」余異而心識之。比遊武林，觀太君之葬，喪亂之後，託妻孥、保家室者，擁柩巷哭。踝贏之子，削杖執喪，虞用栗〔二〕焉。總戎之言猶信。嗟乎！古奇女子如譙國冼氏、紹定間晏氏，比能絜智，何以賢于太君？徵諸近事，銀夏之登埤誓師，榆關之乘城返旆，翠帷砥室，呼吸定變，嚄唶宿將，其顙有泚。惜乎太君之所用者小也！于是廷棟來謁銘，余曰：「諾。是應銘法！」銘曰：

碣石鐫，靈掌徒。天夢夢，俗靡靡。鬚眉怍，巾幗恥。匪激贊，訓夫子。

【校記】

〔一〕金匱本有「人」字，邃本、鄒鎡序本無。

〔二〕金匱本作「栗」，邃本、鄒鎡序本作「粟」。

長沙趙夫人張氏墓碑

長沙趙夫人，姓張氏，今御史大夫趙公開心之室，內閣中書舍人而汴之母。享年六十有九，龍集己亥，正月□□日，考終官舍之內寢。而汴扶柩北平，返葬南國。毛裏創鉅，栝棬痛深。食頃啁噍，踰時躑躅。祗奉嚴君之命，來請大家之銘。余交在紀、羣，慕深鍾、郝。猥承載筆，敢忘彤管。用假麗牲之石，敘而銘焉。敘曰：

夫人生柔笄禮，肅容裕仁。媒然卜祥，既饋交賀。堇荼攻苦，旨蓄御窮。饘酏芼羹以佐敬養。篝燈宿肉，以相誦讀。寒窗佔嗶，則織火分光；午夜伊吾，則機絲雜響。宵晨儆戒，有雞鳴風雨之思；窮困激昂，無牛衣涕泣之狀。斯則歸妹所以幾望，鵲巢所以起家者也。君爲覲國之賓，妾作當家之婦。白髮在堂，黃口在抱。滑甘梨栗，取擗食指；子媳保姆，交萃一身。家門多釁，繼纏哀酷。醫巫藥膳，傾倒皮囊；置墨飾牆，罄盡衣珥。俾老人卽安下地，庶游子無憾終天。俄而兵燹突焚，關河阻絶。襆被挈筐，負稚攜嬰。雨血風毛，之死自誓。戒徒命侶，如堂適庭。健婦良勝于丈夫，夜行何畏乎多露。斯則自竇啓夏，負屛伯越，秉心塞淵，無成代終者也。

惟趙公標榜愔俗，摩厲兩朝。木高風搖，表長影廣。叶茲琴瑟，戒彼韋絃。周南之哲婦，勗如燬于魴魚；陶邑之令妻，喻自處于玄豹。佩觿能解，發硎善藏。臺柏之獨坐巋然，卿月之迴翔滋久。有子式穀，作我鳳毛。夫人舉案益莊，循牆多畏。傳敕邸舍，庀治寢門。行鈴索無間于晨昏，管鑰不離于手掌。隔柳家之幔，才使聞歌；下謝公之帷，僅能見舞。行成琚瑀，言著縑緗。已乃脫落塵容，津梁白業。伽倎半偈，多羅數行。現身散華，無復女身之相；取泡作譬，深知泡影之因。斯所以收華委蛻，高朗令終者歟？

嗚呼！天地震蕩，士女仳離。江淹歎紫臺之稍遠，杜陵悲紅袖之登車。夫人佽助陳謨，勸勉明哲。于是梓材用晉，白馬朝周。潼酒駝羹，每拜上方之賜；鞠衣翟茀，彌深再命之榮。生以石窌疏封，歿則甘泉圖像。令妻壽母，罕有其比。既而勝鬘末利，迴念多生；陽燄乾城，追惟昔夢。珠服玉饌，謝彼繁華；寶地金牀，欣茲勝妙。視世界如房櫳，等兒孫于幻化。顯融壽考，人間五福，方蔑如也。昔者劉子政之述作，臚列仁智；房玄齡之序傳，標舉淸喬。竊比古人，詢於舊史。敬爲論次，徵諸頌圖。乃作銘曰：

趙璧連城，張星近河。珪判璋分，鳳舞鸞歌。天作嘉耦，宜爾室家。茹荼攻蓼，亦既勞止。相夫如賓，代夫爲子。弓強于韌，衣強于裏。乃遭鼎革，乃服祼將。參語更衣，決策蠶桑。攜手刲灰，晞髮靑陽。父執法兮殿中，子影纓兮日東。猗紫書兮有燿，儼象服兮被躬。歌迴波兮窈窕，御雕軒兮肅雍。嗟塵壒兮沈湎，閱海水兮淸且淺。著銖兩兮衣輕，踏琉〔一〕璃兮地輭。山川兮間之，將二妃兮復來。從二妃兮澧浦，望蒼梧兮參差。宛故國兮松椒，倚門閭兮何求。巫〔二〕祝背行兮，我心悠悠。沅、湘無波兮，江水安流。

【校記】

〔一〕金匱本作「琉」，遼本、鄒鎡序本作「琬」。　〔二〕金匱本作「巫」，遼本、鄒鎡序本作「坐」。

李緝夫室瞿孺人墓誌銘

吾先君宮保公有執友曰李丈伯樗。伯樗之子胤熙，字緝夫，長于余三年，余契家兄也。緝夫娶瞿氏，宋太史傳孝子嗣興之後，共儉有婦德。每生子女，湯餅之會，必首召余。余事孺人，猶丘嫂也。先君即世，幼弟二酉才二〔一〕齡，余奉諱歸，摳衣肅拜，定婚于緝夫之女，以爲李氏兩世素交，先君之神所式憑也。踰年，二酉殤，孺人哭其壻〔二〕，過時而悲。余每爲揮涕。久之，緝夫困諸生，而余浮沉仕途，進寸退尺。緝夫與孺人燕語，呴濕濡沫，未嘗不相向歎咨也。崇禎改元，緝夫病不祿。子象璧漸長，授經於其婦翁陸兄孟鳧〔三〕，崇禎己卯舉鄉試。孺人年六十，賀客驩呼踵門。未幾，象璧沒，喪亂薦臻，歲祲產削。孺人依次子象〔四〕坤及象璧子鉉〔五〕、銘以居，及見其次女甥翁與之鄉舉而卒，癸卯歲六月十五日也，享年八十有四。于是子孫食貧，渴葬，卜日祔〔六〕先人之兆，而泣血來請銘。

孺人之歸李也，十四而爲婦，三十而爲母，六十而爲大母。家門儒素，裙布操作，口不知肥濃，身不識紈綺。拮据捋荼，勞夢徹旦晝，八十年一日也。譬之耕然，火種而不收，子穫而弗食，鹿鳴燕喜，開口一笑，日未陰而失之。攢眉如結〔七〕，漬淚洗面，八十年一日也。上下三世，艱危積刲，孫枝不替，祭祀孔時，厥惟艱哉！卒之日，訣别子孫曰：「八十年李氏老婦，可以死。」葬之日，下見所天，曰八十年李氏老婦，可以從君于此。」嗚呼！臣子之于君國也，猶婦人之于室家也。身世率率，死生偭背，讀丘遲之書，覽庾信之賦，如孺人青裙白髮，八十年爲李氏老婦，豈非天之相之也哉？生宜李氏之室，死復李氏之土，歿祀〔八〕李氏之宗〔九〕。自施衿以逮陳衣，爪髮依然，話言如昨。爲孺人者良可以無憾。而余以〔一〇〕陳人宿老，俛仰今昔，能無載筆而流涕乎？銘曰：

昔者漢孝元皇后移國旋易，身爲新室文母，猶自命漢家老寡婦，黑貂奉正臘，史家悲其倒置。元后之年亦八十四，視孺人白首蓋棺，長爲李家婦，我知其有餘媿也。嗚呼！叔姬歸酅，春秋所義，豈無冠纓，羨彼鬑髮。涕盈其銘，終古同喟。

【校記】

〔一〕金匱本作「才二」，遂本、鄒鎡序本作「不一」。〔二〕金匱本作「其」，遂本、鄒鎡序本作「吾」。〔三〕金匱本作「兒」，遂本、鄒鎡序本作「亮」。〔四〕金匱本作「象」，遂本、鄒鎡序本作「系」。〔五〕金匱本作「鉉」，遂本、鄒鎡序本作「錄」。〔六〕金匱本作「祔」，遂本、鄒鎡序本缺。〔七〕金匱本作「結」，遂本、鄒鎡序本作「能」。〔八〕金匱本作「祀」，遂本、鄒鎡序本作「食」。〔九〕金匱本作「宗」，遂本、鄒鎡序本作「粟」。〔一〇〕金匱本有「以」字，遂本、鄒鎡序本無。

明旌表節婦從祖母徐氏墓誌銘〔一〕

崇禎六年，歲在癸酉，詔旌常熟縣故生員錢世顯妻徐氏，表其門曰「貞節」。節婦〔二〕工部尚書栻之從孫女，我從祖祖父副使府君諱順德之介婦，從祖父諱世顯之妻，從祖弟謙〔三〕貞之母也。年十六，歸于我。二十四，所天見背，矢節四十二年，膺旌門之典。後十一年，爲崇禎之甲申，節婦年七十有二。越二年丙戌，謙〔四〕貞歿。又三年己丑七月，始考終于內寢，壽七十有八。次年庚寅月，冢孫孫保，卜葬于長興之新阡，啓厥祖墅橋之窆，改而合焉。哭而告于謙益，俾誌其墓。

於乎！謙益不忠不孝，慚負天地，其敢覥然執筆，貽羞簡牘，若節婦之爲妻爲婦爲母，盡瘁于我錢氏，不忍以弗之志也。節婦之寡也。謙〔五〕貞僅免襁褓未幾。府君即世，幼孺眇藐，委纏就位，無儉禮，無違言。漂搖者定，甹蜂寢息。人言曰能爲妻。君舅既歿，三姑皆篤老，供養扶持，送往事居，啜泣蒞事，莫有愆素。人咸曰能爲婦。謙〔六〕貞起孤僮，長而有見，視保告誡，如未免于水火也。織紝辟績，朝虀暮鹽，不以溫厚少自假易也。老而哭子，支形立氣，持門戶彌自力。孫保頭角嶄然，奉侍唯謹。陳衣之夕，顧視釋然，然後爲母之道終焉。衰門多釁，哀酷糾纏。節婦哭夫之後，哭尊嫜者四，哭婦者一，哭孫及孫女者再三。死數矣，而不死。殘年餘息，垂死而又哭二子，而猶不死。天以節婦畀我錢氏，爲健婦，爲勞人，備嘗其閔凶，而憖遺其血胤，苟不至于終天窮壥，畢命盡氣，猶未獲弛擔息勞，安寢于亘室也。節婦之爲節也，亦苦矣哉！

萬曆初，吾家全盛。叔爲秦川貴公子，婦方盛年容華，謙益稚齒嬉戲，長與案等耳。從祖父縣雉于庭木，舍矢命中，顧盻自喜。節婦鼓琴于房，桐絃鏗然，聲滿窗戶。迄于今，話言色笑，宛宛然如信宿也，而吾亦七十，老矣。節婦亡且葬，而錢氏之老人，于是盡矣。家憂國恤，創巨痛深，回環循省，若轆轤之轉腸腹，雖欲不泫然也其可得乎？

嗚呼！女婦之殉夫，臣子之殉國，其于生死之難也，一而已矣。傳不云乎？召忽之死也，賢其生也。管仲之生也，賢其死也。靡之不死相也，嬰之不死朔也，與夫人之不死何異？靡祀夏，嬰立趙，死者復生，生者不慚，而後乃知其賢于死也。節婦之于錢，夏之靡，趙之嬰也。其不死也，以有爲也，以有待也。其視夫引刀雉〔七〕經，以一死爲能事者，孰難孰易，亦顧所自矢者而已矣。雖然，必如節婦，而後可以不死；必使節婦之不死，而後可以有辭于死者。國家大書深刻，旌門表閭，所以教世之爲人臣子者至矣，吾于是而知明德之遠也。銘曰：

節婦之天，出後小宗。徐母高行，綽楔熊熊。元兄不弔，自誓有王。一門三闕，漆書相望。于鑠皇明，崇獎節孝。光天厚地，有風有教。舊史載〔八〕筆，埋辭墓門。鴻朗千祀〔九〕，徵此刻文。

【校記】

〔一〕邃本、金匱本有「明」字，鄒鎡序本缺。　〔二〕金匱本作「節婦」，邃本、鄒鎡序本作「之母」。　〔三〕〔四〕

〔五〕〔六〕金匱本作「謙」，邃本、鄒鎡序本作「論」。 〔七〕鄒鎡序本、金匱本作「雉」，邃本作「錐」。
〔八〕金匱本作「軷」，邃本、鄒鎡序本作「裁」。 〔九〕金匱本作「朗千祀」，邃本、鄒鎡序本作「祝」。

錢令人趙氏墓誌銘

我曾祖王父歷贈刑部郎中太子太保諱體仁，生五子。長爲我王父，嘉靖己未進士，歷贈太子太保諱順時；仲爲從祖祖父山東按察司副使諱順德。副使仲子世顯，娶旌表節婦徐氏，生謙貞，貞生孫保。孫保娶趙禮部尙書謚文毅諱用賢之曾孫女，敍州太守隆美之孫女，太子中允士春之女也。孫保既葬其王父母、父母於我曾祖長興阡之支隴。兩阡間有地婉而中隆，宮之以葬其妻，而率其子興祖請爲壙銘。銘曰：

維我曾祖，有四世孫。條葉被澤，卜妻高〔一〕門。錦城漢東，仙源天水。故國舊家，河魴宋子。之子于歸，王母在堂。鞠衣楚楚，烏頭將將。網戶砥室，板輿輕軒。銀燭合歡，金尊祝延。般申既饋，異粻事酒，相夫爲子，代姑爲婦。菽水旦旦，膏火昔昔。毋傷牛衣，而去駒隙。內外宫閫，委佩乘魚。于今爲庶，可不免諸！機絲硏削，鷄鳴風雨。亦既抱子，誰謂荼苦？申、酉之交，大廈再傾。漂搖一室，梁壞榱崩。尊章酷纏，王母奄及。無呼非天，有啜必泣。捲衣雜投，紋紟頻製。工祝背行，巫匠更次。哀哀百身，惙惙十〔二〕指。佽助棘人，克庀大事。爵踊觸地，般田壞牆。擊胸傷心，命以不長。戎馬乍寧，室家〔三〕帖妥。一星未周，逝將去女。歲在甲午，年三十二。陳衣蕭然，顧燭永訣。庚子十月，龍尾伏辰。白楊悲風，埋此勞人。長興高墳，三台熊熊。支龍蜿蜒，防密新宮。宗老斲石，納銘敦丘。地卜唯食，天咫不謬。三子四女，子亦有子。俾爾昌熾，庶蕃在此。

【校記】

〔一〕金匱本作「高」，遂本、鄒鎡序本作「亭」。〔二〕金匱本作「十」，遂本、鄒鎡序本作「千」。〔三〕金匱本作「家」，遂本、鄒鎡序本作「賓」。

贈孺人張氏墓誌銘

孺人張氏，建寧府君之後，爲邑巨室。父諸生芳潤，母王氏，年十七歸于錢，爲今江南道御史延宅之妻。卒于乙酉九月八日，年二十有一。後七年，延宅舉進士，自行人擢臺班，再命皆贈孺人。癸卯歲，請假葬母十地殿橋新阡，營孺人之兆域于其旁。于是孺人歿十九年，□〔一〕時子世嚴才三歲，今成立爲諸生矣。延宅之念母也勤，悲其妻早世，生不得事其母，而死得從先姑于九京也，序次酸楚，使人讀不忍竟。涕泣再拜，以墓石爲請。余曰諾，乃敍而銘焉。銘曰：

建寧之後，婉婉女工。來嬪彭城，和鳴肅雍。青□暢轂，門閥邐迤。風雨雀鼠，中葉如燬。我有聞孫，茹荼攻苦。青燈一編，白日千古。彼美婉嫕〔二〕，夙夜勉彊。視無陝輸，笑不見矧。士也挾筴，摩厲選場。居圮膏火，行橐餱糧。資盡裝送，脫解簪珥。補綻洗拆，取辦十指。賫字吞紙，突烟蕭條。舉案進食，中園有桃。相顧而笑，勿歎一飽。無以食李，嗤彼剝棗。乙酉重圍，日蝕麟闕。屋瓦星流，礮車雷吼。扶創裹兒，挨枕崩奔。羸軀弱命，爭睹城闉。路杌〔三〕如鬼，胸碓自捧。萁手瘴瘃，弓足臃腫。驚魂乍返，嚴霜載零。哀哀父母，膏刃血阬。掐〔四〕胸擗地，聲殷壞牆。腸腑迸裂，浹月而亡。餘閤闃僾，屋衣誰復？哀動鄰叟，假以美木。兵塵荒郊，日莫鬼語。誰與此叟？天用錫汝。黑月孤櫬，凍雨一丘。星紀推移，天回日周。法冠霈恩，篤節還鄉。錦韜象軸，再命煌煌。吁嗟孺人，穠若春華。青陽失令，冰霰交加。譬彼役夢，昔昔不蘇。六載點□，喑噎呻呼。昔夢未愁，俄而長寢。布幃瓦燈，營魄淒凜。堂堂白日，悉照下泉。鏡奩重開，鞠衣再鮮。人生一夢，百年鼎鼎。曶矣孺人，噩夢斯醒。挺挺新城，萬木如莢。往從先姑，爰契我龜。生不受祉，歿有餘慶。閭里歎息，天眼則長。宗老耄〔五〕荒，職司譜牒。搜次內言，敬告奕葉。

【校記】

〔一〕各本缺一字，按：當爲「殁」字。

〔二〕邃本作「嫕」，鄒鎡序本、金匱本作「嬺」。

〔三〕金匱本作「杌」，

邃本、鄒鎡序本作「饑」。

〔四〕邃本作「掐」，鄒鎡序本、金匱本作「陷」。

〔五〕金匱本作「毫」，邃本、鄒鎡序本作「髦」。

有學集卷三十四

神道碑

明故光祿大夫太子太保禮部尙書兼文淵閣大學士贈少保謚文穆成公神道碑

嗚呼！以天爲無意於人國乎？雖其陽九百六，方蹶降割之際，光岳之氣，未嘗不合也，山川之雲，未嘗不出也，扶危定傾之才，未嘗絕跡于世，謀王斷國之人，未嘗不接踵于朝也。以天爲有意于人國乎？畀之以賢才，而靳之以枋〔一〕用，使之臣不遇其君，君不遇其臣，卽君與臣兩相遇矣，而又不得久。于是乎奸邪小人，盤互于內，敵國外患，交蹠于外，而淪胥板蕩，忽焉不可救藥。蓋吾觀宋事，至靖康諸賢之進退，輒爲之塡胸拊膺，且憤且悸。今老病垂死，而書吾友文穆公墓隧之碑，乃在其卽世二十餘年之後，此所以忍淚執筆，嘆窮而繼之以泣也。

公姓成氏，諱基命，字靖之，避廟諱，請以字行，大名人也。少爲諸生，長身玉立，與高陽孫文正公齊名。萬曆丁未舉進士，選庶吉士，踵高陽列詞館，砥行績學，並著公望。迴翔詹翰，歷官吏部左侍郎。崇禎元年，枚卜閣臣，廷推居首，未果用。踰年，遵、永陷沒，畿輔震驚。上用廷議，十一月七日，卽家起高陽公，以樞輔駐通州，控御神京。次日，趣召公，升禮部尚書，入閣辦事。越五日，高陽入朝，召見平臺。公颺言于上曰：「願陛下以戰守事宜，一切委承宗，俾得盡其才力，必能辦敵，仰副聖意。」上爲之首肯。當是時，烽火連接，警報錯互，舉朝恇駭，不知所爲。公言出而聖意定，廟算一，人有固志，上始悔用公晚也。

高陽既出鎭，公在政地，無一日不以關門爲慮。凡所條上覆奏，綜覈舉行。於兵部，則謂四方召兵，抵圻輒烏集獸散，當止；七萃乘城之士，宵旦不得下，當更番。宣、雲勁卒入衞，當額招備所當敵。于戶部，則謂調集費繁，額賦當急，行糧當覈，新餉當增，凍糧當運，明年領兌續運之法當行。于工部，則謂收法辦造當稽，內造外造當促期，戰車當補，料價當先期以應。又謂六垣註銷不講，六曹奏報，省試不聞，錯互挨次，緣飾故事。一一條次當興幾何，當革幾何，心計目營，手批口答。爬搔拮据，冒勞銜怨，皆以內庀軍國，外應疆圉，爲張皇修攘之計。而其最大者，則處置關帥一事。蓋是時馬帥世龍出自囹圄，受命總理，方扼腕奮臂，期却敵自效。中樞惡其兀傲不善事己也，使其私人監伺之，又嗾他帥譖而訟之。公謂國家所倚賴者關門也，關門所倚賴者高陽也。今以私憾齮齕世龍，掣高陽之手足，而責其展布，闕門之事去矣，猶不爲國家慮乎？于是力排羣喙，取旨申飭，命世龍一意進取，不得輕議更置。又請遣科臣往薊，飭厲羣帥，不得擁兵觀望，違總理節制。世龍益感奮誓死，總五大帥從高陽下灤〔三〕、遷，次第復遵、永，四日而四城皆下。露布上聞，獻俘告廟。本公在政地，周慮危疆，主張國論，居中調護之力也。

公感上知遇，班在二人之下，亩齒樹頰，無所鯁避。及居首，慷慨擔荷，益自發抒。嘗痛哭爲上言：「敵警爲二百年未有，幸其暫退，因循苟安。萬一控絃復起，仍前搶攘，天下事寧堪再誤？」上感動，命擬勅申諭。公一夕草四諭，漏下三鼓，猶在直。上從午門望內閣，燈火熒熒然，屏營歎息，不能成寢也。灤水師期來告，天大雨，歸步中庭，竟夕不寐。家人環視不敢問。質明捷書至，乃大喜語其故。公雖在禁近，心環竹山、灤水間，蓋大臣心事如此。公以辦敵無能，敵退乞罷。疏三上，温旨慰留。敍功加太子太保，廕一子中書舍人。上深念官常國紀，敝窳日甚，不大斷割無以振積玩、雪國恥。公謂治道去太甚，求治戒太鋭。天威震疊，譴責刃至。引理據法，多所寬解。上時時曲意報可。一二僉壬營進者，爭爲操切可喜，逢迎上意，流言布聞，謂公委卸市德。上意雖專注，不能無動。而郎署之胥人，緹騎之惡子，乘間抵隙，交章詆公，公自是奉身退矣。公既去，高陽在闕門益孤，分兵易將，曲肆撓阻。比三年，以淩河之役去。高陽去而闕門之事不可爲矣。自時厥後，國勢益蹙，上心益困，登拜如踐更，罷免如傳置，蜩螗沸羹，無復典要。譬之駕萬斛之舟，衝風逆浪，檣傾楫摧，長年三老，袖手屏去，而開船捩舵之人，叫號喧豗，促數更易，其不至于覆溺者鮮矣。然則國家之不早用公也，公之用未久而去，去未久而亡也，天而有意于人國，夫寧若是？葉落而知秋，壺冰而戒寒，公之進退，關係于國家綦重，而世罕有早知之者也。

天啓間，公與予並官右坊，逆奄魏忠賢用事，南樂諸人附之，引繩批根，將興大獄。兩人私語，咋指嘆詫。一日語余：「咋與南樂飲，酒酣拊余背，身後願以易名累公。余漫應：『公尚計及易名氏耶？』醉而失言，南樂目我矣。」余笑曰：「公未醉時，向南樂作語云何？次公醒而狂，何必酒也。」余先罷，公以少詹事乞掌南翰，入賀畢，亦罷。已偕起田間，朝罷過從，相與屈指，四郊多壘，君父旰食，網疎事叢，何若而可？畫灰借箸，每坐談輒移日。既而曰：「昔人有言，政將及子。」交相勗也。閣訟之興也，余既被放，公亦胥後命，過余而嘆曰：「公又去也，其誰出而圖吾君乎？」余曰：「公在，吾何憂。」公曰：「不然，吾兩人，車兩輪也。吾兩人用，高陽必將出，鼎三足也。車一輪，有不契需者乎？鼎兩足，有不覆餗者乎？公姑去矣，他日當思吾言耳。」余歸一年所，公與高陽相繼枋用，用未竟而皆去。余嘗與高陽促席及之，停杯浩嘆，以公爲知言也。當余之被放而公亦左次〔三〕也，朝右之倚公者，以抱蔓爲憂。及公之登用，功見而言立也，朝右之惜余者，或以得輿爲喜。公既不久中書，余遂長錮黨籍，於是海內正人君子，扼腕世道者，碩果之望滋窮，井渫之心彌惻矣。馴至于今，國家之陵谷變遷，宵小之骨肉腐朽，世有讀公豐碑，考吾兩人之遺跡，追歎其邪許推挽、嬋媛呴沫之情事，截截之口，能無重恨于諞言；夢夢之天，抑或纏悲于殄瘁。清濁同流，玉石俱燼。世運而往矣，天不可問矣，斯予所爲忍淚執筆，嘆窮而繼之以泣也。

公乞歸凡六年，以乙酉八月卒于家，櫛沐草遺疏，正襟危坐而逝。上震悼，恩卹特隆，仍予贈謚。以某年某月，大葬于某地之阡。葬後之某年，余與公之子今翰林學士克鞏相見于長安，絮語舊事，相對啜泣，再拜稽顙，以麗牲之碑爲請。余謹撰次公秉政當國二百七十日間，訏謨名畫，關于危急存亡之大計者，大書隧道，徵信國史。其他詞林閱歷之次、綸扉奏對之詳，與夫砥行載德、劬躬肅後之本末，已見于高陽之家傳，故不具書。銘曰：

幽都祝栗，戴斗崆峒。光岳氣合，篤生俊雄。騰踔藝林，洊歷史館。玉琢金相，漆書銀管。握文椽筆，橫經細旃。淵停山峙，風節凜然。方嚚帝博，未省天醉。駕鵝雙飛，威鳳隻逝。公曰吁哉！主憂臣辱，誓捐身圖，以謀國蹙。馬飲灤河，火達甘泉。艱危受命，促數登延。公入颺言，聖明天保。請以戎索，付彼元老。神京畫〔四〕地，重關堵墻。如徼周廬，如閈扈堂。蒐討軍實，擁護節鎮。身直密勿，心履行陣。露布宵馳，日畿晝闢。帝曰念哉！頭鬢如白。蹇蹇勞臣，中外鈎鎖。關門烽燧，閤門燈火。外憂暫弭，內間遞作。雄鳴雌和，骨銷金鏃。公笑移疾，角巾襆被。敵入我入，敵退我退。比及大歸，憂心耿耿。管戒用竪，沈遺城郢。輟哭有數，班劍加祟。煌煌錫命，賁此幽宮。滄海蕩蕩，窮塵悠悠。玉盌既出，銀海不流。展如公墳，堂斧巀嵲。松楸鬱芊，羊馬行列。有美象賢；接武奎壁。斲〔五〕石徵文，大書深刻。公神在天，在帝左右。驂乘高陽，受命三后。雲車霓旌，來游來觀。覩此玄石，嘻其永嘆！

【校記】

〔一〕金匱本作「枋」，邃本、鄒鎡序本作「信」。〔二〕金匱本作「灤」，邃本、鄒鎡序本作「瀟」。〔三〕金匱本作「左次」，邃本、鄒鎡序本作「在北」。〔四〕金匱本作「畫」，邃本、鄒鎡序本作「重」。〔五〕金匱本作「斲」，邃本、鄒鎡序本作「斯」。

明都察院左都御史贈特進光祿大夫柱國太保吏部尚書謚忠文李公神道碑〔一〕

嗚呼！我神宗顯皇帝，丕承謨烈，久道化成，制科取士，人物滋茂。享國三十有二年，至萬曆甲辰，一舉而得二人，曰樞輔高陽孫公、御史大夫吉水李公。崇禎己巳，孫公再出督師，收復遵、永六城，以報天子。戊寅冬，高陽陷，公闔門死之。又六年而有甲申三月十九之事，文臣殉難者十有二人，而李公爲首。

公諱邦華，字孟闇，懋明其別號也。年三十一舉進士，授涇縣知縣。庚戌行取授山東道監察御史，巡按浙江。丁巳，坐年例調外。熹宗卽位，起兵備副使，分守易州。明年，入爲光祿寺少卿，擢都察院右僉都御史，巡撫天津。明年，召爲兵部右侍郎。移疾去，削奪爲民。先帝御極，起工部右侍郎，改兵部，協理京營戎政，進本部尙書。在事一年，用中旨罷歸。公起家爲令，精彊堅密，通曉吏事。憤京營積蠹盤互，奮欲爬搔鈎剔，報稱任使。中人勢要，惡其害己，蜚謀鈎謗，煽動宮府。上心知其公忠，而怵于衆人之欲殺之也，謀姑去公以塞衆心，而需後用。公急公任事，累奉諭旨，乃以顧恤廢弛得罷。蓋反詞鐫責，以明不欲去公之微旨。上英明喜斷，疑信參互，爲羣小所脅持，惜未有以孝廟任劉忠宣故事爲上痛言之者也。公旣去，營務益不可問。「經筵顧問李邦華做許多實事」。嘆息久之。

己卯，特簡起南京兵部尙書，參贊機務。踰年，丁父憂。壬午，服除，起南京都察院右都御史。未幾，拜北掌院左都御史。公初奉南院命，以眞衰眞老固辭。俄聞北兵躪內地，奮袂嘆曰：「此豈臣子辭官日也？」爲文以告大江之神，誓墓訣子孫而出。抵湖口，得後命，便宜發餉，遏寧南侯左良玉潰兵。上聞之大喜，益專意委信公。公朝見，論職掌事，上曰：「久待卿歸來酌議，潰兵事處置得宜，東南半壁，賴卿無恙。」跪奏移時，數詔起立，温語如家人父子。中官皆屏息遠伏，莫敢陜輸傍睨。每召對，百官如墻而立，上視歸乎公。遣中使視病，賜猪羊酒米瓜菜，視諸輔臣有差，蓋上之倚公深矣。當是時，外侮內訌，人主孑立，軍國之積弊，臣下之錮習，如盤根之不可拔，如棼絲之不可治，如壞屋漏舟之不可撐拄。狡猾之椓人狙伺于內，庸惡之閣員猘噬于外。勳臣小臣，躁妄無藉者，沓口歧舌，依草附木，簸弄于中外之交。公于上言無不盡，然心有餘于言，甘苦自茹，心盡而言不獲盡者有之。先帝于公言，聽無不從，然從有餘于聽，心耳交蹠，聽從而心不克從者有之。君臣之間，唇焦口呿，涕淚覆面，瞀急擣胸，卒亦無可奈何，而以一死爲結局。國蹙君傷，神焦鬼爛，殆有封運促數乘除，而非人之所能爲也。

甲申三月，賊破潼關，上召見羣臣，泣數行下。公退，熏浴具疏，請下明詔，勵臣民死守，用成祖朝仁宗皇帝監國故事，急遣皇太子監國南京。越數日，又請命定、永二王分封江南。先帝袖公疏，遶殿巡行，且讀且嘆。疏稿啣袖，袖已復〔三〕出，紙牘漫爛，猶不去手。密諭閣臣陳演：「憲臣言是。」演頗洩其語，既而羣臣爭疏南遷，臺臣爭言詆讕。上恚且恨，公二疏并閣不行。上與公自此皆只辦一死，但不言耳。三月十二日，大同、昌平繼陷。公亟議登埤死守，走告內閣，閣臣魏藻德故曳踵徐徐出，漫應曰：「且姑待。」公唾之而出。明日率諸御史登城。城璫拒守者，矢石交下，慟哭而返。十八日，賊破外城。移宿吉安館文信公祠下，亰賜豕祀信公，徧餉所知。詰朝，內城陷。奔赴大內，闕門堅閉不可撼。歸館，沐浴整衣冠，北面再拜，三揖信公曰：「邦華鄉邦後學，合死國難，請從先生于九京矣」。取白縑書贊繫腰間，曰：「堂堂丈夫，聖賢爲徒。忠孝大節，誓死靡渝。臨危受命，庶無愧吾。君恩莫報，鑒此癡愚。」縑尾書「人生自古誰無死，留取丹心照汗青」之句，囑家人謹護總憲印，繳還朝廷，勿汙賊手。勿殮吾屍，須待得主上下落。移席正直，持束帛繫信公坐楣，投繯而絕，三月十九日辰時也。正尸于中堂，眉目軒舉如生時。賊過咸咋指呼「忠臣！忠臣！」越三日，乃殮從梓宮，遵遺囑也。

昔者有唐開元房琯畫詔而分藩，有宋靖康李綱抗議于決戰。公忠謨偉略，不下二公，救亡圖存，綽有成算。先帝識路自迷，操刀不割，却國醫而待盡，仰毒藥以趣亡。遂使次律拱手，伯紀結舌，死賊舒拊膺之慮，雜種快脫帽之謀，廟社淪胥，主臣同盡，納肝無救于衞滅，藏血何補于周危，窮塵終古，寧不恫乎，有餘痛哉！公當危急存亡之秋，建立大計，通經權，兼戰守，深謀遠慮，不敢以九廟大義，六飛重寄，輕試一擲。密疏具在，可覆案也。公疏略言：「臣去年入都，卽請勅畿輔郡縣，預備城守。秦督宜扼關自固〔三〕，勿輕擲浪戰。宜遣重臣督師防河。諸臣泄泄不省，以致百二山河，河決魚爛，都城堵墻，一無可恃。恃京營則冠敝垂盡，臣向者勾稽淸覈，去任十五六年，盡付流水矣。恃援兵則江、浙搖動，荆、襄糜爛，鞭長不及馬腹矣。恃積財則天子持鉢，健兒脫巾，京師無兩月糧矣。爲今之計，皇上惟有堅持効死勿去之意，爲中國主則當守中國，爲兆民主則當守兆民，爲陵廟主則當守陵廟。周平、宋高之陋計，非所宜聞。東南曠遠，賊鋒滋〔四〕蔓。齊、魯南北，聲息中斷。神京孤注，變起不測。竊見東宮皇太子，天資英武，豫教端凝，正宜歷試艱難，躬親戎器。請亟倣仁廟故事，撫軍陪京，卽日臨遣，欽簡親臣大臣忠誠勇智者，專勅輔導，便宜行事。刻期償水陸飛輓，集方州義師，以犂燕、雲，遏寇氛。此宗社安危所係，不容頃刻緩者。賊兵驕師老，急檄關、寧吳三桂提師迎擊，可以必勝。勑襄城伯李國禎悉簡京營精銳，出爲犄角。守城之事，臣等力任之。皇上下詔罪己，悉發內帑蓄積，以餉戰士，勿扃鐍爲盜守，逆賊之首，未必不可懸槀街也。」推公之意，以爲主上決計固守，六軍萬騎，儼若磐石。賊雖狂狡，不敢越京城而南。皇太子可以按轡徐行，無道路之警，緩則收拾東南全局。以強幹枝，急則號召燕、齊援師，以捍頭目，此誠所謂經權戰守、萬全之策也。假令輕舉妄動，倉皇播遷，萬乘六宮，一離闕庭，賊輕騎躡我，重兵躡我，逆戰則不能，引退則無及，賊偪于前，援絕于後，羣臣從騎，鳥獸奔竄，人主將安之乎？又令主上行幸，太子居守，長君共主，輕車潛遁，而以撫軍監國之虛名，委東朝于虎口，雖至愚者不爲，而先帝肯出此乎？公于此籌之熟矣。請死守，所以力杜播遷之謀；請監國，所以全收固守之局。又曰：「皇上謂臣南人，借此自便。臣老身許國，卽以南事委臣，臣必不敢任。」此則灼知定遷無策，人圖自便，恐有王欽若請幸江南、陳堯叟請幸蜀之疑，而逆折其機牙也。陵谷遷移，記注蕪沒，郢書燕說，附耳射聲。小生謏聞，冒昧執簡，謂公亦唱議南遷，以賊臣刼制而罷，豈不誖哉！以先帝之神明，不深維唐室元子北略、諸王分鎭之制詞，俾公之老謀石畫，與蜩螗沸羹之徒，同類而共置之，國家存亡大故，實係于此。今也不知國故，不察事端，附和南遷者，徒云援公爲口實，而不悉其所以然。痛恨誤國者，但執阻公爲罪狀，而未悉其所以不然。螽蝗醜奮，茅鴟狂呼，使元臣鉅公之心事，晦昧千古，此可爲痛哭者也。

公生而孝友順祥，篤誠明允，淵停山立，不苟訾笑。謂儒者當如范希文做秀才時便以天下爲己任。講實學、峙實用、辦實心、幹實事。時俗方標榜門戶，徵逐聲利，以爲士龍沐猴，非所以自樹立，視之蔑如也。令涇，下車未幾，閭里銖兩之奸，皆通知之。不事芒刃，漸摩敎化，簪筆舞文之俗，犂然一變。集父老詢問風俗，家產貧富，給筆札籍記。戊申歲大祲，勸貸賑濟，按籍差次，斗石圭撮，若算勾股，全活者六萬人。立社倉，濬水利，淸劇盜，戢亡命，至今奉爲絜令。

在西臺，風裁凛然，所條上皆軍國大事，所排笮皆城社巨奸。危詞苦口，磨切政府。首輔福淸葉公下朝房，秉燭照公面曰：「不知李懋明眉眼何似，敢言乃爾！」福王之國有日，請給養贍田土，務足四萬頃而後行。戶部、戶科噤不敢言，公曰：「若是，則之國無日矣。」乃手草疏數千言，爭之甚力。刑部郎〔五〕沈應奎，老人負直節，持公疏詣福清：「西臺有人，東閣可默默而已乎？」福清乃上疏極言。貴妃兄國泰奏繼入，事得寢。福王遂以甲寅三月就國。福清所以能轉移聖聽、奠安儲位者，實借助于外庭。公當其衝，應奎贊其決也。

兩淛地繁政劇，採訪利病，分六曹爲六書，某利當舉，某害當革，條分件繫，每按部舉而措之，有餘地焉。謂巡方以察吏爲要，察吏以獎廉懲貪爲要，直指供億，有贓罰、公費二項，贓罰坐派郡邑，公費取盈協濟。公歎曰：「繡衣使者，表率百城，可以身爲谿壑乎？」亟下檄蠲除。屬吏凜然負霜，不待望風解印綬矣。歲當慮囚，積案塡委。夜闌炳燭，亭疑閱實，運筆如風，平反者百餘條。老文法吏，莫敢出入一字。廷讞之日，獄囚盈庭，舊使者省覽累日，爲手板以記事。公獨不用，攜册坐輿中，流觀闇記，數百人以次決遣。姓名訟牒，不遺毫髮。吏民大驚以爲神。

其鎭天津也，兵出東方，節下空虛，蒞任方一日，妖賊陷景州，公飛騎檄東師返旆，蹙賊于前，復選步曲十人潛師躡賊後，各戒以道里時日，分道趨賊，而不使相聞。比合戰，兩軍〔六〕各至信地，背賊兵而夾攻之，賊惶惑不知所爲，遂大敗，俘斬四千有奇。一戰克景、武，再戰克鄒、滕，蓮妖殲焉。是役也，公不用大舉，而用鵰勦，以爲大舉則徵兵轉餉，情形張皇，賊鳥舉獸駭，以老弱遺我，而走險以老我 賊未可盡也。彼瞰我東師已出，我仍以東師躡之，所以伐其謀而奪其氣也。分遣我師，各戰其地，而不使相聞，使之人自爲戰，各出死力，于兵法爲與之絕地也。既而眞督撫攘其功，得金吾世職，公進俸一級，蓋當時疆事類若此。朝鮮援兵，潰還索餉，呼囂洶洶。公方以恩信結邊士心，乃呼其將而數之曰：「鮮軍例支餉廣寧，廣寧失，支餉山海，汝縱潰兵棄信地。而索餉于我，欲何爲乎？念此軍嚴冬渡海，裂膚墮指，暴露良苦。給汝餉百石，再行糧道措處。汝率先摩勵出汛，爲汝寬一面之網，不然立斬汝矣。」逃將搏顙流血，八百人感泣歸伍，讙聲如雷。邊〔七〕人皆踴躍思効命矣。遼、瀋新陷，風鶴震驚，行間言東征輒譁。公下令樹出關討賊幟，願者立幟下，否則去。令初下，蓋僅有存者。久之，軍中相語：「有不立幟下者，不爲李公帳下兒，卽不得爲人。」乃爭立幟下，足脛相錯矣。議建營壘部署，胥徒走卒，躬先畚鍤，介胄之士，負土傚功，營房千二百間，馬厩五百，翼如告成，芻糧山積。設軍市以資貿易，復質庫以峙食貨。軍民雜處，技擊走集，束伍練膽之法，一用戚將軍新書從事，選鋒六千人，輕車二千輛，部伍分明，駕乘修備。高陽公閱邊至津，嘆曰：「嗟乎！令九邊胥若是，何憂戎馬哉！」

京營舊例，軍操于營，糧支于衞。管軍者不覈糧，司糧者不點軍。蠹弁積棍，窟穴其中，因緣爲奸利。公定爲經制，照現在軍數人給印票，該衞造册挂號，然後赴倉。開倉計部按册，驗票給米。票不符册即僞票，册浮于票即僞册。濫支者法無赦。太倉題稱京營歲給米一百六十六萬，磨勘兩月，清出虚冒，歲計二十四萬有奇，以還度支。祖制設三備兵營，招集精鋭，補老羸之闕。市兒惡子，遊閑博徒，依倚中人貴戚，乾沒饕食，有糧無人，有籍無伍，公疏汰虚覈實，增實軍四千餘人，飽馬四百疋，軍自爲一隊，歸併各營馬，兑給選鋒，以供騎操，歲省縣官糜費糧米數萬。己巳冬，北兵入畿輔，衝寒出郊，相視營盤，分地樹壘，金鼓相望，都門恃以無恐。遵化告陷，羣臣偷懦憚事，爭言列營城外非便。公曰：「臣職治兵，知有進，不知有退。攖城避敵，損威示弱。堂堂天朝，不應出此。宜列營城外無動，速調勤王兵以張聲勢。彼瞰我有備，將懼而引去，所謂先聲而後實也。」上眩于羣言，乃撤營兵偪國門，偵探斷絶，始大悔，傳旨如公初議焉。竟不能排衆咻以留公，可嘆也。

南參贊機務叢脞，公首定營制，併多設之營以省糧，裁不急之官以節費。安民詰戎，治民論將，五約二事，次第修舉。以其間巡行江北，度浦口、絶池和、抵和州、徑梁山、陟采石，旬日走四千里，晝覽形勝，夜命畫史防禦機宜，分五疏進呈〔九〕繪圖列屏，師古人聚米畫地之意，使人主周知祖宗興王舊地，山川阨塞，其用意遠矣。詳察水陸形勢，備遠阨要，謂守江東不如守江北，請于滁、和、全椒，墾田數千畝，聚衆數千人，且屯且練，以固門戶。守下流不如守上江，請于池陽之間，開府采石，置哨太平，舟車兼制，以固咽喉。又謂徐州居四方邊均，水陸交會，宜宿重兵，設總督。一旦有事，片檄徵調，北遏虜，西扼寇，中奠陵京，此天下萬全大局也。疏下兵部，司馬舌吐不敢覆，公亦用外艱解去。

公服官中外歷四十年，資望深崇，委寄殷重，回翔前却，在用與不用之間。晚而秉大憲，徼主知，不以時危運移，少自假易。整臺綱，嚴考察，雙籐拒門，凛然如承平時。俄而天崩地坼，卒不獲竟其用。而達權應變，功見言信，指麾談笑，弭東南焚突之禍，則莫如湖口之役。左兵之潰而東也，艨艟隱天，軍聲殷地。留都士民，一夕數徙。文武大吏，相顧無人色。公浩歎曰：「海內僅東南一角耳，身爲大臣，忍坐視決裂，抽身局外，袖手而去乎？」乃停舟草檄，正告良玉曰：「本部院四朝大臣，一生忠孝，討逆勤王，義旅雲集。仰望貴鎭，與我同讎，共掃腥穢，以成偉伐。頃傳麾下全軍南潰，所過殺掠，江流中斷，陵京震驚，何輕易舉動若此！以列聖英靈，皇上神武，羣醜游魂稍稽膏斧不遠。貴鎭不以此時枕戈礪劍，輿疾討賊，乃甘自菲薄，貽誤身名，本部院所不解也。舊京文武，足高喙長，倘不諒貴鎭心跡，飛章上告，貴鎭其何辭以對？十五國豈無豪傑，人各有心，各鎭及麾下將領，安保無從中觀變者，舉事一不當，辱身家而汚靑史，爲千古笑端。智者所不出也。貴鎭宜卽日嚴戢兵丁，疏通江路，捩舵回船，尅期還鎭，缺餉事情，候本部院到皖設法措處，勿過安慶一步，以實流言。本部院綿力可竭，當爲朝廷弭此大事，爲貴鎭濟此飢軍。其勉聽鄙言，急圖桑榆後效。

否則義旗迴指，將不得與貴鎮以玉帛相見矣。」良玉捧檄心折，又用其親信李猶龍、胡以寧輩，開陳禍福，曉暢心事，皇上神明聖武，拊髀頗、牧，當力爲保全功名，盡釋中山箱篋之疑，得專元侯弓矢之賜。良玉大喜過望。飛騎貽書〔九〕皖撫，發九江庫銀十五萬補六月糧。軍心遂大定。運艘南舶，銜尾安流，讙聲喧喧沸江水，南都始解嚴。越翌日，公具威儀入其營。良玉帓首韠袴，握刀插矢，俯立逕鷁首。公禮辭引見，用師弟子禮。良玉請公坐樓船，大閱士馬，公慰勞諸將，詢問部曲姓名，宣諭軍中，矢忠義殺賊，拾取富貴。一軍皆骨騰肉飛，願爲公死。良玉爲公令于軍，斬淫殺者四人以狥，釋被擄男婦四千餘人，還漕鹽船五百餘號，臨分牽衣號慟，誓以餘生效頂踵。公還語人：「此小事易辦，喜爲國家得一名將耳。」

公以風紀清嚴之司，當過賓傳遽之地。官無銅虎之符，使無英蕩之節。引大夫出疆之義，推臧孫急病之公。忠誠坌湧，機權錯出，條鏇在手，操縱自如。挽山崩峽倒之勢，成瀾回浪轉之功。嚮令先帝當危急時，擺落羣小，以國成委公，則庶幾病危可救，弱症可起，奉天之圍可解，靈武之功可奏。竊嘗謂公之死國，有異于羣公者，爲其以乘輿死，以震器死，以三百年祖宗鐘簴死，而不但以一身一節死也。嗚呼痛哉！

公父比部公與母周夫人，食貧娩德。公童孩喪母，執喪有聞。萬曆癸卯，與比部同舉于鄉，布衣徒步，父子自相鏃礪，都人士咸敬之。江西有二儒者，曰鄒忠介公元標、曾恭端公同亭。鄒公識公于諸生，勗以萬物一體之學。既登第，謁曾公南太宰署中。曾公明燈促席，極論古今典章吏治、人才世運，曰：「吾老矣，一腔報國微忱，畢付吾子。」公學術原委，得之二公爲多。爲言官，主于分別邪正，破除朋黨，極論萬曆執政背公營私，衣鉢授受，徐兆魁、王紹徽、湯賓尹等鑽穴禁近，蠹賊國論，郭正域、鄒元標、顧憲成等骨鯁孤忠，削跡朝著，清議日輕，黨禁日密，老成日謝，天地閉塞，非國家之福也。言路初闢，章滿公車。公所彈劾，劈肌分理，洞見纖結，黨人尤畏而疾之。丁巳之察，并及比部。公天啓中入爲少司馬，逆奄肆毒，大獄煩興。高陽公將行邊，入覲面奏本末，奄矯旨拒不令入。魏廣微唱言朝堂：「高陽興晉陽之甲，李懋明召之來耳。」公亟移疾請去，而削奪隨之矣。前後罷免家居，垂二十年。比部公老無恙，讀書譚道，篝燈布席，依然兩書生。公是以益邃于學。又以其間網羅典故，討論時政，以儲匡時經世之學，腹笥心兵，横從肆應，蓋多自閒居得之。遡公之大節，終始有三。葦笥録牒，端禮刊碑，藴義生風，白首一節，則以黨論終始；開拓心胸，補苴倫紀，不聚生徒，不矜著作，則以學問終始；盤錯横身，艱難致命，以熱血灑宗社，以丹誠答知遇，則以忠君報國終始。以精白一心，不愧屋漏，爲立身之根柢；以正直忠厚，保養元氣，爲用世之禎符。雖其寒冰栗玉，纖塵不染，而友朋之急難，善類之阽危，無所不極其救援，褰裳濡足，有不恤也。雖其精金利劍，腐肉必決，而殘邊之退卒，失路之旅人，無所不用其矜全，喚咻濡沫，有不啻也。晚年家居，修講堂、定教條、立宗祠、恤繇役。秀眉子衿，莫不觀禮誦法。團練鄉兵，保護井邑，笳鼓讙亮，肅如軍中。九連寇發，虔、吉〔一〇〕騷然，風聲雷動，匿跡遁去。生平誦法孔子，刊落雜學，嘗語學者：「三世諸佛，只是血性男子。果能參透上乘，空諸萬有，死生不二，與周、孔何異。儒者一念不謹持，卽墮苦海，何云天堂地獄哉！」又曰：「正氣者，士之興也。來則乘之，去不捨焉。臨危未命，凝睟整暇，易簀結纓，正其勘辨學問時耳。」乘輿來去，公既了然自知，復何憾哉！

公先世唐西平忠武王晟之後，西平第十子憲，觀察江西，憲子游，爲袁州刺史，始居袁。游子丕，丕子遵，始居吉水。遵生華，華生唐，後唐天成丁亥，徙居谷平，迄今四十餘世。入明，有桂者，與梁寅爲友。桂生京，京生威，威生貴爵，貴爵生秀，于公爲王父。秀生諫，由舉人官南京刑部主事，娶于周，生公。自貴爵已下，皆累贈吏、兵二部尚書，妣皆一品夫人。公生萬曆甲戌九月九日，年七十有一。甲申四月，公之喪至自北京，詔贈少保吏部尚書，謚忠文，賵葬，予祭六壇，廕一子，建祠京師，賜額「精忠」。十一月二十四日，葬仁壽鄉鰲山釣魚臺之諭塋。娶一品夫人周氏。子六人：長士開，次士國，士開以殉，士國死于水，奉旨建坊旌表，副室宋氏，生子長世，亦以苦節表門。次士亨、士齊、士京、士臺。孫男九人：長世以嫡長承世廕，次長榮、長淸、長祚、長發、長灝、長垣、長蕙、長元。長世子繩武，應世襲錦衣衞千戶。公既葬，長世採集行事，撰次爲□〔二〕，泣而言曰：「隧道之碑銘，有與吾祖游而載史筆者誰乎？」謀于諸父，渡江來請者至再。謙益辱公末契，踰壯迄老，函丈晤對，竿牘往來，師友篤論，家兒絮語，惟是憐才憂國，語不及私。癸未北上，要語廣陵僧舍，艱危執手，潸然流涕，囑曰：「左寧南，名將也。東南有警，兄當與共事，我有成言于彼矣。」篋中出寧南牘授余，曰：「所以識也。」入都，復郵書曰：「天下事不可爲矣。東南根本地，兄當努力，寧南必不負我，勿失此人也。」偷生假年，移日視息，生〔三〕我知我，辜負良友。傷心刻骨，有餘痛焉！徬徨執筆，老淚漬紙，而不忍終辭者，以爲比及未死，效隻字于青簡，庶可以有辭于枯竹朽骨也。洪惟萬曆以來，高陽與公，當並爲宗臣，配食淸廟，有其舉之，工歌之頌詞，曷可以已。是庸假繫牲之石，再拜而刻詩曰：

維嶽降神，光氣熊熊。篤生偉人，殿我家邦。暨我高陽，如龍如虎。仗鉞視師，兩有文武。遼、永六城，復我故初。崇關擊柝，神都屹如。公如鳳麟，不搏不鷙。齋其躬心，以救殄瘁。國有大故，我肩我揹。國有大疑，我則解觿。楚師橫潰，亂流而東。公手撫摩，如擾兒童。偉矣碩儒，褒衣大冠。召雲致雨，試手沛然。堂堂高陽，與公相望。大廈兩楹〔三〕，去一則崩。三才失位，九嬰刺天。捐生殉節，與國後先。天門詄蕩，爰策其馬。元氣磅礴，來歸帝所。帝錫汝命，彤弓素矰。刑天相柳，莫我敢承。星戈照日，雲罕從風。同車報命，二祖列宗。乃考新宮，乃配清廟。于豆于登，工祝致告。孝孫在位，庸鼓有斁。神之至止，入戶歎息。舊史明見，作爲頌詩。後千百年，尚右饗之。

【校記】

〔一〕金匱本題首有「明」字。遂本、鄒鎡序本無。遂本、鄒鎡序本「院」字，金匱本作「使」。〔二〕金匱本作「復」，遂本、鄒鎡序本作「覆」。〔三〕遂本、鄒鎡序本「固」字前有「守」字，金匱本無。〔四〕遂本作「滋」，鄒鎡序本作「浙」，金匱本作「漸」。〔五〕鄒鎡序本、金匱本作「郎」，遂本作「諱」。〔六〕鄒鎡序本、金匱本作「軍」，遂本作「車」。〔七〕金匱本作「邊」，遂本、鄒鎡序本作「遣」。〔八〕金匱本作「呈」，遂本、鄒鎡序本作「至」。〔九〕金匱本有「書」字，遂本、鄒鎡序本無。〔一〇〕金匱本作「吉」，遂本、鄒鎡序本作「告」。〔一一〕「爲」字下應有一「狀」字，各本俱缺。〔一二〕金匱本作「生」，遂本、鄒鎡序本作「愛」。〔一三〕金匱本作「楹」，遂本、鄒鎡序本作「檀」。

光祿大夫柱國太子太師吏兵二部尚書武英殿大學士贈特進光祿大夫左柱國太傅謚文貞路公神道碑〔一〕

故太傅路文貞公薨于粵。後十年，長子澤溥，迎柩來吳，葬洞庭之東山，屬峴山歸莊撰行狀，請余書其墓隧之碑。

按狀：公諱振飛，字見白，其先長子人。八代祖眞，遷廣平曲周，名其鄉曰路家莊。曾祖直，爲鄉三老。世廟入繼，駕經廣平，行宮環衛，器具百須，倚辦如股掌。長吏咸蒲伏道左，莫知所爲。祖來桐，父雲梯，家風惇肅，以長者稱。妣贈一品夫人袁氏，夢虎入室而生公。廣額豐下，動止凝睟，尙論古人，以范希文、文履善自許，意豁如也。天啓乙丑舉進士，知涇陽縣。革火耗、簡獄訟，間有鈎攝，民抱木，皂隸就訊，已事而去。郡國有疑獄，輒下涇陽覆讞，閱實平亭者，凡三十四事。逆奄建寺徧省直，撫、按邀公欵語，陝卜地唯涇陽宜。公大聲應曰：「獨如涇陽令不宜何？」奄〔二〕黨勒追故冢宰張〔三〕誣贓十萬，催檄如雨，輒閣之不下。奄敗，皆得寢。流賊入縣界，公跨馬横矟，馳射擊却，作散夥歌，傳播賊中，有感泣竄去者。考六年滿，召拜四川道監察御史。極論閣臣周延儒、温體仁姦回誤國，冢宰閔洪〔四〕學持祿營私，東撫劉宇烈、余大成破壞封疆，皆宮鄰金虎，人莫敢指者。朝右翕然憚公。出按福建，建陽令貪殘無狀，重賕得首薦。屬吏旅見，奕奕然呈身自喜。公叱令剝衣冠，反縛下獄，列上罪狀，劾監司並緣爲奸。閩人讙呼曰：「天眼開矣！」海賊劉香，勾紅夷入犯。公與撫臣鄒維璉部署鄭芝龍、黄斌卿諸帥，覆諸小埕，蹴諸廣河，馘諸料羅。敍功加一級，賜金幣。還按蘇、松四郡，條上賦役五弊，一布解，二白糧，三漕兑，四櫃收，五差役。二百年盤根墨穴，臚陳勾股。父老嘆周文襄再生也。

謙益罷枚卜里居，常熟奸民上變告訐，次及給事瞿式耜。烏程票嚴旨鐫責，公抗疏爲余仲理，且曰：「怨家自有對頭，是非豈無淸議。」烏程起牢修、朱竝之獄，操刀必割。公兩言刺其陰事，恚且慚，亦用是魄奪。公坐降三級調外任。未幾，烏程亦罷，遂補河南按察司檢校，量移上林苑良牧署丞，遷太僕寺寺丞。崇禎癸未，陞光祿寺少卿，尋擢都察院右僉都御史，總督漕運。涖任，謁鳳陽祖陵，感玉衣白馬之事，淚漬堦墄。唐王以違禁越奏，錮高牆。公惻然下泣，賙以銀米。抗疏言天潢子孫，請推恩軫惜。罪宗咸搏顙叫〔五〕號，高皇帝神靈教公活我也。土賊程繼孔、王善道等相挺爲亂。公謂淮徐道何騰蛟可辦，推誠委任，禽獮殆盡。公于稠人中，早知有何中湘矣。

甲申正月，闖賊渡河〔六〕陷晉，遣金聲桓等十七將，分道防河西北，自徐、泗、宿遷，東並安東、沭陽，壁壘棋置，屯戍相望。謂官兵不足備緩急，下團練鄉勇之令，凡保社〔七〕各自推擇長副，不造册，不開糧，不調遣，隨宜操演，保護鄉井。成軍之後，魚貫詣戟門受事。公按隊閱視，嘆息慰勞，親釃羊酒，簪花曳紅，人人願搯指殺賊。箭利馬飽，骨騰肉飛，兩淮間勁旅，得二十餘萬；軍聲遂大振。福、周、潞、崇四藩，同日抵淮。鳳督馬士英曁大將高傑、劉澤淸等，各棄汛地，擁衆南下。四月初旬，大行訃至。士英規以徐、沛餌高、劉，脫身擁立。撫寧侯朱國弼篡取庫金十萬餘兩，旦夕謀遁去。公啜泣忍死，熟籌大局，謂外賊內戎，交跖互掣，我不以全局捍淮左，足一動，東南應時糜爛矣。計莫若以擁戴讓貴〔八〕陽，以庫金墩撫寧，縱其速飛飽颺，而我則捐軀委命，爲朝家保此一塊土，爲戰守興復之地。巡按御史王燮，慷慨扼腕，願助公以死捍淮。遂相與墨衰臨戎，泣血誓衆，公恃以益強。賊將董學禮據宿遷，叛〔九〕人呂弼周、武愫，以甲科授僞署，招徠徐、沛間。公與燮部勒諸將，尅期掩捕。五月十八日，遊擊駱本生禽呂弼周及僞將王富。二十二日，李發、張勇分水陸復宿遷，董學禮走死。二十三日，守備傅文亮、徐人傑擒僞防禦使武愫于李家莊。弼周、富之擒〔一〇〕也，巡按燮〔一一〕先馘其耳，公命竿之法場。淮市〔一二〕民傾城縱觀，五人爲耦，人發三矢，夾河攢射，中者與銀牌。比及三時，解而磔之。愫將獻俘闕下，燮曰：「今日方飲至，盍榜而徇諸？」鞭之八十。淮士觀者，拳毆靴蹴，皮肉迸爛，口血如筒噴，乃縛送檻車。公方枕戈飲血，張皇獻馘，枷脰曳足，揮刀集矢，用是以激揚朝氣，鼓舞敵愾，怒我而慴寇。浹辰之間，紅旗絡繹報白門，宮中酌酒相賀，而忌公者刺刺心動矣。

當是時，閣部史可法以孤軍鎮揚州，倚公爲左右手。公每奏捷，閣部飛章亦至。士英忌滋甚。國弼逃歸，冒封保國，既劾公淮上不迎鑾，入城私語鳳陽有天子氣，懷貳心。士英矯旨責公，捍禦無功，用田仰代撫。公奉太夫人諱居吳，北兵窺淮，仰先〔一三〕期跳去，而南都已不守矣。嗚呼！南都以兩淮爲存亡，兩淮以公隻身爲存亡，兩淮淪沒，東南無藩籬之固，天下大事去矣。公能僇弼周、愫于都市，而不能除弼周、愫于君側，公其如天何哉！

乙酉八月，唐王即位于福州，改元隆武，召公爲都察院左都御史，下詔曰：「振飛于朕有舊恩，今攜家保蘇州洞庭山，有能爲朕致之者，官五品，賞二千金。公偕次子澤濃，間行入閩，途中拜太子太保吏部尚書兼兵部尚書、文淵閣大學士。十二月，詣行在，賜宴促膝，夜分撤御前龍燈送歸，解所佩玉帶，賜「鹽梅弘濟」銀章，官澤濃職方司員外郎，改名太平，敍守淮功，予錦衣衛千戶世襲。公感荷恩遇，言無不盡。上每切責諸臣因循，公奏曰：「陛下謂臣下不改因循，必至敗亡。臣謂陛下不改操切，亦未必能中興也。陛下有愛民之心，而未見愛民之政。有聽言之明，而未收聽言之利。喜怒未免輕發，號令或至屢更。見羣臣庸下而過于操切，因博覽史書而務求明備。凡陛下之所長者，皆臣之所深憂也。」上辨博善批答，慨然以宣、光自命。軍府草創，魁柄衡操，上雖英敏，芒刃無所斷割。藩府有建置，公引大體裁正。臺臣遂希旨(四)論劾，公引嫌謝。入直間一召(五)見，君臣瞪視欷歔，目歎而已。丙戌三月，駕幸延平。公居守建寧，入疏乞休，不允，進太子太師武英殿大學士。八月，仙霞關陷，上倉皇西幸，命公以文淵閣印視師安關。公趨赴延平，遂與乘輿相失。航海走廣州，廣州復陷。依國姓于廈門，造隆武四年曆，用文淵閣印頒行，所以繫人心、存大統也。戊子六月，上御極端州，手詔召公。公力疾赴命，道卒于順德。遺表言時政四要，上覽之泣下。贈左柱國特進光祿大夫太傅，謚文貞，廕一子中書舍人，賜祭九壇，加二壇，遣官造葬。

公生於萬曆庚寅九月二十五日，卒於永曆〔二六〕三年己丑四月二十二日，享年六十。妻一品夫人王氏，勤勞相夫，艱危一德。公赴閩，守太夫人喪于吳。公之喪至自粵，一慟嘔血踰月，遂〔二七〕不起，己亥十一月十一日也。享年六十有八。生男三人：長中書舍人澤溥，次中書舍人澤淳，戊戌省墓卒，次澤濃，今奉詔改〔二八〕名太平。女子四人。孫五人：長玄齡，錦衣衞應襲，澤溥子也。澤溥及太平，繼志蕆事，以忠孝世其家。庚子二月二十九日，葬公于東洞庭法海〔二九〕塢之新阡，以王夫人祔，禮也。

嗚呼！斯世當四游〔三〇〕傾欹，八極翻覆。公橫身赤手，蔽遮江、淮。一二〔三一〕鄙夫，貪天擁戴，雄唱雌和，飛謀釣謗。譬之人身，肢節外牢，而臟腑內爛，未有不立斃者也。既而挾郡邸之舊恩，應大橫之初兆。腑附託寄〔三二〕，疑若可以有爲。一夫啄害，羣鬼啁嘲。朝堂有投硯之爭，中書無煖席之日。口辛鼻螫，心長舌短。有力無時，有時無命。長呼渡河，永懷裹革，終天而已矣！終古而已矣！可勝歎哉！可勝慟哉！羣小之螫公也，已離汛則以唱逃誣公，已盜庫則以糜餉誣公。歧口沓舌，吠聲射影。都御史劉宗周抗論時事，譙公甚厲。謙益面折〔三三〕之，爲訟言其所以。避席起謝曰：「微公安得聞此言，吾知所過矣。」喪亂方熾，蜆背霧蒙，鼓妖口痾，鬼神交構。南中之讒虎，閩中之醜蠅，豈非有妖邪惡物，作使鼓煽，用以代彼間慝〔三四〕、隳我腹心者乎？公臨終有言，「生爲明臣，沒爲明鬼。」今〔三五〕固將與劉公共侍帝側，登撫彗星，握手愾歎。嗚呼！復何憾哉！謙益以石渠舊老，衰殘載筆，其何敢辟時畏禍，媕婀嚨胡，以貽羞于信史。若其生平行事，具在家傳，非所以徵國故、考大節者，皆不載。銘曰：

中、酉之交，王室如燬。雙鵝橫飛，九嬰暴起。暨暨路公，奮節颷塵。如天將壓，賴以長人。中原訌潰，洪河喧豗。公伸一臂，以捍〔六〕長淮。執叛獲醜，橫戈以數。肉薄臠割，爭切膾脯。天生饞邪，以長戎羯。捷書旁午，謗篋抵突。天傾石城，日出閩海。三戶未亡，一州斯在。頭尾並大，方圓互畫。英英宣、光，忍詢刮席。爞爞戎馬，虢虢播遷。間道相失，于彼豆〔七〕田。陰火明滅，颸風激射。焦中人聲，誰辨黑〔八〕夜。虞淵之轡，再撫〔九〕蒼梧。哀哉夸父，逐日而徂。海濱牖下，征衣皐復。遠號龍胡。近殉〔一〇〕魚腹。洞庭新宮，夫椒舊壤。忠魂正骨，薶此陳莽。舊史徵信，篆詞豐碑。雲旗晻靄，延佇昭回。崇禎之終，永曆〔一一〕之始。有臣一个，敬告青史。

【校記】

〔一〕此文邃本、南潯劉氏藏精校本有，鄒鎡序本、金匱本無。〔二〕劉藏校本作「逆」，邃本作「奄」。

〔三〕劉藏校本作「張冢宰」。〔四〕劉藏校本作「洪閔」。〔五〕劉藏校本作「呼」。〔六〕劉藏校本有「渡河」二字，邃本無。〔七〕劉藏校本作「社」，邃本作「任」。〔八〕劉藏校本作「桂」。〔九〕劉藏校本作「叛」，邃本作「判」。　〔一〇〕劉藏校本作「擒」，邃本作「禽」。　〔一一〕劉藏校本有「變」字，邃本無。
〔一二〕劉藏校本作「市」，邃本作「士」。　〔一三〕劉藏校本作「先」，邃本作「造」。　〔一四〕劉藏校本作「旨」，邃本作「指」。　〔一五〕劉藏校本作「入」。　〔一六〕〔一二〕劉藏校本作「永曆」，邃本作「順治」。　〔一七〕劉藏校本有「遂」字，邃本無。　〔一八〕劉藏校本有「改」字，邃本無。　〔一九〕劉藏校本有「海」字，邃本無。　〔二〇〕劉藏校本作「游」，邃本作「維」。　〔二一〕劉藏校本作「二三」。　〔二二〕劉藏校本作「託寄」，邃本作「寄託」。
〔二三〕劉藏校本作「折」，邃本作「質」。　〔二四〕劉藏校本作「間甚」，邃本作「甚間」。　〔二五〕劉藏校本作「今」，邃本作「公」。　〔二六〕劉藏校本作「捍以」。　〔二七〕劉藏校本作「豈」。　〔二八〕劉藏校本作「黑」，邃本作「里」。　〔二九〕劉藏校本作「撫」，邃本作「擅」。　〔三〇〕劉藏校本作「殉」，邃本作「詢」。

有學集卷三十五

神道碑

和州魯氏先塋神道碑銘

余以餘年頽景，討論史事，蕉園之藏，竹簡之籍，州次部居，爰有端緒。祝融作虐，蕩無餘燼，仰天而哭之，自此絕意于纂述矣。和陽司馬公以先世事狀策命見眎，乃喟然而嘆曰：「嗟乎！刦灰盡而昆明開，川流沒而碣石在。於斯時也，觀斯編也，豈非三百年天球琬琰，猶在人間，而宿老遺民，所樂爲鋪陳敭厲者與？」乃按而敍之曰：

魯氏，濠之鍾離人。高皇帝龍興，自滁入和。福二兄弟四人，從軍功多，不受爵，散居全椒、和陽，而福二居和之雞籠鄉。福二生文，天順間以篤行徵。文生知，知生資，資生崑，崑生四子，其季則教授公也。公諱思問，字汝祥。少孤，爲諸生，攝衣冠之學宮，緩步閭巷，風謖謖出縫紙間。合巹之夕，猶張燈夜讀，夫婦相莊，師弟子如也。壯歲授徒講誦如大師，頌禮甚嚴，肅于夏楚。八試瑣院，歲貢授沛縣訓導。七載，升儀眞教諭。公教授弟子所得束修羊，分給從子及甥，不名一錢。爲學官，敦名行，崇教條，卹孤寒，育才俊，計口食俸，貧逾于諸生時。在沛，張給事貞觀，以諫國本里居，公敬事之，危坐抗論，不少引屈，曰：「吾師儒道如是也。」在儀眞，鹺使保請通族譜，公力謝却，曰：「吾豈以侍中貂易青青子衿也。」久之，遷魯府教授，遂致仕歸。家居二十餘年，以六德淑鄉里，以四教課子孫。褒衣大帶，渥顏秀眉，兒童婦女，咸指目爲人瑞。沒而士類師尊之，皆曰鄉先生可祭于社者也。公與其元配張，內行淳備，齊眉一德，享年皆八十餘。天啓間，先後考終。葬于某地之某阡。子二人；長一惠，字和之，授官把總；次一連，字逸少，例貢任崇仁縣主簿。司馬公名可藻，則崇仁之子也。

蓋教授公沒後十有三年，而和陽有乙亥之變。先是流賊躙滁焚巢，司馬請以族行，不可，則奉其父母僦居南都。甫告行而城陷。把總公角巾布袍，立城東塘水中，賊泅而執之，脅以刃，不屈，訶曰：「好硬老子！」取鄙甎擊破頭額，推沒水而死。把總之長子諸生可爲字堯父，守峨眉墩城，賊登陴執之，不出一語，賊怒，刃亂下，終不一語而死。妻王氏亦死池水中。而崇仁二女，長適章，攜六歲女及一婢投舍旁草屋焚死，次適王，貽書數千言，訣別父母，解袜帶束頸，一搤而死。和城之陷也，死者二十萬人，魯氏爲烈。魯氏死者百餘人，教授公一門爲烈。教授公訓戒子姓，每稱引古語，豹死留皮，人死留名，斯其芳風流塵，顧不遠與！

崇仁公少穎異，博學善名理，通老、莊家言。其爲人經奇倜葛〔一〕，困資地佐邑，非其好也。然不以薄宦少自假易，焚枯食淡，齋廚蕭然。爬搔民瘼，戴星出入。聞訃歸，不復出。申、酉之交，辟兵洌西山中，思家念國，怫鬱盤牙，時登崔嵬，北望慟哭。抵家旬日病，猶自力端坐而逝。彌留之際，循其髮而語曰：「此種種者，幸留以下見先人，可以瞑矣。」丙戌歲之五月也。享年六十有九。權厝于教授公墓旁，須大葬焉。司馬既對斅休命，光賁泉〔二〕壤，言告舊史，俾書隧道之碑。

余惟魯氏福二兄弟，當龍興之日，攀鱗附爪，佽助大業，知止善息，歸耕終老。有餘不盡，五世其昌。教授公劬躬熹後，啓佑司馬，爲晉士稚，爲宋〔三〕伯紀，箕裘之美，侔于帶礪。積厚流光，斯已信矣。自寶甫出，於綸方胙，顧汲汲焉申寵命、闡先德、發皇幽潛，惟恐不及者，凡以述草昧之緒業，著豐芭之盛事，於飆迴霧塞之後，塵昭融鴻朗之思，用以標表權輿，萌達兆魄，其用意良遠，非苟然而已也。余爲粗述梗槩，竊比古人先塋昭德之例，敍已執筆而深思。憮然而不自舍也。蓋有徵焉，亦有望焉云耳。系之銘曰：

眞人龍興定江澥，集師和陽耀神武。豐、沛雲從有四魯，植髮如竿氣成虎。定鼎功成解行伍，卷甲韜戈投四弩。長揖歸田築場圃，周家豐、鎬漢鄠、杜。家世城南近尺五，五世其昌綰綸組。文章玉杯器簋簠，矩疊規重式章甫。沒祀瞽宗列豆俎，蘊義成風繩爾祖。赤眉黄犢敢余侮，烈火淸流利刀斧。骨拒骸撑激頑腐，崇仁華顚髮垂縷。闔棺全歸豈牖下，桓桓〔四〕司馬徵管侶，邕管崎嶇扈城旅。指日拏雲心赤苦，手捧天章下北戶。漆書金管照堂斧，重泉長夜皎日午。丹誠晃朗白骨舞，還視周原正膴膴。金盌珠衣尙塵土，拜命有神心亦憮。日車曈曨若木吐，岷江濫觴豈能柱。南山有石比石鼓，如椽大筆天可補。舊史載筆匪誇詡，篆刻豐碑詔終古。

【校記】

〔一〕金匱本作「募」，邃本、鄒鎡序本作「葛」。 〔二〕金匱本有「泉」字，邃本、鄒鎡序本無。 〔三〕金匱本作「宋」，邃本、鄒鎡序本作「宗」。 〔四〕金匱本作「桓桓」，邃本、鄒鎡序本作「柏柏」。

新鄉張府君合葬神道碑

新鄉張府君，諱某，字含惺。先世家盧太山洪洞下，永樂中，徙衞輝府新鄉縣之送佛村，世有隱德。七傳而生江，江生行高，行高生登，登生四子，府君其長男也。天啓丁卯，以明經貢大庭，授太康儒學訓導，陞武陟教諭。崇禎戊寅之歲，擢眞定府通判，投劾致仕。以子司馬公貴，封文林郎兵科都給事中。辛巳歲十月十三日卒于家，享年七十有一。先娶李，贈孺人，繼王，累贈太孺人。生四子，叔即司馬公緍彥也。又繼胡，封太孺人。府君卒踰月，葬於某地之阡。越八年戊子，司馬公奉胡孺人柩，偕二母合祔于公。排纘事狀，俾謙益書隧道之碑。

按狀：府君身偉幹，倜儻負大節。爲文章師法三蘇，不以餖飣爲工。長垣李司馬化龍，督學中州，嘆異之曰：「此河雒偉人也。」累躓鎖院，爲文學掌故，不以廣文官冷少自假易。寇大舉薄太康，長吏物故，腰刀袴褶，率士民登城，礟車如雷，目不一瞚，寇被創引去。署邑篆，察奸擿伏。老吏抱牘請署，手目掉眩。鄭庶人尉卒殺武陟民于市，有司莫敢問，公力諍之上官，矯尾厲角，詞辨導湧，抵罪論死。庶人椎胸頓足，無一難也。司馬舉進士，授澗令，鄜、延〔一〕間〔二〕寇壘千里，親朋掩淚相向，府君大呼曰：「車驅之，王事靡盬，豈兒女子執手刺刺時乎？」司馬以翰林檢討改兵垣，府君曰：「若懋勉之，以七尺奉聖主，吾戴頭歸矣。」而爲德于鄉，大饑，出囷粟活萬人，先帝手詔旌之。晚年循墻視影，三命滋益共，嘗〔三〕大署其室曰心吾，因以爲號。其學問得力如此。

公三娶皆有婦德，王孺人裙布織紝，相夫課子，時人以爲〔四〕母師。而亂之方殷也，司馬出萬死一生，唱義殺賊，壁壘孤懸，烽火四接。胡孺人攜弱婦稚孫，間行萬里，間關匍匐。孺人之下〔五〕報府君，可謂復生不悔矣。嗚呼！士君子積學厲行，輪囷結轖，而發聞于其子者多矣。生有綸綍之寵，沒有堂斧之封，琬琰之錄，載在國史，金石之文，徵諸家乘，此其常也。如府君者，高明顯融，未竟于生前，板蕩流離，降割于身後。陳根未宿，家室焚〔六〕如。鴟鴞棲集于墓門，訓狐叫號于封樹。迨乎風塵甫息，道路載夷，司馬乃得以收召魂魄，蘇息創夷，妥侑先靈，修合兆域。於是乎佳城鬱然，松楸滋茂。夜臺之伉儷，執手慰勞；鄉里之婦孺，捫淚相告。德厚流光，豈可誣哉！

司馬忠誠純孝，藴義生風，爲人臣子，可以無憾。其爲合葬事略，痛憤苞塞，情事盤互，弘演之剖肝未納，申胥〔七〕之泣血猶漬，讀其詞者，猶爲之晢鼻裂吻，不忍終篇，而況于親爲之者乎？古今忠臣孝子，遘此者與有幾？古今豐碑貞珉，大書深刻，文章之放是者與有幾？謙益固辭不獲請，迴翔躑躅，輟簡閣筆者數四，謹爲援據事狀，揚搉梗概，而系之以銘曰：

惟嶽降神自中嵩，張星自昔居河東。文昌一宿應天中，張仲孝友今則公。亡書三〔八〕篋羅心胸，墓門老表識駿〔九〕雄。儒冠連蹇道則〔一〇〕豐，摳衣升堂爲禮頌。甲胄干櫓枝臨衝，長蛇封豕猶蟣蠓，鉛刀一割無留蹤。束書歸臥誅蒿蓬，收貯元氣還昊穹。有子趾美帝簡崇，横流滄海誓奮庸。天崩地坼降鞠凶，移山塡海心力窮。桑海貿易梯航通，玄堂石闕加新封。禮成望拜金粟風，血流漬染楸梧叢〔一一〕。牛眠馬鬣氣鬱葱，烏頭雙表光晶融。珠襦玉盤塵濛濛〔一二〕，帶劍上壠誰則恫？百年臣子罔極同，丹書銀管旌玄宮。史失求野慚瞽矇，樸學敢誇鞶帨工。誰哉庱辭麥鞠窮？南山有石深刻碧。杞天虞日鑒厥衷，金銷石泐徵無終。

【校記】

〔一〕金匱本作「延」，邃本、鄒鎡序本作「還」。〔二〕各本作「問」，誤，應作「間」。〔三〕此處疑有誤字。〔四〕金匱本有「爲」字，邃本、鄒鎡序本無。〔五〕金匱本作「下」，邃本、鄒鎡序本作「不」。〔六〕金匱本有「焚」字，邃本、鄒鎡序本無。〔七〕金匱本作「申胥」，邃本、鄒鎡序本作「胥中」。〔八〕金匱本作「三」，邃本、鄒鎡序本作「十」。〔九〕金匱本作「駿」，邃本、鄒鎡序本作「駮」。〔一〇〕金匱本作「則」，邃本、鄒鎡序本作「側」。〔一一〕金匱本作「楸梧叢」，邃本、鄒鎡序本作「啼鵑紅」。〔一二〕金匱本有「牛眠」至「濛濛」二十一字，邃本、鄒鎡序本無。

明故貴州永寧州吏目封行人司行人贈吏部稽勳清吏司主事李公墓碑〔一〕

李公諱尙悳，字子昭，其先唐西平王晟也。西平第七子憲，觀察江西，憲子游，刺袁州，始去長安家江西。入國朝，徙居吉水谷村者曰唐。自南唐迄今九百餘歲，二十五傳而生公。曾祖學錄公衍。祖縣令公楷，舉鄉書，三爲令，有異政，從羅文恭講學，學者稱株山先生。父都事公時學，試策入等，選忠義中衞經歷，升四川都司都事。公生隆慶戊午，卒天啓丁卯六月，得年七十。其葬之歲爲戊辰，爲崇禎元年。以行人司行人封公，以吏部稽勳主事贈公者，今兵部侍郎元鼎也。

公生而秀羸，從卜人言，乳于比鄰劉姥。一夕大雷雨，忽失所在。姥驚呼，執炬大索：得之屋後松山，鼾睡自若，人知非凡兒也。少讀書，作文能兼數人。都事公參戚少保軍事，公單騎覲省薊門。上命右司馬大閱邊騎，十六萬雲集，廚傳賞賚，皆倚都事公。公弱冠書生，白袷〔二〕單裙，奮袖指麾，咄嗟治辦。少保詗得之，請與相見，長揖就席，雄姿英發。少保與語移時，嘆曰：「子他日經國手也。」公益自喜，周視塞垣，慨然有表餌鞭笞〔三〕之志。累試不利，筮仕得保定府檢校。楚人熊廷弼爲司理，踔悍鱻厲，下吏仰視喘汗，獨雅重公，引與平亭決獄。商人爲奸利，把持稅使陰事。熊盛怒稅使，以屬公。公却商人賄，案治其奸狀，而白稅使。熊喜曰：「此健吏，能與我抗曲直者。」署安肅令八月，鈎〔四〕金束矢，必歸諸公。爬搔利病，不以傳遽爲解。衛所末僚，或候缺，老不能歸，或暴卒，一棺萬里，側席而坐，佽助經紀，橐裝枵然，不自惜也。歲滿當遷部中，大奄使人謂公：「幸少顧我，當得美除。」公謝曰：「一官如芥子許，賚緣貂寺，何以見魯、衛之士乎？」未幾，左遷貴州永寧州吏目。公曰：「君命也。」叱馭以往，濯厲如畿輔時。假入覲以行，遂致仕歸。其宦跡始末如此。

公少壯負奇氣，好讀司馬遷、陳壽諸史，刺取鈎貫，以儲峙其方略。已而從曾恭端、劉文節游，納履鄒忠介之門，本仁祖義，澤于道德，醇如也。天性孝友，都事歿京邸，扶櫬過彭蠡湖，風浪暴作，隣舟覆没，伏棺叫號，誓與俱沈，俄而獲濟。人以爲今之庾公也。教子以義方，不瑣科督課，既得第，訓之曰：「吾生平斆學，得力一『不怕窮』三字，今以貽汝。」司馬公鏃厲志操，蔚爲名流，公之家風也。

公先後凡五娶，生司馬者彭氏，累贈安人。前娶彭，贈孺人。後娶邢，封太安人。子三人：長卽司馬公元鼎，天啓壬戌進士，由行人司擢吏部郎，升光祿寺少卿，今歷官兵部左侍郎。娶羅封安人。繼娶朱，瑞昌奉國中尉議汶之女，賢而有文。次亨鼎，光祿寺大官署丞。次貞鼎，邑庠生。孫男五人，女三人，嫁娶皆甲族。光祿公葬公之後二十九年，俾舊史錢謙益書其隧道之碑。

余惟吉州士大夫崇理學，厲風節，彬彬鄒、魯，鄒忠介、李忠文其眉目也。公爲忠介高足弟子，于忠文父子爲族屬，濡染磨礱，故其文行強立，有過人者。其在吉州，或以爲燕亟越鎛，夫人能之，使其游光揚聲，建豎當世，出其一節，亦將驚怖激絶，以爲能事。余故考德據實，謹而書之，用以著此邦文獻之美，且使世之毁儒行、斥正學、惡砥柱而鐫之者，亦將憮然而一歎也。銘曰：

使象服車，用馬守閭。牛鼎烹雞，誰之過與？介圭不琢，觚稜不圜。保我堅白，謝彼刻鏞。有誇土龍，或嗤鼠璞。明珠夜光，多則抵鵲。不贏其躬，歸成後人。峴岡燔灼，黄﨣不焚。鬱鬱松楸，國恩斯在。舊史刻文，敬訊千載。

【校記】

〔一〕遂本、鄒鎡序本題如此。金匱本無「明故貴州永寧州吏目」九字，「主事」下有「吉水子昭」四字。〔二〕金匱本作「袷」，遂本、鄒鎡序本作「褌」。〔三〕遂本作「表餌鞭笞」，金匱本作「請纓伏軾」，鄒鎡序本四字空缺。〔四〕金匱本作「鈞」，遂本、鄒鎡序本作「鈞」。

墓表

雲南按察司僉事陳君墓表

君諱本，字之深，姓陳氏。其上世鳳陽人，國初徙建昌之南城。生十歲善屬文，長爲羅明德弟子。萬曆甲午舉于鄉，乃賣文以養父母。癸丑以親老謁選，授湖廣承天府推官。丁巳除外艱，補廣東之高州。兩考皆治行第一。天啓壬戌，擢南京福建道監察御史。乙丑春，例轉雲南按察司僉事，視驛傳之官。未久，聞母訃。丙寅十二月廿八日，以不勝喪卒于苫次，享年六十有二。

君初入臺班，人主幼沖，奄寺竊柄。國論霧雺，陰陽交爭。抗章極論，以楷拄世道，區別賢奸爲己任。諸所彈劾，皆能人要津，雄唱雌和，倚禁近爲囊橐者。諸所薦引，皆老成宿素，觸邪指佞，爲中外胥人所碪榷者。又多援據古義，指斥左右近習，斜封墨勅，以摩切時政。羣小積不能容，遂用例轉逐君。當是時，詔獄狼籍，忠貞糜爛，飲章錄牒，摩厲以須君等。君亦旦夕懼及，而僅以病死免，其可悲也！

君祖諱經，官岳州司庾。父以忠，用君南臺得贈。母易氏，封太孺人。娶鄧氏，生二子：允衡、允乾。女七人。君歿十七年，崇禎壬午，葬南昌之蓮塘。又二十餘年，允衡撰事狀，請追銘于舊史氏謙益。

謙益壯歲登朝事，友江右〔一〕之君子，三十年來，推鄒忠介、李忠文爲眉目。二公者，芒寒色正，如五星之麗天。而英人志士，蘊義希風，垂芒散翼，落落然躔次相望，彼固曰，我江右士大夫也。人之指而目之者，亦曰此江右人物，自以爲一輩者也。於乎！何其盛也！丑寅之間，鉤黨獄急，忠介歿，忠文退，而君輩咸相繼譴死。于是乎江右之聲氣，取次銷縮，甚且倒戈反面，而卒至于屈折腐敗，不可復振。然則江右之士氣，與國之元氣，魄兆盛衰，如潮汐之消長，如葭灰之輕重，識微之君子，能不爲深思而永嘆乎？允衡之謁詞也誠，蓋有聞于鄉之先正，而信爲有徵也。余以爲君之章奏，副在史館，危言直節，流聞丹青，世固多哀其志而惜其命止于斯者，可以無累書也。若夫江右之士氣，關乎國運，桑滄之餘，悠悠陸沉，其能知而言之者亦鮮矣。論著君之生平，而假兹石以告焉，其亦君之志也夫！于是書之以遺允衡，使之鑱諸墓上。

【校記】

〔一〕金匱本作「江右」，遂本、鄒鎡序本作「當世」。

周參軍墓表

吾友程孟陽，詩人也，而好談天下事。謂海内多故，小夫愞臣，憒眊不勝任。所見布衣豪傑，多有膽智氣力，能爲縣官佐緩急者。太倉周婁濱別駕，其一人也。婁濱爲新城王司馬記室，談薊、遼虜〔一〕情邊略，熟爛如掌簿。余得見其人，以孟陽爲知言。衰老里居，垂四十年。周生雲驤述其父參軍事狀，來請墓道之文。余讀之，戚戚然感余心焉。

參軍諱敏成，字政甫，别號存梧，婁濱之族弟也。曾祖贈奉政大夫宣〔二〕。祖鑣。父洲。奉政兄弟取甲科者四人，家世大姓，爲儒才名籍甚，廓落有大略。與婁濱同志，講求兵農經世之學，意豁如也。萬曆戊午舉於鄉，四上春官不第。崇禎辛未罷歸。性伉俠，觸忤州里貴人，網絡張設，跼蹐無所騁。東事方殷，短衣匹馬，投匭上書，求一得〔三〕當以自試。

重而持之益堅。嗟夫！以婁濱止之曰：「朝右名急才，非黃金火齊，不足當貴人意。高陽公督師新歸，爲國求士，可望而走也。」遂摳衣往謁，奮髯抵掌，抗論窮日夜。高陽驚喜曰：「公向者安在？不爲我關門助一臂？」立移書遼撫，辟召贊畫遼東軍事。遼撫，新安方一藻也。君得少自發舒，畫地磨盾，諸公皆爲傾倒。

居停副將王憲家，刺探事發，連染下詔獄，上遣中貴人清獄，論出之，復職參軍事如故。會瞽人周元忠以講欵說遼撫，遼撫持其議，君力諍不能得。亡何，遂投劾乞歸。周元忠者，瞽而狡，有口，以善卜爲名。彈琵琶琥珀詞，出入撫〔四〕帳中，自詭曾爲王化貞用間，請往探東西諸部情形虛實，說二叛人來歸。而其實則欲爲彼挾欵以愚我。遼撫密疏上聞，武陵在中樞，聞而狂喜，以爲天贊我也，蠟書抵關門，日夕以謀欵爲事。又爲大言罔上，援引舜、禹、文王樂天下〔五〕保天下之語。上下詔切責，武陵〔六〕惶恐孫謝，而持之益堅。嗟夫！以一瞽人爲司命，假西市以緩東征〔七〕，俾數年不來，我得一意辦賊，而伺間以圖彼。其說如撮空、如說夢。彼二人者，合喙保任，惴極而易心也。嫚書流聞，武陵恐激上怒，密囑關門改竄其辭，以就欵局。上不可，命集議。職方郎中趙光抃再疏駁正，武陵詞窮無以應，第曰：「臣終不敢以爲然。」武陵以督師出，陳新甲主其議伏誅，而事始寢。由今觀之，一時文武大吏，有目無覩，甘蹠師過朝之恥，其不如君者多矣。語有之：「瞽兩目眏，奚爲弗殺？」

元忠與彼二人，兩目眏也；其不眏者，則君與職方而已矣。高陽之當關也，焚和〔八〕書，絕欵議，嘗與余談瞽人事，廢箸而嘆，以國士遇君，推轂如恐不及，有由然也。

君以己卯歲歸田，六年而國難作。堅臥讀書，歸心空門，守雲棲淨戒。十三年而卒，年〔九〕七十有三。娶朱氏，繼張氏。子四人：雲驤、雲駿、雲騤、雲駣。其葬也，雲驤來謁，辭甚哀。余謂君平生之可記者，莫如受知于高陽，其從事于遼，杜〔一〇〕瞽人之議，可以愧當世之謀國者。於是特爲論著，伐石紀辭，以告後世。而舉所聞於吾友者以發其端，亦以爲婁濱表焉。婁濱諱履時，歷任撫夷通判。

【校記】

〔一〕遂本作「虜」，金匱本作「軍」，鄒鎡序本缺。〔二〕金匱本作「宣」，遂本、鄒鎡序本作「室」。〔三〕金匱本有「得」字，遂本、鄒鎡序本無。〔四〕遂本、鄒鎡序本作「撫」，金匱本作「盧」。〔五〕金匱本有「下」字，遂本、鄒鎡序本無。〔六〕鄒鎡序本、金匱本作「武陵」，遂本作「貴陽」。〔七〕遂本、鄒鎡序本作「征」，金匱本作「訌」。〔八〕金匱本作「和」，遂本作「彝」，鄒鎡序本空缺。〔九〕金匱本有「年」字，遂本、鄒鎡序本無。〔一〇〕遂本、鄒鎡序本作「拄」，金匱本作「杜」。

故明死事孝廉陳君墓表

崇禎十年丁丑，臨藍賊陷攸縣，孝廉陳君拒戰死之。賊流寇之部落，鼠竊豕突，非有名王雜種、滔天捲地之衆也。攸，長沙下邑，非如常山、睢陽四戰之地、守一隅以捍天下也。賊微則聲勢不大，邑小則警報不廣，而文武將吏失事逃遁者，交關而擁蔽之。君以一舉子横身殉國，穴頸洞胸，斯可謂與古人爭烈矣。朝無亘室之弔，國無納官之衈，英魂強魄，悽風泣月，旁魄上下〔一〕于荒燐宿草之間。嗚呼命矣夫！

君歿之三年，子五簋，葬君于祖塋後之子午阡。潭浦、臨江二閣部，許爲誌傳不果。五簋間行西南，重趼奔問。今年緇衣入吳，請表父墓，泣盡繼之以血。余憐而許表之曰：

君諱來學，字開之，宋世自金陵宦攸，家焉。子孫皆不仕元。父禎，邑諸生也。君少強學厲行，以大人長德自命。中天啓丁卯鄉榜。四上春官不第。詩書經濟，撑腸拄腹，將摩厲就選，少有以自表豎，未行而難作。嗚呼！其可哀也！賊將及郊，君告二守弁，當潛兵伏石橋刲其營，弗聽。既而曰：「離城三十里結營，彼客我主，必捷。」又弗聽。賊既至陣，弁皇遽失伍，君以腰帛裹頭，大呼督戰，斬賊首三人。賊大至，蹙君入室，横刀砍賊，中五鎗一刃，罵不絕口，死石榴樹下。君之兄黔寧吏目球學，弟諸生瑛學，及兵民二百餘人，皆力戰以死。骸骨枝拒，無却走者。君死于丁丑十二月十七日，年四十有二。娶江，繼娶洪。生五子，五簋其長也。

余嘗誦楚人之歌國殤也〔二〕，其詞曰：「帶長劍兮挾秦弓，首雖離兮心弗懲。」而其祭祀而歌忠之也，比于東皇、司命，無祟庳焉。楚人之重國恥，志敵愾，蹈揚風厲，若此之切也。故曰楚雖三戶，亡秦必楚。而漢末東諸侯誅董卓，長沙兵最先至。今君之死事，國殤之遺烈也。城下之役，與君接踵而死者，猶故長沙之子弟也。楚之餘黎，傳芭伐鼓，歌九歌而祀君者，固將久而不替。其有倜儻輕俠，酹酒墓下，髮植毛竪，欷歔涕泗而不自禁者，君之靈爽，乘風載雲，亦將憑之以有爲也，余竊有厚望焉。狥五篋之請，伐石而表之曰：大〔三〕明死事孝濂陳君之墓。而又爲區明風烈，敘次其梗概，用以示今之長沙子弟，俾讀而有感云爾。

【校記】

〔一〕金匱本作「上下」，邃本、鄒鎡序本作「下士」。〔二〕金匱本有「也」字，邃本、鄒鎡序本無。〔三〕邃本、鄒鎡序本有「大」字，金匱本無。

明特贈翰林院待詔私謚孝介先生朱君墓表

嗚呼！天下國家之所以治而不亂，危而不傾者，在士氣之盛衰而已矣。夫士氣之盛也，士大夫鏃礪名行，藴義生風，雖其身或不用，道有未光，其聲氣之所擊動，若梅檀之香，逆風而聞，海内與被熏染而不自知。及其衰也，士大夫嫉名行如砥柱，必欲鐫而去之，容頭借面，蝿營狗苟，于是海內風氣，澌然索然，如腐骨之載朽肉，如淒風之萎殘葉，物恥夷，國論熸，而淪胥版蕩，馴至于不可爲。余往在史局，身罹部黨，未嘗不嘆息于二正之季。今者不死而表孝介先生之墓，爲之廢卷閣筆，俛仰悲慟而不能自已也。

孝介先生姓朱氏，名陛宣，德升其字也。萬曆、天啓間，吳中名行著聞者，則有若文文肅文起、姚文毅孟長、周忠介景文，而張孝廉異度曁德升，先後抗行。張、朱取科名，躋禁近不若文、姚；厲節死忠，丹青一世，亦不若周。身死之後，吳中士論，觀九京、嗟百身者，咸歸五君，無行藏顯隱異焉。德升舉萬曆壬子鄉試，卒于崇禎癸酉之十一月。踰年，巡按御史祁公彪佳疏舉眞孝廉，請贈〔一〕謚風厲海內。先帝特命所司贈翰林院待詔。其孤鎰等，卜葬何山之麓。孟長私謚曰〔二〕孝介，而異度誌其墓。

德升歿後，五君獨異度在。余間過泌園，談德升遺事，語異度曰：「德升食貧屏〔三〕貴，不入公府。其事親養志，滌廁牏、視溲溺，爲生孝；銜哀毀瘠，羸如枯木，不勝喪，爲死孝。孝介大節，人所知也。乙丑春，奄禍方作，吾黨有削籍出國門者，其門人避匿不出祖。德升衆中面數之，譙訶墳赤，退而愀然不樂，人問之不置答。余謂德升鐫善責過，侃直引義，猶可能也。愀然閔默，退若自失，不可能也。由是觀之，忠介急徵時，素車周旋，誓與同日，其中心愀然閔默者，已深遠矣，豈徒以爲能事軒舉自命邪？」異度曰：「然。此吾志所未及也，子

其識之。〔一〕

太歲癸巳十二月十一日，鎰用青烏家言，改葬鄧尉山鳳鳴岡下，屬余爲其志。嗟夫！德升之亡也，在國家全盛之日，惜才誅德者，胥以有士不遇爲恨。豈知夫葉落知秋，壺冰知寒，一士之存亡，關于士氣之盛衰。後之人咏邦國殄瘁之詩，有遐思而憑弔者乎？迨于今二十餘年，陵谷更矣，頂踵易矣，遺民故老，皆茫然壟刦矣，德升環堵依然，流風未沫。平陵八尺，猶有停車而愾嘆者。信矣夫士氣之終不銷亡，而葭灰黍律，不與猋風炎火偕變熄也。巽度之志備矣，文無累書，乃伐石而表之曰：

有吳孝介，改葬于茲。肅揖再拜，庶其企而。有夫疾驅，顏厚忸怩。含戴齒髮，如何弗思！嗚呼斯石，過者式之。

【校記】

〔一〕金匱本有「贈」字，邃本、鄒鎡序本無。〔二〕金匱本作「日」，邃本、鄒鎡序本作「其」。〔三〕金匱本有「屛」字，邃本、鄒鎡序本無。

芥菴道人塔前石表題辭

芥菴道人者，崑山王在公孟夙也。道人出宋文正公旦後。曾祖同。祖國子司業祖法，贈刑部主事。父炳璿，德安府知府。道人中萬曆甲午鄉舉，歷官濟南同知。晚歸浮屠以卒，斂以龕，葬以石塔，書曰芥菴道人，紀其終也。

道人長余二十年，晚託末契，記其生平行事凡三變。道人之少也，風流倜儻，左州右夏，牽黃臂蒼，斥千金如涕吐。已而折節爲儒，讀書攻苦，易衣幷食，寒燈環堵，人不知爲秦川貴公子也。其爲經義也，淸眞簡妙，鐫祓煩溢，松風徐奏，孤桐新引。讀其文者，咸驚其文心道氣，朗出天外。已而試手爲吏，令高苑，衞孝歸〔一〕堤禁，隣邑盜決，去人，水涸大旱〔二〕，露禱，晝疆而雨。丞濟南，用兵法步勒吏卒，追〔三〕捕豪右輕俠放響馬剽刦者，竿其首于木，內尸虎穴中。福藩之國，緹騎惡子，皆搖手相戒，妥尾而去。叢劇病肅，操刀能割，不知爲秀人偉生也。山東地近三輔，政聲傳聞。道人一夕戒舍人子束裝投劾竟去，長吏皆驚怪其所爲。過吳門，不抵家，結茅習靜，往來徑山、天目、石盂間。泝大江入蜀，登峨嵋，歷匡廬、博山而歸。道人以憨山和尙爲本師，以聞谷諸上善人爲法侶，以朱鷺白民爲善友。繙閱大藏，修念佛三昧。天啓七〔四〕年丁卯夏〔五〕，遷海鹽石佛寺，示脾疾，屛醫藥。六月八日子夜，趺坐而逝。蓋其生平才華志〔六〕節，與夫文章吏治，霜降水涸，三變而歸于寂滅，此所以爲道人者也。

寅卯之交，羣〔七〕小阿附逆奄，鬖鬖勸進。道人語其徒曰：「此地近海，北信朝以至則朝于斯，夕以至則夕于斯。」疾革，微笑曰：「可無煩魚腹矣，幸趣埋我。」嗚呼！佛祖之道，去忠邪？去孝耶？慶喜〔八〕不悲釋種邪？鄺春不涙肉身邪？荷澤不濟收復，蘭布裩不罵酋長邪？昔者紫柏大師讀李芾傳悲慟，怒侍者不哭，欲推墮崖下。憨山大師中興曹谿，謂當如忠臣報國，百死不悔。道人少參紫柏，晚歸海印，死不忘君，忠義之氣鬱然。此二老人眞骨血。

道人生一子，先卒。孫棨，舉于崇禎末年，棲遲席帽，甘爲遺民。今年過余而泣曰：「先祖塔在西山竺塢，三十餘年，歲時麥飯，非首陽之薇也。請得夫子刻辭，以代仁者之粟，庶或饗焉。」余曰：「諾。此吾志也。」遂書之，假茲石以表。

【校記】

〔一〕金匱本作「歸」，遂本、鄒鎡序本作「婦」。〔二〕此句疑有闕誤。〔三〕金匱本作「追」，遂本、鄒鎡序本作「追」。〔四〕金匱本作「七」，遂本、鄒鎡序本空缺。〔五〕金匱本作「卯夏」，遂本、鄒鎡序本作「毋憂」。〔六〕金匱本作「志」，遂本、鄒鎡序本作「忠」。〔七〕金匱本有「墓」字，遂本、鄒鎡序本無。〔八〕金匱本作「喜」，遂本、鄒鎡序本作「善」。

海陽孫徵士照鄰墓表

古之孝子，親歿而不忍死其親也，于是乎狠子之闕，京兆之阡，窮高極深，致力于其所可盡而相誇詡，以爲能事。風氣漸開，人知文章之爲重，移其力于大書深刻，以祈不朽，而輓近世乃益靡矣。萬曆中，汪司馬以文章主盟歙中，徽人之思不朽其親者，爭乞其片言隻字，以爲天球琬琰。而孫照隣之葬其親也，又重之以方司徒、王太原、李京山之文，碑版流傳，照曜四裔。未及百年，歙中之文，霜降水潦，索然無有，向之高文大篇，亦皆翳然簡牘。于是照隣之子不璨，以照隣之墓石請于松圓程孟陽，孟陽歿，又倩乳山道士林古度。孫子之意，以爲徵文于名公鉅卿以侈其親，不若逸人遺老之近而有徵也。蓋古之孝子，所以不死其親者，至于孫子而益窮，其所請求，亦三變而益切，甚矣其可悲也！而孫子之意不但已也，介陳子伯璣請余爲其傳。余不能知照隣，而孟陽則所謂昔者吾友也。余盛壯爲文章，以孟陽爲鏃礪。孟陽之期待余者不輕，而余之自視，不敢以不重。孟陽既歿，余亦老且廢矣。世人之施易余文日甚，而余之爲文不得不輕。今孫子方屬余以不朽其親，而值余簡賤其文之日，孫子之屬余也，其重不啻萬鈞，而以予文爲之引，曾不足當一髮，又何怪其迫蹙詘屈而無以承命乎？然孝子之請不可以辭，而伯璣助之益力，乃按乳山子之狀而敍之曰：

孫君諱光宗，字照鄰，唐金吾上將軍之裔，而貞惠公□之子也。孝友節俠，藴義生風。其先世荆園歸世父，而自闢地爲奕園，與詩人潘景升輩嘯歌其中，洗梧倚竹，移日忘世者，其生平也。負笈吳、越間，與王百穀、葛震父、范東生、李長蘅諸人，班荆投分，名紙剌門，無一俗子。嗜好在山水詩書游戲篆刻，與吾行相上下，其餘事也。少師事嘉興項希憲，希憲視學山東，念其食貧，屢招之不往。且死，以長箋屬其子希憲。希憲命從子仲展爲之師，飲食教誨，克有成立。仲展，余門人也。君子謂孫、項之交有終始，而仲展之風義，亦可書也。嗚呼！讀孫氏之家傳，俛仰再世，人子之欲不死其親，可謂至〔一〕于斯極者矣。惜夫余文日益輕，而無以塞孫子之意也。古之人，有所表著而懼其磨滅也，上則刻之于山，下則沉之于淵。居今之世，岸谷爲陵，余雖欲大書深刻，做古人之爲也，其又何所措乎？雖然，斯文之屬于余，固吾友孟陽有暨言而未竟者也。去今十九年矣，狗伯璣之請，爲伐石而表其墓，以終吾孟陽許劍之義，則亦庶乎其可哉！

【校記】

〔一〕鄒鎡序本、金匱本作「可謂至」，邃本作「至謂可」。

太學生約之翁君墓表

洞庭之東山，山迴水襲，風氣堅密。二百年來，靈人秀士，含章挺生，而王濟之、蔡九逵爲最。木奴千頭，列隊百重，高貲富人，公擅山川，而翁氏爲最。翁氏自建炎南渡，卜居此山。嘉靖中，少山公邃，用計然策，起家鉅萬。次子見滄公啓陽，權奇倜儻，不事纖微居積，而家益大。其子弟多讀書，好行其德，有聞於時，而太學約之君，其魁然者也。

約之名彥博，別字青崖，爲見滄公第四子。生而高顙豐頤，具大人相。規言矩行，未嘗有子弟之過。揣摩當世，天下事數著可了。才鋒四應，意豁如也。毀齒哭父，以執喪聞。奉母搤臂嚙指，沒身如嬰兒。傾橐以扞脊令之難，伯兄之歿也，撫其子如子。與朋友交，以然諾爲生死。槥死梁涉，餔餟絮凍。歲大祲，民無菜色，無道殣，鄉人以爲霖雨焉。亂後勅戒閭里，部署賓客子弟，束伍完守，鄉人以爲城池焉。舉倍稱之息以市義，緣手散去，人或規之，君笑曰：「釋氏以布施爲藏，此戔戔者，今入吾藏中矣。」築室考槃，左琴右書，自比逸民遺老。而以病卒，年五十有五，丙申歲臘月九日也。子十人：長天游，邑諸生，次天潮、天澍、天溥、天浩、天波、天淳、天瀚、天濬、天泓。女六人。孫男女十人。墓在金庭、玉塢之陽。

余以乙未秋避地東山，偏訪雅人高士，而君已病，不及見。間與二三父老，論此山人士風槩，以爲約之如介圭蒼璧，温潤縝密，而其精神，乃時時見於山川，不可掩也。又踰年而約之遂歿。國有俊民，家有收子，殆亦湖山秀氣，鍾英傑出，而奄然與世運澌盡，可哀也已！

天游孝而才，傷其抑沒于身後也，泣而請余表其墓。余與劇談舊事，相顧慨嘆者久之。

書之皇極曰：「凡厥正人，既富方穀。」史曰：「人富而仁義附。」此世道之常也。逮德下衰，九嬰并作，瓊弁之濟師也，實沈之司祖也，鬼神亦有賴焉，而況于人乎？古之君子，修詞立誠，不欺存歿，是是非非，芒寒而杓正，所謂陳信而無愧詞者也。殺枯竹、嘘朽骨，猶可以告誡末世之鬼神，而參持其聳抑之坊。余雖老耄，夫安能而避諸？故於大游之請，而遂爲詮次其槩以表之，使之鑱諸墓上。歲在壬寅十月，而文成于九月十五日。石渠舊史虞山東澗遺老錢謙益爲表。

教讀謝君墳表

謝君名恆，字行甫，長洲人。本朱氏，從姑姓爲謝。讀書識字，謹謹爲童子師，教授我兒孫愛及孫桂哥。桂哥早慧，戊戌秋病殤，君窮老失所倚，哭而神傷，踰一〔二〕年遂不起，庚子九月十一日也。年七十有七。君爲人遲重拙訥，不多言笑。晚年誦金剛經，臨終忽若有悟，屬其壻曰：「未生前無有我，身死後我仍無。用釋氏荼毘法歸潔于無，勿葬薶以累我。」口號一偈云：「今日今時聞道辰，世緣已盡佛緣興。遺骸不用埋黃土，速倩紅雲送太清。」女若壻不忍從，用俗禮殯葬，而以遺言付余。予爲之表曰：

韓退之有言：「今人適數百里，出門惘惘，有離別可憐之色。持襆被入直三省，顧婢子語，刺刺不能休。」死生大故，少別千年，使直使萬里外國，君能脫然如是，過退之所云遠矣。世人蔭高華、席富厚，床蓐淹頓，兒孫扶繞，風刀火箭，鬼伯催促，求延無力，欲去不忍，視吾君兔園村夫子，單丁煢獨，布被瓦燈，談笑解脫，其所得孰多？世眼夢夢，猶羨彼爲五福，而閔此爲五窮，不亦悲乎！君以死之日爲聞道之辰，死生幻化，何有于身後之名。吾以爲如君之警悟，可使世之怛化者聳，談空者懼，而蠅營蠶縛，汩沒五濁之中者，亦或寤而少悟也，故論次其語，伐石而表其墓。墓在虞山之陽。君無子，以女爲子。而女又無子。既葬，其女與其夫，皆穿穴墓傍，他日以次祔焉。

【校記】

〔一〕邃本、鄒鎡序本「二」下有「十」字，金匱本無，空缺一格。

贈太孺人趙氏〔一〕墓表

贈太孺人趙氏，吏部左侍郎謚文毅諱用賢之孫，敍州府知府趙隆美之子，歸於封御史錢裔文。湖廣道監察御史錢岱之孫婦，湖廣按察司副〔二〕使錢時俊之婦也。孺人歸於錢，生二男子、二女子。長子〔三〕延宅，生六齡而孺人歿，崇禎戊辰九月一日也，年二十有八。延宅舉順治壬辰進士，自行人擢江南道御史，再命封父如其官，母贈太孺人。出視茶馬報竣，請假歸葬，卜地於殿橋之新阡。請其舅氏宮允士春具狀而謁余表其墓。

當孺人來嬪，余侍先太〔四〕夫人，傅姆往來，稱其肅而溫，婉而字。太夫人喜曰：「九五房世有婦德，小四戶新壻又賢，宜有令子。」九五房者，吾錢兩大支之別稱，如梁世湖頭六宅之云。敍州與余異姓兄弟，夫人何長史女，年家老姊〔五〕也。孺人之歿也，敍州告我曰：「吾女之適錢也，老妻曰：『吾內事無所助，今亡矣。』指二妹而泣曰：『汝姊〔六〕在，汝嫁事不累我。』我有言，亦不患無可告語也。』」先太夫人聞之而嘆，遣媪問慰敍州夫人，久而不絕。宮諭之述其妹也，余以中外之言徵之曰信。嗚呼！以孺人之賢，無祿卽世。以歲之不間，殯於郊外，孤櫬布帷，漆燈晝寒，長夜漫漫，不見白日，三十餘年於此。今所產六歲兒，嶄然成立，繡衣鐵冠，持節還里，奉翟茀之寵命，以大葬其母。宗黨婦孺，聚觀歎息，咸曰：「幸哉有子！孺人不但不殀，且不亡矣。」而延宅曰：「未也。必請於文章鉅公，謀所以示永久而不沒者，有宗老舊史氏在，盍先諸。」余於是不忍以耄老辭，而爲之表曰：

孝哉延宅，自羈貫以至入官，搤臂嚙指，未嘗不念母勤也。乘驄攬轡，登車有光，營魂寤寐，未嘗不在荒郊淺土間也。古人有言，凱風寒泉之思，實鍾厥心。延宅之報其母者，莫此爲大，斯所謂永久而不沒者也。昔者王介甫銘吾宗公輔之母，而申言之曰：「吾所謂閭巷之士以爲太夫人榮者，明天下有識者之不然也。」太夫人之賢能，異於閭巷之士，而與天下有識同。然則余之所稱宗黨婦孺，聚觀歎息者，豈非介甫所謂閭巷之士以爲太夫人榮者與？自今以往，延宅立名砥節，日進而未已。立言之君子，歸美於娠賢育德，昭母儀於圖頌，固將大書特書不一書而足也。余故竊取介甫之義，以爲之表，而鑱諸石以竢焉。

【校記】

〔一〕遂本、鄒鎡序本作「贈太孺人趙氏」，金匱本作「錢母趙太孺人」。〔二〕金匱本有「司副」二字，遂本、鄒鎡序本無。〔三〕金匱本有「長子」二字，遂本、鄒鎡序本無。〔四〕金匱本作「太」，遂本、鄒鎡序本作「大」。

〔五〕〔六〕金匱本作「姊」，遂本、鄒鎡序本作「娣」。

有學集卷三十六

塔銘

憨山大師曹溪肉身塔院碑

我海印憨山大師，以天啓三年癸亥冬十月十二日，坐化于曹溪。故宗伯宣化蕭公，囑韶州守張翼軫建塔院、造影堂。葬有日矣。五年乙丑，侍者福善介侍衆緣固請兩粵當道，奉迎靈龕窆廬山五乳峯下。少年惑于青烏家言，撤甓出龕，如舊浮供。南康推官錢啓忠以私淑弟子謀卜善地，以妥師靈，弗墨食，不克葬。南海弟子劉起相爲瑞州推官，瞻禮悲泣，復奉靈龕歸曹溪。江神撝訶，風日助順，道路軒豁，干戈遠屏，崇禎十六年癸未之九月也。總戎宋紀暨五羊善信，議荼毘建塔。啓龕，雙趺儼然，髮爪俱生，容顔光潤，膀腹下垂處，皆可捫揣。海衆踴躍，謂師再生，贊嘆號呼，不忍舉火，議全身供養，如能大師故事。竺僧屑海南旃檀香塗體，尊奉于舊塔院，卽大師所卜天峙岡，地去南華寶林半里許。時則癸未之□月□日，距癸亥入滅，二十有一年矣。先是五乳塔成，謙益狥福善之託爲銘，南海陳相公子壯鑱石于曹溪。而甲申供奉之事，未有撰第二碑者。歲在庚子，謙益既訪求夢游全集，校讐卒業，乃〔一〕略記最後因緣，而論次之曰：

昔者世尊娑〔二〕羅樹間灰身滅度，分舍利爲八分。阿難已下諸祖，多用火光三昧入滅。師子比丘遭罹〔三〕王難，恐異端學起，故傳袈裟爲信。此土〔四〕六傳至于大鑒，衣止不傳，而留肉身于末後。此何故哉？衣之所傳者信也，衣則器而已矣。有器則有爭，爭斯竊，竊斯盜，盜斯殺〔五〕，皆器之爲也。北〔六〕宗立大通爲六祖，又立普〔七〕寂爲七祖。南宗分神會、懷讓爲二，又立神會爲七祖〔八〕。兩家之爭端，已肇于此矣。時代寖久，爭竊滋多。佛所訶竊人僭號者，必將相挻鋒起。大〔九〕鑒懸絲，知其然，故曰衣止不傳，命如懸絲〔一〇〕。止衣者，所以止器也。器止則爭止。一花之葉果自成，而五宗之蘖牙，不自我作，此置衣不傳之深旨也。衣既止矣，無器則何以表信？所謂直指人心，見性成佛者，將無夸父、謑詬索之而彌遠乎？則莫若示之以肉身。肉身不壞，卽金剛身，卽那羅延身，卽清淨妙法身。天魔無所得其便，外道無所作其孽，訞邪惡慧無所熾匿其奸欺，誰得而爭之而竊之而盜之？是故佛祖以舍利爲舍利，而大鑒以身爲舍利，佛祖以衣爲衣，而大鑒以身爲衣，使千百世衆生，見之仰之，如黑夜之斗極，如復關之符節，傳爲信器，莫尙于玆。不然，則此皮囊血肉，煅之灰埸，散之尸陀林，餵虎豹，飼魚雀，何所不可，而香泥上之，漆葉護之，又諄復于楊柳爲官之難，何爲也哉？自唐先天二年，迄崇禎癸未，計一千年。我憨山大師復以肉身住持曹溪，踵大鑒之後，現不壞身而爲說法。然後知後五百歲法城頹倒，裨販之徒，螟蛉之子，爲爭爲竊爲盜爲殺者，不得以信器爲口實。大鑒留衣之旨益信，而大師現身說法，堅固光明，爲大鑒證明于千年之後。兩鏡交光，不謂之傳信不可也。嗚呼！法運衰微，統要譌濫，以僭亂爲譜系，以欺誣爲正令，受大和鴟梟之厞，翻謂舉揚；應布裩吐血之報，轉〔二〕相誇詡。今也戒愳齵然，慈嚴交仰，不言而辯，不怒而威。居今之世，礁椎邪僞，折伏妖魔，孰有先于此者乎？

萬曆丁巳□月，大師東游洸三峯，然燈說戒。漢月師請坐堂上，勘辯學人。余與漢師左右侍立。諸禪人魚貫而前，摳衣胡跪，各各呈解。大師軟語開示，應病與藥，皆俛首點胸，禮拜而退，厥後爭開堂豎拂，開化一方，今亦多順世去矣。宿因不忘，法幢如故，曹侯溪畔，長明燈前，豈無有乘願隨侍，披衣擊扣，如平生者乎？此則具天眼者，悉知悉見，而非人之所能及也。緇白四衆，善根淳熟，有能謁大師塔院，頂禮慈容，契會先後兩大師分明救世之深心，是眞皈依，是眞供養，燕公無礙香不妨隨心到南海矣。謙益下劣弟子，慚負記莂，不能弘闡吾師微言大道，謹采刻麁跡，推廣唐人佛衣銘之緒言，以詔告末法。乃作銘曰：

未、申劫濁，禍亂蠭午。大士全身，坐鎮南土。屈眴磨納，重暉盛唐。紅爪丹脣，欣欣樂康。嗟彼開、寶，淚涌蘄州。那伽〔三〕在定，奚感奚酬？至人無心，龍天有意。二祖一師，示現碩異。曹溪之源，溯星宿海。横流滔天，一滴未改。大鑒云亡，莫紀謚號。百有六祀，爰塔靈照。惟忠惟孝，吾師道原。身雲心月，長護金輪。庚詞斵碑，鈎引緣起。豐佐吾道，以竢柳子。

【校記】

〔一〕金匱本作「乃」，邃本、鄒鎡序本作「而」。〔二〕金匱本作「娑」，邃本、鄒鎡序本作「婆」。〔三〕金匱本作「罹」，邃本、鄒鎡序本作「羅」。〔四〕金匱本作「士」，邃本、鄒鎡序本作「去」。〔五〕金匱本作「盜斯殺」，邃本、鄒鎡序本作「斯殺者」。〔六〕金匱本作「北」，邃本、鄒鎡序本作「此」。〔七〕金匱本作「普」，邃本、鄒鎡序本空缺。〔八〕金匱本有「南宗」至「七祖」十六字，邃本、鄒鎡序本無。〔九〕金匱本作「大」，邃本、鄒鎡序本作「天」。〔一〇〕金匱本有「知其然」至「命如懸絲」十三字，邃本、鄒鎡序本無。〔一一〕鄒鎡序本、金匱本作「轉」，邃本作「傳」。〔一二〕金匱本作「伽」，邃本、鄒鎡序本作「延」。

天童密雲禪師悟公塔銘

崇禎十四年辛巳，上以天步未夷，物多疵厲，命國戚田弘遇，捧御香，祈福補陀大士還，賚紫衣賜天童悟和尚。弘遇齋祓將事，請悟和尚陞座説法，祝延聖壽。還朝具奏。上大嘉悦，俞其請。詔所司議修成祖文皇帝所建南京大報恩寺〔一〕，命悟爲住持，領其事。弘遇啣命敦趣，以老病固辭，踰年而示寂。又二年甲申，國有大故，龍馭上賓。越十有五年戊戌，嗣法弟子道忞具行〔二〕狀、年譜，申請謙益，俾爲塔土之銘。嗚呼！我先皇帝現身輪轉，迴心付囑。懲黃頭之左道，禮白足于耆年。智眼遙矚，龍光昭回。法音信衣，如授佛記。誠末法〔三〕希有盛事也。乾坤焚蕩，人天雨泣。佛日長新，祖燈未艾。草土舊臣，刦灰餘燼，其忍不刳心雕腎，假詞空門，以導揚仁皇帝之末命。謹拜手稽首抆淚而誌之曰：

師諱圓悟，號密雲，嘉靖戊寅歲，生常州宜興，姓〔四〕蔣氏。八歲知念佛，春陽遊嬉，輒動世間無常想。十五能躬耕以養親。二十六閱壇經，歡喜誦習，知有向上事。負薪入市，釋肩立橫街，竟日不知有人。三十安置妻孥，依龍門傳和尚脫白，執爨賃舂，負米百里外，時以己事叩，傳瞪目直視，雜以詬罵，慚悶成病。二七日，汗下乃蘇。服勞四載，始納僧服。掩關千日，矢明此事。傳屢加勘驗，終不許可。師亦自諗，一似有物昭昭靈靈，卒未泯懷。如是六載，秋日過銅棺山頂，豁然大悟，忽覺情與無情，煥然等觀，大端說似人不得，正大地平沉境界，從前凝膺，渙然冰釋。與其師往復縱辯，箭鋒相觸，如紀昌、飛衞之交射，幾于輾車直過，拽倒繩床矣。傳入神京，參侍二載。歸而上雙徑，禮天台，探禹穴。海門周公汝登唱〔五〕道東南，以宗傳證聖學，師與之水乳相契。祭酒陶公望齡、司空王公舜鼎，交參扣擊，師之法道，盈于海東，自王公始也。

傳歸龍池，且老，撾鼓集衆，以衣拂付師。傳入滅，心喪三年，始狥衆請，升堂說法。秀眉稚齒，瞪目側耳，一聞提唱，肅然改容。開創五年，百廢具舉。一日告衆：「這〔六〕裏無人證明，且向別處尋討。」下座卽行，登匡廬，過衡嶽，結夏後應天台通玄寺之請，幡然南歸，就樹縛屋，誅茅苫床，坐夏才三十輩，開法者數人。明年移海鹽之金粟。師初出龍池，旗亭下有大井可飲千人。有偉丈夫指曰：「是師住處。」金粟固有千人井，師居六年，食堂滿萬〔七〕指矣。已復應閩人黃蘗之請，有瞽男子杖而扣師，師爲開示，霍然識道而去。明州司李黃君端伯餐風味道，迎主鄮山阿育寺。住三月，復還天童。自是一住十一年。師六坐道場于金粟、天童最久。建立恢宏，機緣歙集，此二地爲最盛。始至皆灰場草地，斷礎敗甓，既而高簷三丈，連閣四周，金田香界，隨地湧出。金粟宗風，洋溢海宇，輪蹄交蹠，竿牘旁午。三韓、南詔，氈車蕃舶〔八〕，莫不炷香頂禮，重譯問訊。盛矣哉！近古未有也。應緣甫畢，息機投老，曳杖入通玄，萬衆挽之不可。鳥道騰空，學人麇至，鱗宗翼集，蔚爲僧海，而師報齡盡矣。居六月，示微疾，晨起按行工築，亭午臥榻，少選趺坐頻申而逝，崇禎十五年壬午七月七日也。世壽七十七，僧夏四十四。明年癸未，弟子建塔天童，迎全身窆幻智菴之右隴。

余觀忞公稱師說法，以謂掀翻露布，洞示眞源，當門踞坐，祇以一棒接人。如大火聚，觸著便燒。如太阿劍，血不濡縷。辨眞實〔九〕心，行眞實〔一〇〕行，悟眞實〔一一〕道，說眞實法，化眞實衆。折旋俯仰，咳唾掉臂，乃至挑磚運瓦，搬土拽石，或笑或駡，有烹有鍊，無是無非，眞實法門。大矣哉！一切衆生中之平等寂滅光明幢也。慈公師之嫡子，馬駒踏蹴，其言可信不誣。而余之心服師者有三：霜雹〔二〕利養，傳舍殿堂，挂壁一瓢，隨身兩膝，仗緣偶住，撩衣便行，黄龍心、丹稜浩之芳規也。全提正令，不當人情，劈面鉗錘，驀頭生按，不惜貴要之顔辯，不獲飽餐〔三〕之舌短〔四〕，眞點胸、秀鐵面之孤風也。牢衞法城，堅持智刃，唱高皇之御製，攘斥島夷〔五〕，鐫護法之虚詞，鏟除邪種，明教嵩、大慧杲之餘勇也。後五百年，鬭爭牢固，機緣錯迕〔六〕，妨難弘多。師以慈心接之，以直道御之，以正理格之，以妙辯〔七〕摧之。消有無于三旛，窮玄要于四戰。務使其霜降水涸，智訖情枯而後已。初雖攝折多門，終乃鎔融大冶。事有激而相濟，理有倒而相資。非鐵石之鑽磨，則火光不發，非峽崖之束鬭，則水勢不雄。天其或者假借碪錐，助揚水乳，用縱奪爲正印，化同異爲導師，于人何有？于師何有？佛無定法，禪有綱宗，無取雷同，何妨料揀。舜老訶天衣説葛藤禪，翠巖駡舜老説無事禪，各具隻眼，都無死句，正用以破壞籬壁，斫伐稠林，何獨以貶剝諸方，爲師詬病乎？五燈之譜，非我作故，是則不看他面，非則誤在前軍〔八〕。未識畫裏之龍，徒訟夢中之鹿。爭嫡孽則黄帝之兄同年，考祖禰則玄元之孫後至。斯則可以聽其吹萬，付諸兩行者也。

師剃度弟子三百餘人，嗣法自大潙如學、鄧尉法藏已下十又二人。親承罏鞲，未及付授者，又若干人。王臣國士，參請皈依者，又不勝數。偕忞公二通輩結集語錄書問，標揭眼目者，江陰黃毓祺介子也。師既歿，介子裁書介天童上座某屬余爲塔銘，遭世變，不果作，而介子殉義以死，又十年矣。余爲此文，鄭重載筆，平心直書，誓不敢黨枯仇朽，欺誣法門，用以副忞公之請，且慰介子于九原也。銘曰：

有大浮屠，住淛河東。樹大法幢，聲光熊熊。晚提法印，坐天童山。如妙高峯〔九〕，巖巖〔一〇〕死關。帝居穆清，具天眼通。揀別斯人，以殿正宗。唯師之興，耕稼陶漁。誓鞭識牛，以裂身車。銅棺之巔，擺脫囚僧。大地虛空，平沉消殞。踞曲盝床，雷轟電激。棒如雨點，佛祖辟易。棒頭有眼，光爍天下〔一一〕。其如婆心，磁鐵不捨。棒頭有口，吼無畏音。縱彼叫嚎，終歸啞喑。門庭揭揭，戈戟差差。明明天王〔一二〕，作証明師。天衣放光，天鼓發音。天龍人鬼，罔敢弗欽。閻浮日中，鬱單夜半。龍漢不遐，楚凡孰判？太白明〔一三〕山，上摩斗垣。我刻銘詩，色正芒寒。石室籌滿，白氎衣分。稻麻葦粟，甁拂如雲。拗折拄杖，拋擲拂子。余與老人，覿面伊始。

【校記】

〔一〕各本作「事」，應作「寺」。　〔二〕金匱本有「行」字，邃本、鄭鎡序本無。　〔三〕金匱本作「末法」，鄭鎡序本無「末」字，邃本只作「哉」。　〔四〕金匱本有「姓」字，邃本、鄭鎡序本無。　〔五〕金匱本有「唱」字，邃本、鄭鎡序本無。〔六〕金匱本作「這」，遂本、鄭鎡序本作「者」，義同「這」。〔七〕金匱本有「萬」字，遂本、鄭鎡序本無。〔八〕金匱本作「舶」，遂本、鄭鎡序本作「舫」。〔九〕〔一〇〕〔一一〕金匱本有「實」字，遂本、鄭鎡序本無。〔一二〕金匱本作「雹」，遂本、鄭鎡序本作「苞」。〔一三〕金匱本作「餐」，遂本、鄭鎡序本作「參」。〔一四〕遂本作「短」，鄭鎡序本、金匱本作「趺」。〔一五〕鄭鎡序本作「寇氛」，金匱本作「島夷」，遂本「夷」作「彝」。〔一六〕金匱本作「緣錯迕」，遂本、鄭鎡序本作「鋒激射」。〔一七〕金匱本作「辯」，遂本、鄭鎡序本作「辨」。〔一八〕各本作「軍」，疑當作「車」。〔一九〕金匱本作「妙高峯」，遂本、鄭鎡序本只作「妙」一字。〔二〇〕遂本、金匱本作「巖巖」。鄭鎡序本後一「巖」字空缺。〔二一〕「天下」二字以下至末句二百字，遂本、金匱本有，鄭鎡本無，以道開法師塔銘之開頭二百字抽併。〔二二〕金匱本作「王」，遂本作「主」。〔二三〕金匱本作「明」，遂本作「名」。

嘉興營泉寺白法長老塔表〔一〕

嗚呼！是爲白法長老琮公之法〔二〕塔。長老不稱大師者何？古之人，譯經如童〔三〕壽、慈恩，但稱法師，傳宗如大鑒、大通，但稱禪師。陳、隋之人主，奉天台智者，特稱大師。今僧徒〔四〕尊其師，舉曰大師，僭也。佛大弟子德夏俱高曰長老。必也正名，去大師而書〔五〕長老，重之也。

長老諱性琮，信州上饒鄭氏子。生而父母亡歿，蜾蠃寄食，伶仃孤苦。年二十，依東陽曉公薙染，卽知有向上事。參鵝湖頂養菴禪師，師云：「此間沒汝駐處。」卽攜包笠下荆、湘，涉杭、越，度南海，習靜于九里松普福，主席于嘉興龍淵，退居于湖州法海，先後十四年。萬曆癸卯，年四十，始應楞嚴請。蓋師之化緣，住山領衆，中年多在浙西，卒以檇李老焉。師爲人淸古質直，慈悲樂易，不立門庭，不譁徒衆。讀華嚴者四載，課楞嚴者五載。殘燈敗壁，持誦注鉼，結鬘貫花，銷歸了義。而未嘗搖柄握塵，自命經師。單丁行脚，飽于參扣。靜極光通，達寂照，含虛空，從首楞嚴悟入。了空空了，臨行一偈，撒手證明，而未嘗揚眉瞬目，自命宗師。食不過午，栥無二器。隆冬露頂，盛暑徒步。預迦葉之蹋泥，供目蓮之掃地，浮囊謹護，杜多勤修，而未嘗執牙尺，分篇聚，自命律師。住楞嚴三十餘年，重修山門廊廡，定經坊規畫，蒇紫柏藏公宿緣，續佛慧命，不惜腦髓。復營泉、漏澤古刹，鼎新東塔，建大悲閣。不起于座，檀施歛集。丹堊金碧，從地湧出。又以其間及杭之昭慶，苕之廣長菴，人咸誦其興福，曰：「吾未嘗作。」酉、戌之際，戎馬焚突。師曰：「吾以寺殉經，以經殉佛，以身殉經殉寺。延頸碎首，其將安之？」淨掃佛殿，洞開經廚，燈明香郁，佛聲浩浩。弓刀引却，伽藍不驚。有刀下重生六偈，人咸誦其遺身，曰：「吾未嘗動。」主叢林四十餘年，臘高而身愈卑，福大而心轉小。作粥飯主，修嬰兒行，多跢學行，婆啝習語，躬法水之細行，侶持鉢之鈍丁。素華旭公誦之，以爲三種善知識，護外爲難，法華五品觀行，非第四第五弗能任也。知言哉！

己亥歲目〔六〕病眩暈，坐東塔妙喜堂，布被蒙頭，七日而愈，作灑病十二偈。八月上旬復病，營泉法眷問疾，期十八日候我。至日，付囑後事，與朱葵石太守端坐晤言，拱手而逝。三七日龕歸營泉，全身塔于寺北。世壽八十四，僧夏六十四。師未化前十日，出所藏三教圖寄余，命法孫昭南筆授爲書曰：「示疾百日，不受惡纏，加持佛號，時至卽行。」師末後一着，蓋盡此四言矣。庚子歲除，昭南始奉遺言，請爲塔石之文，余泫然流涕者久之。

嗟夫！法弱魔強，訞邪持世，以佛法爲裨販，以師資爲博易，地獄不燒智人，鑊湯不煑般若，吾見其人矣，吾聞其語矣。佛言末世欲坐道場，要當選持戒清淨者稱〔七〕第一沙門，以爲其師。居今之世，眞清淨僧稱第一沙門者，非師而誰？今不可作矣！而邪師惡友，扇狂鼓僞者，相牽而未已。用是刊華除蔓，揭師之深慈密行，大書特書，伐石而刻之塔前。縮白四衆，掃塔而讀此文，倘亦有含酸抆涕，鉥心而砭俗者乎？後五百年，以長老斯塔爲依止，爲師保，庶其可哉！

【校記】

〔一〕此文遼本、金匱本有，鄒鎡序本無。〔二〕遼本有「法」字，金匱本無。〔三〕兩本俱作「重」，誤，兹改正爲「童」。〔四〕遼本有「徒」字，金匱本無。〔五〕金匱本有「書」字，遼本無。〔六〕金匱本作「歲目」，遂本上一字空缺，「目」作「月」。

〔七〕金匱本有「稱」字，遂本無。

中峯蒼雪法師塔銘〔一〕

清涼一宗，自長水晉源，不絕如綫。勝國時，滇南蒼山再光瑞師，表明華嚴玄談，輯會玄記，開鍵啓鑰，蔚爲教宗。萬曆中，蒼雪法師自滇適吳，得法巢、雨，爲雪浪之元孫。一燈再焰，人謂滇南萬里，邈若天外〔二〕，兩師代興，交光繼照，豈非華嚴法界中分身接踵，乘願輪而至者耶〔三〕？師自號蒼雪，又自號南來，非偶然也。師滇省呈貢趙氏子。父碧潭爲都講僧，母楊氏。幼從雞足山水月道人爲沙彌，管書記。年十九，慨然遠遊，孤笻萬里，叩印楞嚴于天衣，受十戒于雲棲，受滿分戒于古心律師。聞雪浪晚棲望亭，往參焉。浪歿，巢松浸開講甘露寺，師年廿餘，古貌棱然，敝衣下坐。除夕奮筆呈詩，大衆驚異。依一雨潤于鐵山，與汰如河師，並爲入室弟子。雪浪之後，巢講雨筆〔四〕，各擅一〔五〕長，二師殆兼有之，諸方所謂巢、雨、蒼、汰者也。師謂華嚴一經，經王法海，非精研疏鈔，不能涉其津涯，窮其奥窔。遂與河師住華山，師住中峯，一歲兩期，踐更周遭，東南法席，于斯爲盛。河師首唱一期，順世而去。師遂獨力荷擔，講第二期于華山，講問明品于中峯，講第四期于慧慶，講第五期于昭慶，講第六期于錫山。甲午歲，至第三〔六〕地，病篤輟座。人或勸其且止，師曰：

「我與〔七〕汰兄炷香發願，人天鑒知，敢背捨乎？」師于賢首、清涼諸書，專門〔八〕講演，淹通純熟，大乘經論，如肉貫串，處處同其義味。自大鈔外，講楞伽一，講楞嚴、惟識二，講法華及中、百、門三論一，千燈一鏡，交互映徹。他宗別子，函矢紛如，靡不推爲魯靈光也。丙申夏，應見月律師請，講楞嚴于寶華山，老病人扶，氣息支綴。登座開題，圓音落落。至第二卷末，命弟子代講。無何，遂不起。人謂有護法神冥加，實願力所持也。病劇，作解嘲詩十首，有曰：「如是我聞應未及，奉行信受已先膺。」又曰：「刹竿倒却門前久，大廈將傾賴木叉。」又作辭世偈〔九〕曰：「我不修福，不生天上。亦不作罪，不隨〔一〇〕地下。還來人間，生死不怕。有一寶珠，欲求善價。別開舖面，娑婆世界。」師之戒地堅，脚根實，臨行正定，如旅還家。視世之過頭沓舌、問影織空者，豈可同日道哉！師面目刻削，神觀凝睟，所至賢士大夫希風禮足。博涉內外典，賦詩多新警句。住中峯，建殿買田，伽藍一新。在他人以爲能事，師未嘗有所作也。示化寶華，實丙申閏五月廿二日，世壽七十。見律師護龕歸葬，塔在中峯寺後二百步。嗣法弟子七人，聞照、書佩等爲上首，而佩具狀謁銘。余老歸空門，與師結契尤篤。每執手語余：「魔外昌披，法眼澌滅。」黯然欲泣者久之。嘗告其徒：「風雪當門，孤立不懼者，虞山一人而已。」然則師之銘，非予其誰宜爲？銘曰：

師之南來，啓明東廟，烟水無涯。點蒼積雪，照耀東南，如湧日車。彈指說法，華嚴樓閣，重重開遮。悲愍末法，淚如春雨，我何求耶！雞足之山，有大比丘，守佛袈裟。我勒斯銘，印正法藏，竢〔一一〕彼龍華。

【校記】

〔一〕此文邃本、金匱本有，鄒鎡序本無。〔二〕邃本作「外」，金匱本作「涯」。〔三〕金匱本有「耶」字，邃本無。〔四〕金匱本作「筆」，邃本作「華」。〔五〕金匱本作「一」，邃本作「其」。〔六〕金匱本有「第三」二字，邃本無，空一格。〔七〕金匱本作「與」。邃本作「去」。〔八〕金匱本有「專門」二字，邃本無。〔九〕金匱本作「偈」，邃本作「頌」。〔一〇〕兩本俱作「隨」，應作「隳」，形近而誤。〔一一〕兩本俱作「竢」，應作「俟」，形近而誤。

石林長老塔銘〔一〕

余長時繙經，扃鐍竹閣。浹辰，有客欵門，則惟長老石林與陸兄孟鳧，童子聞扣鐶聲，輒能辨之。入座，問箋注首楞某卷〔二〕某行。所獲新異幾何？歡喜贊歎，移時乃去。甲午，孟鳧卒。今年五月，師又示寂。以余之昏耄，久居此世，固宜其孑然無徒。而師之逝也，石城、烏目間，高僧名衲，流風盡矣。修多羅之木已斷，而五分白氎，無餘絲矣，是則可爲涕淚者也。

師名道源，婁江許氏。九歲禮智林寺明公爲師。十八薙染。二十二受具古心律師。二十三聽楞嚴、法華、惟識、起信于巢松法師。四十喪母，出居吳之北禪、虞山之破山東塔。師稺歲〔三〕捨離瑜伽應付，若裂韁鎖。衣壞色衣，持木叉戒，精專禪講，博搜外典，丹鉛薈蕞，矻矻窮老，若蓮花之產淤泥，亭亭如也。不作無差僧，不仰方口食，不招徒衆，不畜弟子，儀貌清古，瘦骨撑衣，鳩聚雀喧，望塵屏跡，如野雀之立于雞羣，翯翯如也。開堂付拂，鄰並喧豗，利養榮名，熏目炙手，招之不來，卽之自遠，嘆而不慨，笑而不矧，如醒人之介于夢魘，井井如也。晚居東塔，僧雛餐風，人握鉛槧。寢疾于禪房，焚香禮佛，正定而逝。世壽七十二，僧臘四十五。智林徒衆，以其重修廢殿有功伽藍也迎其喪以歸，葬于高僧了通塔傍，而余爲之銘。銘曰：

僧而耆，骨輕堅持，喻彼鯌魚，吾用以爲儀。禪而詩，食跖祭獺，箋解豔辭，吾竊以爲規。毗尼窟宅，慭遺一師。吁其逝矣！人天之悲。

【校記】

〔一〕此文遂本、金匱本有，鄒鎡序本無。　〔二〕金匱本有「某卷」二字，遂本無。　〔三〕金匱本作「歲」，遂本作「齒」。

道開法師塔銘〔一〕

余有方外之友曰道開扃公，長身疎眉，風儀高秀。能詩，好石門。能畫，宗巨然。師事蒼雪澈、汰如河，通賢首、慈恩二宗旨歸。出世爲人，分席開演，講圓覺于虎丘，講涅槃于華亭，講楞嚴于武塘。妙義雲委，如瓶瀉水。壬辰六月，自檇李歸虎丘東小菴，屬疾數日，邀蒼師坐榻前，手書訣別，有曰：「一事無成，五十二載。一場懡㦬，雙手拓開。」志氣清明，字畫端好，杈衣斂容，擲筆而逝。人言道開故清淨僧，頻年好遊，族姓徵逐竿牘，熱惱煎煑，寖疾彌留，臨終正定，因果超然，此則吾之所不識也。余曰：「固也。盍以生平考之？」

道開，吳門周氏子。父其鄉書生，早死。舅奪母志，投城東俗僧出家薙染，十年猶爲啞羊僧。遊武林，聽講于聞谷禪師，未竟，聽相宗于靈源論師。晝則乞食屠肆，夜則投宿木柂。孤篷殘漏，風號雪饜，束緼篝火，一燈如燐，指僵手瘃，墨堅筆退，燈灺就枕，口喃喃如夢囈不休。由是貫穿論疏，旁搜外典，所至白犍椎，打論鼓，揚眉豎目，非復吳下阿蒙矣。還吳，參蒼師于中峯，一見器異，命爲維那。楞嚴席罷，留侍巾瓶。六年蒼、汰〔二〕二師，約踐更講大疏，實尸勸請。汰〔三〕師至華山，命爲監院。及其順世，開〔四〕講堂，建塔院，刻續高僧傳，覆視遺囑，若操券契，蓋蒼師之傳云爾。當其忍寒餓、擊蒙鈍，鑽穴敎網，摩厲智刃，視古人連錐誦帚，死關活埋，亦何以異。雖其求名未了，世緣〔五〕繫牽，一旦報熟命臨，正因迸現，如豆爆灰，如金出鑛，心花開敷，業種爍盡，佛力法力，與不可思議熏變之力，積劫現行，一往發露，臨終正定，又何疑焉。昔生公自誓，背經與否，捨壽之日，得報如是。厥後升座已畢，衆見麈尾紛然墜地，隱几而化，始知昔誓之有證也。道開深心密誓，誠不知其如何。顧其捨壽之日，示現實相，使學人知金剛入腹，少分不消，毒藥塗鼓，千年必發。斯其枝拄末法，揭正智而續慧命者，固〔六〕已徹底拈出矣，不謂之有證焉，其可乎？道開每出遊，余輒痛爲錐劄。今銘其塔，猶斤斤不少假者，良以邪師魔民，竊禪埽教，旁生倒植，正法垂盡。舉揚末後一着，藥狂薙穢，如用一線引須彌，是以心言〔七〕俱直，不可得而回互也。

道開名自局，世壽五十二，僧臘二十九。塔在庵右若干步，其徒文圭拾遺骨藏焉。奉師書來請銘。銘曰：

師初誓願，猛利〔八〕堅固。如沉醉人，抖擻得寤。隨順應跡，處俗流中。無明未吐，薄醉朦朧。般若因深，誦習力大。如醉迷道，電光閃破。依生死船，望涅槃岸。匪教匪乘，曷濟曷亂。我銘斯塔，普告後賢。生公片石，說法熾然。

【校記】

〔一〕此文遼本、金匱本全。鄒鎡序本無題，且缺篇首至「吳門周氏子」二百字。「父其鄉書生」以下至篇末，則誤併于天童密雲禅師悟公塔銘銘文「光爍」二字之後。〔二〕〔三〕金匱本作「汰」，遂本、鄒鎡序本作「法」。〔四〕金匱本有「開」字，遂本、鄒鎡序本無。〔五〕金匱本有「世緣」二字，遂本、鄒鎡序本無。〔六〕金匱本作「固」，遂本、鄒鎡序本作「同」。〔七〕金匱本有「言」字，遂本、鄒鎡序本無。〔八〕金匱本作「利」，遂本、鄒鎡序本作「刹」。

固如法師塔銘

吴中自蒼、汰二師繼殞，賢首宗不絶如綫。癸卯九月，汰之徒固如法師自〔一〕寂包山顯慶寺。余歎曰：「又弱一個矣！」其徒正詣等建塔山中，奉遺言具狀請銘。按狀：師諱通明，字固如，崑山周氏子。年二十四歲，出家授具，偏參性、相二宗，聽華嚴大鈔于華山，汰師將傳衣付囑，謝不受。晚居講席，炷香必歸汰師。而師之自敍則云：「初宗賢首，繼參天童，辛勤無所得。庚辰春，聽大鈔，忽悟十玄之旨。又四年癸未，始契三玄三要，頓見古人用處，作十二頌，又作五十三參頌以相證明。」嗚呼！我佛塵沙法門，包羅華嚴法界，至矣盡矣。華嚴法界外，豈别有三玄三要，十玄門三法界已了，三玄三要安有未了。循師言而求之，豈其參訪熟爛，終結果于雜華，抑亦大事了畢，聊披襟爲座主？是未可詳也。

師言「數年來禪講老師物故，後生不識古人大全」，是矣。余謂禪與講，猶射之有二的，中其一，不必又問一也。教力弱，不免折而入于禪。禪解淺，又不免還而依于教。此一矢而折兩中也。是故知禪而不通講者，謂之辟，我則好辟焉。知講而不通禪者，謂之固，我則好固焉。余之論與師頗異如此。惜未及躬與勘辨，而窮竟其所得也。狀又稱公潛心唯識，至習天台觀教，居包山十餘年，貝葉棲架，凝塵滿床，素交禪侶，不過三數人。寢疾彌留，自製遺令，唱還鄉曲，泊然而逝。蓋其徒稱師止此，而余之銘師者亦止此。銘曰：

善財南詢，烟水茫茫。彌勒樓閣，彈指發光。何教何禪？畫地自量。師之扣擊，閱歷諸方。十玄三要，兩楹彷徨。晚坐包山，水月道場。還鄉一曲，離人斷腸。塊然石塔，說法琅琅。三舟一月〔二〕，印〔三〕我銘章。

【校記】

〔一〕各本作「自」，疑當作「示」。〔二〕金匱本作「月」，邃本、鄒鎡序本作「日」。〔三〕金匱本作「印」，邃本、鄒鎡序本作「卽」。

華首空隱和尚塔銘

博山無異禪師有法嗣曰華首空隱和尚，諱道獨，初名宗寶，南海陸氏子也。生三歲，母抱登樓，觀蜘蛛結網，瞪目久之，悲喜不勝。晚自言：「四十五年來，回憶不加毫末。」其夙根如此。六歲失父，隨母居近寺，晨趨禮佛，瞻視輒移午。聞老僧言見性成佛，遂發深信，如釘入木。得六祖檀經，捧持頂戴。禮大士，求識字，疲困倒地，忽覺身騰空中，汗透毛孔，明燈誦經，彷佛認是某字。詢之人，果然，遂數行俱下。年十四，辭母入寺，習定樹下，胸次忽如劈竹，衝口說偈，驚動其長老。年十六，自磨刀就磐石上，禮佛剃落，縛茅龍歸山。單丁十餘年，母病渴，晨擔山泉，走二十里抵城闉，如辨掌紋。年二十九，母歿，與其弟靈泌，腰包謁博山。一見曰：「宗寶，望汝來久矣。」拈倒騎牛入佛殿話勘衆，下語皆不契。師呈頌曰：「貪程不覺曉，愈求轉愈渺。相逢正是渠，纔是猶顛倒。蟻子穿大磨，石人撫掌笑。別是活〔一〕生機，不落宮商調。」山微笑曰：「大鹿生。」是夕，師登座告衆：「莫道博山無人，如今也有箇許。」爲更名，登具足戒，住九月而別，囑曰：「汝八月再至，不得辜負老僧。」是年九月，博山示寂〔二〕，始知爲末後付囑也。師掩關金輪，徙黄巖，一意住山，無出世念〔三〕。粵中宰官，請住羅浮，開博山法門。幡然起應，慈悲普重，機緣冥叶，而世變大作矣。閩人以鴈湖延師，復請住西禪。海波觸搏，弓刀擊戛，所至有吉雲擁護。甲午歲，掃博山塔，杖錫還粵，豐湖、羊城，頻受參請。牀座禮足，道路布髮。津梁稍疲，微示瘡疾。辛丑四月，由海幢及芥菴，自尅去期。七月二十六日，端坐而逝。世壽六十二，坐夏三十有三。師有二大弟子，曰天然顯公、祖心可公。可公以弘法羅(四)難，坐脫瀋陽之千山。師哭之慟，曰：「吾道衰矣！」踰年師示疾，顯公啓請住世。師笑曰：「汝在，吾何死？」于是顯公奉師全身，塔于羅浮華首臺西谿之南，手次行狀，遣侍者今晛，間關五千里，撰書幣而謁銘于余。

余惟師上根利智，多生熏習，見性成佛四字，直是胎藏鉤鎖。卽心卽佛，守定牢關，非心非佛，斷爲增語。于是全提正令，曲指悟門。遮表二詮，則格量永明；法界一心，則鏡懸棗柏。從此無一言落夾，片語過頭。如今人執癡符，家懷僞契，販如來法，訶祖師禪，藥病相沿，狂易莫反。標此正印，柱彼倒瀾，豈非般若之神符、金剛之寶劍與？師之深心密行，世所未悉者二。昔者大慧言：「吾雖方外，忠君憂國之心，與忠義士大夫等。」洪覺範、鹿門燈公則曰：「孝于事師，忠于事佛，此洞上宗風也。」師悲智堅密，爐鞴弘廣，植菩提之深根，茂忠孝之芽葉。節烈文章之士，賴以成就正骨，祓濯命根。白蜺碧血，長留佛種；條衣應器，同飯法王。此則其內閟外現，陰翊法運者也。古人道眼分明，師資鄭重，榮名利養，畏如霜雹。有謂深心裏钁頭邊，撈摸一兩人爲接續者；有謂架大屋養閒漢，所居世界莊嚴爲癡漢者。師每道博山語：「我過後二十年，宗風掃地，土地廟裏也上堂了。」不圖親見此語，良爲流涕。餐風味道，英特如雲，親承記莂，兩人而已。人謂師嚴令孤峭，不走博山一線，豈知其悲憫末法，如救頭然，凛自然之周陆，立他家之榜樣，有不勝涕淚悲泣者歟！此則重規疊矩，謹護法城者也。往余訪憨山大師遺集，致書海幢，師歡喜讚嘆，披衣焚香，楗椎以告衆。病中見心經箋大師轉生辨，重加印可。顯公以余沾被法乳，亦菰蘆中幅巾弟子也，故屬之以銘。其何敢辭？銘曰：

毘嵐風吹壞劫初，崑岡火炎扇洪爐。有大比丘建法旗，一單坐斷嶺海隅。心月普照心雲舒，如摩竭龍雨焦枯。分身蜿蜒鱗鬣俱，矯首蟠尾南北殊。大雲如空覆巨廬，智電擊爍翳無閭。中央不動常安居，頷下自護摩尼珠。黃皮裹骨山澤癯，緇素旃貉魚貫趨。日月耳環徒縈紆，刀輪劍葉嗟騶虞。樹下三諍今迴車，鶴林變白只須臾。蕭然一榻結雙趺，揮手長揖腥穢〔五〕區。法幢傾摧法將徂，葛藤博飯皆屠沽。烏空鼠即〔六〕胡爲乎？即心即佛心印孤。宿將嚴警持兵符，佛祖齊證誰敢誣。魔外竄匿同即且，丹青樓閣煥毘盧。法座圍繞青蓮敷，孤峯獨宿我自如。隨身兩膝無剩餘，龍象踏蹴看一駒。瓣香迴向思〔七〕不幸，我作銘章三嘆吁，博山家風斯世無！塗青鉛墨老筆〔八〕疎，逝挽頹波作世模。刹竿倒却須人扶，後五百年期不渝。

【校記】

〔一〕金匱本作「活」，邃本、鄒鎡序本作「話」。　〔二〕金匱本作「寂」，邃本、鄒鎡序本作「疾」。　〔三〕金匱本有「念」字，邃本、鄒鎡序本作「意」。〔四〕各本作「羅」，應作「罹」。〔五〕邃本、金匱本作「腥穢」。鄒鎡序本作「辭哀」。〔六〕邃本、金匱本作「卽」，鄒鎡序本作「印」。〔七〕金匱本作「思」，邃本、鄒鎡序本作「忍」。〔八〕金匱本作「筆」，邃本、鄒鎡序本作「泉」。

化城菴主悟宗墓銘〔一〕

菴主名性靜，字悟宗，吳江金氏子。數歲，事化城菴芝亭爲沙彌。十六落髮披衣，菴僧習瑜伽法，以吹螺打鼓爲能事，釀酒工丹青。悟宗猛利抖擻，自拔爲禪和子。菴臨葑門官河，盡投其酒具畫筍，隨流而去。授戒于古心、茂林二律師，聽彌陀疏鈔、楞伽于慧文、二楞二法師。謀改造觀音殿，請高松法師講維摩、圓覺，期畢而逝。持誦專勤，日課華藏大經，晚年滿數百部。卒崇禎壬申二月，世壽六十二。越〔二〕三十餘年辛丑，剃度孫法師照渠，始卜葬於受字圩芝亭墓旁，請余爲銘。銘曰：

捨螺貝，易敎禪。離濁穢，如脫蟬。奉木叉，歷淡筵。持誦力，勤且堅。化肉舌，爲青蓮。埋斯銘，後百年。誦經聲，出墓塼。

【校記】

〔一〕此文邃本、金匱本有，鄒鎡序本無。〔二〕金匱本有「越」字，邃本無。

坐脱比丘尼潮音塔銘〔一〕

比丘尼姓金氏，常熟大河人。歸里中龔某。孀居自誓，儀法井井。長子既娶，辭親出家，字曰定暉。暉歿，母謂次子端吾：「汝兄往矣，吾母子何苦徽纏人世？」端吾曰：「諾。」遂棄妻落髮，奉母入郡，禮尼眞如爲師。既而還里，僦居焚修，晝夜六時，佛聲浩浩。乙未正月，示微疾。二月初六日，沐浴披衣，堅坐中堂。日晡時計曰：「人定亥時去矣。」斂手入神，端然而化。緇白男女，聚觀禮拜，塡咽者數日。建塔吳山之玄墓。世壽七十，三夏十五。予觀近日宗門，女戒鋒起。闍黎上座，林立鏡奩。語錄伽陀，交加丹粉。咸有尊宿印證，支派流傳。可羞可愍，莫斯爲甚。是比丘尼，却避市廛，遠離俗姓，不唱參訪之緣，不挂大僧之籍。一聲佛號，十念往生。旌表末法，甚難希有。斯則墨穴之電光，狂水之聖藥也。善乎徐波居士推言之曰：「世尊說法，四衆同集。法華會上，比丘尼與諸大弟子等記作佛。奄及末運〔二〕，以逮今時，出頭露面，幾成戲事〔三〕。盲參瞎仰，斷送佛法。」又曰：「潮音師坐脱立亡，臨終灑灑。生前不炫弄，不誕謾，死時用得着也。」於乎！敍潮音之事，可使發心者勸。錄居士之言，可使識法者懼。居士作誦四章，以告誡女人出家者。余又何以加諸？謹重宣此偈，以代余銘，俾端吾刻之塔上。

偈一曰：「紛紛怛化是何情？習慣遷流每着驚。若使生人眞畏死，須知死者復愁生。」

偈二曰：「平生行履歷堪思，捧盋披緇不弄奇。畢竟臨歧談笑去，是渠應得更何疑。」

偈三曰：「去須明白莫怱怱，仰視春星亥未終。法法本來無動想，頗于人定露機鋒。」

偈四曰：「數珠百八舊前程，士女相逢掉臂行。却是遺骸能設法，朝來奔赴動〔四〕山城。」

【校記】

〔一〕此文遼本、金匱本有，鄒鎡序本無。〔二〕遼本「運」字有「世」字，乃衍文。金匱本「運」字前無「世」字，有口格，亦誤。〔三〕金匱本作「事」，遼本作「具」。〔四〕遼本作「動」，金匱本作「滿」。

有學集卷三十七

傳

吳金吾小傳

金吾姓吳氏，名國輔，期生其字。東淛山陰之州山村，其邑里也。少保兵部尚書總督薊遼諱兌者，其曾大父也。錦衣衛都指揮使掌衛事晉秩一品名孟淵者，其父也。崇禎庚午，以覃恩授錦衣衛。鎮撫事上耕籍田，以正千戶充巡綽官。東宮出講，以指揮僉事充侍直。厥後所司以賑荒薦，由指揮使加三級。兵部以浙直募練，荐升南鎮撫司僉事。甲戌春，用定南撫民監軍都督同知洊，加太子太保左都督，其所歷官也。入膠庠，能出其輩流。游學嶺南，試武闈，趣舉第一。揮使公〔一〕任俠好士，所交結多海內鉅公名士，折節追陪，盡傾其父客。守環衛，能其官，緹騎惡子，俯首斂跡。使歸，賑饑瞻災，全活數十萬人。制詔風厲，其素所豎立也。東中之未定也，將驕卒悍，要求百出。赤丸白羽，盤互繹騷，出死力以捍。父捐貲財以全家，鳩徒完守以衛鄉井，國人皆曰「吳有收子」，亦曰「于我有德」也。司馬公先大父同年進士，揮使余兄弟也。期生來告我曰：「吾父今年八十，國輔六十矣。國輔之生平，微伯父誰知之者？忍使其草亡木卒，及身而已乎？」余曰：「諾。」作吳金吾小傳，據事屬詞，不敢以文。

舊史氏曰：天啓元二，東事方殷。搢紳韎韋，雲集闕下。獵纓側弁，而談兵事。詞垣則徐子先、顧九疇，卿寺則董見龍、劉夢胥、何天玉，臺諫則游肩〔二〕生，部郎則王季木、曹元甫，貴介則顧所建、茅止生、劉晉仲、翁孝先，布衣則孟羽尼、張任甫、金大初、胡敬仲，靡不骨騰肉飛，腸肥腦滿，購解飛之人，募鑿空之使，逝將繩度黑山，弓彎〔三〕綠水。期生少年金吾子，飛揚徵逐，家世將壇，諳曉表餌方略，矢口奮臂，獵獵然風生談發，何其壯哉！迄今四十年所，星移物改，疇昔高談闊步，請纓說劍之流，皆已化爲碧玉，漫爲土堆。晉仲不知其存否，敬仲已作盲老公，余與揮使公皤然篤老，期生亦髮種種矣。奄忽百年，丹青彫換，諸人之姓氏，將與雒陽之銅狄，燕市之酒壚，澌然同盡。長夜窮塵，誰聞有訪問嗟咨、興悲而憑弔者？期生愾然太息，思託余言以有傳也，有旨哉！期生後與商丘段增輝善，段生亦俠士也，用賢良辟召。寇陷商丘，力戰死之。段嘗挾期生訪余虞山，臨行執余手曰：「增輝誓必死國，能與增輝同志者，期生也。」蓋期生之生平，能見信于賢豪間如此。

【校記】

〔一〕金匱本有「公」字，邃本、鄒鎡序本無。〔二〕金匱本作「肩」，邃本、鄒鎡序本作「省」。〔三〕鄒鎡序本、金匱本作「彎」，邃本作「繫」。

金文學小傳

文學名元復，吴縣下保人也。家故右族，其父老困諸生。君年十四，學賈，逐什一息。賈不成，返閭左，爲富人掌記。已又棄去，爲童子師。不十年，三徙其業，爲養父計也。中表有仕楚者，邀君與俱。君之楚，擁臯比，抗顔爲人師。漢陽書生，鼓篋來游。君指目蕭生良有、秦生聚奎：「是二子皆速飛，蕭具六翮矣。」越數年，萬曆庚辰，蕭舉南宫第一，楚人嘆君知文，弟子日益進，所得束脩羊益豐，則遣使迎養其父。三年而後歸，自吴適楚，泝大江二千里，樓船往返，若給〔一〕郵傳，人不知爲塾師父也。年三十，歸於吴，始娶婦，婚諸弟。吴人慶其父曰：「幸哉有子！」又十年，始補博士弟子員。君面滿于盤，身肥于匏，鬢髯戟張，意氣豪甚。羣少年目睨之，輒戟手叱曰：「小子輩咿吾燈窗，爛讀蕭會元文字，亦知出老手指授耶？」羣少年稍稍引去。又十年，而楚書生中所謂秦生聚奎者，亦舉進士，授吴江令，遣使來延請。君笑謂家人：「吾將以老秀才謁縣令耶？抑以老塾師謁門弟子耶？」謝弗往也。君以萬曆戊午年八月卒，年六十有四。子瑞華，才七歲，長負奇儁，爲諸生有聲。乙酉歲，焚儒衣冠，削跡不再出，人以爲有父風。

舊史氏曰：余讀束氏補亡詩，以爲與同業疇人，肆修鄉飲之禮，所詠之詩，或有義無詞，于是補著其文，以綴舊制。有旨哉！其言之也。古者鄉飲酒禮，先歌南陔、白華之詩。南陔，孝子相戒以養也。白華，孝子之潔白也。然後繼之以華黍、由庚、崇丘、由儀。時和歲豐，萬物得所，小雅之詩作，而中國強盛，四境不交侵，胥由于此。文學之養其父，夫非南陔、白華戒養潔白之孝子與？于稽其世，在萬曆中葉孝治昭明之時，小雅之作，信而有徵矣。語曰：三王之民，比屋可封。以文學之孝，不及與烏頭綽楔，六闕表門之典。司世教者，以是爲聖朝庶士之常德，不能悉〔二〕舉也。余故特著之，無使其無傳焉。

【校記】

〔一〕金匱本作「給」，遂本、鄒鎡序本作「經」。

〔二〕金匱本作「悉」，遂本、鄒鎡序本作「重」。

蓮蕊居士傳

蓮蕊居士者，太倉黃翼聖子羽也。子羽少從其父監司公宦學；長應辟召，服官州邑；晚而削迹息心，築蓮蕊樓，精修香光之業，遂自號蓮蕊居士云。

子羽娟美靜好，眉目如刻畫。舉止聲欬，秀出人表。屬文摛詞，散華落藻。娶太原文肅公孫女，稱詩說禮，和鳴共命，咸指目神仙中人也。弱冠遊虞山，以陸孟鳧、何季穆爲師友。孟鳧温良易直，温然恭人。季穆譚兵略、負幹濟，糞溲章句小儒。子羽游于其間，濡染鏃厲，久之，遂兼其所長也。已而從余游，熟聞金華、震川之緒論，從事于論世經國之學，迥異乎世之竊脂剖葦、游光揚聲者也。

崇禎中年，先皇帝行辟召法，用奉常師薦，授成都府新都知縣。新都屢中寇，城惡，雉堞半圮，門闔如懸薄，賊氣吞焉。俄傳賊大至，民挈妻子、負釜甑，走匿山穴中。子羽召父老子弟，涕泣告曰：「若等皆鳥獸竄去，縣令獨無兩脚耶？所以効死弗去者，爲新都人守鄉里墳墓、保全性命也。縣令願爲若死，若等安得舍去。」皆伏地泣，應曰「諾」。又曰：「賊亦人耳，非有八臂九頭也。强者以兵，巧者以弓矢，椎魯者以瓦石渠答，爭先効命，賊如我何？庫藏有千錢萬錢，不敢愛，以待勞者。縣令身編行伍，冒鋒鏑。縣令妻手自庀酒脯，給饘粥。事之不捷，積薪拒縣門，縣令闔家自焚，以謝若輩。」皆搏顙痛哭，據地距踊，曰：「請爲公決一死。」庚辰冬十二月，賊繇資、簡東下，破瀘州，狗仁壽。十七日，焚我近郊。子羽率衆登陴，遥見火光中絳衣黄纛，擲〔一〕瓦礫，詬誶譁笑之聲，殷動樓櫓。賊不能測，繞城馳射，將引去。城頭矢石齊發，賊落馬死者六人，獲騾馬二十餘匹。賊遂走漢州，破德陽，殺署篆汪應星而去。自賊躪楚、蜀，名城大都望風奔潰，而新都蕞爾無恙。由是川峽郡縣，始知有城可憑，有民可使，相與繕守却敵，而都會恃以無恐。事之殷也，太原君慷慨誓死，爲子羽晝死守計，如唐楊烈婦所以教李侃守項城者。乘城之日，親爲爨以食數百人，蒼頭乳媪，周呼勑勵。民心是以益強。蜀人劉普嘆曰：「子羽文弱如婦人好女，顧乃矯厲奮發，爲卓犖奇男子。」又曰：「子羽固奇男子，其妻亦未可謂婦人也。」

事聞，銓部漫弗訾省，隨牒升安吉州知州。子羽不顧恤淹久，厚自濯勵。乙酉之亂，貴〔二〕陽相挾掖廷南奔，屬車從騎，所在繹騷。子羽集士民正告曰：「邦家不造，長秋播越。臣子當奔問官守，扞禦牧圉，唯是資糧扉屨，弗克供給，以干譴怒，何辭之與有？敬與父老約，次舍之不儆，餐餱之不時，以爲臣子羞，罪在父老。省視之不先，干掫之不戒，以貽父老憂，罪在太守。」于是協心併力，夙夜治辦。再宿而六師至，帷宮帳殿，所至如歸。掾人廬兒，飽食甘寢，周廬宿衞，午夜巡儌，鎗梧矗立，炬火照耀。黔兵萬騎，竟夕無譁鉦聲。貴〔三〕陽亦嘆賞，執手鄭重而去。浙西失守，與遺民哭別，皆失聲不忍去。

歸臥沙頭之印溪，楷柱所謂蓮蕊樓者，營齋奉佛。太原君沒于蜀。有女若子，損衣加食，間點染爲山花草蟲，生色浮動，子羽手書欵識，以相娛悅。子孫駿發，能讀其書。子羽益專修淨土，日持名數萬聲不少間。士大夫希風誦慕，咸以爲國之遺老，邦之端士，世之幸人，天之君子也。子羽行安節和，不徵逐交遊，與人交，咸有終始。孟鳧沒，無子，經紀後事，有侯芭負土之風。讀書采掇菁英，不以祭獺食跖爲能。爲詩如么絃哀玉〔四〕，自有天韻，從周安期、徐元歎游，句法益進。渝城度歲詩：「江明無月夜，猿喚不眠人。」余賞爲文外獨絶。入都應召、蜀中寇警諸什，愛身名、閔喪亂，思深哉！勞人志士之悲歌也。子羽蕭閒絶俗，所至輒搜討名勝。嘗攜太原君登莫釐峯，遊天台，度石橋，巾車道裝，晤歌山水間，吳中流聞，以爲勝事。性好古銅磁器及宋雕古書，搜訪把玩，如美人好友。屬有檀度事，輒緣手散去。其在蜀，觀彌牟鎮八陣遺跡，拜杜少陵草堂，修楊文忠公墓道。過鄭縣，搨王稚子石闕碑數紙，歸而摩挲移日，曰：「嘉魚官錦，盡在此矣。」温和御物，不爲崖岸斬絶，逐嚚揎嚷，油油然與居不厭。薰蕕皂白，胸臆井井，雖同人善友，不苟爲異同也。余評詩論禪，多所訶駡。子羽好與其徒游，每欲爲調人，語薄喉吻輒止，余心知之而弗欲竟也。今老耄爲詩文，衝口信筆，槎牙漫漶，子羽伸紙疾讀，輒了其意，手自繕寫，藏弆篋衍，不以示人。其愛人以德，護短匿瑕，皆此類也。

子羽今年六十有四，臥疾浹月，書尺踶訣別，屬其子以生誌爲請。嗟夫！世人舂糧行百里，刺刺與妻子語不忍發。子羽病未沉篤，飾巾待期，自製終令。非其清明在躬，淨信得力，逝將長揖三界，而能如是乎？余與子羽，師資啐啄，垂四十年。姑以世諦文字，敍次其生平，作蓮蕊居士傳，以慰其請焉。

蒙叟曰：余崇禎丁丑被徵下吏，海内孝秀，若華州郭宗昌胤伯、商城段增輝含素，凡十餘輩，從余于請室，效古人獄中受經，皆珪璋特達、雄駿君子，與子羽偕應辟召者也。胤伯守華扞賊，含素歸商殉節，子羽歷官蜀、淛全城，其事皆鑿鑿，副名實、竭頂踵，報人主辟召，何負于國家哉？先皇帝厭薄科目，號吡博求，誰能秉國成，大命以傾，而議者詆讕薦舉，以土龍求雨爲譏，則已誖矣。人亦有言：舊國舊都，望之暢然。子羽棲神蓮花國土，巡迴藏識，殆未能舍然于此。余爲斯傳，循念崇禎故事，若夫鳥獸之號鳴，燕雀之啁噍，而不能自已也，其亦子羽之志也夫！

【校記】

〔一〕金匱本有「擲」字，邃本、鄒鎡序本無。〔二〕〔三〕貴，原作「桂」，指馬士英，貴陽人，應作「貴」。

〔四〕金匱本作「玉」，邃本、鄒鎡序本作「士」。

嘉興高氏家傳

弘光元年四月，工部虞衡司主事高承埏爲其父原任工部屯田司郎中道素伏闕訟寃，天子愍之，詔吏部覆議，准復原職。復拜疏爲九世祖故太常寺少卿高巽志請，得如革除諸臣補祠定謚。章下所司，未踰月而國難作。而高氏一門死忠勤事，昭綸綍而垂史册，後千斯年，固與天壤同敝矣。越十有四年戊戌，虞衡子佑釲以余舊待罪太史氏，乞爲家傳，以徵野史。乃按而次之曰：

太常諱巽志，字士敏，徐州之蕭縣人。元季僑居嘉興，從鄭元祐、高啓諸人游，爲世儒宗。年二十五，爲鄮山書院長。洪武二年，以續修元史，徵入翰林，爲編修，累遷侍講學士。建文朝，兼太常少卿。庚戌會試，副禮部右侍郎董倫主考，取胡廣、吳溥、楊子榮、楊溥、胡濙等爲名公卿。成祖入靖內難，或云遯去不知所終，或云盛庸兵敗自縊死，以衣冠歸葬嘉興常豐里。文忠之謚，載嘉靖嘉興續志〔一〕。或云建文時特謚，或曰景泰時禮部胡濙請之。實錄無徵，野史錯迕，莫可考據。其不以屈節而死，與諸忠臣接踵爭烈，則無異辭也。

屯田君者，太常八世孫也。諱斗光，字明水，改名道素，字玄期。祖交州知州文登。父抃，舉萬曆己未進士。天啓元年，除工部虞衡司主事，調營繕司。奉勅偕內臣黃用督造桂王府第于衡州。七年秋，兩殿落成。崇禎元年六月，還朝，序勞遷屯田司郎中。二年三月初三日，雷風示變，桂府寢殿傾圮。先帝敦重親親，逮繫下吏。初訊援造作不如法律擬配，再訊擬戍。上怒未解，屢讞屢駁。是年九月，畢命東市。嗚呼！昊天疾威，龍蛇起陸。朱邸漂流，瓊臺焚蕩。此固刦灰龍火，懷襄崩裂之徵兆也。蔽罪小臣，以塞天譴，何庸之與有？以職掌言之，君分督正殿以外；用分督寢殿以內。正殿建，君不度用敍功。寢殿圮，君代用抵罪。李代桃僵，閉〔二〕口捕舌，或有鬼神構鬬其間，而非先帝之本意也。

承埏，字寓公，舉崇禎庚辰進士，知遷安、寶坻、涇三縣，有異政。寶坻乘城却敵，功尤偉。弘光初，量移工部虞衡司主事，瀝血上書，爲父白見冤狀。移病請假。國亡後自屏草野，行吟坐泣，呼憤祈死，越三載以病歿。人謂高有三忠焉，太常忠而死者也，屯田死而忠者也，虞衡以孝始以忠終者也。國家重熙累洽，士服舊德，箕裘相望。若高氏累世忠孝，青簡輝映，垂三百年，斯則宇宙之間氣，琰琬所希有也。

舊史氏曰：弘光皇帝南渡初，謁孝陵，告奠甫畢，即顧問懿文太子寢園享祀云何？都人傳其語以相訝。及其即位，命修舉革除典祀，追尊上祀，悉予遜國諸臣謚，優恤備至。北轅不歸，父老言之，皆潸然出涕。或嘆曰：「孝惠帝再來也。」由此觀之，太常得援羣忠例議卹，施及雲孫，沉冤昭雪，因緣湊會，豈偶然哉！桑海遷移，掌故湮沒，繼述盛典，昭回日月，焉可誣也。余作高氏家傳，表而著之。後之惇史，無以痛恨權奸之故，抑沒主德，則蒙有厚望焉。

【校記】

〔一〕此句遂本、鄒鎡序本如此。金匱本作「載在嘉興府續志」。〔二〕金匱本作「閉」，遂本、鄒鎡序本作闕一。

沈節婦傳

節婦姓蘇氏，華亭蘇侍御一齋之女，庠生沈胤嘉之室也。胤嘉少有聖童之目，侍御奇而妻之。節婦與胤嘉齊年。二十一生子，二十七而寡。母子依其叔以居，築一樓，寢處其上凡十五年〔二〕。承歆補庠生娶婦，始一下樓，家人得見其面。承歆歿，又撫其諸孫爲庠生者二人。孀居五十五年卒，年八十一。郡邑皆式閭堧楔。承歆次子球，球子麟，讀書隱居，咸有卓行，人謂節婦有後也。

舊史氏曰：余考松江府志，國朝節婦表厥宅里者十有四人，其節行茂著未及表閭者七十有二人，而蘇氏與焉。舉一郡，則天下可知也；舉平世，則喪亂之際，觸冒白刃、墜谷沉淵者，又可知也。於乎，何其盛也！春秋之世，婦人之見經傳者，衞莊姜、宋〔三〕伯姬之流，寥寥如鳳毛麟角。而魯之文、哀、穆三姜，史不絶書。左丘明于周郊之婦，如皋之妻，皆牽連得書。豈其憖遺高行，以周家有道之長，卜世三十，卜年八百，而閨門風烈，未及昭代之百一。我二祖列宗之遺澤，與岐周豐鎬，孰遠孰長，後世固可以按籍而考也。余遊雲間，遇節婦曾孫麟，訪問遺事，以次考求節烈姓氏見于志乘者，歷三百年，珩璜琚瑀之化，邑屋可封。故論著之如此。語曰：是非瞽史，安知天道。余之傳節婦也，豈徒以尺一之牘，補烏頭雙闕之遺而已哉！

【校記】

〔一〕金匱本有「二十七」至「十五年」二十三字，遂本、鄒鎡序本無。〔二〕金匱本作「宋」，遂本、鄒鎡序本作「宗」。

石林長老小傳

石林長老，名道源，婁江許氏。九歲禮智林明公爲師。十八薙染。二十二受具古心律師。二十三聽楞嚴、法華、惟識、起信于巢松法師。四十喪母，始出居吳之北禪，虞之東塔、破山。今年六十八矣。師儀範淸古，風骨稜稜。禪誦之隙，喜涉外典。焚膏宿火，食跖祭獺，箋注繕寫，盈囊溢篋。刳心拂迹，棲神敎觀，以文字三昧回向般若，其心地瑩如，其神明湛如也。度身量腹，典衣減食，用以庋經籍、庀丹鉛。居無常住，遊每信宿，不慕貴遊，不招徒衆，視一切榮名利養，如窗塵陽燄，一瞚而已。

常箋解李義山詩及類纂，所讀書如古人薈蕞之例，垂成輒置之，曰：「此非衲衣下事也。」盲禪魔民，招搖寒路，攢眉晝腹，都無酬對。人有問之，指南堂一爐香，忻然解頤而已。

昔法安禪師常訶秀鐵面，吾始見秀有英氣，謂可語，今而知其癡也。比丘法當一鉢行四方，秀不能爾，于八達衢頭大屋從人乞飯，養數百閒漢，豈非癡人尚可與語乎？余每與師漫語及之，輒相視而笑。悠悠末法，古德迢然，迨亦惟師可與一笑也矣。師居北禪，慈月夫人降乩，爲師畫像，點染才數筆，落落然望而知爲師也，喜而爲之贊。贊曰：

水觀寂寂，山骨層層。天女點筆，素練風稜。雲床雪被，切玉琢冰。蒙叟作贊，眞清淨僧。

盧府君家傳〔一〕

府君諱如鼎，字呂侯，楚之蘄州人也。家世自吳徙楚，父南槐公諱楷，以篤學厲行起家。府君少穎異，讀書倍人，落筆驚動長老。南槐公築館于濠上，穿池植竹，養魚籠鳥，疏窗綈几，叢書其間。招邀郡國儁異，偕府君横經鼓篋。弱冠入黌宫，每試輒冠曹偶。演迤閎肆，大放厥詞，多不利于省闈。間一得當，復報罷。二子紘〔二〕、紱，稍長，熊熊然見頭角。發憤下帷，窮經課子。四書、尚書，皆手注箋解文義如禾，科斷如斗。四方學者，爭來問業。解匡頤而折鹿角，無不厭志而去。貧不能〔四〕具束脩羊〔五〕者，假館授餐，所居成市。蘄、黄之間，推爲〔六〕大師。崇禎丙子歲，紘鵲起舉于鄉，府君嘆曰：「吾老矣，安〔七〕能塗青鉛墨，與小子輩角逐硏削間？」自此息機摧檣，絕意進取矣。府君生平篤孝，南槐公性嚴重，多所譙訶。府君白髮垂領，扶服〔八〕呼謈，如兒子狀。居二母喪，哀慟見骨，一如喪父時。分〔九〕產悉推長兄，撫兄子如己子，同仁均愛，言家風者歸焉。府君爲人忠厚正直，規言矩行，不苟訾笑，不好徵逐，褒衣大帶，出入邑屋，有風肅然，如出衣袂中。鄉人有爭訟者，不之官而之盧氏，片言觿解，若奉神符寶印，其爲鄉里傾信如此。

癸未春〔一〇〕，寇自廣濟乘夜襲蘄，府君被執〔一一〕，賊中有識者，曰：「彼善人也。」縱之去。寇退，集里中人分布關隘，爲死守計。府君守南城，督守陴人殊死戰。寇少却，隙他城樓，肉薄而入〔一二〕，從後〔一三〕剚刃，遂及于難。府君之卒也，子姪從孫及諸婦死難者八九人。閱數日，淑人羅氏獲府君之〔一四〕屍于江崖，焚而殮之。越五月〔一五〕，紘自公車歸，陳闔門殉節狀，泣血控訴，所司具疏請旌，表未及上，而有甲申之難。丙戌冬，紘卜葬于士門珠樹林。己丑中進士第，由邑令履擢藩、臬，廉辨肅給，蔚有公望。凡三報最，覃恩贈府君自文林郎三命至大中大夫。壬寅歲〔一六〕，奉命督糧蘇、松，建節海虞，具府君行狀，謁舊史氏謙益，俾爲立傳。

狀稱府君晚年燕居，里民詹某暴卒而蘇，踵門搏顙稱謝，怪而問之，曰：「某疾亟，見鬼卒勾攝，追〔一七〕至閻羅王所，王命曰：『汝文籍惡業，少筭未盡。里中有正直人盧某，得渠保任，方釋汝。』鬼卒押赴公門，聲喏于庭。執公帖子還報，乃得蘇。公知之乎？」府君笑曰：「有是哉！汝自當活耳，于我何有？」里人傳語曰：「勿慢盧公，渠能于閻羅王所作保人也。」

舊史氏曰：盧府君恂恂儒者，白首一經，斂容摳衣，叱聲不及犬馬。一旦身擐甲胄，嬰城抗賊，身無一命之寄，而受橫死原野之慘，非其平居讀書，通曉經術，講求忠孝大節，而能致命遂志之若是乎？里人入冥之事，或以爲荒誕不可信。明有禮樂，幽有鬼神，先儒有言，昭布森列，焉可誣也？閻羅王爲地下主者，人世正人君子，聰明正直，精靈不泯，死後多膺此任。彼稱盧公正直人也，神者先告之矣。丹心耿耿，血化爲碧，沒爲明神〔八〕，又何疑乎！公有令子，珪璋特達，先河後海，歸本前修，昭垂琬琰，夫何待於〔九〕余言。余特舉其誠心質行，感格幽冥者，附著于家傳。聳善抑惡，著之春秋，亦楚史之所有事也。史臣失官，越在草莽。史失求野，聊比于負竿採樵之言。後之君子，或有取於斯也夫？

【校記】

〔一〕此文金匱本有。邃本、鄒鎡序本無。亦收于文集補遺下及外集卷十九，題首有「蘄州」二字，金匱本無。

〔二〕金匱本、文集補遺作「絃」，外集作「紘」。

〔三〕金匱本有「然見」二字，外集無。文集補遺有「然」字，無「見頭」二字。

〔四〕文集補遺、外集有「能」字，金匱本無。

〔五〕文集補遺、外集作「芊」；金匱本空格。

〔六〕金匱本、外集有「爲」字，文集補遺無。〔七〕金匱本、外集作「安」，文集補遺作「不」。〔八〕外集、文集補遺有「扶服」二字，金匱本無。〔九〕金匱本「分」字下有「財」字，外集、文集補遺無。〔一〇〕金匱本、外集有「春」字，文集補遺無。〔一一〕外集、文集補遺作「執」，金匱本作「質」。〔一二〕外集、文集補遺作「入」，金匱本作「人」。〔一三〕金匱本、文集補遺作「後」。外集作「事」。〔一四〕外集有「之」字，金匱本、文集補遺無。〔一五〕金匱本、外集作「月」，文集補遺作「日」。〔一六〕外集、文集補遺有「歲」字，金匱本無。〔一七〕外集、文集補遺作「追」，金匱本作「進」。〔一八〕金匱本作「明神」，外集、文集補遺作「神明」。〔一九〕金匱本、文集補遺有「於」字，外集無。

盧氏二烈婦傳〔一〕

蘄州盧使君敍其先公禦寇殉難之事，曰：公之歿也，次子諸生紱，紱子晨初，從子紳，從孫震初，皆被虜〔二〕死，而紱妻楊氏，震初妻袁氏，死尤烈。

楊氏，諸生榜女，母朱，都梁宗室女也。癸未正月廿六日，蘄城陷，楊偕其母及老婢許氏陷賊，擄至北門趙川〔三〕關，楊有娠，賊欲負之走，楊曰〔四〕：「姑待我，不能再〔五〕行，乃負我。」賊沿途縱火趣行，及火焰處，攜母手俱入火中。賊嘆息去。老婢守之移日，楊頭目猶未焚也〔六〕，已免身矣，男也。越數日，語家人，往跡之，不復見〔七〕頭目所在矣。

袁氏，諸生嶼第三女也。城陷，震初與其父紳俱被執。袁氏拜辭祖舅姑夏氏，抱周歲兒天喜投井死。明日賊退，家人具衣棺瘞之。甲申秋，棺毁于狐搰。斂衣襜〔八〕如，面奕奕有生氣。葬于迎山先人之墓，而震初卒未知死所。

紘自公車歸，敍次先公死事，並列二婦慘死狀，所司將以旌典上請，會國難，閣不上。紘聞之，烏頭漆書，表厥宅里，國典也。區明風烈，昭垂頌圖，史職也。國典不可作矣，夫子，舊史官也，不可使二婦遺烈泯〔九〕沒於土中，敢固以請。謙益老不能文，有使君之惇史在，謹撮而錄之，不敢溢一言。

舊史氏曰：兵興以來，干戈蹂躪，閨門婦孺，捐軀暴骨，死而無聞者多矣。甲午夏五月，楚女子被擄投漢江死。其屍逆流而上，湘南人援得如生，有詩十首，以素帕縛左臂。傳至白下，乳山道士林古度拜而錄之，然卒不知此女何姓氏也。今楊、袁二烈，藉使君以有聞于世，其視漢女，亦有幸有不幸〔一〇〕哉！往余承乏外制，烈婦孝女，與被愍綸者，必鄭重其辭，以光昭盛世旌門之典。今史局失官，褒毫載筆，於蘄、漢〔一一〕節烈之事〔一二〕，牽連書之，猶前志也。後有傳烈女者，愍余之志，無使其無傳焉。或曰：「楊之母朱偕以〔一三〕火死，稱宗女〔一四〕矣，稱三烈可也。」

【校記】

〔一〕此文金匱本有，邃本、鄒鎡序本無。亦收于文集補遺下及外集卷十九。〔二〕文集補遺作「虜」，外集作

「鹵」，金匱本空格。〔三〕文集補遺作「川」，金匱本、外集作「州」。〔四〕文集補遺、外集有「楊曰」二字，金匱本脫。〔五〕文集補遺有「再」字，金匱本、外集無。〔六〕文集補遺有「也」字，金匱本、外集無。〔七〕文集補遺、外集有「見」字，金匱本無。〔八〕文集補遺作「澹」，別集作「蟾」，金匱本作「憺」。〔九〕金匱本、文集補遺有「泯」字，外集無。〔一〇〕文集補遺無「有不幸」三字，金匱本、外集有。〔一一〕金匱本、外集作「漢」，文集補遺作「溪」。〔一二〕文集補遺、外集有「之事」二字，金匱本無。〔一三〕文集補遺、外集有「以」字，金匱本無。〔一四〕金匱本、文集補遺作「宗女」，外集作「女宗」。

祭文

祭蕭伯玉文 有序

歲在丁酉，吾友泰和蕭兄伯玉順世而去者，七年于此矣。其猶子孟昉遣力詒書，以遺文來請序。友人虞山錢謙益發函哭之，過時而悲。序既削草，以其間漬淚執筆，爲文攄哀，俾孟昉讀而焚之，以告諸宿草之墓。其文曰：

嗚呼！我交伯玉，忘分忘年。召雲命律，非有使然。昔在公車，秋牘郵傳。我爲題目，比諸臨川。闕下定交，如杵臼間。我膠我漆，汝韋汝弦。長安如海，朝市喧闐。惟兄好我，寂寞留連。紙窗宿火，雪屋寒氈。寥寥一騎，繫楲門前。椓人竊柄，羣飛刺天。我如危林，一葉未鐫。兄與梅公，屏跡周旋。噤而告我，何以自全？君胡不胄？國人望焉。陽甲乍坼，冰腹彌堅。使節兄躓，閣訟我牽。促數叫閽，號咷槖饘。鉤黨批格，飲章蔓延。以我標榜，累爾迍邅。兄曰無畏，公其晏眠。勿以懸車，忘彼控弦。相思命駕，訪我歸田。耦耕老友，明發新阡。梅白巾車，桃紅放船。班荆語數，作黍就便。相望衡宇，共此華顛。曾不五稔，南北播遷。生死訣別，沉灰飇烟。石濤僧來，袖遺短箋。風拍七金，火爛初禪。惟我佛命〔一〕，不崩不騫。云何未了，大事因緣？身車織牛，竫策後鞭。我奉明誨，答曰唯然。河沙海墨，誓願勉旃。報章在塗，奄及下泉。夕陰觀河，夜壑逝川。天醉未省，帝笙有愆。榮名安之？前塵各還。孤情絕照，託寄一編。嗚呼哀哉！

我與伯玉，宿世善友。瓦師緣熟，空王願久。兄于般若，植因濃厚。漉囊挂門，貝多栖手。慧解鉤攝，萬行抖擻。如染香人，香生其口。我迷隔生，覽鏡狂走。流浪多年，晼晚知咎。覺友趣發，夢心旋剖。如醉薄醒，始惡咯嘔。伯玉已矣，是誠在某。敬執擔麻，自棄誦帚。多心妙觀，歸宗賢首。金剛誦論，見史攝受。佛頂昔義，多歧雜揉。引繩長水，薙彼稂莠。性相分河，台賢隔牖。譬如兩耳，區別左右。非云和會，况乃擊掊。皮紙骨筆〔二〕，盡此年壽。代兄肩荷，庶不相負。常寂光中，爲點頭否？陳根載宿，靈心不朽。鑒我誠言，聊貫絮酒。嗚呼哀哉！

【校記】

〔一〕金匱本作「命」，遼本、鄒鎡序本作「地」。　〔二〕金匱本作「皮紙胥筆」，遼本、鄒鎡序本作「皮筆紙胥」。

祭虞來初文

嗚呼！丁〔一〕喪亂之方膴，嗟吾生之不淑。兄既解其簪纓，余亦免于桎梏。指江〔二〕鄉之莽蒼，喜音問之促數。日謦咳以相聞，月素書其一束。粤今歲之獻春，曁蕭辰之改燠。胡郵筒之杳然，闃爾音于金玉？將靈修之有他？豈鴆鳥之不告？俄有夫焉玄巾，發金沙兮再宿。趣問兄之起居，卒然應以不祿。意道路之傳譌，抑老耳之聽繆？杵當胸而擊撞，車迴腸以轣轆。徐掩抑以問故，乃噭然其一哭。又踰月而聞訃，報窀穸已穆卜。惟虞主之用栗，須吾筆以書木。告僕夫以戒行，及祖行之未速。駕白馬以素車，庀椒漿與明燭。欻玄冥之疾威，驚坤輿之翻覆。風拍山其欲碎，水滴地而成軸。迴孤舟于毒浪，收窮命之一粟。列冰車之峩峩，抗雪柱之矗矗。聽堯年之鶴語，祭周郊之牛目。悲蟲老而蟄藏，同馬牛之蜎縮。將余心之遙遙，命下走之鹿鹿。抒寸管以告哀，絮一斝以遙祝。臨朔風而霑灑，徒老淚之盈掬。嗚呼哀哉！

昔丙午之嘉會，幸竊附乎嘉賓〔三〕。陟仕途以登頓，如汲井之兩輪。紛負塗之鬼豕，咸金虎于宮隣。既斗南而箕北，亦薺甘而蓼辛。智不詡乎集菀，愚不甚乎積薪。慶彈冠而相賀，閔失路而交呻。伊鶴表之歸舊，見銅人之泣新。我疎放以無紀，兄拮据而長勤。齊晼晚其一致，夐空有而彌親。遡生平之游跡，每絕倒于時人。雜莊語以嬉笑，繼諸謔以忿嗔。書發函而噴飯，語失笑而墊巾。角短長于匕箸，鬭哀樂〔四〕于眉顰。鄙驕人之好好，嗤老成之諄諄。吁嗟兄其往矣！吾何託乎笑嚬？憶張燈之高會，在戊子之好春。張水嬉而卜夜，奮絲肉以雜陳。移璧月以入座，浸繁星于水濱。然火城而不夜，爛花樹其如銀。遲質明而畢宴，感榮落于茲晨。執兄手而三嘆，信爽鳩之樂頻。覩參橫兮月落，識迴向于空門。兄知我之託寄，頩微笑而弗瞋。曾百年之未滿，遽告歸于大均。兄淵敏以絕世，稟夙昔之靈根。口決河其如霤，腸熱火而輪囷。脫身世以長往，閱積刦之沉淪。知空生于一漚，蕩諸有于吹塵。撫昔夢而一笑，曾何有于云云？陳余辭之覼縷，譬風發于青蘋。嗚呼哀哉！尚饗！

【校記】

〔一〕鄒鎡序本、金匱本作「丁」，邃本作「了」。〔二〕金匱本作「江」，邃本、鄒鎡序本作「蒼」。〔三〕金匱本有此句六字，邃本、鄒鎡序本無。〔四〕邃本作「哀樂」，鄒鎡序本作「哀哉」，金匱本作「衰壯」。

哀詞

徐巨源哀詞

昔韓退之哀獨孤申叔曰：「衆萬之生，孰非天耶？將下民之好惡，與彼蒼懸〔一〕？抑〔二〕蒼茫無端，而暫寓于其間耶？」柳子厚哭張後餘謂：「激者曰：天之殺恆在善人而佑不肖。」是二者，其論皆不及孟子。孟子論天下無道有道，德力相役，而蔽之曰：「是二者天也。順天者存，逆天者亡。」有道無道皆天，豈暫寓耶？順存而逆亡，豈但殺善耶？孟子之論則通矣。以吾友巨源徵之，則有未盡焉。

巨源姓徐氏，吾師季良先生第三子也。余鄉舉出師門，巨源二兄皆師事余。吾師自邑令入西臺，受黨人排笮。二子伯學仙，仲學劍，皆無所成。巨源髫年雄駿，吾師自幸有子。吾師沒，洊經喪亂，文章意氣，未嘗少衰。戊戌歲，詒書數萬言，以斯文見推，約扁舟東下，請事函丈。未及行而死于盜。

嗟夫！巨源居今之世，生今之時，讀書好古，嶄然有以自見，不可謂之非逆天也。天之全巨源也，掠地免，圍城免，急獄亦免，固非有意殺巨源也。然卒不免于盜手者，何也？豈天之殺善人，固其本意，而假手于羣盜歟？將亦視天夢夢，所謂蒼茫無端者，聽盜之以亘源爲朝脯，懵而不能禁歟？抑以今之盜，皆天使〔三〕瞷斯世有逆天而未亡者，以是暴天之短而信其屠戮歟？亘源訃至，余哭之而哀。既而曰：「吾敢乎哉！是忽忘孟氏之明戒，而重天之怒也。」姑爲詞以舒余哀，書一通以遺其子，俾讀而焚諸殯宮，且鑱之墓上。亘源諱世溥，江西新建人，歿時年五十一。其詞曰：

大江浩〔四〕其西逝兮，燦牛斗之晶光。延津兩龍耿其未沫兮，乘帝車而下降。散芒翼爲文章兮，作人中之干將。嗟龍身之摧殘兮，仍獄底之餘殃。胡天公之懵懵兮，恣盜賊之昌昌？維吾子之駿發兮，嶄頭角而先登。羅經史之義府兮，陷文字之堅城。衆皆望塵而却避兮，羌獨告余以未央。期裹糧而造余兮，請示我以周行。子以吾爲識道之老馬兮，敢自愛其謦欬。天之將喪斯文兮，盜亦縱〔五〕其斧槍。吾方恃子以自厲兮，若將援而喪厥肱。翳撐犂及統格兮，蒼蒼不獲保其嘉名。誠知皇天無老眼兮，吾又何誣諉夫巫陽。惟吾師之德烈兮，孰竹帛其無稱？逝將論次以報若子兮，指九天以爲正。苟素車〔六〕之可要兮，補三哭于友朋。橫江流而陳詞兮，吾將〔七〕濟其有命。

【校記】

〔一〕遂本作「與彼蒼懸」，鄒鎡序本空缺，金匱本無「蒼」字。

〔二〕金匱本有「抑」字，遂本、鄒鎡序本無。

〔三〕金匱本作「使」，邃本、鄒鎡序本作「吏」。〔四〕邃本、金匱本作「浩」，鄒鎡序本作「告」。〔五〕金匱本作「縱」，邃本、鄒鎡序本作「恣」。〔六〕邃本、鄒鎡序本作「車」，金匱本作「德」。〔七〕金匱本作「將」，邃本、鄒鎡序本作「得」。

角黍詞哀瞿臨桂〔一〕有序

瞿臨桂〔二〕以庚寅十月殉義于桂林。越十〔三〕年辛丑，厥孫昌文以粵中紀事一編，繕寫來請。于時五日，方食角黍，放箸而嘆，援筆憑弔，遂以角黍命篇。其詞曰：

後臨桂〔四〕殉義之十祀兮，歲在辛曰重光。遇〔五〕端午之令節兮，食角黍于江鄉。稚孫置食而問故兮，屈何辜而自戕？楚人何暱而荐黍兮，蛟龍何讎而攫攘？指盤盂〔六〕以敶告兮，輟摶食而彷徨。有孫〔七〕詒我長編兮，羅粵故于縑緗。羌三嘆而展讀兮，淚流簡其浪浪。胡終古之毒痛〔八〕兮，氿瀾交塞于蒲觴？伊天路之倡塞兮，夾六龍以高驤。扶南中之日月兮，畫規外爲垣墻。肆帝車之妯騷兮，屬彗孛之披猖。恨欃槍之未靖兮，指鶉尾以爲正〔九〕。嗟成旅之方俶載兮，曰吾不〔一〇〕濟其有命。正法冠之峨峨兮，誓畢命之琅琅。惟吾子之殉粵兮，姽姱節于沅湘。屈子沉魄於〔一一〕水府兮，吾子煅骨于灰埸。扇腥風于毒炭〔一二〕兮，炎桂林爲崐岡。藏吾血三年而成碧兮，雖燔颺其何妨。天地百神下〔一三〕觀其鑪鞲兮，祝融回祿相助其角芒。素車樸馬而返葬兮，又何羨乎題湊與黄腸。緊靈輀之東歸兮，介鶴戛然高鳴于桂坊。今吾剪紙而長謠兮，安知不惠然顧我而盡〔一四〕傷。疇昔申旦而入夢兮，期並濟于舟航。子孫執簡而列侍兮，顏欣欣其樂康。余〔一五〕竊怪其有憂而喜兮，靈氛告余以未詳〔一六〕。登虞山而端策兮，候巫咸之景光。帝命我訊掌夢兮，逝將下筮于巫陽。亂〔一七〕曰：江村兮重午，懷故人兮淚如雨。斗杓正兮天中，擣訞厲兮臼杵。歸來兮修門，奠椒酒兮設搏黍。東方兮將明，陵波〔一八〕有美兮不得語。循楚歌兮舊俗，聊傳芭〔一九〕兮伐〔二〇〕鼓。佇清廟兮配食，陳紗燈兮玉斧。肆登歌兮樂章〔二一〕，將以詔于〔二二〕有〔二三〕瞽。華表兮重臨，大鳥兮朱咮。神不來兮來不語，使我心兮苦復苦。

【校記】

〔一〕此文邃本、金匱本有，鄒鎡序本無。邃本題「詞」作「調」，下三字爲「瞿臨桂」，金匱本作「詞」，前三字爲「東皋氏」。〔二〕邃本作「瞿臨桂」，金匱本作「東皋氏」。〔三〕金匱本「十」字下有「有二」二字，邃本無。〔四〕邃本作「臨桂」，金匱本作「東皋」。〔五〕金匱本作「遇」，邃本作「過」。〔六〕邃本作「盂」，金匱本作「蓋」。〔七〕邃本作「孫」，金匱本作「客」。〔八〕邃本作「痛」，金匱本作「痛」。〔九〕邃本有「肆帝車」至「以爲正」四句二十六字，金匱本無。〔一〇〕金匱本有「不」字，邃本無。〔一一〕金匱本有「於」字，邃本無。〔一二〕邃本作「扇腥風于毒炭」，金匱本作「碎寶珩於荆殿」。〔一三〕邃本作「下」，金匱本作「卜」。〔一四〕金匱本作「爇」，邃本作「奭」。〔一五〕金匱本有「余」字，邃本無。〔一六〕金匱本作「詳」，邃本作「祥」。

〔七〕金匱本作「亂」，遂本作「辭」。〔八〕金匱本作「波」，遂本作「陂」。〔九〕金匱本作「芭」，遂本作「情」。〔一〇〕金匱本作「伐」，遂本作「桴」。〔一一〕金匱本有「章」字，遂本無。〔一二〕金匱本作「詔」，遂本作「詒」。〔一三〕金匱本有「有」字，遂本無。

嚴宜人文氏哀辭 并序

宜人姓文氏，東閣大學士謚文肅諱震孟之長女，嫁〔一〕兵部主事嚴栻，少保謚文靖諱訥之孫也。文肅忠果正直，耿然如秋霜夏日。愛其女，以爲類己。文肅參大政，百日而罷。歸里，踰年而卒。宜人從夫官信陽，哭其父，過時而毁，忽忽如不欲生。越九年而卒，崇禎甲申之十一月也。年四十有六。日月有時，卜葬于虞山祖塋之側。哀子熊屬其舅氏秉撰述行〔二〕狀來請爲誌，伏地哭不能起。余爲感而泣下。往文肅輟講筵歸，改葬陸夫人，以丘嫂之誼，謁余爲銘。今老居此世，忍復執筆而銘其女乎？宮隣金虎，感倚伏于前；左帶沸脣，悼横流于後。紘幺徽〔三〕急，撫歎蠻盈。俯仰三世，于余心有戚戚焉！殫毫綴思，百端交集，聊爲哀辭一通，以寫余懷。曾子固有言：「墓銘埋之墓中，而哀辭刻之冢上。」以辭代銘，亦可以慰人子之思于没世。其辭曰：

唯川澤之鍾美兮，産珠圓而玉方。猗彼美之含章兮，粲宵明與燭光。刻名字于茗華兮，叶圖頌于珩璜。屛丹華于盥洗兮，約顧步于明璫。奉嚴君爲保傅兮，肅鏡鑑于公宮。結嘉姻而既饋兮，揚褘徽其滿堂。被阿錫以戉削兮，躡鳴玉之鏗鏘。判獨介而離立兮，御荆布以自將。辨貞素爲鞶帶兮，被禮義之繡裳。雲衣飄而欲舉兮，香風汎而彌芳。敬般中于諸母兮，戒陝輸于七章。脱雞鳴之環珥兮，峙燕游之糗粻。儲宿肉于旨畜兮，挫糟凍于羽觴。呼梟牟〔四〕而移日兮，歌慕棗而隕霜。臂奇毛于下韝兮，沫絶景于康莊。陌上草薰而花暖兮，閨中燭揄而漏長。丈人宣痲而登進兮，郎君射策而肆翔。易縞綦爲翟茀兮，御雕軒而服箱。佽戴星于鈴索兮，晞浴日于垣墻。

胡昊天之不弔兮，奄穨岳而壞梁。慶雲黯其光覆兮，曜靈匿而西藏。嚴霜零于朱夏兮，涼颸起于洞房。泝濤江之沉瓜兮，繫犍爲之珠囊。吾將從二女而浮江兮，行不濟其有命。甘首疾而如疢兮，歌芣苡而悲涼。寧溘死以長寢兮，逝將見先君于顥蒼。嘆漆室而恤嫠緯兮，嗟執手而涕滂。天門開其詄〔五〕蕩兮，穆將朝兮上皇。瞻玉衣于帝后兮，錫石窌而惻愴。相斗柄其猶未沬兮，故知其含涕而下帝閶。

夫人自有美子兮，極勞心兮樂康。卜佳城于錦峯兮，注玉膏兮銀潢。瘞〔六〕琬琰于鍾山兮，宜鬼神之服饗。覽便房而來御兮，撫庭砌之琳琅。捐余玦而遺佩兮，反交風于沅〔七〕湘。哀孝子之念母兮，淚漬血而浪浪。感余懷之悱惻兮，泉赴釜而沸湯。寫啁噍于斯詞兮，祝背行以彷徨。巫咸告余以夕降兮，又何用筮予于巫陽。

【校記】

〔一〕金匱本有「嫁」字，邃本、鄒鎡序本無。 〔二〕鄒鎡序本、金匱本作「沘行」，邃本作「行逝」。 〔三〕金匱本作「徽」，邃本、鄒鎡序本作「徵」。 〔四〕金匱本作「卒」，邃本、鄒鎡序本空缺。 〔五〕各本作「趺」，誤，應作「詄」。 〔六〕金匱本作「壍」，邃本、鄒鎡序本作「植」。 〔七〕金匱本作「沅」，邃本、鄒鎡序本作「流」。

有學集卷三十八

書

答杜蒼略論文書〔一〕

蒼略友兄執事：僕狂易愚魯，少而失學，一困于程文帖括之拘牽，一誤于王、李俗學之沿襲，尋行數墨，倀倀如瞽人拍肩。年近四十，始得從二三遺民老學，得聞先輩之緒論，與夫古人詩文之指意、學問之原本，乃始豁然悔悟，如推瞌睡于夢囈之中，不覺流汗浹背。而〔二〕世網覊紲，日月逾邁，遂無從摶心屏慮，遡流窮源，以究極古昔孫志時敏之學。率率應酬，支綴譔述，每一舉筆，且媿且恧，胸中怦怦然如與筆墨舉舂相應和，今所傳初學集者，皆是物也。

少讀班、馬二史欣然自喜。戊寅歲，訟繫西曹，取而讀之，然後少知二史之史法，與其文章之蹊徑阡陌。始自嘆四十六年以前，雖讀史、漢，猶無與也。向後再讀之，輒有所得。去歲纍囚白下，又繙一過，又自媿向者之闊疎也。讀古人之書，其難如此，而況于自作乎？

又況于驅駕古人，欲凌而上之乎？僕所以重自退損，不敢妄插牙頰，僭冒于著作之林，爲此故也。然而區區之心，或有未能釋然者。則以今之世俗學沉錮古道滅熄，以愚之謏聞寡學，猶得竊聞先輩之緒論、古學之原本，倘得一二雄駿君子〔三〕，相與辨問扣擊，郵傳其百一。譬之橫流之一壺、昏夜之一燈，安知不可以衍斯文未絕之一綫，而少逭後死〔四〕之責乎？此所以目瞚口張，舌癢涎流每欲傾倒于知友之前而不暇顧流俗之訾笑也。今于邂逅之頃，得遇足下。聽其言，如石之投水。又從而導歍之、贊嘆之，則僕之瞽說，庶幾不徒設，而任後死斯文之責，或不患乎無人矣。語有之：教學相長。吾何以長子哉？

韓、柳之文，皆自敍其所讀之書。而古人讀書之法，則宋潛溪于曾侍郎墓誌蓋詳言之。由宋、元以上遡于兩漢、有唐，其學問之條目，一而已矣。唐文之奇，莫奇于樊宗師，韓文公論其文曰：「文從字順乃其職。」乃知宗師之文，如絳守園池記，今人聱牙不能句讀者，乃文公之所謂文從字順者也。由是推之，則揚子雲諸賦，古文奇字，層見疊出，亦不過文從字順而已矣。推極古今之文，至于商盤周誥，固不出于文從字順，宜乎讀書爲文之易易也。而愚之于二史，則亦嘗韋絕擖折，白首而茫如。由此言之，古人之書豈易讀而其詩文豈易及者哉！

足下謂吾之評文，恐流入可之、魯望、表聖之倫，而微詞相諷諭。此則高明之見如此，而僕固不敢有是論也。可之之文，出于退之，再傳魯望、表聖，託寄不一，要皆六經之苗裔，騷、雅之耳孫也。其所以陷于促數噍殺、往而不返者，以其生于唐之季世，會逢末刦之運數，而發作于詩章。故吾于當世之文，欲其進而爲元和，不欲其退而爲天復，有望焉，有禱焉，非其文之謂也。如以其文也，遂欲高視闊步，躋足下之文，而抑諸公于壇墠之外，則僕亦爲妄人也已矣。足下亦何取而過存之也哉？

牘末云云，此千古之曠見，亦千秋之冥感。汗青有日，敬拜德音。然而鄙人則有以自命矣，曰：昔年之不死，不死而已〔五〕矣；今日之瀕死而不得死，則猶然不死而已〔六〕矣。自今以往，禽息鳥視，草亡木卒，爲籠檻之殘生，爲圈牢之養物，生則空蝗粱黍，死則寄羽蜉蝣，尚欲刻畫殘生，塗抹後世，豈不重辱青編而羞千古之士乎？要之，死日是非始定，足下具窮塵之觀，抱陽秋之簡，如遼緩以待之而已矣。新詩氣韻琅琅，詠史十章，爲茂之所稱者，使事押韻，具有前輩典則，實西涯〔七〕諸公之遺則也。後生可畏，來者難誣，惟足下努力自愛。狂言滿紙，不惜爲知己。惟藏諸篋衍，勿以示人，滋衰遲之訶〔八〕厲，則幸矣。時己丑王正之五日也。

【校記】

〔一〕此文亦收于文鈔補遺中。〔二〕文鈔補遺有「而」字，各本無。〔三〕金匱本、文鈔補遺作「雄駿君子」，遼本、鄒鎡序本作「君子雄駿」。〔四〕金匱本、文鈔補遺作「死」，遼本、鄒鎡序本作「起」。〔五〕〔六〕各本作「已」，文鈔補遺作「死」。〔七〕文鈔補遺作「涯」，各本作「淮」。〔八〕文鈔補遺作「詢」，遼本作「詞」，皆可。鄒鎡序本作「詞」，金匱本作「詢」，誤。

再答蒼略書〔一〕

蒼略賢良友兄執事：再惠長箋，斐亹爛熳，讀之未能卽了，再乙其處，而後始〔二〕竟其詞也。僕之著作，流傳絕少。往年爲瞿稼軒蕞萃刻成百卷，刻甫就而國變作。書版漫漶，不復料理，且亦不敢復出。不知足下所見，是僕何等文字，而獎飾之若是？曹子桓有言：「文之佳惡，吾自得之。」杜陵亦云：「文章千古事，得失寸心知。」僕之才與志，未必不逮今人。而學問則遠不如古人。古人之學，自弱冠至于有室，六經三史，已熟爛於胸中〔三〕，作爲文章，如大匠之架屋，楹桷榱題，指揮如意。今以空疎繆悠之胸次，加以訓詁〔四〕沿襲之俗學，一旦悔悟，改乘轅而北之，而世故羈紲，年華耗落，又復悠忽〔五〕視蔭，不能窮老盡力，以從事于斯，遂欲鹵莽躐等，驅駕古人于楮墨之間，此非愚卽妄而已矣。此僕之所以深思易氣，自知不逮古人，正子桓所謂佳惡自得〔六〕者，而非敢故自貶損，以自附于退之小慚大慚之說也。足下他日當自知之，亦以吾言存之而已矣。

六經，史之宗統也。六經之中皆有史，不獨春秋三傳也。六經降而爲二史，班、馬其史中之經乎？宋人班、馬異同之書，尋撦字句，此兒童學究之見耳。讀班、馬之書，辨論其同異，當知其大段落、大關鍵，來龍何處，結局何處，手中有手，眼中有眼，一字一句，龍脈歷然。又當知太史公所以上下五千年縱橫獨絕者在何處？班孟堅所以整齊史記之文而瞠乎其後不可幾及者又在何處？尙書、左氏、國策，太史公之粉本，舍此而求之，見太史公之面目焉，此眞史記也。天漢以前之史，孟堅之粉本也。後此而求之，見孟堅之面目焉，此眞漢書也。由二史而求之，千古之史法在焉，千古之文法在焉。宋人何足以語此哉！以文法言之，二史之文，亦不過文從字順而已矣。吾之前言，似易于殷盤周誥，而難于二史，以此啓高明之疑。吾之爲斯言也，非有兩端也。昌黎之言曰：「易奇而法，詩正而葩。」殷盤周誥，詰曲聱牙。」又曰：「惟古于文必己出，文從字順乃其職，降而不能乃剽賊。」故知昌黎之所謂詰曲聱牙者，未嘗不文從字順。而古今之文法章脈，來龍結局，紆迴演迤，正在文從字順之中。此吾之于二史，所以童而習之，白首茫然，不能不望洋而長嘆者也。

歐陽子，有宋之韓愈也。其文章崛起五代之後，表章韓子，爲斯文之耳目，其功不下于韓。五代史記之文，直欲祧班而禰馬。唐六臣、伶人、宦者諸傳，淋漓感嘆，綽有太史公之風。人謂歐陽子不喜史記，此瞽說也。歐陽玄金史諸傳，虞集大典諸序論，其亦讀歐陽子〔七〕之文而興起者乎？自弘、正以後，剽賊之學盛行，而知此者或罕矣。震川窮老而不遇，弇州衰晚而自悔。居今之世，欲從事于二〔八〕百餘年之史，非有命世之豪傑如歐陽子者，其孰能爲之？嗚呼！難言之矣。今且無論其他，即我聖祖開國，因依龍鳳滁陽之遺跡，子長楚漢月表之義，誰知之者？韓公之誅夷，德慶之賜死，金匱石室〔九〕之書，解、黄諸公，執如椽之筆者，皆晦昧不能明其事。而後世寧有知之者〔一〇〕乎？世之通人如某某輩，皆網羅蒐討，勒成一書，儼然自命良史，亦間出以相商。僕爲之竊笑，亦爲之竊嘆，終不敢置一喙也。

嗟乎！西清、東觀，已屬前生。官燭隃麋，徒成昔夢。老夫耄矣，無能爲矣。庶幾以餘生暮齒，優游載筆，詮次舊聞，以待後之歐陽子出，而或有采取焉。用以當西京之雜記、東都之長編，猶可以解黍蝗食蠹之譏，而慰頭白汗青之恨，此則某之所竊有志焉，而亦深望于同志之君子，啓予助我者也。昔之論學者，以爲大扣則大鳴，小扣則小鳴。足下虛懷下問，可謂善于扣擊〔一一〕者矣。而僕之謏聞淺見，老而多忘，則辟之于布鼓也、瓦釜也，扣之而不能鳴。即鳴矣，而不足以發皇幽渺，導飏底滯，亦祇博善撞者之一哂而已矣。東方朔和柏梁曰：「傴迫詰屈幾窮哉！」其僕今日之謂乎？元夕前之四日〔一二〕。

【校記】

〔一〕此文亦收于文鈔補遺中。〔二〕文鈔補遺有「始」字，各本無。〔三〕金匱本、文鈔補遺有此句六字，遂本、鄒鎡序本空缺。〔四〕金匱本、文鈔補遺作「詁」，遂本、鄒鎡序本作「故」。〔五〕金匱本、文鈔補遺作「悠忽」，遂本、鄒鎡序本作「悠悠」。〔六〕金匱本、文鈔補遺作「得」，遂本、鄒鎡序本作「知」。〔七〕文鈔補遺有「子」字，各本無。〔八〕文鈔補遺有「二」字，各本無。〔九〕金匱本、文鈔補遺作「室」，遂本、鄒鎡序本作「寶」。〔10〕金匱本、文鈔補遺有「者」字，遂本、鄒鎡序本無。〔11〕金匱本、文鈔補遺作「擧」，遂本、鄒鎡序本作「學」。〔12〕文鈔補遺有「元夕前之四日」，各本無。

答徐巨源書〔一〕

謙益再拜，巨源世兄畏友足下：喪亂已後，忽復一紀，雖復刀塗血道，頻年萬死。師恩友誼，耿耿余懷。自惟降辱殘軀，奄奄餘氣，仰慚數仞，俛愧七尺。郵筒往來，握筆伸紙，輒復淚漬于袵，汗浹于背。聲塵寂蔑，與吾巨源，積不相聞，職此由也。長益、偉長，深悉存念。文孫繼至，損惠手書。嗟乎巨源！瞪目相視，尚以爲有口有目，可以比數于人。巨源蓄我良厚，而僕之淚漬汗浹，緶縻涔淫，殆有甚焉。古之人不死于千金而死于一言，不死于黔奴夾食而死于上尊養牛，則僕之所當草野自屏，引決以謝知己者，在此日矣。何以恤我？我其收之，巨源終何以命我？今日文長，且置是事，姑與子言文事。

當今俊民鴻〔二〕生，所在蔚起，倚閭舉業，枕籍經史，古學之興，駸駸乎葭吹琯動矣。其中淄澠流變，朱碧錯互，恆〔三〕思之叢，馮藉壇坫。黎丘之鬼，雄長桓、文。非有高名宿素老于文學者，爲之建旗鼓。申誓命，別裁其眞僞，格量其是非，奔者東走，逐者亦東走，將使誰正之哉？僕老且耄及矣，皈心空門，重自蕪廢。當今之世，舍我巨源其誰？

僕嘗觀古之爲文者，經不能兼史，史不能兼經，左不能兼遷，遷不能兼左，韓不能兼柳，柳不能兼韓。其于詩，枚、蔡、曹、劉、潘、陸、陶、謝，李、杜、元、白，各出杼軸，互相陶冶。譬諸春秋日月，異道並行。今之人則不然，家爲總萃，人集大成。數行之內，苞孕古今。隻句之中，牢籠風雅。今人之視古人，亦猶是兩耳一口也，何以天之降才，古偏駁，今偏純？何以人之學術，古偏儉，今偏富？何以斯世之文章氣運，古則餘分閏氣，今則光岳渾圓，上下千載，吾不知其何故也？兼幷古人未已也，已而復排擊之以自尊。稱量古人未已也，已而復敎責之以從我。摧史則曄、壽、廬陵折抑爲皂隸，評詩則李、杜、長吉鞭撻如羣兒。大言不慚，中風狂走，滔滔不返，此吾巨源他日之憂也。

竊嘗謂末學之失，其病有二。一則蔽于俗學，一則誤于自是。九經六藝，炳若丹青。律數小學，具有譜牒。今不爲爬搔搜剔，遡本窮源，經學亂于蛙紫，史家雜于秕稗，衆表競指，百喙爭鳴。蒼耳蒺藜，罥之皆能刺足；鹿朴烏喙，食之便可腐腸。至今爲梗，實繁有徒。故曰蔽于俗學。以輓近爲準的，以譌繆爲種性。胸中先有宿物，眼下自生光景。于是逞臆無稽，師〔四〕心自用。章句聯爾，先已訂其雌黄；旨趣茫然，便欲褎其疵纇。斯則病在膏肓，魔入肺腑。牛羊之眼，但向一隅；蟪蛄之聲，終違九里。孟子曰：「自以爲是，而不可與入堯舜之道。」良可愍也。故曰誤于自是。此二者，流俗之人，項背相望。而世之君子，以斯文爲己任者，殆亦未能免也。

今誠欲回挽風氣，甄别流品，孤撑獨樹，定千秋不朽之業，則惟有反經而已矣。何謂反經？自反而已矣。吾之于經學，果能窮理析義、疏通證明，如鄭、孔否？吾之于史學，果能發凡起例、文直事核如遷、固否？吾之爲文，果能文從字順、規摹韓、柳，不偭規矩，不流剽賊否？吾之爲詩，果能緣情綺靡、軒翥風雅，不沿浮聲、不墮鬼窟否？虚中以茹之，克己以厲之，精心以擇之，靜氣以養之。如所謂俗學之傳染，與自是之黴結，如鏡淨而像現，如波澄而水清。于是乎函道德、通文章，天晶日明，地負海涵，彼欲以螢火燒山，蚍蜉撼樹，其如斯世何？其如千古何？

管子之伯齊也，作內政、寄軍令，然後能懸車束馬，剬令支、斬孤竹，此古人內治之道也。去年爲周元亮作賴古堂文選序，頗及巨源、千子之緒言，輒錄一通奉覽。斯文未喪，來者難誣，在吾巨源勉之而已矣。巨源新文高明廣大，氣格蒼老，所得于憂患者不少。良欲抉摘利病，以副來請，而非衰耄所能及也。江變紀略，假太子者，一妄男子，謂是王駙馬，亦非也。舊輔，腐儒也，當少爲讚予，以旌愚忠。其中書法，當隱寄內外之義，以徵信史。古人合葬，題不書婦。今日〔五〕暨配某者，以〔六〕後不典之辭也。佛門文字，非貫穿內典，不可聊且命筆。南北二宗，是宗門事，與教下無預。性相二宗，是教門事，與宗下無與。惟清涼五教，用頓教攝宗門，此別自有說。今以性相判南北宗，非也。凡此皆無預于文體，亦不得不一檢點，以爲反經之小助耳。

干戈未息，關河渺然。天涯兄弟，聚首何日？嬋媛文事，代西窗一夕之談，此所謂溺人必笑耳。覼縷長言，具在別楮。鴻羽不絕，願聞德音。

【校記】

〔一〕此文亦收于文鈔補遺中。　〔二〕各本作「鳴」，文鈔補遺旁注「鴻」字，作「鴻」是。　〔三〕各本作「惠」，文鈔補遺旁注「恆」字，作「恆」是。　〔四〕邃本、鄒鎡序本「師」字與上句末「稽」字誤倒，茲從金匱本、文鈔補遺。　〔五〕文鈔補遺作「曰」，各本作「日」。　〔六〕各本「以」字上有「空門」二字，文鈔補遺圈去。

與嚴開正書〔一〕

僕家世授春秋，兒時習胡傳，粗通句讀則已，多所擬議，而未敢明言。長而深究源委，知其爲經筵進講，箴砭國論〔二〕之書。國初與張洽傳並行，已而獨行胡氏者，則以其尊周攘夷，發抒華夏之氣，用以斡〔三〕持世運，鋪張金、元已來驅除掃犁之局，而非以爲經義當如是也。

竊謂左丘明親授經于仲尼，公、穀皆子夏之門人。以宗法言之，左氏則宗子也，公、穀則別子之子也。漢世公羊盛行，左氏後出，立于劉，釋于杜，至孔氏而始備。迨于有唐之世，學者鑿空好新，欲舍傳以求經，于是入主出奴，三傳皆茫無質的，而春秋之大義益晦。元季有黄澤楚望者，獨知宗左氏以通經，以其說授之于東山趙汸。東山屬辭諸書，殆高出宋、元諸儒之上，而惜其所謂集傳者，猶爲未成之書，擇焉而未詳也。本朝富順熊過有春秋明志錄，援據該博，而于彭山李氏杜撰不根之說，亦有取焉，則亦好新說之過也。私心不自量，謂當以聖經爲經，左氏爲緯，採集服、杜已後訖于黄、趙之疏解，疏通晝一，訂爲一書，而盡掃施丐盧仝，高閣三傳之臆說。庶幾春秋一書，不至爲郢書燕說，疑誤千載。日月逾邁，舊學荒落，憒悶遺忘，不復省記，蓋二十年于此矣。荒村臥病，冒絮蒙頭，門下忽以春秋大聲擲示，忽〔四〕漫開卷，頭目涔涔〔五〕然。俄而目光迸發，心華怒生，如向所失物，取次得之。記憶宛然，口不能喻，惟有歡喜踴躍而已。

書之大指，在乎據傳以通經，據經以訂傳。其于文定傳義，發凡起例，條析理解，如秦越人之診病，洞見其臟腑癥結，攻伐療治，瞭如指掌，雖有二豎子，不能逃之于膏之上、肓之下也。今略撮其要義：如曰：春秋之託始，以魯隱之見弑而始，其終以請討陳恆而終。又曰：文公以前，政在諸侯。文公以後，政在大夫。二百四十二年間，但有大夫弑諸侯，不聞諸侯弑天子。經爲大夫作，不爲諸侯作也。又曰：齊桓既伯，諸國無一人敢弑君者，齊桓殺哀姜之威所懾也。楚莊既伯，二十餘年之內，海內無弑君之患，楚莊殺徵舒之威所懾也。大夫之惡，莫大于趙盾。聖人所取，無急于楚莊。此春秋大關目，炳如日星，古今未嘗標舉者也。謂隱、桓二十年間，外事皆以鄭莊爲綱，魯隱半生，全被鄭莊播弄。此老吏斷獄，案問得其主名，無可解免者也。謂盟會城築，無皆譏之例，謂母弟稱弟，史家恆詞，齊年鄭語，初無貶例。此如良吏平反，盡洗酷吏故入文致之案，深文者亦無所置〔六〕其喙也。此書雖專攻胡氏，如古人所謂箴膏肓、起廢疾者。覈其實則根據左氏，貫穿全經。胡氏棄灰之璞法，一切平亭；而諸儒墨守之疑城，一往推〔七〕倒。斯則尼父之功臣，非獨康侯之諍友也。非門下具千古心，開千秋眼，不能信手開闢，發此議論。然非僕老眼無花，似亦不能作此賞識也。

所最可惜者，本是通經著述之書，却言爲舉業而作。先之以標題舉業，繼之以別論經義。先號後笑，曲終奏雅。高明之士，一見講章面目，不待終卷，已欠申恐臥矣。辟之隋侯之珠，光可照乘，而崑山之人，用以彈鵲。又若珪璋瑴璧，褢襲敗絮，夭吳紫鳳，顛倒裋褐。物之失所，莫甚于此。猶記兒時，先宮保授以春秋録疑，訓之曰：「此晉江趙恆夫先生所著也。先生著此書，澡心屏氣，以纊塞其耳，然後執筆。書成去其纊，兩耳聾矣。」先輩專勤如此，雖可重，亦可哂也。今門下所撰述，縱横千古，可以廢口游、夏，輟簡啖〔八〕趙，而乃沿襲流俗，夾雜講章，徒爲趙先生塡耳之物而已，豈不可爲嘆息哉！倘門下不棄瞽言，慨然改正，芟削蕪梗，節爲一書，僕雖老耄，尚當温繹舊聞，悉意而爲之序。如其不然，畢竟以舉業爲主，經義爲客，則僕之斯言，或可命侍史繕寫，置之末簡。使世之君子，有習其讀而不欲竟者，或將爲之決眥拭目，蹶然而興起也。歲在丙申，五月五日，謙益〔九〕再拜。

【校記】

〔一〕此文亦收于文鈔補遺中。　〔二〕文鈔補遺作「論」。各本作「倫」，誤。　〔三〕文鈔補遺作「斡」。各本作「幹」，誤。　〔四〕文鈔補遺作「忽」。各本作「患」，誤。　〔五〕各本作「岑岑」，誤，應作「涔涔」。

〔六〕各本作「置」，文鈔補遺作「致」。　〔七〕各本作「推」，文鈔補遺作「摧」。　〔八〕金匱本、文鈔補遺作

「啖」，遂本、鄒鎡序本作「談」。

〔九〕文鈔補遺作「謙益」，各本作「某」。

與吳江潘力田書〔一〕

春時枉顧，深慰契闊。老人衰病，頭腦冬烘，不遑攀留信宿，扣擊緒論，別後思之，重以爲悔。伏讀國史考異，援據周詳，辨析詳密，不偏主一家，不偏執一見。三復深惟，知史事之必有成，且成而必可信可傳也。一官史局，半世編摩，頭白汗青，迄無所就。不圖老眼見此盛事。

天啓乙丑，承乏右坊，欲鈔昭示奸黨諸錄，而削奪之命驟下，踉蹌出都門，屬門下中書代寫郵寄。于時黨禁戒嚴，標題有「奸黨」二字，繕寫者援手咋指，早晚出入閤門，將〔二〕鈔書夾置袴襠中，僅而得免。又爲梁國公胡顯錯誤，取證楚昭王行實，屬游侍郎肩生從楚府覓得原本，楚藩密囑勿使人知。蓋訪求掌故，其難如此。癸未歲，國初及羣雄事略已削稿，瞿稼軒刻初學集，取其文略成章段者，爲太祖實錄辨證一編，以充〔三〕卷帙。其實則初稿未成之書，闕誤弘多。次後〔四〕洊經喪亂，覊囚南北，而編摹〔五〕之事，未嘗寢閣，增損刊正，遂與初稿頓異。又八年，刦火告災，遂成煨燼。初後同異，不復記憶。今列朝詩集載劉廌、劉三吾及朝鮮陪臣諸事，皆出於辨證初稿之後，則此稿之不堪援據，從可知矣。今得足下考異，從頭釐正，俾不致〔六〕以郢書燕說，遺誤後世，則僕之受賜多矣。辨證與考異牴牾者，不妨一一駁正。惟廖永忠一事，準愚見言之，畢竟以通鑑博論爲是。蓋此書寧王權奉太祖命編輯，編成有表進御，刻在內府，最爲鄭重。而自始迄終，不過尋常歷朝故事，獨于至正二十六年，特記永忠沉韓林兒于瓜步，寧非聖祖特標此一段，垂示〔七〕千萬世耶？庚申外史以北人紀南事，多所未核。所謂風浪覆舟者，卽沉林兒者之託詞，所謂君其問之水濱耳。庚午詔書，黨比楊憲紀綱獄詞，則云僭用龍鳳服伏誅。皆又從而爲之辭，非實事也。其所以然者，則又非臣子所當盡言，可以意得耳。國初事惟元、宋之際最宜留心。僕于羣雄錄中立元宋之際月表，序見初學集。高明不廢芻蕘，請于年表中倣而爲之。此亦東漢張平子不沒更始之遺意，非鄙人之創例也。

老人多忘，甚于師丹。又以繙閱內典，課誦嚴緊，世間文字〔八〕，一切不復料理。足下不忘老馬，虛己〔九〕下問，聊布其一二如此。牆角殘書，或尚可資長編者，當悉索以備蒐采。西洋朝貢典錄，乞仍檢還，偶欲一〔一〇〕考西洋故〔一一〕事耳。赤溟同志，不復裁書，希道鄙意。

七月朔日，謙益再拜〔一二〕。

【校記】

〔一〕此文亦收于文鈔補遺中。

〔二〕金匱本、文鈔補遺有「將」字，邃本、鄒鎡序本無。

〔三〕文鈔補遺有

「充」字，各本無。鄒鎡序本、金匱本「以」字上空一格，邃本空十一格，皆誤。〔四〕文鈔補遺作「後」，各本作「復」。〔五〕文鈔補遺作「摹」，各本作「摩」。〔六〕文鈔補遺作「致」，各本作「敢」。〔七〕金匱本、文鈔補遺有「示」字，邃本、鄒鎡序本無。〔八〕金匱本、文鈔補遺作「文字」，邃本、鄒鎡序本作「大事」。〔九〕文鈔補遺作「已」，各本作「公」。〔一〇〕文鈔補遺有「一」字，各本無。〔一一〕各本有「故」字，文鈔補遺無。〔一二〕文鈔補遺有「七月」以下八字，各本無。

復方密之館丈〔一〕

大法垂秋，法竿倒却，可道人于爾許時應緣出世，如鼇獨跳，如麟一角，眼光爍破四天下，大放獅子吼，俾斯世野干銷聲，狐猩屏跡，方不辜負轉輪遺囑也。茫茫世界，共在罌穴，不以此時安立日月，布置星辰，使我輩愚鈍衆生，昏天黑地，從漫漫長夜中過活，不亦傷乎！殘生暮齒，日逼西垂。教義單疎，修持頹墮。每念憨大師摩頂記莂，輒復剋骨驚心，中夜涕泣，誓願以文字結習因緣，迴向法門，銷歸教海。庶幾一知半解，少有發明，本師智燈心鏡，默〔二〕傳一綫，此卽是船子和尚翻身入水之日也。

鈍根肉眼，鑽穴文字〔三〕，正如誦帚比丘誦帚忘埽，誦埽忘帚，又如佛懺正法滅後，比丘將此大經，鈔前著後，鈔後著前，前後著中，中著前後。只如佛頂一經，五番輟簡，茫無頭緒，却亦了不自悔也。自知多生習氣，一往粗浮，正欲仗〔四〕此鈍愚，刮磨折伏。自今以往，生生世世，長鈍長愚，無知無解。寧可向三家村中拖繩拽草，作牧牛漢；寧可向折脚鐺邊，擔柴煨〔五〕飯，作啞羊僧。斷斷不肯鋪眉豎眼，掂斤播兩，口頭禪作過頭話，與世間髑髏盛糞之流，共作法門中獅子蟲也。中歲皈依，暮年策勵，老老大大，摸索得這幾句沒志氣話頭，正不堪可道人升師子座一棒趕出耳。

少年讀易，猶不讀也，今則不遑讀矣。每觀清涼、永明之書，判易有太極，一陰一陽爲外道，殊未敢信。而其所以不可信者云何？則未之知也。又觀張無盡、洪覺範已後知會之兩家說，良不敢不信。而其所以不可不信者云何？則亦未之知也。此中鞱節關頭，尚自茫如，都無把柄，豈敢作矮人觀場，隨人說長道短邪？陽符三極〔六〕，一家秘傳，古人所謂心易已易也，學易者于此求之足矣。若夫古今學易者，精微之旨，無過于王輔嗣、韓康伯之流，宋人一往抹摋，則過也。纂集之家，遠則李鼎祚，近則俞琰、熊過〔七〕。近代之談易者，自李卓吾、管東翁之外，似〔八〕未免爲時文〔九〕講章、兎園册子，若欲一一取之，恐尼父之韋編有不勝絕〔一〇〕，而鐵撾之有不勝折也。素伯不恥下問，趣舉以告，想過庭時聞之，當笑狂夫老更狂耳。山川阻絕，末由執手。信筆申〔一一〕寫，聊當一昔面談。亂後廢人，恩紀曠絕。宿草在念，徒有泫然。

【校記】

〔一〕此文亦收于文鈔補遺中。〔二〕各本作「默」，文鈔補遺作「點」。〔三〕各本作「字」，文鈔補遺作「句」。〔四〕各本作「仗」，文鈔補遺作「伏」。〔五〕文鈔補遺作「煨」，各本作「送」。〔六〕金匱本、文鈔補遺作「極」，邃本、鄒鎡序本作「樞」。〔七〕邃本、鄒鎡序本、文鈔補遺作「過」，金匱本作「迴」。〔八〕金匱本、文鈔補遺作「似」，邃本、鄒鎡序本作「時」。〔九〕文鈔補遺作「文」，各本作「人」。〔一〇〕金匱本、文鈔補遺有「絕」字，邃本、鄒鎡序本脫。〔一一〕金匱本、文鈔補遺作「申」，邃本、鄒鎡序本作「由」。

復徐巨源書〔一〕

頃者不揆狂瞽，抵齒文字，叫囂隳突，都無倫次。巨源不抵之于地，披襟采納，又從而鄭重獎許，開示引誘。通懷若斯，感歎〔二〕何已！

巨源之言曰〔三〕：「當虞山之世，未有以斯文自任者也。」巨源，知虞山之深者也。然巨源之知虞山，固不若虞山之自知也。僕之馬齒長矣，下上今古，劌心鉥腎，亦不啻三折肱矣。晚而周覽中區，旁皇顧視，迢然自引，願以此事推巨源者，則固有其說矣。竊觀古人之文章，銜華佩實，畫然不朽。或源或委，咸有根底。韓、柳所讀之書，其文每臚陳之。宋景濂爲曾侍郎志，敍古人讀書爲學之次第，此唐、宋以來高曾之規矩也。宋人傳考亭、西山讀書分年之法，蓋自八歲入小學，迨于二十四五，經經緯史，首尾鈎貫，有失時失序者，更展二三年，則三十前已辦也。自時厥後，儲峙完具，逢源肆應，富有日新，舉而措之而已耳。眉山兄弟，出蜀應舉，蓋已在學成之後。方希古負笈潛溪，前後六載，學始大就，皆此法也。去古日遠，學法蕪廢。自少及壯，舉其（四）聰明猛利朝氣方盈之歲年，耗磨于制（五）科帖括之中。年運而往，交臂非故。顧欲以餘景殘晷，奄有古人分年程課之功力，雖上哲亦有所不能。況如僕者，流浪壯齒，汜（六）濫俗學，侵尋四十，饋耳傭目，乃稍知古學之由來，而慨然有改轅之志。則其不逮于古人也，亦已明矣。夫學不逮古人，而不自知其不逮，則愚也。明知其不逮古人，而不欲自仞其不逮，則妄也。語曰：「文之佳惡，吾自得之。」又曰：「後生可畏，來者難誣。」夫其不逮古人，既已自知而仞之矣。又或捨己之知而假人之知我以自蒙，抑且奪己之自仞而挾人之知我以蒙世。愚妄並用，眉目易位，旋而思之，又爽然自失也。

喪亂餘生，討論舊學，蒐集本朝文史，州次部居，取次命筆，一夕而燬于刼火。如天之復假我以斯文也，殘灰餘燼，示現宿因。水涸山枯，回向佛法。回觀世間語言文字，如空花、如嚼蠟、如蟲蝕木、如印印（七）泥，以躭空扣寂之人，守旁行四句之典。馬、班二史，唐、宋八家，如夢中物、如寐中語。顧欲于此時點勘韻（八）筆，主張藝林，鏤緣影爲文章，界虛空爲壇墠，不亦誕乎！不亦荒乎！僕之自知審矣。撫心問影，動自忖度，不敢以斯文自任者，職此由也。嗟乎！巨源知我不可謂不深矣，以巨源之知我，而不復諦審其所自知，譬如水母以蝦爲目，俄而失蝦所在，詫曰：「我在，目將安往？」不可爲一笑乎？在刲波墨穴中，無豪易高耳，又倚恃巨源輩〔九〕宿名巨手，強有力者，以號令天下，乘間抵隙，餘分閏位。江、淮之朱弓赤矢，南越之黄屋左纛，唐公見推，其誰得而禁之？僕固心知其不可。臣猶知之，而況于君乎？此亦一善喻也。

巨源諄復示誨，期以弘長風流，鼓吹大雅，而又汲引同志如濮陽、長汀一二俊人，以相佽〔一〇〕助，則僕竊有以自處矣。其以僕爲斗杓，爲帝車，芒寒色正，傑然而命〔一一〕世乎？則僕固將趨風望塵，曳踵而却避。其或以爲謏聞樸學，稟承師說，粗知古學之源流，文章之體製，與夫近代之俗學所以偭背規矩者，使之背行除道，稱娖而前驅，則固不得而辭也。養由基之射，穿楊葉百步而射之，發無不中。楚人觀之曰：「可教射也。」西國有詣人說法者，曰：「販針兒，過針師門賣針耶？」以僕之固陋，苟不見棄于世之君子，見譽則爲楚人之教射，見笑則爲西人之販針，亦要〔一二〕有以自效而已？此其說在老馬之識道也。夫縱馬而識道，老馬之智也。懸車束〔一三〕馬，刜令支、斬孤竹，則桓公、管仲之爲，而非老馬之能也。僕今自比于老馬，負轅長鳴，以須懸車束馬之役，不亦可乎？

巨源引子美之詩「不薄今人愛古人」，以爲愛古人易，不薄今人難。知僕斯言，引繩披根，厚自破斥，法行自近，此則薄今日之尤者也。巨源將毋代我張目耶？西垂之歲，委心空門，刊落浮華，銷歸眞實。汗青〔一四〕頭白，已付前生。甲乙丹鉛，尙煩後哲。若復張皇塗抹，久假不歸，不惟貪明文類〔一五〕，猶結餘因，正恐外論虛詞，終邀空果。發茲誠語，借以懺心。是則繫表之言〔一六〕，亦通人所悉也。老不曉事，言必〔一七〕由衷，非敢矯志鳴謙，爲恭簡牘，光岳如故，丹青未沫，當仁不讓，巨源勉旃！若曰先河後海，後輝前〔一八〕光，如歐陽之于子瞻，所謂付以斯文者，僕固不敢以此薄巨源，而亦非巨源之〔一九〕所以自命者也。山川間阻，接席末由。起廢〔二〇〕發蒙，謹俟後命。謙益再拜〔二一〕。

【校記】

〔一〕此文亦收于文鈔補遺中。　〔二〕金匱本、文鈔補遺作「歎」，邃本、鄒鎡序本作「懷」。　〔三〕金匱本、文鈔補遺作「曰」，邃本、鄒鎡序本作「也」。　〔四〕文鈔補遺作「其」，各本作「甚」。　〔五〕金匱本、文鈔補遺作「制」，邃本、鄒鎡序本作「始」。　〔六〕金匱本、文鈔補遺作「氾」，邃本、鄒鎡序本作「記」。　〔七〕金匱本、文鈔補遺作「印」，邃本、鄒鎡序本作「刻」。　〔八〕各本作「韻」，文鈔補遺作「詩」。　〔九〕文鈔補遺作「聱」，各本作「贅」。　〔一〇〕金匱本、文鈔補遺作「飲」，邃本、鄒鎡序本作「傾」。　〔一一〕文鈔補遺作「命」，各本作「出」。　〔一二〕文鈔補遺作「要」，各本作「安」。　〔一三〕金匱本、文鈔補遺作「東」，邃本、鄒鎡序本作「策」。　〔一四〕金匱本、文鈔補遺作「青」，邃本、鄒鎡序本作「顚」。　〔一五〕文鈔補遺作「文類」，各本作「多類」。　〔一六〕金匱本、文鈔補遺作「言」，邃本、金匱本空缺。　〔一七〕文鈔補遺作「必」，各本作「不」。　〔一八〕文鈔補遺作「前輝後」，各本作「後輝前」。〔二九〕各本有「之」字，文鈔補遺無。〔三〇〕金匱本、文鈔補遺作「廢」，遂本、鄒鎡序本作「庚」。〔三一〕文鈔補遺有「謙益再拜」，各本無。

答王于一秀才論文書〔一〕

謙益白：足下學古之道，慨然思興復古文，以僕禮先一飯，爲識路之老馬，再三扣擊，俾指利病，蔪至于古之立言者。僕老〔二〕且倦，歸心空門，喉吻痒痒然，牙齒搰搰然，不自禁其葭灰將吹，冰魚欲渙也。見徐巨源與陳伯璣書，論僕晚年文字，顛好駡人，傳語相勸戒。爲之咋指吐舌，急杵擣心者累日。今將默而習乎？則虛足下避席之誠。欲進而言乎？又違徐巨源斯言之戒。媕婀瞪瞢〔三〕，未知其可。昨巨源復書，盛推僕主張壇墠，鼓吹大雅，不應逃虛談空，坐視矇瞽。今復語伯璣云云，則是憎鸜鵒之能言而更務〔四〕其舌，猩猩之善笑而反醉之酒也。其又將〔五〕何從而可？退而深惟生平，悻直妨身，叫呶尙口，惟以文字駡人，自分無有。乙未冬，爲周元亮敍賴古堂文選，數俗學流派，擿掐病根，多所破斥。巨源所指，或在于是。俗學謬〔六〕種，不過一贋，文則贋秦、漢，詩則贋漢、魏、盛唐，史則贋左、馬，典故則贋〔七〕鄭、馬〔八〕，論斷則贋温陵，編纂則贋毘陵，以至禪宗則贋五葉，西學則贋四韋陀，長箋則贋三倉。邪僞相蒙，拍肩接踵。一旦張目奮臂，區別稂莠，據一閭〔九〕之地，而爲四戰之國，布方寸之鵠，而招千人之射。實應且憎，號咷寡助。物莫之與而傷之者至矣，豈不岌岌乎殆哉！巨源，愛我者也，憂其危，閔其獨，憚其狂易，婉約其詞，聊以微言相勸戒，其忍具曰予聖，以規瑱吾耳者乎？日者答巨源書，極言殘年餘晷，不當參預斯文之故，成言鑿鑿，具在昔簡。俄而爲〔一〇〕二三士友弄引，惟論詩家之弊，歸獄于嚴儀、劉〔一一〕會孟暨本朝之高棅，矯首厲角，又成鬩端。譬諸〔一二〕穀陽豎之飲，左阿之舞，勞歌夢囈，浸淫發作，此佛所云習氣種子也。今而後綺語惡舌，奉持木叉戒，請自文字始。學〔一三〕有源流，文有體要，吾所知者，不過膚末。老而多忘，宛然昔夢。足下學殖富、筆力強，又有良友平格，磨礲講貫，又何竢于余言？若復傾倒腹笥，放讕狂言，于人無捧土之益，而在己有壅河之損。足下幸以老耄舍我，無復考音布鼓、乞雨土龍也。雖然，僕有緒言，敢諗足下。巨源之先人，與吾子之先人，吾之師友也。鄒忠介、劉文端在師友之間。李忠文吾長兄也。墓木已拱，汗青邈然，責在後死，故已心許之矣。是數君子者，名在斗杓，命在磨蝎。其抗手〔一四〕排擠者，入邑之虎、當門之犬也。其射聲附麗〔一五〕者，負塗之豕、黎丘之鬼也。邪正敵對，是非錯迕。僕未卽塡溝壑，緣隙奮筆，何所〔一六〕藉手？如其薰蕕同器，涇、渭合流，忠直奸諛，胥歸墨穴，斯則可謂之〔一七〕不罵人矣，而腐骨奚恃焉？罵則仇生，不罵則欺死。良知不死，猶有鬼神。中立祈免，非所能也。往者關門之役，舊經略議棄關〔一八〕外地八百里。高陽出督師〔一九〕，關地百里。既而膏唇拭舌，厚誣高陽。僕爲行狀，據事直書，經略怒而抵之地，亦終無以難也。虎尾不咥，鷄肋幾何？由今觀之，非狂則誖〔一〇〕。年在桑榆，惟有棲心佛法，息陰送老，何暇弄翰舌、爭短長，代他人拭鼻涕耶？竹帛未艾，衮鉞有人。東〔一一〕書閣筆，謹奉〔一二〕巨源之良規，冥明相負，竊有辭于數君子矣。惠而好我，良有同心。疏通證明，實在足下。昌黎有言，後生可畏，焉〔一三〕知不在足下。則願足下重〔一四〕勉之。丁酉仲冬晦日，謙益再拜〔一五〕。

【校記】

〔一〕此文亦收于文鈔補遺中。文鈔補遺題有「書」字，各本無。〔二〕金匱本、文鈔補遺有「老」字，邃本、鄒鎡序本無。〔三〕文鈔補遺作「慝」，旁注云：一作「瞢」。各本作「夢」。〔四〕文鈔補遺作「勞」，各本作「聲」。〔五〕文鈔補遺有「將」字，各本無。〔六〕金匱本作「謬」，邃本、鄒鎡序本作「多」，文鈔補遺兩字並列。〔七〕金匱本、文鈔補遺有「文則」至「典故則贋」二十一字，邃本、鄒鎡序本脱。〔八〕金匱本、文鈔補遺作「馬」，邃本、鄒鎡序本作「賈」。〔九〕各本作「閶」，文鈔補遺作「闃」。〔一〇〕文鈔補遺有「爲」字，各本無。〔一一〕各本「劉」下衍「義」字，文鈔補遺無。〔一二〕文鈔補遺作「諸」，各本作「之」。〔一三〕文鈔補遺作「學」，各本作「字」。〔一四〕金匱本、文鈔補遺作「手」，邃本、鄒鎡序本作「三子」。〔一五〕金匱本、文鈔補遺作「麗」，邃本、鄒鎡序本作「鹿」。〔一六〕文鈔補遺作「所」，各本作「能」。〔一七〕文鈔補遺有「之」字，各本無。〔一八〕各本作「門」，文鈔補遺旁注：周作「關」。〔一九〕金匱本有「師」字，各本無。〔二〇〕文鈔補遺作「誖」，各本作「謗」。〔二一〕各本作「東」，文鈔補遺作「僝」。〔二二〕邃本、鄒鎡序本只作「奉」，金匱本作

「謹戢」。　〔三〕各本作「焉」，文鈔補遺作「安」。　〔四〕文鈔補遺有「重」字，各本無。　〔五〕文鈔補遺有「丁酉」以下十字，各本無。

與吉水李文孫書〔一〕

忠文公神道之文，去歲尅期下筆。偶遊陪京，見一二野乘稗史，記載甲申議南遷事，不考覈忠文建議固守分封之始末，猥與倉皇避敵、委棄廟社者，同類而共列之。彼援據者，卽一時私家譔錄，起居召對之文，陰推陽附，巧借山斗鉅公以張皇耳〔二〕目。豎儒小生，不能通曉國家大計與大臣元老建置興復之本謀，以目借目，以耳食耳，目蕭蘭爲同心，混薰蕕于一器。譌繆流傳，將使百世而下，丹青無稽，涇、渭莫別，良可嘆也！良可慮也！循覽行狀，文直事覈，大闡定、哀之微詞，一洗陽秋之曲〔三〕筆，幸哉！忠文有後，吾可藉手以告成矣。然而命筆之期，所以遷延改歲者，以斯文之作，殊非聊爾，用以證明信史，刊定國論，其考訂不得不詳，而敍述不得不慎也。

狀所載監、撫二疏，備矣，第未詳初疏在某月某日，次疏在某日，詞臣南遷之疏，相去又幾日。此大事也，須用史家以日繫月、以事繫日之例，時日分明，奏封隔別，則同堂共事，交口合喙之心跡，可不辨而了然矣。龍胡既逝，螭頭不存，造膝之談，憑几之語，人爲增損，家爲粉飾。今當就彼記注，確爲箋疏，無令暗中摸索，移頭改面。卽弘光詔書罪狀光時亨之語，未嘗以南遷一議，通指兩家，可覆視也。時亨脅上之疏，或言專〔四〕斥南遷，或言幷攻監、撫。當日簡牘具在，不可矯誣。此亦時事相關，當幷爲條析者也。嗟乎！一代表儀，千秋知己。忠文往矣，寧有斯人？七尺未亡，三寸猶在。倘其鯁避氣焰，回互忌諱，黎丘之鬼，語笑扶同，恒思之叢，形影假借。馴致孔、墨齊驅，聃、非合傳，千秋青史，爚亂自我，何以逭于昌黎人禍天刑之責乎？古人作史，期于直書。其文必先年經月緯，巧僞滋多，口衆我寡，或有掛漏，反貽〔五〕口實。是以臨文思懼，泚筆而不敢舍然也。伏望爲我再考掌故，重覈闕遺，旬月之間，詳書見示。請以發函之日，爲授簡之辰，俾得策勵衰遲，抖擻翰墨，發攄肺腑之菀轖，蠲除史乘之災眚，庶幾金石之託，不愧後死，抑亦可以有辭于汗青也。

又若皖城之役〔六〕，單騎入左營，保全東南半壁，此事尤爲奇偉。當時奏報書尺，處分條畫之詳，更欲詳悉訪求，以供撰述。古人如司馬、韓、歐，論次此等事情，必須委曲描寫，使百世而下，鬚眉咳唾，一一如見，不應草草命筆也。惟足下重圖之。僕今年餘殃未盡，長孫夭折。一切世事，冰銷灰冷。獨未能忘情此文，爲餘生未了公案耳。孟昉郵筒往來多便，幸無金玉爾音。某再拜。

【校記】

〔一〕此文亦收于文鈔補遺中。〔二〕文鈔補遺作「耳」，各本作「手」，誤。〔三〕金匱本、文鈔補遺作「曲」，遼本、鄒鎡序本作「典」。〔四〕文鈔補遺作「專」，各本作「傳」。〔五〕金匱本作「反貽」，遼本作「文貽」，鄒鎡序本、文鈔補遺作「文詔」。〔六〕金匱本、文鈔補遺作「役」，遼本、鄒鎡序本作「後」。

與錢礎日書〔一〕

齊人書郵，得見佳刻多帙。珠林玉府，使人應接不暇。至於微言苦語，喚醒人間大夢。繙閱之際，賞心奪目。然亦如啞子作夢，此中了了，而口不能言，亦不敢言也。見歸玄恭敍，似略識此中風旨。悠悠世上，索解人正未可多得耳。春寒料峭，便如雞窠中老人。光風轉蕙，桃雨舒花。青陽布令，當亦不遠。當要足下與仲通徵君酌二泉酒，開口一笑也。信筆附謝，不盡馳企。宗生謙益頓首。

【校記】

〔一〕此文金匱本有，遼本、鄒鎡序本無。

答彭達生書〔一〕

謙益再拜，達生友兄足下：頻年阻絶，迢然天外。每思廣陵僧寺，風雨促別，分手前期，自分此生遂永訣矣。青藜來，忽接手書，又得見詩文累帙。掉頭狂喜，此生復得與吾友相問，開緘恍惚，如再度一世。循覽來書及文，不惟如聞謦欬，而年來學問之剛強，志氣之堅忍，畫然成就，具見于此，尤可喜也。

僕西垂之歲，皈心空門，于世事了不罣眼。獨不喜觀西臺晉井諸公之詩，如幽獨若鬼語，無生人之氣，使人意盡不歡。而亦以立夫桑海之編，克勤遺民之錄，皆出于祥興澌滅之後，今人忍于稱引，或未之思耳。今日爲詩文者，尚當激昂蹈厲，與天寶、元和相上下，足下有其質矣。僕故爲之揚厲其辭，以張吾軍，知不以我爲夸爲誕，而河漢其言也。數年結客，落落可人者，一黄冠、一韎韋耳。百里比肩，談何容易。今又悉歸倉海君矣。天下大事，終不出儒生手。孔明、景略，不用長槍大劍，何自待之薄也？此語爲海上儒生吐氣，勿以尉遲公不伏老傳爲笑端也。一笑！一笑！

崑銅、巨源，駢死非命，巨源殲于盜賊，不獲與臧洪同日，則尤不幸之不幸也。巨源亂後著作繁夥，僕于江變紀略，略效規切，勸其正書法以徵信史，寬刺譏以旌愚忠，彼亦頗以爲然。已而流布如故，則知其仍執鬼宮而以吾規爲瑱也。劉崇之于漢，徐敬業之于唐，以一指揞泰山，其萬無一成也，庸夫市兒，皆能知之。有人焉，搖脣飾舌，極口訾謷，策其必敗，以爲能事，是可謂之智人乎？豈惟不智，若逆而揣之，有無窮過焉〔二〕。足下愛重巨源，而痛其不吊，則當鐫削斯文，勿留其稿，所以報巨源于九京者不淺也。

荒村衰病，謝絶賓客。青藜來，正屬疾延醫，扶攜一見，不能傾吐片語。頃作報章，病起恍惚，所欲與足下言者無窮，愋愋中止。雖然，即不能盡所欲言也，惟足下心知之而已矣。西來子弱，健婦持門戶，彼不能築懷清臺，但能築避債臺耳。西來非負人者，此他時友朋之責也。秋風將至，陽侯波立。參辰雖阻，弦〔三〕望有時。吾子幸努力勉旃，老夫亦願加餐以竢。

【校記】

〔一〕此文邃本、金匱本有，亦收于文鈔補遺中。鄒鎡序本無。

〔二〕金匱本作「焉」，邃本、文鈔補遺作「爲」。

〔三〕金匱本作「弦」，邃本作「強」。文鈔補遺二字並列。

與曾青藜書〔一〕

足下記存衰朽，不啻千里枉駕。狗馬屬疾，扶攜一見，不能具賓主禮。别後簡達生山居詩，循覽章、貢故章，生平慕悦奇士，如近代所稱趙次張、李伯淵之流，輒撫几頓足，恨不得與之奮臂。今乃覿面失之，則僕之摧頹闒茸，有目無覩，當與草木同其腐朽，居可知矣。

枉贈三章，激昂魁壘。「詩書可卜中興事，天地還留不死人」。壯哉其言之也。病起氣息交綴，未能效瓊瑤之報。寸心抑塞，聊于詩序發之。諺有之：「溺人必笑。」以僕之遲暮衰落，而握筆伸紙，多誕謾夸詡不可爲典要之言，園圃生杞〔二〕，能無爲鄉里兒童所笑？亦抑以復于知己，酬來美之百一而已矣。達生報章，敢煩侍史。兵塵方起，恐旦夕未便江行，或更得執手劇談。孟公奇士，逃禪非其本色，唯足下〔三〕有以報之。

【校記】

〔一〕此文遂本、金匱本有，亦收于文鈔補遺中。鄭鎡序本無。

〔二〕金匱本、文鈔補遺作「園圃生杞」，遂本作「園生杞」。

〔三〕金匱本「下」下有「者」字，遂本無。文鈔補遺有而旁加點。

與歸進士論校震川集書〔一〕

謙益白：荒村僻遠，伏承親枉玉趾，命校讐震川先生文集，不敢以荒落爲辭。尋繹舊學，排纘累日，乃告成事。應酬文字，間有率易冗長者，僭以臆見，洮汰四分之一。披金揀沙，務求完美，以一生師承在兹，良欲效攻玉之勤于遺編也。編次大意，略序梗概，以求正于法眼。或召玄恭詳審商推〔二〕。如有未當，不妨改正。

編次之法，略倣韓、柳、蘇三集，古今文體不一，亦不盡拘。先生覃精經學，不傍宋人門戶，如易圖論、洪範傳是也。故以經解爲首。次序論議説，皆論議之文也。韓集總屬雜著，今依各集，略爲區别。凡四卷。

次贈送序壽序，凡六卷。贈送序考論學術吏〔三〕治，皆非苟作。壽序古人所無，先生爲之，則皆古文也。舊本别置外集，今仍次贈序。

次記，三卷。尚有紀行諸篇，今取陸放翁、范石湖例，入别集。

次墓誌銘、墓表、碑、碣、行狀、傳、譜、世家，凡十二卷。誌墓之文，本朝弘、正後，靡濫極矣。先生立法簡嚴，一稟于古。移步换形，尺水興波。直追昌黎，不問其餘也。今所汰去者，十不得一。他文不爾。

次銘、頌、贊，一卷。祭文、哀誄，一卷。書，三卷。以上諸文，汰者四分之一，亦有存其半者。

歐、蘇集是二公手定，外制、奏議，别爲一集。今集中纔數篇，故居集之首，而策問附焉。

次宋史論贊，一卷。先生有志重修宋史，存論、贊以見其志。

歐、蘇集俱别裁〔四〕小簡。古人取次削牘，不經意之文，神情謦咳〔五〕，彷彿具焉。故錄爲二卷。寒暄駢偶之辭不載。紀行一卷次之。

次馬政志，一卷。先生邢州入賀時，留纂修寺志，故有此作。既有關于國故，其文則自謂倣史記六書也。取昌黎公〔六〕順宗實録例，系之别集。

公移吏〔七〕牘，各有格式，委悉情事，雅俗通曉，乃爲合作。非老于文筆者不能爲，亦不能知也。録而存之，略爲一卷。水利、賦役、禦倭諸書議，散在集中，可以參考。

唐人編李、杜詩，以文爲别集，比興著述，從其所重也。今取其意，録古今詩一卷。

先生爲舉子，即以論策擅場。今所存者，塲屋帖括及科舉程式之文。然其議論忼爽，行文曲折，蓋二蘇、秦、晁降格而爲之也。今取二蘇應制集例，録論策一卷。

右編次震川先生文集三十卷，别集十卷，餘集不分卷，約三百餘篇。先生于詞章，刊落皮膚，獨存眞實。雖其率卒應酬，或質而少文，或放而近易，有識者精求之，可以窺見先生擺脱流俗、信心師古之大致。余以管見，僭有去取，蓋猶未能免俗，規規然以時世心眼測量前哲，有餘媿焉。輟簡之餘，慨然三嘆。并識之以訊于智者。庚子五月二十八日，謙益白〔八〕。

【校記】

〔一〕此文邃本、金匱本有，亦收于文鈔補遺中，鄒鎡序本無。〔二〕文鈔補遺作「摧」，他本作「確」。

〔三〕文鈔補遺作「吏」，他本作「史」。〔四〕文鈔補遺作「裁」，他本作「載」。〔五〕金匱本作「謦咳」，邃本、文鈔補遺作「瞽睡」，分別誤一字。　〔六〕各本有「公」字，文鈔補遺無。　〔七〕文鈔補遺作「吏」，旁注「尺」字。他本作「尺」。　〔八〕文鈔補遺有「庚子」以下十一字，他本無。

有學集卷三十九

書

與族弟君鴻論求免慶壽詩文書〔一〕

箋後人謙益白，君鴻賢弟秀才足下：昨得書，撫教甚至。惠長律六百言，期以明年初度，長筵促席，歌此詩以侑觴。開函狂喜，笑繼〔二〕以忭。俄而悄然以思，又俄而蹴然以恐，蓋吾爲此懼久矣。犬馬之齒，幸而及耄。四方知交，不忘陳人長物，或有稱詩撰文，引例而相存者，良欲致詞祈免，而未敢先也。今此言自吾子發之，則吾得間矣。敢藉子爲鼖鼓，以申告于介衆。吾子其敬聽之無忽。

今夫人之恒情，所欣喜相告者，頌〔三〕也，祝也。其所掩耳匿避者，駡也，呪也。子之愛我憐我，欲引而致于我者，其必爲頌爲祝，而不爲駡且呪也審矣。今吾有質于子，夫有頌必有駡，有祝必有呪，此相待而成也。有因頌而召駡，有因祝而招呪，此相因而假也。若夫卽頌而爲駡，卽祝而爲呪，此則非待非因，非降自天，無可解免者也。今吾撫前鞭後，重自循省，求其可頌者而無有也。少竊虛譽，長塵華貫，榮進敗名，艱危苟免。無一事可及生人，無一言可書册府。瀕死不死，偷生得生。絳縣之吏不記其年，杏壇之杖久懸其脛。此天地間之不祥人，雄虺之所慭遺，鵂鶹之所接〔四〕席者也。人亦有言：「臣猶知之，而況於君乎？」今我之無可頌也，我猶知之，而子顧不知？我昭而子反聾，無是理也。我知之，子亦知之，而眯〔五〕目糊心，懵而相頌。子之出于筆舌也則易，而我之恟駭怛悸，眊〔六〕然而當之也則甚難。韓退之曰：「歡華不盈眼，咎責塞兩儀。」今也歡華則無，咎責滋大。子雖善頌，將若之何？子之頌我，鋪陳排比，駢花而錯繡。吾讀之，毛豎骨驚，以爲是客嘲之庾詞、頭責之變文也。允矣哉，頌之爲罵也！夫安得而不怖？哀哉斯民，老而不死。如秋杌樹，春則還生；如冬冰魚，煖則旋活。昧昧焉，屯屯焉，聽其以大地爲圈牢，以人世爲巢幕，斯亦已矣。頌贊之不已，又從而祝延之，申之以眉壽，饗之以鐘鼓。當斯時也，如睡斯魘，如夢斯囈，耳目瞀亂，血脈僨張。三彭啁哳，五神奔竄。雖有善呪者，莫毒于此。奚必出子都之三物，詛熊相于賈沈，而後謂之呪與？故曰：祝有益也，呪亦有損。知呪之有損，則祝之無益也，可知已矣。吾子其何〔七〕擇焉？子如不忍于罵我也，則如勿頌。子如不忍于呪我也，則如勿祝。以不罵爲頌，頌莫禕焉。以無呪爲祝，祝莫長焉。吾子而不愛我也則已，子誠愛我〔八〕憐我，猶以是爲橘中之遺叟，鷄窠〔九〕之老人，矜全之，護惜之，養其不材，而保其天年，則盍亦祓除其罵呪，使其神安無恐怖乎？誠欲祓除罵呪，則請自祈免頌祝始，在吾子善擇之而已矣。

且吾子之祝我也，必將曰：公侯之子孫，必復其始。請以吾家彭祖爲徵，子知吾祖以雉羹饗帝，啓封彭城，不知其遭犬戎之禍，流離西戎，百有餘年，若此之播越也。疏封之後，鴻水滔天，吾祖憂墊溺焉。十日並出，吾祖憂燒灼焉。九嬰封豨，窫窳檮杌之徒，磨牙交距，吾祖憂虜扈抵突焉。自是巳降，夷〔一〇〕羿、斟鄩〔一一〕之覆滅，南條、牧野之改革，吾祖之閱世益〔一二〕多故矣。巳爲守藏吏，子官錢府，則固未免于失封也。既而避國王之難，遁迹流沙，則猶犬戎之餘殃也。吾祖自言喪四十九妻，失五十四子，數遭憂患，和氣折傷，榮衞焦苦，恐不度世。傳稱其晚年自悔不壽，恨枕高而唾遠，則雖其受壽永多，八百年之內，享昇平，歌暇豫，軒眉皤腹，開口而笑者，固無幾也。今吾之年，吾祖八分之一耳。身遭喪亂，刀途血路，一日百死，已不啻吾祖之八百年。嚮令服水桂，餐雲母，養氣交接幾及吾祖之老壽。茫茫人世，憂患日長，享八百有盡之歲年，而擔身世〔一三〕無窮之愁苦，斯漆園小生所以睥睨冥靈，笑我祖之以久特聞也。而子爲我願之乎？

吾祖之後〔一四〕，于唐則有少陽。李太白論之曰：「雖無二十五老者，且有一翁錢少陽。眉如松雪齊〔一五〕四皓，調笑可以安儲皇。君能禮此最下士，九州拭目瞻清光。」由今觀之，玄、肅之際，唐天再闢，整頓乾坤，亘手相望，寥寥焉，安取少陽一翁于其間哉？以少陽之賢，重以太白之論，不能與天寶諸人分隻字于汗青，吾子顧欲懷油素、佩研削，刻畫面目，起我于沈灰槁木之餘，其志亦已荒矣。吾竊願子之善息也。

江天孤迥，如在世外。禪〔一六〕誦之餘，清齋遲客。盤無黄雞紫蟹之具，飯有紅蓮白稻之炊，煮葵翦韭，酌醴焚枯，農家之常供也。擣香篩辣，折花傾酒，仙家之風物也。弟勸兄酬，我歌汝和，歡擊瓦缶，醉臥竹根。誠不知夫東海之揚塵、北山之移谷也。子能去子之佔佔者曤曤者，刳心易貌，而從我游焉，則善矣。去人促迫，語不能了。僅畢其說，以報謝足下，并以爲約。謙益再拜。

【校記】

〔一〕此文亦收于文鈔補遺中。　〔二〕金匱本、文鈔補遺作「繼」，邃本、鄒鎡序本作「維」。　〔三〕邃本作「頌」，鄒鎡序本、金匱本、文鈔補遺作「誦」。　〔四〕文鈔補遺作「接」，各本作「按」。　〔五〕文鈔補遺作「眎」，各本作「眯」。　〔六〕金匱本、文鈔補遺有「旺」字，邃本、鄒鎡序本無。　〔七〕文鈔補遺作「何」，各本作「所」。　〔八〕文鈔補遺有「我」字，各本無。　〔九〕金匱本、文鈔補遺作「窠」，邃本、鄒鎡序本作「巢」。　〔一〇〕金匱本、文鈔補遺作「夷」，邃本、鄒鎡序本作「彝」。　〔一一〕金匱本、文鈔補遺作「鄩」，邃本、鄒鎡序本作「壽」。　〔一二〕文鈔補遺作「叅」，各本作「參」。　〔一三〕文鈔補遺有「憂患」至「身世」十六字，各本脫。　〔一四〕金匱本、文鈔補遺作「後」，邃本、鄒鎡序本作「役」。　〔一五〕金匱本、文鈔補遺有「齊」字，邃本、鄒鎡序本無。

〔六〕文鈔補遺作「禪」，各本作「祥」。

復李叔則書〔一〕

竹屋紙窗，中寒彊臥。繙李小有宋遺民傳目錄，得河濱序文，至「宋存而中國存，宋亡而中國亡」，撫卷失席曰：此元經陳亡而書五國之旨也。其文迴翔萌折，纏綿惻愴。吴立夫桑海錄序，殆未能及。私自嘆向者餐叔則之名，不意其筆力老蒼曲折，一至于此。每盱衡以眎學者。浹兩月，族孫侍御攜手教及霧堂全集至，風林雪被，扶病開卷，感慨則涕泣横流，賞心則歡〔二〕抃俱會。幽憂之疾，霍然有喜。既而翻覆芳訊，尋味話言。緬懷豫州知我之言，深惟敬禮後世之託，不辭固陋，作序一篇。生平迂愚，恥以文字媚人，況敢膏脣歧舌，以誑知己？私心結轖，偶多粻觸。序有未盡，輒復略陳。

僕年四十，始稍知講求古昔，撥棄俗學。門弟子過聽，誦說流傳，遂有虞山之學。謏聞空質，重自慚悔。老歸空門，都不省記。側聞中原士大夫，颺何、李之後〔三〕塵，集矢加遺，雖聖秋亦背而咻我。而足下以不朽大業，鄭重質問，滄桑竹素，取決于老耄之一言，此其識見，固已超軼時俗，而追配古人矣。夫文章者，天地變化之所爲也。天地變化，與人心之精華，交相擊發，而文章之變，不可勝窮。文至于昌黎，止矣。陸希聲言：李元賓于退之，所得不同，不可以相上下。叔則謂唐、宋之文，不盡于八家。此知其變者也。是故論唐文，于韓、柳之前，未嘗無陳拾遺、燕、許、曲江也，未嘗無權禮部、李員外、李補闕、獨孤常州、梁補闕也，未嘗無顏魯公、元容州也。元和以還，與韓、柳挾轂而起者，指不可勝屈也。宋初〔四〕廬陵未出，未嘗無楊億、王禹偁也，未嘗無穆修、柳開也。廬陵之時，未嘗無石介、尹洙、石曼卿也。眉山之時，未嘗無二劉三孔也。眉山之學，流入于金源，而有元好問。昌黎之學，流入于蒙古，而有姚燧。蓋至是文章之變極矣。天地之大也，古今之遠也，文心如此其深，文海如此其廣也，竊竊然戴一二人爲巨〔五〕子，仰而曰李、何，俛而曰鍾、譚，乘車而入鼠穴，不亦愚而可笑乎！仲默之言曰：「文靡于隋，其法亡于韓愈。」今爲仲默守祧者，曷不揭仲默之緒言，丹青而表著之曰：「文爲何文？法爲何法？昌黎之所亡者何等？信陽之匡救者何術？」病症的確，方藥分明，吾將掩口俛躬，攝齊而從之不暇矣。此之不能，而徒禁人之議信陽，如軒轅之臺，射者不敢西嚮，何爲也哉？

僕既已畏影逃虛，舍然于前塵影事，而猶覼縷相告者，良憗舉世之人，乘舟不知東西，望吾叔則，勿與隴人同遊，而曉示之以斗極也。來教諄複以昌黎、李翺爲況，聞命震掉，若墜淵井。循覽大集，大率虛懷樂善，貶損過當，則又伏而深思，以足下學殖富、才力強，冥搜博採，出神入天，有能尺尺寸寸，從事商討，策騏驥于九阪之途，而閑之以秋駕，至則文苑之郵良矣。而世果有其人與？有其人而不知，則僕之耄昏也已甚矣。或者聊爾言之，不必有其人與？抑或有憑依焉，而姑爲之詞與？古之人無是也。昌黎曰：「近李翺從僕學文，頗有所得。」習之曰：「我友韓愈，非茲世之文，古之文也，非茲世之人，古之人也。」古之君子，師資相長，名實相副〔六〕，愈則愈，翺則翺。陵夷〔七〕谷塹，金銷石泐，而精神在天地間，浮譽虛聲，如腐草熠燿，應時起滅。豈忍以千秋萬年不訾之軀，輕相傳麗，又施易以顯目當世哉？

文章途轍，千途萬方，符印古今，浩刦不變者，惟眞與僞二者而已。僞體茲多，稂莠煩殖。有以獵兔園、拾餖飣爲經術者矣，有以開馬肆、陳芻狗爲理學者矣，有以拾斷爛、黨枯朽爲史筆者矣，有以造木鳶、祈土龍爲經濟者矣。眞文必淡，而陳羹醨酒、酸薄腐敗者亦曰淡。眞文必質，而盤木焦桐、卷曲枯朽者亦曰質。眞文必簡，而斷絲折線、尺幅窘窄者亦曰簡。眞文必平，而涔蹄牛踪、行潦紆餘者亦曰平。眞文必變，而飛頭歧尾、乳目臍口者亦曰變。眞則朝日夕月，僞則朝華夕槿也。眞則精金美玉，僞則瓦礫糞土也。不待比量而區以別矣。陽鱎之魚，不若蓬池之鱠，有口者知之，而易牙不知；瓦釜之鳴，不若洪鐘之響，有耳者知之，而子野不知，豈有是哉？

本朝之文，祖唐而禰〔八〕宋，鑿鑿乎統系具在，圖牒可〔九〕徵。今將詢于介衆，謀之道路，家自立墠，人各賓尸，而茫然未有適從。易曰：「或之者，疑之也。」豈叔則于此，猶有或而疑與？抑亦巽以自下，未敢質言與？帝車冥冥，蛙紫錯互，叔則不以此時金斷觿決，示斗極于中流，而又奚待與？伏勝篤老，師丹多忘，斯文未墜，所跂望于達人良厚。唇燥筆乾，意重詞滿，扶病點筆，略約累紙。要以下上今古，申〔一〇〕導志意。非布席函丈，明燈永夕，固未能傾倒百一也。生平恩門良友，多在關中。宿草窮塵，西望于邑。季〔一一〕心一奇偉男子，生困韋筍，死阨汗簡。老人不死，尚能奮筆，令黃壤生白虹也。山川之間〔一二〕，努力強飯。愛而好我，無金玉爾音。

【校記】

〔一〕此文亦收于文鈔補遺中。　〔二〕文鈔補遺作「笑」，各本作「歡」。　〔三〕金匱本作「後」，各本作「遺」。〔四〕鄒鎡序本、金匱本、文鈔補遺作「初」，遂本作「盧」。　〔五〕金匱本、文鈔補遺作「巨」，遂本、鄒鎡序本作「臣」。　〔六〕金匱本、文鈔補遺作「副」，遂本、鄒鎡序本作「別」。　〔七〕金匱本作「夷」，遂本、鄒鎡序本、文鈔補遺作「彝」。　〔八〕金匱本、文鈔補遺作「禰」，遂本、鄒鎡序本作「稱」。　〔九〕金匱本、文鈔補遺有「可」字，遂本、鄒鎡序本無。　〔一〇〕金匱本作「申」，遂本、鄒鎡序本作「由」，文鈔補遺作「抽」。　〔一一〕文鈔補遺「季」下有「白」字，各本無。　〔一二〕金匱本、文鈔補遺作「山川之間」，遂本、鄒鎡序本作「山之間之」。

答山陰徐伯調書〔一〕

往年獲示大集，茹吐包孕，鯨鏗春麗。欣賞之餘，繼以駭掉〔二〕。自分齒衰才竭，絲盡灰乾，不復能遠騁高厲，與應龍神馬，摩九霄而撫四海，有仰屋竊嘆而已。手教累紙，稱嘆僕文章媲美古人，致不容口。以爲諛言乎？八十餘老人，偷生視息，悠悠人世，何以當於高賢，而重煩奬拂。以爲質言乎？自顧鄙薄，聲聞過情，蹶氣震怖，如雙杵撞胸，撫按不能止。旋觀足下論議，證嚮今古，一一辨其津涉，覽其潭奧，誠非傭耳剽目，飾卮〔三〕言以相誕謾者。敢援古人信于知己之義，略陳其生平所得，以告足下。

僕年十六七時，已好陵獵爲古文。空同、弇山二集，瀾翻背誦，暗中摸索，能了知某行〔四〕某紙。搖筆自喜，欲與驅駕，以爲莫已若也。爲舉子，偕李長蘅上公車，長蘅〔五〕見其所作，輒笑曰：「子他日當爲李、王輩流。」僕駭曰：「李、王而外，尚有文章乎？」長蘅爲言唐、宋大家，與俗學迥別，而略指其所以然。僕爲之心動，語未竟而散去。浮湛里居又數年，與練川諸宿素游，得聞歸熙甫之緒言，與近代剽賊僱〔六〕賃之病。臨川湯若士寄語相商曰：「本朝勿漫視宋景濂。」于是始覃精研思，刻意學唐、宋古文，因以及金、元元裕之、虞伯生諸家，少得知古學所從來，與爲文之阡陌次第。今所傳初學集，皆三十七八已後作也。自嘉靖末年，王、李盛行，熙甫遂爲所掩沒。萬曆中，臨川能訟言之，而窮老不能大振。僕以孤生謏聞，建立通經汲古之說，以排擊俗學，海內驚噪，以爲希有，而不知其郵傳古昔，非敢創獲以誹世也。

然僕之文章，自斷不如古人者有四：古人學問，自羈貫就傅以往，歲有程，月有要，年未及壯，而九經、三史、七略、四部之樞要，已總萃于胸中。其有著作，叩囊發匱，舉而措之而已耳。余以少失學，晼晚改步，蹭蹬功名，洊臻喪亂，神志荒耗，誦讀遺忘，乃欲上下馳騁，追扳古人於行墨之間，斯足下所云舉鼎絕臏者乎？其自斷者一也。廬陵、眉山以間世傑出之人，當聖宋雍熙之會，天下望風讋畏，如瑞〔七〕人神士，朗出天外。一言一字，不輕狥人，人亦不敢曲望其狥也。今所處之地，辟如人在井中，雖大呼哀號，猶不能貫行人之耳，況敢仰面而唾人耶？文品卑薾，誰克湔濯？其自斷者二也。往常語文太青曰：「古人之學，以古學爲基，梯而下之，可以下逮于今。公等之學，以今學爲基，梯而上之，不能進躡于古。」太青嘆息以爲知言。今以斯言自考，吾所欲決排而去之者今學也，所未能泝沿而從之者則古學也。今學之梯已去，而古學之梯彌遠。兩楹之間，了無據依，不反爲太青笑乎？其自斷者三也。人生讀書學問，與時而進者，意智也。歷時而衰者，才力也。僕初學爲古文，好歐陽公五代史記，以爲眞得太史公血脈。五十餘，繫請室，爲稼軒讀史記、漢書，深悉其異同曲折，前此皆茫如也。亂後廢業，老歸空門。世間文字，杳如積刧。兩年來課稚孫讀書，偶繙註疏左、國諸書，劃然眼開。始知七十年來，讀書皆沉埋霾霧中，乃今心朗目舒，自具手眼，如東坡所謂觀書眼如月者，惜乎老將至而耄及也。以今日讀書之眼，覆視少作，如醒時人憶醉語。其自斷者四也。以足下愛我之深，譽我之過，僕不能奉承德音，鄭重策進，而厚自貶抑，如前所云云者，亦恃足下知我，以斯言爲質，而深求文章學問之利病，庶可以自附師資相長之誼云耳。

今更重有屬于足下，初學往刻，稼軒及諸門人，取盈卷帙，遂至百卷。敢假靈如椽之筆，重加删定，汰去其蘩蕪駢駮，而訶其可存者，或什而取一，或什而取五，庶斯文存者得少薙稂莠，而向所自斷者，亦藉手以自解于古人。則足下昌歜之嗜，庶乎不虛，而僕果可以自附于知己矣。今之好古學者，有叔則、愚公〔八〕、確菴、孝章、玄恭諸賢，其愛我良不減于足下，刊定之役，互爲訂之，其信于後世必也。長夏端居，幸爲點筆，以代拭汗。新秋得輟簡見示，幸甚。

【校記】

〔一〕此文亦收于文鈔補遺中。〔二〕文鈔補遺作「掉」，各本作「悼」。〔三〕文鈔補遺作「卮」，各本作「梔」。〔四〕金匱本、文鈔補遺有「某行」二字，遂本、鄒鎡序本無。〔五〕金匱本、文鈔補遺有「上公車長衡」五字，遂本、鄒鎡序本脫。〔六〕金匱本作「僱」，各本作「顧」。〔七〕金匱本作「瑞」，各本作「端」。〔八〕金匱本有「愚公」二字，各本無。

復吳江潘力田書（一）

手教盈紙，詳論實錄辨證，此鄙人未成之書，亦國史未了之案。考異刊正，實獲我心，何自有操戈入室之嫌。唱此論者，似非通人。吹萬自己，不必又費分疏也。德慶一案，事理甚明。高明既執據堅確，何容固諍。聖祖神武獨斷，夐絕終古。雖晚年倦勤，東朝諸王，寧敢以開國大事，自立斷案，大書簡册。此非僕之耑愚所敢聞命也。

僕老向空門，荒唐放誕。舊學無多，遺忘殆盡。汗青頭白，邈若多生，何況區區瑣碎文字。杜詩新解，不欲署名，曾與長孺再三往復。日來繙閱華嚴，漏刻不遑。都無閒心理此長語。頃承翰教，拳拳付囑，似有意爲疏通證明之者。不直則道，不見請訟，言而無誅可乎？僕之箋杜詩，發端于盧德水、程孟陽諸老，云「何不遂舉其全？」遂有小箋之役（二）。大意耑爲刊削有宋諸人僞注繆解煩仍卷（三）駮之文，冀少存杜陵面目。偶有詮釋，但據目前文史，提撮綱要，寧略無煩，寧疎無漏。深知注杜之難，不敢以削稿自任。置之篋衍，聊代薈蕞而已。長孺授書江村，知其篤志注杜，積有歲年，便元本相付，曰：「幸爲我遂成之。」略爲發凡起例，擿抉向來沿襲俗學之誤。別去數年，來告成事，且請爲序。妄意昔年講授大指，尚未遼遠，欣然命筆，極言註詩之難，與所以不敢注杜之本意，其微指具在也。既而以成書見示，見其引事釋文，楦〔四〕釀雜〔五〕出，間資嗢噱，令人噴飯。聊用小籤標記，檢別黍甚。長孺大愠，疑吹求貶剝，出及門諸人之手，亦不能不心折而去。亡何，又以定本來，謂已經次第芟改。同里諸公，商摧詳定，醵金授梓，灼然可以懸諸國門矣。乘間竊窺其稿，向所指紕繆者，約略抹去，其削而未盡者，瘡瘢痂蓋，尚落落卷帙間。竊自念少學荒落，老眼迷離。諸公皆博雅名家，共訂此書，吾所欲刊削者，未必諸公之所非，而所指削而未盡者，無乃諸公之所是？頭目頓改，心神俱惘，疑信錯互者久之。比得來教，乃啞然而笑曰：「信矣，吾所欲刊削者，果未必非，而削而未盡者，則誠是矣。」心長目短，老將至〔六〕而耄及之。其不足以與于斯文也亦信矣。又曷怪乎？

然而尚有欲更端于左右者。竊謂士君子凡有撰述，當爲千秋萬古計，不當爲一時計。當爲海內萬口萬目計，不當爲一人計。注詩細事耳，亦必須胸有萬卷，眼無纖塵，任天下函矢交攻，碪椎擊搏，了無縫隙，而後可以成一家之言。若猶是掇拾業書，丐貸雜學，尋條屈步，捉衿見肘，比其書之成也，旦而一人焉刺駁，則憤而求敵；夕而又一人焉刺駁，則趣而竄改。刺駁頻煩，竄改促數。前陳若此，後車謂何？杜詩非易注之書，注杜非聊爾之事，固不妨愼之又愼，精之又精。終不應草次裨販，冀幸舉世兩目盡眯而以爲予雄也。今注詩者動以李善爲口實，善注頭陀寺碑，穿穴三藏，注天台賦，消釋三幡，至今法門老宿，未窺其奧。杜詩「西方止觀經」之句，注者引李遐叔左溪大師碑，而未悉其指云何。遐叔文云：「左溪所傳止觀，爲本祇樹園內，曾聞此經。」用解止觀則可矣，所云「曾聞此經」，聞何經乎？一曰西方之止觀經，依主釋也。一曰西方止觀之經，持業釋也。二釋者將安居乎？問者答者，兩俱茫然。令李善執簡，恐不應如是。然此但粗舉一端耳。注杜之難，正不在此。諸公旣共訂此事，則〔七〕必將探〔八〕珠搜〔九〕玉，盡美極玄，爲少陵重開生面。鄙人所期望者，如是足矣，又何容支離攘臂于其間乎？

來教謂愚賤姓氏，挂名簡端，不惟長孺不忘淵源，亦諸公推轂盛意。詞壇文府，或推或挽，鵲巢鳩居，實有厚幸。僕所以不願廁名者，捫心撫己，引分自安，不欲抑沒矜愼注杜之初意，非敢倔強執拗，甘自外于衆君子也。來教申言，前序九鼎，已〔一〇〕冠首簡。斯言〔一一〕也，殆慮僕慭有後言，而執爲要質者。若是，老夫亦有詞矣。未見成書，先事奬許，失人失言，自當二罪並案。及其見聞違互，編摩龐雜，雖復兩耳聾瞶〔一二〕，亦自有眼有口，安能糊心眯〔一三〕目，護前遮過，而噎不吐一字耶？荒村暇日，覆視舊箋，改正錯誤，凡數十條。推廣略例，臚陳近代注杜得失，又二十條。別作一敍，發明本末。里中已殺青繕寫，僕以恥于抗行止之。今以前序爲息壤，而借以監謗，則此序正可作懺悔文，又何能終錮之勿出乎？僕生平癡腸熱血，勇于爲人。于長孺之注杜，鄭重披剝，期期不可者，良欲以古義相勗勉，冀其自致不朽耳。老耄昏忘，有言不信，不得已而求免厠名，少欲自別〔一四〕。而諸公咸不以爲然，居然以歧舌相規，以口血相責。匹夫不可奪志，有閔默竊嘆而已。少年時觀劉子駿與揚子雲書，從取〔一五〕方書入籙，貢之縣官。而子雲答書曰：「君必〔一六〕欲脅之以威，凌之以武，則縊死以從命。」私心竊怪其過當。由今言之，古人矜重著作，不受要迫，何〔一七〕謂子雲老不曉事哉！

餘生殘刦，道心不堅。稍有根觸，習氣迸發。兄爲我忘年知己，想見老人癡頑，茹物欲吐之狀。傳示茂倫兄，當鬨堂一笑也。東事記略，東征信史也。人間無別本，幸愼重之。俞本紀錄，作絳雲灰燼。諸侯陸續寄上，不能多奉。

【校記】

〔一〕此文亦收于文鈔補遺中。　〔二〕金匱本、文鈔補遺作「役」，邃本、鄒鎡序本作「後」。　〔三〕各本作「熬」，文鈔補遺作「驕」。　〔四〕金匱本作「桓」，邃本、鄒鎡序本作「檀」，文鈔補遺二字並列。　〔五〕金匱本、文鈔補遺作「雜」，邃本、鄒鎡序本作「難」。　〔六〕鄒鎡序本、金匱本作「至」，邃本、文鈔補遺作「智」。　〔七〕文鈔補遺有「訂此事則」四字，邃本、鄒鎡序本無。　〔八〕金匱本作「探」，邃本、鄒鎡序本作「採」，文鈔補遺二字並列。　〔九〕金匱本作「搜」，邃本、鄒鎡序本作「投」。文鈔補遺二字並列。　〔一〇〕金匱本作「已」，邃本、鄒鎡序本作「也」，文鈔補遺二字並列。　〔一一〕金匱本作「言」，各本作「文」。　〔一二〕金匱本、文鈔補遺作「睟」，邃本、鄒鎡序本作「睪」。　〔一三〕文鈔補遺作「眯」，各本作「敉」。　〔一四〕文鈔補遺作「別」，各本作「列」，誤。　〔二五〕金匱本、文鈔補遺作「取」，邃本、鄒鎡序本作「耿」。　〔二六〕文鈔補遺作「必」，各本作「不」。　〔二七〕文鈔補遺作「何」，各本作「可」。

答徐禎起書〔一〕

讀所示古文，不數篇，輒拊掌太息。文皆奇麗，志節盤鬱，方寸五嶽，隱然不平。而辨博之學、雄駿之氣，又足以發之。眼中之人無此久矣！足下通懷挹損，諄複〔二〕下問。老學昏耄，未有以相長也。

嘗讀李文饒文論，舉曹子建以氣爲主之言，而以兩言疏通之曰：「氣不可以不貫，勢不可以不息。」此兩言者，文章之指歸也。今足下之文，雄矣壯矣，闢合怪駭，驅濤湧雲，天吳罔象，滅沒行墨。氣之不貫，而以編珠貫玉爲嫌者，則無之矣。若夫言繁理富，奔放〔三〕諧合，浮漂不歸之病，或時有焉。文饒謂「川流迅激，必有洄洑逶迤，觀之者不厭。」李翰〔四〕謂「文章如千兵萬馬，風恬雨霽，寂無人聲」，皆善息之說也。欲有以進于足下，其必取諸此矣。

古人有言：「辭尚體要。」規必圓，矩必方，此天則也，要之必歸于簡質。古今之文，雄渾激射，累千百言如一氣迴復者，太史公之後，唯蘇子瞻耳。子瞻之文，固未有偭背規矩，流宕〔三〕而忘返者也。子瞻評李方叔之文「微傷于冗，後當稍收斂之，今未可也。」方叔之文，正如川之方增，當極其所至。霜降水落，自見涯涘。然不可不知也。」此言當取以獻足下。然所謂「如川方增，當極其所至」者，謂其當爬搔洗濯，日磨月礱，以馴至于霜降水落，物候〔六〕窮而天根露焉。非謂夫縱放奔軼，騁不介之馬于峻岅，任其顚躓而自愉快也。陸士衡曰：「考殿最于錙銖，定去留于毫芒。」又曰：「苟傷廉而愆義，亦雖愛而必捐。」知乎此，則子瞻之于方叔，所謂「當極其所至」者，亦應時發藥，非診治之通方也。

豐山之鐘，知霜則鳴；豐城之劍，入水則化。足下之文，霜水之遇近迫矣，亦在乎善候之而已。若欲僕尺寸隱括，句櫛而字嫓之，則無論拙匠代斲，自惜其指，亦懼以楮業之工，雕刻混沌，而反爲元氣賊也。

【校記】

〔一〕此文亦收于文鈔補遺中。〔二〕金匱本作「諄復」，邃本、鄒鎡序本作「浮覗」，文鈔補遺兩者並存。

〔三〕金匱本、文鈔補遺作「放」，邃本、鄒鎡序本作「於」。〔四〕各本皆無「翰」字，今補。〔五〕金匱本、文鈔補遺作「宕」，邃本、鄒鎡序本作「岩」。〔六〕金匱本、文鈔補遺作「候」，邃本、鄒鎡序本作「後」。

與方爾止〔一〕

謙益白，爾止世兄足下。頃見足下酬遵王詩，次章頗似何將軍園林第十。因思此詩云：「幽意忽不樂，歸期無奈何。」兩句突兀而起，卽兩句截斷云：「出門流水住，回首白雲多。」此一輪勢也。次一轉云：「自笑燈前舞，誰〔二〕憐醉後歌？」次又轉云：「祇應與朋好，風雨好來過。」八句之內，勢變多端。尺寸之間，移形換步，正所謂「波瀾獨老成」也。此老不容易放筆如此。足下深於杜者，聊復拈此以相嘆賞。

古人詩暮年必大進。詩不大進必日落，雖欲不進，不可得也。欲求進，必自能變始，不變則不能進。陸平原曰：「其爲物也多姿，其爲變也屢遷。」又曰：「謝朝華于已披，啓夕秀于未振。」皆善變之說也。近代思變杜者，以單薄膚淺爲中唐，五言律中兩聯不對謂之近古，此求變而轉下者也。唐人如岑嘉州、王右丞、錢考功皆與〔三〕杜老爭勝毫芒。晚唐則陸魯望、皮襲美，金源則元裕之，風指穠厚，皆能横截衆流。足下論詩以杜、白爲第宅，亦不妨以諸家爲苑囿也。

每愛足下詩能於酬應中輸寫性情，是以迥絕時流。既於此中得意〔四〕，膽放手滑，馬逸不能止，三周華不注，其亦將往而思返乎？金剛筏喩，最重棄捨。學道之人，謂當於生處熟，熟處生，故曰「百尋竿上轉身難。」又曰「欲窮千里目，更上一層樓。」能棄能捨，則能變矣。足下今以晚年，若能捨詩入道，可用此言爲筏喻也。送序中既以此事推足下，見足下論詩眼明心〔五〕細，知不以業成自滿，聊復布此〔六〕相諮〔七〕決耳。耳聾畫字不便，往復伸紙代口，勿以爲笑。

【校記】

〔一〕此文亦收于文鈔補遺中。〔二〕文鈔補遺作「誰」，各本作「惟」，誤。〔三〕金匱本作「與」，遼本、鄒鎡序本作「於」，文鈔補遺作「于」。〔四〕金匱本作「意」，遼本、鄒鎡序本、文鈔補遺作「無」。〔五〕文鈔補遺有「心」字，各本脫。〔六〕各本作「此」，金匱本作「次」，誤。〔七〕金匱本、文鈔補遺有「相諮」二字，遼本、鄒鎡序本無。

與王烟客書〔一〕

荒村殘臘，風雪拒戶。紙窗竹屋，佛火青熒。瑤華遠存，重以餽歲，佳肴珍果，盈筐溢笥，春風滿座，椒盤郁然。淵明省扣門乞食之詞，少陵無稚子恆飢之感。古人老不得志，輒退思東阡北〔二〕陌，雞豚同社之樂。殘生頹景，百里相望，不意得之于〔三〕門下，不能不慨然太息也。老病日增，身世相棄。畏近城市，自竄於荒江墟落之間。人世聲華，取次隔絕。

莊生所謂「挈〔四〕然仁者去之，畫然智者去之」，亦庶幾空谷逃虚之人矣。而仁兄留心長物，耿耿胸臆間。長言讕語，每相薦撙〔五〕，斷編蠹翰，手自披錄。昔人破琴輟絃，希風千古。不揆衰朽，坐而得之。舊學荒落，老筆叢殘。每思傾囊倒庋，自獻左右，少慰嗜芰采葑之思。周章摒擋，慚懼〔六〕而止，每以自愧，又以自傷也。

衰殘窮蹇，歸心法門。辟如旅人窮路，追思鄉井。衣珠茫然，糞掃〔七〕無計。來教以導師見推，良爲跼蹐。每思今世，不乏聰利上根，却有一種影明〔八〕客慧，浮動六根門頭，習禪則染禪，習靜則染靜，習教則染教。邪師盲宗，又從而影掠鈎牽，引狂趨僞，染神尅骨。如仁兄皈依大乘，心安如〔九〕海，此非獨靈根宿習，亦向來善友薰習，扣擊於聞谷諸師，已得眞正種智故也。首楞一鈔，稿已五削。般若二本，幸而先成。以二經教義，最爲精奥。心經則賢首略疏，全通法界。金剛則慈氏頌偈，親授僧佉〔一〇〕。近代大老箋注，猶多遺落本源。少有管窺，每思就正。亦以此中牛毛麟角，可與微言者良鮮也。向者村舟暫出〔一一〕，未奉報章。寒疾少間，專力奉復。梅燈二盞，未可行列銀花西莊大士龕前，或少借長明一照耳。青陽載新，郎君輩奉侍佳勝〔一二〕。馳神函丈，不盡翹仰。

【校記】

〔一〕此文，有學集各本外，亦收於文鈔補遺、文集補遺、外集、錢牧齋先生尺牘中。

〔二〕遂本、鄭鋐序本、金

匱本作「西」，他本作「北」。〔三〕諸本作「于」，邃本作「子」。〔四〕邃本、鄒鎡序本、金匱本作「恝」，尺牘作「絜」，他本作「挈」。〔五〕外集、尺牘作「撙」，他本作「樽」。〔六〕邃本、鄒鎡序本、金匱本、尺牘作「懼」，他本作「悪」。〔七〕文鈔補遺、文集補遺、外集、尺牘作「糞掃」，他本「掃」作「歸」誤。〔八〕文鈔補遺、文集補遺、外集、尺牘有「明」字，他本脫。〔九〕各本作「如」，尺牘作「知」。〔一〇〕文鈔補遺、文集補遺、外集、尺牘作「佉」，他本作「法」。〔一一〕各本作「出」，尺牘作「去」。〔一二〕文鈔補遺、文集補遺、外集、尺牘有「榷燈」至「佳勝」三十五字，他本無。

復遵王書〔一〕

昨得手書，循覽再三，深喜足下好學深思，助我良多，而惜余實固不足以承之也。僕少壯失學，熟爛空同、弇山之書。中年奉教孟陽諸老，始知改轅易向。孟陽論詩，自初、盛唐及錢、劉、元、白諸家，無不〔二〕析骨〔三〕刻髓，尚未能及六朝以上，晚始放而之劍川、遺山。余之津涉，實與〔四〕之相上下。久之，思泝流而上，窮風、雅聲律之由致，而世事身事，迫脅凌奪，晼晚侵尋，有志未逮，此自考之公案也。

四十年來，希風接響之流，湯臨川亦從六朝起手，晚而效香山、眉山。袁氏兄弟，則從眉山起手，眼明手快，能一洗近代窠臼。眉山之學，實根本六經，又貫穿兩漢諸史，演迤弘奥，故能凌躐千古。然坡老論詩，亦頗多匠心矯俗，不可爲典要之語。若少陵論太白詩，比論于庾、鮑、陰鏗。又云：「何、劉、沈、謝力未工，才兼鮑照愁絶倒。」稱量古人，尺寸銖兩，不失針芒。此等細心苦心，恐坡老尚有未到處。偶讀謝康樂詩云：「連巖覺路塞，密竹使逕迷。來人志新術，去子惑故蹊。」子美今體，撮爲兩句云：「過客徑須迷出入，居人不自解東西。」此詩家採銅〔三〕縮銀，攢簇烹煉之法也。今人注杜，輒云某句出某書，便是印板死水，不堪把玩矣。袁小修嘗論坡詩云：「他詩來龍甚遠，一章一句，不是他來脈處。」余心師其語，故于聲句之外，頗寓比物託興之旨。廋辭讔語，往往有之。今一一爲足下拈出，便不值半文錢矣。王老師修行無力，被鬼神覷破，只得向土地前也下一分齋，此可爲噴飯一笑也。

居恆妄想，願得一明眼人爲我代下注脚，發皇心曲，以俟百世。今不意近得之於足下。然採符取代，登臺覩莒，人固不可與微言，則亦戞戞乎難之矣。少暇，當抵掌盡之。近來典故，盡於絳雲一炬。三案之事，詳看三朝要典。得其案則斷易定，如知病便可定藥也。

【校記】

〔一〕此文亦收于文鈔補遺中。　〔二〕金匱本、文鈔補遺有「不」字，邃本、鄒鎡序本無。　〔三〕邃本、鄒鎡序本、文鈔補遺「骨」下有「雜」字，金匱本無。〔四〕金匱本、文鈔補遺有「與」字，遼本、鄒鎡序本無。
〔五〕金匱本作「銅」，遼本、鄒鎡序本作「釧」，文鈔補遺二字並列。

與遼王書〔一〕

來教論吾詩，深相推挹，所謂愛而忘其醜也。然足下好學深思，虛己求宗，必非諂曲以相抵者，政恐愛我之過，於生平問學，尚未委曲悉本末。近有答山陰徐伯調、河濱李叔則二書，頗約略言之。足下試覽之，而知吾學之所不至，與今之老而不能竟其所至者，可以爲鑒，亦可以爲勸也。

甲申亂後，不復〔二〕讀書。近歸心內典，又不復讀外書。昔學舊聞，遺失略盡。如何蕃舉幡事，柳文皆云「遮道叫閽」，則此語容有之，但不記所自出耳。李叔則謂吾文近來好用佛語，叔則不知余學殖日落，間資內典爲談助，而以爲好用佛語。此所謂「何不食肉糜」耳。然「響言」二字，出晉天文志，叔則謂用法苑珠林，又未免謂金條脫出自莊周也。記問之難如此，聊及之以供一哂耳。

古人論詩，研究體源。鍾記室謂李陵出于楚辭，陳王出于國風，劉楨出于古詩，王粲出于李陵，莫不應若宮商，辨如蒼素。獨孤及謂沈、宋既沒，崔司勳、王右丞崛起開、寶之間，得其門而入，皇甫補闕數人而已。今之論古詩者，曹劉陸謝，能一一知其體源否？論盛唐者，祖禰李、杜二家，亦知司勳、右丞開寶間別有流派否？中年學詩，聞先生長者緒言，頗知〔三〕撥棄俗學，未克窮究聲律，精研風雅。泝〔四〕流而下，自韓、劉、皮、陸，以訖于宋之廬陵、眉山，金之遺山，而已知盡能索矣。更遡而下之，涸〔五〕其流而揚其波，殆將往而不返，非所望〔六〕于高明也。元、白二公，往復論詩，司空表聖與李生書，皆作者之津涉，後人之鍼藥也。留心揀擇，但見其上，勿汜濫末流，爲有識所笑。

【校記】

〔一〕此文亦收于文鈔補遺中。〔二〕金匱本、文鈔補遺有「不復」二字，邃本、鄒鎡序本無。〔三〕金匱、文鈔補遺有「右丞」至「頗知」二十三字，邃本、鄒鎡序本無。〔四〕文鈔補遺作「泝」，鄒鎡序本、金匱本作「溯」，古今字之異。邃本作「沂」。〔五〕金匱本作「掘」，邃本、鄒鎡序本、文鈔補遺作「渥」，皆誤，應作「涸」。〔六〕各本作「望」，文鈔補遺作「論」。

與吴梅村書〔一〕

荒村草具，樵蘇不爨。昔賢峴山夜宿，以乳羊博市沽。比之吾輩，豈非華筵高會乎〔二〕？

別後捧持大集，坐臥吟嘯，如渡大海，久而得其津涉。淸詞麗句，層見疊出，鴻章縟繡，富有日新。有事採剟者，或能望洋而嘆。若其攢簇化工，陶冶今古，陽施陰設，移步換形，或歌或哭，欲死欲生，或半夜而啼，或當餐而嘆，則非精求於韓、杜二家，吸取其神髓，而佽助之以眉山、劍南，斷斷乎不能窺其籬落、識其阡陌也。諷誦久之，不禁技癢，遂放筆爲敍引。非謂〔三〕樸學謏聞，足以遂盡來美，亦聊於唱嘆之餘，少抒其領略，使人知天人之際，可學不可學之介，出自心神〔四〕，本乎習氣。眞如內典所謂〔五〕多生異熟，不思議熏習者，庶幾無幾倖其不能，而鏃礪其可學，爲斯人少分箴砭，提醒眼目耳〔六〕。

信心衝口，便多與時人水火。豫章徐巨源規切不肖爲文，晚年好罵，此敍一出，恐世之詞人，樹壇立坫者，又將鉗我於市矣。不敢自秘，輒繕寫求政〔七〕。唯篋而藏之，不惟爲魏公藏拙，亦所謂免我於死也。老人放言，未知執事何以命之？大集謹封題奉歸記室。禪誦之暇，未能釋然。或鏤版，或副墨，早得賜教，以慰渴飢〔八〕，是所顒望也。煙老有嗜痂之癖，或可傳示，以博一笑。太虛小阮褰帷虞山，想當枉駕，可圖接席。江右豔曲，盈緗溢縹。西崑、香奩，塞破此世界矣，老先生何以應之〔九〕？附及一笑，不盡。

【校記】

〔一〕此文遂本、鄒鎡序本無，金匱本有。亦收於文鈔補遺、文集補遺、別集、錢牧齋先生尺牘卷一中。

〔二〕金匱本無以上三十一字，其他各本有。〔三〕各本作「謂」，尺牘作「爲」。〔四〕各本俱作「神」，別集作「師」。〔五〕各本俱作「謂」，別集作「云」。〔六〕金匱本至此句止，缺下文，各本有。〔七〕各本作「政」，尺牘作「正」。〔八〕各本作「渴飢」，文集補遺作「饑渴」，尺牘作「飢渴」。〔九〕各本作「何以應之」，別集作「以爲如何」。

復王煙客書〔一〕

孝逸來，得手書勞問，情事委折，如侍函丈。迴環捧誦，拊掌太息。竊怪仁兄學殖深厚，辭條清芬，當世文士，罕有其比。重自閟藏，被褐懷玉，不欲少見孚尹，吐光恠於人間，此眞加於人數等矣。鄙人制作，不勝昌歜之嗜，至於篝燈繕寫，目眵手胼，非知之深、好之篤，何以有此？上下古今，橫見推挹，顧影茫然，不知所措。殆有如莊子所云「始聞之懼，復聞之怠，卒聞之而惑」者。拊心定氣，伏枕沈思，始〔二〕知仁兄知我愛我，終不若僕之自知也。

僕於斯文，中年始學書，計垂四十年，學問進退，氣力衰旺，甘苦曲折，歷歷在心手間，謂其於古人文字，粗知阡陌，略能湔除俗學，別裁僞體，或有少分相應。若欲深窮古學之閫奧，而抉擿其心髓，如韓之進學解，柳之答韋中立書所云，則濛濛然未覩之狗耳。暇日蕭閒，屏去筆墨，信手拈古文一篇，從容雒誦，行間字裏，深知其不能幾及。屈指算度，至於什，至於百，至於千萬而猶未既也。豈唯韓、蘇數家，自唐李遐叔、獨孤至之，以迨金之元好問，元之姚燧，靡不皆然。僕豈不受人擡舉好自貶損哉！此中畦徑，漸老漸熟，如背癢之把搔，如毒刺之呼叫，瘧語啞夢，心中了了，良欲少自遮瞞而不可得也。客歲答李叔則、徐伯調二書，頗詳言之，今安敢有不盡于知己？東坡謂晚畏無實之名，甚於畏虎。僕深佩其言。又答陳師仲相推許書，謂「處世齟齬，深自嫌惡，見足下輩相屬如此，輒亦少自赦」。今仁兄於僕，護短矜愚，鄭重拂拭，亦可援東坡之例以自赦矣。而猶不敢者，以謂晼晚失學，介恃人之愛我，有幸心焉。幸則疑，疑則惑，惑則驕，卒至於迷頭借面，盡喪其所懷來，將誤用坡老之苦言。爲發狂之急藥，故不敢也。

來教指用事奧僻，此誠有之，其故有二：一則曰苦畏，一則曰苦貧。昔者夫子作春秋，度秦至漢，始著竹帛。以公羊三世考之，則立於〔三〕定、哀之日也。爲衮爲鉞，一無可加。徵人徵鬼，兩無所當。或數典于子虛，或圖形于罔象。燈謎交加，市語雜出。有其言不必有其事，有其事不必有其理。始猶託寄微詞，旋復鈎牽讔語。輟簡迴忌，亦有茫無消釋者矣。此所謂苦畏也。文章之道，無過簡易。詞尙體要，簡也。辭達而已，易也。古人修詞立誠，富有日新。文從字順，陳言務去。雖復鋪陳排比，不失其爲簡，詰曲聱牙，不害其爲易。今則裨販異聞，飯飣奇字，駢花取姸，賣菜求益。譬如窮子製衣，天吳紫鳳，顛倒裋褐，適足暴其單寒、露其補坼耳，此所謂苦貧也。苦畏之病，僕所獨也；苦貧之病，衆所同也。文章之病，與世運相傳染。欲起沈痼，苦無金丹。安得與仁兄〔四〕明燈促席，杯酒細論，相與頫仰江河，傾吐胸中結轖耶？

初學之刻，稼軒爲政。取盈卷帙，未薙榛蕪。此後草稿叢殘，都無詮次。累承嘉命，不敢自棄〔五〕。擬以湯液餘瀝，少爲排纘，初集翦削繁苭，汰其強半，效廬山內外之例，釐爲二集。後集亦效〔六〕此例。俟有成編，專求是正，然後寫以故紙，藏諸敝篋。放唐衢之詩瓢，埋劉蛻之文冢。山川陵谷，封火洞然。海墨因緣，深資啓發。仁人之言，其利溥哉！亂後無意爲文，障壁蠟車，不堪塗乙。一二族子，有志勘讎，意欲請孝逸、伊〔七〕人，共事油素。惟仁兄力爲奬勸，俾勿以槐市爲辭，則厚幸矣。

寒燈臥病，醮藥汁寫詩，落句奉懷，附博一笑。方當餞歲，共感流年。窮冬惟息勞自愛。

【校記】

〔一〕此文金匱本有，邃本、鄒鎡序本無。亦收于文鈔補遺中，「復」作「答」。亦收于邃漢齋印有學集補遺中，題作「復王奉常書」。〔二〕金匱本、邃印補遺有「始」字，文鈔補遺無。〔三〕金匱本、邃印補遺作「於」，文鈔補遺作「乎」。〔四〕文鈔補遺有「與仁兄」三字，金匱本、邃印補遺無。〔五〕文鈔補遺作「秉」，金匱本、邃印補遺作「廢」。〔六〕文鈔補遺作「效」，金匱本、邃印補遺作「放」。〔七〕文鈔補遺作「伊」，金匱本、邃印補遺作「諸」。

答吴江吴赤溟書〔一〕

僕自通籍，濫塵史局，卽有事于國史。晚遭喪亂，偷生視息，猶不自恕，冀以鐘漏餘年，竟紬書載筆之役。天末悔禍，祝融相與。西京舊記，東觀新書，插架盈箱，蕩爲煨燼。知天之不欲使我與于斯文也。灰心空門，不復理世間文字，六年于此矣。私心結轖，迴環忖度，海內如此其大也，本朝養士三百年如此其久也。鴻朗莊嚴，含章挺生，當有左、馬、班、范之儔，徵石室之遺文，訪端門之逸典，勒成一書，用以上答九廟而下詔來茲者，倘不卽死，于吾身親見之，朝覩殺青，夕歸黄壤，不致魂魄私恨無窮也。號咷博求，冀一弋獲，牛毛麟角，俛仰咨嗟。去年逼除，得見今樂府一編，深推其採擷之富、貫穿之熟而評斷之勇也，蚩然而喜，煥然而興曰：「所謂斯人者，其殆是乎？天誘其衷，緣隙奮筆，以葴我正史。遺民老史，扶杖輟耕，撫絳雲之餘灰，泣蕉園之焚草，庶幾可以少慰矣乎？」每與同人，盱衡嘆息，望塵遙集，感愧交幷。不圖斯語，傳遞流聞。手書見存，鄭重累紙，慷然以不朽大業，下詢陳人。

則僕之欣固踰涯，而愧乃滋甚矣。既而深惟所未敢承命者有二：伏讀來札，著作指要，取法子長，班、范以下，世降文靡，皆將置之衙官，降爲皂隸。以卑近之學，挾中下之材，每自分古人筆格，不能闚其儲胥。惟是遠摹三國，近倣五代，畫地守株，或可殆庶。今將與之抗論千古，高視九流，譬諸承蜩尺蠖，進舍在一步之間，試語以騰空高舉，有不掉眩自失者乎？所未敢承命一也。

僕嘗謂古人成書，必有因藉龍門、旁取世本，涑水先纂長編，此作史之家之高曾規矩也。往所採輯，名曰事略，蓋用宋人李燾、元人蘇天爵之體例，草創編摹，以俟後之作者。此書具在，識小攸存。無裨汗靑，有同薈蕞。而況刦火洞然，腹笥如洗，挾面牆一隅之見，應武庫八面之求，籍談之數典，何以無譏？裨諶之謀野，敢云則獲。所未敢承命二也。

然而恭承明問，終未敢呿口而卻步者，蓋又嘗竊覽緒論，而熟鬼其指意。千秋之金鏡，與陽秋之鐵筆，往往嚴于衡量古人，而恕於評隲今人。金匱琬琰之文章，少所許可，而兔園餖飣之簿錄，多所假借。夫豈其浮石沉木，上下在手？吾有以知作者之立心平、取節廣，通懷虛己，不曰左執鬼宮而右執殤中以自予雄也。明堂之梲，必畫侏儒。孤竹之塗，先縱老馬。周爰下問，不以老耄而舍我，故知其無庾辭、無巵言也。三十餘年，留心史事，于古人之記事記言、發凡起例者，或可少窺其涯略。近代專門名家，如海鹽、太倉者，亦既能拾遺糾繆，而指陳其得失矣。倘得布席函丈，明燈促席，相與討論揚搉，下上其議論，安知無一言半辭，可以訂史乘之疑誤、補掌故之闕略者？柳子稱太史公書徵于蘇建、夏無且及畫工，僕得如柳子之云，綴名末簡，爲正史之侍醫畫工，豈不有厚幸乎！言及于此，胸臆奕奕然，牙頰癢癢然，又惟恐會晤之不早、申寫之不盡也。門下能無輾然而一笑乎？所徵書籍，可考者僅十之一二。殘編蠹翰，間出于蕉〔二〕爛之餘，他日當悉索以佐網羅，不敢愛也。老病迂誕，放言裁復，并傳示力田兄，共一捧腹。拙集亦俟摹印請教。憑楮延竚，跂予望之。謙益再拜。

【校記】

〔一〕此文金匱本有，邃本、鄒鎡序本無。亦收于文鈔補遺及邃印補遺中。

〔二〕文鈔補遺作「蕉」，用蕉園典。金匱本、邃印補遺作「焦」。

有學集卷四十

書

與惟新和尚書〔一〕

頃者佛日漸冥，法幢欲倒。魔外放恣，教網〔二〕凌夷〔三〕。伏聞大和尚座下，如來眞子，覺皇法將。契三藏于一乘，半滿無二；會三宗于一鏡，性相交融。古人所謂四依之一，淨土親〔四〕聞者也。然而韜光自晦，撝謙不居。棲江浦蕭閒之地，處鐘魚寥寂之鄉。明月一方，演法音于頑石；風旛未動，混伴侶于獵徒。斯豈法運之弘開有時，抑亦衆生之機緣未到歟？

竊惟今日妖邪熾盛，狂瞽交馳，皆以正法不明之故。而三宗之中，急宜提唱者，尤莫先于賢首。蓋自清涼、方山兩家之疏論，已不免砧錐相向。而圭峯已後，弘演斯宗，作人天之眼目者，寥寥乏人。台家各仞門庭，人以妄判叛竊之談，互相矛盾。以故魔民盲子，緣間乘隙，矯亂披猖。如使華嚴法界，豁然中天，高山之旭日大明，帝網之寶珠徧照。善見得〔五〕

而衆疾俱消，末尼〔六〕出而羣生咸給。又何患狂燄之不除、慧燈之不續哉？當仁不讓，舍我其誰。說法爲人，忍忘遺囑。蒙雖不敏，志切皈依。所以願隨大衆而頂戴，敢效諸天之啓請者也。

蒙焦芽敗種，誦帚鈍根。踰七〔七〕殘年，矢心迴向。少於首楞，薄有宿緣。管窺影掠，妄製諸決十篇，敬因友人張子石奉獻法座。伏惟大德閔其狂愚，賜之筆削，俾得正其謬誤，知所適從。牛羊別方隅之眼，蚊蝨飽溟渤之流。多生積刦，何幸如之！是用齋心企踵，翹勤待命。若夫順風立雪，頭面頂禮，咨請參扣，固非可一隅盡也。伏乞慈悲，幸賜〔八〕攝受，幸甚不備。

【校記】

〔一〕此文亦收于文鈔補遺中。〔二〕鄒鎡序本、金匱本、文鈔補遺作「網」，邃本作「綱」。〔三〕金匱本、文鈔補遺作「夷」，邃本、鄒鎡序本作「彝」。〔四〕金匱本作「親」，邃本、鄒鎡序本、文鈔補遺作「龍」。〔五〕金匱本作「見得」，邃本、鄒鎡序本作「得見」。〔六〕金匱本作「尼」，邃本、鄒鎡序本、文鈔補遺作「厄」。〔七〕金匱本、文鈔補遺作「踰七」，鄒鎡序本「踰」字空缺。邃本作「七十」。〔八〕金匱本作「賜」，邃本、鄒鎡序本、文鈔補遺作「甚」。

與素華禪師〔一〕

塵土餘生，深荷慈光加被。孟夏奉手書，感歎無已。年來禍患如影依形。刦火洞然，業風匝地。重煩佛力冥感，人天護持，瀕死阽危，僅而獲免。古人有言：「王老師修行無力，爲鬼神所窺。」三復斯言，良用自愧。彌天飛錫，仍歸舊隱，恨不能腰包戴笠，撒手因依。湖水一方，近可聚首。插草聚沙，機緣有待。聖可比行，私心未愜。頃聞冰山乍泮〔二〕，陽燄倏消。空花隕滅，難邀空果。此是四天〔三〕韋將，弘護大修行人，不願淸淨佛國〔四〕，受此塵染。蒙雖無天眼，靜中頗能覷破，知其佛眼人能自領受也。

去歲接席，曾談續燈一事，深荷許可。此非獨紫柏老人未了願力，實末法一萬年中慧命所繫。頃見濟、雲兩家，堅固鬬諍，蠻、觸交戰，首尾互噉〔五〕，狂風邪焰，長此安窮？所望大德同體慈悲。爍世外金剛之眼，奮人間董狐之筆，定此公案，勒成一書。庶幾正眼重開，魔軍少息。昔者韓退之論修國史，有天刑人禍之恐，識者鄙之。況乎續禪燈、開末學，恆沙諸佛，所共瞻抑，豈復爲禍福動搖，死生誘怵〔六〕。此書功德，比一切注經釋論功德，眞算數譬喻所不能及。佛轉法輪，波旬不喜，知沮壞此事者必多矣。願以師子無畏力自斷，無爲所咻也。

首楞蒙鈔，三易其稿。今秋輟筆，少有端緒。更加數年研究，補闕正訛，然後就正有道，爲流通之計。向有緒言未竟者，則憨大師性相、達大師八識未了之義及交辟〔七〕光師邪說本末。此三段公案，略荷指授，誦帚鈍根，未能記憶。敢乞信筆疏通，伸寫疑義，俾學人得破聾導瞽，因指見月，幸甚！幸甚！阿耨達多龍王〔八〕宮中，生出四大河水，廣利四大海羣生。豈惜以筆尖餘潤，作四河水，救度此焦芽敗穀耶？宗鏡刪訂，非鵝王擇乳，不能具此心眼。俟讐對畢，即當仍歸湖水。因白法老人便郵，附訊法座。軍持相望，敬候德音。

【校記】

〔一〕此文亦收于文鈔補遺中。　〔二〕金匱本作「泮」，各本作「判」。　〔三〕金匱本作「天」，各本作「王」。

〔四〕金匱本作「國」，各本作「因」。　〔五〕金匱本、文鈔補遺作「噉」，鄒鎡序本作「敢」，遂本作「擊」。

〔六〕金匱本作「怵」，遂本、鄒鎡序本作「昧」，文鈔補遺二字並列。　〔七〕金匱本作「交辟」，各本作「闢交」。

〔八〕金匱本、文鈔補遺作「王」，遂本、鄒鎡序本作「三」。

復即中乾老〔一〕

餐風味道，積有深懷。立雪吹燈，未遑依止。伏承慈誨，重荷記存。同體大悲，彌深鏤染。

竊惟斯世，正眼希微，法幢摧倒。今欲折伏魔外，必先昌明正法。孟子曰：「君子反經而已矣，經正則庶民興，庶民興斯無邪慝矣。」辟諸用藥治病，先扶元氣。辟如發兵討賊，先固根本。今之爲法者，不先昌明正法，徒欲以歧口沓舌，揞柱盲禪。伐〔三〕治之不克，又讐其氣味熏〔三〕灼，借言和會，倒戈而從之，則亦末矣。

台家一燈，實在法座。慈、賢兩宗，同所欽挹。今將重理涅槃大經，發明頂禪〔四〕二師所未備，此法門調元之神丹，卽末刦伐邪之上劑也。我如來常寂光中，悉知悉見，豈不如往昔求使時，心在阿難，如初日之照東壁乎？願我大德，當仁不讓，奮筆而成之。時節因緣，誠哉不可失也。法華一經，玄義奧妙，苦于過詳。文句點定，苦于過略。學粗眼小〔五〕，但別方隅，不有指南，誰爲準的？要解以後，衆說紛如。玄義不玄，盲人妄判。今當治定，盡爲一門。務使百川必東，四河入海。不獨開權顯實，宣歇如來一大事因緣，抑亦智者大師開宗立教之正旨也。

以台宗〔六〕一家言之，亦有兩端。一者法華、雜華，金口演說。分河飲水，諍論煩興。此別彼圓，或攻或守。如蟲二口，共嚙一身。若鐙菴、東湖之流，排擊他宗，情隨函矢。謂慈恩一宗，豈容崛起四海永淸之後，則固而比于妄矣。此山家室外之鬩，所當寢息者也。慈光〔七〕傳止觀正脈，疏〔八〕法華大旨，何以斥爲山外之祖？孤山與四明同學心觀，眞妄畢觀，三諦〔九〕異說，何以牴牾之甚？霅川以四明弟子，操戈入室。十諫雪謗，抗抑妙宗，何以抵死不相下？故當判其阡陌，別其涇、渭，無俾亡羊長失，訟鹿不休。此山家室中之諍，所當平亭者也。

人天眼目，法炬在茲〔一〇〕。光教扶宗，伊誰之責？金剛經言：「于此經典，受持誦讀，爲人演說。」所云演說者，以口說，以舌說，以講解說，以筆墨說，以塵塵剎剎熾然而說。非但踞曲盝牀，升論師座，吮唇播舌，而後謂之能演說也。伏祈興〔一一〕大願雲，施大法雨，慨然命筆，以涅槃爲託〔一二〕始，而他經傳次第闡發。古稱四明中興教觀，陪位九祖，豈異人任，在大德荷擔而已矣。昔者佛轉法輪，必資啓請。如蒙鈍劣，不能比迹梵天，亦宜自後于夜叉之傳唱乎？伏惟採擇，法門幸甚！衆生幸甚！

涅槃經疏二函，點勘已畢，謹〔一三〕歸記室。文字品十四音議〔一四〕，仰承下問，蒙于音聲文字，茫然無所解。嗣當悉心詳考，少有弋獲，取次奉復，茲固未敢強所不知、草次臆〔一五〕對也。仰恃法乳之愛，率爾狂易，幸惟慈宥，不盡翹企。

【校記】

〔一〕此文亦收于文鈔補遺中。〔二〕金匱本、文鈔補遺作「伐」，邃本、鄒鎡序本作「代」。〔三〕金匱本、文鈔補遺作「熏」，邃本、鄒鎡序本作「惠」。〔四〕金匱本、文鈔補遺作「禪」，邃本、鄒鎡序本空缺。

〔五〕金匱本、文鈔補遺作「小」，遂本作「淺」，鄒鎡序本空缺。〔六〕金匱本作「宗」，各本作「家」。
〔七〕金匱本作「光」，各本作「先」。〔八〕金匱本作「疏」，各本作「流」。〔九〕金匱本作「諦」，遂本、鄒鎡序本作「詩」，文鈔補遺二字並列。〔一〇〕金匱本作「玆」，遂本、鄒鎡序本作「慈」，文鈔補遺二字並列。
〔一一〕金匱本作「輿」，各本作「具」。〔一二〕金匱本作「託」，各本作「說」。〔一三〕文鈔補遺作「謹」，各本作「附」。〔一四〕各本作「議」，疑應作「義」。〔一五〕金匱本作「臆」，遂本、鄒鎡序本作「抑」，文鈔補遺二字並列。

答覺浪和尚〔一〕

蒙以暮年窮子，皈〔二〕向法門。自分多生願力，現世根器，惟有掃除戲論綺語習氣，將世間語言文字宣揚正法，庶可俯除宿業，上報佛恩。讀植聖草中刻經著述二篇，不覺懽喜讚歎，踴躍起舞。

每思紫柏大師謂本朝單傳一宗，幾乎滅熄。傳燈未續，是出世一大負。今世魔外交作，狂瞽橫行，宗師如林，付拂如葦，如公所云較正五家宗派，判定一書，作錄以繼傳燈，作傳以續僧寶，使綱宗決定，眼目分明，一切僭竊裨販，無所忌憚之徒，如堅冰之入沸湯，不日消殞。則永明之教，再見于斯世，諸佛正法眼藏，不憂沈沒無日月墨穴世界中矣。當今之世，非公其誰？當仁不讓，幸爲努力。此中關係，直是一藕絲繫須彌山，須透出金剛眼睛，猛利用事，是非邪正，陰陽黑白，如定爰書，如照業鏡。較景德、景祐間，其難百倍，其功亦百倍。若謂魔眷衆多，嬈亂可畏，不知諸佛慧命，斷續所關，定有密跡力士，執那羅延杵侍衞，有欲破壞者，自然頭破八分，碎如微塵。古人捨身爲法，亦復何憂何疑懼哉！微誠積願，根撥湧現，敢以弱毫尺蹏，代骨墨皮紙，仰效梵天，殷勤啓請。異日當持鉛提素，供執簡之役於左右，如裴公美所云不忘圭峯法乳之恩也。

本師夢遊全集，空隱師頃從嶺南寄到，即當校刻流通。承示大序，正是函蓋相合，法門中機應感召，良非偶然也。匆冗奉復，語不倫次，唯座右諒之。夏五月廿四日，益和南再拜〔三〕。

【校記】

〔一〕此文亦收于文鈔補遺中。〔二〕金匱本、文鈔補遺作「皈」，遼本、鄒鎡序本作「跂」。〔三〕文鈔補遺有末十一字，各本無。

又答覺浪和尚〔一〕

承示續燈錄緣〔二〕起凡例，精詳楷當，確然爲人天眼目。知妙吉祥乘狻猊，已將自口中出矣。近代紫柏、海印之外，有密藏開公，具金剛眼睛，能爍破四天下。聞其殘編斷墨，詳論禪、講二家，諸方尚有遺留者，應一訪求，以資擇法之眼。又本朝宣德間，徑山有增補續傳燈一書，詳列大慧以後諸家宗派，此亦宗門要典，諸方未有談及者，亦應訪求。若近日流通諸錄，朱紫不別，烏焉二寫，不獨嚴統之爲謬繆。和尚秉大法炬，然大法燈，首當于此處照破。塵沙刦中，諸佛諸祖，共當灌頂證明，應不惜師子全力也。

憨大師夢遊集，仗靈隱、棲壑二公；得窺全寶。而書生陳方侯于作字頃，感動出家，是因緣尤爲奇特。此與廣額屠兒放下屠刀，便云我是賢刦一佛有何異邪？因思屠兒多生用屠刀殺人，我輩多生用筆管殺人，我輩之筆管，卽屠兒之屠刀也。屠兒瞥眼能放下屠刀，我輩多生不能放下筆管，視彼嶺表諸生，豈不可笑可愧。又當知殺活一機，放拈不一，拈起時筆管卽是屠刀，放下時屠刀亦成筆管。今欲流通大師全集，廣募衆緣，仰求老和尚拈起筆管，卽以屠刀而爲說法，使現在世間，屠兒書生，不改各人面孔，人人作賢刦一佛，不亦快乎！扇頭佳什，次韻奉和，落句有燕〔三〕石題評一語，亦是老書生一〔四〕把屠刀也。老和尚得無以切泥鈍置之乎？揮汗覼縷，放筆一笑。

【校記】

〔一〕此文亦收于文鈔補遺中。

〔二〕金匱本、文鈔補遺有「緣」字，邃本、鄒鎡序本脫。

〔三〕金匱本、文

鈔補遺作「燕」，遼本、鄧鎡序本空缺。〔四〕文鈔補遺有「二」字，各本無。

寄內衡法師書〔一〕

恭聞大德繼紹、新兩公之後，樹法幢于武林，慈恩一宗〔二〕遂如驪珠獨耀，桂輪孤朗。益希風望塵，爲日已久。頃過湖上，方擬摳衣咨請，而侍者已先期渡江。遙望法筵，如在天外。謹遣一介，焚香再拜，通姓名于左右，且少有啓請焉。

益以西垂之歲，歸心法門。既不能勤修六度，又不能了悟一心。多生結習，在聲名文句中。只好借此一路，回向眞乘。庶幾就路還家，不斷佛種。竊念爾許時世，魔強法弱，宗燬教微，台、賢、慈恩三家，不絕如綫。而時師之明教者，又往往崇今薄古，沿流失源，如清涼所謂「勝負氣高，是非情厚，上古妙義，用而不言，先賢小疵，廣申破斥」者，味味思之，竊心惘焉。良不自揆，思以凡心淺智，討論經論之異同，和會宗門之鬭諍，庶幾使諸聖玄旨，如日中天，古〔三〕師微言，不墜于地。而根器闇劣，學問單疎。屈步失足，水母無眼，如然螢火以照須彌，如持牛毛以蘸海水，心誠〔四〕知其非任，然終不能以但已也。

且如金剛一經，慈氏以補處菩薩著頌，無著、天親以地上地前菩薩造論。圭峯纂疏，科文則依天親，釋義兼採無著。不獨稟承青龍、大雲諸古師，實佛佛相承之宗旨也。今欲一切抹殺，各豎新義，不但無著牽羊，且使慈氏退舍，可乎？不可乎？又如首楞一經，長水遠遡玄贊，近師宗鏡，旁魄蒐羅，實百代心宗〔五〕之祖。今人沈溺晚近，互相師習，不曰會解云何，則曰正脈云何。談及古人師承宗旨，便〔六〕如理會科斗時事。晉之籍談，數典忘祖，君子譏之，而況于佛典乎？蒙于二經疏解，僭有鈔略。般若則以偈論爲大宗，首楞則以長水爲綱要。自茲以往，諸宗異說，皆爲薙其繁芿，撮其要領。辛勤數年，略具草稿，擔囊負笈，願就正于有道，而惜其不相值也。

惟識因明〔七〕，志〔八〕願研求，如入暗室，不見手掌。承聞合轡之後，更有述義。舊疏新章，咸歸智鏡。請以暇日，刳心誦習，終當重趼布髮而請諮決也。瑜伽師地論，實爲惟識之宗，天親撮其要義，造惟識三十頌，今驟閱瑜伽，文海浩汗，不知天親所撮以造頌者，何處標文？何處約義？又古來判教，大率以瑜伽屬相宗，中論屬性宗。相先性後，似有淺深差別。今考瑜伽論釋曰：「龍猛採集大乘無相空教，造中論等，由是衆生復著空見。無著菩薩證法光定，事大慈尊，請說此論，理無不窮，事無不盡」云云。則又似中論先而瑜伽後，相未必淺，性未必深也。此皆承學所未了。更有疑義數則，具如別楮。望于紙尾一一批示。如來說法度人，不擇聾盲喑啞，定不以爲狂爲瞽，而置記不答也。

湖上尚有旬日淹留，翹勤頂禮，佇俟來教。馮楮可勝瞻仰！

【校記】

〔一〕此文亦收于文鈔補遺中。〔二〕文鈔補遺作「宗」。各本作「字」，誤。〔三〕邃本、鄒鎡序本作「古」，金匱本作「大」，文鈔補遺二字並列。〔四〕金匱本、文鈔補遺作「誠」，邃本、鄒鎡序本作「識」。〔五〕文鈔補遺作「宗」，旁注：一作「匠」。各本作「匠」。〔六〕金匱本、文鈔補遺有「便」字，邃本、鄒鎡序本無。〔七〕金匱本、文鈔補遺作「明」。邃本、鄒鎡序本作「以」，誤。〔八〕各本作「志」，金匱本作「老」。

答含光法師〔一〕

大教弘演，慶雲凝空。腰包漉囊，卽當馳赴法席，惟傷〔二〕兩耳隔垣，爲雙卷荷所苦，正不妨作難陀龍王無耳而聽也。學徒箋啓，尺幅爛熳，讚歎之餘，漫題數言。昔人言天花墮〔三〕地，是齩蚤〔四〕蝨之義，豈不可爲一破顏邪！疑義指示，信可謂清流不憚惠風也。此中淨師謂諸論不同中觀者，確指師子月諸人，非等取無著、世〔五〕親也。來教云爾，恐〔六〕未畷讚述元文耳。三性權〔七〕實，人所易了。清涼疏文減損佛性，乃是正斥〔八〕三藏，非旁指學人之語，亦非玄談〔九〕所謂如有破斥，須存禮樂者，此所以成〔一〇〕疑也。更俟面時再請諸決耳。山僧回，信筆奉復不一。

【校記】

〔一〕此文邃本、金匱本有，鄒鎡序本無。亦收于文鈔補遺及錢牧齋先生尺牘卷二。〔二〕各本作「惟傷」，尺牘作「雖復」。〔三〕金匱本、文鈔補遺、尺牘作「墜」，邃本作「墮」。〔四〕金匱本、文鈔補遺、尺牘作「蚤」，邃本作「蜜」，誤。〔五〕邃本、尺牘作「世」，金匱本作「天」，文鈔補遺二字並列。〔六〕各本作「恐」，尺牘作「想」。〔七〕邃本、尺牘作「權」，金匱本作「惟」，文鈔補遺二字並列。〔八〕邃本、尺牘作「斥」，金匱本作「本」，文鈔補遺二字並列。〔九〕金匱本、文鈔補遺作「玄文」，邃本「玄」字空缺，尺牘作「圓談」。按：應作「玄談」，指華嚴玄談，即華嚴懸談。〔一〇〕金匱本、文鈔補遺、尺牘作「成」，邃本作「咸」。

致憨大師曹溪塔院住持諸上座書〔一〕

恭惟甲申之歲，大師眞身自五乳歸于曹溪，迄今十有三載矣。益洊經喪亂，萬死一生。視息僅存，草土自屛。既不能襆被腰包，躬歸塔院；又不克齋心頂禮，遥致瓣香。仰負劬勞，俯辜記莂。跼天蹐地，歎愧何已！惟是多生承事，畢世皈依。布髮未忘其宿因，失乳久思夫慈母。此則海墨難盡，刧火不灰。我大師固當于常寂光中重加憐愍，密爲加被者也。

粤自法幢傾倒，末刦凌夷〔二〕。師子逝而野干鳴，龍象寂〔三〕而妖狐熾。家家臨濟，個個德山。宗師如荚，付拂如葦。而又構造妄語，侮嫚聖僧。謗紫柏則曰本無師承，毁〔四〕大師則曰但稱義學。聚聾導瞽，惑世誣民。法門之敗壞，未有甚于此時者也。舉世飲狂井之槃，而有一人不狂；舉世怖曉鏡之頭，而有一人不怖。單撑孤立，風雪當門。此一人者，或者護世四王，密跡力士，假手是人，爲如來使，使之屏除魔外，不斷佛種。而我大師慈心悲憫，普施無畏，亦豈無厚望于後人與？諸上座與益，緇白不同，同出大師之門，並受遺囑。居今之世，隨波逐流，坐視斯人，中風狂走，搖手閉目，不爲拯救，亦何以稱爲海印之眞子與？魔強佛弱，俗重道輕。智眼無多，法城日倒。未知諸上座能不河漢吾言否也？

今所欲亟請于座右者，近代紫柏、雲棲，皆有全集行世。大師夢遊集，嘉興藏函，但是法語一種。其他書記序傳之文，發明大法者，有其目而無其書。聞大師遺稿，藏貯曹溪，卷帙甚富。今特爲啓請，倒囊相付。當訂其訛舛〔五〕，削其繁蕪，使斯世得窺全璧，不恨半珠。人天眼目，塵刹瞻仰，斷斷〔六〕不可遼緩後時，或〔七〕貽湮沈之悔也。又大師著春秋左氏心法，乃發明因果之書。嘗〔八〕自言曹溪削稿時，燈前燭下，徵求斷案。魂魄可追，毛髮皆竪。以今世時節因緣，正當開顯此書，用以革頑止殺，撈攏刦濁。追思大師往昔付託，良非聊爾。流通之責，胡可逭也。伏祈諸上座合力搜羅，悉心採〔九〕集。片紙隻字，罔有缺遺。撻椎集衆，昭告大師眞身之前。舉授軺車詔使，鄭重郵致，俾益得藉手按集，以告成事。此則法乘教海，千秋之耿光，非及門一人之私幸也。

大師五乳塔院，濫竽載筆。南海陳相〔一〇〕公曾爲題識，勒石〔一一〕南華。甲申以後，歸龕事跡，山門當有實錄。不揆荒〔一二〕陋，頗考覈作第二碑，以備僧史。以近刻年譜，掛漏無徵，更祈詳委寄示。益年七十有五，誓以西垂之歲，歸命佛門。會台、賢之異同，破性相之歧軌〔一三〕。闡揚遺教，弘護眞乘。庶幾黽勉餘生，不負大師摩頂付囑至意。俟〔一四〕文集畢工，少有端緒，當爲文一通，啓告大師。冥機密感，念茲在茲，而今固未遑及也。遙望雙峯，焚香作禮。嶺海迢然，如在牀席。天寒夜凍，瑑冰削牘。意滿楮陋，不盡所云。歲在丙申長至前三日□□和南奉啓〔一五〕。

【校記】

〔一〕此文邃本、金匱本有，鄒鎡序本無。亦收于文鈔補遺中。〔二〕金匱本、文鈔補遺作「夷」，邃本作「彝」。〔三〕邃本、金匱本作「寂」，文鈔補遺作「寢」，旁注「宋」。〔四〕金匱本、文鈔補遺作「毀」，邃本作「壞」。〔五〕邃本、金匱本作「訛舛」，文鈔補遺作「舛訛」。〔六〕邃本、金匱本作「斷斷」，文鈔補遺作「斷」。〔七〕金匱本、文鈔補遺作「或」，邃本作「成」，誤。〔八〕邃本、金匱本作「嘗」，文鈔補遺作「常」。〔九〕金匱本、文鈔補遺作「採」，邃本作「探」。〔一〇〕金匱本、文鈔補遺作「相」，邃本作「海」，誤。〔一一〕邃本、文鈔補遺作「石」，金匱本作「名」。〔一二〕邃本作「荒」，金匱本、文鈔補遺作「蕪」。〔一三〕邃本、金匱本作「軌」，文鈔補遺作「執」。〔一四〕邃本、文鈔補遺作「俟」，金匱本作「伺」。〔一五〕文鈔補遺有「歲在」至「奉啓」十三字（中空缺二字，當是「謙益」名），各本無。

答張靜涵司農第一札〔一〕

奉違慈容，累易寒暑。去冬借黃子羽般若二解，齋心繙閱，眞如餓兒得粟，窮子識路。膏殘燈灺，風饕雪虐，未嘗一日去手。正當老病幽憂，亡孫悲怛〔二〕之候，每爲豁然涣破，劃然心開。雖復日侍函丈，親承缾拂，度無以加于此。故知大圓鏡中，我輩自日夕相見，初不以會面爲疎數也。弟於〔三〕二經，採擷箋注，已有成書。今輒舉玄談妙義，度越前人者，竊取崖略，冠諸首簡。用以開發初心，津梁末法，想亦同體大悲所不拒也。

天童老人塔銘，是十五年未了宿逋。山翁復申前請，不敢固辭。其大意全爲先皇帝悔悟左道，存問耆年，表章末後一段光明，以著存千秋萬刦法門盛事，亦借此爲百年臣子傾灑一點血淚耳。通篇敍次，援據行狀、年譜，不敢增益一字。亦曾將直說三錄，仔細較勘，然後焚香佛前。平生命筆，嘗聞諸紫柏大師，謂山谷先生作文，凡遇邪正津要關頭，必正色辨驗，于人天衆中證明，決不用偷心取一時人快。私心服膺其言。又深知文字因緣，動關果報。雖世間撰述，斷斷不敢黨枯竹、讐朽骨，犯昌黎人〔四〕禍天刑之戒。而況于法門文字，敢私心用意，不公不平，取鐵鉤犂舌報邪？

昨與覺浪兄拈廣額屠兒公案，漫云：「屠兒多生用屠刀殺生，我輩多生用筆管殺人。我輩之筆管，卽屠兒之屠刀也。」浪亦印可其言。頃承慈誨，諄諄啓迪，因爲開函一笑，語雙白曰：「此是靜老方便說法，勸我放下屠刀也。」却苦兩日前付山曉小師賫去，不得重與台慈商推〔五〕刪定。然此文末後著語，魔佛兼行，揀收互用，正欲聽其吹萬，付之兩行。意在調人，非爲佐鬭〔六〕。亦正是放下筆管，不妨借屠刀說法也。知台翁與蘗菴諸上善人，咸當破顔微笑，不作金剛努目耳。繼老師兄〔七〕，煩〔八〕爲代致，不復覼縷。

【校記】

〔一〕此文遂本、金匱本有，鄒鎡序本無。亦收于文鈔補遺中。遂本、文鈔補遺作「第一札」，金匱本作「書」。

〔二〕遂本、文鈔補遺作「怛」，金匱本作「悼」。〔三〕金匱本作「於」，遂本作「子」，文鈔補遺二字並列。

〔四〕金匱本、文鈔補遺作「人」，遂本作「神」。〔五〕遂本作「推」，金匱本、文鈔補遺作「確」。〔六〕金匱本作「佐」，遂本、文鈔補遺作「左」。〔七〕金匱本、文鈔補遺有「兄」字。遂本無。〔八〕金匱本作「煩」，遂本、文鈔補遺作「頻」。

再答張靜涵書〔一〕

再奉手教，慈誨諄複。知長者爲法門眷屬金湯護持，深切如此，卽是忠義士大夫一點眞正骨血，塵刹深心，敢不佩服。

循覽來教，主於消釋異同，破除鬬諍。此固鄙人意中之事，不妨搔着背癢。樸學老生，懵然知識，每作法門文字，誓欲以世間綺語戲論，消歸佛乘，安敢私心遑臆，信口雌黄。恭承慈命，再三紬繹，既不敢護短憑愚，亦未嘗改頭換面，點筆之餘，恰與初心符合。焚膏呵硯，不免沾沾自喜。因思法門綱宗，與文字血脈，此中大道理，合是如此。習氣現存，一往粗浮，楞伽中謂鼠毒發，不自覺知，得明眼人指點，便是經一番鑪鞴。生鑛頑鐵，入大火聚中，便是洪爐點雪，台翁之鑄我深矣。

雙白爲法猛利，腰包渡江。羽書旁午，戒行不可不早。又須一二好衲子結爲伴侶，方便首塗，勿令如阿難乞食，無上座及阿闍黎，爲旃陀羅種所竊窺也。一笑。

【校記】

〔一〕此文金匱本有，邃本、鄒鎡序本、文鈔補遺俱無。

三答靜涵張司農書〔一〕

荒村屏居〔二〕，重辱長者車騎。德音慈誨，沁入心腑。至于施無畏法、開甘露門，使人世之墨穴一空，末法之迷雲頓掃〔三〕，此則人天眼目，大法金湯，胥有攸賴，非弟〔四〕一人之私言也。涼風旋至，賤體稍強，便欲拉雙白先扣靈巖，次詣丈室，謝過從之鄭重，酬往教之殷勤。而台教儼然先之，金剛遵解，又荷法乳之惠。仰知同體大悲，有加無已。更辱台示，蒿目時艱，以塵世之深心，兼經國之大手，一子等視，千乳横飛。弟惟有企仰慈雲，瞻依慧日而已。秋熱未解，揮汗奉復。蘗菴元老，併希叱名道意〔五〕。

【校記】

〔一〕此文邃本、金匱本有，鄒鎡序本無。亦收于牧齋先生尺牘卷一、文鈔補遺、外集卷二十二。金匱本作「三答」，「農」下有「書」字；邃本、文鈔補遺作「兩答」，下無「書」字。〔二〕各本作「居」，尺牘作「跡」。〔三〕各本作「掃」，邃本作「歸」。〔四〕各本作「弟」，邃本作「第」。尺牘下無「一人」二字。〔五〕尺牘下有「不多及」三字，外集下有「臨楮不盡馳戀」六字，他本無。

再與木陳和尚書〔一〕

上座歸後，數日内再接張靜翁手書〔二〕，謂天童、鄧尉兩家子孫，已成水乳。恐老髦未能悉知，摇筆弄墨，重起風波，誨示諄復，心血沾灑。其爲法門眷屬，破除鬭諍，不啻救焚拯溺，甚盛心也。因將塔銘原稿，再一點檢，但是文字中槎牙頭角之語，改竄數行耳。是中君臣賓主，眼目歷然，殊非婀阿兩可，自附調人。更于老人激揚提唱，一片苦心，重爲洗發。所謂頰上三毫，傳神寫照，未必不差勝于元文也。東坡有言：「觀書眼如月。」知法眼照矚，自能洞然，如觀掌果，不以爲移頭改面，自破兩舌之戒也。教中却有一段公案，畢陵伽婆蹉嘗渡恆河，咄恆河神爲小婢：「住！莫流水。」佛令懺謝，合掌語恆河神言：「小婢莫嗔。」大衆笑之云：「何爲懺謝耶？」五百世婆羅門習氣貴高，不可遏捺如此。老師兄平等慈悲，愍我餘習深厚，未知應如何爲我懺謝也？附及，以供禪餘一笑。

雙白頭陀腰包渡江，爲法門事，不憚觸冒戈鋋，恐未便〔三〕有鄧隱峯擲錫空中手段〔四〕，更賴慈力加護也。

【校記】

〔一〕此文遂本、金匱本有，鄒鎡序本無。亦收于文鈔補遺中，惟編次則列在下一篇答木陳和尚書之後。

〔二〕金匱本作「手」，遂本作「子」，文鈔補遺二字並列。〔三〕金匱本作「便」，遂本、文鈔補遺作「免」。

〔四〕金匱本作「段」，遂本、文鈔補遺作「眼」。

答木陳和尚書〔一〕

雙白回，奉慈誨滿紙，兼得暮春十九佛事。長跪展讀，老淚哽咽。昔李習之參藥〔二〕，拈出「雲在青天水在瓶」之句，至讀侯高祭汴州文，未嘗不感激流涕。他日倘許折脚鐺邊共撥殘灰，了此閒話耶？

雪嶴上座來，重接翰䀹，奬許過當。正揮汗時，不免身毛俱竪。每自愧生平虚名滿世，咎愆〔三〕叢集，偷生視息，老爲陳人，此世界中，塊然一物，無有頑陋于僕者。而山中高人，眼光爍破四天下，顧不鄙而薦樽之。嘗思〔四〕外道堅執空見，化爲頑石，尚能向菩薩答偈。菩薩書一偈于石，石忽迸破。今僕亦斯世之頑石也，而座右不我遐棄，同體大慈，接引不置，倘不能于書偈之後，一旦迸破，豈非頑石之不如也哉？

塔銘稿出，有人自武林來，盛言磨刀鏃矢，勢餤洶洶，談〔五〕已輒爲口噤手戰。僕應之曰：「吾文之寫于胸，猶彈丸之脱于手也。彈丸脱手，手中無復有彈丸矣。文字寫胸，胸中無復有文字矣。彼將尋聲問影，覓彈丸于吾手，不已愚乎？」其人茫然而去。僕之騃不省事，心安如海，大率如此。此則頑石〔六〕無狀，積刦堅固，恐大菩薩未便以一偈碎之也。聊舉此以發破顔一笑耳。

【校記】

〔一〕此文邃本、金匱本有，鄒鎡序本無。亦收于文鈔補遺中，惟編次則列在再與木陳和尚書之前。〔二〕金匱本作「藥」，藥山也。邃本作「佛」，文鈔補遺作「禪」。〔三〕文鈔補遺作「愆」，旁注「譽」，金匱本作「譽」，邃本作「尤」。〔四〕文鈔補遺作「嘗思」，邃本作「嘗恨」，金匱本作「常」。〔五〕金匱本、文鈔補遺作「談」，邃本作「倓」。〔六〕金匱本、文鈔補遺作「石」，邃本作「行」。

復天然昰和尚書〔一〕

承問華首之訃，無色諸天，皆淚下如春雨，況遙承法乳者乎？ 刦火沈灰，器界墨穴。當此時撩衣長揖，捨離穢土，有何不可？ 法幢傾倒，狐鼠塞路，洞下門風，全賴和上一肩荷擔，千萬珍重，千萬努力。

塔上之銘，按狀申〔二〕寫，全是依樣葫蘆。 此時大師如稻葦，付拂如麻粟，宗風掃地，可爲痛心。 向爲天童作銘，略說少分，訶謗蠭起， 付之瑱耳。 銘詩末云：「拗折拄杖，拋擲拂子。 余與老人，覿面伊始。」連這老漢也與他劈頭一棒，見者都不〔三〕覺，懡㦬而已。 此文一出，逆知諸方唾駡，更甚往時。 古人金湯護法，不憚放捨身命。 知我罪我，何足挂齒。 和上心安如海，如須彌山，非凡人口吹能動，定不埋寃老人撩牙〔四〕張口、攬火招風也。

金剛眼、西樵錄諸書，錯列經笥，如奉圓音。 提唱林間錄，畫龍點睛， 便欲飛去。 竊謂宗家綱要，無如永明宗鏡，卽心卽佛，遮表二詮。 華首印證，若合符契。 以儒典論之，則洙、泗也，寂音則孟、荀也。 和上既提唱林間，何不用此例提唱宗鏡？ 令〔五〕宗海敎中，金剛眼〔六〕睛，一一透底點出，何快如之！ 近閱宗鏡，至卽心卽佛章，恰與華首宗旨， 兩鏡交光，聊復饒舌及此，未知和上一點頭〔七〕否？

楞嚴蒙鈔是蒙童訓解之書，非沒量大人所可着眼。以近代會解圈繢，抹殺長水心宗，交光、幽溪輩，函矢交攻，耳目瞀亂。雖復苦心勘辨，畢竟矮人觀場，漫說長短。幸俯賜證明，重爲刊〔八〕定。人天眼目，加被何已。上座歸，封題塔銘，炷香遙禮，一片心香，隨之渡南海矣。嶺樹迢遙，器界傴側，惟〔九〕爲祖道法〔一〇〕門，鄭重自愛。

【校記】

〔一〕此文遼本、金匱本有，鄒鎡序本無。亦收于文鈔補遺中。金匱本有「書」字，他二本無。〔二〕金匱本、文鈔補遺作「申」。〔三〕金匱本「不」下有「見」字，他二本無。〔四〕各本作「身」，文鈔補遺旁注「牙」字，作「牙」是。〔五〕金匱本有「令」字，他二本無。〔六〕金匱本、文鈔補遺有「眼」字，遼本無。〔七〕遼本、文鈔補遺作「頭」，金匱本作「首」。〔八〕遼本作「刊」，金匱本作「勘」，文鈔補遺二字並列。〔九〕遼本、文鈔補遺有「惟」字，金匱本無。〔一〇〕金匱本作「法」，他二本作「之」。

復澹歸釋公　即金道隱〔一〕

東皐一別，閒雲野鶴，行跡相聞，却如時時在瓶拂間。昔人言菩薩如繫線之雀，一提即返，我兩人心心相向，便是雀脚上一線也。衰老叢殘，惡風伏火，日夜煎逼，都無了時。幸得賣身空門，埋頭縮頸，向幾行葛藤文句，尋箇鄧隱峯隱身去處，用此少自安穩耳。

華首和上仗昔楗椎告衆因緣，今復承天然和尚偕老兄鄭重付託，銘何敢辭。法門訛濫，殷憂耿切，亦欲借此文少申格量也。引大慧方外人忠孝一段，鄙意良有寄託。所云「白蜆碧血，長留佛種」者，指秋濤、正希二相公及吾徒黎美周輩也。所云「條衣應鉢，同皈法王」者，指吾道隱先生也。措語隱謎，亦定、哀微詞之例，聊爲座右指明。數百年後，鴻爪鳥跡，尚留現于世出世間，未必不藉此數行老人迂語。正如夢中說夢，落得明眼人哄堂一笑耳。

楞嚴蒙鈔附上座腰包呈覽。聞嶺外讀楞嚴，專宗交光正脈，不復知長水悟後注經，爲百世心宗之祖。所望法眼重爲證明，勿令讀此經者，但作徐六擔板，亦區區一片老婆心也。今年八十有一，色力尚健，每思比趙州行脚，侍立左〔二〕右。白首驅烏，雖未敢刻期，亦非是夢中寱語也。憨山老人集刻成，首以大序冠〔三〕之。明年并金剛會鈔陸續郵寄。新刻一一領教，作家人〔四〕下語自別。新詩制義，便可當冷雲涼月，正不須別看語錄也。迢遙萬里，裁復數行。嶺樹滇雲，傷心極目。臨緘及此，但有老淚將寄，不堪多及。

【校記】

〔一〕此文邃本、金匱本有，鄒鎡序本無。亦收于文鈔補遺中，編次在答木陳和尚書後，復天然昰和尚前。

〔二〕金匱本、文鈔補遺有「左」字，邃本無。

〔三〕邃本、文鈔補遺作「冠」，金匱本作「觀」，誤。

〔四〕邃

本、文鈔補遺作「家人」，金匱本作「人家」。

復靈巖老和尚書〔一〕

生平潦倒，儒風梵行，一往決撒。惟是一點血心，遠依佛祖，近對祖宗。今得和尚徹底證〔二〕明，千生萬刦，仗此良導，豈獨如虞仲翔謂當世有一人知己不恨哉！點心公案，更得如許發揚，便當焚青龍疏鈔，直指龍潭矣。珍重！珍重！足疾新可，便思赴龍華大會。正苦腰酸腿軟，尚須扶牀拄杖，殊不能奮飛也。如何！如何！雙白素心苦行〔三〕，白衣中那有兩人？但嫌其聰明流動，如水銀拋地，方圓不定，須和尚痛下鉗錘，爲設一死關，勿令出虎丘寸步，乃可望其竿頭轉身耳。以道義骨肉，故言此及，想此兄亦不憎此〔四〕藥石也。信手奉謝，外附貴州邵潛夫書，乞于郵中遞去。

【校記】

〔一〕此文邃本、金匱本有，鄒鎡序本無。亦收于文鈔補遺、外集中。各本作「老」，外集作「夫山」。〔二〕各本作「證」，外集作「澄」。〔三〕金匱本、外集有「苦心」二字，邃本、文鈔補遺無。〔四〕外集有「此」字，各本無。

有學集卷四十一

疏

大報恩寺修補南藏法寶募緣疏〔一〕

粤自恆星西墜，圓音雷布於中天；慧日東臨，遺教雲垂於震旦。傳譯一千四百餘部，因果括囊；尊奉一千二百餘年，人天光被。運開鴻朗，會顯龍華。皇覺現身，御金輪而説法；蔣山廣薦，捨寶筏以渡生。欽注楞伽，精研初祖之心法；陰翊皇度，特標柳子之微言。法界弘開，義天宣朗。日本命金襴〔二〕之使，則草偃風從；雪山搜玉庫之經，而多羅雲集。紫金山卽耆闍崛，雲鷲飛騫；秦淮水作阿耨池，天龍窟宅。龍光象馬，佛光紹隆；玉鏡珠囊，法輪助轉。線花貝葉，慈光翔湧于溯庭；須曼燕支，慾網銷降于忍土。五花貢牧，宛馬齊來；千里市場，陽關不閉。昭神武于不殺，遐暢皇風；攝異類以逆行，冥資佛力。

承平暇豫，衆生之業果弘多；正法凌夷，邪外之祲氛交作。原其來漸，厥有二端。一者青色邪師，黄頭外道。建瞿利爲天主，抹殺覺皇；誣彌戾爲大西，混淆器界。一者五魔末品，四衆下流。假棒喝爲排場，聚聾導瞽；掃經律爲戲論，狂走迷頭。怪鬼縱横，魔民鼓煽。植邪因于像末，譬諸蠹蝕而蟻緣；啓殺運於劫初，遂致木穿而屋覆。用是三精霧塞，九塞飇迴。百丈瓊臺，漂零驟雨；千尋華觀，掃蕩沉灰。悲哉佛日之中淪，洵矣法雲之有待。

歲丁單閼，運屬蕭辰。旅泊長干，抱鹿苑垂秋〔三〕之歎〔四〕；頂禮大藏，佇鷄鳴問夜之期。爰有友蒼庭公，應囑累而至止；旻昭侍御，矢金湯以護持。相與次第經函，揀料藏板。逝將整齊漫漶，拾補闕遺。結構藏弆之房，分濟〔五〕流通之法。務俾三乘四教，再燿摩尼；五部千函，重羅寶網。事方經始，願屬弘深。授簡虞蒙，申言唱導。

嗚呼！昔者雙林示滅，三藏未興。諸天唱言，共求法寶。以謂法船欲破，法城欲頹，法海欲竭，法幢欲倒，法燈欲滅。今兹正法凌夷，非其時歟！又謂象王既逝，象子亦去，行道人漸少，惡力人〔六〕轉盛。今兹邪外交作，非其讖歟！以諸天之愁悶，啓迦葉禮足之因；以迦葉之楗槌，成王舍結集之果。思諸天心沒憂海，不減阿難，我輩漏染衆生，當復如何悲愍？念迦葉清淨選除，維艱建立，我等現前承用，當復何如奉持？我佛得法僧祇，演音妙界。大悲愍物，方便利凡。若復逆佛本懷，不思顯發。是爲滅法，豈獨辜恩。護法以破邪爲宗，破邪以顯正爲本。如上所說，總屬謬因。一則罪重撥無，一則病深狂易。從地倒者還從地起，生滅不外〔七〕一心；用藥毒者還用藥銷，對治必資三寶。惟茲法鏡，有照卽空；斯彼邪壇，不摧自倒。譬摩祇之片藥，力治〔八〕蟲豸，而饑蛇之毒螫頓除；若旃檀之一枝，香徧由旬，則猗蘭之熏臭都屏。注赤渧〔九〕以點香海，思汚尾閭；持螢火以照須彌，謀燒頂踵〔一〇〕。豈徒制其邪繆，還當渡彼癡冥。斯今日標本之要〔一一〕機，故當年總持之宗鏡矣。

謙益多生敗種，宿世鈍根。幸逢勝因，頓增往願。心言〔一二〕俱直，敢力折闍提之幢；知見未開，誓先遣阿嘔之種。更祈同志，並發深心。佛法僧寶寶皈依，經律論燈燈繼續。少金剛吞于〔一三〕府藏，定透肌膚；一滴水入於天池，齊無終始。身經塵剎，偏爲床座三千；心學多聞，誓願總〔一四〕持十二。庶可獲衆生之最勝，終當請諸佛之加承。謹疏。

【校記】

〔一〕此文亦收于文鈔補遺中。〔二〕遂本、鄒鎡序本、金匱本作「瀾」，文鈔補遺作「欄」。〔三〕金匱本作「秋」，各本作「成」。〔四〕金匱本作「歎」，遂本、鄒鎡序本作「後」，文鈔補遺作「候」。〔五〕各本作「濟」，文鈔補遺作「法」。〔六〕金匱本、文鈔補遺作「力人」，遂本、鄒鎡序本作「人力」。〔七〕文鈔補遺作「外」，各本作「壞」。〔八〕各本作「治」，文鈔補遺作「沾」。〔九〕文鈔補遺作「渧」，各本作「帝」。〔一〇〕各本作「踵」，文鈔補遺作「冢」。〔一一〕各本作「要」，文鈔補遺作「被」。〔一二〕金匱本、文鈔補遺作「言」，遂本、鄒鎡序本作「力」。〔一三〕金匱本、文鈔補遺作「于」，遂本、鄒鎡序本作「少」。〔一四〕各本作「總」，文鈔補遺作「憶」。

募刻大藏方册圓滿疏〔一〕

大藏之改梵夾爲方册，自紫柏尊者上首弟子密藏開公始也。海內鉅公長者主議倡導者，則有若陸莊簡公光祖、陳莊靖公瓚、東溟先生管公志道、祭酒馮公夢禎。紫柏法眷誓願佽助者，常熟繆布衣希雍、金壇于比部玉立暨丹陽賀氏、吳江周氏、沈氏。刻場初卜清涼，後移雙徑。既而恢復化城訂約，化城貯板，楞嚴發經者，中丞用先也。藏師遁跡，紫柏示化。六十年來，物變錯愕，而經藏一燈相傳未熄。庚子歲，壽光上人以律行推擇住持寂照。嘉郡諸善信，翕然傾〔二〕化，謀襄盛舉。于是四方經版，若寒山趙氏、平湖馬氏、虞山毛氏〔三〕、金沙于氏，咸輦輸輻輳，歸于化城。壽光剖心佛前，誓捐軀盡年，爲可、開二大士了此弘願。海印弟子錢謙益乃拜手稽首而颺言曰：

於乎！是舉也，有四善焉：一曰報佛恩，二曰拯末法，三曰挽劫運，四曰知時節。

洪惟我二祖開天，四輪御世。藉鴻庥〔四〕于三寶，頒龍藏于兩都。結鬘〔五〕之文，重來竺國；灌頂之侶，疊至月邦。海宇乂安，人天祐助。時當萬曆，運在日中。虜婦守職貢于燕支，烽銷馬市；酋長乞靈文于貝葉，箭折氈裘。自此雞彝象尊，皆歸佛土；遂使金隣玉嶺，共暢皇風。凡我今日之臣民，誰非神祖之佛子？維兹藏筴〔六〕，肇刻萬曆之中年；奉此經函，卽同祖宗之慧命。文身無量，佛日常新。欲報答慈父之慈，宜宣布法王之法。所謂報佛恩者此也。

昔苦法弱而魔強，今苦宗強而教弱。魔強法弱，魔在法外；宗強教弱，魔在法中。棒喝交加，豁達莽蕩。是爲惡醉而洪飲，誰能引鏡而識頭？誠使性、相二宗，燈燈齊焰；經律三藏，鏡鏡交羅。般若影現于河沙，金剛穿透于骨髓。則慧炬不揭而自耀，邪雲不撥而自開矣。昔者楞伽佛語之宗，唯識轉智之旨。闡自風幡已後，蔚爲義解之師。固已鏡懸方來，預鉗狂僞。今于斯世，布此遺經。枵腹飢虛，飽以粱黍；寒風凛冽，禦彼復陶。固諸佛所證明，亦諸祖所印讚。所謂拯末法者此也。吾讀張魏公虎丘經藏記曰：「兵革鬬亂，起于無明。清淨回心，殺氣自息。以現前山河大地，本依無明不覺而生；則一切殺劫苦緣，皆從煩惱增上而結。人我相重，恩仇海深。但謂此人殺彼人，不知自心殺自心。刧末之後，怨對相尋。拈草樹爲刀兵，指骨肉爲仇敵。蟲以二口自齧，鳥以兩首相殘。我佛同體大悲，視如一子；應機說法，爲彼衆生。今乍免劍林鐵橛之災，猶未脫血路刀塗之債。亟宜猛省，回向佛乘。三細六粗，旋滅五陰之重擔；六交〔七〕十習，長超〔八〕三毒之深坑。福以智嚴〔九〕，土由心淨。化毒霧爲寶雨，轉殺氣爲祥雲。所謂挽劫運者此也。

若乃時節因緣，有其多說。一者末流法寶，忽玩易生。以是故先甲後庚，紆歲月以課其成要。一者此土衆生，剛強難化。以是故先號後笑，資喪亂以創其回心。又則執悉多端，欲貪爲種。銅山錢埒，留待摸金之中郎；白鏹朱提，總付借財之車子。睹茲覆轍，破我慳囊。但捨貧女之一錢，卽破微塵之千卷。又則劫運促迫，陵谷遷移。當藏師壬午發願之年，正賤子庚寅吾降之候。歲更八十，運已千年。龍象銷沉，鳳麟遐舉。經廠之琅函重閉，長干之蠹簡猶新。惟此一絲，獨懸九鼎。倘不及時整理，抑或任運凋殘，慘〔一〇〕矣劫灰，哀哉墨穴。慢〔一一〕舟先滅，良無待于月光；般若重興，恐難期于南岳。又況經本五千餘卷，僅〔一二〕闕二百有零。刻資三萬餘金，今估二千以上。功惟一簣，事在合尖。共種善根，無忘嘉會。蕆藏師未了之一願，則四願齊圓；轉紫柏無盡之一輪，則三輪具足。挽法運卽以挽世運，報佛恩亦以報國恩。行矣上人，勗哉夫子。聽茲〔一三〕苦語，勿厭繁文。歲在庚子十一月長至日，如來白衣弟子虞山錢謙益焚香稽首謹疏〔一四〕。

【校記】

〔一〕此文亦收于文鈔補遺中。　〔二〕各本作「傾」，文鈔補遺作「顧」。　〔三〕文鈔補遺有「虞山毛氏」四字，各本無。　〔四〕各本作「庥」，文鈔補遺作「休」。　〔五〕文鈔補遺作「鬘」，各本作「蔓」。　〔六〕文鈔補遺作「筴」，各本作「莢」。　〔七〕金匱本、文鈔補遺作「交」，遂本、鄒鎡序本作「爻」。　〔八〕各本作「超」，文鈔補遺作「越」。　〔九〕金匱本、文鈔補遺作「嚴」，遂本、鄒鎡序本作「名」。　〔一〇〕文鈔補遺作「慘」，各本作「惜」。〔二〕各本作「慢」，文鈔補遺作「般」。〔三〕文鈔補遺作「僅」，各本作「似」。〔三〕各本作「兹」，文鈔補遺作「此」。〔四〕文鈔補遺有「歲在」以下二十七字，各本無。

武林湖南淨慈寺募建禪堂齋室延請禪師住持宗鏡唱導文疏〔一〕

淨慈無生願公，法筵之偉器也。悼法祖〔二〕之凌夷，悲山門之頹圮，誓衆告佛，以興復〔三〕爲己任。敍述唐、宋以來興替故事與發願經營緣起，走其徒數百里，告聚沙居士曰：「兹山實永明智覺禪師結集宗鏡之地。現國王身，爲大護法者，吳越文穆、忠獻二王也。居士爲佛法金湯，爲吳越苗裔，願於楮墨間放大光明，不獨唱導四衆，實天人眼目所憑依也。」居士炷香佛前，合掌讚歎曰：

善哉！善哉！五濁世中〔四〕，三災刼後，上人乃思扶衰起廢，樹大法幢，豈非甚難希有者耶？我聞佛法不違時節因緣，識尙父於戍卒爲佛法作主者，法濟也。識永明於天柱與元帥有緣者，韶國師也。於時禪學大興，定慧延入王宮受戒，義解明律，龍象歙集。或分席說法，或神通應現。漢南小小國土，華嚴法界，湧現恆沙。蓋其君臣主伴，皆乘願輪，受佛勅〔五〕者與？

今日時節因緣，當復云何？石鑑、錦樓，誰堪囑累？赤髭白足，誰司記莂？上人之言曰：「滄桑密移，民不識兵革，是壽師無緣大慈所攝受。」壽師常寂光中，未知作何證明？東山肉身雨〔六〕淚，開寶智覺，爾時爲當破顔微笑，爲復悲愍雨淚？上人具有天眼，更當再一勘辨也。

宗鏡一席，談何容易。漢南奉制，稱其居吾國土，代佛宣教〔七〕。心闊太虛，體包羣動。人天善友，非師而誰？洪覺範以謂味其生平，如千江之月，研其説法，如禹之治水，孔子之聞韶。法鏡巋然，一燈如綫。荷擔何人？補處何據？年來魔外交作，盲禪熾盛。吾嘗作武林報國院記、聞谷塔銘、憨大師眞贊，不惜張拳努目，饒舌發揮。憨大師往溠三峯，勘別學人。親侍巾缾，備聞箴砭。今年七十，老矣。雖復齒豁頭童，故自眼光如漆。豈肯沓口歧舌，隨流唱嘆。上堂示衆，不異登場。豎拂拈錐，渾如演戲。居然纂承佛印，弘紹祖庭，智覺於常寂光中，爲破顔、爲雨淚？應亦如前所云云也。上人勉之哉！悲願堅固，機緣勃興。飛樓湧閣，故當一彈指頃〔八〕，移兜率于人世。智覺諸老，亦必乘願再來，爲不請友，爲大導師。有爲因緣，如浮漚起滅，何足道哉！

居士身爲窮子，財施法施，一切無有，庋册有蓮池大師彌陀疏鈔一部，謹函致上人，作宗鏡開堂資本。仍遙寄一語，普告四衆：蒼天蒼天！老〔九〕居士唱導竟，護法竟也。那羅延窟聚沙居士虞山錢後人□□合十和南敬書〔一〇〕。

【校記】

〔一〕此文亦收于文鈔補遺中，無「疏」字。〔二〕各本作「法祖」，文鈔補遺作「祖宗」。〔三〕各本作「復」，遼本作「士」。〔四〕各本作「中」，文鈔補遺作「界」。〔五〕金匱本作「勅」，各本作「教」。〔六〕各本作「雨」，金匱本作「血」。〔七〕各本作「教」，文鈔補遺作「斆」。〔八〕各本作「頭」，文鈔補遺作「間」。〔九〕金匱本、文鈔補遺有「蒼天老」三字，遼本、鄒鎡序本無。〔一〇〕文鈔補遺有「那羅」以下十九字，各本無。

永定寺興造募緣疏〔一〕

吳城永定寺者，經始于顧太守之捨宅，得名于韋刺史之題詩。至正重新，永〔二〕昌傳九臯之法席；永樂鼎建，備著衍少師之刻文。法無汙隆，運有興替。胡天水改作書院，豈非闡提；江桃源復此招提，又遭壞劫。乃者惟密法師，貫花飛錫，插草唱緣。畫氈聚沙，假形像而說法；冰床雪被，罄衣鉢以命工。誅鋤草茅，糞除瓦礫。樹寶殿于棟折榱崩之後，似湧靈山；煥金容〔三〕于風饕雪〔四〕虐之餘，如來兜率。辛勤畚築，次第經營。行將復五賢之俎豆，炳煥丹青；闢海印之法堂，撈籠緇素。功有同于累土，事必待于布金。淸信士三山鄭君等，以是因緣，屬余唱導。

余惟此郡，舊本吳都。三市〔五〕九逵，伽藍櫛比；長衢〔六〕夾巷，蘭若駢羅。道俗雜〔七〕居，營建接踵。遡其利益，蓋可指陳。一者通邑大都，紅塵四合；摩肩擊轂，白汗交流。族類煩滋，則貪嗔易種；風俗侈泰，則淫殺難除。斯菴藹之奧區，即業殃之淵藪。於是精廬布列，梵宇參差。刹竿法幢，夾旗亭而拂路；咏歌唄讚，流闤闠以飛聲。歷落鐘魚，輝煌經像。庶使鳴鐘鼎食，發深省于朝歌；魁劊〔八〕市屠，迴慈心于夜夢。二〔九〕者滄桑變革，運起市朝；兵燹侵凌，阨先都會。數當陽九，劫抵災三。鬼爛神焦，出出每鳴于宋廟〔一〇〕；往歌來哭，誅誅有驗于魯巢。欲挽劫波，須資佛力。惟諸佛菩薩湧現之地，爲天龍神鬼擁護之區。風旱可以祓禳，刀兵易於消弭。

今殿宇重新之日，值戎馬甫息之秋。碧血青燐，乍收餘燼；朱門白屋，旋復舊觀。金鋪繡柱，甲乙更西第之堂垣；牙帳〔一一〕毬門，庚癸聚東方之壁壘。茂苑之城如畫，閶門之帆欲流。凡茲佛力之普存，豈非人天之加被。仗護世四洲光明之福德，允叶天休；考形家五緯生尅之禨祥，亦云元吉〔一二〕。願我善友，同耕福田。發歡喜心，施力〔一三〕施財施法；生不動國，供佛供法〔一四〕供僧。花鬘雲徧覆四郊，共依寶地；甘露幢高臨三界，永謝刀塗。福不唐捐，語無虛誑。歲在甲午十一月長至日〔一五〕。

【校記】

〔一〕此文亦收于文鈔補遺中。〔二〕各本作「永」，文鈔補遺作「大」。〔三〕文鈔補遺作「容」，各本作「谷」。〔四〕各本作「雪」，文鈔補遺作「雨」。〔五〕文鈔補遺作「市」，各本作「都」。〔六〕文鈔補遺作「衢」，各本作「街」。〔七〕金匱本、文鈔補遺作「雜」，邃本、鄒鎡序本作「接」。〔八〕各本作「創」，文鈔補遺作「膾」。〔九〕文鈔補遺作「二」，各本作「邇」。〔一〇〕金匱本、文鈔補遺作「廟」，邃本作「社」，鄒鎡序本作「室」。〔一一〕文鈔補遺作「牙帳」，金匱本作「木帳」，邃本、鄒鎡序本作「木帷」。〔一二〕文鈔補遺作「元吉」，各本作「无咎」。〔一三〕文鈔補遺有「施力」二字，各本無。〔一四〕文鈔補遺有「供法」二字，各本無。〔一五〕文鈔補遺有「歲在」以下十字，各本無。

普德寺募修禪堂疏〔一〕

西蜀昜伊法師問公，駐金陵城南普德寺，儀範霜肅，辨才雲湧。講法華、楞嚴、楞伽諸經，唯識諸論，如水瀉缾，如肉貫串。黑白四衆，圍繞傾聽，心開首肯，嘆未曾有。將開演華嚴宗旨，大轉法輪。寺當頹圮後，禪堂數椽，上漏旁穿，軍持漉囊，靡所棲止。寺僧自性，發願勸募修葺，用以安談筵，容聽衆。請爲唱導之文。

余老歸空門，棲〔二〕心法藏。始篤信華嚴一經，經中之王。賢首一宗，教中之海。南之天台，北之慈恩，少林之心法，南山之律部，無不從此法界流，無不還歸此法界〔三〕。昔者〔四〕康藏初宣，白光湧蓋；清涼繼演，景雲停空。圭峯再講新疏，泰恭小師，斷臂聽〔五〕

法。今於後〔六〕五百年，說此大經，交暎千門，融冶萬有，豈非乘大願輪〔七〕，作如來使，帝心以下諸祖，從毘盧華藏中，分身冥加，助佛宣化者與？

如上功德，海墨難書。舉要言之，略有其二。一則曰以挽末法也，二則曰以救末刼也。云何爲挽末法？大法垂秋，狂瞽交熾。盲禪魔民，彌天障日。不待月光出世，此世界幾成墨穴矣。演若多晨朝覽鏡，迷頭狂走。欲令知本頭不失，非仍以明鏡指之不可。今於中風狂易之時，演說圓頓〔八〕法門，三法界，十玄門，大圓鏡智，朗然中天。彼迷頭狂走之人，終不能出大圓鏡中，將爽然自失矣。彼如劍葉林下卽傷人，我如舍支鼓慈愍說法。藥王儲上藥以療病，海師具慈航以拯溺。佛種不斷，非小因緣。故曰挽末法也。云何爲救末刼？五濁衆生，業因〔九〕深重。墮地獄苦，歷刀兵刼。馬頭火狗，籠身而耕舌；封狐乳虎，嗽血而膾肝。四山來合，八苦交煎。歷劫燒然，物銷報盡。惟此華嚴，蠲除宿業。一偈〔一〇〕能排地獄之苦，而況於人世間杻械枷鎖，有不應聲解散者乎？升天能止修羅之陣〔一一〕，而況於小劫中礮車熱鐵，有不觸手銷滅者乎？寧風旱、彌兵火、迴血塗、撈毒海。家持夜摩之偈，人唱善財之歌。斯世之灰場鬼國，胥湧現爲華嚴樓閣。恆沙法施，莫大乎是。故曰救末劫也。

當知此世界無盡，衆生無盡。法師演華嚴法界，自度度人，功德無盡；四衆聽者，一字染神，歷劫不失，功德亦無盡；有人能施法財，莊嚴法筵，供養淸衆，是功德與講者聽者永不唐捐，等同無盡。居士炷香禮佛，說誠實言，人天八部，所共證明。有如不信，當拔吾舌。

歲在丁酉，冬至後七日，海印弟子虞山蒙叟錢謙益盤談謹疏〔一二〕。

【校記】

〔一〕此文亦收于文鈔補遺中。〔二〕文鈔補遺本有「寺僧」以下三十字，金匱本亦有，但「容聽衆」三字作「客衆聽」，誤。邃本、鄒鎡序本此三十字空缺，但只空七格。〔三〕金匱本、文鈔補遺有「從此」至「法界」十二字，邃本、鄒鎡序本空缺。〔四〕金匱本、文鈔補遺作「昔者」，邃本、鄒鎡序本作「者昔」。〔五〕邃本、鄒鎡序本作「聽」，金匱本、文鈔補遺作「慶」。〔六〕金匱本、文鈔補遺作「後」，邃本、鄒鎡序本作「後後」。〔七〕金匱本、文鈔補遺作「輪」，邃本、鄒鎡序本作「轉」。〔八〕文鈔補遺作「圓頓」，各本作「圖頌」。〔九〕金匱本、文鈔補遺作「因」，邃本、鄒鎡序本作「用」。〔一〇〕各本作「偈」，文鈔補遺作「喝」。〔一一〕文鈔補遺作「陣」，各本作「障」。〔一二〕文鈔補遺有「歲在」以下二十四字，各本無。

虎丘雲巖寺重造藏經閣募緣疏〔一〕

佛說布施，有內施，有外施。云何內施？能捨臂指，血肉腦髓，乃至身命，是名內施。云何外施？錢刀象馬，種種珍寶，國城妻子，是名外施。

闔廬〔二〕城中，有王孝子。刲割肝肉，療彼父病。我說是人，名爲內施。何以故？以是肝肉，包絡五藏與肉，團心相鈎連故，非餘身中髮毛指爪、一臂一節，猶可捨故。是割肝時，卽捨身命，頭目腦髓，咸捨捐〔三〕故。昔我世尊，無量刧中，布施忍辱，求無上道。割捨身肉，如須彌山。破身七分，如七瘡孔。而是孝子，往昔因中，見佛聞法，熏習善因。雖復多生，捨身受身，是捨身因，不忘失故，于此生中，遇于父病，種子擊〔四〕發，成現行故。孝子見父，如見諸〔五〕佛，以是肝肉，充供養故〔六〕。十方諸佛，悉知悉見，親近〔七〕供養，無差別故。是刲肝時，堅固善力，大那羅延力如是故。能捨所捨，離諸偏計，是爲親近波羅密故。是故我說是人，名爲內施。

內施成已，誓報佛恩。鎔冶錢刀，鑄佛菩薩，白毫紺髮，好相畢具。毘首羅匠，得未曾有。我說是人，名爲外施。何以故？諸佛菩薩，大慈悲父，冥感護持，不捨衆生。報父恩已，上報佛恩，皈依世間，不顚倒故。捨世間身，報生身父，用是因緣，莊嚴佛相。由血肉身，見佛色身，如銅傅金，勝增上故。是諸錢刀，祖父累積。銅山金穴，取次灰滅，捨以鑄佛，迴向三寶，世世淨財，長不壞故。是諸錢刀，人世業藪。結錢刀業，成刀兵苦。捨以鑄佛，爲福資糧，諸煩惱因，悉除斷故。是諸錢刀，昭代流布，鎔列聖號，作諸佛身。願我列聖，作金輪王，弘護法輪，不退轉故。是諸錢刀，卜年三百。我大支那，卽佛淨土。人王功德，等同法王。殑伽河沙，莫格量故。是故我說是人，名爲外施。

內外二施，既成就已，復于武丘，募造樓閣。榱桷柱礎，純用鐵石。尊奉佛〔八〕像，及大藏經。我說是人，名爲法施，又何以故？內財布施，捨我色身。捨身河沙，非無漏法。今此樓閣，供佛及經，供養法身，離色相故。外財布施，供佛報身。此大藏經，是諸佛母，是諸法身，攝報化故。內外二施，皆有爲法。自身報恩，成自利故。如是法施，是無爲法，度諸沙衆，是利他故。衆生惜財，有如身命。勸彼行檀，卽捨身故。入是樓閣，見佛見法，普令衆生，見法身故。佛言妙法，甚深廣大，一句半偈，得殊勝果。而況此閣，尊奉大藏，如彼龍宮，大海法故。又諸衆生，根性下劣，懵瞪迷悶，不聞佛法。遇此因緣，歡喜頂禮，卽是多生，現佛種故。如是樓閣，非鐵石造。是跂折羅，帝釋寶故〔九〕。如是樓閣，彈指門開。毘羅遮那，徧法界故。是故我說是人，名爲法施。聚沙居士作是言已，合掌讚嘆，而說伽陀曰：

善哉孝子能捨身，刲己肝肉療父病。又能捐捨錢刀布，鑄造佛像及菩薩。
以是二種善因緣，發大誓願度衆生。巍然建立大寶閣，佛身法幢咸供養。
闍廬〔一〇〕城中九萬〔一一〕家，衆多不異王舍城。而是孝子普勸度，欲令皆〔一二〕發菩提心。
我勸衆生所貪著，輕者錢財重身命。而彼愚癡慳財貨，一錢寸鏹比血肉。
孝子既捨內財已，又復傾貲捨外財。如大醫王治疾病，洞見焦府癥結處。
欲爲救療衆生故，示現種種功德相。是諸衆生非衆生，往昔皆具佛種性。

以是因緣相助發，如磁引鐵石鑽火。諦觀佛像亦假合，錢刀爐鞴互成就。
而今締構非餘物，亦復仗託錢刀力。世人貪財造惑業，我今種種作佛事。
如彼新醫療病藥，仍用舊醫造病者。布施一錢及七錢，乃至萬億無數分〔一三〕。
如來法身悉平等，是中福德何分別。如是十方薄伽梵，如是三藏修多羅。
彈指虎阜成龍宮，毘盧樓閣亦如是。世間近事善男女，圓成孝子無垢果。
信心清淨捨一錢，即是眞實波羅蜜。我爲成熟衆生事，即以錢刀而說法。
刹塵樓閣妙莊嚴，一錢孔中熾然立。

【校記】

〔一〕遂本、金匱本有，鄒鎡序本無。亦收于文鈔補遺中。　〔二〕金匱本作「廬」，遂本、文鈔補遺作「閭」。
〔三〕金匱本作「捐」，遂本、文鈔補遺作「損」。　〔四〕金匱本作「擊」，遂本、文鈔補遺空缺。　〔五〕金匱本有「諸」字，遂本、文鈔補遺脱。　〔六〕金匱本有「故」字，遂本、文鈔補遺脱。　〔七〕金匱本作「近」，遂本、文鈔補遺作「見」。　〔八〕金匱本作「佛」，遂本、文鈔補遺作「供」。　〔九〕金匱本有以上四句十六字，遂本、文鈔補遺脱。　〔一〇〕遂本、文鈔補遺作「廬」，金匱本作「閭」。　〔一一〕遂本、文鈔補遺作「萬」，金匱本作「億」。
〔一二〕遂本、文鈔補遺作「令皆」，金匱本作「皆令」。　〔一三〕遂本、文鈔補遺作「數分」，金匱本作「分數」。

花山常住募緣疏〔一〕

花山〔二〕爲晉支公開山處。萬曆中，文、姚諸鉅公，弘護興復。名僧巢、雨、高、松，應緣至止，講演雜華。法筵清衆，爲金地標表。頃者世事滄桑，梵宇丘壑，鐘魚寥寂，鼠雀啁啾。主法者不堪其憂，挂錫長往〔三〕。僧徒如驚烏怖鴿，不能端坐安居，便欲捲堂散去。沙彌善生，剃染未久，臥病出界，慨然來歸，推法眷佛居法師補其處，誓欲修頭陀行，單丁行〔四〕脚，以乞食等供爲己任。余聞〔五〕紫柏可公讀宋人論洪覺範之文，至于救鴿飼虎，于世法中，比於程嬰、公孫杵臼、田光、貫高之用心，每爲之拍案慟哭。憨山海印大師，修復曹溪道場，誓以身殉，謂古忠臣孝子殉君父、殉國家者，修菩薩行，亦當如是。今花〔六〕山山門，當百六之會，拉攞〔七〕欲壞，善生一驅烏沙彌，未坐三四夏，便欲〔八〕支撐彫敝，擔此重大擔子，此其誓願發心，豈復後于程嬰、田光諸人。紫柏、海印二大師，在常寂光中，故應歡喜印可，稱爲如來家子，不惜以冥感慈緣相加被也。

自今以往，善生益當〔九〕竪起脊梁，捨身盡形，作此山中興主人，勿以艱難退墮，勿以得少爲足。佛藏經言當一心行道，隨順法行，勿忘衣食所須者。如來白毫相中一分，供諸一切出家弟子，亦不能盡。汝但勤修戒行，堅護初願。四王八部及韋將軍，皆當往還奔赴，護助于汝。況諸宰官居士緇白四衆。桃李不言，桴鼓相答，其〔一〇〕有不鑒汝專誠，護持攝受者哉！老人無財法二施，不勝慚愧，聊書此語，代汝竪旛擊椎耳。

【校記】

〔一〕遂本、金匱本有，鄒鎡序本無。亦收于文鈔補遺中。遂本、文鈔補遺作「花」，金匱本作「華」。

〔二〕〔六〕遂本、文鈔補遺作「花」，金匱本作「華」。〔三〕遂本、文鈔補遺作「長往」，金匱本作「常住」。

〔四〕遂本、文鈔補遺作「行」，金匱本作「赤」。〔五〕金匱本作「聞」，遂本、文鈔補遺作「問」。〔七〕各本作「擺」。乃「擺」字形近而誤。〔八〕金匱本作「便欲」，遂本、文鈔補遺作「以來」。〔九〕金匱本作「益當」，遂本、文鈔補遺作「當益」。〔一〇〕金匱本有「其」字，遂本、文鈔補遺無。

重建包山寺大殿募緣疏〔一〕

西洞庭包山寺，在林屋洞之陽。西山故有十八招提，兹寺獨占包山名，舉其勝也。寺創于梁天監，再盛于唐會昌。宋慈受深禪師，以雲門遠孫，卓錫于此。自時厥後，成壞不常。崇禎己卯，中吴〔二〕明公過訪遺跡，殿後荒榛中，得小石碑，刻深師畫像及自贊云：「老來無地可棲身，一庵聊〔三〕寄包山下。」恍然悟三世往來如臂屈伸之旨。于是命其徒逵鎔，專勤葺構，造禪堂五楹，以安清衆。惟大殿上兩旁風，梁陊棟泐。金容寶座，日就崩壓。將建鼓以號于四衆，懼弗吾應也，于是偕其徒腰包扣余，以唱導之詞爲請。

余惟末法陵夷，教海湮塞。吳中巢、雨、蒼、汰〔四〕，爲雪浪之子孫。賢首一燈，殘膏再焰。明公實汰師高足弟子，當盲禪塞路之時，守玄鏡一綫之緒。缺月孤圓，半珠自耀。風雪當門〔五〕，隱然有重寄焉。吾進而與之談，心言易直，教義明了，居然尊宿也。不踞曲盝床，不執象牙扇，陰林席箭，木食澗飲，誦深師之贊，包山終老，一庵寄身，欣然有餘味焉。龍樹不云乎：「利養法如賊，壞功德本。利養名聞，如天惡雹，傷害五穀，壞功德苗，令不增長。」今之豎椎拂、建旛幢者，其不違身子四食〔六〕之戒者尠矣。白黑之徒，有志弘護者，其將以是師旌覺路，轄法輪也〔七〕。悅〔八〕是舉也，安得而不從？大迦葉往須彌頂，撾銅〔九〕揵椎，音聲徧至三千大千世界。兩洞庭地幾踰繕那，烝徒讙呼，金碧湧現。彈指聲聞，豈待桴鼓，有不起于座以須之耳〔一〇〕。

余往歲〔一一〕遊東山，遙矚縹緲峯〔一二〕而歸，如三神山有風引之不得至。今將候斯寺落成，軍持至止，罨飲執爨，依明公以老焉。金庭玉柱，實聞此言矣。

【校記】

〔一〕邃本、金匱本有，鄒鎡序本無。亦收于文鈔補遺中。　〔二〕文鈔補遺「中吳」二字下空二格。

〔三〕遂本、文鈔補遺作「聊」，金匱本作「且」。〔四〕遂本、金匱本作「蒼汰」，文鈔補遺作「汰蒼」。〔五〕金匱本、文鈔補遺作「門」，遂本作「年」。〔六〕文鈔補遺作「食」，遂本、金匱本作「倉」。〔七〕文鈔補遺此句旁有校語云：「此處亦疑有闕誤。」〔八〕遂本、文鈔補遺作「悦」，金匱本作「説」。〔九〕金匱本有「銅」字，遂本、鄒鎡序本無。〔一〇〕文鈔補遺此句旁有校語云：「疑有闕誤。」〔一一〕遂本、金匱本有「歲」字，文鈔補遺無。〔一二〕遂本有「峯」字，金匱本、文鈔補遺無。

寒山報恩寺募建大悲殿疏〔一〕

吳郡寒山，相傳爲支公道場。趙徵君凡夫結隱于此。疏泉劚石，蔚爲名區。凡夫歿，改爲僧廬。凝遠上人杖錫至止，發願建大悲殿，攝淨信人，修大悲懺。此山之麓，有觀音殿，靈響殊勝。春時，士女焚香膜拜，項背相望，以故寒山俗號爲〔二〕觀音山。今于此地啓建懺場，仗託因緣，弘法利生，甚盛舉也。

吾讀楞嚴、法〔三〕華、圓通、普門二品，觀音大士于無量阿僧祇劫，修同體大悲，徧熏一切，以三十二應攝受衆生，或單以慈應，或單以悲應，或合用慈悲應，如磁吸鐵，如珠雨寶。衆生以少善根，多劫因緣，仰承慈力，啐啄同時，應念〔四〕解脱。智者大師判普門品文，自〔五〕慈悲普至修行〔六〕，普開爲十普感應，劃然事理具足，無可疑矣。我佛〔七〕菩薩照見一切衆生，從身口意三，起惑造業，沉淪苦海，卽用三業，攝化衆生。一攝語業，稱名除七災。二攝身業，禮拜滿三願。三攝意業，存念淨三毒。衆生聞熏力異，過現緣差。七難是口，機應以稱名故。三毒是意，機應以常念故。二求是身，機應以禮拜故。菩薩以是攝，衆生以是應。如矢口而答聲〔八〕，如交手而付物。何業不懺，何福不臻。舍此寧別有所謂圓通普門者哉！

今之學人，不知眞實道理，開口便云，盡大地是沙門一隻眼。觀者何物？菩薩又在何處？影掠虛頭，夢中說夢。上人以四大爲道場，身心一如，了知此懺法中，卽事卽理，是攝〔九〕是應，啓口動步，日日在觀音門中，定不爲一切魔說之所嬈亂，撈漉末流，續佛〔一〇〕慧命，莫切于此。居士長者，淨善四衆，或以財施，或以法施，不惜捨檀波羅蜜，建立此道場。我知此人卽與觀音大士同一慈力，一〔一一〕切諸佛〔一二〕所共護念也〔一三〕。

【校記】

〔一〕遂本、金匱本有，鄒鎡序本無。亦收于文鈔補遺中。　〔二〕遂本、金匱本有「爲」字，文鈔補遺無。
〔三〕金匱本、文鈔補遺作「法」，遂本作「依」。　〔四〕金匱本、文鈔補遺作「念」，遂本作「會」。　〔五〕文鈔補遺作「自」，遂本、金匱本作「目」。　〔六〕金匱本、文鈔補遺作「行」，遂本作「竹」。　〔七〕金匱本、文鈔補遺作「佛」，遂本作「聞」。　〔八〕遂本、文鈔補遺作「聲」，金匱本作「教」。　〔九〕遂本、金匱本作「攝」，文鈔補遺作「相」。　〔一〇〕金匱本、文鈔補遺作「佛」，遂本作「物」。　〔一一〕遂本「一」字前有「同」字，金匱本、文鈔補遺無。　〔二二〕金匱本、文鈔補遺作「諸佛」，遂本作「衆生」。　〔二三〕遂本、金匱本有「也」字，文鈔補遺無。

白椎庵建造彈指閣華嚴堂募緣疏〔一〕

去虎丘一牛鳴地，有庵曰白椎，相傳晉生公放生池。林木翳如，花藥錯列，笙歌酒肉，塵坌隔絕，信大士息心之宅，學人營道之區也。聞照法師，傳賢首宗旨于南來，出世爲人，分座說法。津梁稍疲，退而焚修于此。吳之淸信男女，餐風味道，不踵〔二〕而至〔三〕。歲時伏臘，結社于茲，諷誦華嚴大經。選淸衆、結長期、報佛恩、資三有，甚盛舉也。將于菴之隙地，面勢引繩，建造彈指閣、華嚴堂，以爲供養結習之地，而請余爲唱導之文。

余惟此經爲法中王，三法界十玄門之指要，雲興瓶瀉，未易以海墨罄也。以其淺淺者言之，持誦〔四〕此經有大利益者二。一者，衆生在五濁世，貪淫盜殺，種種造地獄因。能破地獄者，此經也。慕靈記言：京兆人王姓者，本不修善，因病致死。二人引至地獄門前，見一僧，是地藏菩薩，教誦偈云：「若人欲了知，三世一切佛。應觀法界性，一切惟心造。」誦得此偈，得排地獄苦。其人入見閻羅王如言誦之，王遂放免。在獄三日，常誦此偈，聲所至處，受苦者皆得脫。再生尋驗，乃是華嚴經夜摩天宮覺林菩薩偈也。故曰：「一偈之中，能破地獄。」況一卷一品一部之文乎？是爲大利益者一也。二者，衆生在三災世，惡業招報，往往遇刀兵刼。能止刀兵者，此經也。清涼大鈔載般若彌迦薄，于闐國沙彌也。甚有戒行，寫華嚴經爲業。忽有人合掌啓請，遂閉目至天上，天〔五〕主跪請，諸天與修羅戰，屢被摧衄。請法師乘天寶輅，執天幢幡，心念華嚴，以臨戰陣。修羅大衆，忽然潰散。故曰：「湧地現金色之身，昇天止修羅之陣。」以修羅之獷勍，帝釋敗北，藏針孔以避之。今乘法力，立使奔潰。而況于人世之刀兵，有不冰消霧解者邪？是爲大利益者二也。

于爾許時世，能虔誠發願，精心禮誦，吳城數百由旬，風雨時、水旱息、干戈偃、殺戮稀。凡在會者，皆能承休逢吉，自利利人。吾知茲閣與堂，天人叶應，善信輻集。飛樓傑構，干霄薄雲。入法界品中彌勒樓閣，彈指門開，即于此世界湧現。佛無誑語，福不唐捐。有不信者，披吾言以示之。

【校記】

〔一〕此文邃本、金匱本有，鄒鎡序本無。亦收于文鈔補遺中。　〔二〕邃本、文鈔補遺作「踊」，金匱本作「踁」。

〔三〕邃本、文鈔補遺作「至」，金匱本作「走」。　〔四〕金匱本有「持誦」二字，邃本、文鈔補遺無。

〔五〕金匱本有「天」字，邃本、文鈔補遺無。

乾元道人祠屋疏〔一〕

於乎！天傾西北，地坼東南。捐採芝服朮之身，抱寢苫臥薪之痛。嗟南風之不競，無救陸沉；抱明月而長終，居然水〔二〕解。文履善黃冠柴市，了宿願于他生；陸君實紫服珠崖，現幻身于異代。騎鯨一往，猶祈帝命于寥陽；跨鶴重來，忍睹人間之腥穢。次上公之班列，終比玉晨；播十賚之寵章，尙紆金薤。修三間之老屋，懸一領之道衣。採首陽〔三〕薇，媲積金澗之蒼朮；酌良常〔四〕酒，侑華陽洞之白雲。望美人兮未來，思夫君兮太息。

【校記】

〔一〕此文亦收于文鈔補遺中。　〔二〕邃本、鄒鎡序本作「水」，金匱本、文鈔補遺作「冰」。　〔三〕邃本、金匱本、文鈔補遺作「首陽」，鄒鎡序本作「此山」。　〔四〕邃本、金匱本、文鈔補遺作「良常」，鄒鎡序本作「茲春」。

爲柳敬亭募葬地疏〔一〕

太史公滑稽傳曰：「優孟搖頭而歌，負薪者以封。」吾觀漢人孫叔敖碑文，言楚王置酒召客，優孟前舉酒爲壽，卽爲孫叔敖衣冠，抵掌談笑于〔二〕其中。楚王欲立爲相，歸而謀之〔三〕其妻，爲言廉吏不可爲。孫叔敖之子貧賤負薪。爲之歌詞，以感動楚王，復封其子。此蓋優孟登場扮演，自笑自說，如金、元院本、今人彈詞之類耳。而太史公敍述，則如眞有其事，不露首尾，使後世縱觀而自得之，此亦太史公之滑稽也。嗟乎！孫叔敖相楚之烈，自若敖、蚡冒蓽路藍縷之後，于荆〔四〕無兩。一旦身死，其子貧賤負薪，楚之列卿大夫，無一人爲楚王言者。而寢丘之封，乃出于一優〔五〕人之口。則卿大夫之不足恃賴，而優人〔六〕之不當鄙夷也，自古已〔七〕然矣。雖然，孫叔敖之身後有〔八〕優孟，可以屬其子。假令優孟而窮且無後也，楚國之人，豈復有一優孟，爲之搖頭而歌者乎？士大夫恬不知愧，顧用是訾謷優孟，以爲莫己若也，斯可爲〔九〕一哂已矣！

柳生敬亭，今之優孟也。長身疎髯，談笑風生，臿齒牙、樹頤頰〔一〇〕，奮袂以登王侯卿相之座，往往于刀山血路、骨撐肉薄之時，一言導窾，片語解頤，爲人排難解紛，生死肉骨。今老且耄矣，猶然掉三寸舌，餬口四方。負薪之子，溘死逆旅，旅櫬蕭然，不能返葬，傷哉貧也！優孟之後，更無優孟。敬亭之外〔一一〕，寧有敬亭？此吾所以深爲天下士大夫愧也。

三山居士，吳門之義〔一二〕人也〔一三〕，獨引爲己責。謀卜地以葬其子，并爲敬亭營兆域焉。延陵嬴博之義，伯鸞高俠之風，庶幾兼之。余謂梁氏生賃伯通之廡，死傍要離之墓，今謀其死而不謀其生，可乎？平陵七尺，玉川數間，故當並營，不應偏舉。敬亭曰：「此非三山隻手所能辦也。士大夫之賢者，吾侍焉游焉。章甫鞂韋之有聞者，吾交焉友焉。閭巷之輕俠，裘馬之少年，輕死重義〔一四〕，骨騰肉飛者，吾兄事焉，吾弟畜焉。生數椽而死一抔，終不令敬亭烏鵲無依而烏鳶得食也。某不願開口向人，惟明公以一言先之。」余笑曰：「太史公記孟嘗君客鷄鳴狗盜，信陵君從屠狗賣漿博徒游。生之所稱引者，冶游則六博蹴鞠之流，豪放則椎埋臂鷹之侶，富厚則駔驓洗削之類，其人多重然諾，好施與，豈齷齪闒茸，兩手據一錢惟恐失者？要離、專諸，春秋時吳門市兒也，豈可與褒〔一五〕衣博帶，大冠如箕者，比長而較短哉？子姑以吾言號于吳市。吳市之人，有能投袂奮臂，感慨而相命者，吾知其人可以愧天下士大夫者也。子當次第記之，他日吾將按籍而從游〔一六〕焉。」

【校記】

〔一〕金匱本題作「書柳敬亭冊子」，編在卷五十一。亦收于文鈔補遺中。〔二〕各本有「于」字，金匱本無。〔三〕各本作「之」，金匱本作「諸」。〔四〕金匱本「荆」下有「尸」字，各本無。〔五〕金匱本有「傻」字，各本無。〔六〕金匱本、文鈔補遺作「人」，邃本、鄒鎡序本作「孟」。〔七〕各本作「已」，文鈔補遺作「以固」。〔八〕文鈔補遺作「有」，各本作「而」。〔九〕金匱本、文鈔補遺作「爲」，邃本、鄒鎡序本作「以」。〔一〇〕各本作「頬」，文鈔補遺作「頞」。〔一一〕金匱本、文鈔補遺作「外」，邃本、鄒鎡序本作「後」。〔一二〕金匱本、文鈔補遺作「義」，邃本、鄒鎡序本作「異」。〔一三〕各本有「也」字，金匱本無。〔一四〕各本作「義」，金匱本作「氣」。〔一五〕文鈔補遺作「褒」，各本作「裒」，誤。〔一六〕金匱本、文鈔補遺作「從游」，邃本、鄒鎡序本作「稽」。

有學集卷四十二

贊

觀世音菩薩像贊

我聞大士昔因地，從聞思修入三昧。佛刼〔一〕文殊爲證明，選擇圓通爲第一。揀却人天二乘機，唯取佛音而設應。音聞教體在此方，以是隨機普攝受。衆生往昔聞妙法，今現聲名文句身。隨順世間屈曲聲，種種音塵起分別。而今妙音了不聞，如耳聾人聽伎樂。無聞無慧人中牛，誦帚多生鈍根在。稽首妙音觀世音，早以聞熏加被我。令我通達淸淨教，還于文句而悟入。一音普稱周〔二〕法界，闍修羅琴得解脫。二十五輪並圓通，單複綺互無差別。譬藥樹王愈偏病，如意珠玉隨意與。瑜珈相應十七地，聞思修地具三乘。僧伽夜升覩史天，親聞慈氏如是說。攝我妙入圓通海，了達殊勝三摩地。毘盧樓閣一時啓，稽首觀音觀自在。

【校記】

〔一〕遼本、金匱本作「劫」，鄒鎡序本空缺。疑「劫」應爲「勅」，形近而誤。〔二〕遼本、鄒鎡序本作「周」，金匱本作「一」。

關聖帝君像贊

絕倫逸羣，鬚髯奮張。虎臣赳赳，國士堂堂。勒蜀山之鐵銘兮，昭回漢鼎；誓長沙之銅柱兮，離立扶桑。胡刀投而江沸，嗟壐出兮山芒。吁嗟乎！威震華夏，義溥穹〔一〕蒼。人心天日，遺訓煌煌。受佛付囑，屹爲金湯。肩護法之韋將，踵衞世之四王。人之欽公者，以謂老瞞褫魄，蚩尤遯藏。龍章〔二〕冥錫，爲帝爲王。不知夫玉泉老衲，片語擊揚〔三〕。雲中授記，刀下承當。夫是以斷修羅趣，歸選佛場。千秋萬刦，常依如來座下，領八部而齊三光。

【校記】

〔一〕遼本作「穹」，金匱本作「昊」，鄒鎡序本作「吳」，疑是「昊」字形近而誤。〔二〕金匱本作「章」，遼本、鄒鎡序本作「華」。〔三〕金匱本作「揚」，遼本、鄒鎡序本作「傷」。

紀鄣嫠婦贊

左傳載莒有嫠婦，莒子殺其夫老，託紀鄣，紡焉以度而去之。齊師至，則投諸外。齊人夜縋而登。莒共公懼，啓西門而出，齊師遂入莒。考杜注，紡以度城者，因紡纑，連所紡以度城，而藏之以待外攻也。古者謂去爲藏，去卽藏也。壯哉斯嫠，以一老婦人，敵怨國君，紡纑投繩，報讐所天，豈非節俠偉丈夫哉！莒嫠去華周、杞植妻未遠，班固古今人表載二婦而遺莒嫠。劉子政列女傳下及于弓人之妻，周郊之婦，而莒婦無聞焉。摩挲頌圖，名氏翳然。秋窗落葉，颯然感懷，作紀鄣嫠婦贊。贊曰：

莒嫠老婦，規報國君。連紡縋敵，莒子夜奔。女媧湮海，自悼其溺。豈若此嫠，殉夫讎國。孟堅失表，子政闕記。自非丘明，孰炳青史？茫茫宇宙，繫此長繩。忠臣壯夫，盍縋而登。

漢新城三老董公贊

孔子成春秋後二百六十四年，項羽使九江王布殺義帝於郴。漢王兵至洛陽。新城三老董公遮說漢王。王曰：「善；非夫子無所聞。」於是爲義帝發喪，袒〔一〕而大哭，哀臨三日。

發使告諸侯，願從諸侯王擊楚之殺義帝者。董公之言出春秋，大義昭揭于天下。而羽之爲亂臣賊子定，而天下之君臣父子定，百千萬世之君臣父子亦定。禮曰：「臣弑君，凡在官者，殺無赦。子弑父，凡在官者，殺無赦。殺其人，壞其室，洿其宫而瀦〔二〕焉。」公羊傳曰：「春秋君弑，賊不討，不書葬，以爲無臣子也。君弑，臣不討賊，非臣也。子不復讎，非子也。君弑，賊不討，不書葬，以爲不繫乎臣子也。」春秋之大法，記于禮，傳于傳，沈晦于戰國亡秦，而楚、漢之際，乃擘坼于董公。彼董公者，扶天樞、立地極、整人紀，其諸尼丘之耳孫與？其諸左丘明、卜子夏之宗子歟？漢祖〔三〕之夫子之宜也。生乎百世之下，遘君父之難，不討賊，不復讎，而復不忍自絕于臣子，雖董公若之何？盍亦祖〔四〕而哭諸？謹作贊曰：

仁獸西至，彗星東布。春秋告成，亂賊斯懼。魯壁自藏〔五〕，秦灰方然。度周至漢，竹帛未宣。三分地坼，九江天高。羽殺義帝，如燎一毛。董公昌言，名其爲賊。重瞳喪明，喑啞褫魄。縞素發喪，天人震驚。軋乾撼坤，肇造漢京。北軍滅呂，漸臺僇莽。炎精不沫，四七重朗。陋哉小儒，矯誣籙圖。水精赤帝，指應漢符。堂堂正正，一言興邦。爲漢制法，實維董公。端門之命，豈不在茲？尼山縹筆，實式憑之。偉矣斯人，儒者之雄。繁露後賢，敬孫瞽宗。春秋不亡，宇宙不圮。君君臣臣，父父子子。

【校記】

〔一〕邃本、金匱本作「袒」，鄒鎡序本作「祖」。〔二〕金匱本作「瀦」，邃本、鄒鎡序本作「豬」。〔三〕鄒鎡序本、金匱本作「祖」，邃本作「袒」。〔四〕邃本作「袒」，鄒鎡序本、金匱本作「祖」。〔五〕邃本作「藏」，金匱本作「錮」，鄒鎡序本空缺。

報慈圖序贊

壬寅冬，余八十餘生，中寒病足，繙弘明集遠公與桓靈寶往復書問，至沙門盡〔一〕敬論末簡，覆卷嗚咽。既而思陶淵明不應徵命，作天子諸侯卿大夫士庶人五孝傳，實唯其時。遠公以忠，淵明以孝，悠悠千載，孰有知兩人心事，比而同之者耶？靈巖退翁和尚，既爲其父母立傳，香晨燈夕，有懷不忘。小師越祖請畫工爲輪珠小影，曰報慈圖，而退翁復爲之序傳。稱孝敏先生奇偉節烈男子，每觀楊忠愍傳奇，罷酒語子弟，以忠臣孝子相勸勵。乙丑八月，病臥江村，早夜呼憤而卒。廬山之嘆贅旒，潯陽之悲重莘，斯人也，殆有曠世而相感者矣。

退翁既而截斷衆流，長揖三界，而拳拳報慈〔二〕，奉忠孝爲正令。豈非以忠孝種性卽佛種性，悲愍斯世，多不忠不孝，作最後斷〔三〕佛種人，不惜號呼告報與？我聞天帝與修羅戰，觀察閻浮提人，忠孝臣子，爲善〔四〕多者卽天侶增威而喜，否則天衆減少而懼。吾夫子著孝經成，曾子抱河、洛書，夫子簪縹筆，衣絳單衣，磬折向北辰，告備於天。天帝受佛付囑，祐助忠孝，唯吾夫子知之，故告備焉。告備於天，卽告備於佛也。世之儒者，徒謂孝經爲開宗明義之書，吾夫子告備之深意，懵焉不察。崇佛乘者推遠〔五〕公，執諍抗禮，樹法門之城塹，不復悉其大弘誓願，所以扶皇極而整人紀者。余覽報慈圖序，奕奕心動，推其本而論之。大慧有言：「吾雖學佛出家，忠君憂國，鬱然與忠義士大夫等。」凡我圓冠方屨之徒，可以少知愧矣。謹作贊一章，不徒以訊僧史。贊曰：

流俗靡靡，如火消膏。忘君背親，裨敗〔六〕相效。揭揭斯人，挺生〔七〕蓬荻。天骨峻擢，荷擔忠孝。誕生開士，出塵〔八〕矢報。傳寫其眞，圖寫其貌。廣場劇戲，杯酒諠鬧。尙方天高，西市鬼嘯。覆杯擊案，泣涕如瀑。病亟搥床，以死自要。豈無孤生，亦有九廟。肅肅素練，整整皂幘。如聞話言，如領談笑。風生眉間，芒吐毛竅。靈巖法幢，寶網羅幬。千燈交光，十日並照。標榜忠孝，以願以詔。不斷佛種，如來所報。洙泗樓煩，竺墳魯誥。日月耳環，嗤彼兀㚕。勗哉儒門，遯矣〔九〕聲教。參商二星，終古長曜。

【校記】

〔一〕金匱本作「盡」，邃本、鄒鎡序本作「晝」。

〔二〕金匱本作「拳拳報慈」，邃本、鄒鎡序本作「報慈拳拳」。

〔三〕金匱本作「斷」，邃本、鄒鎡序本作「無」。

〔四〕金匱本作「善」，邃本、鄒鎡序本作「益」。

〔五〕金匱

本作「遠」，遂本、鄒鎡序本空缺。〔六〕各本作「敗」，疑是「販」誤。〔七〕金匱本作「挺生」，遂本、鄒鎡序本作「挺挺」。〔八〕遂本作「塵」，鄒鎡序本、金匱本作「塵」。〔九〕金匱本作「矣」，遂本、鄒鎡序本作「無」。

遠法師書論序贊

東晉末，遠法師在廬山，與桓玄書論往復，具在弘明集。暇日披尋，慨然見遠公心事于千載之上，乃撰次而序之曰：

嗚呼！晉室凌遲，兇渠煽虐，擁重兵而脅孤主，藐然視天下無人，顧獨嚴憚遠公，屹如元戎重鎮〔一〕。沙汰僧徒，則曰：「廬山道德〔二〕所居，不在搜檢之例。」沙門盡敬，詰難八座。始而遺書諮決，未敢輒行。既而首出僞詔，盡寢前議。其爲禮于遠公也至矣！公前後抗辭，一無〔三〕鯁避。訶其勸〔四〕罷道，則曰：「迷而不返，將非波旬試嬈之言。」酬其間抗禮，則曰：「華戎〔五〕不雜，恐有異類相涉之象。」危言激詞，耿耿如秋霜烈日。玄終莫敢誰何。公羊子曰「孔文正色而立于朝，則人莫敢過而致難于其君」者，其遠法師之謂乎？作沙門不敬王者論五篇，序曰：「咸康初〔六〕，車騎將軍庾冰詳議沙門盡禮。至元興中，太尉桓公亦同此義。」論末書云：「晉元興三年，歲次閼逢。于時天子蒙塵，人百其憂。凡吾同志，僉懷贅旒之嘆，故因述斯論云。」元興三年，桓玄之永始二年也。踰年之間，奄有晉祚。尋陽降處，比跡陳留。乃大書特書曰：「天子蒙塵，人百其憂。」唱義軍之先聲，望乘輿之反正，何其義之壯、詞之直也！書太尉桓公，表晉官、削僞號也。書晉元興三年，黜永始，并黜太亨也，此一〔七〕字書法也。孟子曰：「孔子成春秋，而亂臣賊子懼。」千秋而下，習樓煩之春秋，有不骨寒而魄褫者鮮矣！吾惜夫後之作僧史者，徒知執諍抗禮，爲撑柱法門盛事，而其深心弘願，整皇綱、扶人極者，未有聞焉。斯可謂痛哭者也！

論始于明報應，終于形滅神不滅者，何也？古今之亂臣賊子，肆無忌憚者，必先有無君父之心，而後動于惡。其敢于無君父者，何也？以其無報應也。其所以無報應者，何也？以形滅而神滅也。神滅則無報應矣。是故神滅之論，古今亂臣賊子護身之符印，而無父無君釁鼓之毒藥也。玄子問遺□撥應，其篡弑之根芽乎？遠公之答，區明罪福，其伐炙之株穴乎？兇德不改，罪德貫盈，于是乎奮筆作論，以形滅神不滅者終篇，用以著兇逆之萌，條影響之報，以正告於萬世。嗚呼！公之心亦良苦矣哉！

今年壬寅，余年八十有一，實元興三年甲辰後之千二百五十九年也。回環展讀，涕泗横流，謹再拜而作贊。詞曰：

吾聞遠公講喪服于雷次宗，授詩義于周續之。夷〔八〕考斯論，筆削在茲。誅僭逆以大義，彰報應于微詞。蓋經來以後，竺墳、魯誥，典要咸總萃于斯。吾將祀諸瞽宗，奉爲儒林之大師，不亦宜乎？

【校記】

〔一〕金匱本有「重鎮」二字，邃本、鄒鎡序本無。〔二〕金匱本作「德」，邃本、鄒鎡序本作「理」。〔三〕邃本、鄒鎡序本「無」下有「所」字，金匱本無。〔四〕金匱本有「勸」字，邃本、鄒鎡序本無。〔五〕邃本作「華戎」，鄒鎡序本、金匱本作「南北」。〔六〕金匱本作「初」，邃本、鄒鎡序本作「中」。〔七〕金匱本作「一」，邃本、鄒鎡序本作「十」。〔八〕金匱本有「夷」字，邃本、鄒鎡序本無。

寒松齋詞翰卷贊

寒松齋詞翰一卷，嘉靖中薛君采、陳魯南、蔣子雲諸公爲顧英玉先生作也。先生自河南副使中讒歸秦淮，居舊廬之東偏。沿街小樓，廣不踰丈，坐臥其中，訓蒙童數人以餬口。客至，從鄰家乞火煮茶。有相好者，沽酒對酌，餅罄輒罷去。嘗絕糧，東橋公餽斗粟，不肯受。以寒松名其齋，乞人爲詩文，而自敍之曰：「寒松齋者，自礪之名也。生平鯁介，頗能自信。年踰四十，溝壑見逼，恐不能自堅，流爲小人之歸，故自礪曰：今日寒矣，天地凍塞，汝當爲寒松之榮，毋爲靡草之死。」晚年窮益甚，好痛飲，以病酒死。

先生歿後百有餘年，余過其曾孫夢游，循覽斯卷，先輩風流，婉約如在。既而讀自礪之辭，爲之目張骨悚，肅然摳衣起立，而乃再拜而爲之贊。贊曰：

人生百年，駒隙迢迢。桑榆失得，曾不崇朝。方其矜飾，媛姝修容。春風在面，近前發紅。及乎潦倒，躑躅觸藩。搔頭齲齒，垂白倚門。所以志士，高舉自礪。亭亭孤松，落落天際。凄神清骨，琢冰積雪。鞭我衰晚，保此明哲。壯謝鴻逵，老師兔園。比玉名璞，知松在寒。士各有志，吾自樂此。如其苟生，寧以醉死。撫卷振衣，清塵晻靄。松風謖謖，其人斯在。

王侍御遺詩贊

先儒有言：詩人所陳者，皆亂狀淫形，時政之疾病也；所言者，皆忠規切諫，救世之針藥也。文中〔一〕子評六代之詩，立纖夸鄙誕之目，爲狂爲狷，有君子之心者，數人而已。今天下之詩盛矣，聯翩麗藻，皆歸于駢花鬬草，留連景光，而詩人之針藥無聞焉。

新城王侍御，諱與胤，字百斯，故大司馬象乾之從子，方伯象晉之次子也。中崇禎元年進士，選翰林院庶吉士，出爲御史，抗疏忤時相。閉門養父，清齋禮佛，禪觀如道人。甲申三月，涕泣不食，再拜與父訣。篝燈拒戶，與其妻于〔二〕孺人、子士和皆自縊死。從子士禛刻其遺詩二十餘卷，皆奉使關隴之作。其詞約以則，其志哀以思，悲民窮，悼國蹙，愀愀乎如不終日，何其憂也！巢車躍馬，謁闐顏，踏賀蘭，又何壯也！

嗚呼！侍御忠孝偪塞，誓報國恩，不肯借踰河蹈海之名，少自解免，此鄙夫亂世忘君背國者之針藥也。攢眉搤臂，憂天憫人，肝鬲輪囷，聲淚咽塞，其爲詩則夸人纖兒浮漂嘈囋者之針藥也。忠臣志士，聲烈徹天壤，片言隻字，流落人間，人咸以爲弘演之肝、萇弘之血，有不肅然改容、泫然零涕者乎？季札見歌鄭，曰：「美哉！其細已甚，是其先亡乎？」解者曰：「美者，美詩人之情也。先亡者，見其匡諫意微而知其國也。」余讀侍御遺詩，感詩人之意，惻惻然擣余心焉，遂捧筆爲之贊。贊曰：

豐山九鐘，是知霜鳴。匪鐘則鳴，惟霜之淸。公心憂國，洌如秋霜。隴首殷憂，先幾告祥。銅山既崩，子母徵應。明燈整冠，湛然致命。遺言危苦〔三〕，孤桐玉律。吟龍戛石，梵猿嗷月。浩歌悲笑，雷風交加。蟲豸不蟄，象華其牙。榛楛塞路，河汾〔四〕不作。敬採斯文，以識針藥。

【校記】

〔一〕金匱本作「中」，邃本、鄒鎡序本作「仲」。〔二〕金匱本作「于」，邃本、鄒鎡序本空缺。〔三〕金匱本作「苦」，邃本作「晋」，鄒鎡序本作「昔」。〔四〕金匱本作「河汾」，邃本、鄒鎡序本作「何口」。

小周郎畫像贊

碧綃蒙頭兮，白羽插腰。雄姿英發兮，指囷論交。銅雀春深兮，赤壁烟消。誰哉紫髯兮，分汝小喬。

雪夜訪趙普圖贊

六花蔽天，六飛擁戶。君臣主賓，夫婦酒脯。杯盤江山，七箸疆宇。命將出車，削平下土。鼻鼾旋息，帝羓已腐。蠢爾契丹，誰予敢侮？雪霽日出，萬國有主。偉矣書生！韓王趙普。

閣學文文肅公畫像贊

麒麟一角，蔚爲嘉祥。狀元宰相，峨峨鍠鍠。德隅義質，冬日春陽。正色讜言，栗玉嚴霜。怪鴟讒虎，畏憚角芒。坐不煖席，中書之堂。天不憖遺，人之云亡。星紀洊更，天地滄桑。跂踏公，惜不逮元祐之休盛；比信國，幸不覩德祐〔二〕之盡傷。公神上昇，將仍抱端門之書執簡以侍帝側，抑亦流星旄，馭雷車，厲招搖、勾陳而方攘？於乎！顧瞻畫像，神彩揚揚。長身山立，修眉劍張。手疑動而拱揖，口欲吐其鏗鏘。嗟彼卉服〔二〕，覿此冠裳。霑衣舉袵，不自知其淚之浪浪也。

【校記】

〔一〕各本作「佑」，誤。　〔二〕邃本作「卉服」，鄭鎡序本、金匱本作「世界」。

大司成開之馮先生畫像贊

神淨而妙，貌古而澤。蕭閒自在，虛室生白。子鎦子所謂客氣既盡，妙氣來宅者耶？尋香欲闌，弄筆告寂。曳杖儆神，放箸遺跡。是芙蓉城，是蓮華國。公已游戲一如，而我猶比量離即。是以拜瞻遺像，徬徨太息。典型依然，杖函胡隔？如無色界天之淚，細如大雨，忽不自知其霑臆也。

閻寧前畫像贊 諱〔一〕世科，淮安人。

幅巾褒衣，步雅視祥。夷考其垂魚委珮，濟濟蹌蹌。斯公之雅頌，廟廊厲坊，表函文章，佩韋弦而修珩璜者耶？披襟奮袂，立栗趨翔。旋觀其法冠豸服，顒顒昂昂。斯公之僇力邊疆，教背嵬、環武剛，梨肅愼而埽扶桑者耶？全遼金甌，渝關金湯。誰隳戎索？誰壞堵墻？急杵擣胸，危柱促腸。身雖〔二〕閒而憂惄，口已含而覘長。瞻公遺像，整容肅揖，不自知其清淚之漬裳也。

【校記】

〔一〕金匱本作「諱」，邃本、鄭鎡序本作「許」。 〔二〕金匱本作「雖」，邃本、鄭鎡序本作「已」。

王烟客奉常像贊

穆穆文肅，配食清廟。袞衣介圭，卽圖周、召。英英太史，鰲禁繼出。麻紙方新，巾香猶鬱。奉常世美，有光厥緒。天球河圖，恒在東序。惟明有臣，惟王有子。奉璋峩峩，是茂是似。武頌豐芑，成誥梓材。高曾喬木，有人矣哉！銖衣拂石，沉灰塡海。幅巾道衣，一床未改。西莊輞川，芍圃蘭亭。人之視之，右軍右丞。秋槐吟孤，誓墓心苦。顧瞻周道，泣涕如雨。澄懷觀水，熏心染香。不起于座，刀齊尺梁。我懷斯人，菰烟葭露〔一〕。穆如清風，拂此毫素。

【校記】

〔一〕邃本作「葭」，鄭鎡序本、金匱本作「霞」。

吳節母王孺人贊

孺人王氏，世虞山右族，嫁吳文恪公十世孫士傑。崇禎初，士傑輓漕歿于燕。母年二十有三，撫三子皆成立。今年六十有六。官長咸旌其門，少子歷，能詩有聞，請余爲贊。贊曰：

蚩蚩生民，裸蟲之豕〔一〕。惟節與義，爲綱爲紀。五季之亂，有王凝妻。能斷一臂，以捍四維。虞山之王，吳寡高行。殉夫截髮，育子併命。雨血赭地，風毛白天。海水橫飛，冰玉凜然。橫目咸嗟，反臂斯喟。拂廬之長，望塵膜拜。烏給戴勝，鸞歌女牀。扶木之交，十日煌煌。茱畦晨汲，蘭陔夕采。玄芝曄曄，朱蓼藹藹。綽楔翼如，天咫匪遙。舊史作贊，敬告淸喬。

【校記】

〔一〕遂本、鄒鎡序本作「家」，金匱本作「長」。

陳昌箕畫像贊

余未識昌箕也，而疇昔之夜，忽夢見之。豐頰渥顏，高顴秀眉。席帽欹斜，短褐襬褷。

相與握手道故，酌酒賦詩。云自北而返棹，嗟逝者之如斯。樊樓之燈火如夢，曲江之蒲柳無遺。既班荆而慷慨，復攀樹而迷離。俄而朱旗殷天，白羽紛馳。慨然投筆，揮手告辭。據馬鞍而草檄，磨盾鼻以横飛。當斯時也，眉目電閃，耳後風披。飛揚蹈厲，非復媛姝秀羸之文儒也。夢將覺，有人告曰：雞鳴喈喈，風雨如晦。吁嗟乎昌箕！未見君子，云胡弗思？越一日，昌箕書來，以畫像索贊。余既于夢中識昌箕，遂援筆而書之。

周安期畫像贊

嗚呼！此吾友安期之遺照也。神情蕭爽，筆力兀奡。才兼數器，中懷孤調。或就肆而閲書，或危讀而持釣。或摳衣而徐談，或擲帽而大叫。伸紙奮筆，颯颯如春蠶之食葉；得意高吟，落落如梵猿之夜嘯。惜哉斯人，終老蓬藋。迴心淨域，西向而笑。般若因依，薰香染妙。毒鼓必發，灰豆終燋。依紫柏以南詢，訪朱明〔一〕之東廟。斯人斯願，我知其塵塵劫劫，不與刦石而俱燒也耶？

【校記】

〔一〕遂本作「朱明」，金匱本作「啟明」，鄒鎡序本空缺。

周安石畫像贊

鏤塵吹光，說有談空。如焰奔馬，如橐聚風。多聞勤學，精明博討。如足步目，如食說飽。吳江居士，安石永肩。瓣香紫柏，一燈迢然。不以乾慧，拂彼義海。海寶千般，如意必採。我搜法藏，以女爲資。如採龍宮，而得海師。

毛子晉像贊

菑畬油素，枕籍縑緗。考六經爲鐘鼓，奏四部爲笙簧。蠹飽羽陵，獺祭幾將。逐康成之車後，呼子愼于道旁。重之以貫花妙典，寫葉秘章。抑揚夏楚，讎勘梵唐。梨棗疊架，貝多滿堂。懲墨穴之昏黑，備石室之弆藏。斯人已矣，誓願不亡。河沙重重，海墨茫茫。固將聽犍椎聲，分瓶水于喜海，抑亦持丹漆器，理科斗于廣桑？

袁叔言小影贊

袁孔彰，字孔昭，更字叔言，故儀部補之之曾孫也。年十五，有塵外之思。學沈石翁、文待詔畫，妙得意象。衡門蔬食，以雲山一角自娛。素交過從，樵蘇不爨，稱道先賢遺事，終日無俗語。疾亟，堅坐覩友人寫照，點筆少停，溘然而逝。年四十有六。吳中多逸民遺老，余所投分，詩人如王德操，宿儒如錢功甫、蔣仲雍，畫史如卞潤甫，皆固窮味道，有古杜瑀、邢參之遺風。年來流想諸人，每有淵明姓氏翳然撫卷長嘆之感。叔言之子臥生，抱像來請，慨然爲之贊曰：

世有畸人，如草有蘭。蘭有國香，比于草菅。草菅猶可，朊䐢則那？有蘭無地，蘭其如何？迢然袁生，孤芳聖朝。如彼猗蘭，結根芳皐。遺形蕭閒，望古遙集。匪云激贊，聊以啜泣。

何總戎畫像贊

予少讀太史公書，敍大將軍出塞薄其〔一〕，會有天幸，不至乏絶，而深嘆李將軍之自引，以爲〔二〕一軍之士，皆爲流涕。每廢書撫几，留連不能已。登朝未幾，戎馬生郊。韎韋跗注之君子，未嘗不傾身結納，冀爲國家效横草之用。今余歸老空門，頽然殘僧破衲，向日論兵擊劍，骨騰肉飛者，亦皆創殘負牆，爲東郊之老馬。間一會面，迢然有我非昔人之嘆，如總戎何君是也。君以良家子約髮從戎，諳曉韜略，閱歷南北，于行間爲宿將。輕生重氣，片言一諾，于海内爲國士。居恆念掛弓鳴劍，未報國恩，歲時野哭，典衣烹雌，澆麥飯之一盂，指多青而望拜，于斯世爲遺民義人。今年六十，命畫工圖小像，自傷髀肉不消，裹革無日。屬余點筆，爲留生面于油素間。余方罨飯江村，挑燈丈室。禪定乍出，獵心有喜。車苑天人，未整修羅之陣；漆園老叟，猶騰説劍之篇。慨然援毫，聊爲激贊。不但揮戈西日，無蹇淹留；抑亦策足東隅，共扶晼晚云爾。總戎名大□，字愚公，浙之寧波人。贊曰：

赭日暉面，曙星閃眸。髮植如竿，髯奮爲矛。吹鼻息可以結猛虎，彈指甲可以奔火牛。胡爲乎鳶肩自廢，猿臂不侯？矍鑠是翁，勗哉老謀。帶礪依然，丹青悠悠。故當健飯被甲，追廉頗于馬上；勿以鼓噪曳足，哀馬援之壺頭。

【校記】

〔一〕此處疑有脱誤。〔二〕此處疑有誤字。

姚將軍採藥圖贊

子欲採藥，當于石窗之畔，華頂之巔。褰芝三秀，斫藤萬年。胡爲乎角逐于戎旃幕府，望車塵而坐馬韉？書劍落落，裘馬翩翩。仰視霄漢，俛啄腐羶。我將拂拭老眼，覷子騰騫。如奇鷹之擊地，而飛鳶之叫天。

顧子東畫像贊

碑刻自鐫，唐有北海；法帖手背，宋有南宫。其鄭重何如也，而世顧以裝池爲賤工。辨法書之肥瘦，識色像之染烘。眼有明鏡，室無青銅；手能切玉，口如提風。秦淮旅居，誅茅轉蓬。徒執手以三嘆，不能縛船載糗，而返子之窮。吁嗟乎子東！

戲作朱逃禪小影贊

器資明秀，風神灑落。遼遼雲中之鴻，昂昂鷄羣之鶴。胡爲乎鋪眉苫眼，裝聾做癡。朝扶鸞，夕降乩。煮沙作飯，騰空學飛？勸君莫騎張果驢，勸君莫誦于吉經。請君踢倒長房壺，請君摧〔一〕破冷謙瓶。耕心田，養神谷。黄犢勸農，青編課讀。濁酒數甌，清琴一曲。攬明鏡而一笑者，箇是朱五哥本來面目。

【校記】

〔一〕金匱本作「摧」，邃本、鄒鎡序本作「推」。

長老白法琮公畫像贊〔一〕

人知其悲智弘勝。現長老身，修嬰兒行。不知其門庭峻絶，機鋒肆應。類掔〔二〕颷而掣電，能斬關而奪命也。人知其誓願深堅。處生死流，度涅槃船。不知其淨穢一如，塵剎渾圓。帝網羅其交光，珠月曜于孤懸也。龍象徂伏，狐鼠横從。慜剎竿之却倒，嗟疻痏兮在躬。以法將爲幢幟，以心城〔三〕爲崇墉。以戒鎧爲介胄，以智刃〔四〕爲臨衝。示凡身作粥飯之侶，順小果應人天之蹤。折伏以慈悲之普徧，攝受以眞俗之雙融。我聞師之證入，首楞曰「靜極光通達，寂照含虚空。」是以毘盧樓閣，兜率天宫。一彈指頃，熾然建立，曾不芥蔕于胸中。新則師無像之像，豈世間文句可得而形容者乎？

【校記】

〔一〕遂本、金匱本有，鄒鎡序本無。 〔二〕金匱本作「掔」，遂本作「絜」。 〔三〕金匱本作「城」，遂本作「誠」。 〔四〕遂本作「刃」，金匱本作「刀」。

汰如法師畫像贊〔一〕

巋然雪浪，賢首别子。巢雨蒼汰，枝葉演迤。亭亭汰師，山立淵止。大鈔講演，妙辨雲起。石鳴接席，鶴舞承几。四衆驚告，山神有喜。熙怡微笑，曰偶然爾。狂僞猖披，末法波靡。雜〔二〕華一宗，將墜濛汜。戒立門戶，恥樹營壘。以我敎〔三〕行，鎖彼角觝〔四〕。展如之人，爲如來使。我如竺神，願供其齒。

【校記】

〔一〕遂本、金匱本有，鄒鎡序本無。〔二〕金匱本作「雜」，遂本作「襍」。〔三〕金匱本作「教」，遂本作「放」。〔四〕金匱本作「觝」，遂本作「觗」。

印初講師畫像贊偈〔一〕

印初講師，名海正，俗姓楊氏，嘉定嘐水人。兒時摶土作佛，翹勤禮拜。九歲，出家太倉州隆福寺。披薙後，聽法雪浪大師，愽訪明宗紹覺及瞀法師三濟，受具戒報國恩和尚。隨侍兩浙，補處說法。爲人樸誠，不妄笑語。雖爲座主，不廢參究。見近時盲禪，妄施棒喝，輒嘆息曰：「佛祖單傳一宗，于鍼鋒〔二〕相對時，提撕性靈，免墮識障。今于最上乘尚未有得，輒浪談最上乘，引狂欺愚，斷人慧命，倘可嘘其毒焰乎？」四登大座，開演法華、楞嚴、圓覺、金剛諸經，教人眞參實證，單提念佛，絶口不及宗下事。律儀精嚴，四衆〔三〕歛服。莊嚴道場，殿閣湧現。利生度厄，勞漉幽沉。現夢示通，機感側出。人問之，嘆曰：「此幻夢中事耳。」世壽六十，示疾浹旬，誦涅槃經，怡然而逝。臨終囑其徒：「勿僭稱禪律師，勿濫稱法師。佛法中有一人能竊爲一人說法華經，卽如來使，稱講師可也。」又曰：「勿多乞志傳，虞山學士具正法眼，請一言證明足矣。」今年師之孫鑑若，攜畫像，以遺言請。余合十槃談，敬效祇夜神說偈以贊曰：

我聞佛妙法，譬如如意珠。藏于龍王〔四〕宮，婆伽陀頭上。菩薩求此珠，濟度于衆生。因依海導師，望風斷七鎖。攀緣棗林枝，船摧命得濟。行過金沙淵〔五〕，水深齊及咽。金山青蓮花，毒蛇肆噓嚙。七日蛇毒歇，行〔六〕抵龍王城。毒龍互〔七〕蟠結，舉頭復交頸。艱苦千萬死，得達琉璃地。受龍七日供，持珠還閻浮。濟度恒沙衆，因緣施教化。衆生求佛法，如求〔八〕大海藏。三藏十二分，甚深微妙法。龍王置頂髻，不同衆寶珠。半偈一句文，無盡光明藏。積刦累因緣，憶持及信受。窮塵及海墨，無能稱量者。諸邪惡慧師，撥無掃教觀。冬瓜瓠子禪，眯目妄印授。便說如來敎，是拭瘡疣紙。正如病狂人，病眼見狂華。塞屋摩尼珠，何勞枉入海。諸餘窮餓人，業識同〔九〕顚倒。摶沙弄泥土，拱揖相敬〔一〇〕重。希有大寶珠，撒手來施我。瞪目飯籮邊，枵腹齊餓死。良哉彼上人，末法爲法將。誓發廣大心，深入大法海。圓覺光明海，楞嚴清淨海。金剛般若海，法華妙法海。一一法海中，寶珠都採集。當其求珠時，深心歷塵刹。何啻海導師，龍宮七往反。既得是珠已，珠只在頭上。正如龍首寶，飛空〔一一〕還此方。說法四大座，自照兼照人。一朝熙怡去，安坐向寶所。師非凡座主，末法大海師。能導大海衆，同採龍藏寶。我承師記莂，說偈爲證明。熾然日藏珠，照此光明句。

【校記】

〔一〕遂本、金匱本有，鄒鎡序本無。〔二〕金匱本作「鋒」，遂本作「鋮」。〔三〕遂本作「衆」，金匱本作「象」。〔四〕金匱本作「王」，遂本作「藏」。〔五〕遂本作「淵」，金匱本作「洲」。〔六〕金匱本作「行」，遂本空缺。〔七〕金匱本作「互」，遂本空缺。〔八〕金匱本作「求」，遂本作「來」。〔九〕金匱本作「同」，遂本作「司」。〔一〇〕金匱本作「敬」，遂本作「矜」。〔一一〕遂本作「空」，金匱本作「宮」。

潮音尼畫像贊〔一〕

涅槃云：「一切男女，若具四法，卽名丈夫。」又云：「若人不知是佛性者，我說是等名爲女人。若有女人能知自身定有佛性，當知是等卽是男子。」今潮音尼專修淨土，一心念佛，端然坐脫，非眞知自身定有佛性，以念佛念法界一性而能然乎？華嚴云：「行能顯示七丈夫道，具足諸佛善丈夫種。」此世界一切男女，惟此尼爲然。聚沙居士瞻禮畫像，而說偈曰：

宋有善女人，常熟陶氏媪。夢授彌陀經，覺已卽成誦。誦時經卷上，舍利迸成合。又現彌陀像，湧立經函上。依是光明相，接引而往生。明有善女人，金氏亦寡母。二子皆苾蒭，身爲阿梨夷。長年持木叉，不異學法女。六時專念佛，猶如子憶母。示病坐脫去，刻定亥末〔二〕時。後後五百年，有是二女人。皆在海虞城，踰一繕那地。而彼諸男子，沒溺生死海。不知自性佛，喪失丈夫相。我觀潮音師，具足相莊嚴。慈容愍衆生，還如母憶子。我以宿緣熟，隨喜獲諦觀。合掌作伽陀，普告丈夫女。

【校記】

〔一〕遼本、金匱本有，鄒鎡序本無。　〔二〕金匱本作「末」，遼本作「未」。

自題小贊〔一〕

法堂清衆，雲衣翩翩。供來西〔二〕國，花雨諸天。叟何爲者〔三〕？不禪不玄，獨立傲然。負苓拾穗，而支離攘臂于其間。相〔四〕其眉毛抖擻，衣裓悉窣。殆將芒鞋露肘，榔櫪橫肩。歷百城之烟水，而見德雲于別峯之顛。

【校記】

〔一〕遼本、金匱本有，鄒鎡序本無。　〔二〕金匱本作「西」，遼本作「諸」。　〔三〕金匱本有「者」字，遼本無。　〔四〕遼本「相」上有「吾」字，金匱本無。

偈

法書華嚴經偈（一）

海虞城中，有善男子孫氏，名魯，發願敬書大方廣佛華嚴經八十一卷，踰年告成。那羅延窟弟子蒙叟錢謙益忻逢勝緣，焚香繙閱，合掌頂禮，而爲說伽陀以讚歎曰：

華嚴三部經中王，小本龍宮流震旦。諸佛密藏如來海，勝妙威德不思議。盥水蟲蟻得上昇，蒙光地獄登十地。見聞隨喜及受持，方便疾得菩提分。縱令聞法，法不生信，食少金剛成智種。而況殊勝猛利力，發廣大心信大法。齋戒洮𩔰書此經，八十一卷悉成就。當知是人無量劫，夙種無量善根海。承事微塵諸刹佛，生如來家爲佛子。歷刦信解常內熏，處生死輪而不昧。故於此經現宿因，驀然荳子灰中爆。當知是人于是經，七處九會皆有緣。摩竭提國蘭若中，夜摩天宮兜率院。普光明殿三法會，常隨大衆共圍繞。百千妙頌一切法，雲臺寶網互演說。往昔飽聞圓頓義，雲興瓶瀉無不了。却來人世宛憶習，猶如信宿夢中事。故于稠林迷覆中，教海波瀾忽湧現。四十軸經如一軸，白淨金色無垢染。一點一畫咸歷然，文殊智海啓發故。一一軸中百千偈，圓融行布悉具足。點點畫畫徧含攝，普賢行海照了故。一字一畫不爲少，微塵數偈亦無餘。毘盧樓閣彈指開，映現行間點墨裏。善財求法精進海，主伴重重無量故。

我遊武陵見法寶，雪菴頭陀所繕寫。泥金銀末蠅頭書，微茫蠕動若行蟻。篝燈諦視字發光，畫正芒寒射目界。昔時長者製新〔二〕論，白光如燭出珠齒。頭陀寫經清淨眼，清涼如月映指掌。當其含毫運肘時，羅網交光亦如是。我啓珠函得藏弆，如窮子獲玉寶印。隨喜又得瞻此經，優曇鉢花嘆希有。海虞城中熱惱國，不動報宅爲道場。華藏世界二十重，自他不隔一毫際。我雖凡夫具大心，付囑未與餘衆等。福城東際塔廟前，南遊百城在烟水。讚嘆功德文句身，亦是一微塵中事。文句不有功德無，大香水海流出故。

【校記】

〔一〕遼本、金匱本有，鄒鎡序本無。 〔二〕金匱本作「新」，遼本作「斯」。

書白法老人洒病十偈〔一〕

白法老人，以何因緣，而示微疾？以諸衆生身，坐無名住地。惑業苦三，如惡叉聚。以是苦樹，發生苦芽。以是苦芽，結成苦果。所謂無明緣行，乃至生緣老死等。老人慈愍衆生，現諸病相，示同衆生。欠伸罷倦，示諸〔二〕世間不可樂事，如畢陵伽〔三〕婆蹉毒刺傷足，如舍利弗坐禪頭痛，卽以微病而爲説法。老人既示病已，以何因緣，而得病愈？以衆生無明煩惱中，具有眞淸淨身，遠離毒業。如雪山藥味，能愈諸疾。既無苦樹，芽于何有？既無苦芽，果于何有？所謂無明滅則行滅，乃至生滅則老死滅等。老人示同衆生，觀病愈相，身心輕安，離睡眠蓋。嚬呻熙怡，如從定起。如淨名爲衆生病，示同病相。衆生病已，我病亦愈。既以病愈而爲説法。病既愈〔四〕已，作洒病十偈，粘壁示儆。聚沙居士多病多惱，懵瞪潦倒，不知治療。偶謁老人，傳誦此偈。如錍刮目，如水澆首〔五〕，淟然汗下，霍然良已。信筆信口，奉和二偈，以博老人一笑。偈曰：

不講多羅不上堂，新醫寧用古時方？木人解語難酬答，石女生兒任主張。菩薩自應常禮拜，老僧那得下禪床。無端丈室支頭臥，問疾多人起難妨。

寂寂西齋晝掩堂，但應除病不除方。生華牙象非渲染，蝕木舂蠶費紙張。依彼大千爲席舍，借他四大作繩床。嘿然一叟無言〔六〕説，止水微波有底妨？

【校記】

〔一〕邃本、金匱本有，鄒鎡序本無。　〔二〕邃本作「諸」，金匱本作「語」。　〔三〕金匱本有「伽」字，邃本脱。　〔四〕金匱本作「愈」，邃本作「病」。　〔五〕邃本作「首」，金匱本作「背」。　〔六〕金匱本作「言」，邃本作「心」。

頌

書西方十六妙觀圖頌有序〔一〕

歲在辛丑，太原奉常卿烟客先生，春秋七十。奉常身藉高華，心棲禪寂。嘗授西方十六觀門於聞谷印公，深味其要妙。於斯世之燕喜壽豈，稱千金而奉萬年者，不啻倏風之過耳也。顧獨以五世韓相，七葉漢貂，白首耆艾，忠君愛國，有未能舍然者。予竊謂西方極樂國土之觀，與吾人忠君愛國之心，同此心也，同此觀也。清淨以證果，憑十念而往生；忠孝以植因，卽六塵爲〔二〕淨域。其歸一而已矣。妙喜言：「余雖學佛者，然忠君愛國之心，與忠義士大夫等。」妙喜嘗閱華嚴八地文，洞徹夬㟝因緣。彼豈謂漚和涉有，與心觀有異相哉？從孫遊鄴國，持西方十六觀畫册爲余壽。睟容觀相，金碧交光，藹趙藩居敬堂物也，謹以獻於奉常，以無量壽佛觀門，當寶掌千儀之祝。乃合爪作禮而說頌曰：

西土升沉，三毒增長。大慈悲愍，攝歸安養。十六妙門，交絡觀網。白毫放光，懸鼓迻相。其一

諸佛淨土，有實有權〔三〕。亦有十地，寄位諸天。此東震旦，化境在焉。飛輪御世，垂三百年。其二

明明我祖，手握金鏡。非非想天，彈指出定。十日既擢，九嬰斯淨。雞尊象貴，稽顙歸命。其三

我作〔四〕日觀，觀日天子。身光金輦，照徹濛汜。空桑扶木，柱三百里。沐浴甘淵，交會而起。其四

作觀維何？葱河以東。日初出〔五〕曜，映彼〔六〕月邦。蓮華刹種，名蕊香幢。鴻朗世界，依止其中。其五

地成金剛，水作琉璃。禁苑瓊樹，龍河寶池。樓閣葱蘢，觚稜罘罳。華蓋羽葆，幢幡參差。其六

正觀維何？光觀華座。紗〔七〕蓮爲網，龍象負荷。人王首出，寄報佛坐。垂垂主伴，藹藹王〔八〕佐。其七

諦觀法身，慈雲慧日。聖子神孫，灌頂受職。上中下生，寶手提掖。浩劫茫茫，永懷何極！其八

人亦有言，士無妙粗。不出欲界，而見淨居。忠臣孝子，横截三塗。按指之喻，豈不然乎？其九

惟兹畫圖，出自册府。金容凝睟，光幢翔舞。曼陁不落，迦陵欲語。劫火洞然，神所藏

弆。其十

其維哲人，莊嚴供養。然燈散花，精勤回向。風吹寶葉，月滿金相。梯几披〔九〕圖，如遊華藏。其十一

以此功德，保合太和。南極垂芒，五老遊河。世躋仁壽，匪我獨多。老人作頌，維以遂歌。其十二

【校記】

〔一〕遂本、金匱本有，鄭鉉序本無。〔二〕金匱本作「爲」，遂本作「而」。〔三〕遂本作「有實有權」，金匱本作「有有實權」。〔四〕金匱本作「作」，遂本作「昨」。〔五〕金匱本作「出」，遂本作「日」。〔六〕金匱本作「彼」，遂本作「被」。〔七〕二本俱作「紗」，疑是「妙」之誤。〔八〕遂本作「王」，金匱本作「臣」。〔九〕金匱本作「披」，遂本作「枝」。

錫山高氏白華孝感頌并序〔一〕

吳門袁生重其來告我曰：「錫山高太君李氏，儀法茂著，精修淨土，無疾考終。其子學憲彙旃，哀慟毀瘠。念無以報母恩，長跪柩前，誦妙法蓮華經，兩膝著地，聲淚迸咽。越三虞，庭中枯蘭，忽抽白華，一叢一莖，三花瑩如刻玉。見〔二〕聞隨喜，靡不嘆異，不知此何祥

也？敢以質諸夫子。」

余聞之，吾尼父稱述先王至德要道，曰「行在孝經。」此儒言也。佛說大報恩經，有人右肩持父，左肩持母，經歷千年，便利〔三〕背上，猶不能報父母之恩。此佛言也。人言釋氏盛談報應，祇爲夸誕。不聞尼父孝經既成，齋戒告北斗，赤虹自天，降爲黃玉，刻文顯告備之徵乎？不聞古之孝子，花木連理，旌門表闕，史不一書者乎？以高子之純孝，天表之應，應以白花。斯則佛法世界，函蓋相應。而尼父釋尊，異口同贊者也。以世法言之，蘭有國香，人服媚之，爲女子之祥。其吐花也，表太君之芬芳令儀也。蘭茁其芽，羅生庭砌，表夫人之有美子也。白華之詩，紫跌〔四〕朱蕚，象孝子之潔白。今蘭之色白純，表潔白之尤也。一莖三花，表三子皆白華之子也。以佛法言之，所誦之經爲妙蓮華，所感之瑞爲蘭花。蘭生土中，瑩如玉雪，猶妙蓮華出於淤泥，亭亭不染也。蘭枯于冬，爲報身之捨穢。蘭榮于春，爲化身之趣淨。猶蓮華之九品標名，開合殊而榮枯異也。太君現善女人身，蓮華胎中，花開受生，或由中而有〔五〕身，仗佛力法力，助緣往生。以是華徵之，可無疑也。

高子之感斯瑞也，又有二因焉。一者，世間孝子，但知榮名利養，生事死哀。世緣深重，業果牽率。多生父母眷屬，積骨如須彌山，積淚如大海水。沉沒生死洄淵，不克自出。高子當沉痛荒迷，肝腸崩潰，乃能歸命法王，捧持妙典，下佛種于身田殘壞之中，抽法芽于火宅焚燒之內。以念母因緣，轉而念佛念法，其自利最勝。此一因也。二者，末法士大夫少知歸心〔六〕佛門，輒眩惑于邪師魔民，影掠宗門，抹摋經教，種植邪因，背違正果。高子持誦契經，獲斯靈感。使末法中人，信知金口所說，龍宮所藏，是菩提貲糧，是金剛寶藏。一字染神，萬劫不壞。以念母因緣，再轉而破魔網、樹法幢，其利他最勝。此又一因也。是二因緣，皆從念母而起。積刼之淨因，與宿生之善根，在愛別離苦中，種子逼現，是母是子，豈非優曇鉢花，五濁惡世，甚難希有者乎？予故曰：世出世間，孝子之思報父母者，咸當以高子爲法。

雖然，袁生有節母，年七十矣。世間文字，多于海沙。日夜營求卷軸，以旌其親。不如一言半偈，回向報恩者之爲得也。余既敍高子之孝感，並爲袁生告焉。遂倣伽陀孤起而說頌曰：

稽首妙蓮華，諸佛所宣說。若能爲人說，乃至竊一句。卽是如來遣，告報于異生。共宿摩其頂，法利無量數。而況有孝子，跪誦以報母。晝夜六時中，持誦準漏刻。雙趺印入地，血淚漬成穴。經聲哀痛聲，上達夜摩天。諸天相傳報，贊嘆未曾有。乃遣主林神，示現庭中花。一叢而三莖，晶瑩如玉雪。發生彫枯叢，尤爲奇特事。我聞諸供養，花爲最勝妙。弄花生諸天，胎花生淨土。今于庭砌內，燦此潔白花。表是母與子，皆捨垢染故。我聞妙蓮華，一華具一切。十大千世界，微塵數蓮華。重重作主伴，以爲其眷屬。又以一蓮華，攝入一切花。多花及餘花，一一成伴侶〔七〕。故知此蘭花，即是妙蓮華。皆是蓮眷屬，隨機而示〔八〕現。如是淨妙華，開演戒定業〔九〕。方便爲枝幹，六度爲密繁〔一〇〕。無漏法樹林，何憂不增長？佛說孝順果，等補處菩薩。以是十方佛，咸重四恩故。哀哀孝子心，供養生身佛。即名供養佛，佛心隨順故。孝心即身花，果花無有二。心花開敷時，蓮華與俱故。我願十方界，一切諸衆生。咸思報佛恩，誓願爲孝子。孝子同佛心，諸佛所加被。十方諸孝子，即是微塵佛。

【校記】

〔一〕邃本、金匱本有，鄒鎡序本無。〔二〕邃本作「見」，金匱本作「是」。〔三〕邃本作「利」，金匱本作「和」，疑均有誤。〔四〕金匱本作「趺」，邃本作「疎」。〔五〕金匱本有「有」字，邃本無。〔六〕邃本「歸心」下有「佛心」二字，金匱本無。〔七〕邃本作「侶」，金匱本作「義」。〔八〕邃本作「示」，金匱本作「出」。〔九〕邃本作「業」，金匱本作「葉」。〔一〇〕邃本作「密繁」，金匱本作「繁密」。

送性恒比丘尼歸窆靈墟頌〔一〕

天台天封寺，往昔號〔二〕靈墟。是智者大師第五思修處。大師于此處，晏坐疏涅槃。不起于繩床，而應人天供。螺漢及華頂，次第成寶林。堂宇彌山谷，法雲互奄靄。陳隋迄有宋，巋然大道場。雖易天封名，智者院不改。有明萬曆中，佛日方中天。此寺應運興，華構倍于昔。

哀哉崇禎年，洞然遭劫火。寶地成灰場，龍象無餘燼。有一比丘尼，張氏名性恆。剃染來金陵，誓願爲興復。堅修頭陀行，一麻復一麥。誓以此身命，迴向僧伽藍。苦行五六載，地行夜叉知。乃至夜摩天，分分相傳報。人天感咸悅，錢刀響然臻。梵刹黃金容，僧寮經藏閣。如移四天宫，又如地湧出。霓旛騰空颺，鐘魚六時響。山家諸教典，重理空假中。智者如振錫，案行降佛壠。

三災小劫起，最後爲刀兵。山中草樹林，一一化兵仗。寶樹琉璃地，簸騀〔三〕復震吼。如彼摩質多，搖動須彌山。爾時比丘尼，涕泣誓佛前。願捨一報身，殉佛殉塔廟。山門一莖草，牢固等丘山。斷臂截兩足，藕節墮〔四〕地上。佛聲觀音聲，涕淚悲泣聲。如是諸音聲，聞者毛髮豎。刀劍欲斷壞，箭射還自向。咆哮羣虎狼，回嗔生歡喜。以是因緣故，天封得無恙。香雲吉祥雲，擁護未曾有。刀尖劍鋩上，一坐六七年。兵火即禪觀，彈指才出定。兵荒饑饉故，供養四種故。執持應量器，分衛走吳越。寒熱苦〔五〕煎惱，杯瓶當損壞。示寂拈花菴，端坐而長逝。生爲靈墟尼，死作靈墟土。遺言告徒衆，骸骨歸于此。

我觀後後世，正法漸冥晦。魔民坐道場，取次多魔女。影掠口頭禪，渾身坐漆桶。自稱大和尙，高座受禮拜。諸餘摩鄧種，婁嫇弄唇舌。前座及書記，招搖滿路衢。各各刻語錄，撰述標支那。各各施拄杖，一棒兼一喝。而彼魔民者，證明爲導〔六〕師。付以匏子印，分座誑聾瞽。昔者大愛道，請佛求出家。三請而不許，徒跣門外泣。阿難爲堅請，正法減五百。及乎結集時，猶懺突吉羅。如來法海水，豈獨女無分。後後五百年，佛智照及故。如是比丘尼，能修眞實行。不依莽蕩空，撥棄有爲法。能于刼火中，護持佛法僧。豈無聲聞尼，一蠹而獨跳。佛度比丘尼，不越八敬法。譬如堤塘水，勿令得漏失。我愍末法中，魔女決堤防。如人七尺身，失脚蕩海水。是故說伽陀，讚嘆于彼尼。四衆普應知，我師如是說。

【校記】

〔一〕邃本、金匱本有，鄒鎡序本無。　〔二〕邃本作「號」，金匱本作「歸」。　〔三〕邃本作「賊」，金匱本作「戒」。　〔四〕金匱本作「墮」，邃本作「墜」。　〔五〕金匱本作「苦」，邃本作「若」。　〔六〕金匱本作「導」，邃本作「遵」。

有學集卷四十三

雜文

申包胥論

句踐之謀吳也，南則楚，西則晉，北則齊，春秋皮幣子女玉帛以賓服焉，而求以報吳。吳于楚則仇讎也，齊則勝之艾陵，晉則長之黃池。彼三國者，旦夕剝膚刻骨，惟恐越之不濟〔一〕、吳之不亡也。有人于此，奮一臂以號于衆曰：「莫予敵。」一壯士狙伏以致死，三四壯士袖老拳以擬其後，而彼不知也，夫安得而不亡？

然吾謂三國之謀吳也，楚爲甚，而申包胥其謀主也。何以明之？吳語曰：「夫差還自黃池，越大戒師，將伐吳。楚申包胥使于越。」夫越〔二〕方戒師伐吳，舉國戒嚴，而楚使之聘問，刻期而至。包胥，大國之使也，方布幣陳詞，執玉將命，而句踐匆遽以伐吳爲問，輸國情以固請。此其有成言豫戒，聞師期而來聘，居可知也。蓋包胥自復楚以來，無日不以報吳爲事。其使于越，則行人之職也。申公巫臣之謀楚也，使其子狐庸爲吳行人。闔廬之謀楚也，使伍員爲行人。包胥之使職，專以謀吳爲事，又居可知也。楚使未行，越必先有告師期者矣。包胥至，恐其需忍後時也，立談而斷決焉。猶范蠡之云「救火追亡蹶而趨之」者也。包胥斷疑以發大計，句踐敬諾，乃召五大夫而告焉，曰：「吾問于王孫包胥，既命孤矣。」以肆餘之越，圖〔三〕報強〔四〕吳，一不勝則社稷宗廟，殘爲平原，欲身親爲前馬，不可得矣。而取決于包胥之一言，曰：包胥命孤。何其倚之重、信之勇也？謂吳之亡，不亡于包胥也其可乎？嗚呼！重趼之赴，倚牆之哭，忠誠慘烈，泣鬼神而動金石。越之君臣，視其人猶天人也，聽其言猶神告也。亡吳伯越，轉關棙於唇齒之間，固其所也。

傳稱楚復之後，包胥逃賞。逃賞而不辭使者，彼固有所爲也。向者與子胥約，固曰「我必復楚。」吳亡而復楚之志始遂。安知其他日不如范蠡輕舟五湖，仙去不死，而史不及載乎？若夫申胥之志，信于楚，詘于吳，抉目吳門，而坐視包胥之沼吳也，于是乎憤盈憑怒，自統波濤，前胥後種，簸蕩楚、越，歷千載而終不衰止。嗚呼，其尤可傷也哉！

【校記】

〔一〕邃本作「濟」，鄒鎡序本、金匱本作「渡」。

〔二〕金匱本作「夫越」，鄒鎡序本作「勾踐」，邃本作「夫差」。

〔三〕金匱本作「圖」，邃本、鄒鎡序本作「困」。

〔四〕金匱本有「強」字，邃本、鄒鎡序本無。

四皓論

錢子曰：四皓，非隱者也。子房之招四皓，其跡甚奇，其局甚平甚正。讀史者酌時勢、通事變，然後可以覈實而論也。何以明之？

高祖非晉獻公也，戚夫人非驪姬也。高祖灼知呂后橫恣，惠帝庸懦，身死之後，必有稱制易姓之舉。及我在也，而決癰潰疽，快于一割，可以坐銷炎漢廟社牝鳴雉鴝之禍，何憚而不爲？然而事勢固有必不可者。高祖豁達大度，控御疎闊。今老矣，其精氣已銷亡于望歸之曲、翹袖折腰之舞。呂后陰賊堅悍，厚自封殖。舞陽、辟陽之徒，死黨盤互。高帝猝有舉動，以瑕攻堅，以暮氣乘朝氣，其勢將不勝。卽倖勝之，而天下未附，中外搰然而起。弱后稚主，終無磐石之固，劉氏之危無日矣。此之事勢，較然明白。諸臣雖引古死爭，智不及此。子房則知之矣，而不敢訟言出口，良恐事端宣露，根〔一〕觸高帝之機牙，冒昧一發，禍彌速而不可救藥也。于是爲呂氏畫計，招延四老人以自助。

四老人，非隱者也，殆亦楚、漢之交，結納亡命，部勒賓客，奮欲有爲，而後乃逃匿商、雒間者。居隱畏約，未嘗不癢癢思一自見也。既客建成侯所，猶未敢嘗試。稍出一奇，令呂侯乘間請止太子之將兵。及帝破黥布，反謂不肖子不足遣，累乃公彊載輜車。爲妻子計，所欲易太子者，益有名。事益急，子房乃乘危釣奇，趣令四人從太子，侍酒引見。高帝怪問姓名曰：「公何自從吾兒游？」固已刺刺心動矣。四人曰：「陛下輕士善罵，臣等義不辱，故恐而亡匿。」何其戇而無禮也？又曰：「今聞太子仁孝，恭敬愛士，天下莫不延頸爲太子死者，故臣等來。」何其諫之強、語之刦也？當其時，高帝遲暮孤立，呂氏盤根強固，國勢硊躷，慮有微風動搖。四人奮袂抵掌，落落數語，固有以發其扃鐍、控其頤頰矣。高帝安得而不驚？安得而不寤？又安得而不聽？彼四人者，槁項黃馘，龍鍾暮齒，曾不足當一毛片葉。以滅秦蹙項，溺冠謾罵之雄主，一旦拱手諈諉曰：「煩公，幸卒調護太子。」又側目而送之曰：「我欲易之，彼四人爲之輔！」高帝卽病困老誖，寧遽至是？誠有以移其心、奪其命也。語戚夫人曰：「呂氏眞而主矣！」老謀壯事，黯然遒盡，無可如何矣！醉則擁趙瑟而歌，倦則枕宦者而臥，百年魂魄，徬徨牢落，寄末命于安劉必勃之一語，斯亦可哀已矣。

太史公曰：「上不易太子者，本良〔三〕招此四人之力也。」子房諫阻廢立之深謀，不能自遂，而借力于四人之口語。高帝不易太子之心事，不欲暴著，而詭詞于四人之羽翼。太史公妙于敍事，平直鋪列，阡陌條然，而不爲擿抉其所以。吾固曰：四皓，非隱者也。讀史者心麤目短，不能酌時勢、通事變，驚怖其疑神疑鬼，而妄爲之詞，則世之愚儒也。斯人也，目論耳食，但曉一孔，往往掉書囊、搖筆管，取次而謀人之國家。嗚呼！難矣哉！

【校記】

〔一〕 遼本、金匱本作「根」，鄒鎡序本作「棖」。　〔二〕 各本作「良本」，應乙。

顔延年論

宋沙門慧琳得幸文帝，參預權要，每升獨榻。顔延年御前抗言：「三台之座，豈可使刑餘居之？」慧琳席人主之寵，權傾一時。延年片言挫辱，帝爲變色而不少動，斯可謂氣蓋當世矣。吾謂延年之斥慧琳，深有所以。慧琳著均聖〔一〕論貶裁佛教，何承天著達性論黨比激揚。延年檢駁往復，辯而闢之。文帝絀于正論，暫以延年爲是，而不能無惑志〔二〕于慧琳。琳既得志，朝右從風，邪焰益張矣。延年不復與諍論，唱言刑餘以屈辱之。明挫黑衣之鋒，而闇摧白法之幟。正言若倒，正其彈駁衡陽之本意耳。此一言也，于世法未免逆行，在佛法則爲金剛折跋羅杵，慧琳已頭破八分矣。

時論謂延年之放達，不與獨榻之榮，嫉琳而斥之。傅奕則取其毁辱沙門，居高識廢除之列。彼兩人者，皆不足道也。宣律師則曰：「顔公遇佛，褒讚極多。刑餘之言，一時之貶耳。」不察其詭詞激論護法之深心，而趣舉其生平通佛，解脱于謗僧毁法之條，僅免與慧琳同科議辟，是豈知延年者哉！余讀弘明二集，推明遠公抗論，枝柱桓玄，與延年抨擊慧琳二案，皆祐、宣二公所未發者。古德立論，專主于尊三寶、扶末法，若老吏執〔三〕三尺，不容有隻字出入。若夫受佛付囑，住濟通濟，守正示權，攝持互用，則儒者方隅之見，或于義門教網之中，側出而旁通焉。安知兩公常寂光中，不爲熙恬微笑耶？

【校記】

〔一〕金匱本作「聖」，邃本、鄒鎡序本作「堅」。　〔二〕金匱本如此。邃本無「無」字，鄒鎡序本「無」作「不」，無「志」字。　〔三〕金匱本有「執」字，邃本、鄒鎡序本無。

釋迦方志辨

元儒有吳萊立夫者，援據班氏漢書，抉擿宣律師釋迦方志與前史不合，而陰肆其排佛之詞。其言可謂辨矣。余撮畧其要，大端有二。

一則曰：塞王卽釋種也。與烏孫、大月氏，俱祁連、天山間小國，匈奴攻大月氏，大月氏西破塞王，居其地。而塞王南君罽賓，釋種分散。故烏孫氏有塞種、大月氏種，而休循、捐篤，國絕小，本故塞種，捐篤卽身毒，天竺之別名也。萊之意，謂身毒爲蔥嶺西小國，釋種分散，遷徙不常，不若方誌所云中土大國也。以前史覆考之，前書曰：「塞種分散，往往爲數國。自疏勒以西，休循、捐篤之屬，皆塞種也。」後書曰：「從月支高附國以西，南至西海，東至犂起國，皆身毒之地，別城數百，別國數十，俱以身毒爲名。」故知休循、捐篤皆在別城別國之列，而萊以休循捐篤〔一〕當身毒者誤也。塞王爲大月氏所逐，南君罽賓。罽賓〔二〕今北印度地。杜欽曰：「縣度之阨，非罽賓之所能越。」故史又云：「塞王南越縣度也。」罽賓，大國也。而塞王君之，安得與休循、捐毒俱爲葱嶺西之小國乎？大月氏據大夏後，分五部翖侯。既而五翖侯併爲一，悉有罽賓之地，復滅天竺。則天竺、罽賓在縣度之外，非休循、捐篤審矣。萊之所以沒而不書也。

二則曰：烏孫所治赤谷，本塞〔三〕王故國。而身毒，塞種之捐毒也。捐毒治衍敦谷，西北至大宛，西至大夏。故大夏賈人云：在其東南可數千里。而張騫度去蜀不遠。其實則一國也。萊之意謂身毒在大夏東南，賈人虛張里數，至于數千，以誇漢使耳。不若方誌中所云中天竺至震旦五萬八千里也。若然，則休循治葱嶺西，去長安萬二千二百一十里，至都護治所三千一百二十一里。捐篤在疏勒南，去長安九千八百六十里，去都護治所二千八百六十一里。出玉門，過鐵關，可以計日而至。何以張騫建議之後，間使四道並出，指求身毒而終莫得通乎？中印度之境，西域記所載，凡歷二十九國。萊據張騫傳中語以臆斷之曰：「一國而已。」彼所歷二十九國者，皆鬼國乎？所遇之人，國王則戒日，大德則戒賢輩，皆鬼人乎？所得經論二十疋，馬負而至者，皆蟲書鳥言乎？漢建元之世，成光子從鳥鼠山窮于達嚫，定其道里，曰中天竺，四至之地，各五萬八千里。何承天通曉曆術，而沙門慧嚴圭影指天竺爲天地之中，承天卒無以抗。此亦萊之所訶僧徒自爲之說者乎？

要而言之，漢史之所載者，張騫、甘英兩家之記錄而已。張騫所至者，大宛、大月氏、大夏、康居。而身毒之近蜀，以邛竹蜀布意之。窮河源而惡覩崑崙，太史公已致譏矣。甘英抵條支，而歷安息臨西海以望大秦。法顯〔四〕、智猛，度梯飛絙〔五〕，過辛〔六〕頭河。九譯所記，皆曰漢之張騫、甘英所不至也。元魏之遺黃琬，隋之遺裴矩，圖志存錄，往往得之傍國傳聞。而史又云事多亡失。神僧開士，往返月邦，顯法師創闢荒塗，奘〔七〕法師中開正路。國土道路，瞭然指掌。王溥之會要，劉昫之舊書，掌故具在。方誌之作，不徵信于兹而誰徵誰信乎？以宣律師之精嚴戒律，行道則天人捧足，序經則韋天交報，而疑其掇拾綺語，鋪張釋門，亦淺之乎知律師也。其數稱引塞王破走，釋種分散。良欲料揀范史「玉燭和氣，靈勝降集」之文耳。育王造塔，在周厲王之時。冒頓搆兵，在秦二世之後。代祀綿遠，迥不相及。刦運推遷，三災奄及。世尊未涅槃時，已有流離滅釋之禍矣。戒日未立，及其旣崩，印度荒亂，兵戈不息。三界無安，匪佛之咎。今將指蚩尤以沒羲、軒，覩羿、浞而掩虞、夏，亦可謂之愚也已矣。

自古魔民惡子，謗佛侮法；莫毒于梁之〔八〕荀濟，侮以三苗之裔，斥爲允姓之奸，要以釋種二字爲口實，謂允卽塞，塞卽釋，其實一也。濟不知往古諸佛出興〔九〕，諸族種姓，釋姓第一最貴，而妄舉爲訾謷之詞。猰犬國狗，口不擇言。逃梁亂魏，自取燒灼，不足道也。萊爲宋景濂之師，所謂淵潁先生也。割剝章句，標榜儒術，扳附韓、歐之後塵，而不自知爲苟濟之醜類。嗚呼！其可歎也哉！

【校記】

〔一〕金匱本有「皆在」至「捐篤」十五字，邃本、鄒鎡序本脫。〔二〕金匱本有「賓」字，邃本、鄒鎡序本脫。〔三〕金匱本作「塞」，邃本、鄒鎡序本作「色」。〔四〕金匱本作「顯」，邃本、鄒鎡序本作「頭」。〔五〕金匱本作「絚」，邃本、鄒鎡序本作「經」。〔六〕金匱本作「辛」，邃本、鄒鎡序本作「卒」。〔七〕金匱本作「羙」，邃本、鄒鎡序本作「焚」。〔八〕金匱本有「之」字，邃本、鄒鎡序本無。〔九〕金匱本作「興」，邃本、鄒鎡序本作「與」。

釋迦方誌續辨

余讀釋迦方誌後序，憤作者之邪說，奮筆而爲之辨。既而考班、范二書及晉、宋以後西域諸傳，彼此舛忤，誠有難于通會者。如前書所載，月氏已爲匈奴所破，西擊塞王，塞王南走遠徙，月氏居其地，昆莫又西攻，破大月氏，大月氏復西走，大夏分其國爲五翖侯。貴霜滅四翖侯，復滅罽賓、天竺，而盡有其國。月氏自是最爲富盛。萊之援據以摘抉方志者，以爲塞王本與烏孫、大月氏俱祁連、燉煌間小國，塞王既南君罽賓，復爲大月氏所滅，漢史記錄，信而有徵。則方誌誕謾不可知矣。審如是也，塞王南走之後，初徙而月氏居其地，再徙而月氏滅其國，身毒、罽賓，皆無遺種，獨有大月氏耳。摩騰、法蘭傳教東來者，應從大月氏來，不應又從天竺來也。法顯、智猛之徒求經西邁者，亦應但往大月氏，不應復往天竺也。魏史載西域二十國，何以月氏、罽賓居然並列？梁史載中天竺佛道所興國，去大月氏西南數千里。漢時羈屬月支，左右迦維、舍衛、葉波十六大國，咸尊奉之，以爲天地之中者，彼又何國土邪？

蓋嘗上下諸史，鈎稽而參伍之，始知萊之所以誤者，以其不推原塞種之從來，志在毀佛，喜于得間以騰疑，而未晰班書之本末也。顔師古曰：「釋塞聲相近，本一姓也。」今按釋種者，卽刹利帝王種也。釋姓最貴，族屬繁盛。中天竺王奕世君臨，居四天竺之會。其散而之四方者，王曰塞王，民曰塞種。故大月氏徙西夏大臣烏孫、昆莫之居，烏孫氏遂有塞種、大月氏種。而休循、捐篤二國在葱嶺西者，皆本故塞種也。」曰「本故塞種」，則其非故塞國可知也。由此言之，則塞王在祁連、燉煌之間，與烏孫、月氏俱爲小國，一再遷徙，而爲大月氏所滅者，或休循、捐篤之塞種，而非中印度之釋王也。塞王遠徙，越縣度而居罽賓。罽賓者，印度之境也。酈氏水經注曰：「河水西逕休循國南，在葱嶺西。又逕難兜國北，北〔一〕

接休循國，西南去罽賓三百四十里。」壤地相接，故塞王得而居之也。魏書西域傳曰：「大月氏國，北與蠕蠕接，數爲所侵。西徙都薄羅城，其王寄多羅，興師越大山，南侵北天竺。自乾陀羅以北五國，盡役屬之。」曰「南侵北天竺」，卽大月之所滅者，爲北印度明矣。漢書但言天竺者，其詞略也。魏書又記「休密、雙靡五侯國，俱在莎車西，與大月氏相接近。而大月氏王爲匈奴所逐，令其子守富樓沙城，號小月氏。其先居〔二〕西平、張掖之間。」此皆與班書符合者也。西域記曰：「流離王誅釋時，釋種四大，興兵拒寇，被逐遠放，北趣雪山，一爲烏伏那國王，一爲梵衍那國王，一爲呬摩呾羅國王，一爲商彌國王，奕世傳業，聖胤不絕。」由此推之，釋種之散而爲王者多矣。烏孫、月支間之塞王，豈非此四王之比〔三〕乎？康居國舊居祁連北昭武城，爲匈奴所破，西踰葱嶺，枝庶分王，世稱九姓，皆氏昭武。昭武，佛號也。以昭武爲姓，示不忘本，皆塞種也。由此推之，烏萇之四王，康國之九姓，皆釋國也，安得拘局一隅，依博望鑿空之談，而證天竺、大夏爲一國乎？

剎利貴種，分條布葉，降而爲粟散小王，則有之矣。今謂身毒本葱嶺間小國，後漸大，爲他國所併，仍冒舊國之號。循枝而忘其本，不已錯乎？史稱匈奴破月氏王，以其頭爲飲器，而月氏固未嘗滅也。罽賓、天竺雖爲月氏所併，安知其後不他徙不再振而史失之乎？爲萊之說者，必〔四〕有葱嶺以東祁連、張掖間之塞國，而不知有懸度以南，香山、殑伽之塞國〔五〕，知有南君罽賓並烏孫遷徙之塞王，而不知有奕世刹利、月支所不能侵之塞王。此所謂知二五而不知十也。今以元魏以後諸史參合兩漢，則知塞王南徙，塞〔六〕種分散，皆冒頓破月氏後搆怨遷國之事。塞王南君罽賓，則兵及北印度矣，于餘四印度無與也。兩漢所記本末，未嘗與諸史牴牾。張騫創通大宛，甘英遠歷條支，詳于西域而畧于印度，理固然也。元魏之世，黄〔七〕琬、宋雲，皆不至天竺。隋裴矩通西域，獨天竺、拂菻不至。貞觀、武德之間，奘法師杖錫孤征，王玄策持節定亂。道里核〔八〕實，掌故司存。于是乎四王〔九〕區分，五天棊布，月邦日出，如堂適庭。今之讀方誌者，掇拾舊聞，不加考索，而詆諆爲誕爲怪，爲僧徒之駕說，豈不誖哉！

釋種之論，創始于荀濟，而宋程大昌陰和之。程大昌雍〔一〇〕録祭天金人考云：「葱嶺之西，餘國冠昭武爲姓者，皆釋種也。」萊又從而證明之。佛生西國〔一一〕，而濟謂舜竄三苗于四裔，允姓之姦，居于瓜州者，塞種所出也。佛言覺者，而濟謂佛者戾也，一名爲勃，勃者亂也。翻攪華戎，混殽漢梵，鐵門破胡釋之限，金河倒魔佛之宮。毒流蔓衍，實繁有徒。侮聖非法，祆邪代作。豈但浮屠諱表、比丘夷孔而已哉！程敏政引曲禮「獻鳥者佛其首」，謂捩轉其首也。學記「其求之也佛」，佛，不順也。周頌「佛時仔肩」，佛弼通，救其失也。曲解佛字，矯亂唐梵，亦何異於荀濟乎。宋〔一二〕人謂南無居南方而膜拜，亦此類也。尅論謗佛，總以無間結。罪荀濟之惡口〔一三〕獷牙羝觸，破壞儀軌，其播惡黿。戾後儒之度詞〔一三〕，鳥空鼠唧，依附文理，其種毒隱。苟不力爲之辨，將使東震旦地，咸化爲彌戾車，而焚燒佛性之闡提，充塞于斯世。嗚呼！豈得已哉！壬寅冬月。

【校記】

〔一〕遂本、鄒鎡序本作「北北」，金匱本作「地地」。〔二〕金匱本作「居」，遂本、鄒鎡序本作「君」。

〔三〕金匱本作「比」，遂本、鄒鎡序本作「北」。〔四〕各本作「必」，疑應作「知」。〔五〕金匱本有「而不」至「塞國」十五字，遂本、鄒鎡序本脱。〔六〕金匱本作「徙塞」，遂本、鄒鎡序本作「塞徙」。〔七〕金匱本作「黄」，遂本、鄒鎡序本作「董」。〔八〕遂本、鄒鎡序本作「核」，金匱本作「翔」。〔九〕金匱本作「王」，遂本、鄒鎡序本作「主」。〔一〇〕各本作「擁」，當作「雍」。〔一一〕金匱本有「國」字，遂本、鄒鎡序本無。〔一二〕金匱本作「宋」，遂本、鄒鎡序本作「家」。〔一三〕金匱本有「口」字，遂本、鄒鎡序本無。〔一四〕金匱本有「詞」字，遂本、鄒鎡序本無。

憨山大師託生辯

湖南顓愚衡公作曹溪中興憨大師傳，盛談靈異，宿生爲陳亞仙，歿後應現爲蕭公子。諸方頗疑其誕。天童木陳忞公見聞雜記云：「大師託生桐鄉，爲顏司理俊彥少兒，三歲不語，一日呼其父名曰：『汝，我前身弟子也。』司理登第，授官廣州，皆先知之。病痘不起，召魏學使浣初至榻前，執手道故，囑撰銘證明末後事。」余讀而心訝之。學使，余里人也，大師東游，未嘗摳衣禮足，安得有執手道故之事。司理屏居石門，馳書往詢其詳，遂以崇禎二年七月南華僧智融本昂申報文牒及塔記石本寄余。僧牒曰：「二公子示現童眞于菩薩家，能令眷屬割世間恩愛，作荼毘佛事，火浴後頂齒不壞，舍利無數，大者如彈丸，小者如菽，色如白瑪瑙，扣之鏗然有聲。海衆共觀歎異。以是月二日酉時，安厝靈骨，建塔于先大師塔院之左。至人出生〔一〕入死，遊戲自在，豈先大師遺蛻返匡山，現此金鎖，還鎮祖庭，抑亦山中耆年，宿乘願力，來住此道場耶？」塔記則曰：「顏氏子名祉，小字虎子，生于天啓六年丙寅二月，實大師示寂後三年。生四歲而殤。司理之官日，虎子私語家人：『吾乘便得往曹溪矣。』」以此言證知大師再來。若忞公所載呼名敍昔云云，則未之前聞也。司理父子，家業歸心，信根牢固，生生居士。嘗夢護法伽藍神趣迎賓頭盧，越翼日，大師至止，慈容法〔三〕相，宛如昔夢。司理爲書生，大師摩頂記莂，比爲廣理，申明大師規約，復其侵田。虎子以信心入胎，自求父母，良非偶然也。童眞示現，各有所表。吳、粤往來，表法界一地故。痘疹發香，表染淨一如故。靈骨不損，表靈相具足故。四歲夭折，表已入鳩摩羅地故。歸骨塔院，表依止大人〔三〕故。此則積刦熏修，彈指幻化，不可以思維測度也。若以是因緣，證成爲大師再來，則竊謂不然。何也？古來佛祖，應化入胎，人天轉輪，事非聊爾。栽松再世，灊浣衣以寄生；宣老六年，仗白雲而勘辨。莫不付囑相應，機感歷然。而今無是也。吸引緣熟，啐啄時同。雙峯之香烟猶指，五乳之眞身有歸。吾謂是子也，多生此世，必入大師室，著大師衣，受大師戒，遣來作使，告報異生。卽事徵理，無可疑者。嗚呼！我大師人天之師，末法中第一龍象也。末後轉輪，法門一大事因緣也。僧徒無識，縈心香火，指法城爲首丘，認寶坊爲華表。章句小儒，眼如針孔，影掠李源、圓澤身前身後剩語，緇白郵傳，寐言夢斷，海形牛跡，不已遼乎？俗語不實，流爲丹青。吾〔四〕懼後之修僧史、撰佛錄者，採獵異聞〔五〕，而訛濫正信也，既屬忞公門人，告于其師，請爲刊正。而又書其說，詒南華僧，鑱諸塔院，昭示後人，俾勿惑。

【校記】

〔一〕金匱本作「出生」，遂本、鄒鎡序本作「生出」。〔二〕金匱本作「法」，遂本、鄒鎡序本作「法」。〔三〕金匱本作「人」，遂本、鄒鎡序本作「父」。〔四〕金匱本有「吾」字，遂本、鄒鎡序本無。〔五〕金匱本作「聞」，遂本、鄒鎡序本作「同」。

有學集卷四十四

雜文

首楞〔一〕二十五圓通揀法解

通曰：楞嚴會上，文殊親奉佛勅，選擇圓通法門，進退揀收，迄至未有定義。良以實無優劣，如來之慈旨圓融；承佛威神，文殊之選擇諦審。單言揀，卽優劣之相歷然；單言收，則選擇之文何據？孤山圓師，横分利鈍，尅定勝劣。吳興岳師非之，謂諸聖所得圓通本根，非此土當根，乃爲所揀。山家竹菴觀師扶其義曰：實無優劣，會同諸聖，彰通義也。誰當其根，從土順機，彰別義也。既云入道皆通，則根土一切融通，復云何別？若云順土各別，則人法一向違背，復云何通？

今置通義，且明順土。謂觀音獨順此土之根，而諸聖咸不順者，此義何居？諸聖所居之土，在娑婆耶？不在娑婆耶？如不順此方之土，則此方諸聖，有言娑婆世界草木金石者，有言于此界中有佛出世者，此委屬何方之土？諸聖所順之根，在此土耶？抑在他土耶？如不順此土〔二〕之根，則他方世界有以佛光明菩提〔三〕樹作佛事者，乃至有以香飯等作佛事者，將別順何方之根？此觀自在，乃他方來游之菩薩，不應此方諸聖，偏違教體。如諸聖所承事威音王、日月燈諸佛，是往娑婆之教主，不應多生修習，重捨宿因。是則順土一解，牒而責之，有無窮過也。

誦文之師，依語生解。顢頇籠統，義居兩楹。此揀彼收，那有文明？卽揀卽收，都無誠證。斯所謂張網貯風、織空爲縷者矣。竊謂選擇正義，不出揀收二法。直須對決分明，然後遮表無惑。偈文自「初心入三昧」，乃至「云何獲圓通」解等，此全揀也。自「我今白世尊」已下偈文有六句，此全收也。「欲取三摩提，實以聞中入」二句，此正揀正收也。何言乎全揀也？「歸元性無二，方便有多門」，故揀。「初心入三昧，遲速不同倫」，故揀。乃至「衆生迷本明，循聲故流轉」，故揀。何言乎全收也？「聖性無不通順逆皆方便」，故收。「自餘諸方便，皆是佛威神」，故收〔四〕。「卽事捨塵勞，非是長生學，淺深同說法」，故收。觀音固〔五〕獨順此方之根，諸聖亦未嘗不順此方之土。以言乎一門圓照，卽十八界齊收。以言乎迷本循聲，則耳門亦揀。今謂此之所揀，卽彼之所收，一法界中，誰揀誰收，作此差別也？何言乎正〔六〕揀正收也？偈云：「佛出娑婆界，此方眞教體。清淨在音聞。」一以一娑婆世界是釋迦一佛國土，住此說法度生故〔七〕。以此世界衆生，樂小法，剛彊難化，又耳根偏利，佛用軟善剛強雜説三語，以淸淨音聞而調伏故。故曰：「聲聞獨宣明。」所謂以音聲語言文字而作佛事也。偈云：「欲取三摩提，實以聞中入。」此娑婆國土，釋迦爲法王，觀音爲淨聖，二十四聖爲眷屬。同居忍土，並領金言。無一門不宣聲論，無一法不歸教體。此二句，文勢緊躡上十八界中〔八〕「云何獲圓通」而來，故曰正揀。尅而論之，正在觀音，傍參餘聖。凡取三摩提，未有不以聞中入者，故曰正收也。

以從塵入言之，陳如于佛音聲悟明四諦，此以音聲爲教體也。從初得解，聲徹梵天，空神傳唱，此其證也。若優波尼沙陀，若香嚴童子，若藥王藥上，皆言如來教我，亦言如來印我，此亦聞中入也。跋陀婆〔九〕羅于威音王佛聞法出家，摩訶迦葉于日月燈佛聞法修學，此亦聞中入也。以從根入言之，阿那律陀聞訶失明，佛示照明三昧；得半頭天眼，非關眼觀也。周利槃持半偈遺忘，誦帚開悟，豁然漏盡，非關鼻觀也。憍梵鉢提牛呞異舌，如來示一味心地法門，滅心入定，非關舌觀也。畢陵迦婆蹉純覺遺身，因于數聞如來說苦空法門，非但由觀身也。須菩提入寶明空海，因于如來發性覺眞空，非但由觀意也。此六人者，亦皆由聞中入也。以從識入言之，舍利弗聞迦葉波宣說因緣，悟心無際，從佛口生，非聞中入而何？普賢菩薩用心聞分別衆生知見，我說本因，心聞發明，非聞中入而何？孫陀羅難陀心常散亂，世尊教我觀鼻端白，非聞中入而何？富樓那辯才無碍，宣說苦〔一〇〕空實相，以音聲輪助佛轉輪，非聞中入而何？優波離聞佛教戒，廣說戒法，結習〔二〕律藏，非聞中入而何？大目連亦聞迦葉宣說因緣，心得通達，神通第一，非聞中入而何？以從大性入言之，持地菩薩初毗舍如來摩頂，謂我當平心地，今聞諸如來宣妙蓮華，我先證明，此于聞中證地性圓通也。月光童子聞水天佛教，修習水觀，得無生忍，此于聞中入水觀三昧也。火頭金剛承事空王，說多婬猛火，教以徧觀，諸佛呼召，名爲火頭，此于聞中入火光三昧也。瑠璃光菩薩遇無量聲佛，開示本覺妙明，大千衆生，如一器中，貯百蚊蚋，啾啾亂鳴，此于聞中證性空眞風也。虛空藏菩薩，於定光如來得無邊身，純現虛空相，以音聲答問〔三〕說法，此于聞中證性覺眞空也。彌勒菩薩以日月燈明佛教修習唯心識定，單傳十方唯識之宗，娑婆國之聲論，莫深于此。大勢至菩薩以無量光佛教念佛三昧，廣攝此土念佛之人，娑婆國之教體，莫弘于此。如上諸聖，與觀世音菩薩同發聞慧，齊證圓通一行三昧，無二無別。然而不能無揀者，諸聖自以多根入道，而觀音正以耳根入道。諸聖各以多根分證耳門，而觀音獨以一根圓證耳門。淺深遲速，由此旁分。偏圓秘現，因而側出。所以示有一多，各成方便也。

今此會上，經文殊一番選擇，于觀音則歎大褒圓，于諸聖則開權顯實。一色一香，總歸三昧。塵塵法法，圓照一門。以一根接諸根也，亦以諸根接一根也。以一機抽諸機也，亦以諸機抽一機也。以一聖褒諸聖也，亦以諸聖表一聖也。十八界各啓一門，而觀音爲一總門。總門一開，則門門洞達，不以一門閉〔一三〕多門也。十八界各懸一鏡，而觀音爲大圓鏡。圓鏡一照，則鏡鏡交光，不以一鏡遮多鏡也。淨名中諸菩薩廣說不二法門，蘇子瞻頌之曰：「忽見默然無語處，三十二說皆光燄。」蒙所謂全揀全收者，亦若是而已矣。

昔師以圓通揀法，說楞嚴三關。若揀根順土之解，妨難盤互，此關之揵閉，終不可得而破也。不有曲說，孰資啐引？山家諸師，實惟良導。後之君子，勿以破厥罪焉。

【校記】

〔一〕金匱本作「楞」，邃本、鄒鎡序本作「稜」。〔二〕金匱本作「土」，邃本、鄒鎡序本作「方」。〔三〕金匱本有「菩薩」二字，它二本無。〔四〕金匱本有「自餘」以下十二字，它二本無。〔五〕金匱本作「固」，它二本作「因」。〔六〕金匱本有「正」字，它二本無。〔七〕金匱本作「故」，它二本作「欲」。〔八〕金匱本有「中」字，它二本無。〔九〕金匱本有「婆」字，它二本無。〔一〇〕金匱本作「苦」，它二本空缺。〔一一〕各本作「習」，疑當作「集」。〔一二〕金匱本作「問」，它二本作「聞」。〔一三〕金匱本作「閉」，它二本作「開」。

海印憨山大師科經總義或問

問曰：「楞嚴經文，從初至二卷中，無推破五蘊之明文。憨山大師通議，判七處徵心爲破色受二蘊，下文以次破想行識三蘊，古人未有議及者，何也？」答曰：「如來出世，俱爲救度繫縛五蘊沈溺生死之衆生。楞嚴一經，乃對治五蘊之方藥也。經初佛告阿難：一切衆生，從無始來，生死相續，皆由不知常住眞心，性淨明體，用諸妄想。此想不眞，故有輪轉。所謂用諸妄想者，卽五陰堅固虛明融通幽隱顚倒諸妄想也。第三卷反覆推徵五陰六入等，皆如來藏妙眞如性。第七卷詳辨陰魔，正明五陰五濁，超越次第。經末結明五陰本因，同是妄想。一經始末，修因正果，全歸五蘊。寧有徵心辨見，破妄顯眞，重重開示，不以推破五蘊爲宗致者邪？大師科判，乃如來說法切要之關鍵，雖古人所未發，實今人所未了，無怪乎諸方卷舌而不談也。然大師議解，出之悟後信筆發揮，其中分支落節，容有貼釋未盡處。今以管闚之見，疏通證明，期不孤大師之智燈耳。」

問曰：「經文辨魔，先銷色陰，次盡受陰。今約徵心，乃云兼破色受二蘊者，何也？」答曰：「起信云：『推求五陰，色之與心。』色者，五蘊之首也。心者，四蘊之總也。如來徵心，先徵心目。目卽色蘊，心卽受蘊也。以八識具相見二分，最初見分摶取四大，少分爲我根身。迷此色身，取爲內我。色受二蘊，正是執受所依之處。今推窮七處攀緣，使心目二(二)妄，皆無所依，卽破色蘊而受蘊兼破，此炙穴倒根之法也。天親曰：『色法者，識之所依所緣。』夫言所依所緣，非受蘊領納而何？論又曰：『從本始來，色心不二。』傅大士曰：『未有無心境：曾無無境心。』迷則兼迷，破亦兼破。故經云：『生因識有，滅從色除。』曰『從色除』，則破色蘊時，不但破色蘊明矣。」

問曰：「想行識三蘊，大師逐節推破，科判歷然，其義云何？」答曰：「大師云心卽妄想，爲六識想蘊。見乃八識見分，爲七識行蘊。八識見精爲根，爲識蘊。故心目二妄，談盡五蘊八識。以起信綱要，印定經文。此大師〔二〕科經之關鍵也。今循覽大師科判，參詳經文。竊謂應以七徵了畢。阿難白佛，世尊放光，乃至如是見性，是心非眼，爲第三破想蘊之文。大師判從上至二卷如來說爲可憐愍者，爲辨妄心破想蘊之文。應以世尊開五輪指海〔三〕敕阿難，乃至心性各有所還，云何爲主，爲第四破行蘊之文。大師判從二卷阿難承佛悲救深悔，乃至于一毛端徧受十〔四〕方國土，爲辨妄見破行蘊之文。應以阿難言妙明眞心，云何無還，乃至〔五〕開示二種妄見，爲第五破識蘊之文。」大師判若此見精，必我妙性，乃至無得疲怠妙菩提路，爲非見精，破識蘊之文。

問曰：「初破想蘊云何？」答曰：「經文先示眞妄二種根本，言諸衆生用攀緣心爲自性者，以前七轉識名攀緣心故。言識精元明，能生諸緣，緣所遺者，以第八阿賴耶爲識藏，生無明住地，與七識俱故。論云：『名句文身，熏習爲緣。種種名言，皆由于想。』故知攀緣能生，皆想蘊功能也。佛咄阿難：此非汝心，此是前塵虛妄相想，惑汝眞性，乃至皆由執此生死妄想，設爲眞實，此破想蘊之明文也。阿難重請三昧，謂由二障所纏，以分別俱生二見。

根識相依，總屬妄想故。佛以眼見燈光〔六〕，種種詰辨。結〔七〕以是眼非燈，是心非眼。正明見燈見眼，皆是〔八〕前塵虛妄相想。所謂想念搖動，妄情〔九〕結成，乃想蘊行相也。上文心目二妄，至是委破。色受二蘊，亦重結于此。」

問曰：「次破行蘊云何？」答曰：「行以遷流爲義，念念不停。初徵客義，住名主人，不住名客。不住非行而何？次徵塵義，塵質搖動，虛空寂然。搖動非行而何？佛言以動爲身，以動爲境。乃至匿王自傷髮白面皺，殆將不久。變化密移，我誠不覺。寒暑遷移，漸至于此。後經云：『化理不住，運運密移。甲生髮長，氣銷容皺。日夜相代，曾無覺悟。』此皆行蘊之明文也。色雜〔一〇〕妄想，想相爲身，聚搖內播，趣外奔逸，乃行蘊行相也。復次，又以寄宿旅亭，喻遷流不住。以掌亭不去，顯妙明不還。是故破行蘊之文齊此。」

問曰：「次破識蘊云何？」答曰：「此中見精明元，卽二根本中識精元明。八識之精，元本自圓明者，明暗通塞，諸相正顯。此識精能生諸緣，緣所遺者，如來指定見量，指示見源，從日月宮至七金山，種種物像，皆是八識現量淸淨，見精所矚。將阿難于中推擇，領取見性。于是辨舒縮，定方圓〔一一〕，發明二種，精見色空，見見非見。良以見精乃八識自體，亦卽是根本无〔一二〕明，此所謂識蘊〔一三〕也。以二種分別妄見證之，山河國土，卽梨耶識能見相分，見病目眚，正屬无〔一四〕明。能了根本无〔一五〕明，見眚無咎。則五蘊實法不存，八識全體洞照。

因緣自然，和合不和合，了無覺後餘疑，而五蘊皆爲如來藏矣。如是乃爲破識蘊，如是而後爲破五蘊也。」

問曰：「大師以五蘊八識爲所破之妄，于色受二蘊破五識，于想蘊破六識，于行蘊破七識，于〔六〕識蘊滅〔七〕第八識。今但明五蘊，不言分破五識等，何也？」答曰：「五蘊色心，開合不同。開則色法惟一，心法有四。合之則唯一識蘊也。教家取五識等分配四蘊，亦約略之談耳。若指五屬受五，由六而方，生生起處，同是一識，五不定五也。若指六屬，想意識緣外境時，必依末那，爲染汙根，六不定六也。若指七屬，行第七，緣六帶八，七無本位，七不定七也。若專指第八屬識蘊，賴耶識起，必二識相應，識蘊不但第八也。永明言：前五識及第八俱緣現量，卽現前不生滅性。六七二識，落在比非二量，卽念念常生滅。故曰識在根籠，猶鳥處羅。識之與根，乍出乍入。啄一捨一，不可執常。境爲識境，識爲境識。如來說法，當體相應。如何執有一蘊，能破一識，分疆畫界，尅定破立之法邪？仁王般若云：『衆生識初，一念識異，木石于中生，不可說不可說。識成衆生色心，根本色名，色蓋心名。識蓋，想蓋，受蓋，行蓋。蓋者，陰覆爲用，身名積聚。』以此文證舉識蘊，則該五蘊矣。除破識蘊，別無破五蘊之法。則此經除破五蘊，亦別無破八識之文矣。大師方便點示，爲行人指迷。愚者執爲實法，斯認指爲月者也。」

問曰：「大師立破識蘊滅第八識，此義云何？」答曰：「論云：『所言滅者，唯心相滅，非心體滅。』唯識云：『由斯永識阿賴耶名。說之爲捨，非捨一切。』第八識體頌曰：『大圓鏡智同時發。』其可滅乎？大師意在破第八識見，精顯如來藏一眞法界，即起信唯心相滅之滅，亦即唯識永失名捨之義，非可與近德破識用根之曲說，同條而共貫也。佛明言五陰六入等本如來藏妙眞如性，永明云：『首楞嚴以如來藏心爲宗。』如來藏者，即第八阿賴耶識。依聖言量，楞嚴一經，終始皆歸五蘊也。于大師之判奚疑？」

【校記】

〔一〕金匱本作「二」，邃本、鄒鎡序本作「之」。〔二〕金匱本有「師」字。它二本無。〔三〕各本作「海」，疑應作「誨」。〔四〕金匱本作「十」，它二本作「一」。〔五〕金匱本作「至」，它二本作「云」。〔六〕金匱本作「光」，它二本作「觀」。〔七〕金匱本有「結」字，它二本無。〔八〕金匱本有「是」字，它二本無。〔九〕金匱本作「情」，它二本作「想」。〔一〇〕金匱本作「雜」，它二本作「難」。〔一一〕金匱本作「圓」，它二本作「圖」。〔一二〕〔一四〕〔一五〕金匱本作「无」，它二本作「元」。〔一三〕金匱本作「識蘊」，它二本二字誤倒。〔一六〕金匱本有「破」字，它二本無。〔一七〕金匱本作「滅」，它二本作「破」。

景教考

萬曆間，長安民鋤地，得唐建中二年景教碑，士大夫習西學者，相矜謂有唐之世，其教已流行中國。問何以爲景教而不知也。按宋敏求長安志：「義寧坊街東之北波斯胡寺，貞觀十二年，太宗爲大秦國胡僧阿羅斯立。」又云：「醴泉坊之東，舊波斯寺。儀鳳二年，波斯三卑路斯請建波斯寺。神龍中，宗楚客占爲宅，移寺于布政坊西南隅祆〔一〕祠之西。」册府元龜：「天寶四載九月詔曰：『波斯經教，出自大秦。傳習而來，久行中國。爰初建寺，因以爲名。將以示人，必循其本。其兩京波斯寺，宜改爲大秦寺。天下諸州郡，亦宜准此。』」大秦寺建立之緣起也。

碑云：「大秦國有上德曰阿羅本，貞觀九祀，至於長安。十二年秋七月，于京師義寧坊建大秦寺。」阿羅本卽阿羅斯也。寺初名波斯，儀鳳中尙仍舊名。天寶四載，方改名大秦。碑言貞觀中詔賜名大秦寺，夷〔二〕僧之誇詞也。舒元輿重巖寺碑曰：「鴻臚待西賓，一支特異于三方，亦容雜夷〔三〕。而來者有摩尼焉，有〔四〕大秦焉，有祆〔五〕神焉。合天下三夷〔六〕寺，不足當吾釋寺一小邑之數也。」釋寺唯一，夷〔七〕寺有三，摩尼卽末尼也，大秦卽景教也，祆神卽波斯也。今據元輿記而詳考之。長安志〔八〕曰：「布政司西南隅，胡祆〔九〕祠，武德四年立，西域〔一〇〕胡天神也。祠有薩寶府官，主祠祆神，亦以胡祝稱其職。」東京記引西夷〔一一〕朝貢圖云：「康國有神名祆，畢國有火祆祠。」疑因是建廟。王溥唐會要云：「波斯國西與吐蕃、康居接，西北拒佛菻。卽大秦也。其俗事天地日月水火諸神。西域諸胡事火祆〔一二〕

者，皆詣波斯受法。」故曰波斯教卽火祆〔三〕也。宋人姚寬曰：「火祆字從天，胡神也。經所謂摩醯首羅，本起大波斯國，號蘇魯支，有弟子名玄眞，居波斯國。大總長如火山，後化行于中國。」然祆〔四〕神專主事火，而寬以爲摩醯首羅者，以波斯之教，事天地水火之總，故諸胡皆詣受教，不專一法也。大秦之教，本不出于波斯。及阿羅訶者出，則自別于諸胡。碑言「三百六十五種之中，或空有以淪二，或禱祀以邀福。」彼不欲過而問焉。初假波斯之名以入長安，後乃改名以立異。地志稱默德那爲回回祖國，其教以事天爲本。經有三十藏，凡三千〔五〕六百餘卷。西洋諸國皆宗之。今碑云：「三百六十五種，肩隨結轍。」豈非回回祖國之三十藏與？

若末尼，則志磐統紀，序之獨詳。開元二十年敕云：「末尼本是邪見，妄稱佛法。既爲西湖師法，其徒自行，不須科罰。」大曆六年，回紇請荆、揚等州置靡尼寺，其徒白衣白冠。會昌三年秋，敕京城女末尼凡七十二人皆死。梁貞明六年，陳州末尼反，立母乙爲天子，發兵禽斬之。其徒不茹葷酒，夜聚婬穢，畫魔王踞坐，佛爲洗足。云佛上大乘，我乃上上乘。蓋末尼爲白雲、白蓮之流，于三種中爲最劣矣。以元輿三夷〔六〕寺之例覈而斷之，三夷〔七〕寺皆外道也，皆邪教也。所謂景教流行者，則夷〔八〕僧之黠者，稍通文字，膏唇拭舌，妄爲之詞，而非果有異于摩尼、祆神也。作景教考，俾士大夫之溺于夷〔九〕學者，知其從來如此。

【校記】

〔一〕〔五〕〔一三〕〔一三〕各本皆作「妖」，茲改正作「祅」，應作「祆」，從「天」不從「夭」。〔二〕〔三〕〔六〕〔七〕〔一一〕〔一六〕各本作「誌」，應作「志」。〔七〕〔八〕〔九〕各本皆作「彝」，應作「夷」，與全集一致。〔四〕金匱本有「有」字，遂本、鄒鎡序本無。〔八〕各本作「城」，應作「誠」。〔九〕遂本、鄒鎡序本「祆」下有「寺」字，金匱本無。〔一〇〕鄒鎡序本、金匱本作「域」，遂本作「城」。〔一四〕金匱本作「祆」，遂本、鄒鎡序本作「妖」。〔一五〕金匱本作「千」，遂本、鄒鎡序本作「十」。

歎譽贈俞次寅

往余讀明州周茂山詩，歎其如獨鳥呼春，九鐘鳴霜，近代才子，無出其右。已而羣公歎茂山者，皆以余言爲然。今年偶遊錢城，有人告我曰：「杭、越之間，羣毁茂山，以爲其人可殺而詩可放也。衆怒洶洶，將及子，子其戒之。」或又曰：「吾子不自重，採列朝詩，結彈斯世之所謂宗主者，雜然欲殺，而以茂山爲頓刃。茂山懼，殆將迸子以自免也。」錢唐俞次寅者，茂山之友也。次寅詩名獨噪於杭、越間，相與斂手推服無異詞。夫次寅、茂山，皆余之所歎也。今也毁一而歎一，譬諸焚芝而樹蕙，鎩鸞而巢鳳，斯人之耳目，已貿易不能自主矣。而又何以方人所謂兩口而自囓者也？不見次寅久，詩益奇，其得意處，有抉舌錐沙、崩厓倒峽之勢。由次寅觀之，茂山所就當益奇。此二子皆腰下有骨，豈恍於羣飛刺天，迸人以祈自免者耶？蘇子瞻有言：「士如良金美玉，自有定價，豈可以愛憎口舌貴賤之。」余自放於空門，老而無徒，然不能無空谷似人之喜。今得見次寅，猶見茂山也。于其別也，作歎譽一篇以詒之，并以詒其徒王備五、馮道濟者，共爲歎息也。

原諱

韓退之爲李賀作諱辨，辨二名嫌名不諱之義，詳矣，而未覈諱之所自始。曲禮曰：「卒哭乃諱。」鄭玄曰：「敬鬼神之名也。生者不相辟名，衞侯名惡，大夫有名惡，君臣同名，春秋不非。」檀弓曰：「卒哭而諱，生事畢而鬼事始也。既卒哭，宰夫執木鐸以命于宮，曰：舍故而諱新。」盧植曰：「喪朝夕奠，尙生事之。虞而立尸，卒哭諱新。是以爲生道事之畢矣，復以鬼道始事之也。」玄曰：「謂不復饋食于下室而鬼神之也，故謂高祖之父當遷者也。」王肅曰：「故謂五廟諱者，」左傳曰：「周人以諱事神，名終將諱之。著之于經，質之于傳，古人之制諱也，生事耶？死事耶？吉禮耶？凶禮耶？故曰：之死而致生之不智，而不可爲也。之生而致死之不仁，而不可爲也。」今之議辟諱者，懵于生事鬼事，舍故諱新之典，而雜然曰：辟諱。故諱之不知，而辟新諱，斯不仁不智之尤也。孔子謂爲芻靈者善，謂爲俑者不仁，不殆于用人乎哉！今人不讀書，不考古，不悉忌諱典故，但以獻諛敎諂爲能事。之生致死，陷于大不敬之律而不自知。斯孔子之所哀殆于用人者也。崑山歸子莊，字玄恭，吴、越間傳知其姓字，唐人所謂不以名而知其人也。士友筆札，忽改稱爲元恭。歸子錯愕不置答，謂余習于禮者而問焉。廣昌黎之辨，作原諱以告之。

愚樓對

愚山子治臨江之公廨，撤故亭爲愚樓。山陰徐伯調記其事於石。余讀而美其文，傳示坐客。

客有啐於旁者曰：「子之營絳雲也，可謂夸矣。烏目再成，雀離交加。眞〔一〕檐翠微，翾宋丹霞。叢屋架棟，四部五車。如屭竊脂，如雀啄花。剖葦負版，殫瘁厥家。祝融作難，焚如突如。綠字焦爛，丹書掀除〔二〕。珠塵玉膏，狼籍路衢。主人耄矣，誅茅燼餘。趧鼻枳足，驕蟲之廬。過者竊笑，咸欲削絳雲之扁，而謚之以愚。臨江之樓，上應星斗。疊嶂盤鬱，清江蚴蟉。下容旌旗，將吏奔走。江山風月，臚列尊卣。過而目之爲愚，是猶衞侯命子以惡，而黄公題女以醜也。崇淵庳陵，濁渭清涇。甚哉其不相蒙也！胡不反其實而正其名乎？」言已，假〔三〕寐囈語，有夫絳衣大冠，執而數之曰：「余絳雲之守神也，用誓告汝。昔者金鏡委光，珠囊不收。經典漫漶，俗學啁哳。主人奮然，鈎河、雒，披墳、丘。穿地藏、羅天球。整齊經史，津涉姒周。寶書玉牒，旁撫曲蒐。神工百王，聖德千秋。浴堂沈沈，宣室悠悠。插牙籤其如織，執丹書以告修。枝柱乎星紀之虚，巋然此樓也。雲漢黯濕，墨穴晦冥，有光激射，上直帝廷。上帝曰咨！宿戒六丁。霞車日轂，載而上征。良常新宫，祗桓舊經。靈飛之印，編以金繩。帝之用火政也，蓋所以擺磨乾坤，撈籠汗青。標攝提之二眉，持日月于兩瑲。既而帝車迴、鐘瑲吹。勾萌甲坼，將重理人文之事。於是臨江之樓，架構經始，虹蜺廻帶，星河奔會。憑闌南望，光景愕眙。重江洑流，縈紆紫翠。嗚呼噫嘻！此文字之祥，而非干將、莫邪之餘氣也。東南天柱，號曰宛委。金簡玉書，華夷所閟。虞山閣皂，離立斗牛之次。夫固皆赤帝之下都，玉笥之別治也。帝敷〔四〕文命，永賁南戒。守神司扃，敢告職司。且夫愚嘉名也，操蛇之神以此相北叟，愚谿之神以此居南吏。嗟爾譊譊，名實貿置。噱西家以謷愚，祈河曲而貫智。」

東澗老人與客同夢，蹶然而起。燈明風肅，神告在耳。幸斯文之未喪，知皇覽之不可以忽遺也，命筆書愚樓對，以復于愚山子。

【校記】

〔一〕各本作「眞」，疑應作「直」。〔二〕邃本、鄒鎡序本作「除」，金匱本作「飛」。〔三〕金匱本作「假」，它二本作「夢」。〔四〕金匱本作「敷」，它二本作「敦」。

重建鄉先賢商相巫公祠堂碑

吾邑鄉賢祠，首商相巫公咸及子賢。按越絕書：虞山，巫咸所出。張守節史記正義：巫咸及子賢，冢皆在蘇州常熟縣西海虞山上。蓋二子本吳人也。世傳宋嘉定間，土人掘山西青龍岡，得古碑，八分書「商相巫咸冢」五字，令王爚修墓立廟，孫應時爲記。應時以慶元二年作令，至端平元年，閲十一令，始及爚。記乃稱前令王公，嘉定中掘地，事在十三年後，安得懸記。其不足據如此。嘉靖戊子，巡撫陳公行縣，謂巫咸父子，瞽宗之祀，不應祔子游廡下，議立專祠秋報門外。久之，刑官踞爲公署。鄉先生故僭擬配祠者，遂遷主于私室。侮先哲，黷明祀，矯誣〔一〕不經，莫此爲甚。邑之英俊王君夢鼎、邵君燈考邑乘、企風烈，喟然歎曰：「嗚呼！是不可以不正。」卜地梁昭明讀書臺之左，建祠堂三楹，春秋饗祀，得如甲令從事，請刻麗牲之碑，以示永久。

余惟三代之君，受命中興者三，巫公相太戊，廟稱中宗，與夏少康、周宣王媲烈，於國爲宗功。賢繼相祖乙，保乂六臣，伊巫居四，於家爲世美。書稱巫咸乂王家，作咸乂，作大戊。文章爛然，昭垂訓命。後千餘年，子游被其餘澤，北學於孔氏，於南方文學爲大宗。世祀綿邈，流風蔑如，祠屋夷〔二〕於鳩居，木主漂爲土梗。表章修舉，非後賢之責而誰責與？世俗淩夷，井邑遷改。洞天福地，羅歸池館。佛宮神刹，斥護家祠。卜築則白石興悲，設版而青山雪涕。二君之作斯廟也，興感寂莫，假靈肸蠁。千年之香火一新，百世之眉目如在。其所以聳流俗、樹風聲者，用意良遠。蓋不獨觀乎九京，聿修厥德，爲末世之盛事也。余少讀周書君奭，仰止先烈，輒流連不忍置。又觀朱子楚辭注所謂古之神巫者，知爲上古司天屬神之遺法。今老矣，舊學荒落，既畧書其事，復倣楚人之歌，作迎享送神詩，俾邦人歌以祀焉，而并刻之。其詞曰：

靈之生兮嶽降神，左陟右扈兮乂有殷。靈之歸兮登九天，地絶天通兮日月後先。神巫在天兮麈刲指掌，帝筴下土兮顧眎悒怏。乾端坤倪兮禹跡茫茫，風毛雨血兮孰辨故鄉？撫彗星兮擁雲旗，靈不降兮我心傷悲。山城宮兮書臺址，丹青刻桷兮映望委麗。靈慰我兮夕降；祥飈晻靄兮天門詄蕩。歷商、周其猶漏晷兮，靈朝出游兮暮至止。此邦之人兮靈之孫子，吳羹楚瀝兮薦以蘋蘩。靈馮我兮汎蘭，峩峩殷冔兮儼其法冠。風輿兮雲馬，驅厲鬼兮朔之野。桂漿兮椒糈，要靈氣兮憺延竚。靈少留兮勿遽歸，報事商實〔三〕兮終古不違。

【校記】

〔一〕金匱本作「誣」，邃本、鄒鎡序本作「侮」。〔二〕金匱本作「夷」，邃本、鄒鎡序本作「彝」。〔三〕各本作「實」，疑是「賢」字形近而誤。

吉水李氏旌門頌銘 并序

崇禎元年十二月，兵部尚書臣邦華言：「天啓六年五月，臣削奪家居。長男士開，赴縣課試，次男士國，負笈從行。泊舟城西，士國失足墮水，江水暴漲，環視莫敢手援。士開哀號整巾，自投怒流中，日方亭午，舟船鱗集，千夫失聲，嘲轟萬餘。俄見巾浮水上而沒。諸生父老，驚慟白狀。所司議上請。臣忤奄懼禍，乞哀得寢。恭遇皇上御極，如天如神。沈陰積蔀，皆見日月。臣何忍塞哀茹痛，使臣男孝友奇節，反爲臣抑沒，不獲表著聖朝。是用敢啣刀負土，泣血以請。」制曰：「李邦華男士開，救弟投軀，事關風紀。著建坊旌表。」下有司，表其門曰孝友。諸生復請祀學宮，祔隋孝子廟。士開死時，年三十有二。副室宋氏，年二十有二，斷髮自誓，紡織事姑。育兩歲兒長世，羈貫就學，垂十年，病瘁以死。巡按御史察其狀，遇亂不果〔一〕上。行在禮部奉旨覆奏。制曰：「李長世母宋氏准建坊旌表。」銘曰：

邦家末造，孽牙運枵。國有大命，制于寺貂。山崩川沸，不令不寧。陽侯天吳，相其鞠凶。英英俊民，粲粲門子。瑞鳥共命，嘉木連理。仲也不弔，失足洄淵。招手漩澓，再沈再褰。伯氏奮身，赴江求號。奪我弱弟，鬬彼怒濤。湍流劃開，鯨波中分。神魚水犀，捧戴角巾。方憂腰領，敢畫眉目。沈沈龍宮，茫茫魚腹。帝曰忠父，懿厥後昆。服爾彝訓，昭我德門。亦有貞姬，剮面剺耳。百死一生，以育孤子。黄道〔二〕失經，烏頭莫逮。孝子重趼，奔告行在。御書天語，先後庚庚。誰云高高，而不是聽？煌煌忠父，在帝左右。清廟庸鼓，以祝以侑。景星𩅦雲，萃于一家。垂芒千古，扶衞帝車。惟忠惟孝，邦家之慶。舊史頌矣，爾受命長。

【校記】

〔一〕金匱本有「果」字，邃本、鄒鎡序本無。〔二〕金匱本作「道」，邃本、鄒鎡序本作「頭」。

就亭銘 并序

愚山子分司臨江，亭于聽事之側，以登高騁望，名曰就亭，而自爲之記。東澗遺老讀而歎曰：愚山子名亭之指，我則知之。今夫公廨隙地，纔步尋丈。葦糞焚榴，地少天多。閣山屏列，瀟江分流，自下而上，宛在壺中。此亭之就于地也。結竹四周，柱楣撑桷，疎簾紙帷，不施丹堊。彈琴圍棋，鏦琤相應。此亭之就於物也。人吏浹和，兵氣遠屏。瓦骼凹凸〔一〕，蒸爲土膏。風恬夜靜，微聞謳歌。此亭之就于人也。豈惟是哉！清江碧嶂，横豎鋪舒。古廟殘峯，參差夕照。卷簾酬酒，如在木杪。我就江山，江山亦就我也。暖日發春，蕭辰報秋。好風自來，月駕先駐。良辰美景，攢簇晷刻。我就風月，風月亦就我也。散帙命觴，明燈染翰。長吟而孤桐引，浩歌而清角發。德音愔愔，良士瞿瞿。我就賓朋，賓朋亦就我也。

嗟夫！人世之不相就者多矣！天不下應，地不上昇，天地不相就也。東海揚塵，桑田横流，桑海不相就也。人生其間，役無涯之智，逐有涯之生，茫茫刦刦，與日競走，將安就乎？愚山子澄觀遺照，恬智交養。就谷以養神，就母以養氣，庶幾古之端虛而寧一者。韓子之記燕喜，所謂智謀仁居，將去是而羽儀天朝者，憑欄一笑，砉然如孤雲奔星，他又何足道哉！

愚山子曰：有是哉！請爲吾銘。銘曰：

臨閣皂之仙山，笑班白之俗吏。衣裳劍佩，背負雲氣。我懷斯人，室是遠而。神馬尻輿，逝將從君，飲就亭之酒，而歌就亭之詩。就亭之畫，雲木縈紆。鹿衣鶡冠，貌一老于其中，使老鶴典客，其尙亦知爲予乎？

【校記】

〔一〕遼本作「凸」，鄒鎡序本、金匱本作「亞」。

有學集卷四十五

雜文

古史談苑摘錄後記

古史談苑十卷，我先君宫保公晚年讀史，採劉正史中異聞奇事，可以聳見聞、資勸戒者，有旌行、物差、神遠、咫聞四部之目。吳江周永肩安石摘錄其唱導因果、輔翊教乘者，彙爲一卷，厠諸歷代禪徵之集。謙益再拜捧讀，泣而言曰：

嗚呼！斯先君之志也。夫我先君，七歲而孤，奉我王母卞夫人，終身孺〔一〕慕，士之稱純孝者歸焉。剛腸疾惡，如食蠅之必唾。世授春秋，以直道是非爲己任。晼晚不遇，以授經爲大師。摳衣抗手，正告弟子：「儒者志在春秋，行在孝經，謏聞曲學，吾弗與也。」談苑之成，在甲辰奉諱以後。以謂倚相之學、董狐之筆，不獲自效于槐廳蕉園之間，聊假蠹書汗竹，以託寄筆削之綱要。若其生平歸心佛乘，篤信三寶，則得于母師胎教，熏習訓迪爲多。今觀周談苑〔二〕一書，激揚忠孝，指陳修悖，主于明扶三綱，陰闡六度，斯志行之所存也已。

氏摘錄，旃行之部，以純孝爲首，純孝之子，感格人天，佛爲現像顯神，以表厥應。一書纂集之眼目，如鏡中像，交光呈露，寧非異世而相感也哉？

嗚呼！昔者，吾夫子授端門〔三〕之命而作春秋。孝經成，曾子抱河洛書，夫子簪縹筆絳衣，告備北辰。俗儒以緯家爲疑。今旃行所錄，滕曇恭、劉霽諸人，載在國史，傳諸丹青，又豈可以爲蟲書〔四〕鳥言，漫而置之乎？紫柏大師稱左傳爲眞因正果之書，憨大師乃奮筆發揮，撰左氏心法。安石家世稟承二師，故能郵傳其緒言，以證明我先君旃行之微指。謙益謹洮頮繕寫，鏤板流通。庶幾附麗弘明二集，少裨法海，不徒傳示子孫而已。

【校記】

〔一〕遂本、金匱本作「孺」，鄒鎡序本作「純」。　〔二〕金匱本作「談苑」，遂本、鄒鎡序本誤倒。　〔三〕遂本、金匱本作「門」，鄒鎡序本作「明」。　〔四〕金匱本作「蟲書」，遂本、鄒鎡序本作「蟲字」。

海印憨山大師遺事記

大師歷年行履，具在自製年譜及經解文集中。其他遺事，傳聞不一，謹洮汰訛濫，條次其可紀者如右：

紫竹林弟子顓愚觀衡撰曹溪中興憨大師傳云：「師年十九，在報恩寺廊下，遇一異人，謂師曰：『公可惜許！公可惜許！』師曰：『何謂？』客曰：『公若在吾儒，能大扶名教。堯眉八彩，公眉五彩。吾海內求人三十餘年，獨見公一人。已爲僧，無如之何。吾從此不復與人見也。』別去不知所往。」

師預天界法席，見廁地光潔如鏡，入夜明燈如晝，知有異人司之。一日晚課，見一黄腫頭陀，執火入廁，揩燈盞添油。拉而詢之，知爲妙峯禪師，代山陰王進香南海，受濕生瘡，討單歇息。師再拜，願結爲法侶。峯云：「師大智慧，能聽經，後日代佛揚化。我輩是笨工人，行得是笨工事。」師笑曰：「我學得師者笨工，還要好幾餐飯喫。」遂訂爲生死交。

師登盤山頂，石叢內一隱者，灰頭土面，師作禮不答，問亦不語。師默坐少頃，隱者燒茶，取一杯自飲，師亦取一杯自飲。飲竟，隱者置茶具，端坐如故，師亦如之。又少選，炊飯，唯取一碗一筯自食，飯罷復坐，師一一如之。夜中，者出巖外經行，師亦隨之，第東西各步，如是一七。者問：「仁者何來？」師曰：「南方來。」者曰：「來此何爲？」師曰：「特訪隱者。」者曰：「者面目如此，別無奇特。」師曰：「進門早已看破了也。」者笑曰：「我住此三十餘年，始遇一个同風。」一夜，師經行，頂門一聲，轟如乍雷，山河大地，身心世界，豁然頓空，空境非尋常可喻。如此空定，五寸香許，漸覺有身心，漸覺脚下踏實，開眼漸見山河大地，一切境界如故。身心輕快，舉足如風輕。者曰：「今夜經行何久耶？」師告以所得境相。者曰：「此色陰境耳，非是本有。我住此三十餘年，除陰雨風雪，夜夜經行，此境但不著，則不被他昧却本有。」師深肯，禮謝。遂相從過夏。將別，者送師至半山，淚如噴珠。歸與妙師述如上因緣。汪司馬曰：「如是則吾師住山已竟。」師曰：「猶是塗路邊境界耳。」

法光和尚每以本色鉗鎚待〔一〕師。師〔二〕一一獲益。每命師揩〔三〕背洗足，皆能如其意。諸宗候見之皆怒。師曰：「我等別有眼目，非公等可能識。」

師在報恩，有山人製印章相詒，文曰「淸郎印」。囑曰：「善佩之，爲後日證。」至五臺，與妙師卜居北峯之龍門。開基五尺，得銅佛高尺許。揩洗佛背，下有「淸郎造」三字。師取印章示峯衆，皆驚歎。師坐龍翻石聽沸泉經年，至泉聲不斷，如不聞，乃入定。峯知師將入定，乃別廬於木瓦梁〔四〕。

匡王山黃龍潭徹空禪師訪師于龍門，留與同住。大雪經旬，各臺頂雪，吹聚龍門，覆靜室深幾十丈，寒甚。徹師推簾撥火，以手探之，知爲雪擁。師命吹火，火發，師曰：「性命可保矣。」融雪作茶飯畢，相對兀坐。聞隱隱有人聲，曰：「此是臺頂上人爲我開雪。」聲寂，曰：「此或夜矣。」雪中不辨晝夜，以聞聲爲晝分，不聞聲爲夜分耳。久之，人聲漸高朗，漸近，乃北臺、白馬寺、中臺三處集三百餘衆，執鋤钁筐箒，探竿下臺頂，覓龍門路，依路〔五〕挖洞，用竿前探，隨探隨挖。竿擢著靜室，衆人歡呼，勇猛抵門而入，掀簾見師，抱足慟哭曰：「經此大難，幸而有火，此佛天默佑也。」師合掌謝衆曰：「也要經過始得。」

粵東僮瑤數叛，戴督撫請師議之。師會通六道，分布諸將。先察所過地方，安官把守，樹旗標幟，不得侵犯良民。自出，師從船而進，僮瑤聞風逃竄，盡種族招安，新立官署。師還，出所著奇門指掌一書行世。嘉興年譜云：「是時僮、瑤破欽州，事已潰敗。師以重名，用幡幢寶蓋入洞說降之。賊既退，安輯欽州百萬生靈。制府乃有請王師問罪之疏，以掩前失，故僅得論劾罷。」

衡戊申冬進曹溪，禮祖容。明年四月，謁師于端州。每坐談，見師熙怡而笑。衡曰：「大師笑，儼釋迦微笑，可悅可愛。」師曰：「公好眼力，我少在報恩，有梵師言，我口如仰〔六月，卽佛口也，當大轉法輪。公亦識之。奇哉！」六月，師歸曹溪。一日清晨，知微爲師梳頭，衡喜曰：「日輪初起，映師白髮皆金色光明，卽紫金光也。」師曰：「我在臺山大塔院寺，見一梵僧，偉然可怖，手拉余曰，滿頭髮皆紺色，當大作佛事。今公亦識之，用意亦微矣。」

衡在曹溪，夜譚次，大師向衡曰：「我後日無肉身。」衡曰：「何以知之？」師曰：「達大師令我摸他，全身上下，筋骨血肉，長成一塊，手臂如鐵棍相似，知他身堅固不壞。我身皮肉虛浮，一捏空去，則知不堅。」達師多刧咒力薰習乃爾也。」師在靈湖，託劉居士買壽木隨身，向衡曰：「老身一生多睡，身後與我做一長棺，伸脚睡去自在。」

師向言達大師肉身不壞，今爲闍維，不與留世。自言無肉身，今却全身供奉。不知二大師淆訛在甚麽處？嗚呼！眞文殊、普賢大人境界，非凡小可識。惟嘉興年譜附錄云：「凡世所傳如陳亞仙、毛賴債、蕭公子等事，悉從宗鏡侍者訂其訛。

爲靈通侍者戒酒事，聞之特詳。侍者占城國王太子，父王遣大臣五人伴太子來曹溪，請六祖往彼供養。祖不許。太子大臣俱立化于海濱。五臣爲神，顯靈韶陽。南華山門外，立相公祠，旁有相公橋。太子既化，復現身爲祖侍者，獨不戒酒。祖許之，得受法去。有一鉢留寺，寺僧鑄銅像侍立，祖肉身傍。像頂布巾帽。鄰寺鄉人，日盛一鉢酒供之。供酒後，酒化成水，其帽欹側。大師入山，與寺僧授戒。衆言靈通侍者飲酒，我等不合破戒。大師作文啓祖座前，爲靈通斷酒，卽碎其鉢。侍者從此不受酒供，以酒供之，酒不成水，帽不復側矣。」

大師坐宗鏡堂，兩僧夾持。一狂僧歷堦而上，乞師引救。云：「此僧持大悲咒五年，素無敗行。不知何故着魔，顚狂不止？」大師曰：「此病可醫。」徧詢堂中，得持習穢跡金剛神咒者三人，大師于坐間自持，令習者傳敎之。初傳，昏然不省。大師以摺扇於案上震威一擊，提授一句，應聲如響。習者逐句傳竟，狂僧如夢頓覺，頂禮而退。又一日，一僧來，禮拜未起，擊扇喝曰：「殺人賊，見我作麽？知事作，速退出。」衆皆愕然莫測。越一日，以盜被獲。

岳司馬石帆在儀部時，值大師罹難，抗言申救。至是謁見於嘉興金明寺，岳問曰：「中庸『素富貴』四句，大師作麽解？」師曰：「素是張白紙，畫个紗帽，便做个紗帽，畫个乞兒，便做个乞兒。岳慣〔七〕以禪理作戲論，嘿然而退。」

大師在金明寺，齋畢列燭茶話。有醉皂隸扣門大呼：「今日活菩薩下降，我求超度，何故攔阻？」大師命之入，合掌禮拜，胡跪語云：「他是錢大。復身是仲仁託體求度。弟子生前持長齋，修淨土八載，今亡期當五七，不到陰府，合生西天，望菩薩慈悲指引。」伏地哭泣不已。大師呼念佛者舊六人侍立，親掇數珠，每展一珠，念千聲佛，鬼身即能念。念佛竟，演蒙山施食文，至「應觀法界性，一切惟心造」，舉扇擊案，疾呼速得解脱。鬼身應聲曰：「解脱竟。」三呼三應，起具佛子威儀稱謝，往生淨土東南，禮大衆云：「各各努力，龍華會上相見。」更餘，大師與還舟，鬼身隨輿，望大師登舟，頂禮謝訖，仍還禪堂門〔八〕口去，作謝錢老官，賴託身得度，撲地而醒。仲仁者，居寺之隔河，生前修淨土甚虔。是日亡值五七，皂隸以催糧入靈座前，乘醉引魂得度也。仲仁子聞韶，天啓辛酉舉于鄉。次日，許憲副子泰惟延大師至家，對靈説法。大師語悉開示平生陰事，聞者毛竪。

桐鄉顔生生居士，家于石門，嘗夢伽藍神命迎賓頭盧尊者。見有大僧，中堂正座，旁列侍坐，並一時名宿，衆所知識者。越日，聞大師東來，往迎于松陵，歷雙徑、雲棲，所至隨侍，命名福堅。大師還過石門，居士恭迎至家，設大供。家有梨園，命演拜月亭記，先擇侍從受具戒者，始得與席。一時名宿，如聞谷輩咸在。居士歎息，宛然夢中迎賓頭盧實境也。居士卽廣州司理俊彥之父。事詳託生辨中。次日，弟子譚梁生請問：「看戲不礙戒律否？」大師云：「大難說。他人一日不犯戒，一日是不犯戒。我日日不犯戒，日日是犯戒。」

曹溪有室女，發願繡千佛衣一襲，奉供大師。慮口氣不淨，以黃絹裹口。衣成而大師遷化入龕，衣留寶林庫笥。及肉身還曹溪，出龕時，紫繒羅衣，見風星碎。乃取室女所製千佛衣衣之。衣在笥二十二載，光彩如新，以室女願力所持，遂得爲最後供云。

雲間張翼軫敍大師年譜云：「余昔守韶州，遣衲子本昂，迎師於五乳。師掩關八月，迎衆至，啓關戒行。大衆環聚泣留。師曰：『曹溪，吾志也。時節因緣，敢不隨順。徼靈六祖，得歸骨焉，幸矣！』壬戌臘月至曹溪。明年冬，余奉宗伯蕭公命，入山候師疾。師披余所供禪衣，合掌稱謝曰：『山僧行矣。』談笑而別。是夕遂化去。余復入山庀後事，營葬塔，蓋影堂，差了皈依一念，亦不負蕭公付囑也。余量移去韶。五乳法嗣，借大力於當事者，遷全蛻歸匡山，而爪髮留曹溪。余所營塔院亦如故。諸法空相，本無去住。師亦何心邪？因侍者心啓來請，略述于譜末如此。」計十六條

【校記】

〔一〕金匱本作「待」，遼本、鄒鎡序本作「代」。〔二〕遼本、鄒鎡序本「師」下有「曰」字，金匱本無。
〔三〕金匱本作「揹」，遼本、鄒鎡序本作「撮」。〔四〕金匱本有「廬於木瓦梁」五字，遼本、鄒鎡序本缺。
〔五〕金匱本作「路」，遼本、鄒鎡序本作「然」。〔六〕金匱本作「仰」，遼本、鄒鎡序本作「印」。〔七〕金匱本有「慣」字，遼本、鄒鎡序本無。〔八〕金匱本有「門」字，遼本、鄒鎡序本無。

書史記齊太公世家後

流俗語云：「太公八十遇文王。」孔叢子：「宰予、冉有問夫子曰：『太公勤身苦志，八十而遇文王。』〔一〕則俗語固有本也。有言七十者，說苑云：「太公年七十而相周，九十而封齊」，呂不韋、韓嬰皆言七十有二是也。有言九十者，宋玉九辨云「太公九十乃顯榮兮，誠未遇其匹合」是也。按楚辭天問云：「師尙在肆昌何識？鼓刀揚聲后何喜？」高誘注淮南云：「太公鼓刀釣魚，年七十，始學讀書，九十爲文王師，佐武王伐紂。」韓詩外傳云：「呂望行年五十，賣食棘津。七十屠牛胡歌。九十爲天子師。」則遇文王也。說苑又云：「太公年七十而不自達，一合于周，而侯七百歲。」此皆七十未遇之證也。考竹書紀年：「帝辛三十一年，周文王四十一年，西伯治兵于畢，得呂望以爲師。」卽史記西伯獵渭陽載歸立師之年也。太公七十鼓刀始學讀書，則遇文王時爲八十明矣。竹書，又十年爲武王元年，西伯發受丹書于呂尙，則太公年當九十。又十年庚寅，周始伐殷。明年，禽紂牧野。計庚寅年太公正百歲。九辯言九十顯榮，及諸書言九十爲天子師，蓋撮略九十、百歲受丹書、誓盟津之事而通言之，非尅定遇合之年爲九十也。歷武王、成王迨康王之六年，竹書書〔一〕齊太公薨，計其年一百四十九歲，而周文公以成王二十一年薨〔二〕，則先于太公二十二年矣。太史公世家云：「蓋太公之卒百有餘年，子丁公呂伋立。」曰「蓋」者，亦疑詞也。文王得太公之年，經典皆無明文，司馬遷馳騁古今，不能通知。尙書疏又謂成王時齊太公薨，周公代爲太保。凡此之類，闕誤弘多。郭璞謂竹書潛出記載之後，以作徵於今日，信也。

昔者周史卜畋，其兆曰：「將大獲，非熊非羆。」而詩人歌牧野肆伐，則曰「維師尙父，時維鷹揚。」鷹揚云者，所以極命百歲老人，飛騰鷙擊，攫身側目之狀，非熊非羆，猶爲笨伯云爾。廉頗老將，被甲上馬，亦尙可用。馬援征壺頭病困，曳足以觀鼓噪，年才六十餘耳，獨不畏此翁笑人耶？今秋脚病，蹣跚顧影。明年八十，恥隨世俗舉觴稱壽，聊書此以發一笑，而幷以自勵焉。

【校記】

〔一〕金匱本有「書」字，邃本、鄒鎡序本脫。

〔二〕金匱本有「計其年」以下二十一字，邃本、鄒鎡序本脫。

書華山募田供僧册子

後五百年，佛法之行世者，少林、天台、賢首三宗而已。論者謂台、賢二家，門庭如綫，惟禪宗爲盛。而禪宗則惟臨濟一枝，開堂演法，刹竿相望。五花開後，殆莫甚於今日。蒙則以爲不然。以天台言之，荆溪、四明，中興已邈。法華宗旨具在，三觀四教，固瑩如帝珠也。以賢首言之，圭峯、長水，繼述罕聞。華嚴綸貫具在，三法五教，固涣如寶網也。譬如千金之家，堂構無恙，囊篋依然。其子姓引繩守株，雖無克恢張緒業，顛隕蕩析之禍，固可無慮也。若今之禪門，自命臨濟後人者，其一二巨子，未得謂得，久假不歸，以小辯飾其小智，以大妄成其大愚。魁儈旃陀，一登其門，莫不盱衡讚歎，彈指徹悟。用是以簧鼓羣昏，簸揚狂慧，盲師作俑，則判能大師爲外道禪。師子吠聲，則斥龐居士居二乘果。棒喝如劇戲，付拂如酒籌。以瞽視瞽，以聾聽聾，敢於抹摋教典，詆讕尊宿，以葢護其膚浅瞀亂之衣鉢。此所謂大妄語成，如刻人糞爲旃檀形者也。而舉世尋附聲響，激揚尊奉，如恐不及。嗟乎！佛燈中微，法運單弱。愚而爲下根，枝而爲義學，窮露弱喪，而爲失乳之兒，爲除糞之子，于法門猶無與也。彼且爲邪師，彼且爲魔民，彼且認面失頭，彼且中風狂走。佛言末法之中，多此妖邪，熾亂世界。潛匿奸欺，號善知識，詃惑衆生，墮無間獄。金河誓戒，皎如冰霜。衆生瑱耳，甘從淪墜。人以爲極盛，我以爲極衰。斯固先佛決定，淸淨明海，懸示于今日者也。

雪浪大和尙，賢首之法匠也。其徒曰巢、雨、蒼、汰，分路揚鑣，各振法席。今獨蒼老巋然如魯靈光。而華山含光渠公，則與蒼老代興者也。渠公網羅三藏，鈎貫三昧，精心慧辯，超然義解之表。賢首耳孫，非公而誰？公念先支硎和尙有言：「佛法壽命，其唯常住。常住不存，我法安寄？」於是有墓田供衆之舉。佛日未旦，昏衢交騖。與其聚盲徒，養閒漢，歧目沓舌，盲參瞎證，固不如研窮藏海，宣明教網，支狂瀾而漉末劫者之爲得也。療尫瘵者必庀上藥，拯流溺者先具慈航。爲法之士，痛心狂易，聞公之爲，有不褰裳而從之者乎？蒙以爲扶正法、續慧命，標準人天之眼目，於是乎在，非常塗福田布施也。奮筆書之，辭無頗焉。

萃止軒說贈張登子

人之生於斯世，功名富貴，熏染於外，聰明才智，驅策於內，置身於奔車傳遽之中，畢世而爲勞人者多矣。通人志士，深知其病，而以山林、詩書、朋友三者爲之藥。然吾觀淵明停雲之詩，以爲「罇湛新醪，園列初榮。願言不從，歎息彌襟。」其於周續之、龐參軍、劉遺民諸人，流連往復，南村移居之作，三致意焉。則淵明之所以定跡深棲，望古遙集者，其結志尤莫尚於朋友也。

山陰張登子，以瑚璉接神之器，棲遲冗散，未老倦遊，將歸隱東中，取良朋萃止之義，名其軒曰萃止。登子家在千巖萬壑中，枕籍詩書，詩筆妙天下，今盡束其所好而歸於朋友，有淵明停雲之思，與能藥其病而終不爲勞人也審矣。淵明歸鳥之什曰：「翼翼歸鳥，晨去其林。遠之八表，近憩雲岑。」此殆爲登子而發。榜其語於斯軒，亦可以藥世之勞人勞而不知止者也。余爲倦飛之鳥久矣，老歸空門，倣趙州八十行脚，青鞵布襪，將叩萃止之軒而倚杖焉。恐登子以野客拒我也，書是以先之。

家塾論舉業雜說

余少事科舉之業，聊以掉鞅馳騁，心頗薄之。通籍以還，都不省視。今老矣，惛惛如隔世事。從子孫保，讀書纘言，胚胎前光，評選皇明制科文字，請余爲序。茫然無以應也。老人多忘，覽塵偶憶，雜書聞見數條，幷示吾兒孫愛，俾傳諸家〔一〕塾耳。

或問：「時文可傳乎？」曰：「必不傳。王介甫始作制義，而介甫之制義，今無隻字。劉文成覆瓿集所傳春秋義者，前元應舉之作，兔園村夫子，咸可以奮筆也。」「然則可廢乎？」

曰：「何可廢也！三百年之舉子，精神心術，著見於是。天啓乙丑而後，文訞迭興，辛有百年之歎，于尺幅中見之。識微之君子，愼思之可也。」

横浦心傳曰：「或問：『科舉之學，壞人心術。近來學者，唯讀時文、事〔二〕剽竊，更不曾理會修身行己是何事。』先生曰：『汝所說皆凡子也。學者先論說。若有識者，必知理趣，孰非修身行己之事。本朝名公，多出科舉。時文中議論正當，見得到處，皆是道理，汝但莫作凡子見識足矣。科舉何嘗壞人。』」

王龍溪云：「舉業不出讀書、作文兩事。讀書如飲食入胃，必能盈溢輸貫。積而不化，謂之食痞。作文如寫家書，句句道實事，自有條理。若替人寫書，周羅浮泛，謂之沓舌。于此知所用心，卽舉業便是德業，非兩事也。」追憶鄒東廓往年赴會，少子潁泉垂齠相隨，動靜儼如成人，不屑屑于章句，而大旨大端，默有契悟。命題操筆，絕不爲俗套所泥，務出新意，發難顯之詞，而亦不乖于度。兄弟子姪，相繼者數輩，是第一等萬選靑錢，業舉者之榜樣。諸友反而求之，始信余言之非妄也〔三〕。

馮祭酒開之，好作經義。紫柏大師遺書誨之曰：「時義不做亦可，卽阿郎幷〔四〕相知求教者，稱心現量，打發足矣。何必苦心自作。昔李伯時畫馬，秀鐵面訶之，以爲〔五〕必入〔六〕馬腹而墮〔七〕地獄。今之留心時義者，心術純良，一旦出身做好官，則亦有益。如心術不佳，藉此出身，爲大盜而刦人，則先生之罪，較李伯〔八〕時尤甚。」

趙浚谷子有儁才，不課舉業。其壻李鄘菴怪而問之。浚谷〔九〕曰：「吾見近來舉業日敝一日，故不欲兒曹爲之。」鄘菴曰：「近來舉業日盛一日，乃以爲敝，何也？」浚谷曰：「子試舉近代舉業之佳者〔一〇〕以示余。」鄘菴檢得十先生稿瞿昆湖「子使漆雕開仕」一節文字呈上。浚谷看訖，問曰：「此文佳處何在？」鄘菴指其講「子説」處云：「『即其不輕於仕，則他日之能仕〔一一〕可知。即其不安於未信，則他日之能信可知。』此皆前人所未發。」浚谷曰：「吾謂近來舉業之敝，正指此等處也。子之悦之，只悦其當下一念，豈暇推及他日。他日之信不信，夫子豈能預保而預喜之耶？荀子非十二子有漆雕氏之儒，畢竟斯之終未能信，流爲曲學。使夫子預保而預喜之，是爲漆雕氏所賣矣。聖人不若是愚也。即如近日撫、按奏吾鄉災傷，若極敍目前凍餒流離之狀，天子必惻然憐憫蠲賑，乃云若不蠲賑，他日必爲盜爲亂，國家且受其禍。以禍怵之，而惻隱之心薄矣。又如言官論高中玄，言其剛愎褊急，無宰相度，彼亦何辭。乃云他日必爲秦檜、李林甫。玄中素以豪傑自負，不可一世，士以此目之，彼豈心服。他日柄用，其恣睢不平之氣，必有當之者。吾老矣，子當親見之。」已而部覆陝西災傷，得旨果無蠲賑。而隆慶間高公以閣學涖吏部，首考察科道，黜向時言事者，一一如趙公言〔一二〕。

余謂四公之論舉業，皆聊爾及之耳。橫浦、龍溪就舉業說修行法，紫柏就舉業說出世間法，浚谷就舉業說世間法。應以舉子身得度者，即爲現身說法，此中故有第一義諦也〔三〕。

杜工部云：「別裁僞體親風雅，轉益多師是汝師。」余謂時文亦然，有舉子之時文，有才子之時文，有理學之時文。是三者皆有眞僞，能于此知別裁者，是亦佛家所謂正法眼藏〔四〕也。

何謂舉子之時文？本經術、通訓故，析理必程、朱，遣詞必歐、蘇，規矩繩尺，不失尺寸。開闔起伏，渾然天成。自王守溪以迄於顧東江、汪青湖、唐荆川、許石城、瞿昆湖，如譜宗派，如授衣鉢。神聖工巧，斯爲極則。隆、萬之間，鄧〔五〕定宇、馮開之、蕭漢沖、李九我、袁石浦、陶石簣諸公，壇宇相繼，謂之元脈。江河之流，不絕如綫。久而漸失其眞，湯霍林開串合之門，顧升伯談倒插之法，因風接響，奉爲金科玉條。蕘苗稗穀，似是而非。而先民之矩度與其神理澌滅不可復問矣。此舉子之文之僞體也。

何謂才子之時文？心地空明，才調富有，風檣陣馬，一息千里，不知其所至，而能者顧詘焉。錢鶴灘、茅鹿門、歸震川、胡思泉、顧涇陽、湯若士之流，其最著者。虞濬然、王荆卿〔六〕、袁小修，其流亞也。莽蕩如郝仲輿，雜亂如王遂東，竊啣竊轡，泛駕自喜，可與龍文虎脊，並稱天馬乎？此才子之文之僞體也。

何謂理學之時文？季彭山，姚江之別支也。楊復所，近谿之嫡孫也。趙夢白，洛閩之耳孫也。李卓吾，袁〔七〕柏之分身也。稱心信理，現量發揮，可以使人開拓心胸，發明眼目。既而縉紳先生罷閒〔八〕講學，點綴呫嗶，招摇門徒，以燈窗腐爛之辭，爲扣門乞食之計。風斯下矣，文亦如之。此理學之文之僞體也。

茅鹿門云：「王、唐、瞿、薛正宗之外，錢兼山善發揮枯題，能敷演一言爲千百言。周用齋善收拾長題，能攢簇千百言爲一言。涇陽先生與學者言：唐、瞿之文，中行也。我之文，狂也。陳筠塘、儲㷰桐之文，狷也。今人知陳、儲之氏名者鮮矣。」

嘉靖以前，士習淳厚。房稿坊刻，絕無僅有。評〔九〕選程墨行于世者，敖清江、項甌東也。嘉靖末年，毘陵吳昆麓、吳江沈虹遊游于荆川之門，學有原委，始有正脈、玄覽之刻。學者皆宗尚之。厥後則有劉景龍之原始，范光父之文記，皆以軌範先民，本原正始，而時賢之窗稿，青衿之試牘，皆不得闌入焉。萬曆之中，婁江王逸季始大〔一〇〕操月旦之評，然用以別流品、峻門戶而已，未及乎植交。萬曆之末，武林聞子將始建〔一一〕立壇坫〔一二〕之幟，然用以招朋徒〔一三〕、廣聲氣而已，未及乎牟利。啓、禎之間，風氣益變，盟壇社墠，奔走號跳，苞苴竿牘，與行卷交馳；除目邸〔一四〕報，與文評雜出。訞言橫議，遂與國運相終始。以選文一事徵之，亦當代得失之林也。

天啓初，湯臨川之仲子大耆偕朱〔三五〕如容掌科游長安。如容盛談時藝，稱臨川文如杜詩，無一字無出處。坐客有面折之者曰：「左傳『陰飴甥曰：小人慼，謂之不免；君子恕，以爲必歸。』臨川『君子實玄黄』二句文云：『周師入，君子怒可也。』改恕爲怒，有何出處？豈時文應使別字乎？」仲子曰：「嘗有人問家先生，家先生曰：『君子如怒，亂庶遄已。』吾此文引詩語對左傳也。」如容鼓掌曰：「吾謂無一字無來處，豈非誠證乎？」其人俛首而去。如容語余：「先輩文不可輕易彈駁如此。」

萬曆間，王麟洲督學閩中，擢晉江李衷一于諸生中。時衷一已爲宿名士矣，己酉科遂中解元。余生才四年耳，初學舉業，先宮保命讀衷一小題文，日課不輟。又得其刊行四書文彀，奉爲彀率。丁未落第，相遇於虎丘，觀其衣冠舉止，儼如古人。談及文彀，衷一蹴然拱手曰：「當時偶標目示二三學徒，不意其〔三六〕遂傳，無從禁止耳。」是歲歸閩，悉取近科時文選次爲一集，題之曰赴鵠編，而敍其緣起曰：「向之云文彀者，志先正〔三七〕之彀，余與受之之所共也。今之云赴鵠者，赴受之之鵠也。」曹子建謂劉季緒才不逮於作者，而好詆訶文字，掎摭利病。如衷一之虚心善下，推挹後輩，豈徒賢于世之君子乎？余少壯盛氣，頗犯季緒之病。老不解事，猶有餘愧。詩不云乎：「其維哲人，告之話言。」其在今日，追維衷一之德晉，其亦可告已矣。因孫保之請序，附著末簡，且以志余愧焉〔二八〕。

【校記】

〔一〕金匱本有「家」字，邃本、鄧鎡序本無。〔二〕金匱本有「事」字，它二本脫。〔三〕金匱本有「追憶」以下一百零一字，它二本無。〔四〕金匱本有「阿郎井」三字，它二本無。〔五〕金匱本有「爲」字，它二本無。〔六〕金匱本作「入」，它二本作「墮」。〔七〕金匱本作「墮」，它二本作「入」。〔八〕金匱本有「伯」字，它二本無。〔九〕金匱本作「谷」，它二本作「答」。〔一〇〕金匱本有「者」字，它二本無。〔一一〕金匱本作「仕」，它二本作「事」。〔一二〕金匱本有「即如近日」以下一百八十二字，它二本無。〔一三〕金匱本作「耳橫浦」以下至「義諦也」，它二本作「春蘭秋菊各有其長皆士子所當知也」。〔一四〕金匱本有「亦佛家所謂正法眼藏」九字，它二本無。〔一五〕金匱本作「鄧」，它二本作「劉」。〔一六〕金匱本作「卿」，它二本作「石」。〔一七〕金匱本作「棗」，它二本作「紫」。〔一八〕金匱本作「聞」，它二本作「問」。〔一九〕金匱本作「評」，它二本作「許」。〔二〇〕金匱本作「大」，它二本作「下」。〔二一〕邃本、鄧鎡序本作「建」，金匱本作「耑」。〔二二〕金匱本作「壇坫」，它二本作「坫墠」。〔二三〕金匱本作「招朋徒」，它二本作「振朋儕」。〔二四〕金匱本作「邸」，它二本作「底」。〔二五〕金匱本作「朱」，它二本作「來」。〔二六〕金匱本有「其」字，它二本無。〔二七〕金匱本作「正」，它二本作「生」。〔二八〕金匱本有「因孫保」以下十六字，它二本無。

有學集卷四十六

題跋

述古堂宋刻書跋序〔一〕

辛丑暮春，過遵王述古堂，觀所藏宋刻書，縹青介朱〔二〕，裝潢精緻，殆可當我絳雲樓之什三。縱目流覽，如見故物。任意漁獵，不煩借書一瓻，良可喜也。吳兒窮眼，登汲古閣，相顧愕眙〔三〕，如入羣玉之府。令〔四〕得覩述古堂藏書，又復如何？遵王請予題跋，乃就所見，各書數語歸之。

【校記】

〔一〕本卷各篇，亦收于文鈔補遺中。此題文鈔補遺有「序」字，各本無。按：以下跋玉臺新詠至跋酒經十九題，計二十一則，俱爲跋述古堂宋刻書者，此篇爲總題，有「序」字爲是。文鈔補遺目錄題爲「題遵王述古堂書三十則」，誤。

〔二〕金匱本作「介朱」，各本作「朱介」。〔三〕金匱本、文鈔補遺作「眙」，邃本、鄒鎡序本作「貽」，誤。

〔四〕文鈔補遺作「令」，各本作「今」，「令」字勝。

跋玉臺新咏

玉臺新咏宋刻本，出自寒山趙氏。本孝穆在梁時所撰。卷中簡文尚稱皇太子，元帝稱湘東王，可以考見。今流俗本，爲俗子矯亂，又妄增詩幾〔一〕二百首。賴此本少存孝穆舊觀，良可寶也。凡古書一經妄〔二〕庸人手，紕繆百出，便應付蠟車覆瓿，不獨此集也。

【校記】

〔一〕文鈔補遺有「幾」字，各本無。〔二〕文鈔補遺有「妄」字，各本無。

跋高誘注戰國策

戰國策經鮑彪殽亂，非復高誘原本。而剡川姚宏校正本，博采春秋後語諸書。吳正傳〔一〕校正鮑注，最後得此本，歎其絕佳，且謂于時蓄之者鮮矣。此本乃〔二〕伯聲校本，又經前輩勘對疑誤，採正傳補注，標舉行間。天啓中，以〔三〕二十千購之梁溪安氏，不啻獲一珍珠船也。無何，又得善本于梁溪高氏，楮墨精好，此本遂次而居乙。每一摩挲，不免以積薪自哂。要之，此兩本實爲雙璧，闕一固不可也。

【校記】

〔一〕文鈔補遺作「傳」，各本作「復」。〔二〕文鈔補遺作「乃」，各本作「仍」。〔三〕文鈔補遺有「以」字，各本無。

跋東都事略

宋史既成，卷帙繁重。百年以來，有志刪修者三家，崑山歸熙甫、臨川湯若士、祥符王損仲也。熙甫未有成書，別集中有宋史論贊一卷，每言〔一〕人患宋史多，我正患其少耳。此其〔二〕通人之言也。若士繙閱宋史，朱墨塗乙，如老學究兔園册子，某傳宜刪，某傳宜補，某人宜合某傳，某某宜附某傳，皆注目錄之下。州次部居，釐然可觀。若士沒，次子叔〔三〕寧曰：「此先人未成之書，須手自刊定。」不肯出，識者恨之。天啓中，損仲起廢籍，爲寺丞，過余邸〔四〕舍，移日分夜，必商宋史。是時李九如少卿藏宋宰輔編年錄及王秘閣偁〔五〕東都事略三百卷，損仲慫恿予傳寫，并約購〔六〕求李燾續通鑑長編，以蕆〔七〕此役。余于內閣鈔李燾長編只卷初五大本，餘不可得。余既退廢，不敢輕言載筆。損仲遂援據事略諸編，信筆成書。今聞損仲草稿與臨川宋史舊本，並在〔八〕苕上潘昭度家。而予老倦研削，亦遂無意于訪求矣。今年初夏，見述古堂東都事畧宋刻，卽李九如家鈔本之祖也。爲之撫卷慨歎久之。

當余與〔九〕損仲商推史事，橫襟相推，唯九如在旁〔一〇〕知狀。損仲揚眉抵掌，時〔一一〕捫腹自笑〔一二〕，揮斥柯維騏新編，陳俗腐爛〔一三〕，徒亂人意。今吳中謏聞小生，耳食長編，偶見書肆撮略殘本，及一二零斷小說，便放筆删定宋史，此不足承損仲餘氣。而館閣大老，拱手薦撙，奉〔一四〕爲寶書。嗚呼！文獻無徵，豈獨杞、宋。雖無老成人，尚有典刑。斯孔文舉所以泫然流涕也。修史之難，莫先乎徵舉典故，網羅放失。遵王壯盛有志，藏弆是書，當深思歸熙甫宋史恨少之語，并悼予與損仲之無成，而興起于百年之下也。爲書此以勉之。

【校記】

〔一〕各本作「言」，文鈔補遺作「云」。〔二〕文鈔補遺作「則」，各本作「其」。〔三〕金匱本、文鈔補遺作「叔」，邃本、鄒鎡序本作「敍」。〔四〕文鈔補遺作「邸」，各本作「邮」。〔五〕金匱本、文鈔補遺作「偁」，邃本、鄒鎡序本作「稱」。〔六〕金匱本、文鈔補遺作「購」，邃本、鄒鎡序本作「搆」。〔七〕金匱本、文鈔補遺作「蕆」，邃本、鄒鎡序本作「藏」。〔八〕文鈔補遺「在」字旁校云：「刻作『存』。」按：今見各刻本俱作「在」。〔九〕文鈔補遺作「與」，各本作「于」。〔一〇〕金匱本、文鈔補遺有「旁」字，邃本、鄒鎡序本無。〔一一〕各本作「時」，文鈔補遺作「時時」。〔一二〕文鈔補遺作「笑」，各本作「歎」。〔一三〕文鈔補遺作「爛」，各本作「調」。〔一四〕文鈔補遺有「奉」字，各本無。

跋春秋繁露

萬曆壬寅，余讀春秋繁露，苦金陵本譌舛，得錫山安氏活字本，校讎增改數百字，深以爲快。今見宋刻本，知爲錫山本之祖也。宋本第十二〔一〕卷陰陽始終篇，「入者損一而出者」句下，二行闕五字，二行闕六字，雖紙墨漫漶，行間字跡，尙可揣揣。錫山本蓋仍之。而近刻遂相沿以爲闕文。其第十三卷四時之數及人副天數二篇，宋刻闕卷首二紙，亦偶失之耳，非闕文也。如更得宋本完好者，則尙可爲全書。好古者宜廣求之。

【校記】

〔一〕金匱本、文鈔補遺作「一」，邃本、鄒鎡序本作「三」。

又

繁露深察名號篇云：「性比于禾，善比于米。米出禾中，而禾未可全爲米也。善出性中，而性未可全〔一〕爲善也。」又云：「民之性，如繭如卵，卵待覆而爲雛，繭待繅而爲絲，性待敎而爲善。」余少而服膺，謂其析理精妙，可以會通孟、荀二家之說，非有宋諸儒可幾及也。今年八十，再讀此書，證知弱冠時所見不大繆。余每勸學者通經，先漢而後唐、宋。識者當不河漢其言。

【校記】

〔一〕各本有「全」字，邃本脱。

跋吴越春秋

余十五六，喜讀吴越春秋，流覩伉俠奇詭之言，若蒼鷹之突起于吾前欲奮臂而與共撇擊者。刺其語作伍子胥論，長老吐舌激〔一〕賞。華顛胡老，重覩此書，燈窗小生，搤腕奮筆之狀，宛然在行墨間。老阿婆臨鏡〔二〕，追理三五〔三〕，少年時〔四〕事，不免掩口失笑。

【校記】

〔一〕文鈔補遺作「激」，各本作「擊」。〔二〕各本作「鏡」，文鈔補遺作「鑑」。〔三〕文鈔補遺作「五」，各本作「十」。〔四〕各本有「時」字，文鈔補遺無。

跋方言

余舊藏子雲方言，正是此本，而紙墨尤精好。紙背〔一〕是南宋樞府諸公交承啓劄，翰墨燦然。于今思之，更有東京夢華之感。

【校記】

〔一〕金匱本、文鈔補遺作「背」，邃本、鄒鎡序本作「皆」。

跋楊子法言

宋御府刻楊子法言，卷末署名，韓琦、曾公亮在中書，歐陽修、趙槩在政府。以編年考之，韓、曾並以嘉祐二年拜昭文、集賢相。治平元年閏五月，韓自門下侍郎兼兵部尚書同平章事昭文館大學士魏國公，加尚書右僕射；曾加中書侍郎。歐陽公年譜，治平元年二月，自金紫光祿大夫行尚書戶部侍郎參知政事，特授行尚書吏部侍郎；趙升授亦同。觀四公署銜，則知此書之刻，正在治平元、二間，亦必在元年閏月已後，二年十月已前。先此，則韓公未加僕射。後此，則二年十一月，歐公又進階〔一〕光祿大夫兼上柱國，不如此結銜矣。有宋隆平盛際，羣賢當國，人文化成，于此可以想見。靖康板蕩，圖籍北遷。此本尚留傳人間，眞希世之寶也。爲泫然涕流者久之。

【校記】

〔一〕文鈔補遺作「階」，各本作「加」。

跋列女傳

余藏列女傳古本有二，一得于吳門老儒錢功甫，一則亂後入燕，得于南城廢殿中，皆僅免于刦灰。此則內殿本也。功甫嘗指示予：「圖畫雖草略，尚是〔一〕顧愷之遺製。蘇子容嘗見舊本于江南人家，其畫〔二〕爲古佩服，而各題其頌像側。今此畫佩服古樸，坐皆尚右。儒者生百世之下，得見古人形容儀法，非偶然者，吾子其寶重之。」余心識功甫之言不敢忘。近又檢吳中舊刻，贊後又〔三〕贊，乃黄魯直以己作竄入，與古〔四〕文錯迕，讀者習焉〔五〕不察久矣。秦、漢古書，多爲今世妄庸人駁亂，其禍有甚于焚燎，不可〔六〕不辨。

【校記】

〔一〕文鈔補遺有「是」字，各本無。〔二〕金匱本、文鈔補遺有「畫」字，邃本、鄒鎡序本無。〔三〕各本作「又」，文鈔補遺作「有」。〔四〕金匱本、文鈔補遺有「古」字，邃本、鄒鎡序本無。〔五〕各本作「焉」，文鈔補遺作「而」。〔六〕文鈔補遺「可」下有「以」字，各本無。

跋新序

舊本新序、說苑，卷首開列陽朔、鴻嘉某年某月具官臣劉向上一行，此古人修書經進之體式。今本先將此行削〔一〕去，古今人識見相越及鑱刻之佳惡，一開而可辨者此也。

【校記】

〔一〕各本作「削」，文鈔補遺作「刪」。

跋聶從義三禮圖

宋顯德中，聶從義新定三禮圖二十卷，援據經典，考譯器象，繇唐、虞訖建隆，粲然可徵。然如尊彝圖中犧象二尊，并圖阮氏、鄭氏二義，而不主王肅之說。先是太和中，魯郡地中，得齊大夫子尾送女器，有犧尊，以犧牛爲尊。而聶氏考猶未覈。南宋人謂觀其圖度，未必盡如古昔〔一〕，有繇然也。此等書，經宋人考定，其圖象皆躬命繢素，不失毫髮。近代雕本〔二〕，傳寫譌謬，都不足觀。余舊藏本，出史明古家。遼王〔三〕此本，有俞貞木〔四〕圖記〔五〕，先輩名儒，汲古嗜學，其流風可想也。

【校記】

〔一〕金匱本、文鈔補遺作「昔」，邃本、鄒鎡序本作「者」。〔二〕文鈔補遺作「本」，各本作「木」。〔三〕文鈔補遺有「遼王」二字，各本無。〔四〕各本作「木」，文鈔補遺作「本」，旁注：刻作「木」。〔五〕文鈔補遺作「記」，各本作「紀」。

題道德經指歸

嘉興刻道德經指歸，是吾邑趙玄度本。後從錢功甫得乃翁〔一〕叔寶鈔本，自七卷迄十三卷。前有總序。後有「人之饑也」至「信言不美」四章，與總序相合。其中爲刻本所闕落者尤多。焦弱侯輯老氏翼，亦未見此本，良可寶也。但未知與道藏本有異同否？絳雲餘燼亂帙中得之，屬遵王遣人繕寫成〔二〕本，更參訂之。

【校記】

〔一〕文鈔補遺有「翁」字，各本無。

〔二〕文鈔補遺「成」下有「善」字，各本無。

跋十家道德經注

宋人集注老子，自開元、政和御注外，詳載有宋諸家。而韓非解老、喻老，嚴君平指歸及有唐陸希聲等注，皆不及焉。此書行而古注湮滅多矣。道德指歸舊有錢穀鈔本，較金陵、檇李刻頗〔一〕異。此書多微文奥義，在郭象、張湛之右。今舍此而取河上公僞注者，何也？

【校記】

〔一〕邃本、金匱本作「頗」，文鈔補遺作「碩」，注：一作「頗」。鄒鎡序本作「䫲」。

跋抱朴子

抱朴子内篇二十卷，宋紹興壬申歲刻，最爲精緻。其跋尾云：「舊日東京大相國寺東榮六郎家，見寄居臨安府中瓦南街東，開印輸經史書籍舖。今將京師舊本抱朴子内篇校正刊行。」此二行五十字，是一部東京夢華録也。老人撫卷，爲之流涕。歲在壬寅，正月四日，東澗遺老謙益題〔一〕。

【校記】

〔一〕文鈔補遺有「歲在」以下十五字，各本無。

跋本草

金源氏〔一〕以夷〔二〕狄右文，隔絶江左〔三〕。其遺書尤可貴重，平水所刻本草，題泰和甲子下己酉歲。金章宗泰〔四〕和四年甲子，宋寧宗嘉泰四年也。至己酉歲，爲宋理宗淳祐〔五〕九年，距甲子四十五年，金源之亡，已十六年矣。猶書〔六〕泰和甲子者，蒙古雖滅金，未立年號。又當女后攝政、國内大亂之時，而金人猶不忘故國，故以己酉繫泰〔七〕和甲子之下與？作後序者〔八〕，渾源劉祈，字京叔，著歸潛志，事見金史及王秋澗先塋碑，亦金源之遺民也。

【校記】

〔一〕金匱本、文鈔補遺作「氏」，遼本、鄭鎡序本作「代」。〔二〕文鈔補遺作「夷」，各本作「彝」。〔三〕文鈔補遺作「左」，各本作「右」。〔四〕〔七〕文鈔補遺作「泰」，各本作「太」。〔五〕金匱本、文鈔補遺作「祐」，遼本、鄭鎡序本作「化」。〔六〕金匱本、文鈔補遺有「書」字，遼本、鄭鎡序本無。〔八〕文鈔補遺有「者」字，各本無。

跋王右丞集

王右丞集，宋刻僅見此本。考英華辨證，字句與此互異。彼所云集本者，此又不載。信知右丞集好本，良不易得〔一〕也。

【校記】

〔一〕金匱本、文鈔補遺有「得」字，遼本、鄭鎡序本無。

跋文中子中說

文中子中說，此爲宋刻善本。今世行本出〔一〕安陽崔氏者，經其刊定，駁亂失次，不可復觀。今人好以己意改竄古書，雖賢者不免，可歎也。

【校記】

〔一〕文鈔補遺有「出」字，各本無。

又

文中子序述六經，爲洙泗之宗子。有宋鉅儒，自命得不傳之學，禁遏之如石壓笋，使不得出，六百餘年矣。斯文未喪，當有如皮襲美、司空表聖其人者，表章其遺書，以補千古之闕。惜我老矣，不能任也。書此以告後之君子。

題李肇國史補

絳雲一炬之後，老媪于頹垣之中，拾殘書數帙〔一〕，此本亦其一也。壬寅正月，蒙叟題〔二〕。

【校記】

〔一〕文鈔補遺作「帙」，各本作「帖」。

〔二〕文鈔補遺有末七字，各本無。

跋禮部韻略

禮部韻略，以宋雕本爲準。元板去之遠矣。凡字書皆然。

跋酒經

酒經一册，乃絳雲樓未焚之書。五車四部，盡〔一〕爲六丁下取，獨留此經，天殆縱余終老醉鄉，故以此轉授遵王，令勿遠求羅浮鐵橋下耶？余已得修羅採花法，釀仙家燭夜酒，將以法傳之遵王。此經又似餘杭老媪家油囊俗譜矣。

【校記】

〔一〕文鈔補遺作「盡」，各本作「書」。

跋沈石田手抄吟窗小會前卷

石田先生吟窗小會，前卷皆古今人小詩警句，心賞手抄者。今爲遵王所收〔一〕。後卷向在絳雲樓，爲六丁取去久矣。少陵云：「不薄今人愛古人。」前輩讀書學詩，眼明心細，虛懷求益，于此卷可以想見。今之妄人，中風狂走，斥梅聖俞不知比興〔二〕，薄韓退之南山詩爲不佳。又云張承吉金山詩是學究對聯。公然批判，不復知世上復有兩眼。雖其愚而可愍，亦良可爲世道懼也。

【校記】

〔一〕金匱本、文鈔補遺作「收」，邃本、鄒鎡序本作「抄」。　〔二〕文鈔補遺作「比興」，各本作「興比」。

跋營造法式

營造法式三十六卷，予得之天水長公。初得此書，惟二十餘卷，徧訪藏書〔一〕家，罕有〔二〕蓄者。後于留院得殘本三册，又于內閣借得刻本，而閣中却闕六七數卷。先後搜訪，竭二十餘年之力，始爲完書。圖樣界畫，最爲難事，用五十千購長安良工，始能厝手。長公嘗爲予言，購書之難如此。長公歿，此書歸于予。趙靈均又爲予訪求梁谿故家鏤本，首尾完好，始無遺憾。恨長公之不及見也。靈均嘗手鈔一本，亦言界畫之難，經年始竣事云。

【校記】

〔一〕文鈔補遺有「書」字，各本無。　〔二〕各本有「有」字，鄒鎡序本無。

跋眞誥〔一〕

稽神樞第二：「淳于斟入吳烏目山中隱居，遇仙人慧車子，授以虹景丹經。」注云：「吳無烏目山，婁及吳興並有天目山，或卽是也。」此未悉烏目山爲虞山別名耳。

【校記】

〔一〕跋眞誥二則，各本次第相同，惟文鈔補遺此則與下一則互倒。

又

眞誥未見宋本，近刻經俞羨長刊定者，至譌〔一〕握眞輔爲掘眞輔，舛繆可笑。此鈔依金陵焦氏本繕寫，與道藏本及吾家舊刻本略同。比羨長刻蓋霄壤矣。里中有二譚生，長應明，字公亮，伉俠傲物，扳附海內鉅公名士。好購書，多鈔本。客至鄭重出眎，沾沾自喜。次應徵，字公度。此本則公度所藏也。公度紈袴兒郎，尤爲里中兒賤簡，不知其于汗簡墨汁，有少因緣如是。余悲兩生身沈家亡〔二〕，有名字〔三〕翳然之感，故錄而存之。

【校記】

〔一〕文鈔補遺作「譌」，各本作「改」。〔二〕金匱本、文鈔補遺作「亡」，邃本、鄒鎡序本作「乏」。〔三〕各本作「字」，文鈔補遺作「氏」。

跋高麗板柳文

高麗國刻唐柳先生集，繭紙堅緻，字畫瘦勁，在中華亦爲善本。陪臣南秀文跋尾，稱其國主讀書好文，慮詞體之不古，命陪臣有文學者，會萃韓、柳二〔一〕家注釋，印布國中，嘉惠儒士，使之研經史以咀其實，追韓、柳以摛其華。跋之前後，敬書正統戊午夏、正統四年冬十一月，尊正朔、大一統之意，肅然著見于簡牘。蓋李氏雖篡弑得國〔二〕，箕子之風教故在。而我〔三〕皇家文命誕敷，施及蠻貊，信非唐、宋所可比倫也。嗚呼！天傾地昃，八表同昏，高句麗久作下句麗矣。摩挲此本，潸然隕涕。陪臣奉教編次者，集賢殿副提學崔萬里、直提學金鑌、博士李永瑞、成均司藝趙須等。而南秀文應教〔四〕署銜，則云朝散大夫集賢殿應教、藝文應教、知制誥〔五〕經筵檢討官、兼春秋館記注官。并書之以存東國故事。皇朝舊史官錢謙益敬題〔六〕。

【校記】

〔一〕金匱本、文鈔補遺作「二」，邃本、鄒鎡序本作「三」。〔二〕文鈔補遺有「國」字，各本無。〔三〕各本作「我」，鄒鎡序本作「明」。〔四〕各本有「應教」二字，文鈔補遺無。〔五〕各本作「制誥」，文鈔補遺作「製教」。〔六〕文鈔補遺有末十字，各本無。

跋皇華集

本朝侍從之臣，奉使高麗，例有皇華集。此集〔一〕則嘉靖十八年己亥，上皇天上帝泰號、皇祖皇考聖號，錫山華修撰察頒詔播諭而作也。東國文體平衍，詞林諸公，不惜貶調就之，以寓柔遠之意，故絕少瑰異〔二〕之詞。若陪臣篇什，每二字含七字意，如「國內無戈坐一人」者，乃彼國所謂東坡體耳，諸公勿與酬〔三〕和可也。

【校記】

〔一〕文鈔補遺有「此集」二字，金匱本有「此」無「集」，邃本、鄒鎡序本二字俱無。〔二〕文鈔補遺作「異」，各本作「麗」。〔三〕金匱本、文鈔補遺作「酬」。邃本、鄒鎡序本作「醋」。

書舊藏宋雕兩漢書後

趙吳興家藏宋槧兩漢書，王弇州先生鬻一莊得之陸水村太宰家，後歸于新安富人。余以千二百金，從黃尚寶購之。崇禎癸未，損二百金，售諸四明謝氏。庚寅之冬，吾家藏書，盡爲六丁下取，此書却仍在人間。然其流落不偶，殊可念也。今年遊武林，坦公司馬攜以見示，諮訪眞贋。予從臾勸亟取之。司馬家插架萬籤，居然爲壓庫物矣。

嗚呼！甲申之亂，古今書史圖籍一大刦也。庚寅之火，江左書史圖籍一小刦也。今吳中一二藏書家，零星捃拾，不足當吾家一毛片羽。見者誇詡，比于酉陽、羽陵，書生餓眼見錢，但不在紙裹中，可爲捧腹。司馬得此十篋，乃今時書庫中寶玉大弓，當令吳兒見之，頭目眩暈〔一〕，舌吐而不能收。不獨此書得其所歸，亦差足爲絳雲老人開顔吐氣也。刦灰〔二〕之後，歸心空門。爾時重見此書，始知佛言昔年奇物，經歷年歲，忽然覆睹，記憶宛然，皆是藏識變現。良非虚語。而呂不韋顧以楚弓人得爲孔、老之云，豈爲知道者乎？司馬深知佛〔三〕理，并以斯言諗之。

【校記】

〔一〕各本作「暈」，文鈔補遺作「運」。〔二〕各本作「灰」，文鈔補遺作「火」。〔三〕各本作「佛」，文鈔補遺作「此」。

唐人新集金剛般若經石刻跋

唐弘農楊顛，取金剛經六譯，排纂删綴，命曰新集金剛般若波羅蜜經，成于太和元年，經文五千一百六十七字，今本僅四千四百五十六字。翰林諸學士鄭覃、王源中、許康佐、路羣〔一〕、宋申錫，李讓夷、柳公權爲之贊。太和四年四月，奉宣上進新刻碑本。署特進行右威衛上將軍知内侍省事上柱國弘農郡開國公食邑二千戸臣楊承和狀進。其略云：「披諸異義，一貫羣宗。爲徧愚却妄之程，豈上達不刊之法。臣慚爲小善，遂刻私名。伏奉恩〔二〕華不敢追改。」據狀，則楊顛卽承和之私名也。其年八月，敕並賜〔三〕左右街〔四〕功德使，令編入藏經目錄。其石經在上都興唐寺安立。初刻是八分書，難讀，右衛倉曹參軍唐玄度，翻集晉右將軍王羲之書刻石。太和六年春畢功。趙明誠金石錄標目王右軍六譯金剛，今新安程穆倩所寶藏也。有唐君臣，于此碑刻，崇重莊嚴如此〔五〕。

顥之自敍，謂「金剛前後六譯，貝葉皆自西來，而五天音韻非一，如小失佛心，卽大訛秘典。今爲合諸家之譯，擇其言寡而理長，語近而意遠者。」其狀又曰：「鳩摩最上，美冠後來。然不捨菁華，猶疑珪璧。恐絕編隱耀〔六〕，匣智鏡于闕文；蠹軸韜明，鎖心燈于墜典。」蓋唐人宗慈恩之說，料揀〔七〕秦譯，有由然矣。予觀宋有孫知縣及龍舒王日休，皆以己意刊定金剛經文，大慧杲禪師及宋學士景濂後先彈駁，有招因帶果、毀謗聖教之呵。不謂唐人已先有此。

柳誠懸之贊曰：「揣摩一經，前後六譯。今之而七，畢竟斯獲。」殆明謂六譯不容有七〔八〕，而稍遜其詞耳。

穆倩少多病骨立，從其父遊天目，遇異人于陰林席箭之間，顧穆倩曰：「兒骨峭而方，終期〔九〕壽且昌。」又曰：「記取一人口千人，六譯七譯之〔10〕晉王。」三十餘年，穆倩貧病益甚，感異夢〔11〕，購得是刻于新安故家，病不藥而愈，敷腴如壯盛時。連舉四丈夫子。始悟異人識記云云，所謂「一人口千人」者，卽太和年號也。此經冥祥感應，聳動幽明。以叢殘石本，猶能于千載之下，現此靈異。安知穆倩非有唐諸人，宿世信持，乘彼願輪，重來開顯者歟？余竊謂是刻，在今已爲絕編蠹軸，而師心删略之文，又不可以行遠。穆倩工二王書，當鈎搨此碑書法，依秦譯經文，摹而刻之。不獨右軍之書，得仗法寶以住〔一二〕灰刦，而昔人刊削聖教之過愆，亦隱然代爲懺除。斯或如來護念付囑之遺意也。穆倩當謹思吾言，毋忽。庚子二月，爲穆倩書于廣陵舟中〔一三〕。

【校記】

〔一〕金匱本、文鈔補遺有「路葦」二字，邃本、鄒鎡序本無。〔二〕金匱本、文鈔補遺作「恩」，它二本作「思」。〔三〕文鈔補遺作「賜」，各本作「示」。〔四〕金匱本、文鈔補遺作「衙」，它二本作「衞」。〔五〕各本作「此」，文鈔補遺作「是」。〔六〕各本作「耀」，文鈔補遺作「輝」。〔七〕金匱本、文鈔補遺作「料揀」，它二本作「選擇」。〔八〕金匱本、文鈔補遺作「七」，它二本作「也」。〔九〕文鈔補遺作「期」，各本作「朝」。〔一〇〕文鈔補遺作「之」，各本作「三」。〔一一〕金匱本、文鈔補遺作「夢」，它二本作「人」。〔一二〕文鈔補遺作「住」，旁注「作拄」，各本作「柱」。〔一三〕文鈔補遺有「庚子」以下十三字，各本無。

題懷素草書卷

余所見藏眞眞跡，凡數卷，大都絹素刓敝，字畫淺淡，令人于滅沒有無〔一〕之間，想見驚沙折〔二〕壁，因風變化之妙耳。此卷箋紙簇新，無直裂紋勻之狀。字皆完好，無一筆捐缺。

應知此上人是阿羅漢現身，倘在人間，故于此紙上揮洒墨汁，重作醉僧書，遊戲神通也。己亥嘉平月〔三〕。

【校記】

〔一〕文鈔補遺作「有無」，各本作「無有」。〔二〕各本作「折」，文鈔補遺作「柝」。按：皆誤，當作「拆」，拆壁乃書法典故。〔三〕文鈔補遺有末五字，各本無。

李忠毅公遺筆跋

江陰之東原，里名長涇、赤岸，相去五六里，牛宮〔一〕豚栅，比屋相望。其中有二偉人焉，一爲宮諭謚文貞繆公當時，一爲御史謚忠毅李公次見。次見則當時夫人之〔二〕弟之子也。

余與當時游，識次見書生時。天啓乙丑，逆奄鉤黨急，刺促長安中，篝燈夜坐〔三〕。當時絮語及應山，余撫几歎曰：「應山拚一死糜爛，爲左班立長城。微應山，黨人駢首參夷〔四〕，他日〔五〕有信眉地乎？」次見擊節以爲知言，目光炯炯激射，寒燈翳然，爲之吐芒。相與長歎而罷。明年，二公同時被禍。奄敗，卒與應山偕衈錄，蓋三十餘年矣。次見子遜之鈎摹檻車遺書，刻之于石。余觀之，老淚霑紙，如綆縻不絕。余老而後死，洊更桑海，追憶往事，又在龍漢刦前，不自知涕之無從也。次見之訓子，本忠孝、敎尊讓，當歛章急徵時〔六〕，無湫攸孤憤之語〔七〕。蓋其天資〔八〕近道，不事鏃礪，而又涵養于神廟中年化成之日，爲盛世之人材，宜其終〔九〕和且平若此。詩曰：「先君之思，以勗〔一〇〕寡人。」有周中衰，婦人女子，猶〔一一〕浸灌先王之敎訓，習温柔敦厚之風。孔子曰：「豐水有芑，百世之仁也。」不其然乎？不其然乎？遜之九齡煢孤，佩服遺訓，嶄然無忝所生，人謂次見有後矣。聿懷多福，君子有穀，詒孫子。于李氏庶幾左驗矣，而顧未驗于國家。次見從〔一二〕當時朝于帝所，周視下土〔一三〕，其亦有隱恫也矣！己亥七月朔日，虞山通家老生錢謙益載拜謹跋〔一四〕。

【校記】

〔一〕邃本、鄒鎡序本、金匱本作「宮」，文鈔補遺作「棚」，有校語云：「棚」，蒼改「欄」。〔二〕文鈔補遺有「之」字，各本無。〔三〕各本作「坐」，文鈔補遺作「談」。〔四〕金匱本、文鈔補遺作「夷」，邃本、鄒鎡序本作「彝」。〔五〕各本作「日」，文鈔補遺作「時」。〔六〕金匱本、文鈔補遺作「時」，邃本、鄒鎡序本作「事」。〔七〕文鈔補遺作「語」，各本作「詞」。〔八〕各本作「資」，文鈔補遺作「質」。〔九〕文鈔補遺作「其中」，各本無「其」字，「中」作「終」。〔一〇〕金匱本作「勗」，各本作「畜」。〔一一〕文鈔補遺有「猶」字，各本無。〔一二〕文鈔補遺作「從」，各本作「偕」。〔一三〕各本作「周視下土」，文鈔補遺作「仿佯臨望」。〔一四〕文鈔補遺有「己亥」以下十九字，各本無。

題董玄宰書山谷題跋

右董文敏公玄宰書山谷題跋十則，是其中年最合作之書。公嘗過余山樓，爲人題松雪字卷竟，閣筆謂余：「每一搦管，秀媚之氣，側出于〔一〕腕間，不能驅遣。坐此不及古人耳。」今所書山谷書，有云：「凡書要拙多于巧。」意亦相似。然此書輕濃得中，姿態横陳，唐人謂春花發豔，夏柳低枝，亦何嘗以秀媚爲病耶〔二〕？虎文愛〔三〕此卷如頭目，不忍豪奪，遂題歸之。

【校記】

〔一〕各本作「于」，文鈔補遺作「手」。〔二〕文鈔補遺作「耶」，各本作「而」。〔三〕金匱本、文鈔補遺作「愛」，邃本、鄒鎡序本作「受」。

跋紫柏大師手札

右紫柏大師手札十二通，故祭酒馮公開之家藏，其孫研祥裝褫爲一册。馮公萬曆中名宰官，皈心法門，大師以末法金湯倚重，故其手札，丁寧付囑，如家人父子。而其猛利烹鍊，毒手鉗鎚，迥出于軟煖交情之外。公爲人眞實無枝葉，則以心眞而才智疎，終非金湯料鬲之。其御物疏通多可，則以世故重而道念輕，恐中心柱子，不甚牢固碇之。官位稍進，則以官漸大，疾亦大，謂南宮冷靜，可以久祿，爲自食其言警之。公技癢好作時文，則以秀鐵面訶李伯時畫馬，應入驢胎馬腹藥之。公以吉凶悔吝，商搉行止，則以斷髮如斷頭，更有何頭可斷決之。橫行直撞，熱喝痛棒，務破面皮，潦落情網，皆所謂自敵已下不能堪者。師既不惜饒舌，而公則奉爲金口。師資吸受，如磁引鐵，近古所希有也。大師去世已久，讀其手札，慈容悲誨，儼然如生。一腔心血，傾倒爲人。角芒槎牙，湧現于筆尖幅上。雖欲不頫首下拜、熱淚迸流，而不可得也。

大師作書，都不屬草，緣手散去。全集載與祭酒書才二紙，甬東陸符搜訪爲別集，而未盡也。研祥以念祖之故，念法念僧，鄭重藏弆，俾余得繙閱繕寫，豈不幸哉；研祥胚胎前光，熏染深厚，正法眼藏，如力士寶珠在額上，久當自現。余願執簡以須之。

題書金剛經後

此吳人杜大綬所書金剛經不全之本，太倉王異公補成之，以追薦其母夫人者也。韓昌黎儒者，抗言排佛，其爲絳州馬刺史行狀，則曰：「司徒公之薨也，刺臂出血，書佛經千餘言，期以報德。」然則書經薦親，固亦大儒闢佛者之所不禁與？般若智炬，炳乎文字，當〔二〕異公書經時，當有六種金剛，湧現筆端。不離卷帙，已恍如見母夫人珠宮貝闕生天之處矣。

【校記】

〔一〕各本作「當」，文鈔補遺旁注「應」字。

題尹子求臨魏晉名人帖

子求謝黔兵事還蜀，不遠東吳萬里，弔我于削杖中。期以三年後，攜家出蜀，相依終老。而不得遂，卒罵賊盡節以死。此帖則子羽宦蜀時，書以相貽者也。子求廉直好古，所至焚香掃〔一〕地，晨起手自滌硯，楷書百餘字，鉤摹魏、晉書法，搜剔抉擿，細入絲髮。今觀此帖，老蒼瘦勁。光明雄駿之氣，鬱盤行墨之〔二〕間，良可寶也。子求生平，不吐一俗語，不作一俗事，不侶一俗客。處中朝士大夫中，如異雞介鳥。顧其晚節卓絕如是〔三〕。昔顏魯公叱盧杞、詈希烈，握拳透爪，死不忘君，其在吳興，與杼山畫師、陸鴻漸、張玄眞之徒，理經藏、修韻海，坐三癸亭，援雲倚石，風流弘長，映帶百世。以是知古來忠臣志士，捐軀狥國，卓犖驚世者，皆天下眞風流不俗人也。吾又于子求見之矣。己亥新秋，虞山錢謙益再拜謹跋〔四〕。

【校記】

〔一〕文鈔補遺作「掃」，各本作「拂」。　〔二〕文鈔補遺有「之」字，各本無。　〔三〕各本作「是」，文鈔補遺旁注「此」字。　〔四〕文鈔補遺有「己亥」以下十三字，各本無。

書張子石臨蘭亭卷

往吾友程孟陽，汲古多癖。常寶藏蘭亭一紙，坐臥必俱，以爲眞定武也。等慈長老居拂水，亦好觀蘭亭，孟陽端席拂几，鄭重出眎。等慈指放字一磔，以爲稍短。孟陽怫然不悅，曰：「此放字一磔稍短，如蒼鷹指爪一縮，有橫擊萬里之勢。若少展，則無餘力矣。師老書家，尙留此俗筆于眼底耶？」辭色俱厲，面發赤不止。余以他語間之而罷。今年冬日，紙窗孤坐，忽見子石所臨蘭亭卷，追憶四十年前，山園蕭寂，松栝〔一〕藏門，二老幅巾憑几，摩挲古帖，面目咳唾，宛如昔夢。覽〔二〕子石斯卷，恨不得見孟陽昂首聳肩撫卷而歎賞也。爲泫然久之。

【校記】

〔一〕金匱本、文鈔補遺作「松栝」，邃本、鄒鎡序本作「私括」。　〔二〕文鈔補遺有「覽」字，各本無。

題李長蘅畫扇册〔一〕

長蘅晚年遊跡，多在西湖。鄒孟陽、聞子將每設長案，列縑素，攤卷拭扇，以須其至。長蘅笑曰：「此設三覆以誘我矣。」揮毫潑墨，欣然樂爲之盡。故兩家所得最富，扇紙累百計不止。余平生愛惜朋友，檀園、松圓，楮墨藏弆，僅以十數計。絳雲之災，胥熠于火。而鄒聞淪逝後，篋衍狼藉，僮奴竊取以供博弈，不知其爲主人之頭目腦髓，可歎也！子羽收畫扇十幅，上有鄒氏圖記。余撫之憮然而嘆。以長蘅之書〔二〕畫，兩家之多取，與余之寡取，未轉盼而同歸于盡。天下之物，其可錮而留之也哉！此册爲楚人之弓，遞代郵傳，以及子羽，而余得以摩挲把玩幸矣！子羽，達人也，書其後而歸之。己亥夏六月立秋後四日〔三〕，蒙叟錢謙益書于〔四〕碧梧紅豆村莊。

淵明集有畫扇贊，盧德水取以名室曰畫扇齋。余愛德水之妙于欣賞而工于標舉也，過杜亭，信宿齋中，因語德水：「此中難著俗〔五〕物，如吾友程孟陽、李長蘅，乃畫扇齋中人耳。」德水死，此齋爲馬肆矣。子羽得長蘅畫扇，宜舉德水例以名其齋。德水以淵明之贊，而子羽以長蘅之畫，如燈取影，各有其致。余他日當補爲之贊。

拂水丙舍新成，谿堂澗戶，差可人意。松圓老人嘆曰：「但恨長蘅早去，不得渠仰面背手，吟嘯嘆賞，爲鬬陷事耳。」今年修葺秋水閣，少還舊觀。松圓亦爲古人久矣。覽長蘅畫扇，煙嵐濃淡，堤柳蔽虧，朝陽花信，居然粉本。吾詩固有之，安知李生〔六〕不與大癡諸人神游其間耶？

過南滁，上清流關，關山屈盤，關門有壯繆侯廟，朱干紅旆，閃颭山城麗譙上。此扇景約畧近之。過此如穿井幹而出，驚沙平田，騁望千里，此走濠、泗、豐沛道也。長蘅過此，口占示余曰：「出門日日向東頭，才過濠州又宋州。心似磨盤山下路，千迴萬折幾時休？」扇頭嶺路紆餘，人家客店，幾點在夕陽外，正似磨盤山脚，日晡驅車時也。歐陽公云：「漠然徒見，山高而水清。」此何時也耶？長蘅詩檀園集失載，追錄於此。

此幅長堤疎柳，溪橋迴伏〔七〕，絕似吾山莊沿堤風景。孟陽居聞詠亭，散步行吟，墊巾往返，步屧可以指數。今扇頭堤橋上一叟閒閒，扳枝倚樹，傲兀自得，使山中村媪牧豎，信手指目，必以爲吾孟陽也。長蘅爾時隨手點染，豈自知爲孟陽寫眞耶？

東坡書報王定國：「余近日畫得寒林，已入神品。」此老矜重，自以爲能事如此。豈若吾長蘅盤礴之暇，以退筆殘墨揮洒，遂妙天下耶？坡嘗言：「歐陽公天人也，人或以爲似之且過之，非狂卽愚。」余安得爲此無稽之言，亦聊以發子羽一笑耳。

長蘅易直闊達，多可少忤。然其胸中尙有事在。啓、禎之交，感憤抑塞，至于酸辛嘔血。作枯木皴石，虬曲蟠鬱，亦所謂「肺肝槎牙生竹石」也。

松圓老人嘗於奚奴摺扇畫袁海叟「隔花吹笛正黃昏」之句。珠林玉樹，澹月朦朧。余苦愛之。長蘅此幅，彷彿相似。又似〔八〕登鐵山，坐長蘅六浮閣址，看西山梅花〔九〕，古香清塵，浮動心眼，使人取次指點，便欲颺去。大抵清林疎樾，輕煙淡粉，昔人所評淺絳色畫，唯吾江南有此風景。又非此中高人秀士，不能寵挫撈漉，寫著阿堵中也。二老仙去，子羽故應玄對此語。

東坡題〔10〕李唐臣秋景云：「野水參差落漲痕，疎林欹倒出霜根。浩歌一櫂歸何處？家住江南黃葉村。」長蘅畫扇累幅，皆饒此意。蓋自壬戌罷公車，絕意榮進，思終老於菰蒲稻蟹之鄉，其寄興疎放如此。今余老矣，暮年江關，微風搖動，未知長腰縮項，得安穩老饕否？李畫中有長年舟子，却迴煙櫂，張頤鼓枻，故坡詩有「浩歌一櫂」之句。今應于扇面補畫一白頭老人企脚放歌，以代舟子。詩有之：「蒹葭蒼蒼，白露爲霜。所謂伊人，在水一方。」江南黃葉村中，豈可無此一老人耶？

展畫卷至第十幅，扁舟淺水，簑笠一翁，面山兀坐，居然李唐畫中舟子。撫卷輾然，豈天之有意於斯人耶？碧梧紅豆村中，涼風將至，白鷗黃葉，身在長蘅畫扇中。仙酒獨酌，罏香凝塵。每笑〔二〕柴桑處士觀山海經，覽穆王圖，流詠荊軻、田疇，胸中猶擾擾多事。方爲子羽題册，人從京江來，傳言白帝倉空〔一二〕。放筆一笑，并書于尾〔一三〕。

【校記】

〔一〕本題凡十則，金匱本及文鈔補遺所收爲全文，首尾完具。邃本、鄒鎡序本僅有第一則，且文字至「不知其爲主人頭目腦髓可歎也」而止，第一則亦不全。　〔二〕文鈔補遺作「書」，金匱本作「詩」。　〔三〕文鈔補遺有「立秋後六日」五字，金匱本無。　〔四〕文鈔補遺有「于」字，金匱本無。　〔五〕文鈔補遺作「俗」，金匱本作「雜」。　〔六〕文鈔補遺作「生」，金匱本作「三」。　〔七〕文鈔補遺作「伏」，金匱本作「復」。　〔八〕文鈔補遺有「又似」二字，金匱本無。　〔九〕金匱本「花」字下有「海」字，文鈔補遺無。　〔一〇〕文鈔補遺有「題」字，金匱本無。　〔一一〕文鈔補遺作「每笑」，金匱本作「因念」。　〔一二〕文鈔補遺有「方爲」至「倉空」十七字，金匱本無。　〔一三〕文鈔補遺有末四字，金匱本無。

跋顧與治藏大癡畫卷

大癡富春山圖，已爲焦尾琴、燒竹笛矣。浮嵐煖翠，往在毘陵唐氏，得見之如拱璧。今墮〔一〕落銅山錢埒中。明妃遠嫁呼韓，欲省識春風一面，安可復得？此卷爲與治家藏。清齋韻士，焚香矜賞。天寒翠袖，日暮修竹，如此相守，亦復何恨！一峯老人在車箱谷前，亦當披雲一笑，慶兹卷之遭也。丁酉長至二日題〔二〕。

【校記】

〔一〕各本作「墮」，鄒鎡序本作「隨」。〔二〕文鈔補遺有末七字，各本無。

題鄭千里畫册

丁南羽、鄭千里，皆與予善，而篋中無一縑片素。今王君藏千里小景百幅，裝褫標識，卷帙〔一〕精好。人之好事與不好事，相去若此。然君既善收藏，又樂與人賞鑒。晴窗棐几，焚香展玩，百幅中雲舫〔二〕烟海，時時與余共之。則余家畫笥，故在金陵，安知非余一〔三〕廚之寄，而徒以藏弆爲有無也哉？君寶愛此册，屬余題其端。余觀古人書畫，不輕加題識。題識蕪煩，如好肌膚多生疥癘，非書畫之福也。桓玄愴客以寒具手執書，好事家以爲美談。余之信手批抹者，其點汙卷軸，尤甚于〔四〕寒具之油，而人顧以爲好者，何也？聊書此以發君一笑。

【校記】

〔一〕金匱本、文鈔補遺作「帙」，邃本、鄒鎡序本作「帖」。〔二〕金匱本作「舫」，邃本、鄒鎡序本作「房」。文鈔補遺作「昉」，旁注：一作「肪」。俱誤。〔三〕金匱本、文鈔補遺作「余一」，它二本作「金」。〔四〕文鈔補遺有「于」字，各本無。

題聞照法師所藏畫册

古之善畫者，以山河城郭、宮室人民，爲吾畫笥。以風雲雪月、烟雨晦明，爲吾粉本。不知此世界中，山河大地、水陸空行，一切唯識中之相分也。畫家之心，玲瓏穿漏，布山水于行間，吐雲物于筆底，一切皆唯識中之見分，從覺海澄〔一〕圓，妙明明妙中，流現側出者也。華嚴五地菩薩登地之後，乃能妙解世間畫筆琴書，種種伎藝，至於塵裏轉輪，毫端見刹，而畫家之能事畢矣。王右丞曰：「宿世謬詞客，前身應畫師。」杜工部曰〔二〕：「一重一掩吾肺腑，山鳥山花吾友于。」孰謂文人爲不知道乎？聞照法師，精通性相，開演唯識，苦愛無補畫册，不忍去手。其高足瓊師，丹青特妙。余恐世之觀者，以二師皆有畫癖，或〔三〕非衲衣本色也，故書示之。

【校記】

〔一〕各本作「澄」，文鈔補遺作「證」。　〔二〕金匱本、文鈔補遺有「曰」字，邃本、鄒鎡序本無。　〔三〕文鈔補遺有「或」字，各本無。

吳漁山臨宋元人縮本題跋

董、巨以後，山水一派，流種東南，元初趙文敏獨臻其妙。黃子久、吳仲圭、倪元鎮、王叔明諸家，相繼而作。明興百餘年，而有沈啓南、唐子畏、文徵仲，又將百年而有董華亭。蓋江左開天之地，斗牛王氣，垂芒散翼，煥爲圖繪，非偶然者。其風流文采，久而滋長，亦熏習之力使然也。

余聞子久居烏目傍小山，飲酒所至，輒畫。自湖橋抵拂水，放舟兩湖，畫橫卷長數十丈。稿本未經裝裱，民家束入竹筒〔一〕，置複壁中。訪求不可得。華亭爲撫掌歎息，艤舟湖山間，坐臥累日，語予曰：「子久數十丈卷，今飽我腹笥，異時當爲公倒囊出之。」華亭仙去，垂〔二〕三十餘年。山窗水榭，未嘗不追憶斯言也。

冬日屏居，漁山吳子，眎予手臨宋、元畫卷，烘染皴皺，窮工盡意。筆毫水墨，皆負雲氣。向之慨慕子久，與華亭所手摹心追者，一往攢聚尺幅，如坐鏡中，豈不快哉！漁山古淡安雅，如古圖畫中人物。人將謂〔三〕子久一派，近在虞山。余深望之。此卷眞蹟，皆烟客奉常藏弆，又親傳華亭一燈，密有指授，故漁山妙契若此。烟客跋〔四〕尾，不欲示人以斲輪之妙，故隱而不書。予聊及〔五〕之，以信吾熏習之說。癸卯仲冬十七日〔六〕。

【校記】

〔一〕各本作「筒」，文鈔補遺作「篇」。〔二〕文鈔補遺有「垂」字，各本無。〔三〕文鈔補遺作「人將謂」，各本只有「將」字。〔四〕金匱本、文鈔補遺作「跋」，邃本、鄒鎡序本作「張」。〔五〕文鈔補遺作「及」，各本作「極」。〔六〕文鈔補遺有末七字，各本無。

王石谷畫跋〔一〕

黄子久沒二百餘年，沈、文一派，近在婁江。石谷子受學于圓照郡守，又從奉常烟客遊，盡發所藏宋、元名蹟，匠意描寫，烟雲滿紙，非畫史分寸渲染者可幾及也。子久居烏目西小山下，坐湖橋，看山飲酒，飲罷，輒〔二〕投其缾于橋下，舟子刺篙得之。至今呼黄〔三〕大癡酒缾。晚年遊華山，憩車箱谷，吹仙人所遺鐵笛，白雲滃起足下，擁之而去。石谷安貧守素，貽性輕安，去凡俗腥穢遠甚。已得子久少分，畫品當亦爾爾。昔人言：子久畫山頭必似拂水，叔明畫山頭必似黄鶴。二公胸中有眞山水，以腹笥爲粉本，故落筆輒似。石谷殆可與語此。然吾鄉藝苑多人，畫家則子久，隸篆則繆仲素，詞賦則桑民懌、徐昌國，今皆寥絶無繼。而子久衣鉢，殆將獨歸石谷。此可爲三歎也。癸卯仲冬十七日〔四〕。

【校記】

〔一〕此文亦收于外集卷二十五，題作「題王石谷畫卷」。〔二〕外集無「輒」字。〔三〕各本有「黄」字，文鈔補遺無。〔四〕文鈔補遺有末七字，各本無。外集作「癸卯中秋東澗遺老錢□□題于雲上軒」。

有學集卷四十七

題跋

自跋留侯論後〔一〕

余年十五，作留侯論，盛談其神奇靈怪，文詞俶儻，頗爲長老所稱許。今乃〔二〕知其不然。子房當呂政幷吞，宗國淪喪，藉五世之業，敵九世之讐，破家致命，閔閔皇皇，如魚銜鉤，如雉帶箭。博浪之椎，一發不中，將百發而未已，豈自料必有濟哉？求士而遇倉〔三〕海君，潛匿而遇圯上老人，窮途亡命，萍梗相値，固非有意釣奇也。軹〔四〕道降秦，垓下蹙項，風雲玄感，雪恥除兇。自請封留，平生之願足矣。龍準遲暮，雉姁晨鳴。金玦菀枯，災祚杌棿，報韓之心已了，報劉之緒未憖。于是扣囊底之智，鈎致四老人以肇安劉之績。兩家宿債，一往酬還，都無餘剩，自是乃可以長謝〔五〕世間，伴黃石而尋赤松矣。由是觀之，子房蓋楚、漢間一了債人也。厓山之忠臣，得請于帝，報在百年已後。是固然矣。●借力于百年，又將結債于來世。以債還債，寧有了時？豈若子房天助神祐，功成身退，五世之讐，報于一身；多生之債，酬于現世。嗚呼！如子房者，眞千古之幸人也哉！

【校記】

〔一〕本卷各文，亦收于文鈔補遺中。〔二〕各本作「今乃」，文鈔補遺作「乃今」。〔三〕文鈔補遺作「倉」，各本作「滄」。〔四〕金匱本、文鈔補遺作「軹」，邃本、鄒鎡序本作「只」。〔五〕各本作「謝」，文鈔補遺作「挹」，旁注：同「揖」。

題紀伯紫詩

海內才人志士，坎壈失職，悲刦灰而歎陵谷者，往往有之。至若沉雄魁壘，感激用壯，哀而能思，愍而不懟，則未有如伯紫者也。涕灑文山，悲歌正氣，非西臺慟哭之遺恨乎？吟望閬江，徘徊玉樹，非水雲送別之餘思乎？芒鞵之間奔靈武，大冠之驚見漢儀，如談因夢，如觀前塵。一以爲曼倩之射覆，一以爲君山之推緯，愀乎憂乎！杜陵之一飯不忘，渭南之家祭必告，殆無以加于此矣。

袁中郎評徐文長之詩，謂其胸中有一段不可磨滅之氣，英雄失路、託足無門之悲，故其詩如嗔如笑，如水鳴峽，如種出土，如寡婦之夜哭，如羈人之寒起。當其放意，平疇千里。偶爾幽峭，鬼語幽墳。移以評伯紫之時，庶幾似之。余方鋃鐺逮繫，纍然楚囚。誦伯紫之詩，如孟嘗君聽雍門之琴，不覺其欷歔太息，流涕而不能止也。雖然，願伯紫少闕之，如其流傳歌咏，賡賁焦殺之音，感人而動物，則將如師曠援琴而鼓最悲之音，風雨至而廊瓦飛，平公恐懼，伏于廊屋之間，而晉國有大旱赤地之凶。可不愼〔一〕乎！可不懼乎！己丑春王三月，題于桃葉渡之寓舍〔二〕。

【校記】

〔一〕金匱本、文鈔補遺作「愼」，邃本、鄒鎡序本作「懼」。　〔二〕文鈔補遺有「己丑」至末十四字，各本無。

題程穆倩卷

讀稚恭先生贈穆倩序，傾倒於穆倩至矣。稚恭之文，三歎于漳海、淸江，頗以其不能薦樽穆倩爲惜。余于二君禮先一飯，不以我老耄〔一〕而舍我。淸江自監軍還，訪余山中，余贈詩有「梅花樹下解征衣」之句。漳海畢命日，猶語所知：「虞山不死，國史未死也。」嗟乎！吾黨心期蘊藉，良有託寄。向令得操化〔二〕權、運帝車，海內投竿舍築，詎止一穆倩？今日者，駕〔三〕鵝高飛，石馬流汗，穆倩既〔四〕旅人栖栖，稚恭亦有客信信。詩有之：「誰〔五〕秉國成？不自爲正，大命以傾。」豈不痛哉！世之有心人，讀稚恭斯文，而有感於漳海、淸江用舍存亡之故，爰止之悼、百身之悲，蓋將交作互發，而稚恭之贈穆倩者，爲不徒矣。然吾聞稚恭，秦人也。秦士之論，皆布候於慶陽。而稚恭此文，抑揚起伏，油然自得，有歐陽子之風，此則吾所爲喜而不寐也。

【校記】

〔一〕金匱本、文鈔補遺作「毫」，邃本、鄒鎡序本作「髦」。〔二〕金匱本、文鈔補遺作「化」，它二本作「作」。〔三〕各本作「駑」，邃本作「駕」。〔四〕邃本「既」下有「巳」字，金匱本、鄒鎡序本「既」下有「於」字，文鈔補遺無。〔五〕各本「誰」下有「能」字，文鈔補遺抹去。

題燕市酒人篇

甲午春，遇孝威于吳門，孝威出燕中行卷，皆七言今體詩。余賞其骨氣深穩，情深而文明，他日當掉鞅詩苑。今年復遇之吳門，見燕市酒人篇，學益富，氣益厚，骨格益老蒼。未及三年，孝威之詩成矣。

或曰：「孝威詩于古人何如？」案頭有中州集，余曰：「以是集擬之，當在元裕之、李長源之間。」或怫〔一〕然而起曰：「今之論詩者，非盛唐弗述也，非李、杜弗宗也。擬孝威於元季，何爲是譏議者乎？」余曰：「不然。詩言志，志足而情生焉，情萌而氣動焉，如土膏之發，如候蟲之鳴，歡欣噍殺，紆緩促數，窮于時，迫于境，旁薄曲折，而不知其使然者，古今之眞詩也，吾讀裕之、長源詩，皇極、永明之什，牛車、孝孫之篇，朔風蕭然，寒燈無燄，如聞歎噫，如灑毛血，斯亦騷、雅之末流、哀怨之極致也。孝威以席帽書生，負河山陵谷之感。金甲御溝，銅駝故里。與裕之、長源，共歉歔涕泣于五百年內。盈于志、盪于情，若聲氣之入于銅角，無往而不一〔二〕也。安得而不同？子之云盛唐李、杜者，偶人之衣冠也，斷菑之文繡也。我之云裕之、長源者，旅人之越吟也，怨女之商歌也。安得以子之夢夢，而易我之譏譏者乎？孝威自命其詩曰燕市酒人篇。嗟夫！白虹貫〔三〕天，蒼鷹擊殿，壯士哀歌而變徵，美人傳聲于漏月，千古騷人詞客，莫不毛豎髮立，骨驚心死，此天地間之眞詩也。子亦將以音律聲病，句刌而字度乎？知孝威命篇之指意，今之以元季擬孝威也，雖譏譏，庸何傷？」孝威悅是言也，以告芝麓先生。先生曰：善哉！能爲裕之、長源者，望盛唐李、杜，猶北塗而適燕也。人言長安樂，出門向西笑。孝威自此遠矣！

【校記】

〔一〕各本作「怫」，文鈔補遺作「拂」。〔二〕金匱本、文鈔補遺作「一」，邃本、鄒鎡序本作「生」。〔三〕各本作「貫」，文鈔補遺作「橫」。

題遵王秋懷詩

有客渡江來〔一〕，嗤點諸名士詩，謂將文選、唐詩爛熟背誦，撏撦搜略，遇題補衲，不問神理云何，警策云何，蓋末流學問之誤如此。予謂此非學問之誤，乃胎性使然也。仙家言胎性舍于營衛之中，五藏之內，雖獲良針，故難愈也。今詩人胎性凡濁，熏于榮衛五藏，雖〔二〕有文選、唐詩以爲針藥，適足長其痰烟、助其繁漫耳。學問何過之有？余苦愛退之秋懷詩云：「清曉〔三〕卷書坐，南山見高稜。」高寒悽警，與南山相棲泊，警絶于文字之外。能賞此二言，味其玄旨，斯可與談胎性之説矣。遵王近作秋懷十三首，余觀其有志汲古，味溥而抱明，冏冏乎南山之遺志也。故亟取焉。而遵王避席，請未已。若退之夢呑丹篆，傍一人撫掌而笑，似是孟郊。余老矣，無以長子。他日丹篆文成，余爲夢中傍笑之人，不亦可乎？癸卯中秋，書于雲上軒〔四〕。

【校記】

〔一〕文鈔補遺有「來」字，各本無。　〔二〕金匱本、文鈔補遺作「雖」，邃本、鄒鎡序本作「之」。　〔三〕文鈔補遺作「曉」，各本作「晚」。　〔四〕文鈔補遺有「癸卯」以下九字，各本無。

題爲龔孝升書近詩册子

往在白下，余澹〔一〕心采詩及余，余告之曰：老來作詩，約有二種。長言讕語，率意放〔二〕筆，不徵典故，不論聲病，吳人嗤笑俚詩，謂是靜軒先生有詩爲證。余詩強半似之。至若取次應酬，牽〔三〕率屬和，撐腸少字，撚鬚乏苗，不免差排成聯，尋撦作對。子路乘肥馬，堯舜騎病猪。此十字金針詩格，閟爲家寶。但是扇頭屏上，利市十倍。不敢云「舍弟江南，家兄塞北」也。金陵士友，爲之鬨堂大笑。頃孝老過〔四〕吳門，出素册屬寫近詩。扁舟細雨，聊爲命筆。輟簡觀之，大約是二種詩中前一種耳。晼〔五〕晚失學，老歸空門。世間文字，都如嚼蠟。詩〔六〕選之刻，流傳咸陽，聞高句麗使人頗相訪問。而大冠如箕，有戟手駡詈者。若令〔七〕見余舊詩，拖沓潦倒，向慕者或不免撫掌三歎，而呰詈者庶可以開口一笑也。孝老愛我，將以「老去詩篇渾漫與」代爲〔八〕解嘲，則吾豈敢。

【校記】

〔一〕文鈔補遺作「澹」，各本作「淡」。〔二〕金匱本、文鈔補遺作「放」，邃本、鄒鎡序本作「于」。〔三〕文鈔補遺作「牽」，各本作「率」。〔四〕各本作「過」，邃本作「退」。〔五〕文鈔補遺作「晼」，各本作「腕」，誤。〔六〕各本作「詩」，文鈔補遺作「今」。〔七〕金匱本、文鈔補遺作「令」，邃本、鄒鎡序本作「今」。〔八〕文鈔補遺有「代爲」二字，各本無。

偶書黎美周遂球詩集序後

西昌徐巨源序番禺黎美周之詩，以爲太白以後一人，而自恨其不如。余驚怖其言，讀美周之詩，心眩目眙，惝恍自失者久之。廣陵鄭超宗邀諸名士賦黄牡丹詩，糊名易書，屬余看定，如唐人所謂擅場者。余取美周詩壓卷，一時呼黄牡丹狀元。鏤朱提爲巨杯，鐫余言以識。去今二十年，嶺郵中得其子所寄蓮鬚閣集，撰文懷人，潸然出涕。徐而視之，卷帙如故，向之爛然奪目者，都不憶記何處。豈陵谷貿易，詩以時更邪？抑朱碧錯互，識以久徙邪？不然，則或者老向空門，舍離文字，向者之耳目，茫然易向，而不能自主也。

客曰：不然，向之評美周，以巨源評美周也。今之評美周，以美周評美周也。向也實而今也虚，向也有待而今也無待也。鳩摩羅什爲兒時，隨母至沙勒，頂戴佛鉢，私念鉢形甚大，何其輕邪？卽重，失聲下之。母問其故。對曰：「我心有分別，故鉢有輕重耳。」徵童壽之鉢喻，則客言亦大有理。未知巨源今日，戴鉢輕重，視余又何如也？恨越在二千里外，無從與巨源劇談噴飯，聊書此以寄之。

跋蕭孟昉花燭詞

孟昉自西昌來就婚南都，詞人才士，有名士悅傾城之羨，並賦花燭詞，流豔人口。孟昉要余繼聲。暑夜酒闌，拍蚊揮汗，勉如卷中之數。諸公之詩，類皆〔一〕鮮榮妙麗，反商下徵，幽蘭白雪〔二〕之曲。而余以兔園村〔三〕夫子，搖腐毫、伸蠹紙，頌斯男而祝偕老，譬如樂工撤帳歌滿庭芳，匠人抛梁唱兒郎偉，雖其俚鄙號嗄，不中律呂，而燕新婚者、賀大廈者，亦必有取焉。唐人記嵩嶽嫁女，田瓏、鄧韶兩書生，奉引相禮。雖爲羣仙所憐，傾折花枝〔四〕，賜熏髓酒，然老措大舉止郎當，衣冠潦倒，應不免令碧玉堂上捧玉箱〔五〕托紅箋人掩口竊笑。余之詩，忝預羣公之列，得無類是乎？孟昉歸，屬子晉刻其詩，趣爲跋語甚急。余語子晉：「子〔六〕當是衞符卿、李八百也。」并書以博孟昉一笑。

【校記】

〔一〕文鈔補遺有「類皆」二字，各本無。〔二〕文鈔補遺作「雪」，各本作「雲」。〔三〕金匱本、文鈔補遺有「園村」二字，邃本、鄒鎡序本無。〔四〕各本作「杯」，金匱本作「枝」。〔五〕文鈔補遺作「箱」，各本作「廂」。〔六〕金匱本、文鈔補遺作「子」，邃本、鄒鎡序本作「予」。

明媛詩緯題辭

本朝閨秀篇章，每多撰集。繁芿採擷，昔由章句豎儒；孟浪品題，近出屠沽俗子。回文錦字，塗抹兔園；紫鳳天吳，顛倒裋〔一〕褐。侍中口病，指點河漢之機絲；渾敦形殘，評泊霓裳之歌舞。徒使香奩掩鼻，美嬪捧心而已。

山陰王大家玉映，名刻苕華，肉齊環璧。松風入硯，金壺之汁〔二〕不乾；雲母養箋，蠶書之體自作。游茲策府，蕩我文心。綠笥丹筒，則卷盈方底；金箱玉版，則名溢縹緗。于是命絳人，敕毛穎，拂毫素，戒赫蹏。研匣琉璃，映澈觀書之秋月；筆牀翡翠，欲飛點筆之風霜。出入豈但于千金，褒貶有同于一字。命名詩緯，嗣音玉臺。亦史亦玄，又香又豔。斯則聊同棄日，孝穆所以無譏〔三〕；詒我彤管，蔚宗爲之三歎者也。

昔者上官昭容席人主並后之權，評昆明應制之什。丹鉛甲乙，紙落如飛。遂使沈、宋諸人，俛首一時，流豔千古。玉映以名家之女，擅絶代之姿。虀鹽自將，丹黄不御。聊以偏削，消此餘閒。走羣娥于筆端，籠變諸于几上。玄音高唱，若嵩嶽之會衆眞；墨兵蕭閒，如吳宮之教女戰。呂和叔昭容書樓歌曰：「自言文藝是天眞，不服丈夫勝婦人。」悠悠古今，同斯永歎矣。道人心如木石，敍以夢言。匪云作戲逢場，聊亦助成水觀。辛丑六月〔四〕。

【校記】

〔一〕各本作「裋」，邃本作「短」。〔二〕金匱本、文鈔補遺作「汁」，邃本、鄒鎡序本作「汗」。〔三〕金匱本、文鈔補遺作「譏」，邃本、鄒鎡序本作「識」。〔四〕文鈔補遺有末四字，各本無。

書瞿有仲詩卷

余嘗〔一〕謂〔二〕論詩者，不當趣論其詩之姸媸巧拙，而先論其有詩無詩。所謂有詩者，惟其志意偪塞，才力憤盈，如風之怒于土囊，如水之壅于息壤，傍魄結轖，不能自喻，然後發作而爲詩。凡天地之內，恢詭譎怪，身世之間，交互緯繣，千容萬狀，皆用以資爲詩〔三〕，夫然後謂之有詩，夫然後可以叶其宮商，辨其聲病，而指陳其高下得失。如其不然，其中枵然無所有〔四〕而極其撏撦採撷之力，以自命爲詩。剪采不可以爲花也，刻楮不可以爲葉也。其或矯厲氣矜〔五〕，寄託感憤，不疾而呻，不哀而悲，皆象物也，皆餘氣也，則終謂之無詩而已矣。

契家子〔六〕瞿生有仲，傫然書生，而有囊橐一世、牢籠終古之志氣〔七〕。其爲詩，長篇如訴，短詠若泣。俄而竊歎頹息，掐膺擗摽。俄而牢剌拂戾，拊髞〔八〕踊躍。使讀者愴然累欷，惝怳自失。徐而卽之，則似〔九〕攫龍蛇、搏兕虎，欲與之鬭而不能也。余觀今之稱詩者多矣，求諸聲律排比之外，而論其有詩無詩，則不能不推有仲。

有仲通懷敏志，以余禮先一飯，僂而問道焉。老而失學，無以相長，則進而語之曰：「子之詩，富有日新，不可以歲月判斷。然吾觀確菴子之所評定者，則子之質的也。昔者玉川子作月蝕詩，韓子心服焉，而隱栝其文曰效玉川子作。韓子之效之也，所謂約之以禮也。子之才筆〔一〇〕雄放奡兀，可以追〔一一〕步玉川，而確菴子則有志乎韓子之學者也〔一二〕，評子之詩，引繩切墨，蓋亦有約禮之思焉。子于是乎求之，有餘師矣。陶冶性情，杼軸理道。詞約義豐，詩之正令也。若夫連章累韻，悅月偶俗〔一三〕，以輿謣〔一四〕爲同聲，以嘈囋爲多助。攬採煩則意象雜，仲寫易則藴蓄淺〔一五〕。陸士衡所謂寡情鮮愛，浮漂不歸者，此才多之通病，而長勝之兵所以善敗也。古之〔一六〕人所以善居其有者，則必有道矣。以吾言商諸確菴子，以爲何如也？」歲在己亥春王二月，通家蒙叟錢謙益書于紅豆閣〔一七〕。

【校記】

〔一〕文鈔補遺作「旹」，各本作「常」。〔二〕文鈔補遺「謂」字下有「善」字，各本無。〔三〕金匱本、文鈔補遺作「詩」，邃本、鄒鎡序本作「狀」。〔四〕文鈔補遺作「有」，各本作「以」。〔五〕文鈔補遺作「氣矜」，各本作「矜氣」。〔六〕文鈔補遺有「子」字，各本無。〔七〕金匱本、文鈔補遺有「氣」字，邃本、鄒鎡序本無。〔八〕文鈔補遺作「拊譟」，各本作「掛譟」。〔九〕各本作「似」，文鈔補遺作「以爲」。〔一〇〕文鈔補遺作

「筆」，各本作「華」。〔一一〕文鈔補遺作「追」，各本作「進」。〔一二〕文鈔補遺有「也」字，各本無。〔一三〕各本作「俗」，金匱本作「語」。〔一四〕文鈔補遺作「輿謗」，金匱本作「輿譯」，邃本、鄭鎡序本作「梬輿」。〔一五〕各本作「淺」，文鈔補遺作「薄」。〔一六〕文鈔補遺有「之」字，各本無。〔一七〕文鈔補遺有「歲在」以下二十字，各本無。

書梅花百詠後

今之論詩者，以勢尖徑仄，捫枯扣〔一〕寂爲宗。若詠梅花詩，尤爭爲荒寒瘦餓，如烟似夢之句。譬如蟪蛄之聲，發于蚯蚓之竅，雖復凄神寒骨，亦何足聽。又況陳根宿莽，滋蔓因仍，腐爛滿紙，正所謂陳言務去者乎？

新安程穆倩示余梅花百詠，灤〔二〕水高二亮先生和中峯本公韻而作者。弘放演迤，地負海涵，芳華妙麗，無所不有。其象物也博，其取境也全，其稱名指事也肆而隱，曲而不晦。隋、和〔三〕之珠，徑寸照乘，而崑山之人則用以抵鵲，富有日新。誠哉是言也。夫今人〔四〕之詠梅，所謂荒寒瘦餓者，亦取其形似而已矣。空山野水，梅之玄圃也，亦知夫珠宮玉照之非凡乎？疎籬短彴，梅之逸致也，亦知夫上林、兎苑之非俗乎？前村一枝，梅之遠神也，亦知夫羅浮萬樹之非繁非雜乎？

古來詠梅之詩，託始于水部少陵，譬之光音天人，未食地肥，于人間秔稻氣味，猶相越也。林君復爲清眞雅正主，以暗香疎影之句，標舉梅之眉目。高季迪爲廣大教化主，以雪滿月明之句，洗發梅之精神。二公自衆香國中來，爲此花持世，各三百年。文心秀句，新新不窮。披華啓秀，濬發斯詠。後三百年〔五〕，修摽〔六〕梅之祀者，孤山、青丘，壇墠不改。順祀配食，則南村在斯。以余言躋之其可也。

余老矣，皈心空門，世間文字都如嚼蠟。讀二亮百詠，此心癢癢，食指欲動。二亮有事吳門，而余方鑿坏踰垣，屏跡貴游，不獲一見。聊書長語于卷末，因穆倩以寓焉。墓田丙舍，堂前〔七〕老梅數十株，日夕把〔八〕百詠詩，吟〔九〕賞其下。凌風却月，縞袂扣門，酒闌夢斷，怳忽在卷帙間。謂余爲〔一〇〕不識二亮，故未可也。甲午四月晦〔一一〕。

【校記】

〔一〕文鈔補遺作「扣」，各本作「守」。　〔二〕文鈔補遺作「濼」，各本作「灤」。　〔三〕文鈔補遺作「和」，各本作「何」。　〔四〕文鈔補遺有「人」字，各本無。　〔五〕金匱本、文鈔補遺有「文心」至「百年」二十字，邃本、鄒鎡序本無。　〔六〕邃本作「摽」，各本作「標」。　〔七〕文鈔補遺有「堂前」二字，各本無。　〔八〕金匱本、文鈔補遺作「把」，邃本、鄒鎡序本作「抱」。　〔九〕文鈔補遺有「吟」字，各本無。　〔一〇〕文鈔補遺有「爲」字，各本無。　〔一一〕文鈔補遺有末五字，各本無。

嗜奇說書陸秋玉水墨廬詩卷

孫子子長，吾黨之知言者也。好陸子秋玉詩，袖以示余曰：「此今之嗜奇人也，夫子幸有以張之。」留之彌月，取次吟賞。標新領異，良如孫子所云。余胸中無奇，以孫子言，直歎其奇而已矣。東海中有水母，以蝦爲目，而余以孫子爲目，甚矣余之可笑也。孫子趣欲余張其詩，請爲孫子終嗜奇之說。

今夫芻豢粱肉，天下同嗜也。有人焉，厭膏粱而甘蔾莧，或嗜昌歜〔一〕，或嗜棗芰，則奇。又有人焉，厭五穀，鍊服食，餐雲母而飲甘露，則益奇。雖然，未嘗奇也。彭祖之斟雉羹，麻姑之擗麟脯，皆其日用飲食也。仙家有梨棗之藥，諸天有飲食之樹，自然任運，非幻化而得也。物亦有之，麝之食柏也，蟲之食木也，蠹之食字也，人以爲奇，而彼固以爲芻豢粱肉，屬厭而後已也。若夫夷〔二〕由食火，蜣蜋食糞，蝍蛆食蛇腦，竊脂賊苗之類，皆將笑而噦之，則亦何奇之有哉！昔者昌黎之門，文莫奇于樊宗師，詩莫奇于盧仝。樊之文，昌黎以爲文從字順者也。盧之詩曰：「海月護〔三〕羈魂，到曉點孤光。夜半睡獨覺，爽氣盈心堂。」吾以爲非昌黎之門〔四〕不能道也。孫子既以嗜奇知陸子，括羽鏃礪，請以昌黎之門爲準。若夫馬蘭請客，蓋玉川子之俳語，而長頸高結，鬬險于菌蠢彭亨之辭，亦非余之所謂奇也。書之以復于孫子，且以爲陸子詩序。庚子夏五，蒙叟錢謙益書于紅豆閣之雨窗下〔五〕。

【校記】

〔一〕各本作「昌歎」，鄒鎡序本作「梨渠」。〔二〕金匱本、文鈔補遺作「夷」，邃本、鄒鎡序本作「彝」。

〔三〕文鈔補遺作「䕶」，各本作「獲」。〔四〕金匱本有「之門」二字，各本無。〔五〕文鈔補遺有「庚子」以下十八字，各本無。

題徐季〔一〕白詩卷後

余少不能詩，老而不復論詩。喪亂之後，蒐采〔二〕遺忘，都爲一集。間有評論，舉所聞于先生長者之緒言，略爲標目，以就正于君子。不自意頗得當于法眼，雜然歎賞，稱爲藝苑之金錍。而一二詢厲者，又將吹毛刻膚，以爲大謬〔三〕。老歸空門，深知一切皆幻，付之盧胡〔四〕而已。偶遊雲間，徐子季白，持行卷來謁，再拜而乞言，猶以余爲足〔五〕與言者也。余竊心愧之。

余之評詩，與當世牴牾者，莫甚于二李及弇州。二李且置勿論，弇州則吾先世之契家也。余髮覆額時，讀前後四部稿，皆能成誦，闇記其行墨。今所謂晚年定論者，皆舉揚其集中追悔少作與其欲改正卮言勿悞後人之語，以戒當世之耳論目食、刻舟膠柱者。初非敢鑿空杜譔，欺誣先哲也。雲間之才子，如臥子、舒章，余故愛其才情，美其聲律。惟其淵源流別，各有從來。余亦嘗面規之，而二子亦不以爲耳瑱。采詩之役，未及甲申以後，豈有意刊落料揀哉？

嗟夫！天地之降才，與吾人之靈心妙智，生生不窮，新新相續。有三百篇，則必有楚騷。有漢、魏建安，則必有六朝。有景隆、開元，則必有中、晚及宋、元。而世皆遵守嚴羽卿、劉辰翁、高廷禮之瞽說，限隔時代，支離格律，如癡蠅穴紙〔六〕，不見世界。斯則良〔七〕可憐愍者。如雲間之詩，自國初海叟諸公，以迄陳、李，可謂極盛矣。後來才俊，比肩接踵，莫不異曲同工，光前絕後。季白則其超乘絕出者也。生才不盡，來者難誣。必欲以一人一家之見，評泊古今。牛羊之眼，但別方隅，豈不可爲一笑哉！余絕口論詩久矣，以季白虛心請益，偶有根觸，聊發其狂言，亦欲因季白以錞于雲間之後賢也。

【校記】

〔一〕各本作「季」，邃本作「少」。〔二〕金匱本、文鈔補遺本作「采」，邃本、鄒鎡序本作「來」。〔三〕各本作「謬」，金匱本作「僇」。〔四〕金匱本、文鈔補遺作「胡」，邃本、鄒鎡序本作「和」。〔五〕各本作「足」，文鈔補遺作「可」。〔六〕各本作「紙」，鄒鎡序本作「牕」。〔七〕文鈔補遺「良」字下有「爲」字，各本無。

題西湖竹枝詞

每讀西湖詩〔一〕，不耐板蕩腥羶〔二〕之語。楊鐵崖故宮詩，用紅〔三〕兜字，輒欲舉筆抹之。今觀鷓鴣竹枝百首，雖復慷慨歷落，別有託寄，而所敍列，多不可〔四〕吾意。吾祖武肅王築錢塘詩云：「傳語神龍并水府，錢塘今擬作錢城。」去今千餘年，英雄之氣尚在。每吟鷓鴣一絶，輒曼聲歌此詩以亂之。

【校記】

〔一〕文鈔補遺作「詩」，各本作「書」。　〔二〕邃本、文鈔補遺作「腥羶」，鄒鎡序本、金匱本作「黍禾」。
〔三〕金匱本、文鈔補遺作「用紅」，邃本、鄒鎡序本作「甲絶」。　〔四〕金匱本「可」字下有「了」字，各本無。

題李屺瞻谷口山房詩〔一〕

故御史大夫謚敏〔二〕肅涇陽漸菴李公，萬曆之偉人也。余兒童時，已知頌公，如蘇子之於韓、范、富、歐。長而奉教于先達，知公爲趙浚谷先生之壻，微言大義，扣擊于浚谷者爲多。余評定本〔三〕朝秦〔四〕文，以浚谷爲冠首。行求李公之文，唯流傳奏疏，每爲嘅歎。今年游白門，得見李公之曾孫屺瞻，弓冶箕裘，羽儀是在，不獨廬〔五〕中郎虎賁之思而已。

屺瞻以詩草示余，屬爲是正。屺瞻之詩，如陳正字行卷，一日而傾雒下，何竢余言？余觀秦人詩，自李空同以逮文太青，莫不伉厲用壯，有車鄰、駟驖之遺聲。屺瞻獨不然，行安節和，一唱三歎，殆有蒹葭白露、美人一方之旨意，未可謂之秦聲也。詩曰：「自我有先正，其言明且清。」盛明之世，大人君子詒謀善物，皆有溫柔敦厚，豈弟易直之流風。觀于屺瞻之詩，余之頌慕漸菴爲不徒也已。

【校記】

〔一〕各本「詩」字下有「序」字，文鈔補遺無。

〔二〕文鈔補遺作「敏」，各本作「愍」。

〔三〕邃本、文鈔補遺作「本」，鄒鎡序本作「明」，金匱本作「列」。

〔四〕文鈔補遺作「秦」，各本作「奏」。

〔五〕文鈔補遺作「塵」，各本作「蔡」。

有學集卷四十八

題跋

題輿地歌〔一〕

天官家有步天歌，相傳爲李淳風所作。三垣二十八宿，各〔二〕爲一歌。千載而下，觀象玩占，未有能出其範圍者。今婁江江〔三〕位初，博學好修，有志經世大業，作輿地歌以追配步天。南條北戒，山河經緯，盡在歌訣中。堵牆甕牖之夫，熟記闇誦，可以横覽八區、坐撫四海者也。吾嘗謂天官家言，至劉、石、苻秦〔四〕之世，則天街〔五〕南北、漢〔六〕畢胡〔七〕昴之占窮。輿地家言，至耶律、完顏〔八〕之世，則甸侯要荒、周索戎索〔九〕之制窮。天地翻覆，刼灰遷改。雖有重獻司天，豎亥步地，其若之何？寒燈竹几，朔風蕭然。使童子雒誦此歌，不禁喟然歎息。然維摩居士晏坐丈室，妙喜〔一〇〕世界以右手斷取，如陶家輪，則亦何慮於是哉！

【校記】

〔一〕本卷各詩，金匱本、文鈔補遺全收。邃本無題陳南浦山曉𥦪詩。鄒鎡序本只收十一篇。〔二〕各本作「各」，邃本作「名」。〔三〕文鈔補遺作「江」，各本作「之」。〔四〕邃本、文鈔補遺作「劉石苻秦」，鄒鎡序本、金匱本前二字空缺，「苻」作「宋」。〔五〕邃本、文鈔補遺作「天街」，鄒鎡序本、金匱本空缺。〔六〕〔七〕邃本、文鈔補遺作「漢」「胡」，鄒鎡序本、金匱本空缺。〔八〕邃本、文鈔補遺作「耶律完顏」，鄒鎡序本、金匱本前二字空缺，後二字作「宋元」。〔九〕邃本、文鈔補遺作「周索戎索」，鄒鎡序本、金匱本空缺。〔一〇〕文鈔補遺作「喜」，各本作「善」。

香觀說書徐元歎詩後

余老嬾不耐看詩，尤不耐看今人詩。人間詩卷，聊一寓目，狂華亂眼，蒙蒙然隱几而臥。有隱者告曰：「吾語子以觀詩之法，用目觀，不若用鼻觀。」余驚問曰：「何謂也？」隱者曰：「夫詩也者，疏瀹神明，洮汰穢濁，天地間之香氣也。目以色爲食，鼻以香爲食。今子之觀詩以目，靑黃赤白，烟雲塵霧之色，雜陳于吾前，目之用有時而窮，而其香與否，目固不得而嗅之也。吾廢目而用鼻，不以視而以嗅。詩之品第，略與香等。或上妙，或下中，或斫鋸而取，或煎笮而就，或熏染而得。以嗅映香，觸鼻卽了。而聲色香味四者，鼻根中可以兼舉，此觀詩方便法也。」余異其言而謹識之。

春初游靈巖，於夫山和尚禪榻，得元歎新詩一帙。歸舟雒誦，撫几而歎。香嚴言燒沉水香，香氣寂然來入鼻中，非此觀也耶？元歎擺落塵坌，退居落木菴，客情既盡，妙氣來宅，如薛瑤英肌〔一〕肉皆香，其詩安得而不香。牛頭栴檀，生伊蘭叢中，仲秋成樹發香，則伊蘭臭惡之氣，斬然無有。取元歎之詩，雜置詩卷中，剔凡〔二〕辟惡，晉人所謂逆風家也。吾奉隱者之教，養鼻通觀，請自元歎始。

雖然，吾向者又聞呵香之說。昔比丘池邊經行，聞蓮花香，鼻受心著。池神呵曰：「汝何以捨林中禪淨，而偷我香？」俄有人入池取花，掘根挽莖，狼藉而去，池神弗呵也。有學詩者于此，駢花鏤葉，剟芳捨英，犯棗昏餮俗之忌。此掘根挽莖之流也，神之所棄而弗呵也。杼山論詩，科偷句爲鈍賊，是人〔三〕應以盜香結罪。下視世人，逐伊蘭之臭，胖脹衝四十由旬，諸天惡而掩鼻者，其又將若之何？雖犯尸羅戒，吾以爲當少假焉。少陵之詩曰：「燈影照無睡〔四〕，心清聞妙香。」韋左司曰：「燕寢凝清香。」之二公者，于香嚴之觀，其幾矣乎？雪北香南，清齋晏晦，願與元歎共之，用以證成隱者鼻觀之法，不亦可乎？

夫山和尚，妙于詩句，能以香作佛事。吾恐學人愛染著知見香，未免爲池神所訶也，作是言已，書於元歎詩後，并詒和尚觀之，以發一笑。庚子五月念五日，虞山蒙叟錢謙益書於紅豆閣之雨窗下〔五〕。

【校記】

〔一〕金匱本、文鈔補遺作「英肌」，邃本無「英」字，鄒鎡序本無「英」字，「肌」作「几」。〔二〕文鈔補遺作「凡」，各本作「几」。〔三〕文鈔補遺作「人」，各本作「以」。〔四〕各本作「睡」，金匱本作「寐」。應從杜集。〔五〕文鈔補遺有「庚子」以下二十三字，各本無。

後香觀說書介立旦公詩卷

余用隱者之教，以鼻觀論詩，作香觀說序元歎詩卷。靈巖退老嘆曰：「此六根互用，心手自在法也。」金陵介立旦公，遣其徒擕所著詩，屬余評定。余自己丑讀江上詩，歎其孤高清切，不失蔬筍氣〔一〕味，庶幾道人本色。今十餘年矣。余昔者論詩以目觀，今以鼻觀。余之觀詩者，已非昔人矣。旦公之詩，所謂孤高清切，不失蔬筍風味者，有以異乎？無以異乎〔二〕？曰：「無以異也。」

古人以苾蒭〔三〕喻僧。苾蒭〔四〕香草也。蔬筍，亦香草之屬也。爲僧者，不具苾蒭〔五〕之德，不可以爲僧。僧之爲詩者，不諳蔬筍之味，不可以爲詩。旦公具苾蒭〔六〕之德，而諳蔬筍之味者也。其爲詩也，安得而不香。吾規規於〔七〕目觀，以色聲求旦公之詩，偏絃獨張，清唱寡和，誠不欲與繁音縟繡、爭妍而赴節。若夫色天清迥〔八〕，花露滴瀝，猿梵〔九〕應呼，疎鐘殷牀。于斯時也，聞思不及，鼻觀先參。一韻偶成，半偈間作。香嚴之觀，所謂清齋晏晦，香氣寂然來入鼻中者，非旦公孰證之？非鼻觀孰參之？吾今取旦公詩，盡攝入香界中，用是以證成吾之香觀也，不亦可乎？

或曰：「子向者有呵香之說。旦公矜愛其詩若是，池神則何以待之？」曰：「子不聞青蓮華長者之鬻香乎？池神之護香也，長者之鬻香也，其回向之大小，區以別矣。長者了知一切如是一切香王〔一〇〕所出之處，了達諸治病香，乃至一切菩薩地位香，知此調和香法，以智慧香而自〔一一〕莊嚴，于諸世間，皆無染着，具足成就。長者所鬻之香，卽人間羅刹界諸欲天之香，亦卽池神所護呵之香，豈有銖兩差別哉！此世界熏習穢惡，伊蘭胖脹之臭，上達光音天。旦公現鬻香長者身，以蔬筍禪悅之香，作妙香句而爲說法。池神安得而呵之？若猶是餘塵瞥起，召〔一二〕呂命律，憎伊蘭而愛栴檀，則與夫入池取花，掘根挽莖者，一間而已矣。長者之別香也，斷惡生喜，令諸有爲，生樂著香，生厭離香。旦公，華嚴法界師也。吾請以鬻香長者之香，助旦公之香觀，卽用旦公詩句，代旦公說法，不亦可乎？」作香觀後說以訊旦公，幷再質之退老，以爲何如？

【校記】

〔一〕各本作「氣」，文鈔補遺作「風」。〔二〕文鈔補遺有「無以異乎」四字，各本無。〔三〕〔四〕〔五〕〔六〕文鈔補遺作「麴」，各本作「麴」。〔七〕文鈔補遺作「於」，各本作「乎」。〔八〕文鈔補遺作「迴」，各本作「迴」。

〔九〕各本作「猿梵」，金匱本作「梵猿」。〔一〇〕金匱本作「王」，邃本、鄒鎡序本作「士」。文鈔補遺作「王」，旁注「士」字。〔一一〕文鈔補遺作「自」，各本作「白」。〔一二〕金匱本、文鈔補遺作「召」，邃本、鄒鎡序本作「名」。

題桃溪詩稿

近來畫家，不復知屋木人物。里中漁山吴子，摹劉松年四皓圖，輒以贈予。蓋其朽約皴染，踰兩月而後就。予觀郭恕先畫屋木樓觀，多與王士元對手，往往假士元寫人物于其中。漁山有志于古，命意造景，以二李、恕先輩爲師，此所以敻絶於今人也。漁山不獨善畫，其于詩尤工。思清格老，命筆造微，蓋亦以其畫爲之，非欲以塗朱抹粉爭妍于時世者。昔之論畫者，謂畫之爲屖〔一〕木，猶書之有篆籀。二者之法相近，故郭恕先俱爲第一。而荆浩〔二〕答僧畫水山圖詩〔三〕五言四十字，平生山水訣，盡在其中。士固未有不汲古、不攻文而可謂之善畫者也。漁山以二李、恕先爲師，執古人之六要六長，以研味於風雅，其俊而挾轂〔四〕古人也，孰得而禦之？吾老矣，庶猶得見公望、啓南于斯世也。

【校記】

〔一〕文鈔補遺作「屖」，各本作「竹」。〔二〕各本「浩」字下有「然」字，文鈔補遺無。〔三〕文鈔補遺作「詩」，各本作「書」。〔四〕金匱本、文鈔補遺作「轂」，邃本、鄒鎡序本作「穀」。

題嚴武伯詩卷

武伯游吳江，過周安石齋中，大書一絕句于壁。余愛其詞氣樸直，有宋名人之風。去年冬，以詩句投余，凡數百篇。披華落實，明玕青瑤，落落于行墨之間，信武伯之昌于詩而殖於學也。

昔者淵明爲責子詩曰：「雖有五男兒，總不好紙筆。天運苟如此，且進杯中物。」此蓋達人智士，任運玩世，擺落嘲弄之辭耳。而杜子美訶之曰：「陶潛一老翁，聞道苦不早。有子賢與愚，何其挂懷抱？」子美之訶淵明則達矣，其于宗文、宗武，則曰：「驥子好男兒，前年學語時。」又曰：「汝啼吾手戰，吾笑汝身長。」其懷抱之縈挂與否，視淵明何如也？當武伯投詩日〔二〕，余方有哭孫之慼，老淚漬眼，爲之破涕一笑。客或從旁甚之。嗟夫！人當隕霜殺草，蘭摧蕙折，靡不悽然感歎。俄而之于五芝之田，八桂之林，芳菲極目，未有不徬徨忻賞者也。如客之云，洪覺範所謂癡人前不可說夢，豈不可爲一笑乎？

武伯，子張之才子也。子張有幽憂之疾，二童子扶掖就醫。余語武伯：「子勿憂。子于晨昏少間，舉其所著歌詩，高吟雒誦，如彈絲竹，如考琴瑟。子之尊人，憑几而聽之，殆將氣浸淫滿大宅，霍然體輕而病良已也。」書之以詒武伯，且以示世之人知淵明、少陵之古方，可以起沈憂代藥物也，則自余之療子張始。

【校記】

〔一〕各本作「日」，鄒鎡序本作「曰」。

題費所中山中詠古詩

近世〔一〕學者，擒詞捼藻，春華滿眼，所中獨好談握奇八陣、兵農有用之學。山中詠古，上下千載，得二十四人，可以觀其志矣。余少壯亦好論兵，抵掌白山、黑水間。老歸空門，都如幻夢。然每笑洪覺範論禪，輒唱〔二〕言杜牧論兵，如珠走盤，知此老胸中，尙有事在。所中才志鬱盤，方當不介而馳，三周華不注，何怪其言之娓娓也。昔人有言：「治世讀中庸，亂世讀陰符。」又云：「治世讀陰符，亂世讀中庸。」此兩言者，東西易向，願所中爲筮而決之。丁酉九月〔三〕。

【校記】

〔一〕文鈔補遺作「世」，各本作「以」。〔二〕各本作「唱」，文鈔補遺旁注：刻作「嘆」。〔三〕文鈔補遺有末四字，各本無。

再與嚴子論詩語〔一〕

武伯新詩益富，風檣陣馬，凌獵可畏。而其自敍，則謂掉鞅於詩，富有弋獲，皆自余言發之。嚴子以余爲識道之老馬，則已誤矣。今復摳衣再拜，挾筴〔二〕固請，余非洪鐘也，而撞擊之不休，不已窘乎？

頃者脚病伏枕，偶繙郭景純遊仙詩，其二章曰：「青溪千餘仞，中有一道士。雲生梁棟間，風出窗戶裏。借問此何誰？云是鬼谷子。」吟諷數四，爗然心開，如登日次，如出雲外，累蘇積〔三〕塊，窅然若喪其所有。甚矣！古人之詩之不易讀也。余年八十，慬而能讀，而猶未能闚其所以。海底之珊瑚，沒人能取之。玉河之玉，西天〔四〕之人能採之。黄帝之玄珠，雖離朱猶不能索而得也。不于此中截斷衆流，斬關奪命，攝古人之精魂〔五〕，而搜討其窟穴，雖其雕章斲〔六〕句，縟繡滿眼，終爲土龍象物而已矣。

今之論詩者，亦知評量格律，講求聲病，搰搰焉以爲能事。由古人觀之，所謂口耳之間兼寸耳。人以兩輪卷葉爲耳，亦知有大人之耳，張兩耳以爲市，人以時集會其上乎？人以一尺口齒爲面，亦知有無首之民，乳爲目，臍爲口，操干〔七〕戚而舞乎？今之論詩，循聲按〔八〕響，尺尺而寸寸者，兩輪之耳，一尺之面也。古人之詩，海涵地負，條風凱風，出納于寸管之中，大人之耳市，刑天之臍口也。今人窮老于詩，歐絲泣珠，沾沾焉以爲有得而自喜，知盡能索，終不出兩輪尺面之間，不已遼乎？得生於喜，喜生於愛，是爲愛魔，亦爲詩魔。此魔入人之〔九〕肺腑，能招引種種庸妄詩魔，以爲伴侶，魔日強而詩日下。唐人之授劍術者曰〔一〇〕：「凡刺人必先斷其所愛，然後決之。」此言雖誕，可以爲學道學詩之善喻。陸士衡曰：「苟傷廉而愆義，亦雖愛而必捐。」亦此志也。

吾子之學詩勤矣，入海而求寶珠，其肯雇〔一一〕長年、舞篙櫓，泝遊於尋常澮瀆之間乎？聞吾之言，撫心定氣，卹然而若失，人之望吾子也，自此遠矣！語曰：「知者不言，言者不知。」惟其不知，是以放言而不慚也。老學荒落，茫無端崖，偶〔一二〕有棖觸，嬋媛不休，聊書之以塞子之請，并以諗後之下問者。

【校記】

〔一〕文鈔補遺「再」字前有「記」字，各本無。〔二〕文鈔補遺作「筴」，各本作「篋」。〔三〕各本作「積」，文鈔補遺作「息」。〔四〕文鈔補遺作「西天」，各本作「天西」。〔五〕各本作「魂」，文鈔補遺作「魄」。〔六〕文鈔補遺作「斲」，各本作「斷」。〔七〕各本作「干」，文鈔補遺作「戈」。〔八〕金匱本有「按」字，文鈔補遺作「接」，遂本、鄒鎡序本無。〔九〕文鈔補遺有「之」字，各本無。〔一〇〕文鈔補遺作「者曰」，各本作「也」。〔一一〕文鈔補遺作「雇」，各本作「顧」。〔一二〕各本「偶」字下有「而」字，文鈔補遺無。

題馮子永日草

馮子无咎，吾故人定遠之子也。余于〔一〕定遠爲父行，親見定遠羈角裹頭，以迨斑〔二〕白，而今復見其子之能詩。甚矣！韓子之有感于三世也。讀已，昕然有喜，而正告之曰：「今稱詩之病有二，曰好奇，曰好豔。離岐〔三〕以爲奇，非奇也。丹華以爲豔，非豔也。十九首，五言之祖也，亦奇亦豔，驚心動魄。自是以降，左之詠史，阮之詠懷，陶之讀山海經〔四〕，奇莫奇于此矣。郭弘農之游仙，謝康樂之遊覽，江記室之擬古，豔莫豔于此矣。而人不知也，搜盧仝、劉叉以爲奇，獵玉臺、香奩以爲豔。問其所以爲奇爲豔者而懵如也。嗜奇之病，頃少爲士友發之。又嘗謂李義山之詩，其心肝腑臟，竅穴筋脈，一一皆綺〔五〕組縟繡，排纂而成。泣而成珠，吐而成碧，此義山之豔也。古之美人，肌肉皆香。三十三天以及香國，毛孔皆香。劉季和有香癖，熏身遍體。張坦斥之曰俗。今之學義山者，其不爲季和之熏身者尠矣，而況不能如季和者乎？馮子之爲詩不然，選詞按部，行安節和，温温抑抑，有君子之志焉。于斯世好奇好豔之病，超然未有所染也。孔子適齊郭門外，見童子挈壺俱行，其視精，其心正，其行端，語弟子曰：『趣驅之，趣驅之，韶樂作矣。』定遠告予：『里閈少年，偕其子稱詩者凡十餘輩，皆有文理。』今觀馮子之詩，所謂視精心正行端者，有其兆矣，余之所爲听然而喜者也〔六〕。」庚子中秋日，江村老人蒙叟錢謙益謹序〔七〕。

【校記】

〔一〕文鈔補遺作「于」，各本作「與」。〔二〕文鈔補遺作「班」，各本作「班」。〔三〕各本作「岐」，文鈔補遺作「跂」。〔四〕文鈔補遺有「經」字，各本無。〔五〕各本作「綺」，文鈔補遺作「綦」。〔六〕文鈔補遺作「也」，各本作「矣」。〔七〕文鈔補遺有「庚子」以下十六字，各本無。

題陳南浦山曉窗詩〔一〕

勝國之季，詩莫盛於中吳，吾邑寥寥無聞。兵興以來，帝車南指，駸駸再盛，而虞山蒙氣如故。十餘年來，後生俊民，握鉛懷素，摩厲以趨詞壇者，項背相望。陳子南浦，其一人也。陳子家貧而學富，齒壯而才老。讀其詩，選義按部，考辭就班，戛戛然〔二〕有意於别萎敗、洗澳涊，而不屑以裨販剽賊爲能事，其志之所存遠矣！假令世有鐵厓，則可以攝齊於袁華、郭翼之倫。世有青丘，則北郭諸子，亦將軒翥其後而偎偎焉。以余爲識道之老馬，過而問津焉。惜乎吾懼其窮也！然〔三〕諸子方掉鞅猗壘，而陳子爲之職志。余雖老耄，巢車以望戰塵，曳足以觀鼓譟，亦〔四〕庶可〔五〕少作其朝氣耶？聊〔六〕書此而馮軾以俟之。庚子涂月，江村老叟錢謙益題〔七〕。

【校記】

〔一〕此文金匱本、文鈔補遺有，邃本、鄒鎡序本無。亦收于牧齋外集中。外集與文鈔補遺題俱爲題山曉窗詩稿。

〔二〕金匱本「然」字下有「惟」字，文鈔補遺、外集無。〔三〕文鈔補遺、外集有「然」字，金匱本無。

〔四〕文鈔補遺、外集有「亦」字，金匱本無。〔五〕文鈔補遺、外集作「可」，金匱本作「幾」。〔六〕文鈔補遺、外集作「聊」，金匱本作「謹」。〔七〕文鈔補遺、外集有「庚子」以下十二字，金匱本無。

題顧伊人詩〔一〕

杜子美詩云：「陶潛一老翁，聞道苦不早。有子賢與愚，何其掛懷抱？」及其晚年居蜀，喜宗文、宗武誦詩入學，歡喜吟賞，累見于詩。有子賢愚，何嘗不掛懷抱也。東坡云：「軾困窮〔二〕本緣文字，在海外見過〔三〕文字一篇，輒數日喜。」今觀織簾父子唱和之詩，去之十餘年，旁觀者猶爲色動〔四〕，而況其父子之間乎？聊書其後，以見古人之意，亦庸以勵兒曹也。甲辰仲春朔，東澗老人謙益書〔五〕。

【校記】

〔一〕邃本、鄒鎡序本題作題顧伊人詩，金匱本題作題織簾居唱和册，文鈔補遺、牧齋外集題同金匱本，「題」字作「書」，但文鈔補遺目錄則作題顧伊人近詩，有注云：「即織簾居唱和册。」卷內題目眉端有校語云：「即顧伊人。」

〔二〕文鈔補遺作「困窮」，各本作「窮困」。〔三〕邃本、文鈔補遺、別集作「過」，鄒鎡序本、金匱本作「適」。

〔四〕文鈔補遺作「猶爲之色動」，各本作「尤爲動色」。外集作「猶動色」。〔五〕文鈔補遺有「甲辰」以下十二字，各本無。

題塞上吟卷

歲云暮矣，白衣補衲，坐竹窗木榻上，挑燈讀塞上吟卷，雲旗雷車，獵獵然從空而下。如嫖姚將軍率輕勇騎，棄大軍，趨利轉戰，過焉支山，合短兵，殺折蘭，虜胡王，收休屠祭天金人。又如光武戰〔一〕昆陽城西，震呼動天地，屋瓦皆飛，虎豹股戰。士卒赴溺，溼水不流〔二〕。快矣哉！已而更闌〔三〕吟罷，佛火青熒，刁斗無聲，木魚徐響。然後知此詩中邊聲猛氣，適足助老夫禪觀也。作者婁江王紫涯氏，其人有封侯相〔四〕，挽十石弓，執丈二殳，他時擁十萬衆，建踰沙橫海之業〔五〕，磨盾〔六〕鼻草檄，筆墨橫飛，臨陣作壯士歌，功成和競病詩。老夫坐長明燈下，只用爾時一味水觀消受耳。辛丑嘉平月〔七〕。

【校記】

〔一〕文鈔補遺有「合短兵」至「光武戰」二十一字，各本只有「又如」二字。〔二〕文鈔補遺有「士卒」以下八字，各本無。〔三〕金匱本、文鈔補遺作「闌」，邃本、鄒鎡序本作「閑」。〔四〕文鈔補遺有「有封侯相」四字，各本無。〔五〕文鈔補遺有「他時」至「之業」十三字，各本無。〔六〕金匱本作「盾鼻」，邃本、鄒鎡序本作「鼻盾」，文鈔補遺作「墨盾」。〔七〕金匱本有末五字，各本無。

題觀梅紀遊詩〔一〕

經年臥病，仰看屋梁，慼慼都無好懷。武伯示我梅遊詩一帙，觀其典衣命櫂，却筍輿、穿犢鼻，與酒徒衲子，跳踉梅花村中，昔人言尋花乞命，庶幾近之。朗然一過，如移臥榻入衆香國，補衲絮被，皆染香氣，豈不快哉！尤憶崇禎初元，偕邵子僧彌，觀梅西山。于時明離初旦，霁𩅦乍滌。山中草木，欣欣向榮。游人擔夫，皆有彈冠振衣之色。今何時哉！冰堅地凍，萬木皆僵。前村一枝，束爲薪楚。獨西山老梅，居然無恙。殆眞有無量主林神，擢榦舒光，而爲護持者耶？老人惝怳自失，如誕如夢，如趙師雄醉醒羅浮酒肆，翠羽啾嘈，月落參橫，但惆悵而已。覽斯卷者，有感余言，亦〔二〕或爲之輟簡而慨然也。癸卯臘月〔三〕。

【校記】

〔一〕各本題如此。文鈔補遺題作題嚴武伯梅遊詩。〔二〕文鈔補遺有「亦」字，各本無。〔三〕文鈔補遺有末四字，各本無。

題介立詩〔一〕

昔人云：「僧詩忌蔬筍氣。」余〔二〕謂惟不脱蔬筍氣，乃爲本色。惟清惟寒，亦玄亦瀹，如佛言食蜜，中邊皆甜。此眞〔三〕蔬筍氣，天然禪悅之味也。且公詩託寄孤高，屬意清切，庶幾道人本色，不失蔬筍氣〔四〕味。余讀而深歎之。唐僧之詩，各有原本。贊寧稱杼山之詩，謂文人結習深重，故以詩句牽勸，令入佛智。此晝詩之本領也。且公從文字因緣，深入佛智。作詩如華嚴樓閣，彈指皆啓。豈以一章半偈爲能事乎？他日以今之旦，配古之晝，何爲不可？峨眉老衲徹修題〔五〕。

【校記】

〔一〕此文邃本、金匱本有，亦收于文鈔補遺中。鄒鎡序本無。　〔二〕邃本、金匱本作「余」，文鈔補遺作「今」。

〔三〕邃本、文鈔補遺作「眞」，金匱本作「其」。　〔四〕邃本作「氣」，金匱本、文鈔補遺作「風」。

〔五〕金匱本、文鈔補遺有末七字，邃本無。

題鶴如禪師詩卷〔一〕

洞聞長老爲紫柏、憨山上首弟子，坐破山道場，説自在法，頻申婆和而逝。鶴如禪師悳公，爲其再世嫡孫，親承巾餅，妙得心印。顧不肯坐曲彔牀，開堂竪拂。和光匿影〔二〕，虚己酬物。以撑柱〔三〕叢林，稟持清規爲能事。天寒歲儉，齋廚蕭然。法筵清衆，鐘魚不改。莊嚴像設，殿無凝塵。灑掃堦除，院無宿草。禪誦之暇，焚香滌硯，賈其餘閒，作爲歌詩，與詞人詩僧，擊鉢刻燭，往復酬和，其言藹如也。

詩成，持一卷求正于余。而余謂之曰：「子知夫鶴乎？是仙家之麒〔四〕驥、羽族之介鳥也，以喻于子，如子之孤迥潔白、抖擻而離俗也。其鳴于九皋，聲聞于天也，以喻于〔五〕子之詩，如其淸吟靜嘯、謦〔六〕露而唳空也。其鳴于在陰，而其子和也，以喻于子之友聲，其琴心三疊、一唱而三歎也。吾向者以鶴字〔七〕子，今其有〔八〕徵矣乎？我聞彌陀佛國，有種種奇妙雜色之鳥〔九〕，晝夜六時，出和雅音，常說五根五力七分八道之法〔一〇〕，而白鶴居其首。今子學世間詩，說〔一一〕出世間法。假宫商俳偶〔一二〕之調；演根力微妙之音。鶴以音聲說法，子以詩句說法，又安知子之非鶴而鶴之非子乎？」鶴如踴躍歡喜，合十而言曰：「驅烏之歲，夫子以鶴如字我。今乃知夫子之記〔一三〕我也。此山中林木池沼，宛然西方。公若肯來，用迦陵仙音說法，某得如五百鶴衆，聞一偈而飛鳴〔一四〕解脫，則大幸矣。請書之以爲券。」

【校記】

〔一〕此文邃本、金匱本有，亦收于文鈔補遺中。鄒鎡序本無。〔二〕邃本、鄒鎡序本作「影」，文鈔補遺作「跡」。〔三〕金匱本、文鈔補遺作「柱」，邃本作「拄」。〔四〕邃本、文鈔補遺作「麒」，金匱本作「騏」。〔五〕邃本、金匱本有「于」字，文鈔補遺無。〔六〕金匱本、文鈔補遺作「謦」，邃本作「警」。〔七〕邃本、文鈔補遺作「字」，金匱本作「示」。〔八〕金匱本、文鈔補遺作「其有」，邃本作「有其」。〔九〕文鈔補遺作「有種種奇妙雜色之鳥」，遼本、金匱本作「有諸衆鳥」。〔一〇〕文鈔補遺作「出和雅音常說五根五力七分八道之法」，遼本、金匱本作「宣說妙法」。〔一一〕金匱本「說」字下有「世」字，遼本、文鈔補遺無。〔一二〕文鈔補遺有「俳偶」二字，遼本、金匱本無。〔一三〕金匱本、文鈔補遺作「記」，遼本作「說」。〔一四〕文鈔補遺有「悲鳴」二字，遼本、金匱本無。

又題像贊〔一〕

蒲團趺坐，雪頂霜髭。具四威儀，居然大師。昔我藎爾，年方驅烏。字以鶴如，皎潔僧雛。我觀是身，刹那不住。童耄觀河，無有是處。身外之身，山光潭影。笑彼癡猿，見月在井。

【校記】

〔一〕此文鄒鎡序本無。遼本、文鈔補遺題作又題像贊。金匱本題作題鶴如禪師像贊。

題山曉上座嘯堂詩〔一〕

今之緇流，多喜爲詩。或排列華要，如千佛名經。或撫拾偈頌，如戲場科諢。每一觸目，輒爲赤眚〔二〕滿眼。頃見天童曉上座詩，體淸心遠，恬虛樂古，居然衲衣本色也。余愛韓退之詩「清曉卷書坐，南山見高稜」。此二語殆爲山曉寫照，其詩亦彷彿似〔三〕之。杼山不云乎：「隳名之人，萬慮俱〔四〕盡，強留詩道，以樂性情。」蓋由瞥起餘塵未泯，豈有健羨于其間哉！上座能了此義，月下風前，么絃孤韻，色天清迥，花漏〔五〕滴瀝，詩當益工，禪心當益妙。以此爲今之緇流，藥其塵垢而療其狂易，用詩句爲牽勸，故知不後于古德也。上座此行，將木陳和尚命，請余作天童塔銘。余不敏〔六〕，不能如無盡居士爲石門點出金剛眼睛，却與點綴詩卷，作泥人揩背因緣。持歸示木老，定當爲破顏一笑〔七〕。

【校記】

〔一〕此文邃本、金匱本有，亦收于文鈔補遺中。鄒鎡序本無。

〔二〕邃本、金匱本作「眚」，文鈔補遺作「青」。

〔三〕邃本、文鈔補遺作「似」，金匱本作「示」。

〔四〕邃本作「俱」，金匱本、文鈔補遺作「都」。

〔五〕金匱本、文鈔補遺作「漏」，邃本作「滿」。

〔六〕邃本有「敏」字，金匱本、文鈔補遺無。

〔七〕金匱本、文鈔補遺有「一笑」二字，邃本無。

題淨土詠懷詩〔一〕

楚石琦公作西齋淨土詩，備陳樂邦之妙，使人如聞迦陵頻伽和雅仙音，心神熙怡，便欲從之西逝。巨方上人飽參經論，專修念佛三昧，作淨土詠懷詩，名曰蓮券，殆亦聞楚石之風而興起耶？然吾聞楚石示疾時〔二〕作木馬夜鳴，西方日出之偈。夢堂呵曰：「西方有佛，東方無佛耶？」乃厲聲一喝，泊然而逝。二公熟知樂邦道路，互〔三〕執契券，可謂交手而相付者也。若但憑西齋淨土一編，指爲蓮券〔四〕，正恐霍光將假銀城典與單于，未有人作保在。亘方以爲何如？辛丑仲春〔五〕。

【校記】

〔一〕此文遂本、金匱本有，亦收于文鈔補遺中。鄒鎡序本無。

〔二〕金匱本、文鈔補遺有「時」字，遂本無。

〔三〕金匱本、文鈔補遺作「互」，遂文作「如」。

〔四〕文鈔補遺有「可謂」至「蓮券」二十二字，遂本、金匱本無。

〔五〕文鈔補遺有末四字，遂本、金匱本無。

南來堂拾稿題詞〔一〕

余嘗謂古今禪講諸師，文集行世者絕少。以賢首一家徵之，帝心惟法界觀門一書而已。賢首惟教義還源觀金師子章而已。清涼、圭峯，著述弘多，皆無文集行世。古人之指意，以爲後五百年〔二〕，弘宗扶教，其綱要在于〔三〕闡揚法界，廓清教海，而駢枝儷葉之文，固不足爲有無也。末法陵夷〔四〕，雪浪崛起東南，人謂窺基再來。雪浪工于講演，解黏釋縛，言語妙天下，顧不肯著書。雪浪之後，再傳爲巢、雨、蒼、汰，法席最盛。而四公者，皆後先順世矣。蒼老之孫行敏，掇拾其遺文，頂禮悲泣，乞余一言，以流通于世。

余謂蒼老之于法門，深心誓願，泐金石而渡河沙者，在與汰師互演大鈔；然雜華法門〔五〕千年垂絕之燈。此蓋淸涼現龍之分身，蜿蜒〔六〕青冥，百千數變之一耳。其應世酬物，取次點染之文，如龍之片甲，如鴻〔七〕之一爪〔八〕，固不足以爲有無，而人亦不必比量其工拙也。行敏思表著乃祖緒言，如此其〔九〕篤摯，而落木居士又爲評定其什一，則順其意而流通，亦無不可者。佛言如拆〔一〇〕金杖，金體不殊。如蒼老之文，固不可以爲是金杖之全也〔一一〕，抑豈可以爲是拆〔一二〕金之杖而非金也耶？亦在乎善取之而已矣。戊戌季秋日，虞山蒙叟錢謙益書〔一三〕。

【校記】

〔一〕此文遼本、金匱本有，亦收于文鈔補遺中。鄒鎡序本無。　〔二〕文鈔補遺作「年」，遼本、金匱本作「歲」。

〔三〕遼本、金匱本作「于」，文鈔補遺作「乎」。　〔四〕遼本作「彝」，金匱本作「遲」。文鈔補遺「遲」字旁注：作「夷」。

〔五〕遼本、金匱本有「法門」二字，文鈔補遺無。　〔六〕金匱本、文鈔補遺作「蜿蜒」，遼本作「琬琰」。

〔七〕文鈔補遺作「鴻」，金匱本作「麟」，遼本作「鱗」。　〔八〕文鈔補遺作「爪」，遼本、金匱本作「鬣」。

〔九〕遼本、金匱本有「其」字，文鈔補遺無。　〔一〇〕〔一二〕遼本、金匱本作「拆」，文鈔補遺作「柝」。

〔一一〕金匱本、文鈔補遺有「也」字，遼本無。　〔一三〕文鈔補遺有「戊戌」以下十三字，遼本、金匱本無。

有學集卷四十九

題跋

題邵得魯迷塗集〔一〕

邵得魯以不早剃〔二〕髮，械繫僇辱，瀕死而不悔。其詩淸和婉麗，怨而不怒，可以觀、可以興矣。得魯家世皈依雲棲，精研內典。今且以佛法相商，優波離爲佛剃〔三〕髮作五百童子剃〔四〕頭師，從佛出家，得阿羅漢果。孫陀羅難陀不肯剃〔五〕髮，握拳語剃〔六〕者：「汝何敢持刀，臨閻浮王頂？」阿難抱持，强爲剃〔七〕髮，亦得阿羅漢果。得魯卽不剃髮，未便如〔八〕難陀耴次作轉輪聖王。何〔九〕以護惜數莖髮，如此鄭重？彼狺狺剃髮，刀鋸相加，安知非多生善知識，順則爲優波離之于五百釋子，逆則如阿難之于難陀。而咨欸慨歎，迄于今，似未能釋然者耶？我輩多生流浪，如演若達多晨朝引鏡，失頭狂走。頭之不知，髮于何有？畢竟此數莖髮，剃與未剃，此二相俱不可得。當知演若昔日〔一〇〕失頭，頭未曾失。得魯今日剃髮，髮未曾剃。晨朝引鏡時，試思吾言，當爲啞然一笑也。

【校記】

〔一〕本卷各篇除書杜蒼略史編一篇，只收于邃本、文鈔補遺外，其它各篇，邃本、鄒鎡序本、金匱本俱有，亦收于文鈔補遺中。　〔二〕〔三〕〔四〕〔五〕〔六〕〔七〕文鈔補遺作「剃」，各本作「薙」。　〔八〕各本「如」字下有「阿」字，文鈔補遺無。　〔九〕各本作「何」，文鈔補遺作「可」。　〔一〇〕金匱本、文鈔補遺作「日」，邃本、鄒鎡序本作「者」。

讀宋玉叔文集題辭

豫章王于一，文士之不苟譽人者也，來告我曰：「玉叔不獨詩擅場也，其文章卓然名家。惟夫子有以表之，俾後學有職志焉。」余聞之，喟然歎息。余之從事于斯文，少自省改者有四。弱冠時，熟爛空同、弇州諸集，至能闇數行墨。先君子命曰：「此毘陵唐應德所云，三歲孩作老人形耳。」長而讀歸熙甫之文，謂有一二〔一〕妄庸人爲之巨子，而練川二三長者，流傳熙甫之緒言。先君子之言益信。一也。少奉弇州藝苑巵言，如金科玉條。及觀其晚年論定，悔其多誤後人，思隨事改正。而其贊熙甫則曰：「千載有公，繼韓歐陽。余豈異趨，久而自傷。」蓋弇州之追悔俗學深矣。二也。午、未間，客從臨川來，湯若士寄聲相勉曰：「本朝文，自空同已降，皆文之輿臺也。古文自有眞，且從宋金華著眼。」自是而指歸大定。

再與嚴子論詩語〔一〕

武伯新詩益富，風檣陣馬，凌獵可畏。而其自敍，則謂掉鞅於詩，富有弋獲，皆自余言發之。嚴子以余爲識道之老馬，則已誤矣。今復摳衣再拜，挾筴〔二〕固請，余非洪鐘也，而撞擊之不休，不已窘乎？

頃者脚病伏枕，偶繙郭景純遊仙詩，其二章曰：「青溪千餘仞，中有一道士。雲生梁棟間，風出窗戶裏。借問此何誰？云是鬼谷子。」吟諷數四，爟然心開，如登日次，如出雲外，累蘇積〔三〕塊，窅然若喪其所有。甚矣！古人之詩之不易讀也。余年八十，憧而能讀，而猶未能闚其所以。海底之珊瑚，沒人能取之。玉河之玉，西天〔四〕之人能採之。黃帝之玄珠，離朱猶不能索而得也。不于此中截斷衆流，斬關奪命，攝古人之精魂〔五〕，而搜討其窟穴，雖其雕章斵〔六〕句，縟繡滿眼，終爲土龍象物而已矣。

今之論詩者，亦知評量格律，講求聲病，搰搰焉以爲能事。由古人觀之，所謂口耳之間兼寸耳。人以兩輪卷葉爲耳，亦知有大人之耳，張兩耳以爲市，人以時集會其上乎？人以一尺口齒爲面，亦知有無首之民，乳爲目，臍爲口，操干〔七〕戚而舞乎？今之論詩，循聲按〔八〕響，尺尺而寸寸者，兩輪之耳，一尺之面也。古人之詩，海涵地負，條風凱風，出納于以起沈憂代藥物也，則自余之療子張始。

【校記】

〔一〕各本作「日」，鄒鎡序本作「曰」。

題費所中山中詠古詩

近世〔一〕學者，摛詞掞藻，春華滿眼，所中獨好談握奇八陣、兵農有用之學。山中詠古，上下千載，得二十四人，可以觀其志矣。余少壯亦好論兵，抵掌白山、黑水間。老歸空門，都如幻夢。然每笑洪覺範論禪，輒唱〔二〕言杜牧論兵，如珠走盤，知此老胸中，尚有事在。所中才志鬱盤，方當不介而馳，三周華不注，何怪其言之娓娓也。昔人有言：「治世讀中庸，亂世讀陰符。」又云：「治世讀陰符，亂世讀中庸。」此兩言者，東西易向，願所中爲筮而決之。丁酉九月〔三〕。

【校記】

〔一〕文鈔補遺作「世」，各本作「以」。〔二〕各本作「唱」，文鈔補遺旁注：刻作「嘆」。〔三〕文鈔補遺有末四字，各本無。

三也。毘陵初學史、漢爲文，遇晉江王道思，痛言文章利病，始幡然改轍。閩人洪朝選撰晉江行狀，區別其源流甚晰。而弘、正之後，好奇者旁歸于羅景明。吳人蔡羽與王濟之書，極論其側出非古。由是而益知古學之流傳，確有自來。四也。余之于此道，不敢自認爲良醫，而審方診病，亦〔二〕可謂之三折肱矣。要而言之，昔學之病病于狂，今學之病病于瞽。獻吉之戒不讀唐後書也，仲默之謂文法亡于韓愈也，于鱗之謂唐無五言古詩也，滅裂經術，偭背古學，而橫騖其才力，以爲前無古人。此如病狂之人，強陽僨驕，心易而狂走耳。今之人，傳染其病，而不知病症之所從來，如羣瞽之拍肩而行于塗，街衢溝瀆，惟人指引。不然則捫籥以爲日也。執箕以爲象也，幷與其狂病而無之，則謂之瞽人而已矣。

玉叔之文，骨力秀拔，意匠深遠，標章〔三〕命意，迢然以古人爲師。蓋其道心文府，本之天授，俗學之熏染，無自而滓其筆端也。吾是以讀之而喜。雖然，羣瞽冥行，無目諍日，慮玉叔出而空其羣也，必將羣噪吾言。吾是以滋懼。其說在吾之雹論也，亦蘄乎玉叔之自信而已矣。樊宗師之爲文，艱澀不可句讀，而韓子銘之曰：「惟古于文必己出，降而不能乃剽賊。」尹師魯縱橫論難，極談兵事利害，而歐陽子稱其文簡而有體。歸熙甫嘗語其門人：「韓子言惟陳言之務去，何以謂之陳言？」門人雜然以對。熙甫曰：「皆非也，惟不切者爲陳言耳。」玉叔以古人爲師，究極文章之體要，雖世所稱高文鉅筆，猶〔四〕將持擇洮汰，以爲剽賊、爲陳言。況夫目〔五〕論耳〔六〕食、嚼飯以〔七〕餧人者，奚足置齒頰間乎？玉叔攟其文過余，攝衣避席，引古人後世誰定吾文之語。誘之使言，余故敢自認爲識道之老馬，略舉生平所知者以告之，亦于一所更端請益，而未能更僕者也。玉叔年力壯盛，通懷虛己，富有日新，殆不知其所至。幸深以吾言自信，余雖耄老，尙能憑軾以俟之。

【校記】

〔一〕遼本、鄒鎡序本、金匱本作「一二」，文鈔補遺作「一二三」。〔二〕文鈔補遺有「亦」字，各本無。

〔三〕金匱本、文鈔補遺作「章」，遼本、鄒鎡序本作「草」。〔四〕文鈔補遺作「猶」，各本作「尤」。〔五〕各本作「目」，文鈔補遺作「耳」。〔六〕各本作「耳」，文鈔補遺作「目」。〔七〕文鈔補遺有「以」字，各本無。

顧與治遺稿題辭

予初識與治，見其威儀庠序，筆墨妍雅，喜王國之多士，而華玉、英玉之有後也。莆田宋比玉客死吳門，歸葬于閩。家貧無子，詩草散佚。與治裹糧走三千里，漬酒墓門，收拾遺草，請予勒石表其墓。金陵亂後，與治與剩和尙，生死周旋，白刃交頸，人鬼呼吸，無變色，無悔詞。予以此心重與治，片言定交，輕死重氣，雖古俠烈士，無以過也。晚年屢遭坎陷，困于蒺藜，卒無子窮老以死。施愚山學憲，經紀其喪，又屬其友方爾止、沈子遷網羅放失舊稿，手自排纂爲集，刻而傳之。嗟乎！與治以老書生蓋棺，瓦燈敗幃，委緌無後。愚山惠顧風雅，嘘枯而然死，若此其汲汲也。愚山之于與治，猶〔一〕與治之于比玉，尹、班之永夕，范、張之下泉，氣類相感，可以徵天道焉。風塵澒洞，士生其時，蒙頭過身而已。渺然〔二〕孤生，黨軍持而抗服匿，讀與治詩，九原猶〔三〕有生氣。存與治之詩，所以存與治也。知愚山存與治之義，士之自立而悲〔四〕于無徒，與夫慕義而懼于湮沒者，可以慨然而興起矣。辛丑六月晦日，書于錦城之寓軒〔五〕。

【校記】

〔一〕金匱本、文鈔補遺作「猶」，邃本、鄒鎡序本作「尤」。〔二〕文鈔補遺有「渺然」二字，各本無。

〔三〕文鈔補遺作「猶」，各本作「尤」。〔四〕各本作「悲」，文鈔補遺旁注「患」字。〔五〕文鈔補遺有「辛丑」以下十三字，注：「錦」，一作「錢」。各本無。

書趙太史魯游稿後

崇禎戊寅九月，余蒙恩湔祓南歸，恭詣闕里，謁先聖林廟，賦詩一百韻，敍次其梗槩。越二十有一年，歲在〔一〕己亥，錫山趙月潭太史，渡淮、泗，抵東兖，肅謁林廟，禮成而言歸，作記一篇，賦詩數十章，自謂如太史公適魯，登聖人之堂，見俎豆禮器，喟然而歎，心嚮往之，低徊留之不能去。涉末流，處亂世，居今睎古，慨然慕西京元封之盛事，今太史，猶〔二〕古太史也。余讀而心重之。

當余謁闕里時，天步未夷〔三〕，四郊多壘。篋中攜茶陵李文正公東祀錄，想見弘、正間盛世元臣，銜命祗事，肅雝至止之彝典。俛仰江河，唏嘘慨慕〔四〕，所著詩蓋三致意焉。今讀太史魯遊錄，天地改易，衣冠參錯。墓門之荊棘未闢，城上之弦誦猶〔五〕在，以石渠載筆之遺臣，偕一二周餘夏肄，拱立端拜于榛蕪灌莽之餘，視余展謁時，已邈然如上古七十二君封云禪亭之時世。循覽徹簡，相向飲泣，不知淸淚之漬紙也。太史肅拜壇墀，瞻仰圖像。追思先皇帝視學釋奠，周行兩廡，親諭儒臣，當尊崇有宋、周、邵、二〔六〕程、朱、張六子，章表正學，聖謨洋洋，謦咳在耳。而孔氏後人，不能復問諸掌故，爲之霑襟掩袂。已而訪問闕里諸誌錄，殘缺失次，以謂當及時修葺，彰明先聖典錄，以立千萬世瞻儀之楷則。此則余之所夙昔寤歎，夢寐不忘者也。

居嘗謂今世憲章二祖〔七〕，三教鼎立。釋氏琅函珠林，現〔八〕有三藏。道流若漢天師世家譜牒，歷然可觀。獨吾先聖一門，紀載闕如。昔人撰錄，若祖庭廣記、東〔九〕家雜記、孔子世家譜諸書，今之儒者，有曾考覽者乎？闕里譜系，宋元豐孔子四十六代孫知洪州軍宗翰所編也。孔氏〔10〕續錄，元延祐五十一代孫元祚所編也。孔聖圖譜三卷，一圖譜，二年譜，三編年，元大德五十三代孫津所刻也。此皆孔氏遺書藏弆奎閣者，今之後人，有能舉其名籍者乎？本朝金華宋文憲公著孔子生卒考一篇，辨正彼此疑互。吾夫子降精夢奠，端門受書之時日，儒者已付之威音往刦，不能委知，而況其他乎！

從祀之典，昉于漢文翁石室圖像。唐處州刺史李繁新作孔子廟，命工改爲顔回至子夏十人像，其餘六十二子，及後大儒公羊高、左丘明、孟軻、荀況、伏、毛、韓、董、高堂、揚雄、鄭玄等數十人，皆圖之壁，韓文公詳記其事。歷代崇重祀典，黜陟進退，凛于秋霜。而余猶〔二〕有不能無議者。有元之許衡以仕元議輟，宜也。若江漢之趙復，資中之黄澤，臨川之吴澄，有功聖門，無玷〔三〕仕籍者，不當補祀乎？朱子之學，一傳爲何基、王柏，再傳爲金履祥、許謙，又傳爲本朝宋文憲濂、王忠文禕，文憲又傳爲方正學孝孺。文憲、忠文以文學佐高皇帝，黼黻開天鴻業，開三百年斯文之脈，此可以無祀乎？方正學爲朱子之世適宗子，九死殉國，開三百年節義之脈，此可以無祀乎？以儒林言之，新安之趙汸、汪克寬，一則承資中之絶學，一則闡紫陽之遺文，其有功聖門一也。以道學言之，三原王端毅恕，其學力豈下于薛文清，石渠意見，發揮經學，河汾讀書錄之季孟也。是三君子者，其可以無祀乎？太史希〔三〕，聖考文，遡稽遐覽，志則韙矣。日猶〔四〕在天，文未墜地。明君聖王，必將有祀太牢、坐講堂，如炎漢之高、光者。執此以往，後死者之得與斯文也，其在斯乎！其在斯乎！杜牧有言：「自古稱夫子之德，莫如孟子。稱夫子之尊，莫如韓吏部。」余深望于太史，故謹書其後以〔一五〕竢焉。是歲易月二十九日〔一六〕。

【校記】

〔一〕文鈔補遺有「歲在」二字，各本無。〔二〕〔五〕〔一一〕〔一四〕文鈔補遺作「猶」，各本作「尤」。〔三〕金匱本、文鈔補遺作「夷」，遂本、鄒鎡序本作「彝」。〔四〕各本作「㬥」，文鈔補遺作「歎」。〔六〕文鈔補遺有「二」字，各本無。〔七〕各本作「二祖」，文鈔補遺作「三俎」。〔八〕文鈔補遺作「現」，各本作「憲」。〔九〕文鈔補遺作「東」，各本作「宋」。〔一〇〕文鈔補遺作「氏」，各本作「子」。〔一二〕各本作「玷」，文鈔補遺並列「玷」「點」二字。〔一三〕文鈔補遺作「希」，遂本作「睎」，鄒鎡序本、金匱本作「晞」。〔一五〕文鈔補遺「以」字下有「有」字，各本無。〔一六〕文鈔補遺有「是歲」以下八字，各本無。

題杜蒼略自評詩文

不見蒼略，于今五年。遇阨而氣益昌，家貧而學益富，才老心易，趾高視下。宜其所著撰宏肆奡兀，富有日新，一至于此也。蒼略不以余爲老耄〔一〕，過而問道于瞽，請爲疏瀹其脈理，而抉擿其指要，則余固不能也。豈惟余哉！雖古之人亦有所不能也〔二〕。夫詩文之道，萌折于靈心，蟄啓于世運，而茁長于學問。三者相値，如燈之有炷有油有火，而焰發焉。今將欲剔其炷，撥其油，吹其火，而推尋其何者爲光，豈理也哉！方其標舉興會，經營將迎。新吾故吾，剝換于行間。心神識神，湧現于句裏。如蛻斯易，如蛾斯術。心了矣，而口或茫然。手了矣，而心猶〔三〕介爾。于此之時，而欲鏤塵畫影，尋行而數墨，非愚則誣也。柳子之讀毛穎傳也，曰：「譬如追龍蛇、搏虎豹，欲與之角而力有不暇。」蒼略之詩文，赴壑之龍蛇也，當道之虎豹也。顧欲爲之詆訶利病，捃摭失得，蹈龍蛇之頭，而履虎豹之尾，此則柳子之所不暇，而余能暇之乎？少陵之詩曰：「文章千古事，得失寸心知。」蒼略之于詩文，既已自爲評定，則所謂千古寸心者，蒼略蓋自知之矣。若其靈心濬發，神者告之，忽然而睡，渙然而興，蒼略固不能自知也，而余顧能知之也耶？丙申春正，書于秦淮丁家水閣〔四〕。

【校記】

〔一〕文鈔補遺作「耄」，各本作「髦」。〔二〕文鈔補遺有「也」字，各本無。〔三〕文鈔補遺作「猶」，各本作「尤」。〔四〕文鈔補遺有「丙申」以下十二字，各本無。

書杜蒼略史論〔一〕

有一代之史，馬、班之書是也。有萬世之史，孔子之春秋是也。太史公當天漢之時，序孝武窮兵黷武，虛耗海內。書法不隱，可謂良史。班氏則謂戾太子之禍，由于武帝之好殺。推引助順佑信之訓，以著明報應之理，尤可以垂戒將來。然吾謂孔子作漢春秋，必深予孝武，必不以馬、班之史爲案斷。何以知之？以其仁管仲之功，一匡天下，民到于今受其賜而知之也。孝武之功，何以偉〔二〕于管仲？以史之所載，幕南無王庭及渭橋受朝之事而知之也。漢之後爲典午，典午之後爲石晉，爲天水，由是而思孝武之功，豈直一匡天下。孔子仁管仲，安得不仁孝武？故曰：馬、班一代之史，孔子之春秋，萬世之史也。孔子具萬世之眼，馬、班具一代之眼。卽此一事論之，孔子云「百世可知」，豈虛語哉！杜子作史論，論太史公之書，標新竪義，皆前人所未發。余讀之一過，如臨朝〔三〕鏡，觀秋水，慨然有窮塵歷封之想。偶有感于漢事，書之以廣杜子之意，亦因以自廣焉。辛卯季秋，書于長干之石門檻〔四〕。

【校記】

〔一〕此文遼本、文鈔補遺、南潯劉氏藏精校本有，鄒鎡序本、金匱本無。〔二〕遼本作「偉」，文鈔補遺作「倖」，劉藏校本作「牟」。〔三〕各本作「朝」，劉藏校本作「明」。〔四〕劉藏校本、文鈔補遺有「辛卯」以下十二字，遼本無。

題武林兩關碑記〔一〕

神廟庚戌之後，余居憂禮懺雲棲。族子用章水部司榷南關，舟船上下〔二〕，頌聲殷殷然。用章廉平不苛，通商惠工。性喜檀施，澤及緇白。雲棲大師亦合掌讚歎，謂修普賢行門者也。越四十有四〔三〕載，用章之孫福先，復起甲第，司榷北關。計口食俸，洗手奉公。蠲除瑣科，爬搔皸瘃。徽輪鱗次，行旅烏集。帆檣廛舍，輿誦周浹。及瓜之日，薦紳懷鉛素，童耄臥轅轍，相與咨嗟涕洟〔四〕，伐石誦美。訪求用章遺愛之碑樹北關者，磨洗摩搨，合爲一帙。自昔甘棠之封殖，興思剪伐；峴首之沉碑，致歎谷陵〔五〕。未有豐碑齊竪〔六〕，綽楔交矗，祖武孫謀，項背相望如今日者。班固有言：「士服舊德之名氏，工用高曾之規矩。」蓋百年以〔七〕來，龐豐熙洽，羔羊素絲之風操，兆〔八〕于一門，非獨閥閱之美談，箕裘之盛事也。

昔我先王，有國吳越。當五代濁亂之季，生全十四州之蒼赤，仰父俯子，昌大繁庶。今用章祖孫，司榷臨安，實惟我先王故土遺民，是用保乂。還鄉之歌曰：「斗牛無孛人無欺。」將無枌榆故國，先王之精神肸蠁，式憑在茲，有徽福假靈焉者乎？用章之尊人侍御公，建五王祠廟，尊祖合族，大書表忠碑文，刻于毬門之上。漆書煌煌，昭垂金石。作忠教孝，其用意良遠。今日之舉，先河後海，咸歸美于侍御，猗歟休哉！

昔者表忠〔九〕觀成，蘇文忠公有詩送守祠之孫曰：「墮淚行看會〔一〇〕祠下，姓名終擬附〔一一〕碑陰。」我先王之遺愛餘休〔一二〕，茲久勿替如此。今日者，南北兩關，考貞珉而鐫樂石。金銀之管，琰琬之錄，炳烺于滄桑變易、刦火洞然之後。德澤之在人心，與天壤俱敝，可知已矣。詩不云乎：「無念爾祖，聿修厥德。」鄒長倩之勉公孫次卿，以謂鍼紀縷縰，積而有成，此修之之道也，德福之基也。基厚矣，墉則在子，福先念之哉！余，宗老也。不可以不志，于是乎書。

【校記】

〔一〕各本作「記」，文鈔補遺作「刻」。〔二〕各本作「上下」，文鈔補遺作「下上」。〔三〕各本作「有四」，邃本作「餘」。〔四〕文鈔補遺作「涙」，各本作「淚」。〔五〕文鈔補遺作「谷陵」，各本作「陵谷」。〔六〕各本作「豎」，文鈔補遺作「厲」。〔七〕各本作「以」，文鈔補遺作「已」。〔八〕文鈔補遺「兆」字前有「魄」字，各本無。〔九〕金匱本、文鈔補遺有「表忠」二字，邃本、鄒鎡序本無。〔一〇〕金匱本、文鈔補遺作「看」，邃本、鄒鎡序本作「者」。〔一一〕金匱本有「附」字，文鈔補遺作「刻」，邃本、鄒鎡序本無。〔一二〕各本作「遺愛餘休」，文鈔補遺作「遺休餘愛」。

題王文肅公南宮墨卷〔一〕

故少保太原王文肅公，以嘉靖壬戌，首舉會試。試卷流布華夏，經生學子，家戶誦習。而南宮故牘，鎖院手書者，兵燹隳突，尚在人間。公之孫奉常時敏購得之，捧持以示謙益。謙益竊惟我國家久道化成，重熙累洽，莫盛于世宗肅皇帝、神宗〔二〕顯皇帝。公登科在嘉靖，入相在萬曆。歷事三朝，身在台階斗柄之地，長養五十餘年和平盛大之福。訏謨典册，炳蔚廊廟，人皆能知之。其奮跡場屋，致身館閣，實以是卷爲先資。當此之時，風簷燒燭，筆騰墨飛。五星明聚，百神下觀。不知光怪驚爆，當復何狀？迨乎得君當國，天人和同，人主深拱而薄海向風，諷議雍頌而四夷〔三〕解辮。蓋其光明俊偉、龐鴻深厚之氣象，固已著見于蠶書繭紙、文句點畫之間。考其世，知〔四〕其人，有不徬徨嗟咨、俛仰流涕者乎？奉常少侍文肅，曾覩此卷，謂出嚴文靖家。亂後乃得之不知何人。嗚呼異哉！有唐之季，贊鄭公之遺笏，記衞公之故物，承平久長，寤歎斯作。居今之世，獲見斯筆，其隱心動色，又如何也？周陳大訓，魯歸寶玉。天之所與，有物來相。謙益敢謹書其事，以示觀者。其將以爲西清東觀，遺文未墜，而慨然有遐思焉，斯亦文肅之志也。壬寅歲三月望，門下學生虞山錢謙益再拜謹書〔五〕。

【校記】

〔一〕各本作「南宫」，文鈔補遺作「會試」。〔二〕文鈔補遺作「宗」，各本作「廟」。〔三〕文鈔補遺作「夷」，各本作「彝」。〔四〕各本作「知」，文鈔補遺作「思」。〔五〕文鈔補遺有「壬寅」以下十九字，各本無。

題吉州施氏先世遺册

喪亂之後，國家寶書玉牒，與故家縹囊緗帙，靡不蕩爲煨燼，踐爲泥塵。獨吉州施氏，累世圖像遺文，散失十有三載，裔孫偉長，一旦得之僧舍。豈非施氏風流弘長，先人靈爽憑依，不與刦灰俱泯？抑亦偉長抑塞磊落，龍蛇起陸，天實護持以畀之與？吾家自漢南納土，彭城尙主，得復王封。六世後，渡江居海虞者，彭城之宗子，于禮實爲大宗。居于他國，越在草莽。開天之日，鐵券進御，不獲與守祧之裔，共覩天顏。宗老言之，皆爲隕涕。乙未歲，偉長遊臨海，謁先廟，拜武肅、忠懿、文僖畫像，獲觀鐵券及周成王饗彭祖三事鼎，鼎足篆「東澗」二字。以〔一〕周公卜宅時，乃卜澗水東、瀍水西，故有此欵識也。謙益老耄昏庸，不克糞除先人之光烈，尙將策杖渡江，灑掃墓祠，拂拭宗器，以無忘忠孝刻文，乃自〔二〕號東澗遺老，所以志也。偉長曰：公方深惟周鼎，而吾家復還魯弓。公侯之後，必復其始，其亦〔三〕有占兆邪？乃再拜稽首，敬書于〔四〕此卷之末。歲在壬寅二月朔日，吳越二十五世東澗遺老虞山錢謙益敬書〔五〕。

【校記】

〔一〕文鈔補遺于「以」字前注：刻有「蓋」字，各本無。　〔二〕文鈔補遺作「自」，各本作「字」。　〔三〕文鈔補遺有「亦」字，各本無。〔四〕文鈔補遺有「于」字，各本無。〔五〕文鈔補遺有「歲在」以下二十五字，各本無。

題王周臣文稿

周臣示余新文數首，筆勢俛仰，精強之氣，尤在眉睫間。讀不盲道人說，爲慨歎久之。余往作二盲說贈錫山華仲通，謂春秋之世，舉世皆盲人，獨師曠與左丘明兩人四目，瞭然在宇宙間。周臣以十年未字之女，抱五世相韓之恥，窮愁結轖，發病于目。余以爲居今之世，盡皆矇瞍拍肩，獨周臣一人，目光如炬耳。韓退之歎張文昌盲于目不盲于心，厥後〔一〕文昌雙目再明，人謂文人之文，能筆補造化如此。今周臣坐臥一室，有比丘穿針之歎。吾輩袖退之兩手，不能伸筆〔二〕援救，居然爲造化所聊蕭，良可自愧也。元遺山有句云：「無窮白日青天在，定有先〔三〕生引鏡年。」請以斯言爲周臣左劵。癸卯臘月二十五日，東澗老人謙益書〔四〕。

【校記】

〔一〕文鈔補遺作「後」，各本作「得」。〔二〕金匱本、文鈔補遺作「筆」，邃本、鄒鎡序本作「紙」。〔三〕金匱本、文鈔補遺作「先」，邃本、鄒鎡序本作「光」。〔四〕文鈔補遺有「癸卯」以下十五字，各本無。

書吳江周氏家譜後

余少壯取友于吳江，得周子安期及從弟季侯，皆珪璋特達君子，雄駿人也。季侯與余，偕舉于鄉。已而取甲〔一〕第，歷雄職，齒牙拊頰，忤璫考死。易名賜祠，蔚爲名臣。安期晼晚不能取一第，與余交益親。因得見其二弟安石、安仁，所〔二〕謂瑤環瑜珥，稱其家兒者也。余每過吳江，泊舟垂虹亭下。安期墊巾扱衣，信步追躡。若與長年要約。或舟未艤，映望亭畔，招手叫呼，舟人讙笑，知爲安期也。安期歿後，間復過垂虹，追憶安期步屧登舟，足跡猶可指數。招邀笑語，咳吐宛然，輒潸然泣下，不忍久泊而去。衰年念故，輒作數日惡。以是故，于安石兄弟，亦不復〔三〕促數相聞也〔四〕。今年徵求內典，書尺再〔五〕往復。安石以修葺家譜示余，使爲其序。

余惟周氏南渡世家，恭肅爲盛世名卿，遠有代序。忠毅趾美相繼，廟食炳著琬琰，固無俟于余言。恭肅之諸孫，有叔宗、季華兩徵君者，外服儒風，內閟梵行。執侍巾瓶于紫柏大師，爲白衣弟子。而其母薛太君，精修安養，端坐往生。于是周氏一門，承紫柏之付囑，熏化母之教觀，莫不持木叉，奉檀度，旁行插架，漉囊倚户。吳中高門甲第，蘭錡相望，未有是也。季侯解八識規矩，潛噓慈恩之一燈。安期定徑山祖位，默護曹溪之一葉。楮柱〔六〕末法，金湯儼然。安石輯古今禪門文字，州次部居，不下數百卷。珠林寶藏，于斯爲盛。當世文人詞客，著書滿家，相與搜蟲魚、矜篆刻者，亦未有是也。惡濁昏〔七〕迷，殘刦腥穢。閻浮提臭氣，上直光音天八萬由旬〔八〕。如周氏者，斯可謂栴檀之林、香積之國也。昔者顔侍郎作家訓，建立歸心一篇，以告戒其子姓。然則廣之推之意，其不欲以七葉之漢貂，六闕之唐尹，誇詡周氏之譜牒也，可知已矣。余老歸空門，將與安石爲梵侶。知其有異乎世之君子也，于是乎書。歲在乙未仲冬十有一日，虞山蒙叟錢謙益撰于東洞庭許氏之松石軒〔九〕。

【校記】

〔一〕文鈔補遺作「甲」，各本作「科」。〔二〕文鈔補遺作「所」，各本作「斯」。〔三〕文鈔補遺有「復」字，各本無。〔四〕文鈔補遺有「也」字，各本無。〔五〕文鈔補遺有「再」字，各本無。〔六〕文鈔補遺作「柱」，各本作「拄」。〔七〕各本作「昏」，文鈔補遺作「惛」。〔八〕文鈔補遺作「八萬由旬」，各本作「四十萬里」。〔九〕文鈔補遺有「歲在」以下二十八字，各本無。

書南城徐府君行實後

昔北齊〔一〕劉獻之〔二〕有言：「百行殊塗，准之四科，德行爲首。若能入孝出弟，忠信仁讓，不待出戶，天下自知。儻不能然〔三〕，雖復博聞強識，不過爲土龍乞雨，眩惑將來，于立身之道何益乎？」南城徐銓部仲芳，敍次其尊府君行實，少服牛行賈以紓其親，長束修鏃礪以立其身，晚教忠訓廉以成其子。今之士大夫，牆高基下，蠟言梔貌，爲土龍致雨者，視府君何如也？府君有勇知兵，馬上舞雙刀如輪，昏黑中能挾彈取物。其平居〔四〕俯躬攝衣，斷斷如也。南渡日，弘光〔五〕改元，歲時家祭，稱崇禎年如故。嗟乎！稱弘光猶不忍，況忍改王氏臘耶〔六〕？記曰：「戰陣無勇，非孝也。」傳曰：「死而無義，不登于明堂。」府君之爲，勇與義兼之，節其〔七〕一惠，宜謚之曰孝子。謹書其後，以信獻之〔八〕之說。歲在辛丑，陽月二十五日〔九〕。

【校記】

〔一〕各本作「齊」；邃本作「齋」，誤。〔二〕各本作「子」，誤；文鈔補遺旁注：刻作「之」。〔三〕文鈔補遺有「然」字，各本無。〔四〕各本作「平居」，文鈔補遺作「居平」。〔五〕邃本、文鈔補遺作「南渡日弘光」，金匱本作「甲申後舊京」，鄒鎡序本空缺。〔六〕各本有「改元」至「臘耶」二十七字，鄒鎡序本空缺。〔七〕文鈔補遺作「其」，各本作「以」。〔八〕文鈔補遺作「之」；各本作「子」，誤。〔九〕文鈔補遺有「歲在」以下十字，各本無。

戲題徐仲光藏山稿後

今世達官貴人，例有文集行世。諸爲序述者，詩漢、魏迄李、杜，文左、馬迄韓、柳，兼工媿美，窮神極化。吾將踵爲讚頌〔一〕，羅無量百千萬億口爲吾口，斂無量百千萬億手爲吾手，聚無量百千萬億紙墨爲吾紙墨，曾不足博其一顧，曰：「吾詩筆固如是也。」少不愜順，則慍詈隨之。吾是以聞命飲冰，搜腸掐腎，驚爆竟日夕。嗚呼！何其苦也！今吾讀徐仲光之文，信手繙閱，移日終卷，忽然而睡，煥然而興，欣欣然氣浸淫滿大宅。何仲光之能移吾心也？

仲光之文，本天咫、搜神逵、紀物變、極情僞，其雅且正者，如金石、如箴頌〔二〕。其變者如小説傳奇。其喜者，如嘲戲。其怒者，如駡鬼。其哀者，如泣如訴。其詭譎者，如夢如幻。筆墨畦逕，去時俗遠甚。吾將爲次序讚述，如上所云，仲光未必喜。即不如上所云，仲光未必恚。蓋仲光之蘄得余言也不苟，而余之爲仲光言也，稱心出之，而無所輭避，信仲光之能移吾心也。仲光貽書，屬余評定其文，自比李翺、張籍，而以昌黎目吾。仲光等夷〔三〕翺、籍，斯可矣。余之視昌黎，猶天之不可階升也，仲光于是乎失辭矣。

李肇言：「元和已後，文筆學奇詭于韓愈，學苦澀于樊宗師。」昌黎稱紹述之文，以爲至于斯極。昌黎之于樊也，耦乎云爾。張籍曰：「後之學者，號爲韓、張。」李翺曰：「兄爲汴州，始得兄〔四〕交。」昌黎之于李、張也，儕乎云爾。吾觀翺與陸傪書，謂「李觀雖不永年，亦不甚遠于揚雄。」又曰：「孟軻既歿，亦不見有過于愈者。」習之之有道而文，通懷樂善，蓋亦百世之師也。今之君子，執子瞻汗流走僵之言，下視籍、湜，殆循箕斗之虚名，而未既其實與？侏儒問天于長人，以爲庶其近天也。彼長人者，自詡爲近天，則更爲侏儒所笑。余傾倒于仲光至矣，懼二人者之更相笑也，戲書其後以交勉焉。歲在辛丑，書于胎仙閣中〔五〕。

【校記】

〔一〕〔二〕各本作「頌」，文鈔補遺作「誦」。〔三〕金匱本、文鈔補遺作「夷」，邃本、鄒鎡序本作「彝」。

〔四〕各本作「兄」，金匱本作「見」。〔五〕文鈔補遺有「辛丑」以下十字，各本無。

讀歸玄恭看花二記

余嘗謂西京雜記載上林令虞淵花木簿，排列名目，使人覩鳥栫木、弱枝棗，輒興盧橘、蒲桃之感，不復點綴片語。若歐陽公牡丹志，小小譜錄，發揮出如許議論。古人爲文，或繁或簡，皆非苟然而作。陸士衡曰：「故無取乎冗長。」此所謂伐柯之則也。不然，則甲乙帳簿耳，何以文爲？玄恭今歲飽看牡丹、菊花，紀其游最詳，屬余評定。歲莫偪塞，卒卒未遑點筆，姑書此以復之。然玄恭看牡丹詩云：「亂離時逐繁華事，貧賤人看富貴花。」此二句，可括紀游數十紙矣。辛丑長至日題〔一〕。

【校記】

〔一〕文鈔補遺有末六字，各本無。

書廣宋遺民錄後

元人吳立夫讀龔聖予撰文履善、陸君實二傳，輯祥興以後忠臣志士遺事，作桑海餘錄，有序而無其書。本朝程學士克勤，取立夫之意，撰宋遺民錄，謝臯羽已下，凡十有一人。余惜其僅止于斯，欲增而廣之，爲續桑海餘錄，亦有序而無書。淮海李小有，更陸沉之禍，自以先世相韓，輯廣遺民錄以見志。取淸江谷音、桐江月泉吟社，以益克勤所未備。其所采于逸民史，其間錄者，殊多謬誤。以王原吉爲宋人，張孟謙與謝、唐同時，令人掩口失笑。近世著書，多目學耳食之流。踳駁雜出，是其通病。惜乎小有轂簡時，不獲與余面訂其闕失也。小有歿，以其稿屬王于一，于一轉以屬毛子晉，而二子亦奄逝矣。余問之子晉諸郎，止得目錄一帙。後有君子，能補亡刊正，釐爲全書，則小有猶不死也。撰序者李叔則氏，謂宋之存亡，一爲中國之存亡，深得文中子元經陳亡具五國之義。余爲之泣下霑襟。其文感慨曲折，則立夫桑海錄序及黃晉卿陸君實傳後序，可以方駕千古，非時人所能辦也。小有，字長科，故相國李文定公之孫。叔則，名楷，秦之朝邑人。逝者如斯，長夜未旦。尙論遺民者，殆又將以二君〔一〕爲眉目。嗚呼！尚忍言哉！玄默攝提格之涂月〔二〕。

【校記】

〔一〕各本作「君」，文鈔補遺作「士」。　〔二〕文鈔補遺有末八字，各本無。

題施秀才卷

嗚呼！此吾吳郡二十年中事也。有是太守，廉卿〔一〕得民，輯瑞告行，黄童白叟，如兒父母。有是諸生，舉幡詣闕，爲州人借寇，横被策蹇，不醵邑室一錢。有是孝廉，跡不入公府，蘊義生風，亩樹齒牙，鏃礪流俗。豈非中吳之盛舉、郡志之美談乎？城闕天阻〔二〕，宫闕幽絶，匹夫庶士，靡因靡資，投匭呼天，朝上夕可。我先帝綜覈吏治，周悉民隱，神心睿慮，經緯萬方，深仁厚澤，庶可以想見萬一。詩云：「於戲前王不忘。」可不念哉？甲午春日〔三〕。

【校記】

〔一〕文鈔補遺作「卿」，各本作「辦」。　〔二〕文鈔補遺作「阻」，各本作「沮」。　〔三〕文鈔補遺有末四字，各本無。

題錢（一）礎日哀言

或有問于余曰：「禮有之：『至哀無文。』又曰：『斬衰之喪，唯而不對。』礎日之喪其親也，而爲文以告哀。禮歟？」曰：「禮也。今夫斬衰之哭，若往而不反（二）。齊衰之哭，若往而反。此哀之發于聲音者也。夫鳥獸之喪其羣也，越月踰時，翔回焉（三），鳴號焉。至于燕雀，尤有啁噍之頃。皆聲音之屬也。創鉅者其日久，痛甚者其愈遲。哭踊無數，惻怛痛疾，志懣氣盛，而託之于文，以發動其觸地壞牆，痛毒憑塞之極哀，稱情而生（四），文先王之所不禁也。顏之推曰：『孝經曰：哭不偯。謂哭有輕重質文之聲也。禮以哭有言者爲號。則哭亦有辭也。江南喪哭時有哀訴之言。蒼頡篇有倄字，訓詁云（五）：痛而謼也。』礎日之告哀，是亦哭辭痛謼之類也。禮緣人情，何爲而不可？」或曰：「然則彼都人士，相與摛詞點筆，以相其哀，亦禮歟？」曰：「鄰有喪，不相舂。古之有喪者，朋友（六）三日不弔則絕之。王修以社日哀母，鄰里爲之罷社。今爲礎日之友者，纏綿惻愴，各相其哀，以比于鄰舂罷社之義，亦猶（七）行古之道也。」或者拱而起曰：「善哉！吾未聞此言，信子游氏之儒也。以禮許人，吾不敢以汰哉目子矣。」

【校記】

〔一〕各本作「錢」，文鈔補遺作「宗彥」。　〔二〕各本作「反」，鄒鎡序本作「及」。　〔三〕金匱本、文鈔補遺作「焉」，遂本、鄒鎡序本作「烏」。　〔四〕各本作「生」，文鈔補遺作「立」。　〔五〕金匱本、文鈔補遺作「云」，遂本、鄒鎡序本作「之」。　〔六〕文鈔補遺有「朋友」二字，各本無。　〔七〕金匱本、文鈔補遺作「猶」，遂本、鄒鎡序本作「尤」。

題南谿雜記

袁小修嘗云：「文人之文，高文典則，莊嚴矜重〔一〕，不若瑣言長語，取次點墨，無意爲文，而神情興會，多所標舉。若歐公之歸田錄、東坡之志林，放翁之入蜀記，皆天下之眞文也。」老懶廢學，畏讀冗長文字，近游白門，見寒鐵道人南谿雜記，益思小修之言爲有味也。道人之詩，與記雜出。古人之妙理，作者之文心，尺幅之間，層累映望。如諸天宮殿，影見于琉璃地上，行者殆不敢舉足，久之而後知爲地也。詠懷金陵古跡及和皐羽隆吉詩，零星點綴，皆有深寄。苦愛洪覺範、陸放翁，目爲南谿二友。其言曰：「石門，文中之佛也。放翁，文中之仙也。」余爲通其意曰：「石門謁梁公魯公廟、李愬畫像諸詩，佛子之忠義鬱盤，揚眉努目，現火頭金剛形相者也。放翁巢車望塵，家祭囑子諸詩，仙人之飛揚跋扈，奮椎飛劍，負青城老將毛羽者也。道人灰心入道，古井不波，學仙學佛，何獨取乎二友？記言谿之東陂，鍾山峯影，如蓮華倒垂。夕陽曉月，有氣熊熊然。二友之文章，光怪發作，化爲靈風怪雨，恍忽遁去，子可不愼備乎？」道人不答，反手長嘯，目直上視，仰睇雲漢者久之。

【校記】

〔一〕文鈔補遺作「莊嚴矜重」，各本作「莊重矜嚴」。

題華州郭氏五馬榮歸集

孝宗敬皇帝之朝，運會雍熙，明良喜起。宗臣元老，錯列朝著。于時一命之士，祓濯休明，人懷緇衣之好，家厲素絲之節。譬諸春陽麗日，一草一木，靡不舞和風而含元氣。猗歟盛哉！華州郭公，由鄉舉三任方州，廉辦著聞。引年致仕，時人作爲詩文以榮其歸。其詞頌〔一〕而不諂〔二〕，質而不俚，渢渢乎盛世之音也。嗟乎！士〔三〕君子壯而出仕，仕而得歸，歸而老，老而死，此亦民生之常，無足道者。由今觀之，則相與驚怪錯愕，以爲吉祥善事，甚難希有。陸大夫之燕喜，疏太傅之祖送，西京、東都，朝野歡娛，豈得〔四〕于吾身親見之哉？郭氏此卷，放失已久。亂後得之敗屋壞垣中。裔孫總戎光復，屬余書其後。總戎今年六十有九，據鞍上馬，矍鑠哉是翁！汾陽異姓之後，郭有人焉。天其畀以斯卷，爲何比干之賜策乎？是可書而券也。

【校記】

〔一〕各本作「頌」，文鈔補遺作「誦」。　〔二〕各本作「詔」，文鈔補遺作「調」。　〔三〕文鈔補遺有「士」字，各本無。　〔四〕金匱本、文鈔補遺作「得」，各本作「待」。

有學集卷五十

題跋

書大悲心陀羅尼經秘本後〔一〕

右經爲宋人寫本，題云大唐三藏不空譯。較今藏函伽梵達摩譯本，唯經前偈，稽首觀音大悲王，乃至所願從心悉圓滿十六句，與達摩本十四句互異〔二〕。從南無大悲觀世音乃至説神妙章句陀羅尼後，無量衆生，發菩提心，則宛是一本也。呪中每一句下，有白描小畫像，夾住諸佛菩薩諸天鬼神〔三〕名于其下，此則達摩本所無，亦今世間人所未曉者。余敢以臆通之。

昔者金剛薩埵，親于毘盧遮那佛前，受瑜伽密部最上乘義。後五百歲，傳龍猛菩薩。龍猛又數百歲，傳于龍智。龍智傳金剛智。金剛智傳大廣智不空。自毘盧遮那如來至于〔四〕不空，才六葉耳。不空年十五，師事金剛智，受金剛界大曼荼羅法，又詣龍智，揚搉十八會金剛灌頂，及大悲胎藏建壇之法，傳經論至五百餘部。當玄、肅之朝，建灌頂道場，則文殊現身；誦仁王密語，則天兵助陣。非其五部教門，別有密印觀法行果，得持總中密中之密，何以有此？唐世梵僧，寫進陀羅尼梵本，必于細妙氎上，圖〔五〕畫形質，及結壇手印。上每令宮女繡成，或匠人畫出。其尤秘密者，藏諸册府，不許流布。唐末喪亂，經畫銷毁，亦有流入于〔六〕日本者。此本必是不空所翻五百餘部之一，其畫像則梵僧〔七〕細氎圖形之遺製，喪亂之後，或自册府流落人間也

或疑此本畫像下〔八〕有馬鳴、龍樹二菩薩本身，佛與觀音大士說經呪時，何以有此？余應之曰：「佛說〔九〕此經，在補陀落迦山觀世音菩薩宮殿中，子亦將疑曰，佛說經處所，不在竺國，則在天宮，何以降跡于南方之補陀耶？楞伽中佛告大慧：『善逝涅槃後，未來世當有持〔一〇〕于我法者。南天竺國中，大名德比丘，厥號爲龍樹。』則又將疑曰，龍樹生于像法之末，何以佛于楞伽會上，懸〔一一〕爲記莂耶？瑜伽密教，一祖爲毘盧遮那如來，二祖卽龍猛菩薩，聖位玄功，難思難議〔一二〕，豈止分身百億，現影三千，而可以時分數量，比擬測度也哉？」

毛子子晉，獲此本于蒼雪法師。余見而歎曰：「靈文秘典，僅存于後五百歲。東夏之人，有如一行、慧朗者，傳教金輪，用以顯神功而求軌迹，其必有取于此乎？子晉其善護持之。」余敬書其後以竢。屠維大淵獻之歲，余月十九日，佛弟子蒙叟錢謙益槃談謹書〔一三〕。

【校記】

〔一〕 此文邃本、鄒鎡序本、金匱本俱有，亦收于文鈔補遺中。 〔二〕 金匱本、文鈔補遺作「互」，邃本、鄒鎡序本作「至」。 〔三〕 文鈔補遺作「鬼神」，各本作「神鬼」。 〔四〕 金匱本作「至于」，邃本、鄒鎡序本作「至我」，文鈔補遺作「生於」。 〔五〕 金匱本、文鈔補遺作「圖」，邃本、鄒鎡序本作「圓」。 〔六〕 文鈔補遺有「于」字，各本無。 〔七〕 各本有「梵僧」二字，文鈔補遺無。 〔八〕 文鈔補遺有「下」字，各本無。 〔九〕 金匱本作「說」，邃本、鄒鎡序本作「法」。「佛說」以下至「南方之補陀耶」四十七字，文鈔補遺無。文鈔補遺別作「神咒不翻古今共曉然豈可執是以論瑜伽密教哉」。 〔一〇〕 各本作「持」，邃本作「待」。 〔一一〕 文鈔補遺作「懸」，各本作「先」。 〔一二〕 各本作「議」，文鈔補遺作「擬」。 〔一三〕 文鈔補遺有「屠維」以下二十四字，各本無。

書憨山大師十六觀頌後〔一〕

楞嚴二十五聖齊說圓通，如月光童子自敍水觀，自入室安禪，童子誤投瓦礫，乃至開門除去已，敍致詳委，歷歷如畫。自家屋裏人說家常話，故應爾爾。憨大師枯坐東海，入海湛空澄觀。楞嚴觀境，了然心目。厥後作淨土十六觀頌，一門超出，宜其鑿鑿如懸鏡也。學人影掠光影，輒思拈弄偈頌，余每訶之。霍光將假銀城賣與單于，誰人作保耶？杭城毒熱如焚，聖可上座以大師手跡見示，不覺涼風沁骨，謹書其後。

【校記】

〔一〕此文邃本、鄒鎡序本、金匱本俱有，亦收于文鈔補遺中。

題十八祖道始頌〔一〕

蕅益法師旭公，請鄭千里繪西方此土諸祖，凡十八人，作序頌以志皈依。旭公歿，弟子聖可藏弆供奉，請余題其後。旭公于諸祖，數止十八。每宗各師一人，非有軒輊。本朝則奉雲棲、紫柏、憨山三老，繼諸祖後。嗟夫！師子輟響，野干雷鳴。臨濟一宗，儲胥林立，而位置三老于門屏之外。旭公于此中鄭重頂禮，揀別僭僞，風雪當門，孤危撐拄。斯所謂田光、貫高之用心與？余頃者刊定憨山〔二〕大師全集，撰曹溪肉身記及紫栢密藏遺集序，不惜以短兵匹馬，橫身四戰之地。惜乎旭公久逝，不得見其危身竦坐、展紙疾讀、拊几而流涕也。

【校記】

〔一〕此文邃本、鄒鎡序本、金匱本俱有，亦收于文鈔補遺中。

〔二〕文鈔補遺有「山」字，各本無。

書遠公明報應論後〔一〕

遠公明報應論，載在弘明集，但書爲遠公之作。考出三藏記目錄云：「遠法師答桓玄明報應論，論中『問曰』者，皆玄之文也。」玄之難問報應，可謂精矣。初明四大結，結爲神宅，滅之無害于神，影掠拂經四大分散之言。次明因情致報，乘感生應，自然之迹，順何所寄？竊取老子道法自然之義。故遠公評之曰：「此二條是來問之關鍵，立言之精要。」晉、宋以後，何承天、范縝之徒，諍論神滅，要皆述祖桓玄。但得其少分麄義耳。遠公之答，伐樹得株，炙病得穴。自宗少文已後，極論形神者，一一皆遠公注脚。故此論卽神不滅之宗本也。盧循瞳子四轉，遠公謂之曰：「君體涉風素，而志存不軌。」靈寶之凶慝，固已懸鏡久矣。感應之論，條分禍福，所以翦其奸萌，折其弑械，豈但是求理中之談哉？玄倚恃邪見，不信罪福，竊位扇惡，無復顧忌。不知義旗霆發，推步厭勝，聞人怨神怒之言，拊心自悔，尙能執冥科幽司，都無影響否？兇渠卽僇，縣首大桁。此時地水火風，結爲神宅者〔二〕，亦無受傷之地否？循覽遠公之論，而披尋其扣擊之所以，然後知撥無因果，乃亂臣賊子積刼之芽種，剗心尅骨，以桓玄爲殷鑒。尋影響之報，以釋往復之迷〔三〕。無父無君之流毒，庶可以少殺矣乎？孟子曰：「春秋成而亂臣賊子懼。」吾以樓煩之著論，比東魯之春秋，非虛語也。後世儒者，誅逆臣于晉季，失席痛恨，莫桓玄若也。及其標榜豎義，排斥三報，抹摋三界，胥歸命于神滅。其不以玄爲太宗者幾希。嗚呼！其亦弗思之甚也哉！

【校記】

〔一〕此文遼本、鄒鎡序本、金匱本俱有，亦收于文鈔補遺中。　〔二〕文鈔補遺有「者」字，各本無。

〔三〕金匱本、文鈔補遺作「迷」，遼本、鄒鎡序本作「迹」。

題華嚴法會箋啓〔一〕

含光法師，坐蓮子峯頭，宣演清涼大鈔，畢蒼、汰〔二〕二師未了譬願，學徒英敏者，翹勤啓請。連章累牘，爛然可觀。法師劇喜爲法筵盛事，馳示聚沙居士。居士繙閱一過，熙怡微笑，贊嘆不已。既而思之，昔者圭峯大師，講懸疏于上都，泰恭小師，斷臂慶法。今日聽徒，豈無觀智增上如斯人者。又當知泰恭聞法時，玄妙難思，若何領會，遂能慶法斷臂？定慧說法時，甚深妙義，若何舉揚，至能令人慶法斷臂？倘能于每一會中〔三〕，師資扣擊，諸決印可，一一披其關鍵，開其鈎鎖，于以宣〔四〕暢玄宗，唱導聾聵〔五〕，正須閭巷街談，家常俗話。良不必排比四六，裝潢尺幅也。大法將開，龍象蹴踏。老夫在華嚴法界中，頭面禮足，猶恐不及，豈徒歡喜讚嘆而已耶？

【校記】

〔一〕此文遼本、鄒鎡序本、金匱本俱有，亦收于文鈔補遺中。　〔二〕各本作「蒼汰」，文鈔補遺作「汰蒼」。

〔三〕各本作「中」，文鈔補遺作「時」。　〔四〕各本作「宣」，鄒鎡序本作「宗」。　〔五〕各本作「瞶」，文鈔補遺作「瞽」。

藏逸經書標目後記〔一〕

密藏開法師，搜訪教乘，手錄標目一册，留平湖陸季高家。余得之吳江周安石氏。此册爲藏師甲乙掌簿，草次標識，然實〔二〕有益于禪、講兩家。吾嘗謂圭峯大師講清涼疏鈔于東都，泰恭小師至于斷臂慶法。今之講疏鈔者，尋行點句，動云一標二釋三結，未知古人講演，果如是否？師謂經、疏鈔不應並講，又謂單講會玄爲大愚。以此正告講席，斯可謂天鼓發聲矣。其抗辨宗門，有云「救少林絹帕之譌，則披根評唱；懲白蓮郵册之禍，則斬蔓藺風。」斯二者，其病症粗，其攻伐顯。若以正法眼藏，剔邪別僞，由犖絕法舟而抉摘笑巖，在法門則金剛之眼也，在儒門則春秋之筆也。

蓋昔者紫栢、海印二大師，謂五燈之傳不正，則慧命不續，而獅絃則遂絕。于楚石藏師爲〔三〕入室弟子，接〔四〕鵝王之油，而擇牧女之乳。點胸刻〔五〕骨，非師而誰！奉二師之正印，全提眞吼，勘辨諸方，推倒回頭，趯翻不託者，非師而誰？法運陵遲，魔外恣横。法門中師子蟲，不在絹帕，不在部册，而熾然于登堂付法、僭王竊號之徒。金剛王寶劍，沈薶斷落，如電光一綫，偶爍昏塗，其誰信而從之？豈惟不信，殆必有血牙炬口鋒起而妨難者矣。師之誓願，不惜頭目腦髓，回向法界衆生。假令阿僧祇刧恆河沙數無量無邊衆生，各化無量無邊口舌，咀嚼于師，各出無量無邊筆墨，描畫于師，各殫無量無邊智辨，推剝于師，師以一言半句爲弄引，與無量無邊衆生作緣。于其婆心熱血，庶有少分相應也。然則師于佛法中，古人所謂程嬰、公孫杵臼、田光、貫高之用心，固無憾于斯人之徒。而余爲奮筆舉敭，留眼目于末後，亦何憚矣哉？

師以萬曆己丑，駐錫虞山東塔。余方童稚，從祖祖父存虛府君，攜往禮足，標目中所謂錢文學順化也。距今七十年矣。師得龍樹尊者不死之法，長鬚褐衣，時時游行人間，偶睹此册，必將曰：「此吾向日摩頂撫慰〔六〕八歲小兒也。」今老大掉弄筆舌如此，能無粲然而顧笑乎？庚子長至後八日〔七〕。

【校記】

〔一〕此文邃本、鄒鎡序本、金匱本俱有，亦收于文鈔補遺中。〔二〕各本作實，文鈔補遺作「殊」。〔三〕文鈔補遺作「師爲」，各本作「書謂」。〔四〕各本作「接」，文鈔補遺作「唼」。〔五〕各本作「刻」，文鈔補遺作「尅」。〔六〕文鈔補遺作「慰」，各本作「慧」。〔七〕文鈔補遺有末七字，各本無。

書汰如法師塔銘後〔一〕

余爲汰如法師塔銘，狥蒼雪徹師之請，據其行狀而作也。後十餘年，汰師〔二〕高足含光渠師〔三〕來告我曰：「有人議先師塔銘，寥寥數言，不足以稱道德業，願奮筆改定。渠以爲不若仍請于公，取次增潤，不獨〔四〕于先師有光〔五〕，亦聊以塞謠諑之口也。」余唯唯曰：「吾文蕪陋多矣，敢不唯命。」繙經少間，取舊稿及新所撰述，循覽反覆，啞然而笑曰：「彼何人哉？殆歐陽子論尹師魯墓誌所謂世之無識者也。」

凡誌〔六〕浮屠師者有三。一曰：授受師資，係法脈齧節則書。二曰：講演經論，係教海關鍵則書。三曰：道場住持，係人天眼目則書。舍是無書焉。余之銘汰師也，先書其行履，次書其講演，後書其歸宿。于蒼師之狀，無溢詞焉，用古〔七〕法也。書行履曰：隨雨師住鐵山，繼師住中峯，既而說法于杭之皐亭、吳之花山、白門之長干寺，軍持杖錫至止略具足矣。必欲補書曰，以何年往〔八〕某處，以何夢兆住某山。甲乙編次，古無是也。法師應期，必有檀越啓請，四衆圍繞，必欲詳書曰，某宰官致書，某宰官護持，某捐貲供養，某具舟津送，古德住五山十刹，尤唾棄爲掛名官府，如有戶籍之民。而今之津津利養者，何也？書講演則莫大乎創講大鈔，與蒼師踐更法席，故次及之。書歸宿則莫要乎臨行怡然，惟自念言，心不知法，法不知心，直如譚倦欲息，聲息旋微，故又次及之。末後〔九〕引據蒼師之論，謂師事業福德，未能如古人，亦未可與今之不敎不禪、欺世盜名者比。此蒼師之直言也，亦實語也。所謂古人者，杜順、賢首、淸涼之流，謂師不如古人，非抑之也。雖未能如古人，而其戒力見地，已迥絕乎世之不教不禪。欺世盜名者〔一〇〕，則已橫截末流，如鼉獨跳，不可謂非揚之至也。然而師之生平，以華嚴爲大宗，以講演大鈔爲弘願。法席有終，此願無已，故余爲之銘也。然則師之說法，固未嘗止，而大鈔之講席，其可以爲未終乎？其所以蕆〔一一〕往願，啓後緣，讚嘆而唱導者，亦可謂深切著明已矣。謂未足稱道德業者何也？

文不載嗣法弟子，此蒼師之略，非予過也。張說大通碑不載普寂、義福。王維大鑒銘，不載南嶽、青原，古人亦有之矣。添亦無害〔一二〕，勉狥而添之可也。其最可嗤者，不言余文之不工，而譏其寥寥數言，無以稱道德業。然則稱道人之德業，必連篇累牘，更僕羅縷，而後爲愉快勝任乎？黄魯直、陸務觀爲高僧塔銘，多〔一三〕寥寥數言，亦將買菜求益乎？行船之順風，聽衆之擠壓，僧徒老少之寒暄，叢林交單之誣諉，鄙猥瑣碎，咸將一一書之。拈花因緣，出于大梵天王經者，特引〔一四〕爲博聞證據，得無令善星比丘掩口而笑乎？歐陽公有言：世之無識者，不考文之〔一五〕重輕，但責言之多少。夫巳氏尚不讀歐陽〔一六〕文，安責其他。僧家不諳外教，不知古文法，則心〔一七〕欲推崇其師，而妄爲無識者所撼。不直則道不見，故不敢不以正告也。余爲此言，不獨以告汰師之徒，亦〔一八〕欲後之銘浮屠者，知有所謂古法而從事也。丁酉陽月二十六日〔一九〕。

【校記】

〔一〕此文邃本、金匱本有，鄒鎡序本無。亦收于文鈔補遺中。 〔二〕邃本、文鈔補遺作「師」，金匱本作「如」。 〔三〕邃本、文鈔補遺作「師」，金匱本作「公」。 〔四〕金匱本、文鈔補遺有「業願」至「不獨」二十一字，邃本脫。 〔五〕金匱本、文鈔補遺有「有光」二字，邃本缺。 〔六〕金匱本、文鈔補遺作「誌」，邃本作「識」。 〔七〕邃本「古」下有「書」字，金匱本、文鈔補遺無。 〔八〕金匱本、文鈔補遺作「往」，邃本作「住」。 〔九〕邃本、文鈔補遺作「後」，金匱本作「復」。 〔一〇〕金匱本、文鈔補遺有「古人」至「名者」二十三字，邃本脫。 〔一一〕文鈔補遺作「蕆」，邃本、金匱本作「藏」。 〔一二〕邃本、文鈔補遺作「害」，金匱本作「善」。 〔一三〕金匱本、文鈔補遺有「多」字，邃本無。 〔一四〕文鈔補遺作「引」，邃本、金匱本作「因」。 〔一五〕金匱本、文鈔補遺作「文」，邃本作「言」。 〔一六〕邃本有「陽」字，金匱本、文鈔補遺無。 〔一七〕邃本、文鈔補遺作「心」，金匱本作「以」。 〔一八〕金匱本、文鈔補遺有「亦」字，邃本無。 〔一九〕金匱本無末八字，文鈔補遺有，邃本無「二」字。

又書汰如塔銘後〔一〕

崇禎十二年，汰如河法師講大鈔于華山。開講日，天池石鼓有聲，四衆咸有喜〔二〕色。師蹙〔三〕然曰：「識有之：『石鼓鳴，吳中兵。』今江淮多警，豈宜有是？」一期講畢，白鶴數十，飛鳴盤舞，咸以爲講演之瑞。師正色曰：「來鶴之事，道家有之，非吾佛法所重也。」坐上爲之歛容。石鼓主兵，所在多有。吾往習道家科儀，醮壇煉度，結旛召鶴，道流以爲固然，良不足異。師之言信也。余往撰塔銘，據蒼老行狀，略書其事。戊戌冬，毛子晉過村莊，備道其親聞于講席者，乃知此。師深心淵識，具正法眼，迥絕于流俗若此。謹書之，以補前志之闕。余嘗有詩贈講師云：「誰拈皷蚤家常話？忽漫天花下講臺。」意亦如此。庚子仲秋二十五日〔四〕。

【校記】

〔一〕此文邃本、金匱本有，鄒鎡序本無。亦收于文鈔補遺中。　〔二〕邃本、金匱本作「喜」，文鈔補遺作「欣」。

〔三〕邃本、金匱本作「蠶」，文鈔補遺作「蹵」。　〔四〕邃本、文鈔補遺有末八字，金匱本無。

覺浪和尚天界初錄題語〔一〕

余下根鈍器，衰老失學，每見世間文字及諸方語錄，堆床積案，便眼昏頭暈，不能開卷。每拈懶殘語，那有閒工夫，替俗人拭鼻涕耶？然每于燈殘月落、夢回竁醒，先佛古師，一一〔二〕染神尅骨，語句影略逗漏，時時落齒牙喉吻中，如小兒弄語時〔三〕，婆婆和和。有人詰之，茫然不能置答，有掩口一笑耳。與覺浪和尚相聞十餘年，始得把臂，不交一語，頓覺心腑清涼，輒伸筆爲文以贈。頃又見其天界初會語，是三十年前，與焦弱侯諸先生聚首提唱〔四〕者也。迄今藏弆篋笥，未有人著語。而公之上首鶴谿，猥以見屬。每欲下筆，輒作婆婆和和狀，是又可一笑也。

嘗聞長者言，本朝禪門，自碕楚〔五〕石、沕季〔六〕潭後，一燈迢然。而憨大師盛稱壽昌無明，以〔七〕爲法眼圓明，振起末俗。今浪老實壽昌的骨子孫，建大法幢，獅絃繼響。讀斯語者，有以洞見其〔八〕提挈綱要，照用遮奪之機。無以斯世顢頇籠統，冬瓜瓠子之印，同類而舉揚之。庶不爲延津刻舟之人所竊笑也。昔吾憨師，贊壽昌之像曰：「突出大好山，千里遙相見。」博山見之，以爲知壽昌之深，無如憨師也。今吾幸〔九〕于暮年得見浪老，相與敲空作響，無舌而談。善財童子登妙峯頂，不見德雲比丘。及見德雲，乃在別峯之上。蓋余與浪老，所謂「千里遙相見」者如是〔一〇〕。鶴谿以爲然否？

【校記】

〔一〕此文邃本、金匱本有，鄒鎡序本無。亦收于文鈔補遺中。　〔二〕邃本作「一一」，金匱本、文鈔補遺作「一二」。　〔三〕金匱本、文鈔補遺有「時」字，邃本無。　〔四〕各本作「唱」，文鈔補遺旁注：作「和」。

〔五〕各本作「楚」，文鈔補遺旁注：作「礎」。　〔六〕邃本、文鈔補遺作「季」，金匱本作「李」。　〔七〕金匱本、文鈔補遺作「以」，邃本作「此」。　〔八〕邃本、金匱本有「其」字，文鈔補遺無。　〔九〕金匱本、文鈔補遺作「幸」，邃本作「本」。　〔一〇〕邃本作「是」，金匱本、文鈔補遺作「此」。

題無可道人借廬語〔一〕

金華宋學士，至正末，堅辭辟命，入仙華山爲道士，劉青田賦詩以招之。濠泗眞人，從非非想天出定。雲龍風虎，應期而起。握三寸管，闡敭佛法。龍華法界，變現于龍荒沙漠之餘。學士故永明智覺後身，乘大願輪，現身說法。時節因緣，不可思議如此。無可道人，後三百年，踵金華之後塵，其人與其官皆如之。遘遇喪亂，薙髮入廬山，披壞色衣，作除饉男，又何其相類也！金華題廬山十八賢圖，以謂君子在山林，則天下亂。至于披圖流涕。道人借廬之詩，茫茫焉，落落焉，不復知有情器世界塵刼壞成之事。翎彈〔二〕松漠，規啼居庸，如風起青蘋之末，沼然過吾耳也。白〔三〕香山居廬山草堂，煉丹垂成，除書至而丹鼎敗。龍河之幣聘，亦仙華敗鼎之日也。恐道人未免捉鼻耳。癸巳元日，海印弟子某題〔四〕。

【校記】

〔一〕此文邃本、鄒鎡序本、金匱本俱有，亦收于文鈔補遺中。〔二〕金匱本、文鈔補遺作「彈」，邃本、鄒鎡序本作「彈」。〔三〕文鈔補遺作「白」，邃本、鄒鎡序本、金匱本作「自」。〔四〕邃本、鄒鎡序本、金匱本有末六字，文鈔補遺無。

書蕅益道人自傳後〔一〕

道人辭世之日，遺囑諸弟子，勿起塔、勿刻銘，荼毘之後，以骨肉〔二〕施禽鳥，豈復有意于身後名哉？此傳是癸巳歲手書，以遺其上足聖可者。聖可出以眎余，請書其後。

嗚呼！今世宗師座主，踞曲盝牀、建大法幢者多矣。孰有千經萬論，如水瀉瓶，橫心橫口，信心信口，橫說豎說，具大辨才，如道人者乎？孰有持木叉戒，冰〔三〕淸玉栗，雖復白刃穴頭，飛鐵灼身，斷不肯毀缺針鼻，如道人者乎？孰有篤信大乘最上乘法門，破斥第二義諦，不游兔徑，不內〔四〕牛跡，不乘羊鹿二車，如道人者乎？其立論以爲：隨機羯磨出而律學衰，指月錄盛行而禪教壞，四教儀流傳而台宗昧。舉世若教若律若禪，無不指爲異物，嫉若仇讐。道人坦懷當之，攢鋒集矢，無所〔五〕引避。昔者宋人論洪覺範曰：「寧我得罪于先達，獲謗于後來，而必欲使汝曹〔六〕聞之。于佛法，與救鴿飼虎等。于世法，程嬰、公孫杵臼、田光、貫高之用心也。」吾嘗謂紫柏、海印二老後，道人殆庶幾不媿此語。於乎難哉！

然道人眼明手快，立心公虛。余嘗見其四書解，微言規切之，幡然有省，遂秘不復出。初未嘗封己貢高，自以爲是也。今其著書行世者，諸方耆宿，或然或疑。佛無定法，教有多門。在作者意廣言高，豈能以一手握定。在觀者射聲問影，未免以衆〔七〕矢拾決。要以門牆既別，標指各殊，未嘗往復酬對，諮決于生前，而徒以函矢碪錐，抉摘〔八〕于身後。道人爲正法，爲末法，一往深心苦心，窮塵積刼，孰有能明之者？此余所爲咨嗟惋惜，願與斯世法將，共表明之者也。

余老皈空門，辱道人有支、許之契。哲人往矣！安仰安放？每讀其書，時有弋獲。燈前茶罷，不復能執卷請益。永言思之，潸然淚下。遂書以示聖可，并以告諸上首弟子。其未知以余言爲然邪否邪？道人名智旭，號素華，亦云蕅益。傳文不載，法得附書。戊戌夏四月，書于杭城報因院〔九〕。

【校記】

〔一〕此文邃本、鄒鎡序本、金匱本俱有，亦收于文鈔補遺中。〔二〕文本作「骨肉」，文鈔補遺作「肉骨」。〔三〕金匱本、文鈔補遺作「冰」，邃本、鄒鎡序本作「水」。〔四〕文鈔補遺作「内」，各本作「內」。〔五〕文鈔補遺作「所」，各本作「可」。〔六〕金匱本、文鈔補遺作「曹」，邃本、鄒鎡序本作「與」。〔七〕金匱本、文鈔補遺作「衆」，邃本、鄒鎡序本作「象」。〔八〕各本作「摘」，文鈔補遺作「擿」。〔九〕文鈔補遺有「戊戌以下十二字，「因」字旁注：作「恩」。各本無。

題官和尚天外游草〔一〕

往年遊南北兩都，劍叟和尚攝衣謁余。是時爲秦川貴公子，爲山東英妙，已而爲西東京循吏，爲西臺遺老。今遂壞衣鬀髮，修頭陀行，拄杖拈錐，揚眉瞬目，作堂頭老和尚。一生面目，斬眼改換，使人有形容變盡之感。而余猶刺促作老秃翁。雀入水化爲蛤，我獨不能，豈不悲夫！劍叟今年晤余武林，出天外遊草示余。劍叟所云天外者，欲界天外耶？無欲無色四空天外耶。欲界之頂，卽色界天，色界之頂，卽無色界天，安得有天外之天可游？四空天依于空，空無所依，又安得有空外之天可游？我輩波波碌碌，多生積刼，往來天上人間，安得有一天外之人與劍叟證明此事耶？如來言：「有一人發眞歸元，十方虛空，一時消殞。」虛空既言消殞，劍叟所遊之天外，未知安放何處？覺浪老人近在皋亭，此老生身在空刼已前，或能知天外事，劍叟試以吾言問之。戊戌夏至題〔二〕。

【校記】

〔一〕此文邃本、鄒鎡序本、金匱本俱有，亦收于文鈔補遺中。

〔二〕文鈔補遺有末五字，各本無。

書惟謣上座傳後〔一〕

郎中見公，贊惟謣上座行履，極稱其舍道歸禪，得三聖設教之意。而愚以爲歸禪猶易，歸禪之後，習禪于闘谷，學教于新伊，晚而諮決于靈峯。一時魔禪盛行，開堂付拂，紛起如蜎毛。而能湛寂自守，不墮其雲霧中。此則枝拄末法，爲風雪當門之人，斯爲難能也。溯其生平，乘戒兩急，福慧雙修。以六度萬行，訓迪子孫，俾其謹守木叉，精嚴持誦。重規疊矩，擊蒙守拙。而不敢掠虛頭、標影悟，扇狂風而卷〔二〕惡慧。厥孫蒼暉，受靈峯遺囑，傑然稱師子兒，其家風可知也。蒼暉勉之。眞修實悟，勿負二老人爲法苦心，即堪從佛轉輪，作人天眼目。余將援筆以觀其有成。

【校記】

〔一〕此文邃本、鄒鎡序本、金匱本俱有，亦收于文鈔補遺中。〔二〕各本作「卷」，文鈔補遺作「養」。

題沈石天頌莊〔一〕

孔自孔，老、莊自老、莊，禪自禪，乘流示現，面目迥別。宋儒林鬳齋，影掠禪宗注莊子，河伯海若，謂與傳燈錄忠國師無情說法，無心成佛同看，却又不敢不依傍程、朱，移頭換面。三家門庭，從此無風起浪，葛藤不斷。莊生云：「鑿混沌之竅，七日而混沌死。」其鬳齋之謂與？石天居士，具正法眼，具大辨才，說莊頌莊，横說竪說，非鬳齋一知半解之比。方今魔外盛行，矯亂論議。佛法世諦，如金銀銅鐵，攪和一器，其罪業尤甚于毁佛謗經。請石天特出手眼，横截衆流，勿使明眼人謂鬳齋一往敗闕〔二〕，延津劍已去，尚有刻舟人也。

【校記】

〔一〕此文遼本、鄒鎡序本、金匱本俱有，亦收于文鈔補遺中。金匱本、文鈔補遺題作題沈石天頌莊，遼本、鄒鎡序本作題石天洞書。〔二〕各本作「𠩄」，金匱本作「闕」。

讀武闇齋印心七錄記事〔一〕

予老歸空門，患苦目學。妄思設三大火聚，以待世間之書。一曰：炎祖龍之火，以待儒書。凡儒林道學，剽賊無根者，投畀於是。一曰：然須彌之火，以待釋典。凡文句語錄，駢贅無根者，投畀於是。一曰：扇丁甲之火，以待玄文。凡經方符籙〔二〕，誕謾無稽者，投畀於是。蓋〔三〕嘗用是法以銷歸世間文字，雖大地爲紙，微塵爲墨，而吾以灰心閉目，冥置之而有餘。

戊戌良月之晦，有一〔四〕偉丈夫，扣我柴門，闖然而入〔五〕，拱揖肅拜，捧持所著書，盈箱溢帙〔六〕，出而就正於予。其爲書也，網羅三教，懸鏡一心。穿天心、壓月窟、凌四游、貫八極，縣而卽之，如入鮫人之室，明珠夜光，撒地而湧出也。如登羣玉之府，琬琰珪璋，觸目而森列也。徐而探之，如涉大海，天吳陽侯，魚頡鳥䀢，砐硪而逆擊也。如入深山窮谷，豪豬虎豹，迅奮而攫拏，急與之角而力不暇也。予耳嘈金奏，目眩銀海〔七〕，一不知丈夫之爲何人，是書之爲何書也。其以爲儒家也，則未知爲河雒之圖與？端門之命與？赤虹黄玉〔八〕之刻文與？其以爲釋家也，則未知爲阿難海之集與？遮具盤之藏與？曇無竭之寶牀金牒與？其以爲道家也，則未知爲靈飛之經與？良常之銘與？驪山老母之丹訣〔九〕與？其以爲諸子百家也，則未知爲〔一〇〕雕龍炙輠與？白馬非馬與？蒯通之雋永、鄭虔之薈蕞與？始而驚，已而喜，既而瞪眙徊徨，不能自持。則曰：有三大火聚在，盍畀諸？畀諸儒火，則有縹筆絳衣之大儒，攝齊〔一一〕而臨之。畀諸佛火，則有赤幡白牛之天神，執杵而護之。畀諸道火，則有星冠霞帔之仙眞，佩璽而守之。余爲之手戰頭暈，口呿而不合也〔一二〕。興金藏之雲，不能覆也。鼓毘嵐之風，不能吹也。張炎官之傘，不能焦也。所謂三大火聚者，其赫熹可以焚鐵圍、亘梵天，而此書無恙也。余所設投畀之法窮矣。於是乎蕩蕩墨墨，隱几而臥。如遊帝所，如入墨穴〔一三〕，如魘如寱，求寤不得者久之。

紹介丈夫來者，陳子金如，趣呼予曰：「是夫也，非他人，兖之曹縣武闇齋先生名張聯〔一四〕者也。是東魯洙泗之名〔一五〕儒，而先皇帝玄纁之遺臣也。是曹安邑之入室弟子，張藐山、黄石齋之畏友也。弱冠壯遊，明心訪道，效善財童子南詢，徧歷百城，頂禮善知識，而今首及于夫子。夫子其安意以接之，無恐。」予乃憬然而寤曰：「予知是人久矣。于安邑爲吾同門，於張、黄爲吾同志。今南詢百城以及我，予醯鷄也，其發吾覆也多矣。予其爲彌伽俗士乎？故當下座，於善財所散花供養，起立稱歎。若還昇本座，爲善財〔一六〕說法，則非所能也。予聞西域善財塔廟，於今現在，居人多唱善財歌辭。虞山城東亦有福城塔廟，予請爲丈夫唱善財歌，以代彌伽散花作禮，不亦可乎？」丈夫聞之，輾然而笑，踐席酌酒，唱和歌辭，再拜別去。而予篝燈拂紙〔一七〕，爲記其事。

【校記】

〔一〕此文邃本、鄒鎡序本、金匱本有，亦收于文鈔補遺中。各本題有「七」字，金匱本無。〔二〕各本作「籙」，文鈔補遺作「錄」。〔三〕各本作「蓋」，文鈔補遺作「居」。〔四〕各本有「一」字，文鈔補遺無。〔五〕各本有「闖然而入」四字，文鈔補遺無。〔六〕各本有「盈箱溢帙」四字，文鈔補遺無。〔七〕各本有「懸鏡一心」以下至「目眩銀海」一百零七字，文鈔補遺無，別作「穿穴四部。畢牘橫縱，卷帙浩汗。余驟而閱之，耳嘈嘈然，目眩眩然」二十五字。〔八〕金匱本、文鈔補遺有「玉」字，邃本、鄒鎡序本脫。〔九〕文鈔補遺作「訣」，各本作「杖」。〔一〇〕金匱本、文鈔補遺有「爲」字，邃本、鄒鎡序本脫。〔一一〕文鈔補遺作「齊」，各本作「齋」。〔一二〕各本有「余爲之手戰頭暈口呿而不合也」十三字，文鈔補遺無。〔一三〕金匱本作「如入墨穴」，邃本作「似入墨穴」，鄒鎡序本作「以入墨穴」，文鈔補遺作「如遇幻師」。〔一四〕各本作「聯」，金匱本作「聰」。〔一五〕各本作「名」，文鈔補遺作、「古」。〔一六〕各本作「爲善財」，文鈔補遺作「而爲」。〔一七〕金匱本、文鈔補遺作「紙」，邃本、鄒鎡序本作「經」。

題易箋〔一〕

文王明夷，則君可知矣。仲尼旅人，則世可知矣。故曰：「作易者其有憂患乎？」闇齋先生遘喪亂之時，晚而好易。其于屯之初九、六二，復之上九，益之六三，既濟之六爻，極深而研幾，恫乎其有餘悲也，愀乎恤乎其猶〔二〕有餘思也。讀者觀而〔三〕玩之文王、仲尼之易，于明夷、屯、難之中，思過半矣。宋有謝石者，以拆字術忤權倖，編管山中。遇異人工斯術者，拜而問之。其人曰：「子以字爲字，吾以身爲字也。」余再蒙大難，思文明柔順之義，自名爲蒙叟。讀闇齋易箋，竊有謝石之愧焉。書以識之。壬辰夏五〔四〕。

【校記】

〔一〕此文邃本、金匱本有，鄒鎡序本無。亦收于文鈔補遺中。本篇以下，除題李小有戒殺雞文一篇外，金匱本編爲第五十一卷，今併入卷五十。〔二〕金匱本、文鈔補遺作「猶」，邃本作「獨」。〔三〕金匱本、文鈔補遺作「而」，邃本作「者」。〔四〕文鈔補遺有末四字，邃本、金匱本無。

遵玉絕句跋語〔一〕

斷句詩神情軒舉，興會絡繹，頗似陸魯望自遣三十首，殊非今人格調，良可喜也。多讀書，厚養氣，深造而自得之，如魯望所謂凌轢波濤，穿穴險固，卒造平淡而後已，吾有厚望焉。仲文之賦湘瑟，思公之繼玉臺，錢後風流，庶幾再覩。吾老矣，當泚筆以俟之。

【校記】

〔一〕此文邃本、金匱本有，鄒鎡序本無。

題菊譜〔一〕

屈子云：「朝飲木蘭之墜露兮，夕餐秋菊之落英。」蓋其遭時鞠窮，衆芳蕪穢，不欲與雞鶩爭食，餔糟歠醨，故以飲蘭餐菊自況。其懷沙抱石之志決矣〔二〕。悠悠千載，惟陶〔三〕翁知之。其詩曰：「秋菊有佳色，裛露掇其英。」飲酒、荆軻諸篇，撫己悼世，往往相發。曹子桓送菊鍾繇，謂「感時遲暮，謹送一束以助彭老之術」，此非知屈子者也。檇李呂翁天遺，性〔四〕好蒔菊，自謂有菊癖。述樹藝栽植之法，爲菊譜一卷。聞翁爲故相文懿公之後，避世牆東，製荷衣、戴籜冠，其斯世之〔五〕遺民，悠然在南山東籬之間者與？抑亦飲蘭餐菊，有靈均之志與？嗟乎！人世榮華勢燄，如風花烟草。昔時東陵侯，今爲種瓜人。故相之子孫〔六〕，于今爲庶。能以種菊自老，賢于金、張七葉多矣。他日訪呂翁之菊譜，安知不以爲青門之阡陌乎？

【校記】

〔一〕此文遂本、金匱本有，鄒鎡序本無。亦收于文鈔補遺中。〔二〕文鈔補遺有「決矣」二字，遂本、金匱本無。〔三〕金匱本、文鈔補遺作「陶」，遂本作「菊」。〔四〕金匱本、文鈔補遺作「性」，遂本作「惟」。〔五〕文鈔補遺有「之」字，遂本、金匱本無。〔六〕文鈔補遺有「孫」字，遂本、金匱本無。

題丁菡生自家話〔一〕

樊遲在洙、泗間，以從游善問稱。左氏記其與齊人戰三刻踰溝之事，蓋孔門高明廣大英偉之儒也。既而請學農圃，收斂其精華果鋭之氣象，歸于眞實。夫子目爲小人，猶佛家之所謂小乘云爾〔二〕。而儒者以粗鄙近利訶之，豈不陋哉！陳迦古好談禪，以東坡所言爲淺陋。坡語之曰：「公之所談〔三〕譬之飲食，龍肉也。而僕之所學，猪肉也。公終日說龍肉，不若〔四〕僕之食猪肉，食〔五〕美而眞〔六〕飽也。」今世學禪者，鏤〔七〕影劃空，金剛圈、栗棘蓬，葛藤滿紙。菡生自家話，近裏着己，語皆實際，豈時人所談，皆迦古之龍肉，而菡生所學，乃東坡之猪肉耶？一以爲粗鄙，一以爲淺陋，下士聞道〔八〕大笑，彼以爲塵垢糠粃，而我則以爲妙道也。僧問趙州：「如何是玄中玄？」州云：「汝玄來多少時？」僧云：「玄之久矣。」州云：「若不是老僧，幾乎玄殺。」有具眼者，莫將菡生話頭蹉過，恐不如趙州僧玄殺，便終日坐飯籮邊餓殺也。

【校記】

〔一〕此文遼本、金匱本有，鄭鎡序本無。亦收于文鈔補遺中。〔二〕文鈔補遺作「爾」，遼本、金匱本作「耳」。〔三〕遼本、文鈔補遺作「談」，金匱本作「言」。〔四〕遼本、金匱本作「若」，文鈔補遺作「如」。〔五〕遼本、金匱本作「食」，文鈔補遺作「實」。〔六〕遼本、金匱本作「眞」，文鈔補遺作「中」。〔七〕遼本、金匱本作「鏤」，文鈔補遺作「鍊」。〔八〕遼本、文鈔補遺作「道」，金匱本作「之」。

題丁菡生藏余尺牘小册〔一〕

戊子歲，訟繫南都。從丁菡生借書，往返促數。菡生輯余手〔二〕簡，成二小册〔三〕。標背裝褫，鄭重精緻。余既不工書，小簡語尤潦草，見之慚惶。便欲攫付水火，然深愧其意，縮恧而止。昔人言北宋諸老，書問修整，無一漫筆。獨王荆公不爾，觀其筆札，一往似忙迫時所爲。朱子譏之曰：「人生那得有如許忙時耶？」余文章名位，不能望荆公什一，獨此一病，彷彿相似。常舉以語人，輒爲一笑。老友程孟陽每正色曰：「荆公病痛弘多，此特其小小者，然亦不願兄效之也。」頃閲米元章書史云：「荆公少時書學楊凝式。元豐六年，始識公于鍾山，談及此。公大賞嘆，曰：無人知之。其後與余書簡，皆此等字。」方知荆公墨妙如此。余雖欲援公以自解免，其將能乎？令〔四〕孟陽而〔五〕在，亦將拊掌揶揄，笑前言之爲過計也〔六〕。菡生寄册子索題，遂書〔七〕而歸之。囑其貯諸篋笥〔八〕，爲我藏拙，流傳家塾，存吾兩家故事。雖然，恐他時賢子弟，仍不免哄堂一笑耳。

余采本朝詩，數從〔九〕菡生借書。今詩集已行世，鴻儒鉅公，交口傳誦。雞林使人每從燕市購取。三百年風雅未墜于地，菡生有助焉。集中小傳，略具評騭。平心虚己，不敢任臆雌雄〔一〇〕，舉手〔一一〕上下。如王長公，桑梓先輩〔一二〕，童稚欽〔一三〕挹，所謂晚年定論〔一四〕者，皆取其遺文緒言，證明詮表，未嘗增潤一字。李空同之剽略，同時諸老，嘖有煩言，非吾樹的也。間有論著〔一五〕，排擯嚴羽〔一六〕、劉辰翁、高廷禮之儔，疏瀹源流，剪薙繆種，寸心得失，與古人質成于千載之上。聲塵迢然，與一二時流何與，而反脣相向乎？有夢與人搏而負者，旦而求敵于衢，日暮不得，飢疲而後反。斯人也，其將終尋夢中之搏乎？抑亦將日暮而反乎？吾知其不與同夢已矣〔一七〕。歐陽公，宋之大人君子也，作尹師魯墓誌，憤時人之譏評，盛氣怒色，見于文辭，有豈惜小子之言。余學佛人也。彼是兩行，如微風之過簫，領〔一八〕之而已。客方盱衡來告，而菡生以小簡索題，遂書其語以貽菡生。菡生笑〔一九〕不應，卷册子入袖而〔二〇〕去。

【校記】

〔一〕此文邃本、金匱本有，鄒鎡序本無。亦收于文鈔補遺中。　〔二〕邃本、金匱本作「手」，文鈔補遺作「雜」。　〔三〕邃本、金匱本作「册」，文鈔補遺作「帙」。　〔四〕金匱本、文鈔補遺作「令」，邃本作「今」。　〔五〕邃本、金匱本作「而」，文鈔補遺作「倘」。　〔六〕文鈔補遺作「爲過計也」，邃本作「過計耳」，金匱本作「過許耳」。　〔七〕文鈔補遺作「書」，邃本、金匱本作「喜」。　〔八〕邃本、金匱本作「笥」，文鈔補遺作「衍」。　〔九〕文鈔補遺「函」字上有「丁」字，邃本、金匱本無。　〔一〇〕邃本、金匱本作「雄」，文鈔補遺作「黄」。　〔一一〕邃本、金匱本作「手」，文鈔補遺作「首」。　〔一二〕邃本、金匱本作「聾」，文鈔補遺作「哲」。　〔一三〕金匱本、文鈔補遺作「欽」，邃本作「時」。　〔一四〕邃本、金匱本作「定論」，文鈔補遺作「論定」。　〔一五〕邃本、金匱本作「著」，文鈔補遺作「者」。　〔一六〕金匱本有「嚴羽」二字，文鈔補遺作「嚴羽卿」，邃本無。　〔一七〕文鈔補遺作「已矣」，邃本、金匱本作「而已」。　〔一八〕金匱本、文鈔補遺作「蕭領」，邃本作「簫領」。　〔一九〕文鈔補遺有「笑」字，邃本、金匱本無。　〔二〇〕文鈔補遺有「而」字，邃本、金匱本無。

題李小有戒殺雞文〔一〕

山家村舍，客至無時。殺雞烹伏，用爲常供。不知雞之被殺者，宛轉沈痛，受諸苦惱，手提縲縛，無復出路，卽鐵籠彌覆地獄。砧几割截，鸞刀細〔二〕臠，卽刀山劍鑛地獄。撏毛剝翼，湯水煎沸，卽鑊湯洋銅地獄。猛火燒炙，骨髓焦爛，卽熱灰爐炭地獄。彼雖旁生毛羣羽族，神識受苦，與我何異？爾時賓主周旋，祝延酬勸，一談一笑，匕箸相向。豈知盤中之物，受如是無量苦惱耶？況坐中之客，豈無受持殺戒，權開五淨者。彼若不食，我彊之食。我既殺生，又破彼戒。彼戒既破，我業增重。又復我雖強彼食，彼終不食，彼不破戒。不爲我殺〔三〕，彼戒無損。我自以殺生強人破戒，我業增重。又若貪夫大嚼，饞口垂涎。鑿齒摩牙，撐腸拄腹。了無悲愍之心，但有饕餮之樂。惡業相成，招報牽引。愚人放箸而一笑，智者染指而痛心。是可忍也？不亦傷乎！廣仁居士，慈悲說法。聚沙蒙叟，讚嘆助緣。願我同人，共相戒勉。當知人生食羊，羊死爲人。人羊相食之果，佛語昭然；即雞蟲相啗之因，交報不爽。菜羹蔬食，吾儒自有素風；酌醴焚枯，古人傳爲佳話。守烹雞之一戒，廣戒殺之多門。今日之祝雞翁，即他刼之救魚長者。諸佛諸天，共相歡喜稱歎。豈獨小有斯文，能現廣長舌相哉？乙未九月二十六日〔四〕。

【校記】

〔一〕此文遼本、鄒鎡序本，金匱本俱有，亦收于文鈔補遺中。文鈔補遺題有「雞」字，各本無。〔二〕金匱本作「細」，遼本、鄒鎡序本作「絅」，文鈔補遺作「細」。〔三〕各本二句如此。文鈔補遺上句「戒」字在下句之末，不分作二句。〔四〕文鈔補遺有末八字，各本無。

書東坡延州吳季子贊後〔一〕

春秋：魯哀公十年冬，吳〔二〕延州季子救陳。杜氏注曰：「壽夢以襄十二年卒，至今七十七歲。壽夢卒，季子已能讓國，年當十五六。至今蓋九十餘。」蘇子亦曰：「能以讓國〔三〕聞于諸侯，則非童子。」考公羊傳：「季子同母者四人，季子弱而才，兄弟皆愛之，同欲立之以爲君。」古者二十曰弱冠，諸侯十五而冠。季子爲諸侯之子，當二十而冠。傳曰「弱而才」，則二十也。左傳：諸樊既除喪，讓位季札。吳人固立季札，遂棄其室而耕，乃舍之。」曰「棄其室而耕」，則既有室家，殆是壯年，非弱冠矣。季子讓國之年，定在二十以上。當救陳時，踰九望百。杜氏謂年十五六及九十餘，猶未核也。

公子光謀弒王僚，謂鱄〔四〕諸曰：「季子雖至，不吾廢也。」是季子之能廢立光也。季子謂光曰：「爾殺吾兄，我又殺爾。是兄弟父子相殺無已時也。」是季子之能殺光也。夫差阻兵上國，暴骨如莽。季子將兵出境，耑命罷兵。夫差不敢斥言誰何。季子非有所鯁避，蓋知其必亡而不諫也。蘇子謂「夫差不道，殺子胥如一皂隸，使季子畏而不敢言」，猶淺之乎視季子也。

蘇子考季子之〔五〕卒，不書於春秋，又謂其化去不死。春秋外大夫例不書卒，無可援據。左氏傳記外大夫之卒詳矣。當哀公時，魯與吳師旅婚姻，聘問交錯。季子卒，當如陳莊子之訃魯，傳安得〔六〕不書。其不書，則未卒也。左氏敍事，信鬼而略仙。弦高仙去〔七〕不書，王子晉上賓不書，萇弘化碧不書，范蠡去越不書。吾謂季子退師之後，亡國之前，非遁去，卽仙去，故左氏闕而不書也。或曰：「季子墓今在延陵，十字之碑，流傳金石，蘇子安得而蔽諸？」曰：「子信以爲神仙無墓耶？軒轅上升，穆滿登格，衣冠之藏，不具在耶？季子聘魯觀樂，在襄二十九年，孔子纔八歲。昭二十七年，聘于上國，適齊而長子死，葬於嬴博之間，孔子年三十八。去魯〔八〕適齊，往觀其葬，實惟此時。救陳之後六年，而孔子卒。六年之中，孔子終老洙、泗，未嘗適吳。彼十字碑者，誰題之而誰證之耶？庚子中秋□□日，謙益書□□〔九〕。

【校記】

〔一〕此文金匱本有，邃本、鄒鎡序本無。亦收于邃漢齋刊印之有學集補遺中。　〔二〕金匱本有「吳」字，邃印補遺無。　〔三〕金匱本作「國讓」，邃印補遺作「讓國」。　〔四〕金匱本「鱄」下有「設」字，邃印補遺無。　〔五〕金匱本有「之」字，邃印補遺無。　〔六〕邃印補遺「得」字下有「與而」二字，金匱本無。　〔七〕金匱本作「去」，邃印補遺作「子」。　〔八〕金匱本作「魯」，邃印補遺作「晉」。　〔九〕金匱本有「庚子」以下文，邃印補遺無。

記雲間鳳凰山修復三星堂事〔一〕

世宗肅皇帝賜福祿壽三星畫像，爲故少師華亭徐文貞公稱壽。文貞公築堂於鳳凰山之麓，藏弆尊奉。不徒榮君之賜，實以徼福假靈於上帝，爲國家億萬斯年祈天永命，甚盛舉也。歲久而堂圮，文貞之曾孫致遠延僧別山，修復堂宇，供奉佛像，而別構樓閣以崇賜像。是舉也，明彰君恩，冥資佛力，上徵國憲，下述祖德，一舉而四善備焉。詩不云乎：「豐水有芑，武王豈不仕。詒厥孫謀，以燕翼子。」百世之仁也。若我昭代，祖功宗德，執金輪以御世，殆將與恆沙塵刼，傳之無窮，豈徒豐芑百世而已。世之君子，登斯堂，陟斯閣也，棖桷相望，像設有嚴。雲旗霓旌，恍惚在御。其有不肅然而興，愾然而歎者乎？堂成之日，謙益薄游雲間，謹書其事，以諗於來游來觀者。後千百年，共拱護之，俾勿壞。歲在丙申，陽月九日，舊史官虞山錢謙益拜手謹書〔二〕。

【校記】

〔一〕此文金匱本有，邃本、鄒鎡序本無。亦收于文鈔補遺、邃印有學集補遺中。〔二〕金匱本、邃印補遺有「歲在」以下至「謹書」，文鈔補遺無。金匱本無「錢」字。

書沈節母事〔一〕

吳江民沈臣〔二〕，有母王氏，夫亡自誓，事姑育子，茹荼飲泣者，四十有七年。戊戌季冬，自知時至，堅坐念佛，泊然而逝。一時開士縉紳，爲之傳敍。余觀之悚然，不覺合掌讚歎。客有問曰：「媪孤〔三〕貧苦節，終身黽勉，未聞修持淨業云何。何以臨行得力如是？」余曰：節婦沒齒守節，只此一心。臨行念佛，亦止〔四〕一心。自心取自心，如燈取影。雖未嘗喃喃念佛，已了了見佛身。臨行自應見佛接引，何疑之有。昔有村媪，問人持呪。黠者教持「天地玄黄」，諦信不疑。有人語之〔五〕：「此紿汝也。」則大怒，持之益堅。每誦一句，投一豆于瓶〔六〕中，豆輒躍起尺許。久之，無疾西向，吉祥而逝。此媪誤持「天地玄黄」，倘得善果。沈母以堅貞因得清淨〔七〕果，又復何疑？於世法中爲寡嫠高行，卽於出世法中爲往生善女人。余故謹而書之，爲念佛法門中，立一榜樣也。

【校記】

〔一〕此文金匱本有，邃本、鄒鎡序本無。亦收于文鈔補遺、邃印有學集補遺中。〔二〕邃印補遺作「沈民臣」，金匱本無「臣」字，文鈔補遺作「民沈臣」。〔三〕金匱本、文鈔補遺作「孤」。邃印補遺作「姑」。〔四〕金匱本，邃印補遺作「止」，文鈔補遺作「此」。〔五〕各本作「之」，文鈔補遺旁注「云」字。〔六〕金匱本、邃印補遺作「瓶」，文鈔補遺作「盤」。

〔七〕金匱本、邃印補遺作「清淨」，文鈔補遺作「善」。

呂留侯字說〔一〕

崇德呂子留良，請更其字於余，余字之曰留侯。昔者司馬長卿慕藺相如之爲人，名曰相如。長卿之爲詞賦，合綦組，列錦繡，顧能希風折節，自附于藺相如，可謂有志矣。其生平馳逐於富貴功名，晚而自託慢世，所慕於藺相如者，徒以名而已矣。呂子起家布衣，足跡不出閭里，非有如子房五世相韓，破產結客，東見倉海君，震動天地之事。今呂子名曰留良，則已兼子房之名與號而有之，余又字之曰留侯。呂子之於子房，何啻長卿之慕相如而已乎？吾每讀李太白詩，至下邳懷古之〔二〕篇，輒爲流涕〔三〕感歎。沈冥杯酒，能以片言脫郭令公〔四〕，定天寶中興之事。「張良未遂赤松志〔五〕，橋邊黃石知我心。」宜其落落自負如此也。呂子搖筆爲歌詩，師承太白，其於子房，固有曠世而相感者。余之更其字也，竊有望焉。蘇子言「江左諸人，好談子房、季札。」余老矣，江左習氣，所餘無幾。而邇年〔六〕好談子房，甚於季札。爲呂子更字，中心癢癢然，恐不得一當也。作留侯字〔七〕說以贈呂子，俾其藏之篋衍，須余言之有徵也，而後出之。辛丑季夏〔八〕。

【校記】

〔一〕此文金匱本有，邃本、鄒鎡序本無。亦收于文鈔補遺、邃印有學集補遺中。〔二〕金匱本、文鈔補遺作「之」，邃印補遺作「諸」。〔三〕文鈔補遺、邃印補遺作「涕」，金匱本作「連」。〔四〕邃印補遺有「公」字，金匱本、文鈔補遺無。〔五〕金匱本、邃印補遺作「志」，文鈔補遺作「去」。〔六〕金匱本、文鈔補遺有「邇年」二字，邃印補遺無。〔七〕金匱本、文鈔補遺有「字」字，邃印補遺無。〔八〕文鈔補遺有末四字，金匱本、邃印補遺無。

黄扶木字説〔一〕

餘姚黄子宗炎，字晦木，予爲改字曰扶木。按山海經：「大荒之中，有谷曰温源。谷上有扶木，柱〔二〕三百里。一日方至，一日方出，皆戴于烏。」郭弘農曰：「温源，卽湯谷也。扶桑在上，言日交會相代也。」海外〔三〕東經曰：「湯谷上有扶桑，十日所浴。居水中。有大木，九日居下枝，一日居上枝。」郭曰〔四〕：「傳曰：『天有十日，日之數十。』此云『九日居下枝，一日居上枝。』大荒經曰：『一日方至，一日方出。』明天地雖有十日，自使有次第，迭出運照也。」孔子明〔五〕天無二日者，語其象。禹明天有十日者，語其次。以人代言之，炎漢十世而光武中興，十世其下枝之九日歟？光武其上枝之一日歟？天寶幸蜀而靈武收京，天寶其方至之一日歟？靈武其方出之一日歟？黃子抱膝長吟，精思古今剝復之會，其有以辨此矣。扶木柱〔六〕三百里，柱〔七〕者高也。有扶之象焉。人言虞淵浴日，不知東南海外有女子名曰羲和，方浴日于甘淵。此女子過丈夫遠矣。甯戚之歌曰：「長夜漫漫何時旦？」此非吾所期于黃子也。

【校記】

〔一〕此文金匱本有，邃本、鄒鎡序本無。亦收于文鈔補遺、邃印有學集補遺中。

〔二〕〔六〕金匱本、文鈔補遺作「柱」，邃印補遺作「拄」。

〔三〕各本「外」俱作「內」，誤，茲據山海經改正。

〔四〕金匱本、文鈔補遺俱作「曰」，邃印補遺作「氏」，誤。

〔五〕金匱本、文鈔補遺作「明」，邃印補遺作「云」。

〔七〕金匱本、文鈔補遺有「里柱」二字，邃印補遺無。

福先五子字辭〔一〕

從孫福先五丈夫子，娟好豐下，蘭茁薿薿，筮而得五卦，命名以此。醮於宗老，先冠而字。宗老曰：「咨！爰具訓於蒙士。咨汝象升，字曰爾階。升之『六五，貞吉升階。』進修允升，歷級望厓〔二〕。有梯有隥，勿越勿乖〔三〕。階升而〔四〕不已，困其汝偕。毋驚合抱，而眇端倪。譬種樹于空中，孰〔五〕抽拔而長荄。故曰：『君子以順德，積小以高大。』南行有慶，則惟汝懷。咨汝象晉，字曰爾介。晉之『六二，受茲介福。』汝有王母。宜爾嘏祝。履貞立誠，戒愼蹴踖〔六〕。『晉如愁如』，天祐斯篤。鶴鳴子和，中孚有告。康侯用〔七〕錫，乃大明復，不中不正，德車脫輹。碩鼠之厲，汝惟畜〔八〕哉！咨汝象蒙，字曰爾克〔九〕。『九二〔一〇〕包蒙』。子用克家。五爲君爲父，蒙之主耶。二以剛接柔，其應孔嘉。曙戒勿怠，克荷菑畬。南山橋梓，其則不遐。妻子風雨，僕妾鼠鴉。勿遠陽實，呢彼陰衰。童蒙之求，戒汝勿夸。咨汝象臨，字曰爾敦。『敦臨之吉』，上六〔一一〕有聞。處坤斯極，陰陽匯喧。唯敦唯厚，二陽永存。毋漓爾朴，毋澆〔一二〕爾淳。蚤服重積，固其天根。嗟彼纖兒，梔貌蠟〔一三〕言。渾沌已死，拏攫游魂。敦臨之象，效法厚坤。在臨在復，誨爾諄諄。咨汝象鼎，字曰爾實。唯『鼎有實』，享帝養賢。黃耳之中，受彼玉鉉。『雉膏不食』，足折趾顚。實之不存，名安傅〔一四〕焉？聖賢往矣，法象厤然。溫故知新，烹飪常鮮〔一五〕。黃中通理，鼎實乃全。毋謀大烹〔一六〕，而忘粥飦。於乎五子，敬哉勗哉！升以進德，晉以受福，蒙以養正，臨以敦復，鼎有美實，叶我鼎足。觀象玩占，亢宗保族。有稱有戒，我言維服。先民有言曰，物備矣，志在子〔一七〕。尙克念我，先王之復。露我後人，而冀除汝之墻屋。」歲在〔一八〕己亥立秋後六日〔一九〕，錢後人謙益頮沐敬書。

【校記】

〔一〕此文金匱本有，邃本、鄒鎡序本無。亦收于文鈔補遺、邃印有學集補遺中。文鈔補遺題無「福先」二字，它二本有。　〔二〕金匱本、文鈔補遺作「厓」，邃印補遺作「屖」。　〔三〕金匱本、文鈔補遺作「乖」，邃印補遺作「躡」。　〔四〕金匱本、文鈔補遺作「升而」，邃印補遺作「階升」。　〔五〕文鈔補遺作「孰」，金匱本、邃印補遺作「就」。　〔六〕金匱本、邃印補遺作「蹴踖」，文鈔補遺作「踖蹴」。　〔七〕金匱本、文鈔補遺作「用」，邃印補遺作「有」。　〔八〕文鈔補遺作「畜」，金匱本作「蓄」，邃印補遺作「勗」。　〔九〕金匱本、文鈔補遺作「克」，邃印補遺作「堯」。　〔一〇〕金匱本、文鈔補遺作「二」，邃印補遺作「錫」。　〔一一〕金匱本、文鈔補遺作「六」，邃印補遺作「亦」。　〔一二〕邃印補遺作「澆」，金匱本、文鈔補遺作「澋」。　〔一三〕金匱本、邃印補遺作「蠟」，文鈔補遺作「臘」。　〔一四〕文鈔補遺、邃印補遺作「傅」，金匱本作「傳」。　〔一五〕金匱本、文鈔補遺作「鮮」，邃印補遺作「鱗」。　〔一六〕金匱本、邃印補遺作「烹」，文鈔補遺作「亨」。　〔一七〕金匱本、文鈔補遺作「子」，邃印補遺作「乎」。　〔一八〕文鈔補遺有「歲在」二字，它二本無。　〔一九〕文鈔補遺作「立秋後六日」，它二本作「秋日」。

遵王四子字敍〔一〕

遵王以辛丑二月五月〔二〕舉第四子。是日，燕余于述古堂。佳氣充閭，殊有抱送之喜。今年周歲，大設晬盤之會，請余名其四子。頃者吉州施偉長謁臨海先廟，觀周成王饗彭祖三事鼎〔三〕，鼎足篆東澗二字，蓋周家卜雒時欵識也。余老耄不忘先烈，遂自號東澗遺老。因竊取其義，以名四子：曰東夏，字思祚；曰東鎮，字思烈；曰東漢，字思光；曰東表，字思勛。宋宣獻公序先王謨烈，曰思祚東夏，咸有烈光。奉國歸忠，勛蓋羣后。固已刻之彝器，載在令甲。今吾所以命四子，惟宣獻傳芳之文，是則是述。四子念哉！公侯之後，必復其始。周鼎具在，魯寶未失，夫豈曰文、武、成、康之伯猶多，而不獲是分也哉？允文允武，子孫千億，此眉山表忠之刻辭，與帶礪俱永。非余宗老之私言也〔四〕。歲在壬寅，二月五日，吳越二十五世東澗遺老謙益書〔五〕。

【校記】

〔一〕此文金匱本有，邃本、鄒鎡序本無。亦收于文鈔補遺、邃印有學集補遺中。〔二〕金匱本、文鈔補遺有「五日」二字，邃印補遺無。〔三〕金匱本、文鈔補遺作「事」，邃印補遺作「世」。〔四〕金匱本、文鈔補遺作「也」，邃印補遺作「者乎哉」。〔五〕文鈔補遺有「歲在」以下二十一字，金匱本、邃印補遺無。

茶供說贈朱汝圭〔一〕

子羽來告我曰：「正德間，婁江朱大經，明醫好種菊。唐伯虎高其人，作菊隱記。菊隱之子雅鈎及孫汝圭，世爲逸人。汝圭精於茶事，謀于翼曰：『祖以菊隱，吾〔二〕將以茶隱。』今之通人，能爲我授記茶隱如伯虎者誰乎？子爲我請虞山老人證明其說，願歲歲採渚〔三〕山青芽爲虞山老人作供。』夫子亦笑而許之乎？」未幾，汝圭持子羽書，侑貢荈以請。

余語之曰：「菊與茶，皆草木之英異者也。自屈平已云『餐秋菊之落英』，其後乃大顯於靖節。而茶之名頗晚出，迨於唐，乃著于鴻漸、又新之〔四〕書，杼山、玉川之詩。以臭味言之，是二者，伯虎所謂草木中之君子也。以時世考之，菊先而茶後，菊其祖也，茶則其孫也。雖微伯虎，孰得而掩諸？隱士之星爲少微，之光〔五〕，常指東南，而東南之人無以應也。范希文曰：『萬象森然中，安知無茶星？』今將指茶星爲少微，以實希文之言。斯世而有伯虎也，其必爲嗑〔六〕笑已矣。雖然，吾則有諗〔七〕于子。吾觀楞嚴壇中設供，取白牛乳砂糖純蜜之類，奉佛及諸大菩薩，西土沙門婆羅門，以蒲萄甘蔗漿爲上供，未有以茶作供者。考其風土，棗栗椑柿，印度無聞。梨柰桃杏，往往間植。茶非其所產故也。陸鴻漸，長于苾蒭者也。杼山，禪伯也。鴻漸茶經，不云奉佛。杼山飲茶歌，『三飲便得道，何須苦心破〔八〕煩惱』，亦不云供佛。西土以貫花燃香供佛，皆上妙殊勝，此土不聞其名。此土有而彼無者，茶耳，不以作供，斯亦四時供養之缺典也。天人言人中臭氣，上熏於天四萬餘里。此土產茶，如伊蘭叢中產牛頭栴檀〔九〕，天實私之，假以辟除惡臭，導迎妙氣也。汝圭益精心治辦茶事，金芽素瓷，清淨供佛。他生受報，往生香國，以諸妙香而作佛事，豈但如丹丘羽人，飲茶生羽翼而已。李太白言，『後之〔一〇〕高僧大隱，如仙人掌茶，發於〔一一〕中孚禪子及靑蓮居士李白也。』今余不敢當汝圭茶供，勸請以茶供佛。後之精茶道者，以採茶供佛爲佛事，則自余之諗汝圭始。」作茶供說以贈。

【校記】

〔一〕此文金匱本有，邃本、鄒鎡序本無。亦收于邃印有學集補遺中。〔二〕邃印補遺作「吾」，金匱本作「余」。〔三〕金匱本作「渚」，邃印補遺作「諸」。〔四〕金匱本作「之」，邃印補遺作「三」。〔五〕金匱本作「光」，邃印補遺作「先」。〔六〕金匱本作「嗑」，邃印補遺作「嗊」。〔七〕金匱本作「有諗」，邃印補遺作「諗之」。〔八〕金匱本作「破」，邃印補遺作「頗」。〔九〕金匱本作「檀」，邃印補遺作「壇」。〔一〇〕金匱本作「後之」，邃印補遺作「云」。〔一一〕金匱本作「於」，邃印補遺作「乎」。

書黃正義扇〔一〕

三代以降，人才〔二〕莫盛于三國。三國之主，皆名士也。蘇子瞻每唾罵曹公，以爲視操如鬼。及其出官於黃，夜遊赤壁，則賦之曰：「釃酒臨江，横槊賦詩，此固一世之雄也。」蓋亦爲之慨然太息，企慕以爲不可及。故曰：孫、劉相顯，曹公相隱。善相者至於發聲大哭。則三分割據，屬此三人。天下之人，皆能指而目之矣。有三主者鼎足而起，則其臣亦玄感而應之。讀三國名臣贊，吳、蜀之士殆與西〔三〕漢同風，非偶然也。

典午以後，宇宙之劈裂凡三，降而爲五胡，又降而爲五代。戎羯〔四〕盜賊，交竊神器。求其衣冠文物之似，不可得矣，而況於所謂名士者乎？耶律德光升殿會朝，語羣臣曰：「我亦人也，可勿懼。」言之可悲可憫，至此極矣。而禍所由來，則自世之無名士始。世無名士，則上無孫、劉之主，下無管、葛之佐。神州陸沉，而天地或〔五〕幾於熄矣。

余老廢歸於空門，願作不求名比丘，然未嘗不願斯世有名士也。餘姚黃子正義，忠端之孫，太沖之子，非聊爾人也。奉其父叔之命，過余而請益。余爲書所誦慕于三國者，以廣其志。辛丑六月二十日，虞山通家八十叟錢謙益贈言〔六〕。

【校記】

〔一〕此文金匱本有，邃本、鄒鎡序本無。亦收于文鈔補遺、邃印有學集補遺中。文鈔補遺題「黃」誤作「王」。

〔二〕金匱本、邃印補遺作「才」，文鈔補遺作「文」。〔三〕文鈔補遺作「西」，金匱本、邃印補遺作「兩」。

〔四〕文鈔補遺、邃印補遺作「羯」，金匱本作「翟」。〔五〕金匱本、邃印補遺作「或」，文鈔補遺作「亦」。

〔六〕邃印補遺有「辛丑」以下十九字，金匱本無，文鈔補遺有「辛丑六月二十日」七字，無「虞山」以下十二字。

書羅近溪記張賓事〔一〕

盱江羅汝芳雜記云：「關西康德涵扶乩下〔二〕神，神批云：『我張右侯也。』問：『右侯爲誰？』曰：『君不讀晉載記乎？我石氏輔張賓也。吾少有大志，自期佐眞主、定天下。不幸失身僞朝，言聽計從，封爲右侯。自媿功名不如管、樂，每與横林子中夜嘆息，未嘗不涕泗横流也。』問：『横林子爲誰？』曰：『苻氏相王猛也。與吾並事虜〔三〕主，各負感憤，至今鬱鬱鬼録〔四〕。』」汝芳萬曆間大儒，所謂近谿先生者也。斯言得之同年王中丞，爲德涵鄉人。而申論之曰：「千載而下，豪傑尚抱終天之恨，吾儕幸生盛世，其可不勉？」當是時，欵塞互市，三垂晏然，不知近谿何爲而發此論？余竊怪之。

又常觀劉聰子約暴亡而蘇，言見元海於不周之山，經五日，從至崑崙，三日後還不周，見諸王公卿相死者悉在，宮室甚壯麗，號曰蒙珠離國。以賓、猛之靈爽，其歿也，豈無蒙珠離國可以棲托，而幽沉鬼録〔五〕若是憊歟？抑亦有其〔六〕地而不樂居，聰子以爲崑崙樂國，而彼自以爲幽都九關歟？抑亦諸人所居，亦有如所謂蒙珠離國者，自有國土，自有君臣，終不獲與華夏管、樂之儔，比肩陟降歟？不然，何其謀略展于當時，勛德著乎殊俗，而魂魄私恨無窮，歷百代未瞑〔七〕也。嗚呼！孟孫、景略，趙、魏之英。賓希子房，猛擬孔明。風高月滿，佐命告成。名飛八部，魂羈九京。失身羶湩〔八〕，遺恨丹青。載記悠悠，鬼録〔九〕冥冥。關塞月黑，風淒哭聲。約夢則妖，乩告有靈。近谿子之戒，其可不懲！

【校記】

〔一〕此文金匱本有，邃本、鄒鎡序本無。亦收于文鈔補遺、邃印補遺中。　〔二〕金匱本、文鈔補遺作「乩下」，遼印補遺作「下乩」。〔三〕遼印補遺作「虜」，金匱本、文鈔補遺作「僞」。〔四〕〔五〕〔九〕金匱本、文鈔補遺作「錄」，遼印補遺作「籙」。〔六〕金匱本、文鈔補遺有「其」字，遼印補遺無。〔七〕文鈔補遺作「瞑」，金匱本、遼印補遺作「暝」。〔八〕遼印補遺作「湩」，金匱本、文鈔補遺作「潼」。

書捨田册子〔一〕

里中顧善士伯永，辛勤拮据，治生創業。家產不過數千金，而能捐捨三百畝歸諸招提，供佛及僧，爲懺罪植福之計。斯可謂甚難希有者矣。昔者西天戒日王，積集財寶，於兩河間立大會場，五年一大施。已成五會，欲作第六會，請玄奘大師隨喜。會成，踴躍歡喜，合掌告法師曰：「某積此財寶，常懼不入堅牢之藏。今得貯福田中，可謂入藏矣。」逝〔二〕多太子曰：「佛爲福田，宜植善種。」今善士施田三百畝，一錐一粒，皆堅牢入藏中。又以此田爲子孫植善根，即子孫之福田也。由此觀之，世之擁帑藏，據膏腴，不肯發心布施者，斯眞〔三〕窶人窮子，身無半分，家無寸土，又率其子孫，生生世世爲窶人窮子者也。吾于斯舉，深爲善〔四〕士慶，又深爲善〔五〕士之子孫慶也。

【校記】

〔一〕此文金匱本有，遼本、鄒鎡序本無。亦收于文鈔補遺、遼印有學集補遺中。〔二〕金匱本、文鈔補遺作

「逝」，邃印補遺作「遊」。

〔三〕金匱本、文鈔補遺作「眞」，邃印補遺作「直」。

〔四〕〔五〕金匱本、文鈔補遺作「善」，邃印補遺作「居」。

忠雅堂集校箋	[清]蔣士銓著　邵海清校 李夢生箋
甌北集	[清]趙翼著　李學穎、曹光甫校點
惜抱軒詩文集	[清]姚鼐著　劉季高標校
兩當軒集	[清]黄景仁著　李國章校點
惲敬集	[清]惲敬著　萬陸、謝珊珊、林振岳 標校　林振岳集評
茗柯文編	[清]張惠言著　黄立新校點
瓶水齋詩集	[清]舒位著　曹光甫點校
龔自珍全集	[清]龔自珍著　王佩諍校點
龔自珍詩集編年校注	[清]龔自珍著　劉逸生、周錫𩋾校注
水雲樓詩詞箋注	[清]蔣春霖著　劉勇剛箋注
人境廬詩草箋注	[清]黄遵憲著　錢仲聯箋注
嶺雲海日樓詩鈔	[清]丘逢甲著　丘鑄昌標點

牧齋雜著	[清]錢謙益著　[清]錢曾箋注　錢仲聯標校
牧齋初學集詩注彙校	[清]錢謙益著　[清]錢曾箋注　卿朝暉輯校
李玉戲曲集	[清]李玉著　陳古虞、陳多、馬聖貴點校
吴梅村全集	[清]吴偉業著　李學穎集評標校
歸莊集	[清]歸莊著
顧亭林詩集彙注	[清]顧炎武著　王蘧常輯注　吴丕績標校
安雅堂全集	[清]宋琬著　馬祖熙標校
吴嘉紀詩箋校	[清]吴嘉紀著　楊積慶箋校
陳維崧集	[清]陳維崧著　陳振鵬標點　李學穎校補
屈大均詩詞編年校箋	[清]屈大均著　陳永正等校箋
秋笳集	[清]吴兆騫撰　麻守中校點
漁洋精華録集釋	[清]王士禛著　李毓芙、牟通、李茂肅整理
聊齋志異會校會注會評本	[清]蒲松齡著　張友鶴輯校
敬業堂詩集	[清]查慎行著　周劭標點
納蘭詞箋注	[清]納蘭性德著　張草紉箋注
方苞集	[清]方苞著　劉季高校點
樊榭山房集	[清]厲鶚著　[清]董兆熊注　陳九思標校
劉大櫆集	[清]劉大櫆著　吴孟復標點
儒林外史彙校彙評	[清]吴敬梓著　李漢秋輯校
小倉山房詩文集	[清]袁枚著　周本淳標校

雁門集	[元]薩都拉著 殷孟倫、朱廣祁校點
揭傒斯全集	[元]揭傒斯著　李夢生標校
高青丘集	[明]高啓著　[清]金檀注 徐澄宇、沈北宗校點
唐寅集	[明]唐寅著　周道振、張月尊輯校
文徵明集(增訂本)	[明]文徵明著　周道振輯校
震川先生集	[明]歸有光著　周本淳校點
海浮山堂詞稿	[明]馮惟敏著 凌景埏、謝伯陽標校
滄溟先生集	[明]李攀龍著　包敬第標校
梁辰魚集	[明]梁辰魚著　吴書蔭編集校點
沈璟集	[明]沈璟著　徐朔方輯校
湯顯祖詩文集	[明]湯顯祖著　徐朔方箋校
湯顯祖戲曲集	[明]湯顯祖著　錢南揚校點
白蘇齋類集	[明]袁宗道著　錢伯城校點
袁宏道集箋校	[明]袁宏道著　錢伯城箋校
珂雪齋集	[明]袁中道著　錢伯城點校
隱秀軒集	[明]鍾惺著　李先耕、崔重慶標校
譚元春集	[明]譚元春著　陳杏珍標校
張岱詩文集(增訂本)	[明]張岱著　夏咸淳輯校
陳子龍詩集	[明]陳子龍著 施蟄存、馬祖熙標校
夏完淳集箋校(修訂本)	[明]夏完淳著　白堅箋校
牧齋初學集	[清]錢謙益著　[清]錢曾箋注 錢仲聯標校
牧齋有學集	[清]錢謙益著　[清]錢曾箋注 錢仲聯標校

東坡樂府箋	[宋]蘇軾著　[清]朱孝臧編年 龍榆生校箋
東坡詞傅幹注校證	[宋]蘇軾著　[宋]傅幹注 劉尚榮校證
欒城集	[宋]蘇轍著　曾棗莊、馬德富校點
山谷詩集注	[宋]黄庭堅著　[宋]任淵、史容、 史季温注　黄寶華點校
山谷詩注續補	[宋]黄庭堅著　陳永正、何澤棠注
山谷詞校注	[宋]黄庭堅著　馬興榮、祝振玉校注
淮海集箋注	[宋]秦觀撰　徐培均箋注
淮海居士長短句箋注	[宋]秦觀著　徐培均箋注
清真集箋注	[宋]周邦彦著　羅忼烈箋注
石林詞箋注	[宋]葉夢得著　蔣哲倫箋注
樵歌校注	[宋]朱敦儒著　鄧子勉校注
李清照集箋注(修訂本)	[宋]李清照著　徐培均箋注
陳與義集校箋	[宋]陳與義著　白敦仁校箋
蘆川詞箋注	[宋]張元幹著　曹濟平箋注
劍南詩稿校注	[宋]陸游著　錢仲聯校注
放翁詞編年箋注(增訂本)	[宋]陸游著　夏承燾、吴熊和箋注 陶然訂補
范石湖集	[宋]范成大撰　富壽蓀標校
于湖居士文集	[宋]張孝祥著　徐鵬校點
稼軒詞編年箋注(定本)	[宋]辛棄疾撰　鄧廣銘箋注
辛棄疾詞校箋	[宋]辛棄疾著　吴企明校箋
姜白石詞編年箋校	[宋]姜夔著　夏承燾箋校
後村詞箋注	[宋]劉克莊著　錢仲聯箋注
瀛奎律髓彙評	[元]方回選評　李慶甲集評校點

長江集新校	[唐]賈島著　李嘉言新校
張祜詩集校注	[唐]張祜著　尹占華校注
三家評注李長吉歌詩	[唐]李賀著　[清]王琦等評注
樊川文集	[唐]杜牧著　陳允吉校點
樊川詩集注	[唐]杜牧著　[清]馮集梧注
温飛卿詩集箋注	[唐]温庭筠著　[清]曾益等箋注
玉谿生詩集箋注	[唐]李商隱著　[清]馮浩箋注　蔣凡校點
樊南文集	[唐]李商隱著　[清]馮浩詳注　錢振倫、錢振常箋注
皮子文藪	[唐]皮日休著　蕭滌非、鄭慶篤整理
鄭谷詩集箋注	[唐]鄭谷著　嚴壽澂、黄明、趙昌平箋注
韋莊集箋注	[五代]韋莊著　聶安福箋注
李璟李煜詞校注	[南唐]李璟、李煜著　詹安泰校注
張先集編年校注	[宋]張先著　吴熊和、沈松勤校注
二晏詞箋注	[宋]晏殊、晏幾道著　張草紉箋注
乐章集校箋	[宋]柳永著　陶然、姚逸超校箋
梅堯臣集編年校注	[宋]梅堯臣著　朱東潤編年校注
歐陽修詩文集校箋	[宋]歐陽修著　洪本健校箋
歐陽修詞校注	[宋]歐陽修著　胡可先、徐邁校注
蘇舜欽集	[宋]蘇舜欽著　沈文倬校點
嘉祐集箋注	[宋]蘇洵著　曾棗莊、金成禮箋注
王荆文公詩箋注	[宋]王安石著　[宋]李壁箋注　高克勤點校
王令集	[宋]王令著　沈文倬校點
蘇軾詩集合注	[宋]蘇軾著　[清]馮應榴注　黄任軻、朱懷春校點

玉臺新咏彙校	吴冠文、談蓓芳、章培恒彙校
王梵志詩集校注(增訂本)	[唐]王梵志著　項楚校注
盧照鄰集箋注	[唐]盧照鄰著　祝尚書箋注
駱臨海集箋注	[唐]駱賓王著　[清]陳熙晉箋注
王子安集注	[唐]王勃著　[清]蔣清翊注
陳子昂集(修訂本)	[唐]陳子昂撰　徐鵬校點
孟浩然詩集箋注(增訂本)	[唐]孟浩然著　佟培基箋注
王右丞集箋注	[唐]王維著　[清]趙殿成箋注
李白集校注	[唐]李白著　瞿蜕園、朱金城校注
高適集校注(修訂本)	[唐]高適著　孫欽善校注
杜詩趙次公先後解輯校	[唐]杜甫著　[宋]趙次公注 林繼中輯校
杜詩鏡銓	[唐]杜甫著　[清]楊倫箋注
錢注杜詩	[唐]杜甫著　[清]錢謙益箋注
杜甫集校注	[唐]杜甫著　謝思煒校注
岑參集校注	[唐]岑參著　陳鐵民、侯忠義校注
戴叔倫詩集校注	[唐]戴叔倫著　蔣寅校注
韋應物集校注(增訂本)	[唐]韋應物著　陶敏、王友勝校注
權德輿詩文集	[唐]權德輿撰　郭廣偉校點
王建詩集校注	[唐]王建著　尹占華校注
韓昌黎詩繫年集釋	[唐]韓愈著　錢仲聯集釋
韓昌黎文集校注	[唐]韓愈著　馬其昶校注 馬茂元整理
劉禹錫集箋證	[唐]劉禹錫著　瞿蜕園箋證
白居易集箋校	[唐]白居易著　朱金城箋校
柳宗元詩箋釋	[唐]柳宗元著　王國安箋釋
柳河東集	[唐]柳宗元著　[宋]廖瑩中輯注
元稹集校注	[唐]元稹著　周相録校注

《中國古典文學叢書》已出書目